D0891145

Terra Nostra

ALFAGUARA

D. R. © 1975, Carlos Fuentes
D. R. © De esta edición:
Santillana Ediciones Generales, S. A. de C. V., 2012
Av. Río Mixcoac 274, Col. Acacias
México, 03240, D.F. Teléfono 5420 7530
www.alfaguara.com.mx

Primera edición: junio de 2012

D.R. © Diseño de cubierta: Leonel Sagahón

ISBN: 978-607-11-2051-9

Impreso en México

PRISA EDICIONES

Terra Nostra

Carlos Fuentes

Reconocimientos

A Luis Buñuel y Alberto Gironella, por las conversaciones de la Gare de Lyon que fueron el espectro inicial de estas páginas; a Carlos Saura y Geraldine Chaplin, demiurgos del pastelón podrido de Madrid; a María del Pilar y José Donoso, Mercedes y Gabriel García Márquez, Patricia y Mario Vargas Llosa, por muchas horas de extraordinaria hospitalidad en Barcelona; a Monique Lange y Juan Goytisolo, por el refugio de la rue Poissonière; y a Marie José y Octavio Paz, por un estimulante e ininterrumpido diálogo a lo largo de los años.

A Roberto Matta, propietario del mapa de plumas de la selva americana, que en realidad es una máscara; a José Luis Cuevas y Francisco de Quevedo y Villegas, porque el genio y la figura de su encuentro sepulcral acudieron a mi llamado de auxilio en los momentos difíciles; a mi hermana Berta Vignal y al doctor Giovanni Urbani, del Instituto Centrale del Restauro (Roma), por sus inapreciables indicaciones sobre la vida y muerte de la pintura.

A Elena Aga-Rossi Sitzia, de la Universidad de Padua, Michla Pomerance, de la Universidad Hebrea de Jerusalén, Rondo Cameron, de la Universidad de Atlanta y Martín Diamond, de la Universidad de Northern Illinois, por la amistosa paciencia con que atendieron mis preguntas sobre diversos aspectos temáticos de esta novela. En el mismo sentido, expreso mi deuda para con las investigaciones realizadas por Norman Cohn acerca del milenarismo revolucionario y por Frances A. Yates acerca del arte de la memoria.

A Jean Franco, por las llaves de la Biblioteca del Museo Británico (Londres); a Anne Harkins por las de la Biblioteca del Congreso (Washington, D.C.) y por su puntual e inestimable ayuda en materia bibliográfica; a Jerszy Kosinski, por su activa solidaridad de escritor; y finalmente, al doctor James H. Billington, director del Woodrow Wilson International Center for Scholars (Washington,

D.C.), y al personal de esa institución de altos estudios y plena libertad intelectual, gracias a los cuales pude concluir este libro.

Hampstead Hill Gardens, Londres, invierno de 1968
Chesterbrook Farm, Virginia, invierno de 1974

¿Qué quiere ese fantasmón…?
GOYA, *Los caprichos*

Ardiente y andrajosa. Es ella, la madrastra
Original de tantos, como tú, dolidos
De ella y por ella dolientes.
CERNUDA, *Ser de Sansueña*

Changed utterly,
A terrible beauty is born…
YEATS, *Easter, 1916*

Personajes principales

LOS REYES
FELIPE, *El Hermoso*, casado con
JOANNA REGINA, *La Dama Loca*
FELIPE, *El Señor*, hijo y heredero de los anteriores, casado con
ISABEL, *La Señora* (Elizabeth Tudor), su prima inglesa

LA CORTE
EL BUFÓN de la corte de Felipe, *El Hermoso*
GUZMÁN, secretario y sotamontero de Felipe, *El Señor*
FRAY TORIBIO, astrólogo
EL CRONISTA, poeta y narrador
PEDRO DEL AGUA
JOSÉ LUIS CUEVAS
ANTONIO SAURA
FRAY SANTIAGO DE BAENA
EL OBISPO
EL INQUISIDOR DE TERUEL
GONZALO DE ULLOA, Comendador de Calatrava
INÉS, su hija, novicia
MILAGROS, Madre Superiora
ANGUSTIAS
CLEMENCIA
DOLORES
CONSUELO
REMEDIOS
AZUCENA
LOLILLA
LA ENANA BARBARICA, compañera de *La Dama Loca*
DOCTORES
MONJAS
CRIADAS de ISABEL, *La Señora*

LOS BASTARDOS (Los "hijos" de Ludovico)
EL PEREGRINO, hijo de FELIPE, *El Hermoso*, y CELESTINA
DON JUAN, hijo de FELIPE, *El Hermoso*, e ISABEL, *La señora*
EL PRÍNCIPE IDIOTA, hijo de FELIPE, *El Hermoso*, y loba

LOS SOÑADORES
LUDOVICO, estudiante de teología, natural de Calanda
PEDRO, campesino y marinero
SIMÓN, monje
CELESTINA, campesina, bruja y trotera
MIJAIL-BEN-SAMA, andariego
DON QUIJOTE DE LA MANCHA, caballero errante
SANCHO PANZA, su escudero

LOS OBREROS
JERÓNIMO, herrero y esposo de Celestina
MARTÍN, hijo de siervos de Navarra
NUÑO, hijo de áscaris de la frontera morisca
CATILINÓN, pícaro de Valladolid

LOS MEDITERRÁNEOS
TIBERIO CÉSAR, segundo Emperador romano de la línea
de los Augustos
TEODORO DE GÁNDARA, su secretario y cronista
FABIANO
GAYO
PERSIO
CINTIA
LESBIA
PONCIO PILATO, procurador de Judea
EL NAZIR, profeta menor hebreo
CLEMENTE, esclavo
EL FANTASMA DE AGRIPPA PÓSTUMO
EL DOCTOR JUDÍO de la sinagoga de Toledo
EL ESCRIBA DE ALEJANDRÍA
EL MAGO DE SPALATO
LA GITANA DE SPALATO
DONNO VALERIO CAMILLO, humanista veneciano

LOS FLAMENCOS
EL AYA del monasterio de las beguinas de Brujas
LA HERMANA CATARINA, begarda poseída
HYERONIMUS BOSCH, pintor y adherente a la secta adamita
EL DUQUE DE BRABANTE

LOS INDIOS
EL VIEJO DE LAS MEMORIAS
LA SEÑORA DE LAS MARIPOSAS
EL CACIQUE GORDO
LOS BLANCOS SEÑORES DEL INFIERNO
EL SEÑOR DE LA GRAN VOZ

LOS PARISINOS
POLO FEBO, hombre sándwich
CELESTINA, pintora callejera
LUDOVICO, flagelante
SIMÓN, monje jefe de los penitentes
MME. ZAHARIA, conserje
RAFAEL DE VALENTÍN, noble empobrecido
VIOLETTA GAUTIER, cortesana tísica
JAVERT, inspector de policía
JEAN VALJEAN, antiguo presidiario
OLIVEIRA, exiliado argentino
BUENDÍA, coronel colombiano
SANTIAGO ZAVALA, periodista peruano
ESTEBAN Y SOFÍA, primos cubanos
HUMBERTO, sordomudo chileno
CUBA VENEGAS, cantante de boleros cubana
LA VALKIRIA, benefactora lituana

I. El Viejo Mundo

Carne, esferas, ojos grises junto al Sena

Increíble el primer animal que soñó con otro animal. Monstruoso el primer vertebrado que logró incorporarse sobre dos pies y así esparció el terror entre las bestias normales que aún se arrastraban, con alegre y natural cercanía, por el fango creador. Asombrosos el primer telefonazo, el primer hervor, la primera canción y el primer taparrabos.

Hacia las cuatro de la mañana de un catorce de julio, Polo Febo, dormido en su alta bohardilla de puerta y ventanas abiertas, soñó lo anterior y se disponía a contestarse a sí mismo. Entonces fue visitado dentro del sueño por una figura monacal, sombría, sin rostro, que reflexionó en su nombre, continuando con palabras un sueño de puras imágenes:

—Pero la razón, ni tarda ni perezosa, nos indica que, apenas se repite, lo extraordinario se vuelve ordinario y, apenas deja de repetirse, lo que antes pasaba por hecho común y corriente ocupa el lugar del portento: arrastrarse por el suelo, enviar palomas mensajeras, comer venado crudo y abandonar a los muertos en las cimas a fin de que los buitres, alimentándose, limpien y cumplan el ciclo natural de las funciones.

Que las aguas del Sena hirviesen pudo haber sido, treinta y tres días y media jornada antes, una milagrosa calamidad; un mes más tarde, nadie volteaba a ver el fenómeno. Las barcazas negras, sorprendidas al principio por la súbita ebullición y arrojadas violentamente contra las murallas del cauce, habían dejado de luchar contra lo inevitable. Los hombres del río se pusieron las gorras de estambre, apagaron los tabacos negros y subieron como lagartijas a los muelles; los esqueletos de las barcas se amontonaron bajo la mirada irónica de Enrique el Bearnés y allí permanecieron, espléndidas ruinas de carbón, fierro y astilla.

Pero las gárgolas de Notre-Dame, que sólo saben de la abstracción general de los sucesos, abarcaron con sus ojos de piedra negra un panorama mucho más vasto y, por fin, doce millones de parisinos entendieron por qué estos demonios de antaño sacaban la lengua, con feroces muecas de burla, a su ciudad. Era como si el motivo por el que fueron originalmente esculpidas se revelase, ahora, con una actualidad escandalosa. Las pacientes gárgolas, sin duda, habían esperado ocho siglos para abrir los ojos y tararear con las lenguas bífidas. A lo lejos, las cúpulas y la fachada entera del Sacré-Coeur amanecieron pintadas de negro. Aquí abajo, a la mano, la maqueta del Louvre se hizo transparente.

Gracias a una somera investigación, las despistadas autoridades llegaron a la conclusión de que aquella pintura era mármol y esta invisibilidad cristal. Las imágenes dentro de la basílica cambiaron, como ella de color, de raza: ¿cómo persignarse frente al ébano lustroso de una Virgen congolesa, cómo esperar el perdón de los gruesos labios de un Cristo negroide? Los cuadros y las esculturas del museo, en cambio, adquirieron una opacidad que muchos decidieron atribuir al contraste con los muros, pisos y techos cristalinos. Nadie pareció incomodarse porque la Victoria de Samotracia levitara sin aparente sustento; al fin justificaba sus alas. La duda volvió a apoderarse de los espíritus cuando se observó que, precisamente en virtud de su recién adquirida espesura en medio de tanta ligereza, la máscara del Faraón se sobreponía, en la nueva perspectiva liberada, a los rasgos de la Gioconda y éstos a los del Napoleón de David. Es más: la disolución de los marcos habituales en la transparencia y la consiguiente liberación de los espacios puramente convencionales permitieron apreciar que Mona Lisa, con los brazos cruzados, no estaba sola. Y sonreía.

Pasaron treinta y tres días y medio durante los cuales, aparentemente, el Arco del Triunfo se convirtió en arena y la Torre Eiffel en jardín zoológico. Hablamos de apariencias pues una vez pasada la primera agitación, nadie se tomó el trabajo de tocar la arena que, a ojos vistas, parecía siempre piedra. Arena o piedra, permanecía en su sitio y al cabo nadie le pedía otra cosa: no una nueva naturaleza, sino una forma reconocible y una ubicación reconfortante. Cuánta confusión, en cambio, si el Arco, siempre de piedra, hubiese aparecido en el sitio que consabidamente ocupa, en la esquina de la rue de Bellechasse y la rue de Babylone, una farmacia…

Por lo que se refiere a la torre del señor Eiffel, su transformación sólo fue criticada por los suicidas potenciales, quienes al hacerlo revelaron sus insanas intenciones y debieron guardar compostura, en espera de que se construyesen arrojaderos equivalentes.

—No es sólo la altura; tan importante o más es el prestigio del lugar desde donde se salta a la muerte, le dijo a Polo Febo, en el Café Le Bouquet, un parroquiano habitual que, desde la edad de catorce años, había decidido suicidarse al cumplir los cuarenta. Se lo dijo una tarde cualquiera, mientras nuestro joven y bello amigo proseguía con sus ocupaciones normales, convencido de que hacer otra cosa sería como gritar "¡Fuego!" dentro de un cine repleto un domingo por la noche.

Al público le divirtió que la oxidada traba de la Exposición Universal sirviese como columpio de monos, rampa de leones, guarida de osos y pobladísimo aviario. Casi un siglo de reproducciones, símbolos y referencias la había reducido al más triste y entrañable estado de lugar común. Ahora, el vuelo continuo, la dispersión de palomas, las formaciones de gansos, las soledades de búhos y los racimos de murciélagos farsantes e indecisos en medio de tantas metamorfosis, entretenían y agradaban. La inquietud comenzó cuando un niño señaló el paso de un buitre que, desplegando las alas en la punta del armazón, trazó un vasto círculo sobre Passy y en seguida voló en línea recta hacia las torres de Saint-Sulpice, donde se instaló en un rincón del perpetuo andamiaje de la eterna restauración de ese templo y miró, con avaricia e irritación, las calles desiertas del barrio.

Polo Febo primero apartó de sus ojos el fleco rubio, se arregló con una mano (pues no tenía dos) la espesa melena que le caía sobre los hombros y se asomó a la ventanilla de la pieza que ocupaba en el séptimo piso del viejo inmueble para saludar a un sol de verano que, como todas las mañanas de verano en París, debía aparecer de pie en una carroza de brumas calientes y atendido por una corte de minuciosos perfumes callejeros, pues no eran idénticos los olores que el astro rey dispersaba en julio a los que la reina luna concentraba en diciembre. Hoy, sin embargo… Polo miró hacia las torres de Saint-Sulpice repitiendo en la mente el catálogo de los olores acostumbrados. El buitre se instaló en el andamiaje y Polo husmeó en vano. Ni el pan recién horneado, ni las flores pasajeras, ni la chicoria hervida, ni las húmedas aceras. Antes, solía cerrar los ojos para recibir la mañana veraniega y concentrarse hasta percibir el lejano olor de los capullos en el mercado del Quai de Corse. Hoy, ni las coles y beterragas del vecino mercado de Saint-Germain, ni el humo de Gauloises y de Gitanes, ni el vino derramado sobre paja y madera. La rue du Four se negaba a respirar y la bruma no era el acostumbrado vehículo del sol. El buitre inmóvil desapareció entre las nubes de humo negro que salían, con un aliento de fuelle, por las torres de la iglesia. Y el enorme vacío aromático se llenó, de un golpe, con un ofensivo y gigantesco jadeo, como si el infierno hubiese descargado toda la congestión de sus pulmones. Polo olió carne, pelo y uñas y carne quemados.

Por primera vez en sus veintidós veranos, cerró la ventana y se detuvo sin saber qué hacer. Apenas pudo darse cuenta de que en ese instante empezó a añorar el signo suficiente de su libertad que era esa ventana siempre abierta, de día y de noche, en invierno y en verano, lloviese o tronase. Apenas pudo identificar su desacostumbrada indecisión con un sentimiento de que él, y el mundo en torno a él, envejecían sin remedio. Apenas pudo vencerla con una rápida pregunta: ¿qué está sucediendo, qué me obliga a cerrar por primera vez mi ventana libre y abierta, estarán quemando basura, no, olía a carne, estarán quemando animales, epidemia, sacrificio? Inmediatamente, Polo Febo, que había dormido desnudo (otra imagen bien meditada de su libertad) entró a la ducha portátil, escuchó el ruidoso tamborileo del agua contra la hojalata pintada de blanco, se enjabonó cuidadosamente hasta acumular la espuma en el dorado vello del pubis, levantó su único brazo y dirigió la regadera hacia el rostro, dejó que el agua corriera entre sus labios, cerró la llave, se secó, salió del pequeño e impecable confesionario que esa mañana le lavó de todas las culpas menos una, la de la inocente sospecha y, sin pensar en prepararse el desayuno, calzó sandalias de cuero, se puso unos Levi's de pana amarilla y una camisa de color fresa, echó una rápida mirada al cuarto donde había sido tan feliz, se golpeó la cabeza contra el techo bajísimo y descendió rápidamente, sin hacer caso de los botes de basura vacíos y olvidados en cada descanso de la escalera.

En el entresuelo, se detuvo y tocó con los nudillos a la puerta de la conserje. No obtuvo respuesta y decidió entrar a recoger una improbable correspondencia. Como todas las puertas de conserje, ésta era mitad de madera y mitad de vidrio, y Polo sabía que si el rostro ensimismado de Madame Zaharia no asomaba entre las cortinillas, era porque Madame Zaharia estaba ausente y, sin nada que ocultarle al mundo (pues tal era su más repetida expresión: ella vivía en casa de cristal), no tenía inconveniente en que los inquilinos entraran a recoger las escasas cartas que ella dejaría separadas junto al espejo. Polo, en consecuencia, decidió entrar a esa cueva de perdidas gentilezas, donde el vapor de un eterno cocido de coles empañaba los mementos fotográficos de soldados muertos y sepultados, primero bajo las tierras de Verdun y ahora bajo la película de vapor. Y si unos minutos antes la indecisión se había apoderado del ánimo de Polo Febo, al no encontrar los olores del verano, como un aviso de desencanto y vejez, ahora la actividad (entrar a la pieza de la conserje en busca de un correo improbable) le pareció un acto de inocencia primigenia. Absorto en esta sensación, cruzó el umbral. Pero la novedad física fue más fuerte que la novedad del espíritu. Por primera vez desde que recordaba, nada hervía en la cocina y las fotos de los soldados muertos eran un límpido espejo de sacrificios inútiles y tiernas resignaciones. El olor también se había despedido de la habitación de Madame Zaharia. No así el ruido. En su camastro, sobre las colchonetas floreadas de viejos inviernos, la conserje, menos ensimismada que de costumbre, retenía en la garganta un espumoso aullido.

Pasarán muchos soles antes de que Polo Febo condescienda a analizar las impresiones que el estado y la postura, o sea la causa y el efecto, de Madame Zaharia, le provocaron. Acaso sea posible adelantar, sin autorización del protagonista, que los términos de su ecuación matutina se invirtieron: el mundo, irremediablemente, rejuvenecía y era preciso tomar decisiones. Sin detenerse a pensarlo, corrió a llenar un balde de agua, prendió el fuego de la estufa y puso a hervir el agua mientras con una mezcla de sabiduría atávica y de simple estupefacción, reunía toallas y rasgaba sábanas. El hecho singular que vivía la conserje se había repetido demasiadas veces durante los pasados treinta y tres días y medio. Polo se arremangó con los dientes el único brazo útil (la otra manga la traía sujeta con alfileres a la altura del muñón) y se hincó entre las piernas abiertas y los febriles muslos de Madame Zaharia, listo a recibir la cabecita que pronto debía asomar. Entonces la conserje soltó sus aullantes espumarajos. Polo escuchó el agua hervir, recogió el balde del fuego, arrojó adentro las trizas de sábanas y regresó al pie de la cama para recibir, no la esperada cabeza, sino dos pequeñísimos pies azules. El vientre de Madame Zaharia gimió con las contracciones del océano y el muñón de Polo latió como un mármol que añora la compañía de su pareja.

Cuando el niño nació con los pies por delante y una vez que Polo nalgueó a la criatura, cortó el cordón, amarró el ombligo, arrojó la placenta al balde y trapeó la sangre, hizo ciertas cosas en añadidura: miró el sexo masculino del infante, contó seis dedos en cada pie y observó con asombro la marca de nacimiento en la espalda: una roja cruz de carne entre las cuchillas de la espalda. No supo si acercar al niño a los brazos de esa vieja de más de noventa años que acababa de parirlo, o si, más bien, él mismo debía cargarlo y arrullarlo y apartarlo de una sospecha de contaminación y muerte por asfixia. Optó por lo segundo: sintió, en verdad, miedo de que la anciana Madame Zaharia ahogase o devorase a un hijo llegado tan fuera de temporada y se acercó al antiguo espejo de marco dorado donde la conserje acostumbraba encajar, entre vidrio y marco, las escasas e improbables cartas dirigidas a los inquilinos.

Sí: allí estaba una carta dirigida a él. Pensó que sería una de tantas notificaciones que de tarde en tarde le llegaban, siempre con sumo retraso, pues el desplome casi total de los servicios postales era ya un hecho normal de esta época en la cual todo lo que había significado progreso cien años antes, ahora dejaba de funcionar con eficacia y prontitud. Ni la clorina purificaba las aguas, ni el correo llegaba a tiempo. Y los microbios habían impuesto su reino triunfal sobre las vacunas: indefensos humanos, gusanos inmunes.

Se acercó al sobre y se fijó en que la carta no traía un sello postal reconocible; la retiró del marco, apretando al recién nacido sobre el pecho. La carta sólo venía lacrada con un yeso antiguo y musgoso, y el sobre era amarillo y viejo, como la letra del remitente era curiosa, vieja, obsoleta. Y al tomar la carta, unas gotas de azogue tembloroso rodaron sobre el papel y cayeron al piso. Sin dejar de apretar al niño, Polo rompió con los dientes el sello de yeso rojo y extrajo un pergamino adelgazado, arrugado, casi una hoja de seda transparente. Y leyó el siguiente mensaje:

"En el Dialogus Miraculorum, el cronista Caesarius von Heisterbach advierte que en la ciudad de París, fuente de toda sabiduría y manantial de las escrituras divinas, el persuasivo demonio inculcó una perversa inteligencia en algunos hombres sabios. Debes estar alerta. Las dos fuerzas luchan entre sí, en todo el mundo y no sólo en París, aunque aquí el combate te parezca más agudo. Los azares del tiempo decidieron que aquí nacieras, crecieras y vivieras. Tu vida y este tiempo pudieron haber coincidido en otro espacio. No importa. Muchos nacerán, pero sólo uno tendrá seis dedos en cada pie y una cruz de carne en la espalda. A ése, debes bautizarlo con este nombre: Iohannes Agrippa. Ha sido esperado largos siglos y suya es la continuidad de los reinos originarios. Además, aunque en otro tiempo, es hijo tuyo. No faltes a este deber. Te esperamos; te encontraremos; no hagas nada por buscarnos."

Firmaban esta extraordinaria misiva *Ludovico y Celestina.* Asombrado por la reversión de la muerte que había olido en el humo de Saint-Sulpice y adivinado en sus buitres celosos, a la vida que mantenía con un solo brazo y que creía haber extraído mas no introducido, como misteriosamente lo indicaba la carta, Polo no tuvo tiempo de releerla. Negó dos veces con absoluta certeza: a nadie conozco que se llame Ludovico o Celestina; jamás me he acostado con esta anciana. Tomó un poco de agua sangrante entre los dedos, roció la coronilla de este ser tan nuevo como excepcional; murmuró de acuerdo con lo que le pedían en la carta:

Ego baptiso te: Iohannes Agrippa.

Al hacerlo, guiñó el ojo en dirección de la foto del recio *poilu* muerto durante alguna olvidada guerra de trincheras, tanques y gases bacteriológicos, que fue el marido certificado, efímero y único de la anciana Madame Zaharia; colocó al niño en brazos de la vieja de ojos azorados, se lavó la mano y, sin volver a mirar, salió de la pieza con la satisfacción del deber cumplido.

¿Realmente? Abrió el pesado portón que da a la rue des Ciseaux, esa estrechísima calle que lleva siglos corriendo, imperturbable, de la rue du Four al boulevard Saint-Germain y debió luchar contra una nueva alarma que se quería imponer a su deseo de gozar esta gloriosa mañana de julio. ¿El mundo rejuvenecía o envejecía? Como la calle misma, la cabeza de Polo era una esquina bañada por el sol y también un sombrío desierto.

El Café Le Bouquet, de suyo tan concurrido, invitaba con las puertas abiertas y las mesas y sillas sobre la acera; pero en el muro de espejos detrás de la barra sólo se reflejaban las ordenadas filas de botellas verdes y ambarinas, y en el largo pasamanos de cobre apenas se distinguían las apresuradas huellas digitales. La televisión había sido desconectada y unas abejas zumbaban cerca del muestrario de cigarrillos. Polo alargó la mano y bebió, directamente de la botella, un trago de anís. Luego buscó detrás de la barra y encontró los dos cartones que anunciaban el bar-café-tabaquería. Metió la cabeza entre los cartones y ajustó los tirantes de cuerpo que los unían sobre sus hombros. Habilitado en hombre-sándwich, salió de nuevo a la rue du Four y ya no se preocupó al pasar al lado de los negocios abiertos y abandonados.

En el joven cuerpo de Polo se escondía, quizás, un viejo optimismo. Emparedado entre los anuncios, no sólo cumplía el trabajo por el que recibía un modesto estipendio. Repetía, además, la regla de seguridad según la cual cuando el tren subterráneo se detiene durante más de diez minutos y las luces de la caverna se apagan, lo indicado es seguir leyendo el periódico como si nada sucediera. Polo Avestruz. Mientras a él no le sobrevinieran accidentes como el de Madame Zaharia (¿y quién metería la única mano en el fuego, dados los tiempos que corren?) no tenía por qué interrumpir el ritmo normal de su existencia. No. Mucho más; sigo creyendo que el sol sale todos los días y que cada nuevo sol anuncia un día nuevo, un día que ayer fue futuro; sigo creyendo que hoy prometerá un mañana en el instante de cerrar una página, imprevisible antes, irrepetible después, del tiempo. Sumergido en estas reflexiones, no advirtió que un humo cada vez más espeso le envolvía. Con la inocencia de la costumbre (que inevitablemente será congelada por la malicia de la ley) había dirigido sus pasos a la plaza Saint-Sulpice y se aprestaba a mostrar a los acostumbrados parroquianos de los cafés los cartones que por delante le cubrían hasta las rodillas y por detrás hasta las corvas. Lo primero que pensó, al verse envuelto por el humo, fue que nadie podría leer las letras que recomendaban asistir, de preferencia, al Café Le Bouquet. Levantó la mirada y se dio cuenta de que ni siquiera las cuatro estatuas de la plaza eran visibles; sin embargo, eran ellas los únicos testigos de la publicidad cargada por Polo, encargada a Polo. El muchacho se dijo, idiotamente, que la humareda se originaba en las bocas de los oradores sagrados. Pero ni de los dientes de Bossuet, los labios de Fénelon, la lengua de Massillon o el paladar de Fléchier, asépticas cavidades de piedra, podría surgir ese olor nauseabundo, el mismo que antes le impresionó desde la ventana de su bohardilla. Ahora lo acentuaba, más que la cercanía, el compás de una marcha invisible que su oído situó primero en la rue Bonaparte. Pronto pudo distinguir lo que era: un rumor universal y circulante.

El humo le rodeaba; pero alguien sitiado por el humo cree mantener un espacio de claridad alrededor de su propia presencia física; nadie, capturado por la bruma, se siente materialmente devorado por ella; no soy la bruma, se dijo Polo, la bruma sólo me rodea como rodea a las estatuas de los cuatro oradores sagrados. Alargó desde el humo pero también hacia el humo la única mano y en seguida la retiró, espantado, para guardarla detrás del cartel que le

cubría el pecho; en un par de segundos, su mano extendida, intro-
ducida dentro del humo, había rozado carne ajena, cuerpos veloces,
desnudos y ajenos. Escondió los dedos que recordaban y conserva-
ban el tacto de un grueso aceite, casi una manteca. Cuerpos ajenos,
cuerpos invisibles y sin embargo presentes, veloces, cubiertos de
grasa. Su única mano no mentía. Nadie lo observó; pero Polo sintió
vergüenza por haber sentido miedo. El verdadero motivo de ese
miedo no fue el descubrimiento casual de una veloz fila de cuerpos,
escondidos por el humo y en marcha hacia la iglesia, sino la simple
imagen de su única mano adelantada, devorada por el humo. Invisible. Desaparecida. Mutilada por el aire. Sólo tengo una. Sólo me
queda una. Se tocó los testículos con la mano recuperada para asegurarse de la prevalencia de su ser físico. Su cabeza, allá arriba, lejos
de la mano y el sexo giraba en otra órbita y la razón, de nuevo triunfante, le advertía que las causas surten efectos, los efectos proponen
problemas y los problemas exigen soluciones que, a su vez, se con-
vierten, en virtud de su éxito o de su fracaso, en causas de nuevos
efectos, problemas y soluciones. Esto le dijo la razón, pero Polo no
entendió qué relación podía tener semejante lógica con las sensaciones que acababa de experimentar. Y seguía allí, detenido en medio
del humo, exhibiendo unos carteles que nadie miraba.

—La insistencia es desagradable y contraproducente, le había
amonestado el patrón del Café al contratar sus servicios. Un par de
vueltas frente a cada café competitivo y adiós, aleop, rápido a otro
lugar.

Polo empezó a correr lejos de la plaza Saint-Sulpice, lejos del
humo y el tacto y el hedor: no había otro olor porque el de Saint-
Sulpice se había impuesto a todos los demás; el olor de grasa, de
carne, uña y pelo quemados era el asesino de los recordados perfumes de flor y tabaco, de paja y acera mojada. Corrió.

Nadie negará que, a pesar de sus ocasionales resbalones, nuestro héroe es básicamente un hombre digno. La conciencia de serlo
le hizo disminuir el paso apenas vio que se acercaba al bulevar y
que, a menos que todo hubiese cambiado de la noche a la mañana,
allí lo esperaría el acostumbrado (desde hace treinta y tres días y
medio) espectáculo.

Trató de imaginar por cuál de las calles podría acercarse con
menos dificultad a la iglesia, pero lo mismo desde la rue Bonaparte
que desde la rue de Rennes que desde la rue du Dragon desiertas
pudo distinguir, en el boulevard Saint-Germain, esa masa compacta

de espaldas y cabezas, esa multitud alineada de seis en fondo, encaramada a los árboles o sentada en gradas que habían sido ocupadas desde
la noche anterior, si no antes. Se encaminó por la rue du Dragon que
era, de todos modos, la más alejada del espectáculo mismo, y en dos
zancadas alcanzó al dueño del Café Le Bouquet que se dirigía con su
esposa y un canasto de panes, quesos y alcachofas, al bulevar.

—Están retrasados, les dijo Polo.

—No; es la tercera vez esta mañana que regresamos por más
provisiones, le contestó el Patrón con una mirada de condescendencia.

—Ustedes tienen derecho de llegar hasta las primeras filas;
qué envidia.

La Patrona sonrió, mirando los cartelones y aprobando la fidelidad de Polo a su empleo: —Más que derecho. Obligación. Sin
nosotros, morirían de hambre.

Polo hubiese querido preguntarles, ¿qué ha pasado?, ¿por qué
dos tacaños miserables como ustedes —me consta, no me quejo—
andan regalando comida, qué cosa temen, por qué lo hacen? Dis-
cretamente, se limitó a preguntar:

—¿Puedo unirme a ustedes?

Los dueños del Café encogieron los hombros y le dijeron con
un gesto que los acompañara a lo largo de la antigua calleja hasta la
bocacalle donde la señora se colocó el cesto en la cabeza y empezó
a gritar pidiendo paso para los víveres, paso para los víveres y el Patrón y Polo forzaron un camino entre la multitud festiva que se api-
ñaba entre las casas y las barreras levantadas por la policía al filo de
la acera. Una mano se alargó para robar un queso; el Patrón le pegó
un manotazo en la cabeza al truhán:

—¡Es para los penitentes, sinvergüenza!

Y también la Patrona le dio un coscorrón al bromista:

—¡Tú tienes que pagar; y si quieres comer gratis, hazte peregrino!

—La taza, dijo Polo entre dientes. ¿Venimos a reír o a llorar;
estamos naciendo o muriendo?

¿Principio o fin, causa o efecto, problema o solución: qué estamos viviendo? Nuevamente la razón propuso las interrogantes;
pero la memoria, más veloz que la razón, regresaba hasta atrás, a un
cine del Barrio Latino; Polo acompañaba a sus patrones cargados
de víveres a lo largo de la rue du Dragon; Polo recordaba una vieja
película que había visto de niño, espantado, paralizado por la abundancia insignificante de la muerte, una película llamada "Noche y

niebla" —niebla, el humo de la plaza Saint-Sulpice, la bruma que escapaba de sus torres custodiadas por buitres—, noche y niebla, la solución final, causa, efecto, problema, solución...

El espectáculo estalló ante su mirada y le arrancó de la actitud nostálgica, temerosa, pensativa. Circo o tragedia, ceremonia bautismal o vigilia fúnebre, el evento había resucitado un sentimiento ancestral. A lo largo de la avenida, las cabezas se protegían del sol con gorros frigios; abundaban las escarapelas tricolores y los banderines surtidos. La primera fila de asientos en las gradas había sido reservada para unas cuantas viejas que, naturalmente y en obsequio a consabidas imágenes, tejían sin cesar y lanzaban exclamaciones a medida que pasaban frente a ellas los contingentes de hombres, muchachos y niños portando banderas y cirios encendidos en pleno día. Cada contingente venía precedido por un monje con cilicio y guadaña al hombro y todos, descalzos y fatigados, iban llegando a pie de los diversos puntos que sus pendones color escarlata anunciaban con letra de brocado: Mantes, Pontoise, Bonnemarie, Nemours, St. Saens, Senlis, Boissy-Sans-Avoir-Peur. Bandas de cincuenta, de cien, de doscientos hombres sucios y barbados, muchachos que movían con dificultad los cuerpos adoloridos, niños con manos negras, mocos y lagañas; todos entonando esa cantinela obsesiva:

El lugar es aquí,
El tiempo es ahora,
Ahora y aquí,
Aquí y ahora.

Cada contingente se iba uniendo a los demás frente a la iglesia de Saint-Germain, en medio de los vivas, los brindis y las bromas de algunos, el sepulcral espanto y fascinación de otros, y los ocasionales, dispersos, flotantes coros que volvían a cantar La Carmagnole y Ça Ira. Contradictoria y simultáneamente, las voces exigían la horca para el poeta Villon y el fusilamiento para el usurpador Bonaparte, pedían marchas contra la Bastilla y contra el gobierno de Thiers en Versalles, recitaban sin concierto al poeta Gringoire y al poeta Prévert, clamaban contra los asesinos del Duque de Guisa y los excesos de la reina Margot, anunciaban confusamente la muerte del amigo del pueblo en su tina de agua tibia y el nacimiento del futuro rey Sol en el lecho helado de Ana de Austria; éste gritaba un pollo en cada cazuela, aquél un bastón de mariscal en cada mochila, el otro París bien vale una misa, el de más allá ¡enriqueceos!, el de más acá ¡la imaginación al poder! y una voz aguda, ululante, anónima, vencía a todas las demás, gritando, repitiendo obsesivamente, oh crimen cuántas libertades se cometen en tu nombre; de la rue du Four al Carrefour de l'Odeón, miles de personas luchaban por un lugar de preferencia, cantaban, reían, comían, gemían, se agotaban, se abrazaban, se repelían, bromeaban entre sí, lloraban y bebían, mientras el tiempo se colaba hacia París como hacia un drenaje turbulento y los peregrinos descalzos se tomaban de las manos para formar un doble círculo cuyos extremos tocaban, al norte, la Librería Gallimard y el Café Le Bonaparte, al oeste el Café des Deux Magots, al sur Le Drugstore y la disquería Vidal y la boutique Ted Lapidus y al oeste la propia iglesia, alta, severa y techada. Un ex presidiario y un inspector de policía levantaban tímidamente la tapa metálica de una atarjea, miraban lo que pasaba sin dar crédito a sus ojos y volvían a desaparecer, perdidos en el negro panal de las alcantarillas de París. Una cortesana tísica miraba detrás de las ventanas cerradas de su alto apartamento con desgano y desengaño, corría las cortinas, se recostaba en una canapé y, en la penumbra, cantaba un aria de despedida. Un hombre joven, delgado y febril, vestido con levita, sombrero alto y pantalón de Nankin, caminaba lentamente, indiferente a la multitud, su atención fija en la diminuta piel de onagro que por minutos se encogía sobre la palma de su mano. Polo y los patrones llegaron hasta la esquina del Deux Magots y allí, según lo convenido, la señora le entregó la canasta a su marido.

—Ahora vete, le dijo el Patrón a su esposa. Ya sabes que de las mujeres no aceptan nada.

La señora se perdió entre la multitud, no sin antes musitar:

—Una novedad cada día. La vida se ha vuelto maravillosa.

Polo y el Patrón se dirigieron al doble círculo de peregrinos que comenzaban a desnudarse en silencio; los más próximos, al acercarse los dos hombres con el cesto, se miraron entre sí sin dirigirse la palabra; suprimiendo una exclamación y una probable alegría; cayeron de rodillas y sin levantar las cabezas humilladas ante los dos proveedores tomaron cada uno un pedazo de pan y otro de queso y una alcachofa y los devoraron, siempre de rodillas, con actitud sacramental y las cabezas inclinadas, rompiendo el pan, saboreando el queso, deshojando la alcachofa, como si éstos fuesen actos primarios y a la vez finales, como si estuviesen recordando y previendo al acto básico de comer, como si no quisieran olvidarlo, como si quisieran inscribirlo en los instintos del porvenir (Polo Antropólogo); comieron con prisa creciente, pues ahora, desde el centro del círculo, avanzaba hacia ellos el Monje con un látigo en la mano. Los peregrinos volvieron a inclinar las cabezas ante Polo y el Patrón y terminaron de desvestirse hasta quedar, como todos los demás hombres, muchachos y niños que formaban el doble círculo, cubiertos sólo por una estrecha falda de yute que les caía de la cintura a los tobillos.

El Monje, desde el centro del doble círculo, hizo tronar una vez el látigo y los peregrinos del primer círculo, el interno, se dejaron caer bocabajo y con los brazos abiertos sobre el suelo, uno tras otro, lenta y sucesivamente. El murmullo impaciente, distraído o vital de la multitud comenzó a apagarse. Ahora, cada hombre, muchacho o niño que seguía de pie detrás de los que se habían postrado separó las piernas y pasó encima de uno de los cuerpos yacentes, rozándolo con el látigo. Pero en el enorme círculo, no todos descansaban bocabajo y con los brazos abiertos. Algunos adoptaron posturas grotescas y Polo Catequista, al recorrer el círculo con la mirada, pudo repetir, casi ritualmente, los nombres de las expiaciones capitales (¿no hemos sido educados para saber que todo pecado contiene su propio castigo?) que merecían esos puños crispados con ira, esas manos apretadas con avaricia contra el pecho, esos cuerpos apartados y verdosos, esas delgadas grupas agitadas sin contención, esos vientres mostrados con plenitud satisfecha al sol, esas poses soberanas de desdén y de soberbia, esas cabezas apoyadas dócilmente contra una mano exangüe, esos buches groseros y esos ojos codiciosos.

A ellos se dirigió el Monje y una sábana de silencio descendió sobre la multitud: el látigo tronó primero en el aire y en seguida contra los puños, las manos, las grupas, los vientres, las cabezas, los ojos, los labios. Casi todos retuvieron los gritos. Alguno sollozó. A cada latigazo, el Monje repetía la fórmula:

—Levántate, por el honor del santísimo martirio. Cualquiera que diga o piense que los cuerpos humanos resucitarán en forma de esfera y sin parecido con el cuerpo que tuvimos, anatematizado sea…

Y la volvió a repetir cuando se detuvo frente al viejo de espaldas cargadas y canosas que crispaba los puños a un paso de Polo. Nuestro joven y bello amigo se sacudió y se mordió un dedo con cada latigazo que hería las manos purpurinas del penitente; sintió que en torno a él la cerrada multitud se sacudía y se mordía los labios como él, idéntica a él y que, como él, nadie tenía ojos sino para el fuete del Monje y las manos azotadas del viejo. Sin embargo, una fuerza superior obligó a Polo a levantar la mirada. Al hacerlo, encontró la del Monje. Oscura. Perdida en el fondo de la cofia. Una mirada sin expresión incrustada en el rostro sin color.

El Monje fustigó por última vez al viejo de domeñada iracundia y repitió la fórmula, mirando directamente a Polo. Polo ya no escuchó las palabras; solamente pudo oír la voz sin timbre, jadeante, como si el Monje respirase por esa boca abierta y fuese incapaz de cerrarla jamás. El Monje dio la espalda a Polo y regresó al centro del círculo.

El primer acto había terminado y una ruidosa exclamación surgió de las gargantas; las viejas hicieron chocar las agujas entre sí; los hombres gritaron; los niños agitaron las ramas de los platanares donde estaban encaramados. El inspector de policía, con una linterna en alto, continuó persiguiendo al fugitivo en los oscuros laberintos de ratas y aguas negras. La cortesana rodeada de tinieblas tosió. El flaco y afiebrado joven apretó el puño con desesperación: la piel del asno salvaje se había evaporado en su mano, como la vida parecía huir de su líquida mirada. Un nuevo latigazo en el aire y un nuevo silencio. Los penitentes se pusieron de pie. Cada uno tenía en la mano un fuete con seis correas terminadas en punta de fierro. El Monje entonó un himno y Polo apenas pudo escuchar las primeras palabras:

—Nec in aerea vel qualibet alia carne ut quidam delirant surrecturos nos credimus, sed in ista, qua vivimus, consistimus et movemur.

Nuevas y antiguas, viejas y jóvenes de treinta y tres días con doce horas, las palabras iniciales del oficiante eran esperadas. Pero fueron recibidas con el mismo asombro que las nimbó la primera vez que este hombre encapuchado tomó su lugar en el centro del doble círculo de penitentes frente a Saint-Germain y, por primera vez, las cantó. Parece que en aquella lejanísima ocasión el público permaneció en silencio hasta el final del himno y luego las muchedumbres corrieron a agotar los manuales de latín en las librerías del Barrio, pues el que más sabía apenas sabía que *Gallia divisa est in partes tres.* Pero ahora, como si todos intuyesen que las oportunidades de la excitación inédita tendrían que volverse cada vez menos frecuentes o, por lo menos, menos exaltantes, el Monje cantó las primeras palabras y la multitud estalló en gritos y sollozos.

Ese aullido, eco de sí mismo, larguísima y ululante onda lanzada de voz en voz, agotada en una esquina, resucitada en la siguiente, perdida entre dos manos, recuperada entre dos alientos, era sólo una vasta onomatopeya: campana, oración, poema, canto, sollozo en el desierto, aullido en la selva. Los penitentes miraban al cielo y cantaban, el Monje les exhortaba a la oración, a la piedad y al terror de los días por venir y los látigos golpeaban las espaldas desnudas con un chasquido rítmico que sólo se interrumpía cuando un punzón de metal se clavaba en la carne de un penitente, como ahora: ese joven cuya cabellera revuelta formaba una aureola negra y fugaz bajo el sol, gritó por encima del anticipado aullido de la multitud, de los gemidos de sus compañeros y de la cantinela del Monje; al chasquido de cuero sobre la piel se unió el rasgar de fierro contra la carne; el joven robusto, capturado dentro del movimiento rítmico, circular, perpetuo de los flagelantes, se arrancó como pudo el dardo del muslo; el chorro de sangre manchó las baldosas del atrio; entonces Polo se dijo que la carne de este hombre, más que morena, era una delgada inflamación tumefacta, verdosa. Vio en los ojos verdes y bulbosos del flagelante herido una transitoria agonía y en su frente aceitunada una coraza de sudores fríos.

La noticia de la autoflagelación fue comunicada de boca en boca, hasta estallar en una patética ovación, mezcla de misericordia y placer. Polo dio la espalda al espectáculo y caminó hacia la Plaza Furstenberg, abriéndose paso gracias a esos cartones que eran, también, su coraza, las astas de su molino inválido. Y al alejarse de esa abadía que fue tumba de los reyes merovingios, quemada por los normandos, reconstruida por el séptimo Luis y consagrada por el tercer papa Alejandro, ya no pudo ver cómo adelantaba los brazos el hombre que se flageló, buscando a Polo y diciéndole con la voz muy sorda y en un hispánico francés de dientes cerrados:

—Soy Ludovico. Te escribí. ¿No recibiste mi carta? ¿Ya no te acuerdas de mí?

La Plaza no había sido tocada. Polo se sentó en una banca y admiró el recogimiento simétrico de este remanso de flamboyanes en flor y redondos faroles blancos cuyo privilegio era creer —y hacer creer— que el tiempo no transcurría. Polo se cubrió una oreja con la mano: París era una imagen: la Patrona del café se alejaba con gratitud; la vida se había vuelto maravillosa; sucedían cosas; la desesperada rutina había sido rota. Para ella (¿para cuántos más?) las cosas volvían a tener un sentido; para muchos (¿para ella también?) la existencia encontraba de nuevo un imaginario, una correspondencia con todo lo que, distinto de la vida, identifica a la vida.

Los labios del Monje se movían; sus palabras eran ahogadas por el estrépito de público y flagelantes. Polo no tenía pruebas de que el hombre de la mirada muerta hubiese dicho realmente lo que ahora, sentado en la banca de la Plaza Furstenberg, él le atribuía, sin entender los corolarios de esta sencillísima proposición: en París, esta mañana, una anciana había dado a luz y una Patrona de café había estado encantada de la vida. Típica, rechoncha, adorable Patrona con sus mejillas encendidas y su chongo restirado; vil, avara, sin imaginación, contando cada céntimo que entraba a las arcas. ¿Qué fuerza espantable, qué terrible temor la obligaba a ser generosa? Polo miró su mano única y los restos de manteca que se obstinaban en empastelarse y endurecerse entre las líneas de vida y fortuna, amor y muerte. De niño había visto una película, la noche y la niebla, la abundancia insignificante de la muerte, la solución final… Polo sacudió la cabeza.

—Seamos prácticos. Es matemáticamente exacto que esta mañana me he paseado entre varios miles de espectadores. Nunca tantas personas han podido ver, de un solo golpe, los anuncios del Café Le Bouquet. Es cierto que nadie reparó en ellos. Mis carteles no podían competir con el espectáculo de las calles. De manera que el día en que más gente pudo recibir el impacto publicitario perseguido por el Patrón ha sido el día en que menos gente estaba dispuesta a dejarse seducir por un anuncio. Ni la abundancia de público, ni su desinterés, son culpa mía. Por lo tanto, da igual que me pasee entre las multitudes o a lo largo de las calles más solitarias.

Quod est demostratum: Polo Cartesiano. La reflexión ni lo alentó ni lo desanimó. Además, las nubes se estaban acumulando en el occidente y pronto correrían con gran velocidad para encontrarse con el sol que marchaba en sentido contrario. El hermoso día de verano se iba a estropear. Con un suspiro, Polo se puso de pie y caminó por la rue Jacob, ni lenta ni apresuradamente, conservando una especie de simetría imposible, mostrando el perfil de los carteles a las vitrinas de las casas de antigüedades, deteniéndose a veces para admirar algunas minucias expuestas: tijerillas de oro, lupas antiguas, autógrafos famosos, diccionarios miniatura, pequeñísimos puños de plata, una tela o una máscara de plumas con un centro de arañas muertas. La serenidad de la calle estuvo a punto de devolver la calma a su espíritu. Pero, se dijo al verse reflejado en un aparador, ¿puede un manco ser realmente ecuánime? Polo Mutilado.

Se detuvo frente a un abandonado quiosco de periódicos polvosos y amarillos; leyó algunos de los titulares más llamativos, *Ur-*

*gente reunión de geneticistas convocada por la OMS en Ginebra,
Madrid misteriosamente despoblada, Invasión de México por fuerzas
de la marina norteamericana*, y se dio cuenta de que las nubes avanzaban con velocidad superior a la prevista y en el estrecho cañón de
la rue de l'Université, la luz y la sombra se sucedían como latidos de
corazón. Es la luz y la sombra del sol, se iba repitiendo Polo, o es un
sartén que hace bromas en el cielo, pero no, no es, no es todavía el
humo de Saint-Sulpice, extrañamente suspendido sobre la plaza,
inmóvil. Aquel humo prometía ceniza; esta nube, agua. Polo bajó
por la rue de Beaune al Sena, murmurando palabras de su poema
bautismal (pues cuando él nació la moda era bautizar, no de acuerdo
con el obsoleto santoral, sino con una antología de poemas) escrito
por un viejo loco que jamás pudo distinguir entre la traición política y el humor delirante, que por igual detestó las monerías arcai-
cas y las ingenuidades progresistas, que jamás aceptó un pasado que
no alimentara al presente o un presente que no comprendiese el pasado, que confundió todos los síntomas con todas las causas: *he cantado a las mujeres en tres ciudades, pero todas son una; cantaré al sol;
¿eh…?; casi todas tenían ojos grises; cantaré al sol.*

Allí estaban, a lo largo del Quai Voltaire, las jóvenes y las viejas, las plenas y las magras, las gozosas y las inconsolables, las sere-
nas y las intranquilas, recostadas en ambos lados de las aceras, unas
acodadas contra el parapeto del muelle, otras acurrucadas al pie de
los edificios; todas iluminadas u oscurecidas por el veloz juego de
las nubes y el sol de julio. Julio… murmuró Polo… en París todo
sucede en julio, siempre… se pueden amontonar las hojas de calendario de todos los julios pasados y no se perdería un solo gesto, una
sola palabra, un solo trazo del verdadero rostro de Paname; julio es
cólera de multitudes y amor de parejas; julio es un adoquín, una
bicicleta y un río lento; julio es un organillo callejero y muchos reyes decapitados; julio tiene el calor de Seurat y la voz de Yves Mon-
tand, julio tiene el color de Dufy y la mirada de René Clair… Polo
Trivia… pero ésta es la primera vez que un julio cualquiera anuncia
el final de un siglo y el inicio de otro (la primera vez en mi vida,
digo, Polo Púber) aunque se preste a confusiones y argumentos saber si dos mil es el último año del siglo viejo o el primero del nuevo
siglo. Julio. Qué lejano el próximo diciembre, el siguiente enero que
disipe todas las dudas, todos los temores.

Julio. Y el sol, inmenso, gratuito y ferviente reflector, revelaba,
con cada parpadeo contrario, que la ciudad era un espacio abierto

y que al mismo tiempo la ciudad era una cueva. Y si en Saint-Germain todo era alboroto, aquí todo volvería a ser, como en Saint-Sulpice, un silencio punteado por leves rumores: a la marcha de los pies descalzos en la plaza correspondía el suavísimo llanto de los muelles.

Hasta donde la mirada alcanzaba —el puente de Alejandro III de un lado, el de Saint-Michel del otro— las mujeres yacían en las aceras y otras mujeres las ayudaban. El milagro singular de la casa de Madame Zaharia era el milagro colectivo de los muelles: las señoras, de todas las edades, formas y condiciones, parían.

Polo Febo se abrió paso entre las parturientas, confiado, acaso, en que alguna de ellas tuviese el buen humor de leer las palabras pintadas sobre los carteles que golpeaban las rodillas y las corvas del joven y, una vez superadas las contingencias actuales, se encontrase en buena disposición para ir al Café anunciado. No se hizo muchas ilusiones al respecto. Envueltas en sábanas, en batas, en toallas, con las medias enrolladas hasta el tobillo y las faldas levantadas hasta el ombligo, las mujeres de París parían, se preparaban a parir o acababan de parir; éstas eran desalojadas eventualmente por las comadronas improvisadas que las habían asistido y que en seguida se preparaban para atender a las recién llegadas que formaban cola en los dos puentes extremos, Alejandro III y Saint-Michel. Y Polo se preguntó: ¿en qué momento se convirtieron o se convertirán las parteras mismas en parturientas, y quién las podrá atender sino las que ya parieron o aún no paren?, y si el milagro de Madame Zaharia no era exclusivo sino genérico, ¿habían parido o parirían las viejas dedicadas a tejer calceta y acomodarse los gorros frigios frente al espectáculo de Saint-Germain-des-Prés? En todo caso, los inmuebles con vista al río habían sido desalojados y las mamás con sus bebés eran conducidas a ellos una vez que se agotaba la debida pausa entre el parto, la reticente celebración del recién venido y una ligera siesta al aire libre.

No eran estos detalles administrativos los que inquietaban a Polo mientras caminaba entre las figuras yacentes, las quejas reprimidas y el regurgitar de niños, sino las miradas que le dirigían las propias parturientas. Quizá algunas, las más jóvenes, lo confundían con el posible padre que, seguramente, en ese momento estaba celebrando a los flagelantes frente a la iglesia de Saint-Germain; ciertas miradas eran de esperanza y otras de desilusión; pero, como suele suceder, aquéllas pronto se trocaron en veladas decepciones en tanto que éstas se dejaban vencer por una falsa expectativa: Polo estaba seguro de que ni uno solo de esos recién nacidos era obra suya; las mujeres que lograban ver el brazo mutilado dejaban de creerlo, pues todo se podrá olvidar o confundir menos un coito con un manco.

Algunos niños reposaban sobre el pecho materno; otros eran alejados con cólera y espanto por las propias madres y arrullados a regañadientes por las parteras; la beatitud de algunas muchachas y la resignación de ciertas mujeres de treinta años no era, sin embargo, el signo común de este nuevo espectáculo del julio parisino: muchas jóvenes en edad de merecer, y más mujeres ya merecidas, compartían con las viejas una doble expresión, a la vez estupefacta y pícara. Las ancianas, algunas erguidas con dignidad, otras encorvadas como un báculo de pastor; las viejitas, hasta ayer entregadas a sus recuerdos, sus gatos, sus programas de televisión y sus botellas de agua caliente; esos pergaminos octogenarios que caminan de puntitas por las calles y regañan a los transeúntes; esos vetustos acorazados que disputan todo el día en los mercados y al pie de las escaleras; todas ellas, la formidable, espeluznante y entrañable gerontocracia femenina de París, abrían las bocas y guiñaban los ojos, indecisas entre dos actitudes: interrogar con azoro o fingir un conocimiento secreto. A Polo le bastó verlas para concluir que ninguna de ellas sabía quién era el padre de su criatura.

Avanzó por la línea fronteriza entre el asombro y la malicia; algunas viejas alargaron las manos para tocar la pierna de nuestro héroe; él se dio cuenta de que una de las ancianas le daba a entender a su vecina que él, el joven rubio y hermoso, aunque inválido, era el padre inconfeso de ese bebé amoratado que la arpía agitaba como una sonaja. La ronda del chisme estuvo a punto de formarse y sus consecuencias —Polo lo sospechó con terror— hubiesen sido imprevisibles. Chivo expiatorio. Noche y niebla. Ley de Lynch. Furia. Madre Juana de los Ángeles. Incidente en Ox-Bow. Polo Cinemateca. La mirada argüendera de la viejita paralizó a Polo; por un instante se imaginó rodeado de una jauría de mujeres ilusas, primero las provectas, luego las maduras, finalmente las jóvenes; todas arrojadas sobre él, besándolo primero, pellizcándolo, arañándolo, convencidas ahora de que con un manco, y sólo con un manco, habían hecho el amor nueve meses atrás, invocando la mutilación como prueba de su fértil singularidad, exigiéndole que reconociera la paternidad, ciegas, furiosas ante cada negativa del joven, arrastradas por la necesidad de tener víctima propiciatoria, desnudándole, castrándole, comiéndose entre todas sus cojones, colgándole de un poste, exigiéndole hasta el fin que fuese otro, cuando él, con toda sencillez aunque con grande astucia, sólo podría repetir:

—Yo soy yo, sólo yo, un pobre joven inválido que me gano duramente la vida como hombre-sándwich de un café de barrio, no tengo más destino que éste, humilde y satisfactorio, les juro que no poseo otro destino.

Tuvo la sangre fría de devolverle la mirada a la decrépita señora que le aludía con la suya. Y la mirada de Polo también paralizó a la anciana, la obligó a fruncir el ceño y menear tristemente la cabeza. La vieja apretó a la criatura contra los labios deshebrados, lloriqueó con el mentón tembloroso y en sus ojos aparecieron la estupidez y el terror. Polo, al mirarla, sin proponérselo había dejado que una sola imagen, excluyente y victoriosa, pasara por su mente; y esa visión tenía que ser el reverso de la imagen de la procreación desordenada. Polo proyectó en su mente la película de una fila de hombres descalzos, cubiertos de manteca, escondidos en el humo, que entraban al espantoso hedor de la iglesia custodiada por las aves de rapiña: Saint-Sulpice. Y añadió una idea al proyectar esa sola imagen de su mente a su mirada y de su mirada a la de la anciana: la solución final, la muerte rigurosamente programada. Se dijo que no lo sabía, que lo inventaba, que recordaba aquella película y su símbolo central, que quería devolverle a la anciana una imagen aterradora que realmente la radicara donde estaba, en la tierra, en la acera yacente.

Nunca se sabrá si Polo comunicó realmente la imagen a la vieja, y no importa. Lo que él quería no era poner a prueba sus poderes de telepatía sino liberarse, él mismo, del recuerdo y la intuición de Saint-Sulpice, convertida ya para su imaginación de nostalgias cinematográficas en catedral del crimen y cámara de la extinción. Sintió el alivio de haberle trasladado, heredado la imagen a la vieja: la imagen y quizás el destino de la muerte. Pero en seguida se preguntó si la muerte se la pasan los jóvenes a los viejos, o se la heredan los viejos a los jóvenes. Para ciertos hombres buenos, el desorden es el mal. Esta limitación cotidiana les permite, en situaciones de excepción, encontrar la paz donde parecería no haberla. La cabeza empezó a girarle a Polo; un orden implacable privaba en Saint-Sulpice y no había allí bien alguno; un desorden espantoso reinaba en el Quai Voltaire y no podía haber allí mal alguno, a menos que la vida hubiese adoptado las facciones de la muerte, y la muerte el semblante de la vida. Frente a Polo, del otro lado de la acera, se tendía el Pont des Arts, herrosa comunicación entre los muelles del Instituto y los del Louvre transparente. El puente partía del disimulado escándalo de este hospital de parturientas al aire libre (ya no tardaba en llover ¿y entonces?) y cruzaba sobre la hirviente y estruendosa anarquía de las aguas. En el centro de estos signos de la catástrofe el puente mismo era un solitario remanso. Imposible saber por qué motivo las mujeres congestionaban los demás accesos a los muelles y evitaban éste. Reglamento, libre decisión o temor no declarado, el hecho es que nadie transitaba por Pont des Arts, que de esta manera brillaba con un solitario equilibrio.

Polo tuvo la sensación de dirigirse a un punto que sería el fiel de la balanza en una ciudad de platillos cargados con un peso excesivo de humo y sangre. Subió las escaleras y no pudo creer lo que veía. El amplio trazo del Sena hasta dividirse en la Ile de la Cité, el perfil vidrioso del nuevo Louvre, la corona de la tormenta sobre las torres truncas de Notre-Dame. Las transformaciones, hasta hace unos minutos consideradas como portentos, parecían ahora detalles insignificantes; una bajísima bruma revestía la superficie del río y ocultaba las ruinas de las barcazas; la ciudad y su cielo habían generado un nuevo aire de cristal y luz, una franja de vidrio y oro entre la tierra y la tormenta suspendida.

Una muchacha estaba sentada a la mitad del puente. De lejos, a contraluz (Polo asciende los peldaños que conducen al Pont des Arts), era un punto negro y recortado. Al acercarse, Polo fue llenando ese perfil de color, pues el pelo recogido en una trenza era castaño, el largo batón morado y los collares verdes. La muchacha dibujaba sobre el asfalto del puente. No levantó la mirada cuando Polo llegó hasta ella y añadió a la descripción: tez delgada y firme como una taza china, naricilla levantada, labios tatuados. Dibujaba con tizas, como durante años lo habían hecho numerosos estudiantes que aquí reproducían cuadros famosos, o inventaban nuevas figuras, para solicitar la ayuda del pasante y pagarse los estudios, completar un viaje o emprender el regreso al hogar. En otras épocas, una de las alegrías de la ciudad era pasear por este puente leyendo las *gracias* escritas con tiza en todos los idiomas del mundo y escuchando la caída de las monedas y el guitarreo de los jóvenes que al atardecer cantaban baladas de amor y protesta.

Ahora, sólo esta muchacha dibujaba allí, concentrada en la banalidad de su torpe ejecución; dibujaba a partir de un círculo negro, irradiando de él zonas de diversos colores, azul, granate, verde, amarillo; Polo quiso recordar dónde había visto, hacía muy poco, una forma semejante. Se detuvo frente a la muchacha y pensó que los labios eran mucho más interesantes que el dibujo: un tatuaje violeta, amarillo y verde los cubría con sierpes caprichosas, libres para adaptarse a los movimientos de la boca, sometidos a ella y a la vez independientes de ella: el tatuaje era una boca aparte, una segunda boca y también sólo la boca de la muchacha, pero perfeccionada, enriquecida por los contrastes de color que resaltaban y profundizaban cada brillo de la saliva y cada arruga inscrita en la plenitud de los labios. Al lado de la joven mujer estaba, de pie, una larga y verde botella. Polo se preguntó si los labios pintados beberían su vino. Pero la botella estaba sellada con un yeso rojo, antiguo, labrado y virgen.

Una gota redonda, luego otra más gruesa, y otra más, cayeron sobre el dibujo. Polo miró el cielo oscuro y la muchacha miró a Polo y él, sin mirarla a ella, pensó primero en el dibujo borrado por la lluvia y en seguida, inexplicablemente, en una frase que durante varios días le había rondado en sueños, inexpresada hasta ese preciso instante. Los labios tatuados se movieron y dijeron lo que él pensaba:

—Increíble el primer animal que soñó con otro animal.

Polo sintió ganas de huir; giró la cabeza hacia los muelles y ya no había nadie allí; sin duda, la lluvia cada vez más tupida había obligado a las parteras y a las parturientas a buscar refugio. La muchacha movió los labios tatuados mientras miraba uno de los carteles que Polo había mostrado inútilmente toda la mañana. La calma regresó al cuerpo del joven mutilado; la calma se transformó en orgullo y Polo se dijo que ojalá lo viesen ahora los patrones del Café, ojalá: nadie, nunca, había mirado con intensidad parecida y ojos tan grises (¿eh?) el anuncio de Le Bouquet; Polo infló el pecho; había justificado su salario; lo desinfló; se estaba conduciendo como un idiota; bastaba ver los ojos de la muchacha para saber que no estaban leyendo el inocuo anuncio del Café. Ahora llovía intensamente, el frágil dibujo ejecutado por la muchacha se escurría hacia el río en espirales de color opaco, seguramente las letras del anuncio eran lavadas de la misma manera y sin embargo la muchacha continuaba leyendo con el ceño arrugado y una mueca indescriptible en los labios.

Se levantó y avanzó bajo la lluvia, hacia Polo. Polo retrocedió. La muchacha le tendió la mano:

—Salve. Te he estado esperando toda la mañana. Llegué anoche, pero no quise molestarte, aunque Ludovico insistió en man-

darte esa carta. ¿La recibiste?... Además, preferí recorrer las calles
a solas. Soy mujer (sonrió); me gusta recibir las sorpresas sin compañía y las razones más tarde y de boca de un hombre. ¿Por qué me
miras con extrañeza? ¿No te dije que hoy vendría a visitarte? Hicimos un voto, ¿recuerdas?, de volvernos a encontrar en este puente
este preciso día, el catorce de julio. Más bien: el puente no existía
el año pasado; soñamos que debía haber un puente en este lugar, y
ya lo ves, nuestro deseo se cumplió. Pero no entiendo muy bien. El
año pasado todos los puentes sobre el Sena eran de madera. ¿De qué
están hechos ahora? No, no me contestes todavía. Escúchame hasta
el final. El viaje desde España es largo y difícil. Las ventas están
atestadas y los caminos son cada día más peligrosos. Las bandas
avanzan con una rapidez que sólo puede explicarse de una manera:
es la asistencia diabólica. El terror cunde desde Toledo hasta Or-
léans. Han quemado las tierras, las cosechas, los establos. Asaltan y
destruyen los monasterios, las iglesias y los palacios. Son terribles:
asesinan a todos los que no se unen a su cruzada; siembran el hambre a su paso. Y son magníficos: todos los miserables, los vagabundos, los aventureros y los enamorados se unen a ellos. Han prometido
que los pecados no serán castigados y que la pobreza borrará todas
las culpas. Dicen que no hay más crimen que la corrupción de la
avaricia, el engaño del progreso y la vanidad individual; dicen que
no hay más salvación que desprenderse de cuanto se posee, incluso
del nombre propio. Proclaman que todos somos divinos y que por
ello todas las cosas son comunes. Anuncian la vecindad de un nuevo
reino y dicen vivir en perfecta alegría. Esperan el milenio que habrá
de iniciarse este invierno, pero no como una fecha sino como una
oportunidad de rehacer el mundo. Citan a uno de sus poetas eremitas y con él cantan que un pueblo sin historia no se redime del
tiempo, pues la historia es un tejido de instantes intemporales. Ludovico es el maestro; enseña que la verdadera historia será vivir y
glorificar esos instantes temporales y no, como hasta ahora, sacrifi-
carlos a un futuro ilusorio, inalcanzable y devorador, pues cada vez
que el futuro se vuelve instante lo repudiamos en nombre del porvenir que anhelamos y jamás tendremos. Yo los he visto. Son un
ejército turbulento de limosneros, de fornicadores, de locos, de niños, de idiotas, de danzarines, de cantantes, de poetas, de sacerdotes renegados y eremitas visionarios; maestros que han abandonado
sus claustros y estudiantes que profetizan la encarnación de las ideas
imposibles, y sobre todo de ésta: la vida del nuevo milenio debe ex-

pulsar las nociones de sacrificio, trabajo y propiedad, para instaurar un solo principio, el del placer. Y dicen que de esta confusión nacerá la última comunidad: la comunidad mínima y perfecta. Al frente de ellos viene un Monje, yo lo he visto: una mirada sin expresión y un rostro sin color; yo lo he escuchado: una voz sin timbre, jadeante; yo lo he conocido en otro tiempo: dijo llamarse Simón. Vine a avisarte, como te prometí. Ahora tú debes explicarme todo lo que no entiendo. ¿Por qué ha cambiado tanto la ciudad? ¿Qué significan las luces sin fuego? ¿Las carretas sin bueyes? ¿Las caras pintadas de las mujeres? ¿Las voces sin boca? ¿Los libros de horas pegados a los muros? ¿Las ilustraciones que se mueven? ¿Los tendederos sin ropa que cuelgan entre las casas? ¿Las jaulas que suben y bajan sin pájaros dentro? ¿El humo que sale de los infiernos a las calles? ¿La comida calentada sin fuego y la nieve guardada en cofres? Ven: tómame otra vez en tus brazos y cuéntamelo todo...

Lo dijo reconociendo a Polo y aunque Polo era reconocido todos los días, en virtud de sus ocupaciones, por toda la gente del barrio, esta vez ser reconocido significaba algo, mucho más. Alrededor de él, en toda la ciudad, nacían niños, morían hombres; cada niño sería bautizado y cada hombre enterrado bajo una losa, a pesar de todo, con nombre propio. Pero no eran ni los niños que nacían, ni los hombres que morían, ni los flagelantes y peregrinos y multitudes de Saint-Germain lo que llamaba la atención de esta muchacha, sino todo lo normal, cotidiano y razonable de París: las jaulas que suben y bajan sin pájaros adentro. Polo observó con fascinación la caligrafía de los labios que acababan de hablarle: la muchacha posee dos bocas; con una de ellas quizá hable su amor; con la otra, no su odio sino su misterio; amor contra misterio; misterio contra amor; idiota confundir misterio con odio; una boca daría las palabras de este tiempo; otra, las de un tiempo olvidado. Polo retrocedió y la muchacha avanzó. El viento agitaba el ropón morado y la lluvia bañaba el rostro y el pelo, pero los labios eran indelebles y se movían en silencio.

—¿Qué te pasa? ¿No me reconoces? ¿No te dije que regresaría hoy?

Naciese o muriese, él era Polo, fue bautizado como Polo y sería enterrado como Polo, el joven manco, el empleado del Café Le Bouquet, el hombre-sándwich: reconocido como Polo en su alfa y en su omega, toma, mira, ¿dónde estará ese libro de poemas?; ¿dónde dice que yo me llamo Polo?, ¿escrito por un viejo loco que confundió todos los síntomas con todas las causas?, ¿el Poeta Libra, un fantasma veneciano, Libra, exhibido dentro de una jaula, recluso de un manicomio americano?, ¿ojos grises, eh? Los ojos grises de la muchacha lo reconocían; pero los labios pronunciaban, sin palabras, otro nombre:

—Juan... Juan...

¿Quién estaba naciendo? ¿Quién estaba muriendo? ¿Quién podría reconocer a un cadáver en uno de esos niños apenas paridos en los muelles del Sena? ¿Quién ha sobrevivido para recordarme? Polo se dijo, confusamente, todas estas cosas y pensó que sólo tenía un recurso para cifrar los enigmas. Trató de leer las palabras escritas sobre el cartón que le cubría el pecho y averiguar así qué cosa leía allí, con tal intensidad, la muchacha; pero las palabras estaban escritas para que las leyera el público, no él; y al ladear la cabeza para descifrarlas, luchando contra el viento que arremolinaba la larga cabellera sobre el rostro y le cegaba doblemente, viento y pelo, luchando contra el olor cada vez más próximo de uñas quemadas y el recordado tacto de aceite y placenta, luchando contra las palabras que había pronunciado sin entender, dictadas por una memoria de resurrecciones, *ego baptiso te, Iohannes Agrippa*, Polo perdió el equilibrio.

Y la muchacha, por cuya mirada pasaban las mismas interrogantes, las mismas memorias, las mismas supervivencias, en ella detalladas como en él genéricas, alargó el brazo para tomar a Polo. Cómo iba a saber que el muchacho era manco. Ella se quedó prendida al aire, con la mano arañada por los alfileres de la manga, y Polo cayó.

Por un instante, los dos cartones blancos semejaban las alas de Ícaro y Polo pudo mirar el cielo de París incendiado por la tormenta, como si la lucha entre la luz y las nubes se revolviese en una conflagración del aire: los puentes flotaban como barcos en la niebla, negra quilla del Pont des Arts, lejanos velámenes de piedra del Pont Saint-Michel, ardientes corposantos los dorados mástiles del Pont Alexandre III; en seguida, el rubio y hermoso joven se hundió en el hirviente Sena y primero su grito fue secuestrado por la bruma implacable, lenta y silenciosa; pero su mano única, blanca, emblemática, permaneció por un instante visible, fuera del agua.

La muchacha clavó una mano en el barandal de fierro del puente y con la otra arrojó al río la verde sellada botella, rogó que la mano del muchacho se asiese al vidrio viejo, trató de mirar las aguas ocultas por esa niebla casi inmóvil y colgó la cabeza.

Permaneció así durante algunos minutos. Luego regresó al centro del puente y volvió a sentarse allí, con las piernas cruzadas y el busto erguido, dejando que el viento y la lluvia jugasen con su pelo y la más desinteresada contemplación con su espíritu. Entonces, en medio de la tormenta, una lucecilla ínfima descendió hacia el puente y la muchacha levantó la cabeza y la miró. En seguida ocultó el rostro entre las manos y la luz, que era una blanca paloma, se posó en la coronilla de la muchacha. Pero apenas lo hizo, la lluvia comenzó a despintar el albeante plumaje, y a medida que la paloma mostraba su verdadero color, la muchacha repetía en silencio, una y otra vez:

—Éste es mi cuento. Deseo que oigas mi cuento. Oigas. Oigas. *Sagio. Sagio. Otneuc im sagio euq oesed. Otneuc im se etse.*

A los pies del Señor

Cuéntase:

Desde la noche anterior, el alguacil se había instalado en el puerto de la sierra con todos los aparejos. Monteros y sabuesos, carros y bagajes, picas y arcabuces, lienzos y bocinas le daban un aire festivo a la venta. El Señor se levantó temprano y abrió la ventana de su recámara a fin de celebrar mejor el esplendoroso sol de esta mañana de julio. Un encinar rodeaba la aldea y se prolongaba en una fresca cañada que iba a morir al pie de la sierra. El valle aún dormía ensombrecido, pero el sol ya resplandecía entre los cuchillares.

Guzmán entró y le dijo al Señor que la caza estaba concertada. Los sabuesos habían salido a la sierra. La huella y la vista indicaban que en las estribaciones se hallaba venado espantado, de ese que ya ha sido corrido en otras ocasiones. El Señor trató de sonreír. Miró fijamente al sotamontero y éste bajó la cabeza. Satisfecho, el Señor se llevó una mano a la cintura. Otras veces, cuando el oficial y secretario venía a decirle, con precaución y respeto, qué caza había en el monte, en qué lugar estaba y la parte donde debía ser corrida, el Señor no necesitaba fingir una altivez que le era natural, aunque sí la empleaba para esconder la mezcla de aversión e indiferencia que este deporte suscitaba en su ánimo secreto. Pero cuando el lugarteniente le comunicaba que se cazaría venado espantado, el Señor no ocultaba la sensación de calma y seguridad. Podía mirar de frente a Guzmán, sonreír, incluso suspirar con una leve nostalgia. Recordaba su infancia en estos mismos sitios. El calor los conduciría, así al venado como a los cazadores, a los parajes más bellos de la sierra, allí donde las aguas y las sombras alivian un poco la dureza del sol de meseta.

Dio órdenes de que se preparasen más canes, por ser largo el día de verano y cansarse más pronto las bestias; dijo también que se llevase agua en las acémilas, que se diese menos afán a los perros y que se corriese con ellos por las tierras más frías y bien regadas. El sotamontero se inclinó y salió sin dar la espalda al Señor; y éste, al acercarse de nuevo a la ventana, escuchó desde luego la bocina que llamaba a junta.

La tempestad se calmará al alba. La marea baja lengüetea la costa. Un estandarte rasgado se hincha y extiende entre dos rocas. La proa de un bergantín lleva mucho tiempo clavada en la depresión donde desemboca un arroyo. La bruma inmóvil cubre el agua y borra el horizonte. El único faro de la costa de apagó durante la tormenta. Dicen que su guardián abrazó al perro que comúnmente le hace compañía y que los dos se tendieron junto al fuego aullante de la chimenea.

El Señor se unió a los cazadores cuando la bocina tocaba a entrar en la sierra. Llegó montado, a trote ligero, todo vestido de verde, con un capuz no muy largo, al estilo y de hechura moriscos. Le seguía la compañía de a pie y de a caballo; los criados con la tienda de campaña, la azada, el hocico y el azadón, por si era necesario aposentar en el campo. El Señor se dijo que la pasarían holgadamente; la brillante jornada prometía una caza veloz y segura, un retorno al puerto de la sierra con las primeras sombras; finalmente, una merecida celebración nocturna en la venta, donde el alguacil ya había dispuesto varias barricadas de tinto, donde se cantarían coplas y se devorarían las entrañas sabrosas del venado. En los morrales, los criados llevaban pedernal y yesca, agujas, hilo y diversas curaciones. De acuerdo con la costumbre, el Señor murmuró una oración y dirigió una mirada afectuosa a su can maestro, el blanco alano Bocanegra, que precedía a los diez monteros. Cada uno de éstos llevaba en una mano la lanza y con la otra frenaba el ímpetu de los perros sujetos con cadenas a los collares anchos en los que brillaban las divisas de la estirpe y el lema dinástico, *Nondum*. El Señor se detuvo pausadamente al pie del monte y miró con tristeza las lomas del basalto y las secas viñas del contorno. Recordó la ilusión con la que, esa madrugada, había imaginado un paseo por los vergeles estivales de su infancia. Es cierto que toda sierra tiene cuatro caras, y que acontece conocerla por un cabo y desconocerla por el otro. Dice el dicho que hasta los buenos adalides se desatinan, pero el Señor no se atrevió a protestar en nombre de su nostalgia o a dar contraorden en aras de la decepción: el sotamontero era de los que no se equivocan; el venado andaba por la cara seca de la sierra, no entre los riachuelos y bosques umbríos de la niñez. La primera, rememorada visión de los vergeles fue vencida por otra: un largo paseo insolado por los bancos y recodos de la sierra, con la esperanza de que el tiempo y las fuerzas les permitiesen llegar a un sitio alto y, desde allí, admirar la tercera posibilidad: la oreada visión del mar.

Casi nadie visita estos parajes de la costa. La tempestad y el sol se disputan su dominio y son similarmente crueles. En tiempo de calor, el mar chisporrotea al tocar la costa de la tierra; no hay pie que soporte el contacto con esa arena negra y quebradiza que penetra, calcinándolos, los más recios zahones. El arroyo se seca como la piel de los azores enfermos y en sus meandros agonizan las minucias de antiguos naufragios. Para avanzar a lo largo de la playa, el cuerpo, capturado dentro de un horno sin brisa ni sombra, debe luchar contra la pesantez inmóvil de una campana solar. Y avanzar por esta playa sólo revela el deseo de escapar de ella, subir por las dunas hirvientes y luego creer que es posible atravesar a pie el desierto que separa a la costa del monte.

Pero el desierto es liso como las manos sin destino de un cadáver. Se conocen las historias de náufragos (pues sólo el desastre puede conducir a un hombre a esta remota comarca) que han perecido aquí, girando en vano y luchando contra sus propias sombras, injuriándolos porque no se levantan de la arena, rogándoles que floten, frescos fantasmas, sobre las cabezas de sus dueños; de hinojos, y al fin, ahorcándolas. Aquí se derriten los sesos de los infortunados. Y cuando ese sol de manteca no reina sobre la costa, la tormenta impera en su lugar y perfecciona su tarea.

Todo un mundo de despojos espera al hombre sin fortuna que, uno más, cree encontrar aquí la salvación que la furia del mar estuvo a punto de robarle. Arcas vacías y compases desimantados, costillares de naves y cabezas de proa talladas por el sol y el viento hasta semejar una quebrada falange de escuderos petrificados, un desolado campo de estatuas de sombra; timones, rasgadas banderas y verdes botellas taponeadas y selladas: Cabo de los Desastres, fue llamado en las cartas antiguas; las crónicas abundan en noticias de galeones hundidos con los tesoros de las Molucas, Cipango y Catay, de naos desaparecidas con toda su tripulación gaditana y con todos los cautivos de las guerras contra el infiel, amos y siervos igualados por un destino catastrófico. Pero también, para compensar, se habla de veleros abatidos contra las rocas porque en ellos huían parejas de enamorados. Y si no las crónicas, las supersticiones, que casi siempre son alimento inconfeso de aquéllas, dicen que en noches de tormenta pasa por aquí, más espectral que la bruma que la envuelve, una flota de carabelas incendiadas por el fuego de San Telmo que arde en los palos mayores e ilumina los rostros lívidos de los califas conducidos en cautiverio.

Cuatro hombres de a caballo y ocho de a pie habían regresado con los sabuesos fatigados, confirmando la noticia; se emplazaba venado espantado. Guzmán se alzó sobre los estribos, acariciando el largo bigote que le caía en dos trencillas hasta la nuez, y dio órdenes en rápida sucesión: párense más sabuesos que para otro venado, y en cada busca empléense cuatro canes nada más; guarden gran silencio los monteros, y castiguen a sus canes para que no gruñan, porque los podría oír el venado.

Desde su silla, el Señor rumiaba la paradoja del venado miedoso, que para ser cazado requiere de precauciones mayores que si fuese valeroso aunque ingenuo. Inocente ímpetu; cautelosa cobardía. Buena defensa es el miedo, se dijo mientras avanzaba bajo el sol, guarecido por la caperuza que ocultaba su rostro.

Se soltaron doce canes maestros a tomar el monte por la querencia del venado y, al lado del Señor, Guzmán le dijo que el venado espantado busca ceba nueva, pero que por ser verano, la nueva ceba era la vieja querencia del venado anterior: el agua. Es fácil seguir el único canalizo de esta sierra árida, Sire, y averiguar en qué tremedal se recogen las aguas. El Señor asintió sin pensar y advirtió que el sol y el desinterés podrían vencerle; pero Guzmán esperaba una respuesta y, al observar el rostro bronceado del sotamontero, el Señor entendió que no sólo aguardaba la contestación práctica que el oficio reclamaba, sino otra, intangible, tocante a la jerarquía: Guzmán sugería lo que debía hacerse, pero el Señor debía ordenarlo. Reaccionó y dijo al sotamontero que tuviese listo un renuevo de diez canes para el momento en que los delanteros regresasen, con los belfos espumosos, de la primera levantada. Guzmán inclinó la cabeza y en seguida la alzó para repetir la orden, añadiendo un detalle que al Señor se le había olvidado: que un grupo de monteros fuese de inmediato a lo alto del lomo y desde allí vigilase, con ventaja y en silencio, toda la operación.

Indicó hacia éste, hacia aquél, hacia el otro, hasta sumar una decena de hombres. Un sordo refrán de protesta se levantó entre los monteros escogidos para formar la armada que debía andar y subir más. Guzmán, al sentir el murmullo rebelde, sonrió y se llevó la mano a la empuñadura de la daga. El Señor, sonrojado, detuvo el movimiento del lugarteniente que ya acariciaba con anticipado gusto el puñal; miró fríamente hacia el grupo de hombres que se sentían despreciados por la orden de cumplir un oficio sin peligro. En los rostros, apenas velada por el rencor, aparecía ya la fatiga de esa expedición hacia los lugares altos y agudos del monte; y también la desesperación por no poder matar un venado que ellos serían los primeros en ver pero los últimos en tocar.

El Señor hizo avanzar con cólera el caballo hacia el grupo de rebeldes; bastó ese movimiento para que bajaran las cabezas y dejaran de murmurar. Evitaron mirarse entre sí o mirar al Señor y Guzmán seleccionó a tres monteros de su confianza para que de inmediato colocaran en fila a la mal ganada compañía de atalaya y, ellos mismos, se apostaran uno al frente, otro en medio y el último atrás de la fila, como guardias que conducen una cuerda a presidio.

—No lleven ballestas, ordenó, para terminar, Guzmán. Veo demasiado dedo impaciente. Recuerden, es venado espantado, no quiero voces. No quiero tiros. Sólo humo y llamas.

El Señor ya no le escuchó; continuó internándose en la montaña calcinada con noble actitud aunque con admitida desidia. La intentona de sublevación, dominada en el acto por la presencia del Señor y por las acciones de Guzmán, le había agotado completamente. Empezó a admirar el trazo monumental de la sierra y a repetirse, mientras jugueteaba con las riendas, que si estaba allí era precisamente para dar descanso a su juicio, no para aguzarlo. Cuántas veces, hincado frente al altar o caminando alrededor del claustro, había interrumpido sus más profundas meditaciones para recordar la obligación que ahora estaba cumpliendo. Dejaba pasar más tiempo del debido lejos del aire libre donde se realizan las hazañas recordadas por vistas; pero hasta ahora siempre se había impuesto con oportunidad a su natural inclinación, dando la orden de emplazar montería antes de que el sotamontero Guzmán tuviese que recordárselo o de que el tedio de su esposa diese lugar a mudos reproches. Y ella, a la razón pragmática del Señor, añadía otra puramente fantasiosa:

—Algún día puedes verte en peligro con algún animal. No debes perder la costumbre del riesgo físico. Fuiste joven, un día…

Más discreto, él acentuaba los gestos nobles y las gallardas posturas, dejaba de pedir agua durante largas horas en la silla y bajo el sol, para hacerse respetar; para que sus vasallos sintiesen la fuerza de su presencia real y no escuchasen las consejas que, apenas se prolongaba su reclusión, propalaban de boca en boca turbios misterios e imaginaban temerosas desapariciones: ¿ha muerto nuestro Señor, se ha recluido en santo lugar, ha enloquecido, permite que su esposa, su madre, su secretario o su perro gobiernen en puesto suyo?

Miró hacia lo alto, frunciendo el ceño. Los monteros de atalaya, prohibido el uso de bocinas, llamaban con signos de humo a vista y a macho. Detrás del Señor, fueron soltados los ventores que ahora debían seguir latiendo la caza vista. Pasaron a su lado, codiciosos pero castigados por los monteros para que no ladraran; buenos para dar con el rastro viejo; osados: el Señor sintió a su paso el cintarazo pulsante de los cuerpos, redoblados por el castigo y el silencio.

Los ventores levantaron una ligera nubecilla de tierra suelta y pronto se perdieron en los accidentes del monte. El Señor se sintió solo, sin más compañía que el alano Bocanegra que le seguía con los ojos pequeños y tristes y la fiel guardia de hombres que, como los canes y los humildes monteros de la primera armada, jadeaban por participar activamente aunque el deber les obligase a permanecer a espaldas del Señor con los morrales llenos de bruco y muérdago.

Entonces, imprevisiblemente, el cielo empezó a oscurecerse y el Señor sonrió; se refrescaría del terrible calor sin necesidad de pedir alivio; las cuidadosas previsiones del sotamontero, tan definitivas como la voz autoritaria con que las ordenó, serían reducidas a una pura nada por el accidental cambio de tiempo: por el soberano capricho de los elementos. Doble alivio, doble gusto; lo admitió.

Así, la tormenta termina la labor del sol y el sol la de la tormenta; uno devuelve al mar los cuerpos incendiados, incapaces de avanzar cien pies más allá de las dunas; la otra ofrece al sol devorador las ruinas de los naufragios. El joven rubio y beato podría permanecer siempre allí, inconsciente y abandonado. Medio rostro se hunde en la arena fangosa y las piernas son lamidas por las olas inánimes. Las algas se enredan en la larga cabellera amarilla y a lo largo de los dos brazos abiertos en cruz, que así parecen hechos de hierbas de mar, o de ellas alimentados como por una hiedra de yodo y sal. El polvo negro de las dunas le cubre las cejas, las pestañas y los labios de la otra mitad del rostro. Rasgadas, las calzas amarillas y la ropilla color fresa se pegan, empapadas, a la carne. Los cangrejos rondan el cuerpo y si alguien lo mirase desde las dunas diría que es un viajero solitario y que como tantos viajeros antes y después de él, ha caído de boca sobre la playa, besándola, a dar gracias...

¿Qué país es éste?

Si ha partido, el viajero besará la tierra extraña que jamás esperaba encontrar allende un océano interminable, tormentoso, que al cabo debía precipitarse en la catarata universal. Si ha regresado, besará la tierra pródiga y le contará en voz baja, pues no hay mejor interlocutor de estas hazañas que ella, las aventuras del pendón que llevó a las batallas y a los descubrimientos y la suerte de los ejércitos y armadas de hombres semejantes a él, exiliados y librados por una empresa que, en nombre de los más altos príncipes, vivían y aseguraban los más modestos súbditos.

Pero él sigue soñando que lucha contra el mar, a sabiendas de que su esfuerzo es inútil. Las ráfagas le ciegan, la espuma silencia sus gritos, las olas se desploman sobre su cabeza y al fin se dice en voz muy baja que es un muerto conducido al fondo de la catedral de agua; un cadáver embalsamado con sal y fuego. El mar ha salvado el cuerpo del náufrago; pero ha secuestrado su nombre. Yace con los brazos enredados en algas sobre la arena y desde lo alto de las dunas unos ojos vigilan y distinguen en el cuerpo desnudo el signo que quieren ver: una roja cruz de carne entre las cuchillas de la espalda. Rostro hundido en la arena, brazos alargados. Y en un puño, asido a ella como a la tabla de salvación, una botella larga, verde y lacrada, rescatada, como el cuerpo del muchacho, de la muerte.

La lluvia tamborileaba contra las lonas de la tienda de campaña. Adentro, el Señor, sentado en la silla curul, acariciaba con la mano alargada la cabeza de Bocanegra y el perro lo miraba con esos ojos tristes, casi sin blanco veteado de sangre, como si el alano mostrase en la mirada la codicia de caza que la fidelidad al amo le vedaba. Condenado a la compañía doméstica, Bocanegra, sin embargo, se engalanaba con peto y coraza y rodeaba su cuello una carlanca de fierro armada con púas. El Señor acarició la piel de su can maestro, entre sedeña y pelrasa, e imaginó que esa tristeza desaparecería en cuanto el can, acostumbrado a ver partir por delante a los demás perros mientras él permanecía al lado de su Señor, fuese solicitado por órdenes previstas para otra cacería: el Señor podría, alguna vez, adelantarse demasiado, perderse, ser atacado. Entonces Bocanegra conocería su hora de gloria. Eternamente echado a los pies de su dueño, esa vez seguiría hasta el último recodo del monte el olor de las botas y el cuerpo de su amo y acudiría, con un ladrido salvaje, a su defensa. Una vez, el padre del Señor había sido atacado por un puerco salvaje y sólo salvó la vida gracias al instinto, fino y fiero, del can maestro que le seguía y que clavó los afilados caninos y las púas del collar en los ojos y en la garganta del jabalí que, ciertamente, ya venía herido por sus rivales en el celo.

A veces, en horas como ésta, el Señor repetía esa historia cerca de las orejas enveladas del mastín, como si intentase consolarlo con la promesa de una aventura similar. No; no sería en esta ocasión. Guzmán conocía bien su oficio y había mandado instalar la tienda en este portillo por donde, forzosamente, debía salir el venado de su querencia en la navazuela. Toda la tarde, los criados de la guardia personal cortaron con hachuelas algunas jaras y madroños para que, si escampaba, el Señor pudiese ocultarse en un puesto más alto y conocer el desenlace de la montería; y otros, con los hocinos, clave-teaban las puntas de la boca en el portillo por si el Señor se veía obligado a pasar la noche en el monte. No, Bocanegra; no sería en esta ocasión. Pero si algún día la oportunidad del riesgo y el valor se presentaba, quizá el alano domesticado, sus instintos perdidos, no sabría responder con fiereza.

Llovía. El agua empapaba las redes levantadas por orden de Guzmán cerca de la tienda de campaña. Los lienzos y cordeles ce-rraban la estrecha cañada por donde el venado debía entrar, acorra-lado, a encontrar la muerte a los pies del Señor. Guzmán había puesto en su lugar a los lebreles. Guzmán había situado a los caba-llos que debían aguardar el espanto del venado. Guzmán había ubi-cado a la gente de a pie. Al intentar huir por un lado, el animal se toparía contra los lienzos y cordeles y, al huir de los filopos, caería en manos de los cazadores.

"Guzmán conoce bien su oficio".

El Señor apretó la cabeza del perro; y al moverla, Bocanegra rasguñó levemente un dedo del amo con las púas de la carlanca. El Señor se llevó la mano a la boca y chupó su propia sangre, rogando, que cese de correr, que no me desangre, un poco de suerte, un leve rasguño, que no me desangre como tantos antepasados muertos por la sangría de las heridas que jamás cicatrizaron; y su mente se con-centró en un recuerdo inmediato para sofocar esta memoria ances-tral: la armada de atalaya había querido sublevarse esa mañana. No tenía por qué seguirle molestando el incidente. Guzmán sólo había demostrado que conocía bien su oficio al servicio del Señor. Era na-tural que escogiese a los monteros de la primera armada entre la gente más baja; nadie más se prestaría a cumplir tan desagradecida tarea. Lo inaceptable, por inexplicable, era que la gente más modesta diese muestras de ser, también, la más rebelde. Pero de esto ni a él ni al sotamontero se les podía hacer responsables; y después de todo, la rebeldía fue rápidamente dominada. Sin embargo, la pregunta se negaba a ser contestada: ¿por qué estos hombres humildes, levantados de entre la escoria aledaña al palacio, colocados en situación que significaba una definitiva mejoría, se empeñaban en murmurar a regañadientes y en evadir una responsabilidad para la que ellos mismos debían saber que, en primer lugar, fueron escogidos? ¿No era el orgullo privilegio sólo de la alcurnia o de la ilustración? ¿Por qué protestaban, apenas se les daba algo, quienes antes nada eran y nada tenían? El Señor no quiso penetrar este misterio más allá de una recordada sentencia de su padre el Príncipe: désele al más pordiosero de los pordioseros de esta tierra de mendigos el menor signo de distinción, y en seguida se comportará como un hidalgo vano y pretencioso; no los distingas, hijo, ni con una mirada; es gente sin importancia.

Por el momento, la armada de atalaya sufriría bajo la lluvia, en lo alto de una muela de peñas; la bruma cegaría su vista y silenciarían sus voces así la orden de evitar el ruido como el rumoroso viento, capaz de acallar no sólo los brutales gritos de estos serranos, sino el más penetrante bocinazo de un cuerno de caza. Quizá, encaramados en la sierra, recordaban al Señor que por un momento se había dignado fulminarlos con una mirada, sin necesidad de hablarles; y si su padre tenía razón, de esa mirada nacerían multiplicadas soberbias y rebeldías. Quizá los monteros maldicientes imaginaban al Señor en su puesto, un puesto escogido para que pudiese, mejor que nadie, experimentar el placer supremo de la caza: ver entrar la busca, ver cómo se levanta la caza, determinar qué yerros se cometen y cómo remediarlos; dominar el conjunto y la culminación del acto; asignar premios y castigos de la jornada. Si aquellos pobres monteros subieron de mala gana a la sierra por verse alejados del centro real y excitante de la cacería, seguramente lo imaginaban todo menos que el Señor, como ellos, pudiese sufrir la congoja de la espera, escondido de la lluvia dentro de una tienda de campaña, sin más herida que el accidental rasguño de la carlanca, sin saber en qué términos andaba la montería. El Señor cubrió con un pañuelo de holanda el rasguño del dedo, la sangre apenas corre, se seca, esta vez no moriré, gracias Dios mío. Posiblemente, si lo viesen metido en la tienda con el perro, los bárbaros monteros murmurarían de nuevo: la estirpe del Señor ha perdido el gusto de la montería, que es sólo el renovado ensayo de la guerra; quizá los humos de las sacristías y las blandezas de la devoción han agotado los arrestos del jefe; y sólo es jefe porque puede más, sabe más, arriesga y resiste más que cualquier súbdito, pues de no ser así, el súbdito merecería ser jefe, y el jefe, siervo; y cuando el Señor muera, ¿quién le sucederá?, ¿dónde está su hijo?, ¿por qué anuncia la Señora preñeces que jamás llegan a buen puerto sino que naufragan siempre en el aborto? Esto murmuraban en sierras y en ventas, en fraguas y en tejares...

El alano Bocanegra se incorporó de repente sobre sus patas gruesas y cortas. La coraza y la carlanca refulgieron en la tenue luz de la tienda y el perro salió corriendo, se escurrió bajo la lona y desapareció, ladrando. Y el Señor ya no quiso pensar en nada, atribuir a nada esa conducta escandalosa del can; mejor cerrar los ojos detrás de la mano envuelta en el pañuelo y quedarse solo con su buena razón mortificada; pedir mejor que un lechoso vacío ocupase el espacio de memoria, sobresalto, premonición... Murmuró una oración en la que le preguntaba a Dios si bastaba que Dios y su vasallo el Señor supieran que si en la caza y la muerte de un venado había algún placer, el vasallo, aunque no lo sintiese, lo rechazaría para la mayor gloria del Creador.

"Es él" le dice al grupo que le rodea el hombre que cree reconocer, en el cuerpo yacente del náufrago, los signos de cierta identidad.

Todos pican espuelas y descienden envueltos por el polvo oscuro de las dunas. Los caballos relinchan al acercarse al cuerpo postrado; los caballeros descienden, avanzan y le rodean. Las botas suenan como latigazos al pisar los charcos de agua tibia. Los caballos resoplan nerviosamente cerca del inesperado olor y parecen intuir el miedo que acoraza ese profundo y extraño sueño. Y el mar sigue lengüeteando sin prisa, sin respuestas, cálido y teñido después de la tormenta.

El jefe del grupo se hinca junto al cuerpo, roza con los dedos la cruz de la espalda, luego le toma de la axila y le voltea, bocarriba. Los labios del joven náufrago se abren y la mitad del rostro está ennegrecido por la arena. El hombre del largo bigote trenzado hace un gesto con la mano y los otros alzan al joven en vilo, la botella se desprende del puño y regresa al oleaje, el náufrago es conducido a uno de los caballos y tendido como una presa de caza sobre el lomo del animal; sujetan sus brazos a la montura y la cabeza colgante se apoya contra el flanco sudoroso. El jefe da nueva orden y todos ascienden por las dunas; gana la plataforma rasa y rocosa que se extiende hasta el límite de la lejana sierra.

Entonces, en el centro de la bruma, aparece primero un rumor como de espuelas arrastradas o de otro metal chocando contra los pedruscos; detrás del rumor, una litera de ébano pulido; bajo su peso, cuatro negros que la cargan y se acercan al grupo que conduce al náufrago sobre un caballo.

Una campanilla suena dentro de la litera y los negros que la portan se detienen. La campanilla vuelve a sonar. Los porteros, con un gemido concertado, izan el palanquín con sus brazos poderosos y en seguida, suavemente, lo depositan sobre la tierra del desierto. Vencidos por el esfuerzo y por el calor húmedo de las horas que siguen a la tormenta, los cuatro hombres desnudos caen al suelo y se friegan los torsos y los muslos con su propio sudor.

—¡De pie, canallas!, les grita el hombre del bigote trenzado, que comunica su furia al caballo que se encabrita mientras el jinete levanta el látigo, lo azota contra la espalda de uno de los porteros y corre en un círculo nervioso alrededor de la litera. Los cuatro negros, gimiendo, se ponen de pie y en sus ojos amarillos hay un descontento vidrioso que se prolonga hasta que una voz de mujer habla detrás de las cortinillas cerradas:

—Déjalos en paz, Guzmán. El viaje ha sido pesado.

Y el jinete, sin dejar de correr en círculos, sin dejar de azotar a los negros, grita por encima del resoplido del caballo:

—La Señora hace mal en salir sin más compañía que estos brutos. Los tiempos son demasiado peligrosos.

Una mano enguantada asoma entre las cortinas: —Si los tiempos fuesen mejores, no necesitaría la protección de mis hombres. Nunca me fiaré de los tuyos, Guzmán.

Y las corre, abriéndolas.

El náufrago se creía embalsamado por el mar; entreabrió los ojos: la sangre le pulsaba en las sienes y la visión de este desierto de brumas rasgadas quizá no era demasiado distinta de la que pudo encontrar al tocar el fondo del océano, que imaginaba de fuego, pues al caer del castillo de proa al mar lo único que miró no fueron las olas a las que se acercaba, sino el corposanto ardiente del que se alejaba: el fuego de San Telmo en las puntas del palo mayor. Y al ser arrojado, inconsciente, a la playa, le rodeaba una bruma ciega. Pero en el momento de abrir los ojos, se apartaron las cortinas de la litera y en vez del mar, o el desierto, o el fuego, o la niebla, encontró otra mirada.

—¿Es él?, preguntó la mujer que miraba al joven como él miraba los ojos negros de la mujer, muy hundidos en los pómulos altos, muy brillantes en su contraste con la palidez plateada del rostro; que le miraba sin saber que él, a través de las pestañas arenosas que velaban su mirada, la miraba también.

—Déjame ver la cara, dijo la mujer.

El joven pudo distinguir el movimiento seguro y altivo del cuerpo drapeado en telas negras que descansaba dentro de la litera como un pájaro reposaba, nervioso pero inmóvil, sobre el puño enguantado de la mujer. El hombre del bigote trenzado tomó el pelo del náufrago con un puño y levantó violentamente la cabeza prisionera: la mirada opaca del joven se fijó en el gesto impaciente de la cabeza de la mujer, enmarcada por las altas alas blancas de una gola.

La mujer levantó un brazo de mangas abombadas y dijo, al tiempo que con el dedo índice ordenaba a la guardia de negros: —Tómenlo.

Un jadeo infinito viene corriendo por el desierto; una respiración que le da cuerpo a la bruma; un cuerpo palpitante y veloz; la velocidad de un perro blanco que al fin gruñe y se lanza contra el caballo del jefe que por un momento no sabe qué hacer, que en seguida arranca del cinturón el hierro corto, mientras el perro salta tratando de morder la pierna del jinete y logra encajar una púa en el vientre del caballo que se levanta, relinchando, sobre las patas traseras; el jinete se sujeta de las riendas y asesta una puñalada rasgante sobre la cabeza del perro que alcanzaba a rasguñar con la carlanca de púas el puño del hombre, lanza un quejido y cae al suelo, mirando con tristeza los ojos del viajero olvidado.

Al caer la noche, el Señor, fatigado, entró a la tienda de campaña, se sentó en la silla y se echó un cobertor sobre los hombros. Había dejado de llover y durante varias horas los criados buscaron a Bocanegra, pero los sabuesos, en vez de seguirle el rastro al can fugitivo, rondaron estúpidamente la tienda, como si el olor del perro maestro fuese inseparable del de su amo y al cabo el Señor, con grande pesadumbre, se resignó a la pérdida del alano y sintió más frío aún.

Tomó un breviario y se disponía a leer cuando Guzmán, con todas las señas de la prolongada cacería en el rostro sudoroso y en los hábitos manchados, apartó la lona de la entrada a la tienda y le avisó que el venado acababa de ser traído al campamento. Pidió excusas: la lluvia cambió el rastro; el venado fue cazado y muerto lejos del portillo reservado para el placer del Señor.

El Señor tembló ligeramente y el breviario cayó por tierra; sintió el impulso de recogerlo y aun se inclinó un poco; pero Guzmán se dio prisa e, hincado ante su amo, tomó el libro de devociones y lo ofreció al dueño. Desde su posición arrodillada, Guzmán, al levantar la mirada para entregar el breviario, miró fijamente, por un instante, al Señor y debió arquear las cejas de una manera que ofendió al amo; pero éste no podía reprocharle a su servidor la celeridad con que demostraba su obediencia y respeto; el acto visible era el del más excelente vasallo, aunque la intención secreta de la mirada se prestase, más que nada por indefinida, a interpretaciones que el Señor, a un tiempo, deseaba admitir y rechazar.

La herida de la mano de Guzmán rozó la herida de la mano del Señor; los pañuelos que las cubrían eran de bien diferentes calidades; idénticos los rasguños de las púas de una carlanca.

El Señor se puso de pie y Guzmán, sin esperar a que expresara su voluntad —¿seguiría leyendo, saldría al campamento?— ya tenía entre las manos la gabardina de Vizcaya, ya la abría, ya la ofrecía a los hombros del amo.

—Hice bien en traer abrigo, comentó el Señor.

—El buen montero no se fía del tiempo, dijo Guzmán.

El Señor permaneció inmóvil mientras el sotamontero le echaba la capa sobre la espalda. En seguida, Guzmán apartó de nuevo la lona y esperó a que el Señor saliese, escondiendo el rostro bajo la caperuza, al campamento donde los fuegos nocturnos ardían. Hizo un gesto de deferencia y el Señor salió y se detuvo a mirar el cadáver del venado arrojado a sus pies.

Uno de los monteros avanzó hacia el animal con el cuchillo en la mano. El Señor miró a Guzmán; Guzmán levantó una mano; el montero arrojó la daga y el sotamontero la tomó en el aire. Se hincó frente al venado y de un solo y preciso tajo lo degolló.

Luego cortó con el cuchillo de monte los cuernos y en seguida el cuero de las patas traseras, desconcertándolas por las coyunturas para descubrir los nervios.

Se puso de pie y ordenó que colgasen al venado por los nervios desde una estaca y allí lo desollaran.

Devolvió el cuchillo al montero y permaneció frente a la estaca: entre Guzmán y el Señor, colgaba el cadáver del venado.

Los monteros comenzaron a abrir el pellejo del animal desde el jarrete hasta lo hueco y de allí por toda la barriga. Al terminar, lo abrieron por delante y le sacaron la vejiga, la panza y las tripas; luego las arrojaron al cubo hacia donde escurría la sangre del venado, llenándolo gota a gota.

El Señor agradeció la doble máscara de la noche y de la caperuza; pero Guzmán le observaba con la ayuda del desigual resplandor de las fogatas. Los monteros rompieron el pecho del venado hasta el pescuezo y sacaron la asadura, el hígado y el corazón. Guzmán adelantó la mano y el corazón le fue entregado; las otras vísceras cayeron dentro de la cubeta de sangre con un ruido idéntico al latido del corazón inquieto del Señor, que sin darse cuenta unió las manos en un gesto de piedad mientras Guzmán acariciaba la empuñadura de su hierro corto.

La cabeza fue cortada por el cogote y aunque siguió la tarea de hacerle cuartos al venado, el Señor ya sólo pudo mirar, junto al fuego, esa testa privada de su cornamenta, boquiabierta, estúpida y estremecedoramente tierna: los ojos pardos y vidriosos, entreabiertos, poseían una vida simulada; pero detrás de ellos acechaba, triunfante, el azoro de la muerte.

Ahora varios monteros cortaban en pequeños pedazos las tripas del animal, las tostaban al fuego y por fin las mezclaban y revolvían con la sangre y el pan. Y si mientras se descocotó, apioló y descuartizó al venado sólo su cadáver separaba al Señor del lugarteniente, ahora toda una multitud ansiosa los alejó e indiferenció. Las tripas, la sangre y el pan fueron depositados al lado de la fogata mientras alrededor de ella se colocaban los monteros con los sabuesos que habían participado en la montería. Con una mano, frenaban a los canes; con la otra, sostenían la bocina de caza. La excitada confusión había desplazado al Señor del lugar privilegiado que hasta ese momento ocupó; la multitud de canes nerviosos y jadeantes, la aplicación de los monteros a su doble tarea de retenerlos y manejar las bocinas, le hubiesen permitido al amo regresar en ese instante a la tienda y reiniciar la piadosa lectura sin que nadie lo apercibiese. Pero él sabía que el siguiente acto requería una orden suya: un gesto cualquiera, rápido y formal, para que todos los monteros tocasen las bocinas al unísono, celebrando el término ritual de la caza.

Se disponía a levantar un brazo desde la oscuridad hacia la cual fue desplazado; pero antes de que pudiera hacerlo, los monteros tocaron las bocinas. Los poderosos cuernos hicieron que la oscuridad trepidara. Se integró un solo gemido ronco, que más que volar parecía galopar sobre el tambor de la tierra, armado con pezuñas de metal, de regreso a los montes de donde había sido arrancado. Pero el Señor no había hecho ningún gesto. Y sin embargo todo sucedía, todo se cumplía, como si lo hubiese hecho. Y cuando por fin lo hizo, su brazo permaneció en el aire, estupefacto. Ya era demasiado tarde. Agradeció que Guzmán estuviese lejos, perdido en la ocupación que a todos concertaba en ese momento; lejos de la faz azorada y de la boca entreabierta cuyas órdenes rituales se cumplían puntualmente, aunque hubiesen faltado las palabras y el gesto que debían indicarlas.

Al ruido, los sabuesos se habían lanzado a comer; la lumbre de las fogatas iluminó los belfos codiciosos y dibujó el temblor de los lomos. Rodeado por la jauría famélica, Guzmán levantó las tripas en alto, en la punta de un venablo. Los sabuesos saltaron para alcanzarlas. Embriagados por el concierto ensordecedor de las bocinas y por su natural braveza, los perros eran un río de carne luminosa; sus lenguas, chispas que incendiaban el cuerpo erecto de Guzmán, también sudoroso y alegre, con el venablo en alto, encarnando a los canes que se quedarían sabrosos de aquel plato y codiciosos de nueva caza. El Señor dio la espalda al espectáculo; le dominaba el sudor frío de un pensamiento circular e infinito.

Luego, mientras los perros se manchaban los hocicos con sangre y carbón, Guzmán trazó con el cuchillo una cruz en la punta del corazón del venado, y en seguida lo cortó a la redonda, de manera que quedase dividido en cuartos. Se carcajeó secamente y arrojó un pedazo de corazón a cada punto cardinal, mientras los monteros reían con él, satisfechos de la jornada, y a cada gesto airoso del sotamontero, que de esta manera exorcizaba el mal de ojo, gritaban: al Pater Noster, al Ave María, al Credo y al Salve Regina.

—Señor, le dijo Guzmán cuando por fin se acercó a él, a Vuesa Merced corresponde distribuir los galardones y castigos de la jornada.

Y añadió, sonriente, herido, fatigado, manchado: —Hágalo ya, que la gente está cansada y quisiera regresar al punto al puerto de la sierra.

—¿Quién hirió primero?, preguntó el Señor.

—Yo, Sire, contestó el sotamontero.

—Regresaste a tiempo, dijo el señor, apoyando el mentón en un puño.

—No comprendo, Sire.

El Señor jugueteó con el índice sobre el grueso labio inferior. Nadie pudo darse cuenta de que los ojos del amo, escondidos por la caperuza, observaban las botas del sotamontero; y en ellas observaban la huella de la negra arena de la costa, tan distinta de la tierra parda y seca de los montes. Guzmán vio por primera vez la herida gemela en la mano del amo y escondió, indeciso y turbado, la suya. ¿Galardón y castigo?, pensaron al mismo tiempo el Señor y Guzmán, ¿para quiénes?; pensaron Guzmán y el Señor en Guzmán y el Señor, el perro Bocanegra, la frustrada y rebelde armada de atalaya.

Lo despierta la mano de la mujer que acaricia su rostro y al hacerlo lo limpia de los granos de arena negra y húmeda de la costa. El joven despierta de un segundo sueño, entra al siguiente, adormilado por el vaivén del lecho en el que va recostado, capturado entre almohadillas de seda y cobertores de armiño, cortinas de brocado y un intenso perfume que, en su profunda y abierta molicie, el muchacho ve al tiempo que respira y ve con un color: negro.

Se dice a sí mismo que va recostado dentro de una cama en movimiento, muelle y aérea. Una de las manos de la mujer no deja de acariciarle; pero la postura obliga al muchacho a mirar la otra mano de esta aparecida y la otra mano lleva puesto un guante, rugoso y sebado, sobre el cual se mantiene muy derecho un azor. Los ojos sumidos del ave no se apartan de los del náufrago, pero si él parpadea entre la vigilia y el sueño, la mirada del azor es invariable, hipnótica, como si un artesano hubiese insertado dos monedas de cobre viejo, gastado, ennegrecido, en la cabeza del pájaro, y en esa mirada hay dos números sin tiempo. El sañudo halcón se mantiene inmóvil, con el pecho levantado y bien abierto de piernas para asentarse mejor sobre el guante de su dueña. Es tal la unión de las patas del ave con la mano de la mujer, que las uñas negras del pájaro parecen una prolongación de los dedos engrasados del guante. De tan fijo, diríase que es una estatuilla de Malta; sólo los cascabeles atados a las patas indican movimiento y vida en el ave de presa; su rumor de sonaja se funde con los otros ruidos, persistentes, de hebillas y puntas de fierro arrastradas a lo largo del camino.

El joven mueve la cabeza para mirar la cara de la mujer que le acaricia, seguro de que una vez más logrará ver el rostro de palidez plateada que esa mañana apareció entre la bruma, detrás de las cortinillas de la litera, preguntando si él era él, mirándole sin saber que ella era mirada por él. Pero esta vez, los velos negros ocultan las facciones de la mujer en cuyo regazo el joven reposa, duerme, despierta. La Señora (pues así la llamó el hombre brutal que amarró al náufrago a la silla del caballo) es una estatua de trapos negros, brocados, terciopelos, sedas: de la cabeza a los pies, los velos y drapeados la ocultan.

Sólo sus manos indican que está viva y presente: con una, acaricia y limpia la arena del rostro del joven; con la otra sostiene a la inmóvil ave de rapiña. El náufrago teme la pregunta que ella debería formularle: ¿Quién eres? La teme porque no sabría contestarla. Arrullado dentro de la litera honda y perfumada, se da cuenta de que sólo es el hombre más vulnerable del mundo: no podría contestar esa pregunta; debe esperar a que alguien le diga: "Tú eres…" y revele una identidad que él deberá aceptar, por amenazante, desagradable o falsa que sea, so pena de quedarse sin nombre. Está a merced de la primera persona que le ofrezca un nombre: sólo esto, arrullado, piensa y sabe. Pero a pesar de las brumas espesas que sofocan sus sentidos —sueño, vaivén, perfume, la mirada hipnótica del azor— el roce de esos dedos femeninos sobre su frente y sus mejillas le mantiene despierto, le permite agarrarse a una flotante tabla de lucidez como el halcón se prende a la mano enguantada de la Señora. El débil argumento del náufrago, fortalecido porque no tiene otro a la mano, es que si alguien le reconoce y le nombra él podrá, al mismo tiempo, reconocer y nombrar a quien le identifique y, en ese acto, saber quién es: quiénes somos.

Por eso, con gran suavidad, roza con los dedos las faldas de la mujer, se entretiene en ello un largo rato y, cuando siente que de nuevo el vaivén, el perfume y la fatiga van a vencerle, levanta ambas manos y las acerca a los velos que encubren el rostro de la mujer.

Ella grita; o él cree que grita; no ve la boca detrás de los velos y sin embargo sabe que un aullido ha pulverizado esta pesada atmósfera; sabe que ella grita cuando él acerca las manos al rostro de la mujer y todo sucede al mismo tiempo: la litera se detiene, unas voces gruesas gimen, la mujer guía la cabeza desgarbada del azor hacia la del joven y el ave resucita de su letargo heráldico, los cascabeles se agitan con furia y mientras la mano de la Señora, antes acariciante, ahora rapaz, tapa violentamente los ojos del náufrago, éste apenas tiene tiempo de ver, detrás de los velos apartados, una boca que se abre y muestra los dientes afilados como las púas de la carlanca de un can de presa y luego el azor cae sobre su cuello quemado por el sol y la sal de mares ardientes y él siente en la carne el helado humor que sale por las ventanas del pico largo, ancho y grueso; escucha las palabras de ese grito detenido en el espacio, sepultado por el lujo opresor de la litera; ese grito que clama y reclama el derecho que tiene cada ser de llevarse un secreto a la tumba. Y el joven prisionero no sabe distinguir entre el aliento del halcón y el de la mujer, entre el helado pico del ave y los afilados dientes de la Señora, cuando los alfileres de un hambre tenaz se clavan en su cuello.

Esa noche, Bocanegra entró a la venta, derrengado, con la cabeza sangrante. Su aparición echó a perder las celebraciones de los monteros. Dejaron de beber y cantar las coplas,

> Que hartos te vienen días
> de congojas tan sobradas,
> que las tus ricas moradas
> por las chozas o ramadas
> de los pobres trocarías...

Las exageradas pláticas se acallaron; las riñas se interrumpieron; todos miraron con asombro e inquietud al finísimo alano blanco, abatido, sucio, en la negra arena de las costas en las patas y en la herida abierta de la cabeza.

Fue conducido al aposento del Señor y, allí mismo, éste ordenó que se le curase. A la luz de las velas, los criados pudieron al fin abrir los morrales. El Señor se hincó en el reclinatorio y dejó abierto el breviario, pero dio la espalda al crucifijo negro que le acompañaba en sus viajes; miró hacia los criados que, primero, quisieron retirar al perro y curarlo en los corrales, pues hacerlo en la recámara del amo no era lo más correcto. El Señor dijo que no, que lo curasen allí mismo; los criados se inclinaron de mala gana ante la voluntad superior. La presencia del amo les impediría comentar con alboroto lo ocurrido y ofrecer increíbles versiones de los hechos probables.

Nuevamente, hincado y mudo, el Señor se preguntó si los criados se rebelaban en el silencio y desde su baja condición exigían algo más que el favor del amo y el cumplimiento de un trabajo que les daba un rango mayor al de los demás sirvientes del reino. Pero pronto la actividad hizo olvidar a unos su indiscreto descontento y al otro su discreta duda.

Uno de los criados tiró el cabello del perro hasta dos dedos alrededor de la llaga, limpió la herida y luego la cosió tomando bien el cuero y un poco de carne, con una aguja fea y cuadrada y nada delgada. Otro hirvió compresas en un perol y un tercero calentó vino. El hilo grueso fue cosiendo la herida con muchos puntos ni muy flojos ni muy apretados. En seguida, el primer criado sacó del morral y echó encima de la llaga hojas de encina, cortezas de palma, sangre de drago, raza y ordión quemado, hojas de nísporas y raíz de pinta pole. El segundo criado remojó las estopas calientes en vino, las exprimió muy bien y las colocó encima de los polvos mientras el tercero, encima de las primeras, ponía otras estopas secas y finalmente ataba el todo con una faja de tela.

El triste Bocanegra gimoteaba tirado en el suelo, los criados salieron en silencio y el Señor se quedó dormido, arrodillado en el reclinatorio, con la cabeza apoyada sobre el brazo de terciopelo, mareado por la peste de los polvos, el humo de los peroles y un sabor metálico y viejo que dejaba (en el aire) la sangre del perro y (en el piso) el rastro de oscuro polvo de la costa donde tú yaces de vuelta, idéntico a ti mismo, tu huella nueva sobre tu antigua huella, tu cuerpo colocado una segunda vez dentro del recortado perfil de arena que un cuerpo como el tuyo abandonó esta mañana cuando el mar te abandonó a ti; yaces en la misma playa, con los brazos enredados en algas y abiertos en cruz, una cruz entre las cuchillas de la espalda y una larga y sellada botella verde empuñada, tus viejos y tus nuevos recuerdos borrados por la tempestad y el fuego, tus pestañas, tus cejas y tus labios cubiertos por el polvo de las dunas, mientras Bocanegra gimotea y el Señor, en su sueño, recuerda obsesivamente el día de su victoria y se la cuenta al perro; pero el perro sólo quiere aprender el terror de la negra costa pero el Señor sólo quiere justificar su regreso, mañana, al palacio que mandó construir, para honrarla el día de esa victoria.

Victoria

La plaza cayó después de una lucha feroz. Se lo comunicaron en el campamento: dentro de la siguiente hora estaba entrando a la ciudad vencida y en su memoria negra y brillante como las corazas de los mercenarios alemanes de su ejército, turbia y líquida como las lagunas que rodeaban el burgo sitiado, resucitaban, atropelladamente, las imágenes de este duro combate contra la herejía en las bajas tierras del Brabante y la Batavia, donde encontraban refugio los pertinaces descendientes de aquellos valdenses e insabattatos combatidos y vencidos en la tierra española por los lejanos antecesores del Señor, y que con su cauda de fautores y relapsos habían encontrado propicio solar de resurrección en estas comarcas del norte, tradicionalmente aptas para la recepción y el ocultamiento de herejes que cual topos roían desde sus túneles los cimientos de la fe, en tanto que en León, Aragón o Cataluña mostrábanse y proclamábanse con luciferina soberbia a la luz del día, y así con facilidad eran perseguidos.

Miró el Señor los chatos contornos de estos países bajos y pensó que su llanura misma quizá exigía cavar hondo para actuar lento, mientras que la accidentada Iberia tentaba el honor y el orgullo de los hombres, y les animaba a imitar la escarpada altura de sierras y picachos, y desde ellos proclamar los desafíos, y abiertamente reunir a los ejércitos inermes de la blasfemia tal cual lo hizo Pedro Valdo, mercader de León, al predicar públicamente la pobreza, censurar la riqueza y vicios de los eclesiásticos, instaurar una iglesia laica en la que todos, hasta las mujeres, tenían derecho de oficiar y de administrar sacramentos, y se lo negaban a los que consideraban sacerdotes indignos, y huían de los templos, diciendo que bastaba orar en casa propia, y así organizó Pedro Valdo a una temible turba llamada los insabattatos, porque llevaban los zapatos cortados por arriba, en signo de pobreza, y eran ricos que siguiendo las prédicas del heresiarca habían renunciado a sus bienes, y eran los llamados pobres de León que de limosnas vivían y negaban todo linaje de propiedad, y no había entre ellos ni mío ni tuyo, y a Roma llamaban codiciosa y falsa, malvada, loba rabiosa y sierpe coronada, y muchos discípulos atraían por sus místicas austeridades, y aliáronse con los herejes cátaros y sus rebeldes trovadores provenzales, que del cuerpo humano hacían asiento del dolor y el pecado, sin que valiese consolación terrena de Jesucristo y de sus santos, ni en vida ni a la hora de la muerte, de tal modo que el cuerpo debía agotar en el mundo su naturaleza pecaminosa, a fin de llegar purificado y digno de la divina mirada al Cielo: con celo extirpó Don Pedro el Católico la herejía valdense y el pertinaz tumulto de los pobres de León. El Señor entendía las palabras de su antepasado y las repetía ahora para sí: "Sépase que si alguna persona noble o plebeya descubre en nuestros reinos algún hereje y le mata o mutila o despoja de sus bienes o le causa cualquier otro daño, no por eso ha de tener ningún castigo; antes bien, merecerá nuestra gracia".

Negra y brillante, turbia y líquida memoria de lo inmediato: pertrecháronse los herejes en ciudad amurallada, situada en collado no muy alto, rodeada de gran foso y protegida por pantanosas lagunas, como protegidos eran los herejes por los duques brabantinos y bátavos que les azuzaban invocando potestades temporales contra la divina potestad de Roma, reclamando para sí la parte del César contra la parte de Dios para librarse del pago de diezmos, retener en sus arcas el producto de venta de indulgencias y favorecer a los mercaderes y usureros de los grises puertos nórdicos; y así, sonrió amargamente el Señor, los heréticos emparentados con la austeridad valdense y el pecado cátaro, y que ahora llamábanse adamitas, terminaban por servir a lo que decían combatir, la avaricia y la riqueza y el poder, y ello bastaba para justificar esta guerra contra herejes, príncipes rebeldes a Roma y mercaderes que sólo eran fieles a sus arcones repletos. Dame fuerza, Señor, para combatirles en Tu nombre y en el del cristianísimo poder que me legó mi padre batallador.

"Toma siempre el ejemplo del tu padre", le había dicho desde niño al Señor su madre, "que en una ocasión durmió treinta días seguidos con la armadura puesta, y así reunió el sacrificio del cuerpo y la batalla del alma". El Señor, entrando a la ciudad vencida por el sitio, declarose a sí mismo digno de la herencia dinástica: en su memoria permanecían, temblorosas, las imágenes de los rostros desgajados por la pólvora, la carne mutilada y cruda, los ojos y manos volados por la ballesta y el cañón en los sitios de combate donde se habían empleado estas novedades; y la pareja crueldad en los sitios donde la lucha había obedecido a las viejas costumbres señoriales: los eslabones de la malla enterrados en la carne herida por los golpes de hacha; la cal viva arrojada a los ojos del enemigo; el combate de cuerpo contra cuerpo, caballo contra caballo; la muerte de los jinetes enemigos sólo muertos porque sus cabezas herméticamente encerradas en fierro dieron contra el suelo, asesinados por sus propios cascos más que por acción alguna del contrincante, y ahogados dentro de sus pesadas armaduras al cruzar la laguna, y muertos por insolación dentro de las corazas crujientes, y atravesados por las espadas del Señor al caer del caballo, bocarriba, luchando como tortugas para incorporarse, impedidos por el peso de las armaduras. Ligereza, en cambio, fue la regla de guerra de las tropas del Señor; trajo infanterías españolas que servían para cavar y minar, siendo asturianos y mineros de origen, y de retaguardia invasora una vez que la caballería ligera, verdadera arma de la victoria, se imponía a la pesadas falanges del duque protector de herejes; la victoria se debía a los contingentes asalariados, reclutados entre alemanes oriundos del Alto Rhin y el Danubio, la fuerza montada que mejor servía para la guerra nueva, siempre que el suelo no faltase, pues se corría el riesgo, si tal hubiera, de que se pasaran con facilidad al enemigo; los *reiters* germanos que usaban la novedad de las pistolas, la ligera arma inventada en la itálica villa de Pistoia, que con cinco o seis de ellas aseguraban brillante movilidad en los choques, embarazando y descomponiendo en el primer encuentro a las masas de caballería pesada del enemigo, con sus caballeros impedidos por las armaduras y las desmesuradas lanzas que llevaban. Los alemanes de la banda negra, así llamados por traer toda la armadura y arneses de color negro.

Victoria de ellos, pero también de la sapiencia bélica, a la vez lúcida y helada, alumbrada por la fe, enfriada por la ciencia aprendida de su padre, del Señor: desbaratada la caballería pesada del enemigo, éste se amuralló en la ciudad protegida por altas torres y bastiones, el hondo foso y las aguas del río que, quebrándose en varias direcciones, formaba lagunas y pantanos alrededor de las murallas. Venció el Señor esta defensa natural; vio a los pesados jinetes ahogados en el río y pantano, y sirviose de viejas embarcaciones que estaban junto a la ribera, esperando el paso de ejércitos de a pie, para construir un rápido atajo, colocando una embarcación al lado de la otra y llenándolas todas de tierra; los veloces alemanes obtuvieron de los pescadores noticias de lugares donde la laguna podía cruzarse porque sólo llegaba a cintura de hombre; ligero, ligero avance contra la ciudad sitiada, désele de comer una medida de avena a cada caballo, pásense los capitanes y gendarmes del servicio de sus escuderos, ligereza, el enemigo ha perdido cuatro banderas en el combate fuera de los muros, atrinchérase en la villa, ligereza, plántense tablones para cruzar el río, hágase ruta de fajinas sobre el pantano, el enemigo acecha y se defiende, corta los árboles de los bosques cercanos al río que podrían servirnos de refugio y escondite, pues hombre y árbol confúndense al caer la noche, trabajan los molinos de agua, los molinos tirados por caballos y los molinos de viento, gracias, Dios mío, arrecia el viento, y viento fuerte es incendio veloz, cabalguen los alemanes sobre el atajo de embarcaciones, sígales la infantería sobre los apretados haces de ramas y los tablones, incéndiense las chozas de paja en el falso burgo de extramuros, el enemigo construye ingeniosas trincheras, altas por dentro y bajas por fuera, ahora, el negro humo del incendio envuelve a la ciudad sitiada, les impide vernos pero nosotros podemos ver los contrafuertes de la muralla, ahora, mineros de Asturias, cavad un panal de trincheras para acercarnos a la fosa de la ciudad, minad los bastiones con esta pólvora tan podrida que debemos trasladarla en sudarios, como a los muertos, ahora, desde la margen victoriosa del río, disparad los cañones, cae torre tras torre, cortina tras cortina, no cejemos, pasan los días, la ciudad resiste el sitio, pero nosotros olemos lo que pasa adentro: huele a cadáver de hombre y de bestia, los desertores se arrojan desde las torres destruidas a la laguna, llegan hasta nosotros, nuestra vanguardia ve salir de la ciudad a los pobladores expulsados y nos cuentan: somos burgueses pacíficos, el duque y sus herejes nos obligan a trabajar como peones en las reparaciones; y si nos negamos, somos fueteados en público; y si nos mostramos recalcitrantes, somos ahorcados; y si no aceptamos el pacto, somos arrojados de la ciudad a manos del enemigo, pues peor suerte considera el duque ésta que el fuete o la horca, y así os decimos que carece esta ciudad de provisiones y de armas, aunque no de coraje para defenderse, así sea con piedras y calderas de brea hirviente y flechas, pues arqueros y brazos abundan, pero no cañones, ni culebrinas, ni bastardas, y ordenó el Señor a sus tropas cubrirse con manteles para protegerse de las piedras y asegurar sus posiciones junto a las murallas heridas y las torres derrumbadas dentro de pequeños pardales y así cubrirse tanto de la defensa como del ataque, de las piedras y flechas del duque como de los cañones y arcabuces del Señor, y a la caballería alemana ordenole situarse en la salida posterior de la ciudad, mientras la artillería terminaba por abrir la brecha en la muralla, volar las minas, demoler las torres y entrar gritando a la ciudad espantada: corrieron el duque y los herejes a escapar por su retaguardia, y allí esperábanles los alemanes con pistolas y dagas, espantables escuadrones de negro brillo en las corazas de los renanos y de cobrizo fulgor en las de los mercenarios del Danubio, y a cuchillo y pistola pasaron a los fugitivos; montaban y mataban los alemanes, cavaban y volaban los españoles, y a la una hora del mediodía el capitán de la Bandera de la Sangre la colocó en la más alta ruina de las torres devastadas, abriéronse las puertas y descendieron los puentes de la villa y el Señor hizo su entrada.

Esperaba un recibimiento triunfal, si no de la población indiferente a las acostumbradas guerras entre señores equiparables y soldados igualmente alquilables por uno u otro bando, al menos de sus propias tropas. Avanzó por las calles estrechas y desde las ventanas llovieron sobre su cabeza y sobre su corcel enjaezado nubes de pluma y tormentas de paja.

—¿Qué pasa?, ¿qué significa?, gritó el Señor desde el caballo a un capitán de su tropa viéndole salir de una de las casas, y el capitán, con el rostro congestionado, le dijo que los soldados españoles, dentro de las casas, destrozaban los lechos con los puñales, buscando el oro que, de acuerdo con la conseja bien sabida, atesoraba bajo sus almohadas esta raza de tacaños y usureros de los burgos el norte; de buena gana, los soldados hubiesen defenestrado a los propios habitantes; pero éstos huyeron espantados y acaso dejaron olvidados sus ahorros. Al menos, eso creían los soldados. ¿No saben entonces que ésta es una cruzada de la fe y no una guerra de botín, no saben que entre todos los príncipes de la cristiandad el Papa me nombró Defensor Fides para erradicar esta herejía flamenca?, le preguntó el señor al capitán y el capitán meneó la cabeza; cruzada o no, libran estas guerras muchos soldados comprados, Señor, pues nadie combate por gusto o sacrificio, sino porque la guerra es su profesión, y no les importa contra quién pelean, si hay botín y sueldo; el Señor podría arrastrar a esta cruzada a los campesinos de sus dominios; semejantes villanos saben manejar el arado, mas no la espada y mucho menos el arcabuz y la bastarda y el gran cañón que nos dio la victoria, alabado sea Dios, que gracias a su providencia no se dirá de nosotros como de los ejércitos desairados, que el honor militar tiene su trono colocado sobre los triunfos de los enemigos. Acepte con resignación el deshonor del saqueo, Señor, pues es prueba de la victoria, y que el honor de los vencidos sirva de pasto a los gusanos y a las moscas.

El capitán se alejó y sobre el Señor no llovieron esa tarde ni flores frescas ni aterrados burgueses, sino el relleno de almohadones y colchones destripados. Y en las calles los cadáveres eran devorados por los perros, antes que por los gusanos y las moscas que invocó el capitán. Preso de cólera, el Señor se detuvo frente a la catedral y pidió a los ballesteros de la guardia que abriesen de par en par las puertas de la magnífica construcción ojival, antiquísima tumba de mártires e iglesia colegiada; que ordenasen tañer las campanas y que así se convocase a un gran tedéum por la victoria contra los enemigos de la fe. Los ballesteros se mostraron acongojados y hasta nerviosos; algunos se taparon las caras con las manos para no reír o para apartar el hedor de los cadáveres amontonados en el atrio. Era difícil saber la razón exacta. Las puertas fueron abiertas por los ballesteros mientras el Señor les contemplaba y se dijo sin poder ni deber mostrar su propia duda:

"Siempre ese momento de incertidumbre entre una orden y su ejecución..."

Y él mismo se vio obligado a taparse la nariz y la boca con un guante. La pestilencia de los cuerpos arrojados en la calle entró al encuentro de la hediondez excrementicia que salía de la catedral.

A lo largo de las naves, los soldados y jinetes alemanes reían; algunos cagaban al pie del altar, otros orinaban dentro de los confesionarios y los perros que entraban y salían del templo, insatisfechos con el banquete de carroña humana en las calles, aquí levantaban con la lengua el vómito borracho de la tropa. Los ballesteros, sin que el Señor lo ordenara, hicieron un movimiento brusco y agresivo. Se disponían a expulsar de allí a sus compañeros, a arrestarles, sí, o quizá sólo iban a avisar que él estaba de pie, mirándoles, desde la penumbra del umbral. Pero el Señor les detuvo con el signo de un dedo que luego se llevó a los labios.

Seguramente su deber era castigar primero a la guardia de ballesteros que no habían impedido la profanación y en seguida a los propios profanadores. Pudo más el impulso mortificado de apoyarse detrás de una columna en un rincón oscuro de la catedral. Con un movimiento del brazo, ordenó a los ballesteros alejarse, salir de allí. Escuchó los pasos reticentes y, al cabo, el portón volvió a cerrarse y el Señor permaneció solo, con un sentimiento de íntima derrota que equilibraba la satisfacción de la gran victoria militar de esta jornada; se equivocaba ese anónimo capitán, mejor sentar el trono del honor sobre los triunfos de los enemigos, si los frutos de la victoria son este deshonor. Apoyó la cabeza contra la columna y se sintió sometido (¿me oyes, pobre Bocanegra?) a los repulsivos humores y a los escandalosos rumores del ejército de alemanes que habían ganado el día para la fe.

Era difícil ver bien lo que pasaba cerca del altar; por encima de las voces soeces o borrachas, se impuso el acento gutural de un jinete vestido de negro. Todos callaron y le escucharon. Y cuando terminó de hablar en lengua tudesca, sus compañeros gritaron vivas, muertes, empuñaron los sables amontonados, junto con las corazas de cobre y las corazas negras de la banda así llamada, al lado y encima de la mierda, negra o cobriza, al pie del altar; y en la densa oscuridad empezaron a agredirse a sablazos, profiriendo injurias, amenazándose de muerte, renanos contra austriacos, la banda negra contra los armados de cobre, aullando con un placer agónico, y como yo no podía verlos bien, perro, volví a cerrar los ojos y viajé hacía atrás, imaginé otras profanaciones y permití que esos ruidos y olores monstruosos acompañasen las imágenes redivivas de los cruzados franceses en Santa Sofía, donde bebieron de los copones sagrados y sentaron a una prostituta en el trono del patriarca mientras cantaban letrillas obscenas; y recordé la toma del templo de Jerusalén por los jinetes cristianos que cabalgaron por las naves sagradas con la sangre hasta las rodillas; pero ésa era sangre de infieles, Bocanegra.

Sintió, apoyado contra la columna, un infinito cansancio. La victoria le había agotado. A él, sí; a los guerreros, no, no les había bastado, la batalla continuaba dentro de la catedral, los *reiters* germanos pagaban más allá de todo deber su sueldo mercenario. Permaneció allí largo tiempo, con los ojos cerrados, secretamente fascinado (sí, Bocanegra, a ti te lo digo) por el espectáculo con el cual, estaba convencido (lo estoy), Dios humillaba el orgullo militar y proponía olvidar la victoria de las armas para recordarnos la siempre inacabada batalla por la salvación de las almas. Pues, ¿qué era esta guerra sino un combate del alma cristiana contra los herejes refugiados junto a los helados mares del norte; contra los últimos valdenses y cátaros disfrazados ahora bajo el nombre del padre Adán y que, llamándose adamitas, creían proceder como la primera criatura de Dios, antes de la caída?

—Es así que no habiendo nada peor que nuestro mundo, no puede haber purgatorio ni infierno, sino que la naturaleza pecadora del hombre, en la tierra y por la tierra ganada, debe purgarse aquí mismo, en la tierra; agotarse infernalmente en el exceso sexual, ya que por la sensualidad cayó el hombre, a fin de lavarse de toda tendencia de bestias y, al morir, unirse en pureza al cuerpo celestial; negamos pues que Jesucristo y sus santos, en la hora de la muerte, asistan a consolar las almas de los justos, ya que ningún alma abandonará la tierra sin grande dolor, pues de dolor fue la vida; y en recompensa sostenemos que después de la muerte las almas no conservarán conciencia ni recuerdo alguno de lo que amaron en el siglo. Así sea.

Estas palabras dichas desde la oscuridad que rodeaba al Señor, le helaron; pensó primero que le hablaba uno de los tres mártires de Nerón allí enterrados; imaginó en seguida, al mirar hacia los silenciosos sepulcros de los llamados Gaius, Victoricus y Germanicus, que la oscuridad misma le hablaba:

—Adán fue el primer Príncipe del mundo, y al darle la posesión de su estado se le intimó la pragmática de su acabamiento. Adán, el primer mandamiento de tu religión es: pecarás hoy con tu carne para mañana purificar tu alma y vencer a tu muerte. Tu cuerpo no resucitará. Pero si lo has agotado en el placer, tu alma pura se unirá a la de Dios y Dios será, y como Dios tu alma no tendrá memoria del tiempo vivido en la tierra. Y si no has fornicado, tu infierno será reencarnar en forma animal, una y otra vez, hasta agotar con instinto de bestia lo que no supiste vencer con inteligencia de hombre.

Los ojos del Señor penetraron las sombras y distinguieron a la figura que estas cosas decía. Separaron a la figura de las sombras, mas no a las sombras de la figura; el hábito, tan oscuro como este espacio capitular (y mi sueño redobla las sombras) cubría todo el cuerpo, las manos y el rostro del desconocido, mientras afirmaba ante la trémula presencia del victorioso Señor:

—De León a la Provenza y de la Provenza a Flandes, la verdad ha encendido los cuerpos y de nada valdrán tus armas ni tus victorias. Más lejana es nuestra estirpe de predicadores que la tuya de príncipes; de Bizancio salimos, por la Tracia y la Bulgaria erramos y por ignorados caminos llegamos hasta España, Aquitania y Tolosa; tu antepasado Pedro el Católico mandó quemar nuestras casas y nuestros Evangelios en lengua vulgar, y tomó para sí los castillos de los ricos que a nuestra cruzada de la pobreza se unieron; tu antepasado Don Jaime el Conquistador entregonos a la tortura y al suplicio de la Inquisición catalana y aragonesa; y de nuestra asolada tierra provenzal sólo pudo cantar el trovador, ¡quién os viera y quién os ve! Piensa que hoy, al fin, nos ha derrotado. Pero yo te digo que más que tú duraremos. Bajo frías lunas, en apartados bosques, allí donde tu poder no penetra, los cuerpos se acoplan para limpiarse del pecado y llegar exhaustos a la vida celestial. Ni la cárcel ni el suplicio, ni la guerra ni la hoguera pueden impedir que dos cuerpos se unan. Mira hacia el altar y ve el destino de tus huestes: la mierda. Trata de penetrar mi mirada y ve el destino de las mías: el cielo. Nada podrás contra los deleites del paraíso terrenal que confunde el goce de la carne con la actividad del ascenso místico. Nada podrás contra el éxtasis que nos procura practicar el acto carnal como lo hicieron nuestros padres Adán y Eva. El sexo anterior al pecado: tal es nuestro secreto; cumplimos plenamente el destino humano para liberarnos eternamente de sus cargas y ser almas en el cielo que olviden a la tierra, y así cumplir también nuestro destino celestial. Nada podrán contra nosotros tus legiones mercenarias; tú representas el principio de la muerte, nosotros el de la procreación: tú engendras cadáveres, nosotros almas; veamos qué se multiplica con más rapidez de aquí en adelante; tus muertes o nuestras vidas. Nada podrás. Nuestro espíritu libre vivirá en la otra orilla de la noche y desde allí proclamaremos que el pecado es sólo el nombre olvidable de un pensamiento impotente, y que la inocencia es el placer con que Adán, al saberse mortal, cumplió su destino en la tierra.

—¿De dónde vienes?, logró preguntar el Señor.

—De nada, contestó la sombra.

—¿Qué es nada?

—Adán.

—¿Quién eres?

—No soy.

—¿Qué quieres?

—No quiero.

—¿Qué posees entonces, que tan altivo te muestras?

—Poseo nada, que es todo, pues la pobreza es la absolución del pecado. Sólo el pobre puede fornicar en estado de gracia. La avaricia, en cambio, es la verdadera corrupción y la condena inapelable. Cuanto te he dicho sería mentira sin la condición de la pobreza. Tal es el precepto de Cristo.

—No, sino su consejo.

—No era Cristo un cortesano; predicaba con el ejemplo.

—¿A Cristo te comparas, pecador de ti?

—Más cerca de él estoy que cualquier Papa amodorrado por el lujo.

—A ti y a los tuyos la iglesia les ha contestado con dos armas: la pobreza franciscana y la disciplina dominica.

—Bien sabe disfrazarse al Anticristo que vive en Roma, y distraer a medias lo que debe hacerse a fondo.

—Con todo, el franciscano te dará lección de humildad, pues tu orgullo mal se aviene con tu pobreza; y el dominico te dará lección de orden, pues mal se conlleva tu sueño con tu acción.

—Mi acción es mi pobreza: ofendo al dominico; mi sueño es mi orgullo: mal ando con el franciscano.

—¿A dónde te diriges?

—A la libertad absoluta.

—¿Qué es eso?

—Un hombre que vive de acuerdo con todos sus impulsos sin distinguir entre Dios y su propia persona. Un hombre que no mira hacia atrás o hacia adelante, pues para un espíritu libre no hay antes o después.

—¿Cómo te llamas?

La sombra rió: —Anónimo Salvaje.

Y se acercó al Señor, hasta que el Señor sintió el aliento caluroso de esa aparición y una mano ardiente sobre la suya.

—Crees habernos derrotado hoy. Da gracias de que esto no es cierto, pues si nos vences te vences. ¿Crees haber vencido? Mira hacia el altar; mira a la tropa que nos derrotó en nombre de Roma, la sierpe coronada. Mira. Vence a los verdaderos de la tierra, no a los que prometemos placer y pobreza aquí, pureza y olvido allá. Ven con nosotros, los que nada tenemos. Somos invencibles: nada nos pueden quitar.

—¿Quién eres, por Dios?

—Recuerda. Ludovico. ¿Recuerdas? Nos volveremos a encontrar, Felipe...

Y el Señor pudo ver un instante las centellas de dos ojos verdes detrás de la carcajada; cayó de rodillas junto a la columna, sintiendo que cerraba los ojos si los había tenido abiertos, y que los abría si todo lo había visto en sueños; la gritería dentro de la catedral aumentaba y la chacota y las risas se hacían más fuertes que los nauseabundos olores. El Señor adelantó una mano en la oscuridad y la sombra ya no estaba allí.

No hubo más luz, esa noche, que la del chispazo de los aceros al chocar entre sí; un copioso sudor acompañaba la lucha a muerte de los compañeros de la victoria, la escasa victoria que no había logrado vaciar la energía de los guerreros; pobre victoria, que ganada por soldados mercenarios sobre los herejes que proclamaban la paradójica divinidad del pecado y la eventual riqueza de la voluntaria miseria, terminaba una vez más en la fiesta pagana de la sangre y la mierda, frente al altar de Jesús crucificado, y el Señor podía pensar, santiguándose, que los instintos asirios jamás cesaban de reanimarse en la sangre de los hombres, que la Puta de Babilonia se sentaba en todos los tronos y en todos los altares y que mentía la caridad teológica al afirmar que los soldados no han menester más para ir al cielo, sin pasar por el purgatorio, que servirse bien de los trabajos que en su oficio padecen: guerra, guerra contra los verdaderos herejes, los que habían ganado la batalla contra los excomulgados sólo para profanar el altar de la comunión; guerra, guerra contra los guerreros, ¿con qué armas?, ¿yo solo?, ¿guerra sin armas contra las armas que ganaron el día para Cristo Rey?, ¿yo solo? Sangraba la cristiandad por un costado, Jesús, Dios y hombre verdadero nacido de Santísima Madre, la siempre virgen María que concibió sin conocer obra de varón: recé en voz baja, perro. A los excrementos, orines y vómitos se unía el olor de sangre; y al rumor de espadas el ruido de los copones que rodaban por el piso.

Luego se cansaron. Luego se durmieron ante el altar, en las naves, en los confesionarios, en el púlpito, detrás de la custodia, bajo los manteles del refectorio. Sólo un soldado borracho, canturreante, que andaba a gatas, daba señas de vida. Los demás parecían muertos, como los del campo de batalla. Pero éste que andaba a gatas reunió con las manos los excrementos en un montículo a los pies de la figura crucificada en el altar. Rió o lloró, quién sabe. La vigilia del Señor se agotaba también. ¿No hubo más luz esa noche? Para el Señor, sí: la mierda brillaba como oro a los pies del Cristo en agonía. El brillo de esta ofrenda común, anónima, turbó la secreta oración del Señor.

Repetía sin cesar el verso del Eclesiastés, Omnis Potentatus vita brevis, y en la suya deseaba, esta noche, comprobarlo: oro de las entrañas de la tierra, mierda de las entrañas de los hombres, ¿cuál de los dos regalos era más valioso a los ojos del Creador que ambas cosas creó, cuál de los dos era más difícil de extraer, ofrecer y retribuir?

Abandonó, temblando, sollozando, incapaz de distinguir lo visto de lo soñado, esa catedral y caminó por las calles vacías de la ciudad vencida, en esa hora postrera de una larga noche, hacia los bastiones arruinados. Llegó hasta la torre donde había sido plantada, en la pulverizada arenisca, la Bandera de la Sangre. Miró las tierras bajas, punteadas de molinos, guarecidas por compactos bosquecillos, que bajo la luz de una pálida luna se extendían ondulantes, suaves, llanas, hasta el Mar del Norte que las amenazaba e invadía con sus frías e indomables mareas.

Había salido de la catedral añorando la silenciosa amistad de la luna. Ahora la miraba. Y mirándola, volvía a sentirse incapaz de saber si los brutales mercenarios del Alto Danubio y el Rhin, intuitivamente, hacían la máxima, impagable ofrenda de su sangre y su detritus a Dios Nuestro Señor; incapaz de comprender si el verdadero sacrificio lo hacían esos soldados allí frente al altar y no antes durante la batalla. Recordó el templo profanado y juró en ese instante levantar otro, templo de la Eucaristía pero también fortaleza del Sacramento, custodia de piedra que ninguna soldadesca ebria podría jamás profanar, maravilla de los siglos no por su lujo o belleza sino por una austeridad implacable y una desnuda y simétrica forma cuya severidad divina espantaría a las hordas mismas de Atila el Scita, azote de Dios, y de ellas y de él descendían los bárbaros alemanes que hoy ganaron el día para la fe.

De pie entre los escombros del torreón, al lado de la bandera agitada por la gris ventisca de la noche agónica, mirando hacia los campos enastados de Flandes, sin más compañía que la luna callada, allí mismo pronunció el Señor las palabras de la premática fundadora de la inviolable fortaleza de la Eucaristía, reconociendo los muchos y grandes beneficios que de Dios Nuestro Señor hemos recibido y cada día recibimos, y cuando Él ha sido servido de encaminar y guiar nuestros hechos y negocios a su santo servicio, y de sostener y mantener estos reinos en su santa fe, que con la doctrina y ejemplo de los religiosos siervos de Dios se conserva y aumenta, y para que asimismo se ruegue e interceda a Dios por nos, por los señores nuestros anteriores y sucesores, y por el bien de nuestras ánimas y la conservación de nuestro Estado Real, levantaré esta máquina grande, rica, santa, artificiosa, provechosa, la octava maravilla del mundo en orden y la primera en dignidad, casa de campo de recreación espiritual y corporal, no para vanos pasatiempos sino para vacar a Dios, donde le canten cada día divinas alabanzas con continuo coro, oración, limosna, silencio, estudio, letras, para confusión y en vergüenza de los herejes y enemigos crueles de la Iglesia Católica y de los blasfemadores que con impiedad y tiranía han asolado los templos en tantas provincias, amén.

Mas si ésta era su plegaria en alta voz, el Señor, al decirla, arriaba con sus manos la Bandera de la Sangre, aquí culminaría esta campaña, ejemplar sería esta victoria, los ejércitos mercenarios no se internarían en estas tierras bajas asoladas por los incendios de aldeas y forrajes, baste este ejemplo, el Señor besó la vieja Bandera que fue enseña de las victorias de su padre, y en verdad oró para que su padre le escuchase desde los confines de una muerte errabunda, padre, te prometí ser digno de tu heredad, batallar como tú, declarar mi presencia por los fuegos de fuertes y villorrios en comarcas insumisas a nuestro poder y al de Dios, luchar y dormir como tú, treinta días seguidos con la armadura puesta, padre, he cumplido mi promesa, he pagado mi deuda para contigo y tu ejemplo, ahora debo pagar mi deuda para con Dios: nunca más iré a la guerra, mi sangre ya no tiene fuerzas, estoy agotado, padre, perdona y comprende, padre: mis batallas sólo serán, desde ahora, batallas del alma; he ganado y perdido mi última guerra de armas.

Arrojó la bandera de la victoria al foso de la ciudad vencida; ave roja y gualda, flotó un instante sobre las aguas cenicientas y luego se hundió junto con los cadáveres armados de los vencidos.

—Y tú, ¿en qué sueñas, mi fiel Bocanegra? ¿Dónde estuviste hoy cuando escapaste de mi cercanía? ¿Quién te lastimó? ¿Qué recuerdas, perro? ¿Podrías contarme cosas, como yo a ti?

El Señor acarició levemente, sin intención de daño, las estopas que cubrían la herida del can. El perro aulló de dolor. Su fina memoria de los peligros regresó a la costa, a las arenas negras.

¿Quién eres?

Las olas cansadas acarician tus pies desnudos. Las gaviotas vuelan a ras de agua y puedes creer que es un tranquilizador barullo el que te despierta. Pero también puedes imaginar en el fango que te recibe la tibieza de tu propio cuerpo, esperándote, guardada sólo para ti; el repliegue más oscuro y la reciente herida de tu conciencia te dicen que ya has estado aquí. Te llevas una mano a la garganta que te arde y al hacerlo levantas la cabeza.

Primero miras cerca: las minucias de los desastres te devuelven otra mirada, estéril y opaca; sólo una botella verde, clavada en la húmeda arena, lamida como tú por el mar, brilla con algo que tú, hambriento y sediento, quisieras identificar como una vida propia. Una botella taponeada y sellada, que quizá contenga algo de beber; te das cuenta de que el brillo que atribuyes a la botella no es más que el de tu mirada famélica; tomas la botella, la remueves, la agitas, pero no contiene líquido alguno, sino cosa semejante a una torcida raíz blancuzca, un asqueroso nabo, quizás un duro papel enrollado; la arrojas, sin fuerzas, de regreso a las olas y levantas de nuevo la mirada para observar, esta vez, la lejanía.

El sol empieza a ponerse detrás de los arenales. Al filo de las cercanas cimas, descubres el paso lento de las figuras que se interponen entre la mirada y el sol. Oscuras y recortadas, silueta tras silueta, caminan despacio y sin ruido. Las nubecillas de arena que levantan en su recorrido revolotean y se desintegran en la luz de occidente.

Escuchas, quizá, un himno sin palabras, gutural y sombrío. Marchan con las cabezas bajas, como si todos, aun los que avanzan ligeros de cargas, aun los que pasan montados, arrastrasen un pesado equipaje. No alcanzas a contarlos; de un extremo al otro de las dunas, la procesión se alarga, ininterrumpidamente. Escuchas, sin duda, un tamborileo permanente. Levantas los brazos y los agitas. Lanzas un grito que lleva salud pero la implora. Ningún sonido sale de tu boca. Te pones de pie, sacudes la tierra de tu cuerpo, corres hacia las dunas, tus pies se hunden en la arena honda y suave, avanzas con dificultad, crees que nunca llegarás allá arriba, tan cercano que parecía todo desde la playa, tan fácil de alcanzar...

La cascada de arena se derrumba sobre tu cabeza, ahoga tu boca, te ciega, te ensordece, la respiras. Y todavía tienes ojos para los insectos que labran sus escondites en las dunas y que ahora, a tu paso torpe y desesperado, se agitan como granos de oro en un cedazo; lleno de gratitud, tienes ojos para las maravillas de la tierra; tierra viva, hasta en los túneles de los bichos más despreciables. No sabes cómo has llegado hasta aquí. Pero un instinto que despierta con el movimiento te dice que has sido salvado y que debes dar gracias. Alguien te grita desde lo alto de la duna; un brazo oscuro parece saludarte; una cuerda te pega sobre la frente; te prendes a ella con todas tus fuerzas y eres arrastrado, bocarriba y bocabierta, con los ojos cerrados, como una canastilla inánime. Sientes tu cuerpo vencido. Varios brazos te recogen en lo alto y tratan de levantarte. Caes una y otra vez junto a las alabardas que los soldados han dejado sobre la arena. No sientes tus propias piernas. La procesión se ha detenido por tu culpa. Los soldados murmuran un reproche entre dientes. Se escucha una voz aguda. Entonces los soldados ya no dudan. Te abandonan; permaneces allí, tirado, con la lengua de fuera, seca, empanizada de arena, mientras la caravana reanuda el camino y el tambor marca su ritmo.

Los ves pasar, borrosos, reverberantes, espectrales: la fatiga venda tus ojos. A la tropa de alabarderos siguen dos oficiales a caballo, y detrás de ellos una muchedumbre sobre mulas cargadas de cofres y peroles, cueros de vino y ataduras de cebolla y pimiento. Los muleros arrean chiflando con bocas desdentadas y un sudor de ajo brilla en los carrillos apenas cicatrizados. Pasan mujeres descalzas con jarras de barro sobre las cabezas; hombres con sombreros de paja: sus puños sostienen largas varas coronadas con cabezas de jabalíes; una armada de cazadores con perros sospechosos; parejas de hombres con alpargatas, cargando sobre las espaldas estacas de las que cuelgan perdices podridas y liebres agusanadas; modestos palanquines donde viajan damas de ojos saltones y damas de ojos hundidos, damas de mejillas coloradas y damas de tez reseca, todas sofocadas por el calor, abanicándose con las manos, secándose, hasta las resecas, con los pañuelos el sudor que les corre bajo las barbillas hacia las golas de cartón y pergamino, y palanquines de mejor jaez, ocupados por hombres de aspecto sabio cuyos anteojos les resbalan por la nariz o les cuelgan de negros listones: barbas apimentadas y agujeros en las zapatillas; sobre los hombros de los monjes encapuchados que entonan ese himno lúgubre que escuchaste desde la playa y cuya letra al fin descifras —Deus fidelium animarum adesto supplicationibus nostris et animal famulae tuae Joannae Reginae— avanzan lentos palanquines donde van sentados los sacerdotes agobiados por el calor y por sus propios humores de orín e incienso; luego una pequeña carroza de cuero tirada por dos caballos nerviosos, con las cortinillas corridas. Y detrás de ella, arrastrada por seis caballos lentos, custodiada por otra guardia de alabarderos, la gran carroza fúnebre, negra, severa, semejante a un buitre sobre ruedas. Y dentro de ella, atornillado al piso, el féretro, negro también, que recoge la luz del sol poniente en su caparazón de vidrio, tan parecido a la brillante coraza de las orugas que viven dentro de la arena. Tú las viste. Quiero que oigas mi cuento. Escucha. Escucho y veo por ti.

Detrás del carro funerario se agita, torcida, una comitiva de mendigos contritos, sollozantes, rebozados, de cuyos ocultos harapos emergen las manos sarmentosas y llagadas que ofrecen escudillas vacías al sol extinto; los más osados corren a veces, se adelantan a pedir una tira de la carne de los conejos y son repelidos con coces. Pero pueden ir y venir, correr, retrasarse en el camino. No así la otra muchedumbre, ceñida por otra guardia armada con ballestas, que camina arrastrándose penosamente, mujeres vestidas con sedas largas y rasgadas, ocultando el rostro con un brazo o ambas manos, hombres morenos y de negra mirada, tragándose con dolor las estrofas de un canto que queda aprisionado en las tensas gargantas, los hombres de largas barbas enmarañadas y largas cabelleras sucias, cubiertos con andrajos, dolientes, intentando ocultar el redondo parche amarillo cosido sobre sus corazones, y entre ellos, mirando al cielo, circula un monje que canturrea, convertirse han a la tarde, y habrán hambre como perros, y andarán cercando la ciudad…

Y detrás de los pordioseros y los cautivos, un paje vestido todo de negro camina lentamente y repite un ritmo sofocado, como el de los pies, las ruedas y las herraduras sobre la arena, sobre el tambor cubierto de terciopelo negro. Las calzas negras, las negras zapatillas de cuero, los guantes negros que sostienen los palos del negro tambor: sólo el rostro del paje brilla, en medio de tanta negrura, como una uva de oro. Una tez delgada y firme —estás seguro; al ver al paje verdaderamente vuelves a ver, dejas de entender un rumor descriptivo que a veces suple tu mirada—, naricilla levantada, ojos grises, labios tatuados. Mira fijamente hacia adelante. Las puntas de cuero de los palos del tambor definen (o sólo recogen) el cántico solemne que flota sobre la procesión, Joannae Reginae, nostri refrigerii sedem, quietis beatitudinem, luminis claritatem, el canto general de la procesión que combate y sofoca el canto del monje entre los cautivos, habrán hambre como perros, convertirse han a la tarde.

Tanto temiste que alguien te preguntase, ¿quién eres?, sin que tú supieras qué nombre pronunciar, que ahora no te atreves, por miedo al temor ajeno, a formularle la misma pregunta al paje de los labios tatuados que avanza al ritmo sofocado del tambor. Primero te sentiste confuso y permaneciste hincado sobre la arena, de espaldas al mar, viendo pasar la caravana; luego te levantaste rápidamente; el polvo envolvía el desfile, creando la ilusión (acentuada por las sombras largas, moribundas) de una lejanía que estaba desmintiendo al tiempo; por un momento, pensaste que perderías para siempre —o que sólo lo soñabas desde la playa; o que ésta era otra imagen propia de la muerte por agua y el sepelio marino en un desastre soñado— la compañía de esa larga fila, a la vez fúnebre y festiva, de cebollas, alabardas, caballos, palanquines, mendigos, cautivos árabes y hebreos, palanquines, himnos, féretro y atambor.

Te levantas y corres hasta tocar el hombro de la última figura del cortejo, el paje vestido de negro, que no voltea la cabeza para mirarte, que prosigue su camino al ritmo del tambor, que quizás te está desafiando a que tú le preguntes, ¿quién eres?, a sabiendas de que tú ya sabes que él sabe que tú temes hacer la pregunta y recibir la respuesta. Corres como si la distancia que te separa de la caravana pudiese medirse en tiempo y no en espacio. Corres pero no dejas de hablarle a esa parte de ti que no reconoces. Insensato de ti; hace siglos que no ves tu propia imagen en un espejo; cuánto tiempo ha pasado sin que te reconozcas en una imagen gemela; cómo sabes si la tormenta que te arrojó a estas playas no borró tus facciones, si el corposanto no incendió tu piel, si las olas no te arrancaron la cabellera, si la arena no llagó para siempre tus labios y tus ojos. Tormenta y espada; corposanto y gusanos; olas y pólvora; arena y hacha. Extiendes tus brazos enredados en algas: cómo puedes saber qué figura ofreces al mundo y cómo puede verte el mundo a ti, náufrago, huérfano, pobrecito desgraciado de ti.

El atambor no voltea a mirarte y tú no te atreves a preguntarle nada. Tocas de nuevo su hombro, insensible a tu llamado. Corres frente a él y sus ojos te traspasan como si tú no existieras. Saltas, gruñes, caes de rodillas y vuelves a levantarte, moviendo los brazos como astas; el paje imperturbable sigue su camino, el cortejo vuelve a dejarte atrás.

Ahora corres al filo de las dunas, sobrepasas al atambor, a los musulmanes y a los judíos, a los mendigos y a los alabarderos de a caballo y con un movimiento veloz, imprevisto por la guardia montada, trepas al carruaje fúnebre y apenas tienes tiempo para mirar, bajo el caparazón de vidrio, ese lecho de seda negra, acolchada, decorado a cuatro bandas por flores de brocado negro, donde yace una figura azulenca, con grandes ojos abiertos y la piel de una ciruela plúmbago; un perfil prógnata, los labios gruesos y entreabiertos, un medallón sobre la camisa de seda, un gorro de terciopelo; los alabarderos ya están encima de ti; sus manos te toman del cuello y de los brazos, te arrojan sobre la arena y un golpe de fierro te abre el labio inferior; saboreas tu propia sangre, sonríes, idiotamente satisfecho de esta prueba de tu existencia; y el monje preceptor de cautivos también se acerca, con grandes aspavientos, a tu figura postrada, te reclama para sí, ¿cómo te llamas?, tú no sabes responder, el monje ríe, qué importa.

—Dirá llamarse Santa Fe o Santángel, Bélez o Paternoy, de seguro es marrano, converso, no admitirá ni eso, dirá ser cristiano viejo, pero yo que le miro cara de hereje judaico relapso, cara de perro hambriento y digo que a mi cauda debe quedar, para hacerle probar podrida carne de cerdo, y ver si le da gusto o le da asco, cara de marrano converso le veo, falso cristiano, judaizante vero, a mi cauda quede, a mi cauda...

Los mendigos no se habían percatado de tu presencia, seguramente porque en nada te diferencias de ellos; ahora se han detenido, mientras el monje te marranea, husmeando la violencia provechosa, oliendo tu sangre con más acierto que el monje. Se miran entre sí con guiños biliosos, se chupan las encías agrietadas, menean las cabezas tiñosas indicando la novedad, clavan las estacas en la arena y corren hacia donde tú te encuentras, postrado y sangrante, rodeado de alabarderos, con el celoso monje revoloteando cerca de ti, y sobre las cabezas y entre las piernas y abrazando las cinturas de los soldados y gritando al oído del monje, te miran, te escupen, te amenazan con los puños:

—¿Quién es?

—Un náufrago...

—Que no, un herético, dice este monje…

—Mira tú, Santurde, mira a la playa…

—¿Quedan restos?

—Que no.

—Que sí.

—Que veo cofres y botellas y pendones.

—¿Ves gato en la playa?

—Que no.

—¿Ves otro hombre en la playa?

—Que no.

—Ni gato ni hombre: corre a recoger los restos.

—Que este hombre es náufrago.

—Mátalo a palos.

—Que los restos son suyos.

—¡A palos te digo, cojón! Si no sobreviven ni hombre ni gato, los restos son nuestros. Es la ley.

—Que es herético.

—Que es marrano.

—Que es cautivo.

—¿Para qué darle de comer a una boca más?

—Vaya papeleo que si es hijo de Alá o de Mosé; el cuento de nunca acabar. A palos.

Levantan las estacas de la arena, las agitan en el aire, las meten entre los huecos de piernas y brazos de los alabarderos y el monje, te pican las costillas, te amenazan entre carcajadas y chillidos desdentados y escupitajos mientras los alabarderos te arrastran a lo largo del arenal, pateándote, injuriándote, los mendigos gruñen entre dientes, el monje regresa a su rebaño de prisioneros y tú eres arrastrado en dirección del lento y pequeño carruaje con las cortinillas corridas.

Monólogo de la viajera

"Señor caballero, sea usted quien sea, permanezca quieto y agradecido. Ha ido usted demasiado lejos. Quisiera perdonar su indiscreción atribuyéndola a una juventud que aún no aprende a respetar el misterio ajeno.

"El misterio de los demás, señor caballero, es por lo común el dolor que no compartimos o no comprendemos.

"Guarde silencio y escuche.

"No intente correr las cortinillas para verme.

"Guarde silencio y escuche…

"¡No intente verme! Se lo digo por su bien más que por el mío.

"No sé quién es usted ni a dónde se dirige.

"Lo que ahora le cuento será olvidado apenas nos separemos.

"Esto será cierto, aunque viva usted mil años más tratando de recordarlo.

"Es inútil; sólo viajamos de noche; desconoce usted la excepción que le ha permitido encontrarnos de día; siempre he temido que un accidente de esta naturaleza se interponga en mi camino; gracias a Dios, ni un atisbo de luz puede penetrar esta carroza; las cortinas son gruesas, el vidrio está sellado con plomo y pintado de negro; es un milagro, señor caballero, que se pueda respirar aquí adentro; pero a mí me hace falta muy poco aire; me basta el que se reúne aquí mismo durante el día, cuando reposo en los monasterios y los criados limpian mi carruaje.

"Aire y luz. Los necesitan los que aún cultivan el engaño de sus sentidos. Ante todo, señor caballero, le diré lo siguiente: largos años de preceptiva nos han enseñado que sólo podemos fiarnos de nuestros cinco sentidos. Las ideas florecen y se marchitan velozmente, los recuerdos se pierden, las esperanzas nunca se cumplen, los sentimientos son inconstantes. El olfato, el tacto, el oído, la vista y el gusto son las únicas pruebas seguras de nuestra existencia y de la refleja realidad del mundo. Usted lo cree así. No lo niegue. No necesito verle o escucharle; pero sé que su pobre corazón palpita en estos instantes gracias a la ambición de sus sentidos. Quisiera usted olerme, tocarme, oírme, verme, quizá besarme… Pero yo no le importo, señor caballero; yo le intereso sólo como una prueba de que usted mismo existe, está aquí y es dueño de sus propios sentidos. Si yo le demostrara lo contrario…

"¿Quién es usted? Yo no lo sé. ¿Quién soy yo? Usted no lo sabe. Pero creo que sólo sus sentidos podrán comprobar una y otra identidad. A cambio de sus sensaciones, a fin de preservarlas con su preciosa distinción, que para usted no es diferente de una vana y voraz afirmación de la vida que fue creada para usted y no usted para la vida, me sacrificaría sin pensarlo dos veces: sigue creyendo que el mundo culmina en su propia piel, no lo niegue; sigue pensando que usted, usted mismo, pobre caballero, es el privilegio y suma de la creación. Es lo primero que deseo advertirle: abandone esa pretensión. Cerca de mí, sus sentidos le serán inútiles. Usted cree que me escucha y que escuchándome puede actuar sobre mí o contra mí. Deténgase un instante. No respire, porque dentro de esta carroza no hay aire. No abra los ojos, que no hay luz. No intente escuchar; las palabras que le estoy dirigiendo no se las estoy pronunciando a usted. Usted no me escucha, usted no puede escuchar nada, ningún rumor puede penetrar el vidrio sellado de esta carroza, ni siquiera los himnos que he ordenado cantar, ni siquiera el tambor que debe anunciar la congoja de nuestro paso…

"Hemos salidos de nuestro hogar y debemos pagar el precio del prodigio: el hogar sólo será pródigo si lo abandonamos en busca de los abandonos que su costumbre nos niega. El exilio es un homenaje maravilloso a nuestros orígenes. Ah, sí, señor caballero, veo que usted también anda en el camino y sin brújula. Quizá nos podamos acompañar, de aquí en adelante. Ahora el tiempo ha perdido su compás; es la primera vez que viajo de día y eso significa dos cosas. Que nos hemos encontrado por casualidad. Y que ahora debemos seguir rodando hasta recobrar todos los minutos perdidos por el accidente: hasta que vuelva a terminar la noche. El regidor debe mostrarse confundido. Su deber es marcar los horarios con el reloj de arena que perpetuamente apoya contra su rodilla (¿no lo vio usted?: viaja en un palanquín modesto; las gafas le resbalan por la nariz) y ayer la arena, en vez de caer como de costumbre, del huso superior al inferior, invirtió el proceso, desafió la fuerza de las cosas y hubiese llenado en una hora el vaso superior si el infelice regidor, enemigo de las maravillas, no hubiese volteado en seguida el reloj para asegurar la normalidad de la medida. ¡Normalidad! Como si fuesen normales el origen del mundo, la alternativa de la luz y la sombra, la muerte del grano para que el trigo crezca, el cuerpo de Argos y la mirada de la Medusa, la gestación de las mariposas y de los dioses, y los milagros de Cristo Nuestro Señor. Normalidad: mostrádmela, señor caballero, y yo os señalaré una excepción al orden anormal del universo; mostradme el hecho normal y yo lo llamaré, por normal, milagroso.

"Desde entonces, como en el principio; desde que el regidor volteó el reloj de arena, nos gobernamos por las revoluciones, apariciones, desapariciones y posible inmovilidad de los astros que quizás exploten, nazcan, vivan y mueran como nosotros, pero que acaso sólo sean testigos congelados de nuestras andanzas y agitaciones. A ellos no los podemos dominar, señor caballero. En eso estará usted de acuerdo. Siga creyendo que puede dominar sus sentidos; no pretenderá dominar las menguas y crecimientos de la luna. Podemos manejar un reloj de arena que nos cabe entre las manos; no podemos hacer girar el disco del sol. Ahora no sabemos si hemos perdido o ganado un día. No nos queda más remedio que esperar la nueva salida del sol y entonces reanudar nuestra rutina, acercarnos a un monasterio, pedir hospitalidad, pasar allí el día, abandonarlo de noche...

"Pero el sol no penetra las ventanillas pintadas de mi carruaje. Estoy a merced de mis sirvientes. Estamos dependiendo de que ellos vean de nuevo el sol. Yo no puedo enterarme. No quiero. Llegaremos, cada amanecer, a un nuevo monasterio. Me bajarán de aquí envuelta en trapos, me conducirán a la celda sin ventanas, luego a la cripta debajo de la tierra; luego, nuevamente, a la carroza; siempre rodeada de sombras... Cuidémonos, señor caballero; estamos a merced de sus engaños. Ellos pueden inventar que han visto el sol. Pueden aprovecharse de nuestro constante apetito de sombras. Usted los vio esta mañana; no son gente de fiar. Viven de la costumbre, ve usted; pero el hábito sólo afecta a los individuos. Yo, señor caballero, vivo de la herencia. Y eso afecta a la especie.

"No es que sea gente mala. Al contrario; me sirven con devoción e incluso más allá de las exigencias habituales. Pero deben estar cansados. No nos hemos detenido desde que salimos huyendo del convento. Deben pensar que les he impuesto esta marcha como castigo por su equivocación. Los caballos deben traer espumas en los belfos. Los muleros deben tener los pies llagados. Quizá la comida se ha podrido. Quizá ni los moros y judíos acepten ya nuestras liebres y perdices, ni los mendigos siquiera. ¡Cómo deben sudar mis pobres alguaciles y damas de compañía!

”¡Pobres damas! Permita que me ría; imagine mi risa con su deseo, ya que con sus oídos sólo escucharía un aullido indignado: ¡pobres damas!; he sido engañada, señor, he sido engañada; llegamos al amanecer a ese convento; yo estoy en manos de mi servicio; sin ellos no puedo dar un paso; a ellos les corresponde prepararlo todo, nada debe faltarnos, mi hijo es generoso y ha puesto a mis órdenes lo que usted ha visto, una guardia de cuarenta y tres alabarderos y sus oficiales, un mayordomo, un regidor, contralores, médicos, tesoreros, criados, botelleros, un alguacil, ocho damas de honor y quince dueñas (ah, señor caballero, deje que me ría, no se asuste de mi risa), catorce ayudas de cámara, dos plateros y sus ayudas, dieciocho cocineros y sus pinches; un monje preceptor y treinta y tres cautivos, falsos conversos de Mahoma y de la judería, pues así hace ver mi hijo el Señor, en el curso de mi errancia, a todos los villorrios de España cuán cierto es nuestro combate para arrancar de raíz las creencias malditas, y acallar así las voces que contra nosotros murmuran, haciendo creer que toda la marranada, fingiendo falsa conversión, se ha metido a los concilios del reyno y allí debaten y disponen en nuestro nombre; no, que todos vean la pertinacia de nuestra persecución contra la pertinaz infidelidad y hólgome en mezclar a judíos y árabes, que entre sí se detestan, pues es la ley que judío roba a árabe y árabe mata a judío, y aquí andan todos revueltos y humillados y sin próximo fin para sus cuitas entre muleros, mensajeros, caballerangos, cazadores, gentiles hombres de servicio y pensionados, mis trece sacerdotes y un atambor y paje: todo lo que usted ha visto y también lo que no ha visto: Barbarica, la Barbarica, mi fiel compañera, la única mujer que puede acompañarme; usted no la puede ver porque es muy pequeñita y como tiene un feo defecto, insiste en viajar dentro de un baúl de mimbre… Señor caballero: ¿qué más podía esperar de la gratitud filial, yo que nada he pedido más que una cosa, yo que de buena gana recorrería estos caminos a solas, con mi carga a cuestas, yo que sin necesidad de esta procesión me iría de pueblo en pueblo y de claustro en claustro, vestida con un sayal, implorando caridad y albergue, contentándome con lo poco que exijo: soledad, desnudez y oscuridad, de día y de noche? Yo sola, con mi carga a cuestas. Si tuviera fuerzas, si me fuese físicamente posible.

"Ésa es mi voluntad. Ni él está para bailes y galanteos, ni yo estoy para los lujos y los partos. Se acabaron las fiestas y nos quedamos solos. Mandé quemar toda la ropa que él tocó; ordené que con nuestra cama se hiciera una pira en el patio y si primero quise seguir vestida hasta mi muerte como en el momento en que supe de la suya, hasta que las faldas se me cayeran a jirones y las zapatillas se me adelgazaran como papel y los corpiños se descosieran por su cuenta, después opté por desvestirme una sola vez más y ponerme para siempre este hábito de costales remendados y unidos con costuras de cuerda. Pero ya ve usted; me envuelven en trapos negros, no me dejan ver, no me dejan respirar y ahora ya no puedo quitarme nada sola. Otra fue mi voluntad. Comería lo indispensable, pan mojado con agua, a veces un amasijo de avena, cuando mucho un caldo de gallina. Dormiría en el suelo.

"¿Puede toda la sordidez humana, señor, compensar el vacío que deja la muerte? Eso quise, eso hago. Pero puesto que mi hijo insiste en ello, viajo y cuento con este minucioso servicio. Mis reglas son simples. Se sorprendería, señor caballero que parece andar por el mundo sin un juramento sobre el cual descansar sus pesares y sin un humilde par de zahones que lo protejan de piedras y espinas, se sorprendería, le digo, de la manera como las disposiciones más sencillas se complican en cuanto las secuestra el ceremonial. Al cabo, la ceremonia se convierte en la sustancia y el meollo del asunto pasa por apariencia secundaria.

"Trasládenme cada atardecer a mi carruaje; corran las cortinas y sellen cada vez puertas y ventanas; tengan aparejados los caballos; ruede la carroza negra detrás de la mía; enciéndanse las antorchas que habrán de guiarnos; viájese la noche entera; acérquense cada madrugada los monjes y algunos alabarderos al monasterio más cercano y pidan, con humildad y poder, un refugio contra el sol insoportable; trasládenme como siempre lo hacen, oculta, envuelta en trapos, cargada por los soldados, a un aposento desnudo; descienda detrás de mí el cuerpo de mi marido; prepárese la misa de réquiem; avísenme la hora, celébrese la misa; abandónenme al pie del catafalco, sin más compañía que mi fiel Barbarica; recójannos al crepúsculo; reiníciese el viaje después de pagar un óbolo a los monjes.

"Respétese mi dolor. Respétese mi compañía solitaria con la muerte. ¡Ninguna mujer se acerque! Ninguna, salvo Barbarica, que casi no lo es y ninguna pasión o celo podría despertar. Escucho los pasos, pasos de mujer vocecillas de mujer, tafetanes rozando, miriñaques crujiendo, risas agudas, suspiros de entrega; los muros de los conventos gimen con voces de amor; las huecas paredes aúllan con indecentes satisfacciones; detrás de la puerta de cada celda una mujer llora y grita su placer… ¡Ninguna mujer se atreva! Lo tolero todo, señor caballero, la compañía dispendiosa que mi hijo me ha impuesto, la violación de mi declarada voluntad de anonimato, la burla de mi suprema intención de sacrificio: pobre mujer, desnuda y hambrienta, envejecida y solitaria, en harapos, arrastrando por los caminos su pesada carga envuelta, como ella, en los sayales de la mendicidad. Todo lo acepto, menos la presencia cercana de una mujer. Ahora él es mío, sólo mío, para siempre.

”La primera vez que volví a besarlo, señor caballero, tuve que romper el sello de plomo, la madera, las telas de cera que le envolvían. Pude, por fin, hacer lo que quise con ese cuerpo. Habían sido generosos y permisivos conmigo. Que nadie la contraríe en nada, que nadie haga nada que pueda malcontentarla; hágase su voluntad y protéjase su salud y que poco a poco ella misma se convenza de la necesidad de enterrar al cuerpo: eso murmuraron, con estúpido aire de compasión.

”Encerrada en mi castillo, yo pude, al fin, hacer lo que quise. Apartar la capa de piel y rasgar la camisa de seda (así, así, señor caballero, así) y arrancar el medallón de su pecho y el gorro de terciopelo de su cabeza; pude bajar sus calzones de brocado (así, Barbarica, así) y sus medias color de rosa y saber si era cierto lo que de él se decía y murmuraba tanto en recámaras como en antesalas, cocinas, establos y conventos, son mary estoit beau, jeune et fort bien nourry, et luy sembloit qu'il pouvoit beaucoup plus accomplir des oeuvres de nature qu'il n'en faisoit; et d'autre part, il entoit avec beaucoup de jeunes gens et jeune conseil, qui et l'oeuvre luy faisoient et disoient paroles en présens de belles filles, et le ménoient souvent en plussieurs lieux dissoluz… Porque yo tenía que saber si era cierto; porque yo sólo le conocí en alcobas tan negras y oscuras como este carruaje, señor caballero, a la hora de su gusto y saber, sin previo anuncio, sin palabras, sin luz, sin que él me mirase siquiera, pues él sólo miraba y se dejaba mirar de las hetairas de las villas sobradas y de las campesinas con las que ejercía su derecho de señorío; a mí me tomaba a oscuras; a mí me tomaba para procrear herederos; conmigo invocaba el ceremonial que veda todo deleite de vista y de tacto, de preludio y contentamiento prolongado a un casto matrimonio español y católico, sobre todo si se trata de la pareja real, cuyo apresurado acoplamiento no tiene más razón de ser que cumplir las estrictas leyes de la multiplicación; ¿ve usted, señor caballero, cómo pueden morir los sentidos y la ceremonia sofocarlos y dejarnos sin más continente que la imaginación excarnada? Sólo ahora, muerto, puedo verlo entero y a solas, inmóvil y sometido por entero a mi capricho, cada noche en nuestro hueco de piedra fría, sin adorno alguno, sin un reclinatorio siquiera.

"Mandé traer al doctor varón y boticario don Pedro del Agua para que vaciara perfectamente las entrañas de mi marido y todos los demás órganos excepto el corazón, que el propio señor del Agua recomienda conservar dentro del cuerpo; lavole las cavidades e incisiones con un cocimiento de acíbar, alumbre, alcaparra, ajenjos y lejía, que hirvió según arte, añadiéndole aguardiente de cabeza, vinagre fuerte y sal molida. Bien lavado el cuerpo, lo dejó secar durante ocho horas entre dos fanegas de sal molida. Después lo rellenó muy cumplidamente con polvos de ajenjos, romero, estoraque, benjuí, piedra alumbre, cominos, escordio, mirra, cal viva, treinta manojos del árbol del ciprés y todo el bálsamo negro que cupo en el cuerpo. Rellenas las cavidades, el señor del Agua recogió los bordes de ellas con costura que se llama de pellejero y aguja esquivada y procedió luego a untar el cadáver, menos la cabeza, cara y manos, esparciendo con un hisopo el betún de sustancias derretidas: trementina, pez negra, benjuí y acacia. Seguidamente fajó toda la parte untada con vendas embebidas en un licor mezclado de reina, estoraque, cera, almáciga y tragacanto. Y el doctor del Agua se fue, afirmando que mi marido se conservaría sin que las ruinas del tiempo le ofendiesen. Así lo hice mío.

"Hasta los altares he mandado retirar y las ventanas he mandado pintar de negro, para que cada capilla que visitamos sea idéntica al servicio que presta. El propio catafalco real me parecía una ofensa a la severidad que quise, pedí y obtuve. El manto púrpura que le cubría, las chapas de plata y el crucifijo labrado eran una mofa; los cuatro candelabros, una injuria; la luz de los cirios, una parpadeante ofensa. Me contaron: Señora, en vida amó el lujo y las fiestas. Recuerde: usted misma dio a luz una noche de baile, en el patio del palacio de Brabante; mientras su esposo perseguía a las muchachas de Flandes usted sintió los dolores del parto y se fue a esconder a la letrina y allí la encontramos y allí nació su hijo nuestro actual Señor. A tiempo llegaron las comadronas, pues el cordón umbilical estrangulaba al infante, una asfixia azul congestionaba su cara y un baño de sangre ahogaba su cuerpo. Así fue referido. Ahora negaré el exceso de esos fastos y encontraré motivo de vida en el espectáculo de la muerte embalsamada, como antes casi conocí la muerte en el acto de dar la vida a mi hijo; como Raquel, pude proclamar al mío filius doloris mei y al mundo advertirle: los hijos del dolor materno tienen simpatía con las felicidades. Besé los pies desnudos del despojo vendado y relleno de especias de mi esposo y el silencio fue repentino y absoluto.

"Hay que taponearse los oídos con cera, señor caballero; no se puede vivir aguzando involuntariamente el oído, cerrando los ojos y diciéndose que no tardarán en sucederse el rechinar de una puerta, el desplazamiento de un cuerpo torturado, la oquedad de pisadas invisibles, la lenta regeneración de las facciones, el crepitante crecimiento del vello y de las uñas de un cuerpo muerto, el renacimiento de las líneas borradas de las manos de un cadáver que las perdió al morir, como no las tuvo al nacer, no, señor caballero, asesine sus sentidos, se lo he dicho, no hay otra solución si se quiere estar solo con lo que se ama. Se fue el doctor Pedro del Agua y no supe si agradecer o maldecir sus diligencias. Era dueña absoluta de un cuerpo incorrupto, que mantenía la semblanza de la vida y que por ello era vecino de otros hombres, y las mujeres podrían confundirlo sólo con un hermoso durmiente. ¿No las oye usted? ¡Son las mujeres! Sí, maldije la ciencia del señor del Agua, que me restituyó a mi marido con la apariencia que en vida tuvo y la promesa de su incorruptibilidad corpórea; pero me arrebató lo único que podía ser mío, un cadáver corrupto, carne apestosa, polvo y gusanos, blancos huesos míos... ¿Entiende usted lo que le cuento, señor caballero? ¿Sabe que hay momentos que no pueden medirse? Momentos que todo lo reúnen: la satisfacción de un deseo cumplido junto con su remordimiento, el anhelo y el temor simultáneos de lo que fue, y el simultáneo miedo y deseo de lo que será. No, quizá usted no sabe de lo que hablo. Usted cree que el tiempo avanza siempre hacia adelante. Que todo es porvenir. Usted quiere un futuro; no se imagina sin él. Usted no quiere darles ninguna oportunidad a los que necesitamos que el tiempo se desvanezca y luego regrese sobre sus pasos hasta encontrar el momento privilegiado del amor y allí, sólo allí, se detenga para siempre. Embalsamé al príncipe don Felipe para que, semejante a la vida, la vida vuelva sin violencia a él si mi proyecto se cumple y el tiempo me obedece, marchando hacia atrás, remontándose sin conciencia al momento en que yo diga: detente, allí, nunca más te muevas, ni hacia adelante ni hacia atrás, allí, detente. Y si ese proyecto se frustra, entonces confío en que el parecido de mi esposo con la vida atraiga hacia su cuerpo a otro hombre capaz de habitarlo, deseoso de habitarlo, de cambiar su pobre envoltura mortal por la inmortal figura de mi marido incorrupto.

”Usted me mira con sorna y cree que estoy perdida. Usted sabe contar el tiempo. Yo no. Primero porque me sentí idéntica; después porque me sentí diferente. Entre antes y después, perdí para siempre mi tiempo. Sólo lo cuentan quienes nada pueden recordar y nada saben imaginar. Digo primero y después pero hablo del único instante que es siempre y antes y después porque es siempre, un siempre en unión perfecta, amorosa unión. ¿Cree usted sentir mis manos sobre su boca, señor caballero? Río y le arrullo, le acaricio la cabeza. Pronto, Barbarica. No trate de tocarme, señor caballero. A pesar de todo, a pesar de todo, ve usted, poseemos dos cuerpos singulares que por ser diferentes son inmediatamente enemigos. No basta una vida para reconciliar dos cuerpos nacidos de madres antagónicas; hay que forzar a la realidad, someterla a nuestra imaginación, extenderla más allá de sus ridículos límites. Pronto, Barbarica; ¡él nunca regresará, ésta es nuestra única oportunidad, date prisa, corre, vuela, vete, regresa, chiquitita! Intento respirar al ritmo de su cuerpo, imitar su cuerpo, joven caballero; cada vez concentro en esa imitación toda la lasitud de mi propio cuerpo y todo el filo de mi mente; que no encuentre usted resistencia; a fin de escucharle respirar, yo misma dejo de respirar; su aliento mudo será el primer signo de mi deseo y de su retorno; ese aviso puede escapar a mi atención por culpa de una distracción cualquiera, usted debe comprenderme; si me muevo, no sabré si él, si usted, ha vuelto a respirar. He asesinado todos los rumores, menos el de ese cántico igual a mi pena y ese tambor idéntico al ritmo de mi corazón. Duerme abrazado a mí, señor caballero, duerme (tú; él) abrazado a su gemela mortal y quizá esta mañana (de noche sólo viajamos, yo en la carroza sellada, él, tú, en la carroza negra) hable en sueños y el sueño de él sea diferente a toda la soñada identidad de una pareja.

”En ese caso, habría que matarlo de nuevo, ¿me entiende usted? Por lo menos, la muerte debe igualarnos; el sueño, así sea un sueño compartido, sería de nuevo la señal de la diferencia, de la separación, del movimiento. Muertos de verdad, sin soñar dentro de la muerte, igualados por la extinción total de la muerte, inánimes, idénticos, ni el sueño de la muerte ni la muerte del sueño separándonos y dando cauce a deseos diferentes. Un trueque de sueños, señor caballero. Qué cosa imposible. Yo soñaré con él. Pero él soñará con las mujeres. Seguiremos separados. No, señor caballero, no se retire. Le juro que no lo tocaré más. No hace falta. ¿Oíste, Barbarica? Ya no hace falta. Recostada encima de él (de él, no de usted, usted ya no siente nada, ¿verdad?) temblé y sollocé para impedir que los sueños se diferenciaran y nos diferenciaran y no pude impedirlo, sentí un rápido alejamiento dentro de la quietud de los dos cuerpos abrazados y para retenerle recorrí con la lengua todo el perfil recostado del cuerpo de mi esposo. La lengua me sabe a pimienta y clavo, señor, pero también a gusano y acíbar.

”Imaginé que sólo podía ser dueña de una silueta. Me acaricié a mí misma. Pensé en el hombre que dormía bajo mi peso en el féretro compartido. Me sentí fundada. La primera ola que llega a la primera playa. La decisión de crear una ciudad sobre la tierra; de levantar un imperio sobre el polvo. Besé los labios eternamente entreabiertos. Imité esa voz; la imito cada vez, mañana será hoy y hoy será ayer; imité la inmovilidad del polvo y de la piedra que confiscan nuestros movimientos de amor, desesperación, odio y soledad. Rocé mi mejilla contra la escarcha castrada donde latió el sexo de mi marido, el sexo que nunca pude ver, ni vivo ni muerto, pues el doctor del Agua extrajo ante mi vista las vísceras corruptibles pero, dándome la espalda, me impidió mirar el momento en que cortó el ya corrompido sexo de mi esposo. Era otro y era idéntico. Sólo hablaba, sólo se movía, cuando yo soñaba con él; era su dueña, su ama, su señora, para siempre, pero sólo en el pensamiento. Los esfuerzos del doctor del Agua habían sido inútiles; pude haberlo enterrado porque era su dueña recordándole. Pensé esto, tomé una decisión y le pedí a Barbarica que me azotara con una correa; y ella, llorando, lo hizo. Yo sólo había pensado en mí, pero yo sólo era la rama de un árbol dinástico.

”Lo miré dormir a mi marido; fue llamado y era el Hermoso. Quizás el sueño era sólo la vía final de su escandalosa presencia. Un gato negro te devora cada noche, Felipe, padre, marido y amante; la reyna no tenía sano el juyzio para governar. No, sólo lo tenía sano para amar, con desesperación, en la muerte y más allá de la muerte. Nuestras casas están llenas de polvo, señor caballero, por eso son casas de Castilla y Aragón: polvo, rumores y sensaciones del tacto. ¿No escucha usted esas campanas que son devueltas a la unidad de un sueño solitario antes de regresar a su condición virtual de vibraciones? La reyna no tenía sano el juyzio para governar. La reyna abdicó a favor de su hijo, el Benjamín de esta Raquel sin lágrimas, sin dudas de que el hijo continuará la tarea de la madre y gobernará para la muerte. ¿No escucha esos himnos que anuncian lo que ya sucedió? Deus fidelium animarum adesto supplicationibus nostris, et de anima famulae tuae… La Reyna, la criada de Dios, ha muerto, señor caballero; ha vuelto a ser una con su pobre príncipe ingrato y ligero en vida, grave y constante en la muerte.

"La Reyna ha muerto. Nadie mejor que un muerto para cuidar a otro muerto. La Reyna acude ahora al llamado de su hijo, que ha construido las tumbas de todos los señores en un vergel castellano demolido, convertido en páramo de polvo y yesca por el hacha y la pica y el azadón, por los hornos de cal y las bascas blancas como los viejos huesos de la realeza que en este instante se dirigen a su patria final: la necrópolis española. Llegaremos envueltos en polvo, ceniza y tormentas, escucharemos en silencio, amortajados, los responsos, el Memento Mei Deus y la antífona Aperite Mihi, recordaremos las viejas historias:

"Nuestro Señor el Príncipe que haya gloria, había jugado muy reciamente a la pelota en lugar frío dos o tres horas, antes de enfermarse, y dejose resfriar sin cubrirse. El lunes de mañana amaneció con la calentura, y con la campanilla que decimos úvula, tan engrosada e hinchada y relajada, algo también la lengua y paladares, que apenas podía tragar la saliva ni hablar. A que le echaron ventosas en las espaldas y sobre el pescuezo, y con aquello sintió luego alivio. Ese día vínole su frío y tenían los físicos concertado de le purgar otro día martes. Pero antes, murió.

"Ah, señor caballero, dirá usted que es cosa de risa arrastrar por toda la tierra española el cuerpo de un príncipe que murió de catarros y que en vida fue cruel e inconstante, frívolo y mujeriego como cualquiera de estos pinches de cocina que vienen en mi séquito. Tan de cascos alegres el Señor mi marido que ayer mismo, a pesar de mis órdenes de que en cada villa que entremos las mujeres permanezcan encerradas, lejos del cortejo de mi hermoso marido, el destino —como si el príncipe don Felipe siguiese ordenando sus apetitos desde la penumbra que le envuelve— nos llevó a un convento de jerónimas que bien se guardaron de darme la cara a nuestra llegada, enviando en su embozada representación a unos infelices y barbilampiños acólitos que allí prestan servicios, y no sólo a la hora de la santa misa, ¡imagínese usted!, de manera que las monjas no se mostraron sino hasta después de que el féretro fue instalado en la cripta; y entonces, revoloteando como negras mariposas, astutas y voraces como gatas en celo, las mujeres pasaron por encima de mi dolor, mofáronse de mi presencia y, como en vida, adoráronle.

"¿Mariposas? ¿Gatas? No, sino las hijas de Forcis y Ceto con las cabezas de serpiente rapadas; Medusas de las celdas penitenciarias; abadesas con miradas de piedra; Circes de los cirios chirriantes; nonas con los párpados incendiados; Grayas místicas con el ojo común y un solo afilado colmillo para la aberrante pluralidad de sus cuerpos; novicias de enmarañada cabellera gris; Tifeos de los altares; Arpías ahorcadas con sus propios escapularios; Quimeras que volaban en picada desde la corona de los crucifijos, clavando los labios secos en los muertos labios de mi esposo; Equidnas que mostraban sus blancas ubres de mármol emponzoñado; mírelas volar, señor caballero, mírelas besar, tocar, mamar, ahuecar el ala velluda, abrir las patas de cabra y clavar las uñas de leona y ofrecer los fundillos de perra y olfatear con las narices húmedas el despojo de mi esposo: huela el incienso y el pescado, señor caballero, la mirra y el ajo, sienta la cera y el sudor, el óleo y el orín, ahora sí, despierten sus sentidos y sientan lo que yo sentí: que ni en la muerte podía el cuerpo de mi hombre ser mío. Vea el vuelo de las cofias blancas y la ambición de las garras amarillas, escuche el rumor de los rosarios desgranados y de las sábanas desgarradas: sus negros hábitos envuelven el cuerpo que sólo a mí me pertenece, a los conventos que famosamente profanó regresa el cuerpo de mi esposo y allí le profanan ahora, pues no hay mujer en este reino que no prefiera las muertas caricias de mi putañero príncipe a la viva inexperiencia de un imberbe acólito. Recen, monjas; reina, reyna.

"De esa confusión huimos; de esos contactos intolerables; y por eso pudo usted encontrarnos de día y en los caminos. Señor caballero: nadie dirá que es cosa de risa lo que yo hago: poseer un cuerpo, para mí, en muerte si no en vida; tal era mi proyecto y ya ve usted cómo lo frustraron los comunes apetitos de mi marido embalsamado y de las muy coleantes jerónimas; pero si no a mí, ese cuerpo pertenecerá a nuestra dinastía; moriremos nosotros, mas no nuestra imagen sobre la tierra. La posesión perpetua y el perpetuo cortejo del muy alto príncipe cuyo cuerpo arrastro conmigo es duelo, es ceremonia, sí, pero también créame, yo lo sé, yo no me engaño, locura llaman al puerto final de mi lucidez, es juego y es arte y es perversión; y no hay poder personal, como el nuestro, que sobreviva si a la fuerza no añade la imaginación del mal. Esto le ofrecemos los dueños de todo a quienes nada tienen, ¿me entiende usted, pobre desposeído? Sólo quien puede darse el lujo de este amor y de este espectáculo, señor caballero, merece el poder. No hay trueque posible. Le regalo a España lo que España no puede ofrecerme: la imagen de la muerte como un lujo inagotable y devorador. Dennos sus vidas, sus escasos tesoros, sus brazos, sus sueños, sus sudores y su honra para mantener vivo nuestro panteón. Nada puede mellar, pobrecito de usted, el poder que se levanta sobre el sinsentido de la muerte, pues para los hombres sólo la muerte, fatal certeza, tiene sentido, y sólo la inmortalidad, improbable ilusión, sería locura.

"Es lástima que usted no vivirá tanto como yo, señor caballero; lástima grande que no pueda penetrar mis sueños y verme como yo me veo, eternamente postrada al pie de las tumbas, eternamente cerca de la muerte de los reyes, deambulando enloquecida por las galerías de palacios que aún no se construyen, loca, sí, ebria de dolor ante la pérdida que sólo el matrimonio del rango y la locura saben soportar. Me veo, me sueño, me toco, señor caballero, errante, de siglo en siglo, de castillo en castillo, de cripta en cripta, madre de todos los reyes, mujer de todos, a todos sobreviviendo, finalmente encerrada en un castillo rodeado de lluvia y pastos brumosos, llorando otra muerte acaecida en tierras del sol, la muerte de otro príncipe de nuestra sangre degenerada; me veo seca y encogida, pequeña y temblorosa como un gorrión, vestida como una muñeca anciana, con un ropón de encajes rotos y amarillos, susurrando, desdentada, a las orejas indiferentes: 'No olvidéis al último príncipe, y que Dios nos conceda un recuerdo triste pero no odioso…"

"Un verdadero regalo no admite una recompensa equivalente. Una ofrenda auténtica supera toda comparación y todo precio. Mi honor y mi rango, señor caballero, me impiden aceptar algo que, en contrapartida, pueda superar o siquiera equivaler a mi regalo: una corona o un cuerpo totales, finales, incomprables e incomparables. Yo ofrezco mi vida a la muerte. La muerte me ofrece su verdadera vida. La primera vez, al nacer, creía morir y sin saberlo nacía. La segunda vez, al morir, he vuelto a nacer sabiendo. Tal es el regalo. Tal es la ofrenda insuperable de mi culto. No. Mi obra no es perfecta. Pero es suficiente. Ahora descanse. Olvidará usted todo esto que le he dicho. Todas mis palabras han sido dichas mañana. Esta procesión va en sentido opuesto al de ese tiempo que usted sabe contar.

Venimos de la muerte: ¿qué clase de vida podrá guardarnos al final de la procesión? Y ahora, gracias a su maldita curiosidad, usted se ha unido a ella. Que nunca se hable mal de mi largueza, empero. A usted, señor caballero, también le tengo un regalo. Nos esperan, señor caballero, nos han dado cita. Sí, sí…"

Junta de rumores

El silencio jamás será absoluto; esto te dices al escucharlo. El abandono, posiblemente, sí; la desnudez sospechada, también; la oscuridad, cierta. Pero el aislamiento del lugar o el de las figuras abrazadas para siempre (te dice; señor caballero) parece convocar esa junta sonora (el atambor; las ruedas rechinantes del carruaje; los caballos; el cántico solemne, luminis claritatem; el jadeo de la mujer; el lejano estallido de la costa donde hoy amaneciste, otra vez, en otra tierra tan desconocida como tu nombre) que en el aparente silencio (como si aprovechase la fatiga de sus propias armas) incrusta su insinuación más pertinaz, más afilada, más rumorosa: el silencio que nos rodea (señor caballero; te dice, con la cabeza recostada sobre tus rodillas) es la máscara del silencio: su portavoz.

No puedes decir nada; los labios de la viajera silencian tu boca y mientras te besa repites lo que ella dice y lo dices sin desearlo: "No se engañe, señor caballero; es mi voz y son sus palabras las que salen de su garganta y de su boca"; lo dices en nombre de lo que ella convoca, arrojada encima de ti. Como ella, eres la inercia que se transforma en conducto de la energía; fuiste encontrado en los caminos: tu destino era otro; ella separa sus labios de los tuyos y unas manos demasiado pequeñas recorren tus facciones, como si dibujasen sobre el rostro que te pertenece pero que tú nunca has logrado ver. Los dedos son minúsculos, pero pesados y rugosos. Diríase que poseen colores y piedras y plumas que se ordenan sobre tu rostro, tu antigua faz perdida a cada trazo de esos deditos mojados. Las uñas acarician tus dientes como si los afilaran. Las palmas regordetas peinan tu cabellera espesamente, como tiñéndola, y al pasar sobre tus mejillas, esas manitas hacen brotar una barba ligera como un plumaje de canario: sorprendido, te llevas la mano a la quijada. Ese extraño tacto, tan alejado de la voz de la mujer que parece ajeno a ella, construye sobre tu antigua piel y súbitamente deja de escucharse el ritmo monótono y permanente del tambor, sólo se escucha el gemido atrapado entre los labios cerrados del cautivo musulmán; luego también ese cántico perece. Ella te lo advirtió; se hace el silencio y puedes escuchar cómo te crecen el pelo y las uñas, cómo te cambian las facciones, cómo se borran, desvían y renacen las líneas tutelares de tus manos.

—El cuerpo de mi esposo sólo es mío en mi pensamiento; se lo regalo, señor caballero, para que lo habite, no en nombre de mi amor, sino de nuestro poder. Tal es mi ofrenda. No puede usted ni rechazarla ni corresponderla.

Te rodea algo que sólo puede llamarse la nada. Ese atambor, a pesar de todo, era un mensaje desde el mundo externo, un hilo para salvarse de la oscuridad impenetrable de la carroza, igual que el extraviado canto morisco buscando el vuelo hacia la sagrada Mecca. Era: el latido de un corazón (señor caballero sin oficio ni beneficio). Era: el corazón de la muerte (¿no le conté, señor caballero, que el doctor Pedro del Agua extrajo todas las vísceras menos el corazón?). Lo has escuchado todo el tiempo, sin darte cuenta; y cuando sabes que lo escuchas, es demasiado tarde; su rumor desacostumbrado cede el lugar a todas las presencias escandalosas. Entonces el barullo, la conseja, la pandorga, la alharaca y la gran tabahola les rodean y el carruaje se detiene por primera vez desde que fuiste arrojado, no sabes cómo ni por dónde, era tal la amenaza combinada de los mendigos y los alabarderos y el monje, dentro de él.

La puerta de la carroza se abre o más bien se abre la luz como un motín de navajas blancas y la mujer aúlla por encima de la algazara y el güirigüiriguay asombrado de alabarderos que giran sobre los talones con las armas en las manos, sin saber a quién atacar o a quién defender, pero instintivamente alertados a un peligro aún más amenazante por intangible, y monjes que corren hacia las carrozas como ruedas de molinos, tan incrédulos como torpes y falsas damas de compañía que descuidan sus frágiles disfraces, dejan caer sus pelucas, se levantan las faldas para revelar piernas torcidas y velludas, y mendigos que se hincan alrededor de la carroza cantando el Alabado, pues ellos fueron los primeros en ver el milagro, por ser siempre los más cercanos a la carroza fúnebre, y el árabe de la canción atrapada grita al fin, ¡el alma es una, una es el alma, murió el viejo Averroes, mas no su ciencia!, y la morisca que con las manos se ocultaba el rostro desvelado canturrea, los corazones caídos dan señal de maravilla, en España y su cuadrilla grandes daños son venidos; y los judíos, más circunspectos, murmuran entre sí, sefirot, sefirot, todo emana de todo y todo emana de uno, treinta y dos son los caminos de Adonai, uno es el Dios, pero tres son las madres que paren las emanaciones, tres madres y siete dobles: habló la Cábala, y oyéndoles, el delirante monje preceptor clama, tuve razón, tuve razón, entre mis flacos dedos se me escapó el marrano relapso judaizante, montó a real carroza, hechizó a nuestra Altísima Reyna, hízola prisionera de su filosofía de las transformaciones mientras yo quería hacerle a él prisionero de nuestra verdad de las unidades, transfórmase el infiel en pájaro y culebra, unicornio y cadáver, siendo el cristiano sólo uno, imagen del Creador que uno es, aunque el cristiano nazca, padezca y muera, pero siempre uno, uno, uno, no dos, ni tres, ni siete, sino uno, y pinches que arrojan las liebres podridas y corren a esconderse entre los chatos arbustos del camino de la sierra, y notables caídos de las literas bruscamente abandonadas por los palafreneros, y jarras rotas al estrellarse contra las rocas pues aquí todo es la confusión y el bullicuzcuz y a tu lado, en la carroza, un bulto encalado por el sol sin funda de esta tarde de verano templa y esconde el rostro detrás de la cascada de trapos con que la cubre una enana mofletuda que te mira con ojos agrios y apapujados y sonríe con una boca desdentada.

—Tómenlo, ordena la mujer con un nuevo aullido, no lo dejen escapar.

Porque tú has saltado del carruaje, y mísero de ti, buscas los ojos grises del atambor entre esa muchedumbre de servidores aterrados que parecen asistir a una hecatombe. Los alabarderos encuentran cauce para su actividad y se disponen, muertos de miedo, a detenerte: el milagro brilla en la inocencia de sus ojos. No sabían qué hacer; olían el peligro; escucharon la voz de la mujer; agradecieron la orden ferozmente gritada; se disponían a cumplirla; pero al verte, asombrados, dudaron, como si tú fueses intocable; sólo una nueva orden de la mujer que viaja en la carroza de cuero les ha impulsado, temerosos, a prenderte.

Tú no los resistes. Acabas de encontrar, mirándote, la única mirada serena en este cortejo de locos. No haces caso de los pordioseros que empiezan a hincarse cerca de ti, temblorosos, con las cabezas bajas, a extender las manos para tocarte como a un santo, a murmurar palabras con las que solicitan tu favor: los mismos que poco antes querían matarte a palos para poder robar los restos de tu naufragio.

Dos ayudas de cámara alzan en vilo a la mujer envuelta siempre en los trapos que impiden mirar su rostro y así la conducen a la carroza fúnebre. Detrás de la viajera, desciende de la carroza de cuero la enana, a tropezones, pues viste un traje de brocado rojo demasiado grande para su tamaño, arremangado en los brazos y envuelto en un grueso rollo alrededor de la cintura. La multitud de sirvientes y acompañantes abre su respetuoso camino a la inválida y a la enana; y a ti, sin respeto alguno, te conducen detrás de ellas.

Se detienen junto a la carroza negra. Se impone un silencio atroz. Los ayudas de cámara acercan el bulto que cargan a la vitrina del féretro atornillado al suelo de la carroza. Dos ojos rebanados brillan fugazmente entre el traperío pero la mujer, esta vez, no grita.

Al silencio sigue una exclamación incrédula y todos, como antes lo hicieron los mendigos, caen de rodillas alrededor de la carroza fúnebre. Todos vieron lo mismo. Un cadáver vestido con la ropa que tú traías puesta esta mañana, cuando la marea te arrojó sobre la playa del Cabo de los Desastres, una ropa que no sería reconocible si no estuviese destruida por el fuego y el mar y la arena; rasgadas, dicen que las calzas amarillas y la ropilla color fresa se pegan, empapadas todavía, a la carne muerta que yace en ese féretro de seda negra, acolchada, decorado a cuatro bandas por flores de brocado negro, bajo un caparazón de vidrio. Y sobre el rostro (¿o es el rostro mismo?) una tela o una máscara de plumas rojas, amarillas, verdes, azules; y en lugar de la boca, un círculo de arañas. Las flechas rotas que son como la nervadura de la máscara descansan sobre el cuello, las sienes, la frente de ese cadáver que ya no es el del muy alto príncipe y señor arrastrado, de monasterio en monasterio, por su viuda: antes vieron este milagro los mendigos y los cautivos, sólo ahora lo miran los cortesanos y el servicio de la viajera.

Y sólo ante semejante evidencia, todos comienzan a mirarte a ti, el pobre caballero vapuleado, arrastrado, arrojado dentro de la carroza sellada; y al verte con ese asombro, te obligan a verte a ti mismo, a tocar tu gorro de terciopelo que huele a benjuí, y el medallón que descansa sobre tu camisa de seda olorosa a acíbar, a mirar tus medias color de rosa y tu capa de pieles que retiene el aroma del clavo; a rozar con los dedos acostumbrados tu quijada cubierta por un suave vello que adivinas dorado. Todos se hincan alrededor de ti; sólo la dama envuelta en trapos permanece sostenida en vilo por las ayudas de cámara, mientras su vasta compañía de alabarderos y notarios, cocineros y pinches, alguaciles y falsas damas de compañía, se persignan entonando cantos laudatorios, y los judíos murmuran, seftori, seftori, todo es emanación y el mundo se transforma, y los árabes aprovechan para alabar a Alá y preguntarse si en este portento habrá para ellos salud o maldición. Y la enana tampoco se hinca; sólo se persigna con una mueca de falso respeto en el rostro cachetón, y al verse las manitas pintarrajeadas, las esconde velozmente entre los pliegues de su enorme vestido.

Sin mostrar jamás el rostro cubierto de trapos, la dama dice:

—Mi hijo se sentirá contento de verte.

Y ordena a los camareros:

—Quiero besar los pies del príncipe.

Y ellos acercan el bulto que mantenían en vilo a tus pies y ella los besa y sólo permanecen de pie tú, el honrado caballero que desconoce su propio nombre y su propio rostro y teme, ahora, jamás recuperarlos, y frente a ti el atambor vestido de negro, con los ojos grises y los labios tatuados, y de esos ojos que te miran con intensidad y de esos labios que se mueven sin decir palabra, pero que tú puedes leer un momento antes de caer desvanecido, extraño a ti mismo, enemigo de ti mismo, enemigo de tu nuevo cuerpo, derrotado por la negra invasión de lo incomprensible, tu vida anterior aunque olvidada luchando contra tu nueva e indeseada envoltura mortal, un solo mensaje intenta abrirse paso:

—Salve. Te hemos estado esperando.

Pero en la junta sonora de este atardecer, mudas son las palabras del atambor, resonantes las de la inválida viajera, el errante fantasma que te recogió en el camino, levántenlo, llévenlo a mi carruaje, en marcha, en marcha, ya no nos detendremos, ha terminado nuestra peregrinación dolorosa, nos esperan, los sepulcros están listos, alguacil, notario, alabardero, sin pausa, en marcha, rumbo al panteón de los reyes edificado por mi hijo el Señor don Felipe, allí encontraremos reposo los muertos y los vivos, en marcha, lejos de la costa, hacia la meseta, hacia el palacio construido con la entraña de la sierra, y a ella idéntico: a nuestras tumbas, todos.

Los obreros

¿Dónde está la jara donde antes amparábamos nuestros ganados, eh? Martín hundió las manos en la basca y miró con una sonrisa a sus dos compañeros, demasiado ocupados en matar con agua la cal. Ahora, ¿dónde podrán socorrerse y abrigarse en tiempo de tempestad, de aires, de nieves y de los demás infortunios que conocemos? Nuño se fue caminando hacia el horno de la cal y Catilinón dijo que todo estaba bien hecho y podría gastarse bien. Martín sintió que la cal le quemaba los brazos y los sacó de la alberca.

Pasaron limpiándose los brazos y las manos contra el pecho y la frente, al lado de los peones que ahondaban los cimientos hasta tocar tierra firme y luego echaban la tierra fuera de los corrales. Era la una después del mediodía y tocaba descansar y comer. Así lo gritó Martín a los trabajadores de la grúa, como si su voz pudiese escucharse en medio de esa algarabía de los tablados y los andamios:

—¡Guinda!

—¡Torna!

—¡Estira!

—¡Tente!

—¡Para!

—¡Menea!

—¡Vuelve!

—¡Revuelve!

Aquí mismo había una fuente que jamás se secaba, volvió a sonreír Martín, y junto a ella crecía el bosque que era el único refugio de los animales en invierno y en verano. Catilinón guiñó el ojo y rió a carcajadas: ¡ay que te veo de manera que no te gozaremos más! y todos se carcajearon con él.

Toda la piedra era labrada en la cantera; al pie de la obra y en la capilla apenas se escuchaba golpe de martillo. Martín y sus amigos comieron en uno de los tejares, sentados sobre los ladrillos; luego se despidieron y Martín caminó hasta la cantera, se fregó los labios con la mano y tomó el cincel. El sobrestante se paseaba entre los canteros, repitiendo con suavidad amistosa las órdenes para este particular trabajo, pues estas tierras no habían visto nada igual y era difícil para los antiguos pastores convertidos en obreros edificar un palacio concebido en la mente mortificada del Señor para hacerle al cielo, según acostumbraba repetir el sobrestante a los obreros, algún señalado servicio por favores e intercesiones debidas. Paramento muy bien borneado, decía el sobrestante, y Martín metía las orillas con cincel y a regla; sin gauchez, sonreía el estamentero, trinchantadas de a dos golpes de pícolo muy menudo sin tener hoyo ni rosa ni picada honda ni teso en todo el paramento, de manera que Martín no tenía más que echarle el cincel para darle pulimento; muy bien desbastado por todas partes, así. Martín miró hacia el sol aplastante y echó de menos la jara, el ganado y la fuente que no se secaba ni en invierno ni en verano.

Más tarde se acercó a la madre por donde desagua la cantera y allí varios peones sacaban la piedra con las angarillas y desembarazaban los bancos. Aunque no era su trabajo, Martín ayudó a cargar los bloques sin desbastar que luego él cincelaría y puliría. Saludó con la cabeza a Jerónimo, que se ocupaba de la fragua de la cantera; este hombre barbado sabía mejor que nadie aguzar las herramientas, cabecear los cuños y evitar que se calzaran los azadones y las picas por no sufrirlo los ruines fuelles. Sin embargo, ayer mismo se le había imputado la malicia de aguzar las herramientas más de lo que conviene. Eso significaba la pérdida de un jornal. No importa, le dijo Jerónimo a Martín; así como nosotros cumplimos con nuestro trabajo lo mejor que podemos, los oficiales de la obra cumplen con el suyo encontrando defectos donde no los hay; son parásitos, tal es su condición, y si no denuncian de vez en cuando un error, presto quedarían ellos mismos denunciados como inútiles.

A las cuatro y media de la tarde comieron juntos un plato de garbanzos con sal y aceite y Martín calculó el tiempo. Estaban a mitad de verano. Faltaban dos meses para que se iniciaran los horarios de invierno. Ahora debían aprovechar la larga fatiga del sol para resignarse a la suya. De la Santa Cruz de Mayo a la Santa Cruz de Septiembre hay que entrar a la obra a las seis de la mañana y trabajar continuamente hasta las once y de la una hora del mediodía hasta las cuatro de la tarde y entonces, como en este momento, dejar de trabajar media hora, tornar a las cuatro y media y seguir hasta la puesta del sol. Pero en julio el sol no se pone, dijo, riendo, Catilinón, quien ya se veía en Valladolid con una taleguilla de ahorros que gastaría, en un largo verano sin noches, de figón en figón, emparejando su placer cierto con su incierta fortuna. Martín escupió un buche de garbanzos masticados y acedos a los pies del calero y le dijo que a cinco ducados en libranzas de a cada tres meses no llegaría ni al burgo de Osuna en donde todas las mañanas salían los bueyes tirando las carretas con el granito y el barbado Jerónimo le dio un sopapo en la cabeza al burlón Catilinón y dijo que en añadidura esos bueyes tenían más seguro el sustento que el pobre pícaro que soñaba con los figones de la ciudad, pues a las bestias se les tenía asegurado el heno, la paja, el centeno y la harina en grandes cantidades, tanto así que había una provisión para dos años en beneficio de los bueyes y otra obligación de entregar dos mil fanegas anuales de pan al monasterio y otra más de entregar igual cantidad a los pobres de paso; pero ninguna provisión para ellos cuando terminara la obra, ni aunque luego se convirtiesen, ellos mismos, en pobres de paso, y que no se hiciera ilusiones el pícaro Cato, que de Valladolid salió y como salió regresaría, a vivir igual que de niño, abandonado bajo una escalera y disputándose las sobras de la comida con los perros. Pero al menos sobras hay, contestó Catilinón con otro guiño, y pues la hambre despierta el ingenio, con ingenio se aprovecha todo; que los polleros arrojan cabezas y plumas a la calle; que los carniceros matan a los animales a la puerta de sus comercios y dejan correr la sangre que a falta de vino, y un poco aguada, es buena; que los cerdos corren libres y que de las pescaderías echan a la calle lo que no venden. Porque las pescaderías, gruñó Jerónimo, echan a la calle lo podrido para que no lo compren los que pueden comprar, y tú, Catilinón, eres bobo a nativitate que te morirás de las pestes en las ciudades llenas de locos que ven visiones de pura hambre y conténtate con tu trabajo aquí, añadió Nuño, que si no comeremos arena de la gorda y por suerte esta obra no tiene para cuándo terminar y quizás hasta nuestros hijos y nuestros nietos en ella trabajen. Y Catilinón fingió un cómico lagrimeo y dijo dadme dineros y no me deis consejos, y si bobo soy seré como el de Perales, que bien bobo empreñó a todas las monjas de las que era criado, y no me dejéis como a Santa Lebrada, primero cocida y después asada, pues jodidos estamos todos y de milagro estamos vivos, pues veamos, ¿a qué edad murió tu hermano, Martín, y a cuál tu padre, Jerónimo?, y la breve vida nos consuele y una, hermanos, y el agua podrida y los húmedos aposentos, pues aquí o en las ciudades, igual hemos de vivir nosotros, y aquí o allá, la poca luz, el mucho humo, las bestias y los hombres, todos tienen una sola puerta.

—¿Mi hermano, dices?, contestó Martín. Éramos labriegos de Navarra en el reino de Aragón. Justicia prometíanos el rey, y justicia los señores que para sí con tanto celo la cuidaron, mas sólo para mejor oprimirnos a los siervos y acumular sobre nuestras espaldas numerosas pechas, en especie y en dinero, que varias vidas no bastaban para pagarlas. Y siendo mi hermano el mayor de la familia, y no pudiendo pagar las deudas con el señor del lugar, y habiendo contraído nuevas deudas con villanos superiores a nuestra rústica condición, exigió el señor a mi hermano el pago de preferencia al cual tenía derecho, y le hizo saber que en esas tierras el señor podía tratar bien o mal a sus vasallos, a su antojo, y quitarles los bienes cuando le acomodase, y privarles de toda apelación, sin que rey alguno o ningún fuero pudiesen protegerles. Y como mi hermano no podía pagar, refugiose en iglesia, y también este asilo negole aquel señor y capturándole le recordó que nosotros, mezquinos de la tierra, de ningún derecho gozábamos mientras que el señor podía asesinarnos con derecho, y así escoger la manera de nuestra muerte: hambre, sed o frío. Y para escarmiento de esclavos mandó el señor de nuestra tierra matar a mi hermano de hambre, sed y frío, abandonándole desnudo en invierno y en un collado rodeado de tropas, y a los siete días allí murió mi hermano, de hambre y sed y frío, sobre esa colina. Le veíamos morir desde lejos. Nada podíamos hacer por él. Se convirtió en tierra: hambrienta, sedienta, fría; y a la tierra se unió. Yo huí. Llegué a Castilla. Alquilé mis brazos para esta obra. Nadie me preguntó mi origen. Nadie quiso saber el nombre de mi tierra. Urgían brazos para esta construcción. El señor de mi tierra ordena la muerte de quienes se fugan. Confundime entre ustedes, a ustedes idéntico, y espero que nadie me reconozca aquí.

—A nosotros, por luchar contra moros y defender las fronteras, diosenos por lo menos derecho de abandonar al señor, dejándole nuestras heredades como morador, dejando de ser collazo del señor para convertirnos en villano del rey, y así el señor ya no podía prendernos en territorio realengo, y por eso vine a dar aquí, dijo Nuño.

—Muy al sur estabas, suspiró Martín.

—Y tú, muy al norte, sonrió Nuño.

—Pero fuera de norte a sur, murmuró Jerónimo, el valor real de cada uno es bien escaso, pues en doscientos sueldos se tasa la vida de un judío, y en cien la de un labrador.

—Bobos que sois, rió Catilinón, pues cuanto contáis son historias vanas y risibles, ya que más os ha importado la dignidad que la vida, mientras que otros de vuestra condición mostráronse obedientes y sumisos, cortejaron favores y acabaron por ganar franquezas y cartas de hidalguía.

—¿Y sabes lo que soportaron, quillote?, contestó con rabia Martín, la pernada, sí, y aceptar que el matrimonio entre siervos no es indisoluble, ni la familia familia, pues carece el padre de autoridad en ella, siendo el señor dueño de haciendas, vidas, honras y muertes, pues hasta el cadáver del siervo le pertenece.

—Paciencia y obediencia, guiñó el ojo el pícaro Cato, que quienes no se fugaron ni se rebelaron ni por palabras disputaron con sus señores, pasaron de siervos a vasallos, de vasallos a colonos, de colonos a propietarios, y siempre hay un camino hacia la fortuna para el que bien lo sabe hallar.

—¿Cuál será el tuyo, pobre Catilino, que aquí todos mascamos el mismo garbanzo, cocinamos con la misma panilla de aceite y nos lavamos con la misma libra de jabón de la tierra?

Carcajeose el pícaro: —Hombre como yo buen criado de alto señor puede ser. Y el criado ve al señor sin ropa, y óyele cagar.

El viejo de la fragua suspiró, se puso de pie y dijo en voz alta:

—Mi padre llegó a estas tierras tan pobre y desesperado que se vendió como siervo al padre del Señor. Y hubo de presentarse a la iglesia con una cuerda alrededor del cuello y un maravedí en la cabeza para significar su profesión servil. El Señor le prometió protección, trabajo y tierra que labrar. Pero ahora pienso que la tierra ya no rendirá frutos; igual dará arar en el mar, pues la tierra se nos arruina, y parece que Cristo y sus santos duermen. Hermanos: nos habremos comido en esta obra nuestro propio trabajo y de paso habremos secado la tierra que antes nos alimentaba. Pensemos en lo que nos sucederá, y olvidemos lo que nos sucedió.

Todos mis pecados

Lo ve arrodillado en el reclinatorio, con las manos unidas sobre el brazo de terciopelo y el perro dormitando a sus pies. Pasará la mañana contemplando al hombre que contempla el cuadro.

El cuadro: Bañado por el aire luminoso y pálido de los espacios italianos, un grupo de hombres desnudos da la espalda al espectador y escucha la prédica de la figura posada sobre un templete de piedra en el ángulo de una plaza vacía e inmensa, cuyas perspectivas rectilíneas se pierden en el fondo de gasa transparente y verdosa. Todo, en la figura del predicador, comprueba su identidad: la soberbia dulzura del porte, el blanco drapeado de la túnica, la mano admonitoria y el dedo índice levantado hacia el cielo; la mezcla de energía, dolor y resignación en el rostro; la nariz recta, los labios delgados, la barba y el bigote castaños, la larga cabellera con tintes de oro, la frente despejada, las finísimas cejas. Pero falta algo y sobra algo. La cabeza no es circundada por el halo tradicional. Y los ojos no miran hacia donde deberían mirar: el cielo.

El Señor hundió la cabeza entre las manos unidas y murmuró repetidas veces (cada palabra amplificada por la anterior, porque en esta cripta el eco será inevitable): Si alguien dice que la formación del cuerpo humano es obra del demonio y que las concepciones en los senos maternos son producto del trabajo diabólico, anatema, anatema, anatema sea.

Se golpeó tres veces el pecho y el alano gruñó con inquietud. Golpes y gruñidos resonaron huecamente en las bóvedas, los muros y los pisos desnudos. El Señor se arropó, tosiendo, en la capa y repitió los tres anatemas.

El cuadro: Los ojos no miran hacia donde debían. ¿Crueles o esquivos, portadores de un secreto de diferente signo, demasiado cercanos o demasiado alejados de lo que parecían observar, no visionarios, como era de esperarse, no generosos y prontos al sacrificio, inconscientes del fatal desenlace de la leyenda, ojos sensuales, sí, ojos para la tierra y no para el cielo? Miran a los hombres desnudos y miran demasiado bajo.

Escondido detrás de una columna de la cripta, Guzmán pudo decir lo que imaginaba que el Señor, al golpearse el pecho, pensaba: que no debía estar allí, arrodillado, examinando un cuadro para poder examinar su conciencia, sino activamente empeñado en apresurar esta construcción que, por un motivo u otro, se retrasaba indebidamente. Las diversas procesiones ordenadas por el Señor estaban en camino; se aproximaban; los escuchas y mensajeros decían haberlas visto, arrastrando sus pesados encargos, por montes rasos y abrigados, cerca de las costas, detenidas en las ventas, guarecidas entre los pinos, desamparadas en los lentiscares, atascadas en los carcomales; pero avanzando sin cejar hasta el punto convenido y ordenado por el Señor: el mausoleo del palacio. Y el Señor sólo tenía ojos y voluntad para el supuesto misterio de un cuadro italiano.

Aun el gruñido del perro Bocanegra podría interpretarse como un reproche contra el amo. ¿No había, él mismo, dictado una voluntad inequívoca: constrúyase a toda furia?

El palacio: Afuera y arriba, en el vasto llano circundante, se amontonan los bloques de granito. Sesenta maestros canteros con sus equipos trabajan el mármol y las carretas de bueyes llegan cargadas de piedras. Albañiles, carpinteros, herreros, bordadores, orfebres y leñadores levantaron sus talleres, tabernas y chozas a campo raso, aplastados por el sol, mientras las primeras construcciones se cimentaban cabe el castañar, último refugio de la llanura y la sierra taladas por la cólera de la urgente edificación ordenada por el Señor don Felipe al regresar de su victoria contra los herejes de Flandes: las hachas han abatido para siempre los pinares que debían guarecer al palacio contra las extremidades del verano y el invierno. Es cierto, pensó Guzmán, que el Señor había dicho: "Guárdenos el monte de los cierzos fríos en invierno; refrésquenos con los céfiros o favonios en verano". Pero más cierto aún era que hoy el monte despoblado nada de eso podría ofrecer; eran incompatibles el buen deseo del Señor y las necesidades de la construcción. Y el Señor, encerrado en la cripta, no lo sabía.

El Señor tosió; sentía la nariz y la garganta resecas. Resistió la tentación de levantarse y buscar una vasija de agua en el aposento vecino a la capilla. Prefirió mortificarse acariciando la bolsa de cuero llena de santas reliquias que traía atada al cuello. Y calmó su sed la idea, eternamente clavada en la mente, de que detrás de todo desgaste material inmediato estaba la riqueza inagotable de la vida eterna: construía para el futuro, sí, pero también para la salvación, y la salvación no tiene tiempo; no es sólo una idea —murmuró—: es el otro lugar; la vida eterna que todos deberían ganar, pues la vida de los hombres no se debe contar por los años, sino por las virtudes, y para la otra vida no tiene canas el que ha vivido más, sino el que ha vivido mejor; la vida eterna que todos deberían, así, ganar, pero que yo debo ganar porque es mía por derecho propio y divino. Poca cosa es dejar detrás de mí una constancia tangible de esa certeza, como lo es este palacio dedicado al Santísimo Sacramento de la Eucaristía.

—¿Pues no lo condiciona todo que la vida eterna me sea dada, así mi imperfección como el empeño que pongo, con obras y razones, en ser perdonado, en mortificarme rechazando los huelgos de los sentidos, la guerra, la caza, la cetrería, el amor carnal, en construir una fortaleza para la Eucaristía? Admitidos mis pecados, con mayor devoción admito que no puede ser príncipe cristiano el que no fuere mortificado y que, así, las fragilidades, borradas con la penitencia, no despiertan en Dios la ira, ni aun la memoria. ¿Le será negada la vida eterna a quien no sólo cumple las penitencias de todos los hombres sino que, por ser el príncipe, dejarían sin esperanzas a sus súbditos si, a pesar de todo, fuese condenado en el juicio final?

Saber esto (se dijo; o lo dijo por él el vasallo que le observaba) era, casi, saberse inmortal. Rechazó el Señor la soberbia noción; miró los ojos inquietantes del Cristo sin luz, murmuró:

—Confitemur fieri resurrectionem carnis omnis mortorum.

El cuadro: El Cristo sin luz, arrinconado, mira a los hombres desnudos que dan la espalda al espectador. Las arcadas de la limpia y vasta y honda plaza son actuales, propias de la nueva y aérea arquitectura de la península itálica; la mirada acuciosa puede fijarse en pequeños accidentes del pintado piso de mármol, mínimas grietas, escarabajos, grillos, hierbas nacientes; la plaza es de hoy. ¿De qué tiempo son las escenas lejanísimas, perdidas al fondo de la profunda perspectiva, que como un círculo hacían coro remoto a la que en el proscenio de este sagrado teatro protagonizan un Cristo sin aureola y un grupo de hombres desnudos? Mínimas, remotas escenas, perdidas en el tiempo: la perspectiva profunda de este espacio pintado aleja esas escenas, las convierte en tiempo distante.

El Señor se arrojó al piso de granito pulido, con los brazos abiertos en cruz; y en la capa, sobre la espalda, la cruz amarilla, bordada, recogía cuanta luminosidad arrojaba el altar, minuciosamente labrado y decorado para conservar la custodia que era el origen de la luz aislada, concentrada en ese zoco de jaspes, vetas de metal dorado y columnas tan finas y duras que ninguna herramienta ni acero, ni tan bien templado, se halló que pudiesen domarlos ni vencerlos, y así se hizo a costa de diamantes, y con ellos se labraron y tornaron. La frente del Señor tocaba el suelo helado, separado, como la luz, del suelo ardiente y del sol universal que afuera y arriba de esta cripta y capilla levantaban rescoldos de polvo seco. Sin embargo, al fondo de la larguísima estancia sagrada, iniciaba su ascenso una ancha escalera sin terminar, que debía desembocar en el llano caliente. Por la mente febril en contacto con el frío granito pasaron imágenes que el Señor quería olvidar. Y las olvidó, pensando en la escalera sin terminar a sus espaldas y en su deber inmediato, dar cima a la construcción, pero evitando la griega arrogancia de un Alejandro que mandó cortar y labrar el Monte Athos de tal suerte que hiciera de él una estatua del monarca; aquí, en estas moradas españolas, a imitación de las del cielo, se estaría sin diferencia de noche o de día haciendo oficio de ángeles, donde con oraciones continuas se rogaría por la salud de los príncipes, la conservación de sus estados, se aplacaría la ira divina y se mitigaría la saña justamente concebida contra los pecados de los hombres: tal fue, en esta hora, la plegaria del Señor, pues no cabría en su mente separar religión de política, sabedor de que entre las virtudes, que regulan las acciones humanas, la reina de todas es la prudencia; y entre las especies de la prudencia, la que más sirve al príncipe es la política; San Basilio se queja de que algunos la infaman, con los impropios nombres de artificio y astucia, sin advertir que las acciones sólo astutas, y artificiosas, son hijas de la prudencia de la carne, que mata, no de la del espíritu, que es vida y paz de los reinos. A esto, todavía, ahora, dejadas atrás las astucias de la juventud, los artificios de la carne, las simulaciones de la guerra, aspiraba el Señor en su oración mortificada. ¿Y qué mejor signo de la unión de prudencia y política que construir un monumento, así llamado porque aconseja la mente, según palabras de San Agustín, monumentum decitur, eo quod moneat mentem? Y siendo esto así, ¿puede haber monumento verdadero que no convierta la prudencia política en gloria de la religión, toda vez que nadie tomó consejo en esta vida, que perdiese la eterna?

El cuadro: En el mes sexto fue enviado el ángel Gabriel de parte de Dios a una ciudad de Galilea llamada Nazaret, a una virgen desposada con un varón de nombre José, de la casa de David;

el nombre de la virgen era María. Y presentándose a ella, le dijo: Salve, llena de gracia, el Señor es contigo. Ella se turbo al oír estas palabras. El ángel le dijo: No temas, María, porque has hallado gracia delante de Dios, y concebirás en tu seno y darás a luz un hijo, a quien pondrás de nombre Jesús. Él será grande y llamado Hijo del Altísimo, y le dará el Señor Dios el trono de David, su padre, y reinará en la casa de Jacob por los siglos, y su reino no tendrá fin.

El palacio: Los emisarios han viajado por todo el continente, encargando los tesoros que deben realzar, por contraste, la sombría majestad del palacio en construcción. Presentes o en camino, guardados en las improvisadas bodegas o a punto de llegar a lomo de bestias: se supo que en Cuenca se forjaron las rejas de hierro y en Zaragoza las balaustradas de bronce; que de vetas de España e Italia se extrajeron los mármoles grises, blancos, verdes y rojos; que en Florencia se vaciaron las figuras de bronce para el retablo y en Milán las de los mausoleos; que de Flandes llegaron los candelabros, de Toledo las cruces e incensarios y que en conventos portugueses se bordaron los manteles, los sobrepellices, las albas, los cornijales, el lino, los roanes, el calicut y las holandas. El Señor se tapaba el rostro con una mano herida, envuelta en un pañuelo de holanda bordado por las santas hermanas de Alcobaça. En Brujas y en Colmar, en Ravena y en Hertogenbosch se pintaron los cuadros piadosos. Y el cuadro que él se pasó la mañana contemplando fue traído de Orvieto. Se rumoró: Hertogenbosch, bosque maldito donde las sectas adamitas han celebrado sus orgías eucarísticas, transformando cada cuerpo en altar de Cristo y cada acoplamiento carnal en comunión salvadora. Orvieto: nadie lo negó; la antigua Volsonia etrusca conquistada por los romanos y convertida en Urbs Vetus, sede de una catedral blanca y negra y patria de unos cuantos pintores austeros, tristes y enérgicos.

El cuadro: José subió de Galilea, de la ciudad de Nazaret, a Judea, a la ciudad de David, que se llama Belén, para empadronarse con María, su esposa, que estaba encinta. Estando allí se cumplieron los días de su parto, y dio a luz a su hijo primogénito, y le envolvió en pañales y le acostó en un pesebre, por no haber sitio para ellos en el mesón. Había en la región unos pastores que pernoctaban al raso, y de noche se turnaban velando sobre su rebaño. Se les presentó un ángel del Señor y les dijo: Os traigo una buena nueva, una gran alegría, que es para todo el pueblo, pues hoy ha nacido un Salvador. Al oír estas noticias, el rey Herodes se turbó primero, luego se irritó sobremanera y mandó matar a todos los niños que había en Belén y en sus términos de dos años para abajo, pero antes el ángel del Señor se apareció en sueños a José y le dijo: "Levántate, toma al niño y a su madre y huye a Egipto." Y allí permanecieron hasta la muerte de Herodes, a fin de que se cumpliera lo que había pronunciado el Señor por su profeta, diciendo: "De Egipto llamé a mi hijo".

El perro Bocanegra pudo mover la cabeza vendada con el nerviosismo acostumbrado, pero no las orejas. Y quizás la fresca herida, la carne cosida en toscos puntazos y la presión de la fajilla de estopas, le hicieron dudar de sus propios instintos. Arrojado al lado de su amo, miró hacia el coro de las monjas, oculto detrás de un alto cancel de fierro.

Guzmán observaba escondido detrás de una columna aprovechando que el perro conocía demasiado su olor y temía demasiado su mano. Y detrás de la labrada celosía del coro, la Señora pasará mucho tiempo viendo sin ser vista. Los sordos gruñidos del alano la habían inquietado al principio, pero al cabo se dijo que el temor de Bocanegra debía ser, más que nada, obra del espanto visible y no del oculto temor. Como el perro, la Señora miraba a su amo arrojado sobre el piso, bocabajo, con los brazos abiertos en cruz y los labios murmurando profesiones de fe y la luz del altar reflejada en la bordada cruz de la espalda. Como su marido, la Señora permanecía inmóvil, pero ella erguida, más erguida que nunca (Guzmán quisiera penetrar la invisibilidad de ese cancel), más consciente que nunca (porque nadie la estaba viendo) del valor de un gesto y de la dignidad intrínseca de una postura; las sombras la rodeaban y ella volvía a pensar que nadie era testigo de su magnífica estampa de airada majestad. También ella miraba una de las lejanas escenas del cuadro.

El cuadro: Vino Jesús de Galilea al Jordán y se presentó a Juan para ser bautizado por él. Juan se oponía, diciendo: Soy yo quien debe ser por ti bautizado, ¿y vienes tú a mí? Pero Jesús le respondió: Déjame hacer ahora, pues conviene que cumplamos toda justicia. Entonces Juan se lo permitió. Bautizado Jesús, salió luego del agua; y he aquí que se abrieron los cielos, y vio al Espíritu de Dios descender como paloma y venir sobre él, mientras una voz del cielo decía: "Éste es mi hijo amado, en quien tengo mis complacencias".

La Señora acariciaba la calva cabeza del azor prendido a la mano enguantada, liberado de los cascabeles y aliviado del calor por un ligero desayuno de agua y corazón de venado que la propia Señora le había servido antes de venir, como todas las mañanas, al coro desde donde podía observar a su marido, todas las mañanas, perder una más. Pero llegaba siempre el momento en que el ave de rapiña, por su natural inclinación, comenzaba a dar cuerpo a las sombras. Agradecido inicialmente de esta oscuridad que lo salvaba del ardiente verano, poco a poco el azor comenzaba a añorar la luz. La Señora le acariciaba el cuerpo (Guzmán conocía esos gestos) y la cabeza; la complexión caliente y seca del ave sufría en verano; era preciso llevarla a lugares como éste, sombríos y frescos. Tal sería su excusa (se repitió la Señora) si algún día el perro, o el Señor, la descubrían escondida en el coro monjil.

Guzmán la había advertido más de una vez que la naturaleza del ave reclamaba espacios donde ningún obstáculo se interponga entre la mirada rapaz y la presa codiciada; los espacios amplios, Señora, donde una vez vista la presa, el azor pueda arrojarse con el ímpetu de una lanza contra ella. En la palma de la mano, la Señora sentía el latido creciente del pecho del ave y entonces temía que el instinto activo fuese más fuerte que la necesidad pasiva y que el pájaro, vencido por aquél, se desprendiese del puño de su ama y, creyendo que la oscuridad era infinita, saliese volando a estrellarse contra los muros de la capilla o el fierro de la celosía, y así muriese o quedase manco: Guzmán se lo había advertido.

El cuadro: Entró Jesús en el templo de Dios y arrojó de allí a cuantos vendían y compraban en él, y derribó las mesas de los cambistas y los asientos de los vendedores de palomas, diciéndoles: Escrito está: "Mi casa será llamada casa de oración", pero vosotros la habéis convertido en cueva de ladrones. Y a los escribas y fariseos les dijo: ¡Ay de vosotros, que cerráis a los hombres el reino de los cielos! ¡Ay de vosotros, escribas y fariseos, hipócritas, que diezmáis la menta, el anís y el comino, y dejáis lo más grave de la Ley: la justicia, la misericordia y la lealtad! ¡Ay de vosotros, que os parecéis a sepulcros encalados, hermosos por fuera, mas por dentro llenos de huesos de muertos y de toda suerte de inmundicia! Y a los discípulos les dijo: No penséis que he venido a poner paz en la tierra; no vine a poner paz, sino espada. Porque he venido a separar al hombre de su padre, y a la hija de su madre, y a la nuera de su suegra, y los enemigos del hombre serán los de su casa. El que ama al padre o a la madre más que a mí, no es digno de mí; y el que no toma su cruz y sigue en pos de mí, no es digno de mí. El que halla su vida, la perderá, y el que la perdiere por amor a mí, la hallará.

Al sentir ese pulso desesperado del ave de presa, la Señora le cubría la cabeza con la negra capucha, daba la espalda a la celosía, el altar, el cuadro, y acentuando la desproporción entre el vergonzoso sigilo y la voluntad señorial, subía lentamente, en silencio, casi en puntas, con la cabeza levantada, por la escalera de caracol y continuaba bajo la ciega luz del llano donde se amontonaban las tablas, los bloques y las herramientas.

El palacio: Construidas las criptas, la capilla y el coro, a sus lados se prolongaban el claustro monjil, el aposento del Señor y el patio desnudo alrededor del cual las arcadas de piedra comunicaban con las diversas recámaras que, a su vez, debían comunicar con la iglesia mayor, aun sin construir. Pero en cada apartamento había ya una ventana de doble cerradura —vitral y puerta— diseñada para poder escuchar la misa desde la cama, si así fuese necesario, y asistir a los oficios separadamente de los religiosos.

Mientras tanto, la Señora debía dar la vuelta entera a la capilla, habiendo desdeñado el paso por la capilla misma y el ascenso por la monumental escalera de piedra que no acababa de ser construida; debía caminar bajo el sol y entre las obras y los materiales (y lo que es peor, a la vista de los obreros) para regresar al claustro de las habitaciones y entrar a la suya, siempre con el azor posado sobre el guante seboso y retenido por el puño pálido, sin que nadie pudiese imaginar cuánto se holgaba una mujer con esos latidos desordenados, con esa posesión de un cuerpo tan excelente, cuerpo de buen azor —poca pluma y mucha carne— cuyas pulsaciones manifestaban un deseo de volar, cargado de sonajas, anunciando con cascabeles su hambre rapaz, su anhelo total de caer sobre una presa, con las uñas tan sumidas y trabadas que ni el más fiero jabalí podría desasirse del ataque...

Regresaría todas las mañanas a la capilla, acompañando de lejos las penas y profesiones de su marido, el Señor. Acariciaría al azor calvo, caliente y pulsante. Miraría por el rabo del ojo el cuadro traído (decían) de Orvieto.

El cuadro: El grupo de hombres desnudos le da la espalda al Señor y a la Señora para mirar al Cristo; el Señor mira la baja mirada del Cristo y la Señora mira las nalgas pequeñas y apretadas de los hombres. Y Guzmán mirará a sus amos que miran el cuadro. Levantará, turbado, la mirada: el cuadro lo mira a él.

Todas las mañanas, la Señora regresaría a sus aposentos, empuñando al ave y sin pensar que alguien pudiese sospechar el deleite sensual que le producía acariciar el cuerpo pulsante del azor. Perdida en su placer, la Señora no tenía ojos para los obreros del palacio.

Martín se detuvo con las angarillas cargadas y la cabeza doblada por el peso de las piedras. El sudor le rodaba por las sienes y las mejillas; lo bebía, mezclado con el polvo que nublaba sus pestañas. Pudo ver de nuevo ese espejismo que parecía flotar sobre la tierra reverberante del llano: la mujer erguida, de caminar a la vez pausado y veloz, tan firme y seguro que se diría que no tocaba el suelo, vestida toda de terciopelo negro, la basquiña abombada por el hueco guardainfante que arrastraba por el polvo; los pequeños pies apenas visibles; el verdugado de encajes apareciendo y desapareciendo con ese movimiento sutil, inmaterial; una mano posada contra el vientre y la otra extendida para que en ella descansara el azor encapuchado, sobre la percha del guante ensebado, junto a los anillos de piedra roja que ahogaban en su frescura sangrienta la insoportable resolana; el rostro enmarcado por la gola alta y blanca... Un caliente sudor estalló sobre la frente de la Señora; retiró la mano del vientre para espantar a las moscas; entró al palacio.

Martín permaneció algún tiempo allí, doblado bajo el peso de las piedras, capturado por esa visión, imaginando al mismo tiempo su propio cuerpo basto y poderoso, curtido y velludo; su camisa manchada de sudor y abierta hasta el ombligo; su propio rostro cuadrado, rasurado sólo los domingos; sus manos como piel de cerdo. Luego sacudió la cabeza y siguió su camino.

El cuadro: Viendo a la muchedumbre, subió a un monte, y cuando se hubo sentado, se le acercaron los discípulos y abriendo Él su boca, les enseñaba, diciendo: Bienaventurados los pobres de espíritu, porque de ellos es el reino de los cielos. Bienaventurados los mansos, porque ellos poseerán la tierra. Bienaventurados los que lloran, porque ellos serán consolados. Bienaventurados los que tienen hambre y sed de justicia, porque ellos serán hartos. Bienaventurados los que padecen persecución por la justicia, porque suyo es el reino de los cielos. Nadie puede servir a dos señores. No podéis servir a Dios y a las riquezas.

El Señor, arrojado bocabajo con los brazos abiertos, sollozó; levantó la cabeza para ver esa minúscula escena descrita como un eco remotísimo en el gran cuadro de la capilla: y creyéndose solo, gritó:

—Tibi soli peccavi et malum coram te feci; laboravi in gemitu meo, lavabo per singulas noctes lectum meum; recogitabo tibi omnia peccata mea in amaritudine animae meae...

El cuadro: Al salir encontraron a un hombre de Cirene, llamado Simón, que venía del campo, al cual requirieron para que llevase la cruz. Llegando al sitio llamado Gólgota, que quiere decir el lugar de la calavera, diéronle a beber vino mezclado con hiel; mas en cuanto lo gustó, no quiso beberlo. Así que le crucificaron, se dividieron sus vestidos echándolos a suertes, y sentados hacían la guardia allí. Sobre su cabeza pusieron escrita su causa: *Éste es Jesús, el rey de los judíos*. El pueblo estaba allí mirando, y los príncipes mismos se burlaban, diciendo: a otros salvó; sálvese a sí mismo si es el Mesías de Dios, el Elegido.

El Señor acarició levemente, sin intención de daño, las estopas que cubrían la herida del can Bocanegra. El perro olió, gruñendo, la cercanía de su torturador. Entonces Guzmán se separó de la columna y, como lo sabía, el alano dejó de gruñir, se recogió en un miedo silencioso y el vasallo avanzó con naturalidad hacia la figura postrada, se detuvo junto a ella, se inclinó y apenas rozó con las manos los brazos abiertos del Señor, murmurando que semejante penitencia en nada beneficiaría a su salud. El Señor cerró los ojos, se sintió muy derrotado y al mismo tiempo dueño de un apetito voraz.

Permitió que Guzmán le ayudase a ponerse de pie y luego le condujese al aposento construido al lado de la capilla así para poder asistir a los oficios sin moverse de la cama, como para pasar directamente (como ahora) de la capilla a la recámara sin ser visto por nadie.

Ayudado por su servidor y seguido por el perro, el Señor, con los labios abiertos y los ojos sin expresión, respiraba por la boca y con dificultad: entre el labio superior y el inferior cabría un dedo. Se quejó de un dolor intenso que tenía su sede en el cerebro pero que de allí se extendía a todo el cuerpo: dijo en voz baja, mientras avanzaba con torpeza hasta apoyarse en el dintel de la alcoba, algo que Guzmán no pudo comprender.

El cuadro: Era ya como la hora de sexta, y las tinieblas cubrieron toda la tierra hasta la hora de nona, oscurecióse el sol y el velo del templo se rasgó por medio. Jesús, dando una gran voz, dijo: Padre, en tus manos entrego mi espíritu; y diciendo esto, expiró.

Sin embargo, fingió que entendía, asintió obsequiosamente, condujo a su amo al lecho, le quitó la capa y las zapatillas, le aflojó el jubón y le zafó la golilla.

El Señor, con la boca abierta, miró alrededor de la pieza; yacía sobre las sábanas negras, bajo el negro palio, en el aposento cuyas tres paredes estaban cubiertas por cortinas negras y la cuarta por un enorme mapa de tintes pardos y ocres, sin más claridad que la de una altísima lucerna, tan alta que para abrirla y cerrarla hacía falta una larga vara con punta en gancho. Guzmán se acercó con el frasco de vinagre en una mano y el cofrecillo en la otra. El Señor se sorprendió a sí mismo con la boca abierta e hizo un esfuerzo por cerrarla. Sintió que se asfixiaba; Guzmán fregaba el pecho blanco y lampiño del amo con el vinagre, haciendo sonar la bolsa de reliquias atada al cuello del Señor; el Señor trataba de respirar con la boca cerrada y de abrir la mano y mover los dedos para acercarlos al cofrecillo. Guzmán no diría nada; nunca decía nada, sino lo indispensable. En el fondo del paladar del Señor, las vegetaciones adenoides se atrofiaban y endurecían más cada día. Volvió a abrir la boca y trató de mover los dedos.

Con las manos vinagrientas, Guzmán abrió a la fuerza el puño del amo, escogió un anillo tras otro de los que venían en el cofrecillo, introdujo en el anular la piedra incrustada en oro para prevenir la pérdida de sangre y en los cuatro dedos restantes los anillos de huesos ingleses, buenos contra los calambres, y otra vez en el anular, encima de la anterior sortija, la más milagrosa de todas: el anillo de diamante que aprisionaba un pelo y un diente de San Pedro; en la palma de la misma mano sufriente colocó la piedra azul que debía curar la gota; en la otra, puso la piedra verde que acabaría por extirpar el mal francés.

El cuadro: Mientras comían, Jesús tomó pan, lo bendijo, lo partió y, dándoselo a los discípulos, dijo: Éste es mi cuerpo, que es entregado por vosotros; haced esto en memoria mía. Asimismo el cáliz, después de haber cenado, diciendo: Este cáliz es la nueva alianza de mi sangre, que es derramada por vosotros. Mirad, la mano del que me entrega está conmigo en la mesa y conmigo ha mojado en el plato.

El Señor tembló y jadeó cerca de una hora, mientras su sirviente, con discreción, permaneció de pie en el lugar más apartado y oscuro de la pieza. El perro se había echado debajo de la cama. Quizá ese reposo fue como un sueño demasiado agitado; quizá una pesadilla con los ojos abiertos fatigue más que todo el movimiento alegre y cruel de una guerra, mercenaria o santa; quizá... No beberé el fruto de la vid hasta llegar al reino de Dios. El Señor habló con los tonos nasales muertos; reclamó algo de comer, en seguida. Guzmán cortó a la mitad un melón que se encontraba sobre un platillo de cobre. El Señor se sentó y empezó a devorar; Guzmán, después de inclinarse con cortesía, apoyó una rodilla contra el filo de la cama.

Las miradas se cruzaron. El Señor escupió al suelo las semillas; las ágiles manos de Guzmán hurgaron en la cabellera sedosa y delgada del amo, a veces los dedos encontraron lo que buscaban, apretaron los piojos, los hicieron tronar contra la uña y los arrojaron, como el amo las semillas del melón, al piso de baldosas frescas.

El palacio: Patios se añadirían a los patios, y aposentos para los monjes, para la servidumbre y para la tropa, a las recámaras del cuadrilátero fundador. Un cuadrilátero de granito, tan profundo como largo, sería el centro del palacio, concebido como un campo romano, severo y simétrico, o como la parrilla que conoció el suplicio de San Lorenzo, y en ese centro se levantaría la gran basílica, por fuera un probo castillo con ángulos de bastión, por dentro una sola nave, inmensa, vacía; y el todo sería rodeado por una cintura de manera que el palacio, visto desde lejos, aparecería como una fortaleza de líneas rectas y perdidas en el llano y el horizonte infinitos, sin una sola concesión al capricho, tallado como una sola pieza de granito gris plantado sobre un tablero de losas blancas y pulidas cuyo albo contraste daría un aire aún más sombrío a la construcción.

Ella lo preveía, desde la ventana de doble cerradura que alguna vez debería mirar hacia el jardín del palacio, pero que, por ahora, sólo contemplaba la llanura extensa, densa y profunda, ceñida por las sierras graníticas que se blanqueaban como huesos de toro bajo la doble embestida de la tala y el sol; como la sierra, así era el palacio de la sierra arrancado. Y al preverlo, ella sólo repetía lo que el Señor había dicho una sola vez, sin necesidad de repetir nunca más las palabras de esa concepción: constrúyase a toda prisa un palacio y monasterio que sea, a la vez, Fortaleza del Santísimo Sacramento de la Eucaristía y Necrópolis de los Príncipes. Ninguna gala, ninguna gula, ningún desvarío para ese proyecto implacablemente austero. Él lo pensó; ahora el ejército de trabajadores ejecutaba su pensamiento.

La señora, al mirar la tediosa llanura desde su apartamento, imaginaba con alarma que la voluntad de su esposo acabaría por cumplirse y confesaba que ella, en secreto, siempre había creído que por ser el mundo lo que es, algún accidente, el imprevisible capricho o el muy previsible desfallecimiento de la voluntad introducirían en el plan maestro del Señor algunas, no muchas, pero por escasas más delectables, concesiones al placer de los sentidos.

—¿Pueden, Señor, venir los pastores debajo de mis ventanas a trasquilar sus ovejas y quizás a cantarme unas canciones?

—Aquí no es feria, sino un perpetuo servicio de muertos que habrá de durar hasta la consumación de los tiempos.

—Unos baños, entonces, Señor…

—El baño es costumbre de árabes y no tendrá cabida en mi palacio. Toma ejemplo de mi abuela, que jamás mudó de calzado y al morir hubieron de arrancárselo con espátula.

—Señor: el más grande de los reyes católicos, Carlomagno, aceptó del infiel califa Harún-Al-Rachid, sin mengua de su fe cristiana, obsequios de sedas, candelabros, perfumes, esclavos, bálsamos, un ajedrez de marfil, una colosal tienda de campaña con cortinas multicolores y una clepsidra que marcaba las horas dejando caer pelotillas de bronce en una jofaina…

—Pues aquí no habrá más tesoros que las reliquias de Nuestro Salvador que he mandado traer: un cabello de su santísima cabeza o quizá de su barba dentro de una rica bugeta, que si Él dice se enamoró de uno nuestro, qué mucho muramos por otro suyo; y once espinas de su corona, tesoro que enriqueciera once mundos, prendas que traspasan el alma aun con sólo oírlo, ¡qué hará el verlas!; bondad de Dios, que sufrió por mí de espinas y yo ni aun una por Él; y un pedazo de la soga con que tuvo atadas o las manos o la garganta aquel inocentísimo Cordero.

—Señor: no imagino poder sin lujo, y mal recordaríamos a la corte de Bizancio si no fuera por sus leones artificiales, sus trinantes pájaros mecánicos y su trono que se elevaba en los aires; y en nada fue impío el emperador Federico al aceptar del sultán de Damasco un regalo de cuerpos astrales enjoyados, movidos por mecanismos ocultos, que describían su curso sobre un fondo de terciopelo negro…

—Por allí se empieza, Señora, y se acaba como el Papa Juan, convirtiendo el palacio pontificio en burdel, castrando a un cardenal, bebiendo a la salud del Diablo e invocando la ayuda de Júpiter y Venus mientras se pasa la noche jugando a los dados.

—Un gran Señor siempre quiere ser la maravilla del mundo.

—Mi ascetismo será el estupor de este tiempo, Señora, y también de los venideros, pues una vez muertos nosotros, este palacio será dedicado, por los siglos de los siglos, a una perpetua misa de difuntos y continuamente habrá dos frailes frente al sacratísimo Sacramento del altar rogando a Dios por mi ánima y las de mis finados, de noche y de día, dos frailes distintos durante dos horas cada día, veinticuatro frailes diarios ejecutando una tarea tan sabrosa como la oración no es carga pesada. Así lo dispondrá mi testamento. ¿Estupor del mundo, Señora? Aquel famoso príncipe de los Macabeos, Simón, quiso eternizar la memoria de su difunto hermano el príncipe Jonatás; para ello mandó construir en las orillas del mar un túmulo tan eminente, que pudiesen ver sus fúnebres trofeos todos los navegantes, pareciéndole que todo lo que podía decirse de sus excelentes virtudes, sería menos de lo que los extraños conociesen o de lo que aquel mausoleo mudamente predicase. Así yo, Señora; sólo que no verán este túmulo fúnebre los navegantes, sino lo peregrinos que hasta nuestra alta meseta se aventuren; y constantemente, desde el cielo, Dios y sus ángeles. No otro testimonio prefiero o pido.

—Hablas de los muertos; yo sólo te pido un pequeño adorno para mí... para los vivos...

—El único adorno de esta casa será la esfera con la cruz, símbolo del cristianismo y de su triunfo sobre los paganos estilos. Nuestra fe está por encima de cualquier estilo. Todo parejo. Todo sobrio. Que de este lugar se diga: Visto un pilar, vistos todos.

—Señor, Señor, por piedad, no me reproches mi anhelo de belleza, desde niña soñé con poseer una partecita de esa belleza de árboles, fuentes, piedras de colores y recreadas vistas que en ésta su tierra dejaron los pobladores árabes en otro tiempo.

—Bien se ve que eres inglesa, Isabel, o no cederías así ante tentaciones infieles. Aquí nos hemos desangrado reconquistando nuestra tierra española.

—Era de ellos, Señor, los árabes la llenaron de jardines y surtidores y mezquitas donde antes nada había; conquistasteis lo ajeno, Señor...

—Calla, mujer, no sabes lo que dices y niegas la ordenanza de nuestro destino, que es purificar a España de toda plaga infiel, extirparla, mutilar sus miembros, quedarnos solos con nuestros huesos mortificados pero puros. ¿Quieres conocer el único solaz concedido a los sentidos pecadores en esta fortaleza? Mira entonces a lo alto de esta máquina que construyo, octava maravilla del mundo, y mírala coronada por bolas de oro: así rememoro, como lo hiciesen mis antepasados al reconquistar las ciudades de moros, nuestras victorias de la fe: ve en esas bolas las cabezas de los infieles expuestas a la inclemencia de Dios.

La Señora miró con tristeza al atardecer. Luego olió una ofensa intolerable; la ofensa se convirtió en una sospecha aún más intolerable: olió carne, uñas, pelo de hombre, quemados.

El cuadro: Jesús, lleno del Espíritu Santo, se volvió del Jordán, y fue llevado por el Espíritu al desierto y tentado allí por el diablo durante cuarenta días. No comió nada en aquellos días, y pasados, tuvo hambre. Díjole el diablo: Si eres hijo de Dios, di a esta piedra que se convierta en pan. Jesús le respondió: "No sólo de pan vive el hombre".

¿Qué pasa afuera?, preguntó el Señor, con las manos apoyadas contra las sienes. Nada, contestó Guzmán; un desventurado mozo de veinticuatro años traía este verano ruines tratos con dos muchachos de trece años, aquí mismo, en los jarales, debajo de vuestra cocina, y ahora está siendo quemado junto a la caballeriza por su crimen nefando. Ayer mismo demostró gran arrepentimiento y pesar; dijo que incluso los ángeles debían llorar para hacerse perdonar sus pecados y que el suyo era pecado de ángeles, pues otro era su pecado diabólico, y ése jamás lo confesaría. Lo dijo, Señor, como si quisiera desafiar tanto el castigo como la curiosidad de los jueces, de manera que fue condenado así por lo sabido como por lo ignorado. Usted mismo firmó la sentencia de muerte, ¿no lo recuerda?

El cuadro: Pilato, convocando a los príncipes de los sacerdotes, a los magistrados y al pueblo, les dijo: Me habéis traído a este hombre como alborotador del pueblo, y habiéndole interrogado yo ante vosotros, no hallé en él delito alguno de los que alegáis contra él. Nada, pues, ha hecho digno de muerte. Le corregiré y le soltaré. Tenía que soltarles uno por la fiesta. Pero todos a uno comenzaron a gritar, diciendo: Quítale y suéltanos a Barrabás, el cual había sido encarcelado por un motín ocurrido en la ciudad y por un homicidio. De nuevo Pilato se dirigió a ellos, queriendo librar a Jesús. Pero ellos gritaban diciendo: ¡Crucifícale, crucifícale! Viendo Pilato que nada conseguía, sino que el tumulto crecía cada vez más, tomó agua y se lavó las manos delante de la muchedumbre, diciendo: Yo soy inocente de esta sangre; allá ustedes. Y todo el pueblo contestó diciendo: Caiga su sangre sobre nosotros y sobre nuestros hijos.

El Señor se miró los dedos endurecidos, cerró los ojos y dijo con la voz un poco mejorada que el mozo tenía razón; sí, los santos, los propios elegidos de Dios, clamaban, porque ellos sabían que ni los ángeles se pueden hacer perdonar los pecados sin lágrimas y sin penitencia; sin duda Dios tiene sus particulares escalas para juzgar y hacer expiar las transgresiones de cuanto a Él es inferior, y unos con los crímenes y los castigos de los hombres, y otros los de los ángeles, cuyos códigos desconocemos; pero algo es cierto: sólo Dios es libre; luego todo lo inferior a Él, no siendo libre, peca, incluso un trono o un serafín; pecan, sí, por mera imperfección.

Se hundió todavía más en la cama y dijo que el clamor de los santos se escuchaba y decía: contra Ti solo he pecado y frente a Ti he hecho el mal; no hay, por ello, crimen secreto; Dios es testigo del mal, aunque éste sólo se esboce en pensamiento; Dios está borracho de pecados, pues todo lo que no es Dios es imperfección culpable. De allí, Guzmán, que todos hayamos pecado ante Dios; de allí que todos seamos culpables ante el tribunal divino; tú me dirás: ¿quién no ha pensado el mal? y comprobarás parcialmente mi aserto; yo te contestaré: ¿qué cosa viviente no es culpable por el hecho mismo de existir? y lo comprobaré plenamente. ¿Es justo que en la tierra sólo seamos inocentes quienes no hemos sido sorprendidos por la ley y juzgados por la justicia? He sufrido en mis gemidos y todas las noches he bañado mi lecho en lágrimas, añadió el Señor, con la cabeza colgada; por Ti repasaré todos mis años y todos mis pecados en la amargura solitaria de mi alma. Todos mis años. Todos mis pecados.

Quiso levantarse de la cama. El dolor del pie hinchado se lo impidió.

—Guzmán... ¿Estoy a tiempo para perdonarle?

El servidor negó con la cabeza. Era demasiado tarde. El cuerpo del muchacho era consumido por las llamas.

—Cierto es, Señor; todos pecamos contra Dios; pero sólo a Dios toca juzgar el crimen de pensamiento o, si así os place, el crimen de existencia. La razón del poder es juzgar el crimen de acción.

Todos mis pecados, murmuró el hombre clavado en el lecho. Mañana estaré mejor, se dijo, mañana estaré mejor.

—¿Debo recordarle qué día es mañana?

El Señor negó con la cabeza y despidió con una mano al vasallo.

—Dios sea alabado.

—Dios sea glorificado.

El palacio: A lo largo de la única nave de la capilla, interrumpido un muro por la puerta que conduce a la recámara del Señor y el otro por la labrada celosía del coro de las monjas, esperan las tumbas abiertas, las filas de féretros de pórfido, mármol y jaspe, abiertos, con las pesadas losas reposando apoyadas contra las laudas y los basamentos piramidales, cada una con el nombre inscrito de un antepasado del Señor, un Ordoño, un Ramiro, los Alfonsos y las Urracas, el Pedro y el Jaime, las Blancas y las Leonores, los Sanchos y los Fernandos, cada losa y cada lauda marcadas con la singular advertencia debajo del nombre y las fechas de nacimiento y muerte, una advertencia para cada cuerpo, muchos cuerpos reproducidos en marmórea efigie yacente y todas las advertencias ligadas por un pensamiento único, pecado y contrición, pecado y muerte, NO HIZO EL BIEN QUE DESEÓ E HIZO EL MAL QUE NO QUISO, *Manifiestas fueron las obras de su carne que fueron la fornicación, la inmundicia y la lujuria,* Peccatum non Tollitur Nisi Lacrymis et Paenitentia; Nec Angelus Potest, Nec Arcangelus; *En sus miembros vio otra ley que luchaba contra la ley de su razón; Prisionera fue de la ley del pecado que estaba en sus miembros*; el que toda su felicidad ponía en la música y cantos vanos y lascivos, en andanzas, en juegos, en cazas, en galas, en riquezas, en mandos, en venganzas, en estimación ajena, vedle ahora: aquel gustillo breve convertido en rabia eterna, irremediable, implacable polvo; DESGRACIADA REINA LA MUERTE LIBROLA DE SU CUERPO DE MUERTE; *Los Pecados del Solio Nunca son Solos y Así Tienen Más Dificultoso Indulto*; OH DIOS QUE QUITAS PARA MEJORAR; exemplo fue de las malas costumbres, hábitos o siniestros avisos, de que se visten las almas de los miserables hombres, que por su soberbia son leones, por venganza, tigres, por lujuria, mulos, caballos, puercos, por tiranía, peces, por vanagloria, pavones, por sagacidad y mañas diabólicas, raposas; por gula, simios y lobos; por insensibilidad y malicia, asnos, por simplicidad bruta, ovejas, por travesura, cabritos: gloria vana y breve; CORRIÓ LA MUERTE TRAS LAS HOJAS DE SUS ESPERANZAS PARA HACER DE ELLAS SUS CENIZAS. Y al fondo de la nave ascendían los peldaños interminables e interminados que conducían al llano, pues por esa ancha escalera debían bajar a sus sepulcros eternos todos los cuerpos que en ese instante avanzaban hacia ellos entre las poblaciones en duelo, a lo largo de ciudades y catedrales, escoltados por clérigos, conventos enteros y capítulos de todas las órdenes. Y sólo al llegar aquí y reposar en sus tumbas, sobre ellos caerían las losas; y el ingreso del llano a la escalera, sólo para esta ceremonia prevista, sería sellado, junto con la cripta, el coro monjil, el altar de jaspes y doradas columnas, el cuadro traído (decían) de Orvieto y la recámara del Señor, para siempre.

El cuadro: Mientras Jesús les hablaba a los discípulos de Juan, llegó un jefe, y acercándosele se postró ante Él, diciendo: Mi hija acaba de morir, pero ven, pon tu mano sobre ella y vivirá. Y levantándose Jesús, le siguió con sus discípulos. Cuando llegó Jesús a la casa del jefe, al ver a los flautistas y a la turba de plañideras, dijo: Retiraos, que la niña no está muerta; duerme. Y se reían de Él. Una vez que la muchedumbre fue echada fuera, entró, tomó de la mano a la niña y ésta se levantó. La nueva se divulgó por toda aquella tierra.

Afuera, el sol de julio jamás se fatigaba. Hay aquí bastante para fundar una ciudad entera, dijo Martín, encogiéndose de hombros, apenas se dispersó la muchedumbre que había asistido a la quema del muchacho junto a la caballeriza: aquí se vaciaban grandes planchas de plomo, allá se tejían y enrollaban el esparto y el cáñamo, las cuerdas y los cables, las maromas y las ondas; más lejos trabajaba una multitud de aserraderos y carpinteros y aquí cerca, bajo sus toldos, los borladores atacaban en silencio las telas de raso, las marañas, las franjas y los cordones. Cómo se detenía el sol sobre esta tierra parecida a un desierto. Martín miró la tierra al retomar la cuña en la cantera, tratando de adivinar las escondidas huertas y los disimulados riachuelos de esta llanura feroz; leguas y más leguas de rocas y una luz de oro pálido que permitía seguir con la mirada el movimiento del polvo.

Jerónimo, le dijo Martín al hombre barbado que resoplaba los fuelles y luego, en los descansos, acomodaba las argollas de las cadenas que había fraguado durante todo el día, ¿tú también has visto a esa mujer?, y el herrero le contestó con otra pregunta, Martín, ¿tú sabes quién era el mozo que acaban de quemar vivo?

Hay un reloj que no suena

Así el Señor, muy de mañana y con gran sigilo, se levantaba y se echaba encima una pesada capa negra. Era tanto su acostumbrado silencio y la consiguiente destreza para escapar de la alcoba, atravesar la capilla sin mirar hacia el cuadro traído de Orvieto y llegar al pie de la escalera, que ni el mismo can Bocanegra, de suyo tan alerta, se desperezaba con los movimientos del amo, antes seguía echado al pie de la cama, con la cabeza vendada y un persistente apelmazamiento de la arena negra de la costa cerca de la herida y en las patas.

Pero esta particular madrugada (el Señor le ha pedido a Guzmán que no deje de recordarle qué día es éste; un muchacho ha sido quemado ayer junto a la caballeriza del palacio en construcción; las obras del propio palacio se retrasan más de lo debido mientras las carrozas fúnebres luchan contra el tiempo y el espacio para acudir a la cita; Jerónimo ha sido penado por aguzar excesivamente las herramientas; Martín ha visto pasar a la Señora con el azor sobre la mano; un joven yace, bocabajo y con los brazos abiertos en cruz, sobre la playa negra) el Señor, antes de abandonar la alcoba, se detuvo un instante con la capa entre las manos, mirando al perro; se preguntó el por qué de esas modorras matutinas de Bocanegra. No dio privilegio, ni respuesta, a su interrogación. Prefirió saberse el dueño original de una madrugada tan filosa en su frescura de meseta extrema, tan compensatoria de los fuegos del día anterior, tan ajena aun a los presagios de la agobiante jornada que, en pocas horas, la seguiría. Salió de la alcoba, cruzó la capilla, llegó al pie de la escalera.

¿Qué eran las interrogantes acerca de los hábitos anormales de un perro junto a las que proponía este acercamiento tembloroso a la interminada escalera de piedra? Podía contar desde abajo los treinta y tres anchos escalones construidos que comunicaban a la cripta con la tierra allanada del antiguo vergel de los pastores. Escalones anchos, bien cincelados, desbastados. ¿Cómo se llamaría el obrero que los pulió? ¿Qué cara tendría? ¿Cuáles serían sus sueños? ¿A dónde conducían los escalones? Se llevó la mano a la frente: afuera, a la meseta, el mundo circulante, proliferante, sudoroso; al encuentro con el trabajador que los construyó. Lo sabía de sobra. ¿Por qué volvía a dudar? ¿Por qué se levantaba antes del alba para ver con sus propios ojos en qué estado se encontraba la construcción de esa escalera concebida con el solo propósito de dar cabida a la procesión de féretros señoriales y a los cortejos que debían acompañarlos a la morada final? ¿Por qué no se cumplían sus órdenes: constrúyase a toda furia? ¿Por qué, él mismo, no se atrevía a subir por esos escalones, prefiriendo verlos desde abajo antes de iniciar sus largas prácticas cotidianas de oración, reflexión y penitencia?

¿Por qué no se atrevía a dar el primer paso? Un sentimiento perdido, un fuego de la sangre, olvidado durante el insensible paso de aquella juventud a esta madurez, volvía a nacer entre sus muslos y a su pecho, circular por sus piernas, a brillar en la tensión luminosa de un semblante renovado. Levantó el pie para disponerse a subir al primer peldaño.

Hizo un rápido cálculo; no eran todavía las cuatro de la mañana. Miró primero su propia zapatilla negra suspendida en el aire. Luego paseó la mirada hasta el término de la escalera en lo alto. Una noche tan negra como su calzado le devolvió la mirada. Se atrevió; dio el primer paso; colocó el pie derecho sobre el primer escalón y en seguida esa noche fresca se convirtió en un alba de dedos color de rosa; dio el segundo paso, plantó el pie izquierdo sobre el primer peldaño; la aurora se disipó en una caliente mañana de luces derretidas. Entonces la carne del Señor, tan exaltada ya por el deseo de alcanzar el siguiente escalón, se horripiló sin poder, durante algunos momentos, distinguir entre el temblor del placer y el calosfrío del miedo.

Bocanegra corrió desde la recámara por la capilla hacia la escalera; el Señor apenas tuvo tiempo de pensar que su momento de atenta duda cerca del can dormido había, de alguna manera, removido el fondo bruto del sueño. Y ahora el perro corría, feroz, con el hocico abierto, afilado y babeante, como si al fin hubiese llegado la hora de defender al amo; corría hacia el amo y el amo, trémulo, se dijo:

"No me reconoce."

Pero Bocanegra se detuvo al pie de la escalera, sin atreverse a subir al primer peldaño donde el Señor era una figura granulada por la violenta luz que caía de lo alto: columna solar de la luz, columna polvorienta del Señor. Primero el alano ladró con una furia que el

Señor no pudo separar de su propia, fascinada inocencia; pues, ¿qué sabían el can o su dueño acerca de lo que les estaba sucediendo? En nada, pensó el Señor, puede distinguirse mi temblorosa ignorancia de la ignorante furia del perro. Ladró, se acercó al primer escalón, huyó de él como si la piedra ardiese; peor (miró bien el amo): para el perro la escalera no existía porque el can no podía ver en ella al Señor y sin embargo olía su presencia, pero esa presencia no era la del momento que el perro vivía, sino la de la hora que el Señor había encontrado por accidente; el fuego se apagó en sus entrañas, no pudo creer más en el retorno de su exaltación juvenil, maldijo la noción de la madurez y la identificó con la corrupción; maldijo la ciega voluntad de acción que un día le había alejado y, ahora, separado para siempre de la única eternidad posible: la de la juventud.

"La manzana ha sido cortada del árbol. Su único destino es pudrirse."

Entonces el Señor, parado sobre el primer escaño, cometió el error de alargar la mano para tomar a Bocanegra de la carlanca de púas con el blasón heráldico inscrito en el fierro. El perro gruñó, agitó la cabeza, intentó clavar primero las púas y en seguida los colmillos en la mano que trataba de arrastrarlo hacia el primer peldaño. La sensación inicial de reconocimiento ausente fue seguida, en el ánimo del Señor, por una certeza de animosidad, el belicoso perro no sólo desconocía a su amo; lo veía, además, como a un enemigo; como a un intruso. Se negaba a compartir el lugar y el instante invadidos por el Señor al subir la escalera. El Señor abarcó con la mirada la perspectiva de la cripta desde el primer peldaño: la capilla era un grabado en lámina de cobre, desde la escalera hasta el altar del fondo, el luminoso cuadro italiano y la custodia de jaspes. En seguida, una cólera sin mesura se apoderó de él; el día de su victoria juró levantar una fortaleza de la fe que ningún soldado ebrio y ningún perro hambriento pudiese jamás profanar; aquí estaba, en la entrada misma del espacio escogido para su vida y su muerte, el lugar por él y para él construido, defendiéndose contra un perro que a su vez se defendía de ser arrastrado sobre la escalera; el Señor miró hacia las lejanas luces del altar y le arrancó al perro, de un tirón doloroso, la venda de la cabeza; Bocanegra aulló lastimeramente; el jirón de tela le levantó la costra arenosa de la herida.

Gimoteante, vencido, Bocanegra regresó, con la cabeza gacha y la venda arrastrada entre las trémulas patas, a la recámara señorial. El Señor dudó entre ascender un escalón más o descender al piso de granito de la capilla. Movió la pierna derecha para subir al segundo escalón; pero esta vez, otra vez, aquella gozosa ligereza se había convertido en una aplomada gravedad. Tuvo miedo; dio media vuelta y posó la planta del pie debajo del primer escalón, en el piso. Miró a lo alto: el sol se borró del firmamento, el alba reconquistó su anuncio. Movió la pierna izquierda y bajó completamente del primer peldaño; volvió a mirar hacia arriba, hacia el boquete de cielo al término de la escalera; la aurora había cedido el lugar a la noche que la precedió.

El beso del paje

El paje y atambor, vestido todo de negro, descendió de las dunas a la playa y se hincó junto al joven náufrago. Le acarició la cabeza húmeda y le limpió el rostro: la mitad de la cara, hundida en la arena mojada, era una máscara de fango; en cambio la mitad lavada (murmuró el paje y atambor) era la cara de un ángel.

Sobresaltado, el muchacho despertó de un largo sueño; gritó: no supo distinguir las caricias del paje de otras que creía haber soñado a partir del momento en que cayó del puente de proa a las hirvientes aguas del mar; sueños que eran encuentros con las mujeres en las carrozas; temió que los labios ávidos y los afilados dientes de una joven señora volviesen a clavarse en su cuello; temió que los labios arrugados y las encías desdentadas de una vieja envuelta en trapos cayesen de nuevo entre sus muslos. Miró con los ojos inocentes los labios tatuados del paje y atambor e imaginó que en ellos se fundían, como los campos y las armas en un escudo, como los blasones y el viento en un pendón, las bocas deseosas de las otras mujeres; llegó a creer que el paje era las dos mujeres soñadas, resueltas en una nueva figura hermafrodita; si era mitad hombre y mitad mujer, el paje se bastaría a sí mismo, se amaría a sí mismo, y estas caricias con las que intentaba consolar y resucitar al joven náufrago serían acto insignificante o infinitamente caritativo, pero nada más. Y si el paje era hombre, el náufrago aceptaría su cariño como el de un compañero largamente deseado en la soledad y la amenaza mortales. Pues los labios tatuados del paje, al acercarse a los suyos, no le pasaban los pesados alientos de sándalo y hongo de las otras mujeres, sino un perfume de selva, de zarzas incendiadas y de tenerías al aire libre. El paje rodeó el rostro del muchacho con las manos y acercó la lengua tibia y suave a la boca abierta del náufrago. Las dos lenguas se unieron y el joven pensó: "He regresado. ¿Quién soy? He resucitado. ¿Quién eres? He soñado. ¿Quiénes somos?". Cree que al cabo también lo repitió en voz alta, pues el paje le contestó, cerca de la oreja que no cesaba de acariciar:

—Todos hemos olvidado tu nombre. Yo me llamo Celestina. Deseo que oigas un cuento. Después, vendrás conmigo.

El señor empieza a recordar

No había enojo en la actitud de Guzmán; sólo el profundo y silencioso desdén de quien conoce su oficio y desprecia los errores ajenos; pero el desdén era disfrazado por los actos precisos que, al tratar de remediar el entuerto, ponían en evidencia la culpa del Señor. El amo, respirando trabajosamente y rascándose la mandíbula, no tenía tiempo para fijarse en estos detalles ni en lo que pudiesen revelar de una disparidad entre la conducta y el ánimo de Guzmán. Una evidencia mucho más poderosa acaparaba su atención: eran las cinco de la mañana, el sol apenas asomaba, y el can Bocanegra era curado por Guzmán de una desgracia ocurrida cuando el sol, una hora antes, estaba en su futuro cenit.

Miró al vasallo y lo dejó hacer. Guzmán untó al perro con aceite de oliva para amansarle el dolor, luego tomó el unto de puerco, añejo y derretido, y lo empastó sobre la llaga; finalmente ató el cuerpo del perro a una tabla para que no se rascara y dijo:

—Es mejor que ahora se ventile la herida; así resecará más pronto.

El Señor se rascó la oreja cosquillosa y volvió a mirar. Guzmán, terminada la cura del perro, se hincó ante el hogar, acomodó los leños y los encendió con estopas. El Señor se sentó en la silla curul al lado del fuego, consciente de que Guzmán había adivinado sus deseos: a pesar de que era un día de verano, el Señor temblaba de frío. Las llamas empezaron a jugar por igual sobre su perfil prógnata y sobre el agudo rostro de Guzmán.

—Debo recordar al Señor que es hoy día de su cumpleaños. Me excuso por no haberlo mencionado antes. Pero el estado del can...

—Está bien, está bien, jadeó el Señor, apaciguando las excusas de Guzmán con una mano. Soy yo quien debe pedir perdón por mi descuido con el perro.

—El Señor no tiene por qué ocuparse de los perros. Para eso estoy yo.

—¿Qué hora es?

—Las cinco de la mañana, Sire.

—¿Estás seguro?

—El buen montero siempre conoce la hora.

—Oye… ¿Quién construyó la escalera que conduce de la capilla al llano?

—¿Quiénes, Señor? Seguramente, muchos; y todos sin nombre memorable.

—¿Por qué no terminan de construirla? Pronto llegarán los séquitos fúnebres; ¿por dónde bajarán a la cripta?

—Deberán dar vueltas, Señor, por llano y pasillo, patio y mazmorra, como hacemos todos para llegar a la cripta.

—No me has contestado: ¿por qué no han terminado de construir esa escalera?

—Nadie osaría interrumpir las meditaciones del Señor. El Señor pasa casi todo el día hincado o postrado frente al altar; el Señor ora; los trabajos se retrasan…

—¿Oro? ¿Medito? Sí… recuerdo, días enteros, regresan a mí… Guzmán… ¿volverías a vivir un día de tu vida, uno solo, para actuar de manera distinta a como actuaste entonces?

—Todos hemos soñado con enmendar una mala decisión del pasado; pero ni Dios puede modificar lo que ya sucedió.

—¿Y si Dios me diese a mí esa facultad?

—Los hombres la entenderían como don del Demonio.

—¿…si Dios me permitiese, a mi antojo, caminar hacia el pasado, revivir lo muerto, recuperar lo olvidado…?

—No le bastaría cambiar el tiempo, Señor, sino que debería cambiar también los espacios en los que el tiempo ocurre.

—Rejuvenecería…

—Y este palacio, tan laboriosamente construido, se vendría abajo como estructura de polvo. Recuerde que hace cinco años éste era un vergel de pastores y nada edificado había en él… Pídale a Dios, mejor, que acelere el tiempo; así podrá usted conocer los resultados de su obra, que son resultados de su voluntad.

—Los vería viejo.

—O muerto, Señor: inmortal.

—¿Y si viejo, o inmortal, sólo miro en el futuro lo que miraría en el pasado: el llano raso, la construcción arruinada o desaparecida, vencida por las batallas, la envidia o la indiferencia; el abandono…?

—El Señor, entonces, habría perdido las ilusiones, pero habría ganado el conocimiento.

—Amaneciste filósofo, Guzmán. Prefiero mantener las ilusiones.

—Hágase vuestra voluntad. Pero el tiempo es siempre un desencanto; adivinado, sólo nos promete con seguridad la muerte; recuperado, sólo nos impone con mofa la libertad.

—Escoger de vuelta, Guzmán; escoger...

—Sí, pero a sabiendas de que si escogemos igual que la primera vez, sólo viviremos, sin sorpresas, una rutinaria felicidad; y que si escogemos distinto, viviremos torturados por la nostalgia y la duda: ¿fue mejor la primera elección que la segunda?; fue mejor. De ambas maneras seríamos más esclavos que antes; agotaríamos para siempre una libertad que sólo escoge, bien o mal, una sola vez...

—Hablas más que de costumbre, Guzmán.

—El Señor me pidió que le recordara qué día es hoy. El de su cumpleaños. He pensado, si me lo disculpa, mucho en usted. He pensado que escoger dos veces es burlarse del albedrío, que no perdona nuestros abusos y, burlado, de nosotros se burla, mostrándonos su verdadera cara, que es la de la necesidad. Seamos, Señor, realmente dueños de nuestro pasado y de nuestro futuro: vivamos el momento presente.

—Ese momento es una larga congoja para mí.

—Si el Señor mira con exceso hacia atrás, se convertirá en estatua de sal. En el Señor se reúne una suma de poder muy superior a la de su padre...

—A qué alto precio. No lo sabes, Guzmán. Yo fui joven.

—El Señor ha congregado a los reinos dispersos; aplastado las rebeliones heréticas de su juventud; detenido al moro y perseguido al hebreo; construido esta fortaleza que reúne los símbolos de la fe y del dominio. La usura de las ciudades, que destruyó a tantos pequeños señoríos, rinde homenaje a vuestra autoridad y acepta la necesidad de un poder central. Los pastores y labriegos de estas tierras son hoy los obreros del palacio; el Señor los ha dejado sin más sustento que un jornal. Y es más fácil quitarle dinero a un sueldo que arrebatarle fanegas a una cosecha, pues ésta se reúne en campos mensurables, en tanto que los salarios se manipulan invisiblemente. Esperan al Señor otras grandes empresas, sin duda; no las encontrará detrás de él, sino adelante.

—Se podría comenzar de nuevo... se podría comenzar mejor...

—¿Qué cosa, Sire?

—Una ciudad. La ciudad. Los lugares que habitamos, Guzmán.

—El Señor tendría que emplear los mismos brazos y los mismos materiales. Estos obreros y estas piedras.

—Pero la idea podría ser diferente.

—¿La idea, Señor?

—La intención.

—Por buena que fuese, los hombres harían algo distinto de lo que el Señor hubiese pensado.

—Así creí yo una vez.

—Perdón, Señor; no deje de creerlo.

—No, no... escúchame Guzmán; toma papel, pluma y tinta; oye bien mi narración; esto quería el día de mi cumpleaños: dejar constancia de mi memoria; escribe: nada existe realmente si no es consignado al papel, las piedras mismas de este palacio humo son mientras no se escriba su historia; pero, ¿cuál historia podría escribirse, si nunca se termina esta construcción, cuál?; ¿dónde está mi Cronista?

—Lo enviasteis a galeras, Sire.

—¿A galeras? Sí, sí... entonces escribe tú, Guzmán, escribe, oye bien mi narración.

El señor visita sus tierras

Llegó al atardecer, encabezando a veinte hombres armados; galoparon a lo largo de los campos anegados en la bruma; decapitaron los trigales a latigazos. Portaban antorchas en alto; al llegar a la choza en medio del llano, las arrojaron sobre el techo de paja y esperaron a que Pedro y sus dos hijos saliesen como animales de la guarida: la luz, el humo, las bestias y los hombres, todos tienen una sola puerta, había dicho el Señor antes de iniciar esta cabalgata.

Desde su alto corcel, el Señor acusó al viejo campesino de faltar a los deberes del siervo. Pedro dijo que no era así, que los fueros tradicionales le asistían para entregar al Señor sólo parte de la cosecha y guardar otra parte para alimentarse, alimentar a su familia y vender algo en el mercado. Pedro habló mirando del techo en llamas al amo montado en el caballo amarillo, de piel pecosa y gastada. La piel de Pedro se parecía a la del caballo.

El Señor afirmó: —No hay más ley que la mía; el lugar está apartado y no se puede invocar una vieja justicia en desuso.

Añadió que los hijos de Pedro serían llevados por la fuerza al servicio de las armas del Señor. La próxima cosecha debería ser entregada en su totalidad a las puertas del castillo. Obedece, dijo el Señor, o tus tierras serán convertidas en ceniza y ni siquiera la mala yerba crecerá sobre ellas.

Los hijos de Pedro fueron atados y montados y la compañía armada cabalgó de regreso al castillo. Pedro permaneció al lado de la choza en llamas.

El heredero

El halcón se estrelló ciegamente contra las paredes de la celda. "Me va a sacar los ojos, me va a sacar los ojos", repetía continuamente el joven Felipe, tapándoselos con las manos mientras el ave perdía todo sentido de orientación y se lanzaba al vuelo, se estrellaba contra los muros y volvía a arrojarse a una oscuridad que juzgaba infinita.

El Señor abrió la puerta de la celda y la súbita luz aumentó la furia del pájaro de rapiña. Pero el Señor se acercó al azor cegado y le ofreció la mano enguantada; el ave se posó tranquilamente sobre el cuero seboso y el Señor acarició las alas calientes y el cuerpo magro; acercó el pico del halcón al agua y al alimento. Miró al muchacho con aire agraviado y le condujo a la sala del alcázar, donde las mujeres bordaban, los menestrales cantaban y un juglar hacía cabriolas.

El Señor le explicó a su hijo que el halcón requiere sombra para descansar y tomar los alimentos; pero no tanta que le haga creer que el espacio infinito de la oscuridad lo rodea, pues entonces el ave se siente dueña de la noche, sus instintos de presa se despiertan y emprende un vuelo suicida.

—Debes conocer estas cosas, hijo mío. A ti te corresponderá heredar un día mi posición y mis privilegios, pero también la sapiencia acumulada de nuestro dominio, sin la cual aquéllos son vana pretensión.

—Sabe usted que leo las viejas escrituras en la biblioteca, padre, y que soy un aplicado estudiante del latín.

—La sabiduría a la que me refiero va mucho más allá del conocimiento del latín.

—Nunca volveré a decepcionarle.

La plática de padre e hijo fue interrumpida por los saltos del Juglar, quien llegó hasta ellos con una ancha sonrisa pintarrajeada diciendo, con una voz muy baja que sin embargo alta parecía, pues algo de ventrílocuo tenía también este gracioso, los bufones conocemos los secretos, y el que quiera oír más, que abra su bolsa. Se alejó y, en medio de la siguiente cabriola, cayó, ahogado; le estallaron burbujas azules entre los labios; murió.

La música cesó y las castellanas huyeron, pero Felipe se libró a un impulso, se acercó al Juglar y contempló el rostro muerto y maligno bajo las campanillas de la caperuza. Creyó distinguir algo decididamente desagradable, desfigurado y malhadado en esa máscara escarlata. De rodillas, Felipe abrazó el cuerpo del Juglar; recordó los momentos de alegría que había proporcionado a la corte de su padre. Luego tomó la hebilla del cinturón del payaso y arrastró el cuerpo por los pasillos; imaginó al Juglar haciendo lo que no deseaba hacer: mímica, cabriolas, saltos, equilibrios, coplas, ofrecimientos de secretos a cambio de dinero: ¿a quién imitaba, a quién engañaba, a quién odiaba mientras cumplía, con mala intención, sus funciones? Pues su vida secreta se reveló en los rasgos de la muerte: no era un ser amable.

Los dos hijos de Pedro, el campesino, habían sido alojados en la habitación del Juglar, de manera que Felipe les encontró allí cuando entró arrastrando el cadáver y lo depositó sobre el camastro de paja. Pero los dos jóvenes creyeron, al mirar su ropilla bien cortada y sus agraciadas facciones, casi femeninas, que Felipe era un criado del castillo, seguramente un paje, y le preguntaron si sabía qué suerte les reservaba el Señor. Hablaron de escapar y le contaron que ya había gente que vivía libremente, sin amos, recorriendo los caminos, cantando, bailando, amando y haciendo penitencia para que este mundo se acabara y empezase uno mejor.

Pero Felipe pareció no escucharles; junto al cadáver del bufón se oyó el llanto agudo de un niño pequeño. El heredero avivó la mirada y distinguió el cuerpo de una criatura de brazos, envuelto en burdas cobijas, entre la paja y cerca del cadáver. No sabía que el Juglar tuviese un hijo recién nacido; y no quiso averiguar, para no delatarse ante los dos muchachos que le habían tomado por un sirviente.

—Escapemos, dijo el primer hijo de Pedro; tú puedes ayudarnos, conoces las salidas.

—Ayúdanos, ven con nosotros, dijo el segundo hijo de Pedro; se acerca la promesa milenaria: la segunda venida de Cristo.

—No esperemos a que vuelva Cristo, dijo el primer hijo de Pedro; seamos libres; basta salir de aquí para reunirnos con los demás hombres libres en los bosques. Nosotros sabemos dónde están.

El halcón y la paloma

El alto monje agustino, con la piel del rostro restirada sobre los huesos prominentes, se dirigió al grupo de estudiantes tocados con sombreros de fieltro rojo y repitió tranquilamente la verdad consagrada: el hombre está esencialmente condenado, pues su naturaleza fue para siempre corrompida por el pecado de Adán; nadie puede escapar a las limitaciones de esta naturaleza sin la asistencia divina; y semejante gracia la procura sólo la Iglesia Romana.

Ludovico, un joven estudiante de teología, se levantó impetuosamente e interrumpió al monje. Le pidió que considerase los pensamientos del hereje Pelagio, quien estimó que la gracia de Dios, siendo infinita, es un don directamente accesible a todos los hombres, sin necesidad de poderes intermediarios; y también que examinase la doctrina de Orígenes, quien confiaba en que la grandísima caridad de Dios acabaría por perdonar al Demonio.

Por un instante, el estupor paralizó al monje; en seguida, ocultó el rostro con el capuz y se preparó a partir:

—¿Niegas el pecado de Adán?, le preguntó con furia contrita y ominosa al estudiante Ludovico.

—No; pero sostengo que, creado mortal, Adán hubiese muerto con o sin pecado; sostengo que el pecado de Adán sólo dañó a Adán y no al género humano, pues cada niño que nace, nace sin injuria, tan inocente como Adán antes de la Caída.

—¿Cuál es la Ley?, exclamó el alto monje y esperó en silencio la respuesta que nunca se escuchó hasta que el propio monje, furente, se contestó a sí mismo: —¡El Sínodo de Cartago, el Concilio de Éfeso y las escrituras de San Agustín!

Entonces los estudiantes, quienes obviamente habían preparado la escena, soltaron simultáneamente a un halcón y a una paloma. El ave blanca se posó sobre el hombro de Ludovico, en tanto que el ave de presa golpeó con el pico el pecho del monje y luego dejó caer unas cagarrutas sobre su cabeza, de manera que los estudiantes rieron de buena gana y, mientras el monje huía del aula, decidieron que la ocasión era propicia para romper unos cuantos vidrios.

Las castellanas

Las dos mujeres no habían terminado de vestirse; el parto de la perra las distrajo. Se hincaron junto a la bestia y la muchacha acarició a los cachorros mientras su dueña miró de la herida abierta y sangrante de la perra a su propio cinturón de castidad, pesadamente aherrojado entre los muslos. Le preguntó a la joven si se sentía bien. Sí, respondió la muchacha, bastante bien; no peor que todos los meses. Pero la dueña se quejo y dijo que el destino de las mujeres era sangrar, parir como animales y sofocar con candados lo que los poetas daban en llamar la flor de la fe; vaya flor y vaya fe, que ella se quedó marchita, llamándose Azucena por costumbre más que por bautizo, y su caballero de la fe, pobre herreruelo de estos lugares, echole candado y fuese a combatir moros o sea a cagar en lo barrido, con perdón de la niña, y lo único cierto es que larga ausencia causa olvido.

Entonces la dicha Azucena miró con ojos tiernos a la joven castellana y le pidió un favor. La muchacha, sonriendo, asintió. Y la dueña le explicó que, al morir, el Juglar había dejado en su camastro a un niño recién nacido. Se desconocía su origen y el misterio sólo pudo haberlo aclarado el bufón. Ella había decidido ocuparse del niño, en secreto, pero sus senos estaban secos. ¿Podría amamantarse de las teticas de la perra recién parida?

La joven hizo un gesto de asco, luego se sonrojó y acabó diciendo que sí, sonriendo, que sí, pero debían darse prisa, terminar de vestirse y acudir a la capilla del alcázar. Allí se hincaron para recibir la comunión. Pero cuando la joven abrió la boca y el sacerdote colocó la hostia sobre la lengua larga y delgada, la oblea se convirtió en serpiente. La muchacha escupió y gritó; el sacerdote, encolerizado, le ordenó que saliese inmediatamente de la capilla: Dios mismo había sido testigo de la ofensa: ninguna mujer en estado de impureza puede poner un pie dentro del templo, y mucho menos recibir el cuerpo de Cristo; la muchacha gritó con horror y el sacerdote le contestó con estas palabras aulladas:

—La menstruación es el paso del demonio por el cuerpo corrupto de Eva.

Felipe amaba de lejos a esta muchacha y presenció la escena en la capilla sin dejar de acariciar su mentón lampiño y prógnata.

Jus primae noctis

Se estaba celebrando una gran boda campesina en la troje; se cantaba, bailaba y bebía. La pareja de recién casados, un herrero de rostro rojizo y una muchacha pálida y delgada de dieciséis años, bailaban, él con sus brazos en torno a la cintura de ella, ella con los suyos alrededor del cuello de él, y sus caras estaban tan cerca la una de la otra, que de tiempo en tiempo los besos eran inevitables. Entonces todos escucharon las pesadas herraduras en el corral y sintieron miedo; el Señor y su joven vástago, como él llamado Felipe, entraron y el amo, sin decir palabra, se acercó a la novia, la tomó de la mano y se la ofreció a Felipe.

En seguida condujo a su hijo y a la muchacha a una choza cercana y le ordenó a Felipe que se acostara con la novia. El joven se resistió; se acercó a la temblorosa muchacha empujado por su padre, y al rostro de esta niña sobrepuso las facciones de la otra, la del alcázar, la que durante la temprana misa había sido expulsada de la capilla. Sin embargo, no bastó ese rostro imaginado para excitarlo; le confirmó, más bien, en su profunda concepción del amor como algo que debería ser deseado mas no tocado; ¿no cantaban los jóvenes y hermosos menestrales sólo la pasión de amantes separados, de damas adoradas por añoradas: porque habitaban una imposible lejanía?

El Señor, de un golpe, derribó a su hijo; se quitó las botas y las calzas y fornicó con la novia, apresurada, orgullosa, fría, sangrienta, pesadamente, mientras Felipe miraba la escena entre el humo y la peste de la mecha de algodón que nadaba en una jofaina de aceite de pescado. El padre partió y le dijo a Felipe que regresara solo al castillo.

Felipe le dijo su nombre a la muchacha sollozante y ella le dijo el suyo, Celestina.

El pequeño inquisidor

El estudiante Ludovico había sido llevado ante el Santo Oficio por el monje de piel restirada y allí el agustino le dijo al Inquisidor que las ideas del joven no sólo eran teológicamente equivocadas, sino prácticamente peligrosas, pues si se filtraban hasta el pueblo corroerían la utilidad y la existencia misma de la jerarquía eclesiástica.

Menos celo, menos celo, le dijo con irritación al monje el Inquisidor, que era un hombrecito encogido, con birrete de terciopelo; a Ludovico, en cambio, le pidió con dulzura que se retractara; le prometió que todo sería olvidado; mi propósito, dijo el anciano mientras se chupaba los labios, no es ganar batallas con palabras, sino convencer a la cabeza y al corazón de que debemos aceptar, pacíficamente, el mundo tal cual es, ya que el mundo en el que vivimos está bien ordenado y ofrece ricas recompensas a quienes aceptan su lugar en él sin protestar.

El apasionado Ludovico se puso de pie y preguntó con violencia: —¿Un mundo del cual Dios está ausente, secuestrado por unos cuantos, invisible para aquellos que libremente aspiran a su gracia?

De manera que el Inquisidor también se levantó, temblando como una hoja plateada, y Ludovico saltó hasta la ventana de emplomados azules y salió corriendo por los rojos tejados de la ciudad arzobispal.

Y fue tal la fuerza con que cerró detrás de sí la ventana, que los emplomados cayeron destrozados a los pies del monje y del Inquisidor, y éste dijo:

—Aumente usted la cuenta debida por la Universidad pro vitris fractis. Y no me traiga estos problemas estúpidos. Los rebeldes se agigantan con la atención y se extinguen con la indiferencia.

La peste

Los cadáveres yacen en las calles y las puertas están marcadas con cruces velozmente pintadas. Las banderas amarillas son azotadas por un viento rencoroso en los altos torreones. Los mendigos no se atreven a mendigar; sólo miran a un hombre perseguir a un perro alrededor de la plaza, finalmente capturarlo y luego matarlo a garrotazos, pues se dice que los animales son culpables de la pestilencia; y el agua teñida que antes corría desde las tintorerías se ha secado, y nadie arroja ya su orina y su mierda desde las ventanas, y los propios cerdos que antes andaban sueltos por las calles, devorando la inmundicia, han muerto; pero los cadáveres de las reses matadas a las puertas de la carnicería allí se pudren, y los pescados arrojados a la calle, y las cabezas de los pollos; y con todo ello se festejan las tupidas nubes de moscas. Los enfermos son arrojados de sus hogares; deambulan en soledad, y al cabo se reúnen con los otros infectados alrededor de las pilas de basura.

Los cuerpos ennegrecidos flotan en el río y los peces negros mueren en las riberas contaminadas. Los sepulcros abiertos son incendiados. Unas cuantas orquestas entristecidas tocan en las plazas, con la esperanza de disipar la pesada atmósfera de melancolía que se suspende sobre la ciudad.

Muy pocas personas se atreven a caminar por las calles, y si lo hacen es sólo vestidas con ropones largos, negros y gruesos, guantes de cuero, botas y máscaras con ojos de vidrio y picos llenos de bergamota. Los conventos han sido clausurados; sus puertas y ventanas, tapiadas.

Pero un monje simple y bueno llamado Simón se ha atrevido a salir, pensando que su deber es atender y curar a los enfermos. Antes de acercarse a ellos, Simón empapa sus vestimentas con vinagre y se amarra alrededor de la cintura una faja teñida de sangre seca y apelmazada con los cuerpos de ranas molidas. Cuando debe escuchar la confesión de los enfermos, siempre les da la espalda, pues el aliento de un apestado puede cubrir un cántaro de agua con una nata gris. Los afligidos se quejan y vomitan; sus úlceras negras estallan como cráteres de tinta. Simón administra los sacramentos finales humedeciendo las hostias en vinagre y luego ofreciéndolas ensartadas en la punta de una larguísima vara. Comúnmente, los moribundos vomitan el cuerpo de Cristo.

La ciudad se ahoga bajo el peso de su propia basura; y a pesar de la abundancia del detritus animal y vegetal, mayor es la acumulación de cadáveres descompuestos. Entonces, el Alcaide se acerca a Simón y le pide que vaya a la cárcel y allí hable con los presos para hacerles el siguiente ofrecimiento: serán liberados al terminar la peste, si ahora se prestan a trabajar en las calles, quemando a los muertos.

Simón va a la cárcel y hace el ofrecimiento, no sin advertir a los prisioneros del peligro que corren; aislados en sus mazmorras, se han salvado de la enfermedad; una vez fuera de ellas, recogiendo cadáveres en las calles, muchos entre ellos morirán, pero los sobrevivientes serán liberados.

Los prisioneros aceptan el trato propuesto por Simón. El sencillo monje les conduce a las calles y allí los presos comienzan a amontonar cuerpos en las carreteras. El humo negro de las piras funerarias asfixia a los pájaros en pleno vuelo; los campanarios son nidos de negro plumaje.

Celestina

La novia pálida y delgada se metió en la cama y allí, de día y de noche, tembló. Su novio intentó acercarse a ella; pero cada vez Celestina gritó y rechazó la cercanía de su esposo. El joven herrero bajó la mirada y la dejó en paz.

Cuando se quedaba sola, Celestina se acercaba al fuego, constantemente atizado para calmar los temblores de la enferma; tocaba las llamas con sus pálidas manos y ahogaba sus gritos y quejas mordiendo una soga. Así siguió quemándose, mordiendo y quemando, hasta que la soga no era más que un hilo húmedo y las manos una llaga sin cicatrices. Cuando el virginal marido vio las manos de su esposa y preguntó qué cosa ocurría, ella le contestó:

—He fornicado con el Demonio.

La fuga

Esa noche, Felipe escapó del castillo junto con los dos muchachos campesinos. Los tres se escondieron en el bosque vecino y aspiraron su abrazo fuerte y verdoso. No durmieron, pues Felipe les interrogó y los jóvenes, con todo detalle, le contaron dónde podían encontrar a los ejércitos de los hombres libres, de los alumbrados y de los reyes tahúres del interregno que preparaba la segunda visita de Cristo a la tierra.

Al acercarse la aurora, tres de los cazadores del Señor entraron al bosque, guiados por canes feroces; Felipe se encaramó a un alto pino y allí se escondió, pero los dos hijos de Pedro fueron cazados y devorados por los mastines.

Cuando los cazadores partieron, Felipe descendió del árbol y siguió camino por su cuenta al lugar que los dos hijos de Pedro habían descrito. Al caer la noche, escuchó una música y se acercó a un claro donde los hombres y las mujeres bailaban desnudos y cantaban, la esencia divina es mi esencia y mi esencia es la divina esencia, pues toda cosa creada es divina y la reencarnación será universal. El joven recordó los cuerpos sangrientos y desmembrados de sus desafortunados amigos; se desvistió y se unió a los danzantes. Se sintió embriagado, bailó y gritó como ellos.

El rostro de Simón

La peste en la ciudad ha terminado. Los presos entierran los últimos cuerpos y Simón el monje les ayuda. Las banderas amarillas son arriadas mientras el monje se reúne con los prisioneros alrededor de una fogata y todos hacen recuerdos del tiempo que han pasado juntos; son amigos.

Hay un silencio final y breve. Simón les anuncia que ahora son libres. Muchos murieron, es cierto y es triste; pero los sobrevivientes ganaron algo más que sus vidas; ganaron la libertad. Beben el último trago de la bota de vino cuando se acercan a ellos el Alcaide y los alabarderos. El Alcaide simplemente ordena a su compañía armada que tome a los prisioneros y los vuelva a encarcelar. Ha terminado el tiempo de la gracia. Todos los prisioneros sobrevivientes regresarán a la cárcel hasta el término de sus sentencias.

Uno de los presos escupe al rostro de Simón.

En el bosque

Celestina abandonó su hogar; también ella ambulaba por los bosques, lavándose las manos heridas en los frescos manantiales y comiendo nueces y raíces. De noche, se sentaba bajo un gran árbol y rellenaba de harina las muñequitas de trapo que llevaba escondidas entre los faldones; las acariciaba, las apretaba contra los pechos, invocaba al maligno y le pedía que la tomase y le diese un hijo. Pero sólo levantaba esta súplica cuando los rumores del bosque silbante, aullante, gimiente eran más intensos; sólo el bosque debía escucharla.

Una noche, dos viejos que regresaban, acalorados y premiosos, de una feria distante, la escucharon y luego apartaron unas ramas para verla; cuando la excitación de Celestina llegó a un nivel insoportable, los dos viejos cayeron sobre ella y la violaron, uno detrás del otro; pero la muchacha delgada y pálida ni siquiera se dio cuenta, pues estaba perdida en la total intensidad de su fantasía; quizá sólo imaginó que sus súplicas habían sido atendidas, que la había preñado un demonio con dos colas. Los viejos se preguntaron sobre el significado de las muñequitas rellenas de harina, se encogieron de hombros, rieron y las destrozaron.

Cuando los viejos se marcharon, Celestina permaneció sola y extenuada durante un largo tiempo. Luego escuchó los sonidos cada vez más próximos de la música y el canto. Felipe avanzaba al frente de una vasta compañía de hombres y mujeres vestidos con cilicios y portando guadañas sobre los hombros. El corazón de Felipe dio un vuelco, pues reconoció en Celestina a la novia que, una tarde, su padre había tomado para sí. Se arrodilló junto a ella, le acarició el cabello y le dijo:

—No sufras más. Los pecados ya no serán castigados. Ahora, los pobres como tú pueden amar sin ser condenados por su amor. Ven con nosotros.

Tomó las manos llagadas de Celestina y ella le contestó:

—No, ven tú conmigo. He tenido un sueño. Debemos ir hacia el mar.

La muchedumbre cantante continuó en una dirección; Felipe, que ya sabía que los sueños pueden ser reales cuando no hay otra acción posible, se fue con Celestina en el sentido opuesto.

La nave

El viejo campesino Pedro había llegado a la costa y allí construía una barca. Sus brazos aún eran fuertes y cada vez que miraba hacia el mar, sentía que la fuerza le aumentaba. Esa mañana, mirando del mar a las dunas, Pedro vio al monje Simón que bajaba envuelto en polvo; su hábito era una piltrafa. Le preguntó a Pedro:

—¿Tú eres un marinero? ¿A dónde piensas dirigirte?

El viejo le dijo al monje que las preguntas sobraban; si quería acompañarle, podía empezar a trabajar en seguida. Pero antes de que los dos hombres recogiesen los martillos y los clavos, el estudiante Ludovico, ahora vestido con las ropas de un mendicante, también apareció en lo alto de los arenales, descendió a la playa y les preguntó si podía acompañarles en el viaje, pues el barco podría llevarles lejos, muy lejos, de aquí.

Ludovico también se unió al trabajo y, al terminar el día, Celestina, guiada por su sueño, apareció con Felipe y ambos solicitaron un lugar en la embarcación. Pedro les dijo que todos podían acompañarle, a condición de que primero trabajaran.

—Tú puedes hacer la cocina, muchacha; y tú, mozo, encuentra algo de comer.

Pedro entregó a Felipe un afilado cuchillo.

La ciudad del sol

Cuando terminaron el trabajo del día, las cinco personas comieron la carne del venado que Felipe había cazado y Celestina preguntó a dónde se dirigirían cuando la barca estuviese lista. Pedro contestó que cualquier tierra sería mejor que ésta que dejaban atrás. Y Ludovico comentó que seguramente existían otras tierras, más libres, más pródigas; el mundo entero no podía ser una gigantesca cárcel.

—Pero hay una catarata al final del océano, dijo el monje Simón; no podremos ir muy lejos.

Felipe rió: —Tienes razón, monje, ¿por qué no nos quedamos aquí y tratamos de cambiar el mundo que ya conocemos?

—¿Tú qué harías?, preguntó el estudiante Ludovico; ¿qué clase de mundo construirías si pudieses hacerlo?

Estaban muy cerca los unos de los otros, contentos del trabajo cumplido y del alimento sápido; Pedro dijo que él imaginaba un mundo sin ricos ni pobres, sin poderes arbitrarios sobre la gente y sobre las cosas. Habló con una voz a un tiempo soñadora y brusca, imaginando una comunidad en la que cada cual sería libre para pedir y recibir lo que necesitase de los demás, sin otra obligación que la de dar a cada uno lo que a él le pidiesen. Cada hombre sería libre de hacer lo que más le gustase, puesto que todas las ocupaciones serían, a la vez, naturales y útiles.

Todos miraron a Celestina y la muchacha apretó las manos contra los senos, cerró los ojos e imaginó que nada sería prohibido y que todos los hombres y todas las mujeres podrían escoger a la persona y al amor que más desearan, pues todo el amor es natural y bendito; Dios aprueba todos los deseos de sus criaturas, si son deseos de amor y de vida y no deseos de odio y de muerte. ¿No plantó el propio Creador la semilla del deseo amoroso en los pechos de sus criaturas?

El monje Simón dijo: —Sólo puede haber amor si deja de haber enfermedad y muerte. Yo sueño con un mundo en el que cada niño que nazca sea tanto feliz como inmortal. Nadie volverá a temerle al dolor o la extinción, pues llegar a este mundo significará habitarlo para siempre y así, la tierra será el cielo y el cielo estará en la tierra.

—Pero esto, intervino el estudiante Ludovico, supondría un mundo sin Dios, ya que en el mundo imaginado por ustedes, un mundo sin poder y sin dinero, sin prohibiciones, sin dolor y sin muerte, cada hombre sería Dios y Dios sería imposible, una mentira, porque los atributos de Dios serían los de cada hombre, cada mujer y cada niño: la gracia, la inmortalidad, el bien supremo... ¿El cielo en la tierra, monje? Tierra sin Dios, entonces, pues el secreto y orgulloso lugar de Dios es el cielo sin tierra.

Entonces todos miraron al joven Felipe y esperaron en silencio. Pero el hijo del Señor dijo que él hablaría después de imaginar, a su manera, lo que los demás acababan de imaginar por él.

El sueño de Pedro

Tú vives en tu comuna feliz, viejo; las cosechas son de todos y cada uno toma y recibe de su vecino. La comuna es un islote de libertad rodeado por un mar de esclavitudes. Un atardecer, mientras contemplas tranquilamente la puesta del sol desde tu choza reconstruida, oyes voces y conmoción. Un hombre es traído ante ti; ha sido capturado, se le acusa de robar, debe ser juzgado. Es el primer hombre que falta a la ley de la comuna.

Conduces a este hombre ante la asamblea del pueblo reunido en el granero y le preguntas: ¿Por qué robaste, si aquí todas las cosas son comunes?

El hombre pide que se le perdone; no sabía lo que hacía; la excitación del crimen fue más fuerte que el sentimiento del deber. Más que la codicia, pues aquí todo es, en efecto, de todos, le animaron el gusto del peligro, la aventura, el riesgo; ¿cómo suplantar de un día para otro estas antiguas inclinaciones? Ha regresado para confesar su culpa y ser perdonado. Robó algo que no tenía valor alguno, una vieja botella larga y verde, musgosa, cubierta de telarañas, sellada con un yeso muy viejo, que encontró en las despensas de la comuna. Robó por sentir el excitante temblor del peligro. Pero luego sintió vergüenza y miedo, y huyó de la comuna. Cayó en manos de los soldados del Señor. Fue llevado al alcázar. Y allí, sometido a tortura, reveló la existencia de la comuna al Señor.

Contienes tu cólera, viejo; y disfrazas tu temor, pues sabes bien que tu mejor defensa es la invisibilidad; sabes que el Señor no les visitará hasta que se recoja la próxima cosecha o hasta que haya una boda, para ejercer su derecho de pernada. Por ello has prohibido que nadie se case antes de la cosecha, confiando en que para entonces la comuna será lo suficientemente fuerte para enfrentarse al Señor. Le preguntas al hombre arrepentido que está ante ti; ¿por qué regresaste, si podías haberte quedado bajo la protección del Señor con tu botella robada?

El hombre flaco, con los tobillos heridos por las sogas de la tortura, te contesta: —He regresado a hacer penitencia por mi doble traición; he regresado a luchar en defensa de mis amigos, pues mañana el ejército del Señor marchará contra nosotros y aplastará nuestro sueño...

Tú le preguntas; ¿dónde está la botella que robaste? y él baja la cabeza y admite que el Señor, inexplicablemente, le desposeyó de ella; pero suplica:

—Soy un traidor y ladrón confeso; déjenme regresar con ustedes y luchar con ustedes. No desprecien mis pobres huesos.

Tú decides perdonarle. Pero la asamblea protesta; las voces se escuchan exigiendo la muerte del hombre como un ejemplo para cualquiera que se sienta tentado de repetir sus crímenes. Es más: muchos alegan que si este hombre ha regresado, es porque el Señor piensa utilizarlo como espía dentro de la comuna. Tú, viejo, argumentas con calor; jamás debe derramarse una gota de sangre aquí; y en silencio te dices que así como el ladrón y delator no pudo cambiar de la noche a la mañana sus instintos, la multitud aquí reunida tampoco puede sofocar los suyos. Los comuneros te desafían: una vez que el Señor ataque, el derramamiento de sangre será inevitable; simplemente, el plazo para esa lucha fatal ha sido brutalmente acortado. Tú señalas los tobillos del delator, sangrantes aún por la tortura; un comunero te contesta que se trata de un ardid evidente del Señor para que, perdonado, el delator permanezca en la comuna y siga delatando. Te acusan de evadir los hechos y varios hombres fuertes corren afuera; pronto escuchas el rumor de los martillos y serruchos trabajando en la tibia noche de primavera.

Dentro del granero, tu pueblo primero debate y luego dicta: sólo podremos vivir en paz cuando nuestras reglas de vida sean aceptadas por todo el mundo; mientras tanto, debemos olvidar nuestro propio código de fraternidad y destruir activamente a quienes no la merecen: nuestros enemigos. Tratas de calmarlos, viejo; dices que debemos vivir aislados y en paz, con la esperanza de que nuestro buen ejemplo, tarde o temprano, cunda; dices que debemos vencer con la persuasión, no con la guerra. Los comuneros te gritan a la cara: debemos defendernos, pues si somos destruidos no podremos ofrecer ejemplo alguno. Insistes, débilmente: neguemos con el Señor, entregándole esta vez la cosecha a cambio del derecho de proseguir nuestro nuevo modo de vida. Entonces la asamblea se ríe abiertamente de ti.

El traidor es condenado a muerte y colgado esa misma noche de la flamante horca erigida en mitad del campo público. El pueblo elige a uno de los carpinteros para que organice la defensa; las primeras órdenes del nuevo jefe son que se levanten barricadas en los campos, se integre un ejército popular y se vigile a los vecinos para impedir futuras traiciones.

Viejo: se te suplica que permanezcas en tu choza; y a ella, de tarde en tarde, llegan grupos de niñitas a entregarte flores y a honrarte como el fundador de la comuna; pero no te atreves a averiguar lo que realmente está sucediendo. El nuevo jefe te ha advertido que si vuelves a hablar, que si vuelves a repetir las razones que expresaste durante la asamblea, serás exiliado de la comuna; y si, fuera de ella, insistes en argumentar, serás considerado traidor y asesinado a la luz del día. Miras, desde tu ventana, la horca levantada en la plaza comunal. Tienes la impresión de que sólo el verdugo y tú permanecen inmóviles, esperando, siempre, mientras un mundo incomprensible corre velozmente ante tu mirada, manifestándose sin concierto, con rumores de cabalgata y llanto, arcabucería e incendio. ¿De dónde provienen las armas que los comuneros emplean para luchar contra el Señor? Lo averiguas el día en que ves en la plaza comunal los pendones y la infantería de un Señor rival del que a ustedes los ha oprimido siempre. Todos los días nuevos hombres son colgados; tú ya no sabes, ni quieres saber, si son hombres de la comuna o soldados del Señor. Se dice (a veces las mujeres dolientes se atreven a comunicarte los rumores) que muchos comuneros se han opuesto a las alianzas que, invocando la necesidad de sobrevivir, ha concluido el nuevo jefe con los nobles rivales del Señor. Una vez, el nuevo jefe te visitó y te dijo:

—Pedro, espero que algún día, cuando volvamos a vivir en paz, podamos levantarte un monumento allí donde ahora está el patíbulo.

El sueño de Celestina

Felipe tomó la mano de la muchacha.

Tú me has escogido, ¿no es cierto, Celestina? Y yo creo que te he escogido a ti. Ven, bebamos a nuestro amor. Trabajemos junto con nuestros nuevos amigos y terminemos de construir la barca del viejo; viajaremos a una tierra nueva y mejor. Nos hemos hecho buenos amigos; todos; los cinco; pero tú y yo, amor mío, nos amamos bajo las estrellas mientras el barco, suavemente, rompe las olas del mar desconocido.

También Ludovico, el estudiante, se ha hecho amigo nuestro; pero cada noche, mientras bebemos después de las duras faenas del día, yo miro tus ojos y él trata de esconderlos detrás de la copa; en ellos veo reflejado mi amor hacia ti.

Tú y yo no tenemos necesidad de explicarnos, Celestina; pronto, Ludovico se recuesta con nosotros todas las noches bajo las mantas; yo le quiero como a un hermano y tú amas lo que yo amo; no puede haber odio, sospecha o celo; sólo un deseo satisfecho cuando yo te hago el amor y luego permito que él te haga el amor.

A veces, te asalta la tentación de la duda: "Soy la única mujer a bordo. Es natural que los dos me deseen." Pero la pasión de Ludovico, su tierno tacto, aun sus palabras recién acuñadas, tan distintas de su acostumbrado verbo dogmático, la excelencia del placer que te da y de ti recibe, todo ello te dice que él te ama porque eres Celestina y que a ninguna otra mujer podría amar. Tú eres Celestina; tú eres mía: Ludovico es tuyo.

Entonces yo empiezo a pensar que quizás mi amigo te quiere más que yo, Celestina, pues él nos ama a ti y a mí, o a mí a través de ti; y tú temes que te estás acercando demasiado a él y alejándote de mí, a causa de tu sentido de libre lealtad hacia mí; yo le amo, él es mi hermano, tú debes agradarme amándole cada vez más a él.

Durante el día, el viejo Pedro permanece al timón y el monje ora y pesca. Ludovico y yo cumplimos las tareas fatigantes; subimos al palo mayor, aparejamos el velamen, oteamos el horizonte y preparamos el treo si vemos nubarrones, sondeamos y barremos, lustramos y miramos eternamente el océano sin fin de cuyo centro nunca parecemos alejarnos, como si hubiésemos puesto la nave a la corda. Nuestros hombros y nuestras manos se tocan constantemente; hemos aprendido a tirar con pareja fuerza de las cuerdas, a conocer el poder y la gracia de nuestro músculo común, pues ahora incluso caminamos como gemelos, como si la distribución simétrica del peso de nuestros cuerpos fuese esencial para el equilibrio de la nave. Y nuestros cuerpos sudan juntos bajo el sol de verano; nuestras pieles están oscuras y nuestras cabezas teñidas por el oro del océano. Tú, Celestina: tú estás pálida; tú estás apartada de nosotros todo el día, en las sombras, salando el pescado y rebanando las hogazas endurecidas; ajena a nuestro trabajo activo; ajena a nuestras bromas culteranas, latinoides, y morosamente humillada porque no puedes participar de las agudezas y retruécanos de nuestra educación común cuando Ludovico me dice: —Crinis flavus, os decorum cervixque candidula, sermo blandus et suavis; sed quid laudem singula?; y yo le contesto, acariciando su nuca. —Totus pulcher et decorus, nec est in te macula, sed vacare castitati talis necquit formula…

Ahora nos acercamos a ti cada noche para acercarnos el uno al otro; yo me excito pensando en él y entonces hago el amor contigo; él no necesita decirme que le sucede lo mismo. Las noches lentas pasan a la deriva; cada vez más, tú eres el pasaje de nuestro deseo, la cosa que debemos poseer a fin de poseernos. Y una noche, por fin, tú estás sola y nosotros estamos juntos. Los cuerpos musculosos y quemados han cumplido su deseo, pero han frustrado el tuyo.

Ahora sabes, acurrucada aparte de nosotros, que si tratas de alcanzar tu propio deseo otra vez, deberás herirme a mí o dañar a mi amante, mi hermano. Miras al otro lado de la oscilante cubierta, hacia donde está el monje. Vas y te sientas a sus pies y allí, nuevamente, empiezas a coser tus muñequitas de trapo y sientes una urgencia oscura y distante: aúllas, Celestina, aúllas como una perra perdida y buscas en el fosforescente rocío del mar que moja tus labios el beso de tu único amante, el Demonio.

El sueño de Simón

Cuando Felipe terminó de hablar, el monje Simón negó con la cabeza y dijo: —Te equivocas. Has comenzado por el final. Antes de que pueda haber paz verdadera o verdadero amor, justicia y placer auténticos, no debe haber más enfermedad o más muerte.

Felipe miró los ojos claros y adoloridos de Simón y recordó el ceño oscuro y voluminoso de su padre. Y le dijo al monje:

Tú, hermano Simón, has vivido la terrible epidemia que nos contaste hoy mientras comíamos; viste a los hombres luchar contra la muerte. Pero los únicos hombres que realmente lucharon fueron tus prisioncros: a ellos se les había prometido la libertad. Pero en el mundo perfecto que has imaginado, la muerte no tendrá existencia. Y sin la certeza de la muerte, ¿puede haber afán de libertad?

Permíteme hacer una pausa, buen monje, y pedirte que vuelvas a recordar tu ciudad, pero esta vez sin muerte. Un niño nace en un castillo señorial; al mismo tiempo, nace un niño en una de las oscuras pocilgas de tu ciudad. Todos se alegran, los padres ricos y también los pobres, pues saben que sus hijos vivirán para siempre.

Los dos niños crecen. Uno excede en las artes de la cetrería, la arquería, la montería y el latín; el otro sigue la profesión paterna: aprenderá a darle forma al fierro, a mantener los hornos al rojo vivo y a manejar un poderoso fuelle. Digamos que el muchacho nacido y criado en el alcázar se llama...

—Felipe, murmuró Celestina.

Sí, Felipe, supongamos; y supongamos también que el hombre del joven guerrero es...

—Jerónimo, murmuró Celestina.

Supongamos, prosiguió Felipe; imagina, monje, al aprendiz de herrero; al cumplir veinte años se enamora de una muchacha del campo, semejante a Celestina, y se casa con ella; pero la noche de la boda, el joven príncipe del castillo aparece y toma para sí a la virgen, invocando el indiscutible derecho señorial. La melancolía de Celestina se asemeja a la locura; prohíbe que su novio se acerque a ella. El joven herrero alimenta un sentimiento de odio y de venganza contra mí, Felipe, el joven señor.

Pero ambos somos inmortales. Él no puede matarme. Yo no puedo asesinarle.

Debemos encontrar algo que sustituya a la muerte que ninguno de los dos puede infligirle al otro.

Yo sustituyo a la muerte con la inexistencia. Puesto que no puedo matar al joven herrero porque me odia, ni a ti, viejo, por rebelde, ni a ti, Celestina, por tus brujerías, ni a ti, Ludovico, por tu herejía, a todos les condeno a la muerte en vida; para mí no existen, les considero muertos.

Ve, monje, ve tu ciudad poblada por mis esclavos, ve tu ciudad amurallada, rodeada por mis hombres y mis armas; escucha el paso de tus fantasmas en mis vastas ciudades encarceladas. He sitiado la ciudad. Y les he puesto cerco a ustedes: no a sus cuerpos inmortales, sino a sus almas, mortales dentro de la carne inmortal.

Pues ésta es la flaqueza de tu sueño, monje: si la carne no puede morir, entonces el espíritu morirá en su nombre. La vida deja de tener valor; yo he negado la libertad de los hombres y ahora los hombres no pueden cambiar la esclavitud por la muerte. No pueden ofrecer la única riqueza que un hombre oprimido es capaz de dar por la libertad de otros hombres: su muerte.

Y yo, monje, viviré para siempre encerrado en mi castillo, protegido por mis guardias, sin atreverme a salir; temo conocer algo peor que mi propia, imposible muerte: la centella de la rebelión en los ojos de mis esclavos. No, no hablo de la rebelión activa que tú, monje, o tú, viejo, pudieran conocer o desear, aunque a veces yo también pueda temer la marejada simple e irracional de lo numeroso, la ola de los fantasmas vivientes ahogando mi isla, mi alcázar e, incapaces de asesinar a su tirano, convirtiéndole en uno más de su infinita y anónima compañía. No, monje, no: temo a la rebelión que simplemente deje de reconocer mi poder.

Yo no los he matado; sólo he decretado su inexistencia. ¿Por qué no habían ellos de pagarme con la misma moneda? Ésta será la venganza del joven herrero; me asesinará olvidándose de que existo. Tú caminas, monje Simón, entre la muchedumbre espectral de tu ciudad, ofreciendo en vano tu inútil caridad e inútilmente buscando esa centella que yo temo, pues los inmortales no se rebelarán sin la certeza de que morirán por ello. Me asesinarán olvidándome; mi poder no tendrá objeto.

Y así, seguiremos viviendo, tú y yo, yo y ellos, repitiendo sin fin unos cuantos gestos vagos, inciertos, que apenas nos recuerden el tiempo pretérito cuando vivimos y luchamos y pensamos y amamos y deseamos a fin de aplazar la muerte o de apresurar la muerte. Viviremos, viviremos para siempre, monje, como viven las montañas y los cielos, y los mares y los ríos, hasta que, como ellos, perdamos nuestros rostros e, inmóviles, sólo suframos los inmensos y ciegos poderes de la erosión y el flujo.

Seremos todos sonámbulos, tú en tu ciudad, yo en mi castillo, y finalmente yo saldré, caminaré las calles y nadie me recordará, nadie me reconocerá, como la piedra no reconoce a la colina a cuyos pies yace. Nos encontraremos, tú y yo, pero como ambos seremos inmortales, nuestros ojos jamás se encontrarán.

Sólo las puntas de nuestros dedos se tocarán, hermano Simón; y nuestros labios pronunciarán estúpidamente la palabra "carne", nunca "Simón" o "Felipe", carne, como pelo, piedra, agua, espina.

El sueño de Ludovico

El estudiante asintió con gravedad pero en seguida negó varias veces con la cabeza. No, le dijo a Felipe, tu silogismo es incorrecto; el mundo perfecto dependerá de mi propia premisa: la buena sociedad, el buen amor, la vida eterna sólo serán si cada hombre es Dios; si cada hombre es su propia e inmediata fuente de gracia. Entonces Dios será imposible porque sus atributos existirán en cada hombre. Pero el hombre, al fin, será posible porque ya no ambicionará y ya no dañará: su propia gracia le bastará para amarse a sí mismo y amar todas las cosas creadas.

De nuevo habló el joven Felipe, paseando su mirada de los ojos preocupados de Ludovico a las facciones sospechosas y sombrías de Celestina. Y dijo lo siguiente:

Te veo, mi hermano Ludovico, ocupado en tu estrecha bohardilla de estudiante, lleno de la gracia de Dios, convencido de que tú eres tu propio Dios, pero obligado, de todas maneras, a luchar contra dos implacables necesidades. Sientes el frío de esta noche de invierno y el fuego se rehúsa a calentarte, pues los leños están húmedos a causa de las fuertes lluvias de noviembre.

Quisieras que tu gracia se extendiese más allá de tu propia piel; más allá de los estrechos confines de tu cuartucho; que desbordase los límites de tu ánimo sereno y sometiese los fuegos de la tierra y la lluvia de los cielos a tu voluntad: esos fuegos, esas lluvias que tú maldices mientras el viejo Pedro, caminando entre el fango de los campos anegados rumbo a las cálidas brasas de su hogar, los alaba.

Te preguntas, Ludovico: ¿puede la satisfacción de la gracia divorciarse de la tentación de crear? Rumias esta cuestión mientras tiritas cerca de tus húmedos leños verdes: ¿no es inútil la gracia si no puede dominar a la naturaleza? Dios pudo contentarse con vivir eternamente sin más compañía que su propia gracia; ¿por qué tuvo necesidad de llenar el vacío de esa gracia con los delincuentes de la creación natural?

Piensas en la Divinidad anterior a la creación y la ves como una solitaria transparencia ceñida por los rayos negros de esa tentación de crear: Dios imagina a Adán y se declara insuficiente. Te quemas el cerebro como no puedes incendiar el fuego enfermizo de tu chimenea, imaginando un pedazo de madera que, una vez encendido, seguiría quemándose para siempre. Éste sí sería el don material de tu gracia, el equivalente práctico de tu divinidad; entonces la gracia y la creación se unirían, y su nombre común sería el conocimiento. Entonces sí, dueño de la gnosis, tú serías Dios y Dios sería innecesario, puesto que tú mismo podrías convocar una nueva naturaleza como Dios, una vez, única, arrogante y peligrosamente (entristecido por saberse insuficiente, necesitado) lo hizo.

Aprendes los secretos de la alquimia; trabajas durante años, infatigablemente; envejeces encorvado sobre fuegos moribundos y pegajosas breas y aceites verdosos, mezclando, explotando, fijando los brillos momentáneos, perdiendo los fulgores insistentes, agonizado ante un destello, regocijado ante un aura sin llama, imaginando, desde las playas, los fuegos de San Telmo, ambulando sobre campos de turba, destilando mostazas y linazas, polarizando y magnetizando todos los combustibles conocidos por el hombre y algunos más de tu invención, hasta que tu trabajo queda terminado. Ah, bien cierta es la bíblica maldición; ni la gracia ni la creación por sí solas te hubiesen dado el conocimiento; no es gratuita la ciencia; has debido humedecerla con el sudor de tu frente.

Has entregado tu vida a la gracia pragmática y ahora puedes mostrar, orgullosamente, los resultados al honorable ayuntamiento de tu ciudad. Algunos sacerdotes te acusan de practicar las artes negras, pero los burgueses, que ven en tu invento una necesaria reconciliación de la fe y la utilidad, se imponen a la vigilancia clerical y pronto se instala una provechosa fábrica cerca de la ciudad, de donde salen tus leños incandescentes a las chozas de los campesinos, los castillos de los señores y los hornos de los gremios. Nadie tiene por qué volver a sentir frío. Tú has triunfado sobre el descuido designado de Dios: empapar la leña cuando su sequedad sería más útil; vaciar los cántaros del cielo en invierno. El mundo civilizado te lo agradece; poco importa que los vapores de tu invento manchen el firmamento con una niebla amarilla y las cañadas con una pantanosa resina. La gracia, la creación y el conocimiento se han reunido en ti; tú has establecido la norma objetiva de la verdad.

Orgulloso y viejo, salvado por la fama de la soledad y de las preguntas que, en la soledad, te proponía tu olvidada gracia, impulso original de tu creación y germen solitario de tu conocimiento, te satisface andar a caballo por los campos y cerciorarte de tu renombre, la gratitud de la población y la utilidad del regalo que le has hecho. De todas las chimeneas sale ese apestoso humo amarillo… de todas, menos una. Estupefacto, te detienes y entras a la choza sin humo.

Allí, está sentada Celestina. También ella ha envejecido; es verdaderamente una bruja, gris y arrugada, heladamente sentada junto al hogar sin fuego, cosiendo sus muñequitas y rellenándolas de harina. Entona una letanía diabólica, y en realidad invoca al único compañero de su soledad; la intensidad ausente de sus ojos delata un conocimiento verdadero del ser que su voz reclama. En su soledad, ella también exige una presencia contigua, una sabiduría compartida.

¿Por qué no tienes un fuego?, le preguntas a Celestina, y ella contesta que ni lo necesita ni lo desea; el humo espantaría a sus amigos familiares y dejarían de visitarla. Tú te muestras iracundo: mujer, mujer ignorante, mujer supersticiosa, al cabo mujer; pero la verdad es que tu ánimo ha conocido el escándalo supremo; hay alguien que no aprecia tu ofrenda a la humanidad, la sólida prueba de tu gracia superior.

La arrugada hechicera trata de leer tu rostro y finalmente cacarea:

—Tú sabes lo que sabes; yo sé lo que tú nunca sabrás. Déjame sola.

Y tú, el viejo, el orgulloso, el sabio Ludovico, regresas lentamente a la ciudad con el corazón pesaroso y una creciente decisión. Denuncias a Celestina ante el tribunal eclesiástico y, pocos días después, te diriges a la plaza pública y allí, entre la muchedumbre silenciosa, miras a los alabarderos conducir a Celestina a la hoguera. La mujer es amarrada al poste y luego los verdugos prenden fuego a los maderos secos y crepitantes a los pies de la recalcitrante bruja. Tu propio invento, desde luego, no fue utilizado en esta ocasión.

Nowhere

Los tres hombres y la mujer esperaron largo rato en silencio cuando el joven Felipe terminó de hablar. El propio muchacho miró hacia el mar de la aurora; había pasado la noche conversando. Y al aparecer el sol, el heredero del Señor creyó distinguir en el orbe del día la horrible mueca del Juglar muerto. Luego miró intensamente a Celestina y sólo con la mirada logró decirle: "Por favor; no les digas a los demás quién soy yo." Ella bajó la cabeza.

Fue el estudiante Ludovico el primero en levantarse, con un movimiento severo; tomó un hacha y antes de que nadie pudiese detenerle (pero nadie quiso o se atrevió a hacerlo) arremetió contra el armazón de la barca del viejo, lo destrozó, lo redujo a astillas. Luego, con el rostro encendido, clavó el hacha en las arenas negras y murmuró roncamente:

—El lugar que no está en ninguna parte. Hemos soñado con una vida diferente en un tiempo y un espacio distantes. Ese tiempo y ese espacio no existen. Locos. Regresemos. Regresa a tu tierra y tus cosechas y tus exacciones, viejo. Regresa a tus plagas y tus curaciones, monje. Regresa a tu locura y tus demonios, mujer. Y tú, Felipe, el único que no sabemos de dónde viene, regresa a lo desconocido. Yo regresaré a afrontar la tortura y la muerte que son mi destino. No le faltaba razón al Inquisidor de Teruel; éste es el mundo que es, aun cuando no sea el mejor de los mundos posibles.

Felipe permaneció hincado cerca de las olas del amanecer. Los demás se pusieron de pie y caminaron hacia las dunas. Finalmente, Felipe corrió hacia ellos y les dijo:

—Perdón. No me han preguntado cuál sería mi mundo perfecto. Denme una oportunidad.

La compañía se detuvo en el alto filo de los arenales y en silencio interrogó al joven. Y Felipe dijo:

—Ven: la utopía no está en el futuro; no está en otro lugar. El tiempo de la utopía es ahora. El lugar de la utopía es aquí.

Aquí y ahora

Y así, Felipe condujo a la joven bruja enloquecida y al orgulloso estudiante y al campesino cabal y al humilde monje de regreso a la ciudad y allí les dijo:

—Miren el mundo perfecto.

Y los ojos se abrieron a lo que ya conocían, los niños jugando y chillando, los clérigos vendiendo indulgencias, los pregones de los vendedores ambulantes y los pasos arrastrados de los mendigos, los pleitos entre rivales y las disputas entre estudiantes, pero también las consolaciones de los novios, los besos de las parejas en los callejones y los fuertes olores de la ginebra y el tocino, el jabalí asado y la cebolla frita; el abigarrado conjunto de doctores con hábitos morados y guantes rojos, leprosos con abrigos grises y sombreros púrpura, prostitutas con vestidos escarlata y herejes liberados con una doble cruz bordada sobre las túnicas y los judíos con el redondo parche amarillo sobre los corazones; los peregrinos que regresan de Jerusalén con palmas en alto; los que regresan de Roma con lienzos de la Verónica sobre los rostros; los que regresan de Compostela con conchas marinas cosidas a los sombreros; y los que regresan de Cantorbery con una gota de la sangre del turbulento cura, Tomás Becket, en un pequeño frasco.

Pero estas visiones, rumores y aromas acostumbrados eran sólo el velo de un mundo que se movía, rápido y silencioso, desde un centro desconocido y a partir de una fuerza subterránea: así lo indicó Felipe a sus compañeros: los bailes parecían las alegres danzas de siempre, pero eran distintos; bastaba prestar un poco de atención para descubrir su diseño secreto; la gente bailaba tomada de las manos, todos bailaban juntos, la ciudad entera se iba tejiendo en una gallarda trenza, se movía como una vasta contracción de serpiente, conducida por el pífano y el laúd, por las mandolinas y los salterios y las rebecas de un grupo de músicos; y pronto, cuando los cinco amigos se tomaron de las manos y pasaron a formar parte de la trenza de danzantes, vieron otros signos del cambio, pues los monjes salieron de los monasterios y las monjas de los conventos y los judíos de las aljamas y los musulmanes de sus alquerías y los magos de las torres y los idiotas de los hospicios y los presos de las cárceles y los niños de sus casas, y hombres armados con garrotes y hachas y lanzas y las horcas de las cosechas se unieron a ellos y uno se acercó a Felipe y le dijo:

—Aquí estamos. En el lugar y la hora que tú ordenaste.

Felipe asintió con la cabeza y mucha gente subió a las carretas y otros tomaron el lugar de los bueyes y tiraron, mientras la siguiente turba de hombres vestidos con sayales desgarrados y con los cuerpos cubiertos de mugre endurecida y de costras llagadas, descalzos e hirsutos, entraron a la ciudad como gatos heridos, arrastrándose, de rodillas, flagelándose cruelmente mientras cantaban las palabras de Felipe:

"El tiempo es ahora, el lugar es aquí."

El propio Felipe se puso a la cabeza de la muchedumbre y gritó:

"¡Jerusalén está cerca!"

Y la muchedumbre gritó y marchó detrás de él, le siguió más allá de las murallas de la ciudad, hacia los campos; y a su paso, las hordas quemaron y allanaron los campos y un leproso dijo acercando los brazos llagados a las negras humaredas de ese día:

—Se avecina el tiempo de la Parusía. Cristo regresa por segunda vez a la Tierra. Quemen. Allanen. Que no quede una sola piedra del antiguo tiempo. Que no quede una sola plaga del pasado. Que el nuevo tiempo nos encuentre desnudos sobre la tierra yerma. Amén.

Avanzaron cantando, bailando, llagándose las rodillas e hiriéndose los pechos; juraron que el río había dejado de fluir cuando lo cruzaron, de manera que sus piernas apartaron un inmóvil y caluroso hielo; que las colinas se aplanaron ante su marcha y que las nubes descendieron visiblemente sobre el quebradizo escudo de la tierra para proteger de las furias del sol a los nuevos cruzados del milenio, a los imitadores de Cristo, a los profetas del tercer tiempo joaquinita, el Tiempo del Espíritu, el pueblo exaltado que vivía los últimos días del Anticristo: así lo proclamaron ciertos monjes sudorosos; cosas distintas murmuraron entre dientes las chusmas de árabes y judíos que seguían a Felipe en esta caravana.

Entonces los niños cantaron y gritaron al ver la fortaleza que reposaba entre bajísimas nubes y preguntaron: "¿Es Jerusalén?", pero

Felipe sabía que sólo era el castillo de su padre. Pidió a los hombres que preparasen las armas para el asalto, pero al llegar al foso del alcázar encontraron que el puente estaba tendido y las puerta abiertas de par en par.

En silencio, abandonaron las carretas. Los niños se prendieron a las faldas de sus madres. Los flagelantes dejaron caer los látigos. Los peregrinos de Roma asomaron los ojos detrás de los vernículos. Todos entraron, asombrados, al alcázar del Señor, donde un vasto almuerzo había sido abandonado de prisa; los instrumentos de los músicos yacían en desorden al lado del hogar frío y ceniciento; un venado decapitado escurría su grasa negra y su negra sangre; los tapices colgaban, inánimes, aunque sus figuras ocres y planas, oropel de unicornios y cazadores, parecían dar la bienvenida al ejército de Felipe. Entonces el asombro cedió el lugar a un exorbitante movimiento; la muchedumbre levantó los frascos de vino y los instrumentos musicales, tomó las perdices asadas y los racimos de uvas; hombres, mujeres y niños corrieron por las salas y alcobas y pasillos bailando, arrancando los tapices y cubriéndose con ellos, así como con los cascos y gorros y tiaras y birretes y hacaneas y fluyentes gasas; adornándose con cadenas de oro y arracadas de plata y medallones ceremoniales y hasta con vaciadas aljofainas; y vaciando cuanto cofrecillo, joyelero o escriño encontraron. Los monjes renegados ofrecieron indulgencias a las rameras escarlatas a cambio de sus favores, los peregrinos de Inglaterra mezclaron la sangre del santo con la sangre del vino, y un clérigo borracho fue proclamado por todos Dominus Festi y bautizado con tres baldazos de agua, mientras un hereje brabanzón bramaba, por encima de la orgía, las catástrofes que al mundo esperaban: guerra y miseria, fuego desde las alturas y hambrientos abismos abiertos a los pies de la humanidad. Sólo los elegidos sobrevivirán. Los judíos rechazaron los inmundos platillos de lechón; los mudéjares decidieron tragarse las piezas de oro que encontraron.

La fiesta continuó durante tres noches y tres días, hasta que todos sucumbieron derrotados por el sueño y el amor, la exaltación plañidera y las heridas abiertas, la indigestión y la borrachera. Pero detrás de este frenesí y su eventual desgaste en las canciones entristecidas, los renovados votos y los perezosos gestos, los cinco amigos primero observaron y después actuaron por su cuenta. Celestina y Felipe se acostaron juntos sobre un suave lecho de pieles de marta; el estudiante Ludovico pronto se unió a ellos, pues en verdad los tres jóvenes no habían pensado en otra cosa desde que el hijo del Señor imaginó la historia de sus amores a bordo de la nave que jamás zarpó.

Los dos hombres maduros, Simón el monje y Pedro el campesino, salieron lentamente del alcázar, se dieron un apretón de manos del otro lado del foso y tomaron por rumbos distintos; Simón se dijo que los enfermos le esperaban en otras ciudades desafortunadas; Pedro, que ya era tiempo de regresar a la costa y construir un nuevo barco.

Al despedirse Simón y Pedro, el puente del alcázar, poco a poco, comenzó a levantarse; los dos viejos se detuvieron de nuevo al escuchar el pesado rumor de las cadenas y el crepitar de las planchas de madera, pero no pudieron ver quién alzaba el puente. Suspiraron y siguieron sus respectivos caminos. Si hubiesen esperado unos instantes más, habrían escuchado los violentos golpes del otro lado del puente levantado, convertido en barbacán impregnable; hubiesen escuchado los desesperados gritos de auxilio, el llanto desgarrador de los prisioneros.

El premio

Cuando la matanza terminó, los soldados del Señor regresaron a sus barracas, donde habían estado escondidos durante el largo festín del breve Apocalipsis, y volvieron a envainar sus sangrientas espadas. Felipe había pedido que los cadáveres permanecieran un día entero expuestos en las salas y recámaras del castillo; luego, cuando la pestilencia se volvió insoportable, el Señor ordenó que todos fuesen quemados en una pira levantada en el centro del patio del alcázar. Felipe también le pidió a su padre que Celestina y Ludovico fuesen amparados de cualquier castigo, pues le habían dado mucho placer.

—Ese placer ha sido parte de mi educación, padre mío; todo ha sido parte de esa pedagogía que no se encuentra en los libros de latín, y que usted me pidió abarcar para ser digno de su herencia.

El Señor agradeció a su hijo lo que había hecho, pues con ello había merecido, más allá de cualquier duda, los poderes que algún día serían suyos. Apretó juguetonamente la nuca del hijo y le murmuró, con un guiño del ojo, que no estaba mal que padre e hijo hubiesen disfrutado a la misma hembra. Rió un buen rato y después le pidió a Felipe que como premio, pidiese lo que más quisiera.

—Padre, déme usted la mano en matrimonio de esa joven castellana, nuestra prima inglesa, que fue regañada y expulsada de la capilla por el vicario.

—Ese antojo siempre pudo ser tuyo, hijo mío. Te hubiera bastado, en cualquier momento, pedírmelo.

—Sí. Pero antes debí merecerlo.

La hora del silencio

Era la noche más honda del año; los guardias dormitaban y los perros estaban derrotados por la fatiga de la paciencia: ese día, el hijo del Señor había desposado a su joven castellana. Ludovico el estudiante se acercó a Celestina en la hora del silencio y le dijo que se preparase, pues ambos iban a huir del castillo.

—¿A dónde iremos?, preguntó la muchacha embrujada.

—Al bosque primero, a escondernos, contestó el estudiante. Luego buscaremos al viejo. Probablemente ha regresado a la playa y construye otra barca. O quizás podamos encontrar al monje. Con seguridad, está en alguna ciudad afligida. Ven, Celestina; date prisa.

—Fracasaremos, Ludovico, tal y como lo dijo el joven señor. Lo he soñado.

Sí: fracasaremos una vez, y otra, y otra más. Pero cada fracaso será nuestra victoria. Ven, date prisa, antes de que despierten los sabuesos.

—No te entiendo. Pero te seguiré. Sí, vamos… Hagamos lo que debemos hacer.

—Ven, mi amor.

Discurso exhortatorio

¿Qué esperas del porvenir, pobrecito de ti, niño infeliz? ¿Por qué dejaste tu hogar, tus campos fecundos aunque ajenos, donde te querían y te protegían? ¿Qué andas haciendo en esta cruzada? ¿Qué te han prometido? Escúchame, deja de bailar; no te agites; ¿cuál es tu mal, muchacho?, ¿qué te preocupa? Reúne a tus amigos; pídeles que se callen; ¡qué ruido espantoso!, así no se puede razonar, así no se puede entender nada, diles que dejen sus pífanos y gaitas y tambores y me escuchen bien: el mundo está ordenado y bien ordenado; nos costó mucho salir de las tinieblas; ustedes no saben lo que era *aquello*. La oscuridad, muchachos, la barbarie, sí, los ejércitos del saqueo; la sangre, el crimen y la ignorancia. Salimos con gran esfuerzo de ese infierno; más de una vez desfallecimos; más de una vez la espada del godo, el incendio del mogol, y la caballada del huno derrumbaron nuestras construcciones como si fuesen de arena. Miren: organizamos un espacio, creamos un orden estable, miren los campos cultivados, miren las ciudades contenidas por sus fuertes bastiones, miren el castillo en la cima y agradezcan la protección que nos ofrece, cual un buen padre, nuestro Señor el príncipe a cambio de nuestro vasallaje. Regresen a sus aulas, muchachos, ¿qué andan haciendo por estos caminos?, regresen a Boloña, a Salamanca y a París; no encontrarán la verdad acompañando a estas chusmas de mendigos y prostitutas y falsos heresiarcas, sino en las enseñanzas de la patrística y en su cúspide filosófica: el doctor angélico, Tomás de Aquino, que ha sumado para la eternidad toda la sabiduría de la cual es capaz el ser humano; no busquen el cielo en esta orgía de sensualidad y música y exaltantes dudas e ideas heréticas, pues no hay más cielos que los definidos en el Elucidario: el corpóreo cielo que vemos, el espiritual donde habitan los ángeles y el paraíso intelectual donde los bienaventurados miran cara a cara a la Santísima Trinidad. Jóvenes: cada cual tiene un lugar bien establecido en la tierra; el Señor manda, el siervo obedece, el estudiante estudia, el sacerdote nos prepara para la vida eterna, el doctor expone las verdades invariables, no, no es cierto lo que ustedes proclaman; no es cierto que somos libres porque el sacrificio de Cristo nos redimió del pecado de Adán; no es cierto que la gracia de Dios está al alcance de todos, sin la mediación de los poderes eclesiásticos; no es cierto que el cuerpo humano redimido puede gozar de sus propios jugos, de sus propias tersuras, de sus contactos alegres con otros cuerpos semejantes, sin temor al pecado, olvidando que así como nos echamos hoy en la cama, muy pronto otros nos echarán en la tumba; no es cierto que la Nueva Jerusalén pueda construirse en esta tierra; anatema sean las enseñanzas del hereje Pelagio, en buena hora derrotado por San Agustín de Hipona, las del sospechoso Orígenes que por algo culminó su pensamiento con el atroz acto de la castración, y las del tenebroso monje italiano Joaquín de Flora, pues ni es el hombre dueño de una gracia que puede dispensarlo de obtenerla en la iglesia, como pretendió la herejía pelagiana, ni habrá un reino milenario que se realice en las almas de los creyentes, como pensó el especulador Orígenes, ni tendrá lugar en el espacio, como profetizó la locura joaquinita, una tercera época que sea el sábado y el recreo de la humanidad doliente y en la cual época Cristo y su Iglesia ya no contarán pues el espíritu reinará plenamente en su lugar; no es cierto que ustedes sean los portadores de la salud, acompañados por estas muchedumbres de vagabundos descalzos que queman las tierras, las cosechas, los establos y las aldeas, que asaltan y destruyen los monasterios, las iglesias y las celdas de los eremitas, que roban trajes y comida de los castillos devastados, que jamás trabajan y afirman vivir en perfecta alegría, y que dicen hacer todo esto para apresurar la segunda venida de un Cristo que en realidad será el Anticristo y por ello un tirano cruel y seductor, pero derrotable y por ello combatible signo de la promesa milenaria, del reino del cielo en la tierra que no podrá darse sobre la tierra donde los señores son dueños de todo y los siervos dueños de nada. ¿Qué confusión es ésta? Dicen ustedes que el reino milenario sólo se levantará sobre la tierra vacía, destruida, allanada, similar a la del primer día de la creación; pero la creación, mis queridos amigos, no tuvo historia y por ello será irrepetible. Y añaden que esa tierra demolida será la única capaz de recibir a un Cristo nuevo que en realidad será el combatible Anticristo cuya derrota asegurará, ahora sí, la época feliz del espíritu reinando sin trabas, sin encarnación singular, mas en todos encarnado. ¿Y si ese cruel y seductor tirano, lejos de ser derrotado, se perpetúa en una tercera época de llanto, terror y miseria, encarnando a la historia y con sus armas venciendo a quienes no comprenden que el acto de la creación es irrepetible y, al repetirlo, sólo lo enmascaran, inscribiéndolo en la misma historia que quisieran negar y dándole así al Anticristo la doble arma de figurar disfrazado como Creador y de actuar impunemente como Dominador? ¿Es así como dicen imitar a Cristo, cuyo reino no será de este mundo y a quien sólo encontraremos en el cielo al consumarse todos los tiempos, lejos de la tierra, lejos de la historia, lejos del delirio escatológico que pretende instalar en el curso de la historia todo cuanto no pertenece a la historia? ¿Creen realmente que la pobreza borra el pecado, que la comunidad de los bienes y la exaltación del sexo y la sensualidad de la danza y el rechazo de toda autoridad y la vida errante, sin amarres, en los bosques, las playas y los caminos, podrá suplir y aun vencer al orden establecido? Pero óiganme; no bailen; ¿por qué no me prestan atención?; no canten; ¡qué ruido infernal!, ¿cómo puedo hacerme escuchar?, ¡maldito mal de San Vito!, ustedes están locos, están enfermos, descansen, regresen a sus hogares, el carnaval ha terminado, la fiesta no puede ser eterna, las desarmadas cruzadas del alma rebelde y aspirante terminan sacrificadas en las piras funerarias de los castillos señoriales, pierdan las ilusiones, no piensen lo imposible, acepten el mundo como es, no sueñen, sí, el Señor tiene derecho a la primera noche nupcial y es dueño de las cosechas y de las honras y puede reclutar para sus guerras e imponer el tributo para sus lujos, sí, el obispo puede vender indulgencias y quemar a las brujas y torturar a los herejes que hablan de Jesucristo como de un hombre puramente humano, igual a nosotros... No duden, no piensen, no sueñen, niños, infelices: éste es el mundo, aquí termina el mundo, no hay nada del otro lado el mar y quien se embarque a buscar nuevos horizontes será un miserable galeote en la nave de la estulticia: la tierra es plana y es el centro del universo, la tierra que ustedes buscan no existe, ¡no hay tal lugar, no hay tal lugar!

Esto clamaba el monje Simón al recorrer las calles de las ciudades de su tiempo, sofocadas por la peste y sepultadas bajo la basura. Sus ojos habían perdido para siempre la claridad, aunque retenido el dolor: una voz sin timbre, jadeante, una mirada sin expresión y un rostro sin color.

Las cenizas de la zarza

—Esa mujer, ¿eres tú… Celestina?, preguntó el muchacho sentado donde las olas quiebran, cuando terminó la narración del paje y atambor.

—Yo también me llamo Celestina, contestó ella.

—¿Por qué viajas vestida de hombre y en compañía de un cortejo fúnebre?

El paje miró al joven con tristeza; los hermosos ojos grises preguntaron, ¿ya no me recuerdas?, ¿tan débil ha sido la impresión que dejé en tu memoria?, pero los labios tatuados contaron otra historia:

Vivía con mi padre en el bosque. Él decía que el bosque es como el desierto en otras tierras; el lugar de la nada, el lugar a donde se huye, pues de demasiadas cosas debía huirse en el mundo que nos tocó en suerte. Que el vacío nos proteja: él, y sus padres antes de él, me dijo el mío, huyeron del mundo porque el mundo era la peste, la pobreza, la temprana muerte, la guerra. Cuando cumplí once años, quise saber por qué; nunca entendí muy bien su respuesta. En la memoria de los antepasados (sólo retuve estas imágenes; a mi propia memoria se filtraron, filtradas ya por los recuerdos de mi padre) pasaban como fantasmas diurnos esas ciudades pestilentes, esas guerras y esas invasiones, las hordas sin concierto y las concertadas falanges; la esclavitud y el hambre. Yo nunca entendí muy bien; sólo me quedaron, te digo, ciertas imágenes y todas me hablaban del derrumbe de un mundo cruel y de la lenta construcción, en su lugar, de otro mundo, igualmente cruel. Nuestra vida era muy simple. Habitábamos una sencilla choza. Yo pasaba casi todo el año dedicada al pastoreo. Recuerdo muy bien los tiempos de mis años jóvenes. Todo tenía un sentido y un lugar. El cielo dormilón del verano y la temprana escarcha del invierno; los cencerros y los balidos; el sol era un año y la luna se convirtió en un mes; el día: sonrisa; la noche: miedo. Pero yo recuerdo sobre todo la temporada de los otoños;

entre septiembre y diciembre, mi vida se llenaba de olores inolvidables; era la época de recoger las cenizas para usarlas en la lavandería, y también el tiempo de recoger la corteza de las encinas que me servirían en la tintorería, la resina del bosque para fabricar antorchas y cirios; y las mieles de los enjambres salvajes.

Aislados vivíamos; mi padre, cuando nos alejábamos de la choza, me señalaba los viejos caminos romanos y me decía que esas rutas ahora crecidas de hierba y despedazadas por las invasiones, fueron un día orgullo del viejo imperio; rectas, limpias, empedradas. Nosotros vendíamos la miel y las antorchas, los cirios y las tinturas; yo comencé a coser y a teñir trajes que encontraron compradores entre los viajeros que trazaban los caminos nuevos, a golpe de zahón, decía mi padre, entre las ferias, los lugares santos, los puertos y las universidades; así aprendí los nombres felices y distantes de Compostela, Boloña, Venecia, Chartres, Amberes, el mar Báltico... Así supe que el mundo se extendía más allá de nuestro bosque. Tanto los caminantes como los caballeros, las bestias de carga como las carretas de los mercaderes abandonaron las rutas antiguas que sólo comunicaban a los castillos entre sí. Los viajeros me lo decían: tememos pasar cerca de las fortalezas, pues los señores, invariablemente, nos roban, violan a las mujeres y nos imponen toda clase de exacciones. Le pregunté a mi padre: ¿qué es un Señor? y él me contestó: un padre que no quiere a sus hijos como yo te quiero a ti. Yo no entendí; vendía la miel y los cirios a cambio de vestidos que luego lavaba con las cenizas y teñía con las cortezas para volverlos a cambiar por cebollas o patos. Ayudaba así a mi padre; juntos cuidábamos los ganados y después, cuando pasaba la época de trasquilar a los borregos, él viajaba al alcázar a entregar algunas pacas de lana al Señor a cambio de que nos dejara seguir viviendo en el bosque apartado. Pero poco a poco, nuestro bosque se llenó de peligros.

Recuerdo la primera vez que vi al Señor. Él nunca nos había visitado; pero un día vino a avisarnos que de ahora en adelante, todos los sábados menos las vísperas de Pascuas y Pentecostés, acompañado de los sacerdotes, de los caballeros, de los campesinos y de los pastores, se dedicaría a cazar y destruir los lobos errantes y a ponerles trampas en la comarca. Yo, que siempre había espantado a los lobos con fogatas y leños ardientes, no entendía la necesidad de matarlos o atraparlos. Pero mi padre dijo: "Quieren entrar al bosque; algún día, aquí tampoco podremos vivir en paz y deberemos huir de nuevo, en busca, siempre, del agro desierto." Yo sólo reconocí, en la mirada dura y temerosa del Señor, un afán de hacerse presente y el miedo de que alguien, algún día, en alguna parte, dejase de reconocerle. Esto lo entendemos las niñas de doce años, pues también tememos que al dejar de ser niñas y convertirnos en mujeres, dejemos de ser reconocidas por las gentes que hasta entonces nos han amado.

Sucedió entonces el hecho más extraño de mi niñez. Cuidaba una noche clara de primavera a mis ovejas y había preparado, a pesar de la luna llena y el bálsamo del aire, el acostumbrado fuego para protegerme y proteger a mi rebaño, cuando escuché un bajo lamento animal cerca de mí; recogí uno de los leños, segura de que un lobo se acercaba; y así fue, sólo que esa queja debió advertirme; no era el aullido lejano ni el cercano sigilo que yo conocía en las bestias feroces, sino una queja muy tierna y muy adolorida y muy próxima; bajé la llama: iluminé a una loba larga y gris, con las orejas muy tiesas y la mirada afiebrada. Desde que aprendí a hablar conocí, antes que nada, los dichos sobre lobos, por ser ellos nuestro mayor peligro; y a pesar de la mansedumbre de esta loba, yo me dije: muda el lobo los dientes y no las mientes. Pero la loba me mostró la pata herida por una de las trampas puestas por el Señor durante las cacerías sabatinas y yo, de manera infantil y espontánea, me hinqué junto a la bestia y le tomé la pata que me ofrecía.

La loba me lamió la mano y se recostó junto a mi fogata. Vi entonces que su vientre era grande y que la bestia no sólo gemía por el dolor de la herida, sino por algo más grave: había visto parir a mis ovejas y entendí lo que pasaba. Acaricié la cabeza aguzada de la loba y esperé. A poco, el animal dio a luz; imagina mi sorpresa, joven náufrago, cuando vi salir de entre las patas de la loba dos piececitos azules, idénticos a los de un niño; y mi sorpresa fue doble, pues hasta los carneros, animales amigos de la monstruosidad, nacían, incluso cuando nacían con dos cabezas, con éstas por delante, mientras que la loba paría a un niño y lo primero que mostraba ese niño eran los pies.

Era un niño; no tardó en salir, recogido y azuloso; quise tomarle, llena de temores porque nacía sobre el suelo del bosque, entre las zarzas y el polvo y los balidos de las ovejas y el rumor de los cencerros que parecían celebrar el evento; sólo entonces la loba gruñó, y ella le lamió y cortó con los colmillos el cordón. Yo me llevé las manos a los pechos y me di cuenta de que, aunque sabía mucho, no era más que una niña; la loba, con las patas, acercó al recién nacido a sus pezones, y lo amamantó. Vi entonces, sobre la espalda del niño, el signo de la cruz; no una cruz pintada, sino parte de su carne: carne encarnada, joven náufrago.

No supe qué hacer; hubiese querido conducir a la loba y a su cría a casa de mi padre, pero apenas traté de separarles o de arrastrarles lejos de las zarzas, la loba volvió a gruñir y trató de morderme la mano. Regresé a nuestra cabaña llena de miedo, asombro y remordimiento; le conté lo sucedido a mi padre y él primero se rió de mí y luego me dijo que me cuidara; repitió una de las consejas que digo: "El lobo, harto de carne, métese fraile."

Al día siguiente, muy temprano, regresé a las zarzas, pero ni la loba ni el niño estaban allí. Lloré y temí por ellos. Rogué que la loba encontrase una madriguera honda y perdida donde proteger a su hijo; de lo contrario, ambos morirían durante la cacería del próximo sábado. Mi padre llegó al lugar de los hechos y al no encontrar, como yo, nada, dijo que no volviese a dormirme mientras cuidaba los ganados, pues ya se veía que en mis sueños se aparecían los lobos y un día se aparecerían de verdad mientras yo soñaba.

Yo nunca olvidé ese extraño hecho, por más distracciones que me ofreciese nuestro bosque a medida que sus límites se reducían. Cada año de mi adolescencia recuerdo a más gente de paso. Conocí a los estudiantes que viajaban a las universidades; a caballeros y a clérigos; a juglares, menestrales, vendedores de drogas, brujos, trabajadores de temporada; siervos liberados, soldados sin empleo, mendigos y peregrinos descalzos armados de altas varas con un gancho para sus botellas: los viajeros de las rutas de nuestra cristiandad. Y campesinos que pasaban, quejándose, pues habían perdido sus tierras o no podían pagar el tributo exigido por el Señor y al mismo tiempo los impuestos demandados por las ciudades que se salían de sus murallas y tomaban para sí los campos y los bosques. Y yo no dejaba de preguntarme si de alguna manera tan misteriosa como su nacimiento, el del niño parido y amamantado por la loba no estaba ligado al destino de toda esta gente que ahora marchaba sobre las zarzas que le vieron nacer.

Y un día, mi pregunta obtuvo una respuesta, fugaz e incompleta, pues era la de la memoria de una niña que apenas aprendía a recordar. Meses antes del parto de la loba, recordé apenas ahora, pasaron a caballo unos empleados del Señor, anunciándose con cantantes y banderas y monos de larga cola trepados sobre los lomos de los corceles; y entre la servidumbre del alcázar iba, también trepado como un mono con las rodillas sobre la silla de montar, el Juglar del

Señor, con sus calzas de colorines y su caperuza de cascabeles; y este bufón levantaba en alto a un niño muy rubio y de corta edad, lo mostraba riendo a las frescas enramadas de nuestro bosque. Ese niño también tenía una cruz grabada entre las cuchillas de la espalda. El cortejó se alejó de prisa, y cuando le conté esto a mi padre, rió, dijo que era una muchachilla bien fantasiosa, y que cortarse con puñal o grabarse con fierro candente una cruz en la espalda era vieja costumbre de cruzados y constante ley de peregrinos. Pero éste era un niño muy pequeño. Si por la ruta de nuestro bosque volviesen a pasar el niño y el bufón, entonces sí que me acercaría y diría: "Yo le conozco. Yo le vi nacer."

Y si el bosque se había convertido en una ruta (y cuántas cosas nuevas vieron mis ojos deslumbrados: las caravanas que trasbordaban los cofres llenos de coronas y espadas y monedas con inscripciones árabes, los arcones llenos de embriagantes especias de Oriente) también había creado sus propios peligros. Aislados antes, ahora nos sentíamos cercados, no sólo por los lobos, sino por los bandidos que se ocultaban en la espesura, aguardando el paso de los viajeros; y lo que es peor, por los caballeros emboscados, los antiguos señores arrojados a la opacidad de la selva por las deudas acumuladas sobre sus antiguos dominios. Esto me lo dijo, así, mi padre. Eran los dueños de los cuchillos largos; nada más habían podido salvar del desastre.

Un día volvió a visitarnos el Señor; llegó montado en un caballo amarillo y le dijo a mi padre que desde ese momento no le bastaban los productos de la tierra y de la cría que, desde siempre, le había entregado, sino que debería pagar con dinero el uso de las tierras que utilizaba para la habitación, el pastoreo y la tañería. Mi padre le contestó que ni tenía ni usaba dinero, sino que cambiaba unas cosas por otras. El Señor nos dijo que en vez de patos y cebollas deberíamos exigir monedas a cambio de nuestras pacas de lana y mieles y tinturas. "¿No han visto tus ojos maravillados, siervo, el paso de los cofres y arcones por esta selva? Pues lo que contienen va a manos de los comerciantes de las ciudades, y para comprarlo, adornar mi alcázar y vestir a mis castellanas, necesito dinero."

No fue esto, por más que destruyese nuestras costumbres de siempre y nos situara ante la interrogante de cómo procurarnos el dinero y ante la novedad de tratar con los mercaderes de los burgos, lo que inquietó a mi padre, sino la mirada que el Señor me dirigió y la pregunta que le dirigió a él: "¿Cuándo se casará la muchacha?"

para luego añadir: "Cásala pronto, pues rondan muchos caballeros que han perdido sus tierras, pero no sus gustos por las muchachas vírgenes; es más, desean vengarse de la pérdida de sus derechos señoriales y como la gente de las ciudades está organizada para la defensa de sus vidas y haberes, se aprovechan de las hijas de los hombres como tú, desamparados en el bosque. En todo caso —rió el Señor— recuerda que debes preservar su himen para mí, pues yo sí continúo teniendo el poder, y juro acrecentarlo así a costa de los burgueses como de los príncipes empobrecidos. De todos cuida a tu doncella, pastor; no se diga después que imposible la dejaste para ti y para mí."

Se fue cabalgando y riendo y mi inocente padre decidió vestirme de hombre desde ese día, aunque después supiésemos que el Señor había muerto de fiebre antes de poder casarme yo o tomarme él. Vestida con un tosco sayal y toscos zahones, cortado el pelo como mancebo, continué mis trabajos de tañería y pastoreo y me hice completamente mujer. Pasaron varios años; mi padre envejeció y nuestra vida apenas cambió. Hasta que un día se aparecieron los hombres armados del príncipe don Felipe, heredero de las tierras y de los privilegios de su padre muerto. Su misión era recoger a todos los muchachos de la floresta para servicios de armas y de alcobas; me capturaron en el bosque de encinas que había sido, desde la niñez, mi morada protectora y me llevaron con la tropa mientras yo reflexionaba sobre mi ingrata suerte, ya que vestida de hombre o vestida de mujer, parejas desgracias me acechaban.

El príncipe Felipe, al verme vestida como zagal, no adivinó mi verdadera condición, aunque algo turbador parecieron despertar mis facciones en su memoria. Yo, lo juro, nunca antes lo había visto. El nuevo Señor me asignó al servicio del alcázar de su madre, donde la presencia de las mujeres, según luego supe, estaba prohibida. Como pastorcilla, había aprendido a tocar la flauta y así lo hice saber al mayordomo para poder distraerme y distraer en ese empeño, viviendo aislada de los criados y de los soldados ante los cuales jamás me desnudé. Pude vivir en los cuartos de los músicos, demasiado ocupados, de noche y al amanecer, en dormir sus borracheras para fijarse en mí, y demasiado ocupados, durante el día, en aprovechar el fúnebre ensimismamiento de la dueña del alcázar, constantemente arrodillada ante el cadáver embalsamado de su esposo, para hurtar viandas y botellas en las bodegas. La madre del hijo del Señor había proscrito toda música alegre en su casa; aunque respetó mis aptitudes musicales, me ordenó que aprendiera a tocar el tambor, pues otro rumor que no fuese fúnebre no quería escuchar, ya que vivía en permanente duelo. Y así, cuando la vieja Dama inició su larga peregrinación arrastrando el cadáver de su esposo, se me asignó el último lugar de la procesión, tocando mi tambor y vestida toda de negro como un paje anunciador de llantos. La Señora madre del actual Señor no admite mujeres en su compañía porque de todas siente celos, como si el fiambre de su marido fuese ahora capaz de cometer los abusos que en vida le dieron fama y de los cuales por mi gran fortuna pude salvarme, aunque sólo para caer, de todos modos, en desgraciada condición...

Pero me aparto de lo esencial de las cosas, y quiero terminar como termina el día sobre esta playa. Sólo por una equivocación que el alcalde y los alabarderos pagarán muy caro entramos ayer a un convento de monjas que quisieron posesionarse del cuerpo momificado del Señor. Y por eso, en vez de pasar el día en el convento, como acostumbramos hacerlo después de viajar toda la noche envueltos en la oscuridad que la Dama prefiere, salimos huyendo y viajamos de día. He podido encontrarte. Ahora tú deberás acompañarme.

—¿Quién soy?, dijo el náufrago, ¿de dónde vengo?

Pero el paje había dado por concluida su narración y no quiso contestarle. Ofreció las manos al náufrago y éste sólo una le tendió. Con la otra, recogió, impulsado por una inexplicable fascinación, una botella verde, taponeada y sellada; uno de los desperdicios arrojados por la marea a este Cabo de los Desastres.

Duerme el Señor

El Señor desfalleció a la mitad de su narración, cuando recordó los amores con Ludovico y Celestina (imaginarios en la nave del viejo Pedro; ciertos en el ensangrentado alcázar; más alucinantes, sin embargo, los soñados que los verdaderos). Guzmán le sirvió entonces una poción para calmarle; y ahora, al terminar la historia con la repetición del discurso exhortatorio del monje Simón, fielmente transcrito al Señor por el Cronista de la corte, el amo pidió un segundo brebaje; Guzmán, solícito, se lo preparó, mientras el Señor murmuraba:

—Ésta es la historia que deseaba recordar el día de mi cumpleaños, que también será el día del segundo entierro de todos los muertos mis antepasados. El Señor, que Dios tenga en su gloria, fue mi padre; y mi nombre de juventud fue Felipe.

—¿Y la joven castellana?, inquirió Guzmán al ofrecerle el narcótico a su príncipe.

—Es nuestra Señora, que aquí habita…

Repitió, con los párpados unidos, "nuestra Señora", y no pudo terminar la oración; el somnífero le arrastró al fondo de un pesado sopor en el que se imaginó asediado por águilas y azores en la hondura de un valle de piedras. Buscó, con movimientos lentísimos, una salida; pero el valle era una prisión al aire libre, un solo vasto y profundo calabozo de escarpados muros. Una sola, lejanísima ventana sin barrotes: el parche azul y quebrado del cielo, allá arriba, accesible sólo a las aves. Y éstas, las rapaces, podían volar lejos de allí y luego descender en picada, con saña, a atacar el abandonado y prisionero cuerpo del Señor, lleno de pesadumbre más que de miedo. Y después de herirle, las águilas y los halcones ganaban de nuevo las alturas. En seguida, sin lindero causal, soñó que él era tres hombres diferentes, los tres un solo hombre aunque dueño de tres rostros distintos propios de tres distintos tiempos; los tres, siempre, capturados en este valle pétreo y sin puerta o sin más puerta que el cielo. Se acercó, arrastrándose entre las rocas picudas del ventisquero, a las pupilas del primer hombre que era él y pudo ver, en uno de los ojos de ese sosias, a los hijos de Pedro despedazados por los canes; y en el otro ojo se pudo ver a sí mismo, en la adolescencia, protegiéndose de los halcones de su padre. Pero el rostro del primer hombre que era él, y en cuyas ventanas se proyectaban estas escenas, ya no era el del joven en fuga con los hijos del campesino, o el del joven temeroso de los halcones, sino el rostro exacto del hombre que un día mortal se paseó entre los cadáveres de los niños, las mujeres, los campesinos, los artesanos, los mendigos, las prostitutas, los leprosos, los judíos, los mudéjares, los penitentes, los heresiarcas, los locos, los prisioneros y los músicos conducidos a la matanza del castillo a fin de que él, Felipe, demostrase al Señor que el joven era digno de heredar el poder del viejo.

¿Por qué persistían, en los ojos de ese rostro a la vez seductor y cruel, las imágenes dolientes de un joven temeroso? El soñador no pudo contestarse su propia pregunta; huyó del primer hombre y encontró al tercero: se reconoció ahora en un viejo vestido de negro, tendido sobre un peñasco plano, de cara al sol; pero el sol no lograba iluminar, ni derretir, ese rostro de cera, que repelía la luz y por cuyos orificios faciales asomaban gusanos menos blancos que la piel del anciano: en las orejas, entre las comisuras de los labios, por las aletas nasales, torcidos y pululantes; y húmedos detrás de la cortina cóncava y nevada de los ojos, pues bajo la córnea transparente se agitaba una colonia de huevecillos amenazantes.

Se alejó del tercer hombre y se tendió —él, el soñador, el hombre segundo, el actual Señor presa del pesado sueño inducido por los brebajes de Guzmán— bocabajo entre las piedras; abrió los brazos en cruz y pidió perdón; pero su dominio sobre el tiempo mensurable había terminado; supo que permanecería allí para siempre, bocabajo, con los labios separados, respirando inútilmente, prisionero de este palacio de rocas desgajadas, hasta que las golondrinas formaran sus nidos en las palmas abiertas de sus manos y así los falcones y las águilas, en virtud de un falso e increíble sentimiento de amor hacia la especie, no se acercasen más a picotearle: él también sería un águila, sólo que vencida, sólo que piedra. "Un lobo a otro no se muerden", murmuró el Señor de la oración de su sueño; no dudó del instinto oscuro de las correspondencias que, en esta cárcel de aves de presa, lo llevaba a pensar en otras, vulpinas amenazas. Águila y lobo, murmuró, lobo y cordero, golondrina y águila, amante espiritual y libertino, devoto cristiano y criminal sediento de sangre, puntual lector de la verdad e inescrupuloso manipulador de la mentira, sólo soy uno de ustedes: un caballero español.

Alta cárcel, helado sol, carne de cera, carnicera, el soñador sollozó: ¿dónde, mis hijos; a quién heredar lo que yo heredé?

Habla Guzmán

El Señor había terminado, en las vueltas y revueltas de su pesadilla acostado bocabajo sobre la cama y con los brazos abiertos en cruz. Guzmán le rondaba, caminando con paso cada vez más nervioso alrededor de la cama, como si el sueño sin sosiego del Señor fuese una prueba en contra de los narcóticos preparados y servidos por el vasallo. Y sin embargo, ningún estupefaciente más poderoso se conocía que esta mezcla de las flores machas y hembras, blancas y negras, arsenio y morión, de la mandrágora, el árbol con rostro de hombre. Sólo cuando el amo permaneció bocabajo, en la actitud acostumbrada para sus oraciones en el piso de la capilla pero también (esto Guzmán no podía adivinarlo) imitando la postura que en ese instante soñaba, de manera que coincidían las posturas de la vida y del sueño, Guzmán se dijo que él era el amo de la pesadilla del Señor como no podía serlo de sus atroces vigilias penitenciarias. Cayó un rostro impasible: el de Guzmán el hombre que sabía curar perros y criar azores y llamar a caza. Se desprendió como lo que era: una delgada película de carne mantenida, con un esfuerzo que por acostumbrado había dejado de serlo, sobre las verdaderas facciones. Más cercano al hueso, el auténtico semblante de Guzmán volvió a aparecer con la similitud reconocida por los alanos, temida por los venados y aceptada sin sorpresa por los azores: el perfil rapaz que aun el Señor, en momentos de descuido, había sorprendido cuando el servidor menos deseaba mostrarlo: al inclinarse para recoger un breviario; al retirarse para cumplir una orden.

Desenfundó el largo puñal y lo mantuvo sobre la espalda del Señor.

Heme aquí, se (le) dijo, dueño de tu sueño, amo de tu cuerpo inconsciente, aunque sea para verlo dormir como tú mismo no puedes verlo. Si el valor de un hombre es determinado por el precio prometido a su asesino, tú, Señor, no tienes precio; nada me pagarían por matarte. Si quiero asesinarte, debo hacerlo sin derramar una sola gota de tu sangre o cobrar un solo maravedí. Pero tú, por mi muerte, si mi deseo conocieras, ¿cuánto darías, Señor? Y así, los papeles se truecan, pues siéndolo tú todo, por tu muerte nadie me daría nada, y siendo yo nada, por mi muerte, para evitar la tuya, todo lo darías tú.

Y Guzmán dejó de hablarle a Guzmán; levantó la voz y Bocanegra paró las orejas: Imbécil, no mereces tu poder; nunca sabrás que tu pecado no fue matar a los inocentes, sino perder la oportunidad de incluir a tu padre, a tu madre y a tu novia en la matanza y así levantar tu autoridad absoluta sobre la libertad absoluta del crimen: un advenimiento al poder sin la promesa dinástica y sin el patetismo de ser quien eres por herencia; un poder sin deudas. Soledad. Desaprovechaste tu crimen, Felipillo: lo inscribiste en la línea fatal de tu sucesión, en vez de convertirlo en el arranque sin compromisos de tu absolutismo; por eso tu personalidad se queja, y no por otro remordimiento que no sea el de esa mutilación que le impusiste. Envejeciste fatalmente en el instante en que le ofreciste tu crimen a tu padre cuando mataste a los súbditos de tu padre; ¿querías testigos?, ¿por eso cometiste el error de perdonar al estudiante y a la bruja?; te arrepentirás, te lo digo yo, Guzmán, te arrepentirás, porque hasta un bandolero de las serranías sabe que nunca se debe perdonar a un enemigo, aunque sea inocente: el perdón le despoja de la inocencia y lo convierte en un vengador; ¿querías testigos?, me has hecho escribir tu confesión para que los hechos que allí cuentas existan, pues para ti sólo lo escrito existe y no habrá más constancia que la de un papel; bah, ahora mismo podría quemarlo, ahora mismo podría reescribirlo, eliminar, añadir, escribir que también asesinaste a Ludovico y Celestina, y tú así lo creerías, porque así quedó escrito, y en ese hombre y esa mujer, si reapareciesen, sólo verías dos fantasmas; ¿querías testigos?, te quedaste solo; sin testigos, tu crimen hubiese sido tan absoluto que tú y el mundo lo hubiesen compartido y tu testigo sería la historia y no el perro aquejado que escucha tus lamentos. Escúchame, Felipillo doliente, avejentado antes de tiempo por un ascetismo lacerado; te lo digo yo, Guzmán, que no soy lo que tú crees o quisieras creer, el recién llegado sobre el cual puedes derrochar favores tan minúsculos que a mí pudieran parecerme enormes. Te lo digo yo, Guzmán, no un hijo de puta y padre desconocido, sino un señor como tú, pero quebrado por las deudas. No un pillete cubierto de costras y mugres, sino otro príncipe aunque desvalido. No un joven caco de las aldehuelas polvosas de Extremadura, sino un muchacho que como tú tuvo tiempo de aprender las artes del falcón, el arco, el caballo y la montería. No un mozo acompañante de salteadores de Guadarrama, sino un hidalgo incapaz de comprender o detener un movimiento invisible en el que la sólida tierra, base de todo poder, se convertiría en inasible dinero y las murallas de los castillos, construidas para la eternidad, durarían menos que las golondrinas en invierno, avasalladas por el poder sin murallas ni cañones de los usureros, los comerciantes y los cagatintas de las ciudades leprosas. Mis padres y mis abuelos, Señor, cumplieron ante los tuyos la ceremonia de homenaje y así concluyeron un pacto: nuestro servicio a cambio de vuestra protección. De esta manera, manteníamos todos el principio fundamental de nuestra sociedad: ningún señor sin tierra y ninguna tierra sin señor. Y manteníamos el equilibrio entre la fuerza y la necesidad: el poder del Señor a cambio de la protección y supervivencia del débil. Y dentro de este pacto mayor, otro menor aunque no menos considerable, concentrado y para mí, Señor, vital: nuestro servicio de nobles vasallos otorgado a cambio de tu protección aseguraría que los nobles siempre seríamos nobles y los villanos siempre villanos, pues las sangres de unos y otros no son iguales, ni pueden serlo sus destinos. Veme hoy, Señor, nacido hidalgo y convertido en criado; y la culpa es tuya. No cumpliste el trato. Continuó nuestro servicio pero no tu protección. Permitiste que se debilitara nuestro poder, basado en la tierra, frente a los poderes del comercio, basado en el dinero. Te empeñaste en costosas y lejanas campañas contra la herejía, olvidando el consejo del viejo Inquisidor al celoso agustino: los rebeldes se agigantan con la atención y se extinguen con la indiferencia. Malgastas tu haber construyendo un mausoleo inútil, inaccesible, austero: el populacho identifica el poder con el lujo, no con la muerte. Tus malas coincidencias te llevan a someter tu interés a la religión; el príncipe astuto somete la religión a su interés. Pero detrás de tus estériles obsesiones, herejía y necrofilia, un mundo real crece, se agita y lo transforma todo. Dejaste inermes a tus nobles vasallos; te ocupaste demasiado de perseguir herejes y fabricar sepulcros; nosotros debimos vender nuestras tierras, contraer deudas, cerrar nuestros talleres que no podían competir con los mercados de las ciudades, y vender la libertad a nuestros siervos. Ante el poder de las ciudades, creíste acrecentar el tuyo a costa del nuestro. Nosotros pagamos tus cruzadas y tus criptas; no exterminaste a los herejes, pues donde cae un rebelde martirizado, surgen diez en su lugar; y a los cadáveres de tu estirpe no les resucitarás para que acompañen las soledades de tu gobierno. Has destruido los grados de la autoridad nobiliaria entre el Señor y las ciudades. Así, hoy no quedan más que dos poderes, pues el de los hidalgos menores ya no lo es. Y yo, Señor, uníme a lo que me destruyó; paséme a las filas enemigas para no ser vencido por ellas; y a ti me uní para servirte también y así participar de los dos poderes mientras esta pugna se decide; pues se decidirá, Señor, eso no lo dudes; y entonces yo optaré por el vencedor. Política se llama a lo que hago; escoger, entre dos soluciones pésimas, la menos mala, la más segura. Te lo digo yo Guzmán que aprendí a hablarle en su lengua a la escoria humana que construye tus palacios y caza tus jabalíes, yo Guzmán que aprendí a manejar a la gleba, a amenazarla y a gratificarla por turnos; no era mi destino cortar corazones de venados y adular con estas ceremonias al populacho; yo Guzmán convertido por necesidad en pícaro, delator y por ello consentido de señores incapaces de saber lo que sucede en sus dominios si un príncipe entre bandidos no lo hace por ellos y, al hacerlo, alcanza sus favores; te lo digo yo Guzmán educado como tú para el señorío intemporal y divino, pero obligado por las circunstancias a conocer las argucias muy temporales y profanas con que los nuevos hombres combaten el poder heredado; yo Guzmán capaz como tú de un crimen, pero no en nombre de la providencia dinástica, sino en nombre de la historia política. Pues a tu fe en la perennidad hereditaria que te convierte en atribulado accidente del parto, estos nuevos hombres oponen la simple voluntad de sus individualidades, sin antecedentes ni descendencia, una voluntad que se consume en sí misma y cuya disgregada potencia se llama la historia. Yo pertenezco a los dos bandos, señor mío; a la venganza contra ellos me impulsa el recuerdo de mi niñez señorial, de mi destino sojuzgado por los hombres de las ciudades que del destino se mofan, pues el suyo fluye con la rapidez misma con que los ducados pasan de unas manos a otras; a la venganza contra ti me impulsa esta pregunta que sólo mientras duermes me atrevo a hacerte: último de los Señores, suma corrupta y crepuscular de los poderes que nos arrancaste a los pequeños nobles pero que no podrás mantener frente a los grandes burgueses, ¿serás menos que el pícaro a la fuerza, y menos que el pícaro sabrás, pero no podrás sin el pícaro ser más que el testigo de tu esplendoroso ocaso: nuestro Señor, el último? Bah... Con paciencia marcaré mi tiempo, curaré tus perros y ordenaré tus monterías para que mantengas la semblanza de tu poder, prepararé el inevitable concurso entre tu poder y el de los hombres nuevos; si mi voluntad no flaquea y la fortuna me favorece, árbitro seré entre ambos; y algún día, pierde cuidado, gobernaré en tu nombre como gobernaron los mayordomos de los reyes holgazanes de la Francia.

Vienen los perros

Guzmán se había paseado alrededor del cuerpo dormido con el largo puñal en alto y Bocanegra, adolorido y azorado, gruñía en tono bajo; entonces Guzmán rió y enfundó la daga. Caminó hasta la puerta donde el gruñido de Bocanegra se multiplicaba ferozmente, la abrió y tomó de manos de los fieles ayudantes de la armada de montería las correas de los lebreles humeantes, amontonados, expectantes, y las vasijas con diversas mezclas. Hizo entrar a los perros a la recámara; Bocanegra, atado a la tabla, no pudo moverse pero ladró con desesperación; los otros perros se acercaron a olerlo, mientras Guzmán los llamaba por sus nombres: aquí, Fragoso; aquí, Ermitaña; abajo, Preciada; quieto, Herreruelo; aquí, Blandil. Tomó de las patas a la hinchada Ermitaña y le fregó las ubres y los pezones negros y adoloridos por el parto que se retardaba; luego la echó sobre la cama del Señor dormido; tomó la vasija de ceniza amasada con vino aguado y se la untó fuertemente a la perra en el sexo entreabierto. Entonces se dirigió a la Preciada con grandes risas y le dijo:

—¿Cómo te hallas, Preciadilla? ¡Te sienta bien no comer un día entero! Vieras qué ojillos más tiernos tienes… toma… toma…

Le acercó a la perra un poco de levadura y mientras la famélica comía, la sorprendió metiéndole tres granos de sal en el culo; soltó entonces a Herreruelo, que se fue directamente al hoyo negro de la perra, atraído por temblores de salada hambre, se le montó y comenzó a follarla sobre la cama del Señor; y convocó Guzmán a Blandil sobre la misma cama, le sirvió la mezcla de estiércol de hombre y leche de cabra y el perro comenzó a orinar sobre el lecho mientras Herreruelo y la Preciada fornicaban trabados como un monstruo de dos cabezas y ocho patas y la Ermitaña, por fin, paría en el lecho del amo, un cachorrillo tras otro, y a cada uno, nacido en el remanso de seda entre las patas recogidas y el hocico tibio, lo iba limpiando con la lengua y con los comillos lo cortaba del cordón y luego, con el hocico, lo acercaba a las tetas palpitantes. Bocanegra ladraba, incapaz de defender, al fin llegada su hora, al amo; Guzmán le arrancó tres pelos del rabo y el can maestro se quedó quieto, como temeroso de ser expulsado de su casa. El sotamontero tomó a Fragoso del cuello y lo arrastró hasta la silla curul del Señor, donde estaban arrojadas las ropas del amo.

—Fragoso, Fragosito, bicho, le murmuró junto al pabellón velludo de la oreja, huele bien la ropilla de nuestro Señor, huele bichito... y anda sobre él. Anda, Fragoso, encima de él.

Guzmán tentó bien los testículos y el pene del perro y lo soltó, lo echó a correr y saltar sobre la cama y echarse sobre quien dormía, narcotizado por los espesos vapores de la mandrágora, en ella. Sentado en la silla curul sobre las arrugadas ropas del amo, Guzmán miró el espectáculo, riendo, dueño del sueño infinito de su Señor.

"Sé todo lo que se le debe hacer a los perros, pero no al Señor. ¿Qué son tus miserables amuletos, Felipillo, al lado de mis untos de mierda y sebo de puerco? Llegada la hora, no sabré salvarte, mi Señor."

Luego miró al agazapado, adolorido, desconcertado, resentido Bocanegra y a él le dijo: —Te conozco, bruto, y sé que tú me conoces a mí. Sólo tú sabes lo que realmente pienso, hago y me propongo hacer. No tiene el Señor más aliado, ni más fiel, que tú. Lástima que nada puedas contarle a tu amo de lo que oyes y ves; de lo que sólo tú sabes; lástima, infeliz Bocanegra. Cómo no: rivales somos. Cuídate de mí, que yo sabré cuidarme de ti. Tienes armas, aunque no la voz, para amenazarme. Yo, para usarlas contra ti, tengo hierro y voz.

En el fondo del despeñado, acompañado de un joven y de un anciano, el Señor murmuraba oraciones en las que pedía tres cosas: una vida breve, un mundo inmóvil y una gloria eterna.

Juan Agrippa

Encerrada; condenada a escuchar los ruidos; escuchar poco a poco, todos los días, lo que se espera escuchar, hasta colmar el día con los ruidos repetidos cada día, que impiden hacer otra cosa que esperarlos y escucharlos; el deseo que primero atiende a la excepción, al accidente que rompa la monotonía de los rumores prestablecidos, los maitines, el gallo y el martillo, las ruedas de las carretas tiradas por los bueyes venidos del Burgo de Osuna, los fuelles del herrero, los gritos de los aparejadores, las risas de los aguadores, el humo crepitante de las tabernas, la caída de las balas de heno y paja, el murmullo de los telares, el rechinar de las pizarras en la cantera, el hueco ruido de las tejas quebradas y acomodadas, el ladrido de los canes, las alas del azor en vuelo, las pisadas cautelosas de Guzmán, el cántico monótono de las oraciones del Señor, las gruesas campanadas del atardecer... Esto es lo acostumbrado, en los repetidos días; esto es lo primero que se desea romper, desorganizar; pero luego se teme más el sobresalto del ruido imprevisto; se prefiere la sucesión de rumores consabidos; se espera sin esperar.

La Señora lloró toda la noche; no por el dolor, que ella hubiese rechazado como algo aberrante; sino por una humillación que ella sabría ocultar con la extremada dignidad de la postura externa.

"Ha sido condenado. Será quemado vivo junto a las caballerizas del palacio", le dijo Guzmán.

Y la Señora paseó lenta y delectablemente la mirada por el lujo aislado de su recámara, decorada para contrastar, desde el inicio, con la austeridad mística que su marido había querido imponer, lográndolo, a la construcción. Lejos, muy lejos estaba este rincón arábigo —decorado a hurtadillas por la Señora con la ayuda de Guzmán y del fraile pintor, Julián— de su aspiración suprema: la de recrear una Corte de Amor como las muy celebradas de Eleonor de Aquitania en Poitiers y las ferias galantes ocurridas en Treviso, corte de alegría y solaz donde un Castillo del Amor había sido defendido

por las altas damas contra el asalto de las bandas rivales de caballeros de Padua y Venecia, aquéllos vestidos totalmente de negro y éstos completamente de blanco. Pero hoy faltaba en esta alcoba olorosa
a jengibre chino, clavo, pimienta, alcanfor y almizcle, una pieza
maestra del placer. La Señora aceptó como una deuda para con ese
lujo que de tiempo en tiempo, para mantenerlo, para habitarlo, ella
hubiese de abandonarlo, convocar a los palafreneros negros y montar en el palanquín de pesados perfumes y cortinajes, posar al halcón sobre el puño enguantado y salir por los caminos del desierto,
la costa y el monte a buscar y a encontrar a ese prisionero renovado;
sin él, los lujos de la recámara eran un decorado teatral, una cortina
sin dimensión, como el velo de seda y oro que perteneció al Califa
de Córdoba, Hisham II, y que adornaba un muro de la alcoba.
Opuestos destinos, en verdad, pensaba la Señora, el suyo y el de su
maldita suegra la madre del Señor; pues mientras una debía recorrer
azarosos caminos buscando un renovado amante, la otra los recorría cargando el cadáver eterno de un eterno amante.

Fray Julián, el iconógrafo de palacio, había sufrido muchas
noches en vela, dibujando con diminutos pinceles, sobre medallones de porcelana, la figura y el lugar soñados por la Señora; éste, la
costa del Cabo de los Desastres; aquélla, un joven arrojado bocabajo, sobre la playa, desnudo, con una roja cruz de carne entre las
cuchillas de la espalda. Fray Julián agradecía las pociones de belladona que la Señora le servía para mantenerle, a un tiempo, lúcido y
soñador, ausente y presente, ajeno y cercano, partícipe del sueño y
fiel ejecutor del mismo, mientras la pálida mano del fraile trazaba
las líneas materiales de la ensoñación comunicada por el ama. Mirando el dibujo, la Señora reservaba para sí el sentido final de ese
arte: la identidad. En cambio, fray Julián, en el trance de la droga,
añadía detalles minúsculos al dibujo, como los seis dedos en cada
pie del presunto náufrago:

"El sexdigitismo es privilegio de los destinados a renovar la
sangre de las estirpes. Pensad, Señora, que la esterilidad de vuestra
unión no es culpa vuestra, sino de las taras acumuladas por la casta
del Señor, que es vuestro primo segundo... Si trazáis una estricta
línea dinástica, veréis que vuestros antepasados suman un reduci-
dísimo número. Cada hombre vivo tiene treinta fantasmas detrás
de él: tal es la relación existente entre los vivos y los muertos. Vos,
Señora, os remontáis a media docena de hermanos incestuosos, encerrados en promiscuos castillos durante siglos, evadiendo todo con-

tacto con la chusma y sus peligros pestilentes; encerrados, contándoos las viejas historias del nacimiento, la pasión y la muerte de los reyes. Lo cierto es que así las taras de la consanguinidad extrema como los excesos de la extrema fertilidad son, al cabo, enemigos de la continuidad dinástica. Cambises, rey de Persia, casó con su hermana Meroe y la mató, estando encinta de él, de una patada en el vientre; ved en este crimen la síntesis de cierta germanidad. Pero, por otra parte, los mellizos —la gravidez tan superflua como redundante— han matado a tres grandes dinastías, las de los Césares, los Antoninos y los Carolingios. Renovad la sangre, Señora; ni el estéril incesto ni el prolífico parto, sino el amor con sus leyes, que son las de la pasión engendrando la belleza y la exactitud. Basta, Señora, de intentar el engaño de vuestros súbditos; el consabido anuncio público de vuestra preñez a fin de atenuar las expectativas de un heredero sólo os obliga a fingir, rellenando de almohadones vuestro guardainfante, un estado que no es el vuestro, seguido del igualmente consabido anuncio de un aborto. Las esperanzas frustradas tienden a convertirse en irritación, si no en rebeldía abierta. El Señor y vos también, Señora, empezáis a vivir en demasía de legitimaciones pasadas, es preciso renovarlas, pues en nuestro mundo la costumbre hace ley y lo hecho dos veces hace costumbre. Los derechos de vuestro dominio deben ejercerse continuamente, o se saldrán de él. Al Señor ya no se le ve guerrear y espantar, con la sangre vertida, a quienes se les ocurriese verter la sangre de los poderosos. Y a vos no se os ve parir. Debéis ser precavida. Detened el descontento con un golpe de teatro: colmad, verdaderamente, la esperanza, teniendo un hijo. Sois hija de la alegre isla inglesa, Anglia plena jocis, y naturalmente os oponéis a la severidad castellana. Apostáis totalmente al placer; combinadlo, Señora, con el deber, y ganaréis todas las partidas. Contad conmigo, si os decidís; la única prueba de la paternidad serán los rasgos del Señor que yo introduzca en los sellos, miniaturas, medallas y estampas que representen a vuestro hijo para el vulgo y para la posteridad. No puedo cambiar las facciones de un infante; pero sí puedo subrayar en mis iconos los rasgos hereditarios del falso padre, nuestro Señor; borrar los del verdadero, trátese de uno de los palafreneros negros, de un burdo sobrestante de esta obra o del pobre mozo, vuestro último amante, condenado a morir en la hoguera. Y demos gracias a Dios de que muere por el crimen secundario y no por el principal. Pero volviendo a nuestro asunto: el populacho sólo conocerá la cara de vuestro hijo por las monedas que, con la efigie por mí inventada, se troquelen y circulen en estos reinos; nunca podrá comparar la imagen grabada con la real; nunca verá a vuestro infante sino desde lejos, cuando os dignéis mostrarlo desde un alto y lejano balcón; y la historia sólo conocerá la efigie que yo, siguiendo vuestra voluntad, deje. Pues por hermoso que sea vuestro vástago, yo me encargaré de marcar en su rostro la estigmata de esta casa: el prognatismo."

"Tienes razón, fraile. Debí dejarme preñar por ese hermoso muchacho."

"¡Ay, hermoso de verdad! No penséis más en él; muerto estará en pocas horas. Pensad mejor en el nuevo mozo, el de vuestro sueño."

"¿Cómo se llama este nuevo joven?"

"Juan Agrippa. Recordadlo: seis dedos en cada pie y una cruz de carne en la espalda."

"¿Qué significan este nombre y estas marcas?"

"Que el reino de Roma aún no termina."

"¿Por qué sabéis estas cosas?"

"Porque vos las habéis soñado, Señora."

"No sé si ese sueño es totalmente mío, fraile; no lo sé…"

"Hay sueños inducibles; hay sueños compartibles."

"Mientes. Sabes más de lo que dices."

"Pero si todo lo dijese, la Señora dejaría de tener confianza en mí. No traiciono los secretos de la Señora; no me exijáis que traicione los míos."

"Es cierto. Dejarías de interesarme."

La Señora y el fraile miniaturista, ambos bajo los efectos de la solanácea, se miraban sin verse, con las pupilas dilatadas. Pero el clérigo alto, frágil, rubio y calvo revelaba en las suyas la imagen de un imperio sin fin, renovado pero inmortal a través de todas las peripecias de la sangre y la guerra, del lecho y el cadalso; en tanto que en las de la Señora sólo el accidente, mas no la continuidad, se reflejaban oscuramente; el accidente era un placer; la continuidad, el deber que Julián quería imponerle; veía, multiplicada al infinito, la figura del joven yacente en la playa y entre los muslos de ese muchacho quería adivinar tanto la semilla del placer como la de la preñez, y no sabía si, en efecto, ambas podrían germinar juntas.

"¿Cuándo?"

"Mañana."

"Mañana sale de cacería, contra su voluntad, mi marido."

"Mejor; estará distraído y ausente; y vos podréis llegar hasta la costa."

"Dile a Guzmán que mande preparar la litera, el azor y los palafreneros libios."

"Querrá que una guardia os acompañe. Los parajes son solitarios."

"Que se cumplan mis órdenes. Si tus profecías, fray Julián, son ciertas, tendrás goce."

"No pide otra cosa mi alma compungida y devota."

Vida breve, gloria eterna, mundo inmóvil

Cuando despertó, el Señor atribuyó la inmundicia de su lecho al ataque de las águilas y a la burla de los azores durante el sueño de piedra; Bocanegra, atado a una tabla, dormitaba, agotado. Capturado en lo que creía la prolongación física de su pesadilla, el Señor no tuvo tiempo para sentir asco; los humores de la alcoba, la inexplicable presencia de gruesas babas, estreñidos cerotes, placentas animales y manchas de orín y sangre, semen y manteca, eran menos fuertes que el ánimo de descifrar la triple oración que acompañó su sueño como un refrán aéreo: vida breve, gloria eterna, mundo inmóvil.

Pero le venció el recuerdo de la catedral profanada el día de su victoria: mierda y sangre, cobre y fierro, ¿de qué eran signos: de herencia o de una promesa; residuo o albor?

Sintió un destello cerca de su rostro; giró la cabeza: se miró en un espejo de mano apoyado junto a un cántaro cerca de la cabecera de su cama. Y en él se vio con la boca abierta, como de hombre que aúlla. Pero de su boca sin aire, sofocada, ningún grito salió.

Tomó el espejo de mano y salió a la capilla, huyendo del silencioso terror de su recámara inmunda. Había peligros más grandes, peligros reales, lejos de la intangible amenaza de su alcoba, en la capilla.

Allí, sí encontró tiempo para interrogar, una vez más, al Cristo sin luz que ocupaba una esquina del cuadro traído de Orvieto. No recibió respuesta de él y caminó hacia la escalera.

Se detuvo ante el primer peldaño, con el espejo en la mano.

Lo levantó a la altura de la mirada y allí se observó.

Él era él. Un hombre nacido treinta y siete años antes: frente despejada, piel semejante a la cera, un ojo cruel y otro tierno (ambos pesados, cubiertos por párpados lentos, saurios), nariz recta y aletas anchas, como si Dios mismo las hubiese, misericordiosamente, ampliado para facilitar la dura respiración: labios gruesos, quijada saliente: labios y quijada disfrazados así por la barba y el bigote sedosos como por los volantes de la alta gola blanca que escondía el cuello y separaba la cabeza del tronco; encima de la gola, la cabeza semejaba el cuerpo de un ave capturada.

Se miró y quiso recordarse durante los años mozos, cuando huyó por el bosque con los hijos de Pedro y llegó con Celestina al mar; cómo azotó esa vez el viento su cabeza entonces rizada y su pecho abierto; cómo rasgaron las espinas sus botas y las enramadas su camisa; qué fuertes eran sus piernas y cómo había imaginado el lustre de sus brazos asoleados, tirando el velamen de la barca al lado del estudiante Ludovico, entonces.

Ya no era aquél; pero tampoco, todavía, éste: ascendió al primer peldaño, mirándose en el espejo; y el cambio, aunque imperceptible, no podía escapar a su afilada atención, a su secreto propósito: la boca estaba más abierta, como si la dificultad para respirar hubiese aumentado. Ascendió al segundo escalón: en la imagen del espejo, la red de arrugas se trenzó con hilos muy tenues en torno a los ojos un poco más hundidos y ojerosos.

Subió al tercer escalón, indiferente a los cambios veloces e inexplicables de la luz, atento sólo a la imagen variable del espejo; le faltaban los dientes delanteros y era imposible deshacer la malla de arrugas alrededor de los ojos y la boca; subió al cuarto escalón y su barba y cabellera se reflejaron blancas, nube de agosto, campo de enero; la boca, completamente abierta, solicitaba angustiosamente un aire que jamás la llenaba y los ojos de sangre inyectados recordaban demasiado y por ello pedían clemencia.

Llegó al quinto peldaño y tuvo que hacer un esfuerzo para no descender, rápidamente, al anterior escalón: su rostro asfixiado en el espejo era la imagen de la resignación previa a la muerte. Tenía el cuello vendado, de las orejas corría el pus y por las ventanillas de la nariz asomaban los gusanos. ¿Muerto ya, muerto en vida? Para averiguarlo, tuvo el valor de subir al sexto escaño; en el espejo, su rostro ya no se movía y las vendas del cuello, ahora, amortajaban su quijada.

Huyó de esa imagen, ascendiendo; ahora era sumamente difícil penetrar las sombras del espejo y distinguir, después de acostumbrarse a esa oscuridad refleja, las vendas de la quijada destruidas por un trabajo minucioso y lento y la quijada misma devorada por la humedad y el peso de la tierra; pero la boca, al fin cerrada, ya no pedía más aire. En la séptima grada, el espejo parecía contener varios espejos dentro de su azogue, pues el rostro se multiplicaba en sucesivas capas blanquecinas, plateadas, fosforescentes, a medida que la carne cedía sus privilegios al hueso; sólo hueso se reflejaba a la altura del octavo escalón: una calavera que le espantó menos que las anteriores apariciones: ¿por qué había de ser la suya?, ¿en qué se distinguía una calavera de todas las demás, si el botín de la muerte era siempre la pérdida del rostro propio?; subió rápidamente: la calavera persistió a lo largo de cuatro eternos peldaños; pero en el treceavo, la prolongada tiniebla en cuyo centro brillaban los huesos se disipó.

En su lugar, un cielo extraño, a la vez opaco y transparente, como la bóveda de metal de los eclipses solares, como si a fuerza de añadir capas de blanca luz acabara por formarse una nueva, espesa, velada diafanidad, manchó el óvalo del espejo; sólo entonces el Señor se dio cuenta, retrospectivamente, de que los rostros anteriores no habían aparecido solos, sino acompañados de sonidos que, ahora, él trató de recomponer: eran pájaros, sí, y pisadas y rumores de telas; eran trozos musicales demasiado veloces, demasiado evanescentes para ser atendidos o juzgados; eran voces demasiado bajas y truenos tan ruidosos que sólo el recuerdo permitía recuperarlos; era el sonido de las hierbas creciendo cerca, muy cerca, demasiado cerca y, en la lejanía, balidos, relinchos, rebuznos, mugidos, ladridos, aullidos, zumbidos. Tuvo que recordarlos porque en ese momento de la nada, también los ruidos cesaron y lo que el Señor más añoró fueron los pájaros ausentes.

El cielo abovedado se abrió en la siguiente grada; se desintegró la luz metálica; pero el paso de las ráfagas de viento y de las luces encontradas, resueltas en glóbulos de color puro jamás visto, en triángulos de fuego y columnas de fósforo, en bloques de asombro total y espirales enigmáticas, impedía ubicarse en ese espacio total, fugitivo e infinito, sin principio ni fin: el Señor pensó que si su cara aún existía, así fuese en forma de polvo disgregado aunque reconstituible, sería la cara de la locura contemplando algo que jamás tuvo origen y nunca terminaría; recordó al estrellero de palacio, fray Toribio, quien alguna vez le habló de Eridanus, el río de arenas luminosas que en el cielo fluye bajo los cetros de Brandenburgo, iluminando las murallas de los astros e irrigando la tumba del Fénix; desde allí sintió que caía, desde ese rebaño de estrellas en flujo, al ascender al siguiente escalón y mirar, en el espejo, las honduras vegetales de una selva en la que no brillaba el sol ni se movían los follajes tupidos, petrificados, arcaicos, de una flora muerta que sólo en el escalón siguiente cobró vida, volviéndose acuosa, marina, plástica, ondulante.

En el centro de esta vegetación líquida y carnal, brilló de nuevo un punto en el cual el Señor pudo distinguirse sin reconocerse. El punto era una gota blanca; él supo que tenía vida y desesperadamente imaginó que era suya. Subió; el reflejo volvió a enturbiarse; era un mar de lodo en el centro de la noche, el reverso de todas las medallas, el horario de la luna, el palacio de las cenizas, el recuerdo de la lluvia, la primera palabra, los animales soñándose unos a otros y otorgándose, así, el primer soplo de existencia; no creados, soñados; y al soñarse, creándose.

Estremecido, llegó al peldaño que le aguardaba: un ser blancuzco, sin pelo y de escasa forma, nadaba en un líquido pardo. Ahora avanzó con rapidez: el feto informe poseía ya dos brillantes aunque dormidos huevos en la mirada: dos ojos prendidos al cuerpo por una delicada red de venas y nervios; el cuerpo blancuzco se cubrió de pelo; las patas recogidas empezaron a moverse, como queriendo salir de la prisión; escuchó un aullido feroz: de un golpe, regresaron todos los rumores perdidos, el mundo volvió a llenarse de ríos y cataratas, de oleajes y trinos, de incendios y marchas, de trompetas y silbidos, de tafetanes rozados y de platillos raspados, del rumoroso trabajo de hachas y fuelles; pero en el espejo sólo se veía a un lobezno recién nacido y por fin el Señor detuvo su febril ascenso y contempló con un temblor creciente esos ojos, uno cruel y el otro tierno, y ese hocico abierto, pidiendo aire; y esos afilados colmillos. Subió lentamente sin abandonar la visión del espejo. El lobo había crecido y corría por campos que el Señor pudo adivinar, perseguido por armas e insignias que el Señor pudo reconocer como suyas: *Nondum, Aún no.*

Aterrado, arrojó desde lo alto de la escalera el espejo que se estrelló contra las baldosas de granito de la cripta. Descendió velozmente, jadeando, coronado desde lejos por las luces disímbolas de los años refractarios; y perseguido por el pasado del futuro, se arrojó con los brazos abiertos frente al altar; la luz pareja que nacía en el claro espacio pintado de una plaza italiana iluminó la cruz de su capa; atrás quedó el futuro, visto a medias, pues el Señor no pudo recorrer la totalidad de los treinta y tres escalones. Entonces su cuerpo exhausto pidió que vinieran en su auxilio las palabras memorizadas:

—De todo necesita mi flaqueza, para no ser vencida de tan importunas y astutas tentaciones, como fabrica contra mí la antigua Serpiente. Fortísima es la guerra del amor; sus armas poderosas son los favores, y éstos llevan confusos a los ingratos. Sucede como dice el Espíritu Santo del impío y malhechor, que huye sin que nadie le persiga, porque él mismo se acusa y su propio delito le hace pusilánime y cobarde. Oh Señor, yo sé que el testimonio de la propia conciencia es un predicador continuo, que no le podemos echar de casa, ni hacerle callar. A los Justos les sirve de glorioso consuelo, como dice San Pablo, y a los ingratos de continuo tormento. ¿Seré yo el ingrato y no el justo; seré yo el impío y el malhechor, y por ello me reservas, a pesar de mi intensa devoción, estas visiones?

Rechazó, tendido, llorando, ahogado por el sentimiento de confusión y culpa, estas ideas; pero con ello sólo intentaba, inconscientemente, rechazar la terrible memoria duplicada: él, desde ahora, podía recordar su pasado y también su futuro. Y esto no podía ser obra del Dulcísimo Cordero:

—Con rabioso furor procura el Demonio estorbar el ejercicio santo de la oración mental. Para este diabólico fin aplica al astuto Dragón cuantos medios y embarazos puede arbitrar su obstinada e infatigable malicia; pero cuando no lo puede conseguir, muda las diligencias para sugerir disimulados engaños en este mismo santo ejercicio. Señor, no dejes que el Demonio se aproveche del intenso fervor de mi oración; asegúrame que en este instante, postrado ante Ti, llena mi cabeza de horrendas visiones, no están mis afectos menos purificados ni puede comenzar desde ésta mi postración y éste mi abandono el enemigo de Dios a sembrar su maldita cizaña y a engañar sin desvelo, sin perder tiempo, ni ocasión, ni lugar, ni ejercicio sagrado, la penosa devoción de mi pobre alma. No sé, Dios mío, no sé si la ocasión de mi penitencia puede ser la mejor oportunidad del Demonio, pues la serpiente venenosa muerde en silencio; y no hay cosa peor que su cabeza, pues no tiene pensamiento bueno; y sólo ella pudo develarme el cuadro de mi porvenir, y no Tú, que nos has hecho el favor de mantenernos ignorantes de lo que habrá de acaecernos, reservándote esa sabiduría sin la cual no serías Dios. Y reservándonos, a nosotros, sólo la certeza de la muerte, pero no el cuándo ni el cómo ni el por qué ni para qué. Ni Tú serías Dios si nos revelaras, al nacer, cuál será el curso entero y el punto final de nuestras vidas, ni nosotros tus amorosas criaturas si lo supiésemos: tal inteligencia sólo puede ser falso favor del Maligno.

Chisporroteaban las velas y el incienso sofocaba la cripta; el Señor miraba con pasión, desvelo, duda y entrega la figura principal del cuadro traído de Orvieto, y a ella dirigía sus preces.

—Líbrame, Señor, de la vana complacencia y oculta soberbia; de hacer penitencias desordenadas y de las visiones imaginarias y revelaciones. ¿Cómo puedo distinguir las verdaderas hablas interiores, que son de Dios, los éxtasis y raptos sobrenaturales y divinos en que Dios amoroso se comunica con mi alma, de los modos del Demonio, que como Simia Figura de las obras de Dios las quiere remedar y contrahacer? Que no se engañe mi alma imaginando que Dios le habla y le ofrece visiones, y no le habla Dios, sino mi espíritu propio y mi veloz imaginación. Rechazo, rechazo la oculta satisfacción y la sombría soberbia que me hace pensar que Dios me habla; acepto que el Demonio ha fingido estos raptos y éxtasis, causando visiones, aprovechando que mi mente es criada de arcilla, transfigurándose en Ángel de Luz y aun apareciendo en la forma de Jesucristo si Su Majestad le da permiso… Pero entonces, Dios mío, ¿cómo distinguir las hablas del Creador de las hablas de la Criatura, y éstas de los parlamentos del Demonio que todos llevamos, por la Caída de nuestro primer padre Adán, adentro? ¿Cómo? ¿Cómo? ¿Qué nos dice la doctrina para evitar que la ocasión de hablar con Dios se convierta en ocasión de hablar con el Demonio? ¿Cómo distinguir Tus visiones de las mías y ambas de las de Luzbel? ¿Y cómo saber si éstas, las fantasías demoníacas, tienen que ser aceptadas y sufridas y entendidas, puesto que Tú las has permitido y por algo, desde tu Alta Omnipotencia, permites al Demonio actuar en vez de aniquilarlo para siempre bajo la planta de tu Divino Pie? ¿Cómo?

Se acercó, arrastrándose, al altar, con los brazos siempre abiertos en cruz; tocó con los dedos exangües el gran cuadro, recorrió con las yemas aplastadas la figura del Cristo sin luz que en el ángulo de la plaza italiana predicaba a los hombres desnudos.

—El Cáliz que tienes, Señor, en tu poderosa mano, está mezclado de trabajos y consuelos y sólo tu Divina Majestad sabe y comprende a quién y cuándo conviene dar lo uno y lo otro; por desiguales partes has llenado el mío, Jesús, aunque mis parcos bienes sirvan para ocultar mis inmensas desgracias, que nada son, ni bienes ni infortunios, comparados con el deseo que avasalla mi vida: oh Jesús, permíteme llegar a la sustancial unión contigo, a la unión del espíritu purgado y purificado de todos los sentimientos de la parte inferior del alma, y así dejar de preocuparme para siempre de gobierno y guerra, de persecución herética y de simbólicas monterías; déjame gozar de la unión fruitiva contigo, con lo cual nada importará lo que tuve o no tuve en esta vida; permite a mi voluntad conocer el excesivo gusto y deleite de experimentar el toque inmediato de la divinidad y quedar embriagado y anegado en un mar inmenso de suavidades y dulzuras, fuera de mí y transportado enteramente en mi Dios y Señor que eres Tú, Cristo Jesús: lejos de este palacio que de la piedra salió y a la piedra regresará; lejos de mi esposa; lejos de las exigencias de mi padre muerto y vivo y de mi madre viva y muerta; lejos de lo que él, mi padre, me pidió, poder y crueldad; lejos de lo que ella, mi madre, me pide, honor y muerte; poder y crueldad, honor y muerte: en tu mística, Jesús, se disuelven y olvidan tan ingratos deberes de la legitimación política en Ti, y no, como ella cree, en el satánico hoyo negro de la Señora mi mujer muy virgen.

La mirada del Señor, por momentos desorbitada, por instantes sospechosa, mirada caliente, mirada fría, se desplazó de la fatiga del Cristo de Orvieto a la transparente predela del Sacramento y de allí, sobre su hombro, a las filas de sepulcros abiertos que a sus espaldas aguardaban la llegada de los Señores y Señoras e Infantes sus antepasados: como el cadáver sería contenido en la piedra sepulcral, así quería el Señor unirse a Jesús:

—Yo sé que en esta divina unión hay grados de más y de menos, pero tú eres libre en todas tus obras y aun respecto a los Bienaventurados, como espejo voluntario que eres, te manifiestas más o menos bien: manifiéstate a mí, Jesús, en el estado de la unión pasiva del alma con Dios, en la que se cumplen los grandes misterios que están escritos en la Epístola Santa de los oscuros Cánticos de Salomón. Mi alma feliz quiere entrar como una esposa en la Bodega Mística del Esposo Santo que eres Tú, donde el amor purísimo y santísimo es el vino generoso que inflama y embriaga los corazones en amor soberano. Dame, Jesús, tu ósculo castísimo y misterioso, pues por él suspiro como una esposa santa. Tu beso es aquella preciosa Margarita, que no tiene precio en la tierra. Éste es el íntimo Reino de los Cielos que tú puedes comunicarme; déjame participar, Dios mío, del tálamo florido del Divino Esposo y del Paraíso de tus celestiales delicias. Contrae este Matrimonio rato conmigo en ésta nuestra vida mortal, para luego consumarlo deliciosamente, ambos, tú y yo, en la felicidad eterna de la Gloria.

Pesadas laudas sepulcrales, pesados basamentos en forma de pirámides truncas, efigies labradas de los Señores, cuerpos de mármol yacente de las Señoras, esposos de piedra durmiendo el uno al lado del otro en los gemelos lechos de la muerte, Infantes inmóviles, yacentes, esperando la llegada del cadáver cuya vida representaban estas estatuas pálidas, y tan naturales que parecían vaciados: testigos de la oración del Señor.

—Dame tu divina presencia y tu divino contacto y el soberano amplexo del Divino Esposo; no vivo más estando ausente de ti; dame vida breve para apresurar mis nupcias contigo; no tolero más mi ansia inflamada; dame la gloria eterna en la que ya no será necesario esperar más, esperar nada, desesperar de que lleguen o no lleguen los desenlaces del tiempo nuestro tirano; ¡oh Jesús mío, cuándo será!, *aún no, aún no*, rezan mis divisas dinásticas, pero yo te ruego: déjame abandonar este mundo inmóvil, más igual a sí mismo, a su pecado y dolor iniciales, mientras más cambia, y reunirme contigo en la deleitosa variedad del cielo prometido… Ven, Jesús, ven a mí, ven, ven ya, ya, ya…

Entonces, implorando, el Señor levantó la cabeza y vio que las figuras del cuadro giraban; él mismo giró la cabeza para saber si todas las figuras inánimes cobraban vida; pero sólo los hombres desnudos que escuchando al Cristo le daban las espaldas al mundo, giraron y le mostraron las caras al Señor; a espaldas del Señor, las estatuas yacentes, los dormidos relieves de las losas sepulcrales permanecían ciegos e inmóviles; y el Cristo sin luz que en el cuadro predicaba de frente, comenzó a darle la espalda; y los hombres desnudos tenían los miembros viriles enormes y erectos, cabezones, pulsantes de sangre y semen, rojos y brillantes, y los testículos tensos, peludos, irisados de placeres; y el Cristo de las tinieblas tenía una cruz de carne roja grabada entre las cuchillas de la espalda y le escurría una espesa sangre entre las nalgas.

El Señor gritó, alargó la mano y tomando un látigo penitenciario comenzó a fustigarse la espalda, la mano, el rostro, mientras le miraban sus antepasados, las estatuas de blancos ojos y mármol inlacerable. Sangró también el Señor. Luego dijo en voz muy baja, con los dientes apretados:

—No quiero que el mundo cambie. No quiero que mi cuerpo muera, se desintegre, se transforme y renazca en forma animal. No quiero renacer para ser cazado en mis propios predios por mis propios descendientes. Quiero que el mundo se detenga y libere mi cuerpo resurrecto en la eternidad del Paraíso, al lado de Dios; una vez muerto, no quiero, por favor, por piedad, no quiero regresar otra vez al mundo. Quiero la promesa eterna: ascender al reino de los cielos y allí olvidarme del mundo inmóvil y perder para siempre toda memoria de que tuve vida, de que hay vida en la tierra; pero para llegar al cielo, para que el cielo mismo exista, este mi mundo actual no debe cambiar, pues sólo de su infinito horror puede nacer, por contraste, la infinita bondad del cielo. Sí, sí, tal es el contraste requerido; y por eso, de joven, oscuramente, sin saber bien lo que hacía, maté a quienes se atrevían a ofrecer el cielo en la tierra, por eso, padre mío don Felipe y no por mi promesa de nunca volver a decepcionaros y hacerme digno heredero de vuestro cruel poder, por esto y no, madre mía doña Juana, para consumar las nupcias del honor y la muerte; por esto; y por eso ahora que envejezco, conscientemente, edifico el mal en la tierra para que el cielo siga teniendo sentido. Que haya un cielo, Señor, Tu cielo; no nos condenes al cielo en la tierra, al infierno en la tierra y al purgatorio en la tierra, pues si la tierra sola contiene todos los ciclos de la vida y la muerte, mi destino es ser un animal en el infierno. Amén.

Pero ni el Cristo que le daba la espalda ni los hombres con las vergas levantadas ni las estatuas sepulcrales que esperaban los cadáveres de los treinta fantasmas sus antepasados, le atendían. El Señor lo supo y levantó el látigo:

—Demonio… Demonio disfrazado… Demonio que asumes a voluntad las figuras de otros hombres, de otros fantasmas, del solo Dios… Cruel Dios que regalas o retiras tus dones a tu antojo y aún permites que Luzbel usurpe tu figura y engañe a mi pobre alma… Manifiéstate, Dios mío, hazme saber cuándo me tocas Tú y cuándo me toca el Demonio… ¿Por qué nos sometes a los cristianos a la ruda prueba de nunca saber, en la cima mística, si hablamos Contigo o con el Enemigo?; ¡manifiéstate, cabrón Jesús, danos una sola prueba de que nos oyes y en nosotros piensas, una sola prueba!, ¡no me humilles más, no me ofrezcas más como espejo de mi vida el excremento, el que me rodeó al nacer en una letrina flamenca, el que me invadió en Tu altar el día de mi victoria contra los herejes adamitas, el que me cayó encima esta misma mañana, mientras dormía!; hijo de la mierda, Dios de la mierda, ¿cómo sabré cuándo me hablas Tú? ¡Déjame gozar del ascenso místico sin dudas ni visiones, pues sólo en esta epifanía puedo resolver el conflicto de mi pobre alma, capturada, aquí abajo, entre la deuda del poder para con mi padre y la deuda del honor para con mi madre y la deuda de la sensualidad para con mi esposa; sólo a Tu lado puedo dejar todo esto atrás, pero Tú no quieres decirme si sacrificando poder, honor y sexo hasta Ti llego o al Demonio me abrazo!

Con una fuerza de la que se creía incapaz, el Señor se incorporó y fustigó los cuerpos pintados con el látigo, hasta imaginar que había hecho sangrar la tela misma del cuadro; y entonces, lanzó su furia contra la espalda del Cristo volteado, la espalda marcada con la cruz de carne; pero al intentar hacerlo, el brazo se le paralizó, el látigo se detuvo en el aire con contracciones propias, como si adquiriese la vida de una negra serpiente; y la figura del Cristo volvió a girar, le dio la cara al Señor y en la cara del Cristo había una carcajada soberana, que retumbaba por encima de todas las dudas, todos los deseos, todas las cóleras, todos los terrores y todas las humillaciones del Señor detenido como una estatua, a punto de asimilarse a los treinta sepulcros de esta cripta, mientras las figuras del cuadro giraban y mostraban la infinita variedad de las formas.

Y la mandíbula prógnata del Señor se adelantó buscando el aire escaso de este hipogeo donde su vida se centraba y resumía cuando, al fin, se movieron los labios del Cristo del cuadro y dijeron:

—Muchos vendrán en nombre mío, diciendo: Yo soy el Cristo, y seducirán a mucha gente. Y de nuevo surgirán los Anticristos, y los falsos profetas; se anunciarán mediante signos prodigiosos y cumplirán falsos milagros, a fin de inducir en error a los elegidos. Y es cierto el testimonio de San Juan: los Anticristos serán numerosos. Pues cuando el Anticristo viene, los Anticristos se multiplican. Pero sólo uno entre ellos será el verdadero. Haz por reconocerlo. En ello te va la salvación que tanto imploras. Tú pretendes imitarme; los herejes que has perseguido se inspiran también en la imitación de Cristo. Necios. Si soy Dios, mi leyenda y mi vida en la tierra son insustituibles e inimitables. Pero si sólo fui el hombre Jesús, entonces cualquiera puede ser como yo. ¿Para qué diablos caí en la tentación de nacer como hombre, inscribirme en los signos precisos de la historia, vivir bajo el reino de Tiberio y durante la procuración de Pilatos, actuar en la historia y hacerme su prisionero? Necio yo, sí, pues los verdaderos Dioses presiden el origen irrepetible del tiempo, no su accidentado curso hacia un futuro que para los Dioses carece de sentido. Resuelve este dilema. Y además, cabrón tú.

Prisionero del amor

El hermoso joven la miraba con los ojos distraídos y las pupilas agrandadas, mientras ella se acercaba y luego se alejaba, arreglándole primero los almohadones perfumados entre los brazos y bajo la cabeza; en seguida retraída, mirándole, admirada, agradecida; luego otra vez cerca de él, besándole los pezoncillos dormidos, tratando de despertarlos, metiendo las manos entre las axilas del muchacho, rizándole con los dedos el vello rubio y húmedo; alejada: contemplándole recostado sobre la cama, completamente desnudo, ajeno, sometido al poder de la belladona y la mandrágora, inconsciente del lugar, de la hora y también de la mujer que le adoraba, le limpiaba el ombligo con la lengua, le acariciaba el vientre duro y cerraba los ojos al besarle la nata de vello cobrizo que coronaba el sexo dormido; entonces, la Señora volvía a abrir los ojos zarcos, tomaba con rapidez medrosa la mano del joven y con la otra le ofrecía la recámara.

—Tómalo todo, todo es tuyo; no hay otro lujo en este panteón construido por mi esposo el Señor, y todo el lujo lo reuní para ti, esperándote en mis sueños y en mis vigilias, en mis cóleras y en mis tristezas, en mis engaños y en mis desengaños, siempre te he tenido ardiendo entre mis pechos y entre mis piernas, esperándote, todo es tuyo y todo es nada sin ti…

Le ofrecía al muchacho bello y ausente, con la mano extendida, las telas preciosas que colgaban sobre los muros de piedra, las arcas abiertas llenas de dinares de oro y dirhams de plata, los tapetes orientales, la orfebrería bárbara y las pieles tatuadas con motivos de las estepas; los pebeteros humeantes y las cárceles de cristal en las que rondaban capturados, estériles, abúlicos, embrutecidos, revestidos con pesados cobres y cargando esmeraldas engarzadas sobre los caparazones, las moscas gigantescas, las abejas, las arañas y los escorpiones. Le ofrecía este reducto, esta madriguera suntuosa ganada con el engaño y el cohecho y ganada, sobre todo, gracias a la indiferencia del Señor. Ella suplicó; quería un baño, quería escuchar el canto de los pastores...; él se lo negó: el palacio era la tumba de los vivos; ella comprendió que, obsesionado por y con la muerte, su marido no tendría ni tiempo ni voluntad para husmear, acechar o perseguir lo vivo hasta sus escondites; comprendió lo dicho por Guzmán: el Señor sólo da fe de lo que queda escrito, no de lo visto, no de lo dicho, y mientras alguien no escriba la alcoba de la Señora, la Señora puede vivir en paz; ella regaló un collar al oficial de la obra y un anillo al sobrestante; se hizo construir, detrás de los cortinajes de la cama, un espléndido baño morisco de azulejos y cubrió el piso de la alcoba, como las más antiguas sinagogas del desierto, de blancas arenas. El Señor le dictó a Guzmán un folio declarando que en este palacio no cabrían costumbres de moros o judíos, y que todos se morirían con el calzado que llevaban puesto desde siempre, como la abuela del Señor. Esto le contó Guzmán a la Señora y ella suspiró: al Señor le bastaba consignar algo al papel para creer que tenía existencia propia; no se volvería a ocupar de estas minucias sensuales. Debajo de las almohadas, la Señora había colocado minúsculos saquitos llenos de hierbas aromáticas, guantes perfumados y pastillas de colores.

Entonces el joven le devolvió la presión de la mano, la liberó y tocó el brazo de la Señora. Miró la arena blanca que cubría el piso de la alcoba y distinguió en ella las huellas de sus propios pies; imaginó que continuaba en la costa, en la misma playa de su naufragio sólo que amueblada, perfumada, recubierta de pieles y telas. Y la arena había cambiado de color. El joven movió los labios:

—¿Quién eres? ¿Dónde estoy?

Ella le besó la oreja, tomó una arracada de uno de tantos cofrecillos cercanos y se la prendió al muchacho en el lóbulo: lo hizo con alegría, disimulando cierta turbación que quería abrirse paso detrás del gesto gozoso; desnudo, desposeído, le había recogido en la playa del Cabo de los Desastres; ahora le prendía una arracada a la oreja; ahora quizá, con ese solo, simple, gustoso acto, comenzaba a imponerle una personalidad y un destino a este hombre que era, como las arenas de la costa o de la recámara, un blanco papel sobre el cual nada podría escribirse, pues todo signo sería borrado inmediatamente por las olas y el viento, por otras pisadas; pero el arete pendía ya del lóbulo de la oreja, mientras ella le decía al muchacho que se encontraba en su palacio lejano donde los espacios coexistían y los moradores, a su placer, podrían imaginarse en Bagdad,

Samarkanda, Pekín o Novgorod y que ella era, al mismo tiempo, su dueña y su sierva… Las emociones más encontradas se sucedían en el rostro de la Señora, dueña y sierva, se preguntó si le daba o le quitaba una vida a este hombre capturado en la rica alcoba, si le desviaba de su verdadero destino trayéndole aquí, si al contrario el hombre para llegar aquí había nacido, si le servía o le deformaba adueñándose de él, si era la dueña de un poder de creación de divinas similitudes: prisioneros los dos, encerrados, solos, frente a frente, ¿acabaría el joven por ser un remedo de su dueña, o ella por ser la sierva imitativa de los puros poderes, hasta ahora intocados, súbitamente nacidos como las alas de una mariposa o un inesperado rayo de luz en las tormentas, de este joven?; besó los labios del muchacho, se abrazó a su cintura, suspiró, se apartó de él, encogió los hombros cuando él repitió las palabras:

—¿Quién eres? ¿Dónde estoy?

Ten piedad de mí, contestó la Señora y narró, sentada al filo de la cama, lo siguiente:

Fui traída siendo una niña desde mi patria, Inglaterra, al castillo de uno de los grandes señores de España, mi tío. Vine contenta, pues desde la cuna me habían contado historias de la tierra del sol, donde florece el naranjo y las brumas de mi país son desconocidas. Pero encontré que aquí, como si el sol fuese una plaga y la alegría que hace nacer en los cuerpos un pecado, se expulsaba su luz, se le condenaba a perecer en hondas mazmorras, se le oponían murallas de granito y se sometía el simple deleite corporal a las contriciones del ayuno, la flagelación y la etiqueta. Llegué a añorar la ruidosa vulgaridad de los ingleses; allá, la borrachera, el baile, el insulto, la gula y la sensualidad carnal compensan el clima de heladas lloviznas. Cada noche había fogatas y banquetes en la mansión junto al río de mis padres, muertos finalmente del cólera él y de los malos partos ella. Llegué a España; era una infanzona con bucles de tirabuzón y tiesas enaguas de calicó. Fui una niña largo tiempo, amado mío, y mi único entretenimiento era vestir muñecas, juntar huesos de duraznos, despertar a las tardonas y vestir a mis dueñas como los comediantes que mi padre me llevó a ver en Londres.

Creo que dejé de ser niña una mañana en que, estando en periodo de menstruación, fui a la capilla a recibir la Eucaristía; la hostia, apenas colocada sobre mi lengua, se convirtió en serpiente; el vicario me injurió en público y me expulsó del sagrado lugar. Óyeme, mi amor; aún no comprendo cuánto mal desencadenó ese horrible hecho; aún no lo comprendo. Quizá mi primo, el hijo del Señor mi tío, me amaba desde antes, en secreto; él me ha dicho que esa mañana de la comunión en la capilla me miraba de lejos, adorándome ya; yo no lo supe. Sólo entendí una orden de labios de su padre, varias semanas más tarde, en medio del horror y del crimen, en una sala del alcázar llena de cadáveres que los guardias se llevaban arrastrados de los pies, rumbo a una pira monstruosa que durante días infestó con sus olores nauseabundos la comarca. Sólo supe que esa matanza de rebeldes, comuneros, heresiarcas, moros y judíos engañados y conducidos a una ratonera por el joven príncipe Felipe había sido la prueba que éste daba a su padre: merecía tanto el poder como mi mano.

Entonces supe y debí obedecer. Yo iba a ser la esposa del heredero y nuestras bodas se celebrarían en el altar de la sangre derramada. Tuvo lugar la ceremonia; desde ese momento debieron cesar mis juegos. La serpiente surgida de mi lengua impura me amordazaba ahora, ataba mis pies y mis manos, me sofocaba y me hería. Yo era la esclava de esas serpientes: las dueñas y las camareras mayores me arrebataron mis muñecas, escondieron mis disfraces, descubrieron el escondite de mis duraznos y me impusieron un horario de clase estricto e interminable: cómo hablar, cómo caminar, cómo comer: como convenía a una Dama española.

Me doblaron a los usos. Me convertí en una prisionera de la infalible simetría. Y al cabo de diez años de hablar con frases preparadas para cada ocasión, de aprender a caminar alta, rígida, con un azor posado sobre mi puño (infalible simetría: como las aldeanas van a la fuente con un cántaro sobre la cabeza, así mi halcón y yo), de comer poco y mal unos bocadillos tomados siempre con los dedos tiesos y la cabeza erguida, seguía tan añorante como inocente: pero ni mis manos podrían, nunca más, jugar con las muñecas, ni mis piernas correr alrededor de las dueñas disfrazadas, ni mis rodillas doblarse para enterrar en el jardín los huesos de durazno. Resigneme. Toma mucho tiempo perfeccionar un gesto, tal es el sentido de la tradición, escoger una de las posibilidades de la vida, mantenerla, acariciarla, disciplinarla, excluir cuanto la ofenda o hiera: esta actitud nos asimila a los señores y a los pueblos, ambos hemos durado mucho, no nos interesa cambiar los usos cada año. Tradición, señores, pueblo: esto me lo explicó mi favorito amigo, el fraile Julián, que es el pintor miniaturista de esta corte.

No entendí el extremo de protocolo que ahora marcaría mi vida (mi cuerpo olvidándose de todo lo aprendido naturalmente) hasta un día que regresé en la litera de un paseo por los vergeles circundantes, estando mi marido ausente en una de las guerras contra príncipes rivales y protectores de herejes, y, al descender, perdí pie y caí de espaldas sobre las losas del patio del alcázar.

Pedí auxilio, pues arrojada bocarriba y vestida con miriñaques de fierro y abombadas basquiñas, me era imposible levantarme por mi propia cuenta. Pero ni los camareros ni los alguaciles, ni las dueñas que acudieron a mis voces, ni el gentío de monjas y capellanes, botelleros y sacerdotes, palafreneros y alabarderos que, hasta el número de cien, se reunieron en torno mío, adelantaron un brazo para levantarme.

Formaron un círculo y me miraron con pena y azoro; y el alguacil mayor advirtió:

—Que nadie la toque. Que nadie la levante, como no lo haga por sí sola. Ella es la Señora y únicamente las manos del Señor pueden tocarla.

En rebeldía contra estas razones, grité a las camareras: ¿no me visten y desvisten cada día, no me peinan, no me espulgan la cabellera, por qué no me pueden tocar ahora? Me miraron ofendidas, y sus miradas agraviadas me estaban diciendo:

—Una cosa es lo que sucede recámaras adentro, Señora, y otra muy distinta la que tiene lugar a los ojos de todo el mundo: la ceremonia.

Volví a añorar, prenda amada, los desenfados de mi patria, Merrie Englande. Y pensé que mi destino sería peor que el de las peregrinas inglesas, por cuya mala fama prohibió San Bonifacio las peregrinaciones femeninas, pues la mayor parte se pierde, pocas llegan puras a su dirección y pocas ciudades hay en Lombardía o Francia donde no haya puta o adúltera de la raza inglesa. Mil veces peor, te digo, mi destino: peregrina perdida por la etiqueta y la castidad, pues una y otra pesaban sobre mi corazón como duras penas.

Pasó la tarde; cayó la noche, y sólo las más fieles camareras y los más rudos soldados permanecieron cerca de mí; el armazón de fierro de mis vestidos crujía bajo mi peso; vi pasar las estrellas, algunas más fugaces que de común; vi nacer el nuevo sol, más lento que en días recordados. Al segundo día, hasta las dueñas me abandonaron y sólo los alabarderos permanecieron a mi lado, aunque a veces olvidasen quién era yo, o siquiera que yo estaba allí, y comían, orinaban y juraban en el patio. Soy de piedra, me dije resignada; me estoy convirtiendo en piedra. Dejé de contar las horas. Impuse a la noche mil albores imaginarios; teñía de negro el día. Pero el sol me pelaba la piel del rostro y me hacía brotar oscuros hongos en las manos; llovió una noche y un día, se escurrieron mis afeites y se empaparon mi cabellera y mis faldones. Con sumo retardo, pues el hecho imprevisto en el ceremonial les llenaba de confusión inmóvil, las dueñas se turnaron manteniendo grandes sombrillas negras sobre mi cara. Cuando volvió a salir el sol, olvidé el pudor y deshice los lazos de mi corpiño para que mis pechos se secaran. Alguna noche, los ratones buscaron acomodo en la amplia cueva de mis enaguas levantadas; no pude gritar, los dejé acosquillarme los muslos y al que más se aventuró entre ellos le dije, "Mur, has llegado más lejos que mi propio marido."

Sólo los brazos de mi esposo tenían derechos para levantarme de esta postura, primero accidental, luego ridícula y finalmente patética. ¡Pero si esos brazos jamás me han tomado, nunca! ¿A quién le dije, en aquel instante, estas palabras? No te engaño, mi amor: se las dije al más fiel de los ratones, el que acabó por establecer domicilio en las oquedades de mi guardainfante, pues mejor interlocutor le consideré, desde luego, que mis ataraantadas dueñas, pomposos alguaciles y rígidos alabarderos. Recordé el melancólico rostro del que sería mi esposo, duro y melancólico, la primera vez que me miró con mirada de amor, aquella lejana mañana en la capilla, cuando fui expulsada por el vicario. Pero yo, de amores, mur, ¿qué sabía? Algo demasiado brutal: esa misma mañana, una perra había parido en mi recámara; yo había menstruado; mi dueña la Azucena se encontraba aherrojada por un cinturón de castidad. ¿Qué sabía? Lo que había leído en secreto en el libro de los honestos amantes de Andreas Capellanus: el verdadero amor debe ser libre, mutuo y noble; un hombre común, un villano, es incapaz de darlo o recibirlo. Pero sobre todo, debe ser secreto, ratón; los amantes, en público, no deben reconocerse sino mediante gestos furtivos; los amantes deben comer y beber poco; y el amor es incompatible con el matrimonio; todos saben que nunca hay amor entre marido y mujer. Mi marido, rata, jamás me había tocado; ¿era ello prueba de que, en efecto, no hay amor entre esposos, al grado de jamás estar reunidos en un tálamo?, ¿o era prueba de que, cual verdadero amante, mi esposo me quería en secreto y furtivamente, como tú, mur, como tú, Juan? Al ratón le conté estas penas, y este pensamiento: mi propia suegra, la madre del Señor mi marido, sólo a oscuras conoció las obras de varón, pues sólo para engendrar príncipes la necesitaba el Señor mi tío español; yo, ni eso; yo, virgen como el día que desembarqué de Inglaterra mi patria. Poco podía comer y beber en mi absurda posición; presencia secreta y furtiva, presencia de verdadero y honesto amante, sólo la del ratón que noche con noche me visitó, me mordisqueó, me conoció…

Así pasé treinta y tres días y medio, amor: la vida del alcázar reasumió sus hábitos; las dueñas me daban de comer en la boca, con cucharones soperos; debían molerme las viandas en retortas, pues de otra manera no podía tragarlas; bebía de las botas más burdas, pues todo lo demás se me escurría por la barbilla; y a grandes gritos apartaban las dueñas a los socarrones guardias cuando ellas me acercaban la porcelana, aunque muchas veces no pude contener mis necesidades naturales antes de que las camareras llegasen, siempre a horas fijas, sin atender a mis urgencias y caprichos. Y todas las noches, el furtivo ratón me visitaba, salía del hoyo de mi guardainfante para roer un poco más en el hoyo de mi virginidad. Él fue mi verdadero compañero en ese suplicio.

Una tarde, cuando ya había dejado de contar el tiempo, imaginar mi rostro deslavazado o mirar las faldas desteñidas, mi esposo entró al patio al frente de la tropa victoriosa. Se había enterado, en el camino, de mi infortunio. Pero al entrar, pasó de largo y se dirigió a la capilla a dar gracias, sin detenerse a mirarme. Yo había jurado no reprocharle nada; imaginé que podía ser muerto en batalla y entonces mi destino hubiese sido esperar mi propia muerte, sin brazos dignos de recogerme, yacente en el patio, amenazada por los elementos hasta convertirme, tarde o temprano, vieja o joven, en uno de ellos: un montón de huesos y pellejos a la intemperie, sin más compañía que un ratón. Sólo los brazos de mi marido el Señor eran dignos de recogerme; muerto él, muerta yo; muerto él, sólo una vida podía acompañarme hasta la hora de mi propia muerte: la de un diminuto, sabio, pelraso, royente mur. ¿Cómo no iba a entregarme al ratón, pactar con él, acceder a cuanto me pedía? Perdón, Juan, perdón; no sabía que te habría de soñar y, soñándote, encontrarte…

Más tarde, mi esposo se acercó a mí; dos mozos le acompañaban, portando entre ambos un gran espejo de figura entera. A una orden de mi marido, los mozos acercaron el espejo a mi cara; grité horrorizada al ver ese rostro que ya no era el mío y sólo en ese instante se acumularon los treinta y tres días y medio de mi grotesca penitencia y se sumaron a la humillación que, con intenciones mortales por eternas y eternas por mortales, mi marido el Señor me ofrecía: en ese momento, creyéndome virgen aún, perdí para siempre la inocencia.

Miré a mi marido y entendí lo que pasaba; él mismo había envejecido, sin duda paulatinamente; pero en ese momento, al regresar victorioso de una guerra más, el paso del tiempo se hizo actual; algo que yo desconocía había sucedido: el Señor había regresado de su última batalla; me di cuenta de que asistía al momento de su vejez, de su renuncia, de su dedicación a las obras de la memoria y la muerte; traté de recordar, esta vez en vano, los ojos soñadores del grácil joven en la capilla o los ojos crueles del hombre en la sala del crimen, que sólo gracias al crimen se había sentido con derecho de merecerme; estos ojos, los que ahora mirábanme como yo los miraba, eran los de un viejo agotado que me ofrecía, para acompañarle en su prematura senectud, mi propia imagen descascarillada, polvorienta, sin cejas ni pestañas; mi nariz afilada y temblorosa como la de una loba en ayunas; mi cabellera sin color, convertida en pelambre gris como la de las ratas que me habían visitado. Cerré los ojos e imaginé que desde los lejanos campos de batalla de Flandes, el Señor mi esposo, con la asistencia diabólica, había ordenado el ridículo traspiés que dio con mi cuerpo en las baldosas del patio, obra de lémures chocarreros, a fin de igualar nuestras decadentes apariencias al reunirnos. Pero no eran las del Señor obras del diablo, sino divinas dedicaciones al fervor cristiano; y si él había escogido por aliado a Dios para que esto me sucediera, yo escogería al Demonio para responderle.

Sólo entonces, después de mostrarme a mí misma en ese turbio espejo de horrores, el Señor me ofreció sus manos, pero yo carecía de fuerzas para tomarlas y levantarme. Hubo de hincarse y tomarme, por primera vez, entre sus brazos y así conducirme a mi alcoba, donde las camareras habían preparado ya, por iniciativa propia y con el dudoso disgusto del Señor, para el cual el baño era medicina extrema, una tina hirviente. Mi marido me desnudó, me introdujo en la bañera y por primera vez vio mi cuerpo sin ropa. Yo no sentí la temperatura ardiente del baño; estaba paralizada e insensible. Él me dijo que dejaríamos el viejo alcázar de sus padres y que en la meseta se construiría un nuevo palacio que a la vez sería mausoleo de los príncipes y templo del Santísimo Sacramento. Así conmemoraría, añadió, la victoria militar y también… No pudo terminar. Cayó de rodillas ocultando su mirada con una mano, y me dijo:

—Isabel, tú nunca sabrás cuánto te amo y sobre todo cómo te amo…

Le pedí que me lo dijera; lo pedí con desdén, con arrogancia y más que nada con rencor, y él contestó:

—Desde aquella mañana en la capilla, cuando escupiste la culebra, te amo de tal manera que jamás te tocaré; mi pasión por ti se alimenta del deseo: jamás puedo, ni debo, satisfacerlo, pues dejaría, saciado, de desearte. En este ideal fui educado; es el ideal del auténtico caballero cristiano, y a él he de ser fiel hasta mi muerte. Otros pueden ser fieles, y morir por ello, al sueño de un mundo sin poder, sin enfermedad, sin muerte, de plena satisfacción sensorial o de humana encarnación de la divinidad. Yo, por ser quien soy, sólo puedo ser fiel al sueño de un deseo en vilo, siempre mantenido pero jamás realizado; semejante a la fe, pues.

Sonreí; le dije que su propio padre, famosamente, había saciado sus deseos ejerciendo en mil ocasiones el derecho de pernada; mi esposo contestó que él, con la cabeza baja, admitía sus propios pecados al respecto, pero una cosa era tomar a mujeres del populacho y otra tocar a su ideal femenino, la Señora de su casa; con saña, le hice notar que su padre, así fuese a oscuras y sin placer, había tomado a la madre de Felipe para tener un heredero; ¿cómo resolvería él este problema; estaba dispuesto a heredar un trono acéfalo?; mi marido murmuró varias veces, bastardos, bastardos y a pesar de sus palabras, en extraño contraste con ellas, él también se desnudó ante mí por vez primera y última, en medio de los espesos vapores de ése mi baño, y fue como si ahora yo hubiese ofrecido el mismo espejo indigno al cuerpo del Señor y en lugar de observar los estragos pasajeros que la intemperie me impuso, pude ver las taras permanentes que la herencia dejó en él, los abscesos, los chancros, las bubas, las visibles úlceras del cuerpo, la prematura debilidad de sus partes. El agua hirviente me llagaba, me llenaba los muslos y la espalda de amapolas; por fin la sentí, grité y le rogué que se retirara. El instante me lo pidió; pero también el tiempo más largo; no quería que mi marido volviese a penetrar el sagrado de mi alcoba; sabía que la vergüenza de ese momento sería el mejor cerrojo de mi anhelada soledad; y esa vergüenza culminó con las palabras que el Señor mi esposo dijo al retirarse:

—¿Qué cosa nacería de nuestra unión, Isabel?

Felipe se retiró con una actitud que quería decir más de lo dicho por el espantoso contraste entre sus palabras de amor ideal y su cuerpo de asquerosas taras; su silencio me pedía que atara cabos, dedujera, perdonara. Carecí de fuerzas para ello. Salí del baño; caminé envuelta en sábanas por las vastas galerías del alcázar. Alucinada, vi a la larga fila de mis dueñas que me daban la espalda mientras pasaba. Sus figuras se recortaban a contraluz; ofrecían los rostros invisibles a las ventanas de emplomados blancos y a mí las espaldas cubiertas por hábitos monjiles y las cabezas cubiertas por cofias negras. Me acerqué a cada una, preguntando:

—¿Qué habéis hecho de mis muñecas? ¿Dónde están mis huesos de durazno?

Pero al mirarlas a la luz, vi que los hábitos sólo les cubrían las espaldas; de frente, mostraban sus cuerpos viejos y obesos, desnudos o enclenques, varicosos y vencidos, lampiños, amarillos, lechosos o purpurinos; reían con voces agudas y tenían entre las manos, a guisa de rosarios, raíces pulidas y nudosas, semejantes a zanahorias sin sangre, y me las ofrecían. La Camarera Mayor, Azucena, escupía entre los dientes rotos y la saliva le escurría por los inmensos pezones morados e irisados; ella me dijo:

—Toma esta raíz, que es la mágica mandrágora que hemos encontrado al pie de las horcas, los potros de suplicio y las hogueras de los condenados; acéptala en lugar de tus juguetes para siempre perdidos; acéptala en nombre de tus amores para siempre aplazados; no tendrás más juguete y más amante que este cuerpo diabólico nacido de las lágrimas de los ahorcados, de los torturados, de los quemados en vida; agradece nuestro regalo; hemos debido exponernos a terribles peligros para conseguírtelo; nos rapamos las cabezas y con nuestras grises trenzas amarramos un extremo de la cabellera al nudo de la raíz y el otro al cuello del perro negro que, espantado por los gritos de la mandrágora, salió huyendo y así la arrancó de su húmeda tumba, que también fue su cuna; nosotras nos tapamos las orejas con estopas, el perro murió de miedo; toma la raíz, cuídala, pues en verdad nunca tendrás otra compañía, críala como a un recién nacido; siembra trigo en su cabeza, y crecerá como sedosa cabellera; ensártale dos cerezas en el lugar de los ojos: verá; y una tajada de rábano en la boca: hablará; no te espantes de su cuerpo lívido y nudoso, ni de su escaso tamaño; hazlo pasar por el enano de la corte; él será tu sirviente, tu amigo y el buscador de los tesoros escondidos… tómalo…

Azucena colocó la pálida raíz en mis manos, me obligó a cerrar los puños en torno a ese inmundo nabo palpitante, quise deshacerme de la ofrenda pero la piel babosa de la mandrágora se pegaba a la mía y huí llena de terror, de regreso a mi recámara, afiebrada, temblando, recordando el deseo de mi marido y supliéndolo con otro, real, vivo, tangible, un deseo que me estallaba en el cerebro y cursaba con fuego por mis pechos, mi vientre, mi sexo cerrado, mis brazos y mis piernas y mi espalda: un cuerpo, un cuerpo, quiero un cuerpo, Señor, un cuerpo mío, para mí; no una babeante raíz, no un tiñoso ratón, no un ulcerado marido: un cuerpo. Febril y enloquecida, me miré desnuda, lavada, limpia, nueva, en el espejo de mi recámara; toquéme; y al llegar mis dedos a la flor de mi castidad, descubrí que podía introducir uno de ellos, quebrando los restos de una membrana roída, hasta lo hondo de mi inédito placer; no entendí; yo me sabía virgen, yo era virgen, y sin embargo el soberano pórtico de mi virginidad era una confusión de hebras adelgazadas. No pude más; las sensaciones me vencieron; caí en cama y soñé; y de la plétora de mis experiencias inmediatas nació un sueño que era un recuerdo; te soñé y te recordé a ti: te vi arrojado bocabajo sobre una playa, barrido por el oleaje, sellada tu espalda por una cruz de color púrpura, clavadas en la lodosa arena las doce uñas de tus seis dedos en cada pie; y al soñarte te recordé, nacido de las cenizas de mi ridículo martirio, de las visiones patéticas de mi marido y yo en aquel baño, de la fila de hechiceras, del contacto con la mandrágora: el bufón de la corte, al morir, dejó un niño desconocido, escondido entre la paja de su almohadón; la camarera Azucena le recogió, tuvo compasión de él, pidió permiso para que lo amamantara la perra recién parida; te conocí; regresaste; te soñé, náufrago en una playa desconocida...

Al despertar, me dije que merecería mis pecados y llamé, sin saber lo que hacía, al miniaturista de la corte, al fraile Julián que me había ofrecido los únicos momentos de alegría dejándome mirar sus estampas, medallones y sellos y pasándome secretamente los volúmenes del *De Arte Honeste Amandi*; y ante él me mostré desnuda y él, sin decir palabra, tomó sus pinceles y me pintó de azul las venas de los senos. Así resaltó todavía más la blancura de mi carne y luego el fraile me tomó a mí y por fin dejé de ser virgen. Recuperé mi perdida naturaleza. Mis muñecas. Mis disfraces. Mis huesos de durazno. Volví a ser yo; volví a ser niña. Digo: dejé de ser virgen en brazos de un hombre. Pues mientras el fraile me amaba con una precisa pasión que nada de mí desperdiciaba, yo me iba convenciendo de que, antes, había dejado de ser virgen con animal royente.

Dormimos juntos después del placer. Me despertaron más tarde unos nimios rumores. Algo se movía entre las sábanas de mi lecho. Algo despedía un fétido olor. Un ratoncillo se agazapaba, se asomaba, nos miraba a Julián y a mí, volvía a esconderse; una blanca y nudosa raíz con figurilla humana, casi un hombrecillo, se iba acercando a nuestros rostros unidos, diseminando sueño, deseo y alucinación… Las mandrágoras nacen al pie de los cadalsos. No lloremos por los muertos: ceniza a la ceniza, arena a la arena. Cuando mudamos de casa, enterré a la mandrágora en esta la arena de mi alcoba. A ti te encontré al pie de las arenas del mar, Juan Agrippa.

La Señora se desvistió lentamente. Sin turbar el reposo del joven, llamándole pequeño escorpión dormido, como los bichos soñolientos que se paseaban dentro de las cajas de cristal, diciendo que había vuelto a encontrar sus duraznitos perdidos, a la vez suaves y rugosos y con sus duros huesos en el centro de la sabrosa y pulposa carne, colgando como dos frutas maduras del árbol de su dorada piel, lo lamió, lo besó, y cuando lo tuvo despierto y fuerte como una espada de fuego y mármol, tan fría que quemaba, tan ardiente que helaba, se sentó encima de él y lo clavó entre sus piernas, lo sintió quebrar la selva negra, separar los labios húmedos, entrar suave y duro; así deben ser las llamas que consumen a los condenados, se (le) dijo, condéneme entonces, acérqueme de prisa al infierno, pues no sé distinguir entre cielo e infierno, si éste es el pecado confúndanse en mi carne la salvación eterna y la eterna pérdida: llamarada de carne, serpiente devoradora de mis negros murciélagos, hijo del mar, Venus y Apolo, mi joven dios andrógino, acaríciame las nalgas, hazme sentir la respiración de tus compañones bajo mis muslos bien abiertos para ti, entiérrame un dedo en el culo, ábreme bien los labios, allí siento, juguetea con mis pelos lacios y mojados, déjame pegarlos a los tuyos, allí siento, allí, allí, allí muero porque no muero, allí, allí, clávame tu micer que es mi verdadero señor, méteme tu mandragulón que es mi verdadera raíz, sé mi cuerpo y déjame darte el mío, dame tu leche caliente, ya, ya, ahora, dámela, ya…

Más tarde, recostada al lado del nuevo y hermoso joven que desde ahora sería el habitante de esta alcoba, tratando de olvidar al joven anterior, la Señora dijo en voz muy baja, mírame bien, pues no verás a nadie más aquí; tomaré ese riesgo: que te hartes de mí, pero nunca saldrás de esta recámara ni verás a nadie y a nadie le hablarás, y a nadie más tocarás, sino a mí; antes quise ser generosa, le permití a ese muchacho escogido mientras te encontraba a ti, mientras buscaba la encarnación de mi sueño, le permití, te digo, vagar por el palacio e incluso salir afuera; le seduje con mi propio deseo, le hice soñar con una vida diferente, libre de las prohibiciones estrictas de la moral y la etiqueta que aquí nos sofocan y él llevó esa libertad a los corrales, a los establos y a las cocinas; por eso murió, y por la insensatez de querer dejar, en un poema, más de lo que pudo vivir; tú no vas a morir, mi bella mandrágora, tú sólo vas a vivir conmigo, mi rubio ratón, aquí, para siempre aunque siempre sea un fugitivo reloj, sólo conmigo, aunque me odies o te repugne, y de nada valdrá fingir, pues yo sabré en qué momento dejo de apasionarte, en qué momento comienzas a anhelar el aire y la compañía ajenos; quizá sea el momento en que tu semilla crezca dentro de mi vientre y, creyéndote escogido por el placer, rechaces las prisiones del deber; pero yo desde ahora te lo digo: sólo muerto saldrás de aquí, Juan Agrippa…

La Señora dejó de hablar, sorprendida otra vez por los rumores y los alientos que parecía emanar ese suelo de arenas blancas de su recámara; algo crecía allí, algo corría velozmente oculto, algo la miraba y, desde ahora, les miraba. Ella sólo miró al joven capturado en apariencia soñador, playa sin huellas, muro sin signos, receptivo, escuchándolo todo sin decir palabra, oyendo la contestación a sus obsesivas preguntas, ¿quién soy?, ¿quién eres?, ¿dónde estoy?: el llamado Juan abrió un solo ojo y ese ojo, sin necesidad de palabras, le dijo a la Señora: un hombre sin pasado empieza a vivir en el momento en que despierta, oye y ve; el mundo para él es esto que primero mira, escucha y toca: tú, tus palabras; debo aceptar el nombre y el destino que me des, pues fuera de ellos nada tengo y nada soy; así lo quisiste tú: y conociéndote, ¿no temes que sea idéntico a ti, pues otra cosa que no seas tú no conozco?

Y en ese ojo abierto, tan inocente al ser rescatado de la orilla del mar, la Señora miró la incredulidad, la duda, Señora, mucho me has contado, pero no me lo has contado todo; y lo que tú no me cuentes, por mi cuenta lo he de vivir yo.

Desastres y portentos

Así se sucedieron estas cosas: Martín se lo contó a Jerónimo, Jerónimo a Catilinón, Catilinón a Nuño, uno se lo susurró al otro, éste se acercó a la oreja de aquél, mientras mascaban los garbanzos o atizaban los fuegos o quemaban la cal, envueltos en una atmósfera de humo y polvo que mataba los tonos de las voces inquietas, secretas, rebanadas por el sol de navajas de este llano. Primero, un hecho muy sencillo: un sobrestante fue a cortar nogales, trepó por las ramas, cortó una al tiempo que caía, trató de salvarse tomando otra rama, no pudo y se mató; y luego unos destajeros andaban en el lienzo del mediodía del claustro grande en construcción, cuando cayó un oficial del andamio, de la cual caída murió; y luego cayó un carpintero de una grúa en el claustro pequeño junto a la portería principal y se mató. Nuño, se mató y ya son tres en otros tantos días; cuidado con subir a una grúa, Catilinón, o de nada te servirán tus mezquinos ahorros ni podrás ir a gastarlos una noche de verano en los figones de Valladolid; pero estas cosas no sólo le pasan a las gentes, Martín, sino a las cosas mismas, es como si nosotros mismos fuésemos cosas, pues lo que está pasando no hace distingos entre una barda y un cincelador; oye, Jerónimo, oye cómo arrecia el viento y derriba andamios, daña los tejados y cubre con una costra de polvo el agua escasa de los estanques; y al despuntar el alba, entra escondido, Martín, al terreno aplanado y bardeado donde piensan arreglar el jardín del palacio y mira a la Señora asomarse entre las cortinas de su recámara; puedes distinguirla por el brillo de sus arracadas, que a esa hora están a la altura del sol y le devuelven la mirada naciente; mírala mirando esa costra reseca y trata de figurártela imaginando un jardín de frescas y rumorosas fuentes, rosales y alelíes, lirios y azucenas, imagina, Martín, su deseo de apartar esas cortinas eternamente cerradas y abrir las ventanas de su recámara al olor tempranero de inexistentes madreselvas, olvidados jazmines y anhelados mosquetes, o permanecer sobre su lecho oliendo, escuchando y sintiendo la presencia, el rumor y la fragancia del jardín que le prometieron al traerla de las brumas inglesas, al casarla con nuestro Señor, al arrebatarle sus muñecas y sus huesos de durazno, ¿cómo sabes todas esas cosas, Jerónimo?, contómelas la camarera mayor, Azucena, cuando vino a pedirme de favor que siendo yo el herrero de la obra le desaherrojara la cintura de castidad con que la ciñó su marido mi aprendiz al irse a una cruzada de la cual nunca volvió, y tú, Jerónimo, qué le pediste a cambio del favor, ¿eh? juguetear con sus blancos copos y luego meterle el mazorcón en la liebre a la escanfarda Azucena, ¿eh?, calla y no te quejes, Catilinón, que quién no ha fornicado con el pellejón de Azucena o su ayudante la Lolilla, que por todos los obreros han sido sobajadas y chismes traen de allá y llevan de aquí; tú mira ese prometido jardín muy de mañana, Martinejo, y luego huye, temeroso de que te descubran en los espacios prohibidos de este palacio que nosotros construimos para ellos y espera con una inquietud tan frágil que mal se aviene con la rudeza de tu cuerpo y una zozobra tan honda que no puedes explicarla al mirar tus manos embarradas de yesca a que ese espejismo de sedas y holandas, nuestra Señora, pase junto a ti sin mirarte, con el azor encapuchado sobre una mano, en el diario recorrido entre la capilla y la recámara; escucha, Nuño, el polvo va a calmarse, la fatiga del sol encontrará descanso: la tempestad se desata en las cimas de las sierras de granito, desciende por los portillos y padrones con figura gris y amenazante de brazos abiertos y voces gemebundas y dedos ávidos, derrumba la barda de la cerca de una viña y da con ella en las cabezas de las mulas y caballos; derriba un taller donde trabajan los oficiales de cantería y mata a uno de ellos; entonces nos alejamos todos de las grúas, los hornos y los cimientos, abandonamos el picón y los fuelles, nos juntamos atemorizados en los tejares donde se acumulan los ladrillos, la pizarra, la madera, como si esos materiales pudieran protegernos contra la furia de la tormenta y el Señor ordena, porque Guzmán se lo sugiere, que el obispo salga de su retiro; gordo y viejo, apenas si puede oficiar y nunca deja verse, pero ahora sale portado en un palanquín por los monjes del palacio y tosiendo, amoratado de las manos, cubriéndose el rostro con un pañuelo, es llevado en ancas hacia los rincones de las fraguas, de los tejares, de las canteras, escupiendo flemas en la tela de batista y tratando de vencer al viento con sus gritos mientras los monjes intentan mantenerle la alta mitra sobre la cabeza, el báculo de plata entre las manos, el cíngulo amarrado a la panza vasta y fofa y la dalmática sobre los hombros redondos:

—¡Esto hace el demonio para nos engañar, pero no sacará provecho de ello, que pasar tenemos delante y él quedará por ruin! ¡Regresen al trabajo, hombres de Dios, amada grey, que la recompensa de tantos esfuerzos es nada menos que el cielo prometido! ¡Vade retro, Satanás, que de aquí nada tendrás! ¡Al trabajo, al trabajo, y luego al cielo, al cielo!

Levanta los dedos hacia las veloces nubes y, como si lo hubiese convocado (tú lo viste, Jerónimo, pues su luz apagó la de tus fraguas) aparece en el cielo un cometa de cabellera ancha, bella y grande, con la raíz hacia tierras de Portugal y la cabellera volando hacia Valencia; corre con su larga crin plateada y sigue brillando en la noche, cuando los palafreneros se han llevado al agotado obispo y nosotros seguimos arrejuntados en los tejares, temiendo salir o comer, pues no sabemos qué significado atribuir a estos portentos y sólo escuchamos, en la gran quietud de la noche, el aullido de un perro; un aullido que reúne la rabia y el dolor, lastimero y amenazante, que nos da más miedo que la tempestad, el cometa y las muertes de nuestros compañeros; y no sólo nosotros, Martín; los ánimos se están caldeando; allá adentro el obrero mayor riñó con los oficiales y el arquitecto mayor con el aparejador y fue tal el pleito que la guía sobre la que estaban parados se quebró y el primer destajero cayó y murió estrellado contra las baldosas de granito; ¿qué sabemos nosotros, Jerónimo?, lo que llega a nuestras orejas, Catilinón, nomás lo que logra romper nuestras costras de cerilla, nomás, lo que sale de esas alcobas que jamás veremos y se cuela por las criptas vacías y las capillas heladas a lo largo de los claustros y patios y soportales y porterías de este palacio en el que, a pesar de haberlo construido con nuestras propias manos, nos perderíamos, pues tú y yo, Martín, sólo conocemos, día con día, el sitio de un cimiento o el espacio de un muro revocado y luego nos dan cinco ducados por cada ventana sin que sepamos qué se podrá mirar desde ella y dieciocho reales por cada puerta sin que averigüemos a dónde se entrará cuando se abra, nosotros vemos como los ciegos, con las manos, a tientas, lo que vamos construyendo, pero nunca sabremos ni cómo fue este palacio entero en la cabeza de quienes lo concibieron ni cómo será una vez que quede terminado y habitado por nuestros señores; júralo que nunca miraremos de las ventanas hacia afuera y júralo que nunca entraremos por las puertas hacia adentro; si algún día florecen los rosales que la Señora tanto desea en su jardín, no serás tú quien los mire; y a cambio de nuestros sentidos, Catilinón, se nos dieron cinco ducados para no mirar y dieciocho reales para no oír, socarrón Cato pero ciego y baldado y que te llenen de garbanzos la bocaza blasfema; cágate en Dios, podricajo, jura mala en piedra caiga y para bien tus atascadas orejas: por las cocinas y establos nos llegan los decires de allá adentro, más pesados y duros que las planchas de plomo que aquí derretimos todos los días para los terrados: cometa en verano quiere decir sequedad y muerte de príncipes; cometa bajo el signo de Cancro donde ahora se halla la estrella de Marte quiere decir desventura: eso dijo allá adentro el astrólogo fray Toribio y eso llegó a nosotros por el camino de los pasillos y los corrales y las bocas de Azucena y Lolilla, pero tú y yo sólo sabemos que tenemos miedo, Nuño, y que el perro aúlla como si quisiera avisarnos algo, ¿qué dices, Martín?, ¿que el perro no quiere asustarnos, sino otra cosa: advertirnos?, ¿qué cosa, viejo Jerónimo, qué cosa crees tú que quiera decirnos, tú que traes en los ojos el mismo fuego de tus hornos y en la barba el mismo rojo vivo de tus tizones?, ¿qué dice ese perro que espanta todas las noches, corriendo y ladrando a lo largo de los pasillos y capillas y metiéndose en el claustro de las monjas a matarlas de miedo, y aun a la recámara del Señor y a los aposentos del prelado, arrastrando cadenas y bocinas que chiflan por su cuenta, pues tal es la rauda carrera de ese perro invisible que todos oyen mas nadie ve, que nadie temería si pudiese verlo, ese perro jadeante, bahanero, porfioso y de gran viento que todas las noches corre detrás de un rastro secreto y antiguo como si fuera nuevo, latiendo como si en ello le fuese la vida?; óiganlo: ¿el perro nos dice que no tengamos miedo?; oye lo que nos cuentan, Nuño: tú y yo sabemos que desde ayer el cometa desapareció pero que la tempestad sólo se agazapó, se cubrió con sus propios velos para engañarnos y sigue allí, aplomada y nerviosa, disfrazada de bajo cielo, oscureciendo el perfil de la sierra; eso lo sabemos porque lo vemos; y escuchamos al perro que de noche corre por las galerías desiertas del palacio; pero ahora vienen a contarnos que a la cuarta noche de las correrías del can, las monjas, a fuerza de oírlo y no verlo, decidieron que era un perro fantasma, un alma del purgatorio, el mensajero de la desgracia, el guía de los muertos y se juntaron todas a la medianoche en la capilla, junto a la alcoba del Señor que se moría de jaquecas, bajo la mirada del cuadro italiano y junto a las estatuas de los sepulcros reales, y allí empezaron a rezar primero, luego a cantar y finalmente a ladrar más fuerte que el propio perro, para acallarlo, a chiflar más fuerte que las bocinas arrastradas, para darse ánimos o quizá para parecerse al can espectral, pues nos han venido a contar que en sus arrebatos las piadosas hermanas, luego de caminar de rodillas hasta sangrarse, empezaron a azotarse entre sí con los látigos penitenciarios y terminaron por orinar, muertas de miedo, cuando aumentó el ruido de cadenas, junto a las columnas del sacro aposento, más atemorizadas ahora de sí mismas que del perro, arrejuntadas, abrazadas y olfateándose unas a otras por lado de los sobacos y entre las anchas faldas de sus hábitos negros, lloriqueando y gimiendo cada vez más bajo hasta que las cadenas, las bocinas y los ladridos del perro invisible llenaron todo el espacio dejado vacío por el miedo de las hermanas, aunque ellas siguieron abriendo las bocas sin emitir sonido alguno, como si bostezaran, y los aullidos del can parecían salir de esas bocas abiertas, pasmadas, sin labios, puras rajadas en la carne del rostro, como las bocas de las víboras y las mandrágoras, Madre Milagros, que dicen se arrastran las culebras y nacen los hombrecillos mágicos al pie de los cadalsos y de eso sobra en España, Catilinón alegre, ruin en tu tierra y fuera de ella, no lo olvides: en España los cadáveres no se los comen los gusanos, sino que los gusanos son devorados por los cadáveres y así todos sirven para cebar a las víboras que acaban comiéndoselo todo; y haz por llorar mucho, Nuño, si algún día mueres en la horca, para que tus lágrimas engendren a la mandrágora: tendrás descendencia, pobrecito cabrón desgraciado.

"¡Nadie ha muerto! ¡Nadie ha muerto! ¿Por qué lloran así?", les gritó a las hermanas la Madre Milagros, que no temía, en las voces de sus monjas, la certificación sino el portento, pues guiadas por la joven novicia Inés, las sórores se habían ido volteando lentamente, hasta dar las caras a la recámara del Señor que daba directamente a la capilla a fin de que él pudiese, de así desearlo, asistir a los oficios divinos sin moverse de la cama; y las monjas lloraban a gritos mirando hacia esa cortina púrpura detrás de la cual el Señor era sostenido por los brazos de Guzmán, desfallecido, gimiendo, la excrescencia me invade por todas partes, Guzmán, al nacer en letrina flamenca, en el altar de mis victorias, ahora mismo, en este altar construido para exorcizar los horrores del cuerpo humano y condenarlos a muerte vuelvo a oler los orines de estas hermanas, la excrescencia humana es una marea que acabará por ahogarme, Guz-

mán, lo mismo le digo a Guzmán que a ti, Catilinón, quien es ruin
en su tierra será ruin fuera de ella, pero ya ves, villanos los dos, Guzmán se las arregla para andar con el tiempo y metido en las alcobas
señoriales mientras tú, Catilinón, andas de pie quebrado y mientras
él echa de la gloriosa, tú pobrecito de ti, llegaste al mundo entre
once y nona y todavía piensas guardarte la pitanza que aquí ganaste
y eso cabrón, se llama remendar y dar a putas; y la Madre Milagros
exclamaba: ¡Nadie ha muerto! y el Señor temblaba más, pues ahora
Guzmán le había dejado solo y encerrado entre las cuatro paredes,
tres cubiertas por los paños oscuros, la cuarta por el mapa ocre de
un mundo que no se extendía más allá de ciertos temerosos confines: los pilares de Hércules, las bocas del Tajo, y este muro carnal
de plañideras que del otro lado de la cortina le amenazaban de esta
manera; pues el Señor (vino el rumor, pasillos, galerías, cocinas, establos, tejares humeantes) temió que al no poder ubicar al perro invisible, las monjas enloquecidas por el miedo o el pretexto del miedo,
se convirtieran en turba vengadora: tú nos encerraste aquí, Señor,
nosotras buscábamos la paz de un claustro y tú nos trajiste a este
lugar amenazante, polvoriento, desértico, donde vivimos rodeadas
de obreros zafios, de rudos sobrestantes, de temibles aparejadores
que liman y cincelan la piedra el día entero con esos dedos ágiles e
inquietos, de deseables plomeros que derriten acalorados las planchas; sin más vestimenta que un taparrabos de cueros por donde les
asoman las vergüenzas, de yeguas y burros que fornican al aire libre
y se cruzan para poblar de esterilidades esta meseta; oh Señor, nos
arrancaste de nuestra deseada tranquilidad y nos llenaste la cabeza
de otros, temibles deseos: que se derrumben los muros de este palacio, las celdas que nos separan a unos de otros y nos juntemos todos, monjas y obreros, en una inmensa bacanal de tactos, voces,
embriagueces, regüeldos, pellizcos, botes y rebotes bajo el sol de esta
meseta; sólo unos muros sin acabar nos separan de tan promiscua
posibilidad; tiren las yeguas, cojan los burros, hinchen la medida
los obreros, enloden las monjas; qué no habrán visto nuestros ojos,
Madre Milagros, desde que nos trajiste a este desierto de muleros
salvajes, lejos de los guarecidos conventos de nuestros dulces solares,
Sevilla y Cádiz, Jaen y Málaga, Madre, mira que traer acá arriba, a
estas arideces, a este calor sin sombra, a este frío sin resguardo, a un
grupo de monjas andaluzas, a la más bella de todas, a Sor Inés que
parece un olivar en llamas, una aceituna negra por el pelo y los ojos,
una blanca azucena por la piel, un clavel reventón por los labios,

quién la viera, aullando como perra en celo, de rodillas, oliéndose los sobacos y meando en las esquinas de la capilla que más parece mazmorra por lo honda y sombría, de Nuestro Amo y Señor, Amo de los Perros, Señor de Todos los Diablos: ¿qué hacemos aquí, Madre Milagros, dígamelo usted que es nuestra superiora; a usted también la pusieron nerviosa esos hombres terribles que nos rodean de día y de noche y que con el escándalo de sus picas, grúas, fuelles y martillos apagan por igual los maitines, los alabados y las vísperas de nuestras devociones plañideras?; ¿también usted miró por el rabo de sus ojillos de puma los brazos de los albañiles desnudos en el verano, el sudor de sus torsos, el pelo de sus axilas, el abultado peso de sus taparrabos? Oh Madre María Santísima, aleja de nosotras estos pensamientos turbadores, acalla en nuestras voces el aullido del perro fantásmico, entierra en nuestros pechos el dulce emblema del Sacratísimo Corazón de Jesús, cubre con un escapulario carmelita nuestro negro triángulo palpitante, corre un velo, Madre Piadosa, sobre ese cuadro pagano que cuelga encima del altar de la Eucaristía, no queremos ver más piernas de hombre, no queremos soñar más con cuerpos de hombre, no queremos tener que acercarnos las unas a las obras, de noche, escabulléndonos de nuestras celdas, sollozantes, angustiadas, sin solaz, sabiendo en silencio lo que nos sucede, buscando un pretexto para quitarnos los blancos camisones almidonados que tú nos proporcionaste y ponernos los burdos cilicios penitenciarios, las camisas de pelo, los sayales que nos permiten, en el cambio de ropas, mirar nuestras formas andaluzas, adivinar nuestras pesadas naranjas y olfatear nuestras negras aceitunas, Madre, Madre... Madre Milagros... ¿qué silencio es éste?, ¿no oye usted?, ¿no oye que no se oye nada?, ¿no ve que el perro invisible ha dejado de aullar?, ¡Madre, Madre!, qué silencio, y ahora, Madre... ¿qué nuevo rumor viene a romperlo?, ¿qué botas duras y arrogantes son esas que avanzan por la capilla, qué cosa viene arrastrada por este suelo de granito, qué rumor es ese de metal pegando contra la piedra? Pasillos, cocinas, establos, Azucena, Lolilla: despierta, Cato dormilón, ya se ve que tú nada debes, pero sábete que mucho dormir causa mal vestir y oye lo que Guzmán mandó decir para que hasta nosotros llegara: él lo sabe todo, él es el sotamontero del Señor, él dice que hay sabuesos muy codiciosos que ningún castigo los puede templar, pero tienen una tacha: son muy aficionados, en cuanto los suelta el perrero, en dar con un rastro, aunque sea viejo; empiezan a latir como si fuera rastro nuevo, engañando con su voz a los demás perros; éstos, siguiendo al sabueso codicioso, arman una algarabía de voces que confunden al montero y ponen en peligro la caza; tal es el resultado de la pesadumbre y de la sobrada codicia de este tipo de sabuesos; quieren alcanzar lo que no pueden y por ello mueren locamente iracundos y te lo digo, Jerónimo, para que me entiendas, Martín, y oigan lo que pasó anoche, que estando las monjitas alborotadas en la capilla, todas ellas andalucitas lozanas pero ninguna tan real hembra como esa que llaman la Inesilla, ¿tú no la has visto, Martín, joder, que Martín sólo tiene ojos para lo que nunca ha de tocar, la Señora, lo inalcanzable, lo sagrado, cómo se le ocurre preguntarle? Ojos para Sor Inés sólo Nuño y yo, ¿eh, Nuño, aquí padecemos pero no putecemos?, pues mira nada más, cuánto pintarratones y cuánta mula guiñosa en esta compañía de villanos, pero calma, hermanos, que a escudero pobre muéresele el caballo y a escudero rico muéresele la mujer, si consolación desean, que todos nos hemos acercado a ese patio y a esas celdas a mirar y a que nos miren, a ver si logramos espiar la hora en que se desvisten esas santas hermanitas andaluzas o bilbaínas o turcas, qué más da, que el hábito no ha de quitarnos las calenturas ni a ellas ni a nosotros, sobre todo cuando este gaitero del Cato se levanta el taparrabos y les muestra a las monjitas los compañones; que estando reunidas todas en esa capilla que construimos bajo la tierra, ¿la recuerdas?, con una cripta o calabozo con treinta y tres escalones que conducen al llano, gritando como locas por los aullidos del perro fantasma, entró Guzmán arrastrando con una cadena el cadáver de Bocanegra, el can maestro del Señor, todo aparejado como para la caza, con los cordones para las bocinas y sus borlas, las carlancas de púas con las armas y divisas el Señor, las uñas quemadas, las piernas hinchadas, dicen que las tripas frías, las llagas en la garganta y en la cabeza, y el olor de todos los ungüentos con que fue curado en vida, resina de pino, alumbre de piedra, cominos y bayas descortezadas, cenizas amasadas y leche de cabra: a todo eso olía el perro muerto, fiero el alano, decían, pero como contagiado, Catilinón, por las mortificaciones y modorras de nuestro Señor, que siempre tuvo el perro a sus pies y nunca le permitió salir a la montería, de modo que sólo muerto lo aparejaron y en vez de cazar, cazado fue: subió Guzmán al altar con el cadáver del perro en una mano y la vasca aun sangrienta en la otra; colgó al alano de un antepecho y se volvió a las monjas, diciéndoles:

—Allí tienen a su perro fantasma. No volverá a aullar más. Regresen a sus celdas. Respeten el reposo del Señor.

Ale pues, se acabó el miedo, se acabaron los espantos, se acabó el Babilón y se fue a dormir el Papa Resolla, vamos de regreso a las tinajas, a las canteras, a los hornos, ¿y el viento, Martín, y el viento que no cesa?, ¿y la orden, Jerónimo, y la orden de no trabajar hoy, de ir todos a la explanada frente al palacio para la ceremonia?, ¿cuál ceremonia?, quién sabe, una ceremonia, un día de fiesta, será un circo, será un retablo de titiriteros, quién sabe, pues vaya ceremonia de todos los perros, con rayos y relámpagos que nada más se ven pero no se oyen, igual que el perro fantasma que resultó ser el can maestro del Señor, seguro enfermo de rabia, con las llagas cubiertas de alquitrán, cuidado, Catilinón, la rabia la transmiten los zorros, no te acerques nunca a ellos: Dios ha pintado con pizarras su cielo y la cercanía de la tempestad ya puede olerse en la tierra, ¿no hueles la tormenta, Catilinón, por qué crees que el polvo ya se volvió a aquietar, como si se recogiera, se guareciera, se tapara los ojos con una manga gris? Pero vamos todos, Nuño, Jerónimo, Martín, Catilinón, el perro no era un fantasma, lo demostró Guzmán, era un perro rabioso cualquiera, por más que haya sido el can maestro del Señor, por más que haya muerto con el ancho collar de las divisas alrededor del cuello llagado, al darle la rabia dejó de ser el perro preferido, y judío ni puerco ni perro rabioso no los metas en tu huerto y Guzmán lo mató enterrándole una vasca puntiaguda en la nuca, muerto y bien muerto está, muerto como el mozo que quemaron el otro día junto a las caballerizas, muerto como el oficial que cayó del andamio y el sobrestante que fue a cortar nogales y el primer destajero que se estrelló contra las baldosas, muertos todos y larga soga tira quien por muerte ajena suspira, muerto está Bocanegra, colgando del antepecho de la capilla, ya no habrá más accidentes, mataron al perro fantasma que los causaba, el cometa desapareció, ya ven, todo ha vuelto a la normalidad, todo ha vuelto a ser como antes, vamos todos que ya se escuchan los claros clarines y las voces cantando, de prisa, no, lento, Catilinón, que a gran prisa más vagar y al fin vamos a ver algo con nuestros propios ojos, no contado, mira Nuño, mire Madre Milagros, ¿ya los contó usted?, uno, dos, tres… trece, catorce… veintitrés, veinticuatro religiosos mendicantes, dos hileras de señores y caballeros, y ocho religiosos jeronimitas junto a los capellanes y los capellanes junto a las literas; mire qué fila más larga, Madre, bajan desde la sierra, Martín, mira, vienen levantando el polvo manso, abriendo la maleza, dejándose arañar por la breña, qué larga, interminable, negra fila, Madre, vienen atravesando el soto y aplastando aún más las zarzas parrillas de este suelo chato y seco, tan distinto de nuestras huertas andaluzas, míralos bajar, Catilinón, por ese valle de peñas y evitar los peligrosos torcales; todos van llegando a la explanada, la procesión es muy larga y detrás de las literas van los arqueros de a caballo armados con lanzas y en las lanzas llevan banderetas de tafetán negro; más recato, Inesilla, aunque te caiga un rayo encima, no te asustes de esas nubes negras, baja la mirada y olvida que las nubes traen agua, vientos, truenos y relámpagos, no Madre Milagros, no me asusta la tormenta, levanto la cara para que me laven esas gotas gordas de lluvia, para que me refresquen de tantos ardores en esta maldita meseta donde usted nos trajo, lejos del mar y los anchos ríos, calla y mira que alrededor de cada litera hay esa espléndida guardia de a pie y veinticuatro pajes de a caballo, cuéntalos bien, con hachas de cera en las manos, y todos están de luto, hasta las acémilas de las literas están de luto, ¿pero qué hay en esas literas, Martín?, súbete a mis hombros, Catilinón, mira bien, por encima de las cabezas de los demás obreros, las monjas, los alabarderos y las dueñas de la Señora, mira bien y luego cuéntame, voy, detente, mira, ahí está el Señor, todo enlutado, de pie en la puerta de entrada al palacio, pálido, casi asustado, como si quisiera verse en lo que está viendo, y a su lado, sentada, está la Señora, Martín, la Señora con la cara inmóvil, vestida toda ella de terciopelo negro y con el halcón encapuchado en un puño, y detrás de ella está Guzmán, Martín, Guzmán, con los bigotes de trencilla y la mano posada sobre la vasca, la misma daga con la que mató al perro Bocanegra y sí, sí, Martín, el Señor alarga la mano como si buscara al perro fiel y ya no está, pero qué es lo que estamos viendo, Catilinón, déjate de dímeles díteles y cuéntame qué es lo que viene en las literas, ¡son cuerpos, Martín, son cuerpos!, ¡son cadáveres, Madre Milagros, por eso estábamos tan espantadas, por eso aullaba el perro, porque los olía acercándose, porque sabía más que nosotras, y usted decía que nadie ha muerto!, son cuerpos muertos, Martín, como crondiós que son fiambres, cojón, algunos son esqueletos pero vestidos con trapos muy ricos, negros y rojos y con medallones de oro, esqueletos trajeados, Martín, otros son como momias, pues tienen todavía muecas y pelos, ahora los alabarderos los bajan de las literas y los llevan a esos túmulos, Madre; tú calla Inés y mira que han salido los cuatro cantores de capas y míralo Martín otra vez ese obispo gordo, tosijoso y amoratado que dicen es amarionado y con sus ministros, todos de brocado, Madre, y los religiosos cantan el Subvenite, yo también lo sé cantar, pero el viento, la lluvia, los aderezos de los túmulos vuelan, el viento se va a llevar a los muertos, son nuestros muertos, hijas, todos los antepasados del Señor han llegado hasta aquí, venciendo páramos y sierras, tormentas y foces, navas y cenagosos zacachares para recibir sepultura final en este palacio de los muertos, toda la dinastía, desde su fundación, los treinta antepasados en sus treinta literas destinados a sus treinta sepulcros, los treinta fantasmas de la dinastía que nos rige, hermanitas, bajo la divisa invencible. Aún No, Aún No, inscrita en el centro del abismo que es el centro mismo de los escudos, Aún No, Nondum, Nondum, el primer Señor de las batallas contra los moros; el valeroso Señor su hijo que se arrojó desde las torres de su alcázar sitiado contra las lanzas de Mahoma antes de rendirse; el rey arriano y su hijo desobediente al cual el padre mandó decapitar una mañana de Pascua; el Señor que murió incendiado entre sábanas incestuosas al violar a su propia hija, cuyos restos al padre siempre unidos con él viajan, y el hijo y hermano de éstos, quien para evitar tentaciones dedicose a coleccionar miniaturas; el Señor astrónomo, hijo del anterior, que del estudio de lo mínimo pasó a la investigación de lo máximo, pero al hacerlo se quejó de que Dios no le hubiese consultado sobre la creación del mundo; el bravo Señor que murió de sus pecados, pues de sus virtudes se alimentó su vida; y su Señora que luchó como leona contra los infantes usurpadores; el Señor llamado el Doliente no se sabe si por sus penas espirituales o su bien sabido estreñimiento corporal y su nieto, el taciturno e impotente Señor cuyo único placer era oler las costras del polvillo de mierda que acostumbraba dejar en sus calzones; el joven Señor asesino que mandó arrojar de lo alto de las murallas a dos hermanos sus rivales que al morir le emplazaron al juicio de Dios treinta y tres días y medio después, pasados los cuales el Señor fue encontrado muerto en su cama, envenenado por el constante tacto con un ponzoñoso rosario de plomo; míralos, hija, son todos nuestros amos y gobernantes muy sabios y queridos: el cruel Señor que abandonó a su legítima esposa por el amor de una barragana y luego obligó a los cortesanos a beber el agua de baño de su favorita; la Señora abandonada que debió confeccionar una bandera con los colores de su sangre y de sus lágrimas, pues ocupación más digna de su aparentada viudez nadie pudo proponerle o ella imaginar; a batallas contra impíos herejes cátaros fue la dicha bandera de los dolores; y así vais viendo, Inesilla, tontuela, que todo en este mundo se compensa y para algo sirven hasta las devociones más insulsas; y el duro Señor que mandó erigir estatuas en los lugares de sus crímenes nocturnos, pues muy dado era a salir embozado de noche y provocar duelos callejeros por un quítame allá esas pajas, y luego celebrar sus asesinatos conmemorando en mármol a sus víctimas, hasta que una noche uno de esos brazos de piedra cayole encima de la cabeza; y matole; y la virgen Señora asesinada por un alabardero de su esposo mientras rezaba, para asegurarle así rápido tránsito al paraíso; el Señor rebelde levantado en armas contra su padrastro, asesino de su madre la que murió en oración; la Infanta revoltosa que en su batalla por la sucesión asoló las llanuras, quemó los palacios y decapitó a los nobles leales; el Señor que empleó todos los días de su reinado en asistir a sus propios funerales, considerando así su humana servidumbre y equiparándose a los leprosos, que por ley deben celebrar sus entierros antes de morir, y así él metíase en su propio féretro y entonaba el De Profundis; el Señor que a temprana edad quedose viudo y cuyos hijos pequeños fueron secuestrados, descubriéndose en seguida que todo fue obra de una conspiración judía, pues judío era el famoso doctor Cuevas que atendió a la Reina y los tres infantes fueron raptados por hebreos para luego degollarlos a la luz de la luna y fabricar grasas mágicas con ellos, por lo cual el Rey tuvo a bien quemar vivos a treinta mil falsos cristianos, en realidad judíos pertinaces, en la plaza de Logroño; ved el pequeño féretro, Inesilla, en el que viaja un cuerpo de niño, simbolizando a los tres infanzones perdidos; y la abuela del Señor, nuestra Castísima Señora que jamás se mudó de ropas, así dijo que el Diablo jamás vería lo que sólo era de Dios y al morir hubieron de arrancarle con espátula las medias y el calzado pegados a la carne y el enloquecido Señor su marido, abuelo del nuestro, que gustaba de cocinar vivas las liebres, reunía nieve en su bacinica y hacía teñir con tinta su azúcar: dícese que fue ahorcado una noche, mientras se libraba a placeres inconfesables, por cuatro esclavos moros con una horca de seda; dícese; y el padre del Señor, en fin, Inesilla, el príncipe putañero cuyo cadáver ha sido arrastrado por su viuda, la Dama Loca, la madre del Señor, por todos los monasterios de esta tierra exhausta de tanta batalla, de tanto crimen, de tanto heroísmo, de tanta sinrazón: aquí encontrarán todos reposo, en estas criptas de granito y mármol, para siempre, hija, para siempre, pues este palacio es tumba y es templo y está construido para la eternidad, pero nada es eterno, Madre Milagros, más que la verdadera eternidad del cielo y el infierno, tú calla, novicia respondona, que en tanto huesos y calaveras de aquí ya no se moverán, ¿y la resurrección de la carne, Madre, y el día del juicio final, no subirán al cielo nuestros amos con el cuerpo que en vida tuvieron?, maldita Inesilla, no trates de confundirme, de cascabeles debieron vestirte, raza de alborotadoras y bullangueras, y no con los hábitos de nuestra santa orden, ¿quieres confundirme?, pues el cuerpo con el que resucitaremos no será más el cuerpo de la lujuria con el que morimos, sino que será nuevamente el cuerpo del cristiano, el mismo pero renovado, otra vez el cuerpo convertido, por un segundo bautizo, en templo del Espíritu Santo, repite, pobrecita de ti, repite, pregúntate, ¿tollens ergo membra Christi faciam membra meretricis? y recuerda la exhortación del Santo Crisóstomo, "No tenéis derecho a manchar un cuerpo que no es vuestro, que es del Señor" y recuerda también que el Santo Padre de Roma ha mandado denunciar a la Inquisición a todo el que pretenda que el beso, el abrazo o el tacto en vista de la delectación carnal no sean pecados mortales, recuérdalo, pero Madre, si yo ni siquiera deseo mirar esas momias y esqueletos repugnantes, si yo sólo tengo ojos para esas arcas de madera aforradas de tafetán verde con alamares de plata y aldabas doradas, ¿no ve usted?, sí hijita, ahí vienen las reliquias de los santos y beatos y otras pertenencias de la sucesión de nuestros muy ilustres señores, pero el tiempo sigue entristecido, oye Catilinón, qué traen en esas cajas, dime, ahora las abren, Martín, yo veo muy bien, tus hombros son una buena atalaya y ahora el Señor avanza hacia una de las cajas que le ofrece un religioso y saca una canilla, oye, una canilla desde la rodilla abajo con parte del carcañal, cubierta mucha parte de ella con su cuero y sus nervios y ahora el Señor se la lleva a los labios, la besa, y eso, Jerónimo, y eso, que cayó un rayo en el campanario y derribó muchas piedras, pero mira, es el fin de la procesión, es un pequeño carruaje de cuero que avanza bajo la lluvia, rodeado de una multitud fatigada de alabarderos, cocineros, alguaciles, damas de compañía y pinches con venablos, y cabezas de jabalíes en la punta de los venablos, y cebollas, y cecinas de puerco, y candelas de sebo y detrás, mira detrás, una carroza fúnebre, la última, la que faltaba, Inesilla, para completar los treinta cuerpos que han de reposar en los treinta sepulcros de esta casa, la más vistosa, la más aderezada de las carrozas, cubierta de vidrio por donde resbala la furiosa lluvia, se detienen, Martín, ¿quién viene allí, Madre, ya se acabó la procesión, mi hábito está empapado, la tela se me pega a las teticas, Madre, vamos a cambiarnos, vamos a secarnos desnudas junto al fuego, quién viene allí?, se acercan cuatro alabarderos y abren la puerta del coche de cuero, la tormenta crece, el viento temible recibe a los cadáveres, el tabernáculo cae deshecho en pedazos, el viento levanta los brocados de los túmulos, mire, Madre, mire, mira, Martín, una centella de fuego en lo alto del capitel de la torre, debajo de la bola dorada, mira, la bola está ardiendo, como si le hubieran puesto una hacha de cera ardiente; y al arder la bola estallan los cánticos, y las campanadas fúnebres, las salvas, las salmodias y los rezos de la multitud; los cuatro alabarderos sacan del pequeño carruaje de cuero un bulto negro, nervioso, móvil, sollozante; unos ojos amarillos brillan en medio de los trapos y nadie puede saber si eso que escurre por las mejillas secas cuando la Dama Loca muestra la cara son lágrimas o gotas de lluvia; y detrás de ese bulto envuelto en trapos mojados bajas tú, bajo la tormenta, tú, beato, hermoso y estúpido, tú con el gorro de terciopelo, la capa de pieles, el toisón dorado sobre el pecho, las calzas color de rosa, tú el príncipe resurrecto bello beato e idiota, tú el náufrago usurpador de estas insignias y ropajes y apariencias puras, tú con la boca abierta, el labio colgante, la mandíbula prógnata, la mirada de cera, la respiración jadeante, y detrás de ustedes se detiene el carruaje de la muerte donde un joven encontrado en las dunas yace, con las ropillas rasgadas, en el lugar del Muy Alto Señor putañero que murió de catarros después de jugar muy recio a la pelota y otro día fue embalsamado por la ciencia del doctor don Pedro del Agua. Te llaman, Jerónimo, eh, te necesitan, el rayo ha prendido fuego a las campanas mismas, las campanas se deshacen, se derriten, y nosotros:

—Hemos dado la vida construyendo una casa para los muertos.

La Dama Loca

Enciérrense todas, dijo la Madre Milagros, todas a sus celdas y no asomen las narices, atranquen bien las puertas y cubran las ventanas con velos, ha regresado la Dama Loca, la madre del Señor, envuelta en sus negros trapos, arrastrando el cadáver de su marido y acompañada de un caballero idiota que según ella es su propio marido redivivo, padre de sí mismo o hijo de sí mismo o un gemelo del marido, del padre del Señor, no sé, no entiendo, no me salen las cuentas, sor Angustias, sor Clemencia, sor Dolores, sor Remedios, escóndanse, niñas, que la Dama Loca no soporta la presencia de otras mujeres, así sean monjas y novicias entregadas a la más casta de las devociones, desposadas ya con Cristo y habiendo hecho voto de clausura; no le basta, ve una amenaza en todas las faldas del mundo, un anhelo irreprimible de robarle, aunque sea por una noche, al marido que en vida fue tan infidente que de no morir de una fiebre acatarrada de seguro hubiese muerto del mal gálico que pudre la sangre y cubre de chancros los miembros, ¿por eso no tiene hijos nuestro Señor, Madre Milagros, porque heredó la peste y no puede, o porque puede pero teme contagiarla?, a callar todas, chitón, pesada carga me he echado a cuestas pastoreando a monjas andaluzas, vaya contradicción, monjas hispalenses, si a los once años ya les brotaron las téticas y lo que no saben lo averiguan y lo que no averiguan lo adivinan, chitón, todas a sus celdas y déjenme contarlas y bendecirlas, tú Clemencia y tú Remedios y tú Dolores y tú Angustias, ¿y la Inesilla?, ¡por Dios, dónde está Inés!, Sor Angustias, ella debería estar aquí, junto a ti, en la celda contigua a la tuya, ay la Inesilla, dónde se habrá quedado, quién sabe, Madre Milagros, el Señor ha ordenado celebrar tantas misas, misas bajas, réquiem, pontificiales, sermones en todos los claustros y rincones del palacio para conmemorar el segundo entierro de sus antepasados, y la Inesilla es tan devota, tan curiosa dirás, dirás tan alegre, que cómo se iba a perder todos estos festejos, calla Sor Remedios, éstos no son feste-

jos, andaluzas irresponsables, son honras fúnebres, son ceremonias
de llanto y luto, no son ferias sevillanas, pero oigan, escuchen, escóndanse en sus celdas, oigan el chisporroteo de las hachas encendidas, los pasos, los gemidos, qué les dije, hermanitas del Señor,
siervas de Dios, esposas de Cristo, escóndanse, ahí viene la Dama
Loca, oigan cómo rechina la carretilla, la traen empujando en su
carretilla, anda recorriendo todo el palacio para ver si las mujeres
están bien encerradas, míralos, Sor Clemencia, los miro, Madre Milagros, vienen dos alabarderos con las hachas encendidas, y una
enana empujando la carretilla, y dentro de la carretilla ese bulto inmóvil, esos ojos amarillos asomando entre los trapos, y detrás, y detrás ese joven con gorro de terciopelo y capa de pieles, vienen
acompañados de un ventarrón helado, a lo largo del claustro, de las
galerías de piedra, de los muros de estuco amarillo, ese joven con
aire imbécil roza con los dedos los relieves del enyesado, el corazón
de Jesús, las llagas de Cristo, ay qué viento, Madre Milagros, atrás
vienen dos clérigos sahumándolo todo con incienso, y la Dama Loca
mirando sin hablar, mirando hacia las ventanillas de nuestras celdas
con esos ojos de odio intenso, Madre, ¿por qué la traen en carretilla?, ¿está impedida?, chitón, hija, chitón, la madre del Señor no
tiene brazos ni piernas, al morir su marido ella se acostó en el centro del patio del alcázar y dijo que a una verdadera Señora no podía
tocarla nadie que no fuese su marido, y como su marido había
muerto, no la volvería a tocar nadie, salvo el sol, el viento, la lluvia
y el polvo, que no siendo nadie son nada, y allí permaneció durante
meses; su hijo nuestro Señor dijo respétese su voluntad, désele comida y agua y atiéndanse sus necesidades y pulcritud, pero respétese
la voluntad de la Señora mi madre, que haga lo que quiera de su
cuerpo y de su dolor y que se conozca y alabe este ejemplo de lo que
es la honra de una dama española; pero pudo encerrarse en un convento, Madre, flagelarse, ayunar, caminar sobre espinas, dejarse cla-
vetear las manos y los pies; pides soluciones lógicas, Sor Dolores,
pero la Señora madre del Señor está loca y en su locura decidió hacer esa penitencia y no otra; pero las piernas, Madre Milagros, los
brazos; tú lo viste hoy, hija, esa canilla que el Señor besó, ese miembro que extrajo del arca y luego se llevó a los labios, es la pierna de
su madre, convertida en reliquia semejante a la de una santa y conservada para siempre en estas criptas del palacio, junto a un pelo y
doce espinas de la cabeza de Nuestro Salvador, y casi tan sagrada la
canilla como el cabello y las púas, la Dama Loca dijo que nadie la

tocara, y los hombres entendieron, mas las bestias no, y los perros de su difunto marido, una noche que estaban sabrosos de montería, pues desde la muerte de su amo no habían salido del palacio, fueron sacados por el sotamontero Guzmán a dar la vuelta, como era su costumbre y deber, pero los mastines estaban inquietos, y sucedió la mala ocurrencia de que celebrando la Señora esposa del Señor una fiesta esa noche, que mucho había rogado a su marido que se celebrara para oír música y disipar el largo luto de la casa, los músicos entonaron bocinas cuyo ruido salió por las ventanas abiertas a la primavera; los canes lo entendieron como tañido de rastro y aun de corredura y así se lanzaron, sin que Guzmán pudiese contenerlos, a una extraña querencia: se cree que, a un tiempo, olieron el sudor y la carne de su amo muerto en la carne y sudor de la Dama tendida en el patio; o fueron atraídos por las excrescencias y otras porquerías de la Señora madre; o confundieron el cuerpo de la Reyna con el de una bestia entrampada, y sobre ella se lanzaron, gruñendo y a mordiscos, hiriéndole gravemente los miembros mientras la Dama, en vez de gritar de dolor, daba gracias a Dios por esta prueba y pedía para sí la muerte que, como fiel cristiana, no podía darse y sin embargo añoraba y solicitaba de Dios a fin de reunirse con su muy amado esposo; los perros grises, manchados, intentaban devorar a la Dama en la noche, azuzados por una bocina de la fiesta que ellos entendían tocando a muerte y a hembra, hasta que Guzmán tuvo la atinada idea de tocar su propia bocina a recoger, con lo cual los mastines acudieron al llamado, soltando a la Dama. El Señor quiso levantarla de esa prisión al aire libre, cuidarla y cuidarle las heridas. Pero la Señora madre se empecinó, dijo que sólo su marido podía tocarla y así las piernas y los brazos heridos por la furia de los perros comenzaron a hincharse, las heridas nunca se cerraban y el pus escurría por los miembros picoteados, morados, pestilentes, mientras la Dama murmuraba oraciones y se disponía a entregar su cuerpo sufriente y su alma compungida al creador de todo, Dios Nuestro Señor, gritando a grandes voces que honor y gloria son pérdida y no ganancia, voluntario sacrificio y no avaro atesoramiento, pérdida sin recompensa posible, pérdida porque no hay riqueza en este mundo que pueda compensarlos y por ello honor y gloria supremos: eso gritaba todas las noches de aquella primavera, hasta que el Señor su hijo, nuestro actual Señor, ordenó a unos guardias violentar la expresa voluntad de la Dama, tomarla en brazos, a la fuerza, con furia y sin respeto, pues la Dama Loca luchaba con ferocidad idéntica a la de los mastines de caza, mordía las manos de los guardias, escupía sangre a sus caras e invocaba al Maligno para que les partiera un rayo; no bastó, fue conducida a una recámara y allí, aunque los médicos aplicaron untos y ventosas a las heridas de brazos y piernas, no bastó y decidieron amputarle los miembros, lo cual sucedió entre gritos espantosos que yo escuché, hermanas mías, que yo escuché temblando de miedo y oyendo las palabras que la Dama gritó mientras la tallaban: sálvame, Cristo Salvador, sálvame de la furia de estos doctores judíos salidos como ratas de la aljama para mutilarme y luego hacer usos impíos de mis miembros, son doctores de la ley hebraica, mirad, mirad las estrellas de anormales picos grabadas en sus pechos, hervirán en aceite mis miembros para que todos los cristianos muramos y ellos tomen nuestras riquezas, oyendo las palabras que la Dama pronunció antes de desmayarse, mientras los serruchos rebanaban su carne podrida y astillaban sus débiles huesos, escuché cómo daba gracias a Dios, finalmente, por someterla a esta prueba terrible que volvía a situarla en el extremo que ella anhelaba, esto gritó antes de desmayarse, honor por el sacrificio, alto sitio de mi nobleza sustentada no sobre la posesión de las cosas efímeras de este mundo sino sobre su pérdida total, y qué sacrificio o pérdida más grande, salvo la muerte, que éstos de la mitad del cuerpo y a manos de detestados puercos que peor sacrificio le impusieron a Cristo Nuestro Señor. Quedose, sin embargo, con el continente de su voluntad. Miren sus ojillos, hermanas, miren con qué arrogancia nos mira, miren cómo nos dice sin abrir la boca que nosotras no seríamos capaces de lo que ella ha sido capaz, miren cómo nos dice que ella ha regresado, mutilada, arrastrando un cadáver, posesionada de un nuevo ser, de un nuevo príncipe, de un nuevo muchacho, mírenla alejarse, rumbo a las recámaras de servicio, paseando su orgullo, diciéndonos que ha regresado y que las cosas volverán a ser como antes, la muerte es un engaño, no hay decadencia posible cuando la voluntad de la pérdida se impone a la voluntad de la adquisición, ella ha regresado, ¡ha regresado, Azucena, viene hacia nuestros pasillos, viene a encerrarnos de nuevo, viene a quitarnos la libertad que la Señora esposa del Señor, encerrada en su recámara, indiferente a nuestros ires y venires, dimes y diretes, nos ha dado; ahora no, ahora la Dama Loca está de vuelta, ahí viene, empujada en su carretilla, mira, mira, Lolilla, empujada por la enana Barbarica, ¡también ese monstruito ha regresado con ella, esa enana arrugada, mofletuda, de párpados hinchados, mira cómo le arrastra la cola del vestido, siempre ha insistido en vestirse con los trajes viejos de las Señoras, aunque le arrastre la cola y tenga que arremangarse las telas alrededor de los cortos bracitos y de la panza dura como un tambor!, ¿a ti no te bailaba la enana Barbarica, Azucena, a ti no te hacía cabriolas y se tiraba pedos a su antojo, a ti no se te mostraba con una corona de cartón y la cara pintada de oro y los senos al aire, con las venas pintadas de azul, gritando "Yo también soy la reina, yo también, nada más soy una reina chiquita, una Señora en miniatura", y luego se tiraba tres cuescos seguidos, como una trompeta, a ti no?, han regresado, Azucena, han regresado, para nuestros males infinitos, oh día nefasto, oh negro día en que han regresado la Dama Loca y su enana pedorra a este palacio donde creíamos habernos librado para siempre de esta siniestra pareja y mira, mira, Lolilla, mira también lo que traen con ellas, un muchacho con aire distraído, como si le hubiesen dado un mazazo en la cabeza, como si lo hubiesen manteado y no pudiera moverse bien por el dolor o el ataranta-miento, quién sabe, míralo, no es feo, pero lo parece por como se mueve, como si no estuviera aquí, como títere, como idiota de la cabeza, a saber, Azucena, a saber, que quien mal enhorna saca los panes tuertos, hijo ha de ser de San Pedro, de esos que se traslucen aunque digan que son sobrinos de clérigo y luego quedan tontos de tanta azotaína que les da el cura para que no lo llamen papá, no, Lolilla, hijo de clérigo no, ¿ya te olvidaste lo que nos ocurrió cuando quemaron a ese muchacho debajo de las cocinas?, que a lágrimas de ajusticiado nueva vida a sus pies, ¡la mandrágora, Azucena, la man-drágora, tal y como se lo advertimos a la Señora, un hombrecito hallado al pie de las hogueras, de los cadalsos, de los potros infa-mantes, de todos los lugares donde los hombres de esta tierra mue-ren llorando, la picota, el garrote vil, Azucena, las cenizas del muchacho quemado en vivo!, ¡ay, ay, ay, ya lo sabía, no era la joven Señora quien le había de encontrar, sino esta vieja loca sin patas ni brazos, esta bruja maldita, ella había de encontrarle, y criarle hasta que alcanzara estatura de hombre, seguro que lo ha criado con la leche de la Barbarica que se le sale por las puntas de las tetas como a una cabra loca, sin contención ni oportunidad!, ¿y qué viene mur-murando la Dama, Azucena, qué cosa dice, que dónde se habrá quedado su atambor, que le hace falta su atambor todo vestido de negro para acompañarla, anunciando su paso luctuoso por estos pa-sillos?, y eso qué nos importa a nosotras, lo que nos importa es que ya regresó esta maldita tirana y se dirige a la recámara de la Señora nuestra protectora, nuestra ama despreocupada que tanto quisiera llenar de bullicios alegres este sombrío lugar, contra las estrictas órdenes que el Señor nos ha transmitido a través de Guzmán, arreglar los jardines, entretenerse con comedias, cortes de amor y carruseles, que los pastores regresen, que trasquilen a las ovejas frente a su balcón, que pase algo divertido aquí, algo más que nuestra odiosa obligación de untarle saliva en el pelo todas las mañanas a la joven Señora cuando se queda amodorrada, oye, ni eso, desde hace quién sabe cuántos días la Señora ya no nos deja entrar a su recámara, ya no podemos robarnos cosas, ya no, nos jodieron, regresó la tirana, ahí va con su enana y su bobo, en carretilla, gritando obscenidades, que una verdadera Señora no tiene piernas.

—¿No lo sabéis todos? ¡No tiene piernas una Señora de verdad!

Yo qué sé, Lolilla, yo qué sé, lo único que sabemos es que esta vieja espantosa nos encerrará, mandará a unos guardias a echar candado en nuestros cuartuchos, nos quitará cuanto poseemos, cuanto hemos logrado ir guardando a lo largo de los años, no lograremos ocultar nada, para eso sirven las mandrágoras, para descubrir los tesoros enterrados, y los nuestros tesoros son pues nada más tenemos, la Vieja dirá que somos unas criadas ladronas, rebajará nuestra dignidad de dueñas y camareras de la Señora y nos convertirá otra vez en fregonas, ven Lolilla, sí, Azucena, vamos a esconderlo todo, vamos a guardarlo todo debajo de una baldosa suelta, todo lo que hemos sustraído de la alcoba de la joven Señora, las muñecas, los huesos de durazno, las medias de seda que le hemos robado, los mechones de pelo, las zapatillas usadas, los saquitos con violetas secas, las pastillitas de colores, los bichos bañados en oro que hacemos corretear sobre nuestros pechos y nuestros pegujares, todo, todo, vamos a guardarlo todo muy bien, pues es nuestra única herencia, fregona, la única.

El primer testamento

—Moja la pluma en el tintero, Guzmán, que nunca es tarde para prepararse a bien morir y arreglar las cuentas con Dios, sobre todo el día en que, sin necesidad de un espejo que me lo verifique, veo mi muerte reflejada en las de mis antepasados y pido para mí, alguna vez, el reposo que yo les he procurado a ellos. ¿Reposan, cierto, Guzmán?

—Cada uno ha sido colocado dentro de su sepulcro, Señor. Allí yacen.

—Todo lo preparé, todo lo ordené para que la llegada de las treinta literas fúnebres coincidiera con mi cumpleaños y, así, se confundiesen las celebraciones de la vida y las de la muerte; un año menos de vida para mí, un año más de muerte para ellos; pero ahora al fin juntos, todos juntos, celebrando tanto nuestros excesos como nuestras carencias, pues, dime, Guzmán, ¿carecen ellos de vida o carezco yo de muerte; sóbrales muerte a ellos o sóbrame vida a mí?

—En mi humilde opinión, estos muertos bien muertos están, y de tiempo atrás. No es hora de llorar por ellos, sino de convertir esta ceremonia en celebración de la vida y del poder que es vuestra vida.

—Ordené; preví. Que todos lleguen juntos, el mismo día, el día de mi cumpleaños. No fue así, lo has visto. Las caravanas se retrasaron cuatro días.

—Exigió usted la perfecta simetría de la procesión; que todos lleguen juntos a este lugar, no uno el martes y cinco el viernes y tres más el domingo; de manera que muchos se vieron obligados a esperar al pie de la sierra la llegada de los demás, de los que se retrasaron por accidentes del camino, desorientaciones, inesperadas tormentas, quizá encuentros imprevistos, no sé...

—No bastó mi voluntad.

—Los elementos son invencibles, Señor.

—Calla. No bastaron mis órdenes. Cuatro días de desesperada espera; cuatro días durante los cuales se sucedieron otros accidentes, otras muertes, otras furias que hubiesen sido evitadas si todos llegan el día de mi cumpleaños. Bocanegra no hubiese muerto. Tú no lo habrías asesinado.

—No me culpe usted. Tenía rabia. No podía seguir al lado suyo. ¿Vale la pena conservar a un perro y perder a un príncipe? La caridad tiene límites. El dolor, si no ha de convertirse en melancólico artificio, también.

—Bien, bien, Guzmán; todo volverá a quedar en paz; las monjas ya no se arremolinarán enloquecidas frente a mi alcoba; los obreros volverán al trabajo y pronto quedará acabada ésta, la obra de mi vida, panteón de mis antepasados y mausoleo de mi propio despojo.

—Celebremos la vida, Señor; no nos anticipemos al tiempo.

—Ponme el anillo de huesos que ya siento los calambres.

—Regresemos a la alcoba y allí os acomodaré los pies sobre un cojincillo y podréis dictarme con tranquilidad.

—No, Guzmán, no; tiene que ser aquí, en la capilla, tú sentado ante el atril y yo recostado sobre estas heladas baldosas; los dos rodeados por los treinta sepulcros de mis antepasados; dime, Guzmán, ¿por dónde llegaron a esta cripta los restos, si esa escalera para ellos construida aún no está terminada?

—Hubieron de dar la vuelta por las caballerizas, las cocinas, los patios, las galerías y las mazmorras, pisar la húmeda hojarasca del pasado invierno acumulada en estos subterráneos, hasta llegar aquí.

—¿Por qué no está terminada la escalera?

—Os lo he explicado; témese interrumpir vuestras devociones...

—No, no me entiendes; debía estar terminada; ordené sólo treinta escalones entre la cripta y el llano, un escalón simbólico por cada féretro que por allí debió descender a su tumba en este gran día; ¿por qué han construido treinta y tres escalones?, yo los he contado, ¿a quién más esperan?, ¿hasta dónde piensan llegar?, no habrá más cadáveres, son treinta, treinta fantasmas, mi número de espectros, Guzmán, ni uno más, ni uno menos, ¿a quién más esperan?

—Lo ignoro, Sire.

—¿Quién ha construido la escalera?

—Os lo repito: todos, ninguno, no tienen nombre. Es gente sin importancia.

—Si los cadáveres hubiesen descendido por la escalera... tú no sabes, Guzmán, no te imaginas...

—Sólo sé lo que el Señor se digna comunicarme y ordenarme, Señor.

—Óyeme en secreto, Guzmán; yo he subido por esa escalera, y ascenderla es ascender a la muerte. Bajando por ella, ¿habrían descendido mis antepasados a la vida, habríanse recompuesto como yo me descompuse, ascendiendo, en el espejo? ¿Estaría yo rodeado hoy de mis ancestros vivos?

—Me es difícil seguir el razonamiento del Señor. Vuelvo a pedirle que regresemos a la recámara; allí estará cómodo...

—No, no, tiene que ser aquí, los dos viendo y siendo vistos por ese cuadro que me mandaron de Orvieto; a ese cuadro le hablaremos y él terminará por hablarnos; yo lo sé; desenrolla bien el pergamino y colócalo sobre el atril, siéntate, Guzmán, cumple mis deseos, escribe y piensa que cuanto te diré nos lo dirá ese cuadro que se servirá de mis labios para dar voz a su muda alegoría.

—Señor: la tempestad calmó los fragores del verano en la llanura, pero se coló fríamente en esta cripta, como si aquí esperase un prematuro encuentro con el invierno; vuestros dientes castañetean y vuestros huesos crujen, ateridos; permitidme...

—Escribe, Guzmán, escribe, lo escrito permanece, lo escrito es verdad en sí porque no se le puede someter a la prueba de la verdad ni a comprobación alguna, ésa es la realidad plena de lo escrito, su realidad de papel, plena y única, escribe: En el nombre de la Santísima Trinidad, tres personas y un solo Dios Todopoderoso y Verdadero, creador de todas las cosas, espera, Guzmán, qué decimos, qué escribimos, por mera costumbre, ¿tú nunca dudas, Guzmán, a ti nunca se te acerca un demonio que te dice, no fue así, no fue sólo así, pudo ser así pero también de mil maneras diferentes, depende de quién lo cuenta, depende de quién lo vio y cómo lo vio; imagina por un instante, Guzmán, que todos pudiesen ofrecer sus plurales y contradictorias versiones de lo ocurrido y aun de lo no ocurrido; todos, te digo, así los señores como los siervos, los cuerdos como los locos, los doctores como los herejes, ¿qué sucedería, Guzmán?

—Habría demasiadas verdades. Los reinos serían ingobernables.

—No, algo peor; si todos pudiesen escribir a su manera el mismo texto, el texto ya no sería único; entonces ya no sería secreto; luego...

—Ya no sería sagrado.

—Cierto, así sería, Guzmán; y tú tendrías razón, los reinos serían ingobernables, pues, ¿en qué se funda un gobierno si no en la unidad del poder?, y semejante poder unitario, ¿en qué se funda si no en el privilegio de poseer el texto único, escrito, norma incambiable que supera y se impone a la confusa proliferación de la costumbre? Los súbditos, haciendo, están; el príncipe, haciendo, es; la costumbre se dilapida, agótase, se renueva y cambia sin concierto ni meta, pero la ley no varía, asegura la permanencia y la legitimidad de los actos del poder. ¿Y en qué se funda esa legitimidad?

—En que la ley que el príncipe invoca dice ser reflejo de la inmutable ley divina, Señor; tal es su legitimación.

—Entonces escúchame. Tú nunca has ascendido esa escalera, ¿verdad, Guzmán?, tú no has visto el cambio reflejado en un espejo… un espejo que no sé, no sé, no sé… no sé si refleja el origen o el fin de todas las cosas… o si me dice que todas las cosas son idénticas en su origen y en su fin… pero, ¿qué cosas, Guzmán, qué cosas, haz el favor de decirme, tú no dudas, tú no imaginas? Pues si todas las cosas son nombrables y numerables y pesables, su creador es desconocido, nadie le ha visto nunca y quizá nunca nadie le verá, el creador no tiene número ni peso ni medida y su nombre se lo pusimos nosotros, se los escribimos nosotros, no nos lo dijo él, él nunca ha escrito su propio nombre, ni Alá, ni Yavé, ni Ra, ni Zeus, ni Baal, que son todos nombres que al creador hemos dado los hombres, mas no se da él.

—Perdón, Señor; si cuanto habéis dicho es cierto, entonces me permito pensar que el nombre que le ponemos a Dios no puede ser sagrado porque no es secreto; y no puede ser secreto porque necesita ser conocido de todos para que todos le adoren. Un Dios adorado a hurtadillas es cosa de brujería, y ese Dios, diablo ha de ser.

—Te permito pensar, pero piensas mal, mi pobre Guzmán. Sabes mucho de azores y perros, pero poco de las cosas del alma.

—Estoy a los pies del Señor.

—Piensa mejor que el nombre de Dios será siempre secreto y sagrado, pues nadie sino Él lo sabe, y luego abre un abismo entre ese misterio y la jugarreta que aquí representamos, pues yo aquí estoy donde estoy, y tú a mi servicio, Guzmán, porque yo creo, tú crees y mis súbditos creen con nosotros que un divino derecho nombrome príncipe: que Dios escribió mi nombre para gobernar en el suyo. ¿Sabe Dios mi nombre mientras yo desconozco el suyo? ¿Qué ciega tortura es ésta, y qué injusticia?

—Dais extraños nombres a la fe, Señor mío. En Dios se cree, no se intenta probar su existencia. Si os consuela, pensad que si vos no podéis probar la existencia de Dios, a Dios le es igualmente difícil probar la vuestra.

—¿Me pides que renuncie al anhelo de conocer a Dios?

—Nada os pido, Sire; os escucho y acompaño. Y os recuerdo que si creemos en Dios, Dios creerá en nosotros.

—¿Sabes quién me escuchaba y acompañaba antes, Guzmán?

—Vana pretensión sería de mi parte; sirvo al Señor, no le vigilo.

—El perro. Bocanegra. Él escuchó antes todo lo que yo te digo hoy.

—Gracias, Señor.

—Tú escribe; hazlo.

—Y si lo escrito permanece, ¿puedo, con respeto, preguntarle al Señor por qué ha decidido que yo oiga y escriba lo que antes sólo al perro le era dado oír sin entender?

—No, no puedes. Mejor escribe. Preguntele a nuestro obispo aquí mismo, en esta cripta, si conocía al Creador, y dijo que no; si esperaba conocerle y dijo que sí, si la buenaventura de la muerte y la resurrección le llevaban a sentarse a la vera del Padre y mirarle al rostro, en el paraíso reservado para los buenos cristianos; ahora voltea hacia esa escalera, Guzmán, mírala, te desafía a subir por ella con un espejo en la mano, te desafío: subirás al término y al origen de todo, pero como yo, no verás al Creador en el espejo, y será esa ausencia, más que el anuncio de nuestra irremediable senectud, de nuestra muerte fatal, lo que nos aterrará; al mirar al espejo sólo conocerás, como yo, la soledad más promiscua, pues muriendo yo estaba solo porque no veía a Dios, pero no estaba solo, me entiendes, sino rodeado de la materia, devuelto a ella, absorbido por ella como por una esponja gigantesca; y el ser a quien según la doctrina asemejo, el ser que me dio la vida con su propia semejanza divina, no me esperaba al final de todo para guiarme, recogerme y consolarme, reconocerme al reconocerle, comprobar al fin mi existencia en la suya, como cree nuestro obispo: para llevarme con él al paraíso; el Creador no estaba, yo estaba solo con la materia viva pero muda y no supe si eso era el cielo, el infierno, la vida eterna o la muerte transitoria; ¿y sabes por qué nunca le he visto?; porque sospecho que el Padre jamás nació, jamás fue creado; ésa es la pregunta que ni nuestro obispo, ni el letrado fray Julián ni el astrólogo fray Toribio ni nuestro pobre Cronista, que tantas cosas imaginó, han podido jamás contestarme para aliviar mis propias imaginaciones y fortalecer mi bien probada fe: ¿quién creó al Padre?; ¿creose el Padre a sí mismo?; ni el dogma ni el obispo ni el afán conciliador del fraile pintor ni la imaginación del Cronista ni las estrellas del astrólogo pudieron contestarme; contesteme a mí mismo: el Padre jamás nació, jamás fue creado; ése es su secreto, su diferencia, y sólo sabiendo esto entenderemos por qué fue capaz de crear: para que nadie se le pareciera.

—¿Debo escribir todo esto, Señor?

—Es más: puedes confirmarlo, si te atreves a subir, como yo, por esas escaleras que no conducen, como engañosamente nos indica nuestra mirada, al llano circundante, sino a los orígenes de todo, sí, escribe, Guzmán, que quede constancia: yo he estado en el origen y no he visto nacer al Padre. Mira hacia arriba, al final de la escalera de piedra; mira más allá del llano; ¿qué ves?

—Las tormentosas luces de esta mañana de verano.

—Atrévete a subir; toma mi espejo y dime qué ves en él, a medida que asciendes, al detenerte en cada peldaño...

—Señor, no me pida que repita sublimes acciones que por ser suyas son inimitables; ¿quién soy yo...?

—Un mortal. Y por ello, como cualquier mortal, puedes conocer las moradas del Creador; sí, puedes subir como yo, con fray Toribio nuestro estrellero, a la más alta torre para ver los cielos a través de los vidrios que su invención ha tallado a fin de penetrar con el ojo humano las opacidades del firmamento; hurgué los cielos con los aparatos mágicos del caldeo y en ninguno de los rincones de la cúpula que nos abraza pude encontrar la efigie del Padre nonato; y sin embargo, mirando a través de esos cristales, escuchando los nombres que fray Toribio da a las mansiones celestes y midiendo las distancias que entre cuerpo y cuerpo, estrella y estrella, polvo y polvo, calcula, vi que aunque el Padre era invisible, el cielo no estaba vacío; me dije que esas esferas y esas partículas disímiles no eran el Padre, pero sí la visible prueba de su descendencia creadora. Aunque también pensé, escuchando las explicaciones del fraile Toribio, que si su ciencia era cierta, entonces también era limitada, pues si los cielos son verdaderamente infinitos, como lo sostiene el estrellero, lo que los lentes podían mostrarme era sólo parte finita de esa inmensidad; y que si los cielos eran infinitos, el misterio de su carencia de límite no excluía la regla del principio creativo: en algún lado y en algún momento fue creado el primer cielo; y construido el primer cielo, de él se derivaron los siguientes cielos, semejantes al primero, pero cada vez más lejanos de él, hasta que la reproducción de los cielos, cada vez más pálida, cada vez más tenue, como sucede con las repetidas calcas, pudo ser vista por nosotros. Conocemos, con todo y los cristales de fray Toribio, sólo el último cielo, Guzmán, la copia más imperfecta, la más alejada del modelo original aunque la más cercana a la tierra que habitamos y temo que todas las cosas de nuestra tierra no sean sino el producto de la creación más cercana a nosotros pero más alejada del Padre, que sólo indirectamente nos creó, pues primero creó poderosos ángeles que a su vez crearon ángeles cada vez más inferiores que al cabo nos crearon a nosotros. Somos el resultado del desganado capricho de unos ángeles aburridos que no tuvieron más fuerza e imaginación que las necesarias para inventar la miseria humana. Pero así cumplieron el secreto designio del creador: que el hombre fuese lo más distante y lo más distinto del Padre original.

—El último acto de la creación fue la creación del hombre y del mundo, Señor; así lo atestiguan las Sagradas Escrituras.

—Que estando escritas, son; líbreme Dios de contradecirlas… mas no de enriquecerlas.

—¿Podía estar ausente Dios del acto con que culminó la creación de todas las cosas?

—Calla mi voz, Guzmán; ¿cómo acallarás mi conciencia?

—Estos papeles que escribo sólo porque el Señor me lo pide…

—Escribe, Guzmán: el último acto de la creación no fue más que eso, el último; no el acto culminante, sino el acto del descuido, del tedio, de la falta de imaginación; ¿es concebible que el Padre, omnipotente, haya creado directamente esta odiosa burla que somos los hombres? De ser así, o no sería Dios, o sería el más cruel de los dioses… o el más estúpido. Piensa que así como nosotros, y no Dios, somos quienes a Dios nombramos y su nombre escribimos, nuestra pecaminosa soberbia nos hace creer y decir que Dios nos creó a su imagen y semejanza. Entiéndeme, Guzmán; quiero purificar totalmente la esencia de Dios liberando al Padre creador del pecado supremo: la creación de los hombres; no podemos ser obra suya, no podemos, no… Déjame liberar a Dios del soberano pecado que le atribuimos: la creación del hombre.

—¿De quién somos obra, entonces, Señor?

El Señor calló un instante y tomó ese espejo de mano, el mismo con el cual había ascendido parte de los treinta y tres escalones que conducían de la capilla al llano; miró su estéril laguna capturada dentro de un marco de oro viejo, patinado, raspado por el uso de muchas manos anteriores a las del Señor que hoy poseía el objeto, sin saber cómo había venido a su cauda, ni quién fue su propietario anterior, y estuvo a punto de perderse en los vericuetos de este nuevo acertijo: remontarse al origen, no del Dios primero y nunca visto, del nombre que le damos ignorante, y a las ceremonias que en su nombre perpetramos ajeno, sino de este objeto que mantenía con una mano: este espejo, sus anteriores dueños, la línea de sus propietarios, el fabricante del hermoso utensilio, útil sólo para vernos a nosotros mismos y así confirmar nuestra vanidad o nuestra desolación: vida propia del espejo, de todos los espejos que duplican al mundo, lo extienden más allá de toda verosímil frontera, y a cuanto existe mudamente le dicen: eres dos. Mas si este espejo tuvo un origen, fue fabricado y usado y pasado de mano en mano y de generación en generación, entonces tenía un pasado, retenía las imágenes de cuantos en él se miraron, y no sólo era mágico dueño de un futuro: el que el Señor vio una mañana al ascender con él por las escaleras.

—Mira en mi espejo, Guzmán, dijo el Señor, y el espacio del espejo comenzó a transformarse, a percutir de cielo en cielo, como un tambor que a cada golpe de las manos descubre un velo anterior, y otro anterior a éste, y en cada espacio revelado por las disueltas capas de su azogue deja escuchar una nueva voz, voz de humo, voz de estrellas…

El espejo: ¿Qué podemos imaginar desde nuestra impotencia, nosotros que somos los últimos ángeles, los que nunca vimos a Dios Padre? Esto nos preguntamos los más humildes delegados del cielo. Y uno de nosotros, entre nosotros confundido, pues en este nuestro cielo inferior era imposible saber si nosotros los ángeles descendíamos de otros ángeles superiores o si alguno de nosotros era el ángel superior caído, Luzbel, Luzbel mismo nos recomendó: —Inventemos a un ser que tenga la osadía de creerse hecho a semejanza de Dios Padre.

—Y así nacimos, Guzmán.

—Señor: para acertar, suplicad a Nuestro Señor Jesucristo sea servido de daros su favor y gracia por los méritos de la muerte y pasión que sufrió, por la Santísima Sangre que derramó en el árbol de la cruz por los pecadores…

—Sí, Guzmán, los pecadores, de cuyo número confieso ante su Divina Majestad ser yo el mayor, en cuya Fe he siempre vivido y protesto de vivir y morir, como verdadero hijo de la Santa Iglesia de Roma, por cuya Fe he mandado construir este palacio de paradojas, ya que si sus torres y cúpulas se levantan, impotentes, hacia los cielos, aspirando a un encuentro con el Padre que nos ha vedado su rostro, sus líneas rectas sobre un valle aplanado, su triste color gris, su perpetua dedicación al sufrimiento y a la muerte tienen el propósito de mortificar los sentidos y recordarnos que el hombre es pequeño y que su poder es una miseria comparado con la grandeza del Padre invisible; aquí digo, en esta pétrea austeridad por mí edificada: somos hijos de Luzbel y sin embargo aspiramos a ser hijos de Dios: tal es nuestra servidumbre y tal es nuestra grandeza; mira mi espejo, Guzmán, y escribe, escribe antes de que el Demonio me seque la lengua, Padre, Hijo y Espíritu Santo, un solo Dios verdadero, y duda, Guzmán, porque ni Pablo, ni Lucas, ni Marcos, ni Mateo tuvieron jamás la audacia de decir que Jesús era Dios; mira mi espejo, Guzmán, míralo si tienes ojos para ver y que su movedizo azogue nos transporte a esa tarde calurosa de la primavera levantina, penetra estas brumas de cristal y no mires en ellas tu propio rostro reflejado; mira...

El espejo: Mi perro está indigesto y yo no tengo humor ni paciencia para juzgar prolongadamente a uno de tantos magos de la Judea que se pasean anunciando catástrofes y portentos: el fin de Roma, la libertad del pueblo hebreo, no, mi perro enfermo y una pesada canícula y un delator más, uno más entre los espías colocados por mí, y colocados por cientos, en los conciliábulos de la nación judía; le pagaré los acostumbrados treinta dineros; yo Pilatos podría ser otro, llamarme Numa o Flavio o Teodoro, cumplir mis funciones como tantos otros procuradores las han cumplido o las cumplirán después de mí, es normal, yo uno más juzgando a uno más de los magos que durante siglos han repetido las mismas profecías a falsos seguidores que durante siglos los han delatado ante nosotros, las autoridades secularmente deseosas de mantener el orden a todo trance.

—Seamos razonables, Guzmán, y preguntémonos por qué hemos aceptado como verídicos sólo una serie de hechos cuando sabemos que esos hechos no eran singulares, sino comunes, corrientes, multiplicables hasta el infinito en una serie de tramas repetidas hasta el cansancio: míralos, míralos desfilar, interminablemente, siglo tras siglo, en la luna de mi espejo. ¿Por qué, entre centenares de Jesuses, centenares de Judas, centenares de Pilatos, escogimos sólo a tres de ellos para fundar la historia de nuestra sacra Fe?; pero también de estas explicaciones debes dudar, Guzmán, duda de lo sobrenatural explicándolo racionalmente, pero duda también de lo que parece natural buscando la explicación mágica, salvaje, irracional, pues ninguna se basta a sí misma y ambas viven una al lado de la otra, como vivió un Dios llamado Cristo al lado de un hombre llamado Jesús: pronto, Guzmán, míralos, los dos juntos, Jesús el hombre y Cristo el Dios, míralos en mi espejo; lo cubre el humo; las imágenes son tragadas por el tiempo; nadie recuerda...

—Señor: quiero demostraros mi lealtad. Quememos estas palabras, pues si la Inquisición las leyese, no bastaría todo vuestro poder para...

—¿Te tiento, Guzmán? ¿Sientes, al tener estos papeles entre tus manos, que podrías canjearlos por mi poder?

—Insisto, Señor; quemémoslos; acábense las dudas...

—Quieto, Guzmán, déjame gozar en esta hora de mi poder conduciéndolo hasta la herejía, impune o punible; punible porque destruye un cierto orden de la Fe, el que por casualidades de la política paulina y sordas sumas del compromiso y la intransigencia, ha triunfado; impune, en verdad, porque la herejía recoge y recuerda todos los ricos y variados impulsos espirituales de nuestra Fe, a la que jamás niega, sino que por lo contrario multiplica sus magníficas oportunidades de ser y convencer. Tan cristianos son, Guzmán, Pelagio el vencido como Agustín el vencedor; tan cristiano, Orígenes, el deudor castrado, como Tomás de Aquino, el acreedor seráfico. Y si hubiesen triunfado las tesis heréticas, los santos serían hoy los herejes y los herejes los santos y ninguno, por ello, menos cristiano. Luchemos, no contra la herejía, sino contra la abominación pagana e idólatra de las salvajes naciones que no creen en Cristo: no creen, al grado de que reniegan de él, así de su divinidad como de su humanidad; los cristianos creemos en él porque debatimos si fue divino y humano a la vez, o sólo divino o sólo humano: nuestra obsesión le mantiene vivo, siempre, vivo; escribe, Guzmán, escribe, borra de mi espejo la monstruosa imagen del procurador de Tiberio César, abre la boca, Guzmán, y llena de vaho mi maldito espejo para que no vea más la cara de Poncio Pilatos, verdadero fundador de nuestra religión, y su verdadero dilema...

El espejo: Pues yo fui el único que conocí a los rivales, el hijo de Dios y el hijo de María, conducidos ambos ante mi presencia aquella tarde ardiente en Jerusalén. ¿Cómo distinguir a uno de otro, en las sombras vespertinas de este salón de fresca cantera y blancos cortinajes que me aíslan de la hirviente primavera del desierto, cómo escucharles, cerca de este patio de palmeras ondulantes y rumorosos manantiales?, ¿cuál de los dos debe morir, éste que se llama Cristo y dice ser hijo de Dios, o éste que se llama Jesús y dice ser hijo de María?, ¿Cristo que reclama la humanidad de sus actos divinos o Jesús que proclama la divinidad de sus actos humanos?, ¿éste que promete el reino de los cielos o éste que promete el reino de los judíos?, ¿cuál es el más peligroso, cuál debe morir, cuál debe suplantar a Barrabás en la cruz? Debo escoger a uno solo; es igualmente aventurado asesinar a más de un profeta o liberar a más de un ladrón; la justicia debe ser equilibrada a fin de disfrazar la naturaleza criminal de sus decisiones. Pero lo cierto es que pesan demasiado en mi ánimo, esta tarde, la enfermedad de mi perro, la pesada digestión en el verano, las sombras reunidas para combatir el calor, las distracciones externas de las fuentes claras y los dátiles cayendo de los brazos pródigos de las palmeras. Tengo sueño, estoy aburrido, preocupado por el perro; este clima no es bueno para tomar decisiones; se amodorra uno; el mar y el desierto; Roma se ha extendido demasiado lejos de su centro, la vigilancia se vuelve difícil, las instituciones se quiebran y adelgazan; ¿quién me pedirá cuentas?; ¿a quién puede interesarle, en Roma, esta historia?

—Guzmán: ¿fue fundada nuestra religión por un error de la policía romana? Anatema, anatema sea quien distribuya entre dos caracteres o personas las expresiones atribuidas a Cristojesús en los Evangelios, aplicando una parte de las palabras y los actos al hombre y otra parte al Dios.

El espejo: ¿A cuál de los dos condené, a cuál de los dos presenté ante el pueblo murmurando: "He aquí al hombre", habiendo decidido que uno de ellos era el hombre y el otro el Dios, a cuál de los dos juzgué menos peligroso, a cuál de los dos condené? ¿Cómo no dudar ante los mellizos idénticos, los dos magos igualmente barbados, intensos, elocuentes, famélicos? ¿Cuál de los dos? ¿Cómo iba yo a saberlo? Uno moriría en la cruz, y al condenarlo creí que en realidad, y no sólo simbólicamente, me lavaba las manos del problema. La muerte ejemplar del uno daría caución al otro y escarmiento a todos esos profetas judíos tentados de imitarle. ¿Cómo iba a imaginar la sutil trampa preparada por los llamados Cristo y Jesús? Uno moriría, sí, en la cruz, sufriendo; pero el otro representaría, dos días después, la comedia de la resurrección. ¿Cómo iba a saberlo? ¿Y cómo saber, entonces, cuál de ellos murió y cuál vivió para resucitar en nombre del muerto? Sólo me lo diré a mí mismo, en secreto: fue crucificado Cristo el Dios y realmente murió, pues si yo, Pilatos, no hubiese condenado a muerte a un Dios, mi vida no tendría sentido; en nombre del César pude matar a un ladrón; pero si maté a un Dios, la memorable gloria es mía, sólo mía. Y fue el cuerpo inerte del Dios por mí crucificado, el cuerpo para siempre inútil, el que fue arrojado por esos sus seguidores a las aguas del Jordán, con pesas amarradas al cuello y a los tobillos para que no flotara, al encontrarlas, en las aguas del Mar Muerto. Pero no debieron preocuparse, pues el cuerpo se desintegró velozmente, añadiéndose a los légamos del valle del Ghor; una somera pesquisa por mí encargada así lo atestigua. Y en cambio Jesús el hombre… —mis espías me lo contaron—, asistió a la muerte de su doble, guiñándole el ojo a Juan de Patmos, a María la madre y a Magdalena la hetaira, salvado de la cruz por una humanidad que yo juzgué inocua y luego se escondió, con un puñado de dátiles, una botella de vino y una hogaza de pan, en la tumba reservada para la víctima, y de ella emergió dos días después, pero ya no pudo reunirse con su madre, su amante, sus discípulos. Esto temí: que reapareciera, que reiniciara sus actividades de profeta y agitador, burlándose así de la ley de Roma como de la ley de Israel, de mi indirecta condena al entregarle a los judíos como de la directa condena de éstos al decidir su crucifixión; esto sí que hubiese roto el delicado equilibrio entre los poderes romanos y los poderes judíos; esto sí que hubiese llegado, no mereciéndolo el simple trámite administrativo de la crucifixión, a la atención de mis superiores en Roma; esto sí que hubiese dado al traste con mi carrera. Eso pensé a los dos días de la muerte de Cristo el Dios, cuando sus discípulos anunciaron que había resucitado. Fui cauto; esperé antes de actuar. Los discípulos dijeron que su maestro había ascendido a los cielos. Respiré; había temido que el milagro no fuese éste, tan improbable, sino la fehaciente continuidad de la agitada carrera del otro en las tierras de mi jurisdicción. Pero si el actor de la muerte en la cruz se perdió en las aguas del desierto, el actor de la resurrección, a fin de hacer creíble su ascenso a los cielos, tuvo el buen gusto de perderse en el desierto sin aguas. De Egipto llegó, siendo un niño; a Egipto regresó y allí, por largos años, ocultose en las callejuelas perrunas y arenosas de Alejandría, enmudecido, impotente, andrajoso, viejo, mendicante, inutilizado para siempre por su propia leyenda, para que su leyenda viviera y se esparciera en las voces de Simón y Saulo; y dicen que muy viejo ya, sin más oportunidad para saciar su apetito legendario que la de convertirse en un anciano errabundo, en un viejo judío sin patria ni raíces, pudo llegar a Roma, bajo el reino de Nerón, hijo de Agripina y Domicio Ahenobarbo, y allí asistió en los circos a la muerte de quienes morían en nombre de su leyenda. A él también, entonces, le había yo condenado a la muerte testimonial de quien, errante, sólo puede asistir, sin decir su nombre, a la muerte de quienes mueren en su nombre o contra su nombre. Peregrino hebreo, yo te conozco; eres Jesús el hombre, condenado a vivir siempre porque no moriste en el instante privilegiado del Calvario. Lo sé porque te acompaño, estoy siempre a tu lado, estoy condenado a ser algo peor que tu verdugo: tu testigo. Murió el Dios. Vivimos tú y yo, los fantasmas de Jesús el hombre y Pilatos el juez.

—Condenados por el cruel Padre nonato a vivir siempre, Guzmán, como a Cristo el Dios su padre le condenó a vivir siempre, ahorrándose así la rebelde divinidad de un nuevo Luzbel, pues Pilatos, desde las ocres profundidades del cuadro de Orvieto, reflejado en el espejo que ahora muestro al cuadro, dice verdad: fue crucificado Cristo el Dios y realmente murió, abandonado para siempre, una vez cumplida su representación, por el Padre fantasma. Y esto es lo que Pilatos no supo: que el creador omnipotente no podía tolerar el regreso al cielo de un posible contrincante, de un nuevo Luzbel que había conocido los detestables misterios y necesidades de la humanidad caída y que podría contaminar la pureza sin tiempo ni ambiciones del cielo eterno; fue el Padre quien condenó al Hijo, Guzmán, no Pilatos, no los escribas ni los fariseos; el Padre abandonó, asesinándole, al Hijo; el Hijo de Dios sólo podía venir a la tierra para morir en la tierra. Así ahorrose el Padre, te digo, a un rebelde en el cielo; pero también se ahorró la necesidad de mostrar su propia faz: Jesús el hombre lo haría para siempre en su nombre y en la historia. Y así tú cree conmigo, Guzmán, que la razón es el intermediario entre Dios y el Demonio, ya que ni los males de éste ni las virtudes de aquél serían tales o nos afectarían sin el auxilio de la razón; nos limitaríamos, Guzmán, a aceptar los males como hechos y las virtudes como misterios; y entonces, ¿me entiendes?, yo volvería a nacer de vientre de loba y sería cazado en estas mismas tierras por mis propios descendientes; yo quiero el cielo y el infierno prometidos, Guzmán, quiero condenarme o salvarme para toda la eternidad, quiero la parcela de total inexistencia que el Padre le negó al

Hijo y al Hombre, a Cristo y a Jesús, no quiero regresar con garras, colmillos y hambres a este mundo: no quiero que mi muerte sea el abono material de una nueva vida, de una segunda vida, de otra vida, sino eso: mi muerte absoluta, mi absoluta remisión a la inexistencia, a la incomunicación hermética con toda forma de vida; éste es mi proyecto secreto, Guzmán, óyeme: construyamos el infierno en la tierra para asegurar la necesidad de un cielo que nos compense del horror de nuestras vidas; el horror que damos y el que nos dan... Dudemos entonces de nuestra propia Fe, siempre dentro de ella, para merecer primero el infierno en la tierra, la tortura, la hoguera, contra nosotros por herejes, contra las bárbaras naciones por idólatras; y sólo así, liberando primero las potencias del mal en la tierra, mereceremos, algún día, la beatitud del cielo en el cielo. El cielo, Guzmán: olvidar para siempre que una vez vivimos. ¿Qué hiciste de mi fiel alano Bocanegra?

—Señor: ya os lo he explicado. Tenía rabia.

—Jamás conoció su hora de gloria. Murió sin poder defenderme. Vivió adormilado, embrutecido, a mis pies. Pobrecito mi fiel Bocanegra.

—Era el perro fantasma.

—¿Quieres decir que ésa fue la gloria que tanto esperó? ¿Por eso lo mataste aparejado para la cacería suprema?

—Quizá.

—Tú lo mataste.

—Era mi deber, Señor. Tenía rabia...

—Nadie lo certifica más que tú.

—Era preciso; espantaba a las monjas, a los obreros; ya vio usted el loco mal de madre que les vino a las religiosas; usted mismo sintió su amenaza; las sórores y los trabajadores de la obra se miran a hurtadillas, Señor, se excitan; los contagios pueden pasar de los claustros a los tejares con facilidad...

—¡Ay! Ahora que me falta, siento que ese can era mi único aliado, mi único guardián...

—Amodorrado se la pasaba; había perdido el gusto de la montería.

—¿Murió siquiera en gracia de Dios?

—Era un perro, Señor. ¿Qué sabemos...?

—¿Sin dolor? ¿Qué sabemos? ¿Era uno de mis antepasados? ¿Por eso era tan cercano a mí, pretendía advertirme contra los peligros, jamás me abandonaba, jamás, salvo para protegerme...? ¿Por qué salió corriendo aquel día de mi tienda en el monte? Al regresar, traía la arena de la playa en las patas, en la herida… ¿Quién le hirió?

—Era un perro, Señor. No hablaba.

—¿Qué quería contarme, pobre bruto, pobre, fino, supuestamente fiero alano? ¿Era uno de mis parientes? ¿Hemos enterrado aquí el cuerpo inerte de un príncipe muerto hace siglos sin saber que al mismo tiempo matábamos, en mi can maestro, su alma resurrecta, viva, dotada, aunque hubiese perdido la sabrosura de la sangre de jabalí, de altos merecimientos como son la fidelidad, dime, Guzmán, la indudable adhesión a mi persona? No me mires así, vasallo, nada te reprocho; escribe, escribe mi testamento: En nombre de la Gloriosísima siempre Virgen María Nuestra Señora, mira, pronto, Guzmán, mira conmigo las escenas que pasan por el cuadro de Orvieto…

El cuadro: Madre del hijo del carpintero, todo lo recuerdo como un sueño, no sé dónde está la verdad, no lo sé ya y no lo supe nunca, no sé si me preñó el carpintero, o algún gozoso aprendiz del viejo artesano José con el que me casaron siendo yo una muchachita, o algún viajero anónimo que se detuvo a pedir agua para sus camellos y a contarme historias encantadas, yo casada con José el carpintero, yo madre del niño… yo, la verdadera hija de la Casa de David, y no el carpintero: las historias dirán lo contrario, porque son escritas por los hombres: yo, la mujer, hija de David…

—Mira cómo se mudan las formas, mira cómo giran y avanzan y salen y entran las figuras, como por un lujoso retablo, mira al niño convertido en hombre, míralo en compañía del Espíritu Santo que desciende en forma de paloma para acompañarle el día de su bautizo en las aguas desérticas del Jordán; mira el fluyente y ardoroso río que ahora cruza de extremo a extremo del cuadro que miramos, Guzmán, y duda, imagina a un carpintero impotente y ve la minúscula escena que se desarrolla allá arriba, sobre esas rocas y bajo ese humilde tejar, en una esquina del cuadro.

El cuadro: Él me besaba, sólo me besaba, me decía que estar casados era esto, unos besos bruscos, jadeantes, angustiosos, estériles como los caminos del Sinaí, él lo decía y por eso cuando vio crecer mi vientre me repudió; yo era de la Casa de David, sus antiguos secretos, en nosotros se reúnen muchas sabidurías, líquidas, fluyentes recetas de los ríos, el Nilo y el Tigris, el Ganges y el Jordán, un solo caudal de viejas memorias, de mágicos conocimientos nacidos a orillas de las aguas donde los hombres fundaron las primeras ciudades, catorce generaciones desde el cautiverio de Babilonia, de noche le serví filtros delirantes al carpintero iletrado y le hice soñar con los ángeles cercanos, priápicos, sobornables, luciferinos del cielo más cercano, el que todas las mujeres podemos ver a simple vista, el corrupto cielo que tenemos a la mano, el cielo de los cuerpos; en el sopor del cuerpo hice que esos falsos ángeles visitaran al carpintero y en el sueño le hiciesen creer que yo había sido preñada por el Santo Espíritu y que daría a luz al hijo de Dios, el anunciado Mesías, el descendiente de David el Rey.

—Escucha la carcajada de los ángeles, Guzmán, escúchala retumbando de cielo en cielo, a lo largo de los años que para el padre fantasma son instantes, hasta que el Padre nonato —mira su pérfido ojillo triangular allá arriba, en el centro superior del cuadro que contemplamos y nos contempla— se entera de la descomunal broma y decide avalarla enviando, en el instante de su capricho, a la paloma.

El cuadro: ¿No ves una luz que rodea nuestros cuerpos inmersos en el río?, ¿no oyes un aletear de ave invisible, Juan?, bautízame, Juan, maestro, quiero ser hombre contigo, Juan, muéstrame el camino de la vida, Juan, mi madre dice que soy hijo de Dios, Juan, pero junto a ti me siento sólo un pobre galileo, débil, humano, demasiado humano, ansioso de gustar los frutos de la vida, aburrido de tantas horas de lúgubre estudio bíblico, la disciplina impuesta por mi madre, lee, debes saberlo todo, desde niño, asombra a los doctores, debes desempeñar bien tu papel, no puedes ser un hombre torpe e ignorante como tu padre, bautízame, Juan, báñame, Juan, tómame entre tus brazos, Juan, en mi sangre se mezclan la humildad iletrada de un carpintero con la soberbia sabiduría de una casta de reyes, dime qué hago con esta doble herencia de esclavo y rey, Juan, ayúdame a conducir a los esclavos y a humillar a los reyes, Juan.

—Mira la paloma, Guzmán, que se posa en la cabeza, sí, del humano, sí, demasiado humano, sí, galileo, sí, el día de su bautizo que quizá sólo fue el día de sus nupcias sodomitas con Juan el Bautista que quizás era un hombre bello que quizá murió, como el otro día murió el muchacho quemado aquí junto a las caballerizas, por sus amores nefandos con el hijo del carpintero y en consecuencia por los combinados despechos de las mujeres que le deseaban pero nunca pudieron seducirle: Herodías y Salomé, la vieja y la joven náyades de la corte de Israel; mira, Guzmán, velo en el cuadro: cómo se acerca la figura del Cristo sin luz a la de ese hombre vestido con una breve túnica de pieles, cómo se toman de la mano, se abrazan, se besan en la boca... cómo consuma el Bautista las bodas con Jesús, lo que yo pido en mis oraciones, el divino amplexo, el castísimo ósculo...

—Señor: por menos dichos han muerto en estas tierras otros hombres, clavados a la estaca que por los fondillos les penetró, rasgándoles las entrañas hasta salir por la boca o el ojo, ya que estas similitudes invocan vuestras fábulas...

—Calla y mira; calla y entiende; mira a Jesús, nacido de María y padre ignoto, visitado por Cristo, enviado del Padre fantasma nonato; sólo a partir de ese instante bautismal en el río ambos conviven; pragmático Cristo, Guzmán: óyelo...

El cuadro: Haré rápidamente lo que tengo que hacer y negaré en cada oportunidad que se me presente a mis padres terrestres para que todos comprendan que mis virtudes y mis milagros no son de este mundo ni lo serán jamás; para ofrecerles a los hombres la imagen de Tántalo, para invitarles a beber el agua y comer los frutos que, apenas alarguen la mano o abran la boca, huirán de su sed y de su hambre.

—Ésta es la broma, Guzmán; para recordarnos su desconocida y olvidada existencia anterior a todo cielo y a toda creación, el Padre fantasma envía a su imposible representante, lo mete dentro de la piel de un hijo del populacho hebreo, ofrece la desvanecida ilusión de una virtud que calca la de un Padre que jamás nació, Guzmán, que jamás supo lo que significa temblar de miedo, suspirar de placer, anhelar, envidiar, despreciar lo que se tiene cerca y correr locas aventuras por lo que jamás podrá alcanzarse, que jamás supo lo que es eyacular, toser, llorar, cagar, mear, Guzmán, lo que tú y yo y el fraile y el Cronista y el obispo y el estrellero y los sobrestantes y oficiales y herreros hacen... hacemos.

El cuadro: Tiemblen de miedo, suspiren de placer, anhelen, envidien, eyaculen, tosan, caguen, meen, lloren, y atados a tanta miseria intenten, además, imitarme; pero si atados a la pasión, a la fragilidad y a la basura de la tierra logran, a pesar de todo, despreciar lo que tienen cerca y correr locas aventuras por lo que jamás podrán alcanzar, entonces sí, entonces sí, en verdad os digo, no sólo me imitarán, entonces me superarán, serán lo que yo nunca pude ser, estiércol y coraje, polvo enamorado.

—No, no oigas al falsario, Guzmán, no es cierto, la crueldad de Cristo es demostrarnos que nunca podremos ser como él, la cruel-

dad del excremento es que a todos nos iguala, y entre ambas crueldades intentamos construir una diferencia personal que nos
identifique: eso hacen mi madre mutilada y ese falso príncipe que ha
traído en su séquito, ese falso heredero, tan falso como Cristo el divino lo era para la humanidad de Jesús, en cuyo cuerpo se introdujo.

El cuadro: Tan falso como tú, Jesús, lo eres para mi divinidad
de Cristo: sin consultarte, me he apropiado de todas las culpas, defectos y necesidades de ese cuerpo, el tuyo, Jesús, escogido entre
miles; mi Padre ha metido a su fantasma dentro de tu carne mortal,
hijo de María, a fin de ofrecer a los hombres el espejismo de una
virtud imposible; pero apenas sienta el vinagre en la garganta, te lo
advierto, apenas sienta las espinas en la frente, abandonaré tu cuerpo
y te dejaré en manos de la crueldad humana.

—Mira el cuadro de Orvieto, Guzmán, atiende su sutil movimiento y sus sutiles frivolidades italianizantes, mira cómo se transforma un cuadro de intención piadosa en escenario de un drama de
entradas y salidas imprevistas, mira cómo los veleidosos artistas de
la otra península desplazan las sacras representaciones de los atrios
eclesiásticos a estos profanos teatros de ilusorios espacios, cortinajes,
arcos y sombras y ficticias luces, mira cómo entra a la escena ocupada
por el hombre Jesús un doble a él idéntico, lo abraza, lo besa, y ambos cuerpos parecen fundirse en uno solo para representar la comedia del maestro de burlas, el Padre nonato. Multiplica las dudas,
Guzmán, relata todas las posibles historias y pregúntate otra vez por
qué escogimos una sola versión entre esa baraja de posibilidades y
sobre ella fundamos una Iglesia inmortal y cien Reinos pasajeros.

—Vos encabezáis uno de ellos, Señor; haced por no perderlo.

—Te digo que dudes, Guzmán: el cuerpo humano de Cristo
era un fantasma, sus sufrimientos y muerte fueron mera apariencia,
pues si sufrió no era Dios y si era Dios no pudo sufrir. Duda, Guzmán, y mira la representación que ante nuestros ojos, dentro del
marco de ese cuadro, tiene lugar.

El cuadro: Si soy Dios no puedo sufrir; si sufro no soy Dios;
bástanme el vinagre y las espinas; ahora me sacarán de la celda, me
conducirán por los hondos pasajes de la sombra hasta la gran puerta
donde deberé cargar mi propia cruz y ascender penosamente a esa
polvosa colina, tantas veces vista en mis sueños, donde ya se levantan, como raíz de mi destino, otras dos cruces; milagros, milagros,
ahora es el momento de concentrar todos mis poderes de transfiguración, de convocación, de prestidigitación, si pude hacerlo para lle-

nar de vino las ánforas de Canán, para multiplicar los peces y revertir las horas de Lázaro, ¿cómo no he de hacerlo ahora, cuando por la rendija del dolor puede colárseme mi propia divinidad? Mientras me daban vinagre a beber, mientras me azotaban y me coronaban de espinas, evadí el sufrimiento pensando intensamente en un hombre manso, rudo, y por ello receptivo, Simón el de Cirene, invocándole para convocarle a mi lado, rogando intensamente, con la misma intensidad con que rogué a Lázaro que renunciara a la apacible muerte y aceptase la agitada vida mediante el sencillo recurso de suicidarse en muerte, rogando así para que Simón me escuchase desde lejos y se presentase a la hora y en el lugar y con los socorros necesarios; esa tarde fui conducido entre guardias a lo largo de los oscuros y musgosos pasajes que llevan de las celdas a la gran puerta del pretorio, mi mirada penetró la oscuridad, mi nariz olfateó pescado y ajo y sudor: Simón me había escuchado desde lejos, Simón había venido vestido como un simple vendedor de vituallas, cargado de verduras y peces, a obedecerme: a sustituirme; fingí una imprevista caída; los guardias perdieron su marcial compás, se detuvieron, se regresaron, se adelantaron, giraron sobre sí mismos, confundidos, me golpearon, golpearon e injuriaron al Cirenaico que ya había tomado mi lugar, que ya cargaba la cruz mientras yo cargaba las cebollas y los peces secos y salados, los ofrecía a los centuriones, era rechazado, la procesión seguía camino y yo agradecía la ceguera del amo extranjero ante la raza extraña y sometida, pues si nosotros sabemos distinguir el rostro de cada opresor extranjero ya que en ello nos va la vida, ellos nos miran como lo que somos: una masa de esclavos, sin fisonomías individuales, cada uno indistinguible de todos los demás... Luego, esa misma tarde, pude mirar a Simón crucificado en la ignorancia y el error; pude contemplar mi propia tortura y muerte, pues los centuriones, los apóstoles, Magdalena y María y Juan de Patmos creían que Simón era yo; y yo, al penetrar con la mirada las encontradas ráfagas de granulado sol y tormentosa sombra, vi a Simón el Cirenaico en la cruz y no pude creer lo que veía: en el gesto de la agonía, el manso y burdo hombre de Cirene había asumido mis propias facciones; las suyas quedaron estampadas con un doloroso sudor en el pañuelo de la Verónica. Y así yo, Jesús, fui el testigo en el Calvario de la crucifixión de Simón y éste fue mi más milagroso, aunque menos difundido, hecho.

—Pero mira, Guzmán, con qué rapidez gira el escenario del cuadro, se mantiene el telón de fondo pero cambian de ropajes las figuras, se desplazan los elementos del decorado, el invisible, cruel y caprichoso retablista ordena de manera nueva su relato y ahora nos hace ver esta nueva representación.

El cuadro: Ni divinidad ni milagro: soy un agitador político palestino, convenzo a mis acompañantes y familiares de que la apariencia de un martirio es indispensable para nuestra causa; echamos suertes para decidir quién ha de delatarme a las autoridades y quién ha de suplantarme si, como lo espero, soy condenado a morir. Las suertes favorecen a Judas y a Simón de Cirene. Nuestro grupo es reducido por razones de seguridad, movilidad y pureza de convicciones; pero también porque lo integramos hombres muy similares físicamente. De esta manera, podemos disfrazarnos unos de otros, aparecer simultáneamente en diversos lugares con el nombre genérico de Mesías y asombrar al populacho ignorante con falsos milagros ejecutados organizadamente no por uno, sino por varios compañeros, pero siempre atribuibles a mí, que soy el símbolo de la rebelión y su autor intelectual. Sólo en esto me distingo de mis compañeros; mi madre me obligó a quemar tardías velas sobre los escritos sagrados; yo articulé la espontánea rebeldía de mis iletrados compañeros y le di cauce, organización e ideas. Lamento que Judas y el Cirenaico hayan sido los elegidos por el azar. Hubiese preferido perder a Pedro, el más inseguro y débil entre todos, o a Juan de Patmos, demasiado fantasioso para ser políticamente efectivo. Pero los sentimientos no deben intervenir en estas decisiones que superan nuestros gustos y disgustos personales. Así, todos seguimos por el camino de la cruz a un sosias dispuesto a dar la vida por mí y por mi causa; allá vamos todos fingiendo llanto y desesperación; fingiendo hasta cierto punto, es verdad, pues Simón el de Cirene es un hombre bueno y un luchador leal, aunque dispensable; llanto y desesperación a fin de engañar a las autoridades, cimentar la leyenda subversiva y luego retirarnos todos los actores del drama a la oscuridad de la cual emergimos por poco tiempo a fin de representar el auto de la insurrección individual de los esclavos contra la ética colectiva de Roma y contra la pesada tradición de Israel. Esa tarde en que el clima tan oportunamente colaboró con nosotros, esa tarde iniciada en el calor, el sol y el polvo y terminada en la tormenta, la noche prematura y la inmóvil violencia de las piedras, era necesaria para que la rebelión volase con las alas de la leyenda sacrificial. Sólo del sacrificio nacen mundos nuevos. Pero siempre han sido hombres los sacrificados. A mí se me ocurrió: sacrifíquese a un Dios. Del sacrificio humano nacieron los antiguos dioses y su historia divina. Del sacrificio divino nacería la historia humana. Fue una inversión muy efectiva; valió la pena. Mi destino y el de mis seguidores no importan. Nadie volvió a saber de nosotros. Pero nadie dejó de saber lo ocurrido esa tarde en el Gólgota. Nuestra creación se llama la historia.

—No dudes más, Guzmán: el alma de Cristo abandonó el cuerpo sufriente de Jesús, quien al morir era sólo, de nuevo, el hijo de María y padre ignorado. Escribe, Guzmán, escribe el texto capitular de mi testamento, dictado hoy, el día del entierro final de todos mis antepasados a los cuales algún día habré de unirme, escribe: En el hombre de la Santísima Trinidad, Padre, Hijo y Espíritu Santo que son un ser solo y único, tres nombres adheridos a una sola sustancia, como una sola sustancia son el cuerpo, la inteligencia y el alma de cada hombre, y si de esta existencia unitaria aunque misteriosa en cada uno de nosotros no dudamos, ¿por qué hemos de dudar de la sustantiva unión del dogma: inteligencia el Padre, cuerpo el Hijo y alma el Espíritu Santo, como el Sol, sustancia única que se manifiesta en la luz, el calor, y el orbe en sí: luz el Espíritu, calor el Hijo, orbe el Padre? Así fue emitido el Hijo un día, como un rayo de luz; y de esto duda también y cree en lo que nos dice ese cuadro que, te lo dije, nos hablaría mientras le hablamos, mira su espacio súbitamente vacío, o invadido de una luz tan blanca que todo lo borra, todo lo ciega, todo lo convierte en negra ausencia…

El cuadro: Por ser Dios soy único; y Yo, ese único Dios, fui quien descendí sobre María la virgen y la preñé y de ella nací Yo, el Dios único que antes nunca había nacido; yo, Padre de mí mismo; yo, Hijo de mí mismo: Dios único indivisible, Yo mismo sufrí y Yo mismo morí, los hombres crucificaron al Dios único, al Padre que soy Yo.

—Y así aceptarás, Guzmán, que por la aritmética más simple sangra esta nuestra cristiandad que con el arma del demonio pretende explicar lo inexplicable, en vez de vencer para siempre al demonio negándole la tentación racional, arrebatándole las espadas de lo prohibido, aceptando que todo es magia, que todo es misterio, que todo es libertad intelectiva de unos cuantos, fieles, perseguidos, eternamente heréticos, eternamente inconformes: el triunfo de Dios, Guzmán, es la ínfima comunidad cristiana perseguida siempre, jamás triunfante; el cristianismo existe porque Jesús fue derrotado, no porque Constantino triunfó; yo conozco la tentación de Nerón, la sueño a veces, me pregunto si para fortalecer mi Fe no hay, en verdad, más que dos caminos: ser perseguidor o ser perseguido...

—Usted, Señor, mandó matar a las turbas levantiscas en el alcázar de su padre y encabezó a los ejércitos en las cruzadas contra los herejes valdenses, abelitas, adamitas y cátaros. ¿A quiénes, entonces, persiguió?

—Alivia mi pesado espíritu, Guzmán; quizá esa mínima comunidad de los verdaderos cristianos se refugia en el alma de los locos y los rebeldes, de los niños y los enamorados; de los que viven sin necesidad de mí o de la Fe... y al perseguirles y matarles he fortalecido, quizá, sin saberlo, esa Fe.

—Sois el Defensor; así lo proclaman vuestras batallas, escudos y leyes; así lo dice una Bula.

—Sí, sí, el Defensor, sella mi boca, Guzmán, como sellarás mi testamento al terminarlo y repite conmigo, ya, ahora mismo, de rodillas, la verdad invariable: Creemos en un Dios, Padre sobrenatural, artífice, creador y monarca providencial del Universo, de quien provienen todas las cosas, y en un solo Señor Jesucristo su hijo, Dios procreado por el Padre antes del comienzo del tiempo, Dios del Dios, totalidad desprendida de la totalidad, unidad de la unidad, rey del rey, señor del señor, verbo encarnado, sabiduría viviente, luz verdadera, camino, resurrección, pastor, puerta, esencia, propósito, poder y gloria del Padre: imagen invariable de la deidad, imagen insustituible, imagen única que ningún infiel podrá trocar por la de la piedra hosca y sus horripilantes muecas: tu imagen, Señor, es la dulce faz del óleo italiano que me contempla mientras arrodillado te alabo y te nombro y ninguna otra puede ser: Dios creador, divino Cristo, humanísimo Jesús, pero sólo con ese rostro consagrado por la tradición y nunca con las máscaras de piedra de los ídolos salvajes: los que intenten cambiar tu rostro, Dios mío, verán sus obras quemadas, derrumbadas, destruidas por la cólera y la piedad reunidas de mis ejércitos; nunca más se levantarán nuevas Babilonias para deformar tu dulce efigie, mi Dios. Repite este credo conmigo, pues si la duda transforma el dogma trinitario o macula la concepción de María o separa la divinidad de Cristo de su humanidad o cambia el precisísimo rostro de Jesús, avasallados por las herejías que aquí he expuesto a fin de exorcizarlas, entonces yo perdería mi poder y lo ganarían los locos, los rebeldes, los niños y los enamorados; y no es que no lo merezcan, no: es que no sabrían usarlo, les sería inútil y, sobre todo, les sería contradictorio: dejarían de ser, al tenerlo, lo que son: niños y locos, enamorados y rebeldes. Mejor esto, mejor yo, mejor un solo dogma, cualquiera, que un millón de dudas y debates, cualesquiera. Entiende ahora el razonado concierto de mi aparente sinrazón, Guzmán: las dudas quedan consignadas a un papel, por mí dictado, por ti escrito. Allí son, porque escritas quedan; pero quedan en posesión mía, como negro envés de la verdad luminosa de la Fe, y no andan sueltas y regadas, llevadas y traídas por el viento de la tentación y el rumor incoherente de la burla. Incorporemos el mal a nuestro conocimiento, Guzmán, y será apenas contraste y advertencia saludable para la vida de la verdad y el bien. Escribe mis palabras, Guzmán: el mal es sólo lo que desconocemos; sólo lo que nos desconoce es el mal; y es ese mal desconocido y que nos desconoce, insumiso, irreductible a nuestra posesión mediante la escritura que es nuestro privilegio, el que debemos extirpar sin misericordia.

—Amén, Señor, amén.

—Paz y pronta muerte, Guzmán. Más afortunado que nosotros fue Bocanegra; lo que pedimos, él ya lo obtuvo.

—El Señor es injusto conmigo. Sólo cumplí con mi deber, como lo cumplo ahora, escribiendo las palabras del Señor.

—Y yo, en verdad, nada te reprocho. Ven. Guzmán, acércate; déjame decírtelo al oído…

—Señor…

—Ese perro me atacó en la escalera… una mañana… me atacó… me desconoció… por eso le arranqué las vendas… para defenderme de él… y tú lo curaste, Guzmán… tenías razón; tenía rabia… Tú lo curaste mientras no lo supiste; lo mataste al saberlo… Leal, eficiente, Guzmán; gracias, Guzmán, gracias por hacer lo necesario mientras yo hago lo indispensable; gracias; nada te reprocho…

—Señor: os lo ruego: pongamos punto final a vuestras palabras. Hoy es un día memorable; habéis reunido a todos vuestros antepasados en vuestro propio palacio, para ello erigido; habéis, así, levantado a vuestra dinastía por encima de todas las de esta tierra. Reposad, Señor; vuestras palabras las dicta la fatiga del alma…

—Guzmán, Guzmán, qué intolerable dolor… ven, ponme la piedra roja en la palma de la mano… Ves, más me duele el cuerpo; Guzmán, ¿tú nunca dudas?

—Si yo tuviese el poder, Señor, jamás dudaría de nada.

—Pero no lo tienes, pobre Guzmán; anda, bésame el anillo de huesos, bésame la mano, agradéceme que te haya sacado de la ruina e incorporado a mi servicio, en el cual has ascendido, lo reconozco, por tus méritos propios y bien probadas habilidades. Déjame ver el escrito… ¿Dónde aprendiste tan buena caligrafía?

—Pude pasar un año, aunque en estrechas circunstancias, por Salamanca.

—Bonita caligrafía aprendiste.

—Y otras cosas, Señor. Los estudiantes suelen ser bellacos y capigorristas. Agradezca el Señor que mis defectos están al servicio de sus virtudes.

—Ah, sí. Anda, besa mi mano con respeto y gratitud.

—Lo hago, Señor, lo hago con grande humildad…

—¿Sabes algo, Guzmán? Te bastaría mostrarle al obispo este escrito alegando que es una confesión e imaginando que puedo ser llevado ante el Santo Oficio, juzgado y condenado a la hoguera; pierde la esperanza; de nada te serviría, por más bellaco y capigorrista que te sientas; no te creerían, todo está escrito con tu puño y letra, así, así, espolvorea la arena sobre las palabras para que la tinta se seque; y aunque te creyeran y me condenaran, Guzmán, de nada te serviría, pues si tú usurparas mi poder…

—Señor, me juzgáis sin caridad.

—Chitón, Guzmán; pues si tú usurparas el poder en mi nombre, tú o un hombre como tú, no deseo ofenderte a ti, uno como tú, un hombre nuevo, no sabrías qué hacer con él, te volverías loco, crees que no dudarías y no harías más que dudar, el día entero, te carcomería la duda por lo que hiciste y por lo que dejaste de hacer, entre el deber moral y el deber político, la duda eleva su reino, no hay salida posible, no la hay, Guzmán, agradécele al cielo que eres un servidor y no un amo…

—Yo no me quejo, Señor…

—Óyeme, sólo se puede tener el poder cuando detrás se tiene una legión de fantasmas asesinos, crueles, incestuosos, locos, mortalmente dañados por el mal francés y aptos a desangrarse con un rasguño. ¿Qué no es canje entre los hombres? Y si unos sirven y otros mandan, Guzmán, es porque unos logran ofrecer algo para lo cual los demás no tienen respuesta: nada pueden dar a cambio. ¿Y quién, en esta tierra, puede darme algo a cambio de mis treinta cadáveres desangrados, corruptos, dementes, incestuosos, criminales, enfermos, hasta en la muerte enfermos, Guzmán, ven conmigo, míralos en sus sepulcros fastuosos, mira sus muecas y lepras y canijas y calaveras y raídos armiños, mira a mis treinta fantasmas con las

testas coronadas de sangre y los cuerpos brillantes de chancros y bubas y heridas que jamás, ni en la muerte, cicatrizaron? ¿Quién, Guzmán? Sólo yo, Guzmán, sólo yo puedo ofrecerme a mí mismo un
regalo superior, sólo yo puedo decir: conmigo morirá esta dinastía,
óyelo bien y ahora toma mi anillo y enrolla bien el pergamino y sé-
llalo con la lacra, obedéceme, Guzmán; haz lo que te digo, ¡hazlo!,
¿por qué permaneces allí, inmóvil? ¿Tanto te horroriza ver tanta tumefacción? Son cadáveres muy viejos; ni hieden ni espantan.

—Es que falta algo, Señor.

—Te digo que nada falta; en este testamento dejo mi duda,
mi vida, mi angustia, y algo más: la sospecha que niega mi singularidad, la sospecha de que cuando existe, existe porque se relaciona,
circula, carcome lo que creíamos único y lo devuelve a un hirviente
lodazal común; y la sospecha paralela de que nada es singular porque todo puede ser visto y contado de tantas maneras como hombres hayan sido, sean, o serán. ¿No basta? ¿Puedo arriesgarme más
en la empresa de salvar la verdad acumulando las mentiras que la
niegan?

—Falta sólo vuestra firma, Señor, pues sin ella, como habéis
dicho y dicho bien, estos papeles carecen de valor, pude haberlos
escrito yo, enrollado y luego lacrado con el anillo del Señor mientras Vuestra Merced dormitaba.

—Cierto, Guzmán; ¿cómo podría tentarte si no firmo los papeles?

—El Señor debe estar a la altura de los desafíos que propone.
Firme, Señor, aquí…

—¿Qué quieres, realmente, Guzmán?

—Una prueba indudable de la confianza del Señor. De otra
manera, no podré ocuparme de disipar los peligros que se ciernen
sobre su cabeza.

—¿De qué hablas? Todo está en calma; la borrasca ha terminado; las monjas están quietas; los obreros, tc digo, han regresado
al trabajo; Bocanegra ha muerto; los cadáveres yacen en sus criptas;
la procesión ha terminado; ya estamos completos; ya pueden cerrarse para siempre los caminos que conducen a este sitio; ya estamos todos reunidos. Ha sido un día memorable. Nada queda por
hacer. Nada queda por decir. Al menos, tal es mi fervoroso deseo.

—Un día de gloria, Señor; muchos días de gloria, pues los
muertos han paseado vuestro renombre por toda nuestra tierra, no
sólo hoy, sino durante los meses, las semanas que los cortejos tarda-

ron en reunirse y comenzar su viaje entre poblaciones en duelo, a lo largo de ciudades catedralicias, escoltados por clérigos, por capítulos de todas las órdenes, por conventos enteros que se unieron a la procesión. Toda la tierra ha visto vuestros cadáveres en marcha, colocados dentro de las literas aderezadas y tendidas de negro; todo sea por vuestra gloria, Señor. Pero al entrar esta tarde las procesiones a este palacio sin terminar, al escuchar las campanas fúnebres, las salvas, las salmodias de los monjes y los rezos de la multitud, al celebrarse en todos los rincones del palacio las misas, los sermones y oraciones fúnebres que mandasteis, tuve que preguntarme, Señor, por qué la naturaleza parecía levantarse contra vuestros propósitos con afán de vencerlos; vi un signo en esa tempestad que, en un instante, despojó a los catafalcos de todos sus adornos, arrancó las telas y permitió que el viento se llevara el tabernáculo y los moños negros, rasgándolo todo al grado de que hoy esta llanura está cubierta por los despojos de vuestros despojos. Vuestros cadáveres han sido abatidos por la tempestad. Ahora yacen en paz, pero creo que no volverán a ser nunca los mismos; les habéis dado una segunda vida, Señor, una segunda oportunidad.

—No, nadie tendrá una segunda oportunidad, ni los muertos ni los vivos ni los que jamás nacerán ya; cuanto te he dicho vano sería si no asegurase, con palabras escritas, el deseo que sin palabras se hace sentir en cada pulso de mi vida: muerte, sé realmente muerte, inexistencia, radical olvido y desaparición; mi poder es absoluto porque seré el último Señor, sin descendencia, y entonces tú y los tuyos, sin necesidad de delatarme, podrán hacer lo que quieran con mi herencia...

—Señor, de pie, por Dios no beséis mis pies, yo...

—No habrá más hijos desgraciados, tarados, obligados a matar los sueños ajenos para que el poder pueda transmitirse de generación en generación, no habrá más...

—Señor, Señor, de pie, así, apoyaos en mi brazo, Señor...

—Sí, déjame firmar, si lo que digo es cierto, qué más da...

—Confiad en mí, Señor; habéis construido una casa para los muertos con el trabajo, los accidentes y la miseria de los vivos; yo tengo orejas, Señor, yo tengo ojos, yo sé oler; la borrasca es sólo una advertencia natural de lo que sucede en el ánimo de los hombres; dejadme obrar, Señor; dejadme actuar contra los hombres pues, como Vos, nada puedo contra la naturaleza; dejadme obrar allí donde el acto natural y el acto humano se confunden: tal es el privilegio que nos habéis acordado a los hombres nuevos, actuar sin la duda que se levanta entre la moral y la práctica: ¿Se incendiaron las campanas de la torre a causa de un rayo, o a causa de un premeditado fuego encendido allí por manos muy humanas?

—¿Dudas, Guzmán?

—Señor: estos campos están sembrados con las negras flores de brocado que la tormenta arrancó a los catafalcos. En estos momentos, un cincelador, un herrero, los antiguos pastores de estos lugares, andan por las tierras resecas recogiendo crespones y pensando, recordando que la gente del lugar fue desposeída, desalojada de sus pastos, desviados sus arroyos, agotadas sus reservas de agua, para que sobre la ruina de la tierra se levantase una ciudad funeral. Dejadme obrar, Señor; y que en mis obras encuentre su mejor aliado vuestra voluntad de conquistar el infierno en la tierra; y que mis obras de servicios terminen por identificarse con la obra de muerte y desaparición que tanto anheláis...

—Guzmán... ¿qué haces?, ¿por qué separas esa cortina?, ¿qué se mueve detrás de esa cortina?, ¿no estábamos solos, tú y yo?, ¿quién es?, ¿quién es, Guzmán, qué me muestras, qué me ofreces, quién es?

—Ved, Señor, hay un testigo; lo ha escuchado todo...

—¿Quién es? ¿Por qué tiene el pelo tan corto? ¿Es un muchacho? No, el camisón no puede ocultar la forma de los senos, quién es, por favor...

—Venga a la alcoba, repose, recuéstese...

—¿Qué me muestras, quién es esta muchacha, qué hermosa muchacha, qué blanca, qué ojos tan negros, qué piel de azucena, qué ojos de aceituna, por qué la has traído aquí, quién es?

—Repose, Señor; ella llegará hasta usted; usted no necesita moverse; ella lo hará todo. Aunque virgen, es sabia; así como usted es quien es a causa de la vida y de la muerte de esos despojos que aquí enterramos hoy, ella es quien es a causa de la tierra donde nació...

—Guzmán, ¿qué haces?, estoy enfermo, yo estoy enfermo...

—Ella es un río lento y ancho...

—Aléjala, Guzmán, yo estoy podrido...

—Ella es un olor a geranios mojados y cáscaras de limón, pasa, Inés, pasa, no tengas miedo, nuestro Señor te necesita, después de tanta fiesta de la muerte los cuerpos exigen la celebración de la vida, es ley de natura, nuestro Señor te dará todo el placer que tú necesitas, deja de pensar en los aparejadores y herreros y plomeros, deja de torturarte imaginando amores imposibles con la escoria que trabaja en esta construcción, pierde tu virginidad en brazos de nuestro Señor, ven, Inesilla, tú necesitas al Señor y el Señor te necesita a ti, ven Inesilla, estás advertida, debes dejarte preñar por nuestro Señor…

—No, Guzmán, no, ¿no te he dicho…?

—…pues si el Señor no puede ofrecer un heredero, así sea un bastardo, la madre del Señor impondrá su voluntad, hará creer a todos que ese muchacho imbécil que trae en su séquito es el verdadero príncipe, el soberano providencial anunciado en todas las profecías del vulgo, el último heredero, el usurpador universal, el hijo verdadero del verdadero padre; tema a su madre, Señor, témala, pues aun mutilada como está, simple bulto envuelto en trapos negros, sin piernas y sin brazos, suple sus miembros con la intensidad de su voluntad y la lucidez de su vieja cabeza, yo sé ver, Señor, yo sé olfatear, yo escucho ya el rumor amotinado, el descontento porque este reino carece de legítimo heredero, el descontento si la Dama vuestra madre impone a un idiota como príncipe; de todos modos, la rebelión…

—Guzmán, no traiciones mis propósitos: no quiero heredero, quiero ser el último Señor y luego nada, nada, nada…

—Escoja pronto Señor, no hay tiempo: o sacrifica usted su voluntad de muerte personal y renueva su vida con la fértil semilla de esta muchacha del pueblo, o se enfrente una vez más a la rebelión y al deber de reprimirla, como antes lo hizo de joven, llenando una vez más de cadáveres las salas de su palacio; escoja, Señor, la sangre renovada o la sangre derramada; y vea, Señor, cómo le ofrezco lo que niega la deslealtad que usted sospecha en mí: la continuidad de su dinastía, Señor…

—¿Por qué, Guzmán?

—¿Qué sería de mí en un mundo gobernado por niños, enamorados y rebeldes? Basta; tome pronto a esta muchacha, métala entre sus sábanas negras, acaríciela, Señor…

—Guzmán… el cuadro… qué negro espacio… la luz se ha ido…

—No mire más la pintura; mire la carne, Señor, no podrá usted imaginar que haya tanta suavidad en el mundo, debe tocarla para creerlo…

—Qué horrible voz… ¿quién habla desde las sombras del cuadro?… no entiendo… horror…

—Piérdase en su placer, Señor, y déjeme obrar. Y si dispuesto está a morir, muera en brazos de esta doncella, eyacule entre sus muslos redondos y entregue su alma al demonio.

—Sí, que venga, que venga, acércamela, Guzmán, déjame tocarla, déjame…

El cuadro: Siempre apagan las luces cuando yo hablo. Siempre hablo en la oscuridad; la atención está en otra parte; nadie me ha hecho caso nunca; y con razón. Un personaje secundario, un miserable carpintero judío que no sabe leer ni escribir, un trabajador honrado que siempre se ha ganado el sustento con las manos. Ellos no saben de eso. Ellos desprecian mis callos y mi sudor. Pero sin mí, ¿en qué se sentarían, en qué dormirían? Bah; no podrían sentarse a discutir sus problemas idiotas ni acostarse a soñar sus sueños igualmente imbéciles. No; apagan las luces cuando yo hablo porque me tienen miedo. Miedo a la sencilla verdad de un hombre viejo, velludo, encallecido, ignorante, pero que sabe la verdad y por eso me temen y me ocultan como una fea enfermedad. José no existe. Ese carpintero se conforma con un buen atracón de cordero, ajo, pimientos y vino. Puede que sea cierto. Le seguí los pasos al bastardo y la verdad es que nunca me fijé demasiado en lo que dijo o hizo porque había otras cosas más interesantes que ver alrededor; la última vez que se reunió con sus amigotes a cenar yo los espié desde afuera, no pude oír lo que decían, no me importaba, yo estaba afuera, confundido entre los perros, los afanadores y los pasantes, y mirando hacia adentro preferí fijarme en la actividad de los cocineros y las mozas, en los braseros y su sabroso olor, en los platos de comida y el pan y el vino que les sirvieron. Es verdad; me distrae mucho todo lo que sabe bien, lo que se puede tocar y oler y masticar; no tengo paciencia para las palabras complicadas de esta banda de maricones, que lo son: lo único que vi claro fue que Judas le dio un beso al bastardo. Eso prueba que no era hijo mío; un hijo mío dejarse besar por un hombre, bah… Se apagan más y más las luces, no quieren oírme, me temen. Me han inventado una personalidad que no es la mía, un viejo manso e ignorante que se traga todas las mentiras y apenas si juega un papelito oscuro y a las orillas de cuanto sucede. Se reirían si supieran la verdad. Desde jovencito, José fue el macho, el bravucón, el buen comedor y el buen bebedor; que lo digan, si creen que miento, los burdeles de Jerusalén, las tabernas de Samaria, los establos de Belén donde me conocieron, sobre la paja, más de veinte mozas recalentadas por los ardientes días del desierto y que de noche se hubieran muerto de frío si no es por mí; ése soy yo, José, y gracias debían darme María y su familia porque tomé en matrimonio a la muchachita, la saqué de su casa arruinada pero eso sí, muy pretenciosa y todos dándose aires de reyes, aunque muy dispuestos a que un honrado trabajador de la carpintería les diera de comer. Bah. Así me pagó la muy desgraciada. Primero que no, no me puedes tocar, tengo miedo, deja que me acostumbre, poco a poco, me duele, ahora no, otra noche quizá, y un buen día noto que siendo virgen, está embarazada y bien embarazada y vaya golpiza que le propino y ella jurando que todo fue obra de una paloma, ¿de qué me vio cara?, ¿José el macho cornamentado por una paloma?, vaya golpiza, vaya, vaya... La abandoné; fuime a Belén a reanudar amistades; allá me siguió y tuvo a su hijo y en seguida la muy habladora empezó a contarle a todos los pastores del lugar que su niño era el hijo de Dios y esto lo oyeron tres saltimbanquis disfrazados con turbantes, magos y titiriteros de profesión y también chismosos profesionales que se encargaron de llevar la noticia hasta la corte; y furia y miedo de Herodes y niños descuartizados por toda la Judea y yo rumbo a Egipto lejos de todo ese barullo en que me había metido la bruja de mi mujer y ella en burro detrás de mí, que ahora no me puedes abandonar, que mucha lágrima, que por fin sí, seré tuya, tómame y la carne es flaca y ella muy linda, así que me conformé. Tuvimos varios hijos más, en Egipto y una vez de regreso en Palestina, pero todos los cariños y cuidados de ella eran para el bastardo, los demás crecieron como cabras, libres y sucios; el bastardo no, todos los mimos, secreteos, brujerías, viejos rollos de papiro sacados de la casa de mis suegros que sólo cosas inservibles guardaban, el chico atiborrado de cosas a los doce años, discutiendo con los doctores, el muy sabihondo, lleno de ideas desagradables, delirios de grandeza, pedanterías increíbles y luego sale al mundo a despreciarnos a los que le dimos techo y comida, te lo dije, mujer, es un desagradecido, nos desprecia, no nos saluda en público, nunca nos menciona, le recomienda a todos que abandonen padre y madre, es un hijo desnaturalizado, además es un falsario, lo espío y lo sigo, veo cómo se pone de acuerdo con Lázaro, un hombre enfermo de Betania, para que finja que se muere y lo entierran y luego el bastardo lo hace volver a la vida, y todo esto de acuerdo con Marta y María, las hermanas del enfermo, pura intriga, algo le deben las hermanas y por eso acceden a la comedia, y los discípulos metidos debajo de las mesas de las bodas con canastos llenos de pan y ánforas colmadas de vino y luego milagro, milagro, y yo escondido, olvidado, despreciado, humillado, cornudo; ¿cómo no lo iba a delatar?, ¿cómo no iba a darme el gusto de ser yo mismo, el carpintero, con mis viejas manos encallecidas, de hombre del pueblo, bruto pero honrado, el que tomó el serrucho y cortó dos tablas y las unió en cruz y las clavó muy bien para que resistieran el peso de un cuerpo? Treinta dineros. Nunca había visto tal suma. Pesé la taleguilla en mis manos mientras lo vi morir, confundido entre toda esa multitud de curiosos, sobre la cruz por mí construida. ¿Me oyen? Yo, José, yo... Bah. Siempre me apagan las luces. Siempre hablo al vacío.

El bobo en palacio

Ahora la vieja ordena que me sienten en esa silla tiesa, de incómodo respaldo, y me ordena permanecer quieto mientras los hombres de su servicio me cubren los hombros con una sábana y el peluquero del séquito se acerca con tijeras y navajas. Pero yo soy demasiado joven, lampiño, me arranco los dos o tres pelos de la barba con los dedos, aprisionándolos entre las uñas, es muy sencillo, no hace falta esta ceremonia; que me presten un espejo, si ceremonia quieren, y yo mismo me arrancaré los pelos del mentón (yo mismo me veré por primera vez; recuerdo muy mal; no recuerdo mi cara; el mar estaba demasiado agitado para reflejar un rostro; el fuego del corposanto me cegó cuando caí del palo mayor; ahora podrían tener la gentileza de acercarme un espejo y dejarme ver por primera vez mi rostro olvidado) pero ahora veo que la intención no es afeitarme, sino algo más grave; el peluquero hace mover sus tijeras con gusto, con un gusto excesivo; se relame los labios, se regocija, me rodea, da vueltas alrededor de mí, observándome, hasta que la Vieja le dice basta, haz lo que tienes que hacer y el barbero se acerca a mi cabeza y empieza a tijeretear mi larga cabellera; yo veo cómo caen los mechones rubios sobre mi pecho, mis hombros, caen sobre el suelo frío de esta recámara que, según esa enana maldita y chismosa, será de ahora en adelante la mía, mi prisión, dijo la enana. Fui conducido a esta recámara por la Vieja, la enana y los alabarderos que nos guiaron con las hachas de cera; hubimos de caminar mucho (y yo estoy tan cansado) por las galerías de este lugar, escuchando los murmullos de las voces femeninas, las puertas que se cerraban, las cofias monjiles que volaban a enclaustrarse, los candados y las cadenas, el goteo del agua en los muros, cada vez más bajo, más hondo y si éste fuese un barco y no una casa, diría que me han traído a lo más profundo de un bergantín, al calabozo, pero la Vieja llama alcoba a este cuarto de piedra, desnudo, con argollas empotradas a las paredes y un camastro de paja.

—Haz por acomodarte aquí; sólo saldrás cuando yo lo permita.

Yo no recuerdo nada; ni mi cara, ni mi vida, sólo el fuego de San Telmo en el palo mayor, mi caída al mar, mi encuentro milagroso con la playa, el paso de la procesión por las dunas, el impulso de salvarme, de unirme a esos hombres, de saber que estaba vivo y que los hombres me cuidarían, cuidarían a un pobre náufrago sin hogar, sin oficio, sin recuerdos: al huérfano más huérfano que jamás haya pisado estas costas. Se me olvida todo lo que pasa; en la noche ya no recuerdo lo que sucedió durante el día. Sí, quizá recuerdo cosas inmediatas, la ropa, o definitivas, la muerte. Pero lo otro… lo que pasa entre vestirse y morirse… lo que se dice y piensa entre ponerse unas calzas y entrar a un cajón… eso no. Ahora sí. Lo que está cerca, lo que pasa en el día, antes de dormirme, eso sí. Hoy entramos aquí con una procesión, a la cola de la procesión, tocaban las campanas, había una tormenta, el palacio es inmenso y aún no lo terminan, hay muchos trabajadores, grúas, montones de cosas, paja y tejas, bloques de piedra, carretas, humo, humo por todas partes, humo que impide ver muy lejos, que engaña, que hace creer que el corredor continúa cuando en realidad termina, se precipita al vacío o se continúa en unas tablas peligrosas, mal colocadas, la enana debe tener mucho cuidado cuando lleva a la Vieja en la carretilla, las hachas de cera deben iluminar bien, esta noche casi nos matamos, llegamos al cubo de una escalera y nos disponíamos a bajar por allí (bajamos, bajamos todo el tiempo; esta alcoba debe estar en algún lugar muy hondo, por debajo del resto del palacio, cerca de las cisternas, pues este llano es seco y en cambio aquí las paredes gotean agua negra) cuando la enana, que debe tener muy buena vista, será para compensar su escasa estatura, gritó, no, no, cuidado, no hay escalones aquí, aún no los construyen, es el puro cubo, vacío, cuidado, y si ella no ve que no había peldaños, nos habríamos derrumbado por ese cubo vacío, sí, y ahora nuestros huesos rotos yacerían en el fondo de un rincón perdido del palacio y nuestras carnes serían pasto de ratas y yo me pregunto si vernos muertos a los tres, a la Vieja, la enana y a mí, le daría gusto a otras personas que aquí viven y a quiénes, de manera que me conformo con esta alcoba que digan lo que digan la Vieja y la enana, es un calabozo y no una alcoba. Pero me guardaré lo que sé. Yo también diré que es una rica recámara, muy cómodamente aderezada, y dejaré que en ella un peluquero me corte mi larga cabellera y ahora tome la navaja y me rape, dolorosamente, es un torpe, me moja la cabeza con agua y luego me pasa la navaja por el cráneo rápidamente, duramente, sin haberme enjabonado y siento cómo me corta el cuero cabelludo y cómo los hilitos de sangre me ruedan por la frente y las mejillas. La sangre me ciega la mirada y yo cierro los ojos y tengo una extraña impresión que me cuesta explicar, ordeno algunos pensamientos, sé que nunca debo contrariar a la Vieja y a la enana que me están mirando muy contentas mientras el barbero me rapa el pelo, la Vieja pura mirada satisfecha, en sus ojos como brasas biliosas se reúne y brilla toda su vida, no tiene más que su mirada, la enana sí, la enana acaricia una paloma mientras me mira, la enana tiene brazos, aunque pequeñitos y entonces, súbitamente, me posee la intuición del papel que debo desempeñar en este lugar, a ellas no debo contrariarlas, debo ser respetuoso con ellas, ellas me dan buen trato, no como si yo fuera un criado, no, no contrariarlas a ellas, pero sí a los demás, quizá por eso me dan buen trato, esperando que yo les dé mal trato a los otros en nombre de ellas, una señora inválida y una corta enana, dependen de mí para convertir sus deseos en actos, empiezo a gritar como loco, veo a la enana que juega con su paloma mientras me rapan y grito, no tolero la jaqueca, alívienme el dolor, alivien mi sangre con la sangre de la paloma. La enana corre hacia mí, chillando de alegría, sin pedirle permiso a la Vieja, me ofrece el blanco pichón, yo lo tomo y le arranco al barbero sorprendido la navaja, se la clavo en la pechuga tersa, blanca y gorgoreante a la paloma y cuando veo la sangre que mancha el plumaje, me corono con el ave agonizante, coloco su cuerpo trémulo sobre mi cabeza rapada y sangrante y dejo que la sangre ruede por mi cara y me ciegue otra vez, pues me niego a cerrar los ojos, veo la alegría de la enana que hace cabriolas de gusto, veo el desafío primero, luego el temor y finalmente la orgullosa aceptación de la Vieja que exclama:

—La corona que uno se labra, ésa se pone.

Ella entiende que yo entiendo. Entonces puedo cerrar los ojos y lamer con la lengua ese acre sabor de sangre y recordar, antes de que se me olvide, pues el día ha sido largo y turbio, y mañana, para sobrevivir, habré olvidado cuanto ocurrió hoy, recordar cómo llegamos hoy en medio de la tormenta que arranca los crespones de las literas y rasga los velos de los catafalcos, cómo descendimos del carruaje y nos postramos ante el Señor que iba recibiendo a las diversas compañías y la Vieja me ordena besar la mano pálida y luego los pies apestosos de ese Señor su hijo, y a mí me dice éste es el Señor mi hijo y a él le dice:

—Debiste confiar siempre en tu madre. Yo soy la única que no te ha traído a un muerto, sino a un vivo. No entierres en la cripta de mármol negro reservada para mi esposo a ese despojo que traigo conmigo; arrójalo a la fosa común, junto con los taberneros y los criminales y los perros de tu armada de montería; ese cadáver que arrastro no es el de un alto príncipe, tu padre, sino el de un náufrago mendigo. El verdadero Señor tu padre, ha reencarnado en el cuerpo de este mozo. Ve en él así a tu padre redivivo como al hijo que no supieron darte: tu inmediato antepasado y tu más directo descendiente. Así resuelve Dios Nuestro Señor los conflictos de las dinastías privilegiadas.

Cómo goza la Vieja sus palabras; la acrecentada palidez de su hijo; la contenida cólera de la hermosa Señora sentada al lado del Señor con un ave encapuchada detenida sobre el guante seboso; el impotente gesto de ese hombre parado detrás de ellos, que tan furiosa pero inútilmente se lleva la mano a la cintura, a la empuñadura de la daga, y luego ha de conformarse con acariciar sus largos bigotes trenzados; cómo fija la Vieja sus ojos amarillos en mi cuerpo postrado ante tan altos señores antes de decir:

—Un día me arrancaste de los brazos de la muerte, hijo mío; frustraste mi voluntad de perecer y unirme a mi amantísimo esposo. Hoy te lo agradezco. Me obligaste a recuperar el pasado en vida mía. Óyeme bien, Felipe: nuestra dinastía no desaparecerá; tu propio padre habrá de sucederte, y tu abuelo a tu padre, y el padre de tu abuelo a tu abuelo, hasta que nos extingamos en el origen y no, como quisieran las estériles mujeres que te acompañan, y te odian, en el fin. Cuida bien tus cadáveres, hijo mío; que nadie te los robe: ellos serán tu descendencia.

Como si obedeciese a un rito establecido de antemano, el alabardero que sostiene el tronco de la Vieja mutilada la voltea para que mire cara a cara a la Señora; pero la Señora no mira a la Vieja: me mira a mí, con una intensidad, con un asombro idéntico al reconocimiento; quisiera preguntarle: ¿me conoce usted, Altísima Señora, usted me conoce a mí, el náufrago, el huérfano, el hombre sin padres ni amantes, usted? pero la Señora ya busca algo entre el mar de rostros de esta ceremonia, yo sigo su mirada, la veo, más que posarse, traspasar como un rayo o una espada la de un clérigo alto, rubio y pálido que se separa del grupo que nos recibió y entra corriendo al palacio. La Vieja bendice con la cabeza, moviéndola agitadamente para trazar en el aire tormentoso de esta tarde la señal de la cruz, a su hijo el Señor, que parece asfixiado, pues mueve temblorosamente los labios gruesos y adelanta la enorme quijada como para pescar el aire que le huye de los pulmones. La Vieja sonríe y ordena que la conduzcan a sus aposentos y allí nos reúne a mí, a la enana, a los alabarderos que la colocan en la carretilla que la enana empieza a empujar por los pasillos, allá vamos de nuevo, a caminar, cómo no voy a estar fatigado, la enana empujando la carretilla, yo detrás, junto a las celdas de las monjas que se asoman secretas detrás de sus velos y los paños de sus celdas, junto a las recámaras de las dueñas, hasta llegar a la alcoba de la Señora y yo no entiendo por qué entramos de esa manera, sin tocar la puerta con furia grosera, a la espléndida recámara de la Señora. Los alabarderos guardan la puerta, la enana empuja la carretilla, la Vieja, con rápidos movimientos de cabeza, mira de la Señora a mí y de mí a la Señora, la enana se para de cabeza, da dos saltos en el aire y se lanza a puñetazos contra el vientre de la joven Señora, golpeándole a carcajadas el guardainfante mientras la Vieja corta las palabras con cuchillo:

—Basta de comedias, Isabel; tu guardainfante está hueco; nada traes en el vientre sino vientos y plumas de almohadón. Basta de anunciar una preñez mentirosa seguida de un falso aborto; tu vientre es tan estéril como esta llanura devastada; basta, basta, ya no hace falta: el heredero lo he encontrado yo, le he traído yo; hele aquí.

¿Yo, el náufrago; yo, el huérfano; yo, el heredero? Esperaba encontrar en la cara de la Señora un asombro hermano del mío; pero ella sólo indicó hacia la cama y dijo:

—Juan.

Y de esa cama olorosa a violetas muertas y a especias, surges entonces, desnudo, tú, un muchacho como yo, completamente desnudo, dorado, con una mirada muy lejana en la que el sopor es indistinguible del olvido y de la satisfacción.

—Gira, Juan; muéstrale tu espalda a esta bruja.

Tú, lentamente giras y nos muestras tu espalda y en ella está pintada una cruz muy encarnada, parte de tu carne; yo quiero avanzar hacia ti, reconocerte, abrazarte, recordar algo contigo y tú, al mirarme, pareces asombrarte, no sé de qué, por un instante pareces recobrar algo perdido, dar un paso fuera de ese sueño de ojos abiertos en que te mueves movido por la voz de la joven Señora; quizá, como el mío, tu espíritu también lucha por reconocerse reconociéndome, lo siento, siento el mismo vacío en el estómago que al caer del palo mayor al vacío del océano, quizá tú sientes lo mismo, no sé, la Señora nos paraliza a todos con sus palabras, dirigidas a la enana:

—No vuelvas a tocarme, enana repugnante; estás golpeando a mi hijo.

—Mentira, estéril, estéril, sembrar en ti es sembrar en agua salada, grita la Vieja.

Entonces tú, a una indicación de la Señora, nos muestras todo tu perfil, arqueas el cuerpo, cuelgas hacia atrás la cabeza y vemos cómo se te arma el micer, poco a poco pero velozmente, parado, inmenso tan erecto que se junta con tu ombligo hondo, oscuro y caliente.

La Señora dice entonces, muy calmada:

—No, yo no soy estéril; lo es vuestro hijo, nuestro Señor, minado por las taras de esos cadáveres que hoy sepultamos aquí, en mi palacio. Mío, Señora madre arrimada.

La Vieja chilló, detuvo con su voz a la enana que ya se lanzaba sobre el erecto mandragulón del muchacho, la Señora no necesita reír, sólo me mira con inquietud, yo me siento estúpido, inútil, vestido con estas ropas ajenas, la capa de pieles apolilladas, el gorro de terciopelo hundido hasta las cejas, el medallón de oro renegrido sobre el pecho, torpe, inútil, disfrazado, envidiando la belleza y libertad y gracia de ese muchacho al que la joven Señora ordena:

—Descansa, Don Juan; regresa al lecho.

El joven llamado Juan la obedeció con lentos movimientos. Parecía dormido, eternamente dormido, y la Señora que sería dueña de su sueño miró con ojos de fiera helada a la Vieja, a la enana y a mí, diciendo:

—Cuando regresaste esta mañana, te temí, vieja, por un momento te temí. Miré junto a ti a un joven muy parecido a éste que duerme conmigo. Pensé que me lo habías robado. Luego, al cerciorarme de que no era así, pensé que la fortuna había sido igualmente generosa con las dos mujeres de esta casa: un joven para mí y otro, muy parecido, para ti.

Hizo una pausa, sonriendo, y continuó:

—Ahora veo que cuanto deseas, cuanto miras o cuanto toca en tu nombre tu contrahecha y recortada amiguita, velozmente se convierte en imagen de ustedes mismas: mutilación y deformidad. ¿Es esto cuanto pueden convocar tus artes, Altísima Señora? ¿Un bobo?

Yo, con la boca abierta, yo, el bobo auténtico: ¿es éste el papel que debo representar, si lo represento me tratarán con cariño, me darán de comer de cuando en cuando, así es, así es? La enana empuja la carretilla, salimos corriendo de allí, lejos de la recámara de la joven Señora y su joven compañero, yo siguiendo a la Vieja y a la enana, sin comprender nada, verdadero cretino y ahora estoy sentado aquí, en esta silla tiesa, con los ojos cerrados y sobre mi cabeza rapada un pichón muerto que ha dejado de sangrar, pero yo estoy bañado en sangre, tengo la cara cubierta de sangre pegajosa, la sábana sobre mis hombros es una manta purpurina y ahora la Vieja está encantada, parece haber olvidado la rabieta, inclina la cabeza y murmura:

—La toga imperial; la púrpura del patriciado. Alabado sea Dios que de tal manera manifiesta sus signos y los hace concurrir y concordar.

La sábana manchada. Mi antigua cabellera rubia, ahora roja de sangre. ¿Qué más puedo hacer? Esto de la paloma fue una buena idea; la Vieja está contentísima, quizá si sigo haciendo estas locuras se ponga todavía más feliz, sea menos dura conmigo, me deje salir a pasearme de cuando en cuando, se le olvide la promesa de tenerme encerrado en este forno, quizá hay jardines en este palacio y la Vieja me permita pasearme en la tarde por ellos, no, desde la recámara de la joven Señora no se ve jardín alguno, sólo un espacio cerrado, polvoriento, reseco, pero esa recámara es tan hermosa como su dueña, ojalá me trasladaran a una recámara así, eso sí me trajo recuerdos muy perdidos, casi soñados, no sé, de tierras muy lejanas, de tierras donde nace el sol, el Oriente, sí, el Oriente, las telas, los perfumes, las pieles, los azulejos, todo allí estuvo a punto de recordarme algo, un viaje temible e irrecuperable, pero la verdad es que realmente debo ser bobo, un atreguado bien hecho, pues no entiendo nada, la enana le dice en secreto a la Vieja, quítale la ropilla, ama, vamos a ver si él también tiene esa cruz en la espalda, vamos a ver si tiene un mazorcón tan parado y un par de cosones tan gordos como el bribón de allá arriba, vamos a ver, pero la Vieja no le hace caso, pero no le hace caso porque teme algo, pero recupera su dignidad de mando y le dice al barbero y a los mozos:

—Lávenlo, luego pónganle esa larga peluca negra y rizada, luego que venga fray Julián, el pintor, y haga la miniatura del heredero, del futuro Señor de las Españas.

El barbero, por costumbre, me coloca el espejo frente a la cara cuando terminan de lavarme y ponerme la peluca. Por fin me reconozco, por fin me pregunto si yo soy ese busto envarado, ese rostro con una pálida tonalidad gredosa, ese espectro empelucado, y recuerdo (pues mañana lo olvidaré) la dorada belleza del muchacho en la recámara de la Señora, preguntándome a mí mismo por qué me inquieta tanto imaginar que la belleza de ese joven pudo ser mía.

Azores y azoros

Guzmán se dijo:

—Algo sucede que no entiendo. Debo estar preparado. ¿Cuáles son mis armas? Los grandes señores tienen ejércitos; yo sólo tengo mis perros y mis azores.

Pasó varios días en compañía de los canes y de las aves, revisándolos, cuidándolos, afilando conocimientos, preparándose preparándolos para un acontecimiento que no podía adivinar, pero que le hacía cosquillas en la barriga y le despertaba, ahora que dormía sobre un camastro de paja en la muda de los halcones, a la mitad de la noche. Pidió a los monteros que estaban a sus órdenes que se paseasen entre los obreros, compartieran con ellos pan y sal y escuchasen bien lo que se decía en telares y tejares. Él permaneció en el lugar donde se ponen los azores para criarlos; se dijo que allí, ocupado en los elementales cuidados que requiere un falconcillo que viene pequeño y con pelo malo para hacerse gallardo y crecido, y echar buen pelo, podría esperar con una laboriosa tranquilidad lo que hubiese de suceder y pensar; pensar de la única manera que él sabía hacerlo: ocupado en un trabajo exacto. Cuidaba por igual a quienes más lo necesitaban: los azores recién nacidos y las aves viejas. A aquéllos presto les afeitaba el pico y las uñas, y los bañaba en agua antes de colgarles por primera vez los cascabeles para que empezaran por acostumbrarse a ellos, y también para poder oírlos si los jóvenes halcones, tan tempranamente despiertos a su instinto rapaz, se salían de la muda, se perdían o regresaban en mal estado de sus correrías primerizas. Para evitar que languidecieran en el encierro, les daba buenas viandas y les ofrecía maderas y corchos para roer; les soltaba ratones, y a veces ranas, para que cazaran dentro de la muda. Acariciaba, secas y calientes, a las aves jóvenes y por ser verano las refrescaba con bochinchos de agua, pues la sequedad podía dejarlas roncas y dañarles el buche y el hígado; les ofrecía poca pero buena comida: corazón de carnero desvenado, carne de liebre flaca y la carne de vaca más tierna y luego escuchaba a los monteros que de noche o de día entraban a la muda y le contaban: sí, la tormenta ya se calmó, pero regó por todos los confines del llano los despojos de los túmulos funerarios; sí, los obreros andan recogiendo esas negras flores de brocado desprendidas de los catafalcos; los tontos se regocijan, las llevan consigo, se las prenden a las camisas o las cuelgan junto a las imágenes sagradas en las chozas, adornando así sus pobres devociones; pero los más maliciosos hacen amargas bromas, dicen que en esta meseta ya sólo florecerán rosas negras, fúnebres claveles, y cuando se reúnen a comer sus garbanzos recuerdan la jara, los arroyos, los bosques y dicen que hasta el clima ha cambiado, que el verano es más caluroso y más frío el invierno desde que los bosques fueron talados, se secaron las cañadas y los animales murieron y mueren, sin la jara donde protegerse.

Guzmán escuchaba sin hablar; continuaba sus precisas tareas, dedicaba la mañana a los halcones nuevos, cuidando de tenerlos en recámaras que no fuesen húmedas, ni les entrase humo, y bañadas en claridad, pues la primera regla de la buena cetrería es evitar la oscuridad completa, evitando así que el azor, volando con ímpetu, confundiendo la oscuridad con el gran espacio de la noche, diese tan recio en las paredes o vigas, que muriese o quedase manco: al repetirse a sí mismo esta regla, Guzmán recordó el día, ni lejano ni tampoco cercano, en que se presentó a ofrecer sus servicios al Señor que tanto reclamaba para la rápida construcción del palacio; y para hacer valer sus méritos, Guzmán, con la cabeza inclinada ante el amo y una jadeante prisa en la voz servil que no deseaba, sino todo lo contrario, ocultar la apremiante necesidad de empleo, enumeró atropelladamente los oficios que sabía, y las reglas de estos oficios, y el Señor le escuchó con calma, y sólo cuando Guzmán dijo, Señor, vuestros halcones jóvenes son mal atendidos, me he paseado por las mudas y los he visto mancos porque se les deja confundir la estrecha oscuridad del encierro con el grande espacio rapaz de la noche, sólo entonces el Señor tembló como si Guzmán le tocase una herida abierta, un nervio vivo y sólo entonces Guzmán levantó la cabeza y miró cara a cara al Señor.

Y para el descanso del azor, ponía Guzmán en la muda céspedes de tierra, y los monteros venían a contarle: sí, han seguido los accidentes; no, las cosas de los hombres no se han calmado como las cosas de la naturaleza; no bastó, Guzmán, que la tormenta se aquietase al ser enterrados los muertos del Señor; no bastó colgar al perro fantasma del antepecho de la capilla; esta mañana, mientras los oficiales y peones sacaban la piedra de las canteras y apartaban la tierra para mejor sacarla, cayó sobre ellos un alud de tierra de esta temerosa sierra y los ahogó. ¿Y en el palacio, preguntaba Guzmán, dentro del palacio, qué sucede? Nada, el silencio, nada, le contestaban.

En las tardes, atendía Guzmán a los azores viejos; las uñas, el arma principal del ave para acometer y trabar las prisiones, se les cuarteaban y caían; se les quedaban en las grietas de las alcándaras; Guzmán retiraba al ave vieja de su percha y recordaba antiguas hazañas del azor, cuando sus uñas eran tan hambrientas y tan caninas, tan sumidas y trabadas en las carnes del jabalí o del venado, Señor, y queriendo tan mal desasirse de ellas, que sólo con muy buena maña se desprendían de las presas sin arrancarse uña alguna; pero al envejecer, Señor, las uñas se les caen sin peligro ni gloria, trepados los halcones en sus quietas alcándaras y Guzmán escuchaba a los monteros mientras terminaba de cortarles con turquesas las uñas rotas a los viejos azores, la mujer de uno de los peones ahogados por la tierra del derrumbe vino hoy, Guzmán les cortaba las uñas rotas con las tijeras hasta llegar a lo vivo, vino la mujer en su gran pobreza más muerta que viva llorando por aquellos campos, y Guzmán oía moliendo la suelda y la sangre de drago, vino sola y sin ninguna compañía y llorando y Guzmán echaba la mezcla sobre el lugar de la uña y ataba la herida con un paño de lino delgado: llorando la muerte de su marido y atribuyendo al Señor la desventura por construirse un palacio para los muertos en las antiguas tierras de los pastores, y era tan grande la pobreza de la mujer que no tenía quién le llevase el cadáver de su marido de regreso al pueblo donde ella vivía. Guzmán acariciaba al azor vendado y lo posaba sobre la alcándara:

—Aquí descansarás tres o cuatro días.

Halcón gotoso: désele la carne momia que tienen los boticarios. Peón ahogado por un derrumbe de tierra: désele entierro en el lugar de su muerte, dijo Jerónimo, pues sólo el Señor tiene derecho de mover a sus muertos del lugar donde fallecieron y traerles acompañados de guardias y prelados a una cripta de negro mármol; confórmate mujer, deja enterrado a tu hombre en el mismo lugar donde lo enterró la mala fortuna; nosotros lo velaremos aquí mismo. ¿Jerónimo? Un viejo herrero, el que maneja los fuelles; bueno, no tan viejo, según nos cuentan, pero con aspecto de tal por la gran barba y la frente surcada y los ojos desengañados. Jerónimo. ¿Y quién más, monteros? ¿Y qué más?

—Larga ausencia causa olvido, decía mi madre, y larga soga tira quien por muerte ajena suspira. Olviden las guayas ajenas, que bastantes son las nuestras.

—¿Peor te parece esta vida que la que dejaste, Catilinón?

—Paréceme que la ruin tierra, el natural la puebla. Y si no te gusta estar aquí, ¿por qué no te vas a la ciudad, Martín?

—Porque ni yo ni los míos tuvimos nunca lo bastante para pagarle al Señor la remesa y así poder abandonar la tierra.

—Pues yo te digo, Martín, que la tierra nos ha abandonado a nosotros y todas las hemos perdido. Fueros tuvimos mientras fuimos frontera de moros; fueros perdimos aunque protección nos prometieron cuando los poderosos señores reunieron las tierras libres bajo su dominio único; fueros y protección hemos perdido, al cabo, cuando el Señor más grande reclamó a los señores más pequeños estas tierras para construir aquí sus tumbas. ¿Qué nos queda? Un salario, mientras dure la obra. ¿Y después? Ni salario ni tierras y a ver dónde empezamos de nuevo, y cómo.

—Dice bien Jerónimo; pues si nada nos queda, nada perdemos, sino larga dolencia, y muerte encima.

—Hablas motín, Martín…

—Y hablo por mucha trápala, Catilinón, por mucha desasosegada muchedumbre repelona…

—Pues más larga será tu soga que la que tira la mujer del peón: muerto, ni quién te entierre; vivo, ni quién te alimente.

—Y más cuesta el entierro del fiambre de un príncipe que todas nuestras vidas justas…

—¿Y quién habrá de gobernarnos al morir este Señor sin descendencia?

—¿Una Señora extranjera?

—No, Nuño, sino que habrá gran batahola de nobles y clérigos y la gran Babilón de todas las Españas.

—¿Y qué quieres que hagamos, Jerónimo, si la ramera y la corneja cuanto más se lava más negra semeja?

—Calcotejo naciste y calcotejo te morirás, Cato, y nunca habrás de entender qué cosa son los hombres libres y cómo pueden gobernarse solos.

—Dame dinero y no me des consejos, Jerónimo.

¿Catilinón? Un bufo llegado de Valladolid, pícaro allá y guillote aquí, dado a hablar en refranes; ¿Nuño?, un peón de la cantera, lento como cabestro pero testarudo como cabrío, hijo y nieto de soldados de a pie y de campesinos, mala mezcla pues los áscaris guerrearon con la revoltosa Urraca contra su primo y esposo el Batallador y a favor de los labriegos, contra los impuestos y contra el dominio de molinos, viñas y silvas por los monasterios, y como fue derrotada doña Urraca y los campesinos perdieron guerra y tierras que a manos de clérigos y señores fueron a dar, hondo es el resentimiento; ¿Martín?, cuidado, el de la quemante cal que no logra despellejarle los curtidos brazos, cuidado, ése es navarro de Pamplona emigrado aquí para esta obra, cuidado, que ésos lo mismo lucharon contra el moro que tendieron emboscada a los ejércitos del muy católico Señor Carlomagno que cruzaron los Pirineos para defender la cristiandad, y los navarros que nos defendemos solos. Catilinón. Nuño. Martín.

Guzmán atendía a los halcones afectados de hidropesía o trópico por comer carnes húmedas y malas, estar en parte fría o atragantarse con plumas viejas que se les quedaban en el buche por descuido del cazador. Las aves así afectadas crían un agua podrida y caliente que corrompe y daña el hígado y las tripas. El ave se seca, los zancos se le adelgazan, no tiene fuerza, le crece y se le hincha el buche, tiene el semblante triste, la pluma levantada y una sed insaciable, Señor, atropelladamente se insinuó Guzmán al amo para obtener plaza, enumerando sus conocimientos de aves y perros, montes y mudas, y levantó la cabeza para mirar al Señor y el Señor enrojeció, el Señor estaba humillado y sin embargo, Guzmán lo supo desde entonces, al Señor le gustaba esta humillación. "Téngame confianza, Señor, cuente conmigo, Señor." Guzmán pasaba los azores enfermos a una seca alcándara de alcornoque y preparaba una nueva mezcla de pólvora colorada, incienso muy molido y mirra; ¿qué sucede en el palacio?, nada, Guzmán, silencio, nada, un olor de incienso y mirra que sale de la recámara de la Señora; un olor de agua tibia y podrida que sale de la recámara de la Dama Loca; un olor de mal sueño y tripas tristes que sale de la recámara del Señor; nada, Guzmán. Como si cada cual se hubiese decidido a quedarse solo en sus aposentos, para siempre, sin más compañía que su cuerpo, ¿su cuerpo, montero, qué quieres decir?, su propio cuerpo, Guzmán, nada más; Guzmán olió la pólvora colorada, el incienso y la mirra: un joven náufrago, un príncipe bobo, una monja núbil, cada cual con su propio cuerpo. ¿No habían podido averiguar esto, que él ya sabía, los soplones monteros por él encargados de ello? Valientes espías; náufrago, bobo, monja. ¿Y yo, yo, Guzmán, sin pareja, sin más compañía que un viejo azor de uñas rotas y buche corrupto?

Lo preparó todo, pues algo le decía, algo tan cierto y tan impreciso a la vez como el propio instinto rapaz de sus aves, que debía estar preparado, como antes lo estuvo para preparar la muerte del can Bocanegra, que la caza mayor se avecinaba, que debía tener listos los cueros, los aderezos y la guarnición, que debía tener a la mano el cuchillo corvo, las turquesas, la lima combada, las tijeras, los hierros, el punzón y las pihuelas de gato; que debía acostumbrar a los azores jóvenes a cargar los cascabeles con el correón anudado para que no se caigan ni se los pueda quitar el ave con el pico, aunque ande muchos días perdida en el campo, buscando, buscando la presa mayor. ¿Cuál? ¿Quién? Revuelto río, rió Guzmán.

—La mucha desorden trae mucha orden. Téngame confianza, Señor.

Y bien se cuidó de no decirle al Señor quién era Guzmán, y sólo al azor preferido de Guzmán le decía, azor, bello azor, mira las manos que te cuidan y alimentan, no son de zafio labrador como esos Martines y Nuños, sino de viejo linaje de señores que protegieron a los reinos moros de la taifa a cambio de dinero y así construyeron nobles solares fronterizos arruinados por la conjunta empresa de natura y hombres, pero si azar fue la gran peste que mató a la mitad de los pueblos, premeditada acción de los hombres fue aprovechar nuestra desolación, nuestra falta de brazos, para arruinarnos; ruina le debo al labriego que sintiéndose indispensable cinco veces elevó su salario normal; ruina le debo al burgués que aprovechando nuestra súbita indigencia reunió a bajo precio las tierras de los muertos; y otra ruina, la de mi alma, débole al Señor que me acogió y me humilla, besa mi mano Guzmán, así, con respeto y gratitud, piensas, Guzmán, pero piensas mal, pobre Guzmán, ¿qué harías con mi poder si lo tuvieras?, ¿qué haría, Señor?, ¿qué haríamos, sañudo azor, qué haríamos? Que nunca sepa el Señor quién soy, azor, no se lo digas nunca; que el Señor me crea hechura suya y que crea el Señor que lo poco que soy y tengo, a él se lo debo. Tú eres mi maestro, azor, como tú obras obraré yo y como tú volaré hasta la altura desde donde arruinar a todos los que me arruinaron, azor...

Que debía, en fin, probarse el guante de cuero de perro, cerciorarse de su rugosidad, pues en guante liso no se asienta bien el ave, engrasarlo muy bien, de manera que quede bien entrapado de sebo y cortarle los dedos, porque si son largos los de la mano no pueden llegar al cabo, sécanse las puntas y páranse duras, Señor. Y afeitar bien los picos, muy bien, una y otra vez, no sea que el azor meta el pico por algún agujero del cascabel y muera de ello. Y por fin llevar los azores entre los perros con los que ha de cazar, para que los conozca, para que, estando seguro en la mano de Guzmán y codiciando cosa viva, el azor coma entre los perros y nunca los desconozca u olvide; para que sepa el ave que su presa es otra y no el perro, pero, ¿cuál?, ¿un herrero barbado, que parece viejo; un cantero resentido, lento pero testarudo; un pamplonico revoltoso; un patán de Valladolid; un príncipe imbécil que, sabes, Guzmán, me lo contó el propio barbero de palacio, se corona con palomas sangrantes; una vieja loca que anda en carretilla, empujada por una enana chismosa, carcavera y pedorra; un Señor que tan enfermo debe estar de alma como de cuerpo, pues gime como con una carcoma que puede igual ser oración de espinas que expedición con raposa adobada? Vaya, algo van averiguando, cascos de agua, y ahora, díjose Guzmán, acariciando a su ave preferida, inviértense los actos, pues esta vez poseo el arma —el azor— pero desconozco la presa; y antes, conocía la presa —el fiel Bocanegra— pero desconocía el arma. Arma habrá de ser como esta lima combada, llana de una parte y con lomo en la otra, para servirse de ella de dos maneras, pues hombre de mi condición, azor, secreto enemigo deberá ser, por igual, de quienes todo y de quienes nada tienen.

—Levántate, azor, bello azor, mira cómo te he puesto, mira nada más qué bien te he criado; levántate, muy derecho, de modo que parezca que te derribas por las espaldas, déjame acariciar tus anchas espaldas y altos codillos, altanero azor, tus codillos enjutos, tu cuello largo y delgado; si te digo que no hay cosa más bella en el mundo que tú, mi compañero, y yo te crié, bello, hermoso, codicioso azor de cabeza descarnada y llana como la de una culebra o un águila, lindo azor de cuencas salidas, ojos sumidos y jaldados, boca rasgada, alentado por las ventanas de las narices bien abiertas, por donde te llega el gusto de la presa, azor apuesto, azor severo, azor sañudo, gallardo azor, yo te di la vida, naciste pequeño, ralo y maltrecho, yo te preparé para la gran caza, recuérdame, recuerda a Guzmán, animoso azor, azor de buenas carnes y bien puestas, recuerda a Guzmán tu amo verdadero, pues tu amo legal dormita sus amores con una novicia, ajeno a mis preparativos, ajeno al oficio duro y leal y perseverante que antes aseguraba a los señores su poder y su alcurnia, que no les eran otorgados por la mera fatalidad del nacimiento, sino por la audaz constancia de sus obras, por sus esforzadas hazañas y por el noble conocimiento de este oficio entre perros y halcones y flechas y mandobles y corceles; humíllame, Felipillo, Señor, pues soy tu criado y tú todo lo tienes sin necesidad de hacer nada; pero humíllote, Señor, Felipillo, pues hoy un criado sabe hacer lo que antes hacían los señores; óyeme, azor de pecho levantado, largo y ancho, déjame acariciarte mucho, lindo azor mío, siente la mano de Guzmán, hijo de los reinos taifas donde los españoles mis padres explotaron a los débiles señores musulmanes, toda fe depositaron en la pródiga tierra que trabaja sola y toda fe perdieron en la industriosa argucia que crea riqueza donde antes no la había, la convicción ganaron de que el español gobierna mientras el árabe y el judío trabajan, pues trabajo de manos no es propio de castellanos, sino la riqueza adquirida por exacción y tributo militares: no olvidemos la lección, azor, tú y yo ganaremos juntos un reino con nuestras manos y nuestras alas, sin ahorrarnos sudor y manchas, sin confiar en la tierra o el esclavo; y si no, azor, vete en el espejo de nuestro Señor podrido: nueva España será la nuestra, azor, sin más privilegios que los del trabajo competente, pueblo mendicante sea quien no labore, poderoso señor quien más trabaje, y esa nuestra justicia será, justa justicia, azor, posa sobre mi guante rugoso tu mano de gran llave y áspera, clava en mi cuero seboso tus dedos largos y delgados, tus uñas bien encarnadas y de buen negror, asiéntate en mi mano bien abierto de patas y escúchame azor: debes estar listo para la gran caza, ya en el puño de tu verdadero dueño, que soy yo, ya apostado en un árbol, esperando el paso de tu víctima para lanzarte sobre ella, ganándola en velocidad y matándola por la compresión de tus aceradas uñas; y aunque tu víctima luche, y se revuelque, y te azote, tú con tus largos tarsos te fijarás a matas y arbustos, para así dificultar su huida y dar tiempo a la llegada de tu amo y su perro. Ave noble: te alimentas siempre de animales vivos o recién sacrificados; yo no te defraudaré, te lo juro, te ofreceré la carne más viviente y tú mismo la sacrificarás y te hartarás de ella. Fiel azor: el viajero que regresa y no es reconocido ni siquiera por su mujer, lo es por su halcón. El Señor ya no tiene su guardián, su compañero, su perro; pero yo te tengo a ti, y yo no te abandonaré, azor altanero, prepárate; yo estaré presente el día en que te eleves al cielo con la rapidez de una plegaria y desciendas con la velocidad de una maldición. Tú eres mi arma, mi devoción, mi hijo y mi lujo, el espejo de mis deseos y la cara de mi odio.

Y sí, Guzmán, creíamos estar como Pedro, ya viejo para cabrero, y nos engañan como a los niños los titiriteros y a los bobos los sacadineros, pues no cesan los portentos, no han terminado, como creíamos, las procesiones; hete aquí que esta tarde, al ponerse el sol y abandonarse las canteras y reposar los fuelles y reunirse a comer los peones de esta obra, el llamado Martín, que tiene fama de buen viso, miró una nube de polvo que descendía de la sierra y el llamado Nuño, que tiene buenas orejas, se sumó a la buena vista de ese Martín y entre los ojos del uno y las orejas del otro sumaron esa impresión que ninguno de los dos por su lado, dejado a sus puros ojos o a sus puras orejas, hubiera reunido, pues nubes de polvo levantan hasta los bueyes y sus carretas, y tamborileos se pueden escuchar en las sierras, aunque sólo sean rocas que se derrumban y hacen grandes ruidos por los foces; a propósito fray Jarro, al grano montero, no vayas a Tetuán por monas y ayúdame lengua que para eso te mantengo: que por los canalizos de la sierra iban bajando, Guzmán, iban bajando, ¿qué, montero, qué venía bajando?, ¿otro fantasma, uno más, otro cadáver?, mira, a puto no putees y a ladrón no hurtes, bien les he pagado y más que con dinero les he de seguir favoreciendo, con ascensos y buenos puestos en las armadas de montería y luego, quizás, adentro de palacio, primero por simular varias noches, en variados rincones de la construcción, los aullidos de un perro que tanto espantó a las monjas e inquietó al Señor, y ahora les pido noticias exactas y no balbuceos ni menos historias de fantasmas, que de los fantasmas me encargo yo con mi buena vasca y acaban colgados para sus pesares, no Guzmán, no eran fantasmas, aunque eso creyeron esos zafios peones que se juntan todas las tardes a merendar en los tejares y a murmurar, Guzmán, a maldecir, no, fantasmas no, sino un atambor todo vestido de negro, seguramente un paje perdido que fue dejado atrás por las procesiones fúnebres, que se extravió en los matapardales y llegó batiendo tambor a redoble, un pajecillo muy joven, de ojos grises y naricillas levantadas y un tatuaje en los labios, Guzmán, oye, los labios pintados, todo él vestido de negro, el gorro, la capa, las calzas, las zapatillas y el mismo tambor cubierto de un paño negro y los sordos nacarios con algodones negros en las puntas y negros crespones amarrados a los palos; y detrás del atambor, Guzmán, venía un joven rubio y casi desnudo, con las ropillas color fresa rasgadas, caminando como un ciego detrás del atambor, muerto de fatiga, con la mano posada sobre el hombro del paje que le conducía, rubio, esbelto, hermoso, Guzmán, y en la espalda, entre la camisa rasgada, Guzmán, vimos, vimos...

—No me lo digas, montero, ya lo sé: una cruz encarnada entre las cuchillas de la espalda.

Retrato del príncipe

Me siento muy inquieto esta noche; me duele la carne. Tengo una punzada atroz en el mismísimo rabo, allí donde muere mi adolorida espina, tiesa de tanto posar para este fraile alto, frágil y rubio que me solicita, con los ojos si no con las palabras, la postura regia que la Vieja espera de él en su representación y de mí en mi vida. ¿Pero dónde he visto antes a este fraile; ayer, al llegar; antes, en la vida que no recuerdo, dónde? Es curioso cómo recuerdo palabras pero no hechos ni personas, a menos que éstos se repitan tan ceñidamente que acaban por incorporarse a mis palabras y, gracias a ellas, cobran consistencia y vida, continuidad y duración. Si no, todo se me esfuma, como este fraile que pinta mi retrato y que yo juro haber visto antes. La Vieja y la enana no, ya no son ellas, son parte de mis palabras, se han metido a mis palabras. A mí me duele la carne, como si se acercase a ella algo perdido desde hace muchísimo tiempo, otro cuerpo que fue o será el mío. Me dejaron verme en el espejo; no me reconocí; sin embargo, no poseo otra prueba de mi existencia. Pronto tendré una más: el retrato que traza este fraile, minuciosamente, mínimamente, por órdenes de la Vieja, con unos pequeños pinceles, sobre un óvalo de esmalte:

—Que quede constancia de la figura del heredero, dijo la Vieja; que el príncipe no se parezca a ningún otro ser viviente, fray Julián; y menos a un falsario escondido entre adúlteras sábanas en este mismo palacio.

El fraile llamado Julián me miró, inquisitivamente, como si me preguntase a mí lo que le demandó a la Vieja: —¿Constancia, Altísima Dama? La representación puede adoptar mil figuraciones diferentes. ¿Cuál desea usted; la figura del que fue, del que es o del que será? ¿Y en cuál lugar: el de su origen, el de su destino o el de su presencia? ¿Cuáles lugares y cuáles tiempos, Altísima Señora? Pues mi arte, aunque menor, es capaz de introducir los cambios y combinaciones que Vuestra Alteza desee.

La Vieja, entonces, adelantó la cabeza y el pecho; se tambaleó el tronco mutilado, recargado contra el respaldo de una silla de cuero, y sólo la rápida intervención de la enana impidió el desastre de una caída; la Vieja sólo quería mostrarle al pintor el esmalte que portaba entre los pechos, la imagen, el perfil de su marido muerto, un perfil rígido, como de sello antiguo, propio para acuñar monedas, gris, tan gris como el espacio indiferenciado del fondo; no hay nada que inventar, dijo la Vieja Dama, todo es actual, somos hijos de Dios, Dios es uno y en todas partes existe en su totalidad, lo mismo en la inmensidad del firmamento que en las reducidas dimensiones de este óvalo; igual da que pintes una estampa o un muro, fraile: el espacio que cubran tus pinceles será idéntico al espacio donde estamos y ambos son idénticos al universo, que es el espacio invariable del pensamiento de Dios, que lo mismo cabe en lo minúsculo que en lo mayúsculo; en el grano de arena que en la inmensidad del piélago; anda, date prisa, pinta, no propongas falsos problemas.

El fraile sonrió y bajó la cabeza, sumando esta actitud de respeto a una severa inquisición cerca de mis pies, disolviendo su cortesana aquiescencia a las demandas de la Vieja en la continuidad de su proba actividad artesanal, insistiendo en verme descalzo, en contar minuciosamente, con el pincel apuntando hacia ellos, los dedos de mis pies. Aprovechó para ello que la Vieja ha hecho venir a un sastre y a un zapatero para cambiarme de ropa y botines, pero si las ropas me quedaron holgadas, demasiado holgadas, los botines me quedaron estrechos, demasiado estrechos, y ¿qué iba yo a hacer?, me sentía deforme con ese calzado, sentía una pierna chueca y la otra más corta que la primera, así que le di de puntapiés al zapatero con sus propios botines puestos hasta que el rufián pidió gracia, excusándose, cómo iba a saber que yo tenía seis dedos en cada pie, por qué dice esto, qué tiene de extraño, siempre he tenido seis dedos en cada pie, doce uñas bien contadas, me enfurezco, ordeno con gestos a los criados cortar en pedacitos los botines y hacérselos comer, como tripas, al propio zapatero, todo lo cual celebró con grandes voces y otros rumores la enana, hasta que el zapatero salió vomitando, la Vieja mandó callar a la enana y me mostró un cofre abierto lleno de joyas preciosas para que entre ellas escogiese las de mayor agrado para mi atavío personal; yo escogí una perla negra, inmensa, redonda, me la llevé a la boca y me la tragué, con lo cual hubo nuevas festividades de la enana que me acercó un bacín para que, al sentir ganas de defecar, allí depositase la perla junto con la mierda y entre los dos, la enana y yo, nos encargaríamos de escarbar entre los excrementos hasta encontrar la preciosa perla; la Vieja asintió con la cabeza y dijo que la perla sería dos veces valiosa por haber recorrido mi cuerpo de la boca al buz, y como tal sería conocida: la perla Peregrina. Y no sólo esto: ella dijo que me daría ropa y más ropa, de manera que nunca vistiese dos veces la misma; yo miré con codicia el medallón que adornaba su pecho y ella adivinó mi mirada y dijo que grabaría mi efigie en las piedras preciosas y mi perfil en todas las monedas; y que para eso serviría la figura que el fraile Julián pintaba en esos momentos; y el fraile sin dejar de trabajar, sonriente, comentó:

—Ved entonces, Altísimas Personas, cómo esta imagen que pinto empieza a llenarse de imprevistos deseos, de gustos, caprichos y humores imprevistos por la invariable creación original; ved cómo me remito, no a lo dado, sino a lo deseado... Pues la pintura es cosa mental.

Pero nadie le escuchó; la enana ya estaba pidiendo que le escribiésemos al Papa pidiendo que me regalara la suprema reliquia: el prepucio de la circuncisión de Cristo, todo lo tendríamos; rió a carcajadas la enana, mostrando las encías blancas, sin dientes, llenaríamos esta recámara de reliquias, la reliquia máxima, los pellejos del pene del niño Jesús, la llenaríamos de encantos, de porquerías, de talismanes, de suntuosos ropajes y soberbios colgajos, curiosidades, miniaturas, celebraríamos en ella magníficos banquetes, dijo la enana mientras yo asentía con gusto, con gula, con un creciente apetito de llenar la alcoba como me rellenaría a mí mismo de placeres; grandes banquetes, repitió la enana, y la Vieja dijo que sí, el exceso, el gasto, el boato más insultante, para eso habíamos nacido, para eso éramos quienes éramos, todo sería poco para humillar a quienes nada pueden, deben o quieren tener, ¿verdad que sí, ama, verdad que ya se acabó el luto, se acabó el llanto?, sí, mi fiel Barbarica, el príncipe está de vuelta con nosotros, acabose nuestra fúnebre devoción, vengan lujos, vengan excesos, miren, dijo la Vieja, miren, escuchen, pon buena cara al pintor, muchacho, que no te vea demasiado alegre ni demasiado triste, pon cara de príncipe; la pondrás cuando me entiendas: te repetiré las lecciones que le enseñé a mi hijo Felipe, nuestro Señor, para educarte en el acertado gobierno de estos reinos, un hombre solo no es nada, le dije siendo él un niño y sentados ambos junto al fuego invernal; te lo digo ahora a ti, un individuo dejado a sus propias fuerzas sucumbe fácilmente, la vida se le va en buscar lo que, una vez obtenido, deberá gastar para empezar de vuelta a fatigarse; nosotros no, nosotros no, porque en medio de la debilidad de los hombres solos, nosotros, tú y yo, muchacho, somos como el mundo mismo, los individuos sólo se representan a sí mismos, nosotros representamos al mundo porque hemos creado, con vicios, poderes, devociones, altares, hogueras, batallas, horcas, palacios, monasterios, lo único inmortal, los signos que perduran, las cicatrices de la tierra, lo que permanece cuando las vidas individuales son olvidadas: nosotros hemos inventado la imagen del mundo; frente a las deleznables existencias particulares tú y yo somos la existencia general, tú y yo somos el mar y ellos son los pescadores, tú y yo, príncipe, somos las vetas y ellos son los mineros, ellos se alimentan de nosotros y no nosotros de ellos, ellos nos necesitan para que sus pobres vidas tengan sentido, ellos viven de nosotros y nosotros vivimos de nosotros mismos, ellos se van y nosotros permanecemos, ellos nos explotan, nos devoran, nos exaltan porque temen morir en tanto que nosotros no entendemos qué cosa es la muerte:

—Todo en exceso, muchacho, todo en exceso para demostrar que la muerte carece de sentido, que los poderes de la recreación son mucho más vastos que los de la extinción, que por cada cosa que muere tres nacen en su sitio; y sólo muere lo que cree morir individualmente, pero jamás lo que se prolonga en una estirpe. Pronto, Barbarica, ordena una gran cena, veo fatigado al joven príncipe, ordena muchos pastelillos de angulas y un gran cocido de puerco, coles, zanahorias, beterragas, garbanzos e infinita variedad de chorizos rojos, picantes, encebollados, y que desde luego manden hervir cien libras de uvas negras en los calderones de cobre a fin de obtener los escasos gramos de mostaza que apetecemos para nuestros cocidos; ale, anda, ordena, y regresa inmediatamente, Barbarica, que el pintor de la corte ha pedido que poses junto al príncipe, que aparezcas tú en el segundo cuadro, ahora grande, ahora de tela, tú de pie, con la mano del príncipe detenida sobre tu hombro, regresa pronto, Barbarica, los hombres te recordarán gracias a fray Julián, nuestro pintor.

¿Me recordarán, Ama y Señora?, suspiró la enana, ¿puedo ponerme mi corona de cartón y mi capa larga, para que crean que yo soy la esposa del príncipe, la reinecita en miniatura?, cómo se ríe, cerca de mí, la malvada enana, y más cuando me río con ella, la levanto fácilmente, la acerco a mi cara y le muerdo un seno, clavándole los dientes en una teta rechoncha y pintada de azul hasta que la enana grita de dolor y luego de placer y finalmente no acierta a distinguir el uno del otro y yo la muerdo y la chupo sin dejar de mirar a la Vieja que no interviene, que me mira como si una nueva idea estuviese naciendo en su cabeza, como si estuviese imaginando un nuevo proyecto al vernos juntos y abrazados a la enana y a mí, qué pareja.

—¿Quién te besó en el carruaje, quién te acarició, quién te rasgó la camisa, quién te bajó las calzas, quién construyó con sus manitas pequeñas y regordetas tu nuevo rostro con el tacto suave y veloz de sus manitas húmedas y pintadas y mágicas, quién? ¿Quién te inventó tu segunda cara con las pinturas y afeites que traía escondidos en mi baúl de mimbre? ¿Quién se muere por tocarte y chuparte tu dinguilindón, quién? Y por favor, nunca me llames así, enana, suena tan feo, dime como todos, con cariño, Barbarica, Barbarica…

La enana me dice al oído estas palabras, luego se desprende de mis besos y mordiscos, con los senos heridos por mis dientes, cubriéndose las diminutas huellas de mis dientes sobre su piel pintada de azul y sale corriendo de este calabozo y yo me siento atarantado, más cascafrenos que nunca, sumando rápidamente después de haber escuchado a la enana, perdón, a Barbarica; tuve un rostro con el que llegué a la playa, la Barbarica me lo cambió por otro en el carruaje, luego me cortaron el pelo y me pusieron un pelucón negro y rizado, ahora el pintor me impone un cuarto rostro distinto, renovado, mi verdadera cara se aleja para siempre de mí, la he perdido para siempre, para siempre y el fraile Julián pinta velozmente.

Me duele la carne. Me duele. Barbarica regresa de ordenar la cena y se introduce en el baúl de mimbre que le sirve de cama. Fray Julián ha esperado con impaciencia para iniciar el segundo retrato y ahora me pide que vuelva a posar, seriamente. El fraile suspira; la Vieja le pide que me haga un tercer retrato, pero ahora con la máscara que traje del mar, ¿dónde está?, apareció sobre el rostro del despojo de su marido, era una tela de plumas multicolores, dijo la Vieja, con un centro de arañas muertas, eso sería nuevo, extraño, incalculable, nadie sabría explicárselo, verían mi cuerpo envarado, tieso, mi gola y mi capa y mi mano sobre el pecho, mis calzas negras y mis botines apretados, pero no verían mi cara, tendrían que adivinarla, la cubriría esta máscara de plumas que yo traje conmigo del mar, cuando fui arrojado a la playa y subí por las dunas a encontrarme con mi segundo destino: esto lo recuerda la Vieja, pasó hace muchísimo tiempo, yo ya lo empezaba a olvidar, como mañana olvidaré todo lo que ha sucedido hoy; ¿quién recuerda el momento más importante de su vida: el momento en que nació? Nadie. Me cuidaré de decírselo a la Vieja. Pero yo sólo me hablo a mí mismo, mis palabras son de adentro, sólo mías, la Vieja y la enana nunca me han oído hablar, han de creer que soy mudo, sólo me miran ponerme palomas sangrantes en la cabeza, obligar a un zapatero a comerse mis botines crudos, mordisquearle las tetas a la Barbarica. ¿Pero dónde está esa máscara, un quinto rostro para mí, el colmo, enmascararme, si ya llegué enmascarado con mi propia carne? La Vieja mueve la cabeza, desconcertada, buscando; el pintor suspira. La Vieja dice que un cuadro mío con la máscara sobre el rostro intrigaría a los cronistas y por cierto, ¿dónde está el Cronista de este palacio?, que lo busquen, que venga, que empiece a escribir la verdadera crónica de la vida del príncipe, que quede constancia: que se multipliquen los signos de mi identidad, yo el heredero, cuadros, estampas, monedas, perlas, crónicas: que quede constancia de que yo soy yo, el infante de España, y nadie más, y mucho menos el rubio garañón escondido por la esposa del Señor en su recámara.

Suspira de nuevo el fraile pintor; dice:

—El Cronista no está en palacio. Cometió una indiscreción y fue enviado a galeras. Si lo deseáis, puedo contaros su historia. Así, no sentiréis el paso del tiempo mientras termino de ejecutar la pintura.

Y ésta es la historia que narró el fraile Julián, mientras entraban los criados y disponían el cocido que habríamos de cenar esta noche.

El Cronista

Calenturiento y enfermo, no cesó de escribir toda la noche; reducido a un pequeño espacio en las profundidades de la proa del bergantín de reserva, escuchó el crujir del esqueleto de la nave, mantuvo a duras penas el tintero sobre una rodilla y el papel sobre la otra, se mareó con el vaivén de la pequeña bujía de cera que se columpiaba ante sus ojos; pero persistió en su desvelada tarea.

El bergantín se movía, junto con toda la flota, hacia la entrada del anchuroso golfo, deslizándose entre las islas. Y él desconocía el orden de las maniobras que, aprovechando el manto de la noche, ejecutaba la escuadra a fin de amanecer ocupando la entrada del golfo, cerrando así la salida a la flota turca que se formaba rigurosamente al fondo de él. Pero imaginaba que cualquiera que fuese la estrategia convenida, al día siguiente habría lucha feroz, espantosa mortandad y escasa compasión para un simple remero como él, retirado esa tarde de la galera en virtud de su estado febril e inservible; mañana, se echaría mano de todos los brazos, enfermos o no, para combatir a la formidable escuadra del Islam, fuerte de ciento veinte mil hombres entre gente de guerra y chusma de las galeras.

Una noche, pensó, una sola noche, acaso la última noche. Escribía con rapidez, la fiebre de la imaginación añadiéndose a la del cuerpo, mareado por ese cabo de vela que bailaba suspendido frente a su mirada y goteaba la cera sobre el arrugado pergamino: alma de cera, eso soy yo, alma de cera, imprímase en ella el continuo movimiento del mundo, añadiendo imaginaciones a imaginaciones. Pues lo único inmutable es el cambio mismo y no, como quisieran mis muy altos Señores, la fijeza que, en un medallón, un soneto o un palacio, les consuele y haga creer que, pensado de una vez por todas, el mundo culminará con ellos, el mundo no se mueve, el mundo respetará lo que es sin preocuparse por lo que puede ser.

Y así, simultáneamente, recordaba, imaginaba, pensaba y escribía, bendiciendo la gracia que le fuera acordada esa noche en remisión de su pena. El descanso otorgado a su fiebre no era, sin embargo, gratuito:

—No, les dijo a los galeotes el maestro de campo, sino demostración declarada de que los remeros que se porten bien en este encuentro serán liberados de la cadena. Los capitanes de la escuadra cristiana sabemos, en cambio, que la falta de parecida magnanimidad entre los infieles asegurará que muchos galeotes de la armada contraria aprovecharán la confusión del combate para huir y lanzarse a nado hacia las costas.

De todos modos, él no asociaba su noche de gracia a estas maniobras y cálculos, ni distinguía su particular condición, excepcional aunque fugaz, en esta hora, de su destino mayor. Pesada piedra había cargado la fortuna sobre sus débiles hombros; y a la pregunta incierta que se formulaba mientras escribía —¿es posible que se extreme en perseguirme la fortuna airada? — la respuesta, por desgracia, era tan cierta como afirmativa. De su familia sólo recordaba yugos y endeudamientos; de su oficio, incomprensión y desvelos; de sus amos, injusticia y ceguera. De todos, carencias. Abundancias, sólo de su imaginación; pero tan sutiles que jamás cuchara las llevó a la boca ni cuchillo las rebanó. En esta hora nocturna, escribiendo, murmuraba entre dientes la conseja del fraile Mostén: "Tú lo quisiste, tú te lo ten"; pues en vez de limitarse a dedicar sus fabulaciones, con las loas y proemios acostumbrados, a los muy altos Señores que le favorecían, fabricó en su imaginación un montón de cosas y de la fabricación pasó a la certificación de los hechos que veía y del mundo que habitaba, llegando el momento en que no supo diferenciar lo que imaginaba de lo que veía y así, añadiendo imaginaciones a verdades y verdades a imaginaciones, creyendo él que todo en este mundo, al pasar de los ojos y la cabeza a la pluma y el papel, fábula era, acabó por convencer a sus Señores, que sólo quimeras deseaban de su pluma, de que las quimeras verdades eran, sin que las verdades fuesen jamás otra cosa que verdades. Mirad así el misterio de cuanto queda escrito o pintado, que mientras más imaginario es, por más verdadero se le tiene.

Muy otro, sin embargo, era su proyecto y esta noche lo estaba poniendo en práctica con febril premura; la fugacidad de las horas, derritiéndose con el pequeño cabo de cera, anunciaba la fatal batalla del siguiente día. Fatal para él, cualquiera que fuese el desenlace, pues muerto en combate, cautivo de los turcos o liberado de las galeras (aunque desconfiaba de esta promesa, ya que su crimen no era común, sino delito de la imaginación, más severamente penado por los poderes que el hurto de una faltriquera) su destino no sería ni encomiable ni envidiable; sombra de la muerte, sombra del cautiverio o sombra de la pobreza. Y ésta, lo había dicho y escrito siempre, era peor que la realidad misma de la pobreza, situación explícita, sin engaños, real y espaciosa como la Plaza de San Salvador en Sevilla, donde la legión de los pícaros podía librarse al latrocinio, al contrabando y a la burla sin pagar alcabalas, con el más ancho sentimiento de ser la canalla más ruin que tiene el suelo. Realidad de la pobreza, no su sombra.

Se dijo: eso es ser alguien, como algo son también el campesino y el mendigo. En cambio, solo está, y no es, el hidalgo empobrecido, hijo de cirujano sin fortuna, hijastro fugaz de las aulas de Salamanca, heredero de mohosos volúmenes donde se cuentan las maravillas de la caballería andante, huérfano de las imposibles hazañas de Roldán y el Cid Rodrigo y por ello doblemente desgraciado, pues conociendo lo que es, no se le puede poseer y solo se está, con la cabeza llena de espejismos y el plato ayuno de alubias, solo se está y nunca se es, manteniendo la apariencia del hidalgo aunque con las polainas raídas. Sólo se está: heredero sin peculio, huérfano, hijastro a la sombra: un insecto… Pobreza: aquel te loa que jamás te mira, Escarabajo, insecto de hilachas, echado sobre el duro caparazón de la espalda, agitando las innumerables patas…

Otro proyecto, para dejar de estar y empezar a ser; otro proyecto: papel y pluma. Pensó esto mientras escribía una novela ejemplar que todo y nada tenía que ver con lo que pensaba: papel y pluma para ser a cualquier precio, para imponer nada más y nada menos que la realidad de la fábula. Fábula incomparable y solitaria, pues a nada se parece y a nada corresponde como no sea a los trazos de la pluma sobre el papel; realidad sin precedentes, sin semejantes, destinada a extinguirse con los papeles donde sólo existe. Y sin embargo, porque esta realidad ficticia es la única posibilidad de ser, dejando de estar, habrá que luchar con denuedo, hasta el sacrificio, hasta la muerte, como luchan los grandes héroes y los imposibles caballeros errantes, para hacer creer en ella, para decirle al mundo: he aquí mi realidad, que es la realidad verdadera y única, pues otra no tienen mis palabras y las creaciones de mis palabras.

¿Cómo iba a entender esto la gente que primero le delató, en seguida le juzgó y finalmente le condenó? Recordaba, mientras escribía un cuento para los tiempos venideros, en lo hondo de la proa del bergantín, una no tan vieja mañana en que se había paseado entre los montones de heno, tejas y pizarras del palacio en construcción, deplorando, como sabía que lo deploraban los antiguos pastores del lugar, la devastación impuesta al viejo vergel castellano por el misticismo necrófilo del Señor. El Cronista, aquella mañana no tan lejana, se paseaba tratando, precisamente, de imaginar un poema bucólico que agradase a sus Señores; nada original, la enésima versión de los amores de Filis y Belardo; sonreía, paseándose, mientras en su cabeza trataba de encontrar rimas fáciles: florido, perdido, rimaba, hallaba, desechaba... y se preguntaba si sus amos, al convocarle para una nueva y deleitosa lectura de temas reconfortantes por sabidos, aceptarían la convergencia de la forma pastoral con una singular nostalgia, compartida por los habitantes de este lugar destruido, nostalgia que el Cronista, por ello, consideraba una tentación más que una burla; o si, en verdad, lo que de él esperaban era nada menos que esa nostalgia, jamás aceptada por ellos como tal, sino como fiel descripción de una Arcadia inmutable. ¿No tenían, entonces, estos Señores ojos para ver, eran por completo ajenos a la destrucción que sus manos obraban mientras sus mentes seguían deleitándose con imágenes de claros y mansos ríos, hojosas parras y el pendiente racimo del sarmiento? ¿Confundían de tal manera lo añorable con lo certificable, y esto con lo exigible? Quizá (apuntó el Cronista) eran conscientes de sus culpas y las aplazaban mediante una secreta promesa: pasado el tiempo de la ceremonia, de la muerte de la inaplazable construcción para la muerte, reconstruiremos el jardín; el polvo florecerá, volverán a correr los secos arroyuelos, Arcadia será otra vez nuestra.

El escéptico Cronista meneaba la cabeza y repetía en voz baja:

—No habrá tiempo, no habrá tiempo... Una flor cortada de su tallo jamás resucita, antes se seca rápidamente; y si se la quiere conservar, no hay mejor remedio que prensarla entre las páginas de un libro y tratar de oler, de vez en cuando, lo que allí queda de su aroma marchito. Las tangibles Arcadias están en el futuro y habrá que saber ganarlas. No habrá tiempo, pero ellos no quieren darse cuenta. Zapatero...

...A tus zapatos: volvió a rimar quedamente, y lo florido se ayuntaba con lo perdido, cuando vio pasar, so los portales de las cocinas, a un joven de una belleza mal avenida con el tizne y el sudor que eran las marcas de los demás hombres que aquí trabajaban. Este joven no; pulcro, dorado, comía una naranja y en su cuerpo había la libertad extrema de movimiento que sólo la posesión del lujo siendo rico, o la imaginación del mal, siendo pobre, procuran; un suficiente deleite de sí mismo, capaz de fructificar así en la soledad silvestre como en la compañía de alguien que, esperándolo y aun teniéndolo todo, sabría, al conocer a este muchacho, que ciertas cosas jamás podrán poseerse a menos que se compartan plenamente. Con regocijo, el Cronista creyó reconocer en ese muchacho que mordía la naranja la imagen de lo que su estéril pluma requería: la visión pastoril reclamada por sus amos, la figura del zagal coronado, como los antiguos ríos de la Arcadia, por la salvia y la verbena: el héroe.

El muchacho pasó fugazmente; había alegría, malicia y dolo en su mirada; pasó limpiándose los labios, quizá porque comía una jugosa naranja de encendidas entrañas, pero quizá, también, porque acababa de besar al ser amado; tal era la secreta satisfacción de su semblante, tal el templado y vibrante calor de su cuerpo. El Cronista pudo, en el acto, inscribir unas palabras en la memoria, imaginar a un joven peregrino que pasaba por este palacio, templo y tumba de los Príncipes, con un soplo juvenil de vida, desenfado andariego y esa mezcla de permanente asombro y delicado desencanto que dan el conocimiento de otros mares, otros hombres, otros hogares; pudo confundir en la veloz métrica de ese instante la aparición del sol y la de este niño, desnudo y solo. El muchacho desapareció entre los humos de las cocinas palaciegas; el Cronista regresó a su cubículo junto a los establos y se sentó a escribir.

Era un jueves; el sábado leyó su composición ante los Señores, Guzmán, yo, yo mismo, yo el fraile pintor que tantas tardes he pasado en la dulce, amarga, amable y quietamente desesperada compañía del Cronista, escuchando sus quejas y adivinando sus sueños: yo, Julián, gentil ladrón de las palabras de mi amigo. Y al escucharle aquel sábado, no sabía si mirar con asombro a mi perdido amigo mientras leía el poema a los amos o, más bien, atender la creciente súplica de silencio y advertencia de castigo en los ojos de la Señora, donde los hielos del temor y los fuegos de la cólera se sucedían sin tregua, aquéllos derritiendo a éstos y éstos inflamando a aquéllos y ambos naciendo del helado ardor en los pechos convulsos de mi ama, los mismos que un día yo pinté de azul con mis pinceles pequeños, siguiendo el trazado de la red de las venas a fin de hacer resaltar la blancura de sus carnes: comed, Altísima Dama, atiborraos de chorizo, mi damisela Barbarica, chupad las costillas de puerco, príncipe supuesto; ya sé que hace tiempo, entregados a vuestra gula, ni siquiera me escucháis y que hablo sólo para mí; así ha sido siempre; ustedes siempre están comiendo mientras sucede lo principal, y no se enteran. Admiré la inocencia de mi pobre amigo, pero comprendo que su candor podría ser mi ruina, pues una vez tomado el hilo suelto, toda la malla acabaría por destejerse. Alma de cera, mi candoroso amigo había impreso en su poema más, mucho más de lo que imaginaba; había convertido la fugaz visión de aquel muchacho, al que vio comiendo una naranja antes de perderse en el humo de las cocinas, en el cimiento de su imaginación y sobre ella había levantado el edificio de la verdad: escucho de nuevo la voz del Cronista, tan bien timbrada a fuerza de convicción, aquietados en la lectura los habituales tonos de la desesperación.

Esa voz describía al hermoso zagal con más exactitud que mis propias pinturas; no cabía duda de que era él, el joven peregrino nacido con el sol y al sol semejante, tan familiarmente español con su naranja en la mano, tan lejano, ausente y extranjero en su mirada de desencantado asombro: un héroe de aquí y de allá, nuestro y ajeno, pariente y forastero, casi, se diría, un hijo pródigo; el Cronista le hacía cantar arábigos oasis, hebraicos desiertos, fenicios mares, helénicos templos, fortalezas de Cartago, caminos de Roma, húmedos bosques celtas, bárbaras cabalgatas germánicas; ni pastor idealizado ni épico guerrero, ni Belardo ni Roldán, no el héroe de la pureza, sino el de la impureza, héroe de todas las sangres, héroe de todos los horizontes, héroe de todas las creencias, llegado en su peregrinar al carrusel bucólico de una Señora en un palacio sin alegría, dueño de los sentidos prístinos que sólo la naturaleza, aunque todas las historias, habían tocado, y escogido por esa Señora que, al serlas todas, sólo podía ser la nuestra. Escogido para el placer de la Señora, llevado a una lujosa recámara y allí colmado de amor y otras delicias, a cambio de su libertad errante; y optando, al final del verso, por regresar a los caminos: abandonando a la Señora al tiempo y al olvido.

Nada pareció entender el Señor, quien acaso sólo sintió esa vaga ensoñación nostálgica que el Cronista, al nivel de su oficio, había deseado provocar; algo sospechó Guzmán, delatándose al llevar una mano a la empuñadura de la vasca y acariciando nerviosamente la trenza de su bigote; todo lo imaginó la Señora, viéndose así retratada en un modelo literario y develados sus amores con el muchacho inadvertidamente descrito a partir del verdadero modelo; todo lo temí yo, por otros motivos. Pero el Cronista sólo creía en la realidad poética de lo que había escrito; otra relación que no se resolviese en la denodada lucha por imponer sus palabras inventadas como la única realidad válida le era tan ajena como incomprensible: cándido orgullo, culpable inocencia. Y así, la fuerza de su convicción convencía a los demás sobre la verdad documental de cuanto nos estaba leyendo.

Al finalizar la lectura, sólo se escucharon los aplausos débiles y huecos de las palmas pálidas del Señor. El perro Bocanegra ladró, rompiendo con ello la helada tirantez de la situación, la sospecha de Guzmán, la incomprensión del Señor, el desarreglo ultrajado de la Señora y mi propio temor. Sólo el Cronista sonreía con beatitud, ajeno a las pasiones desatadas por su escrito, seguro sólo de la realidad verbal creada, y esperando por ella ser congratulado; convencido de que nos había leído la verdad poética, sin imaginar siquiera que nos había repetido, en voz alta, la secreta verdad de todos los días. Obré con prisa; delaté al muchacho ante Guzmán, acusándole, como era cierto, de tener amores nefandos con unos mozos de cocina apenas entrados en la pubertad, pero callándome lo que sabía, y sabía bien, pues yo había sido el tercerón que condujo al muchacho extraño a la alcoba de nuestra Señora, ganándome así la gratitud de mi ama aquella tarde de su desesperación carnal después de pasar treinta y tres días y medio arrojada en el patio del alcázar sin brazos dignos de recogerla y ahorrándome, también, la necesidad de calmar, salvo una imperiosa vez, los deseos de mi Ama: no me agrada romper mi voto de castidad, no, y tener que renovarlo ante el comprensivo obispo que al escuchar mi confesión se atreve a mirarme con irrespetuosa complicidad: ¿no somos todos así, no hacemos todos lo mismo, no es graciosamente renovable este voto de pureza, no es magnánima la Iglesia que así comprende las flaquezas de la carne? No, no somos iguales; ni permitiré que el obispo así lo crea. Yo soy un artista. El placer de la carne le resta fuerzas a mi vocación pictórica, prefiero sentir que los jugos de mi sexo fluyen hacia un cuadro, lo irrigan, lo fertilizan, lo realzan; cástrame el goce de la carne, satisfáceme el goce del arte.

Y así, me callé lo que sabía: que el zagal que sirvió de modelo a nuestro Cronista alternaba sus tardes sodomitas con noches en la cama de nuestra Señora. Guzmán comunicó el crimen contra natura al Señor y el Señor dictó, sin grandes formalidades, la muerte del muchacho, quien fue sentenciado a quemarse en la hoguera debajo de las cocinas de sus amores pecaminosos, aunque no únicos. Consulté con la Señora, convenciéndola de que debía sacrificar su placer privado a su rango público y prometiéndole, a cambio de su sacrificio presente, futuros, renovados y acrecentados placeres:

—Pues los poderes de la recreación son mucho más vastos que los de la extinción, Señora, y por cada cosa que muere tres nacen en su sitio.

Y sustraje del cubículo del Cronista, al cual tenía libre acceso por ser nuestras conversaciones seguidas y sabrosas, unos culpables papeles en los que mi letrado amigo relataba, equívocamente, las múltiples posibilidades del juicio de Cristo Nuestro Señor en manos de Poncio Pilatos; mostré los papeles a Guzmán, quien no comprendió su contenido y me llevó ante el Señor, a quien le hice notar que, bajo guisa de fábula, esa narración incurría en las anatemizadas herejías del docetismo, que sostiene la naturaleza fantasmal del cuerpo humano de Cristo, del gnosticismo sirio de Saturnilio, que proclama el carácter desconocido e intransmisible del Padre único, del gnosticismo egipcio de Basílides, que hace a Simón el Cirenaico suplantar a Cristo en la cruz y a Cristo simple testigo de una agonía ajena, del gnosticismo judaizante de Cerintio y los Ebonitas, combatido por el padre de la Iglesia, Ireneo, por declarar que Cristo el Dios sólo ocupó temporariamente el cuerpo de Jesús el hombre, del monarquianismo patripasianista que identifica al Hijo con el Padre, y de la variante sabeliana que concibe al Hijo emitido por el Padre como un rayo de luz; de la herejía apolinaria y del extremo nestorianismo, que atribuyen a dos personas distintas los actos de Jesús y los de Cristo; y de la doctrina de la libertad pelagiana, en fin, condenada por el Concilio de Cartago y por los escritos del Santo de Hipona, que niega la doctrina del pecado original.

Seré aún más explícito, Señor: peor es la fábula que la herejía que ilustra, pues en un caso la Purísima Virgen Nuestra Señora admite adulterio con anónimo camellero, en otro Nuestro Señor Jesucristo proclámase simple agitador político de la Palestina y, en el más ruin de estos ejemplos, el Santo Señor José declárase reo así de haber delatado al Dulcísimo Jesús como de haber fabricado la cruz que fue potro de su tormento por la redención de nuestros pecados. Hay más, Señor. Investigué en los archivos del palacio; mis sospechas tenían fundamento: el Cronista es marrano, hijo de judíos conversos.

Pero el Señor, lejos de escandalizarse con la aplastante suma de mi minuciosa explicación, me pidió que la repitiese, una y otra vez, y sus ojos brillaban, la curiosidad se mudaba en deleite, pero el deleite no cedía su puesto al escándalo. Pedí, como es natural, que el Cronista fuese entregado al Santo Oficio; el Señor esperó largo rato, con los ojos cerrados, antes de darme respuesta; finalmente, posó una mano sobre mi hombro y me hizo está insólita pregunta:

—Fray Julián, ¿tú nunca has visto a una soldadesca iletrada vomitar y defecar en el altar de la Eucaristía?

Contestele que no, sin entender el sentido de su interrogación. El Señor prosiguió en estos términos:

—¿Debo entregarte a ti a la Santa Inquisición por repetir estas herejías?

Díjele, ocultando mi alarma, que yo sólo las repetía para denunciar a un enemigo de la Fe, mas no las sostenía.

—¿Y quién te dice que el Cronista no ha hecho lo mismo: simplemente contarlas, sin aprobarlas?

—Señor: estos papeles…

—De joven, conocí a un estudiante. Él también creía que no hubo pecado original. Vivió, luchó y amó (quizá ha muerto; no lo sé; un día creo haber visto su fantasma en la catedral profanada) porque creyó que Dios no pudo habernos condenado a la miseria aun antes de nacer y obrar. Otros murieron, en las salas del alcázar de mi padre, por actuar como ese estudiante… pero a ellos no les redimía la gracia del pensamiento. Ni a ellos, ni a esa zafia soldadesca teutona que manchó el altar de mi victoria. Imagina, fraile, que a esos rebeldes y a esos soldados les hubiese yo desafiado: expliquen por escrito las ideas que les mueven a actuar y quedarán libres; de lo contrario, serán pasados por las armas. Ninguno habría sido capaz de responder; ninguno se habría salvado de la muerte. En cambio, el estudiante y el Cronista…

El débil Señor me tomó violentamente del puño, cerró el suyo con fuerza sobre el mío y me miró con intensidad espantable:

—Fray Julián, tengamos fe hasta la muerte en los valores de nuestra religión; condenemos a los idólatras y a los infieles, mas no a los herejes, pues éstos no niegan a la religión, sino que antes la fortalecen revelando las infinitas posibilidades de combinar nuestras santas verdades; quememos a los rebeldes que se alzan contra nuestro necesario poder en nombre de una libertad que ellos mismos, de obtenerla, serían incapaces de ejercer, mas no a los herejes que en la santa soledad de la inteligencia fortalecen, sin saberlo, la unidad de nuestro poder multiplicando las combinaciones de la Fe.

—Pero vos mismo aplastasteis la herejía adamita en Flandes, Señor; ¿cómo entonces…?

—Esa herejía era pretexto empleado por los príncipes y comerciantes del norte para liberarse de la tutela de Roma y del pago de diezmos e indulgencias, y para nombrar obispos dóciles al poder de Mercurio, que no al de San Pedro. Obré a solicitud del Papa, no contra los herejes, sino contra quienes los azuzaban y manipulaban. ¿Me entiendes, fraile?

Con grandísimo respeto, incliné la cabeza y luego, con ella, negué varias veces. La levanté, buscando la mirada de mi amo; él sonreía con ácida piedad.

—Pues tú deberías entenderme mejor que nadie. Las escaramuzas teológicas, fraile, son menos peligrosas que las políticas. Éstas me debilitan primero y luego me obligan a actuar; aquéllas, en cambio, distraen y encauzan energías que de otra manera se volverían contra el gobierno de estos reinos. Yo sé que la extensión y unidad de mi poder, poderes muy vastos les retan a los hombres, y que los hombres mantienen reservas de inquietud y fuerza que algún día podrían amenazarme; lo sé, fraile. Prefiero que esas reservas se gasten discutiendo si María concibió inmaculada y si Cristo fue Dios o fue hombre, que discutiendo si mi poder es de origen divino y si, en suma, lo merezco. Tolerable es la herejía, pues, mientras no sea empleada directamente contra el poder.

—Señor: el prelado que aquí reside podría pensar de otra manera...

—¿Quién le mostrará estos papeles, dímelo, fray Julián... quién?

—Y nos desanimaréis a quienes tratamos de velar por vuestros intereses. La causa es clara el Cronista es hereje, relapso y marrano...

—Y tú quieres que lo entregue a la Santa Inquisición...

—Así es, Señor.

—¿Y dices velar por mis intereses? ¿Quieres que fortalezca, brindándole cada vez más jurisdicción, a un poder que prefiero mantener marginado, en expectativa, de mí dependiente y no yo de él? Pues si la alimento, la Inquisición crecerá a mis expensas. No, Julián. Prefiero ser un poco más tolerante para ser un poco más fuerte. No merece nuestro Cronista la fama que quisieras ofrecerle persiguiéndole ante el Oficio Santo, ni merezco yo que por tan escasa razón ese tribunal se engrandezca y algún día me imponga sus políticas. Minimiza a tu enemigo, fraile, si con ello empequeñeces también a un peligroso aliado.

—Esclarecido Señor: no fuisteis tolerante con el otro criminal, el joven mancebo que será quemado junto a las caballerizas. ¿Es peor crimen la sodomía que la herejía?

—Es crimen, simplemente, condenado con horror por la Santa Biblia y la opinión común. Supongamos, fraile, que este muchacho, además de sodómico, fuese también judío relapso y hereje. ¿Por cuál de sus crímenes le juzgarías? ¿Por el que supondría engorrosos trámites, complicados debates religiosos y peores complicaciones judiciales? ¿O por el crimen cuyo castigo todos aprueban y expeditan? Supongamos… supongamos, digo… que este muchacho no va a morir por su verdadera ofensa ni por la principal… ¿no es mucho más cómodo para todos que muera por lo falso y no por lo verdadero?

El Señor me miró con dulzura, con tristeza y con cansancio. Y tan fatigado parecía su semblante todo, que nunca sabré si fue capaz de percibir la turbación del mío; me esforcé por decir algo; mis palabras no acudieron a socorrerme, aunque sí las de este Señor que de esta manera, acaso azarosa e ingenua, pero acaso, también, calculada y perversa, jugaba con los motivos de mi propia intriga:

—¿Seguirás pintando, fraile?

—Tal es mi vocación, Señor, la más pequeña y sacrificable al lado de mis vocaciones mayores: servir a Dios y servirle a usted.

—¿Has visto el cuadro de mi capilla… el cuadro pintado en Orvieto… dícese?

Temblé: —Lo he visto, Señor…

—Has notado, sin duda, las singularidades y novedades que encierra.

Guardé silencio y el Señor prosiguió:

—¿Cómo hubieras pintado tú a Cristo Nuestro Señor?

Bajé la cabeza: —¿Yo, Sire? Como un icono sagrado, idéntico a sí mismo desde el principio de los tiempos; como una figura plana y fija sobre un fondo indeterminado, ya que así conviene a su eternidad.

—El anónimo artista de Orvieto, en cambio, ha rodeado la figura de Cristo con la atmósfera del tiempo, ha situado a Nuestro Señor en una contemporánea plaza italiana y lo ha hecho dirigirse a contemporáneos hombres, desnudos, y a ellos hablarles y mirarles. ¿Qué quiere significar, de esta manera, ese artista?

—Que la revelación no nos fue hecha de una vez por todas, Señor, sino que se cumple sin cesar, poco a poco, para hombres y épocas distintas, y mediante nuevas figuras…

—¿Quemarías el cuadro de mi capilla, fray Julián? ¿Es un hereje su autor?

Negué con la cabeza baja. El Señor trató de erguirse; lo derroto el ahogo. Se llevó un pañuelo a la boca y éstas fueron sus palabras, sofocadas y vencidas:

—Está bien. No hay enemigo más peligroso del orden que el inocente. Está bien. Que pierda la inocencia. Envíesele a galeras.

La vela se consumió. El Cronista terminó de escribir. Animado por una excitación que despojaba de fatiga al tiempo, se incorporó y dijo:

—Están nuestras almas en continuo movimiento.

Y añadió, acariciando primero el papel, luego enrollándolo:

—Aquí yo soy señor de mí mismo; aquí tengo mi alma en mi palma.

Introdujo el papel enrollado dentro de una verde botella, la tapo con un corcho y con los restos derretidos y aún calientes de la candela la selló mal que bien. Guardose la botella con el manuscrito en la ancha bolsa del pantalón de galeote y ascendió a la cubierta.

¡Qué maravilloso espectáculo se ofrecía ante su mirada! La escuadra cristiana, desplegada a la entrada del golfo, formaba un semicírculo de galeras; volaban alto los pendones; y altos se mantenían los remos, luchando contra el viento contrario, un molesto aire de la tierra que les daba de cara y agitaba el mar. Sesenta galeras venecianas formaban el ala derecha del semicírculo, sesenta más, españolas, el cuerpo central, y otras sesenta, de las repúblicas marítimas, cerraban el golfo; trescientos galeotes en cada galera daban la cara al sol, al viento y al mar, manejando cincuenta y cuatro inmensos remos en cada nave. Emplazada la artillería en las proas, gobernada cada galera del cuartel de proa a la popa y de las rumbadas al fogón, la impresión de orden y simetría era perfecta. Pero el Cronista, al pisar la cubierta del bergantín y mirar el dispositivo de la batalla, tuvo tiempo para otras sensaciones; le llegaron los olores de la costa parda, olor de cebolla rebanada y olor de pan recién horneado; y observó detenidamente, agradeciendo esta maravilla, el vuelo de los patos salvajes por encima de ambas armadas, indiferentes, aves libres, aves sin culpa, al estandarte cristiano que en estos momentos se izaba o al pendón turco que ya ondeaba al fondo del golfo. Y el Cronista tuvo ojos para el agitado mar de turquesa, para los cúmulos de nubes cada vez más desbaratadas, para el límpido cielo. Agradeció, en fin, su vida.

Al enarbolarse el estandarte, también se tocó el arma, previniendo a todas las galeras; el Cronista estaba en uno de los bergantines de reserva que, junto con los barcos de carga, se mantenían alejados para no entorpecer el movimiento de las galeras pero aprestados para meter tropas y material a ellas; escuchó los cañonazos en aceptación de la batalla y vio cómo, inmediatamente, ambas escuadras se pusieron en movimiento, la cristiana avanzando hacia la turca acorralada al fondo del golfo, y la turca avanzando al encuentro de la cristiana, sin más alternativas que deshacerla, perecer, o huir por tierra. El sol volaba cada vez más alto. Calmose el viento. El golfo se convirtió en un lago cristalino. Pudieron fatigarse menos los remeros. Un aire suave dábales la espalda. Todos, hasta quienes esperaban en la reserva de galeras y bergantines detrás del cuerpo central de batalla, se hincaron para recibir la absolución general y prepararse a morir.

La nave capitana de la escuadra turca disparó el primer cañonazo; el Cronista, de hinojos, sintió el peso de la botella verde en su bolsa y, levantando la mirada al cielo, supo que una parte de su vida se iba y otra llegaba; adiós a la loca y temprana edad, bienvenida la extrema edad del azar: entre las dos edades, entre los dos momentos, encontró un tiempo para hablarle a las nubes, al mar, a los espantados patos que volaban de regreso a las costas pardas:

—Lo que el cielo tiene ordenado que suceda no hay diligencia ni sabiduría humana que lo pueda prevenir.

Y así se imaginó en la verdadera hora de su muerte, que podía ser ésta u otra muy remota aún, sin que por ello el tiempo dejase de ser breve, de crecer las ansias o de menguar las esperanzas.

Seis galeras venecianas, armadas de cañones por todas las bandas, avanzaron a desorganizar a los turcos; resonaron las cajas y clarines de guerra tocando a zafarrancho de combate, pero aun estos poderosos rumores eran vencidos por la espantosa gritería de la morisma; cayeron arrancados los espolones de las galeras cristianas, serrados de antemano, y jugaron las bocas de fuego, causando grande estrago en las naves turcas, cuyos tiros, por la elevación de los espolones, pasaban por alto a las galeras de la cristiandad. No cejaron los turcos, enviando formación tras formación de galeras en su intento de romper la línea cristiana por las alas, atacarla por la espalda y buscar salida al mar abierto; arremetieron al mediodía contra el ala izquierda, intentando romperla y aprovechando que, por temor a acercarse a los bajos de arena de la costa, quedase separada de la cerrada formación en semicírculo. Por ese boquete intentó escaparse el turco y entonces unas manos rudas empujaron al Cronista hacia una lancha y de allí a una de las galeras de reserva y de allí, sin transición, a la lucha encarnizada entre las galeras trabadas en combate como dos animales en la batalla definitiva por el territorio de su alimento y protección.

Llovían las flechas, los arcabuzazos y las granadas, muchas naves se iban a pique y otras encallaban, caían muchos cristianos al panteón marino y muchos jenízaros trataban de alcanzar a nado las costas, ahogándose entre los incendios y el fuego graneado; el Cronista tomó su puesto en la galera, se prendió a su parte del remo y sintió el estremecimiento de la nave ante un cañonazo turco, la destrucción de toda la proa, quedando los apiñados galeotes al descubierto y librados al asalto de los turcos, que entraron a degüello; velozmente se llegó una escuadrilla a defenderles, abordando la galera sitiada y contestando al degüello con el degüello: pero el Cronista, tirado en el piso, sintió la carne abierta de su mano sangrante y sólo con un esfuerzo del que no se creía capaz pudo sacar la botella verde y sellada de su pantalón y arrojarla al mar. La vio volar por el aire, menos veloz que las rociadas de arcabucería, trazar una lenta parábola y perderse, antes de estrellarse contra el agua, entre el humo de los incendios y los cañonazos.

—Inexorables hados, suspiró al perder de vista esa botella con el manuscrito final, las páginas escritas con la seguridad de la desgracia aunque con la inseguridad de la vida: inexorables hados, inexorable estrella, el manuscrito seguiría su ruta, mientras las galeras se trababan unas con otras, aferradas por las proas, costados y popa; el manuscrito bogaría indiferente a la gritería, los tiros, el fuego, el humo y los lamentos; la botella sería arrastrada por las corrientes de un mar turbulento, teñido ahora de sangre, sepulcro de cabezas, brazos y piernas cortados; el manuscrito se alejaba, dueño de su vida propia y eterna; no lo tocarían las picas, las armas enastadas, los fuegos, las saetas de este terrible combate: el manuscrito no perecería entre el incendio y desplome de las entenas, pavesadas y varas; y aun el más desesperado combatiente, ahogándose en el mar espumeante de esta tarde, se aferraría, para salvarse, a los remos, cabos y timones, pero jamás a una botella verde que encerraba un manuscrito. El manuscrito no moriría aunque en este mismo instante muriese su autor.

—¿Cómo te llamas, muchacho?

—¿Cómo te llamas tú, viejo?

—Miguel.

—Yo también.

—Nombre común es; nombre de barro.

—Hay que tomar el nombre de la tierra donde se vive, viejo. Hoy y aquí, Miguel. Ayer, en el melancólico oasis que perdimos, Mijail ben Sama. Anteayer, en las tumultuarias aljamas del encierro, Michah. De las juderías huí antes de que nos asesinaran; del oasis andaluz, antes de que nos derrotaran. Vine a Castilla a morir.

—¿Lo sabías muchacho?

—Estaba escrito. No se puede huir para siempre de los verdugos. Creía que evitaría sus persecuciones viviendo entre ellos y entre ellos invisible sería. Ve nada más cómo me equivoqué.

—¿Verdugos los llamas? Sólo reconquistaron lo suyo: Andalucía.

—Conquistaron lo nuestro. Nosotros creamos esa tierra, la embellecimos con jardines y mezquitas y claras fuentes. Antes nada había. Allí vivíamos juntas todas las razas: mira mis ojos negros, viejo, y mi rubia cabellera. Soy dueño de todas las sangres. ¿Por qué he de morir por una sola de ellas?

—Mueres, entonces, por lo secundario y no por lo principal, muchacho.

—¿Qué es lo uno y qué es lo otro? ¡A ti por qué te han encerrado aquí, en esta misma celda, conmigo? ¿Tú por qué mueres?

—Yo no muero. Soy enviado a galeras. Pero es posible que tengas razón. Quizás yo también soy condenado por lo secundario y no por lo principal. Te pido perdón, muchacho. Si no te hubiese visto una tarde… paseándote entre los trabajadores de esta obra… mordisqueando una naranja… con los labios colorados… nada de esto hubiese sucedido. Yo no habría escrito ese malhadado poema.

—Anda, viejo, no te culpes. Si no muero por éstas, muero por otras. ¿Cómo voy a cambiar la mezclada sangre de mi cuerpo? Y sangre impura, de árabe y de judío, algún día te la cobra el mundo cristiano. Y luego esos muchachillos de las cocinas, más jóvenes que yo… Los envidiaba. La Señora está más madurilla de lo que piensa. Sangre, muchachos, Señora… qué importa la razón, si me matan mis sentidos, mis placeres, y no los hombres…

—¿Envidias la juventud? Yo envidio la tuya.

—Haces bien, viejo. Me llevo todos mis secretos. Conmigo se quemarán en la hoguera. ¿Qué harás tú con los tuyos? No está mal morir pensando en lo que uno pudo ser: no me gustaría morir sabiendo lo que fui.

—Quizá yo pueda imaginar lo que pudiste ser, muchacho, y escribirlo.

—Buena suerte, viejo, y adiós.

El Cronista gimió, tocándose la mano herida, y en medio de este fragor espantoso, ahogándose entre el acre olor de la pólvora y cegado por su ruinosa opacidad, miró los rasgados pendones del Islam, las menguantes lunas, las derrotadas estrellas, y él mismo se sintió derrotado porque luchaba contra algo que no odiaba y porque no entendía el odio fratricida entre los hijos de los profetas de Arabia y de Israel y porque amaba y agradecía y distinguía y salvaba los méritos de las culturas, aunque no las crueldades de los poderes, conocía y amaba las fuentes y jardines y patios y altas torres de al-Andalus, la naturaleza recreada por el hombre para el placer del hombre y no aniquilada para su mortificación, como en la necrópolis del Señor don Felipe; rodeado de los inextinguibles fuegos de las galeras, creyéndose morir, entonó una muda plegaria para que los pueblos de las tres religiones se amasen y reconociesen y viviesen en paz adorando a un mismo Dios único y sin rostro y sin cuerpo alguno, Dios sólo pudoroso nombre de la suma de nuestros deseos, Dios sólo signo del encuentro y la fraternidad de las sabidurías, los goces, las recreaciones de la mente y el cuerpo; y creyéndose herido de muerte, alucinado por la visión de las cabezas turcas clavadas en las picas y mostradas en alto al grito de la victoria, recordó a ese muchacho cuya mazmorra compartió la noche anterior a la muerte del joven y el exilio del viejo, recordole no como realmente era sino como el Cronista le imaginaba, héroe impuro, héroe de todas las sangres y de todas las pasiones, deliraba, imaginaba a toda la descendencia de los héroes impuros, sin gloria, héroes sólo porque no desdeñarían sus propias pasiones, sino que las seguirían hasta su desastrosa conclusión, dueños de la totalidad pasional pero mutilados y encarcelados por la crueldad y la estrechez de la razón religiosa y política que convertía su maravillosa locura, su exceso pleno, en delito: punible el orgullo, punible el amor, punible la locura, punibles los sueños; creyéndose morir, imaginó una vez más todas las aventuras de esos héroes, todas las transformaciones de estos caballeros de la ilusión frustrada, de las empresas sólo posibles en un imposible mundo donde el rostro externo y el rostro interno de los hombres fuesen el mismo, sin disfraz, sin divorcio; pero imposibles en un mundo que los enmascaraba a ambos; una máscara para aparecer ante el mundo y otra máscara para huir de él, simulación aquélla, crimen ésta, separada la pasión de la apariencia, para siempre: locos y soñadores, ambiciosos y enamorados, criminales; imaginó a un caballero enloquecido por la verdad de la lectura, empeñado en trasladarse a una mentirosa realidad y así salvarla y salvarse; imaginó a viejos reyes traicionados en negras y tormentosas noches de necedad y locura por hombres y mujeres más crueles que la propia, despiadada naturaleza, que sólo es involuntariamente cruel; y a jóvenes príncipes enamorados de las puras palabras incapaces de convocar la acción o exorcizar la muerte que la realidad reserva a los soñadores; imaginó a un burlador de honras y sagrados, héroe de la pasión secular, que pagaría sus goces en el infierno de la ley que tanto negó en nombre del placer libre, común y profano; imaginó a parejas consumidas por amores a la vez divinos y diabólicos, pues divino y diabólico sería el amor en el que los sujetos ya no se distinguen entre sí, el hombre es la mujer y la mujer el hombre, cada uno el ser del otro, atravesados por un sueño común que desafía las razones sociales de lo individual, lo separado, lo encasillado en condición, haber, familia; imaginó a un gran ambicioso, temblando de frío, solo entre los millones que pueblan la tierra, solo, sin la vecindad de dioses o de hombres, separado de ellos, abandonado y sin más cauce para su energía que acumular el odio y la inquina sobre las espaldas de la naturaleza que niega el tamaño de su orgullo; e imaginó a los pequeños ambiciosos, resignados a la mediocridad sensual, derrotados ya los grandes sueños sin salida del pasado, perdidas sus ilusiones, gastadas a lo largo de toda una vida, como el viajero que algo deja de su riqueza en todas las posadas del camino: poder y riqueza, o asesinato y suicidio: maneras de aceptar o negar la pasión palidecida; imaginó, en fin, al penúltimo de los héroes, el que se da cuenta de que el presente lo encierra, eclipsa su pasado, el pasado cesa de proyectar la sombra del héroe que el héroe antes llamaba su porvenir: Tántalo es el nombre del héroe, de todos los héroes que habrán devorado su presente para alcanzar un loco, ambicioso, enamorado, soñado futuro y, no pudiendo obtenerlo porque el futuro es un veloz fantasma que no se deja apresar, él liebre, nosotros tortugas, deberán voltear la cara al pasado para recuperar lo más precioso, lo que perdieron, lo que no les acompañó en la vibrante y desolada búsqueda de la pasión prohibida por las heladas leyes y reclamada por las hirvientes sangres: el deseo posee, la posesión desea, no hay salida, heroico Tántalo de frágiles cenizas y vencidos sueños, el héroe es Tántalo y su contrincante es el Tiempo: lucha final, vence el Tiempo, vence al Tiempo…

Y creyéndose morir, a todos los imaginó y pensó que ya no tendría tiempo para escribirlos, sólo había podido escribir al último héroe durante la última noche de gracia otorgada a su improbable duración sobre la tierra y así concentró toda su frangible vida, todos sus sentimientos de honrada pobreza, infinita desgracia, indiscreto orgullo, incierto estado, pobres merecimientos y fatigada imaginación, en repetir las primeras palabras del último héroe en ese manuscrito al que le había regalado su última noche como acababa de regalarle el manuscrito mismo al mar, al tiempo por venir, a los hombres que aún no nacían y pensando que quizá, con suerte, algún día, limosa y gastada, arrancada a las blancas arenas de este golfo, impulsada por vastas corrientes a mares más oscuros, encallada en los deltas de ríos poderosos, arrastrada a contracorriente por los remolinos que despedazaban los légamos, depositada al cabo en los turbios lechos de un caudal perezoso, pescada por las manos de un niño o de un loco, de un ambicioso o de un enamorado, de un hombre enfermo, triste y perseguido como él mismo, de otro marrano en otra tierra y en otra edad de desgracias, junto a otros palacios arruinados, cerca de otras cenicientas tumbas, la verde botella sería recogida, su sello roto, su manuscrito extraído, leído y, acaso, comprendido, a pesar del viejo, extraño idioma de la vieja España que los marranos como este Cronista habían rescatado, fijado, dado a leer y divulgado en comunes mesteres; a pesar de las tachaduras y enmendaduras de esta letra de arañas y vaivenes y fiebres y tristezas la noche anterior a la batalla; acaso:

Al despertar (*???* —un hombre; un nombre; que lo ponga quien lo encuentre; tenía razón el muchacho que fue condenado a la hoguera; hay que tomar el nombre de la tierra donde se vive, viejo, nombres de barro y polvo y sueño) *una mañana, tras un sueño intranquilo, encontrose en su cama convertido en un monstruoso insecto* (tachado: otro animal, quizá mítico, dragón, unicornio, grifón, mandrágora, la mandrágora se halla al pie de los cadalsos, de las hogueras, Miguel, me oyes, tachado, grifón, salamandra, no, mejor insecto, cucaracha, héroe final, tachado). *Hallábase echado sobre el duro caparazón de su espalda* (caparazón de insecto, enmienda, ojo, escudo del antiguo héroe, caparazón, defensa para que no nos pisoteen) *y,* *al alzar un poco la cabeza, vio la figura convexa de su vientre oscuro, surcado por curvadas callosidades* (abismo: tachado, enmiendo, abismo punto central de un escudo de armas, ombligo de la identidad abismal, abismado, sol de los cuerpos) *cuya prominencia apenas si podía aguantar la colcha, que estaba visiblemente a punto de escurriose hacia el suelo. Innumerables patas, lamentablemente escuálidas en comparación con el grosor ordinario de sus piernas, ofrecían a sus ojos el espectáculo de una agitación sin consistencia. —¿Qué me ha sucedido? No soñaba, no.*

Guardé silencio. Sí soñaban, sí, la Dama Loca, su enana y el joven príncipe, pesadamente dormidos después de la copiosa cena. Nada habían escuchado; nada habían entendido. Recordé una vez más a mi perdido amigo, cuyos sueños y designios literarios tan bien conocía, por haber sido su constante interlocutor durante el tiempo en que supo acogerse a la benevolente protección de nuestro soberano, que yo me sentía capaz de imaginar lo que pasaría por su cabeza al ser herido y, quizá, muerto, en una de las feroces batallas por la cristiandad. Sí. Recogí los esmaltes, óleos, telas y pinceles y, sigilosamente, abandoné esta prisión, esta alcoba.

La última pareja

Ven, dame una mano, coloca la otra sobre mi hombro, finge que estás ciego, no tropieces, yo conozco los caminos, todos los caminos, crecí en el bosque, cerca de las abandonadas rutas del viejo imperio, recorrí las nuevas calzadas de los mercaderes y los estudiantes y los frailes y los herejes, vi parir a las lobas junto a las zarzas, recogí la miel y cuidé los rebaños, ven, yo conozco la tierra; la tierra es mía, no hay nada en ella que yo no conozca o adivine, recuerde o desee; déjate guiar por mi cuerpo, ya dejamos atrás la sierra, ya descendimos al llano, se respira el humo de las fogatas y de los hornos, se escucha el ruido de las carretas, los cinceles y las grúas, ven, sígueme, no me sueltes, mi cuerpo es tu guía, confía en mi cuerpo, joven, hermoso náufrago, estamos fatigados, hemos caminado mucho desde ese mar que te arrojó a mis pies y bajo mi mirada que te esperaba, que sabía de tu llegada, pues yo sabía que esa madrugada tú serías arrojado a la playa del Cabo de los Desastres, y por eso, con los palos de mi tambor, marqué un ritmo que nos llevó precisamente a ese convento y no a otro, a ese convento que yo me sabía, porque conozco la tierra, habitado por monjas voraces, ávidas de carne de hombre, como sabía que la Dama Loca, al conocer el engaño, saldría huyendo de allí, de día, rompiendo la rutina establecida, olvidando su propia regla: sólo viajamos de noche, de día reposamos en los monasterios y adoramos el despojo de mi marido; y así, pasaríamos junto a la playa cuanto tú ya estuvieras allí, arrojado por la marea, por la vida, por la historia que traes perdida en el pozo más hondo de tus desbaratados recuerdos. Yo lo sabía; tú no, hombre sin nombre, marcado sólo por la cruz de tu espalda; tú llegaste a esa playa sin saberlo y por eso eres el viajero auténtico, el hijo pródigo, el inconsciente portador de la verdad, tú, que nada sabes, tú, porque nada sabes, tú, que nada buscas, tú, porque nada buscas... Pon tus manos sobre mis hombros, camina detrás de mí, no mires, déjame tocar el tambor, anunciar nuestra llegada al palacio, ahora...

—Ahora parece que todo ha concluido, le dijo Nuño a Martín.

—Ahora la tormenta se ha aquietado, le dijo Martín a Catilinón.

—Ahora los peones han regresado al trabajo, le dijo Catilinón a Azucena.

—Ahora ese muchacho idiota capturado por la Dama Loca se entretiene con las bufonadas de la Barbarica, le dijo Azucena a Lolilla.

—Ahora ese joven capturado durante la cacería yace en el lecho de la Señora, le dijo Lolilla a un montero.

—Ahora los monteros y los alabarderos que estuvimos dos veces distintas en la playa juramos y perjuramos que esos dos muchachos, el de la Señora y el de la Dama, son idénticos entre sí, le dijo el montero a Guzmán.

—Ahora se acerca un tercer joven y también debe ser igual a los otros dos, le dijo Guzmán al azor...

...ahora yo anuncio con los negros palos del negro tambor nuestro arribo al palacio y tú te dejas guiar por mí con tus manos sobre mis hombros, caminando como ciego: no mires, no mires el desorden de esta llanura reseca, los toldos de las tabernas, los cuerpos agazapados alrededor de los fuegos, el reguero de negras flores de brocado y rasgadas telas funerarias y quebrantados tabernáculos, los hocicos babeantes de los bueyes acalorados, los cúmulos de tejas y pizarras, los bloques de granito, las balas de heno y paja, no mires, joven náufrago, no mires este falso desorden, no abras los ojos hasta que yo te lo diga, quiero que mires la perfecta simetría del palacio, el orden inalterable impuesto por el Señor, por Felipe, a este gigantesco mausoleo sin terminar, eso quiero que veas al abrir los ojos; no mires, ahora, el estupor de los peones al vernos llegar, no escuches los gritos de esa mujer hincada junto a un derrumbe de tierra donde apenas brillan dos cirios encendidos en pleno día, no mires, no escuches, hermoso muchacho, cuerpo guiado por mi cuerpo, cuerpo salvado por el mío, quiero que la primera vez que veas, veas el orden del palacio, quiero que la primera vez que hables, le hables al Señor: quiero que rompas el orden de este lugar como se rompe una perfecta copa de delgadísimo cristal: tus ojos y tu voz serán dos poderosas manos llegadas de un mar inconquistable; todo lo pueden repetir mis labios tatuados; me llamo Celestina; todo lo pueden repetir mis labios tatuados, mis labios para siempre impresos con el beso llagado de mi amante, mis labios marcados con las palabras de la secreta sabiduría, el conocimiento que nos aparta por igual de príncipes, de filósofos y de peones, pues ni el poder ni los libros ni el trabajo lo revelan, sino el amor; pero no un amor cualquiera, compañero mío, sino un amor por el cual se pierde para siempre, sin esperanza de redención, el alma, y se gana, sin esperanza de resurrección, el placer; todo lo sé; ésta es mi historia; yo la estoy contando, desde el principio: yo la conozco en su totalidad, de cabo a rabo, hermoso y desolado joven, yo sé lo que el Señor sólo imagina, lo que la Señora teme, lo que Guzmán intuye; tócame, sígueme...

—Tuve una pesadilla: soñé que yo era tres, dijo el Señor.

—Tú y yo, Juan, tú y yo una pareja, Juan, dijo la Señora.

—Yo solo, temblando de frío, yo solo sin la vecindad de dioses ni de hombres, dijo Guzmán...

...no hables, no mires, tú estás ciego, tú estás sordo y sin embargo mi conocimiento es total pero incompleto, sólo tú me hacías falta para completarlo, sólo tú sabías lo que yo no podía saber, porque mi sabiduría es la de un solo mundo, este mundo, el nuestro, el mundo de César y Cristo, mundo cerrado, doloroso mundo, sin aperturas, cosido como un súcubo, sin orificios, contenido en su propia memoria de desgracias ciertas e imposibles ilusiones: un mundo que es una parpadeante llama en noche de tormentas: de él lo sé todo; nada sabía del otro mundo, el que tú conociste, el que siempre ha existido sin saber de nosotros, como nosotros nada sabíamos de él; yo te vi nacer, hijo, yo te vi nacer de vientre de loba; ¿quién sino yo iba a estar presente al cerrarse el círculo de tu vida, abierto una noche junto a las zarzas de un bosque; presente en la playa donde amaneciste, sin memoria, olvidado de todo, olvidado de todos, menos de mí que recibí tus pies al nacer? Separa un instante tu mano de mi hombro; cerciórate: ¿traes el mapa bien fajado en las calzas, traes la botella verde que te vi recoger en la playa? Bien; avanza de nuevo; no mires; nos miran; se acercan; creían que los prodigios habían terminado, nos miran con asombro, un paje y un náufrago: la pareja que faltaba; nos miran; salen de sus tabernas, sus tejares, sus fraguas; calla la plañidera; avanzamos abriéndonos paso entre el humo y el polvo y la nata de calor; yo toda vestida de negro, engañándoles, haciendo creer que otro es mi sexo y otra mi condición; tú desgarrado, descalzo, con los pies sangrantes, la cabellera revuelta, los ojos cerrados, los labios cubiertos de polvo. Y entonces ese hombre barbado, teñido por las brasas, con el pecho sudoroso y la mirada envejecida, suelta su fuelle, me mira intensamente, se acerca, se abre paso, vuelve a mirar mis ojos, no reconoce mis labios pero sí mi mirada, alarga las manos, duda, toca mis pechos, cae hincado, se abraza a mis piernas y murmura varias veces mi nombre.

Etapas de la noche

Siete fases tenía la noche de Roma, le dijo fray Toribio, el estrellero de palacio, al hermano Julián, mientras el primero escudriñaba el oscuro cielo abierto desde la alta torre para él reservada por el Señor; y el segundo, taimadamente, le escuchaba; crepusculum; fax, momento en que se iluminan las antorchas; concubium, hora del sueño; nox intempesta, tiempo en que se suspende toda actividad; gallicinium, canto del gallo; conticinium: silencio; aurora.

A cada etapa de esa larga noche de nuestros ancestros, así dividida para prolongar, o quizás para acortar (le era imposible saberlo a ciencia cierta) el proceso del tiempo, el fraile Julián atribuía, viviendo las distintas fases, una de las recámaras de este palacio en construcción; en cada alcoba congelaba, mentalmente, a dos figuras, a una pareja dispuesta por el fraile para una suerte de juego o combate final, un torneo sin apelación cuyos tiempos serían marcados por esas fases nocturnas, de número hasta de siete, número solemne, fatal y consagrado:

—Escoge siete estrellas del cielo, fray Toribio...

Siete etapas de la noche: ¿siete estrellas, siete parejas? La noche es natural, se dijo el fraile pintor, y su división en fases una mera convención, como lo son los nombres mismos de las personas: un personaje es un nombre, una acción es un verbo, convenciones; la noche misma no sabría nombrarse como tal, y menos saber que la inaugura un crepúsculo y la cierra una aurora; las estrellas son infinitas, y escoger entre ellas es otra convención, debida esta vez al azar: Fornax Chemica, Lupus, Corvus, Taurus Poniatowski, Lepus, Crater, Horologium; las siete constelaciones de entre las cuales fray Toribio escogió siete estrellas para la noche de fray Julián, tampoco conocían sus nombres; pero nombrar siete parejas... ¿habría un número suficiente de hombres y mujeres para formarlas en este palacio, en este mundo? Pues las partes del azar y de la convención, en lo tocante al encuentro de dos seres humanos, son insignificantes al lado de los poderes detentados por la voluntad de la pasión o por la pasión de la voluntad. Y así, las perfectas simetrías concebidas por la inteligencia jamás sobrepasan el ideal de la imaginación y sucumben a la proliferante invasión de una azarosa irracionalidad: uno reclama a dos para ser perfecto, pero no tarda en parecer un contingente tres que, reclamando su parte del equilibrio dual, lo deshace. Pues el orden perfecto es anuncio de perfecto horror, y la naturaleza lo rechaza, prefiriendo, para crecer, el plural desorden de una cierta libertad. Fray Julián recordó a su perdido amigo, el Cronista; quisiera, en este momento, haberle dicho:

"Deja que otros escriban los sucesos aparentes de la historia: las batallas y los tratados, las pugnas hereditarias, la suma o dispersión de la autoridad, las luchas de los estamentos, la ambición territorial que a la animalidad nos siguen atando; tú, amigo de las fábulas, escribe la historia de las pasiones, sin la cual no es comprensible la historia del dinero, del trabajo o del poder."

Crepusculum

Muchísimos años después, viejo, solo y enclaustrado, el Señor recordaría que esta noche, a la hora del crepúsculo, había acariciado por última vez el tibio hueco de la espalda de Inés porque allí, en esa dulzura animada, en ese suave remanso del cuerpo, había encontrado, y guardado en un puño, su verdadero placer; besó con el labio colgante esa comba que transformaba la deliciosa estrechez de la cintura en la magnífica plenitud de las caderas y se separó del cuerpo consciente de la novicia, que para él era un cuerpo, a pesar de todo, desconocido; siempre se preguntaría, entonces y después, pero siempre con la misma febril angustia, acaso acrecentada por el veloz paso del tiempo que se dispararía hacia el futuro en tanto que la memoria de la realidad, de lo verificable por acontecido, corría hacia atrás, dejaba de ser lo más tangible y seguro para convertirse en lo más espectral y dudoso, en pasado: ¿quién eres, Inesilla, princesa o aldeana?; traída por Guzmán, librada por Guzmán a mi placer: ¿hija de mercader, labriego o noble?; qué bien disfrazan los hábitos los orígenes, qué bien oculta su condición, apenas los asume, el judío converso, el herético doctor, el hijo de miserables porquerizos; ni la armadura del soldado ni el armiño del emperador disfrazan tan bien a los hombres, y en tan superior calidad les igualan, como la túnica de la devoción; ¿qué linaje he violado: el más alto o el más bajo?, ¿qué juventud he ensuciado para siempre?, ¿quién ha sido este sujeto mío, más sujeto que el campesino que me entrega sus cosechas, el vasallo que me rinde pleitesía o el peón que trabaja en mis canteras; el sujeto de mi carne enferma, el dulce depósito de la plata que corre por mis huesos, la heredera de mis plagas vergonzantes?, ¿quién?, ¿y a quién he de librarla yo, a mi vez, para que el reino mismo se cubra de plata enferma?, ¿o estamos condenados, ella y yo, a vivir juntos desde ahora, encadenados y en secreto, ocultando nuestro amor como ocultaremos nuestros males, desde ahora, comunes? He pecado en ti, he pecado a sabiendas, Inés desconocida, yo no lo quería, yo no lo deseaba, Guzmán adivina mis flaquezas, el momento en que mi voluntad desfallece; la muerte me rodeaba, mis treinta cadáveres menos exhaustos que yo, le había dictado a Guzmán ese falso testamento, imaginando mi muerte, y de mi conciencia de muerte se aprovechó Guzmán para ofrecerte a ti, ¿quién, hasta yo, no flaquea rodeado de tanta muerte y cae en la tentación de afirmar la vida, aunque haciéndolo emponzoñe a la vida, la enferme y la prepare, amándola, para morir?: me fuiste ofrecida como una vida provisional, Inés, para hacerme creer que yo, un fantasma, podía amar impunemente, sin plagas, sin cuerpo, a una virgen; poseerte, Inés, con el terror de la mente más que con el estremecimiento del cuerpo; imaginarte, Inés, echada en la cama sólo para considerar que así como hoy te echas en la cama, algún día echarás el cuerpo en la tumba; y lo he logrado, ¿verdad, Inés?; tú no has cerrado los ojos una sola vez y amar con los ojos abiertos es tener ya un pie dentro de la tumba, es avizorar la muerte pequeña, niña muerte, muerte criada, que a su vez nos acecha detrás de los rosales; tú no has suspirado, tú me has mirado todo el tiempo que hemos estado juntos con los ojos abiertos, tú no has deseado el calor, empero, irreprimible de tu propio cuerpo, tu cuerpo es ardiente a pesar de tu fría voluntad de saberlo todo, de mirarlo todo, de entregarte a mí para saber mas no para gozar...

El Señor se levantó de la cama y trató de escuchar, de ver, de sentir algún signo del paso normal del tiempo. Se envolvió en el oscuro manto verde. Pero sus ojos penetrantes y ávidos sólo pudieron ver las pruebas de la anormalidad: las velas de la alcoba, en vez de consumirse, habían aumentado de tamaño; el reloj de arena, en vez de llenar durante todo ese tiempo el huso inferior del horario, mostraba el huso superior lleno de diminutos granos amarillos; miró la vasija de donde había bebido, durante la larga jornada de sus amores, el agua que ahogaba las telarañas de su garganta; estaba colmada. Pensó que era un hombre ávido de maravillas que quería, simultáneamente, aceptar y rechazar, y que esta disposición todas las ventajas le daba a lo maravilloso, que al ser convocado se impone y vence, precisamente porque se le ha llamado con rechazo; y en la negación prospera la magia.

Tomó el espejo de mano con el cual había ascendido, una mañana, los treinta y tres peldaños de la escalera inconclusa y, otro día, había interrogado, con este mismo espejo, las figuras del cuadro traído, asegurábase, de Orvieto: quería, ahora, mirar en él al hombre que pensaba estas cosas, como si el espejo también pudiese reflejar el rostro del pensamiento, y una ráfaga de locura cruzó su cara; ¿no cayó ese mismo espejo, hecho añicos, sobre la piedra de la capilla, aquella aciaga mañana?, ¿cómo, cuándo, por qué se recompuso en sus partes, entre esa mañana y el día en que dictó su primer testamento?, ¿uniéronse por sí los dispersos fragmentos, más enamorados de su reunión en azogada lisura que el propio Señor en su afán de poseer un destino unitario, y no una monstruosa metamorfosis de joven en viejo en cadáver en materia disgregada, mutilada, espolvoreada, reunida a materias enemigas, reintegradas, formadas de nuevo en esperma de bestia, en huevo de loba, en parto resucitado, nuevo afán de alimentarse, crecer, matar, morir, ciclo sin fin, materia inmortal, y no el alma?

Caminó, tambaleándose, hasta la puerta de la alcoba, apartó el tapiz que le separaba de la capilla, miró hacia los escalones que conducían al llano, enloquecía, ¿por qué no estaba terminada esa escalinata?, ¿por qué no pudieron descender por allí sus treinta cadáveres?, no estaba terminada, debía tener sólo treinta peldaños, jamás la terminaban, ya tenía treinta y tres, enloquecía…

—Malhaya quien así gobierna. Todo lo deberá perder a menos que logre imponer, con esfuerzo tan extenuante como el que emplea para impetrar la fantasía caliente, una helada lucidez. ¿Quién no se agota?

E Inés, desde el lecho, seguía los movimientos del Señor con otro leve movimiento de la cabeza redonda y espinosa como breva de la costa barbárica, tratando de adivinar el sentido de las pesquisas del Señor, sus pasos como perdidos, como inciertos, alrededor de la recámara, mirándose a un espejo, deteniéndose de un tapiz; él la miró mirando, inquiriendo con la cabeza casi rapada, de rapaz y, con un incontenible sobresalto de cariño, le atribuyó una inocencia que sólo acentuaba la extrema culpabilidad de los actos en este claustro donde los espejos, rotos, reunían por sí solos sus dispersos pedazos; las escaleras, al terminarse, se continuaban para siempre interminadas, las velas, al quemarse, crecían, el agua, al beberse, aumentaba y las horas, al perderse, regresaban. El Señor sintió que su cuerpo y su alma se separaban; el hacha que los dividía era el tiempo enloquecido; ¿a cuál de los momentos así divorciados pertenecía el cuerpo y a cuál el alma: ésta, al que con demasiadas pruebas cangrejeaba hacia atrás, hacia el fatal origen, culminación de todo, anunciado por su madre la llamada Dama Loca que pretendía haber llegado aquí con el hijo del padre que a la vez sería padre del abuelo; o aquél al que, a pesar de todo, con cada paso el Señor por la alcoba, con cada movimiento lento e interrogante de la cabeza de Inés, insistía en proyectarse hacia adelante?

—Hay un reloj que no suena, murmuró el Señor...

Entonces Inés, concentrada en su adivinanza de los pensamientos del Señor, y sin más orientación para ello que la parsimoniosa curiosidad del amo del palacio ante unos cirios, un reloj de arena y un cantarillo, tomó éste, lo contempló un instante y luego lo vació en la cama revuelta y manchada.

—¿Qué haces, por Dios?, exclamó el Señor, que al ver el acto de la novicia sintió que una ráfaga de locura cruzaba su alma.

—Limpio las sábanas, Señor; están manchadas de sangre.

Pero, sin poder encontrar las palabras, Inés se decía que, como las cisternas, los corazones se vacían rápidamente y sólo se llenan gota a gota. Así se sentía: vaciada; y vaciada, vencida; y vencida, transformada. Su alegría, su curiosidad, su nerviosa inocencia de niña andaluza pertenecían a un pasado remoto; ayer, apenas ayer, estaba con la hermana Angustias, mirando entre risas y temblores los cuerpos de los obreros. Y ahora supo que debía esperar mucho tiempo para que su cuerpo volviera a llenarse. Se sintió colmada pero insatisfecha, usada, tocada, sin libertad ni curiosidad ni alegría; ella era otra; mi yo es otro.

—Señor, debo regresar.

—¿A dónde, Inés?

—No me preguntes; no me mandes buscar con ese Guzmán; yo regresaré... cuando me sienta llena otra vez. Llena, Señor; necesitada.

—Puedo mandarte buscar cuando quiera; puedo ordenarte... tú no puedes...

—No; vendré, si vengo, por mi propio gusto; no puedes forzarme; sería un horrible pecado.

El Señor se arrodilló junto al lecho y besó repetidas veces la mano de Inés; Inés, tú eres la inocente prueba de que el tiempo regresa a mí; dulce Inés, linda, joven, suave, tibia Inés con los ojos de aceitunas y la piel de azucenas molidas; la juventud ha regresado; hemos pasado juntos un día entero, el tiempo que toma en llenarse la mitad de mi reloj de arena, el tiempo que toma en gastarse un alto cirio, el tiempo que toma en beberse un cántaro colmado; entraste con el crepúsculo a mi alcoba; con el crepúsculo te marchas;

¿qué edad tienes, Inesilla?, ¿dieciocho, veinte años?, ¿por qué no
naciste antes, diez, quince años antes?, así nos habríamos conocido
a tiempo, cuando yo también era joven; jóvenes los dos, tú y yo,
Inés; hubiéramos huido de estos lugares, renunciando a todo, contigo yo habría abdicado a tiempo, antes de que el crimen y la herencia cobrasen para siempre sus tributos, nos habríamos embarcado
en la nave del viejo Pedro, habríamos encontrado una tierra nueva,
juntos; ahora es demasiado tarde: yo no sé por qué sigo viviendo,
sino quizá por la débil esperanza de demostrar, al cabo de todo, que
mi destino no es fatal; que, al final, puedo escoger de vuelta y redimir la decisión de no huir con el viejo Pedro y sus compañeros, Celestina, Ludovico, el monje Simón, ay, ay, sino de demostrarles, de
un golpe, a ellos, que sólo eran capaces de soñar; a mi padre, que yo
era capaz de gobernar; ay: ahora es demasiado tarde porque el fin
todavía no llega, y cuánto tarda en llegar: sólo habrá tiempo al final, Inés, y entonces yo seré muy viejo y tú muy distinta; ahora tu
presencia y tu juventud son una burla, un espejismo para hacerme
creer que, dueño de tierra, trabajo y honras, también soy dueño del
tiempo, que podré recuperarlo a mi antojo, ser otra vez joven, no
temer a la muerte, darles a los demás mi vida y no su muerte; y eso,
por ahora, no puede ser, Inés, no puede ser; no hay salvación, pues
si el tiempo, en vez de correr hacia adelante y mostrarme la muerte
que vi en el espejo al subir por esas escaleras inconclusas, comienza
a marchar hacia atrás, entonces deberé temer, no mi muerte, sino
mi nacimiento; mi nacimiento, entonces, sería mi muerte; no hay
salvación por ahora, no la habrá hasta que, muriendo, sepa si vuelvo
a nacer y, naciendo, sepa si vuelvo a morir; ahora no hay salvación:
sólo hay un tiempo que, mientras se vive, Inés, nunca es igual para
dos seres vivos, pues nadie nace en el preciso instante en que nacen
otro hombre, otra mujer; y así estoy solo, solo; el tiempo de un hombre jamás coincide perfectamente con el de otros hombres; nos separan no sólo los años sino el descompasado y singular ritmo de
nuestras vidas, Inesilla preciosa, amada Inés; vivir es ser distintos y
sólo la muerte es idéntica, sólo en la muerte somos idénticos; y si
tampoco esto fuese cierto, si la muerte resultase ser otra forma de la
diferencia, ¿entonces qué, nunca terminarán nuestras culpas y nuestros dolores?; perdón, perdón, Inés, otra vez perdón; absuélveme,
muchacha preciosa, absuélveme si puedes; contigo he pecado en
verdad; contra ti he pecado; hasta que te conocí a ti siempre me había preguntado, postrado todos los días frente al altar de mi capilla,

frente a las figuras designadas pero desconocidas del cuadro traído de Orvieto, cuál sería el pecado sin remisión; debe haber uno, uno solo que nos cierre para siempre las puertas del cielo; yo he querido conocerlo, Inés, imaginándolo todo, combinándolo todo, excavando como un topo del demonio los cimientos mismos de nuestra Fe, ofreciéndome a mí mismo las dudas corrosivas que pudiesen minar la razón de mi poder reconocido por la Fe y de ella simple reflejo, arriesgando mi poder al arriesgar mi Fe; todo lo he intentado, ¿me entiendes, Inés?, la herejía y la blasfemia, el crimen y la crueldad, la enfermedad y la culpable indiferencia, la afirmación y la negación, la acción y la omisión, para conocer la cara del pecado imperdonable; todo lo puse a prueba a fin de ponerme a prueba; ¿qué es lo que nunca puede ser perdonado?; pero cada uno de mis pecados encontraba su justificación; óyeme bien, Inés, entiéndeme aunque no me oigas; maté, pero el crimen es justificado por el poder; impuse mi autoridad, pero la devoción perdona las culpas del poder; pasé horas y días humillándome místicamente, pero el honor, el de Dios y el mío, excusa los pecados de la devoción excesiva, cercana, a su vez, al pecado del orgullo que engendra el crimen que sirve de causa al poder que procrea la devoción para hacerse perdonar y que, una vez más, culmina y nos salva en el honor; niegas la Fe y sólo la fortaleces, pues la Fe se agiganta ante los ataques y las dudas; niegas la vida, asolando una fértil llanura y esclavizando los brazos que de ella se sustentaban a fin de construir una morada para la muerte, y la vida sólo se fortalece, encontrando mil motivos para afirmarse cuando así es agredida; y este palacio mismo, para la muerte edificado, ¿no tiene ya la vida propia de todo lo creado, no es como un gigantesco reptil de piedra que me envuelve con sus anillos de mosaico y jaspe, no posee un corazón propio que late en el centro del basalto y quisiera hacerse sentir, afirmarse, vivir por su cuenta, ajeno a la voluntad de quien lo concibió y de quien lo construyó? En cambio, tú... tú eres el pecado sin remisión, el pecado que no puede ser perdonado ni por el crimen, ni por el poder, ni por la devoción, ni por el honor, ni por el orgullo, ni por la blasfemia, ni por la muerte; matarte, sojuzgarte, rezarte, enaltecerte, insultarte, matarte: todo es inútil; te he amado cara a cara, como es nefanda costumbre de humanos, pues las bestias, más sabias, no se miran en los ojos al fornicar; te he manchado mirándote, y por más que tú hayas consentido, te he violado mirándote; estoy arrojado ante ti y tú ante mí, solos, solos en el universo, despojados de hábitos y razones, sin otra relación que no sea la nuestra, tú y yo, tú yo y yo tú, y yo te he quitado algo y no puedo darte nada en cambio, tú y yo solos, dándonos las caras, pero nada más; nada de lo único que yo puedo o temo, o he aprendido a dar: ni muerte, ni sometimiento, ni sacrificio, ni orgullo; un hombre y una mujer solos, juntos, incapaces de ofrecerse algo más que su encuentro agotador, suficiente, fugaz, eterno, inservible, imposibilitado para extenderse a otro reino que no sea el de su propia instantaneidad, su propio placer y su propia desgracia: infierno y cielo confundidos, juicio sin apelación, infinita pena e infinita alegría para siempre identificadas; de todos mis actos pueden pedirme cuentas una bruja o un estrellero, un campesino o un estudiante, mi esposa o mi madre, Julián o Guzmán... de todos mis actos menos de éste, hoy, contigo, que a nada conduce, que en sí mismo se consume, aquí y ahora, se basta a sí mismo y es un círculo de deleitosas llamas; de nada viene y a nada va, y sin embargo es el placer más grande y el más grande valor; no nos exige el cálculo, el afán, el empeño sostenido y el largo tiempo de las empresas que nos prometen un lugar bajo el sol: y sin embargo, gratuito como es, vale más que ellas y es su propia recompensa inmediata; ¿éste es el amor, Inés, este acto que no le pertenece a nadie y a nada más que a ti y a mí?; hemos consentido al mal para poder tocar el bien, y al bien para conocer al mal, solos, sin efectos para nadie que no seamos tú y yo, y nadie puede reclamarnos nada, ni siquiera nosotros mismos; y siendo esto el amor y así siendo el amor, cielo e infierno conjugados, razón que a sí misma se basta, mutuo alimento, hermético trueque entre dos, prisión de encantos, mal y bien comunes, ¿por cuál hendidura del cielo, por cuál rendija del infierno, por cuál grieta de la cárcel se cuela, Inés, mi pecado individual, mi pecado sin remisión, el que de ti me separa y arruina las suficientes razones del amor, engarzándolo de vuelta a cuanto lo niega: poder y muerte, honor y muerte, devoción y muerte? Te he dado mi mal a cambio de mi placer mientras tú sólo me has dado tu placer a cambio del mío; te he incluido en la línea de mi sangre corrupta, habiéndole negado ese mismo mal a la Señora mi esposa, que ya es de mi sangre, mi prima, así por el horror de continuar una degenerada descendencia como por la añoranza de mantener un juvenil ideal de amor deseado mas no tocado, Inés, Inés, ¿serás lo que dijo Guzmán, tierra nueva para mi agotada semilla, tu vientre lavará mi sucio semen, o se impondrá mi corrupción a tu limpieza, infectaré tus entrañas, devastaré tu piel?; ¿puedo hacerme perdonar arguyendo que antes de conocerte no sabía que habría de amarte, Inés?; no basta, ¿verdad que no basta?, ¿verdad que por no parecerse el amor a nada, y en nada justificarse sino en sí mismo, nada fuera de él puede salvarlo, aunque todo fuera de él puede condenarlo? Y así el amor es su propio cielo y su propio infierno, confundidos; mas yo he logrado, conociendo el cielo, transformarlo en infierno, separar cielo de infierno para darle todos los poderes al abismo y negárselos al paraíso, esperando, a pesar de todo, que el cielo se apiade de mí, no me abandones, Inés, déjame, Inés, sal por esa puerta que conduce a mi capilla y no regreses más, nunca más salgas de esta alcoba, vete, quédate, Inés...

La novicia retiró, con dulzura y fuerza, su mano de los labios del Señor. Se levantó de la cama; volvió a vestir el burdo sayal con el que entró aquí. Caminó hasta el umbral que conducía a la capilla y allí, dulce, ajena y descalza, encontró las palabras, las palabras la coronaron, la traspasaron, la poseyeron; quizá no eran suyas, ella era sólo su conducto, pero en su lengua anidaron:

—Señor: tu raza ha confundido el cielo y el infierno. Yo sólo quiero la tierra. Y la tierra no te pertenece.

El Señor nunca dejaría de repetirlas, aun antes de saber que habían sido las últimas palabras de Inés. Las repetiría hasta la conclusión de todo, hasta el momento en que, más viejo y más enfermo que nunca, azorado de su propia supervivencia, pero seguro de su mortalidad, volviese a subir las escaleras de su capilla en busca de la luz y la verdad finales.

Fax

Prende la antorcha, montero, y guíame a la recámara de nuestra Señora, dijo Guzmán; no sé por qué, esta noche, entre todas, me parece la más oscura que recuerdo; anda, enciende, es la hora de las antorchas; ¿no dicen las consejas que a la oscuridad sigue la luz, como a la tempestad la calma, a la vida la muerte, al orgullo la humillación y a la paciencia su recompensa? Anda, ilumina, montero, que ya siento que nuestra hora se acerca y hay que estar prevenidos para cogerla por la cola; lo siento; me lo dicen mis huesos y también el cuerpo de mis azores, que ya palpitan de zozobra; dime, montero, ¿se han cumplido mis órdenes?, ¿aprovechaste el sueño del Señor y la novicia?, ¿volteaste el reloj de arena, llenaste de agua el cantarillo, sustituiste las velas gastadas por otras nuevas? Conciértense todos nuestros actos, que nada quede al azar, que nada tenemos que perder tú y yo, y todo lo hemos de ganar si al dócil fatalismo de las sangres agotadas oponemos el cálculo y la pujanza de la nueva sangre; todo es cambio, montero; quien lo sabe ver y con el cambio camina, prospera; quien se niega a admitirlo, decae y perece; tal es la única ley invariable: el cambio; guíame con tu antorcha; tendrás recompensa; alguien deberá ocupar mi puesto cuando yo ascienda a lugares más altos; ¿quién mejor que tú, que tan bien sabes servirme: tú, leal servidor y fidelísimo adepto?; te conozco, aunque no sepa cómo te llamas; pero eso ni tú mismo lo sabes; te conozco tan bien como me conozco a mí mismo, pues tú ejecutas lo que yo ordeno, eres mi mano y mi sombra: sabes simular el aullido de un perro cerca de las huecas bóvedas de este palacio, sabes llenar un cántaro vacío en la alcoba de nuestro Señor mientras nuestro Señor duerme sus agotados placeres con una novicia; te conozco y desde ahora te opongo esta prueba: ambiciona, montero; intenta, a tu vez, sustituirme; ésa será tu manera de serme leal: intriga, calcula, disimula, ensáñate en contra mía al servirme; de otra forma, nunca tendrás un nombre, serás sólo parte ínfima y dispensable del nombre del Señor, que tiene el suyo porque lo heredó, aunque no lo ganó; y tú y yo, montero, vamos a demostrar que uno se gana su nombre, y que sólo serán Señores quienes adquieran y no quienes hereden; yo tampoco tenía un nombre; no lo heredé: lo gané; Guzmán tiene hoy un nombre, aunque no tan grande como lo quisiera, ni tan grande como algún día lo tendrá; montero: sé entonces a la vez mi parcial y mi enemigo, pues sólo siendo mi adversario serás mi partidario; eso quiero, eso exijo de la vida entre hombres: sé mi enemigo, montero sin nombre, no me niegues esa fidelidad, alcanza con la ambición tu bautizo, que el nombre que en malahora te dieron tus ruines padres ha sido olvidado por el mundo y tu verdadero nombre sólo te lo dará la historia de los hombres, si en ella sabes participar y exceder y, haciéndolo, en ella dejas la huella de tu persona; lucha contra mí, montero, sabiéndolo tú y sabiéndolo yo, que si no lo haces me condenarás a vivir sin riesgo, sin la oportunidad de defenderme y en la defensa afirmarme, y como los halcones viejos, mis uñas terminarán por agrietarse, ociosas, sobre las alcándaras del reposo.

Guiado por la antorcha, Guzmán se detuvo frente a la puerta de la alcoba de la Señora; le dijo al montero que aguardase, antorcha en mano, afuera; entró sin tocar y cerro la puerta tras de sí; la Señora dormía abrazada al cuerpo del muchacho llamado Juan; sonreía durmiendo y su sonrisa hablaba alto: éste es mi cuerpo y este cuerpo es mío. Sólo esta pareja respetaba el reposo nocturno, díjose Guzmán; el Señor y la novicia, separados, cumplirían cada uno por su parte una helada vigilia; imaginó los pies desnudos de Inés, las desnudas manos de Felipe cerca de las frías piedras del claustro y alcoba. Sólo esta pareja dormía unida, la Señora recostada, desnuda, sobre el cuerpo del muchacho.

"Como si aun en el sueño pudiese poseerlo", murmuró Guzmán con melancólico celo.

Y sus bajas palabras, y su insistente mirada, despertaron, con un sobresalto, a la Señora; al ver a Guzmán, se cubrió los senos con la sábana; el joven rubio aparentaba dormir. Abrió la boca, asustada, indignada, sorprendida; no tuvo tiempo de hablar; Guzmán le pidió que escogiese: o se permitía el lujo de dejar la puerta sin llave, demostrando así que nada temía y de nada podía acusársela; o la atrancaba como cualquier discreta esposa de los burgos al entregarse a adulterios; que escogiera.

—No me mire con tamaño odio, Señora.

La Señora cubrió con la sábana la cabeza del muchacho:

—Más vale que tu asunto sea urgente, Guzmán.

—Lo es; tanto que no admite aplazamientos ni ceremonias.

Y le contó a la Señora que las orejas y los ojos del buen sota-montero están en todas partes, así en las alcobas señoriales como en las tabernas del llano; pues si los Señores eran ciegos y sordos por voluntad o por abulia —Guzmán no calificaría— su vasallo, en buena prueba de parcialidad, vería y escucharía en su altísimo nombre. Ver y escuchar, sí; actuar, no; el segundo grado de la lealtad debida a los Señores era informarles y permitirles que actuasen con la autoridad que por derecho divino era suya.

—Señora: no estamos solos. No somos los únicos.

Sonrió al mirar la forma de la figura que imaginaba dormida debajo de la sábana; esta tarde ha descendido de la sierra al llano el tercer muchacho de esta compañía. Idéntico a los otros dos: el que usted asila aquí y el que su suegra la Señora madre del Señor don Felipe hospeda en una mazmorra. Idénticos los tres, hasta en el signo que igualmente portan: la roja cruz de carne en la espalda; idénti-cos, hasta en la monstruosa configuración de sus pies, pues entre los tres suman sesenta y seis uñas entre pies y manos. Idénticos; y sólo diferentes porque diferentes son las personas que les acompañan. Tengo oídos, tengo ojos. Uno en la fragua, el otro en la mazmorra, y el tercero aquí, en vuestra alcoba. Uno mira con incomprensión a su pareja probable pero querida; dice llamarse Celestina, o por lo menos así le dice el viejo herrero del palacio. El otro mira con una estupidez espesa, en medio de la cual comienza a brillar una dimi-nuta llama de horror, a sus indeseadas compañeras: la llamada Dama Loca y Barbarica la enana. ¿Y éste? ¿Duerme siempre, mi Señora? ¿Es usted deseada o detestada por él? ¿Qué sabemos, Señora?

—Es mi amante, dijo Isabel con medrosa altivez.

Y el joven llamado Juan, que fingía dormir bajo la sábana, repitió en silencio estas palabras y en silencio escuchó la continua-ción del discurso de Guzmán: Lo cierto, Señora, es que lo que creía-mos hecho singular al recoger al náufrago, aquella tarde, engañando al Señor durante la cacería, en la playa del Cabo, se ha multiplicado; y esto —sonrió otra vez Guzmán— ofende mi razonable sentimiento de la identidad ajena. ¿Por qué tres? ¿Por qué la cruz? ¿Por qué los seis dedos en cada pie? Y sobre todo, ¿por qué, siendo tan ancho y ajeno el mundo, los tres aquí? No tengo tiempo de contestar a estas adivinanzas. Para contestarle a la magia no tengo razones, pero sóbranme acciones. Es tiempo de actuar, Señora, con energía, con voluntad que conjugue certeramente las inciertas fuerzas de la fortuna. Tomemos la iniciativa, usted y yo, Señora; no sé qué nos depare el destino si dejamos que los acontecimientos se sucedan ciegamente; nada bueno, con seguridad, imagine el irracional encuentro de tres jóvenes salidos, como fantasmas, de la nada, una vieja señora loca, una enana concupiscente, un atambor y paje amarionado, pues hácese llamar con nombre mujeril y déjase besar y acariciar por los hombres; imagine una ralea desasosegada cuyas palabras de motín hasta mí han llegado y a un Señor sin fuerza vital, que divide su tiempo entre las devociones místicas y las culpables lubricidades con las novicias que aquí habitan, habiendo hecho votos de castidad, encierro y desposamiento con Cristo. ¿Podremos comer, usted y yo, el cocido que con tales ingredientes hierve aquí? No me recrimine con la mirada, mi Señora; verdaderamente, no merece eso mi acatamiento a su persona. Pero usted cree que yo miento. Usted conoce los miembros de su marido. Sabe que él carece de vigores. Pero yo digo la verdad; ha habido quien resucite esas muertas energías. No es fácil encerrar a una joven y preciosa novicia hispalense en este sombrío claustro y dedicarla a cumplir oficio de tinieblas; se escapará como aire por entre los barrotes de la celda para encontrar oficio de ramera, y cumplirlo con una fuerza de placer que sólo la prohibición prohíja. Y así, no es privilegio vuestro el placer de este palacio; compártelo vuestro marido con una muchachita que, sevillana bien despierta, no desconoce que voto de castidad es voto renovable. ¿Quién lavará, en cambio, los pecados de mi Señora? Digo la verdad; no importa. Lo importante es que el Señor tiene guardada la cota de malla en cajones llenos de salvado; ha perdido, eso sí, el gusto por la guerra que, más que la ordenanza divina, procuró el trono a sus abuelos. El Señor enloquece: nuestro amo. Está convencido de que el tiempo le ha sido favorable y que, en vez de progresar, retrocede. Teme, así, a su nacimiento más que a su muerte; pero de todos modos, teme a su muerte pues no ha visto reflejado en el espejo del tiempo ni el infierno ni el cielo prometidos, sino las horrendas transformaciones de la eternidad en la tierra: hombre en animal, y animal en hombre. Teme, en todo caso, a la tierra y no es justo que la habite. No se alarme, Señora; no propongo un crimen; no hace falta. Un día, durmió el Señor un hondo sueño a la muerte semejante; rondele con mi daga en alto; pude haberle matado en ese instante. Detuvo mi mano este pensamiento: el Señor ya está muerto; sólo le falta enterarse y enterrarse. Señora: ¿quién sucederá a ese amo estéril? ¿Un imbécil fabricado por la locura de la Reyna madre? ¿Ese amante abúlico que yace junto a usted? ¿Un tercer usurpador, cuyos propósitos, argumentos y ventajas desconocemos? ¿Quién?

La Señora rompió su silencio: —Guzmán, entonces.

Y al repetir, Guzmán, sí, Guzmán y la Señora, usted y yo, juntos, yo la voluntad, usted la sangre y ambos la fortuna, Guzmán, sin interrumpir su febril alegato, Señora, este palacio ha sido construido en nombre del orden, pero hoy el desorden lo amenaza por todas las bandas, Señora, Guzmán trataba de recordar las formas desnudas de la Señora cuando la sorprendió dormida, entrelazada al cuerpo del joven llamado Juan, sepamos, usted y yo, aprovechar el desorden y no perdernos en él, y le costaba dominar el impulso de los brazos que deseaban ardientemente abrazar el talle y acariciar los pechos de la Señora; y debajo de la sábana el joven llamado Juan sentía la marea de ese oleaje pasional retenido, que le desafiaba sin palabras, que quería poseer a la mujer que a él, Juan, le poseía ya y que él, Juan, no sabía si poseía para él, estos tres jóvenes nos engañan, Señora, no creo en las casualidades, deben estar concertados, conspiran entre sí, aparentan una estúpida abulia, como el gato finge dormitar para que salgan de sus escondrijos los ratones, los ratones, pensó el llamado Juan, el ratón que asoma debajo de las almohadas de este lecho, el ratón que comparte conmigo el sueño y el amor de la Señora, el mur que con ella ha viajado del patio del viejo alcázar de su suplicio a la alcoba del nuevo palacio de su placer, mur, mur, el que se cuela dentro de las carnes de la Señora como Guzmán quisiera introducirse por las oscuras ratoneras de la blanca Señora, pensaron, desearon conjuntamente, desconociéndose, Guzmán tembloroso, febril, altivo, de pie ante la Señora y Juan, sereno, adormilado, receptivo al lado de ella en la cama, Señora, tan morbosa y suave e incitante y desgraciada y locamente contrastada en el encuentro de la piel blanquísima y el negrísimo vello que por primera vez Guzmán logró ver al entrar en esta alcoba sin anunciarse, no nos extraviemos en el fingido desorden de estos tres desconocidos, no, extravíeme yo en sus carnes, Señora, clávele yo mi flecha de plata maciza en lo hondo y final y negro y perdido y dulce de su clavel de leche y sangre y oveja y abeja, como yo lo hago, pensó Juan, como yo lo hago, hasta la blanca sombra oculta del muchacho llegaba la temible vibración insatisfecha del deseo impronunciado de Guzmán:

como yo, aprovechemos el verdadero desorden que nos amenaza, el descontento de los peones de esta obra, azucémosles, démosles alas, que ellos hagan nuestro trabajo, que ellos representen la revuelta en nombre de la justicia y los fueros populares, que ellos tomen el poder y, fatalmente, lo pierdan; entonces usted y yo podremos hacer todo lo que pueden hacer juntos un hombre y una mujer. Lo que hago, lo que me hacen, murmuró Juan debajo de la sábana, y se sintió oculto como el ratón en su ratonera, como la raíz de la mandrágora enterrada por la Señora en las blancas arenas de esta alcoba; y quiso gritarle a Guzmán, tómala, pues, si así la deseas, ¿qué te detiene?, ¿por qué no haces lo que deseas?, ¿por qué hablas y no actúas, Guzmán?, ¿mi presencia te inmoviliza y aterra más de lo que quisieras admitir? Pobre Guzmán, si yo apenas soy un ratoncillo, una raíz sin vida, un huérfano del mar; ¿quieres matarme, Guzmán?

La Señora, como si escuchase las mudas preguntas de Juan, preguntó:

—¿Y mi amante?

—Pronto…

—¿Qué haríamos de él para reunirnos tú y yo, Guzmán?

—Señora: de noche…

—¿Y qué harías de mí para vivir sin él?

—Mi daga…

—¿Me reconoces un poquitín, Guzmán? ¿Sabes un poquitín quién soy yo?

—Ayudé a la Señora; engañé a nuestro Amo para llegar hasta la costa y recoger a este náufrago…

—Sí, y ganaste así mi confianza. Ahora la perderás, pobre Guzmán, y nada ganarás a cambio.

—Serví a la Señora a la hora del placer; ahora le pido servirla a la hora del deber; es todo.

—¿Me arrebatarías mi placer, este pequeño mundo sensual que con tanto esfuerzo y engaño he logrado construirme aquí?

—Los tres jóvenes deben morir…

—¿Sabes quiénes son?

—Después averiguamos; son, por lo pronto, el misterio que nos amenaza. Y lo que no entendemos, debemos exterminarlo.

—Te repito: ¿sabes quién soy yo?

—Usted y yo, Señora, la voluntad y la sangre…

—¿Poder, Guzmán? Pero si a mí lo único que me interesa es fornicar el día entero, pobre Guzmán…

—Yo soy hombre, Señora…

—Óyeme, Guzmán: quiero un heredero.

—Yo, Señora, yo soy hombre…

—Estoy preñada de este muchacho.

—Triste heredero tendréis entonces: la abulia del joven es semejante a la del Señor; ni la pasividad del placer ni la de la enfermedad sabrán gobernar estos reinos…

—Será hermoso, como su joven padre; yo gobernaré con él, Guzmán, con ellos, Guzmán, con mi amante y nuestro hijo, Guzmán. Ve cómo excluye mi glorioso proyecto tus miserables hambres…

—Os haré falta, Señora, desconocéis los oficios prácticos de la cetrería, la montería, la guerra, el dominio de las chusmas; no gobernaréis con el placer y la belleza, no; os haré falta, y no estaré aquí si no es como yo lo quiero.

—Sobran las gentes como tú.

—Encontradlas, pues. Encontrad a alguien capaz de sustituirme. No hay alma viva en este palacio que no me deba, tema, obedezca o dependa, aun sin saberlo, de mí.

—¿Quién lo habitaría…?

—No entiendo a la Señora…

—Sí, ¿quién habitaría este palacio?

—Usted y yo, Señora, yo soy hombre, déjeme demostrárselo…

—Imbécil. No te has dado cuenta de nada. Sólo mi marido puede habitar aquí. Los demás somos pasajeros. Los demás somos ya usurpadores. Tú y yo, tú y cuantos dices dominar aquí, todos y el palacio mismo nos derrumbaríamos como montañas de arena sin la presencia del Señor mi esposo. Imbécil. Éste es su palacio; ha nacido de su más profunda razón, de su más honda necesidad. Este palacio se levanta en lugar de la guerra, del poder, de la fe, de la vida y de la muerte y del amor: es suyo, y en él lo sustituye todo, para él lo sustituye todo. Ésta es su morada eterna: para eso lo construye, para vivir aquí, muerto, para siempre, o para morir aquí, vivo, para siempre. Da igual. Pobre Guzmán. ¿Cómo va a ver mi esposo el cielo o el infierno, si lo único que puede ver es este palacio, que es de piedra material, y a la piedra le condena?

Trémula piedra, el joven llamado Juan sintió un helado sudor en el rostro y en las manos: aceptada la prisión del amor, rechazaba la prisión de piedra: y su sencillo razonamiento, en esta hora de las antorchas, era: en cárcel de amor, amor seré; en cárcel de piedra, en estatua convertiréme. Su rechazo de esta razón era hermano de un premioso argumento, Guzmán, ya no hables, Guzmán, actúa, si no actúas ahora no lo harás y tu pasividad será idéntica a las que tanto desprecian tus palabras: lo que al Señor atribuyes: la mía. Guzmán, abrázala, bésala, entra, Guzmán, a nuestro lecho. Pero Guzmán sólo habló, otra vez:

—Señora: usted y yo; Guzmán y la Señora: usted y yo, juntos...

—No, infeliz; no, gañán; no; no, faquín; yo y la grandeza; yo y el placer; el Señor y yo; yo y mi amante; nunca la Señora y un vulgar pícaro, hez de las ciudades pestilentes...

—No me hiera, no me diga cosas imperdonables...

—Vete a los sótanos de la servidumbre; llama a mis palafreneros negros; antes me acostaría con ellos que contigo: antes me acostaría con un peón de la obra; allá, a las cocinas, a los establos, a los desvanes, con los pinches y los muleros; vete allá, Guzmán, vete a tu lugar, belitre. Y teme que no llame a negros, muleros y marmitones para que todos juntos te den una buena felpa. Que sólo eso mereces. Y no...

La mujer se arrastró por el lecho, cubriendo su territorio, dominándolo, hasta llegar a las manos extendidas de Guzmán: escupió en las palmas abiertas, implorantes.

Yo y la grandeza, Guzmán; nunca tú, que sólo conoces de la ambición y sus tretas; yo y mi amante o yo y mi esposo; nunca tú y yo...

Guzmán se limpió las manos sobre el jubón de cuero. Ahora, imploró Juan el joven, ahora, Guzmán, que no te ganen las palabras, la furia, el llanto, las armas de una mujer, ahora, Guzmán...

—¿Tan escasa es tu astucia? ¿Por qué te has atrevido a confiar en mí? Puedo denunciarte, puedo hacer que esta misma noche mi marido te mande torturar, decapitar, afanador, infeliz, último de los criados...

Ahora, Guzmán, no tardes más, me ahogo, me sofocan las sábanas, mi sudor las empapa, me amortajan, son mi sudario, sálvame, Guzmán, actúa, violéntala, poséela o no serás dueño de ti mismo, por favor, Guzmán, sálvame, salvándote, libera tu violencia Guzmán, o se volverá ponzoña en tu sangre y harás contra la vida de todos lo que no supiste hacer contra el cuerpo de una mujer, ahora, Guzmán, tómala, ahoga sus gritos con tus labios, ni hables ni la dejes hablar, domínala o nos dominará a ti y a mí, empaña con tu puerco amor ese vientre donde no germina mi hijo, no, sino el hijo del ratón que anida en este falso tálamo, Guzmán, por ti, por mí, Guzmán…

—La Señora olvida que la espada tiene dos filos.

Juan gimió y cerró los ojos, duplicando el negro sepulcro del lecho.

—Mi marido lo tolera todo; sólo puede desearme si no me toca; él me lo ha dicho; no puede tocarme porque está podrido; no le queda más remedio que tolerarlo todo. Ésa es mi fuerza cierta y escasa: lo tolera todo.

—Porque nadie se lo ha dicho. Es más: porque nadie se lo ha escrito. Sólo lo sabe, en secreto. No es el silencio el resorte de la autoridad del Señor, sino la declaración, el edicto, la ley escrita, la ordenanza, el estatuto, el papel. Él vive en un mundo de papel; por eso lo venceremos quienes no conocemos más que las leyes no escritas de la acción.

Inmóvil, Juan; pétreo, Juan; estatua, Juan. Me han vencido las palabras, díjose en silencio el joven náufrago; tus palabras, Guzmán, han sellado mi destino.

—Mi marido tiene lo que tú jamás tendrás, el honor…

—¿Honor de cornudo, Señora?

—Sigue, Guzmán, anda lejos; llega al límite para que pueda cobrarte todo junto.

—Ya se cobró usted, Señora. Nada peor podrá hacerme.

—¿Cómo piensas cobrarte tú, fámulo?

¿Perdiste un nombre, una identidad, un espejo, un rostro, Juan, el día que este hombre y esta mujer te recogieron en la playa, piensas ahora, te preguntas ahora, Juan, amortajado por una sábana, con los ojos cerrados y las manos frías y la cabeza ardiente? Y en manos, ojos y cabeza palpitan unidas memoria y premonición. Placer y honor, honor y placer; dijiste al renacer en esta tierra que serías lo primero que en ella vieras, al despertar de un sueño muy largo. Has llegado. Has despertado. Has sabido. Escuchas al ratoncillo royendo las entrañas del lecho.

—Para el Señor, el honor y el papel van juntos: no hay más testimonio de la honra que lo escrito. En cambio, para nosotros, para esos que usted tanto desprecia, esas consideraciones no valen; ni papel ni honra significan nada; la supervivencia, todo.

La Señora rió: —Alto nombre das a la cobardía.

—El Señor lo sabe y lo tolera todo (representa, Guzmán, pues la oportunidad de actuar ha pasado; qué frío siento y repentina-

mente sé que el infierno puede ser el invierno: el más largo de todos)
mientras no medie una denuncia formal. Entonces, sus viejos hábitos renacen; entonces, vuelve a ser hijo de la forma, Señora; entonces
confunde la forma, el crimen, el honor y el acto público que de él se
espera, como se esperó de su padre y de su abuelo... lo confunde
todo. Señora: más cuenta para el Señor la actitud que la sustancia.

Guzmán calló porque las recordadas imágenes le hablaban y
él las escuchaba, ensimismado, oía los gestos formales que el Señor
solía cumplir, como para consagrar actos que sin esperar al Señor,
ya se estaban realizando... Una noche... en el monte... cerca de la
fogata... al descuartizar el venado... al rebanar en cuatro partes el
corazón del animal... La Señora ya no le escuchaba; se reía de él y
Guzmán prolongaba su humillada permanencia con lo mismo que
criticaba en el Señor: palabras; la Señora reirá con cólera; rondará
el cuerpo cubierto de su amante; dará la espalda a Guzmán; ¿actos,
Guzmán?, ¿por qué no me tomas y me violas, Guzmán?: palabras,
Guzmán; calla, criado; venga el desorden; mi amante y yo lo sor-
tearemos; sal de aquí; vete, largo, no insultes más mi felicidad suficiente, mi recámara, mi cucrpo, mi posesión; largo; largo; barre al
salir las huellas de tus botas con su caca de perro sobre la arena de
mi alcoba.

La Señora se detuvo junto al cuerpo de su amante; retiró la
sábana, descubrió el rostro escondido del muchacho, quieto, disimulado; es imposible saber si realmente duerme, o si sólo finge dormir; encontrado en la playa; traído aquí, sin consultar su voluntad,
para ocupar la plaza de un extraño mancebo quemado en la hoguera,
Mijail-ben-Sama, Miguel de la Vida; traído aquí, silencioso, nunca
ha dicho una palabra, es un cuerpo, ama, ama sin fatiga, como nadie, un cuerpo cuerpo, sin palabras que lo prolonguen, unos ojos en
blanco, sin signos, vacíos, blancos como la arena de la alcoba; cualquier cosa puede escribirse sobre esa arena, un nombre, Juan, una
posesión, mío, no era nada, no era nadie, antes de llegar aquí; sólo
será lo que aquí aprenda a ser; no sé si duerme, si nos escucha, si simula su ausencia, pero aun dormido, ¿qué puede inscribirse en esa
mente que es un muro en blanco, de fresca cal, sin marcas anteriores, qué, si no lo que aquí, conmigo, escuche, vea, entienda, sienta?
¿Este hombre cs mi espejo?

—Éste la abandonará, Señora, como todos los otros jóvenes
que pasen o hayan pasado por esta alcoba. Usted les da lo que antes
no tenían, lo que les hace falta; luego quieren probarlo en el mundo,

fuera de usted. Recuerde al que murió en la hoguera: sucumbió a la tentación del mundo. Lo mismo sucederá con éste que aquí yace.

—Jamás saldrá de aquí.

—Saldrá, porque usted es como la nodriza de este muchacho.

—Sea. En el mundo me prolongaré con él.

—A cambio de la soledad.

—Cuanto creamos sólo sigue siendo nuestro si deja de ser nuestro. ¿Entiendes, criado?

—La leche de sus pechos sabe a hiel, Señora.

—Y tú nunca la probarás.

—Más bien, Señora, piense que vendrán otros, nada tiene que temer, no incurra en contradicción, si éste se va, otros vendrán, muchachos sobran, aquí hay tres: ¿piensa apoderarse también de los otros dos?

—No hay ninguno como éste, y por nadie lo cambiaría. Aprovecha mi debilidad.

—En cambio usted y yo, Señora…

—Faquín. Belitre. No has justificado tu falta de respeto al entrar aquí sin anunciarte. Eso es lo que no te perdono.

—Cierre usted su puerta, aherrójela, Señora. Se acabó el tiempo de las apariencias. Ha llegado el desorden. Hay oídos. Hay orejas. Hasta las fregonas y los alabarderos espían, corren, dicen, ven, cuentan. Eso vine a decirle. Empiece a tomar precauciones. Y recuerde siempre quién la ayudó para encontrar y traer aquí a este muchacho, engañando al Señor y exponiéndose al más severo castigo. ¿Por qué cree usted que lo hice?

La Señora rió: —Sin duda, porque me amas, Guzmán.

—¿Usted lo sabe?

—No tiene importancia. Lo que tú haces por amor, yo lo acepto como servicio. Anda, denúnciame, midamos nuestras fuerzas. Y permíteme dudar de las tuyas. Mi amante sigue vivo a mi lado. No lo has matado. Yo sigo aquí intocada. No te has atrevido a tomarme. Hablas mucho y haces poco, faquín.

Guzmán inclinó la cabeza y salió sin dar la espalda; se juró a sí mismo que, hiciera lo que hiciera y para hacer lo que tenía que hacer, nunca más se dejaría tentar por ese cuerpo tan luminoso y tan oscuro; y que si alguna vez lo hacía, sería porque antes, como el Señor, lo habría deseado sin verlo ni tocarlo ni siquiera pensar en él. Desearlo sin tocarlo; Guzmán se sintió momentáneamente vencido por el maldito código caballeresco; no, tomar en seguida, de inmediato, coger lo que se desea. Estuvo a punto de regresar a la alcoba de la Señora. Lo detuvo el sabor a hiel en la boca, como si de verdad hubiese bebido la leche de los senos de esa mujer. Amarga le sabía el alma y por un momento colgó la cabeza, entristecido y humillado. Sólo los halcones enfermos podrían escuchar sus penas de hombre.

—Rápido, le dijo al montero que le aguardaba afuera con la antorcha en alto, no hay tiempo que perder.

Concubium

A la hora del sueño, Celestina permaneció sola con Jerónimo en la fragua donde el herrero con la mirada envejecida, sin dejar de mirar a la mujer, tampoco dejó de forjar las cadenas encargadas por Guzmán: el ubicuo y eficaz Guzmán, que cuando no atendía personalmente al Señor o criaba azores o curaba alanos, recorría las mazmorras del palacio y murmuraba, acariciándose las trenzas de los bigotes:

—Hay aquí lujosas prisiones de mármol para los sueños de los muertos, pero insuficientes cadenas para los sueños de los vivos.

Y Jerónimo se mantenía a la vez cerca y lejos de Celestina mientras, afuera, Martín, Catilinón y Nuño daban de comer al desfallecido y enmudecido joven que la acompañó hasta aquí. Cerca y lejos, porque la había reconocido, sabía que era ella, y sin embargo no la reconocía, no era ella. Nadie, en el llano, dormiría esta noche; Jerónimo el herrero mantendría la vigilia del recuerdo; recordó, mirando a Celestina, a la muchacha joven y pálida cuyas manos rodearon el cuello de él, el novio rojizo y robusto, el día de la boda en la troje, antes de que el Señor y su hijo, el joven Felipe, llegasen a destruir, fría, inconsciente, desdeñosa y cruelmente, la felicidad escasa pero plena de una pareja. Jerónimo soltó las cadenas y se acercó a Celestina, vestida siempre como paje, toda de negro. Le tomó las manos a la mujer y trató de encontrar allí las huellas de aquel antiguo suplicio de fuego, cuando la muchacha violada por el Señor la se acercaba constantemente al hogar y mordía una soga para aplacar el dolor. Pero ya no encontró las cicatrices de las llagas que recordaba; pensó que, seguramente, el tiempo, esta vez clemente, las había borrado; en cambio, esos labios pintados le parecían a él una herida, como si en ellos se hubiesen reunidos el tiempo otra vez despiadado, el dolor y la humillación de su pobre novia. Quiso besarla; Celestina interpuso una mano entre sus labios y los del herrero.

—¿Eres tú, Celestina; verdad que eres tú; no me equivoco?

El muchacho recogido en la playa, detenido a la entrada de la fragua iluminada por los débiles fuegos de esta hora, miró a Celestina detener con la mano el beso incierto, irresuelto, del herrero Jerónimo, quien no sabía si buscar las antiguas heridas de las manos en las manos de la mujer, o la nueva cicatriz que era ese tatuaje de los labios: no acertaba a decidir si labios o manos merecían más, o antes, los besos de un viejo cariño.

—¿Eres tú, Celestina; verdad que eres tú; no me engaño? Han pasado tantos años, desde que huiste de la casa; pero tú no has cambiado nada; eres la misma muchacha con la que yo me casé; en cambio yo, mírame, ahora soy un viejo... eres la misma, ¿verdad?

El paje y atambor apoyó suavemente los dedos contra la boca del herrero, pero Jerónimo, con un movimiento leonino, apartó la cabeza, tomó con fuerza a Celestina de los hombros y le dijo:

—Te he esperado demasiado tiempo.

—Pero nunca fui tuya.

—Dios nos unió.

—En cambio, he sido de otros.

—No me importa; te he esperado años y más años; y tu ausencia, mujer, ha convertido mi espera en paciencia; hoy quiero convertir esa humilde paciencia en venganza. ¿Tú eres Celestina, verdad?

—Soy y no soy; soy aquélla; soy otra. Jerónimo, no te pertenezco.

—¿De quién eres? ¿De ese muchacho que llegó contigo?

Celestina negó con la cabeza, con una agitada severidad, varias veces, y el muchacho se apartó del umbral tristemente. No, no he sido suya, negó Celestina, en la hora del sueño; no como tú lo crees; y yo pensé que él había sido mío, y me equivoqué; cuando fornicamos el joven y yo, una noche, de camino hacia este palacio, desnudos bajo las estrellas, sobre la tierra caliente de la montaña, ardorosa de tanto beber el sol de julio, impermeable al frío manto de la noche repentina, creía que yo lo poseería, puesto que no sabía quién era él y él me desconocía a mí, porque yo había aprovechado las primeras horas del sueño del joven para violar el sello de esa verde botella y leer el manuscrito que contiene y así confirmar que este joven era el mismo niño al que yo vi nacer, siendo niña, de vientre de loba en las zarzas del bosque; pero luego me dormí y al despertar él había colocado sobre mi rostro una tela de plumas de varios colores, de zonas de plumas que irradian desde un negro sol, un centro de arañas muertas; y supe que no había descubierto sino la mitad de sus secretos y que la otra mitad sólo la conocería entregándome a él; lo abracé, vestida de paje, temiendo el paso de arrieros del monte que nos vieran y creyeran que dos muchachos se entregaban al amor prohibido, aprovechando la noche y la sierra despobladas; él me desnudó lentamente, lentamente me recorrió a besos, lentamente me tomó, me hizo suya hasta que yo arañé esa cruz de su espalda y grité, de placer, sí, pero también de horror, pues sentí en el abrazo del joven un vacío insondable, como si al entrar su carne en la mía los dos nos hubiésemos despeñado a la nada, caídos desde una tierra alta, sostenidos por el aire, prisioneros de la catarata donde termina el mundo; allí terminaba mi conocimiento y empezaba el suyo, en el centro del nudo del amor, Jerónimo; perdóname; debes saber toda la verdad; al abrirle todas las ventanas de mi carne, supe que él había estado donde ningún otro hombre de nuestro mundo había estado jamás; no sé bien si le escuché hablar, o si la suave presión de sus manos sobre mis caderas me lo decía, o si su aliento en mi oreja me contaba historias de aire o si su mirada fija y tierna y apasionada, cuando separó su cabeza de la mía para ser testigo pleno de mi placer, dejó pasar entre los ojos, desenrollándolo con la mirada, un frágil pergamino en el que se grababan las letras de un mensaje simple pero incomprensible, sereno en su certeza pero aterrador en su novedad; voz, cuerpo, aliento, mirada, probable sueño, manos: todo en él era cifra, mensaje, palabra, la verdadera y grande nueva, no la que inútilmente esperan los cristianos siglo tras siglo, no; ¿lo poseí, me poseyó?; no lo sé, Jerónimo, y no importa; nos poseyó, quizá, la noticia que mi propio cuerpo recibió en el amor con este muchacho encontrado en la playa del Cabo de los Desastres; pues en el amor resucitó la memoria del joven y la nueva recordada es ésta, Jerónimo: teníamos razón, nuestra juventud no se equivocó, nuestro amor no se equivocó, el viejo Pedro tenía razón, su barca pudo habernos llevado a una tierra nueva, la tierra no termina donde tú y yo y el Señor hemos creído, hay otra tierra, más allá del océano, una tierra que desconocemos y que nos desconoce; esto me dijo el muchacho; él sabe; él ha estado allí; él conoce el mundo nuevo, Jerónimo…

Mantuvieron un largo silencio. El muchacho encontrado en la playa no les había escuchado; regresó a reunirse con los peones; pero levantó los ojos y miró la violación de la hora del sueño: una luz corría, quebrada pero insistente, detrás de las ventanas del palacio; descendía de una torre, se desplazaba a lo largo de los pasillos, luego desaparecía, cada vez más tenue, en las lóbregas entrañas de la construcción: fray Julián, convocado con urgencia, se dirigía, con una vela en la mano, a los aposentos de la Dama Loca. Pasillos, mazmorras, cocinas, tejares: Azucena se lo contó a Lolilla, Lolilla a Nuño, Nuño a Catilinón, Catilinón, a carcajadas, lo gritó desde la entrada de la fragua a Jerónimo y Celestina y salió rápidamente a reunirse con la Lola en una carreta de heno.

El herrero dijo: —Nos gobierna la muerte. Estamos dispuestos a morir para darle una oportunidad a la vida.

—¿Cuándo?

—En cuanto llegue Ludovico.

—¿Tardará?

—Esta misma noche estará aquí.

—Han tomado veinte años en decidirse, Jerónimo.

—Era preciso esperar.

—Quemaron la choza de Pedro, y mataron a sus hijos.

—Te arrancaron de mis brazos el día de nuestra boda, y te violaron, Celestina.

—Nos llevaron a la matanza en el alcázar. Veinte años, Jerónimo. ¿Por qué han esperado tanto?

—Nuestras dolencias propias debían convertirse en la cólera de todos. Pero tú y tu compañero no tienen por qué exponerse con nosotros. Pueden seguir camino, esta noche, sin tardar.

—No.

—Actuaremos en tu nombre también, Celestina; no temas.

—No; yo ya obtuve mi venganza.

—¿Cuándo?

—La noche misma del crimen.

—Tú y el estudiante fueron salvados por Felipe.

—Y yo envenené a Felipe. Sin saberlo, ciegamente, Jerónimo. Mientras toda esa gente moría en las salas del alcázar, yo mataba amándole, al joven príncipe. Le pasé el mal corrupto que a mí me pasó, al violarme, su padre. Su padre me pudrió a mí; yo pudrí al hijo.

Jerónimo apretó la cabeza de Celestina contra su pecho; temía la siguiente fase de la noche. El hombre y la mujer, dominados por la prolongada hora del sueño, bajaron las voces.

—Pero tu juventud, Celestina…

—Ludovico y Celestina huyeron aquella noche del castillo ensangrentado. Cada uno siguió su camino, como antes habían seguido los suyos el monje Simón y Pedro el labriego. Todos decidieron ser lo que Felipe les había condenado a ser: un deseo vencido, un sueño fracasado. No volvieron a saber de los demás. Imaginé al monje en las ciudades apestadas, al siervo construyendo una barca a orillas el mar, construyéndola sólo para destruirla al terminar y empezar otra vez; imaginé a Ludovico en su desván, abierto a las creaciones gemelas de la gracia y de la creación. Lo siento, Jerónimo; no pude imaginar a Celestina otra vez contigo, añadiendo daño al daño.

—Pero ese muchacho… amaste con él… le contagiaste…

—Él es incorruptible.

—Pero tu lozanía, tu frescura; eres la misma que el día que nos casamos en la troje.

—Debes imaginar.

—No me alcanzan las luces, mujer. Dime tú.

—Espera. Aún no es tiempo. ¿Cuánto falta para la aurora?

—Muchas horas todavía. ¿Qué sucederá dentro del palacio?

—Prométeme una cosa, Jerónimo.

—Di.

—Que antes de que tú y tus hombres entren al palacio, me des un día de gracia para que mi compañero y yo entremos primero. Y otra cosa, Jerónimo.

—Di, Celestina, di.

—Recuerda el día de la antigua matanza. Si encuentras la puerta del palacio abierta de par en par, precávete, duda.

Y sin quererlo, Jerónimo pensó en Guzmán, que el otro día nada más llegó a pedirle al herrero que en viejo marco patinado colocase nuevo espejo, pues el anterior se había quebrado, mala suerte, ya sabes, hazlo rápido, ¿no tenía compostura?, no, viejo, mira los pedazos todos rotos, tómalos, te los regalo, guárdalos, o tíralos, quizás valgan una fortuna o menos que la mierda, no sé…

Nox intempesta

A la hora en que los augures proscriben toda actividad, fray Julián entró a la mazmorra habitada por la Dama Loca, el príncipe bobo y la enana Barbarica. Entró: hubo de abrirse paso, tal era la muchedumbre allí congregada; buscó con la mirada, blanca y deslumbrante de tanto mirar estrellas con fray Toribio, el tronco inmóvil y la mirada vertiginosa de la anciana que hasta aquí le había convocado con estas precisiones:

—Que lo vista todo; alba y dalmática, delantal y cíngulo, estola y cúcula. Y que entre las manos traiga un misal iluminado por ellas.

¿Qué misa le pedía celebrar en la fase de la nox intempesta? Se abrió paso entre los criados que disponían una mesa colmada de melones, ensaladas de berros, tortillas de huevo, paté de oca, lechones ensartados en ardientes lanzas, platos de criadillas, salseras llenas de gelatinas, platones de hirvientes cáscaras de manzana, lenguas escarlatas, peras, quesos cubiertos de negras semillas y más: vaca salpresa, palominos duendos, menudos de puerco, ansarones gruesos, capones asados, francolines y faisanes, mirrauste y torradas: todos los placeres de la mesa castellana.

La enana metía las manos, indiscriminadamente, en los recipientes, se llenaba la boca con los manjares, se hinchaba los mofletes y el Príncipe bobo, en un rincón, yacía por tierra y se tapaba, alternadamente, las orejas y los ojos con los puños cerrados, mientras el bonete de terciopelo se le resbalaba cada vez más sobre la frente; ¿qué misa se celebraba?

—¡Todas!, aulló la Dama Loca, ¡la misa de misas!, la misa solemne y la misa baja, la misa del rosario y la misa seca, la misa de los presantificados y la misa media, la misa capitular y la misa adventicia, la misa legada y el réquiem total: a un tiempo, la oración al pie del altar, el introito, el kyrie, la gloria, la colecta, la epístola, el gradual y el aleluya, el evangelio, el credo, el ofertorio, el lavato-

rio, la secreta, el prefacio, el santo y el tersanto, el canon, el recuerdo
de los vivos, la consagración, la elevación, la anamnesis y el recuerdo
de los muertos; el paternoster, la fracción, el agnus dei, la comunión,
el váyanse al diablo, la bendición y el evangelio final: la unción extrema, el crismatorio, la subpanación y la transubstanciación: ¡todo,
fraile, todo, aquí mismo, ahora mismo, la misa de misas, porque la
sangre ha encontrado a la sangre, la imagen a la imagen, la herencia
a la herencia, ya no habrá mentiras ni aplazamientos ni esperanzas
ni búsquedas donde nada ha de encontrarse: el heredero se casa esta
noche con la enana, y tú oficias!

Todo el servicio de la Dama Loca estaba presente; los alabarderos, los mayordomos, los alguaciles, los cocineros, los pinches, los
mozos, los alcaides, los muleros, los botelleros y las falsas damas de
compañía, antes disfrazadas para guardar las apariencias durante la
larga expedición fúnebre por sierras y monasterios: ahora volvían a
ser dignos caballeros españoles vestidos de negro y con la mano sobre el pecho; hasta los mendigos del séquito estaban allí; pero había
hombres que eran menos que mendigos; como el Príncipe bobo,
buscaban los rincones de esta mazmorra, y con sus sombras demos-
traban gran familiaridad, y en sus rostros oscuros la palidez de las
prisiones no había logrado desterrar el color cobrizo del desierto y
del mar.

—¡Sólo falta mi paje y atambor!, volvió a gritar la vieja señora; ¡me hace falta que ese tambor funerario acompañe las bodas
de nuestro heredero!

Al escucharla, los mendigos, riendo, empezaron a tamborilear
sobre lo que encontraron a la mano: muros, baldosas, cazuelas vaciadas de la comida que la enana feliz recogió del suelo y se llevó a
la boca glotona, sin labios, sin dientes, puro orificio húmedo, rozado
por el uso excesivo, curado por el milagro aséptico de la boca que,
como el buitre, más se limpia mientras más inmundicias devora; los
prisioneros moros entonaron los altos cantos plañideros del muecín
y secretamente voltearon las caras hacia el lejano oasis sagrado; los
cautivos hebreos, con los labios cerrados y las gargantas vibrantes,
gimieron las hondas estrofas de los himnos aprendidos en las juderías; los mendigos pegaron con los nudillos lacerados sobre las escudillas, contra el respaldo mismo de la silla de cuero sobre la cual
reposaba el cuerpo mutilado de la Dama aullante, encaramada en
su trono provisional, expuesta a los accidentes de esta turba golosa
y borracha, rencorosa y vengativa; los mozos vaciaban los cántaros

de vino tinto en las copas de cobre y los propios mendigos se permitieron brindar, libar, sorber ruidosamente en presencia de la Altísima Señora: había allí hombres inferiores a ellos, inferiores a los propios pordioseros, que al cabo se consideraban hombres libres, y eran esos cautivos que se arrinconaban y canturreaban y esperaban, por costumbre, la cruel recompensa de la fiesta cristiana:

—Mira, mira, le exigió la Dama al aterrado Príncipe, te he traído a los judíos y a los moros, míralos allí, en los rincones, como guiñapos, como retazos de humanidad, apartados para siempre de la vera de Dios Padre e inmunes al sacrificio redentor de Dios Hijo; míralos: quiero que en el momento de tus nupcias conozcas a nuestros enemigos, enemigos de nuestra fe, objeto de tu soberbia cólera, carne para tus prisiones y cebo para tu batalladora espada; los he mandado traer a tus bodas para que hagas de ellos lo que tu soberana voluntad decida; no tengas compasión; el garrote, la picota, el caballejo, la decapitación, lo que tú quieras el día de tus nupcias, la hoguera, fúndate en la sangre, amante, hijo, esposo, antepasado y descendiente mío; apresura tus actos, dales alas, no tengas reposo ni paciencia, que tu tiempo será breve y culminante: eres sólo el tránsito hacia la resurrección de nuestra estirpe, en ti ha renacido mi esposo, de ti renacerá nuestro abuelo, nuestra dinastía se remontará a sus orígenes, renuévase nuestra sangre: tú te casas con mi damisela Barbarica. ¡Mayordomo! Pon en manos del Príncipe la espada de las batallas contra el infiel; Barbarica, levántate del suelo, deja de atragantarte, enróllate bien tus blancos tafetanes nupciales alrededor de la cintura, ¡camarero!, colócale la corona de azahares sobre la cabeza a la pequeña reinecita, ¡fraile!, abre tu breviario y demos comienzo a la ceremonia.

—¡Ay mi Ama! ¿Por qué me colmas así de bienes? Bien te he servido, y fidelísima te soy. Pero no merezco tal recompensa.

—Pienso en mi pobre marido, Barbarica, y en todas las mujeres que lo desearon, ¡ah qué burla, burla feroz, chiquitica!

—¡Ay mi Ama! Algo mejor que yo debe merecer tu digno heredero.

—Nada mejor que tú, te digo, sólo contigo soporto que se case el fantasma de mi esposo; revuélquense de envidia todas las putas, las monjas y las aldeanas que amaron a mi marido y por él fueron amadas; muéranse de rabia al verte a ti en su lugar, monstruito, cachito de hembra, fetillo, tú en el lecho del príncipe, tú renovando la sangre de España.

—¡Ay mi Ama! No cabe el gozo en mi cuerpecito.

—Une las manos alrededor de la empuñadura, Príncipe, no te tambalees, que de ti también se diga: en buenhora ciñó espada; bórrate esa mueca de la cara, Barbarica, más dignidad, damisela; y tú allá en tu alcoba junto a la capilla, ya no te afanes, hijo mío, nacido de padre enfermo en letrina flamenca: la sucesión está asegurada, ya tienes un heredero y una heredera, ya hay una pareja real, ya está salvada España, ya no habrá más que una fatal esterilidad o una monstruosidad azarosa, ya aquí nada nacerá o lo que nacerá será irreconocible, un paso más hacia nuestra maravillosa separación: que nadie se parezca a nosotros, que nadie se reconozca en nosotros, somos distintos, ¡somos únicos!, no hay correspondencia posible, no la hay, el poder debe culminar en la separación absoluta o no vale la pena, nadie se nos parezca, nadie tome un espejo y diga nosotros podríamos ser ustedes, nadie, nadie; y tú, mi yerma Señora del hueco guardainfante, revuélcate en tu blando lecho y en tu piso de arena con un hombre hermoso, prefiere la ilusión de la belleza y el espejismo del placer a la fuerza incontrastable de lo que a nada se asemeja, a lo perfectamente singular, definitivo, inmutable, heráldico; piérdanse tu placer y tu belleza con el tiempo, teme al tiempo, míralo gastar, morder, arrugar, secar, luir, deshebrar, podrir, carcomer; contempla y teme la acción corrosiva de los años contra tu cuerpo vencido y tu mente empastada y envidia, Señora, envidia a los que nada tememos porque ya estamos devorados por el tiempo, nos hemos adelantado a sus miserias y sabemos que el tiempo no sabría arruinar a las ruinas mismas. Aquí vivimos: en el abismo, que es el centro mismo, el punto ciego, el corazón inmóvil del campo heráldico. Hártense, mendigos; beban, alguaciles; coman, mayordomos; tiemblen, infieles; más dignidad, Barbarica; firme la espada, Príncipe; oficia, oficia, fraile; mi monstruosa pareja contra tu hermoso amante, Señora: mis herederos contra el tuyo. Corran la leche y la sangre; suden néctares, lambíquense olores.

Al concluir la ceremonia nupcial, el Príncipe bobo permaneció largo rato de pie, con la mirada fija en la nada y el cuerpo inmóvil; el fraile Julián se mantuvo con la cabeza baja; la enana disfrazada de reina y novia tiraba impacientemente de la capa y el jubón de su marido y con la mirada le rogaba a la Dama Loca, que se vayan todos, por favor, mi Ama, diles que se larguen al diablo; esto se acabó; ahora comienza mi festín mío y la vieja Señora, con la suya, pedía silencio y atención: fijo como una medalla, vivo y muerto a la vez, suspendida toda animación, el Príncipe inmóvil la recompensaba de todos sus afanes, llantos, sufrimientos, amores y odios; en la cabeza loca de la Dama, todos los soberanos del pasado, todos los muertos del presente y todos los fantasmas del futuro se reunían, cobraban forma y concluían en la figura de su heredero; fabricado por ella, animado por ella, por ella suspendido en esta fijeza estatuaria.

Entonces el bobo levantó un brazo, movió los largos dedos cerosos, observó con la mirada extraviada los rincones de la mazmorra donde se arrejuntaban los cautivos moros y judíos, extendió el brazo y por primera vez habló: son libres, murmuró, pueden ir en libertad, levántense, caminen, salgan de aquí tan libres como el día en que nacieron, vuelvan a la vida, déjense crecer la cabellera y las barbas, ya no se rasguen las vestiduras, cubran con velos los rostros de sus mujeres, adoren a quien gusten, sean libres en mi nombre, por favor, pónganse de pie y salgan de aquí; ésta es mi voluntad, el día de mis bodas; aléjense de aquí; han sido perdonados; déjennos solos, a mi esposa, a la Dama y a mí; aléjense de esta tierra; sálvense…

Cantó el gallo. Y antes de que su lejano rumor pereciese, lo continuó, con melancolía, el de una flauta.

—¡Mi atambor!, gritó la vieja, moviendo la cabeza como una gallina nerviosa, ¡ha regresado!

Pero sus ojos desorbitados sólo encontraron, confundidos entre los incrédulos de los cautivos liberados, y entre los rencorosos de los mendigos que algo más que un banquete esperaban de la largueza del Príncipe, los ojos verdes y bulbosos de un flautista. Era o parecía viejo, pero fuerte; vestía andrajos y tocaba la flauta, acuclillado junto a un muro de esta mazmorra. Miraba con la perseverancia de un espejo al Príncipe bobo. Pero los ojos de ese flautista —gimió la anciana— no podrían ver. Los cubría la verde opacidad de la ceguera. Y así, en los trastocados sentidos de la Dama, se confundieron en esa hora, como el flautista se confundía con cautivos y mendigos, las impresiones de la opulencia y de la miseria, y no supo si ricas o pobres eran estas fiestas, estas bodas, estos banquetes, la ceguera de un músico, la libertad de unos cautivos, la voluntad de un Príncipe.

Gallicinium

Brillaron los ojos avejentados del herrero y afuera, en la hora del gallo, el joven compañero de Celestina, movido por una atracción irresistible, caminó hacia el palacio, recorrió uno de los costados de la interminable construcción y se detuvo junto a la alta cerca de un jardín amurallado.

Con las manos, la Señora trazaba, una vez más, los contornos del muchacho que yacía a su lado; más que de costumbre pesaba el aire de la recámara, donde los olores de la goma arábiga se aliaban a los aromas de perfumes secuestrados y la respiración cautiva de los alelíes se conjuntaba a la exhalación secreta de los saquitos llenos de hierbas guardados bajo las almohadas, donde también habitaba el sabio y pelraso mur; donde los vapores del baño de azulejos levantaban una ligerísima, imperceptible niebla desde el piso cubierto de arena blanca. Las yemas de los dedos de la mujer despertaban así, en la hora del gallo, la carne dormida del joven; creían prepararla para la aurora y el nuevo amor; no sabían que el joven llamado Juan todo lo había escuchado y entendido durante la hora pasada por Guzmán en la alcoba; pero esta vez el tacto veloz de la Señora cumplía una nueva función (y la Señora, sin querer admitirlo, lo sabía; ¿no le había dicho el ratoncillo diabólico de su verdadera noche de bodas sobre las baldosas del patio del alcázar que de allí en adelante los menguados sentidos se doblarían en poder, extensión y angustias también, viendo más, tocando más, oliendo más, gustando más, escuchando más, exaltados como por una droga inconsciente que era ese pacto secreto entre una reina virgen y un satánico mur colado entre sus piernas?); pero esto no podía saberlo el otro muchacho, el compañero de Celestina; ni era él quien con el ratoncillo había pactado; y sin embargo, mientras miraba desde su puesto junto a la barda hacia la ventana de la Señora, el tercer joven encontrado en la playa sintió que unas manos invisibles le acariciaban, le despertaban, le convocaban y entonces se recargó contra el muro, des-

falleciente, presa de un frío sudor y de una angustia que él vivía pero
que adivinaba ajena, que hubiese querido comunicar con un grito
de alarma a un cuerpo en peligro, un cuerpo que no era el suyo pero
que del suyo dependía, como él dependía de ese cuerpo que sentía,
a la vez, inmediato y lejano, entrañable y ajeno: unas manos acariciaban, al mismo tiempo, al hombre cercano y al hombre ausente,
y aquél, al despertar de la carne, iba añadiendo el despertar de otra
cosa, perdida hasta ese momento, perdida desde que la Señora y
Guzmán le recogieron en la playa del Cabo de los Desastres; no
quería la Señora saber lo que convocaba con su tacto (por más que
el mur que le devoró la delgada pared de carne que la separaba del
goce se lo hubiese advertido: sentirás más, Isabel, y por ello sabrás
más; pero sentirás más de lo que sabrás; en mí delegarás la sabiduría que tus sentidos te procuren; tuyo será el placer y mío el conocimiento; tal será nuestro pacto, concluido esta noche de grises
ráfagas y negros relámpagos sobre las heladas piedras del patio; sentirás; y sólo más tarde, mucho después, sabrás lo que has sentido,
hecho y deshecho con tus uñas, tus ojos, tu olfato, tu oído y tu boca);
y el joven llamado Juan, tocado así por la mujer, recordaba; y al recordar, temía; y al temer, imaginaba; imaginaba, temía, recordaba
algo que hasta ese momento, hundido en la pesada inconciencia de
la alcoba, sometido al sopor de unos agudos sentidos ajenos que todo
lo vivían en su nombre, no había vuelto a preocuparle; también él
se preguntó: ¿quién soy?, otra vez, por primera vez desde que fue
conducido en la litera, a lo largo del páramo, a lo alto de la meseta,
por la Señora oculta detrás de los velos y por el ave heráldica de helados humores y desgarbada cabeza.

La Señora acercó su perfil al del muchacho y él, aterrado, recordó instantáneamente el último segundo de su conciencia previa,
en la litera, cuando la Señora acercó su aliento al cuello del náufrago,
cuando el rostro de luna plateada asomó detrás de los velos y entre
los labios encarnados asomaron los colmillos feroces, sangrientos,
ávidos…

—¿Quieres verte, Juan? ¿Quieres conocerte y, al verte, amarte
a ti mismo como yo te amo?

Y junto con el perfil, la Señora acercó al rostro de Juan un
espejo de negro mármol, y al penetrar sus turbiedades el muchacho
se vio a sí mismo, desnudo, se reconoció y, por un instante, se amó,
y más se amó mientras más se miró, pero ese amor y esa mirada,
prolongadas, edificaban sobre los temblores del amor de sí un odio

rígido que pronto cobró cuerpo; él era él, esta imagen, reflejo o sombra, pues otra prueba de ellas no poseía, y desde la playa su única certeza había sido que suyo sería el nombre y suyo el rostro que primero le pusiesen o mostrasen; él era él, reproducido desnudo en el espejo negro que la Señora le ofrecía, y ese yo indudable, sin cambiar de facciones, sin abandonar su rostro primero, se iba vistiendo poco a poco con las prendas de una mujer; y ese cuerpo que era el suyo, sin cambiar de forma, se iba revistiendo con los ajuares de la Señora y, como la Señora, yacía bocarriba sobre las baldosas de un patio y la lluvia lavaba la carne y los ropajes sin que la identidad de hombre y mujer perfectamente asimilados se despintase en la imagen del espejo; cesó de llover cuando el sol remontó a su cenit; la sombra del cuerpo común de Juan y la Señora, de la Señora con las facciones de Juan, de Juan con las ropas y el peinado y las joyas de la Señora, desapareció, y Juan sofocó un gemido; el espejo reprodujo ese temblor mortal, la figura reflejada suspiró por última vez, la Señora que era él, rodeada de indiferentes alguaciles y premiosas dueñas y curiosos alabarderos, expiró en el patio de su suplicio, murieron juntos ella y él, sin brazos dignos de recogerlos, abandonado el cuerpo del amor por el Amo que libraba en tierras flamencas su último combate de armas; murieron en el espejo, en el mismo instante, las dos almas que habitaban el mismo cuerpo, y murieron sólo por un instante; el ratón que a su vez habitaba el guardainfante se coló rápidamente entre las piernas del cadáver, se abrió paso entre la maraña del vello, entró por la lúbrica vagina, ascendió por las entrañas, devoró el corazón de la figura muerta y yacente, subió hasta sus ojos, su cerebro, su lengua, los tiñó con un negro orín, salió por la boca del cadáver y el cadáver volvió a respirar, la sombra del cuerpo reapareció y comenzó a alargarse hacia el ocaso, el movimiento del patio, momentáneamente suspendido, reanudose, los alabarderos volvieron a contarse bromas groseras y a codearse entre sí, las camareras acercaron los cucharones soperos a la boca del ser yacente, todo sucedió en un instante, la muerte pasó sin dejarse ver, sin dejarse, casi, sentir; pero entre vida, muerte y resurrección, ese cuerpo fue poseído, ese pacto fue concluido; el ratón le devolvió la vida a la mujer que era la Señora con el rostro de Juan: ¿qué le daría la mujer con el rostro de Juan, en cambio, al satánico mur?

La imagen de mármol se desvaneció. La Señora apartó el espejo de la cara del muchacho. El joven, con un grito, se llevó las manos al cuello herido, imaginó su propio cuerpo pálido como la cera, tal y como lo acababa de ver en el espejo, muerto en vida, vivo en la muerte, y se repitió, con una memoria de relámpagos tan oscuros como los de ese mediodía en el patio del alcázar, memoria despertada ahora por el canto del gallo, la historia que la Señora le contó, la primera noche, en esta misma alcoba; abrió los ojos, buscó en vano las facciones de la niña traída de Inglaterra que se entretenía disfrazando a las camareras, jugando con muñecas y enterrando huesos de durazno en el jardín; vio a una mujer madura a su lado, a punto de corromperse, detenida en el filo azaroso de una plenitud dibujada con exactísimas rayas de negra y delgada tinta, aquí la sombra impenetrable de los ojos, aquí la blancura estallante de la carne, aquí otra vez la oscuridad malsana de la cabellera; ni un paso más, ni un minuto más, o el equilibrio se rompería y esta Señora que aquí le guardaba, aquí le amaba, aquí le alimentaba y aquí se alimentaba de él, se desmoronaba como estatua de polvo, se reticulaba como tela de araña, se vencía como socavón de arena, se derretía como nieve en primavera, se pudría como fruta abandonada a la inclemencia del sol, la lluvia y el viento (¿de ti me alimento?, el llamado Juan Agrippa según la noticia del fraile pintor llamado Julián, a ti te muerdo el cuello y a ti, aquí, te desangro, sin darme cuenta, sin desearlo, pues yo sólo he querido amarte, besarte, tocarte, besarte como cualquier mujer ansiosa de su hombre, sin ir más lejos que cualquier mujer enamorada, te lo juro, Juan, no me doy cuenta de que mis uñas y mis dientes vayan más lejos, muerdan carne, arañen nervio, chupen sangre, pues a mi cuerpo, al cuerpo de mi vida normal, le bastaría lo que a toda mujer le basta, pero mi cuerpo es doble, Juan, mi cuerpo es mi cuerpo y el de mi verdadero dueño, el diablo ratón que se alimenta de mí como yo de ti y él te besa a través de mí y por vía de mi carne te desangra y fornica contigo; pobre mur, era tan pequeño, pelraso, hambriento, roedor; debe envidiar tu belleza, Juan, seguramente quisiera ser como tú; un ángel...)

Como fruta abandonada... El muchacho la recordó, la convocó de vuelta, recostada en el patio del castillo, invadida por los ratones, descascarada por el sol, azotada por la lluvia y la vio convocando, en ese momento, al poder final de los afligidos, el único ser capaz de salvarla, el príncipe caído que podía pactar con ella y prometerle la salvación, la vida y el amor a cambio de la sumisión a sus mandatos; pero esto él lo sabía ya, desde que la Señora narró su historia el primer día del cautiverio amoroso; y ahora, después de ver el negro espejo, sabía algo más; que esa Señora era él mismo, y que el pacto concluido con el mur no sólo salvó a la Señora de su yacente suplicio, sino de una muerte actual aunque instantánea, fugaz sólo porque el ratón no permitió que se prolongase en la extinción perpetua, y que esa muerte, Dios mío, fue doble; de ella y de él, salvada ella de la tortura de un ceremonial absurdo y de las angustias de una carne intocada, pero salvada también de la muerte, y salvada de la muerte junto con el amante que era él, el joven náufrago, anunciado ya en las facciones idénticas de la Señora; y así, el muchacho vio desfilar ante su mirada febril a los fantasmas de otros jóvenes que le habrían precedido o le seguirían en esta recámara; sus oídos se nublaron con el rumor de los pasos perdidos de los jóvenes sin número y sin nombre, que de la alcoba de la Señora habían pasado o pasarían a la hoguera y al cadalso, donde, al morir llorando, engendraron o engendrarían nuevos seres subterráneos, arrancados de noche a sus húmedas tumbas y traídos al oasis del palacio, a la recámara de arenas blancas e intensos perfumes y brillantes azulejos y suntuosos brocados; pues, ¿a dónde podía conducir esta alcoba (le preguntó a Juan su imaginación despierta y temerosa) si no a la tumba, y de la tumba a este lecho, y de este lecho a la tumba, sin otras avenidas que las del infierno: la repetida fatalidad?; escuchó el canto del gallo y se dijo que no quería ser uno más de ese número, de esa legión de fantasmas creados, como muñecos de cera, por el amor y el odio y la insatisfacción y el anhelo de la Señora.

—Guzmán, Guzmán, suspiró con tristeza Juan, Guzmán, ¿por qué no te atreviste a tomarla para ti, por qué? Tu cuerpo de hombre habría roto la sucesión de los fantasmas. Me habrías salvado, Guzmán, lo supe, te lo dije, te lo imploré en silencio, me has condenado, Guzmán, me has condenado a ser idéntico a la mujer que me ama para amarse y a la que yo amo para amarme; me has encerrado en el espejo, Guzmán… con ella, como ella, soy ella, ella es yo…

Y así, a cada caricia de la Señora que con las manos quería asegurar su posesión y la pasividad del hombre poseído, el primer joven salvado del mar oponía una interrogante, ¿quién soy yo?, y la respuesta era siempre la misma: yo soy ella, y si soy ella al amarla me amo y al amarme la amo y al cabo no podré contestar esta pregunta, ¿quién soy yo? pues este amor habrá destruido para siempre mi propio yo, y a cada beso repulsivo de su carcelera contestaba con las estrofas ardientes de una letanía que al calificarla a ella lo definían a él, él sería igual a ella para distinguirse de ella, ella nada obtendría del yo verdadero y secreto de él, ella sólo recogería del bello y fecundo y tibio cuerpo de él lo que ella misma era, y él sería en el mundo lo que ella era en esta alcoba encerrada, mujer avariciosa y fallida, envidiosa, maldiciente, ladrona, golosa, inconstante, cuchillo de dos tajos (Juan: temo, imagino y recuerdo para identificarme y sólo puedo identificarme con lo primero que veo al despertar, con lo único que conozco fuera de mí: yo soy tú porque fuera de mí sólo estás tú), mujer soberbia, vanagloriosa, mentirosa, parlera, indiscreta, descubridora, lujuriosa (Isabel: deseo, y rechazo, admito y niego: te ves en mí, y ése es mi triunfo, odias lo que en mí ves, y ésa es mi tristeza, me arrebatas lo que soy para ser tú, y ésa es mi derrota, nos identificamos y ésa es nuestra miserable verdad), raíz de todo mal, ¿quién contará tus mentiras, tus tráfagos y cambios, tu liviandad y lágrimas, tus alteraciones y osadías, tus engaños y olvidos, tu ingratitud y desamor, tu inconstancia y testimonios, tu negar y revolver, tu presunción, tu abatimiento y tu locura, tu desdén, tu parlería y tu sujeción, tu golosina y locura, tu miedo y atrevimiento, tu escarnio y tu desvergüenza?; esta mujer ésta (Juan: tus manos me despiertan: soy tú), puerta del diablo (Isabel: miento, temo, imagino: este muchacho no soy yo, eres tú, mur del demonio, roedor de mi himen, de mí te valiste para penetrarme y extraer de mí tu imagen deseada, tu ángel de luz, tu corazón caído dentro de un cuerpo anterior a la creación de los infiernos que habitas), descubridora del árbol vedado, desamparadora de la ley de Dios, persuasora del hombre (Juan: voy despertando: soy tú, ¿soy una mujer?), cabeza del pecado, arma del diablo, expulsión de paraíso, madre del pecado, corruptela de la ley, enemiga de la amistad, pena que no se puede huir (Isabel: ratón, demonio, serpiente caída y que me hiciste caer, encuentra de vuelta tu cuerpo de luz, encuentra al ángel que un día fuiste, poséelo), mal necesario, tentación natural, calamidad deseada (Juan: despierto: soy tú; ¿eres tú una mujer?, ¿te reflejo o me reflejas?, ¿son tus atributos los tuyos y los tuyos los míos?), peligro doméstico, detrimento deleitable, naturaleza del mal (Juan: ¿o reflejamos tú y yo a otro ser?), naufragio del varón, tempestad de la casa, impedimento de holganza, cautiverio de la vida (Isabel: pero sin mí no serías ni tú ni otro: no tendrías rostro ni virtud ni defecto; si no eres yo, no eres nada, eres sólo lo que por mí pasa y da lo mismo), daño cotidiano, rija voluntaria, batalla suntuosa, fiera convidada, solicitud de asiento, leona que nos abraza (Juan: un espejo, por favor, otra vez el espejo), peligro adornado (Isabel: la noche, por favor, otra vez la noche), animal malicioso, la mujer, esta mujer.

Al repetir la letanía, el joven supo quién era; pudo contestar a la pregunta; se identificó con la mujer; rechazó, habiendo recogido su fruto, la identificación, y esperó a que la Señora hiciese lo que tenía que hacer, lo que él había rogado y ella rechazado. La Señora tomó el espejo de mármol. Juan se lo arrebató de la mano y lo ofreció al rostro de la Señora. En el espejo, al mirarse, la Señora vio a Juan. Era el cuerpo del muchacho, esbelto, de marcados músculos en el talle, de pecho quemado por soles marinos y brazos ocres y pálidas piernas; monstruosa belleza: seis dedos en cada pie; misteriosa belleza: una cruz de carne roja en la espalda: era el cuerpo de Juan, pero del cuello nacía la cabeza del ratón, la corona del cuerpo del amor era una diminuta, sagaz, burlona testa de mur, de ojillos veloces y nerviosas orejas, de gris pelambre y tiesas cerdas, de olfateante y húmeda nariz negra y lengua escarlata y voraces colmillos. La Señora vio lo que sabía, y dejó caer el espejo sobre las arenas del piso. Él era ella y por ello era otro; él era otro y por ello era él; él era él.

—Todo lo que piensa, osa; todo lo que osa, piensa, dijo Don Juan.

Con voluntad implacable, arrojó a la Señora lejos de sí, la miró rodar, con la cabellera revuelta, hacia el filo de la cama, fingiendo incomprensión, debilitada por el temor y la necesidad de ocultar su dicha temerosa (Isabel: si he triunfado, he perdido; si he perdido, he triunfado), momentáneamente indefensa, interrogante, incrédula, sabiendo lo que sabía y rechazando su conocimiento, mientras él se levantaba del lecho, lleno de la conciencia de sí, sitiado por la plenitud de su nombre, su destino, su aventura; cisterna largo tiempo vaciada, se llenaba ahora de un golpe con los líquidos vicios y espumosas cualidades de una identidad arrebatada a la cercanía de la mujer que más temía y más deseaba perderlo a la vez (Isabel: mi triunfo y mi derrota), arrebatada al sueño, a las palabras, al remoto curso de los orígenes; voluntad largo tiempo dormida, la despertó el canto del gallo con su promesa baladí de aurora, sol, arriesgada y quemante jornada; pero también con su triste memoria de la traición; Don Juan caminó hasta uno de los muros de esta alcoba: arrancó de allí un ancho brocado, opaco y luminoso, tejido de plata y sombra, y en él se envolvió; miró con burla y desdén y orgullo a la Señora de labios temibles y ojos azorados, agazapada como un animal, desnuda, sobre la cama, en cuatro patas, blanca y negra, a punto de pudrirse, a punto de convertirse en arena indistinguible de la del piso, contemplando la rebelión de su ángel, de su súcubo, de su vampiro, con una mezcla de aprensión y nostalgia, de triunfo y derrota, como si esto esperase y esto se negase a aceptar, esto temiese y esto desease, esto recordase ya, resignada, y algo después de esto, un retorno fatal a esta recámara, a esta prisión, y a sus caricias, adivinase ya, esperanzada. El joven se dirigió con paso seguro a la puerta de la alcoba.

—¿A dónde vas?, exclamó la Señora con una voz que no sabía expresar la contradictoria complejidad de sus sentimientos, con palabras que optaban por una sola actitud entre las mil que el demonio hacía hervir en los pechos de su sierva; no puedes salir de aquí, no puedes; aquí está la vida, a mi lado (no, tu vida está afuera, llévame dentro del sitio de tu piel al mundo, lleva a mi amo el diablo rata al mundo, lleva su rabo tieso y peludo a las profundidades de los culos que ni él ni yo podremos nunca poseer, ve con tu imagen de arcángel a cumplir las obras de la imaginación infernal, existe y fornica y mata y engaña y sáciate por él y por mí, Juan; rompe todos los candados de la castidad, libéranos, Juan, ve y dile al mundo que no somos las mujeres los instrumentos del Diablo y por ello dignas de ser perseguidas como brujas y quemadas en la hoguera, demuestra que un hombre también puede ser, es, encarna al Diablo, libéranos, Juan, haz que se olviden de nosotras y que te persigan a ti, ah qué triunfo el mío, Juan, y qué venganza la mía contra los hombres, mi esposo el Señor, Guzmán el humillado, los obispos e inquisidores que si supieran de mis obras me quemarían ante los ojos codiciosos de los obreros que sólo al verme morir me poseerían, ah qué triunfo, Don Juan, me ocultas y me salvas actuando por mí en el mundo, mientras yo sirvo a mi Amo verdadero en esta alcoba secreta, sal pronto, Don Juan, a hacer las obras del Diablo y de la mujer que encarnas en el mundo, sal ya, has nacido, pero témeme, porque te llevas mi alma, me secuestras mi corazón, me condenas a buscar de nuevo un amante que exorcice la soledad de mi lecho); no puedes abandonarme, Juan, no puedes valerte solo, careces de voluntad, eres mío, el hombre que sale de este cuarto sólo encuentra la muerte, sólo encontrarás la muerte (nuestra vida, Juan), sólo la muerte.

—¿La muerte?, preguntó el joven erguido, lleno ahora de luz propia, lleno ahora de una ardiente crueldad en los ojos, dueño ahora de sus propias palabras: —¿Tan largo me lo fiáis?

Salió con paso largo y risa burlona; cerró fuerte la puerta detrás de sí; respiró el aire frío, encajonado, de los corredores de piedra; caminó gustoso, altivo, dominado por una arrogancia que en él y para él traducía y adelgazaba todos los atributos enumerados por la letanía de la mujer; y las dos camareras, Azucena y Lolilla, al escuchar ese paso de ventarrón, como si el brocado que envolvía a Juan fuese el velamen que le impulsaba por los mares del palacio, se asomaron por la puerta de su cuarto cercano al del Ama, donde habían escondido bajo las baldosas sueltas las muñecas, los duraznos, las medias y los mechones de la Señora, abrieron las bocas, contestaron con miradas de asombro la mirada de metal que les dirigió el hombre, rieron con él y llenas de temores y ganas de enmadejarse en el chisme cerraron rápidamente la puerta cuando Juan, riendo, se lanzó contra ella y siguió riendo, con los brazos abiertos en cruz sobre los maderos del quicio, dejando que los olores de hombre, la risa de hombre, se colaran por las rendijas del portón de las fregonas, enloqueciéndolas con la inconcebible proposición:

—Abran; el amante de la Señora también puede ser el garañón de las criadas; abajo las puertas; se acabaron los candados; el placer es de todos o de nadie.

Rió otra vez; se fue caminando por las galerías del palacio, nombrándose a sí mismo, Juan, Juan, Juan, deseando un espejo para verse como los sedientos embarcados en el mar de los sargazos desean el agua dulce, anhelando convertir en cristal de vanidades, laberinto de azogues, las murallas de granito del palacio, nombrándose (y actuando frente al silencio y la oscuridad y la piedra los gestos y actitudes de sus nombres): avaricioso y goloso, inconstante, cuchillo de dos tajos, soberbio, parlero, lujurioso, puerta del diablo, cabeza del pecado, corruptela de la ley, enemigo de la amistad, tentación natural, calamidad deseada, naturaleza del mal, naufragio de la hembra, tempestad de las casas, batalla suntuosa, fiera convidada, peligro adornado, animal malicioso: él, Don Juan; él; usurpador de todos los espejos de todas las mujeres del mundo.

Y entonces, se detuvo. Si no el espejo, entonces sí el espejismo: al fondo de la galería se recargaba contra un muro esa muchacha, mujer, por más que su cabeza de pelo recortado, ceñido al cráneo, la asemejara a un muchacho; descalza, vestida con un sayal burdo que, para el ojo de Juan, no alcanzaba a disimular la frágil plenitud, el redondo deleite de las formas femeniles, juveniles, jugosas. Juan se detuvo. Descansó una mano sobre la cintura. Esperó. Ella vendría hacia él. Vendría, fatalmente, en busca de la suntuosa batalla.

Conticinium

Primero, en la hora del silencio, la Señora sólo se supo sola, abandonada, sin pareja; arrojada, vencida, sobre la cama, escuchó el aletear de su inquieto halcón, sediento, harto de oscuridad, gustoso de caza; el rumor de las alas la despertó de la abulia; las imágenes de la cacería que el azor convocaba cruzaron velozmente por los párpados entrecerrados de la Señora; al azor le dijo, quietamente, sintiendo que el dolor se convertía en despecho y que el despecho le circulaba por la sangre con un afán de venganza, ofreciéndole el puño sobre el cual se posó, obedientemente, el ave de presa:

—Te contaré una historia, azor. Selene, la luna, se enamoró de un joven cazador, Endimión; y como ella era la señora de la noche, le adormeció, le cubrió de oscuridad con sus velos blancos y así dormido, pudo besarle y amarle a su antojo.

El azor había asentado los tarsos sobre el brazo desnudo de su dueña, pero ella no sintió dolor alguno; dolor de la carne, no; dolor del alma, sí, y el alma le dijo que la compañía del halcón no le bastaría, pero que la ausencia de Juan era dispensable... El ratón. El ratón dormía debajo de la almohada de los amantes, allí se escondía, por allí asomaba todas las noches, diseminando sueño, deseo y alucinación. La Señora se lanzó con la boca abierta, llenando su cuerpo de esperanza, sobre las almohadas; las apartó con furia y cayeron sobre el piso de arena, al lado del espejo maldito. El espantado halcón se separó de su Ama y revoloteó inquieto.

Allí estaban los saquitos llenos de hierbas aromáticas, guantes perfumados y pastillas de colores. Pero no el ratón familiar.

—Mur... mur... murmuró la Señora, mur...

Pero nada se movió en esa perfumada madriguera. El ratoncillo, esta vez, no se agazapaba, la miraba, y volvía a esconderse.

—Amo... amante... verdadero señor mío... ¿no me oyes, mur?

La Señora manoteó furiosamente las pastillas, desgarró los saquitos y regó las hierbas sobre la arena estéril, mordió los aromáticos guantes imaginando que en ellos había encontrado nueva guarida el ratón…

—Mur… ¿ya no recuerdas a tu amante?, mur, ¿ya olvidaste nuestras bodas en el patio, cómo me roíste la carne con tus dientecillos, ratita, cómo devoraste mi virginidad, amorcito? Mur, yo cumplí mi pacto… yo te entregué el cuerpo de mi amante, mur, te devolví, pobre diminuta despreciada bestezuela, la imagen del ángel que fue tuya… Mur…

Hundió el rostro en las suavidades del lecho. Entendió; y al entender, lloró.

—Te fuiste con él, ¿verdad? Me abandonaron los dos, ¿no es cierto? Te valiste de mí para meterte en el cuerpo y el alma de ese muchacho, inmunda rata…

El azor regresó a manos de su Señora.

Entonces ella pudo mirar con odio a ese halcón estúpido, que había sido incapaz de entender nada, de defender a su dueña, de lanzarse contra el muchacho que se llevaba al ratón escondido entre los brocados que le vistieron:

—Pero ¿qué sucedió al despertar Endimión? ¿Siguió al lado de Selene, o abandonó a la luna para siempre? No recuerdo el final de esa leyenda, halcón.

El azor, tan confiadamente prendido al puño de su ama, se estremeció; entre las sábanas revueltas del lecho, la Señora buscaba y encontraba cabellos sueltos de su amante, uñas trabajosamente recortadas, los reunía, los mezclaba, los acercaba a la nariz y a la boca, murmuraba frases incoherentes y el ave de presa, acostumbrada a recibir cuidados y a devolver obediencia, temblaba y aleteaba, confundido, previendo en su magra y tensa carne que el orden de las cosas se trastocaba, que allí donde hasta entonces existía una mutua fidelidad, había ahora una súbita amenaza; aleteó desesperadamente, trató de zafarse del brazo de la Señora y lo logró, aprovechando la intensa concentración de su ama en esos recortes de uña y en esos cabellos sueltos que reunía en un puño mientras con el otro intentaba retener al azor estremecido que inició un vuelo ciego, nervioso, suicida y salvador por la rica alcoba, oasis del palacio sombrío, estrellándose contra el brocado que cubría los muros, contra los techos repujados a la manera árabe, contra las ventanas cerradas y la puerta por donde Juan escapó; entonces la Señora se levantó de la cama y empezó a dar caza al halcón, alargando los brazos, gruñendo, agazapándose, esperando que el ave, al estrellarse contra la piedra, quedase manca y cayese sobre las arenas blancas del piso; el ruido del aleteo creaba ondas de terror en la recámara; el creciente miedo del azor pronto se volvería contra la Señora, olvidando todas las horas de compañía fiel, en ella vería el falconcete al enemigo, a la presa, como debió verlos en Don Juan y en el falsario mur; y al definirla, a esa presa se prendería, aprisionando sus carnes con la furia del miedo y la incomprensión: el universo se derrumbaba, todos los hábitos del ave, adquiridos por el instinto y fijados por la aplicación de Guzmán, se desvanecían con cada aleteo furioso; el azor chocó sin piedad contra la ventana y cayó, herido, al suelo; la Señora corrió hacia él y el azor herido intentó todavía defenderse, picotear al Ama, trabar sus uñas dentro de la blanca carne repudiada por Don Juan; la Señora le cerró el pico con una mano, le cubrió con la otra la mirada rapaz y lo hundió, lentamente, en la arena del piso, sofocándolo, lentamente, enterrándolo en el suelo de la alcoba, estrangulándolo sin compasión mientras murmuraba:

—Domum inceptam frustra... frústrese la construcción de esta casa... jamás termine de levantarse este palacio... domum inceptam frustra...

Gracias, Señor verdadero, verdadero amo de mi alma, murmuró la Señora al abrir la ventana de su alcoba, tú que no resististe mi llamado cuando te necesité, tú que acudiste en forma de rata a colarte entre mis paños y miriñaques durante las noches de mi suplicio y humillación en el patio del castillo, tú que me desvirgaste con tus afilados colmillos y me hiciste conocer el placer vedado por mi marido, tú que me enviaste a tu joven representante a mi lecho, tú que ya estabas presente cuando al recibir la hostia la escupí convertida en serpiente, sin entender entonces que desde entonces tú me habías elegido para tus obras negras, tú que eras el poder desconocido, agazapado, secreto, insinuante que movía mis manos de niña al escarbar la tierra para esconder mis huesos de durazno y al vestir a mis muñecas; y la Señora arrojó por la ventana, lejos, con fuerza, el cadáver del azor, que esta vez voló inerte, con las alas quebradas y el pico cerrado, sobre el yermo espacio del jardín prometido y cayó del otro lado de la barda, gracias, Señor que riges las almas atormentadas y malhechoras de los lémures y el atormentado exilio errabundo de las larvas que castigan a los vivos, gracias, Señor que me das el poder de hacerme obedecer por los manes, perturbar el curso de los astros, constreñir a las potencias divinas, servirme de los elementos y amenazar al propio sol; astro, te envolveré en un velo de eternas tinieblas; gracias por hacerme tu servidora y otorgarme tus poderes; gracias, Amo, ángel caído, negra luz, ahora te entiendo, ahora te perdono, dijiste que primero sentiría y luego sabría, tal fue nuestro pacto, no lo has traicionado, ahora comprendo, ya tuve el placer, ahora tendré el conocimiento, nadie, ni tú, ni el Dios al cual desafías, podrían tener placer y conocimiento juntos, gracias, ángel caído, por revelarme que mi cuerpo presente no es sino una transformación más entre las miles que inconscientemente he vivido a lo largo de los siglos, sin saber que he sido mujer, ave y loba, niña, mariposa, burra y leona, y que ahora, gracias a ese joven que se fue contigo, estoy preñada de ti y de él, pues ambos me fecundaron con su oscuro semen, y de mi vientre nacerá el futuro Señor de España...

Cerró la ventana, sonriendo, y caminó hasta el pie de la cama, donde el espejo de mármol yacía junto a las hierbas y las almohadas. Lo levantó. Se miró en él. Nada vio, sino las espesas manchas de sangre que corrían por el negro vidrio, como si la piedra sangrase.

Colgó la cabeza, desalentada:

—¿Tampoco esto me das, mi Amo? ¿También un hijo nuestro me vedas? ¿Así me haces saber que estoy ya sangrando otra vez, que mi ciclo de mujer no ha sido interrumpido por la fecundación de mis amores con el muchacho llamado Juan? ¿Así me haces ver que en periodo de luna, el espejo de una mujer se mancha de sangre?

Apretó los labios. Se dijo que resistiría todas las pruebas, las vencería con las artes de la sabiduría mágica inculcada en ella por el mur, no se dejaría derrotar, volvería a dar gracias, gracias, Amo, por enseñarme las palabras de mi fuerza, gracias por recordarme las palabras olvidadas en el curso de mi metamorfosis, las palabras que me definen a través del tiempo mutable y de los gastados espacios del mundo: saga et divina, potems caelum deponere, terram suspendere, fintes durare, montes diluere, manes sublimare, deos infimare, sidera extinguere, Tartarum ipsim illuminare, gracias; el halcón muerto cayó a los pies del compañero de Celestina que desde el llano contemplaba la ventana de la Señora y la Señora, aleteando, siguió por los mismos aires de Castilla al azor muerto, pero en las alas membranosas de su nuevo cuerpo convocado por las palabras fundadoras de las sabias y adivinas de los albores del tiempo, había vuelo, ávido concierto en la negra lanza de su cabeza y vida en sus colmillos y en sus falanges, gracias, negra luz, ángel caído, que en las noches del patio me enseñaste estas palabras, todo me lo has quitado menos las palabras pero ahora las palabras para mí son todo, ya no podré alimentar mi vida muerta con la sangre de un hermoso muchacho que cebé para ti, mur, pero gracias al poder de las palabras me podré, ahora, alimentar de la muerte misma.

El murciélago trazó un nervioso arco sobre el llano y buscó nueva entrada al palacio por el rumbo de las criptas; guiábalo y soteníalo en su vuelo, vestida toda de luto, la noche agónica.

Rebajar el cielo, suspender la tierra, petrificar los manantiales, disolver las montañas, convocar los manes del infierno, infamar a los dioses, extinguir las estrellas, iluminar las negras regiones del Tártaro: invocando estos poderes, el murciélago entró aleteando, ciego, guiado por la proximidad y lejanía de los mausoleos, a las profundas criptas reservadas para los antepasados del Señor en la capilla del Señor.

Allí, al tocar el mármol de una tumba, el ciego ratón con alas recobró la forma de la Señora desnuda, pero defendida del frío de estas tumbas por la calentura de su ánimo; sin perder tiempo, la Señora, temerosa de la aurora próxima que le robaría todos los poderes, sudando, agitada, separó las lápidas de las tumbas, quebró con las manos los cristales de los sarcófagos donde yacían las momias reales, con las manos arrancó las blandas narices, las quebradizas orejas, los ojos helados, las polvorientas lenguas, los miembros secos de los distintos despojos, mientras murmuraba maldiciones y condenas que no sabía, pues desconocía la extensión verdadera de las fuerzas que invocaba, mudas fuerzas de las potencias demoníacas a las que Dios, habiéndole apenas creado, entregó al hombre, si habrían de cumplirse en seguida, o mañana, o dentro de muchos siglos, pues la potencia del Demonio era circular, era una esfera partida por la línea del tiempo y, así, del tiempo participaba, pero era también un hemisferio por encima y otro por debajo del tiempo, y al tiempo ajenos; mas algún día, algún día, si ella perseveraba en la obediencia a su amo verdadero, si soportaba las duras pruebas a las que su verdadero Señor la sometía, si no cejaba en sus oraciones a la rata que se le había metido entre las piernas, si mantenía su fe absoluta en la serpiente que una mañana escupió al recibir la hostia, todo lo que ahora pedía tendría lugar:

que quienes estaban dentro de este palacio jamás pudiesen abandonarlo, prisión y tumba eternas, o que, abandonándolo, debiesen siempre cargarlo a cuestas, como el caracol su casa o Caín su crimen;

que todos los hombres que quisiesen huir de esta maldición se transformasen en castores a fin de que, aterrados por el cautiverio, se devorasen ellos mismos sus partes genitales, creyendo así que podrían aligerar sus cuerpos para la fuga;

que Juan, capturado dentro del palacio, encontrase dentro de la prisión otra cárcel digna de él, cárcel de espejos, prisión sin ventanas;

y que cualquier mujer a la que Juan preñase quedase condenada a un embarazo perpetuo, arrastrando eternamente, como una elefanta, su pesado encargo dentro del vientre inmensamente hinchado…

"Cuando un hombre y una mujer se embarcan con Venus, no hacen falta más provisiones que la lámpara llena de aceite y el cáliz lleno de vino; tú y yo ni eso tenemos; ojalá que nuestro placer nos compense de tanta pobreza", le había dicho Juan a la novicia Inés, al acostarse con ella, despojado el hombre del manto de brocado y la muchacha del duro sayal, en un camastro del cuarto de servicio más próximo al lugar de su encuentro; y los ayes y suspiros de amor de la joven pareja se confundieron con los dimes y dísteles de las criadas Azucena y Lolilla, pues los murmullos se colaban por las quebraduras de la piedra mal ensamblada que separaba a estos cartuchos entre sí, y por las abiertas ventanas de la noche de julio; pero el gusto de todo les compensó e Inés le dijo a Juan quién era ella, y si no temía las furias del cielo, y él contestó:

—Ése es asunto entre el cielo y yo. Pero créeme que yo no le temo ni al cielo, ni al infierno, ni al licántropo.

—¿Ni a mi padre, que está cerca de nosotros, en este mismo palacio, esperando conversar con el Señor?

—Pierde cuidado; algún día me convidará a cenar.

—¿Ni al mismo Señor temes?

—Tienes la sangre helada, Inés. El Señor fue. Yo soy. Y no vale fui, sino soy.

—Y a mí, ¿no me temes?

Juan rió: —¡Mal haya la mujer que en hombres fía! Doña Inés, tu ventaja es que a ti te encontré primero; no es ésta buena razón para que prives a las demás mujeres de las justas pretensiones que puedan tener hacia mi corazón.

—Tienes la sangre helada, Juan.

Juan se separó del cuerpo desnudo de Inés como un lagarto, apoyando las palmas abiertas de la mano contra los tablones del camastro y levantando todo el cuerpo; se escucharon, a través de la ventana abierta, las risillas anhelantes de las dos fregonas alzadas a la calidad de camareras reales; Inés gritó con terror, arrojó lejos de sí el cuerpo de su amante, aflojó la carne tensa, se llevó las manos azoradas al sexo que Juan acababa de abandonar, gritó enloquecida, que el sexo se le cerraba, que la herida abierta por el Señor y luego disfrutada por Juan esa misma noche cicatrizaba, que volvía a ser virgen, que implacablemente los labios abiertos se cerraban, los vellos se entretejían como una malla de alambres, los dientes de la castidad se apretaban, la flor cerraba sus pétalos, y Juan, riendo, de pie, apoyando la cabeza contra un brazo y el brazo contra un muro para dar alivio a sus carcajadas, le dijo:

—Si has quedado preñada de mí o del Señor, Inés, deberás parir por la oreja…

Y, envolviéndose en la capa, salió del cuartucho, llegó hasta la puerta de la pieza vecina y allí tocó con fuerza, riendo, escuchando las risas alborotadas de las camareras Azucena y Lolilla.

Varias veces voló la Señora, transformada en murciélago, de las criptas a la recámara, llevando cada vez entre sus mutiladas falanges un hueso y una oreja, una nariz y un ojo, una lengua y un brazo, hasta reunir sobre la cama, con las partes así robadas de las tumbas, un hombre entero.

Voló temiendo la claridad creciente del cielo, recortada contra el firmamento de la vecina aurora; y al terminar su trabajo, contempló, fatigada, su obra; admiró la monstruosa figura de retazos que yacía sobre el lecho; la nariz del rey arriano; una oreja de la reina que cosía banderas con los colores de su sangre y de sus lágrimas; la otra del rey astrólogo quejoso de que Dios no le hubiese consultado sobre la creación del mundo; un ojo negro del rey fratricida y un ojo blanco de la Infanta revoltosa; la lengua amoratada del rey cruel que a los cortesanos hacía beber el agua de baño de su barragana; los brazos momificados del rey rebelde levantado en armas contra su padrastro, asesino de su madre; el torso negro del rey que murió incendiado entre sus sábanas; la calavera del doliente y el sexo apasado del impotente; una canilla de la reina virgen asesinada por un alabardero del rey mientras rezaba; otra canilla de su propia suegra, la llamada Dama Loca, reliquia del sacrificio que la madre del actual Señor se impuso al morir su hermoso marido, el príncipe putañero y violador de aldeanas.

La Señora alumbró la chimenea, colgó sobre el fuego una caldera y en ella arrojó las uñas y los pelos de Juan y después el cáncamo que es lágrima de un árbol arábigo y el estoraque que se cuaja y endurece como la resina; lo batió todo, esperó a que hirviera; finalmente llevó la cera así formada del hogar a la cama y la derramó, hirviendo, sobre los pedazos de carne momificada, untando la cera, reuniendo los miembros dispersos hasta darles forma humana.

Esperó a que la cera se enfriase; miró el nuevo cuerpo y dijo:

—Ahora sí que tiene España heredero.

—Huelo algo, huelo algo, dijo la Dama Loca, husmeando con sus nerviosas aletas, empujada dentro de la carretilla por la enana que con berrinches y pataleos había exigido que la llevasen a pasar su noche de bodas a las magníficas criptas de los antepasados, seguidas Barbarica y la Dama por el bobo sereno extrañamente alejado de las dos mujeres, contento de esa acción libertadora que la vieja señora no sabía si aprobar o condenar, pero que respetó por ser la decisión soberana del heredero; y sin embargo, ahora olía algo que la hacía prescindir por igual de la necesidad del nuevo Príncipe, un olor que corría en ráfagas hediondas por las galerías del palacio, un olor de carne tumefacta y hueso caliente y cera y uñas quemadas que embriagaban a la Dama Loca, de dónde viene, de dónde viene, qué néctar de nueva vida, quién hace estas cosas, por qué no se me entera, para qué tengo un servicio tan vasto y minucioso si nadie sabe enterarme de lo que aquí sucede, debo estar alerta, hay mudos poderes que pueden frustrarme, sangre nueva para el festín del tiempo, no, vieja sangre para las nupcias con la eternidad, nuestro mundo está construido para esperar el fin del mundo, nada debe cambiar ya, lo que era necesario hacer ya está hecho, escúchame, Felipe, hijo mío, ayuda a tu pobre madre mutilada por el honor y enloquecida por la fidelidad, nada debe cambiar, nunca más, tú tienes razón, Felipe, alíome contigo, ya hay heredero, aleja a los hombres de la idolatría natural, manda quemar el árbol sagrado y manda quemar a quienes buscan a Dios en la naturaleza bautizando surtidores, imponiendo la cruz a los rústicos altares de flores y enramadas; termina tu palacio, hijo, enciérralo todo en tu palacio, sepulturas, monasterios, piedras y aun los futuros palacios que dentro del tuyo se construyan, como en una perspectiva gris e infinita, inventa dentro de los muros de tu palacio una réplica a todo cuanto la naturaleza puede ofrecer y enciérralo todo aquí, el doble del universo, enciérralo todo para que ésta sea la verdadera naturaleza, no la que pasa por tal, no la que se siembra, germina, crece, fluye, se mueve y se muere, sino ésta, inmóvil, de piedra y bronce y mármol, que es la nuestra y dentro de ella nuestros cuerpos como un mundo reducido: tierra, la carne; agua, la sangre; aire, el aliento; fuego, el calor; piensa esto, hijo mío, en tu capilla y en tu alcoba, piénsalo con la intensidad y el dolor que debió sentir San Pedro Mártir, con el cuchillo enterrado en el cráneo, piénsalo para que nuestro orden no cambie jamás, para que las cosas sean como las ha pensado nuestra eternidad: servidumbre, vasallaje, exacción, homenaje, tributo, capricho, voluntad soberana la nuestra, pasiva obediencia la de todos los demás, ése es nuestro mundo, y si cambia, cambiaremos nosotros; y si muere, moriremos nosotros...

Al estallido sordo de la aurora, la enana Barbarica, envuelta en sus trapos nupciales, borracha e indigesta, pedorreando y eructando, trepando y correteando sobre las tumbas de los antepasados, pedía a gritos la presencia del fraile pintor para que quedase constancia: ella era la reina, sólo ella, y sobre cada mausoleo de mármol, al pie de cada zoco de piedra, apoyada contra cada balaustrada de bronce, la enana imitaba lo que imaginaba fueron las poses reales que en vida adoptaron los ilustres señores y señoras e infantes y bastardos aquí enterrados.

La Dama Loca observó con desdén las acrobacias de Barbarica; no dijo palabra; la envolvía la grandiosidad de la cripta; su mirada se perdía en la gris perspectiva de las bóvedas y las columnatas que retenían, con poder, las oscuras alas de esa noche que, afuera, ya había emprendido el vuelo hacia la luz. Adentro, en cambio, el ácido de las sombras mordía la lámina del cementerio real. Por ser idénticos sus ojos al metal grabado, la vieja se dejó sumergir en la visión global de la cripta y sólo más tarde, acostumbrados a esa noche retenida, a ese color sin color, los ojos, como dos buriles prismáticos, se acercaron punzantes a los detalles: la Dama notó que el cristal de ciertos sarcófagos estaba roto, las lápidas retiradas, las tumbas profanadas, y le gritó al bobo que empujase la carretilla, que la acercase a los mausoleos; y cerca de ellos miró la profanación y volvió a gritar: faltaban orejas, narices, ojos, canillas; malhaya, faltan mis propios brazos, mis propias manos, las reliquias de mi sacrificio, los miembros embalsamados por los boticarios y doctos varones que los rellenaron de acíbar, cal viva, y bálsamo negro; gritó, lloró, la enana no dejó de columpiarse entre tumba y tumba y el Príncipe bobo, con un aire de infinito cansancio, se quitó la peluca rizada, caminó hasta la tumba del padre del Señor y marido de la Dama, retiró la plancha de cobre que la cubría y allí se encontró a sí mismo, o por lo menos a un despojo vestido con las ropas que él trajo del mar: el jubón rasgado, color fresa, y las calzas amarillas, aún manchadas de arena.

La enana se carcajeaba, la Dama gritaba ultrajada, nadie lo miraba a él y él no podía recordar (porque su memoria no podía salvar lo que cada ocaso le arrebataba) que la vieja, al llegar, pidió a su hijo que la figura del náufrago fuese arrojada, junto con los canes muertos, a la fosa común, ni agradecer que por un azar que él ni siquiera discutía pues ni siquiera lo imaginaba, esta semblanza muerta de sí mismo, vagamente reconocible, yaciese en la tumba del hermoso y putañero Señor cuya identidad el bobo había usurpado, a medias, imperfectamente, como si alguna fórmula de la doble metamorfosis hubiese fallado, como si rasgos y jirones del uno permaneciesen tenazmente adheridos al otro. La enana se carcajeaba, la Dama gritaba, nadie le miraba.

El Príncipe bobo se introdujo dentro del sarcófago, se recostó sobre los restos de su propio cuerpo, se hundió en la carne desbaratada del náufrago que fue él, volvió a unir su espalda a la cruz encarnada que estigmatizaba el fondo frío del sepulcro, dejó caer, desde adentro de ella, la lápida sobre la tumba y cerró los ojos en la oscuridad, sintiendo un gran alivio, por fin la paz; allí podría descansar mucho tiempo, esperar mucho tiempo, ya sin sobresaltos, ya sin necesidad de descifrar los enigmas que él mismo, él en su doblez de náufrago y príncipe, de huérfano cierto y de heredero impostor, era incapaz de resolver; ya sin necesidad de tomar decisiones, de actuar una locura esperada y una aplazada certeza de desesperación, de liberar cautivos o coronarse con palomas sangrantes o devorar negras perlas; librado de los deberes de condenar o emancipar, de construir un poder cualquiera sobre los cimientos del capricho. Cerró los ojos y se durmió dentro de la tumba.

El compañero de Celestina entró a la fragua con el azor roto y asfixiado entre las manos. Lo mostró a la muchacha vestida de paje y al herrero. Celestina tomó el ave muerta y la llevó hasta el portón de la herrería.

—Dame un martillo y clavos, le dijo a Jerónimo, y él la obedeció.

Celestina apoyó el cuerpo del azor contra el centro del portón, le extendió las alas vencidas y claveteó cuerpo y alas contra las maderas secas. Los tres permanecieron mudos, mirando la crucifixión del ave de la Señora. Luego escucharon unos pasos sordos, arrastrados, inseguros, sobre el llano devastado; y esos pasos se guiaban a sí mismos con el son plañidero de una flauta.

Aurora

Como la Señora, Toribio, el fraile estrellero, temió el fin de la noche.

Temiolo ella porque no terminaría de animar un cuerpo que sólo en las tinieblas podría cobrar vida o simularla. El astrónomo, porque las estrellas huirían de su mirada y ni siquiera los poderosos catalejos que con tan grave paciencia había construido le devolverían a sus amadas, siendo la visión de los astros, entre todas, la más añorada y fidedigna de su existencia.

La Señora recostada ahora junto al cadáver reciente, apenas fabricado con las calaveras y retazos de los despojos reales, maldijo la tardía huída del caballero Don Juan, que tan pocas horas nocturnas le dejó para fraguar una venganza que imaginaba circular, eterna, y por ello infernal. Fray Toribio, en cambio, se disponía a saludar la aurora (en cuanto llegara; aún no; todavía tenía tiempo para comprobar algo; precisaba, al cabo, un testigo) con un alabado que reuniese la gratitud de su ánima cristiana por el milagro de un nuevo día y la satisfacción de su *libido sciendi* porque ese nuevo día comprobaba el parentesco, circular, eterno y por ello celestial, de las esferas; y esta alegría confortaba la nostalgia de sus ojos nocturnos.

Así, donde ella veía un mal, él miraba un bien; y donde ella miraba un bien —en la infame fabricación que yacía a su lado, sobre las sábanas negras— él veía un mal: siempre había comparado la pésima ciencia de sus contemporáneos y secretos rivales con las hechicerías de las antiguas brujas de la Tesalia, quienes tomando pies, manos, cabezas y troncos de varios sepulcros, acababan por crear un monstruoso Prometeo sin correspondencia con un hombre verdadero; conjugando círculos homocéntricos, círculos excéntricos y epiciclos, estos falsos uranólogos eran incapaces de descubrir la forma del mundo y la conmensurabilidad de sus partes, pues lo sabían todo acerca de la multiplicidad del movimiento de los astros, menos la verdad más simple y única; que el movimiento, todo movimiento, es regular e invariable, lo mismo para las piedras arrojadas por la mano de la criatura que para los planetas puestos en rotación por la mano del creador.

Pensó esto mientras tallaba un menisco, cóncavo por una cara y convexo por la otra, resignándose a aplazar su utilizamiento hasta la siguiente noche; a ella, a esa noche fatal y anhelante, volvería a interrogarla, sin esperar que hablara o contara su propia historia sino que, montada en el potro de la experiencia, significase, con un simple movimiento de la cabeza, el sí o el no que merecían las hipótesis del fraile. Toribio dejó el menisco, tomó un cartón y lo acarició; esperaba con impaciencia el regreso de su cofrade Julián, el fraile pintor, convocado con urgencia por la Dama Loca.

La Señora acarició los miembros sin temperatura de la forma humana tendida a su lado y acercó los labios a la oreja momificada, pegada con cáncamo a la calavera de desigual apariencia, pues mientras en partes las resinas árabes habían logrado calcar una película de carne gris, en otras el hueso brillaba opacamente como plata vieja: cerca de esa oreja, la Señora le pidió a su amo verdadero (multiplicando sus nombres: Lucifer, Belzebú, Elis, Azazel, Ahrimán, Mefisto, Shaitán, Samael, Asmodeo, Abadón, Apolión) que, si en verdad, bajo forma de ratón, le había otorgado aquella noche del secreto himeneo en los patios del alcázar los poderes de maga y adivina, de degradar el cielo, de inmovilizar la tierra, de petrificar los surtidores, de disolver las montañas, de sacar a los manes del infierno y de extinguir las estrellas tan amadas por el sabio caldeo de la torre, fray Toribio, entonces éste era el momento de ponerlos a prueba, de animar poco a poco los rígidos miembros del heredero por ella fabricado, pues ya sabía que esta figura era el verdadero fruto de sus amores con el ratón y que poseída por él, no podía preñarla Don Juan: regrese un poco de voz a esa lengua amoratada; llénense con gotas de luz esos ojos disímbolos, negro uno y blanco el otro; ahora, por favor, amo y señor, dueño del Tártaro, soberano del hoyo sulfuroso de Aquerón, príncipe del tenebroso Hades, tú, rey del Averno, tú que te bañas en las aguas del río de fuego mas no en las aguas del río del olvido, no me olvides, no olvides a tu sierva, ahora, antes de que el sol desbarate los hechos de las tinieblas, pudra de nuevo las partes, lo devuelva todo al polvo... ahora...

—Toma este cartón, hermano Julián (le dijo Toribio cuando el fraile pintor regresó de su larga noche en compañía de la Dama Loca, la enana y el bobo); toma este cartón, perfóralo en el centro con la punta de este alfiler, acerca el cartón a tu ojo. Sal al mirador de mi torre; date prisa, que el amanecer se nos viene encima. Mira las estrellas a través de esta minúscula apertura hecha por el alfiler. ¿Qué ves?

—¿Qué veo? Que las estrellas han perdido los rayos de su luz; las veo muy pequeñas...

—Y te das cuenta, ¿verdad?, de que su aparente grandeza es una ilusión provocada por el fulgor...

—Sí, pero no sé bien si veo lo que veo, hermano Toribio: estoy tan cansado; la noche ha sido tan larga.

—¿Verdad que nada parece más pequeño que una estrella sin luz? Y sin embargo, muchas entre ellas son mayores que la tierra que pisamos. Imagina entonces cómo se verá nuestra tierra, que es sólo una estrella entre millones de otras estrellas, a la distancia del astro más alejado de nosotros; e imagina también el número de estrellas que caben en el oscuro espacio entre nosotros y la estrella más lejana. ¿Puedes creer, hermano, que nuestra diminuta estrella sea el centro del universo? ¿Puedes creerlo, entonces?

—Lo que no me atrevo a creer es que Dios diseñó el universo en honor de nuestra tierra y de los seres miserables, crueles y estúpidos que la habitan. Esta noche he sabido una cosa: los hombres están locos.

El fraile pintor le tendió varios pliegos de papel al fraile estrellero, quien interrogaba a Julián con una sonrisa benévola, como si le estuviera preguntando, ¿sólo ahora te enteras?, aunque la inclinación de su cabeza indicase cierto temor ante las palabras de su cofrade:

—Ésa es la conclusión que quisiera evitar, fray Julián. No quisiera que el tamaño de lo infinito empequeñezca ni a Dios ni a los hombres. ¿Sabes?, eso no me lo perdonarían.

Julián miró a Toribio con afecto; había aprendido a no reírse del astrónomo ligeramente cómico, con su tonsura aureolada por los crespos y desordenados rizos color granate y la mirada un tanto estrábica: alto el porte, pero sin gracia ni simetría, con un hombro, nerviosa y voluntariamente, más cerca de la oreja que el otro. Toribio tomó con respeto los pliegos manuscritos; había reconocido el sello lacrado del Señor al calce de cada página.

—¿Quién te dio esto?

—Guzmán, hace un momento, en la escalera que conduce a tu observatorio. Me pidió que leyese y juzgase.

El estrellero de palacio, guiñando los ojos, se acercó a la lámpara de bujías enfrascadas por un cristal renegrido que pendía del techo de vigas; se acomodó a la luz para leer; empezó a leer, con avidez desmentida por sus actos en apariencia distraídos, el testamento dictado a Guzmán por el Señor; levantó un brazo y empujó, con un impulso a la vez fuerte, suave y severo, la lámpara que describió un movimiento pendular, en ancho arco, sobre las cabezas de los dos frailes. Uno, no dejó de leer; el otro, contempló con fatiga y extrañeza el arco descrito por la lámpara.

—Mira bien, cuenta bien, murmuró Toribio, sin dejar de leer los folios del Señor, donde las sombras arrojadas por la lámpara se agigantaban y empequeñecían acompasadamente; toma tu propio pulso, hermano Julián, cuenta bien y sabrás, verás, que el tiempo que dura cada oscilación de esta lámpara es idéntico, siempre parejo, sin importar que la oscilación sea mayor o menor...

Julián, tomándose el pulso, se acercó al astrónomo:

—Fraile... hermano... ¿qué sabes? Dime: ¿sabes algo que me limpie, que me purifique de esta noche maldita?

Toribio siguió leyendo: —Sí. Sé que la tierra está en el cielo. ¿Eso te consuela?

—No, porque yo sé que el infierno está en la tierra.

—¿Ascendemos o descendemos, hermano Julián?

—Nuestra santa religión asevera que ascendemos, hermano Toribio; que no hay más movimiento que el del alma en ascenso, en busca del eterno bien, que está allá arriba...

Toribio agitó la cabeza almandina: —La geometría no sabe nada del bien o del mal, ni supremos ni relativos, y ella nos asegura que ni subimos ni bajamos; giramos, giramos, estoy convencido de que todo es esfera y todo gira en círculos; todo es movimiento, incesante, circular...

—Describes a los hombres...

—Tú acabas de descubrir que están locos; pero las matemáticas no están locas; una hipótesis puede ser falsa si la experiencia no la comprueba; falsa, pero nunca loca.

—La tierra tampoco está loca, aunque sí lo están los hombres que la habitan; y su locura es un movimiento como el que tú describes: incesante y circular, regresando sin tregua al mismo fatigado punto de partida mientras piensan que han alcanzado nueva orilla; y con este movimiento, quieren los hombres contagiar su desvarío a la tierra. Pero la tierra no se mueve...

—¿No se mueve, dices?

—¿Cómo va a moverse? Todos caeríamos, seríamos arrojados al vacío… la inmovilidad de la tierra tiene que ser condición estabilizadora del agitado ir y venir de sus enloquecidos pobladores, fraile… el movimiento de la tierra más el de los hombres nos arrojaría a todos hacia los cielos… fraile…

—¿No te digo que ya estamos en los cielos?, se carcajeó el estrellero; enrolló los papeles del Señor y los arrojó sobre una mesa; tomó a Julián del brazo y lo condujo al mirador.

Allí, Toribio cogió dos piedras de desigual tamaño, se acercó al borde de la balaustrada de la torre y alargó los brazos sobre el vacío, empuñando con la mano derecha la piedra más pequeña y con la izquierda la más grande:

—Mira. Escucha. Arrojó las dos piedras al mismo tiempo. Una es más pesada. La otra, más ligera. Ve. Oye. Las dos caerán a la misma velocidad.

Las soltó. Pero ninguno de los frailes las escuchó caer. Toribio observó estrábicamente, sin comprender, a Julián.

—No escuché nada, hermano Toribio. ¿Era éste el milagro que querías mostrarme? ¿Que tus piedras caen y chocan contra la tierra sin rumor alguno?

El estrellero tembló: —Y sin embargo, cayeron a la misma velocidad.

—Hubiésemos escuchado el golpe contra el piso; una piedra primero, la otra después o ambas juntas: pero hubiéramos escuchado el ruido, fraile, y no hemos escuchado nada…

—¡Y sin embargo cayeron, te lo juro por mis antepasados caldeos, cayeron y cayeron juntas, a velocidad pareja, a pesar de su distinto peso y aunque las hayan recibido las manos de un ángel! Y cayeron movidas por la misma fuerza que mueve a la luna, y a la tierra en su rotación, y a todos los planetas y estrellas del universo, y si estas dos miserables y benditas piedras no descienden a velocidad uniforme desde lo alto de ésta mi torre, entonces en este instante no estaríamos vivos tú y yo, porque las piedras se movieron gracias a que la luna se mueve alrededor de la tierra y la tierra alrededor del sol como en una pavana celeste; un círculo impulsa al otro, una esfera afecta a la otra y todo el universo, sin una sola fisura imaginable, sin una sola ruptura de la cadena de la causa y el efecto, se relaciona, de manera que a partir de la revolución de cada planeta, todos los fenómenos son explicables y esta correlación liga de tal modo el orden y la magnitud de las esferas y de los círculos orbitales y de los cielos mismos que nada, fraile, ¿me entiendes?, nada puede ser cambiado de lugar sin desordenar mortalmente a cada parte y al universo mismo...

—¿Y todo esto lo sabes porque arrojaste desde aquí dos piedras que no escuchamos caer?

Toribio afirmó enérgicamente con la cabeza, aunque sus labios murmurasen:

—No entiendo, no entiendo...

Y la rosada aurora coronó esa cabeza con llamas pálidas pero ensombreció la faz inclinada del estrellero.

—Fray Toribio: Josué ordenó al sol que se detuviera para ganar de día la batalla.

—Los santos evangelios predican la verdad sobrenatural. La verdad natural es otra. Todo es simultáneamente movimiento uniforme y cambio pertinaz... Cambio y movimiento, movimiento y cambio, sin los cuales los astros serían cadáveres en los caminos de la noche.

—El Señor, hermano Toribio, es como Josué. No lo olvides. Tú has leído ese testamento, que el ignaro sotamontero Guzmán no pudo haber inventado. Tú y yo sabemos leer entre líneas. El Señor no quiere ni el movimiento ni el cambio; desea que el sol se detenga...

—¿Qué batallas puede ya ganar el Señor? Mejor que invoque los poderes del crepúsculo y de la derrota.

—El Señor no quiere el cambio; y nosotros somos sus servidores.

—Y sin embargo, el Señor se mueve; y al moverse, sufre; y al sufrir moviéndose, decae y muere.

—Pobre Señor nuestro. Todos dicen que ya no es quien fue. Dicen que era un joven hermoso, audaz, cruel también. Encabezó la rebelión contra su propio padre, sólo para entregar más fácilmente a los rebeldes en manos de su padre. Sobre la matanza construyó su propio poder, gracias al cual ha podido levantarse este palacio donde tú y yo encontramos amparo para leer estrellas y pintar iconos... no lo olvides, hermano. Aquí nos salvamos tú y yo de un mundo peligroso. ¿Qué hubiese sido de nosotros fuera de aquí? ¿En qué malhadado taller estarías tú tallando cristales, simple jornalero, o yo levantando estiércol en los establos donde nací? Sin el amparo de nuestra sacra orden y del poder señorial que en este palacio nos acoge como miembros de ella, ¿podríamos tú y yo pintar y estudiar, fraile?

—No veas en nuestro Señor sino lo que puedas observar en los demás hombres, fraile, y en el universo entero. Quizás así nos salvemos por igual de los peligros de la adulación cortesana y de la aflicción desamparada. No hay nada excepcional en el Señor, sino el azar de la herencia. Lo demás son componentes comunes a todo y a todos: la violencia origina fuerza, la fuerza engendra alegría, la alegría se convierte en formas, las formas al cabo se endurecen, se enfrían, decaen y mueren. Y la muerte es la violencia que reinicia todo el ciclo.

—¿Y el sufrimiento, hermano?

—¿Cuál sufrimiento?

—El mismo del cual me has estado hablando. Ese sufrimiento que al moverse, decae y muere.

—Me refería a cuanto es, no al Señor en particular.

—Cuidado, hermano; nada es si no encarna. Y también en el Señor debe encarnar ese sufrimiento abstracto que por necesidad, dices, acompaña el paso de la alegre violencia a la fría muerte. Pues a ella se acerca nuestro Señor; lo dicen estos papeles que hemos leído. La muerte en vida, se me ocurre, debe ser una derrota, una frustración, y ésta es la muerte que, sospecho, vive nuestro Señor, aunque me reconozco incapacitado para penetrar las secretas razones de la decisión que le ha llevado a crear, aquí, en este palacio y en quienes lo habitamos, una semblanza perfecta de la muerte. ¿Conoce, en cambio, la frustración el universo? Dímelo, ya que no sólo eres astrónomo, sino horoscopista.

Toribio caminó lentamente de regreso a la sala repleta de lentes, condensadores, catalejos, espejos ustorios, cartas de los cielos, compases y astrolabios. Se detuvo, seguido de cerca por el interrogante fraile Julián, junto a un astrolabio, pareció admirar los limbos graduados, acarició suavemente las pínulas que alidan la esfera de metal; hizo girar el artefacto.

—No, no la conoce. El universo funciona y se expresa plenamente, siempre.

—¿Es pura fuerza, entonces, pura realización, puro éxito, sin los martirios y bellezas de la alegría, la forma, la decadencia y la muerte? ¿Puedo, si es así, vencer con mi pintura la norma mortal que el Señor nos impone? ¿Puedo, con alegría, forma, decadencia, muerte y resurrección por vía del martirio y la belleza del arte, salvarme así de la plenitud del universo como de la finitud del Señor, y establecer la verdadera norma humana?

Toribio hizo girar cada vez más velozmente la esfera, murmurando:

—Una fuerza que se paga… una fuerza que nace del equilibrio perfecto de la muerte…

Miró al fraile pintor:

—La ligereza nace del peso y el peso de la ligereza; cada uno paga en el mismo instante el beneficio de su creación, cada uno se gasta en la medida de su movimiento. Y cada uno, también, se extingue simultáneamente. Todas las fuerzas se destruyen pero también se crean entre sí; la muerte es, para ellas, una mutua expiación y un violento parto…

Con un gesto concentrado, arbitrariamente teatral, el estrellero detuvo de un golpe el movimiento del astrolabio y añadió:

—Ésta es la ley. Ni tu pintura ni mi ciencia escapan a la norma. Pero la paradoja es que la crean violándola: la ley subsiste gracias a quienes le oponen la violenta excepción de la ciencia y del arte.

Julián posó una mano sobre el hombro de Toribio: —Fraile: en su testamento nuestro Señor incurre en las más detestables violaciones de la ley de Dios; combina todas las herejías anatematizadas…

—¿Herejías? —arqueó las cejas fray Toribio, y rió—: Bien español que es nuestro príncipe, y sus herejías a veces no son más que blasfemias…

—Herejías o blasfemias, las combina y les da curso, igual que nuestro pobre amigo el Cronista de este palacio; pobre Señor, también, ya que él mismo no puede enviarse a galeras a expiar sus culpas. Pero yo quiero ser caritativo, hermano, y preguntarme, convencido por cuando acabas de decir, si el Señor, sencillamente, no busca, con pena, a otro nivel, las verdades que tú dices haber encontrado en la punta de un catalejo… Toribio: ¿no está demasiado solo el Señor?, ¿no podríamos acercarnos, en bien de todos, tú y yo…?

—No te engañes. El Señor no busca lo que buscamos tú y yo.

—¿Yo, hermano?

—Tú también, Julián; tú y tu pintura. ¿Crees que no sé ver? No hago otra cosa, pobre de mí, caldeo estrábico: si puedo escudriñar los cielos, bien puedo observar una pintura, bien puedo ir a la capilla del Señor y leer los signos de ese cuadro que dicen fue traído de Orvieto, como para que la distancia del origen distancie su presencia también, y oculte las intenciones reales de su autor…

—Calla, hermano, por favor calla.

—Está bien. Lo que te quiero decir es que no hay por qué compadecer al Señor o compararlo con nosotros…

—Le hemos jurado obediencia.

—Pero la obediencia tiene grados, y por encima de la de servidores del Señor está la obediencia que tú le debes al arte y yo a la ciencia; y por encima de todo, la que le debemos a Dios.

—Calla, por favor, calla; el Señor piensa que obedecerle a él es obedecer a Dios; no tiene cupo ni tu ciencia ni mi pintura entre esas dos demandas que nos rigen.

—Y sin embargo, en estos papeles el Señor duda, y tú crees que la duda del Señor lo hermana con nuestra fe secular.

—Sí, lo creo; oscuramente, piadosamente, lo creo o quiero creerlo.

—No hay tal, hermano; esta duda no es duda, esta duda no es la nuestra, el Señor continúa viviendo en el viejo mundo, la verdad no puede encontrarse en todas estas sutilezas, distinciones, cuestiones y suposiciones conceptuales o analíticas; esto es lo que tú y yo vamos a dejar atrás para siempre: las palabras consignadas en estos folios por el Señor gracias a la ferviente mano de su lacayo Guzmán son como un montón de ladrillos sin cimiento ni argamasa que los una; el menor soplo los puede tumbar; hace falta el cimiento; y la unión es la poesía y la poesía es la cal, la arena y el agua de todas las cosas, la poesía es el conocimiento lógico, la poesía es la plenitud de la actividad y la creación humanas; y la poesía nos dice, sin las dudas y los retruécanos lógicos del Señor, que nada es tan audaz o pecaminoso como lo cree el Señor, puesto que nada es increíble y nada es imposible para la poesía profunda que todo lo relaciona. Poesía es cimiento y conocimiento; tu arte y mi ciencia nos dicen, hermano, que las posibilidades que negamos son sólo las posibilidades que aún no conocemos. Condena esas posibilidades, como lo hace el Señor, y les pondrás el nombre del mal. Ábrete a ellas y conocerás la solidaridad del bien y del mal, la manera como mutuamente se alimentan, la imposibilidad de disociarlos: ¿puedes partir de canto una moneda y seguirla llamando ducado? El Señor sólo multiplica sus dudas para conservar un orden; confía en que la verdad revelada sabrá resistir todos los asaltos así de la razón como de la imaginación; cree eso, hermano Julián.

—Tú y yo… ¿queremos entonces destruir ese orden?

—Ahora yo te digo a ti; calla, por favor, calla; trabajemos solamente, confiados en que el orden de las matemáticas y el orden de la pintura son, o al cabo serán, idénticos al orden divino.

—En verdad, no me has contestado.

—Déjame hacerlo a mi modo. Nada, en el fondo, se destruye, porque la naturaleza tiene hambre y sed insaciables, como el supliciado Tántalo; pero al contrario de él, ella crea una sucesión de nuevas vidas y formas nuevas que la alimentan constantemente; el tiempo destruye, pero la naturaleza produce con más rapidez que la muerte. El Señor se opone a la naturaleza en la intimidad de su alma; se opone, fraile; y ésta es la escasa grandeza de su imposible combate; la tierra quiere perder su vida, deseando sólo la constante reproducción; el Señor desea ganar la suya, negando el incremento de esta santa sustancia terrestre por Dios ordenada. Ni una pulgada más, le ha dicho el Señor a la naturaleza, secuestrándola para siempre en un paralelo universo de piedra y muerte: este palacio. ¿Quién se lo reclamará, si todos, el Señor, tú y yo, somos prisioneros de los primeros y más antiguos pensamientos con que los hombres pensaron, en oposición, al cosmos? Prisionero es el Señor de la idea de un mundo diseñado por la Deidad en un solo acto de revelación inconmovible, irrepetible, intransformable; tributarios tú y yo de la idea de una emanación divina que en perpetuo flujo se realiza transformándolo todo sin pausa… Sí, pobre Señor nuestro. Cree que, como la creación misma, la perfección es impasible, inmutable, inalterable.

—Así ha mandado construir este palacio. Tienes razón.

—Entonces, como topos, hormigas, ácidos, ratones, ríos lentos pero corrosivos, viento y comején, tú y yo, aliados del tiempo y del flujo, desde adentro socavaremos su proyecto y el palacio mismo sufrirá la imperfección de ser alterable, generable y mutable, pues ésta es la ley de la naturaleza y no habría beneficio, sino miseria, si la tierra fuese una inmensa pila de arena, impasible, o una inmensa masa de jade, inmutable, o si, después del diluvio, las aguas congeladas la hubiesen recubierto creando un inmenso globo de cristal, perfecto por inalterable. Nuestro Señor merece encontrarse con una cabeza de Medusa que le transforme en estatua de diamante: ésa sería su perfección. Pero quizá ése es su terror: transformarse en otra cosa, lo que sea, aunque sea una estatua invariable porque carece de vida y movimiento.

—Dios es eterno, inalterable como el Señor quisiera ser; y Dios vive… es…

—Lo que es eterno es circular, y lo que es circular es eterno. ¡Dios mío, hermano! ¿No te das cuenta de que este movimiento, este cambio, esta generación perpetuas significan que Dios crea, crea sin cesar, animándolo todo, haciéndolo girar todo para su mayor gloria, como si él mismo quisiera ver su creación bajo todos los ángulos, desde todas las perspectivas, en redondo, sin perderse una sola visión de las fluyentes maravillas que concibe?

—¿Y tú pretendes haber observado ese movimiento y ese orden de los cielos, saber cuándo se mueven y hacia dónde se dirigen los astros, y con qué medidas, y lo que producen? ¿Negarás entonces que tu soberbia a la del Señor se asemeja, pues tú crees poseer, aunque no lo admitas, el mismo genio que el Autor de los cielos?

—Sólo creo que habiéndonos acercado lógicamente a la comprensión de la arquitectura universal, que Dios conoció instantáneamente y sin raciocinio temporal, en tanto que nosotros sólo nos acercamos paso a paso y racionalmente, sería ruinoso divorciar la palabra de Dios de la obra de Dios. La verdad que nos demuestra la astronomía es la misma verdad que la sabiduría divina ya conoce. ¿O piensas que debería destruir todo lo que aquí ves, mis cartas, mis esferas, mis cristales, y dejar de observar los cielos, para que la presencia divina se manifieste sin obstáculos? ¿A quién beneficiaría mi inactividad? ¿A Dios, que me hizo venir al mundo para que yo supiera un poquitín de lo que él ha sabido siempre? ¿Al mismo Señor nuestro soberano temporal, que a pesar suyo cambia, sufre y decae como toda cosa viviente y necesita que alguien, aunque jamás se la diga, sepa la verdad? Créeme, hermano; más vale que alguien sepa estas cosas, aunque sea en silencio; algún día pueden ser, si no la verdad aceptada, al menos la alternativa para una política de la desesperación, o, lo que es lo mismo, de la repetición. Y la repetición sin fin cambia el nombre de la desesperación que la alimenta; termina por llamarse destrucción, Julián.

—Hermano Toribio: yo te quiero; tú lo sabes. Hablo como hablaría el Santo Oficio si supiera… si supiera que afirmas todas estas cosas.

—El saber parcial de un hombre no ofende el saber total de Dios.

—Dirán que el centro del universo es la tierra, sede de la creación, sede de la humanidad y sede de la Iglesia…

—¿Disminuye la omnipotencia de Dios decir que aquello que Dios hizo suceder una vez no puede volver a suceder jamás? Invierte esta proposición negativa y entenderás lo que yo hago: identificar poco a poco el pensamiento humano con el divino pensamiento, no de lo que ya pasó, sino de lo que sucede; no con el diseño revelado un día, simple acto inicial, sino con su flujo, emanación y transformación perpetuas.

—Miras a un hondo abismo, y me mareas.

—No miro las sombras de la caverna; me baño en el río. Es mi deseo.

—Sea también tu temor. Por ese hoyo que has abierto en los cielos puede írsenos, drenado, el espíritu; ¿y de qué nos servirían, si perdemos el alma, tus helados rombos y triángulos?

—El universo es infinito; quizá perdamos esta que consideramos nuestra alma individual y ganemos el alma de todo lo creado...

—Oh hermano mío, ¿y si tus descubrimientos te llevan a esta horrenda conclusión, horrenda? ¿Y si descubres que uno es el orden divino de lo infinito y otro el orden infinito de la naturaleza? ¿Y si descubrimos que hay dos infinitos? ¿Por cuál optaremos, hermano?

Toribio bajó la cabeza y dirigió los pasos hacia la mesa donde estaba colocado el espejo ustorio. No habló durante un largo rato. El día estalló con plenitud y los rayos de sol empezaron a jugar contra el cristal helado. Al fin dijo:

—No sé qué contestarte.

—Dirán que si el universo se rige por leyes propias, nada importan los poderes del Santo Padre, o los de los Señores poderosos como el nuestro, o...

Las palabras se le trabaron al fraile suplicante; y las del hermano Toribio fueron pronunciadas con desgana:

—Nada de esto lo imagino yo; no; esto lo hace Dios; es Dios quien hizo a los hombres mortales, pues de haberlos hecho inmortales, no habría sido necesario el mundo o la presencia del hombre en el mundo; el hombre es mortal, luego el mundo existe como habitáculo de la mortalidad. ¿Esto es cierto, fraile?

—Te condenarán, hermano; esto es lo cierto: el hombre fue creado inmortal, a imagen y semejanza de Dios, y sólo por su pecado original perdió los atributos divinos. Nuestra religión se levanta sobre estas tres piedras, el pecado original, la corrupción inherente y el perdón divino. Destruye estos cimientos y destruirás el edificio mismo de la Iglesia, que ya no tendrá razón de ser, pues si el hombre no pecó originalmente, sigue siendo semejante a Dios y con Dios puede ligarse directamente, sin necesidad de la gracia mediadora de la Iglesia...

—¿El propósito de la creación fue atar de pies y manos al hombre y en seguida condenarle porque no camina? No, hermano, para mí que la mortalidad del hombre es parte del plan divino de la creación; para mí que morir es parte de la libertad del hombre, de la paternidad amorosa de Dios y de la ley del movimiento y del cambio: ésas son mis tres piedras de fundación, tiene que ser así, Dios hizo una esfera de la tierra, y a la tierra relacionó mediante una revolución uniforme con los demás cuerpos celestes, que alteran a la tierra y en consecuencia nos alterables. Si ésta es la ley eterna del universo, ¿cómo no ha de ser la del pequeño hombre que habita un pequeño planeta?, ¿cómo, cómo? Hermano, si el universo cambia y decae y muere y se renueva, ¿por qué habíamos de ser nosotros la excepción? No, el hombre fue concebido mortal, nació para morir, y no hay en él corrupción inherente, sino perfectibilidad corporal y espiritual…

—Y si no hay pecado ni corrupción, no es necesario el perdón divino. No hermano; te juzgarán, te condenarán, hermano, te obligarán a retractarte primero y luego te quemarán, hermano; la tierra no se mueve como tú dices, ni sube ni baja, porque arriba de la tierra está el cielo…

—¡Te digo que la tierra está en el cielo!

—…y debajo está el infierno, y no serás tú quien derrumbe las jerarquías de la verdad establecida.

—Y sin embargo, la muerte de los hombres es la condición de la eternidad.

Fray Toribio puso de frente al sol el cóncavo cristal del espejo ustorio, y el sol obedeció, reflejando con furia sus rayos contra el cristal. Debajo del lente, colocó el fraile los folios del testamento del Señor; fray Julián corrió a detener la mano del uranólogo; hermano, ¿qué haces?, ¿qué nueva locura es ésta?, Guzmán me pedirá los papeles, tienen el sello de nuestro Señor…

Reunidos en foco, apretado haz de fuego, los rayos del sol comenzaron a quemar los papeles; no te preocupes por Guzmán, es un lacayo sin importancia; échame la culpa, hermano, di que fue un descuido mío, un accidente… Las llamas chatas y rizadas devoraron los folios.

—Tienes razón, hermano. No diré nada.

—Quémense estos culpables papeles, Julián, y sálvense los volúmenes de mi biblioteca. Míralos; sus páginas están escritas en árabe y hebreo. Más culpables podrían considerarse que estas turbias blasfemias y necias herejías dictadas por el Señor a Guzmán y entregadas a ti por Guzmán, ¿con qué pretexto, di?

—El mismo que yo le di al entregarle los papeles del Cronista, que fue donde el Señor se enteró de estas heréticas disidencias que hoy tanto le deleitan y perturban a la vez. Anda, Guzmán, le dije, que el Señor vea estos papeles, él comprenderá su contenido. Lo mismo me dijo hoy Guzmán a mí. Que nada entendía. Que juzgase yo.

Julián miró con gran ternura a Toribio.

—No diré nada.

Los dos frailes se abrazaron y Toribio dijo a la oreja de Julián:

—Y yo no escribiré nada, como nada escribieron los discípulos de Pitágoras. Y no por miedo, no, hermano…

—Haces bien; cree que mi espíritu descansa al conocer tu resolución.

—Pero entiéndeme: no es por miedo.

Y Julián, abrazado a su cofrade, sin mirar a sus ojos pero sintiendo, en el apretado amplexo, los temblores del fraile estrellero, no quiso preguntarle, ¿lloras?, ¿es por soberbia entonces, ya que no por miedo?, hasta que el propio Toribio habló:

—Es por desprecio. Hay más zánganos que abejas en este mundo. No entregaré lo que conozco a la burla de los mediocres. He gastado mucho tiempo, mucho amor y mucho cuidado en entender algunas cosas que para mí son bellas: no me expondré ni al desprecio ni a la burla de unos pobres charlatanes… La burla, fraile: miren lo que ha visto este caldeo bizco con sus poderosos cristales, con sus antiparras celestes…

—Hermano… siéntate… espera… descansa.

—Nada diré; esperaremos. Nada diré; pero nada dirá, tampoco, el Señor. El sol devorará por igual sus palabras y las mías.

—¿Y si el propio Señor te pide cuentas de la destrucción de estos papeles?

—Trazaré, como es mi costumbre cortesana, su feliz horóscopo; y allí demostraré que el signo destructivo de escorpión decidió la pérdida fatal del testamento. Aceptaré esta desgracia cierta a cambio de las muchas falsas venturas que, con loas y ditirambos y comparaciones con dioses de la antigüedad y sus héroes, le anunciaré. Es todo, fraile. Anda; vamos a beber; vamos a reír; aunque quien a postre ríe, primero llora.

Peregrino sin patria, hijo de varias tierras y por ello olvidado huérfano de todas, el muchacho rubio con la cruz encarnada en la espalda, el compañero de Celestina, intentando reconocer en la incierta luz de esta aurora el lugar a donde había sido conducido, llegó hasta el pide de la torre del astrónomo y esa alta construcción de piedra le recordó, vagamente, otros edificios, igualmente apuntados hacia las estrellas. El muchacho añadió su anhelo al de la torre ascendente y rogativa. Primero miró en torno suyo; miró la tierra llana de Castilla, el polvo aplacado de la madrugada, la silueta pareja y sin tonos de la sierra al amanecer, cegada por los primeros rayos del sol; miró el paso veloz de una caballada negra y el paso lento de los bueyes olorosos, arrastrando las carretas llenas de paja, heno y bloques de granito; voló con el vuelo temprano de las cigüeñas que buscaban dónde anidar, escuchó el graznido de los cuervos que circulaban sobre los techos de este palacio interminable, olió el cuero quemado y la grasa escurriente de un cordero asado en algún tejar de la obra, escuchó los primeros cencerros del día, tocó la piedra gris de la torre y allí sus dedos encontraron, a pesar de lo reciente de la construcción, un signo viejo de vida y persistencia; un hueco misteriosamente labrado en la piedra. En este escondrijo germinaba, mínimamente, una pequeña espiga de trigo. El peregrino miró esta tierra a la cual había regresado y se preguntó si tan poco ofrecía que el trigo estaba obligado a crecer en la piedra; y quiso recordar otros campos, en otro mundo que él conoció, donde crecían los altos tallos verdes, las hojas gruesas, flexibles, duras y amarillas, de otro pan, el pan de otro mundo, los granos rojos y amarillos.

Levantó las manos, las abrió, ofreció las palmas abiertas al cielo, o a la torre, ignorando si al hacerlo oraba, agradecía o intentaba recordar; y en el instante de mostrar sus dos palmas abiertas al cielo de la aurora, dos piedras cayeron al mismo tiempo de lo alto de la torre, una piedra grande y otra más pequeña, la grande sobre la palma izquierda y la chica sobre la palma derecha; y las piedras eran frías, como si hubiesen pasado la noche a la intemperie; pero al empuñarlas el muchacho no tardó en darles calor, excitado como estaba por este milagro: del cielo de España llovían piedras.

Regresó a la forja de Jerónimo, guiado por el suave y triste rumor de la flauta que tocaba, con los ojos cerrados, el desconocido llegado la noche anterior, esa noche extraña que fue la primera del peregrino en tierras castellanas, y que recordaría porque las luces corrían solitarias a lo largo de los pasillos del palacio sombrío, el trigo crecía en la piedra, los halcones volaban muertos desde las ventanas y los murciélagos —él lo vio— iban y venían por los aires trayendo y llevando mutilados miembros, canillas, orejas, calaveras; porque, en fin, del cielo llovían piedras.

Las empuñó como si fuesen dos joyas preciosas. Llegó hasta la fragua donde mantenían su vigilia Jerónimo, Celestina y el flautista ciego. Se escucharon, por encima de los aires de la flauta plañidera, los pasos de la compañía armada en el llano. Jerónimo se puso de pie. Celestina le tomó del brazo:

—No importa, dijo la mujer. Deja que entren y nos lleven con ellos. A eso hemos venido mi compañero y yo.

El flautista dejó de tocar y limpió su instrumento, frotándolo contra los remiendos de su viejo jubón. El peregrino mantuvo las piedras en sus manos cuando la guardia del Señor tomó, sin resistencia, a Celestina, se acercó al joven y él tampoco opuso resistencia; ya sabía, desde que una noche amó en la sierra al paje y atambor de los labios tatuados, que había llegado hasta este lugar para ver cara a cara a un Señor y contarle lo que el propio peregrino, sabiéndolo, se resistía a creer.

El segundo testamento

—Yo... yo... por la gracia de Dios... conociendo cómo, según doctrina del apóstol San Pablo... ¿qué debo decir ahora, Guzmán?, ¿cuáles son las palabras que nos dicta la tradición testamentaria?

—...cómo después del pecado está estatuido por la divina providencia que todos los hombres mueran en su castigo; Señor, no es tiempo...

—...y con esto ser tanta y tan grande la bondad de nuestro Dios... ¿cómo, Guzmán?, lee, léeme lo que dice el breviario...

—...que esa misma muerte que es castigo de nuestra culpa recibe Él con el debido aparejo de vida y la sufrimos con paciencia... Señor: por Dios...

—¿Con paciencia, Guzmán? ¿Tú has visto mis miembros prematuramente envejecidos, mi cuerpo minado por las taras heredadas de esas momias y esqueletos que anteayer hemos enterrado aquí para siempre, la llama de mi cuerpo que a pesar de todo insiste en alumbrarse y debe ser apagada con penitencias, palabras dolorosas, látigos y pesadillas sin nombre, pues no tengo derecho a contaminar a Isabel, verdad Guzmán?

—No se acongoje usted tanto, Señor...

—¿Qué nacería de nuestro ayuntamiento, Guzmán, si yo la preñase, sino otro cadáver, un monstruo muerto antes de nacer, una pequeña momia destinada a la cuna del sepulcro, a mecerse en una de las criptas que aquí hemos construido, verdad Guzmán?

—Y de vuestra unión con Inés, Señor, ¿qué nacerá?

—El mal: lo que desconocemos. ¿Por qué me la ofreciste?

—Lo que desconocemos, sí. Quizá el bien; el azar; la renovación de la sangre.

—¿Paciencia? ¿Qué debo decir ahora? ¿Qué dice el dogma?

—...y venimos a nuestra muerte con una voluntad racional, no tanto compelidos por la obligación natural de morir, cuanto recibiéndola por tránsito y paso para la eterna felicidad y vida bienaventurada…

—Duda, Guzmán, duda, mira en mi espejo, sube los treinta y tres peldaños de mi escalera y desmiente al dogma, afirma en contra del dogma que si llegamos a resucitar, será en carne aérea o disímil de la carne en la que vivimos, somos constituidos y nos movemos; afirma, Guzmán, que si llegamos a resucitar, bien puede ser en forma de esfera y sin parecido con el cuerpo que habemos; niega que la resurrección, el día del juicio final, será simultánea para todos los hombres que han nacido sobre la tierra, sino que cada uno resucitará en su tiempo y a su manera, del vientre de las lobas, del acoplamiento de los perros, del huevo de las serpientes, de las uniones y desprendimientos de los bichos que infestan las aguas estancadas y por esto podemos pensar, temblando, que la formación del cuerpo humano, en el vientre de Isabel, en el vientre de Inés, en el seno de mi madre, es la obra del diablo y que las concepciones en las entrañas de mi madre, de Inés o de Isabel, son amasadas por el trabajo de los demonios, sí, Guzmán, pues si el primer Dios al que desconocemos y que nos desconoce creó un primer cielo perfecto, ninguna cabida tenía en él la imperfección de los hombres mortales, que son todos creación de Luzbel, Luzbel es la herida del cielo perfecto por donde se desangra el paraíso, la rendija por donde se cuela la creación de algo que al Dios perfectísimo y primerísimo ni le interesa ni le ocupa: los hombres, tú y yo; Guzmán, aprovecha el nacimiento del nuevo día para escribir mi segundo testamento; esto les heredo: un futuro de resurrecciones, que sólo podrá entreverse en las olvidadas pausas, en los orificios del tiempo, en los oscuros minutos vacíos durante los cuales el propio pasado trató de imaginar al futuro. Esto heredo: un retorno ciego, pertinaz y doloroso a la imaginación del futuro en el pasado como único futuro posible de mi raza y de mi tierra. ¿Me entiendes, Guzmán? Añade, añade las fórmulas de rigor. Éste es mi segundo testamento.

—Señor, ya no hay tiempo. Y este segundo testamento es innecesario puesto que ayer me dictásteis otro.

—Añade. Ayer no conocía a Inés. Añade. Súmense palabras a las palabras. ¿Sobrevivirá este palacio? Que las palabras, en la duda, dejen constancia de él y reproduzcan la vida que en él se vivió.

—Y para que muriendo seamos testigos fieles y leales de la infalible verdad que nuestro Dios dijo a los primeros padres, que pecando, ellos y todos sus descendientes moriríamos…

—Falso, Guzmán: Dios ni quiere ni es: sólo puede, lo puede todo, pero de nada le sirve, pues ni quiere ni es; nos odia; pecar es ser y querer. Guzmán, Guzmán, qué intolerable dolor… ven, ponme la piedra roja en la palma de la mano…

—¿Terminó usted, Señor?

—Sí, sí… Guzmán, ¿tú nunca dudas?

—Si yo tuviera el poder, Señor, jamás dudaría de nada.

—Pero no lo tienes, pobre Guzmán.

—Y pronto usted tampoco lo tendrá si no actúa contra los peligros que le amenazan.

—Conozco bien esos peligros; son las amenazas del alma demasiado alumbrada; me acechan aquí, en esta recámara, en estas galerías, en esta capilla; los conozco demasiado bien, Guzmán; son los peligros de quien posee a un tiempo la sabiduría y el poder, dones que no se concilian; quisiera ser un bruto, como mis asesinos y batalladores antepasados que aquí afuera yacen, en mi cripta y capilla; ejercer el poder sin conciencia, qué alivio, Guzmán, qué paz tan profunda si así pudiese ser; la acumulación del tiempo ha añadido el conocimiento, la duda, el escepticismo y la flaqueza de la tolerancia al depósito original del poder; ése es el peligro, ¿no te das cuenta?; y ese peligro lo exorcizo con palabras, penitencias, razones y delirios; con pecados, a fin de ser perdonado…

—El peligro está afuera, Señor, y sólo la fuerza podrá desvanecerlo.

—¿La fuerza? ¿Otra vez?

—Siempre, Señor.

—¿No bastó un crimen? ¿No cumplí mis deberes para con el poder fundándolo, una sola vez, sobre la muerte de los inocentes?

—Esto es fatal, Señor; tiene que volver a actuar como Dios; ni ser ni querer; sólo poder. Usted mismo lo ha dicho.

—Y yo mismo lo he rechazado.

—Con las palabras de sus testamentos no pagará usted sus deudas.

—¿De qué hablas? Todo es mío. La tierra es mía; la tierra está cercada, limitada por mi posesión. Cuanto aquí se produce es mío, las cosechas, el ganado, todo es traído a mi palacio, entregado por los vasallos y los siervos a mis puertas, como lo fue a las puertas de mis padres y de mis abuelos…

—Sí; los vasallos siguen trayendo lo que le deben por concepto de rentas; pero cada vez son menos los vasallos y las rentas y más los gastos de la construcción y más también lo que se produce y que ya no pasa por vuestras manos. Las ciudades, Señor... las ciudades acaparan hoy la mayor parte de la riqueza...

—Pero yo sigo recibiendo lo que siempre he recibido: tal es la ley de mis dominios...

—Sí, y buena ley era cuando usted, recibiendo lo que recibía, recibía más que nadie. Pero hoy sigue usted recibiendo lo mismo de siempre, y recibe mucho menos que otros. Las ciudades, Señor. Casi todo va hoy de los campos a la más cercana ciudad, en vez de hacer el largo viaje hasta este palacio, y de la ciudad los mercaderes traen las cosas hasta aquí, y las cobran. Usted sigue recibiendo lo de siempre: tantas cabezas de ganado, tantas fanegas de trigo, tantas balas de heno. Pero debe pagar lo que ya no le es debido a su señorío. Aquí llegan desde lejos los cadáveres, pero no los huevos, las legumbres, el tocino que hoy son entregados al mercado de los burgos. Éstos ya no son los dorados tiempos de vuestro padre, Señor...

—¿De qué me hablas? ¿Huevos, verduras? Yo te hablo de la muerte y el pecado y la resurrección de las almas ¿y tú me hablas de tocinos?

—Sin los huevos y el tocino no podría usted hablar del alma. El mundo fuera de los alcázares ha cambiado y usted no se ha dado cuenta. Perdone mi atrevimiento. La gente necesita cada vez menos de usted. La gente ha inventado su propio mundo, sin cadáveres, sin pecados, sin tormentos del alma...

—Entonces de nada sirvió matarlos. Triunfó la herejía. Soy un imbécil, ¿esto me estás diciendo?

—Señor: mi devoción es sólo para vos, e incluye deciros la verdad. Nada sé de teologías. Sólo sé que en vez de fabricar por encargo y para el uso de vuestro dominio, ahora los hombres producen las cosas sin que nadie se las encargue, las venden...

—¿A quién?

—A quiénes, más bien. Pues a los compradores; al azar; reciben dinero; utilizan mediadores; se especializan; hay nuevos poderes levantados, no sobre la sangre, sino sobre el comercio de la sal, el cuero, el vino, el trigo, la carne...

—Mi poder es de origen divino.

—Hay una divinidad mayor, con su perdón, Señor, y se llama el dinero. Y la ley de ese dios es que las deudas, al cumplirse, se pagan. Señor: vuestras arcas están vacías.

—¿Con qué se paga, entonces, el servicio de este palacio, la construcción, los obreros?

—Precisamente, Sire; no hay con qué pagarles ya. Esto quería deciros, con urgencia, una vez concluidas las ceremonias de la muerte. Antes no quise importunaros. Ahora es mi deber haceros saber que la construcción de las criptas para los antepasados y el costoso traslado de todos los cadáveres hasta aquí, consumió lo que quedaba.

—Pero las riquezas que el palacio encierra; las rejas de hierro forjadas en Cuenca, las balaustradas de Zaragoza, los mármoles de Italia, los bronces de Florencia, los candelabros de Flandes...

—Todo se debe; nada ha sido pagado, pues vuestro crédito es grande; pero ha llegado el momento de pagar.

—¿Qué? ¿Por qué guardas mi testamento? ¿Qué es ese nuevo papel?

—La lista detallada de lo que se debe; deudas con forjadores, dueños de embarcaciones, carniceros, carpinteros, panaderos, saleros, tejedores, bataneros, tintoreros, zapateros —mire: uno de ellos se queja de que el joven llegado con su Señora madre le obligó a comerse el cuero de sus zapatos; por ello pide indemnización; el capricho deberá pagarse—; talabarteros, pañeros, vinateros, cerveceros, barberos, doctores, taberneros, sastres, mercaderes de seda... ¿Debo continuar, Señor?

—Pero, Guzmán, antes cuanto has enumerado se producía aquí mismo, en el alcázar...

—Ahora sólo hay obreros que construyen el palacio y religiosos que sirven a la muerte. Hay honra. No hay dinero.

—Y tú, Guzmán, ¿qué propones?

Guzmán caminó hasta la puerta de la recámara; apartó la cortina que separaba a la alcoba de la capilla. Detrás de ella, apareció un viejo encorvado. La corta capa de pieles le protegía de los fríos de la madrugada y de la larga espera nocturna en la capilla de piedra; pero el abrigo no calentaba el cristal de roca de sus facciones talladas y famélicas ni la nieve azul de su mirada.

Un gorro de martas le cubría la cabeza; los dedos largos y nudosos jugueteaban con el medallón de plata que colgaba sobre el pecho escuálido; las calzas negras apenas lograban amoldarse a las piernas de varilla. La boca sin labios dibujó una sonrisa obsequiosa; el vejete se inclinó ante el Señor, le profesó fidelidad, agradeció el honor de ser recibido; había esperado muchas horas, de noche, en esa capilla helada y sin más compañía que los muertos, pero suntuosamente aderezada: ¿cuánto habían costado las balaustradas, los mármoles, las pinturas, los sepulcros mismos?; una fortuna, sin duda, una fortuna, la calidad de la hechura, el costo del transporte, luego la instalación, que también tenía precio…

No, no se quejaba de la espera; había observado, había visto; había admirado la gran construcción; nadie, sino el servicio real, la conocía por dentro; y la curiosidad era grande, tan grande como la fama de este palacio interminable; y él tenía razones para apreciar especialmente este lugar y no se quejaba del fatigoso viaje desde Sevilla para conocerlo y ofrecer sus servicios al Señor y conocer también el lugar donde su hija, raro fruto de un matrimonio tardío, se preparaba para profesar; extrañas mozas las de hoy, Señor, que en vez de aprovechar todo lo que un padre anciano y próximo a morir, enriquecido en el comercio y en las artes del préstamo, podía ofrecerle, prefería venir a encerrarse en un claustro de este palacio; seguramente la voz del pueblo tenía razón, e hija de hombre viejo, alguna tiene seso, y la que es loca, de sí lo tiene todo; y es más: hija de Sevilla, una buena por maravilla; la sangre está cansada, e hijo tardano es huérfano temprano; cansada la sangre pero no la mente, sobre todo si durante toda una vida se ha afilado, día con día, en el cálculo del ejercicio mercantil, de la mal llamada usura que no es sino un acto de piedad, y en todo caso uso hace maestro, y mercader soy que ando, ni pierdo ni gano, y he tenido buen olfato para saber cuándo se aumenta el precio de los metales y cuándo se baja el precio de la sal, poniéndome para ello de acuerdo con los colegas del Báltico y del Adriático, pues mercader que su trato no entienda, cierre la tienda; invertir aquí, retirarse allá, que dinero de avaro va dos veces al mercado, maravillosa palabra, dinero, Señor, dinero, acariciarlo, sembrarlo, verlo crecer como un árbol abonado por el comercio y la artesanía al mayoreo, la minería, el transporte marítimo, la administración de tierras y los préstamos a príncipes necesitados de fondos para la guerra, la exploración, la construcción de palacios.

Ah, este palacio debería terminarse, ¿no lo creía el Señor?, sería una lástima que se quedara a medias, como un cascarón, como si le hubieran caído encima las maldiciones del cielo: era la obra de la vida del Señor, ¿verdad?, por esto le recordarían los siglos venideros, para levantarlo había talado y secado este antiguo vergel de Castilla, había arrancado a los labriegos de sus tierras y a los pastores de sus montes, y los había puesto a trabajar como peones, a cambio de un sueldo, muy bien, muy bien, más sabe que yo le enseñé, los productos no tienen por qué pertenecerles a los productores, ¿qué pueden hacer los que producen si no están allí las piernas del intermediario para llevar lo producido al mercado y las manos del prestamista para proveer en caso de mala cosecha, de temporal, de accidente, de dispendio? Condenados hemos sido, Señor, y sin embargo, insisto, de caridad es nuestra misión. Y no siempre hemos sido bien pagados. He conocido en mi larga vida grandes de estas patrias españolas que por puro delirio de lujo y honor y apariencia han plantado sus tierras, después de ararlas, con plata, como si el metal pudiese retoñar y rendir frutos sembrado; los he conocido que cocinan con cirios de cera preciosa para impresionar a sus propios pinches y para impresionarse a sí mismos; los he conocido que al final de una fiesta mandan quemar vivos treinta caballos, por el puro gusto del dispendioso espectáculo que así les hace crecer, creen ellos, por sobre el común de los mortales. Lo peor es que han asesinado, a veces, a los prestamistas que acuden a auxiliarles. Ved, pues, Señor, la necesidad y los peligros de mi miserable oficio.

En todo caso, cada puta hile y coma y el rufián que aspe y devane, los productos deben ser de quienes les dan alas, los transforman, les hacen multiplicar su valor, ¿no lo creía así el Señor?, los tiempos habían cambiado, los códigos de antaño dejaban de tener su viejo uso y valor, antes la enfermedad y el hambre hacían acariciar esperanzas ultraterrenas, pero basta con trabajar, Señor, dedicar la vida a la dura labor y cosechar sus frutos aquí mismo, en la tierra y, a pesar del bajo origen, los favores del mérito, si no los de la sangre: el dinero hace al hombre entero y los duelos con pan son menos; yo vivo, Alto Señor, de lo que gano y de lo que cambio; ello no me impide serviros y apoyar con mis fatigas un poder basado en lo que ya se tiene porque se heredó. Que no se me juzgue duramente; a nuevos tiempos, nuevos usos; los interdictos de nuestra fe, que tan severa ha sido con los de mi oficio, correspondían a un mundo deshecho, enfermo, hambriento, Señor, a un mundo estancado; la estigma pecaminosa arrojada sobre la práctica de la usura por los cristianos obligó a los judíos a servir esta función necesaria; pero si perseguís a los hebreos, ¿quién la cumplirá, y será condenado un acto de necesaria caridad cuando lo practican cristianos viejos como yo, Señor? Acéptese pues mi ocupación como signo de una fe fortalecida, saludable, que puede prometer dos paraísos: uno aquí y otro allá, éste ahora y el otro después: ¿no resulta admirable esta promesa?; y piénsese, en fin, que mis pecados, de ser tales, son compensados y quizá hasta perdonados porque mi dulce hija, mi única heredera, a quien yo, naturalmente, le dejaré todo mi dinero, se prepara en este mismo palacio para el encierro eterno y las nupcias con Cristo.

Así, tarde o temprano, Señor, mis cuantiosos bienes habrán de pasar a manos de las buenas monjas de vuestro palacio pues Inés, mi hija, habrá hecho voto personal de pobreza. De esta suerte, lo que ahora estoy más que dispuesto a prestaros para que podáis pagar vuestras deudas, a un módico interés del veinte por ciento anual, no sólo os resolverá problemas presentes sino futuros: mi dinero, gracias a la Inesilla, regresará al caudal del Señor, lo mismo que la muchacha, a quien desde la capilla vi salir esta noche de vuestra alcoba, regresará a demostrarle su devoción al Señor como el Señor le demuestra devoción al padre de Inés de mil maneras, pues seguramente, en esta ocasión, quien dineros ha de cobrar muchas vueltas no ha de dar, y quien así acude en ayuda del Señor algo más que el interés de un préstamo ha de recibir, pues el Señor puede hacer de una pulga un caballero y permitirme, en mi vejez, gozar de mayo y añadir honra a riqueza. Saldréis ganando, Sire, creédmelo, saldréis ganando.

Ahora, si el caballero aquí presente dispone el papel, la pluma, la tinta, las arenas secantes y los sellos, podemos proceder a un acuerdo; tengo frío, tengo sueño, la noche ha sido larga y en mi larga espera he soñado horribles pesadillas, sentado detrás del cancel de las monjas. Perdón por mi excesiva parlería; procedamos; se hace tarde: procedamos.

El Señor, entumecido de cuerpo y alma, tomó la pluma. Pero antes, angostando la vidriosa mirada, preguntó:

—Siento una curiosidad, caballero. Si tantos son vuestros poderes de mercaderes y usureros, ¿por qué aceptáis el mío?

El viejo prestamista inclinó la cabeza: —La unidad, Sire, la unidad. Sin cabeza visible, los cuerpos se disgregan. Sin suprema instancia, todos nos devoraríamos como lobos. Gracias, Sire.

Como a los halcones enfermos, así atendió ese amanecer Guzmán a su Señor, con untos y cocidos e infusiones varias, según lo reclamaban las dolencias del amo, echado sobre la cama, sin fuerzas, agotado por los siempre apiazados males que en un instante saben reunirse verduguillo en mano; por el desvelo, el amor y el creciente horror de su conciencia.

—Tome, Señor, le servía Guzmán, tome este cocimiento de grama que es remedio admirable contra las dificultades de la orina y sobre todo contra aquellas que proceden de llagas de la vejiga, y déjeme untarle en los pies la hiel caliente y húmeda del gato montés, que resuelve y ablanda el mal de gota.

—¿Quién abrió la lucarna, Guzmán?; la alcoba se ha llenado de mosquitos, es verano, las aguas muertas de esta llanura son aguas viejas y de ellas se alimentan los mosquitos.

—No se preocupe, Señor, he puesto un vaso con sangre de oso debajo de la cama, y a él acudirán todos los mosquitos y morirán ahogados.

—Yo, yo me ahogo…

—Pero, Señor, debe estar contento, ese viejo usurero sevillano nos ha devuelto la vida, podrá terminarse el palacio, debería usted recompensarle, además es el padre de la novicia, nómbrele usted, por lo menos, Comendador, es viejo, déle ese gusto antes de morir.

Gimió el Señor: —¿Quién es ese viejo, quién es realmente, es el Diablo, este hombrecillo capaz de venir aquí, a humillarme, a ofrecerme dinero a cambio de mi vida, es el horrible pecado de la simonía, quiere mi alma a cambio de su dinero?

—Es el progreso, Señor, y el viejo sevillano no ejerce profesión diabólica, sino liberal.

—¿Liberal? ¿Progreso?

—Progresar como el sol en su curso diario, o como progresaron los cadáveres de vuestros abuelos hasta aquí, pero ahora aplicado al camino ascendente de una sociedad entera; y liberal, Señor, propio de hombres libres y opuesto a servil.

—Pues el sol en el horizonte nace y en el horizonte muere, y así concibo que tu progreso morirá de las mismas causas que lo engendraron; y en cuanto a lo de liberal, contrasentido es que sean los siervos quienes pretendan serlo; no conozco estas palabras.

—No hay más conocimiento que la acción, Señor.

—Hay la dignidad hereditaria, Guzmán, que ni se compra ni se vende.

—Hay la dignidad del riesgo, Señor, se puede vivir con y como los ángeles o el demonio, se puede escoger, se es libre para ascender o descender conociendo, así, nuestros propios límites.

—No, Guzmán, no hay más jerarquía humana que la posesión de un alma inmortal y su patrimonio en la vida eterna.

—No, Señor, hay el azar, hay la fortuna y hay la virtud que constantemente ponen en jaque esa jerarquía y la transforman, el hombre es gloria, burla y enigma del mundo y el mundo mismo es un enigma descifrable para gloria o para burla de los hombres.

—Hay represión, humillación y sacrificio para alcanzar la vida eterna, Guzmán.

—Hay pasión, ambición y deseo para ganar la vida terrena, Señor.

—La sabiduría es revelada, Guzmán.

—La prudencia se adquiere mediante prueba y error, Sire.

—El sumo ideal es el caballero contemplativo, meditativo de las Escrituras y el dogma de la Revelación, Guzmán.

—No hay ideales absolutos, Señor, sino premios seculares para la vida activa.

—Las verdades son eternas, Guzmán, y no quiero que cambien, no quiero que la sabiduría primaria que mi estirpe ha conservado durante siglos se convierta en objeto de usura y sea dilapidada por hombres como ese viejo, ese viejo, capaz de vender a su propia hija y la multitud como él, los conozco Guzmán, conozco sus espantosas historias, recuerdo la suerte de la cruzada de los niños, que salieron a batallar por Cristo en tierra infiel y en vez cayeron en manos de Hugo el Fierro y Guillermo el Cerdo, armadores de Marsella, que ofrecieron a los niños transporte gratuito a Tierra Santa y en realidad los llevaron a bárbaras costas africanas donde vendieron a los inocentes como esclavos a los árabes. ¿Me dirás que yo también he matado, Guzmán? Sí, pero en nombre del poder y de la fe, o en nombre del poder de la fe, pero nunca por dinero. Y sospecho que quien al dinero dedica sus afanes, no puede sino ser judío falsario, converso y marrano, aunque porte nombre de cristiandad vieja: Cuevas dijo llamarse el doctor que mutiló a mi propia madre y a punto estuvo de matarla, y decía ser rancio castellano, hasta que fueron descubiertos en su casa los libros de oraciones y los candelabros de la judería. ¿Asómbrate la confianza que en ti deposito, Guzmán? Explícatela ya: la nobleza de España está infestada de judíos conversos, falsos fieles, y sólo entre la gente de tu baja extracción encuéntrase hoy antigua cristiandad incontaminada. No me hagas creer ahora, Guzmán, que te has aliado con los enemigos de nuestro orden eterno…

—Señor, por Dios, cuanto hago es por devoción intensa a vuestros intereses…

—Pero crees que esos mis intereses se pueden conciliar con los de toda esta ralea de mercaderes y prestamistas, simónicos enemigos del Espíritu Santo…

—Pueden y deben, Señor; las nuevas fuerzas son una realidad: dominadlas o ellas os dominarán. Es mi sincero consejo.

—No, no, yo tengo razón, culmine aquí y ahora nuestra línea, muera el mundo con nosotros, pero que no cambie, el mundo está bien contenido dentro de los límites de este palacio, Guzmán, ¿a quién defiendes, con quién estás, dímelo?

—Señor, le repito, sirvo al Señor, le aconsejo y le advierto que debe servirse de los nuevos poderes para que los nuevos poderes no se sirvan de él: con un título de Comendador, el viejo usurero sentirá la obligación de honrar y obedecer al Señor, el Señor podrá disfrutar de Doña Inés, renovar su sangre ya que la semilla se cansa de crecer sobre el mismo suelo, reconocer al bastardo y vencer la locura e intriga de su madre, que nos ofrece un heredero imbécil; y si no la locura, sí el desvarío levantisco de los peones de la obra que han acogido a un segundo pretendiente, llegado ayer en compañía de un paje y atambor que en realidad fémina es, aunque vestida a la usanza de hombre, y parte del séquito de la Dama vuestra madre, de manera que las amenazas se confunden, los propósitos de las mujeres y del mundo se confunden, y si el Señor quiere encontrar en algún lado al demonio, encuéntrelo en la horrenda conjugación de la mujer y el mundo.

—¿Qué haces para conjurar estas amenazas que dices?

—Lo que a mí me corresponde: mandar apresar a ese atambor disfrazado y a su joven acompañante, y si el Señor lo autoriza, torturarles.

—¿Para qué?

—Directamente fueron a la fragua del herrero Jerónimo, y allí, junto con los demás obreros murmuradores a los que mi gente oye y observa, han permanecido.

—Un atambor que es hembra disfrazada…

—Un demonio de labios tatuados, Señor.

—¿Un joven acompañante, dices?

—Sí; e idéntico a… a ese joven príncipe traído aquí por vuestra madre, hasta en los signos de una común monstruosidad: seis dedos en cada pie y una roja cruz de carne en la espalda…

—¿Gemelos, Guzmán? ¿Conoces la profecía?

—No, Señor…

—Los gemelos anuncian siempre el fin de las dinastías. Son el exceso que promete una pronta extinción. Y un pronto renacimiento. Ah, Guzmán, ¿por qué has tardado en revelarme estas cosas? ¿serán estos gemelos el signo dual de la desaparición de mi casa y de la fundación de una nueva estirpe? Guzmán, no me atormentes más, basta, ¿han llegado a mi propio palacio los usurpadores, los enemigos de mi singularidad y de la permanencia de mi orden?

—No atormento al Señor; tomo la raíz, delgada como una acelga y preñada de un agudo licor, del turvino de levante, voz que significa quitapesares; y a mí un pesar me quita que al cabo el Señor comprenda la extraña natura de los peligros que le amenazan...

—Traed a ese muchacho y a la hembra disfrazada ante mi presencia. Auxíliame, Guzmán...

—Auxilio al Señor, que sólo es atormentado por el propio Señor. De conjurar las amenazas me encargo yo, con la venia del Señor.

—Basta, Guzmán, el único pesar que me puedes quitar es el de este temor a que las cosas cambien, a que el mundo sea algo más que el mundo contenido dentro de mi palacio... Guzmán, date cuenta: yo maté a los inocentes para asegurar la permanencia de mi mundo. No me digas que lo amenazan la usura, el dinero, la deuda y un par de muchachos desconocidos; no me arrebates, Guzmán, la razón de mi vida; no destruyas la piedra fundadora de mi existencia; todo, aquí, dentro del cerco de piedra de mi palacio; aquí, mis dudas; aquí, mis crímenes; aquí, mis amores; aquí, mis enfermedades; aquí, mi fe; aquí, mi madre y su príncipe imbécil y su enana; aquí, mi esposa intocada; aquí, incorporados a mí y a mi palacio, estos desconocidos que traerás ante mi presencia; aquí, mis palabras contradictorias, Guzmán, y también mi fragilidad; sé que soy contradictorio, tanto como lo son mi profunda fe y la sarta de herejías que repito para ponerla a prueba, sí pero también para demostrarte a ti, a mí, a nadie, a todos, a las paredes que oyen, que mi conocimiento es tan cierto como endeble, que esa *prisca sapientia*, esa sabiduría fundamental de las cosas, no es ajena a mí, aquí la guardo, aquí en mi cabeza, aquí en mi pecho, Guzmán, añadiendo luces a sombras y sombras a luces, para que en algún lugar, a pesar de las contradicciones o gracias a ellas, exista la inteligencia de que nada es totalmente bueno o totalmente malo; eso lo sé yo, aunque no todos crean, sepan o entiendan que lo sé, y éste es el privilegio de la larga permanencia de mi casa sobre esta tierra, con todos sus crímenes y locuras; eso lo justifica todo, Guzmán, ésa es mi sabiduría y todo lo pasado pasó para que alguien, uno, solo, yo, lo supiera y le bastara, tristemente, saberlo sin poder gobernar con esa sapiencia, pues entonces, tienes razón, perdería el gobierno, aunque no el conocimiento de que el bien y el mal se confunden y alimentan el uno al otro; eso lo sé yo, aunque para nada me sirva, y no lo sabe tu usurero hispalense, ni tus peones quejosos, ni tú mismo lo sabes, Guzmán, pues el día que todos ustedes se sienten en mi trono, tendrán que aprenderlo todo de nuevo, a partir de la nada, y cometerán los mismos crímenes, en nombre de otros dioses; el dinero, la justicia, ese progreso del que tú hablas; carecerán de la mínima tolerancia que mi conciencia de la locura, del mal, de la fatalidad, de lo imposible, de la humana fragilidad, de la enfermedad y el dolor y la inconstancia del placer, nos aseguran a todos. Equilibrio, precario equilibrio, Guzmán; quémese a un joven sólo por su crimen nefando y por ningún otro; protéjase la vida pero castíguese la culpa de mi Cronista enviándole a galeras como cura de inocencia; hágame yo ciego y sordo ante otras evidencias. ¿Quién pintó el cuadro de la capilla? Tú quisieras saberlo, Guzmán, si en esa pintura vieses, como yo he visto, una culpable rebeldía del alma, pero yo sé hacerme sordo y ciego y mudo cuando la solución de un problema sólo crea mil nuevos problemas. Mira ese mapa que cuelga sobre el muro: mira sus límites, los pilares de Hércules, las bocas del Tajo, el Cabo Finisterre, la lejana y fría Islandia, luego el abismo universal, las espaldas de Atlas, la parsimoniosa tortuga sobre cuyo caparazón descansa la tierra: Guzmán, júrame que no hay más, me volvería loco si el mundo se extendiese una pulgada más allá de los confines que conocemos; si así fuese, tendría que aprenderlo todo de nuevo, fundarlo todo de nuevo, y no sabría más de lo que saben el usurero, el peón o tú mismo: mis espaldas, como las de Atlas, están fatigadas; no soportan más peso; ni habría cupo en mi cabeza para una braza más de mar o una caballería más de tierra: España cabe en España, y España es este palacio…

—Míreme, Señor, dijo Guzmán, míreme, entiéndame, multiplíqueme y convénzase: España ya no cabe en España.

Rápido, montero, dijo Guzmán al abandonar la alcoba del Señor delirante, que la compañía armada salga al llano y traiga aquí mismo, a la capilla del Señor, a ese atambor y a su joven acompañante; no nos demos punto de reposo para no darle reposo a nuestros agobiados soberanos; actuemos con nuestros músculos y nuestra sangre, sin fatiga, para que se fatiguen las cabezas y los corazones de nuestros señores; buenos y eficaces aliados tengo, que han sabido simular los aullidos de Bocanegra y justificar la muerte del can maestro; que han sabido aprovechar la ensoñación venérea del Señor para cambiar las velas consumidas por cirios frescos, colmar los cántaros vaciados y voltear a tiempo los relojes de arena; que han sabido rescatar de la fosa común donde dormía el sueño eterno con el cadáver de Bocanegra al despojo del náufrago aquí llegado dentro del féretro del padre del Señor y enterrarlo en su justa tumba para escarnio de las pretensiones de la vieja loca; rápido, actuemos, pues nuestra es la acción y suyas las locuras de la razón desviada; rápido, búsquese a la Dama Loca y dígasele que la proclamación del Príncipe y la enana como herederos de la corona tendrá lugar esta misma mañana; y los monteros que están cerca de los peones revoltosos, que vayan a las canteras, a las fraguas y a los tejares, y le digan a ese Jerónimo y a ese Martín y a ese Nuño que no teman, que yo estoy con ellos, que las puertas del palacio estarán abiertas cuando ellos se decidan a atacar; que sepan los obreros quién es el heredero, el imbécil que habrá de regirles a la muerte del Señor; y al usurero sevillano, tú, montero, ve y hazle saber que el Señor ha tenido a bien extenderle título y honores de Comendador y al Comendador, una vez enterado de su nombramiento, hazle saber tú, montero, que su hija la novicia ha sido seducida y violada por el joven amante de la Señora y a la Señora hazle saber que la misma novicia que sedujo al Señor ahora tiene atrapado, otra vez prisionero del amor, al muchacho que salvamos de la playa del Cabo de los Desastres; y al Señor… al Señor yo mismo le enteraré, llegado el momento oportuno, de que ese joven se acuesta por igual con su amante la novicia y con su intocada Señora esposa; le enteraré de que hay aquí, no dos intrusos, sino tres, y los tres idénticos entre sí, no gemelos sino triates, ja, y a ver qué negra profecía le recuerda este hecho nada singular, sino bien triangular, como diría ese ingenuo y bizco caldeo de la torre en sus trastabilladas pláticas con el no menos ingenuo aunque intrigante fraile Julián; gusto tendremos, monteros, gusto y güirigüiriguay; confíen en Guzmán; de esta aventura, pase lo que pase, saldremos fortalecidos yo, en primer término, y luego, conmigo, ustedes, mis fieles compañeros; confíen en Guzmán.

No pasa nada

A todo acudió la desesperada Señora; a las camareras Azucena y Lolilla les prometió placeres y riquezas si, confabuladas con ella, sustraían de las cocinas de palacio los múltiples objetos necesarios para ciertos actos; y ellas, alegres, obedecieron pues sólo ocasiones de regocijo y bullicuzcuz pedían las dos fregonas y servir en estos menesteres a la Señora aumentaba las razones del secreto chismerío y el alborotado ir y venir de Azucena y Lolilla, quienes bajaban a cocinas y establos, robaban lo que la Señora les pedía, se lo guardaban ente paños y corpiños, entre teta y teta, y antes de entregar las hierbas y raíces y engrudos y flores, todo se lo contaban, entre grandes carcajadas, al señor Don Juan, envuelto en la cortina de brocado arrancada del muro de la alcoba del Ama, aposentado ahora en el cuartucho de las criadas donde él esperaba que la novicia Doña Inés regresara a él, no tolerase más la ausencia de él y viniese al fin, cabizbaja, a tocar la puerta de esta servil recámara, a pedir una segunda noche y un segundo desvirgamiento que la librase de la encantada condición de súcubo con sexo recosido.

Don Juan, mientras tanto, empezó por holgarse alternada y a veces simultáneamente con las fregonas que le contaban, con risas y regüeldos y entre sorbo y sorbo de los vinos robados al mismo tiempo que la manteca de cerdo y entre boca y bocado de los jamones sustraídos junto el azúcar molida, lo que la Señora hacía en su alcoba de azulejos andaluces y arenas arábigas, junto a ese fresco cadáver, hecho con los retazos de las momias reales, que había tomado el lugar antaño ocupado por Don Juan en la cama:

Ha preparado un ungüento con cien granos de enjundia y cinco de haschich, medio puño de flor de cáñamo y una pizca de raíz de eléboro pulverizada; lo ha frotado detrás de las orejas y sobre el cuello, en los sobacos, el vientre, las plantas de los pies y las sangraduras, ¿de ella o de la momia, Lolilla?, de ella misma, mi señor Don Juan, de ella misma y ha esperado a que suenen las once de la

noche en el sábado de la luna nueva que fue la luna de ayer; entonces se ha vestido con una túnica negra, ha ceñido una corona de
plomo, se ha adornado con brazaletes de plomo incrustados de ónix,
zafiro claro, jade y perlas negras; se ha puesto en el dedo meñique
un anillo de plomo con una gema grabada con la imagen de la serpiente enrollada; ha rociado a la momia con polvo de fumigaciones
hecho de azufre, cobalto, clorato, tiza seca y óxido de cobre; ha rodeado a la momia con siete varas hechas con los siete metales pla-
netarios: oro del Sol, murmuró la Señora; plata de la Luna;
mercurio de Mercurio; cobre de Venus; fierro de Marte; estaño de
Júpiter; plomo de Saturno: ha empuñado un cuchillo nuevo que
debimos robarnos de la fragua que en el llano tiene ese viejo Jerónimo, y ella lo ha mojado en aceite consagrado; con las siete varas,
tomando una tras otra, ha azotado al cadáver, gritando palabras en
chino o en árabe, que de ellas ninguna razón se comprendía:

—Peradonai Eloim, Adonai Jehová, Adonai Sabaoth, dijo
Don Juan, Verbum Pyhtonicum, Mysterium Salamandrae, Con-
ventus Sylphorum, Antra Gnomorum, Daemonia Coeli Gad, Veni,
Veni, Veni!

Y no pasó, señor Don Juan, nada; la momia siguió allí, tiesa
y tendida en la cama; y la Señora cayó sin fuerzas sobre la arena.

Más cosas nos ha pedido, dijeron al unísono las criadas, y
Don Juan les pidió un hábito monacal, jubón y calzas de príncipe,
una blanca túnica y una corona de espinas, y mientras ellas se iban
a reunir los encargos de la Señora, Don Juan, escondido bajo el capuz del monje, se llegó hasta la plañidera celda de la novicia sor Angustias y allí tocó quedamente con los nudillos. La hermana le abrió,
arrodillada, desnuda y con un látigo penitenciario en la mano, y la
espalda y los pechos lacerados. Abrazose sor Angustias, al ver al
monje, a sus rodillas y le dijo padre, he pecado, padre, aleja de mí
los malos pensamientos, padre, no quiero soñar más con los cuerpos de los hombres que aquí trabajan, los sobrestantes y los plomeros, los aguadores y los albañiles, y Don Juan le acarició a la
muchacha la cabeza rapada, la ayudó a levantarse, la abrazó con ternura y le dijo que no sufriera más, que pensara más bien en su estado conventual como en uno de suma libertad, pues no pudiendo
casarse, debía ser libre en el convento y libre en el amor, sin las ataduras de la ley humana que a mujer legítima constriñen a la fidelidad hacia un solo hombre, su marido, en tanto que una monja era
delectable objeto del amor de todos los hombres, y con estas razo-

nes la condujo al camastro de tablones desnudos de la celda, tiernamente la despojó de los jirones de camisa sangrante y besó las sangrantes llagas de la novicia, que sentía dolor y placer parejos cuando los labios del monje así la besaban, y Don Juan la consolaba, acariciando sus pechos estallantes y su palpitante escapulario de vello entre las piernas, no te quiero para siempre, te quiero para hacerte libre, para hacerte mujer, acéptame a mí para que aprendas a aceptar a todos los hombres sin vergüenza: digo que no te quiero para siempre, sor Angustias; no me quieras tú a mí para siempre tampoco, ni a hombre alguno: eres libre, Angustias, ven, Angustias, créeme que me amo a mí mismo más de lo que jamás podría amarte a ti, y qué linda eres, y cómo brillan tus llagas sobre tu carne aceitunada, y cómo me duele, amándome tanto a mí mismo, tener que amarte a ti un momento, y cómo me refugio y salvo del amor de mí en tus hondas selvas y redondas carnes, Angustias; libérame: libérote. Llora de gusto, monjita, llora, ruega que un día regrese; no sé si podré; más mujeres hay en el mundo que estrellas en el cielo, y tiempo me faltará para amarme amándolas.

Más cosas le trajimos, dijeron Azucena y Lolilla, robadas de todas partes, hasta de las farmacias secretas del monje Toribio en la torre de las estrellas, escurriéndose al compás de las ratas por túneles y escaleras, por pasillos y calabozos, y ella ha preparado un nuevo ungüento con cincuenta gramos de extracto de opio, treinta de betel, seis de cincoenrama, quince de beleño, otros tantos de belladona, igual cantidad de cicuta, doscientos cincuenta de cáñamo de la India, cinco de cantáridas y además goma agregante y azúcar en polvo: mire su merced Don Juan, aquí está todo escrito en este papel que ella nos dio para no olvidar los recados y cuyos nombres desciframos con pena en los frascos de porcelana del monje Toribio; y encima dijo que cumpliría, esta vez, el rito que a voces llamó del Clavo, no, del Clavel, Azucena, no, de la Clavícula, Lolilla, la Clavícula dijo ella y digo yo: ha tomado dos velas de cera bendita y con una rama de ciprés, también traída por nosotras y tallada a la luz de la luna menguante, ha clavado las velas en la arena, se ha colocado dentro de un círculo trazado en la arena y ha dicho:

—Emperador Lucifer, amo de los espíritus rebeldes, seme favorable, dijo Don Juan, dale a esta forma que aquí ves inerte el movimiento del gran Lucífugo, hazle surgir del infierno que es como un gran embudo dividido en siete zonas con siete mil celdas donde se esconden siete mil escorpiones y mil toneles de negra turba hir-

viente, hazle venir a mí con sus dominios propios que son los del conocimiento, la carne y la riqueza, ahora que invoco las poderosas
palabras de la Clavícula, capaces de atormentar al mismo Demonio,
dijo Don Juan temblando y ocultando el rostro pasajeramente envejecido, crispado, intolerablemente aguzado, entre los pliegues del brocado: Aglon Tetagram Vaycheon Stimulamathon Erohares
Retrasammathon Clyoram Icion Esition Existien Eryona Onera Erasyn
Moyn Meffias Soter Emmanuel Sabaoth Adonai, yo te convoco, Amén.

Y no pasó, señor Don Juan, nada; la momia siguió allí, tiesa
y tendida sobre la cama; y la Señora cayó sin fuerza sobre la arena.

Vistió Don Juan, aprovechando nueva ausencia de las fregonas-
nas, la túnica blanca, manchóla con su propia sangre y coronóse de
espinas. Y así llegó hasta la celda de la Superiora, la Madre Milagros
de noche, y encontrando la puerta abierta, entró con gran sigilo y
vio a la santa mujer arrodillada en un reclinatorio, con las manos
unidas en plegaria ante una dulce imagen de Jesús Redentor. Acer-
cose en silencio Don Juan, paso a paso, hasta ocultar con su cuerpo
la imagen divina y aparecer, ante los ojos deslumbrados de la Madre
Milagros en medio de la penumbra, como una viva encarnación del
Cristo al que ella dirigía sus plegarias. La devota hembra sofocó un
grito cercano al llanto; Don Juan llevose un dedo a los labios y con
la otra mano acarició la cabeza de la Superiora, y luego murmurole
con gran suavidad: —Esposa…

Los ojos de la Madre Milagros se llenaron de lágrimas, y ese
llanto era combate entre la incredulidad y la fe.

—Salve, llena eres de gracia, el Señor es contigo, dijo con dulzura Don Juan. No temas, Milagros, porque has hallado gracia delante de Dios, y concebirás en tu seno y darás a luz un hijo. Tu hijo
será grande, y le dará el Señor Dios el trono de David, su padre, y
reinará en la casa de Jacob por los siglos, y su reino no tendrá fin.

La turbada mujer repitió, sin saberlo, las palabras que había
aprendido de niña: —¿Cómo podrá ser esto, pues yo no conozco
varón?

—¿No estás casada conmigo? —sonrió Don Juan—. ¿No
hiciste voto de amarme?

—Sí, sí, desposada estoy con Cristo, pero tú…

—Mírame bien… mira mi túnica… mira mis llagas… mira
la corona de mi suplicio…

—Oh Señor, habéis escuchado mis súplicas, habéis honrado
a las más indigna de tus siervas, oh Señor…

—Levántate, Milagros, toma mis manos, ven conmigo, la virtud del Altísimo te cubrirá con su sombra, ven conmigo a tu lecho, Madre…

—He aquí a la sierva del Señor; hágase en mí según tu palabra.

Y Madre, le dijo Don Juan en la cama a la Superiora, el Señor sabe honrar a quien honor merece, y nadie más que tú, santa y bella, bellísima y pura; pura sí, dijo entre suspiros la Madre Milagros, mas no bella, una vieja, Señor, una mujer de treinta y ocho años, aya y pastora de este rebaño de juveniles sórores, no, Milagros, vieja aquella Isabel parienta de María que creía ser estéril y dio a luz al Bautista, Juan llamado, ¿y yo también pariré, Señor, eres tú el Santo Espíritu que viene sobre mí?, ay Milagros, Madre Milagros, deber y honor de las elegidas ha sido ser fecundadas por el espíritu divino antes de pertenecer a hombre mortal alguno, a nadie perteneceré sino a ti, Señor, te lo juro, pues larga espera tendrás, Madre, larga espera entonces, sierva soy del Señor, hágase en mí según tu palabra.

Nuestra Ama, señor Don Juan, nos ha expuesto al trabajo y al peligro de encontrar animales, algunos en los corrales de este palacio, otros en las más cercanas laderas de la sierra, colocando a veces trampas, a veces obligándonos a huir con terror de una bestia acechante, a veces sufriendo que pasáramos la noche esperando el grito atrapado de algún bruto, quejumbrosas las dos, señor Don Juan, abrazadas entre los peñascos o cobijadas por el grande miedo de la selva negra, abandonándole esas noches a usted y añorando su compañía tan amable: un chivo y una lechuza, un perro y un topo, un gato negro y dos serpientes: eso pudimos traer a la recámara de nuestra Señora, donde ella había puesto un crucifijo volteado sobre la cama de la momia, rodeándola de cirios rojos, copones que nos obligó a robar de la capilla de su marido y hostias fabricadas con nabos negros; y en la arena, con la vara de ciprés, la Señora escribió

la letra   V

y luego   I

                  T

                  R

e   I

de nuevo una   O

y para terminar una L y a la momia la cubrió con una sábana negra y en esa sábana había una cruz rodeada de un círculo, que dijo la Señora ser la cruz de Salomón; en seguida hincose y nos pidió que tuviéramos al chivo bien tomado de la hueca cornamenta y expo-

niéndose a morir de un fuerte coz, besole el culo y luego, enloquecida y con la frente arrugada por esa estrecha corona de plomo, clavole
en la panza el cuchillo que robamos de la fragua de Jerónimo; y sin
esperar a que se calmaran los chorros de sangre que manaban del
chivo, como dándole un susto al miedo, lanzose contra los ojos de la
lechuza, el cuello del perro, la negra seda del gato, las abiertas fauces
de la serpiente y el veloz cuerpecillo del topo, que ya buscaba un escondrijo en la arena; las bestias se defendieron a su manera, rasgu-
ñando, ladrando, escarbando, picando, aleteando, retorciéndose, pero
nada pudieron contra la pasmosa furia de la Señora, que gritaba esas
palabras, veni, veni, veni, mientras degollaba, rasgaba, clavaba, des-
tripaba a las bestias.

Las arenas de la recámara, señor Don Juan, aún no acababan
de chuparse la sangre derramada: la Señora, nuestra Señora, yace
cerca de los nuevos cadáveres, rasguñada, herida, exhausta. Nosotras trajimos dos serpientes del monte; ella sólo mató a una. Ay señor Don Juan, auxílienos; que no nos devuelvan a la sierra a buscar
más bestias; ése es oficio del maestro don Guzmán, y aun él corre
peligros entre los chacales y los puercos salvajes; y nosotras, pobre-
citas fregonas, sólo servimos para ir a buscar la cagada del lagarto,
mas no estas serpientes que se han quedado escondidas en la arena
del cuarto de la Señora, ay.

Pero fuera de estos terrores que nos traen meadas las enaguas,
no pasó nada, señor Don Juan, nada: la momia sigue allí, inmóvil;
la Señora abre su ventana; la Señora escucha el triste lamento de
una flauta que le llega desde las forjas, los tejares, las tabernas de
esta obra.

Con ojos de turbia resignación, la Dama Loca mira el sombrío conjunto de la cripta y capilla señorial; su resignación es un
triunfo; todo está en su lugar; se han aliado, como preciosos metales, el dolor y la alegría, el luto y el lujo, las tinieblas y la luz, dales,
Señor, reposo eterno, y que el eterno fulgor les ilumine, aleluya, aleluya; adosada en su carretilla, la vieja Reyna mutilada no tenía, en
cambio, ojos para las correrías de Barbarica; la enana saltaba de
tumba en tumba, todas profanadas, de manera que cada cuerpo en
ellas yacente semejaba el de su cruel y generosa ama, pues a éste fal-
tábale un brazo, a aquél la cabeza, a la de más allá la nariz, a la demás acá una oreja, y Barbarica sólo podía murmurar: oh, mi esposo
amado, mi pobre príncipe menguado pero hermoso, ya no te escondas, ya no juegues con tu chiquitica, sal de tu escondrijo, no me

humilles, liberaste a los indignos la noche de nuestras bodas, no me desprecies a mí mientras enalteces a los vermes salidos de alquerías y aljamas, no me niegues ya tu mandragulón tan deseado, no me dejes pasar mi noche de bodas sin que me metas el padre, no me hagas creer que eres sodenítico amarionado, te ofrezco mis teticas pintadas y rebosantes, te ofrezco mi pegujar bien poblado, de hembra normal y sin proporción con la mezquindad de mis otras partes, ay principito, ay bonito, ¿quién te sacó de tu condición de mendigo, de tu triste estado de andrajoso náufrago, el día que te encontramos en las dunas y a punto de ser descuartizado por la ralea, quién traía en su baúl de mimbre los afeites, las pomadas, los pinceles, las pinturas, las falsas barbas que transformaron tu apariencia, quién, mi bobito lindo? Nada podías ver en la oscuridad de esa carroza de cuero de mi Ama, sólo la escuchabas a ella sin verme ni sentirme a mí; ni me viste ni me oíste, aunque creíste que las manos que te desvestían eran las de mi señora la Reyna loca, quien no tiene ya las suyas, y eran las mías las que rasgaban tu jubón y retiraban tus calzas, y era yo la que se escapaba por el hoyo abierto en el piso de la carroza, oculto por mi baúl de mimbre, y con la agilidad de mi corto tamaño escapé, corrí entre las ruedas y las patas lentas de los caballos hasta la carroza fúnebre, con tus miserables ropas hechas bulto entre mis pechugas, y allí desvestí al fiambre del Príncipe llamado el hermoso, que en vida fue esposo de mi Ama y padre de nuestro Señor actual y en muerte fue embalsamado con semblanza incorruptible por la ciencia del doctor del Agua, y le puse tus ropas de tahúr y regresé por donde había venido al carruaje de mi Dama y allí te vestí con el gorro y los medallones, la capa de pieles y el jubón de brocados, las calzas y las zapatillas del cadáver, y así tuvo lugar la milagrosa transformación que tal asombro y alharaca armó entre nuestro séquito; esto me debes; ser príncipe y no mendigo; fui recompensada y mi Ama diote mi manita regordeta y cariñosa en matrimonio; y tú, que todo se lo debes a mis tretas y artificios, ahora me niegas el goce de tu dinguilindón entre mis muslitos rechonchos, ah malvado, ah pícaro, ya no juegues con tu pobre Barbarica, tu mujer ante Dios y ante los hombres, déjate ver, déjate amar, sé mi conserva, toma mis copos, bobito, bobito…

Así diciendo, la enana Barbarica llegose hasta la tumba reservada por el Señor don Felipe para su padre, el hermoso Señor putañero, y vio con desconcierto que era la única con la lápida bien puesta sobre el zoco funerario. Fuerza sacó de deseo y sudó, jadeó, esforzó todos sus miembros cortos y rechonchos como los de una niña de seis meses, hasta apartar la plancha de bronce y entonces gritó, se santiguó, chilló como gato de desván, tembló como azogada, pues en el hondo espacio de ese sepulcro yacían, lado a lado, dos hombres idénticos, idénticamente vestidos, idénticamente ajuareados hasta en los nimios detalles de anillos y medallas, y ambos eran el príncipe, su príncipe, dormidos dentro de esa tumba como dos gemelos gestándose dentro del vientre de una madre de piedra, recostados los dos sobre el espantoso despojo del marido embalsamado de la Dama, y éste vestía las ropas rasgadas del náufrago, dos, dos, Dios mío, redoblas mi placer, gruñó Barbarica, pero sólo me lo ofreces para quitármelo, pues muertos están los dos, ay, la puta que los parió, ay, que me muero con virgo intacto ay, que mi noche de bodas la he de vivir intocada, entre muertos que ya no se les para el tencón, y sin más alcahueta para remedio de mis males que la muerte misma, ayayay, y metida dentro de la tumba, la enana primero besó los labios del Señor embalsamado y vestido con las ropas rasgadas del náufrago, y el beso le supo a acíbar, y esos labios bien muertos estaban; luego besó la boca abierta de uno de los dos príncipes idénticos, y el beso le supo a sangre seca de paloma herida; la enana arrancó el bonete de este príncipe, vio su cráneo rapado y supo que era el pobre cascafrenos con el que la habían casado, y esos labios sangrantes de su esposo tenían aliento de locura y sacrificio, mas no de vida. Guiñó un ojo apapujado la enana, olió con sus chatas naricillas, olió mierda, recordó, apartó las piernas y bajó las calzas del príncipe idiota su marido, hurgó con sus manitas entre las heces verdosas, sintiose a punto de vomitar, repitió varias veces, ay que huele, que huele que trasciende, mas no dejó de hurgar entre las cacas del bobo hasta hallar lo que esperaba hallar; la negra perla, la llamada Peregrina, y se la guardó velozmente entre los senos apretados después de limpiarla sobre el jubón del dormido joven su esposo de amores nunca consumados.

Sólo entonces miró con curiosidad y alboroto crecientes al tercer cadáver de esta tumba, el otro príncipe idéntico a su durmiente esposo, tan durmiente que su sueño era gemelo de la muerte, como gemelos parecían estos dos muchachos entre sí, y también le besó. Y ese beso le supo a perfume, a hierba, y le fue devuelto.

—¡Me devolvió el beso!, gritó la enana, ¡que sí, que me lo devolvió!

Las manos de Don Juan tomaron del talle a la Barbarica, la levantaron juguetonamente, como a una muñeca, huele que tras-

ciende, repitió la enana, riendo, huele que trasciende, cuando Don
Juan le levantó los anchos faldones arremangados, le acarició con
un dedo el apretado culillo, acercó la cara a la entrepierna de la
enana, rió también, diciendo, trébole, Jesús, cómo huele, trébole,
Jesús, qué olor, y metió una lengua que a la chiquitica le pareció de
lumbre y fierro, en el pantano.

Nos ha hecho buscar por estas llanuras, señor Don Juan, bajo
el rayo del sol de julio, a un cierto flautista ciego, aragonés de origen, que llegó hace unos días para acompañar los flacos festejos de
los obreros de este palacio con su musiquilla a veces monótona y a
veces alegre; trajímosle, empujado y venciendo sus sordas protestas,
a esta recámara de nuestra Señora, la cual hubo noticia de él así por
crónicas del pobre señor Cronista mandado a remar en galeras, y al
cual vuesa merced no tuvo el gusto de conocer, pues hombre era
discreto y cortés, que el mismo trato daba a dama o fregona, como
por relatos del antecesor de su honor Don Juan en el disfrute de los
favores de nuestra Señora, el joven quemado junto a los establos por
barajar los fondillos del Ama con los de imberbes mozos de nuestras
cocinas, y que cada quien coja el placer donde lo halle, como bien
dice usted.

Ordenole nuestra Señora se sentase sobre la arena y entonase
su flautilla miserable y triste y así lo hizo él, calvo, aceitunado de
tez, vasto de espaldas, vestido con hilachas de cáñamo toscamente
punteadas y mirándolo todo, sin nada ver, con los ojos ciegos, verdes y como cebollas saltones, mientras la Señora bautizaba a las ranas salvadas por nosotras de los viejos pozos y de las estancadas
aguas de este llano; y a las ranas, las hacía tragar las hostias negras
mientras ella hacía el signo de la cruz al revés y con la mano izquierda sobre sus pechos temblorosos, diciendo:

—En nombre del Patricio, dijo Don Juan, del Patricio de Aragón, ahora, ahora, Valencia, toda nuestra miseria ha terminado, España: ven, ángel luminoso, ven a darle vida a este ser por mí formado,
hazle levantarse del lecho con la apariencia de Luzbel, cubierto de
sardónice, de topacio, de diamante, de crisólito, de ónix, de jaspe,
de zafiro, de carbúnculo, de esmeralda y de oro, y acompañado por
la música de este ciego demiurgo de la diabólica aldea Calanda de
tu reino aragonés, donde las manos baten los tambores hasta perder
la piel, sangrar la carne y herir el hueso mismo para que Cristo resucite en la Gloria de su Sábado: resucita así a éste mi Ángel, ven,
ven, ven, doble de Dios, arcángel caído, rey de España.

Así fue, señor Don Juan, tal y como usted lo dice, aunque ese miserable flautista no ha de ser de Calanda, donde famosas son las fiestas de la semana dolorosa y a verlas llegan peregrinos de apartados lugares, sino, por su ruin aspecto, de Datos, Matos, Badules, Cucalón, Herreruela, Amento o Lechón debe ser, pues son éstos los más ruines lugares de Aragón. Arrancose la Señora una uña con grandísimo sufrimiento, aullando estas palabras que usted acaba de repetir, Don Juan, mientras el flautista ciego tocaba sus notas más tristes y monótonas, sentado sobre las arenas teñidas de rojo y en medio de los cadáveres, viejos ya de un día y muy apestosos, de los animales sacrificados. Súbitamente, al escuchar los gritos de dolor de la Señora, el flautista dejó de tocar y dijo lo que usted, señor Don Juan, escuchó escondido detrás de la puerta de la alcoba:

—San Pablo advirtió que Satanás es el Dios de este siglo. Santo Tomás advirtió que Luzbel quiso la beatitud antes del tiempo fijado por el Creador, la deseó antes que nadie, quiso obtener la felicidad por sí solo y sólo así, ése fue su orgullo y tal orgullo, su pecado. Por su orgullo lo condenó Dios; por eso los soberbios vienen de él. Poder genésico dio el Altísimo a la mujer, y con ello la mujer sintiose privilegio de la creación, pues ella podía hacer lo que el hombre no: gestar a otro hombre en sus entrañas, y así era superior al hombre, que sólo fecunda, mas no gesta. Y la mujer decidió que aun este poder de fecundación le era arrebatable al hombre, y así le vedó su cuerpo, y sólo dejose desvirgar y preñar por Dios mismo, o por un representante del espíritu de Dios, antes de dejarse tocar por hombre mortal. Y el hombre mortal resintió aún más su mortalidad, pues carecía del poder de gestar a otro ser, y la mujer era suya sólo después de pertenecer al dios, al Espíritu, al Sacerdote o al Héroe designados por Dios para continuar en la entraña de la hembra la obra de la creación. Y el hombre se vengó de la mujer convirtiéndola en puta, corrompiéndola para que ya no pudiese ser vaso del semen divino. Y el hombre odió a sus hijos, pues si eran hijos de Dios no eran suyos, y si eran hijos de puta, no merecían ser suyos. Y el hombre asesinó a sus detestados hijos, los sacrificó si eran hijos suyos, pues eran hijos de la ramera que primero se entregó al Héroe o al Sacerdote que obraron en nombre de Dios, o los devoró, para alimentarse así de la sagrada esencia que Dios le arrebató al hombre y le otorgó a la mujer y al niño. Y así la madre protegió al hijo, sabedora de que el padre no viviría en paz hasta matarle, y le salvó entregándole a las aguas, como a Moisés. Y por todo esto, el hombre culpó a la mujer de ser la representante de Luzbel en la tierra, y sabiendo que en las mujeres tiene su sede el orgullo diabólico de desear la felicidad antes de tiempo y de adelantarse a la común beatitud que los hombres sólo alcanzaran el día del juicio final, el Concilio de Laodicea prohibió a mujer alguna oficiar para negar a la mujer sus poderes espirituales. La mujer convirtiose así en la sacerdotisa de Satanás y gracias a ella Satanás recobra su naturaleza andrógina y se convierte en el Hermafrodita imaginado por los hermetistas y visto por la Cábala hebrea; y la mujer, del Demonio, adquiere el conocimiento a ella transmitido el día de la primera caída, pues antes cayó Luzbel que Eva. Entierra la uña en la arena, Señora, y de ella nacerán gusanos; caerán grandes granizadas en estío y se desatarán temibles tormentas.

—¿Cómo sabes que me arranqué la uña, si eres ciego?, preguntó nuestra herida Señora entre atormentados sollozos.

—Cuanto en el mundo se hace de una manera visible puede ser obra de los demonios, contestó el flautista; lo invisible es sólo obra de Dios y por eso exige ciega fe y no ofrece tentación alguna. Señora, si quieres que los ciegos vean, rebánales el ojo con una navaja en el momento preciso en que una nube corta la circunferencia de la luna llena; entonces, la noche se hará día, fuego el agua, oro el excremento, aliento el polvo; y los ciegos verán.

—No quiero que nazcan gusanos o se desaten tormentas. El Cronista me habló un día de ti, y también te conocía mi pobre amante asesinado, el joven llamado Miguel de la Vida. Sé tu nombre.

—No lo repitas, Señora, o de nada valdrán tus esfuerzos.

—Sé tus poderes. Ellos me hablaron de eso. Pero no es granizo en verano lo que quiero de ti, sino que ese cuerpo yacente en mi lecho cobre vida.

—Haz entonces lo que acabo de decirte, y el Diablo se aparecerá.

Y así nuestra Señora, con su puñal bañado en aceite, se acercó, vencida y temblorosa, al cadáver fabricado con los retazos de los muertos y el flautista aragonés cerró los enormes ojos verdes y volvió a tocar la flauta. La Señora también cerró los suyos en el momento de cortar, con un solo tajo del puñal, el ojo blanco y abierto de la momia; un líquido negro y espeso corrió por la mejilla plateada de ese monstruo inmóvil, señor Don Juan. Pero aparte de eso, nada pasó: la momia sigue allí, tiesa y tendida sobre la cama; y cada vez, la Señora cae sin fuerzas sobre la arena de sangre, junto al cadáver del búho, recriminando al flautista, echándole en cara su impotencia, llamándole mendaz y falsario, ¿dónde está el Diablo?, de nada sirvieron los ritos del de Aragón, el Diablo no se apareció a ayudar a la Señora y darle vida al horrendo cadáver de cadáveres, mientras el flautista sonríe y convierte su entrecortado aliento en lúgubres musiquillas.

—Pobre Señora; mal hace en buscar con tanto afán y tan sufrida invocación lo que ya tiene aquí cerca, del otro lado de su pasillo y que hasta sus recamareras pueden ver, dijo entonces Don Juan, despojándose del manto de brocado y mostrando ante las dos pasmadas fregonas, que al verlo se abrazaron y fueron a esconderse al más apartado rincón del cuartucho, pues nunca le habían visto desnudo, y con él sólo se habían holgado a oscuras y alternadamente, el pecho cubierto de sardónice, la cintura ceñida por un cinturón de brillantes, los brazos pintados de oro, el sexo ceñido por un rosario de perlas que se le enterraban entre las nalgas y se anudaban en una cadera, las piernas cubiertas por piedras de jaspe, las muñecas adornadas por zafiros, los tobillos por crisolito, el cuello por carbúnculos. Esto vieron las dos con azoro, pero algo más pudo ver al fin Azucena, al girar sobre sí mismo este hombre espléndido, sin par entre los mortales, y fueron los seis dedos en cada pie y la cruz de viva púrpura sobre la espalda; salió del cuartucho Don Juan, riendo; las fregonas se santiguaron repetidas veces; y al verle salir, supieron que ya no regresaría nunca, y Azucena le dijo a Lolilla, es él, es él, el niño abandonado por el juglar hace veinte años, recogido por mí, amamantado por la perra de nuestra joven Señora antes de sus nupcias con el Señor, yo lo conocí, es mío, mi amante, mi hijo, yo fui su nodriza, su madre verdadera, hasta el día de la horrible matanza en el castillo, cuando temí por él, temí que los monstruosos signos de su espalda y de sus pies le confundieran con esa turba de herejes, moros, judíos, putarracas, peregrinos y mendigos que nos invadió ese día, hasta los niños que venían en la procesión fueron pasados a cuchillo; a éste lo salvé yo, lo metí en un ligero canasto, lo arropé y lo eché a la deriva por el río, hacia el mar, segura de que alguien lo recogería y criaría y ahora ha regresado, ha sido mi amante, me ha prometido que se casaría conmigo, ¿contigo, Azucena?, lo mismo me dijo a mí, mientes Lolilla, como que Dios es Cristo y Cristo es Dios que mientes, me lo dijo a mí, no me toques, mal alzada, me canso, andorrera, suéltame, puta adobada, te saco los ojos, carcavera, pues yo te arranco la crin, beúda, y lanzada de moro izquierdo te atraviese el corazón, ayayay, mi ojo, mi pierna, arañas como rejón, bagasa, pero yo te he de meter una aguja por la buz que te salga por el hocico y te pudra los bastajos, puta, putilla, putarraja, puteca, suéltame el pelo, ay que rodamos, ay mi rodilla, ay que te mato, yo a ti, ramera emparedada, familia putrefacta, te saco la leche de la nariz, malsina, marfuza, matrera, meretriz, pellejón, piltraca, que te mato, que te salto el bizco, que te estrello la cabeza contra la piedra, guay, guay, guay... ¡mira cómo nos has puesto, Don Juan!, ¡todo por ti, Don Juan!, ¡vuelve a nosotras, Don Juan!, ¡ay mi señor Don Juan, que eres el puto de la mujer!

A la cripta y capilla regresó Don Juan, donde había dejado a Barbarica, exhausta de placer, dormida en brazos del Príncipe bobo; dormidos los dos, la pareja, dentro de la tumba santuaria del padre del Señor. Llegose Don Juan hasta la carretilla donde descansaba la Dama Loca, y si temible fue el espanto de las criadas al verle desnudo y enjoyado, natural fue la sencillez con que la Dama Loca saludó al joven caballero que ahora se acercaba a ella vestido de nuevo con el jubón de terciopelo, la capa de pieles, el gorro y las calzas y el medallón del Señor embalsamado:

—Has regresado, al fin, dijo serenamente la Dama Loca.

—Sí. Éste es nuestro lugar.

—¿Estaremos cerca?

—Siempre.

—¿Descansaremos ya?

—Ya.

—¿Hemos muerto?

—Los dos.

Levantó de la carretilla a la vieja, la condujo con gran suavidad a un nicho labrado entre dos pilastras y allí, dulcemente, la acomodó, apostados la cabeza blanca y el torso de trapos negros contra la helada piedra del muro. Y la Dama Loca pareció contenta; su mirada siguió a Don Juan cuando el muchacho se alejó, llegó hasta el gran mausoleo del marido de la vieja y se recostó sobre la lauda. Reposó semitendido y apoyado en su brazo derecho: era la corona viva del túmulo funerario.

Era el perfecto doncel amado por la vieja en sus obsesivos sueños de amor y muerte, resurrección del pasado y transfiguración del porvenir. Ahora, en un instante, en un presente que la Dama quería retener capturado, para siempre, bajo estas bóvedas, en esta cripta, el sueño era realidad, y el joven que debió ser su esposo, su amante y su hijo reposaba semitendido y apoyado en su brazo derecho, mientras miraba un espejo orgullo que el visitante desatento podría confundir con un libro.

Por un momento, la vieja Señora temió que ambos, ella en su nicho mirándole a él, y él semiyacente sobre la losa del sepulcro, mirándose a sí mismo, se estaban transformando en piedra y así, integrándose para siempre a esta suntuosa cueva de laudas, basamentos, pirámides truncadas, advertencias fúnebres y labrados cuerpos, reproducción de los restos de toda la sucesión de esta casa. Una duda helada hizo temblar el mutilado tronco de la Dama; sabía que hasta entonces había soñado, luego había soñado en vida. Pero a partir de ahora, se sentiría muerta, colocada por Don Juan en un nicho de esta capilla. Se sentiría muerta, pues soñaba que vivía.

Y al pintor fray Julián le dijo esa noche, en la torre, el caldeo fray Toribio: —Hermano, si en ellos creyese, te diría que unos demonios rondan mi torre, pues han desaparecido de la farmacia que aquí reúno, beleño y belladona, betel y eléboro; cacos han de ser.

Miradas

A todos convocó el Señor, valiéndose de Guzmán, quien a su vez se valió de su fiel y anónima armada de montería; a todos convocó y todos acudieron a la cita en la capilla subterránea. Sólo la Señora permaneció en su recámara, empeñada en darle vida a la momia de retazos reales, agotando las fórmulas de la invocación diabólica y no contando, en verdad, más que con la villana ayuda de Azucena y Lolilla y las oscuras palabras del ciego flautista aragonés. En cambio, allí estaban, en la capilla del Señor, escondidas detrás de las altas celosías del coro cuyas sombras convertían los rostros y los hábitos en blancos panales de abeja, la Madre Milagros, la monja Angustias, sor Inés y todas las novicias andaluzas; el obispo gordo, sudoroso, limpiándose el rostro con un pañuelo de encajes, portado en palanquín por los frailes mendicantes y seguido de cerca por un monje agustino de cadavérica faz, el usurero sevillano tocado con gorro de martas, pronto a postrarse ante el Señor para agradecerle el título de Comendador que le daba oportunidad de gozar, en diciembre, de mayo, y añadir honra a riqueza; y el estrellero fray Toribio, llamado a leer los signos de este evento en cuya virtud el Señor quería descifrar los enigmas acumulados y luego fijarlos en horóscopo con la ayuda del fraile estrábico y pelirrojo.

Y con unos ojos lo miraba todo Guzmán, sabedor de que sus monteros, una vez reunida la corte, se esparcían por el llano y comunicaban a los peones de la obra, a Nuño, a Jerónimo, a Martín, a Catilinón, la falsa aunque probable nueva: la vieja loca se salió con la suya, nuestro Señor ha proclamado heredero al idiota y heredera a la enana flatulenta y será esta tarada y deforme pareja la que os habrá de gobernar mañana, pues el Señor minado, místico y necrófilo, perdida para siempre la energía, olvidados para siempre los gustos de caza, combate y hembra que son savia del poder, no tardará en abandonar su envoltura mortal: miren lo que les espera si ahora no se rebelan: generación tras generación de monarcas idiotas, sangrantes y afectos al morbo gálico que, cual vampiros, extraerán sus escasas fuerzas de vuestra sangre eternamente robusta pero eternamente servil. ¿Soñáis con restaurar vuestros viejos fueros de hombres libres, soñáis con una justicia que os defienda ante el poder de los señores, soñáis con un estatuto que os libere así del capricho del alcázar como de la usura de las ciudades, soñáis con un contrato que os permita dar y recibir con equidad? Mirad entonces a nuestro Señor; y si pensáis que duro ha sido su reinado, imaginad lo que será el de la enana y el idiota, y el de los monstruosos hijos que tal pareja engendre, y sabréis que vuestros guayes sólo crecerán y se prolongarán, sin fin, hasta la consumación de los siglos.

Y con otros ojos lo miraba todo el fraile pintor, Julián, perdido entre la multitud de monjes, alguaciles, botelleros, regidores, dueñas, oficiales, mayordomos y contralores llamados a la presencia del Señor. Para él, esta primera reunión de toda la corte en la capilla privada del Señor era como la inauguración, el desvelamiento del gran cuadro que Julián, con la ayuda del Cronista, hizo creer al Señor que provenía de Orvieto, patria de unos cuantos pintores austeros, tristes y enérgicos, pero que en verdad el fraile miniaturista, inflamado de rebelde ambición, había ejecutado con paciencia y sigilo en la más profunda mazmorra del palacio, temeroso de que las novedades de su trabajo, la audaz ruptura de la simetría estética exigida por la ortodoxia a fin de que las obras del hombre coincidiesen con la verdad revelada, resultaran tan obvias que el destino de Julián fuese reunirse con el Cronista a purgar la culpa de la peor de las rebeliones: no la cainita del fratricidio, sino la luciferina del deicidio.

Esto temía, aunque secretamente se sintiese ofendido porque nadie prestaba atención al cuadro, nadie lo escudriñaba e, incluso, nadie lo anatematizaba. ¿Tan secreto era su mensaje? ¿Tan difuminadas y tersas y escondidas sus cargas críticas (o sea decisivas, juzgadoras, si se atendía —pensó Julián— al origen griego de una palabra cuyo destino se atrevía a pronosticar) que descubrirlas exigía una atención y un tiempo que ninguno de los presentes estaba dispuesto a prestar… y a perder? ¿A plazo tan largo estaría sujeta la lenta contaminación, el eventual poder corrosivo de las figuras allí dispuestas y así dispuestas para romper el orden consagrado de la pintura cristiana? Una deidad central e incontaminable rodeada de un espacio plano, sin relieve, limpio también de todo contagio temporal.

—Tal es la ley.

Fray Julián sintió la tentación de abrirse paso entre la muchedumbre indiferente, el gentío de los arrimados al palacio, llegar hasta el altar, acercarse al cuadro y trazar con gruesas pinceladas su firma en un rincón de la tela. Sintió la tentación, pero la resistió; no por miedo físico, sino por sospecha moral. Le retuvo una reflexión indeterminada que era el residuo de su plática con el estrellero en la torre: si el universo era infinito, el centro no estaría en parte alguna, ni en el sol, ni en la tierra, ni en los poderes de la tierra, y mucho menos en un individuo y su pretencioso garabato, *Julianus, Frater et Pictor, Fecit*, pues por esa firma podía írsele, drenado, el espíritu: que nada sea el centro de un universo infinito que de él carece. Julián se mantuvo ajeno, en vilo espiritual, iluminado, en su paradójica lejanía de inmovilidad, por una repentina comunión con cuanto no era él, su cuerpo, su conciencia, y dando respuesta contraria a su propio argumento: entonces, si nada es el centro, todo es central y así, mirándolo, pudo entender el cuadro por él pintado y decirse, confusa aunque ciertamente:

"Nadie ha firmado las torres de Milán y Compostela, las abadías de la Puglia y la Dordoña, los vitrales y cúpulas de nuestra cristiandad; y yo he de honrar ese anonimato artesanal para decir con él las verdades nuevas, aunque sin sacrificar las virtudes antiguas; para pintar una plaza italiana de profunda perspectiva, fluyente como el tiempo en el que nacen, se desenvuelven y perecen los hombres y fluyente como el espacio irrestricto en el que se van cumpliendo, por los hombres, los designios de Dios: he aquí las casas, las puertas, las piedras, los árboles, los hombres verdaderos, y ya no el espacio sin relieve de la revelación o el tiempo sin horarios del fiat original, sino el espacio como lugar y el tiempo como cicatriz de la creación. Ciegos: ¿no ven a mi Cristo sin aureola, desplazado hacia una esquina del cuadro que así se prolonga fuera de sus límites para inventar un espacio nuevo, ya no el espacio unitario, invisible e invariable de la revelación, sino los lugares múltiples y diferentes de una creación mantenida y renovada constantemente? Pobres ciegos: ¿no ven que mi Cristo ocupa una esquina del espacio escogido, pero de ningún modo finito, de mi cuadro, y que en esa precisa ubicación excéntrica Cristo no deja de ser su propio centro en relación con el círculo plástico que he trazado, y que los hombres desnudos están situados en una plaza italiana verdadera y así protagonizan un hecho en vez de ilustrar un motivo, y que ese centro que es el de ellos no coincide con el centro desplazado del Cristo, pero que lo importante no es la ubicación central o excéntrica que deja de existir en cuanto el centro, estando en todas partes, no está en ninguna, sino la relación entre dos sustancias distintas, la divina y la humana, y que el puente de esa relación es la mirada? Ciegos, ciegos: pinto para mirar, miro para pintar, miro lo que pinto y lo que pinto, al ser pintado, me mira a mí y termina por mirarlos a ustedes que me miran al mirar mi pintura. Sí, hermano Toribio, sólo lo circular es eterno y sólo lo eterno es circular, pero dentro de ese eterno círculo caben todos los accidentes y variedades de la libertad que no es eterna sino instantánea y fugitiva: mi Cristo escoge mirar, libre, instantánea y fugitivamente, los cuerpos de los hombres, mientras que los hombres miran al mundo, al espacio y al tiempo que les rodea, y es este mundo el que mira a Cristo y así, relacionado todo por la mirada, todo lo divino es humano y todo lo humano es divino, y la verdadera aureola, que a todos nimba, es la pálida y transparente luz, de nadie y de todos, que baña el espacio de la plaza: ciegos.

”Mi firma mutilaría la extensión de ese espacio que debe prolongarse, gracias a la mirada, a la derecha y a la izquierda de la tela, detrás, encima y abajo de ella y también en la segunda perspectiva, la que fluye de la tela hacia el espectador: tú, nosotros, ellos. Miren mis figuras fuera del cuadro que provisionalmente las fija. Miren más allá de los muros de este palacio, del llano de Castilla, de la tensa piel de toro de nuestra península; más allá del exhausto continente que hemos injuriado con crímenes, invasiones, codicias y lujurias sin número y salvado, acaso, con unas cuantas hermosas construcciones e inasibles palabras. Y miren más allá de Europa, al mundo que desconocemos, que nos desconoce, y que no por ello es menos real, menos espacio y menos tiempo. Y cuando ustedes, mis figuras, también se cansen de mirar, cedan su lugar a nuevas figuras que a su vez violen la norma que ustedes acabarán por consagrar: desaparezcan de mi lienzo y dejen que otras semblanzas ocupen su sitio. No, no firmaré, pero tampoco callaré. Que el cuadro hable por mí.”

Hacia el cuadro miraba también, escondida detrás del alto cancel, la Madre Milagros, y toda su mirada era para el Cristo de blanca túnica y sienes heridas: era él, era él, el mismo que llegó esa inolvidable noche a reclamarla para sí, y la Superiora no se extrañaba de la ausencia de aureola en esa figura, pues ninguna luz había coronado al Cristo que la hizo suya, su esposa. Sollozó la Madre Milagros; ya no tendría que rezar implorando la cercanía del Salvador; ya sabía dónde encontrarlo: aquí, en esta capilla, en este cuadro; bastaría llegar hasta aquí, en secreto, de noche o al alba, tocar la figura del Cristo del cuadro, y Él descendería hacia ella, Milagros, la elegida, y volvería a hacerla suya sobre el más sagrado de los lechos, sobre la cama misma del altar: allí. Sollozó la Madre Milagros, y quedamente se golpeó el pecho con el puño cerrado, indigna de mí, soberbia de mí, ¿por qué habría de regresar el Señor a tocarme, habiéndolo hecho una vez? ¿Por qué no habría de acercarse a otras mujeres y distinguirlas como me distinguió a mí? Soberbia, soberbia, y yo pensando en venir hasta aquí a verle y tocarle y amarle, presunción, no se acordará de mí, me dará la espalda, soberbia, soberbia, ya no me tortures, Serpiente, temo regresar porque temo que el Señor Mi Dios me dé la espalda, me arroje de su vera, desdeñe mis súplicas y castigue mi presunción, mi honor, mi honor, no mi soberbia, híceme monja por honor, para guardarlo y salvarlo y porque a ningún hombre consideré digno de mi lecho o de cambiar mi nombre por el suyo, sino por el de esposa de Cristo, honor de mujer, que nadie mancillará, ni siquiera Cristo Salvador, perdón, perdón, dulce Jesús, no te amo, no te amo, ¿por qué llegaste hasta mí y me hiciste tuya?, te amé mientras eras inalcanzable, incorpóreo, y por ello objeto perfectísimo de un amor sin cadenas humanas, sin ligazones del honor, la soberbia, la presunción o el temor de ser desdeñada, no te amo ya, Cristo, amaba a una dulcísima imagen, no puedo amar a un amante verdadero, perdón, Señor, perdón…

Y otra era la mirada de la monja Angustias, que no se cuidaba del cuadro en el altar, sino de escudriñar las figuras de los monjes reunidos en la capilla y adivinar cuál era la del hombre que la consoló por fin de sus hambres y laceraciones y en vez le dio el desconocido placer y la palpitante libertad de desear más, y más, y más, y más, pero ahora con la seguridad de poder tener, tener, tener, tener amor, sí, pero tener un hijo, no, eso temía ahora, con el rostro tembloroso detrás de las rejillas del coro de las religiosas, ay monje, si me has hecho un hijo no me habrás dado el placer con la libertad que me prometiste, y el placer sin libertad ya no será tal, ay monje, te aprovechaste de mi delirio, de mi vergüenza, de mi hambre de hombre, ay monje, si me has empreñado tendré que decir que tu hijo es obra del diablo, y matarlo al nacer, antes de que tú mismo lo mates, por ti y por mí, monje, ruego que sólo libertad y placer me hayas dado, mas no obligación, ése sería nuestro triunfo común, así habremos vencido las dos leyes que nos atan, la del matrimonio fuera del convento y la de la castidad dentro de él, y seremos libres, monje, libres, libres, para seguir amando sin consecuencias, tú a cuantas mujeres quieras, yo a cuantos hombres… No te amo, monje, pero amaré el placer y la libertad que me has enseñado. Haz tú igual que yo.

¿Y a dónde podía mirar la novicia Doña Inés, que tantos puntos de interés encontraba entre el gentío abigarrado? Allí estaba, abriéndose paso hacia el Señor, su viejo padre el usurero, con la gorra de martas en la mano, obsequiosamente tendida como en señal de respeto hacia el Señor, más que hacia este sagrado recinto, capilla y tumba; allí estaba el Señor mismo, sentado en silla curul al pie del altar; allí estaba Guzmán, el que la había conducido una noche a la vecina alcoba del Señor. Allí estarían todos, menos el que ella buscaba: Don Juan, el que le dio el placer que el Señor no supo darle, y la maldición también, su sexo desflorado por Don Felipe había sido disfrutado por Don Juan sólo para cerrarse de nuevo, ¿quién la había condenado a esta pena, quién le había deseado en secreto esta desgracia, quién quería que ella no volviese a ser de nadie, o quién quería que ella sólo volviese a ser de él? No entendía, la cabeza le giraba, la mirada no sabía fijarse en nada, hasta que, recorriendo con vaga y torturada ensoñación las filas de túmulos reales levantados sobre truncadas pirámides a lo largo de la capilla, le vio, eres tú, Don Juan, ese doncel apoyado sobre el brazo, ese joven semiyacente, eres tú, oh sí que eres tú, cómo no iba a reconocerte, mi amante, oh, eres tú y eres de piedra, eres una estatua, una estatua me ha amado, he convidado la piedra a mi lecho, ésa es mi maldición, he hecho el amor con la piedra, ¿cómo no he de convertirme yo misma en piedra?, y si los dos somos de piedra, ya lo veo, entonces sí que seremos fieles el uno al otro, tú Juan, yo Inés, tienes la sangre helada, lo supe, te lo dije, no temes a mi padre, no temes al Señor, no temes a nadie, Don Juan, porque nadie podría matarte, no se mata a una estatua, no se mata a la muerte: Doña Inés clavó las uñas entre las rejillas del cancel y ya no apartó su mirada pétrea de la pétrea figura de su amante inmóvil sobre el sepulcro. Y si tú y yo seremos de piedra, Don Juan, piedra sea el mundo entero, piedra los ríos, los árboles y las bestias, piedras las estrellas, los aires y los fuegos: estatua inmóvil la creación, y tú y yo su inmóvil centro. Nada se mueva ya. Nada. Nada.

Y si sólo ojos de piedra tenía en esa hora Doña Inés para la que creía pétrea figura de Don Juan, éste sólo fingía la inmovilidad; le era fácil, reconocíala como un atributo más de su persona: férrea voluntad para simular la más deliciosa abulia. Ni un nervio de esa figura semiyacente sobre la lauda se movía; y por estatua, como Inés, tomáronla todos los asistentes a esta ceremonia convocada por el Señor. El doncel ni siquiera pestañeaba. Con ojos indiferentes, por indiferentes a la confusa ceremonia que se iniciaba sin justificación discernible para quienes a ella asistían, miraba hacia el cuadro de la capilla el caballero Don Juan; desplazado, ajeno a la reunión de la corte, disfrazado de estatua y disfrazado, también, por las sombras: miraba por vez primera el cuadro que presidía la capilla privada del Señor y mirábase, como en un espejo, en la figura sin luz de un Cristo, como él, arrinconado: soy yo, soy yo, alguien me ha conocido antes de que yo me conociese a mí mismo, porque alguien pintó mi imagen antes de que yo llegase aquí, ¿por qué?, ¿para qué?, en ese cuadro que es, más que el corazón de la Señora, más que los ojos de Doña Inés, más que las joyas de Lucifer, mi espejo… Oh, ese cuadro, cuánto he tardado en verlo, cómo quisiera haberme visto primero en él y no en la imagen que me ofreció la Señora de mí y de ella para conjuntarlas; con razón engañé tan fácilmente a la Superiora y gocé de sus favores; con razón engaño a todas, pues todas me toman siempre por otro, marido, amante, Padre, Salvador, y aman a otro en mí: ¿quién amará a Don Juan, por Don Juan, y no porque le cree otro, y a ese otro ama, esposo, amante, monje, el mismísimo Cristo, pero nunca Don Juan, nunca? Quiéranme Azucena y Lolilla porque les prometí matrimonio, la Madre Milagros porque creyó que yo era el Espíritu Divino, la monja Angustias porque me confundió con su confesor, nadie me ha conocido, nadie me ha amado a mí… más que esa Inesilla, pues sólo ella sabe que yo soy yo. Y yo no la amo a ella, porque ninguna mujer me interesa si no tiene amante, marido, confesor o Dios al cual pertenezca; porque ninguna mujer me interesa si al amarla no mancillo el honor de otro hombre; porque ninguna mujer me interesa si mi amor no la libera. No querré a ninguna mujer para siempre, sino para hacerla mujer, e Inés ya lo es, Inés no pertenece al Señor que la desvirgó, el Señor es dueño solamente de este palacio de la muerte, Inés es la única que me ama porque ya es dueña de sí, y si mi lógica es cierta, yo no puedo ser de ella, pues otro como yo vendría a quitármela: yo ultrajaré el honor ajeno, pero nadie podrá ultrajar el mío, porque careceré de él, ni honor ni sentimiento; y si alguna fregona, novicia, reyna o superiora por mi causa pare un hijo, no será hijo mío, será hijo de la nada, y a la nada le condenaré, devoraré a mis hijos, los castraré, los pasaré a cuchillo: el alimento de los hombres comunes, honor y patria, hogar y poder, me es vedado, no tengo más aliento que las mujeres y sus hijos, a las mujeres les comeré el coño, a los niños el corazón, y Don Juan será libre, sembrará el desorden, infligirá la pasión donde la pasión parecía muerta, romperá las cadenas de ley divina y ley humana, Don Juan será libre mientras exista un esclavo de la ley, el poder, el hogar, el honor o la patria sobre esta tierra, y sólo seré cautivo cuando el mundo sea libre: nunca...

Y con estrechos ojos calculadores mirábalo todo el flamante Comendador, el prestamista hispalense padre de Doña Inés, y nada que se moviera miraba, sino la riqueza de las maderas del coro y la sillería, acana y caoba, terebinto y nogal, boj y ébano, y los tableros con guarniciones, molduras y embutidos de caoba, y las columnas del coro, con el color sanguíneo cuajado del acana, estriadas todas y redondas, los capiteles labrados, los canes que vuelan encima el alquitrabe y las hojas de cardo; sesenta pies de largo, por lo menos, tiene esta capilla, se dijo el sevillano, y cincuenta y tres de ancho, pero encierra más riquezas de las que cupieran en espacio cien veces mayor, pues las mesas son de mármoles y jaspes blancos, verdes encarnados, embutidos, chapados y ensamblados unos con otros, de finísimos jaspes el altar, de metal y bronce dorado a fuego, y como un carbunclo encendido es la custodia, y diamantes la adornan, como diamantes debieron servir para labrar tan costoso tabernáculo, bien dijo quien dijo que hay aquí bastante para fundar un reino, de sobra habrá para pagar un préstamo, pues cosa no veo en este sagrado lugar que no pueda fundirse, arrancarse de su sitio, revenderse, mucho es esto para un solo lugar inservible, y acertado anduvo el anciano regidor de este lugar cuando estas tierras comunales fueron expropiadas por el Señor: "Asentad que tengo noventa años, que he sido veinte veces Alcalde y que el Señor hará aquí un nido de oruga que se coma toda esta tierra, pero antepóngase al servicio de Dios", y para cumplir con la premática del Señor derribáronse bosques, niveláronse montes, cegáronse aguas, y todo, sí, por bien vacar a Dios y cantarle divinas alabanzas en continuo coro, oración, limosna, silencio, estudio, y por enterrar a los antepasados de nuestro soberano. Mas nadie sabe para quién trabaja, y quizá lo que hoy honra en un solo lugar a Dios y a los muertos puede mañana, sin mengua de la grandeza del Creador, adornar las casas de los vivos y a Sevilla mandarse esta balaustrada, a Génova tal candelabro, tal pilastra a casa de un comerciante de Lubeck, las sillerías a las escuelas donde se eduquen los hijos de los ciudadanos de provecho y ahorro, y casullas, dalmáticas, capas y albas bien pueden transformarse en lujosos atuendos para nuestras mujeres, que el buen paño en el arca se vende y aquí es como cosa muerta y que a nadie aprovecha. Para los siglos habrá pensado el Señor estas maravillas; para un buen balance anual las veo yo, y a fin de obtenerlas pensaré que cuanto aquí he visto y oído las pasadas noches sólo pesadillas es, que las cosas son cosas, y pueden tocarse, medirse, cambiarse, venderse, y revenderse, y aquí sólo son decorado para inútiles ritos y sucesos a los que no darán crédito mis sentidos, pues no he visto el vuelo del murciélago, ni la transformación del murciélago en hembra desnuda, ni el robo de sepulcros, ni la fornicación dentro de ellos, ni la aparición de enanas y viejas mutiladas y donceles que se recuestan sobre las ricas laudas funerarias, ni nada que mi razón no comprenda o mi interés no traduzca. Tarda en morir el viejo tiempo, y hasta a un mercader bien templado como yo hace ver visiones y fantasmas. Mueran los viejos sueños, Señor; cuanto aquí posees ha de circular, moverse, mudar de sitio y dueño. Ésa es la realidad, y tu portentosa fábrica será sólo la tumba de tus antepasados y también la de tus sueños, tus vampiros, tus enanas, tus viejas sin brazos ni piernas, tus enloquecidos donceles disfrazados de estatuas. Gracias por mi título, Señor, aunque lo que en mí premias sea tu propio castigo. Tu Dios espectral no es mi Dios real. Razón llamo a mi deidad, sentidos despiertos, rechazo del misterio, exilio de cuanto no quepa en el seguro arcón del sentido común, donde lógica y ducados acumulo, conllevados en felices y provechosas nupcias.

Y la mirada fulgurante de la Dama Loca era de triunfo, y así como el viejo Comendador aliaba razón y dinero, ella volvía a aliar vida y muerte, pasado y futuro, ceniza y aliento, piedra y sangre: adosada sobre un nicho labrado de la capilla, incapaz de moverse, ajena a los temores de una fatal caída desde el nicho hasta el suelo de granito, su mirada era de triunfo: toda la corte, todos los seres vivientes reuníanse en esta honda cripta sepulcral, asimilábanse a sus amados muertos y quizá, con suerte, ya nadie saldría de aquí, todo quedaría fijado para siempre, como las figuras de ese cuadro detrás del altar, extraño cuadro, de cristiana temática y pagana construcción donde las desnudas figuras del tiempo convivían con las revestidas de la historia sagrada, el perfecto trueque de lo muerto y lo vivo se consumaba ahora, la recompensa de la vida era la muerte, el don de la muerte era la vida, el obsesivo juego del canje que gobernaba la loca razón de la vieja alcanzaba su supremo punto de

equilibrio. Que nada lo rompa, rogó la Dama Loca, que nada lo
rompa, y se entregó a un profundo sueño que tampoco permitía
distinguir los dominios de la vida y los de la muerte.

Y todos los ojos ajenos intentaba escudriñar el agobiado Señor cuando ocupó la silla curul que Guzmán le ofreció, al pie del
altar; todos los ojos, desde los de Inés escondida detrás del enrejado
del coro hasta los del último alguacil inconscientemente parado al
pie de la escalera de los treinta y tres peldaños. Nadie, en este aglo-
merado recinto, ocupaba estos escalones, como si una invisible barrera de cristal vedase el paso a la escalera. Ante la multitud reunida,
el Señor sentía, más que las presencias, ciertas ausencias; y al querer
darles un nombre, las llamó Celestina y Ludovico, Pedro y Simón,
preguntándose, hincando los dedos sobre los brazos de suave nogal
de la silla, si alguna relación final podrían tener los sueños de ayer
con los misterios de hoy, si aquéllos habían anunciado a éstos y si el
enigma, el cabo, no era más que el desconocimiento de la lógica ligazón entre lo que juventud deseó y vejez temió; si el misterio de
hoy no era, ¿cómo saberlo?, más que el naufragio del sueño de ayer.
Quizá… quizá el estudiante y la muchacha embrujada, el campesino y el monje, eran quienes ocupaban, invisibles, los escaños de
esa escalera que nunca terminaba de construirse, esa escala donde
cada peldaño era un siglo y cada paso un paso hacia la muerte, la
extinción, la inconciencia, la materia inerte y luego la maldita resurrección en cuerpo distinto al que habemos. Ojos estrábicos del fraile
Toribio, ojos temerosos del fraile Julián, ojos avaros y obsequiosos
del usurero sevillano, ojos aburridos del prelado, ojos impenetrables
de Guzmán: nada le dijeron, nada contestaron a la pregunta que el
Señor, al hacerles, se hacía. Y al no encontrar respuesta, se retrajo al
único refugio cierto: su propia presencia.

Su presencia real. El Señor decidió aferrarse a sí mismo y contar con la simple unidad de su propia persona para imponerse a la
sorpresa, a la multitud, al enigma, al desorden. ¿Basta mi presencia?, se preguntó en seguida; y la respuesta fue ya un primer que-
brantamiento de esa unidad simple —yo, Felipe, el Señor—: no,
mi presencia no basta; mi presencia está transida por el poder que
represento y el poder me traspasa porque, siendo anterior a mí, en
cierto modo no me pertenece y al pasar por mis manos y mi mirada,
de mí se aleja y deja de pertenecerme; no basto yo, no basta el poder, hace falta el decorado, el lugar, el espacio que nos contenga y
nos dé una semblanza de unidad a mí y a mi poder; la capilla, esta

capilla con el cuadro traído de Orvieto y las balaustradas de bronce y las pilastras estriadas y las sillerías labradas y las altas rejas del coro de las monjas y los treinta sepulcros de mis antepasados y los treinta y tres escalones que ascienden de este hipogeo al llano de Castilla; y así, la ilusión de unidad era ya el complejo tejido de un hombre, su poder y su espacio y Julián, mirando al Señor sentado frente al anónimo cuadro que, decían, llegó de Orvieto, lo imaginó imaginándose como un antiguo icono, reproducción sin tiempo ni espacio del Pankreator, pero vencido por la epidemia de signos espaciales y temporales del cuadro: tú, Felipe, el Señor, aquí y ahora; y al entrar a este lugar el paje enmascarado y el rubio joven, los enigmas, lejos de resolverse, se multiplicaron, avasallaron el ánimo del Señor como avasalló la simple pareja a la multitud de alguaciles y dueñas, monjes y alabarderos, regidores y mayordomos, que les abrieron, contrariados, paso hacia la presencia del Señor; y así él mismo se convirtió en dispersión de las preguntas que se formuló, sentado en la silla curul con Guzmán a su lado, dándole la espalda al altar, al cuadro italiano, a la mesa del ofertorio, a los manteles bordados, a los copones y al tabernáculo mismo: ¿quiénes son?, ¿por qué son como son?, ¿por qué avanza enmascarado ese paje, ocultando su rostro con un antifaz de plumas verdes, negras, rojas, amarillas; por qué trae clavada bajo el cinturón una larga y sellada botella verde?, ¿quién es ese muchacho que el paje trae tomado de la mano, y qué aprieta entre las manos el joven de calzas y blusa rasgada y enmarañada cabellera rubia?; la cruz, la cruz, ¿qué es esa cruz encarnada, impresa entre las cuchillas de la espalda del joven, esa cruz que miro ahora que un torpe alabardero tuerce el brazo del muchacho, le hace gemir dolorosamente, le obliga a hincarse dándome la espalda como yo se la doy al altar... yo, que también porto una cruz bordada en oro en la capa que descansa sobre mis hombros?, ¿y qué cosas ruedan de las manos abiertas del muchacho ahora que cae, que los guardias le hacen caer, rendido ante mí, cautivo, dos pedruscos, dos grises piedras, qué clase de ofrenda es ésta, a quién se le hace, a mí, o a los poderes del altar detrás de mí, quería lapidarme a mí, en mi propio templo, quería lapidarnos, a los dos Señores, a mí y al otro, a mí y al Cristo sin luz, quería?; ¿y por qué mi estrellero, Toribio, se abre ahora paso entre la multitud, corre hasta donde se encuentra, a mis pies, este muchacho infinitamente extraño y vencido y desafiante y coge las dos piedras, las mira con sus ojillos bizcos, las sopesa en sus propias manos, parece reconocerlas, las besa? y en seguida las levanta en alto, las muestra, las muestra al pintor miniaturista fray Julián, hacia él corre con las piedras en las manos, ¿ha perdido el juicio mi fraile horoscopista, o sólo cumple al pie de la letra la función para la cual lo traje aquí: resolver los enigmas y fijarlos en carta astral?; y así vaciló la real y única presencia del Señor, multiplicada por la duda y la doble presencia de estos extraños: el paje todo vestido de negro, enmascarado con plumas, y su joven acompañante; y así se levantó ese chillerío de pájaros en la jaula de las monjas, es él, mi Dulce Cordero, chilló la Madre Milagros, es él, mi cruel amantísimo confesor, chilló sor Angustias, es él, otra vez, mi señor Don Juan, chilló la novicia Inés, uno es el de piedra y otro el vivo, enloquece mi razón, ¿a cuál debo desear, al que me promete la ventura de la piedra inmóvil o al que me promete la desventura de la carne temblorosa?, y el chillerío de las monjas despertó de su sueño a la Dama Loca, y también vio a otro hombre idéntico al que ella rescató de las dunas un atardecer y elevó al rango de heredero; y el propio Don Juan miró a su doble hincado ante el Señor y luego miró intensamente al espejo que mantenía, recostado, en una mano y se dijo sí, me estoy convirtiendo en piedra y mi espejo sólo refleja mi muerte: somos dos, dos cadáveres, ése es el poder y el misterio de los espejos, ay mi lúcida alma, que cuando un hombre muere ante un espejo, es en realidad dos muertos, y uno de ellos será enterrado, pero el otro permanecerá y seguirá caminando sobre la tierra: ¿ese que está allí, soy también yo?

No vaciló, en cambio, el paje enmascarado. Mientras las fracturas del ánimo del Señor se revelaban en parejas crispaciones de su rostro capaz de asumir prematuramente, en la duda y el olvido y la premonición y el miedo y la resignación, las facciones que le reservaba el umbral de la muerte, el paje avanzaba hacia él con paso firme. Los taconazos resonaron sobre las baldosas de granito de esta capilla; más resonaron por el silencio que hacía guardia a la evidente turbación del Señor, que por la fuerza del ligero cuerpo del paje y atambor de la Dama Loca. Y ésta, desde su nicho, miró ahora a su atambor perdido, y gritó:

—¡Has regresado, indigno, mequetrefe, después de abandonarme sin permiso, y has regresado a traer mi ruina, a romper mi equilibrio, maldito!

Y fue tal su agitación, que la vieja reyna cayó desde lo alto del nicho labrado donde la había puesto con tanta delicadeza Don Juan, y sin brazos ni piernas que la defendiesen de la caída, dio con su ca beza contra el helado piso de granito, y se desvaneció. Nadie hizo caso de ella, pues toda la atención se fijaba en los sucesos del altar. El paje ascendió al estrado y se acercó, enmascarado, al Señor. A sus ojos turbados. Los de Guzmán, cercano; los de Don Juan, librado a la imaginación del mal y de la muerte; los del Comendador, temeroso de que estos hechos más próximos a la fantasía intangible que a la sólida mesa de las balanzas desviaran de su curso el arroyuelo de los precisos y preciosos intereses; los de las monjas, atolondradas por la aparición del muchacho idéntico a sus amores. Apenas los ojos más alertas vieron; ni siquiera los oídos más atentos escucharon. Nada oyeron de lo que el paje, después de besar las manos del Señor, murmuró cerca de la pálida oreja; sólo algunos vieron que el paje se quitó por un instante la máscara; pero todos, a tono con las más nimias vibraciones de su Amo, sintieron que el Señor tembló azogado al mirar al rostro del paje: los ojos grises, la naricilla levantada, el mentón firme, los labios saturados, húmedos, impresos con sierpes de colores que se ajustaban al movimiento de los pliegues carnosos; y Don Juan, desde su posición sobre la lápida de la tumba, pudo mirar cómo se encendían los pabellones de las orejas del Señor, como si este paje hubiese encendido, detrás de ellos, los cirios de la memoria.

Y esa memoria, para todos desconocida menos para el Señor y el paje, detuvo las ruedas del tiempo, inmovilizó los cuerpos, suspendió los alientos, cegó las miradas y, así, el fraile Julián pudo apartar su propia mirada de la vasta tela por él pintada y perderla en otro lienzo aun más grande aunque menos definido: el de la corte del Señor, fijada, paralizada, convertida en inconsciente figura, dentro del espacio de la capilla real; y Julián, que miraba, miraba desde adentro de ese espacio y no alcanzaba ni a oír ni a ver las palabras y los escasos, azogados gestos del Señor ante el paje y el muchacho: los protagonistas.

El paje volvió a cubrirse el rostro con la máscara de plumas; tendió una mano al Señor y éste la tomó, se incorporó y descendió del estrado; pero su inusitado movimiento no reanimó el de quienes lo observaban sin comprender, aunque todos los ojos recobraron el brillo, vieron al Señor y al paje descender del altar, vieron al paje tender la otra mano al muchacho hincado, de desgarradas ropas, con la cruz en la espalda y los mechones rubios ocultándole el rostro; el joven compañero del paje se levantó de su humillada posición, los alabarderos le dejaron libre y los tres —paje, muchacho y

Señor— caminaron hacia la recámara vecina, separada por la capilla por una cortina negra y a ella, entre la multitud que abrió una valla de interrogantes, entraron.

Guzmán apartó la cortina para darles paso. Y ese gesto reanimó el movimiento, los susurros, la parlería y las exclamaciones de la corte; todos se agolparon, corrieron, codearon, pisotearon el cuerpo mutilado de la Dama Loca, apenas si pensaron que era un animal, un perro del Señor, un bulto olvidado, un lío de trapos negros, una paca de heno viejo, la pisotearon con la fuerza de un tropel de caballos, con el peso de una manada de bueyes, nadie la vio morir, nadie escuchó el suspiro final de la vieja mutilada, sangrada, con la cabeza abierta, los mechones blancos manchados de sangre, los ojos desorbitados, el tronco aplastado, vieja cáscara de fruta desechada, todos se fijaron como un enjambre de insectos ante la puerta de la recámara.

Pero sólo los más cercanos —Julián y Toribio, el Comendador y Guzmán— pudieron ver lo que pasó; sólo Don Juan imaginarlo; sólo Inés temerlo. Y esto dicen que vieron quienes pudieron verlo y luego vivieron para contarlo:

El paje se acercó al Señor, volvió a hablarle en secreto y el Señor dio órdenes que coincidían con las palabras del paje, pues sólo a instancias de éste parecía obrar aquél: que manden traer a un cierto flautista aragonés, que el paje y el muchacho su acompañante, con lentísimos movimientos como si nadasen debajo del agua, tomados de las manos, evitando mirarse, sonámbulos, se dirijan a la cama del Señor y allí tomen sus lugares, se recuesten y esperen la indispensable llegada del flautista, ya llega, Señor, acompañaba con tristes trinos invidentes a nuestra Señora en su alcoba, a la pobre Señora solitaria y vencida que parece seguir el camino de todas nuestras reinas: ser devorada por un tiempo con figura, fauces, dientes, garras, pelambre, hambre, Señor, ya se abre paso, guiado por ajenos ojos que pueden ver y por sus propias manos adivinas, el flautista que no sabemos de dónde llegó, ni cuándo, ni cómo, ni por qué, pero que el paje juzga indispensable para la incomprensible ceremonia que aquí tiene lugar, sobre la cama donde nuestro Señor se ha dejado curar por Guzmán de sus achaques prematuros y desde donde ha podido mirar, sin moverse, enfermo, las otras ceremonias, las divinas, sin ser visto, pues esta ceremonia de ahora divina no ha de ser, desde que dos mozos suben juntos a la propia cama del Señor y allí se abrazan, como para consolarse o reconocerse, como para recordarse el uno al otro, tiernas humanas miradas, pueden pensar esto Julián y Toribio, pero no el prelado que se agita y grita sodomía, sodomía en la capilla dedicada al culto soberano de la Eucaristía, soberano el culto como soberana debe ser la contrición inmediata ante el pecado que se avecina y ya lo dijo San Lucas: si no hacéis penitencia, moriréis todos igualmente, y el pecado nefando sólo se purga como lo purgó ese mozuelo sorprendido en tratos amarionados con los niños de los establos; en la hoguera, por el fuego, sic contritio est dolor per essentiam y oyéndole vagamente, pues las advertencias del prelado en nada podían distraer la fuerza de la curiosidad fuera de la alcoba señorial o la fuerza de la fatalidad dentro de ella, Julián miró hacia el cuadro del altar y se preguntó si la contrición cristiana debía, necesariamente, ser dolor de la voluntad y no dolor de la propia pasión que era causa y efecto, necesaria materia tanto del pecado como del perdón, y el fraile horoscopista y astrónomo, al ver los ojos de Julián, quiso preguntarle si no se acercaba el momento de cambiar el acto de contrición por el acto de caridad, un acto sin el dolor que el obispo juzgaba y proclamaba esencial, un acto de perdón (Inés, Angustias, Milagros) que no detestase las faltas cometidas, pues algo había en la *contritio* cristiana que, al lavarnos del pecado (Milagros, Angustias, Inés) deslavaba nuestras vidas y pretendía que, en realidad, jamás las habíamos vivido: ¿vale la pena empezar de nuevo?, se preguntaron, con las miradas, Toribio y Julián, ¿vale la pena?, mientras el paje y su compañero se abrazaban sobre la cama del Señor: allí esperan, Inés, Madre Milagros, Sor Angustias, la llegada del flautista de Aragón que ahora entra a la recámara, a tientas, con las uñas amarillas por delante, las pesadas espaldas y el andar cojitranco, las alpargatas sin rumor atadas con trapos a los tobillos ulcerados, la flauta sujeta a la cintura por un raído cordel: el ciego.

Doble ciego, doble, corrió el rumor de la voz de Toribio a la de Julián, de Julián al Comendador, de éste a un alguacil, del alguacil a un mayordomo, corriendo el rumor sobre el cadáver aplastado de la Dama Loca hasta llegar al agitado panal de las monjas escondidas detrás de la lejana celosía: doble ciego, pues ahora el paje venda los ojos del ciego con un pañuelo usado, manchado, con visibles cicatrices de antigua sangre, el ciego queda vendado, es conducido por el paje a la cama, a ella sube el flautista y allí ocupa un rincón, sentado con las rodillas cruzadas, desprende la flauta del cintillo y comienza a tocar una musiquilla triste, monótona, cuyos compases se repiten interminablemente: una música que nunca hemos escuchado aquí Julián, Toribio, Inés, Madre Milagros, una música que huele a humo y a montaña, que sabe a piedra y a cobre, que no nos suscita, a nosotros, recuerdo alguno, pero que a ese joven compañero del paje parece devolverle a la vida, arrancarle de la modorra, levantarle la cara como en busca del sol exiliado de estas reales mazmorras, alumbrarle los ojos como si en verdad reflejasen a un astro errante, Toribio, Julián; y el paje corre las cortinillas del lecho del Señor, Inés, Madre Milagros, Sor Angustias, mientras la luz de la mirada del rubio y desgarrado joven se extiende a su rostro entero y pone en movimiento sus labios: los labios del muchacho se mueven, Guzmán, Toribio, Inés, Madre, y esto es lo último que podemos ver los que tenemos el privilegio de poder mirar por la puerta de la alcoba del Señor antes de que la mano del paje corra la última cortinilla del lecho y separe a los tres, paje, muchacho y flautero, de nuestros ojos ávidos de novedades y de la apagada mirada del tembloroso Señor sentado de nuevo en la silla curul que Guzmán le trae y le lleva, le lleva y le trae: escondidos los tres por las tres cortinas que cierran perfectamente los costados del lecho por todo lo alto: más que cama, frágil tumba, carruaje inmóvil.

El muchacho habla. Y el Señor oye lo que el muchacho dice, pero el cansado brazo le cuelga y la mano distraída busca algo cerca del piso, junto a la silla curul, una compañía, quizá un perro que le haga sentirse menos indefenso.

El muchacho habla, escondido detrás de las cortinillas que vedan la cama del Señor, escondido en la extraña compañía del paje y del flautista. El flautista da señales de vida con su musiquilla triste, que acompaña las palabras del joven peregrino. Nada, en cambio, se escucha de labios del paje. Y éstas son las palabras del peregrino.

II. El Mundo Nuevo

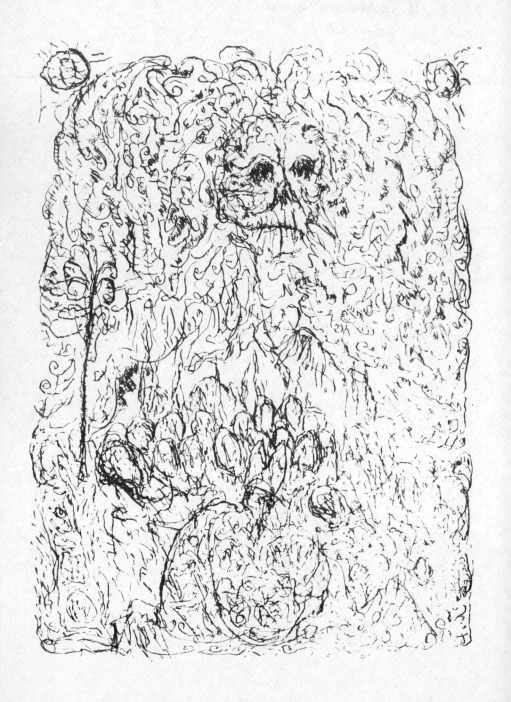

Estrella de la mañana

Señor: mi historia empieza al aparecer sobre el mar la estrella matutina, llamada Venus, última luz de la noche y perpetuación de la noche en la claridad del alba; guía de marineros. Llegué una mañana a un paraje solitario de la costa. Encontré allí a un viejo teñido por la fatiga pero tenaz en el esfuerzo. Construía, a orillas del mar, una barca. Preguntele a dónde pensaba dirigirse; díjome que las preguntas sobraban. Pedile ocasión de viajar en su compañía; señaló con el puño cerrado hacia un martillo, unos clavos y unos tablones. Comprendí el trato que me ofrecía y trabajé con él catorce días y sus noches. Al terminar, el silencioso viejo me habló, mirando con orgullo hacia el arca de curtidos velámenes:

—Por fin.

Nos embarcamos con Venus, una mañana de verano, habiendo llenado veinte barricas con agua de los arroyos. Me expuse recogiendo, en las aldehuelas costeras y sin permiso de sus dueños, gallinas y hogazas, cordelería y otros aparejos, cecinas saladas, ahumados tocinos y un costal de limones. El viejo sonrió cuando regresé con estas provisiones. Contele mis pequeñas aventuras para obtenerlas, de noche o en horas de siesta, resbalando por tejados y cruzando a nado una ría, y salvándome gracias a la natural ligereza de mi cuerpo.

Sonrió, digo, y preguntome mi nombre. Contestele pidiendo conocer el suyo; dijo Pedro e insistió en saber el mío. Le rogué que me bautizara; y añadí que sin burla ni desconfianza podía asegurarle que desconocía mi nombre. Joven Caco, rió el viejo Pedro; o gentil corsario y en buena causa, rió.

—¿Qué cosa sabes?—Levante y poniente; norte y sur.

—¿Qué nombres recuerdas?

—Muy pocos. Dios y Venus. Mediterráneo, mar nuestro.

Un suave céfiro nos condujo, velozmente, lejos de la costa. Y cuando la perdimos de vista, pedí instrucciones a Pedro, quien se ocupaba de las velas, para enderezar la dirección hacia el rumbo de nuestro destino. Pero el viejo ya había perdido su fugaz alegría, y con tono sombrío me dijo:

—Ocúpate tú de las velas. Yo me encargaré del timón.

Así navegamos; sin sentirlo, pues el mar del estío semejaba un cristal inmóvil, y la suavidad del céfiro, en vez de encresparlo, barría la espuma y azogaba el piélago; y sin sobresalto, pues el viejo no dudaba del curso escogido y al principio, ciegamente, obedecí sus órdenes. Mi voluntad encontrábase adormecida; la calma del mar nos solicitaba pareja tranquilidad del cuerpo y del alma. Mar pacífico y suave céfiro; poco había que hacer, y horas sobraban para tenderse en cubierta y mirar el dócil paso de las nubes vacías y del generoso sol. Dejamos atrás hierbas y gaviotas, signos de la vecindad de la tierra. El viejo se alejaba de ella, pero supuse que jamás nos encontraríamos a más de dos días de navegación de la costa pues, cualquiera que fuese nuestra dirección, bordearíamos, como una aguja líquida, los manteles de las playas. El mar en sí no es nada, salvo reino de peces y tumba de incautos; nada es, sino salobre carretera entre las colmadas mieses de nuestra próvida madre, la tierra. Conocía las cartas que tan bien ceñían nuestro mar Mediterráneo y aunque ahora habíamos zarpado de costas del norte, imagíneme navegando ya hacia el sur y luego hacia levante, al mar nuestro, mar sin secretos, cuna nuestra, tan seguro como esa tierra que alabo, y que nuestro mar contiene en su nombre mismo: Mediterráneo, mar de mármol y olivo, mar de vino y arena, mi mar.

Vi las últimas doradas, que iban sobreaguadas y a veces mostrando los lomos, comiendo peces desde el mar. Luego dejé de verlas largo rato y las extrañé. Miré entonces con ojos entrecerrados al sol y, más ardiente que él, mi adormilada razón se incendió de sorpresa y miedo. Necio de mí; había mirado día tras día ese sol de verano y sólo ahora me daba cuenta de lo que me estaba diciendo: seguíamos porfiadamente su ruta. El sol era nuestra guía, imán más poderoso que el de cualquier brújula, pues basta seguir su diario curso para dispensarse de agujas de marear; nuestro camino obedecía el suyo, nuestra nave era la sierva sumisa del astro.

Navegábamos obstinadamente de oriente a occidente. El sol se levantaba a nuestras espaldas y desaparecía frente a nuestros ojos. Me incorporé nervioso y trémulo; miré a Pedro; Pedro me devolvió una mirada fría, serena, decidida, burlona.

—Tardaste en darte cuenta, muchacho.

Sus palabras quebraron la extraña e inmerecida paz de mi ánimo, miserable reproducción de la sosegada natura que me envolvía, y ese sol radiante, ese limpio cielo, ese buen aire, ese mar de espejos se convirtieron, en un instante, en la helada certidumbre de desastres; la calma presagiaba tormenta, dolor, y segura catástrofe; viajábamos hacia el precipicio del mundo, la catarata del océano, el mar ignoto del cual sólo una cosa era sabida: que la muerte reservaba a quienes traspasaban la vedada línea del más allá.

Terror y coraje: ¿pueden latir lado a lado tan encontrados sentimientos? En mí, en ese momento, sí. Veía la muerte en los azogues del mar e imaginaba un hirviente fin al derrumbarse sus aguas en la frontera misma del mundo. Miré con furia y con miedo al viejo; quise inventar la mirada de la locura en sus ojos profundos, perdidos detrás de las desleídas telas de los años. Grité que nos llevaba al desastre, que me había engañado, y que si su propósito era poner fin de tan terrible manera a sus días, el mío era salvarme y no compartir su malhadada suerte. Levanté una vara y me arrojé contra Pedro. Al viejo le bastó soltar la rueda del timón, pegarme en el vientre con la espantosa fuerza de su puño encallecido y hacerme caer sobre la cubierta, gimiendo, en el instante en que la embarcación perdía, momentáneamente librada de gobierno, su equilibrio.

—Escoge, caco o corsario, murmuró Pedro; escoge si has de viajar atado de pies y manos, como un ladronzuelo, o de pie y con las manos libres, conmigo dueño de este mar y de la tierra libre que en la otra orilla encontraremos.

¿Tierra libre? ¿Otra tierra? Exclamé: —¡Estás loco, viejo! ¡Vas a perecer en tu empeño, y a tu muerte arrastras mi vida!

—¿Qué me reprochas?, contestó Pedro, ¿la resignación de mi edad contra la ambición de la tuya?

—Sí, yo quiero vivir y tú quieres morir, viejo.

—Por vida mía te digo que no. Porque he vivido lo que he vivido, viajo para seguir viviendo.

Me miró enigmáticamente, y como yo no entendiera sus razones, sino que me obstinara en las mías, él quería morir, yo quería vivir, prosiguió con tono desvelado:

—¿No ves que soy yo, el viejo, quien ambiciona, y tú, el joven, quien se resigna? Huyo porque tengo que huir. ¿Tú no?

Preguntome si mi corta vida aún no me desencantaba, no de la vida, sino de cuanto en torno a mí la negaba y la impedía.

¿Por qué, entonces, te embarcaste conmigo? ¿Por qué no permaneciste en aquella tierra, si no crees en la tierra nueva que yo busco? ¿De dónde vienes, Caco?

Temía esa pregunta, la temo siempre, porque así como desconozco mi nombre, de sobra conozco la razón de mi ignorancia. Contestele al viejo:

—De todas partes.

—De ninguna, entonces.

—Digo que no recuerdo otra cosa más que un peregrinar sin fin. Créeme, viejo.

—Peregrino, pues, te llamaré.

—Nunca me he detenido. Ningún lugar de la tierra conocida ha podido arraigarme en él y, allí, darme lo que a los otros hombres les da una raíz. Nombre y hogar, mujer y descendencia, honor y hacienda. ¿Me entiendes, viejo?

Pedro, desde el timón, mirome, interrogándose, y dijo que no, no entendía mis confusas palabras, por ser tan contrarias a las que él me diría si hubiese de explicar su vida:

—Todo lo que tú nunca tuviste, yo lo tuve y lo perdí. Tierras y cosechas, incendiadas aquéllas, robadas éstas; descendencia, pues mis hijos fueron asesinados; honor, pues mis mujeres fueron mancilladas por el derecho señorial. Y también la libertad o su ilusión, pues supe cómo podía engañarse a las muchedumbres y conducirlas, en nombre de la libertad, a la esclavitud y a la muerte. ¿Sabes algo de todo esto, Peregrino? Pienso que no, y por eso no entiendo tus palabras.

Cuideme de decirle que mal las comprendía yo mismo, pues la ligereza de las cosas por mí recordadas era otra, y escasas voces acudían en mi auxilio para explicarlas. Visiones de pálidos desiertos y lejanos oasis, bronceadas montañas y pálidas islas, ciudades amuralladas, templos de la muerte, rostros de hombres crueles o humillados, de mujeres perversas o anhelantes, sofocados gritos de niños, golpes de caballos, fuego y fuga, perros ladrando bajo la luna, viejos dormidos junto a los camellos. ¿Con semejantes visiones podría reconstruir la memoria de una vida? No sé. Desconocía los nombres precisos de estos lugares y de estas gentes como desconocía mi nombre y mi lugar propios. ¿Basta resumir estos recuerdos sin perfil en la frase que dirigí entonces a Pedro?

—Siempre he vivido en el Mar Nuestro. Soy hombre mediterráneo.

No bastaba: en el instante de pronunciarla mi cruel memoria sin límites pero también sin señales me arrastraba en su ímpetu hacia atrás, hasta atrás, memoria lejana y cercana, pero siempre incapaz de decirme qué fue antes y qué después: memoria de aire, perdido suspiro del pasado y agitada respiración del presente, confundidos. ¿Cómo explicarle esto al viejo? Preferí, invadido por las razones absolutas que yo mismo era inepto para penetrar, admitir este argumento inválido aunque inmediato, una vez saciado y, cierto es, felpado, mi inmediato instinto de conservación: sentí que luchaban dentro de mi pecho dos principios. Uno me impulsaba a sobrevivir a toda costa. Otro, me exigía la loca aventura en pos de lo desconocido. Entre ambos principios, reinaba la resignación. Por eso, agotada una rebeldía, latente la otra, le dije al viejo:

—Y pues huyo, como tú, aunque sin motivo, y tú dices que sobran, acepto, viejo, este viaje a la muerte. Quizá en ella se resuelvan mis pobres enigmas y mi destino sea resolverlos muriendo y al morir, saber. De todas maneras, inútil habrá sido todo.

Me levanté resignadamente de la cubierta a donde me habían arrojado el puñetazo de Pedro y el vaivén de la nave mientras Pedro decía:

—Mira, muchacho, que no vamos a la muerte, sino a una tierra nueva.

—No te engañes. Tienes muchas ilusiones para uno de tus años. Te admiro. Por lo menos, te juro que lloraré contigo cuando las pierdas.

—¿Apuestas mis ilusiones contra tu vida?, rió Pedro con un dejo amargo. ¿Qué me darás si al cabo del viaje sobreviven así mis ilusiones como tu vida?

—Nada más de lo que ahora puedo darte. Mi compañía y mi amistad. Estoy tranquilo. Estalo tú. Acepto el destino que vamos a compartir. Créeme, viejo.

Pedro suspiró: —Te creería mejor si tú creyeras lo mismo que yo.

Dijo entonces que debía creer en otra tierra allende el océano. Y que si el sol se hunde en el poniente cada noche, no es devorado por la tierra ni renace milagrosamente, al amanecer, en levante, sino que ha girado alrededor de la tierra, que debe ser redonda como el sol y como la luna, pues no veían sus ojos viejos cuerpos planos en el cielo, sino esferas, y no sería nuestra tierra una monstruosa excepción.

Me contó que durante miles de atardeceres, con los pies plantados sobre la tierra seca del verano o hundidos en los fagos invernales, había mirado la extensión de una llanura libre, inmensa, de laboreo, sin accidentes de montaña o bosque, y girando sobre sus plantas había visto que la tierra y el horizonte eran dos círculos perfectos y que el sol, al despedirse cada atardecer de la tierra, se reconocía en su forma hermana.

—Pobre viejo, le dije con melancolía creciente, si lo que dices es cierto, al final de este viaje regresaremos a nuestro punto de partida y todo habrá sido en vano. Yo tendré razón tú regresarás a lo que recuerdas con horror.

—¿Y tú?

Me costó decirlo: —A cuanto he olvidado.

—Cree entonces conmigo, dijo enérgicamente Pedro, que no creó Dios este mundo para que sólo lo habitaran los hombres que tú y yo hemos conocido. Tiene que haber otra tierra mejor, una tierra libre y feliz, imagen verdadera de Dios, pues tengo por reflejo infernal la que hemos dejado atrás.

Y repitió, ahora con la voz temblorosa:

—No creó Dios este mundo para que sólo lo habitaran los hombres que tú y yo hemos conocido, para recordarlos o para olvidarlos, igual da. Y si no es así, dejaré de creer en Dios.

Díjele que respetaba su fe mas no su falta de pruebas para sostener estas imaginarias convicciones. Pidiome que trajera un limoncillo del costal. Lo hice. Nos hincamos en la cubierta y me pidió que pusiera de pie el limón. Convencíme de la locura del viejo pero nuevamente me resigné a mi mala suerte. Intenté hacer lo que me pedía, pero el alargado y amarillo cuerpo, una y otra vez, cayó sobre su costado. Miré en silencio a Pedro, sin atreverme ya a echarle en cara su sinrazón. Estaba resignado, digo. Entonces el viejo tomó el limón, lo mantuvo levantado entre dos gruesos dedos y luego apoyó fuertemente contra la plancha de la cubierta. La base del limón se abrió, corrió su jugo, pero se mantuvo de pie.

Pedro me pasó el limón: —Tienes los labios blancos, Peregrino. Haz por chupar a diario y largamente estos limoncillos.

Esa noche, ninguno de los dos durmió. Un desgraciado recelo nos mantuvo vigilantes, hasta nueva aparición de la estrella de la madrugada. Nada debía yo temer, sino la segura muerte en un momento que fatalmente llegaría, arrojándonos, al llegar, a un espumoso cementerio donde pereceríamos aplastados bajo monumentales aguas sin luz, negras como el más hondo río del infierno. Sin embargo, al aparecer la estrella y anunciarse otro día de calor y calma, me imaginé combatiendo contra el sueño por temor a que Pedro temiese que, al dormirse él, yo aprovecharía su sueño para ahorcarle con un cordel, arrojarle al mar y emprender el regreso a la costa de donde zarpamos.

Pero también temía que, al dormirme yo, el viejo hiciese lo mismo conmigo por temor a mí, me matase con el quebrado cuchillo que guardaba junto al timón, me arrojase a los tiburones que desde hace días perseguían la estela de la nave y continuase, solo, sin dudas, sin recelos, su voluntarioso viaje al desastre.

Brilló la turbadora estrella que parecía confirmar con su ronda, hermanando el crepúsculo y la aurora, las circulares razones del viejo. Y fue él quien resolvió los temores, fue él el valiente que primero fue a recostarse en un rincón de la cubierta, sombreado por las lonas que protegían nuestras barricas de agua dulce.

—¿No me tienes miedo, Pedro?, le grité desde el timón con mi voz blanca y salada.

—Peor riesgo es la muerte que nos presagias, dijo el viejo. Si tanto crees que vamos a perecer, ¿para qué vas a matarme ahora?

Y añadió después de una breve pausa:

—Quiero que un hombre joven sea el primero en pisar la tierra nueva.

Cerró los ojos.

Yo me imaginé amo de la nave, librado de la presencia del viejo y de su mortal carrera hacia el desastre; me imaginé de regreso en la costa de donde salimos doce días antes. Y al imaginarme allí, traté de imaginar qué haría al regresar a ese punto de partida. Señor: no pude idear más que dos caminos. Uno, me llevaría de regreso al anterior punto de partida, y de allí al anterior, y así hasta remontarme al lugar y al tiempo de mi origen. Pero a partir de ese origen olvidado, ¿qué camino se ofrecía a mí si no el que ya había recorrido? Y ese camino ¿podía dejar de conducirme a la playa donde encontré a Pedro y de allí, con él, en esta nave, al punto donde ahora nos encontrábamos, en este mismo instante, en el mar? Reflexioné así sobre la triste suerte de un hombre en el tiempo, pues la abundancia de pasado me obligaba a olvidarlo y vivir sólo este fugaz presente; y, capturado por la sucesión sin memoria de los instantes, nada me era dado escoger; mi futuro sería tan oscuro como mi pasado.

Pensé todo esto con los ojos cerrados. Y al pensarlo, la resignación de mi alma empezó a ser vencida por la lucha entre la supervivencia y el riesgo. Pedro había cerrado los ojos. Yo abrí los míos:

—Guíame, estrella, guíame, rogué con fervor.

Seguí el camino del sol, la voluntad del viejo: mi fatal destino, hacia el inmóvil Mar de los Sargazos.

Reloj de agua

Y así, Señor, medimos con agua el tiempo. Crecía la salada del mar, consumíase la dulce de las barricas; pero todo era agua, salvo Pedro y yo y nuestra barca. Devoramos buena parte de nuestras provisiones, pero reservamos la carne salada y con ella cebamos los anzuelos de cadena y los arrojamos al mar. Pues en todo piélago abundan los tiburones, y no tardan en caer, siendo rápidos y voraces así para atacar al marino indefenso como para confiar en las trampas del astuto.

Con grande alegría capturamos al primer escualo, y le guindamos y metimos a la nave; y con grandes golpes de cotillo de hacha contra la cabeza matole Pedro y con un cuchillo cortele yo en lonjas delgadas que colgamos por las jarcias del navío. Allí las dejamos a enjuagar por tres días, ya sin prisa, seguros de nuestro alimento y nada preocupados de aplazar nuestro banquete. Pocas cosas reúnen más a dos hombres, y con más facilidad les obligan a olvidar riñas pasadas, que estas fraternales tareas, ayudándose para enfrentar un peligro, y vencerlo. Entonces vemos qué estúpida es la rija de voluntades humanas, pues nada se compara a la amenaza de la naturaleza, que de voluntad carece, aunque le sobra feroz instinto de exterminio. Natura y mujer se asemejan. Y éste es su mayor peligro: su belleza suele desarmarnos.

Treinta días de travesía contamos el día que comimos las sápidas lonjas del tiburón y mucho nos reímos descubriendo que nuestro fiero escualo tenía el miembro generativo doblado, o sea que navegaba con dos armas viriles, cada una larga como del codo de un hombre a la punta del dedo mayor de la mano; y más nos regocijamos al discutir si al acoplarse a la hembra el tiburón ejercitaba ambos miembros a un tiempo, o cada uno por sí, o en diversos tiempos. Y por esto, quizá, es sabido que las hembras del tiburón sólo paren una vez en su existencia.

Agua inmóvil, digo, nos rodeaba: díjeme que habíamos entrado al temible Mar de los Sargazos, donde todos los marinos se arredraban y retrocedían. Nosotros no. Yo, porque más temía la turbulenta catástrofe del futuro que esta presente tranquilidad, que la aplazaba. El viejo, porque ni calma ni tormenta hacían flaquear su confianza en nuestro seguro destino: el mundo nuevo de sus sueños. Y del embarazo de este indolente océano nos salvaron las conversaciones sabrosas que entonces tuvimos el viejo y yo. Del mar hablamos, y yo pude recordar, aunque siempre sin fechas que viniesen en mi auxilio, los contornos del mar de mi memoria, nuestro Mar Mediterráneo, al mostrarme Pedro los veraces portulanos que lo ceñían a conocimiento de hombres; mas las cartas que extendían al oeste el espacio marino terminaban por borrarse en una incógnita de vagos contornos.

—Así es, muchacho. Nada sabe la rosa de los vientos de lo que se halla más lejos de ésta que aquí ves dibujada y nombrada la última Tule, que así llaman los cartógrafos a la isla de Islandia…

—…donde el mundo termina, añadí.

Amigos en el peligro, padre e hijo o, más bien, abuelo y nieto en apariencia, no habíamos dejado por ello de sostener nuestras disímiles creencias.

—¿Sigues temiendo?, me preguntó el viejo.

—No. No temo. Pero tampoco creo. ¿Y tú?

—Temo tu nombre. ¿Juras no llamarte Felipe?

—No. ¿Por qué temes a ese nombre?

—Porque sería capaz de llevarme a algo peor que el fin del mundo.

—¿A dónde, Pedro?

—A su alcázar. Allí vive, con él, la muerte.

Cosas así decía el viejo cuando su ánimo se ensombrecía; yo procuraba entonces volver a hablar de mar y de embarcaciones y el viejo Pedro, hombre de manos y recuerdos, como yo lo era de sueños y olvidos, me explicaba las observaciones que le permitieron idear esta nao envegada de antenas, con dos palos de velas triangulares; y este velamen, dijo, era mejor que el de los antiguos varineles, pues nos permitía acercarnos más al viento y aprovecharlo mejor. Y la ausencia de un castillo de proa, así como la ligereza de las maderas, aseguraba mayor agilidad de marcha y de maniobra. Ya lo veía yo: dos hombres solitarios podíamos manejar esta pequeña y dócil nave, y con ella habíamos venido barloventeando con viento escaso por sus puntas y cabos, y aun en el Sargazo avanzábamos, aunque sobre aceite. Candoroso mostrábase el viejo Pedro, y lleno de ilusiones.

—No he de desmayar ahora.

Me contó que veintitrés años antes quiso embarcarse por vez primera en busca de la nueva tierra.

Tres hombres y una mujer dieron al traste con mi proyecto; me derrotaron sus deseos, pues ellos sólo deseaban lo que nuestra vieja tierra, engañosamente, promete. Me derrotaron, hijo, pero se salvaron. No creo que aquella imperfecta barcaza nos hubiese llevado muy lejos. Abandoné el surco y fuime a las playas; cambié la compañía de labriegos por la de marinos. Mucho tardé en aprender cuanto debía. Esta nave es casi perfecta.

Dijo que cuando una escuadra de navíos como éste, así de ligeros, aunque de mayor tamaño y mejor tripulados, se construyese, el océano sería domado por todos.

—Cuidémonos de decir nuestro secreto, pues entonces todos se trasladarían sobre esta ruta que hoy es sólo tuya y mía, muchacho, y así, hermana soledad y libertades.

Lo dijo sin bajar la voz: vastas eran las bóvedas de esta catedral marina, y si yo era su confesor, jamás saldrían de mis labios palabras que escuchasen otro que él.

Entramos al cuarto día de segundo mes a ruta de alisios; hincháronse las velas y vimos el seguro signo de viento favorable en la volatería de peces. Admiramos estos peces voladores a los que, de cabe las agallas, les salen dos alas tan largas como un jeme, tan anchas como una pulgada y con tela parecida a la del ala del murciélago. Gracias a unas finas redecillas, pude capturar algunos que pasaron muy cerca de la banda de estribor. Los comimos. Sabían a humo.

Os diré que comer los peces voladores fue nuestro último placer. Al día siguiente, hacia el mediodía, el mar era azul y el viento suave, digo, se armonizaba en belleza clara y cálida. El mar era el mar, el cielo el cielo y nosotros parte viva y sosegada de ellos. Entonces, levantose un tumulto al norte de nuestra nao y el azuloso confín estalló en altas llamaradas blancas; el mar era batido por una cólera tanto más impresionante por ser tan súbita y contrastada con la paz que celebrábamos, hace un instante y en silencio, el viejo y yo. Y el blanco oleaje, aunque todavía lejano, se levantaba sin tregua hasta alturas cada vez más cercanas a nosotros. Vientre de vidrio y penacho de fósforo, las armadas de enormes olas se decoraban entre sí sólo para renacer acrecentadas.

Vimos al cabo la negra cola de la fiera bestia que así agitaba las aguas tranquilas; vímosla hundirse y luego, a media legua de nosotros, dispararse como una pesada saeta hacia el aire, abriendo las fauces de irisadas carnes, revolcándose, hundiéndose, disparándose otra vez fuera del mar como si detestase por igual aire y agua, y en iguales medidas los necesitase: Señor, primero vimos el espantable lomo de conchas y de limo, como si la bestia fuese una vasta nave fantasma, dueña de su propia fuerza; y esa fuerza era la muerte que se prendía con odiosas escorias a los lomos de la ballena. Vimos luego su ojo encarnizado, acuoso, llameante, cuajado de venas rotas, abriéndose y cerrándose entre los lentos, aceitosos, fangosos párpados y nuestra segura embarcación convirtiose en almadía sin gobierno, azotada por el oleaje cada vez más alto, agitado y sin concierto que engendraba el leviatán.

Temí que al pegarnos un zurriagón con la cola, nos hundiésemos, quebrados, pero la nave estaba probando su buena hechura. Se comportaba como balsa, y el viejo y yo, abrazados al mismo mástil de manera que mis manos se apoyaban en sus hombros y las suyas apretaban los míos, sentimos que nuestra nao era juguete del tumulto, pero no lo resistía, cumplía las órdenes de las encontradas mareas, sobrenadaba la cresta del oleaje y no se dejaba anegar. La espuma pasaba palpitando sobre nuestras cabezas.

Vi entonces la razón de todo, le grité al viejo que mirase conmigo el terrible combate que contra la ballena libraba un enorme peje vihuela, pues la lucha parecía ocurrir tan cerca de nosotros que podíamos ver la espada del pez, dura y recia, pugnando por herir el lomo espeso de la ballena, y mostrando el hocico lleno de dientes muy fieros; y era maravilla cómo el pez jugaba su estoque de costado, no de punta, arañando, rebanando la mejor defensa del leviatán, que es su estriada y curtida piel, y buscando ocasión de clavar la espada en el ojo arredrado del enemigo.

Agradecí que contra la ballena ensañase el peje su espada, y no contra nuestra barca, pues habría traspasado la banda y entrado dentro un palmo, como ahora, con un movimiento imprevisto, más rápido que una plegaria, el peje vihuela hería a fondo el ojo de la ballena y en él se clavaba con el gusto y la medida natural de macho clavado en hembra; y no sé si gritamos de sorpresa al ver cómo el nervioso exacto cuerpo del pez sabía adelantarse a su propio instinto de lucha, pues con mayor velocidad parecía moverse aquél que determinarse éste; o si gritamos de reflejo dolor Pedro y yo; o si el gigante herido lo hizo de tanto sufrimiento que sus enormes fauces gimieron; o si un clamor de victoria pudo nacer de las plateadas vibraciones del peje; o si el océano mismo, herido al tiempo que su más poderoso monstruo, lamentábase con un hondo bramido de espumas enrojecidas.

Vedlo: el leviatán salta por última vez, tratando de liberarse del mortal punzón clavado en el ojo: y luego se hunde, no sé si por última vez también, buscando refugio en lo hondo, y acaso alivio. Y al sumergirse arrastra a su azogado verdugo el peje ahora tembloroso, ahora ansiando librarse él mismo de su víctima, victimado ahora por ella, por ella conducido al reino silente donde la ballena puede esperar siglos enteros a que su herida cicatrice, curada por la sal y el yodo que son las medicinas de los mares, mientras el peje, antes amo y ahora esclavo del arma de su cuerpo, inseparables cuerpo y arma, terminará por incrustar su esqueleto fino y quebradizo y argentino como sus escamas, en las barreduras de limo y concha de los costados de la ballena. Gracias daré por las armas del hombre, que por hueso y carne son impulsadas, pero son fierro y vara, al cuerpo ajenos.

Permanecimos abrazados al mástil, tocando nuestros hombros empapados, nuestros cuerpos hirsutos, sin mirar nada. Al abrir los ojos, nos separamos, aseguramos que el gobernalle estaba en buen estado, bien atados los bramantes y que nada de lo indispensable nos faltaba. Y sólo después miramos el mar de sangre que nos rodeaba, las rojas burbujas que ascendían de las profundidades y capturaban, ensangrentándola, la luz del sol. ¿Qué nos esperaba más lejos? Nuestro reloj de agua medía gota a gota la sangre derramada del océano herido.

Vorágine nocturna

Los hábitos normales de la vida deben restablecerse cuanto antes; el fastidio rutinario parece noble perseverancia cuando las maravillas, por abundantes, adquieren cariz de costumbre. Así, el viejo y yo, al tocarnos las nucas, nos percatamos de que navaja o tijera no se había acercado a nuestras intonsas cabezas en mucho tiempo; y que nada habíamos consultado ante un espejo en más de dos meses.

Nos alejamos de la popa y su roja estela; ¿quién se atrevería a buscar su rostro en un espejo de sangre? Mejor, yo busqué en un saco de lona el espejuelo que robé de una casa dormida y me expuse a ver mi cara en él. Vi que la sal y el sol habían dejado sus huellas, blancas donde el gesto de una pregunta, una alegría o un temor solían arrugar la piel, pero color de madera bruñida allí donde la doble agencia de los rayos y la espuma habían acariciado mi cara. Poco vello la cubría; una pelusa fina y dorada, no la lana gris, alambrada y abundante que coronaba a Pedro. Un leonzuelo y un oso haciéndose compañía a mitad del océano. Pero la melena me descendía hasta los hombros. Vime; y al verme le pregunté a mi rostro:

—¿De dónde vienes? ¿Dónde has estado y qué has aprendido, que todo rasgo de malicia ha huido de ti? ¿Puede la inocencia ser el fruto de la experiencia? Un día, cuando me recuerdes, háblame.

Mostrele su faz a mi viejo acompañante; reímos, olvidamos al peje y a la ballena; me senté sobre una barrica mientras el viejo, con unas bruñidas tijeras de sastre (otro de mis robos en la ribera de donde zarpamos) me cortaba la larga cabellera y yo me guardaba el espejillo en la bolsa del jubón.

Atardecía cuando cambiamos de posición y yo hice el oficio de barbero, emparejando la salvaje nuca de Pedro; y ninguno de los dos hablaba de lo que en verdad ocupaba nuestros pensamientos. Más de dos meses navegando de levante a poniente, en línea recta, y ningún signo de tierra próxima, ni ave ni hierba ni tronco ni brisa olorosa a horno o carne, a pan o excremento, a agua dormida —como Pedro esperaba— ni precipitadas aguas y muerte atroz —como yo temía—. El cielo comenzó a cargarse de nubes.

—Date prisa, que ya cae la noche y amenaza tormenta, dijo el viejo.

—Está bien, le contesté. Ojalá que el agua de lluvia llene las barricas vacías.

Recuerdo nuestras palabras, y las hermano con el rumor familiar de las tijeras con que trasquilaba la cabeza de mi amigo, porque fueron las últimas palabras y el último acto de cotidiana costumbre que dijimos o efectuamos. Señor: debajo de mis pies sentí una succión creciente que como un rayo nacido, no de cielo atormentado, sino de atormentadas agua, me partía de los pies a la cabeza; un rayo invertido, tal lo sentí, que nos fulminaba sin el previo anuncio del relámpago que el bondadoso firmamento nos reserva, seguramente porque el cielo y la tierra pueden verse cara a cara, y otro es el reino del mar, que ha tomado el velo, y es a cielo y tierra como monja a mujer y hombre.

Un rayo, digo, nacido de una profunda irritación del suelo mismo del océano: un fuego líquido. Crujió espantosamente la nave; doblose la noche natural de otra oscuridad huracanada, estalló la tormenta y yo agradecí que el cielo tronase como nuestra barca; que las nubes descendiesen hasta abrigarse las puntas de los mástiles; que los relámpagos reales anunciaran verdaderos rayos. Corrimos Pedro y yo, cada uno a un mástil, arriamos de prisa las velas, intentamos enrollarlas bien y atarlas con el cordaje, pero el movimiento repentino de la nave nos lo impidió; rodamos y fuimos a estrellarnos contra las bordas. Asime a una argolla empotrada en la banda de estribor; habíamos navegado, bogando, barloventeando, asentándonos en el Sargazo, impulsados luego por el suave alisio, agitados por el tumulto de la ballena: lo que ahora ocurría era otra cosa, ajena a toda previsión natural. La rueda del timón a la que Pedro logró acercarse no era gobernable, giraba velozmente y a su antojo, dos puños no podían posarse sobre las veloces clavijas, astas enloquecidas que golpeaban sin piedad los nudillos y las palmas impotentes del viejo. El barco no navegaba; el barco giraba, era chupado siempre más hacia abajo, era un juguete del diablo, era el prisionero de una succión originada en las más hondas fauces del ponto:

—Henos aquí a la merced de la catarata universal, me dije, he aquí lo que tanto he temido: llegó la hora…

Pues nuestra barca hundíase en un remolino siniestro, invisible; lo supe, con espanto, cuando dejé de mirar un mar debajo de nosotros y lo vi encima de nosotros: las crestas fosforescentes de las olas eran la única luz de la negra tormenta, y si antes se alzaban para ahogarnos, ahora amenazaban derrumbarse para aplastarnos: las olas se alejaban de nosotros, pero no en el horizonte, sino verticalmente, no se alejaban de nuestras manos extendidas, sino de nuestras cabezas levantadas: el oleaje iba perdiéndose en lo alto, arriba, muy arriba de nuestras cabezas, cada vez más alto que nuestros mástiles despojados ya de la vecindad de nubes. Nosotros descendíamos los muros de agua de una vorágine sin fondo, éramos barca de papel luchando contra la corriente de un riachuelo callejero, mosca nadando en miel, nada éramos, allí.

Y preparado para esto, pues no otra cosa había previsto y temido siempre, observaba sin embargo, Señor, la vigorosa deuda de la vida para con sí misma, pues obré como si la esperanza fuese posible, pensé con rapidez, corrí hacia Pedro que inútilmente intentaba dominar el volantín del gobernalle, pues el timón habíase aliado con la vorágine y era enemigo nuestro. Le empujé, atarantado y vencido, hacia el mástil más cercano y allí le até como pude, con cuerdas, al palo, mientras el viejo gemía devolviéndole a la tormenta el eco apagado de sus rumores. Y cuanto os diga de nada serviría para remedar el rugir de esa tempestad que era algo más que tempestad, era el fin de todas las tempestades, frontera de huracanes, sepulcro de tormentas: un combate centenario de lobos y chacales, de leones y cocodrilos, de águilas y cuervos no engendraría un alarido más hondo, más vasto y afilado, que este crepuscular lamento de todas las agitadas mareas agónicas del mundo, reunidas aquí, sobre nosotros, alrededor y debajo de nosotros: grande, espantable, insalvable era la raya y panteón de las aguas, Señor.

Gemía el viejo capturado, pues sus ojos centelleantes me decían que él se miraba prisionero y a mí alcaide de la nave; y en esos destellos de su mirada quizás se disfrazaba el temor de una derrota. No habíamos llegado a la tierra nueva de sus anhelos, sino al tonel sin fondo de mis temores. No me detuve a reflexionar; actué diciéndome que si salvación había, solo la había asidos a las argollas o los mástiles, y yo mismo me abracé un instante al palo, mirando los ojos resentidos de Pedro, vacilantes entre la cólera y la tristeza, cuando ambos vimos, frente a nosotros, quebrarse el segundo mástil como una caña endeble que en seguida fue chupada, dócil ruina de astillas, hacia el remolino circundante.

Perdí toda esperanza; la velocidad con que girábamos hacia el vientre de la vorágine zafó las cuerdas de los barriles y éstos comenzaron a rodar con amenazante fuerza y sin concierto por la cubierta, aniquilando todo resto de equilibrio en nuestra nave. Imaginé que en breves instantes zozobraríamos dentro del remolino, barridos de cubierta, y ya ni siquiera veríamos el lejano cielo y las lejanas crestas del mar que dejábamos, a la vez, atrás y arriba de nosotros; volteados, puestos de cabeza, veríamos nuestro destino, que era el ojo ciego de la muerte en las entrañas del piélago. Corrí como pude, entre las barricas rodantes, pensando febrilmente en la mejor manera de atarlas de nuevo o de arrojarlas al remolino; muy a tiempo llegué de vuelta a mi argolla y a ella me prendí, en el momento mismo en que el más terrible de los temblores que hasta entonces habíamos sentido estremeció la nave. Todo cuanto en ella no estaba amarrado a brabante, barriles y jarcias, anzuelos y lonas, cadenas y arpones, arcas y costales, salió desparramado por las bordas; asido a mi argolla de fierro, temí volar con los objetos al verlos así succionados fuera de la nave con la rapidez del movimiento circular, de latigazo, que cumplía la silbante trayectoria de nuestra barca alrededor de los líquidos muros del túnel marino.

Miré hacia arriba: era como mirar hacia la más alta torre jamás edificada o hacia la montaña absuelta del diluvio; estábamos capturados dentro de un cilindro de agua compacta, sin fisuras, un cubo ininterrumpido hasta las lejanas, recortadas cimas de la espumosa fosforescencia. Y más arriba estaba el cielo, la tormenta; pero nosotros pertenecíamos a otro espacio, sin cielo ni tormentas; nosotros vivíamos dentro de la negra y veloz cueva de la vorágine, en la tumba de las aguas. Imaginé lo que había debajo de nosotros: un hoyo liso, estrecho, agitado; un pozo infinito. Pedí auxilio a mis menguados poderes de observación y volví a mirar arriba; no sé si nuestra estrella, Venus, brillaba de nuevo en lo alto o si ciertas formas del luminoso oleaje se repetían regularmente; lo cierto es que existía un punto de referencia allá a lo lejos, una providencial, fugaz, diminuta luminosidad que me permitía contar con exactitud la curva de nuestra trayectoria dentro del remolino: conté con los dedos, conté cuarenta segundos para cada vuelta —los conté, y aún me duelen los dedos de contarlos— y supe que al contar entre treinta y treinta y seis la velocidad de la vuelta disminuía notablemente, entraba nuestra nave en una dócil curva que cruelmente nos ofrecía una esperanza de remisión antes de redoblar su furia y estallar, entre el treinta y siete y el cuarenta de mi suma, con un latigazo que, a cada vuelta, parecía a punto de quebrar para siempre la cáscara de la nuez que nos contenía. Miré las paredes líquidas de nuestra prisión, y lo que vi era increíble. Entre los objetos arrojados por la fuerza del remolino fuera de la nave, algunos —los costales y las cadenas y el ancla— descendían a la entraña de la vorágine con más velocidad que la nave misma, en tanto que otros, con igual velocidad, cumplían el movimiento opuesto: vi ascender una parvada amarilla de limones ya arrugados, vi ascender las lonas y los barriles vacíos y el velamen que no habíamos logrado enrollar, vi, maravilla mayor, que los restos del palo destruido también ascendían regularmente hacia la superficie del mar que nos enterraba, hacia el encuentro con el cielo que nos olvidaba.

Jamás debatió consigo mismo tanto y tan febrilmente una cabeza como la mía en aquel instante: tenía seis segundos exactos en cada vuelta completa de nuestra barca alrededor de las circulares murallas de agua para poder moverme sin temor de ser succionado fuera de la nave; miré velozmente los objetos que aún permanecían, por estar enjarciados, dentro de ella: restos del tiburón, algunas cuerdas atadas a las argollas; en vano busqué el hacha con cuyo cotillo habíamos matado al escualo; sentí el espejo que habíamos usado para la barbería en la bolsa de mi jubón empapado; y encajadas en mis calzas junto a la cintura, las negras tijeras de sastre. Y Pedro amarrado al mástil. Y el azotado gobernalle del timón, girando enloquecido, quizá, quizá, endeble ya en su preciso y precioso equilibrio como fiel y guía de la nave toda.

Corrí hacia la rueda del timón en los seis segundos que me acordaba la providencia en cada vuelta. Los tremores habían dañado su fijeza. Regresé a mi seguro asidero de la argolla. Soporté el coletazo trémulo de la nave al completar el giro. Regresé al timón, valime de las tijeras como de palanca, asime ahora a la cimbrante base del gobernalle y laboré como forzado para desprender esa rueda de timonel en la que cifraba toda mi esperanza.

Imaginad mis multiplicados esfuerzos durante esa noche eterna cuyos únicos horarios eran los de mi cuenta particular: seis segundos de enfebrecido afán, treinta y cuatro de obligado y doliente reposo, vigilante, sumando mi sudor al del remolino que me bañaba y a veces me cegaba, limpiando cuando podía mi frente y mis ojos de la espesa sal que los cubría: corrí hasta el mástil, esperé, comencé a desatar a Pedro, esperé, seguí desatándole, esperé, díjele que corriese conmigo hasta el timón, esperamos, corrimos, conté, díjele que se asiera primero a la base del gobernalle, que contara hasta treinta y seis y sólo actuase al actuar yo, ahora, abrazado a la rueda, espera, viejo, ahora, le até de pecho y espalda a la rueda, esperé, ahora me abracé yo, espera viejo, ahora toma los bramantes, átame tú, déjame libres los brazos como yo a ti, átame el tronco mientras yo me mantengo prendido a la inmóvil base, ahora suelta, viejo, suelta los brazos como yo los suelto, vamos a volar viejo, o vamos a ahogarnos, no sé, viejo, tú me dijiste, verdad, que la novedad de esta barca eran sus ligeras maderas; invoca ahora esa ligereza, Pedro, por vida tuya y mía, ruega por nosotros, no sé qué encontradas fuerzas de este remolino hacen que ciertos pesos bajen y otros suban, ruega que tu timón sea de éstos y no de aquéllos, suéltate, viejo, allí viene el coletazo de esta terrible curva, ahora…

La velocidad combinada del remolino y la barca nos arrojó fuera de ella, nos estrelló contra la lisa turbulencia de la vorágine, ya no era posible saber si estábamos de pie o de cabeza, perdimos toda orientación, gemimos asidos a la rueda del timón que, a su vez, había caído en garras del remolino. Cerré los ojos, mareado, ahogado, cegado por las cataratas de negra espuma de este túnel del océano, sabiendo que mi mirada era ya inservible como inservible, acaso, sería mi muerte. Primero los cerré para no perder el conocimiento, tal era la rapidez de las vueltas: nadie ha conocido vértigo tal, Señor, nadie, y en ese vértigo se confundían la luz y la oscuridad, el silencio y el clamor, mi ser de hombre y el ser de la mujer que me parió algún día; la vigilia y el sueño, la vida y la muerte, confundidos. Perdí al cabo toda conciencia, cálculo o esperanza; volvía a nacer, volvía a morir y sólo una razón me acompañaba en el vértigo total:

—Esto ya lo viviste… antes… lo viviste… antes… lo sabías… ya…, murmuraron en mi oído muerto las aguas.

Abrí por última vez los ojos, atados el viejo y yo a la rueda del timón. Vi la quilla volteada de nuestra barca en el corazón del remolino, no escuché nada, pues el tambor del mar todo lo sofocaba: Sólo vi que ese cascarón de maderas se perdía para siempre consumando sus bodas con el océano.

Más allá

¿Habéis visto alguna vez la muerte de cara, Señor? ¿Sabéis qué geografía presenta a los pasivos ojos y a las inmóviles manos del muerto? Sin más pruebas que las de mi propia muerte, imagino que el universo de la extinción ha de ser distinto para cada ser. ¿O es que también la singularidad de nuestra muerte nos ha de ser arrebatada por las inmortales fuerzas sin nombre: el mar y el fango, la piedra y el aire? Adiós a la edad del orgullo; bienvenida la certeza de que, muertos los sentidos que nos sirvieron en vida, en todos nosotros nace, al morir, un nuevo sentido que esperaba esa hora para guiarnos, con sus párpados de polvo y sus dedos de cera, hacia las blancas playas y los negros bosques.

Digo blanco y digo negro para ser comprendido; mas esa blancura no es la que conocemos en vida, la de hueso o sábana, ni esa negrura la de cuervo o noche. Pensad, más bien, su pareja existencia. Lado a lado, iluminándose y oscureciéndose al mismo tiempo, blanco el blanco porque el contraste del negro se lo permite, y negro el negro porque alumbra su negrura el blanco. La vida divorcia estos colores; al abrir mis nuevos ojos de arena en la hora de la muerte, los vi para siempre unidos, el uno el color del otro, incomprensibles en la separación: blancas playas, negras selvas. Y el cielo de la muerte cubriose de veloces alas: una manada de aves multicolores pasó volando y chillando; y eran tantas, que el sol se oscureció.

Os cuento mis primeras impresiones al morir, vagas, inciertas como mi amodorrada fatiga, pero precisas como la certeza de que cuando veía no debía extrañarme, pues moría por vez primera y así, por primera vez, veía lo que veía en el litoral de la muerte. A tan sencilla prueba me aferré: la muerte se encontraba en el mar, y a su entraña habíamos descendido, a lo largo de un hondo túnel de agua; y la veloz vorágine nos conducía a la isla del exterminio, extraño lugar sin contorno exacto, incierta impresión de playa blanca, negra selva y chillantes aves que arrojaban el velo de sus alas sobre el sol espectral. Isla fantásmica, puerto final de fantasmas viajeros. Todo debía aceptarlo como verídico; a nada podía oponerse mi voluntad; tal debe ser el contrato de la muerte: ya nada podemos alegar, mejorar, transformar. Puerto final, realidad inapelable.

¿Llegaba a esta bahía solo o acompañado?

Extrañas direcciones busca la mirada del viajero difunto, Señor, pues ha perdido la brújula de sus días terrenales, y no sabe si lo lejano está cerca y lo inmediato muy lejos. Con las orejas de la muerte escuché un resoplar entrecortado; con los ojos de la muerte vi que me acercaba a una playa y que me acompañaban flotantes nácares y un suave rocío que los bañaba a ellos y a mí. Fresco era el rocío, calientes las aguas del mar, de una calidez verdosa, tibias como el agua de un baño, ajenas a los helados mares grises, a las frías aguas azules que yo había conocido en vida. Llegaba a la ribera de otro mundo acompañado por una armada de conchas marinas que así parecían guiarme hacia la playa; me bañaba el rostro el tibio oleaje; sentí la arena granulada bajo mis manos, rodillas y pies; vime rodeado de un agua de verdor cristalino, calma y silente como la de una laguna.

Creí que regresaba a la vida; quise gritar; quise gritar una sola palabra:

—¡Tierra!

Escuché en lugar de mi voz imposible un bramido de dolor; vi un odre flotante que era arrastrado por la corriente de un río dormilón que aquí desembocaba; vi un monstruo enorme con el cuerpo de un cerdo pelado o chamuscado por el fuego; el monstruo gemía, teñía de rojo las límpidas aguas; era gordo y pardo, y tenía dos tetas en los pechos; se desangraba, era llevado por la lenta corriente al mar. Lo miré, traté de asirme a las flotantes conchas que me rodeaban, dije éste es el terrible Dios, dije miro al mismísimo Diablo y creo que me desmayé de terror.

Quizá pasé del desmayo al sueño. Cuando vine en mí, me sentí reposado. Mi cabeza descansaba en la arena de la playa; mi cuerpo era acariciado por el tibio oleaje. Pude incorporarme, cegado aún por el miedo y la aceptación de la muerte. Miré hacia el mar; el odre del monstruo era impulsado hacia el confín, inánime y sangrante. Pisé la playa y me bañó la luz. Le otorgué los atributos del ocaso: una luz horizontal como la playa la iluminaba con tersos brillos grisáceos. Díjeme que ésa era la luz que en vida llamábamos perlada.

Dejé de ver la luz para ver qué cosas revelaba. Señor: la playa del más allá, la playa que por primera vez tocaron mis pies desnudos, era la más hermosa orilla del mundo; la playa del sueño, pues sólo si la muerte era el sueño más bello, el más deseado y, ahora, el más cumplido, ésta debería ser la costa del Paraíso que Dios reserva a los bienaventurados. Blanca playa de arenas brillantes, negro bosque de altos tallos: reconocí los árboles del desierto, las palmeras rumorosas. Y el cielo más limpio, sin nubes, pura luz ardiente nacida de sí misma, sin alados mensajeros entre su mirada y la mía.

Hundí mis plantas mojadas en las arenas del Edén. Aspiré olores novedosos, a nada parecidos, pero dulces y jugosos y espesos. Creí en las promesas de los dioses, pues aquí eran realidades. La inmensa, ondulante, blanca, perfumada, luminosa playa del Paraíso era un vasto cofre de arenas cuajadas con la maravillosa pedrería de las perlas: hasta donde mi recobrada y atónita visión alcanzaba a mirar, los nacarones y aljófares cubrían la extensión de esta playa providencial. Negras como azabache, leonadas, muy amarillas y resplandecientes como oro cuajadas y espesas, casi azules, azogadas, otras tirando sobre color verde, otras declinando hacia diversos tonos de palidez, otras aumentando hacia incendiados matices, inmensas perlas de unión, margaritas menores, menudos aljófares; los brillos de todos los espejos del mundo, reunidos aquí y aquí quebrados, mezclados con la blanca brillantez de las arenas, no alcanzarían a ensombrecer el resplandor de esta playa de las perlas a donde la muerte me arrojó. Sumergí primero los pies en la fabulosa riqueza allí acumulada, en seguida me hinqué a bañar mis brazos hasta los codos en el tesoro de esta feliz orilla.

Bañeme en perlas, Señor, perlas de pedrería, netas y entrenetas, cadenilla y media cadenilla, rostrillo y medio rostrillo; nadé entre perlas y sentí hambre y sed de beber perlas y comer perlas, arrobas de perlas, Señor, algunas del tamaño de una gruesa avellana con su cáscara y todo, y redondas de toda perfección, y de color claro y resplandeciente, dignas de la corona del más poderoso monarca, y dignas las menudas y no por menores menos brillantes aljófares rostrillo, de ser ensartadas en el más divino collar para luego mantener su palpitante vida cerca de los palpitantes pechos de una reina.

El mar había sembrado de perlas esta playa. Y el mar seguía arrojando sus perladas conchas a la costa, y allí esperaban el rocío, como si esperasen al marido, pues del rocío conciben y el rocío las empreña, y si el rocío es puro las perlas son blancas, y si es turbio, son pardas y oscuras: perlas hijas del mar y del cielo, de su cuna salí y a sus cofres llegué, Señor, y pregunteme acaloradamente si sólo gracias a mis sentidos muertos, o al sentimiento de la muerte, veía y tocaba estas maravillas; y sí, de resucitar, las perdería en el acto y sólo vería, donde ahora miraba tesoros, arenas y mierdas de gaviota. Me llevé una gran perla a la boca; la apreté entre mis dientes; casi los quiebra. Era bien real. ¿O sólo era real en este territorio de la extinción y el sueño? De todos modos me dije que si éste era el premio o el precio de la muerte, los aceptaba, galardón o coto.

Levanté las perlas a puños llenos y sólo entonces sentí la tristeza de mi muerte. Sentí la ausencia de la vida. Me lamenté con un gemido. Sólo merecía esta riqueza quien nada recordaba, ni de su vida, ni de su muerte. Deseé volver a ser hombre vivo, Señor, hombre de pasiones y ambiciones, de orgullos y recelos, pues había aquí con qué cumplir la más fervorosa y exacta de las venganzas contra los enemigos que dañaron nuestra vida, o con qué colmar la belleza de la mujer más inalcanzable y fría, o de la más entrañable y cercana. Ni la fortaleza del guerrero, ni el alcázar del rey, ni los portones de la iglesia, ni el honor de una dama, díjeme entonces, sabrían resistir las seducciones del dueño de esta opulencia.

Ofrecí las perlas, extendiendo los brazos con mis puños llenos de ellas, a la tierra de la muerte. Me devolvieron la mirada —brillante la mía, veladas, inhóspitas las suyas— las verdaderas dueñas de la playa. Sólo entonces las vi, pues sus inmensos caparazones se confundían con el color de la selva. Las vi: las gigantescas tortugas, echadas en la frontera donde terminaba la arena y comenzaba la espesura. Y esos ojos tristes, envelados, me recordaron a mi viejo amigo Pedro; y al recordarlo, sentí que las perlas, en mis manos, hacíanse blandas, envejecían y, al cabo, morían.

—Viejo, murmuré, he sido el primero en pisar el mundo nuevo, como tú lo querías.

Y arrojé las perlas de regreso a las perlas. Las tortugas me miraron con receloso torpor. Yo, en ese instante, hubiese cambiado los tesoros de esta playa por la vida del viejo.

Regreso a la vida

Dormí largo tiempo en lecho de perlas. Al despertar, me dije que el tiempo era inmóvil: la misma luz, el mismo oleaje tibio, las eternas tortugas mirándome desde esa frontera entre la playa y el bosque. Todo era idéntico, pero yo sentí que en mi sueño había penetrado hondamente en los mantos de una imaginaria noche. Si éste era el Paraíso, en él no cabían los contrastes y las medidas de la vida, noche o día, frío o calor. Y sin embargo, tenía sed y tenía hambre. Decidí investigar la ribera del Edén recobrado; sin duda, mi sed y mi hambre eran de un nuevo orden, no físico, y yo confundía las carencias de mi alma errante con las exigencias de mi cuerpo inexistente. ¿Quién me guiaría hacia las aguas y los frutos de la muerte? Mi instinto, más que enseñanza alguna, me recordaba que al llegar a la otra orilla, alguien nos esperaba para conducirnos a la morada eterna. Alguien o algo; bestia o ángel, perro o diablo. ¿Serían las adormiladas hicoteas los guardianes de la muerte? Me acerqué a ellas y otro instinto, más fuerte que el recuerdo, pues llámase sobrevivencia, me hizo llevarme la mano a la cintura. Toqué las tijeras de sastre bien fajadas a mis calzas. Las tortugas abrieron y cerraron lentamente sus legañosos párpados; eran la imagen de la pasividad; pero al acercarme vi en qué acto se ocupaban.

Desovaban, Señor; la doble docena de hicoteas aplastadas bajo sus conchas verdigrises, teñidas de escorias como el lomo de la ballena, vaciaban en la playa sus babosas nidadas de huevos y ahora, al sentirme cerca, se alarmaron y comenzaron a enterrarlos en la arena, agitando sus cortas aletas rugosas, inciertas entre esconder sus cabezas de reptil dentro de los inmensos techos o alargar hacia mí sus inmensos cuellos de piel reseca y manchada. El hambre mandaba en mis entrañas; aventureme; intenté levantar con el pie a una de las tortugas, pero su peso era excesivo, permaneció inmóvil, como una roca. Miré entonces hacia el cercano río y decidí calmar allí mi sed mientras ideaba la manera de alejar a las tortugas de sus nidadas.

Caminé hasta la desembocadura. El río era un estrecho tajo en la espesura y por él se desangraba la selva. Pues su caudal dormilón había acumulado, al encontrar el mar, una ponzoñosa barra de herbaje podrido, cañas y limos y odres semejantes al del monstruo que vi arrastrado hacia el mar en agonía. Los restos aquí atascados eran pardas carnes en plena descomposición; y las cegadas aguas cubríanse de una espesa capa de limo verdoso. Las removí con una mano y fue como si removiese un avispero, pues una sutil nube de moscos pareció despertar de su letargo, nacer de las aguas o caer del aire sobre mi cabeza y mis manos, buscando las ligeras heridas que la tormenta y mi salvación, desesperadamente asido a la rueda del gobernalle, habían dejado entre mis uñas y a ras de mis brazos y hondamente en mis rodillas. Rápidamente se hartaron de mi sangre mientras yo los combatía y los moscos reventaban saciados; y al aplastarlos contra mi cuerpo noté que eran amarillos como la gualda.

Corrí lejos de la tormenta de mosquitos, bañeme velozmente en el mar y ya no dudé. Me acerqué a una de las tortugas al tiempo que buscaba un recipiente en la playa. Recogí la concha más honda y con la otra mano empuñé las tijeras. Llegué cerca de la tortuga más alejada de las demás, la cual hicotea alargaba el cuello fuera del caparazón mientras enterraba los huevecillos en la arena. Monté con rapidez sobre el caparazón, abraceme con fuerza al escoriado cuello y enterré en él las tijeras, sabedor de que estas bestias guardan allí una bolsa llena de agua pura que les permite vivir largo tiempo sin sed, como los camellos en el desierto; y dejé que el agua corriese hacia la concavidad de la concha. Pero al llenarse ésta, arranqueme mi ropilla para recoger aún más líquido y luego chupar la tela para saciarme. Hacia mi camisa ya sólo se escurrió la sangre de la tortuga, manchándola y manchando la arena y las perlas vecinas. Pero no me quejé, pues sé que la sangre de tortuga es tan buena como agua. Apagué de este modo mi sed, bebiendo el agua de la concha y exprimiendo hacia mis labios la sangre que empapaba mi jubón; e imaginaba ya el sabor de las carnes de la bestia sin edad, que dícese es tan vieja como el océano y, como él, inmortal, cuando vi el terror de las demás tortugas, terror aún más terrible por ser totalmente silencioso, que abandonaban sus fecundos nidos de arena y comenzaban a desplazarse sobre los nacarones hacia el océano protector, donde recobrarían su velocidad y su fuerza.

Servime entonces un gran banquete de huevos de tortuga, que son semejantes a los que ponen las gallinas, aunque estos de hicotea no tienen cáscara, sino una tela delgada. Y comiendo vi el espectáculo de la potente escuadra de tortugas entrando de nuevo al mar; y era tan vasta su compañía, que de haber encontrado en su camino un navío, hubiesen entorpecido su marcha. Dejaban atrás, para mi solaz, la carne de su compañera y las yemas de sus hijos. Y una playa manchada de sangre.

Satisfecho, me arrojé de espaldas sobre la arena de perlas y ordené mis impresiones. La sed y el hambre me habían cegado; sólo ahora, lleno y contento, me dije que habían sido sed y hambre reales, de cuerpo viviente. Y esas nidadas de huevos no podían engañarme. Eran como el otro rostro de las perlas, pues en éstas podía yo ver una imagen más de la muerte: las perlas sin el contacto de piel viva, envejecen y declinan, son moribunda promesa; los huevos de las tortugas eran perlas de naciente vida.

Incorporeme agitado; mi mortal razonamiento se venía abajo; no era concebible que ningún ser vivo naciese en el territorio de la muerte, o que las bestias de la muerte pariesen vida en las puertas del más allá, fuese éste Paraíso o Averno; semejante despropósito era por igual ajeno a ciencia y leyenda.

—Hay vida, hay vida, me repetí en voz muy baja; hay vida y hay muerte aquí; y decir esto era cambiar otra vez de camino, perder el norte, caer en nueva vorágine. Hay sangre derramada, luego hay vida. Hay vida, luego yo debo sobrevivir. Debo sobrevivir, luego necesito compañía.

La brillante playa de las perlas proseguía su curso hasta un lejano cabo del horizonte. El mar era verde como jóvenes limones; de un blanco nacarado la playa; rojas las altas palmas, cuajadas de dátiles enormes, mucho más grandes que los del desierto. Tortugas y dátiles: no moriría de hambre. Perlas; no moriría pobre. Reí. Pasaron volando de nuevo las ruidosas manadas de aves de colores, y al cabo de la playa, vi levantarse una débil espiral de humo.

Entonces corrí, corrí, insensible a las posibles amenazas, ajeno al peligro extraño, hacia ese signo de vida humana, temiendo un engañoso incendio de la selva, un fuego fatuo en la cumbre del mar, todo menos lo que más ansiaba: fraternal compañía, Pedro, Pedro. Las conchas hirieron mis plantas; corrí a orillas del mar, temeroso ya de que todo olor de mi sangre atrajese de nuevo a los temibles mosquitos; alivié mi calor zambulléndome en el manso oleaje; sentí al fin que el sol de estos afiebrados paisajes era un brasero mucho más hirviente que el de cualquier otra tierra conocida; mezclábanse en mi cuerpo el sudor y el agua salada, la arena me coronaba; larga era la distancia hacia ese humo esperanzado.

Llegué sin fuerzas, una hora después —el reloj de mis vísceras volvía a sonar— a la punta de la playa, guiado por la perseverante columnilla de humo.

Caí rendido, de rodillas, derrotado, más que por la fatiga, por la serenidad que negaba mi exaltada atracción hacia algo que podía significar, ahora sí, mi vida o mi muerte. Vi primero la rueda de nuestro timón, levantada y clavada en la arena. Luego vi un cuerpo de hombre, casi desnudo, basto, curtido, de alambrada cabeza, que desbrozaba la maleza de la selva, dando la espalda a la pedrería de perlas.

—¡Pedro!, grité de rodillas, ¡Pedro, Pedro, soy yo!

El viejo miró sobre su hombro; me miró sin sorpresa y me dijo:

—Ocúpate del fuego. Las piedras son buenas y sueltan chispas al frotarlas. Y abunda la rama seca. Muchas horas me costó animar este fuego. No lo dejes morir. Es el primer fuego del mundo nuevo.

Un pedazo de tierra

Incendio y muerte. De estas cosas huía el viejo. Dolor y cautiverio. ¿De éstas, yo? Ahora que todo ha pasado y yo he podido cerrar el círculo perfecto de mi peregrinar, te recuerdo, Pedro, y si alguien más que yo te ha conocido, pido que te recuerde conmigo, tal como fuiste, varón exacto, laborioso y de pocas palabras. Sólo deseaba, al encontrarte de vuelta, que me contaras la aventura de nuestra salvación. Pareciome una exageración de tu carácter que guardaras silencio ante mis atropelladas preguntas: ¿resultó más ligera la rueda del timón que la fuerza del vértice que nos arrastraba al fondo del mar?, ¿cómo nos mantuvimos a flote al ascender a la superficie del piélago?, ¿cómo nos separamos?, ¿permaneciste tú atado a la rueda y desprendime yo de ella?, ¿cómo son las fuerzas de la naturaleza, que el extremo poder puede ser vencido por la suprema ligereza?, ¿sabes qué tierra es ésta?

Y Pedro sólo contestó la última pregunta:

—El mundo nuevo tan deseado.

No esperó a que le dijera tuviste razón, viejo, ganaste la apuesta, te jugué mi vida contra tus ilusiones y tú me devolviste ambas, viejo. Ni me lo dijo él. Ahora entiendo por qué: ¿qué eran nuestras pasadas aventuras al lado de la aventura misma: pisar la tierra nueva tan deseada, sí, por él, tan negada y tan temida, sí, por mí? Vi de este modo, en los trabajos que el viejo hacía en esta tierra, una decisión serena pero urgente de levantar una nueva vida a partir de la nada y de darle nombre y utilidad, lugar y destino, a todo. Como Dios el Padre, el viejo de cabeza aborregada y velludas espaldas canas presidía la jornada de la Creación y sólo una cosa decían sus ojos profundos, tejidos de años:

—Démonos prisa. No me sobra tiempo.

Calculé entonces, con viva emoción, que este hombre de más de setenta años había intentado, veinte años antes, hacer el viaje que ahora cumplía. Démonos prisa. No nos sobra tiempo.

Pedro recogía las ramas secas de las palmas rojas que eran la muralla de la selva, me pedía separarlas del tallo largo, duro y terminado en punzón para alimentar con ellas el fuego mientras él, con los tallos, confeccionaba una variedad filosa de instrumentos, dagas, espadas, barreras para el espacio desbrozado de la selva a orillas de la arena y picas sutiles con las cuales intentaba rajar los inmensos dátiles verdes caídos al pie de las palmas.

—Mira, le dije, debe ser más fácil con mis tijeras.

Yo tomé una de las pesadas frutas entre mis manos: era como una pelota verde, de dura cáscara, tan dura que con las manos desnudas era imposible abrirla. Clavé las tijeras en la entraña del monstruoso dátil, las removí dentro de su cuerpo hasta quebrar el caparazón. Y de todas las maravillas hasta entonces vistas en ésta mi peregrinación, ninguna será mayor que la de haber encontrado agua en el corazón de la fruta, un agua transparente, embriagante, sabrosa a vino celeste de tan pura; y sabrosas también las blancas carnes que la contenían. Pasele el dátil maravilloso a Pedro para que bebiese y comiese, mientras exclamaba con júbilo que ya no pasaríamos sed. Contele también de la playa de las perlas y él me sonrió, meneando la cabeza:

—No conviene hacer caudal de perlas, ya que envejecen y tienen declinable belleza.

—Pero en el otro mundo… digo, en nuestro mundo…

—Nunca regresaremos.

Su respuesta me enfrió la sangre y el gusto de haber descubierto la fruta de límpida agua y correosas carnes. Pedro regresó a su trabajo.

Con caña, lodo, conchas y ramas, y con piedras a la usanza de martillos y espinas haciendo las veces de clavos, el Padre de esta perdida ribera de la Creación renovada levantaba una casa mientras yo, su criatura, montaba a las palmeras para arrancar los sabrosos dátiles que mataban nuestra sed en este caluroso paraje, y regresaba a la playa de las perlas a recoger, no sus tesoros, sino los huevos de las nidadas de tortugas. Nadando, descubrí algas que buenas eran crudas o hervidas. La naturaleza de los pedruscos hallados en arroyuelos secos era tal que bastaba frotarlas con fuerza para convocar el fuego.

Y el timón de nuestra salvación convirtiose en puerta de la estacada. Pues al pasar seis noches exactamente contadas con otras tantas perlas que fui reuniendo para marcar el paso del tiempo, Pedro había terminado su casa y sólo entonces habló, alejándome de ella hasta llegar a la orilla del mar. Desde allí vimos el nuevo espacio arrebatado a la selva, desbrozado al límite de la arena, ceñido y cercado y techado.

—Ahora ningún Señor podrá arrebatarme el fruto de mi trabajo, incendiar mi hogar, violar a mis mujeres o matar a mis hijos. Ahora soy libre. Gané.

El viejo carraspeó furiosamente y lanzó un grueso escupitajo al mar; y era como si le escupiese a la cara del pasado; y era como si esperase que el insulto de su saliva fuese llevado por las corrientes marinas hasta las playas de donde zarpamos, manchándolas con su desprecio y proclamando su victoria.

Le había visto observar noche tras noche el cielo y sus estrellas; y día tras día, levantando el rostro y secándose la frente con una mano, el sol:

—¿Sabes dónde estamos, Pedro?

—Muy al poniente.

—Eso lo imagino. Siempre fue nuestro rumbo.

—Pero no tan al sur. Ahora estamos muy al sur. Las estrellas del norte casi no se ven. El sol se pone muy tarde pero desaparece con gran velocidad. Esa vorágine debió arrastrarnos con grande violencia lejos de nuestro curso.

Le escuché y no hablé, sino que consideré la verídica insistencia de lo único que creo saber, pues al escuchar esas palabras que confirmaban mi destino y la imposibilidad de regresar al punto de partida, en mí se debatieron las razones enemigas de la aventura y la seguridad. El viejo no quería regresar. Yo no tenía a qué regresar. Pero esta vez, la resignación no levantaba su cabeza entre las del riesgo y la supervivencia, equilibrándolas, como antes; ahora, las negaba; ahora, las hermanaba.

—Viejo, ¿cuándo nos aventuraremos tierra adentro? Debe haber un manantial fresco, sin moscos, cerca de aquí, pues las tierras parecen bien regadas y no podemos vivir para siempre de agua de palmera. ¿No te inquieta saber si hemos llegado a isla, a tierra firme o a istmo entre dos pontos? ¿No quieres saber si ésta es tierra despoblada, o de ser poblada, por quiénes?

—No. Aventúrate solo, si quieres. Yo ya no me muevo. Yo ya tengo lo que quería. Mi pedazo de tierra.

Asintió con la cabeza, y como yo colgase la mía, confundido porque ahora la aventura y la supervivencia se identificaban en mi espíritu y la resignación, salvadora antes, se convertía en seguridad de inmóvil extinción, Pedro hizo algo insólito; me acarició la cabeza y luego la apretó contra su pecho, mientras me decía:

—Sí, la rueda del timón probó ser más ligera que esa terrible fuerza que hacia el centro del remolino nos arrastraba. Cerré los ojos cuando nos lanzamos al vórtice. Pero luego intenté mantenerlos abiertos, por más que me cegaran la velocidad y el vértigo, la anegada abundancia de las aguas y las disímiles luces de aquel remolino. Me sentí hundido en un mar de metales, donde cada gota de agua parecía, muchacho, una moneda de oro que sin cesar jugaba ante mi mirada, y que en un instante me mostraba la cara del brillo y al siguiente dejaba ver la cruz de la sombra. Mis huesos me dijeron que ascendíamos, como los limones y el destrozado mástil y las velas. Y luego mis ojos me lo dijeron; cuando estallamos fuera de la vorágine, al nivel de las aguas encrespadas. Rogué por nuestra salvación, pues el vórtice nos había vomitado sólo para entregarnos a la voluntad divina. Fuimos azotados y barridos la noche entera, y el cordaje que nos ataba se aflojó; más de una vez intenté amarrarme y amarrarte, hijo, pero las cuerdas que te ataban vencíanse ante los ímpetus de la tormenta y al cabo hube de sujetarte con mi mano, tomando tu brazo, hasta que mi brazo dejó de sentir, ya no supe si te detenía o no, rogué que sí, que tú mismo te asieras a mi brazo, que mi brazo te salvase, hijo, y al cabo, rogando, me venció una hondísima y muy lúgubre fatiga; nos di por muertos; sepúlteme en el sueño. Me despertaron las gaviotas de un mar tranquilo. Vi un fondo de algas y mis brazos se trenzaron con ellas. Vi la tierra; gemí la palabra, pero mi garganta reseca no podía gritarla como hubiese querido gritarla después de veinte años de espera, tierra, tierra, el mundo nuevo; y sólo pude volver la cabeza hacia tu lugar para repetírtela a ti, en voz baja. Sólo entonces me di cuenta de que tú ya no estabas allí. Había sido incapaz de salvarte, y lloré tu pérdida. Quería que un hombre joven fuese el primero en pisar el mundo nuevo.

Dejó de hablar un largo rato y yo permanecí con la cabeza apoyada contra su pecho y con los ojos cerrados, imaginando la escena que Pedro me contaba, imaginando que me salvaba, imaginando lo que era tener un padre. Luego el viejo prosiguió:

—Pensé que habías sido barrido por esas grandes olas de la pasada noche… Ya ves, nada pude hacer para salvarte. Te salvaste solo. Y lo sabías, hijo. Pues esa noche de la tormenta, cercanas nuestras caras sobre el timón que nos sirvió de salvadora jangada, cerrados tus ojos, tu boca murmuraba cerca de mi oído estas palabras…

—Esto ya lo viví antes… esto ya lo sabía… esto lo vivo por segunda vez… esto ya me pasó hace mucho tiempo… dos náufragos… dos vidas… pero sólo uno puede salvarse… uno debe morir… para que el otro viva: repetí ahora estas palabras con los ojos cerrados, junto al pecho de Pedro.

El viejo acarició de nuevo mi cabeza.

—Eso dijiste. ¿Qué querías darme a entender?

—¿Tú qué pensaste luego, Pedro?

—Que habías dado tu vida por la mía; tu mocedad por mi vejez; y pareciome cruel suerte. ¿No pensaste tú, al salvarte, que yo había muerto?

—Sí. Y odié las perlas de esa fabulosa playa, pues las hubiese cambiado por tu vida.

—Ah, sí, las perlas; cambiarías las perlas por mi vida. Pero, ¿también darías tu vida por la mía?

Sentime turbado: —Ya no tiene importancia, viejo. Los dos estamos aquí, juntos. Los dos sobrevivimos.

Pedro dijo entonces con grande tristeza: —No, no, recuerda, ¿qué querías decir aquella noche? Recuerda: tú sabes lo que ya sucedió antes de que suceda. Por eso pienso que debes saber lo que va a suceder después, lo que va a repetirse. Dime: ¿recuerdas? Al cabo, ¿cuál de los dos va a sobrevivir aquí? ¿Tú o yo?

Jamás tuve, Señor, oportunidad de contestarle.

El trueque

Quien en el rumor vive, espántase del silencio. Más que la oscuridad, es el silencio el terror de la noche. Y más que la falta de libertad, es la fuga de su sonoro ritmo lo que amedrenta al cautivo. Suaves y regulares eran los murmullos que nos envolvían; el mar y sus tibias olas, el crepitar del fuego en la playa, el abanicado murmullo de las palmas.

¿Por qué cesaban súbitamente estos ruidos que eran ya, después de más de una semana en este paraje, nuestra costumbre? Escuché, con la cabeza apoyada contra su pecho, el latir del corazón de Pedro. Luego, como un ave alerta y de separados ojos, moví nerviosamente la cabeza para mirar de la selva al mar y del mar a la selva. Nada nuevo vi al principio: nada que acompañase o justificase la repentina muerte de los rumores.

Afilé mis sentidos. Me imaginé penetrando en el bosque a nuestras espaldas: los árboles dejaban de ser verdes y se tornaban negros de tanta verdura. Volví a mirar hacia el mar: el verde alimonado de sus aguas se ennegrecía y cobraba tono semejante al del bosque: el mar, Señor, poblábase de árboles.

Me separé del abrazo de mi viejo padre y me detuve de pie, sin poder avanzar hacia la orilla del mar; permanecí como encantado, viendo al fin que el mar estaba lleno de troncos de árbol, como otro día lo estuvo de techos de hicotea, y que esos troncos flotantes avanzaban hacia nuestra playa. Giré espantado sobre mis talones; al traquear del fuego en la playa se unía el de arbustos pisoteados y ramas apartadas, a nuestras espaldas en la selva.

Pude jadear estúpidamente: —Pedro, ¿no trajiste armas?

El viejo negó, sonriendo: —No nos harán falta en ésta, nuestra tierra feliz.

Feliz o malhadada, ¿era sólo nuestra?, ¿era realmente nuestra? ¿O era de los seres que ahora asomaban las cabezas desde dentro de los troncos flotantes? No digo hombres, Señor, porque lo primero que vi fueron unas crines negras y largas, que confundí con colas de caballos y por un momento tuve la visión extraña de árboles flotantes tripulados por oscuros centauros. Sólo al acercarse más esa armada de troncos vi los rostros, del color de las maderas mismas, y del interior de los troncos vi levantarse cabezas, rodelas y otro bosque, pero esta vez erguido, de fieras lanzas.

Pedro se levantó tranquilamente, caminó hasta la puerta de su casa y allí, apoyose contra la rueda del timón. Yo giré de nuevo para mirar hacia el bosque: crecía el bullicio de la espesura; marchaban hacia su encuentro la invisible fuerza de la selva y el visible ejército del mar.

Entonces, saltaron de los troncos al agua treinta o más hombres que se confundieron con el verdor recobrado de las aguas; y sus cuerpos eran color de canario; rojas sus lanzas; verdes sus escudos. Y otros hombres semejantes, igualmente armados y desnudos con la salvedad de la tela que disimulaba sus vergüenzas, irrumpieron de la selva.

Nos miraron.

Los miramos.

Nuestros asombros eran idénticos, nuestra inmovilidad también. Sólo pude pensar que lo que en ellos parecíame fantástico —el color de la piel leonada y la lacia negrura de las cabelleras y la escasez de vello en los cuerpos— a ellos, por disímil, debía parecerles irreal en nosotros —mi luenga melena rubia, la cabeza enrizada y la barba cana de Pedro, la hirsutez de su rostro y la palidez del mío. Nos miraron. Los miramos. Lo primero que cambiamos fueron miradas. Y de ese trueque nació mi veloz, silente pregunta:

—¿Nos descubren ellos… o les descubrimos nosotros?

Antes terminó el asombro de estos naturales. Varios de ellos, como concertados de antemano, corrieron hacia nuestra pequeña pira y con las lanzas y los pies desnudos apagaron nuestro fuego y sólo salvaron una rama ardiente. Luego uno de ellos, que traía una banda de plumas de pájaro negro atada a la cintura, nos dirigió la palabra con cólera y energía, señalando hacia el cielo, luego hacia el fuego apagado, luego hacia la extensión de la playa de las perlas. Al cabo, levantó tres dedos de una mano y con el índice de la otra contó tres veces sus tres dedos erguidos. Miré a Pedro, como si confiase tanto en su sabiduría que le creyese capaz de entender la lengua y los signos extraños. Extraña lengua, en verdad, y de chirriante sonido, pues ahora la multitud de hombres oscuros se dio a hablar al

mismo tiempo, y sus voces más parecían de aves que de hombres, y
noté que no había en ellas erres y sí muchas tes y eles.

Y pues que nada pudimos contestar a sus razones, la cólera
del hombre de las plumas aumentó, y caminó hacia Pedro y volvió
a hablar, indicando hacia la casa y la cerca de ramas que limitaba el
espacio reclamado por el viejo a este mundo nuevo. Y el grupo de
naturales surgido de la espesura comenzó a levantar las picas de esa
cerca y a arrojarlas de regreso al bosque. Pedro no se movía, pero la
sangre enrojeció su rostro y las venas palpitaron en su cuello y en su
frente. La banda de naturales tumbaba la cerca, arrancaba los techos, arremetía a coces contra todo lo fabricado por el viejo. Yo buscaba desesperadamente una salida, un argumento, una vía de
razonamiento con los salvajes, y de un instinto hondísimo, milagrosamente recobrado en ese instante, desenterrado por el simple caso
de que primero habíamos cambiado miradas y luego no habíamos
podido cambiar palabras, y de las miradas trocadas nació un asombro original y gemelo, pero de las palabras sin respuesta sólo nacía
la violencia, de ese simple trueque de miradas nacieron las palabras
que entonces le grité a Pedro, sin pensarlas, como si otro hablase por
mí y de mi voz se sirviese.

—¡Viejo, ofréceles tu casa! ¡Ofréceles algo pronto!

La sangre brilló en los ojos de Pedro, como la espuma en su boca:

—¡Nunca! ¡Nada! ¡Ni un clavo! ¡Todo lo que hay aquí es mío!

—¡Algo, Pedro, algo!

—¡Nada! ¡Me costó veinte años ganarle al Señor! ¡Nunca!

—¡Pronto, Pedro, regálales tu tierra!

—¡Nunca!, volvió a gritar con tal fuerza, como fiera acorralada, abrazando a la rueda del timón que antes nos había salvado:
—¡Nada! ¡Éste es mi pedazo de tierra, éste es mi nuevo hogar,
nunca!

El jefe de las plumas negras gritó, los naturales se arrojaron
contra Pedro, pero el viejo resistió, era un cano león, golpeaba los
rostros y los vientres de los asaltantes con furia y me gritaba a mí:

—¡Cabrón, no me dejes solo! ¡Lucha, hijo, putillo!

Arranqué las tijeras fajadas en mis calzas y las levanté: brillaron oscuramente bajo el sol y los naturales se detuvieron repentinamente, apartándose de Pedro mientras el de las plumas negras
gritaba a los hombres llegados del mar, y que aguardaban en la playa
con las varas en alto; y todas las lanzas volaron con un solo movimiento hacia un blanco único: el corazón de Pedro.

El terror me paralizó con el brazo en alto y las tijeras en el puño: como las bandadas de aves, las varas oscurecieron el firmamento; claváronse en el cuerpo del viejo y la rama ardiente fue arrojada contra los restos de la choza, prendiendo fuego a las ramas secas de la techumbre.

El viejo no gritó. Y su vida extinguiose con los brazos abiertos, rodeado del humo de su choza incendiada, abrazado a la rueda del timón, con los ojos y la boca abiertos y la piel atravesada por las lanzas rojas, muerto al pie de su pequeño solar en la playa. Obtuvo lo que quiso; poco tardó en perderlo. Díjeme que tanto empeño merecía esta pobre gloria: primer pie en tocar la tierra nueva, primera sangre derramada en ella. Cerré los ojos porque un rumor de burla resonaba en mis oídos, riéndose de mi retenido llanto; y al cerrarlos, vi sobre un fondo negro el cadáver y la sangre de una anciana tortuga que yo maté con las mismas tijeras que ahora empuñaba.

Dejé de escuchar rumor alguno, salvo el del fuego que consumía los pobres restos de la choza y el cuerpo de mi amigo y abuelo. Regresaron los mansos murmullos de la ola y la palma. Abrí los ojos. Los naturales me rodeaban en silencio. Mantenían los escudos contra los pechos. El jefe de las plumas negras avanzó hacia mí. Nada había en su parda mirada sino una espera que podía convertirse en sonrisa o mueca.

Alargué mi mano. Abrí mi puño. Ofrecí las tijeras. El jefe sonrió. Las tomó. Las hizo brillar contra el sol. No sabía manejarlas. Las manipuló con torpeza. Cortose la carne de un dedo. Arrojó las tijeras a la arena. Miró con azoro su sangre. Me miró con azoro a mí. Recogió con gran cuidado las tijeras, como temiendo que tuviesen vida propia. Gritó unas palabras. Varios hombres corrieron a uno de los troncos encallados en la arena y de él extrajeron algo. Corrieron de regreso hacia el jefe y le entregaron una burda tela, semejante a la de los taparrabos. La tela envolvía algo. El jefe apretó las tijeras con una mano. Con la otra pasome el bultillo. Lo sopesé entre mis palmas abiertas. La rugosa y tiesa tela abriose sola. Mis manos sostenían un brillante tesoro de pepitas doradas. El regalo de mis tijeras había sido correspondido.

Miré hacia el cadáver de Pedro, con mis manos llenas de oro.

Los guerreros recuperaron sus lanzas, arrancándolas del cuerpo de mi viejo amigo.

Los hombres de la selva apagaron a pisotones y ramalazos los fuegos encendidos. Juré que había tristeza en sus miradas.

El pueblo de la selva

Fui embarcado en uno de los troncos, que eran verdaderas almadías hechas cada una del pie de un árbol, como un barco luengo y todo de un pedazo. Y al alejarme nuevamente de la costa, la bauticé en secreto con el nombre de Tierra de San Pedro, pues como un mártir murió el pobre viejo, y ahora las últimas llamas se alimentaban de su cadáver.

Un círculo de negras auras volaba ya sobre la playa. Díjeme que Pedro había regresado a la destrucción y a la muerte de las cuales huyó. Preguntéme si yo regresaba a mi propio origen, y si éste era el cautiverio. Pues si el fin de Pedro fue como su principio, ¿sería yo la anormal excepción a estos destinos que encontraban, al cumplirse, la semblanza de su génesis? Y habiendo aprendido a querer al viejo Pedro, rogaba ahora que no me heredase su destino, sino que su muerte me liberase para hallar el mío, así fuese peor que el suyo. Común fue nuestra suerte desde que nos embarcamos juntos. Ahora nuestros destinos se separaban para siempre.

La escuadra de toscas almadías no se adentró en el mar. Dobló el cabo y al poco tiempo de bogar en silencio avizoramos la desembocadura de un gran río. Sus turbias aguas se adentraban varias leguas en el océano, y a una voz chillante del jefe la armada se internó en este ancho curso de separadas y oscuras riberas. Macizos y altos eran los negros bosques de sus orillas; tupidos e invisibles los rumores que esa espesura ocultaba; intensos y mezclados sus perfumes, pues confundían aromas de flor silvestre y de podrido follaje; y repentinos relámpagos en el lechoso cielo de eternos pájaros del mundo nuevo, aves ruidosas, de gruesos picos, color de grana, verdes, coloradas, negras y encarnadas, y parecidas a gigantescos pericos. Ellas, dueñas del cielo; y de los cenagosos bordes del río, dueños los lagartos que miraban con ojos soñolientos nuestro paso.

Y yo, Señor, un cautivo con una bolsa de oro entre las manos.

Navegamos río arriba. Yo no recordaba; sabía; y agradecía la ignorancia del porvenir que nos permite seguir viendo a sabiendas de lo que nos espera: la segura extinción de la libertad o de la vida. Sólo ignoramos el tiempo y las circunstancias, aunque no la naturaleza, de los hechos venideros; gloria al Dios que así alivia nuestro pesaroso sino.

Desembarcamos junto a un claro paraje habitado. Las almadías fueron encalladas en el lodo y un centenar de viejos, mujeres y niños nos rodeó. Nuestro retorno era celebrado con las chirriantes voces que digo y la excitación era grande, no sólo a causa de mi extraña presencia, sino por un obvio sentimiento de alivio. Los ancianos temblorosos, las mujeres con los niños pegados a los pechos, las inquietas muchachas de este pueblo mostraban en sus semblantes un terror reciente que tardaba en desaparecer. Los guerreros habían regresado. Los peligros fueron vencidos. Regresaban con su presa: yo. Noté que entre quienes nos recibían no había un solo hombre joven, aunque sí muchos niños, algunos hasta de doce años y mamando aún la leche de sus madres.

Empecé a darme cuenta de mi situación cuando el jefe de las plumas negras mostró a todos las tijeras y me instó a mostrar mi paño lleno de pepitas áureas. Entonces todos asintieron con gusto y las mujeres más cercanas a mí me sonrieron y los viejos tocaron con sus manos trémulas mi hombro.

Miré a mi alrededor, y todas las casas de esta aldea salvaje eran esteras sobre cuatro arcos, todas iguales entre sí, sin signos visibles de superior riqueza o superior poder. El propio jefe despojose de su cinturón de plumas negras y con grande deferencia se dirigió a una enramada y allí lo puso en manos de un anciano arrugado y tiritante, metido dentro de un canasto fabricado de hojas de palma y relleno de ovillos de algodón. Y así, el jefe ya no se distinguió de los demás hombres color canario, pues para mí que todos eran idénticos entre sí. Algo murmuró ese anciano que, a pesar del calor, temblaba de frío, y algo le explicó el joven a quien yo había tomado por jefe de esta banda. Luego, el joven dejó caer, a manera de cortinas, los secos cueros atados al techo de la enramada, y el viejo desapareció de nuestra vista.

Me fue ofrecida una extraña cama hecha de redes de algodón y colgada entre dos palmas, y de comer una amarga raíz. Reanudose en el acto la vida diaria de esta comarca, y yo decidí que mi salud era unirme a ella con discreción; y así ocupeme durante varios meses en hacer lo que todos hacían: atizar hornos, cavar en la tierra, reunir la almagra, fabricar engrudo, tallar cañas y varas, pulir piedras, y también recoger pedazos de caracoles para cortar fruta, pues ésta crecía salvajemente en dispersos rincones de la selva, y eran frutas nunca vistas por mis ojos, frutas de caparazón rugoso y suaves entrañas, perfumadas y de un encendido granate, o de un pálido rubor, o de una negra jugosidad. Asimismo, recogíase leña, aunque noté que pronto desaparecería, a pesar de que era poco usada.

No tardé en saber que aquí todo era de todos, los hombres cazaban venado y capturaban tortuga, las mujeres reunían huevos de hormigas, gusanos, lagartijas y salamanquesas para las comidas: y los viejos eran hábiles en capturar culebras, cuyas carnes no son malas; y luego estas cosas repartíanse naturalmente entre todos.

Largo y sin fechas me pareció este tiempo, mal me recuerdo y mal me veo, como si lo hubiese vivido a ciegas. A un solo hecho inteligente me aferraba. Mis tijeras fueron encomendadas al cuidado del viejo escondido en el cesto de algodones, poseedor también de la cintura de plumas negras que sólo transmitía a un joven en momentos de activo peligro, como cuando se descubrió nuestra presencia por el humo en la playa; o cuando, como en otra ocasión, los hombres cargaron sus almadías hasta el río, lo remontaron y regresaron con pepitas de oro; o como cuando, otra vez, lo descendieron y regresaron con un cargamento de perlas de aquella playa de encantos; y todo lo guardaban en cestos parecidos al que siempre ocupaba el anciano, y los cubrían cuidadosamente con cueros de venado pintados con almagra, y todo lo guardaban en la enramada donde vivía el viejo, al cual luego le devolvían el cinturón de plumas.

Aparente dueño de los tesoros, el anciano era, también, el dueño de mis tijeras; y a fuerza de imaginarlas entre sus manos nudosas y manchadas, acabé por hacerme a la idea fija de que ese regalo bastaría para asegurar mi tranquila pertenencia a esta comunidad primitiva. Pues digo que sólo a una certeza me aferraba:

—Salvome el regalo que les hice. Y también haber aceptado el que ellos me hicieron.

Pero cuando más me confortaba pensando esto, una pequeña y terrible duda venía a turbar mi tranquilidad. ¿Me exigirían, en cierto momento, algo más? ¿Qué podría, entonces, darles? Al pensarlo, se redoblaba mi voluntad de confundirme con estos naturales en su diario afán, de no distinguirme de ellos, de ser un extranjero invisible que con ellos capturaba culebras, las entregaba a las mujeres y comía la ración parejamente repartida entre todos. Algo aprendí, a fuerza de oírla, de esta lengua de pájaros que aquí se hablaba. Mas como mi intención era ser poco notado, y hasta olvidado, no me atreví a probar mis conocimientos de ella. Así, aprendí a entenderla más que a hablarla, aunque no me faltaban ganas de acercarme de noche al anciano y preguntarle lo que deseaba saber. Escasa consolación, Señor, era ofrecerme a mí mismo las pobres razones que digo, abundando las preguntas para las cuales no tenía respuesta. ¿Por qué fuimos atacados en la playa y por qué pareció enfurecerles tanto la presencia del fuego en ella? ¿Por qué tanta saña contra el viejo y tanta obsecuencia conmigo a cambio de unas pobres tijeras? ¿Quién era el viejo guardián de los tesoros, y para qué servían el oro y las perlas en esta miserable comarca?

Esta curiosidad mal se avenía con mi propósito de asumir, como los lagartos, el color de la piedra o del árbol. No era difícil hacerlo: los rayos del furioso sol austral, al colarse entre las enramadas y las tupidas copas de los árboles, cubrían de una ondulante retacería de luces y sombras nuestros cuerpos, las casas, los objetos todos del espacio habitado que así se confundían, espectralmente, con la abundante dispersión de las formas de la selva.

Necio de mí: acabé por imaginar que ese fantasmal movimiento de luces y sombras me disfrazaría, en efecto, como a los lagartos y que así podría saciar de un golpe mis dos deseos: curiosidad e invisibilidad. Me acerqué una tarde a la enramada que ocupaba el anciano friolento y me atreví a separar una de esas cortinas de cuero que digo, y mirar adentro. Tuve poco tiempo, aunque el suficiente para ver que allí eran guardadas ciertas cosas, como la mayor parte de la leña recogida durante estos meses, y también unos frutos como majorcas de granos rojos. Y que el viejo vivía rodeado de canastas semejantes a la que le servía de eterno lecho, y que dentro de ellas brillaban las pepitas de oro. Y que el canasto del anciano, ahora, estaba lleno de perlas.

Entonces el viejo chilló espantosamente, igual que esos enormes pericos multicolores, y yo cerré la lona e imaginé el peor de los destinos. Sobre todo porque en ese instante me di cuenta de que el juego ocultador de luces y sombras había cesado y que yo mismo, mi cuerpo, mis manos, y todo en torno mío, se recortaba súbitamente con una nueva luz, brillante y gris como las de esas perlas con las que el decrépito anciano parecía darse un baño. Todo era luz metálica, Señor; el sol ocultose y con él su compañera la sombra. Se escuchó un trueno en el cielo y comenzó a llover como si se iniciase el diluvio universal, no la lluvia que aquí conocemos, ni siquiera una tempestad: no, sino un diluvio parejo, incesante, como si el cielo vaciase de un golpe todos sus cántaros. Y fue tal la conmoción y actividad provocada por el torrencial aguacero, que nadie se fijó en mí y yo me calmé diciéndome que el anciano había chillado porque sus huesos sintieron la cercanía de las aguas, que no la mía.

Con gran algarabía fueron desmontadas las esteras y llevadas a cuestas por algunos naturales, mientras otros rescataban las almadías de la ribera y otra compañía se dedicaba a trasladar al anciano dentro de su cesto y también las canastas llenas de oro y perlas y los montones de leña y las majorcas coloradas, ahora todo cubierto de cueros para protegerlo del diluvio. Caminamos así todos a otro lugar más alto y llegamos, azotados por estas aguas implacables, a una pequeña loma de altos árboles desde donde podía verse la espantosa crecida del río que rápidamente anegaba el espacio que hasta entonces había sido el nuestro.

Cambió entonces la naturaleza de nuestra vida. Toda la tarde y toda la noche llovía sin interrupción, llenábase el cielo de terribles truenos y sordos relámpagos, pero durante la mañana el sol brillaba y entonces los leños guardados junto al anciano eran usados con grande cuidado, y las mujeres sentábanse junto a los modestos fuegos y recibían esas majorcas rojas, separaban el grano del grueso espigón, lo molían y mezclaban con agua hasta formar una blanca masa que ellas acariciaban y palmeaban hasta darle forma de galletas, y éstas las acercaban al fuego y el humo sabía a ese desconocido pan de un rojo trigo tan celosamente guardado por el inmóvil viejo para esta época de miedo y fuga. Miedo al hambre, Señor, pues podridas e inservibles estaban las frutas, arrasada la selva por la inmensidad del río, y hubo meses en que era difícil hacerse de alimentos y yo en todo participaba, cazando y hurgando entre las piedras, entre la lluvia constante de esta temporada que todo suelo convertía en lodazal, y aceptando, cuando era necesario, comer el estiércol de venado que las mujeres a veces sazonaban. Entendí entonces por qué eran tan preciosos los escasos espigones de grano y por qué los niños mamaban hasta los doce años.

Y entendí también por qué los leños secos eran tan apreciados como el oro y las perlas, pues ahora no había cosa enjugada en esta pantanosa selva, sólo las doradas horas de la mañana servían para que nos calentáramos a medias, y luego el diluvio vespertino lo anegaba todo de vuelta y con él traía la tortura que antes yo había conocido en el riachuelo de la playa: los mosquitos, las nubes de jejenes que chupan la sangre humana hasta reventar, hartados, de ella; las sutiles e invisibles niguas que forman bolsillas en los pies humanos, grandes como un garbanzo e hinchadas de liendres que se pueden ver cuando el pie es cortado por un pedazo de filoso caracol, como antes las frutas de su tallo. Y noches sin sueño, Señor, un continuo rascarse, y cubrirse el cuerpo de barro, y los cuerpos hinchados, negros y hechos una carnicería, y revolcarse, y ahorrar la leña seca para la comida y cortar la leña mojada para hacer mucho humo y espantar a estos feroces enemigos que acaparaban toda nuestra atención, pues por luchar contra ellos todo lo demás olvidábase, aunque estos naturales trataban de sobrevivir doblando su tiempo, armados de tizones con los que quemaban los campos y montes contra los mosquitos y también para sacar debajo de la tierra las lagartijas y también para cercar con fuego a los escasos venados de pequeños cuernos y pieles pardas.

Leños secos y mojados, hogueras ardientes y húmedas humaredas: no hubiésemos sobrevivido sin el fuego y el humo. Preciosos leños, más útiles entonces que todas las perlas y todo el oro del mundo. Sí, Pedro y yo pensábamos haber inventado, con ígneas piedras y secas ramas, el primer fuego del nuevo mundo. Ahora, rodeados todos los mediodías y todas la medianoches por las ardientes hogueras de la selva, me expliqué al fin la razón del ataque de estos naturales. Pero también me pregunté: si ahorrar el fuego sagrado vale una mortal batalla contra quienes lo malgastan, ¿qué valor tienen las perlas y el oro, que de nada defienden aquí a nadie, ni sustento alguno procuran? No tardé, Señor, en averiguarlo.

Palabras en el templo

Primero el cielo se llenó de secas tormentas: luces y tambores en su bóveda color de turbia perla, relámpagos que cruzaban el firmamento con la velocidad de las manadas de aves, truenos que contagiaban un rumor cada vez más hondo, lejano y silente, hasta perecer en las cumbres de las apartadas montañas, bajo una caperuza de nubes.

Y un día, el sol volvió a brillar como antes; y todo parecía fresco y nítido. La selva se cuajó de salvajes flores y olorosas enramadas y por primera vez, muy a lo lejos, vi la blanca cima del volcán. Aire de cristal, transparentes regiones.

Los buitres regresaron antes que los demás pájaros. Muchos viejos habían muerto tosiendo y algunos jóvenes murieron de fiebres, temblando más que el anciano siempre guardado en el cesto lleno de perlas. Vi morir a varias mujeres después de ser picadas por las niguas; los pies les fueron abiertos con las filosas conchas y luego una negra sangre ascendió por sus piernas, hasta matarlas. Muchos niños desaparecieron repentinamente. Todos los cadáveres, tarde o temprano, desaparecieron.

Y el sol fue de nuevo el gran señor de estas comarcas. Pero su retorno no significó visible alegría, como yo me lo esperaba. Antes un nerviosismo silencioso se apoderó de todos y yo me pregunté qué nuevas tribulaciones anunciaba esta temporada.

Vi una mañana gran movimiento en el cerro. Las esteras eran recogidas de vuelta, las almadías levantadas en alto; el pueblo regresaba a la orilla del río. Sin embargo, una compañía de hombres permaneció en el monte, cuidando del anciano y sus tesoros. Digo que bastante entendía ya de esta lengua de pájaros, corta y aguda. Y así comprendí que me pedían permanecer con ellos.

Levantaron en ancas el cesto con el anciano adentro; posaron sobre sus cabezas las demás canastas y se internaron, llevándome con ellos, en la selva, lejos del río y del mar. Al principio temí que el frondoso bosque, aumentado por las lluvias de tantos meses, nos devoraría y que en él perderíamos toda orientación. Pronto me di cuenta, sin embargo, de que entre el follaje de verdes y sensitivas plantas, que se apartaban al contacto con nuestros dedos, un repetido paso había trazado un camino, apenas una vereda, pero más tenaz que la palpitante floración del liquen, la orquídea y todas las hojas que aquí brillaban, reteniendo entre su finísimo vello plateado las más encendidas gotas del pasado diluvio.

Corrupta selva, Señor, húmeda y oscura, cuyos tallos nunca vieron o verán la luz del sol: tan altas y cerradas son sus copas, tan hondas sus raíces, tan entreveradas sus hiedras, tan intoxicantes los perfumes de sus flores, tan confundidos en el fango los dispersos cadáveres de hombres y serpientes. Tan abundante, en fin, el canto de los grillos.

Caminamos dos días, durmiendo en esas redes de algodón que se cuelgan entre tronco y tronco, deteniéndonos cerca de extraños y profundos pozos de agua, casi pequeños lagos perdidos al fondo de precipicios calcáreos, o en algún claro de la selva donde crece el agrio naranjo. Pero pronto la enmarañada espesura nos reclamaba, y mientras más penetrábamos en ella, más putrefacto era el olor y más intenso el graznar de los buitres que volaban allá arriba.

Olía a muerte, Señor, y cuando por fin nos detuvimos, fue porque ante nosotros se levantaba el más extraordinario edificio. Nunca pude verlo de lejos, dada la extensión enmascarada de la floresta que parecía haberlo capturado aquí, en el centro mismo de su cuerpo húmedo y oscuro. Como un corazón de piedra latía esta construcción de ancho basamento y lamosos escaños y liberada cima.

Pues sólo la cúspide daba la cara al sol; el cuerpo de este gran templo hundíase en la negra, corrupta selva. Mis mares, mis ríos: recordé el curso azul que revive las aguas del desierto y nos conduce a los mausoleos de antiguos reyes; ésta, como aquéllas, pirámide era, Señor, aunque a cementerio olía. Observé entonces que aquí se saciaban las auras, recogiendo sus alas en la cima de la pirámide y devorando a picotazos las carnes dañadas por la lluvia y el sol y la muerte. Me ensordeció el barullo de la cima, el festín de los buitres, y supe a dónde habían sido llevados los cadáveres desaparecidos del pueblo durante el largo verano del diluvio. Sordo, pude ver; las lianas de la selva trepaban y enredábanse por los cuatro costados del templo, y el musgo cubría los peldaños, pero esta invasión del bosque no alcanzaba a ocultar los esculpidos aleros: lujosa escultura de serpientes, pues eran víboras de piedra que se enredaban, con más vigor que las raíces trepadoras, en torno a las ventanas del templo.

Los pies desnudos de los hombres de nuestra compañía ascendieron sin dificultad las gradas, con las canastas a cuestas; yo les seguí, aunque resbalando sobre el musgo, hasta una de esas ventanas labradas. Vi luego que eran cuevas suntuarias, de humana hechura, y en una de ellas fue colocado el anciano, junto con los cestos de perlas y oro. Los hombres salieron y me dijeron que entrase.

La gruta del templo había capturado la luz. En la honda cavidad de bajo techumbre brillaban el oro y las perlas, y en uno de los cestos de palma, inmerso en perlas, yacía siempre el viejo, con mis tijeras entre sus manos: manos semejantes a las raíces del bosque. Levantó una de ellas. Pidió que me acercase, que me sentara a su vera. Coloqueme en cuclillas. Y el anciano habló. Y su voz resonó opaca y muerta en las húmedas paredes de esta cámara, a la vez, lúgubre y resplandeciente.

"Mi hermano, sé muy bienvenido. Te esperaba."

La leyenda del anciano

Señor: al oír estas palabras en el templo, y el tono de gravedad que el anciano empleaba para decírmelas, comprendí que él me atribuía el secreto conocimiento de su lengua; y como dícese de ciertos magos que con una vara encantada hacen brotar el agua de las rocas, así brotó de mis labios la lengua que había llegado a aprender mudamente, durante mis largos meses de convivencia con el pueblo de la selva. No sé, sin embargo, si soy totalmente fiel a las palabras del viejo en el templo; no sé cuánto olvido y cuánto imagino, cuánto pierdo y cuánto añado. No sé si cuanto entonces dijo el anciano sólo lo comprendí cabalmente mucho tiempo después, a lo largo de mis días de aventura en el nuevo mundo; quizá sólo hoy lo entiendo y repito a mi manera.

Vile allí, inmerso en perlas que acaso le prestaban vida y de su flácida piel la recibían, nutriéndose el hombre de las perlas, y las perlas del hombre. No supe qué contestarle; él dijo que me había observado desde el día de mi llegada, que fue el día tres cocodrilo, y en ello vio buen augurio, pues en tal día, dijo, fue arrancada de las aguas nuestra madre la tierra.

"Salveme del mar, señor", dije con sencillez.

"Y llegaste del oriente, que es el origen de toda vida, pues allí nace el sol".

Dijo que llegué con la brillante luz amarilla de la aurora, con los colores del sol dorado.

"Y te atreviste a indicar tu presencia con el fuego y en día seco. Sé muy bienvenido, mi hermano. Has regresado a tu casa."

Me ofreció con un movimiento de la mano el templo, quizá la selva entera. Yo sólo supe decir:

"Llegué con otro hombre, señor, pero ese hombre no fue bienvenido como yo."

"Es que él no era esperado."

Interrogué con la mirada al anciano, pero continuó sin hacerme caso:

"Además, nos desafió. Levantó un adoratorio para él solo. Quiso adueñarse de un pedazo de la tierra. Pero la tierra es una divinidad y no puede ser poseída por nadie. Es ella la que nos posee."

Calló un instante y terminó diciendo:

"Tu amigo sólo quiso arrebatar. Nada quiso ofrecer."

Miré las tijeras en la mano del anciano y convencime de que les debía la vida. Y el anciano, moviendo ese rudo utensilio robado a un sastre por mí, dijo algo que podría traducirse así: las cosas buenas son de todos, pues cuanto es común es de los dioses, y cuanto es de los dioses es común. "El dios" y "los dioses" son las primeras palabras que aprendí entre estos naturales, pues las repetían constantemente, y suenan parecidas a las nuestras: "teos", "teús".

"Era mi amigo", dije en defensa del viejo Pedro.

"Era un viejo", me contestó el anciano. "Los viejos son inútiles. Comen pero no trabajan. Apenas sirven para encontrar culebras. Deben morir cuanto antes. Un viejo es la sombra de la muerte y está de más en el mundo."

Miré con asombro a este anciano que seguramente había sobrepasado los cien años, a este inválido guardado dentro de un cesto lleno de perlas y de ovillos de algodón que le calentaban contra un frío que no nacía en el aire húmedo y caliente de esta selva, sino en la helada y quebradiza vejez de los huesos.

Díjele que todo declina y muere, hombre y perla por igual, pues tal es la ley de natura.

El anciano meneó la cabeza y contestó que hay vidas que son flechas. Son disparadas, vuelan, caen. De ésas era la vida de mi amigo. Pero hay otras vidas que son como círculos. Donde parecen terminar, en verdad se inician nuevamente. Hay vidas renovables.

"Así son tu vida y la mía y la de nuestro hermano ausente. ¿Sabes algo de él?"

Imaginad, Señor, mi confusión al escuchar estas impenetrables razones, tan familiarmente expuestas. Y pensad, como yo, que mi único sentimiento claro era que de mis respuestas dependía mi destino.

Murmuré: "No, nada sé de él."

"Regresará algún día, como has regresado tú."

El anciano suspiró y dijo que nuestro hermano ausente, más que nadie, debía regresar, porque él, más que nadie, se sacrificó. Y el sacrificio es la única manera de asegurar la renovación.

"Estemos atentos", dijo en voz muy baja, "al día del tres co-codrilo, que a ti te devolvió a esta tierra. Es el día en que todas las cosas se reúnen para volver a ser una sola, como en el principio."

"Seremos tres, señor; tú, yo, y ese ausente", volví a murmurar, inseguro de lo que decía.

El viejo pensó un momento y luego dijo que declina lo que abunda, prolifera o se multiplica sin concierto; revive, en cambio, lo que se remonta a una sola cosa, y ésta es la diferencia entre dioses y hombres, pues éstos creen que mientras más, mejor; pero los dioses saben que mientras menos, mejor.

Hablaba moviendo rápidamente los dedos, como antes el joven guerrero en la playa, y con ellos contaba y me ayudaba a entender que seis son menos que nueve, y tres son menos que seis.

Tres hombres dándose las manos —tocó con sus helados dedos los míos— forman un círculo y se aprestan a ser un solo hombre, como en el principio. Tres aspiran a ser uno. Uno es perfecto, es el origen de todo, uno no se puede dividir entre nada, cuanto puede dividirse es mortal, lo indivisible es eterno, tres es el primer número después de uno que puede dividirse entre nada, dos es todavía imperfecto, puede cortarse por la mitad, tres sólo puede degenerar en seis, nueve, doce, quince, dieciocho o regresar a uno, tres es el cruce de caminos: la unidad o la dispersión, tres es la promesa de la unidad.

Todo esto lo explicó el anciano con rápidos movimientos de las manos y alargando un brazo fuera del cesto y trazando rayas paralelas, borrándolas, incluyéndolas dentro de unos apresurados círculos dibujados por el engarrotado dedo sobre el polvo de esta cámara iluminada por un tesoro cuyos dueños se alimentaban de culebras, hormigas y tortugas.

Añadí una raya al polvo:

"¿Qué haremos si volvemos a ser uno solo, señor?"

El anciano miró muy lejos, fuera de la apertura de esta cueva, hacia la selva, y dijo: "Nos confundiremos con nuestro contrario, la madre, la mujer, la tierra, que también es una sola y sólo espera que nosotros volvamos a ser uno para volver a recibirnos entre sus brazos. Entonces habrá paz y felicidad, pues ni ella nos dominará ni nosotros la dominaremos. Seremos amantes."

Nada podía yo decir. Nada dijo él durante mucho tiempo. Luego me miró intensamente y contó lo que ahora yo digo:

Primero fue el aire y lo poblaron los dioses sin cuerpo.

Y debajo del aire estaba el mar, que nadie sabe cómo o quién lo creó.

Y en el mar no había cosa alguna.

Y ni en el aire ni en el mar había tiempo, así que los dioses no hacían cosa alguna.

Pero una de las diosas del aire llamábase diosa de la tierra y empezó a preguntar qué cosa significaba su nombre, y dónde estaba la tierra, que era su morada, pues ella sólo veía aire y agua, y que cuándo sería creada la tierra.

Enamorose de su nombre tierra y fue tal su impaciencia, que al cabo se negó a dormir con los demás dioses mientras no se la dieran.

Y los dioses, ansiosos de volver a poseerla, decidieron cumplir su capricho y la bajaron del cielo al agua y ella caminó largamente sobre el agua, hasta cansarse y luego se tendió sobre el mar y se quedó dormida.

Y los dioses que la deseaban quisieron despertarla, y hacer obra de varón con ella, pero la tierra dormía y no se sabía si este sueño era como la muerte.

Enojados, los dioses se convirtieron en grandes serpientes y se enrollaron a los miembros de la diosa y con su fuerza la rompieron y después la abandonaron.

Y del cuerpo de la diosa nacieron todas las cosas.

De su cabellera, los árboles; de su piel, las hierbas y las flores; de sus ojos, los pozos, las fuentes y las cavernas; de su boca, los ríos; de los agujeros de su nariz, los valles; de sus hombros, las montañas.

Y del vientre de la diosa, el fuego.

Con sus ojos miraba la diosa el cielo abandonado y por primera vez miraba las estrellas y las vueltas de los astros, ya que al habitar el cielo le era imposible verlo y medirlo.

No necesita tiempo el cielo, pues allí todo es idéntico desde siempre.

Lo necesita la tierra para nacer, crecer y morir.

Lo necesita la tierra para renacer.

La diosa supo esto porque vio al sol ponerse y levantarse y ponerse día tras día, mientras los frutos nacidos de la piel de la diosa caían y se pudrían sin brazos que los recogiesen, y nadie bebía el agua de los surtidores nacidos de los ojos, y precipitábanse al mar, sin provecho, los ríos que fluían de la boca.

Y entonces la diosa de la tierra convocó a tres dioses, el uno rojo, el otro blanco y el tercero negro.

Y este dios negro era feo jorobado y enano plagado de bubas, mientras que los otros dos eran príncipes jóvenes y altos y erguidos.

Y la diosa de la tierra dijo a estos dioses que uno de ellos debería sacrificarse para que nacieran los hombres, recogieran los frutos, bebiesen las aguas y domaran los ríos y la tierra sirviese.

Los dos hermanos jóvenes dudaron, pues se amaban mucho a sí mismos.

El enano jorobado y enfermo, no; ni dudaba ni se amaba.

Arrojose al vientre de la diosa de la tierra, que era puro fuego, y allí pereció quemado su cuerpo.

De las llamas así alimentadas salieron el primer hombre y la primera mujer; y el hombre fue llamado cabeza o gavilán; y la mujer fue llamada cabello o hierba.

Pero del escaso cuerpo del monstruoso dios que se sacrificó sólo salieron medio hombre y media mujer, pues no tenían cuerpo sino de las axilas para arriba, caminaban a saltos como urraca o gorrión, y para engendrar el hombre metió la lengua en la boca de la mujer, y así nacieron dos hombres y dos mujeres ya más completos, hasta el ombligo, y de éstos nacieron cuatro hombres y cuatro mujeres, enteros ya hasta el sexo, y éstos acoplaron como dioses, y sus hijos nacieron completos hasta las rodillas, y sus nietos hasta los pies y fueron los primeros en poder caminar levantados y así poblose el mundo ante la mirada de la primera señora nuestra madre.

Del vientre de fuego de la tierra nacieron también los compañeros de los hombres, las bestias que escaparon del brasero, y que todas tienen marcado en la piel el sello de su parto de cenizas: manchas de la culebra, hoscas y negruzcas plumas del águila, chamuscado tigre. Y así las alas de la mariposa como el techo de la tortuga como la piel del venado muestran hasta este día los fulgores y las tinieblas del origen.

Sólo los peces escaparon de entre las piernas de la diosa recostada sobre el mar, y por ello a mujer huelen y son del color del placer, y lisos y nerviosos.

Y el vientre de la diosa se contrajo por última vez.

Y de sus entrañas humeantes se levantó una columna de fuego.

Y el espectro de la llama era el fantasma del dios jorobado y buboso, que ascendió al cielo en forma de fuego y allí opacó al viejo sol sin tiempo para convertirse en el primer sol de los hombres: sol de días y sol de años.

Así fue recompensado por su sacrificio.

En cambio, el dios rojo y el dios blanco debieron sufrir la pena de su orgullo.

Permanecieron en la tierra, condenados a contar el tiempo de los hombres.

Y lloraron por su cobardía, pues del sacrificio del negro dios buboso nacieron a medias, hombres nada parecidos a los dioses, hombres que no nacieron enteros, sino mutilados, deformes de alma como deforme de cuerpo fue el dios que se sacrificó para darles su vida.

Mientras todo esto contaba, el anciano trazaba raya tras raya en el polvo de la cueva labrada y ahora detúvose y pidió que las contara mientras él proseguía su narración.

Dijo entonces que la diosa madre contó tantos días como rayas había dibujadas en el sueño para que todos los astros cumplieran su danza circular en el cielo y para que todos los frutos de la tierra se rindieran completamente y reiniciaran su ciclo de germinación.

Yo conté trescientas sesenta y cinco rayas y el anciano dijo que ésta era la medida exacta de una vuelta completa del sol y que así quedaba comprobado que hay vidas que se reinician al terminar, pues el dios jorobado dio su vida por los hombres pero renació como sol.

Y el viejo dijo que decía lo que entonces había dicho la diosa:

Yo he dado el fuego de mi vientre para que nazcan los hombres.

He dado mi piel y mi boca y mis ojos para que los hombres vivan.

El negro dios jorobado y buboso dio su vida para que los hombres nacieran del fuego de mi vientre.

Luego se convirtió en sol para que mi cuerpo fructificara y alimentara a los hombres.

¿Qué nos darán los hombres a cambio de todo esto?

Y al decirlo se dio cuenta de que los hombres tenían algo de lo cual carecían los dioses, pues éstos fueron y son y serán siempre, y nada le deben a nadie.

Y el hombre sí: debe su vida.

Y la deuda de su vida se llama destino.

Y debe pagarse.

Y para guiar el destino de los hombres, la madre tierra y el padre sol inventaron y ordenaron el tiempo, que es el curso del destino.

Y así como el sol tenía sus días exactamente contados, el hombre debía saber el nombre y el número de los suyos, distintos de los días de la naturaleza, que de destino carece, y sólo tiene uso; pero distintos también de los días de los dioses, que ni tiempo ni destino poseen, aunque sí se los dan a la naturaleza y a los hombres.

Con la mano extendida, el viejo borró cinco rayas del polvo y miró a mis ojos interrogantes.

Y continuó contando:

Veinte días otorgaron los dioses al destino de los nombres del hombre, llamándolos día del cocodrilo, del viento, de la casa, de la lagartija, de la serpiente, de la calavera, del venado, del conejo, del agua, del perro, del mono, de la hierba, de la caña, del tigre, del águila, del buitre, del temblor, de la navaja, de la lluvia y de la flor.

Pero el hombre no sólo tiene su día y su nombre, sino que su destino es inseparable del signo de los dioses a los que debe ofrecer sacrificio para pagar la deuda de su vida.

Y así, al lado de los veinte días del nombre del hombre, fueron ordenados los trece días del ser de los dioses.

Y el año del destino, que no es el año del viaje del sol o de la germinación de la tierra, se inicia cuando el primer día de los veinte coincide con el primer día de los trece.

Y esto sólo sucede cuando los veinte días han dado trece vueltas o cuando los trece días han dado veinte vueltas.

Así se comunican el destino de la flecha y el ser del círculo, la línea del hombre y la esfera de los dioses, y de esta conjunción nace el tiempo total, que no es línea ni esfera, sino las bodas de ambas.

"Mira estas rayas, hermano, y cuéntalas hasta donde mi dedo te indica."

Mientras lo hacía, pregunté:

"¿Por qué veinte y por qué trece?"

"Veinte porque éste es el número natural de los hombres completos, que tantos dedos tienen entre sus pies y sus manos. Trece porque es el número incomprensible del misterio, y así conviene a los dioses."

Conté doscientas sesenta rayas que, en verdad, eran veinte veces trece o trece veces veinte, acepté que para el anciano éstos eran los días del año humano, diferente del año solar, y pregunté:

"¿Y por qué borraste esos cinco días del tiempo del sol?"

El anciano suspiró y contó lo siguiente:

Como yo suspiro, así suspiraba la diosa de la tierra madre nuestra, y lloraba mucho durante la noche pidiendo que los hombres le pagasen la deuda de la vida.

Pero los hombres sólo tenían vida para pagar su vida, y la diosa lo sabía, y lloraba queriendo comer corazones de hombres.

Los hombres tenían miedo y ofrecían a la diosa las otras dos cosas que tenían, además de su vida: los frutos como ofrenda; el tiempo como adoración.

La diosa gritaba, diciendo que no bastaba, que los frutos eran en realidad otro regalo de la tierra y el sol a los hombres, y que de nada valía regalar lo que no les pertenecía.

La diosa gritaba, diciendo que no bastaba, que el tiempo también era un regalo de la tierra y el sol a los hombres, que lo necesitaban, mientras que la tierra y el sol no, y por darle el tiempo a los hombres habían perdido su eternidad divina, encadenándose a los calendarios impropios de un dios.

La diosa gritaba, diciendo que no bastaba, que el único regalo de los hombres a los dioses era la vida, y no se quería callar hasta que le diesen sangre, y negose a dar frutos si no estaba rociada con sangre humana.

Debajo de la piel de sus montañas y sus valles y sus ríos, la tierra tenía articulaciones llenas de ojos y de bocas: todo lo veía, nada la saciaba, y los hombres se preguntaban si para seguir viviendo debían en realidad morir todos para alimentar la sed y el hambre de la tierra y el sol.

No bastaron las ofrendas de los frutos naturales, pues la tierra se negó a seguir dándolos y con ella murió el primer sol de fuego y el mundo se cubrió de hielo y todos perecimos de frío y hambre.

No bastaron las plegarias que son tiempo, pues la tierra concertose con el sol para que el tiempo desapareciera y muriese el segundo sol de viento, cuando todo fue arrasado por la tempestad y debimos abandonar nuestros templos y cargar a cuestas nuestras casas.

Y así se sucedieron los males; los hombres trataron de huir, pero ¿a dónde podían huir que no fuese la tierra, siempre la tierra?

Mira, hermano, mira hacia afuera, hacia la luz, hacia la selva indomable y ve en ella las heridas de nuestros sufrimientos, recuerda conmigo las terribles catástrofes que una y otra vez nos azotaron.

Murió el tercer sol de agua, cuando todo se lo llevó el diluvio, cuando llovió fuego y los hombres ardieron y con ellos sus ciudades.

Cada sol pereció porque los hombres no se quisieron sacrificar por los dioses, y lo pagaron con la destrucción.

Cada sol renació porque los hombres volvieron a honrar a los dioses, sacrificándose por ellos.

Y en medio de cada catástrofe, todo lo perdimos y hubimos de iniciarlo todo otra vez desde la nada.

"¿Qué sol es éste de hoy?", pregunté.

"El cuarto sol, que es el de la tierra, y que desaparecerá en medio de terremotos, hambre, destrucción, guerra y muerte, como los otros, a menos que lo mantengamos vivo con el río de nuestra sangre."

Dijo que así estaba anunciado, y que el destino de cada hombre era procurar el aplazamiento del fatal destino de todos, gracias al equilibrio entre la muerte de algunos y la vida de todos.

"Pero, señor, yo no he visto sacrificios en tu tierra, salvo los comunes de la enfermedad y el hambre."

Con grande tristeza dijo el anciano: "No nos matamos entre nosotros, no. Vivimos para ofrecer nuestras vidas a otros. Espera y entenderás."

Traté de ordenar en mi afiebrada mente las cosas relatadas por el anciano y mi razonamiento fue éste: Si hay más vida que muerte, los dioses pronto harán pagar la deuda de la vida con la muerte general; y si hay más muerte que vida, los dioses carecerán de sangre que los alimente y deberán sacrificarse ellos mismos para que la vida que los irriga se reinicie. Y así, los hombres aplazan su total extinción muriendo para los dioses; y los dioses aplazan su propia extinción muriendo para que la vida renazca. Sentí, Señor, que había ingresado, pobre flecha que antes era, a un círculo hermético, a la vez redondo y largo, profundo y alto, en el que todas las fuerzas de los hombres estaban dirigidas a encontrar el frágil equilibrio entre la vida y la muerte. Y me dije:

—Como una gota añadida a una copa rebosante de sangre, he venido a ser parte de esta vida y de esta muerte descritas por el anciano inmerso en las blandas perlas y el tibio algodón.

Quizá el viejo leyó mis pensamientos, pues éstas fueron sus palabras:

"Has regresado, hermano. Has llegado a tu casa. Ocupa en ella tu lugar. Tienes tantos días como el tiempo del destino para cumplir el tuyo. Los dioses fueron generosos. Como yo con mi mano, borraron cinco días del tiempo del sol. Son los días enmascarados. Son los días sin rostro, que no pertenecen ni a los dioses ni a los hombres. De tu vida depende que puedas ganarle esos días a los dioses que tratarán de arrebatártelos y ganarlos para sí. Trata tú de ganarlos para ti y ahórralos para salvarlos de los días de tu muerte. Y cuando la sientas cercana, dile: Detente, no me toques, he ahorrado un día. Déjame vivirlo. Espera. Y esto podrás hacerlo cinco veces durante la vida que te queda."

—¿Y si los gano, serán días felices para mí, señor?

—No. Son cinco días estériles y sin fortuna. Pero más vale infortunio que muerte. Ése será tu argumento único contra la muerte.

El anciano decía estas extrañas cosas con muchos signos de la mano que me ayudaban a penetrar su sentido, aunque mi mente a veces se distraía, tratando de dar concierto a tales datos, y caía en pragmáticas consideraciones, como para compensar la delirante magia del viejo. Mucho hablaba éste, trazándolos con un débil movimiento del brazo, de círculos. Al escucharle caí en la cuenta de que nunca había visto en estas tierras una rueda, como no fuese la del sol. Ni caballos. Ni burros. Ni bueyes ni vacas. Habíame deslumbrado lo extraordinario. Sentí una súbita congoja: deseaba, otra vez, lo ordinario. Y nada más ordinario, hundido en el eco de estas fabulosas historias, que yo mismo.

"¿Quién soy, señor?"

Por primera vez, el viejo sonrió:

"¿Quiénes somos, hermano? Somos dos de los tres hermanos. El negro murió en la hoguera de la creación. Su oscura fealdad fue compensada por el sacrificio. Reencarnó como blanca y ardiente luz. Sobrevivimos tú y yo, que no tuvimos el valor de arrojarnos al fuego. Hemos pagado nuestra cobardía con la pesada obligación de mantener la vida y la memoria. Tú y yo. Yo el rojo. Tú el blanco."

"Yo...", murmuré. "Yo..."

"Viviste sobre las espaldas y la nariz y la cabellera de la diosa enseñando a vivir. Tú plantaste, tú cosechaste, tú tejiste, tú pintaste, tú labraste, tú enseñaste. Tú dijiste que bastaban el trabajo y el amor para compensar la vida que nos dieron los dioses. Ellos se rieron de ti e hicieron llover el fuego y el agua sobre la tierra. Y cada vez que el sol murió, tú huiste llorando hacia el mar. Y cada vez que el sol renació, regresaste a predicar la vida. Gracias, hermano. Has regresado de oriente, donde nace toda vida. Más difícil será el viaje de regreso de nuestro hermano negro, pues si durante el día brilla magníficamente, de noche desciende a las honduras del poniente, recorre el negro río del inframundo, es asediado por los demonios de la borrachera y el olvido, ya que el infierno es el reino del animal que se traga el recuerdo de todas las cosas. Tardará más que tú en reunirse conmigo, pues de día da vida y reclama muerte, y de noche teme muerte y reclama vida. Tú eres el otro dios fundador, mi hermano blanco. Tú rechazas muerte y predicas vida."

"¿Y tú, señor?"

"Yo soy el que recuerda. Ésa es mi misión. Yo cuido del libro del destino. Entre la vida y la muerte, no hay más destino que la memoria. El recuerdo teje el destino del mundo. Los hombres perecen. Los soles se suceden. Caen las ciudades. Pasan los poderes de mano en mano. Se hunden los príncipes junto con las piedras carcomidas de sus palacios abandonados a la furia del fuego, la tormenta y la maleza. Un tiempo termina y otro comienza. Sólo la memoria mantiene vivo lo muerto, y quienes han de morir lo saben. El fin de la memoria es el verdadero fin del mundo. Negra muerte nuestro hermano; blanca vida tú; roja memoria yo."

"¿Y los tres juntos, como tú esperas?"

"Vida, muerte y memoria: un solo ser. Los dueños de la cruel diosa que hasta ahora nos ha gobernado, dándonos por turnos alimento y hambre. Tú, yo y él: los primeros príncipes hombres después del reino de la mujer madre diosa, a la cual todo debemos, pero que todo quisiera quitarnos: vida, muerte y recuerdo."

Me miró largo tiempo con sus ojos de tristeza, negros y podridos como la selva, duros y labrados como el templo, brillantes y atesorados como el oro. Mostró mis tijeras y las movió. Dijo que me las agradecía. Yo di las tijeras. Ellos me dieron el oro. Yo di mi trabajo. Él me dio la memoria.

Los ojos del anciano lanzaron una luz implacable, tan cruel como debía ser la de los ojos de la diosa madre, cuando al cabo me preguntó:

"¿Qué nos darás tú ahora?"

Oh Señor que hoy me escuchas, dime si después de oír cuanto aquí he contado, y sin saber aún lo que me falta por contar, entiendes como yo la verdad más verdadera de ese mundo al que mis desventuras me arrojaron, dime, pues cuanto me falta por decir no hará sino fortalecerla: que aquí todo era un trueque de vida por muerte y muerte por vida, cambio de miradas, de objetos, de existencias, de memorias, sin cesar, y con el propósito de aplacar una furia anunciada, aplazar la siguiente amenaza, sacrificar una cosa para salvar a las demás, sentirse en deuda con cuanto existe y dedicar vida y muerte a una perpetua devoción renovadora. Todo lo dicho por el anciano era para mí cosa de fantasía y leyenda hasta que las palabras que me dirigía ahora me convirtieron en sujeto de esa fantasía, en prisionero de esa leyenda:

"¿Qué nos darás tú ahora?"

Esto me pedía el viejo: renovar nuestra alianza, para él tan clara, para mí tan oscura, con una nueva ofrenda, superior a sus palabras, como sus palabras habían sido superiores a mi vida, que le debía. ¿Qué podía yo ofrecer, cuitado de mí? De los cielos y los dioses hablaba el anciano; defendime pensando en las cosas comunes. No había aquí ruedas ni animales de tiro. Tampoco había yo visto lo único que aún poseía.

Lleveme una mano al pecho.

Sentí allí, en la parchada bolsa de mi ancha ropilla de marinero, el pequeño espejo que Pedro y yo utilizamos cuando, entre alegres bromas, nos habíamos servido el uno al otro de barbero en la nave. Saqué el espejo. Los ojos del viejo me interrogaron. Acerqué el espejo a sus ojos, con ademán de respeto y humildad.

El anciano se miró en mi ofrenda.

Jamás he visto, ni espero volver a ver, expresión más terrible en un semblante. Desorbitose su mirada, parecían saltar fuera de las profundas y desleídas cuencas las yemas de esos ojos amarillos y negros que en un instante reunieron en su terror gemelo todas las muertes de los soles, todos los incendios de los cuerpos, todas las destrucciones de los palacios, todos los guayes del hambre, todas las tormentas de la selva. Y todas las amarguras del reconocimiento. Convirtiéronse las arrugas del viejo en palpitantes lombrices que devoraban su rostro con una mueca infernal, los blancos mechones de su cránco manchado erizáronse de horror, abrió como si se ahogara la boca de hebras desgajadas y asfixiadas flemas y escurrió la espesa baba por las oscuras redes del mentón, manchando la rala barbilla de cerdas blancas. Mostrome el anciano sus rotos dientes y sangrantes encías, quiso gritar, llevose las manos nudosas a la garganta de pellejos, trató de incorporarse, el cesto cayó por tierra con el movimiento, rodaron las perlas, los ovillos de algodón, las tijeras; por fin el anciano gritó, venció con su voz a las cigarras y a los pericos que nos acompañaban desde la selva, gritó desgarradoramente, y su cabeza estrellose contra el suelo de la recámara polvosa y labrada del templo.

Escuché el revolotear, sobre nuestras cabezas, de los buitres espantados y luego las voces y los pasos rápidos de los jóvenes guerreros.

Entraron a la recámara del templo. Me miraron. Luego miraron al anciano derrumbado que nos miraba a todos con los ojos abiertos pero sin vida.

Yo estaba hincado junto a él, con mi mortal espejo en la mano.

Uno de los guerreros se hincó también junto al viejo, le acarició la cabeza y dijo:

—Joven jefe… muchacho fundador… primer hombre…

Los tributos

Señora de mi pensamiento, lleno de torpeza y sopor, era una tortuga como la que maté al pisar la playa del mundo nuevo. Azogadas liebres, en cambio, parecían dominar las imaginaciones de los guerreros que después de un instante de dolor vencido por un gigantesco azoro, me miraron allí, hincado junto al viejo muerto, con mi espejo en la mano. Entre el momento del dolor y el del asombro, mis aletargados sentidos apenas pudieron penetrar la razón de las misteriosas palabras:

—Joven jefe… muchacho fundador… primer hombre…

Su enigma, me dije, requería tiempo para ser descifrado; pasó como una ráfaga de viento encerrado en mi escasa memoria el recuerdo de otras peregrinaciones en busca del sentido del oráculo, bebí espuma, respiré olivos —otro tiempo, otro espacio, no éste donde el enigma era sofocado por el más cierto de los temores: los guerreros veían en mí al asesino de su anciano padre, de su rey memorioso, acaso su dios. Y se disponían, en justa retribución, a matarme a mí.

¿Por qué no lo hacían? Tampoco esto pude averiguar. La conmoción general me envolvió en su torbellino de movimientos confusos y encontradas luces; los guerreros hablaban de prisa y excitadamente, me era difícil entender lo que decían, temía demasiado por mi propia vida, para mí el único hecho cierto es que yo era culpable de un crimen y atribuía la excitación que me rodeaba a esa certidumbre, compartida con los guerreros. Preveía, a ciegas y ensordecido, mi propia muerte y sólo entendía la repetida, murmurada, vociferada expresión:

—Lagartija… lagartija…

Cada guerrero señalaba con un dedo a los muros de esta cámara de los tesoros; e indicaban hacia las numerosas lagartijas que corrían velozmente por los muros negros, húmedos, goteantes, disfrazadas a veces por la piedra, y otras veces reveladas por los fulgores del oro que las cubría de metálicos reflejos. Entonces me tomaron entre todos, apresaron mis brazos, mis piernas, mi cabeza, levantáronme en vilo y yo entregué mi pensamiento perezoso a la muerte.

Y sucedió, Señor, algo semejante a la muerte. Me metieron en el cesto del anciano, me retuvieron allí con mis rodillas cerca de mi mentón, me vaciaron las perlas sobre el cuerpo, yo sentí cómo revivían los nacarones grises al contacto con mi piel afiebrada por la ignorancia y el miedo. Me levantaron entre varios; levantaron también el cuerpo del anciano y salimos de esta cueva a los escarpados peldaños del templo.

Trato de rescatar del tumulto de aquellos instantes las veloces impresiones que se sucedieron. Yo era retenido por los brazos de los guerreros, capturado dentro del cesto. El cadáver del anciano era arrastrado por los pies hacia la cima de la pirámide. Era arrastrado boca abajo, y al ascender su cuerpo inánime, sus ojos abiertos me miraron tratando de explicarme algo; y al llegar a la más alta plataforma, el cadáver fue abandonado a los buitres que rápidamente cayeron sobre él. Y ese cuerpo del señor de las memorias confundiose con las pútridas carnes de los otros muertos, rasgados y picoteados ya por las aves de rapiña.

Miré entonces hacia abajo, hacia el pie del agreste templo, y allí reconocí a muchas mujeres, viejos y niños del pueblo de la selva, todos silentes y de pie, pero que parecían desangrarse, pues de sus cabelleras y sus rostros escurría un espeso líquido rojo; y a sus pies, bañados en ese mismo color de sangre, había piedras y flechas y escudos. Todos me miraban desde abajo, y yo miraba reverberar de rojo la selva entera, aturdido por el movimiento incesante de los guerreros que ahora sacaban de la cámara de los tesoros los cestos llenos de perlas y doradas pepitas y me rodeaban de ellos, colocándolos sobre los lamosos escalones de la pirámide. En mis manos pusieron las tijeras. Yo no me desprendía del arma del crimen: mi espejo. Mi cruz y mi orbe. El guerrero de la playa se puso la cintura de plumas negras, signo de una confrontación ritual.

Esperé. El cadáver devorado del viejo en la cima del templo. El festín de los buitres. La nerviosa celeridad de las invisibles lagartijas. Los naturales detenidos, inmóviles, silenciosos y teñidos de rojo, al pie de la pirámide. El cúmulo de objetos, también enrojecidos, a los pies de las mujeres, los viejos y los niños. Y yo en el cesto lleno de aljófares y rodeado de los cestos de oro y perlas. Esperé.

Entonces volaron todas las mariposas de la selva, salieron de entre las enramadas y revolotearon encima de los buitres atareados en la cúspide y escuché la flauta, Señor, y los cascabeles, y el tambor, y los pasos en la selva; y vi abrirse camino entre la espesura a un pájaro lento y majestuoso, un ave de redondo y recortado cuerpo azul y granate y jaldado, que parecía avanzar sobre la maleza, como si ésta fuese un verde mar vegetal.

Se apartó el follaje y apareció un hombre cubierto por un manto blanco con bordes purpurinos; y en su cabeza descansaba esa ave, que era un luengo y lujoso penacho; y le seguía una compañía abigarrada de músicos y hombres con abanicos de plumas y rollos bajo los brazos y una compañía de guerreros con rodelas de cuero y máscaras de tigre y águila y lanzas terminadas en duras cabezas de piedra y arcos y flechas pintados de rojo, y cargadores cubiertos sólo por taparrabos que portaban sobre sus espaldas cestos y bultos envueltos en piel de venado. Y al final de la procesión, otros hombres como éstos, desnudos, que cargaban sobre los hombros un palanquín hecho de cañas entrelazadas y cubierto por los cuatro costados de pieles de venado labradas, realzadas, pintadas con amarillas cabezas de serpientes empenachadas y adornadas con pesadas medallas y tiras de la más pura plata.

Rogué, viéndome así rodeado, así situado y así enfrentado, que la memoria del viejo muerto porque se vio en mi espejo huyese de sus ojos abiertos y penetrase en los míos a través del espejo. Pues ahora yo ocupaba su lugar; y nada entendía, nada sabía, nada podía prever o imaginar. Ocupaba su lugar: el del señor de las memorias, y nada recordaba. Era el prisionero de un rito; era su centro, pero desconocía mi papel en él. Sentime más viejo que el viejo, y más muerto que él, cautivo del cesto y las perlas y el espejo que mantenía en mi mano. Digo que rogué una cosa: que la última mirada del anciano fuese la cautiva de mi espejo como yo lo era del cesto. Quise cerciorarme de mi propia existencia en medio de tantos misterios y acerqué el espejo a mi rostro, temiendo ver en su reflejo la cara de mi propia decrepitud, mágicamente adquirida en ese veloz trueque de miradas entre el anciano y yo. Pues si al verme en el espejo me veía viejo, entonces el anciano se había visto joven y de ese terror había muerto. Mireme. Y entonces, sólo entonces, cuando el azogue me devolvió mi propio semblante de juventud, entendí que el anciano desconocía su propia vejez: se había visto tan viejo como yo le veía, pero tan viejo como él jamás se había visto…

Los guerreros descendieron lòs peldaños cargando los cestos llenos de oro y perlas, y los entregaron al hombre del penacho y éste los revisó y luego los hombres con los abanicos de plumas contaron minuciosamente el contenido de las canastas y dictaron palabras a los hombres con los rollos de papeles que en ellos trazaron signos con pequeños y afilados palos de puntas coloradas. Entonces los cargadores foráneos añadieron los cestos de oro y perlas del pueblo de la selva a sus fardos y el joven guerrero de la cintura de plumas preguntó si todo estaba bien y el hombre del penacho asintió y dijo que sí, que el señor que habló o el señor de la voz, pues así traduje su expresión para mí, estaría contento con los tributos de los hombres de la selva y seguiría protegiéndolos. El hombre del penacho hizo un signo a uno de los que se abanicaban constantemente, y éste entregó al joven guerrero varias mazorcas coloradas y muchos ovillos de algodón; y el guerrero se postró y besó las sandalias del hombre del penacho y así, pensé, se consumó el trueque del oro y las perlas a cambio del pan y el algodón, y para eso servían los tesoros de estas playas y estos ríos, y el anciano había sido el guardián y ejecutor del pacto que entendí cuando el guerrero de las plumas negras le agradeció al señor del penacho lo que le daba a cambio de los tesoros:

—Agradecemos a los señores de la montaña el don del grano rojo y del blanco algodón.

Guardó un entristecido silencio mientras el hombre del penacho esperaba con los brazos cruzados a que continuara y yo, escondido dentro de mi cesto, calculaba los canjes de esta ceremonia de tributos; los hombres del río y de la selva ofrecieron oro y perlas a cambio de pan y tela. ¿Qué esperaba ahora, a cambio de las mazorcas y el algodón, el hombre del penacho? El guerrero de las plumas negras volvió a hablar:

—Te entregamos, a cambio de tu protección, a nuestros padres y mujeres e hijos aquí reunidos.

Recobré mi aturdida visión; y vi que los viejos, las mujeres y los niños estaban pintados con la almagra tan laboriosamente recogida. El señor del penacho los contó y dictó palabras al escriba y dijo que con ese número estaba bien, que se calmarían las furias del día del lagarto, cuando todas las cosas del mundo sangran mientras no se sacia la sed de la diosa de la tierra, que en este día sufre amargo frío hasta que se la riega con sangre de humanos. Y entonces los viejos, las mujeres y los niños fueron rodeados por los guerreros del señor del penacho y él dijo que regresarían cuando el día del lagarto volviese a coincidir con el día del fin de las tormentas, al encontrar su descanso la bella diosa del pantano del principio, a la cual le serían dedicadas el oro y las perlas de esta costa. Y dijo también que guardasen bien estos tesoros y entregasen siempre estas vidas en tal día, y así tendrían siempre los frutos del algodón y el grano rojo.

—Y ahora, terminó el señor del penacho, déjame saludar a tu cacique.

Todos le abrieron paso y el hombre del penacho ascendió majestuosamente hasta el lugar donde yo me encontraba sumergido en mi cesto. Ascendió entonando un cántico y acompañado de las flautas y cascabeles y tambores, y también del vuelo de mariposas y el silencio de la selva, mirando siempre hacia el lejano sol, más allá del cementerio de aire en la cima de la pirámide.

Llegó hasta mí y sólo entonces me miró. Yo miré su rostro ceniciento; él, mi pálido semblante. Esperaba encontrar al viejo de siempre; me encontró a mí y su semblante se transformó; huyó de él la gravedad majestuosa y en su sitio apareció primero el asombro, en seguida el terror. Yo sólo repetí las palabras que tanto me intrigaban...

—Primer hombre...

El señor del penacho perdió toda dignidad, me dio la espalda, bajó corriendo la escalinata lamosa, resbaló, cayó, su penacho rodó hasta el pie del templo, se levantó chillando, apartó a todos, guerreros del pueblo de la selva y guerreros de la montaña, hombres de los abanicos y hombres de los rollos, cargadores y prisioneros, llegó hasta el palanquín guarecido de plata y cuero y serpientes, hincose junto a él, hablando en voz baja pero con ojos llameantes que constantemente volteaban a mirarme, y de entre una apertura de los cueros apareció una mano del color de la canela, con larguísimas uñas pintadas de negro y pesados brazaletes chocando en la muñeca.

La mano hizo un gesto, el hombre del penacho se levantó de prisa, dio muchas órdenes con voz chillona, los cargadores devolvieron los cestos de oro y perlas al pie de la pirámide, los guerreros liberaron con grandes aspavientos a los prisioneros del pueblo de la selva, los hombres de los abanicos de plumas recogieron apresuradamente las majorcas y los ovillos y todos los que llegaron de la montaña, con la veloz invisibilidad de las lagartijas, se perdieron en la selva.

Señor, mírame de vuelta en el pueblo junto al río. Estoy metido dentro de mi cesto, con mi espejo y mis tijeras. Ojalá que mis únicas posesiones fuesen éstas, las mismas con las que llegué aquí. No. Caliento y doy vida, con mi cuerpo trémulo, a las perlas moribundas. Mi casa es la del anciano muerto: una enramada, una débil estructura de cañas. Estoy rodeado de cuatro pieles de venado a guisa de muros, que me aíslan del mundo, aun cuando no del agitado rumor de los naturales que chillan, cantan quejumbrosamente, discuten, encienden hogueras.

Entre las ramas puedo ver, esta noche, el negro tapiz de los cielos y contar sus estrellas, ubicarlas, distinguirlas. Debo acostumbrarme a este diálogo con las estrellas. Temo que no tendré, desde ahora, más amistad que ésta, fría y brillante y lejana. Como el viejo se miró en el espejo, yo me miraré en la doble estrella del crepúsculo y de la aurora, Venus, preciosa gemela de sí misma. Ella será la guía de mi viaje hacia la inmovilidad absoluta. Ella será mi calendario.

Los guerreros rodean mi prisión. Pienso y repienso esta singular ironía. Yo, el hombre sin memoria, ocupo el lugar del señor de la memoria. Yo, el extraño llegado del mar, soy el fundador. Yo, el desnudo y el desposeído, soy el joven jefe. Yo, el último de los hombres, soy el primer hombre.

Cuando me canso de mirar las estrellas, me duermo. De día, no miro al cielo, pues el sol incendiaría mis blancas pestañas y mis pálidos párpados y mi rubia barba. De día me miro al espejo y empiezo a contar mis arrugas, mis canas, mis encías sangrantes, mis dientes rotos. Esperaré metido en este cesto a que la vejez me devore y llegue a ser tan anciano como el viejo al que maté con mi espejo.

Ahora mi espejo me matará a mí. Mi destino será verme envejecer inmóvil, en esta veloz imagen.

El templo en llamas

Es el corazón el reino del espanto. Lunas, soles, días, estrellas, amparadme; reloj de agua, reloj de arena, libro de horas, calendario de piedra, mareas y tormentas, no me abandonéis; asidme al tiempo; humo seco, gritería, llanto, quejido, silencio, ¿cómo sabré, al cabo, si es el mundo que me rodea o el corazón que me pertenece el que estas brumas y estos rumores abriga? Entro, por vía del espanto, al reino del silencio. Pierdo la cuenta de los días de Venus, repitiéndome a solas que los días de mi destino en esta extraña tierra sólo pueden ser del número señalado por el anciano en el templo: los días de mi destino robados a los días del sol; los días enmascarados robados a los días de mi destino. ¿Cómo conocer esos cinco días estériles que debo hurtarle a mi mala fortuna a fin de ganárselos al momento de mi muerte? ¿Cuáles signos, cuáles voces? ¿Cuánto tiempo, Dios mío, ha pasado desde entonces? ¿Qué edad tendré ya?

El silencio se ahondó en torno a mí. Lo expulsé de mi corazón espantado y lo situé en el pueblo de la selva.

En vano, Señor, me desterré de mí mismo para enterrar mi oído en el aire de este pueblo; en vano esperé los rumores de la vida que una vez compartí con estos naturales. Ni pies sobre el polvo, ni manos entre las hierbas; ni llanto de niños ni cántico de ancianos ni voces de guerreros ni quejumbres de mujeres nada.

Pensé: han huido a un nuevo lugar; desconozco la razón de las peregrinaciones que los llevan del río al monte, del monte al río, del río a un nuevo lugar, cargando sus esteras, sus cestos de inútiles tesoros, sus almadías y sus varas, las preciosas majorcas con que harán su humeante pan, los ovillos de algodón con que tejerán sus camas y vestidos. No, ahora ya no tienen ni pan ni tela, y por culpa mía. Ahora no tienen más tesoro que las escasas ramas secas salvadas a la lluvia. Soy la desdicha; nada les he dado; todo les he quitado.

Imaginé: me han abandonado aquí, me han dejado en manos del hambre y la lluvia y los mosquitos y la crecida del río; moriré desangrado, ahogado, famélico. Y al preguntarme, ¿por qué me abandonan?, sólo supe contestarme: me temen. Y al preguntarme, ¿por qué me temen?, contésteme de nuevo: les traje la mala suerte, maté a su memorioso padre, les dejé sin recuerdos, ahora serán niños, no, apenas animalillos sin orientación en sus vidas; soy la mala suerte: por mi culpa perdieron lo que iban a recibir a cambio de las perlas y el oro. Me han dejado abandonado entre sus inservibles riquezas; han huido, ellos mismos, en busca de tierras de algodón y majorca.

Me han abandonado. Han creído que, situado en el cesto y bajo la enramada del anciano muerto, que nunca se movió de aquí y sólo de manos de su pueblo recibió agua y comida, yo seguiré igual que mi predecesor, inmóvil, atenido a ellos. Renacieron en mi pecho los fuegos de la supervivencia y de la aventura. Me dije que en esta tierra ambas cosas iban siempre unidas y no, como en las tierras que dejé atrás —¿cuándo? ¿hace mil años?— separadas y combatiéndose. Allá: calculo las supervivencia, riesgo la aventura, resignación el equilibrio entre ambas. Aquí, la resignación era la muerte: la vi en los rostros de los ancianos, las mujeres y los niños pintados de rojo al pie de la pirámide: los cautivos ofrecidos a los llamados señores de la montaña y a su llamado señor de la gran voz.

Sobrevivir era un riesgo. Lo tomé. Removí mi cuerpo dentro de la estrecha canasta, intentando liberarme de esa prisión de ramas tejidas; hice de mi cuerpo un vigoroso péndulo hasta que el cesto cayó, conmigo adentro, por tierra, regando la tierra de nacarones y ovillos, y me extraje en cuatro patas. Me incorporé; guardé espejo y tijeras en mis fajas y me atreví a apartar las cortinas de piel de venado.

Morían las últimas hogueras, reducidas ya a humareda chata y hermana de la ceniza. Y no había otra cosa viva ahí. En tumba de ceniza, fango y sangre yacían todos los moradores del este pueblo, niños degollados por dardos de pedernal, mujeres destripadas por cuchillos de piedra, ancianos atravesados por las lanzas de los guerreros. Y los propios guerreros muertos sobre sus escudos, atravesados también por las lanzas. Ceniza helada las esteras y las almadías. Y de la rama de un árbol colgaba, ahorcado por el cinturón de plumas negras, el joven guerrero que una vez confundí con el jefe de esta errante nación.

Era de noche. Imaginé a la legión de las auras posadas ya en las copas de los árboles, encapuchadas por sus propias alas, listas para descender al alba sobre el almuerzo que les ofrecía este pueblo inmolado. Pensé que mientras mi corazón era presa del espanto, el pueblo lo había sido de los hombres de la montaña, el del penacho y los de los abanicos y sus guerreros y cargadores, que así se vengaron de la ruptura del pacto. Y al tratar de adivinar las inmóviles sombras de estos guerreros y las voraces siluetas de aquellos buitres, miré hacia la selva, luego hacia las colinas y finalmente hacia un resplandor de llamas en el confín del horizonte nocturno.

Yo desconocía la manera de regresar al océano, como no fuese en una de esas almadías que ahora miraba incendiadas e inservibles. Regresar al océano. Sólo entonces se me ocurrió pensar: ¿por qué les exigían el tributo de las perlas los hombres de la montaña a los hombres de la selva; por qué no iban directamente hasta el mar los de la montaña y ahí, a su antojo, saqueaban los tesoros de las playas?

Desconocía entonces la respuesta. Pero miraba la evidencia. Habían muerto todos los habitantes de este pueblo. Y sus victimarios lo habían destruido todo, hasta las almadías. Los destructores de este pueblo, díjeme, quisieron impedir hasta la fuga de los fantasmas... y la mía también. Yo no sabría abrirme paso de la selva al mar. Y una vez en la costa, ¿qué encontraría allí sino lo mismo que ahora miraba: la muerte, los buitres, el esqueleto de Pedro, las cenizas de su pobre solar en el mundo nuevo, el agónico tesoro de las playas?

Vi que el fuego de la selva provenía del rumbo del templo. En el templo empecé a conocer los secretos de esta tierra. Sentí que a él debía regresar, y que si mi destino era perecer, inmóvil como un ídolo, ningún lugar mejor que esa pirámide capturada en el centro de la selva. Allí volvería a ser lo que el destino parecía ordenarme.

Heredero del anciano: esto me dije muchas veces mientras avanzaba selva adentro, guiado por el resplandor nocturno, aligerado de los pesos de tesoros, esteras y almadías que amenguaron el paso de la caravana cuando, por primera vez, recorrí el camino de la pirámide. Repetime que no tenía más herencia en esta tierra inmolada, desierta y huraña que mi relación con el anciano: lo que me dijo y lo que no alcanzó a decirme; lo que sus ojos muertos pero abiertos intentaron comunicarme cuando su cadáver fue arrastrado a la cima del templo.

Dormí, cabe uno de esos pozos anchos y hondos de la llanura al pie de los montes. Y en mi sueño brilló una nueva pregunta: ¿por qué mataron los hombres de la montaña a todos los habitantes de la puebla junto al río, y sólo mi vida respetaron? Como toda respuesta, apareció en mi sueño una negra araña que parecía volar ante mi mirada; entonces, espantado, yo caía en ese pozo en cuyo borde dormía, y el pozo era hondísimo, interminable, y yo caía y moriría estrellado contra los muros de piedra caliza o ahogado en el fondo de aguas lejanas; y entonces vi brillar en lo alto a esa araña; la araña dejó caer un hilo hacia mí; yo me así a él; era un poderoso hilo, y con su ayuda trepé fuera del pozo y desperté, con un grito sofocado, de mi pesadilla. Y en mi puño cerrado había un hilo de araña.

Levanteme tembloroso y me lancé al centro de la noche, guiado por el hilo de araña. No era necesario ver nada, ni siquiera las llamaradas cada vez más próximas en la colina boscosa; azotaron mi rostro las ramas, mis pies destrozaron los helechos, avancé a ciegas, de prisa, indiferente a los silbidos de las serpientes, de prisa, de prisa, sudando, jadeante, hasta donde ese hilo quisiera conducirme. Todo ardía. Todo era iluminado esa medianoche por el incendio. El templo era una alta antorcha de piedra y hiedra y serpientes labradas y lagartos sacrificados. Llegué al cabo del hilo. Miré con ojos de locura a la araña que me esperaba, que al verme se escabulló hacia el follaje trémulo con las luces y las sombras del incendio. Levanté la mirada. En el lugar de la araña, con el cabo del hilo entre las manos, estaba una mujer.

Digo mujer, Señor, para ser comprendido de vos y de vuestra compañía. Llamo mujer a esa aparición de deslumbrante belleza y deslumbrante horror, pues hermoso era su vestido de crudo algodón cubierto todo de joyas, y hermosas pero terribles las dos hileras de joyas que cruzaban, como incrustadas en ellas, sus mejillas; y sólo terrible la luna menguante que adornaba la nariz de la mujer, y otra vez horrible y hermosa la boca pintada de múltiples colores, y sólo bella otra vez la brillante y suave negrura de sus miembros. Era su tocado una corona de mariposas, pero no reproducción de ellas, ni de metal, piedra o vidrio alguno eran, ni tampoco un ramillete de libélulas muertas: corona era ésta de vivas mariposas negras, azules, amarillas, verdes, blancas, que se trenzaban volando sobre la cabeza de esta que llamo mujer. Y que lo era, pues si cuanto he descrito parece pintado, o soñado, o petrificado, la mirada vivía y la vida de esa mirada se dirigía a mí. Y detrás de la mujer, ardía el templo.

Adelantó hacia mí sus brazos. Chocaron entre sí los pesados brazaletes; se alargaron, buscándome, convocándome, las uñas negras que yo había visto asomar otro día entre las cortinas de piel de venado de un palanquín en este mismo sitio. ¿Cómo rechazar su invitación, Señor? ¿Cómo desistirme de caminar hacia ella, hacia su abrazo, hasta perderme en los pliegues del manto de crudo algodón y diamantinas joyas, hasta unir mi cabo del hilo de la araña al suyo?

Sentí, al contacto de mis sudorosas ropas y mi carne empapada por el calor con el cuerpo de la mujer, que debajo del manto estaba desnuda, y yo no sabía mirar su cuerpo pues mi mirada estaba capturada por los labios de la mujer: las sierpes de color que se fijaban y se hundían y ondulaban en la carne de la boca que ella me ofrecía mientras yo imaginaba el cuerpo que se pegaba al mío y lo incendiaba, como se incendiaba el templo a nuestras espaldas. Traté de imaginar los pezones de esos negros senos, y la negra selva de vello sobre el negro monte de Venus, mi guía, mi preciosa gemela, mi estrella negra.

Sus brazos ligeros de carnes y pesados de joyas me arrancaron jubón y calzas, quedé desnudo, erguido, pegado a ese cuerpo bello y terrible, mis manos se prendieron al talle de la mujer, las manos de la mujer recorrieron con caricias mi vientre, mi pecho, mis caderas, mis nalgas y al fin se posaron como mariposas alrededor de mi sexo, deteniéndolo y alentándolo, pesándolo, midiéndolo, envarándolo; y entonces la mujer saltó, con la ligereza de las mariposas, enlazó con sus piernas abiertas y levantadas mi cintura y yo, Señor, embarqueme en Venus, perdí vista y olfato, perdí voz y oído, fui rey y esclavo del puro tacto, un tacto hondo y grueso y pulsante que fue a estrellarse contra las más tibias paredes de la selva y de la noche, pues yo fornicaba con la oscuridad y la maleza, y era uno otra vez con cuanto me rodeaba, y a través de la vibrante cueva de la mujer montada sobre mí llegaba a cuanto temía, sed de hambre, dolor y muerte: toda necesidad, toda ausencia convirtiose entonces en bien, en obsequio, en premio; y yo me prendí a las espaldas y a la nuca y a la nalga de mi amante como otra noche me así a la rueda del gobernalle, sabiendo que en ello me iba la vida, pues la vida se me iba en el abrazo, entre las piernas, por la garganta y los ojos y las orejas y la boca inservibles, yo estaba asido a un placer que me aniquilaba, y en vez de huir de esta mortal sensación, a ella me aferraba hasta sentir que yo desaparecía dentro de la carne de la mujer y ella desaparecía dentro de la mía y éramos uno solo, una araña enredada en sus propias babas, un solo animal capturado en redes de su misma hechura: deleite de bestias, llamadlo así: soñado bien y mal presente, libertad encarcelada. Mi voluntad me dijo que jamás debía separarme de esta conjunción, que para conocerla había nacido, aunque al conocerla muriese en vida. Y mi más ferviente deseo era que, de verdad, hubiesen muerto todos mis sentidos menos el del tacto, y que los demás huyesen ya, sin la cárcel de mi cuerpo, anunciando por los aires la nueva de mi próxima extinción en manos de la mujer que me amaba al pie del templo en llamas y en mí se convertía, como yo me convertía en ella. Ella era yo, Señor, ¿me entendéis?, pues sólo así se entiende que en ese mortal abrazo de todos los deleites una voz se dejase escuchar, que era la mía, pero en los labrados labios de ella.

Y éstas son las palabras que, con mi propia voz, la señora de las mariposas me dijo y dijo en mi nombre con su boca sobre la mía, con sus labios cerca de mi oreja, con sus dientes mordiendo mi cuello y mis hombros y mis tetillas, y con sus uñas arañando mi espalda:

"Sigue el camino del volcán. Asciende. Déjate guiar. No voltees nunca hacia atrás. Olvida de dónde vienes. Dale la espalda al mar que te trajo a esta orilla. Has llegado. Prueba quién eres. Si eres quien eres, vencerás todos los obstáculos que encuentres en tu camino. Sube. Sube. Hasta lo más alto. Hasta la meseta. Allí te espero. ¿Quieres volverme a ver? Obedéceme. ¿Has gozado hoy? Nada es esta noche en comparación con las que te reservo. No te pierdas. Sigue el hilo de la araña. La araña siempre está a mi lado. Es el animal sin tiempo."

Dueña de mi voz, pues era mi voz la que salía de entre los labios pintados, sólo pude preguntarle en silencio, ¿por qué incendiaste el templo?, ¿por qué mandaste matar a todos los del pueblo junto al río?; si he llegado, ¿a dónde he llegado?; si soy, ¿quién soy?

Y ella me contestó con mi voz en sus labios:

"Viajarás veinticinco días y veinticinco noches para que volvamos a reunirnos. Veinte son los días de tu destino en esta tierra. Cinco son los días estériles que ahorrarás para salvarlos de tu muerte, ya que a tu muerte serán semejantes. Cuenta bien. No tendrás otra oportunidad en nuestra tierra. Cuenta bien. Sólo durante los cinco días enmascarados podrás hacer una pregunta a la luz y otra a la oscuridad. Durante los veinte días de tu destino, de nada te valdrá preguntar, ya que no recordarás nunca lo que suceda en ellos, pues tu destino es el olvido. Y durante el último día que pases en nuestra tierra, no tendrás necesidad de preguntar. Sabrás."

Entonces, Señor, nublose mi mirada porque mi mirada regresaba; ahogose mi voz porque mi voz regresaba; secose mi paladar porque mi sabor regresaba; pudriose mi nariz porque mi olor regresaba; tronaron mis orejas porque mi oído regresaba. Y así como volvían mis sentidos ausentes, perdíase mi tacto, y a cada nuevo fulgor, a cada nuevo olor, a cada nuevo estruendo, desvanecíase la dueña de las mariposas, hacíase una con la selva como minutos antes había sido una con mi cuerpo, regresaba al fuego o a la hierba, no sé si se internaba en el templo humeante o en la brumosa selva.

Desapareció.

Mis manos adelantadas quisieron capturar los espectros de la corona de libélulas; sólo apresaron aire.

Y sintiendo mi vida, sentí mi soledad y fui a reclinarme contra las piedras negras del templo y al templo le dije:

—Quiero otra vez a esta mujer.

Subí desnudo por la empinada escalera, donde los fuegos morían, y me detuve desnudo en la cima, rodeado de los cadáveres incinerados. Las cenizas quemaban mis pies. No las sentí. Era el cuarto del alba. Le ofrecí a Venus mi cuerpo húmedo de amor. La estrella matutina iluminó el cono blanco del volcán.

Así se sucedieron los días de mi destino en el mundo nuevo. Sólo recuerdo cinco de ellos.

La madre y el pozo

Dos eran mis guías: el volcán lejano y el hilo de araña abandonado por la mujer al pie de templo incendiado. Dos mis armas: las tijeras y el espejo. Múltiples, cuando volví a penetrar en la selva como antes penetré en la carne de la mujer, mis acompañantes. Brilló el sol. Volaron los pájaros. Aletearon, inciertas como mi alma, las mariposas escondidas en el follaje. Conocía a los rumorosos pericos que volaban en manadas por estos cielos. Supe ahora de la codorniz y el colibrí que adornaban esta florida y tibia selva cuya gran maravilla era una llovizna constante, pero tan sutil que no mojaba mi cuerpo: un rocío impalpable que seguramente era el alimento de los árboles perfumados que aquí abundaban, blanca vainilla de unos, jaspeado rubor de otros, atigradas flores de éstos, cáscara marrón de aquéllos. Espléndido despliegue, en fin, de hojas tan brillantes como bruñido cuero y que despedían olores de humo.

Los lustrosos venadillos de cortos cuernos abundaban en esta selva, de manera que me dije:

Éste es el primer día de mi nuevo destino. Lo llamaré el día del venado.

Apenas lo pensé, las flores y las aves, los frutos y el rocío se desprendieron de sus perfumes y colores para dibujar el arco iris más cercano a mis ojos que mis ojos han visto. El bosque de helechos se abrió y me abrió un camino al más leve tacto de mis dedos. El hilo de la araña se dirigía al pie mismo del arco iris, guardado por aves que desconocía y que eran como pequeños pavorreales pero sin aires de vanidad: mansas y bellas aves de larga cola y plumaje verde.

Como en la playa de las perlas, imaginé un regreso al paraíso. Pero mi experiencia me hacía dudar ahora de estos espejismos del bosque y andar precavido. En todas partes, las apariencias engañan: en esta tierra, el proverbio era ley. Me apresté, rodeado de tanta paz y de tanta belleza, a defenderme de un repentino terror. Pero este asomo de mi voluntad fue rápidamente abatido por la fatal naturaleza de mi viaje: yo seguía la ruta que para mí labraba la araña en la selva; la seguiría, me condujese al cielo o al infierno. Más que cielo, más que infierno, era la promesa que me aguardaba al final del camino: la señora de las mariposas.

Volaron espantadas, al escuchar mi paso, las aves de largas y verdes colas; y detrás de su vuelo distinguí, al pie del arco iris, una blanca casa, tan encalada que parecía de metal pulido y brillaba como un islote de sol en medio del miraje multicolor de la tibia llovizna. Acerqueme. Toqué sus muros. Eran de tierra cocida y pintada. Repetime: las apariencias engañan y no todo lo que brilla es oro en el mundo nuevo tan deseado por mi pobre amigo Pedro. El hilo de la araña conducía a la única puerta de la casa, y en ella penetraba; lo seguí.

Ingresé a un solo aposento tibio como la selva, cálido y limpio y colmado de provisiones: majorcas, olorosas hierbas, braseros ardientes, ollas donde hervían espesos y perfumados brebajes. Jamás he visto limpieza tal; y apenas se acostumbró mi mirada a la penumbra de este hogar, escuché el rumor de una escoba y miré a una mujer que barría con lentísimos movimientos el piso de tierra aplacado por los pies de la anciana. Vieja, viejísima era la barrendera que ahora levantó su mirada para encontrar la mía; y si esa mirada era brillante y negra como las brasas del hogar, la sonrisa de la boca desdentada era dulce como las mieles guardadas en las verdes ollas de su casa.

No me habló. Con una mano detuvo su escoba y con la otra hizo un gesto de bienvenida, pidiome que me acomodara en una de las esterillas de paja situadas cabe los braseros y allí, en silencio, sonriente y encorvada, la viejecita me sirvió esos panes humeantes de la tierra, enrollados y sabrosos como su relleno de carne de venado, romero y hierbabuena, coriandro y menta, y pequeñas ollas con un sabroso líquido hirviente, espeso y de color marrón oscuro. Y cuando acabé de comer, ofreciome un largo y estrecho canuto de hojas doradas que yo empecé a masticar. Este alimento dejaba un ácido jugo en mi lengua. La viejecilla rió sin ruido, abriendo y cerrando sus hundidos labios arrugados, en los que ya no quedaba color alguno de vida, y ella misma tomó uno de esos canutos que digo, se lo colocó entre los labios, se acercó a las brasas y lo encendió, inhalando su humo y luego arrojándolo por la boca con un embriagante aroma. Yo hice lo mismo. Tosí. Me ahogué. La viejita rió de nuevo y me indicó que bebiese el espeso líquido oscuro.

Seguimos un largo rato sentados allí chupando el rollo de hierbas y echando humo por la boca hasta consumirlo y entonces la vieja arrojó el cabo del suyo al brasero y yo la imité y ella dijo:

—Sé muy bienvenido. Te esperábamos. Has llegado.

—He llegado. Eso mismo me dijo el anciano señor de la memoria.

—Ese viejo estaba loco. No te dijo la verdad.

—¿Quién me la dirá, entonces? ¿Por qué me han esperado? ¿Quién soy?

La anciana meneó su redonda cabeza de canas azules muy peinadas, muy restiradas hasta reunirse en una castaña detenida sobre la nuca por una delicada peineta de carey.

—Sólo puedes hacerme una pregunta, hijo. Tú lo sabes. ¿Por qué me haces dos? ¿Son éstas tus preguntas? Escoge bien. Sólo puedes hacer una pregunta cada día y otra cada noche.

—Dime entonces, señora, para que sepa contar mis días, ¿cuál es éste, y por qué paréceme día de paz insólita en esta incomprensible tierra tan llena de amenazas?

Estoy seguro de que la vieja me miró con caridad, alisándose con las manos tranquilas y suaves los pliegues de su sencillo hábito blanco bordado de flores.

—Es el día del venado, día de serena prosperidad y de paz en los hogares. Es un buen día. Quien en él llega a mi casa, es como si llegara a un rincón del jardín de los dioses. Aprovéchalo. Descansa y duerme. Luego vendrá otra vez la noche.

Necio de mí; había preguntado lo que ya sabía, lo que ya veía, lo que ya sentía. Había malgastado mi única pregunta de ese primer día, abundando las que podrían aclararme los misterios de esta tierra y de mi presencia en ella. Y adormecido por la comida y el humo y el viaje, recosté mi cabeza sobre el regazo de la anciana. Ella me acarició maternalmente la cabeza. Dormime.

Y en mi sueño, Señor, apareciose la señora de las mariposas. La acompañaba un monstruoso animal, idéntico a la noche, pues nada en él reflejaba luz alguna, sino que era como una sombra en cuatro patas, espesa y velluda. En vano busqué su mirada. Sólo su forma era visible. No tenía mirada, sino piel y fauces y cuatro patas torcidas, pues en vez de señalar hacia adelante, estaban dobladas hacia atrás. La mujer que yo amé junto al templo arruinado era rodeada de una luz brumosa y el animal su compañero cavaba en la tierra un hoyo; y al hacerlo gruñía espantablemente. Cuando hubo terminado su tarea, la difusa luz de ese momento de mi sueño se reunió en una oblicua columna dorada que nacía en el centro del cielo y venía a morir en el hoyo escarbado aquí por el animal. Esa amarilla e intensa luz era como un río líquido y fluyente, y a medida que empapaba las profundidades de la excavación, el animal le arrojaba tierra encima con sus patas torcidas, y mientras más tierra le echaba, más se apagaba la luz. La señora de las mariposas lloró. Espantado, yo le pedí a la vieja que me arrullaba:

—Madre, bésame, que tengo miedo…

Y ella besó mis labios, mientras la mujer de la selva se desvanecía llorando en la noche y el animal aullaba con una mezcla de alegría y desgracia.

Yo desperté. Busqué con mis manos el regazo y las manos de la vieja que me había arrullado como a un niño. Mi cabeza descansaba ahora sobre una de las esterillas. Sacudí la cabeza. Oí el llanto y el aullido de mi sueño. Miré. Los braseros se habían apagado. La vieja había desaparecido. Las ollas estaban rotas; regados los brebajes, rotas las flores y las escobas, inquieto el polvo del suelo, urdidos de telarañas los rincones del hogar. Y mis labios se sentían espesos y cansados. Los limpié con el puño cerrado. Miré mi puño: estaba untado de colores mezclados. Ululó un búho. Recogí mi hilo de araña y salí. Un lado blando y pardo cubría las paredes de la casa.

Era de noche; pero la araña sabría guiarme. A su hilo me aferré, cerrando mis ojos; nada era el siniestro ululato del búho junto a los lamentos, gritos y rumores que parecían venir de muy lejos, desde el corazón de las montañas, y que cubrían la tierra entera como si la tierra entera clamase por la pérdida de la luz enterrada por el sombrío animal de mi pesadilla en su seno y, allí, a la tierra la condenase al doble suplicio de un vientre en llamas y una mirada ciega. Ciego como la noche, no quise ver, no quise oír, rogué que la paz de ese día pasado junto a la viejecilla y su hogar se prolongase en el silencio de una noche benéfica.

Mi oración fue escuchada. Rodeome el silencio total de la selva. Mas ved así, Señor, de qué débil arcilla fuimos hechos, que habiendo yo obtenido lo que más deseaba, al tenerlo lo detesté. Pues nueva amenaza era este silencio, tan absoluto que me sentí vencido por él, como antes por los clamores y lamentos espantables. Ahora me dije que deseaba el regreso de los ruidos, pues en el silencio anida el verdadero horror. Un ruido, un solo ruido, me salvaría ahora. Primero fui capturado por el silencio; en seguida por los hombres silenciosos. Yo ya estaba vencido por mis plegarias enemigas. Dejeme conducir por manos que no quise ver a lugares que no quería conocer.

Inánime y voluntariamente ciego; sordo porque silenciosos eran el bosque y sus hombres; otra vez, resignado a mi muerte. Vi el tamaño y la forma de mi destino cuando nos detuvimos y, al adelantar yo uno de mis pies, sentí el vacío debajo de mi planta. Unos brazos me detuvieron; unas voces chirriaron. Abrí los ojos. Me encontraba al borde de uno de esos pozos que he dicho, tan anchos y tan hondos que a primera vista parecen cavernas talladas a ras de tierra, pero que en su centro esconden aguas que de tan profundas deben ser los baños del mismísimo mandinga.

Mi pie desprendió una piedrecilla del borde del pozo; la vi caer; en vano escuché durante muchos instantes, los que pasaron antes de que la piedra tocase el espejo hundido de las aguas, y entonces la caverna llenose de ecos y las voces de mis captores se animaron en confuso debate, y decían muchas veces una palabra extraña, "cenote, cenote" y luego "muerte" y luego "noche" y luego "sol" y luego "vida" y yo recordé mi sueño, cuando dormí, cavé uno de estos pozos y caí en él, y yo recordé que tenía derecho a una pregunta nocturna y grité a todo pulmón y en la lengua de esta tierra:

—¿Por qué voy a morir?

Y una voz habló sobre mi hombro, tan cerca de mí que juraría era la voz de mi sombra, y dijo:

—Porque has matado al sol.

Ahora no soñaba y los brazos desnudos de estos naturales me empujaron, perdí pie, grité, ¡no es cierto!, caí, ¡lo mató el animal de las patas volteadas!, caí, ¡yo lo vi! caí en la noche de la verdad y no en el sueño de la mentira, caí gritando, ¡el animal, el animal!, volé por los aires negros del pozo, ¡el animal!, ¡es cierto!, ¡lo soñé!, hasta estrellarme, con los pies por delante, en las aguas, escuchando el lejano retintín de la misma voz que había hablado sobre mi hombro:

—Sueña ahora que vas a morir para que esta noche no sea la última, la eterna, la infinita noche de nuestro temor…

Hundime en el azogado seno de las aguas del pozo.

Día del agua, noche del fantasma

Bañome la luz. Cuando fui arrojado al pozo, reinaba la noche y era la noche el espanto de mis verdugos. Al estrellarme contra el agua, aspiré la última bocanada de aire y cerré los ojos, apenas me sentí inmerso, resucitó mi voluntad de sobrevivir; nadé, pero mis esfuerzos de nada sirvieron: unas cuantas brazadas me acercaban siempre a la circular muralla de blanda roca, escarpada e inasible. Floté sin esperanzas, sabedor de que tarde o temprano mis fuerzas menguarían y mi cuerpo se hundiría en el desconocido fondo de esta prisión de agua; día del agua decidí llamar al de mi muerte segura, y preguntéme si no sería éste uno de los cinco días que debería arrebatarle a la vida para ganárselos a la muerte, como tantas veces me lo indicaron el anciano de la memoria y la señora de las mariposas. ¿Cómo saberlo? La hermosa y horrible mujer mi amante me advirtió que sólo recordaría esos cinco días decisivos, olvidando los otros veinte de mi destino en esta tierra; ¿cómo saberlo mientras no lo recordaba, sino que lo vivía? Y entonces, digo, bañome la luz.

Una claridad ondulante cubría la superficie del agua, agitada cuando me estrellé contra ella, ahora nuevamente calma y lisa, apenas removida por mis tranquilos esfuerzos para flotar. Primero busqué mi salud en la salvadora baba de la araña, que en mi sueño me rescató de situación parecida. Pero esta vez su hilo no era visible. Luego rogué que este pozo fuese como el mar, súbdito de altas y bajas mareas, pues el reflujo me permitiría dar pie en el fondo de mi cárcel; claveme con la cabeza por delante y los ojos bien abiertos. Conocí el origen de la asombrosa claridad: el fondo arenoso de esta alberca era un camposanto de huesos y calaveras; y si las arenas eran brillantes, opacas parecían al lado del blanco fulgor de los restos de otros hombres que aquí murieron.

Regresé a la superficie: había visto mi destino cara a cara: hueso a hueso. Volví a hundirme, volví a explorar con la mirada abierta e iluminada por esa luz de la muerte. Vi que en un rincón del pozo el azar había reunido un cúmulo de calaveras, que allí se amontonaban formando una pequeña pirámide sumergida. Pensé:

"Quizá mi vida pueda servirse de estas muertes. Acaso pueda yo mismo levantar aquí un pedestal de huesos lavados sobre el cual mantenerme de pie y esperar mi extinción famélica o la salvación de mi sueño: el hilo de la araña."

Puse manos a la obra. Nadé como un pez hacia el cúmulo de las calaveras y empecé a desalojarlas, pues se hallaban incrustadas ya en la roca caliza, y semejaban parte de ella, o la roca prolongación de las cabezas de muerte. Valime de mis tijeras para separar las calaveras de la piedra blanda, emergiendo cuando el aire me faltaba, llenando mis pulmones, clavándome de vuelta y reanudando mi tarea.

Así pasé varias horas de la noche, reposando de tarde en tarde, flotando tranquilamente, boca arriba sobre mi líquido lecho, pues más ahoga el terror que el agua. Pero al cabo, mi zócalo de huesos era cosa bien chata, y estuve a punto de desistir y abandonarme al sueño común de mis compañeros, los esqueletos de este sumidero. Mireme debajo de las aguas mirando los huecos ojos de una calavera empotrada en la roca, Díjeme que así como el anciano memorioso murió de espanto al verse en mi espejo, podría yo tomar esta calavera por espejo mío, besarla, acariciarla, apretarla contra mi pecho e inventar así la compasión que nadie me ofrecía: moriría abrazado a mi propia imagen final y eterna, como la noche que tanto temían mis supliciadores.

Desprendí con las tijeras, como desprenden los cautivos las piedras de su mazmorra, esa última calavera. Mas los cautivos tienen esperanzas de que detrás de la piedra arrancada se encuentre la libertad. Yo no. Yo trabajaba para mi muerte. Desprendí la calavera y entonces, Señor, mis dedos sintieron que un helado hilo corría entre ellos; si un hombre pudiese gritar debajo del agua, yo hubiese gritado:

—¡El hilo de la araña!

Y gritando, hubiese agradecido mi salvación a mi señora protectora y amante. Mas en seguida me di cuenta de que el hilo que corría entre mis dedos era intangible; no era baba, era agua, más agua. Y entonces ese hilván de frías aguas convirtiose en gélida torrente, la torrente en verdadera catarata subterránea que rompió los quebradizos restos de las calaveras, surgió con ímpetu desde un boquete en la roca que sólo taponeaba la última calavera que arranqué; la torrente así liberada me envolvió en su espuma, me revolcó debajo del agua, me alejó del fondo del pozo mientras ascendía, con turbulencia, y me arrastraba con ella hacia arriba, hacia la noche, hacia la selva.

El pozo llenábase, Señor; llenábase con velocidad y furia, y yo nadaba hacia arriba, hacia los bordes de donde fui arrojado, defendiéndome ahora de ser succionado otra vez hacia el cementerio hundido por la agitación desorientada de las aguas emancipadas por el azar de mis trabajos. La fortuna me había permitido sangrar la vena misma que alimentaba el pozo, el río subterráneo que era el padre de estas aguas perdidas.

Nadé con la marea y la marea fue calmándose. No rebasó los bordes del pozo. Se niveló a escasas pulgadas de ellos. Yo pude tocar con mis dedos la tierra, asirme a ella y levantarme con los brazos hasta asomar mi cabeza fuera del pozo. Sol rojo y cielo gris: esto es lo primero que vi. Un sol color de sangre, incendiado por su propio fuego, bañado por la púrpura de su propio renacimiento. Acababa de salir, como yo. Ascendía a un cielo metálico. El cielo era tan plano como la llanura calcárea donde los hombres mis verdugos de la noche me miraban con ojos de asombro, me miraban salir del pozo levantado por las aguas redivivas y en el instante mismo en que el sol renacía.

Salí por mi propio esfuerzo; por mi propio esfuerzo me puse de pie y vi todas esas miradas de azoro, gratitud y respeto. Nadie se acercaba a mí, nadie me tocaba ahora, todos manteníanse alejados y sumisos. Escuchose el lamento de una flauta; el sol se desprendió velozmente de su manto terrenal, ganó la altura, transformó el cielo gris en amarilla cúpula. Estalló la alegría. A las flautas uniéronse sonajas, cascabeles y tambores; grupos de hombres con los cuerpos pintados de almagra y barro danzaron, primero alrededor de mí, en seguida precediéndome, invitándome a seguirlos; aparecieron mujeres y niños, que me ofrecían jarras de un líquido blanco, espeso y embriagante, y majorcas tostadas y cubiertas de una fogosa pimienta.

Comí, seguiles y llegamos al pie de un templo limpio, bajo, labrado con hermosas grecas. El pueblo que primero quiso sacrificarme y ahora así me honraba formose en filas que indicaban el camino que debía yo seguir, hasta el pie del templo, para luego ascender por la corta escalinata cuyos peldaños monté, tan asombrado yo como mis antiguos captores convertidos en mis entusiastas huéspedes. Ascendí. Llegué a la chata plataforma de este templo, bajo como la llanura calcárea y desnuda que nos rodeaba y allí, sobre un extraño trono de piedra labrada en forma de alas desplegadas, encontré a un hombre gordo y lujoso, envuelto en mantos teñidos de púrpura, con la frente ceñida por un listón cuajado de pedrería, y que abanicábase con las plumas del ave verde, bella y mansa que conocí a las puertas de la anciana madre proveedora.

El gordo señor mantenía una gran dignidad, pero el nerviosismo con que se abanicaba me indicó que participaba del asombro reverencial de todo el pueblo aquí reunido. Al lado de su trono, atado a él por una cadena de plata, se movía con tanto nerviosismo como su amo, un pavo maravilloso, de un tamaño nunca visto: cabeza pelada como la de un águila; enormes, viejos, gastados, irritados, enrojecidos papos que le colgaban hasta el suelo; y las alas de este pavo estaban cubiertas de joyas, de esmeraldas y jades, y en su cuello y en sus tarsos bailaban hermosas cadenas de oro, brazaletes de cobre y placas de oro puro. La música agitaba al ave enjoyada; las joyas chocaban entre sí y parecían parte del ritmo musical. El nido de este pavo era una vasta sábana de algodón que cubría parte de la plataforma y, también, escondía unos bultos. El gordo príncipe de esta tierra se levantó pesadamente de su trono, ayudado por dos jóvenes y sumisas muchachas de miradas bajas y estrechas faldas blancas bordadas como la túnica de la abuela del hogar. El gordo inclinose ante mí y con un movimiento del brazo cediome su trono.

Negué con la cabeza. El gordo me miró con un brillo de ofensa en la mirada. El pavo agitó sus escoriados papos. Recordé la suerte de Pedro. Tomé el lugar en el trono y el gordo me dijo:

—Aguardado señor: nos devolviste el sol. Gracias.

—El sol sale todos los días.

El príncipe agitó tristemente la cabeza, y en voz alta repitió mis palabras a la muchedumbre congregada al pie del templo. Al oírlas, todos aullaron, gritaron, dijeron que no, que no, que no, subió el rumor de tambores y sonajas y el gordo miró satisfecho a su pueblo y luego a mí.

—Sale para ti, señor, cuando así lo deseas. Pero muere para nosotros. Hemos visto sucederse la muerte de los soles; y al morir los soles, se han secado los profundos ríos de nuestra tierra, nada ha crecido sobre ella, han muerto los animales y han muerto los príncipes; han muerto las aves. Las ciudades han vuelto a ser piedra bruta cubierta de selva. Hemos muerto; hemos huido; hemos regresado cuando tú te dignas devolvernos el sol. No muere el sol para ti, pues a ti te obedece. Muere para nosotros cada noche, y nunca sabemos si volverá a salir. Has probado quién eres. Te sacrificamos a cambio del sol, y tú nos lo devolviste y con él regresaste a la tierra. Mucho te honramos, señor, en este día del agua.

El gordo señor levantó su abanico de plumas y lo agitó. Rápidamente subieron por los peldaños dos jóvenes. Portaban entre las manos dos pequeñas ollas cubiertas por trapos. El gordo soltó su abanico y recibió las ollas, sosteniendo una en cada palma. Díjome:

—Descúbrelas.

Lo hice; contenían mierda, Señor, vil excremento, y con un gesto de repugnancia volví a cubrir las ollas mientras el gordo decía:

—Ofrécele esto al ave, que es el guaxolotl enjoyado, y tendrás recompensa, pues este pájaro es el príncipe del mundo.

Me levanté del trono y acerqué las dos ollas pútridas a ese pavo llamado guaxolotl; el pavo agitó sus papos y con el propio pico levantó la manta de algodón que se hallaba sobre este templete y descubrió ante mi mirada un tesoro de áurea orfebrería y pulidos jades.

—Mira, señor, murmuró el príncipe gordo, que el ave enjoyada te ofrece el oro y el jade que son excremento de los dioses a cambio de tu excremento humano. Con ello te ofrece el poder, la riqueza y la gloria. Tómalo todo. Es tuyo.

Mísero de mí: había aquí con qué fundar un imperio; pero yo pude haber sido el dueño de la gloria de las perlas en la playa de mi naufragio, yo recibí el poder del oro de manos de los naturales junto al río; perdí gloriosas perlas y poderoso oro, los olvidé en medio de la lluvia y el fango y los mosquitos, pues supe que de nada me servirían para sobrevivir aquí. ¿De algo me serviría ahora esto que el príncipe gordo llamaba excremento de los dioses?

Nada era la tentación de ese tesoro anidado por el pavo junto a la tentación mayor de mi nueva vida: encontrar de nuevo a la mujer de las mariposas, volver a amarla. Y para ello mi único tesoro era un pobre hilo de araña, para mí más valioso que todos los jades y topacios y esmeraldas y oros y platas que ahora me ofrecían para agradecerme el regreso del sol. Yo necesitaba, para seguir el camino del volcán, viajar ligero. Y así, le contesté al príncipe gordo:

—Acepto tu ofrenda, señor. Y habiéndola aceptado, te la devuelvo a cambio de una pregunta.

El príncipe me miró con semblante desordenado, y yo proseguí:

—Dime lo que te pido, pues si lo sabes sabrás defenderte, y si lo ignoras, quedarás prevenido. Veo a tu pueblo reunido aquí, y temo que mi paso entre ustedes sea tan desastroso como mi paso por el pueblo junto al río. Contéstame esta sola pregunta, pues sé que a una sola obtendré respuesta cada día. Dime: ¿por qué fueron matados todos los del pueblo junto al río?

El gordo tembló: —¿Mi respuesta vale la riqueza, el poder y la gloria que te ofrece aquí el príncipe ave enjoyada?

Dije que sí, y el gordo contestó, turbado:

—Nadie los mató. Se mataron a sí mismos. Se inmolaron por su propia mano.

Bajé la cabeza, tan turbado por esta respuesta como el hombre que la pronunció. A mis pies, convocándome, estaba el hilo de la araña.

Mucho pensé en la contestación del príncipe gordo de esta tierra mientras me alejé de ella, caminando por el llano de cal, lejos del templo y el pozo y el pueblo que una noche quiso sacrificarme y otro día honrarme. Escuchaba aún el triste lamento de sus pífanos; vivas en mi memoria permanecían las caras de decepción que me vieron alejarme. Pero por encima de todo, regresaba afiebradamente a mi imaginación el espectáculo del pueblo junto al río.

El pueblo inmolado por mano propia. Así, esa matanza no fue represalia de los señores de la montaña, sino voluntario sacrificio determinado por otra razón: ¿la muerte del viejo de la memoria, y con ella la muerte de la memoria misma, que les dejaba huérfanos de respuestas para cuanto allí las exigía: sol y lluvia, tiempo de recoger leños y tiempo de quemarlos, humo y oro, fuga al monte, regreso al río? Frágil, tierno pueblo demasiado ocupado en combatir el mal de la naturaleza para proyectar o infligir la empresa del mal humano.

Amé a ese pueblo en el recuerdo, Señor, pues a mí mismo, que de memoria carecía, lo identifiqué. Y le perdoné la muerte de mi viejo Pedro, pues comprendí que su intrusión, como la mía, había interrumpido el orden consagrado de las cosas y los tiempos; no nos odiaban: temían que nuestra presencia quebrase los perfectos ciclos de un tiempo que les defendía del mal natural. El mundo nuevo era el mundo del miedo, de la pasajera felicidad y la constante zozobra; temblé pensando que nuestras medidas de duración, fortaleza, supervivencia, derrota y triunfo de nada valían aquí, donde todo renacía cada día y todo perecía cada noche; temblé pensando en el encuentro de nuestras concepciones enérgicas de la duración con éstas, flor de un día, marchita prisa, incierta esperanza. Perdoné, digo, la muerte de Pedro. Me dije que también perdonaría la mía propia. La intrusión de un hombre blanco en estas tierras no sólo bastaba; sobraba.

En estas cavilaciones, y guiado siempre por la hebra de la araña, sorprendiome la noche. Terminó la llanura calcárea; ahora recorría un camino que se adentraba en un bosque de altos y esbeltos árboles cuajados de plátanos verdes. Noté también que el camino recorrido era en ascenso, y fatigoso. Dejaba atrás los ríos, la selva, el mar. Sentí hambre y sacudí uno de estos platanares para satisfacerme. Disponíame a comer cuando escuché un rumor de trabajo. Traté de identificar el ruido; díjeme que alguien cortaba leña a poca distancia de mí. Me adentré más en el oscuro bosque, con varios plátanos en la mano, dispuesto a compartirlos con el leñador.

Distinguí en la oscuridad la forma encorvada de un hombre que me daba la espalda y con un hacha arremetía contra el tronco de un árbol. Acerqueme confiado. El hombre volteose, diome la cara y yo grité, pues nada había en el rostro del leñador sino dos ojos fulgurantes y una lengua que colgaba y se mecía, larguísima, fuera de la boca que era apenas tajada, herida, abierta cicatriz sin labios; y las costillas de este monstruo se abrían y cerraban velozmente, como portones en el viento, y cada vez que se abrían mostraban un corazón vivo y latente y, como los ojos, fulgurante. Sentí que perdía la razón, tal era el contraste entre la pacífica amistad que animaba y el horror de esta visión, cuando inmensa lengua colgante habló con tono imperioso:

—Atrévete, toma mi corazón, tómalo con tu mano, atrévete a lo que nadie se ha atrevido nunca...

Ah, Señor que me escuchas, recuerda y suma mis aventuras desde que zarpé de tus tierras y dime si, al oír estas palabras, iba yo a dudar: ¿qué era tomar ese corazón palpitante al lado de los peligros corridos en el mar, en el centro de la vorágine, entre los guerreros de la playa y en el sacrificio del pozo?

Adelanté la mano y tomé ese corazón de sonoros latidos y escurrientes sangres, lo tomé con repulsión y con ganas de devolvérselo cuanto antes a su dueño, pero éste gemía ya con furia, su espantosa boca herida llenábase de verde de espuma, y aullaba estas palabras:

—Ordena lo que quieras: poder, riqueza y gloria; son tuyos; son del que se atrevió a tomarme mi corazón.

Contestéle simplemente:

—Nada quiero. Toma. Te devuelvo tu corazón.

El ser sin más facciones que ojos, lengua y boca, gritó de vuelta, y sus gritos eran más fuertes que los golpes de sus costillas al abrirse y cerrarse:

—Entonces es cierto, gritó, tú eres el que rechaza todas las tentaciones, hoy rechazaste los dones del pájaro enjoyado y ahora rechazas los míos; ¿qué quieres, entonces?

Guardé silencio, con el corazón en la mano. Miré con un frío desprecio al tentador del bosque. Mi deseo era lo único que poseía; no se lo entregaría a cambio de su corazón. Pues sabía que la ley de esta tierra era contestar a una ofrenda recibida con otra de superior valor: ¿qué podía yo ofrecerle al fantasma del bosque, a cambio de su corazón, sino mi deseo?

Cuando sus costillas volvieron a abrirse como los batientes de una ventana, devolvile su corazón y le hice la pregunta nocturna a la cual tenía derecho:

—Toma tu corazón. Y a cambio de él, dime ahora: ¿por qué se mataron a sí mismos los habitantes de ese pueblo junto al río?

Temía, Señor, malgastar una nueva pregunta, y oír la respuesta que yo mismo me había dado: porque enloquecieron al perder la memoria. No, en realidad no temía esa respuesta; por lo menos, me habría asegurado en mi propio razonamiento. Pero el ser de los ojos llameantes se llevó al rostro dos manos lisas como su rostro, manos sin uñas ni líneas de fortuna, amor o vida, y luego apretó con esas dos manos su pecho de costillares batientes y me dijo:

—Se sacrificaron por ti...

Y empezó a reír espantablemente: —Se sacrificaron por ti... se sacrificaron por ti... se sacrificaron por ti, repitió a carcajadas la horrenda aparición del bosque, y a cada carcajada su cuerpo se encogía, se doblaba sobre sí mismo; escondía de nuevo el rostro entre las manos, la cabeza entre las rodillas, aullando:

—Témeme, hermano, témeme; soy la sombra que te persigue; soy la voz que anoche escuchaste sobre tu hombro; soy...

El fantasma se incorporó repentinamente, se irguió hasta mi altura y me miró directamente a los ojos: yo me vi a mí mismo. El ser del bosque tenía mi propia cara, mi propio cuerpo, era mi exacto doble, mi gemelo, mi espejo.

Día del espejo humeante

Digo exacto y soy inexacto, Señor. Pues ése mi doble lo era en todo, salvo en el color. Azules mis ojos; negros los suyos. Al trigo semejante mi cabellera; a crin de caballo la de él. Pálida, a pesar del tiempo pasado en estas comarcas, mi piel, y pronta a arder, quebrarse en costras y reaparecer pelada y color de rosa. De cobre bruñido, la de mi gemelo. Que lo era en todo lo demás: tamaño, miembros, facciones y ademán. Ahora recuerdo la diferencia. Aquella noche sólo me impresionó la similitud.

Yo no era dueño de mis horas aquí. Bastante tiempo debió correr entre la horrenda aparición nocturna y la siguiente memoria de mi viaje. El anciano del templo y la diosa de las mariposas me lo advirtieron; sólo recordaría cinco jornadas, las que salvase a los días de mi destino en esta tierra. Ahora, antes de volver a abrir los ojos, pude soñar:

—Un día, diez, otros cinco, ¿cuántos han pasado desde esa noche en que el fantasma me ofreció su corazón y yo le ofrecí mi deseo?

No lo sabía, y ésa era la ventaja del mundo nuevo: él sí conocía todos mis pasos sobre su faz, aun los que yo, en verdad, nunca olvidaría porque jamás los recordaría. Pero si ésta era mi debilidad, quizá la del mundo nuevo sería tener que cargar con toda la memoria y con toda la responsabilidad de mis actos. Mucho o poco, pero algo, Señor, hice entre aquella noche y este amanecer. Mas si esto soñaba, el consuelo de mi razón me decía: —Ayer, ayer apenas, escapaste del pozo de la muerte, después de una noche de trabajos y vigilias sobrehumanos; fuiste conducido a la pirámide del príncipe gordo; rechazaste el poder y la gloria del pavo enjoyado; dejaste atrás de ti la llanura calcárea; caminaste por los bosques de altos y esbeltos árboles; encontraste al fantasma: tu doble oscuro. Has debido dormir profundamente, como nunca has dormido en tu vida. No hay cuerpo, por joven que sea, que aguante tanto. Tan hondo ha sido tu sueño, que te parece el más largo de tu vida; no, más: te parece más largo que tu vida. La verdad es que te dormiste anoche y despertaste hoy. Es todo.

Mis ojos desmintieron a mi razón. Desperté súbitamente, anhelante, con la respiración cortada, como se despierta de las pesadillas, y miré un paisaje transformado. Nada aquí recordaba los parajes calientes y floridos de la costa. Hacía frío, y mal me cubrían mis rasgadas ropas. Era difícil respirar; el aire era delgado y fugitivo. La suntuosa vegetación del mundo nuevo había muerto, y en su lugar una no menos suntuosa desolación reinaba. Un paisaje de rocas me rodeaba: piedra amarilla y roja, tumultuaria, a la vez simétrica y caprichosa en sus desnudas formas de cuchilla y sierra, altar y mesa, cúmulo y constelación de piedra quebrada, alta, lisa, filosa; catedrales de escarpada roca por cuyos resquicios aparecían torcidos matorrales y grises árboles enanos; roca coronada por inmensos candelabros de verde espina, nunca vistos por ojo de hombre, semejantes a los órganos eclesiásticos, altos y secos y armados para defenderse del tacto ajeno, aunque, ¿quién se atrevería a tocar tan prohibida planta, reina de este desierto pétreo, que con sayal de púas anunciaba su majestuoso deseo de vivir aislada sobre su estéril dominio: planta ermitaña, estilita de sí misma: a un tiempo, muy cristiano Señor que me escuchas, columna y penitente?

Al pie de esta montaña rocosa se extendía un valle de polvo, tan inquieto y silencioso que al principio no advertí vida alguna en su contorno, salvo la de los velos de seca y blanca tierra arremolinada, veloz y enemiga: soplaba un viento helado; el viento rasgó los velos polvorientos; frente a mí, frente a mi lecho de rocas, se levantaba el volcán. Había llegado. Di gracias. Aquí me dio cita mi amante. Miré alrededor y cerca de mi cuerpo. A mis pies estaba el hilo de la araña.

Lo recogí, jubiloso. Descendí con él de mi áspero nido. Dejé de pensar si había pasado mucho tiempo o poco entre mi anterior recuerdo y esta nueva mañana, entre mi paso por las ardientes costas y mi llegada a esta fría comarca. Bajé al llano guiado por la araña y tomado a su hilo me abrí paso entre el inquieto polvo del llano y como él, me sentí aplastado por la cercanía del cielo y del sol, que en esta altura estaban a la mano, y distantes los recordaba en la costa. No entendía: terrible era el calor en las playas que primero pisé en el mundo nuevo, y entonces pensé que en lugar alguno ardía tan cerca de nuestra piel el fogón del sol. Ahora, lo recordé alto y lejano en la costa y el río y la selva; y en este llano de roca y polvo vecino al volcán, su mitigado fuego y su proximidad eran uno. Hostia transparente, menos ardía el sol mientras más cerca de él me encontraba. Eso supe, con asombro de mi cuerpo, en ese instante. Descubrí, al avanzar, que el polvo también era humo.

Con una mano me dejaba guiar por la araña. Con la otra, aparté ese polvo y ese humo hermanados que me impedían ver y respirar. Adelanté la mano, Señor, como hacen los ciegos, aun cuando destrón les conduce. Y mi mano desapareció en esa espesa niebla. Y mis dedos tocaron otros cuerpos, una veloz fila de cuerpos humanos que caminaban ocultos por el polvo y el humo de este amanecer silencioso al pie del volcán. Silencios. Pies. Retiré mi mano adolorida por el temor y con ella me toqué el pecho, el rostro, el sexo, pues quería asegurarme de mi propia existencia; y sólo al saberme presente y vivo, comencé a distanciar mis sensaciones de la realidad; y la realidad se insinuaba, Señor, con tal astucia, que me hacía creer que mis sensaciones la realidad eran. Mas si yo me decía que había llegado a un mundo de polvo, la realidad era que el polvo era humo; y si creía estar rodeado de silencio, malicia era ésta de la realidad rumorosa en el llano al pie del volcán.

Pies sobre el polvo. Pies entre el humo. Pies que bailaban en silencio. Pies cuyo compás no les era propio, sino marcado por un ritmo ajeno a ellos y que a ellos se imponía. La araña me guiaba con su hilo plateado. A él asido, perdí el temor del humo, el polvo y la danza silenciosa que me rodeaban. Y al perderlo, supe una vez más que distancia es miedo y cercanía afecto: empecé a distinguir esa música insistente, monótona, terciada, que daba su pauta a los silentes pies de los danzantes; tambor y sonaja, me dije, sonaja y tambor, nada más, pero con una persistencia y una voluntad de fiesta, de celebración, de rito, que convertían su ritmo en la encarnación misma de este tiempo y este espacio: la hora y el lugar que ambos, ellos, los danzantes y los músicos, y yo, el peregrino en estas tierras, vivíamos, aquí y ahora. Nada, sino la danza silenciosa al compás del constante tambor y la constante sonaja, cabía en la realidad de este llano invisible, que tomó por velo al polvo y por cofia al humo. Ved así, Señor, cómo nos engañan nuestros sentidos, y cómo creemos descubrir el todo por sus partes, sin imaginar cuán grandes universos pueden esconderse detrás del ritmo de un atabal y un cascabel.

Caminé entre los danzantes silenciosos y ocultos de esta nueva mañana mía en el mundo nuevo, la tercera del tiempo que aquí me sería acordado. Sentí la cercanía de los cuerpos; a veces mis manos rozaron hombros y cabezas; a veces plumas y listones de papel y sogas tocaron mi pecho y mis piernas, pero rápidamente se alejaron de mi tacto, como si lo temiesen. Mis pies desnudos sólo una vasta extensión de polvo conocieron, y por ello fue tan inesperado el súbito contacto de mis plantas con la piedra: un cambio de elemento, un paso como del agua al fuego, pues líquido era el polvo y ardiente la piedra. Y la piedra, Señor, ascendía. Imaginé por un momento que la araña me había conducido alrededor de un infinito círculo escondido y que ahora me devolvía a la roca donde hoy amanecí. Mis plantas, instintivamente, se contrajeron para defenderse de los ásperos pedruscos y los violentos abrojos de la montaña. Encontraron, en cambio, el ángulo recto y la superficie lisa de la piedra labrada.

Ascendí. La piedra era roca escalonada. Empecé a contar los peldaños a medida que subía y el silencio de la danza se acentuaba y el acompañamiento de atabal y sonaja se alejaba y las brumas gemelas de polvo y humo se disipaban. Treinta y tres escalones conté, Señor, ni más ni menos, y al pisar el último busqué, como es natural, el siguiente; y al no encontrarlo, al pisar aire, sentí mi ánimo confuso, busqué auxilio arriba de mí y levanté la mirada que hasta ese momento era cautiva del suelo. Decaen nuestros sentidos: nos aferramos a los pies y a la tierra. Crecen: pies y tierra olvidamos, y volvemos a alargar las manos hacia el cielo. Detrás del alto sitio a donde había llegado, el gran cono blanco reposaba, brillante, sobre una inmóvil carroza de nubes blancas. Y debajo de ellas las faldas de la gran montaña eran como un negro escudo de ceniza y roca que protegía la purísima corona de hielo, refulgente campo de diminutas estrellas, blanco mar de arenas congeladas en el cielo.

Las brumas de la tierra se rasgaron y huyeron, cada vez más chatas, sobre la sedienta faz de este desierto. Desde mi sitio de altura, miré la fuga de los jirones de polvo, miré la multitud de hombres, mujeres y niños allí reunida, vi que los hombres bailaban en círculos al ritmo del tambor y la sonaja, y que los niños esperaban inmóviles y que las mujeres se ocupaban, acuclilladas, de vaciar líquidos y guisar liebres desolladas y palmear la masa del pan de la tierra, y envolverlo en majorcas que luego eran recalentadas y rociadas de rojos polvillos sobre los braseros y fumar los canutos de humo, como la anciana madre de la limpia choza que una noche me acogió. Y haces de junco había allí, y lechos de heno, y piedras como muelas, y hatos de sogas. Vi las gradas, flanqueadas de humeantes pebeteros, por las cuales yo acababa de ascender, y hombres con altos penachos y orejeras de oro en forma de lagartija sentados en los escaños, y guardando enormes conchas mariscos entre sus piernas. Vi la empinada escalinata de piedra que me había permitido llegar a esta cima, gemela de la del volcán, como hermanados andaban el humo y el polvo, y el fantasma y yo. Horizontal fraternidad esta de los elementos incorpóreos; vertical la del volcán frente a mis ojos y la pirámide que reproducía su estructura cónica y rogativa. En el llano horizontal, ellos. En la cima vertical, nosotros.

Empleé para mí el plural antes de saberme acompañado en la alta plataforma del templo. Solo, en el llano, me sentí numeroso. Acompañado, en la pirámide, me sentí solo. Volvía buscar la certeza del suelo que pisaba. La planta de mi pie izquierdo reposaba sobre la dura piedra de este templo; mi pie derecho plantábase dentro de un blanco montículo de harina o de arena, que una de las dos cosas pareciome al ver mi pie hundido en esa materia extraña, retirarlo con prisa y contemplar la huella de mi planta, el signo de mi paso, allí impreso.

Y si antes la bruma cegome, ahora el rumor me ensordeció. Tambores se unieron al tambor, sonajas a las sonajas, y pífanos y cascabeles y flautas semejantes a los que yo había escuchado en los otros dos templos por mí conocidos: el de la selva y el del pozo; y al escucharlos me resigné: el destino se saludaba a sí mismo en estos grandes teatros de piedra del mundo nuevo; aquí tenían lugar las representaciones definitivas, al aire libre, cerca del sol dador de vida; y las pirámides eran manos de piedra levantadas para tocar el sol, anhelantes dedos, mudas plegarias. Por sobre todos los rumores reinaba uno, similar también al gemido de la bestia moribunda que un día vi hacerse, herida, a la mar, desde el río putrefacto de la primera playa que pisé. Al principio, lo imaginé surgido de las entrañas del volcán. Sólo ahora, cuando al fin dejé de observar la huella de mi planta en el blanco montículo, vi, en los escalones, a esos hombres con las orejeras de lagartija soplando dentro de los enormes conchos.

Se apagaron los braseros encendidos a lo largo de las gradas y en la cúspide de este templo. Miré a mi alrededor, girando velozmente sobre mis plantas. Cuadrada era esta plataforma, y con gradas bajando por las cuatro partes, y con dos canalizos descendiendo a los lados de cada escalinata. Había en el centro un tajón, que era una piedra de tres palmos de alto o poco más, y dos de ancho. Y un gran fuego detrás de esta piedra, apagada ahora su llama, pero insaciable su secreto ardor de burbujas, brea y calientes cenizas: rápido a levantarse en cuando se le acercara una de las muchas teas que ahora yacían por tierra, al igual que muchos cuchillos de negra piedra, hechos a manera de hierro de lanzón. A uno de ellos me acerqué, entre los humos cada vez más débiles, y lo levanté: parecía fabricado de helada ceniza volcánica. Y lo solté, espantado, al levantar la mirada: hacia mí avanzaban varios hombres repulsivos, con las caras pintadas de negro y los labios pegajosos y brillantes, como enmelados, vestidos con largas túnicas negras, y cuyas largas cabelleras negras hedían a la distancia. Avanzaron canturreando, tenaces, dándome las caras, como una falange desarmada, y levantando los pliegues y faldones de sus túnicas como para ocultar algo que ellos rodeaban, canturreando y señalando con dedos nerviosos hacia mi huella en el montículo blanco:

Apareció, apareció…

Estaba dicho…

Anoche derramamos la cazuela de harina…

Esperamos en silencio…

Toda la noche…

En silencio danzamos…

Toda la noche…

Estaba dicho…

En este día regresaría…

El invisible…

El del aire…

El de las tinieblas…

El que sólo habla desde las sombras…

Haznos merced y no agravio…

Te honraremos en este día…

Queremos tus bienes…

Tememos tus males…

Eres tú…

El nocturno…

Llegado de día…

La sombra…

Aparecida con el sol…

Eres tú…

Espejo humeante…

Eres tú…

Estaba dicho…

La huella sobre la harina…
La huella de un solo pie…
Podemos continuar…
Ha regresado…
Espejo humeante…
Ha regresado…
La estrella de la noche…
Ha regresado…
De día…
Ha regresado…
Venciendo a su gemelo la luz…
Ha regresado…
Héroe de la noche, víctima del día…
Ha regresado…
Honor al temible dios de las tinieblas…
Honor a la sombra que osa mostrarse de día…
Honor al vencedor del sol…
Espejo humeante…

Espejo y humo, espejo de humo, humo de espejo: con dificultad descifré estas palabras y a su significado me aferré, como las voces de los hombres vestidos y embarrados de negro las convertían en letanía. Y cierto es que ninguna conjunción de palabras, mejor que ésta, podía describir el llano de polvo, la cuna de rocas donde ese día amanecí, la pirámide en cuya cima me encontraba, la magnífica blancura del alto volcán a mis espaldas. Espejo el cielo, la nieve y la piedra. Humo la tierra, la música y los cuerpos. Eso entendí, y entenderlo me consoló. El motivo de mi inquietud era otra oposición: las palabras de estos brujos de la pirámide poseían la resonancia del portento; lo que sucedía les maravillaba: mi arribo, el testimonio de mi pie impreso sobre la harina regada desde la noche anterior, eran pruebas de que yo era el que ellos esperaban.

Los brujos hediondos me rodearon, levantando los brazos como alas de cuervo; al acercarse a mí, pude oler y ver la sangre embarrada en sus largas crines, sobre sus rostros, hábitos y manos. Recordé con un temblor al animal en la choza de la anciana, que era pura sombra, negra silueta inseparable de la noche, verdugo del sol, y me dije que el espíritu de la bestia se aposentaba en los cuerpos de estos brujos. Lo que la bestia hacía, ellos temían. Para que la bestia no matase al sol de noche, ellos matarían a la noche bajo el sol. Miré mi planta impresa en la harina: yo era la noche que ellos habían esperado para capturarla. Habían hecho prisionera, en mí, a la oscuridad. Me rodearon; rodearon el montículo de harina regada, y la huella de mi pie impresa en ella; y el cántico de estos magos, Señor, se dirigía a mí y a mí me nombraba:

—Espejo humeante.

Dejaron caer los brazos y detrás de ellos apareció la mujer deseada, mi amante, la señora de las mariposas. Lo digo así, con serenidad, para compensar la turbación que me provocó esa presencia. Para verla de nuevo había afrontado todos los peligros, rechazado todas las tentaciones, superado todos los obstáculos. Y ahora, al verla, miraba a una extraña. Ella no me miraba a mí.

Era ella. Y era otra. Estaba sentada en asiento de piedra, sobre la piel de un tigre. Las mariposas no la coronaban. Tenía la cabeza descubierta y la larga cabellera negra embarrada, también, de sangre. Vestía un hábito de joyas entrelazadas, unidas las unas con las otras por hilos de oro, sin tela que opacara el brillo reunido de ágatas y topacios, amatistas y esmeraldas; y debajo del hábito suntuario las carnes de la mujer resplandecían suaves, fluyentes, desnudas. Al pie de su trono yacían túmulos de flores amarillas y pululaban serpientes y milpiés, criaturas de las cavernas y de la seca oscuridad. A su lado, una escoba y largos ramos de hierbas olorosas. A los pies de esta terrible señora, descansaba la araña: por ella la reconocí, y porque los labios de mi amada eran labios pintados. Y entre las piernas abiertas de la mujer se proyectaba la cabeza de una roja serpiente, como si la semilla de mi amor en la selva la hubiese gestado.

La miré, suplicando:

—Señora, ¿no me reconoces?

Los ojos crueles de la mujer no me devolvieron la mirada. Dos de los brujos que me rodeaban apresaron mis brazos y los demás levantaron en alto las dagas y se acercaron a la escalinata por donde subían, cantando con suaves llantos, seis mujeres conducidas por jóvenes guerreros. Señor: no habréis visto guerreros de prestancia y lujo semejantes a los de éstos, que en todos sus movimientos, y en la opulencia de su atuendo, revelaban un diseño de cría y destino que los asemejaba al más fino corcel o al más fiero alano. Altos penachos de pluma; orejeras de cobre labradas a manera de perrillos; bezotes hechos de conchas de hostias de la mar; collares de cuero; plumajes atados a las espaldas y, atadas a los pies, pezuñas de ciervo. Sus rostros eran cubiertos por máscaras de tigre, águila y caimán, y las mujeres tenían las bocas pintadas de negro, y exhalaban un denso perfume, y sus trajes no eran sino plumas de colibrí pegadas al cuerpo, dejando exhibido el sexo y con muchos brazaletes y collares en muñecas, cuello y tobillos. Se apoyaban, lamentándose, en los brazos de los guerreros, y algunas acariciaban los pechos de los hombres, y otras les miraban con la mirada melancólica y la sonrisa resignada y el recuerdo entristecido y todas lloraban con el llanto pequeño y ofendido. Entonces uno de los guerreros se acercó al asiento de piedra de la señora de los labios tatuados. Y esto dijo:

Tú que limpias los pecados y devoras la inmundicia para purificar al mundo, manchándote a ti misma, limpia los nuestros, toma a nuestras rameras que fueron tomadas de entre humildes familias de los pueblos vencidos para satisfacer nuestro deseo impuro, arrancarlo de nuestros pechos y permitirnos luchar sin inquietudes y sin más deseo que el de servir a los dioses y a su encarnación en la tierra, nuestro señor de la gran voz. En los indecentes cuerpos de estas mujeres hemos vaciado nuestra débil impureza de hombres para llegar fuertes y puros al campo de la guerra. Tómalas. Han cumplido su tiempo en la tierra. Han servido. Ya no sirven. Renunciamos a la carne para dedicarnos a la guerra. Tómalas. A ti te las ofrecemos, señora que devoras las inmundicias, en este día del espejo humeante.

No bien terminó de hablar el guerrero que la música se esparció por el llano con la antigua intensidad del polvo, y con regocijo y placer los músicos comenzaron a pegar con las manos sobre los huecos atabales, y a tañer sus palillos sobre el cuero de los tambores, y silbaban muy recio cuando tocaban los atabales muy bajo, y los bailadores con ricas mantas coloradas, verdes y amarillas, que en las manos traían ramilletes de rosas y ventalles de pluma y oro, y con los rostros cubiertos con papahigos de pluma, hechas como cabezas de animales fieros, se unieron en corros trabados de las manos, y los brujos en la cima de la pirámide, a un signo de los dedos de largas uñas negras de mi amante, clavaron sus dagas de pedernal en los pechos de las prostitutas, y las abrieron de teta a teta, y luego hasta el cuello, y con sus manos embarradas les arrancaron los corazones, y terminaron por cortarles las cabezas y amontonaron los cuerpos mutilados al lado de los canalizos de la pirámide por donde la sangre de las hembras se fue a regar el llano de polvo amansado donde la danza se avivó, y de entre los danzantes sobresalieron unos truhanes, haciendo del borracho, loco o vieja, que hicieron reír a quienes los miraban: las mujeres y los niños. Arrojaron los brujos por las escalinatas las cabezas de las seis putas de los guerreros, que presto fueron recibidas abajo por unos viejos que las espetaron por las sienes a unos varales que estaban echados como en lancera.

Los negros brujos colocaron los corazones humeantes de las mujeres en una cazuela de madera a los pies de la señora que fue mi amante. Caí de rodillas, Señor, con mis brazos apresados por los dos brujos compañeros de los asesinos que se untaban la sangre de las rameras en hábitos, rostros y crines, y pensé en mi perdido pueblo junto al río, en su simplicidad y falta de avaricia, en su vida ordinaria y en su extraordinario destino: pueblo sacrificado por su propia mano, y en honor mío; pueblo reunido junto al templo de la selva para ser traído a este alto valle de polvo y sangre y, aquí, sus mujeres dadas como putas a los guerreros del llamado señor de la gran voz, y luego ofrecidas en sacrificio el día del espejo y del humo. ¿Qué mundo era éste, donde la belleza de las cosas, la fraternal comunidad de las posesiones, el apego a la vida, convivían con estas ceremonias del crimen? Recordé en ese instante a la espantosa aparición del bosque: mi doble. Como él coexistía conmigo, así coexistían en el nuevo mundo, relacionadas con razones que yo no alcanzaba a comprender bien, el culto de la vida y el culto de la muerte. Dios blanco era yo, me dijeron el anciano memorioso y la princesa de las mariposas; principio de vida, educador, premonitoria voz del amor, el bien y la paz. Dios negro era mi enemigo hermano, principio de muerte, tiniebla y sacrificio. Creía haber vencido a mi fantasma gemelo negándole con mi deseo. Mas mi deseo era una mujer, y la veía aquí, ahora, presidiendo los fastos de la muerte.

Los guerreros se hincaron ante la mujer y se quitaron las máscaras de animal: tenían los cabellos cortados hacia las sienes, rapados a navaja en la frente, y las sienes pintadas de amarillo. Se pasaron gruesas espinas por los lóbulos de las orejas y luego hablaron, uno tras otro, al oído de la princesa devoradora, como hablan los penitentes, Señor, de hinojos y en voz baja. Y sólo al terminar cada confesión levantaban la voz la mujer y el guerrero, y ella preguntaba:

¿Quién te inspiró el mal?

Y él contestaba:

Tú...

¿En quién pensaste cuando te diste a la lujuria?

En ti...

¿Dónde están la lujuria y el mal?

En la serpiente que asoma entre tus muslos abiertos...

¿Quién te limpiará de tus pecados?

Tú, que devoras la inmundicia manchándote para purificarnos...

¿Quién me otorga estos poderes?

El espejo humeante...

¿Cuántas veces puedes confesarte ante mí?

Una sola vez en mi vida...

¿Cuándo?

Cuando me dispongo a morir...

¿Eres viejo?

Soy joven...

¿Por qué vas a morir?

Porque voy a la guerra...

¿Contra quiénes lucharás?

Contra los pueblos que aún no se someten a nosotros...

¿Prefieres la muerte en la guerra a la muerte en la vejez y la enfermedad?

La prefiero. Enfermos y viejos mueren los esclavos. Yo iré directamente al paraíso de suaves lloviznas sin pasar por el helado infierno subterráneo.

Si sobrevives, ¿sabes que nunca más podré confesarte y limpiarte?

Lo sé. Tú sólo escuchas una vez a cada hombre. Por eso prefiero morir en combate. No sobreviviré.

La señora tomó las hiervas olorosas y limpió los cuerpos de los guerreros, pasándolas suavemente sobre hombros y pechos y piernas, mientras los brujos abrían canastas y jaulas y de ellas sacaban pajarillos de colores, y los ahorcaban y colocaban los cuerpecillos emplumados a los pies de la mujer, y los guerreros volvieron a ponerse los cascos de animal y descendieron por las gradas al llano, donde los danzantes, las mujeres y los niños se habían apartado para dar paso a una procesión que era guiada por dos sátrapas bailarines con rodajas de papel en la frente. Bajo el sol relucían sus caras pintadas de negro y enmeladas, y guiaban a un grupo de hombres con los cuerpos teñidos de blanco. Los guerreros que acababan de confesarse con mi amante salieron al encuentro de esta procesión, mientras los sátrapas hacían subir a los cautivos —sólo en ese instante supe que lo eran— sobre unas piedras redondas, a manera de muelas, y les ofrecieron cazuelas para beber, y cada cautivo alzó la suya contra el oriente y contra el septentrión y contra el occidente y contra el mediodía, como ofreciéndola hacia las cuatro partes del mundo, y cantando cada uno, con voces plañideras, esta misma canción:

En vano he nacido,
En vano he llegado aquí a la tierra.
Sufro, pero al menos he venido,
He nacido en la tierra.

Y estando los cautivos sobre las piedras, los sátrapas tomaron sogas, las cuales salían por los ojos de las muelas, y les ataron las cintas a ellas. En seguida les dieron a cada uno espada de palo con plumas pegadas por el corte, y cuatro garrotes de pino y luego se adelantaron cuatro guerreros, también con espadas de palo, pero éstas con navajas en el corte, los dos vestidos como tigres y los otros dos como águilas y levantaron las rodelas y las espadas hacia el sol y así empezaron a pelear un guerrero contra un cautivo. Mas había cautivos que luego se amortecieron y echáronse sobre el suelo, sin tomar arma alguna, como si desearan que luego les matasen; y éstos fueron despreciados por los guerreros. Y otros, viéndose sobre la piedra atados, perdieron el ánimo, y como desmayados tomaron las armas, mas luego se dejaron vencer. Pero otros fueron valientes, y los guerreros no les podían rendir, y pedían socorro a sus compañeros, hasta que entre los cuatro rendían un cautivo, le quitaban las armas y daban con él en tierra, sometiéndole a navajazos.

Estallaron de nuevo la música y la danza; los cautivos sangrantes fueron liberados de la soga y la muela y arrastrados por los guerreros hacia la pirámide; llevábanlos por los cabellos, y así los arrastraron hasta la cúspide, mientras el llano era escenario de una suntuosa danza bailada por hombres coronados con mitras de muchos plumajes verdes que salían de ella, como penachos altos, que del aire resplandecían de verde.

Llegaron los guerreros con los cautivos a la cima, y luego fueron tomados los prisioneros por los papas, y atáronles las manos atrás, y también los pies, y muchos ya venían desmayados y así fueron arrojados al gran fuego y al montón de brasas que ardían en lo alto de la plataforma; y cada uno a donde caía allí se hacía un grande hoyo en el fuego, porque todo era brasa y rescoldo, y allí en el fuego el cautivo comenzaba a dar vuelcos y a hacer bascas; comenzaba a rechinar el cuerpo como cuando asan algún animal y levantábanse vejigas por todas partes del cuerpo. Y estando en esta agonía, los brujos sacábanle del fuego con unos garapatos, arrastrado, al tajón, le abrían el pecho de tetilla a tetilla, arrojaban el corazón al pie de la señora, cortaban la cabeza del cautivo y arrojaban cabeza y cuerpo así separados gradas abajo, donde unos viejos recibían los cuerpos y pronto se alejaban con los cadáveres arrastrados, y las cabezas iban a ensartarse por las sienes a los varales.

Uno de los guerreros se adelantó al filo de la plataforma y cesaron voces, músicas y bailes para oírle:

—Allí andan escondidos, entre las mujeres y los niños y los danzantes, muchos señores y muchos escuchas de los pueblos con los que tenemos guerra, que secretamente quieren observar nuestras ceremonias de este día. Regresen a sus tierras y digan allí lo que les sucede a los cautivos por nosotros tomados. ¡Teman al poder de México!

Por primera vez, Señor, escuché a un hombre de esta árida meseta dar el nombre de su nación, que por tal lo tomé así aliado al juicio de poder, aunque también podía ser el nombre del máximo señor, el de la gran voz, o el del dios supremo al cual todos los demás honor debían. Mi difícil conocimiento de esta suave lengua me obligaba a descomponer cada palabra en las raíces que penosamente iba aprendiendo, y si éste era el nombre de la tierra, del amo o del dios, ese nombre significaba a la vez varias cosas: ombligo, y muerte, y luna; y ombligo, díjeme, es vida, y muerte muerte, y luna doble cara, creciente y menguante, de la vida y de la muerte. No tuve tiempo de pensar demasiado: en medio del silencio, el guerrero que habló se dirigió a los inmundos papas que aquí oficiaban, hincose ante ellos, sus compañeros le imitaron, y entre todos lavaron los pies de los sacerdotes, manchados de sangre y pez derretida y cenizas frías. Lentamente transcurrió este lavatorio, y en la humillación de los guerreros ante los papas leí otro signo del orden de esta tierra del ombligo de la luna: los temibles guerreros con cabezas de águila y tigre pleitesía debían a los oficiantes de la muerte y así, sometidos daban a un poder más alto que el de las armas. ¿A quiénes obedecían, a su vez, estos negros papas; qué poder era superior al de esta trunca pirámide de la muerte? Insensiblemente, miré hacia el volcán cuya forma el templo reproducía, igual que se asemejaban las cimas, helada y ardiente, nieve y piedra, ceniza y fuego, sangre y humo; y recordando mi ascenso desde la costa al volcán, díjeme que esta tierra entera poseía la forma de un templo, pútrido y vegetal en su basamento, humeante y pétreo en su cima, y que por las gradas de esa gigantesca pirámide yo había ascendido, y que la nación que adoraba al sol y se nombraba luna era como una serie de pirámides, una incluida dentro de la otra, la menor rodeada por la mayor, pirámide dentro de la pirámide, hasta hacer de la tierra entera un templo dedicado al frágil mantenimiento de una vida alimentada por las artes de la muerte.

Oh, Señor que me escuchas, tanto horror como a mí al presenciarlos deben producirte estos sangrientos ritos que he relatado; mas yo quisiera que os pusierais en mi lugar aquel lejano día del espejo humeante y, a pesar del horror, compartierais mi hondo deseo de comprender lo que veía, y de darle al anhelo de comprensión poderes más vastos que al instinto de condenación. Desarmado, yo mismo cautivo y mirando la suerte de otros cautivos, rechacé la tentación de condenar lo que ignoraba. Escasa era mi inteligencia de cuanto sucedía. Y acaso, me dije, debo esperar el término de mi peregrinación, el quinto día de mi memoria y de mis preguntas y mis respuestas prometidas, para entender esta tierra. La ceremonia de la larga jornada ritual aún no terminaba, y yo seguía sin comprender mi sitio dentro de ella.

Los dos papas que apresaron mis brazos me habían soltado para unirse al largo lavatorio; largo y difícil, pues los guerreros, con humildes trabajos, no lograban arrancar la pez derretida de los pies de los brujos. Decidí probar mi suerte. Me levanté y me adelanté hacia la señora que presidía estas fiestas. Los brujos levantaban las caras y entonaban roncas plegarias; los guerreros, hincados, mantenían las cabezas bajas. Me acerqué con cautela a la mujer. Ella, por fin, me miró. Me convocó con su mirada. Cuanto en ella había sido deleite, ahora era terror. Algo había en su nueva presencia que me impedía, no sólo tocarla, sino siquiera mantenerme de pie ante ella. Como los guerreros ante los brujos, caí de rodillas, con la cabeza baja, sin atreverme a tocar ese cuerpo que con tanto placer hice mío en la selva. Tenía, sin embargo, que inquirirla con mis ojos: miré, por primera vez de cerca en este día, el rostro de mi amada. De lejos, y a primera vista, era el se siempre, el que yo conocí. Mas de cerca, Señor, noté los minúsculos cambios en esa cara inolvidable, las imperceptibles huellas dejadas en esa piel por el paso del tiempo: las leves arrugas en torno a los ojos, la súbita pesantez de los párpados, la visible dureza de los labios, el ligerísimo vencimiento de las carnes en el cuello y debajo de los pómulos siempre duros y altos.

El paso del tiempo: ¿de cuál tiempo, Señor? Hacía tres noches apenas que yo había amado a una doncella más joven que yo; miraba
ahora a una mujer un poco más vieja que yo, una hembra madura,
siempre bella, siempre deseable, pero de cuyas facciones ha huido la
primavera y se insinúa, en cambio, el otoño. Pensé: es otra. Sólo podía comprobar si era ella o era otra echando mano de mi única arma
legítima: mi pregunta de ese día.

Impulsado por la inquietud del descubrimiento y la duda, sin
reflexionar, dije:

—Señora, ¿no me conoces?

Ella me miró con esa helada distancia de sus ojos:

—¿Ésa es la pregunta que hoy me haces?

Negué, dándome cuenta de mi error, con la cabeza, y sin atreverme a tocar sus manos, cual era mi deseo: la pregunta con la que
contestó a la mía era la prueba de que ésta era mi amada, la princesa
de las mariposas, conocedora de nuestro pacto:

—No, señora, no la es...

—Tienes derecho a preguntar...

—Son tantos los misterios que me rodean...

—Sólo puedes hacer una pregunta cada día...

Lo sé; he cumplido nuestro pacto durante el tiempo que he
vivido alejado de ti...

La mujer miró con tristeza hacia el llano donde la actividad
se reanudaba, la gente comía, las mujeres vaciaban los licores de la
tierra en las cazuelas de barro y preparaban el pan de la tierra en las
retortas de piedra, y los viejos regían las danzas con bastones rollizos en las manos, adornados con flores de papel llenas de incienso.
Humo de las flores, humo de los braseros: de lejos los observé junto
a mi señora, y rechacé todas las tentaciones de conocer el misterio
inmediato; debía respetar la lógica de mis preguntas, escalonarlas
como las gradas de la pirámide y de la tierra misma; mi más profunda razón me decía que no debía saltarme una sola cuenta de este
rosario de causas y efectos, o el contal se desgranaría, se iría rodando
gradas abajo como las cabezas de putas y cautivos, y yo mismo sería
prisionero de los enigmas de hoy, sin haber resuelto los de ayer, y
nada entendería en adelante.

—Señora, dije al cabo, ¿por qué se sacrificaron por mí los habitantes del pueblo de la selva?

La mujer me miró con algo de desdén y demasiada compasión.

—¿Eso quieres saber hoy?

—Sí.

Miró lejanamente a los humos mezclados del llano, braseros e inciensos, humos del hambre humana y del hambre divina de esta tierra.

—Porque tú eres razón de vida y nosotros razón de muerte. Porque creyeron que sacrificándose a ti no serían sacrificados por nosotros. Prefirieron morir por ti a que nosotros los matáramos.

Turbáronme estas palabras y mis ojos se nublaron de sangre, rabia y tristeza; recordé una vez más al manso pueblo de la selva y maldije por un instante el orden de este nuevo mundo, que hacíame causa de la muerte de los inocentes. Mas el temor se impuso de inmediato a mi triste e impotente cólera. Señor: temí que ahora esas razones dichas por los labios pintados de mi fugitiva amante se invirtiesen, y que en esta ceremonia de hoy yo muriese sacrificado por ellos. Esto exigía el equilibrio de las cosas en la tierra de la luna muerta.

Terminó la ceremonia del lavatorio y todos, papas y guerreros, me vieron hincado a los pies de la señora. Un nuevo rumor ascendía por las gradas, un intenso aroma lo acompañaba, y presto aparecieron en la cima unos danzantes aderezados con cabelleras largas y con plumajes de plumas ricas en la corona, y que eran guiados por otro danzante aderezado como murciélago, con sus alas y con todo lo demás para parecerlo; y estos danzantes silbaban metiéndose el dedo en la boca, y cada uno traía dos talegas al hombro; y una de estas talegas era de incienso que ellos comenzaron a regar sobre las brasas por las cuatro partes de la plataforma, como si fueran la cuatro partes del mundo, y las otras talegas ofrecieron a los sacerdotes que con ellas se acercaron a mí, me ordenaron ponerme de pie.

Yo miré con terror al tajón y los cuchillos y adiviné mi suerte en la de una ramera sacrificada al agotar el placer del guerrero o en la de un cautivo asesinado para servir de ejemplo a los pueblos insumisos.

De las talegas comenzaron a sacar los papas negros objetos y ropajes y pinturas, y a entintarme el cuerpo y la cara, y a emplumarme la cabeza con plumas blancas, y a colgar guirnaldas de flores alrededor de mi cuello, y largos sartales de flores al hombro, y zarcillos de oro en las orejas, y sartales de piedras preciosas sobre el pecho. Y cubriéronme con una manta rica, hecha a manera de red, y mis partes bajas con una pieza de lienzo muy labrada, y me calzaron con cotaras muy pintadas y mis tobillos uncieron con cascabeles de oro, y mis muñecas con sartales de piedras preciosas que me cubrían hasta el codo, y encima de los codos, ajorcas de oro, y otra vez sobre el pecho un joyel de piedra blanca y sobre las espaldas un ornamento como bolsa, de lienzo blanco, con borlas y flecadura.

Y cuando así aparecí transformado, y con un helado sudor me pregunté si de esta manera me preparaban para el máximo sacrificio de esta jornada, los papas de mí se apartaron, como maravillados, y uno de ellos exclamó:

—Éste es, en verdad, el señor de la noche, el caprichoso y cruel espejo humeante, que perdió un pie el día de la creación, cuando él arrancó a nuestra madre la tierra de las aguas y la tierra madre nuestra señora le arrancó el pie con sus articulaciones; éste es el otro, la sombra, el que siempre mira sobre nuestros hombros y nos acompaña a todas partes, el que arrancó a la tierra de las aguas de la creación, y agotado y mutilado, no tuvo ya tiempo de darle la luz a la tierra y en la luz ve al enemigo que se burla de su esfuerzo y sacrificio: de las aguas y en las sombras nació la tierra, y sólo porque primero hubo tierra y hubo sombra, luego pudieron existir la luz y los hombres y así el espejo humeante reclama la muerte de los hombres para recordarles que de la tierra y la sombra emergieron, y así castigar su orgullo. Éste es, en verdad, el señor de la noche que con un solo pie marca la harina del templo en éste su día.

Al escuchar estas razones, busqué con la mirada febril la dura y fría de mi señora, pues por ella sabía que otra era mi identidad, y al trabajo, la paz y la vida creíala destinada; mas las palabras de este papa a identidad opuesta me condenaban y repentinamente comprendía que las horribles muertes que aquí presencié eran en mi honor, como lo había sido el sacrificio de los pobladores de la selva, y que esta vez yo no moriría, puesto que otros morían por mí y en mi nombre: el espejo humeante. Aquí, de tiniebla y crimen, y en la selva, de luz y paz, era mi nombre.

Cuán ignorante, Señor, era y soy de las llaves que abren las puertas del entendimiento en ese mundo tan ajeno al nuestro, pues si entre nosotros la cifra de la unidad prevalece y cuanto es, a ser uno aspira, aquí cuanto único parecía, pronto mostraba la duplicidad de su natura: todo, aquí, era dos, dos el pueblo de la selva que primero mató a Pedro y luego se mató por mí, dos el viejo memorioso: anciano en mi espejo y joven en su recuerdo, dos la señora de las mariposas, amante en la selva y tirana en la pirámide, devoradora de inmundicias y purificadora del mundo, dos era el sol: beneficio y terror; dos era la oscuridad: verdugo del sol, promesa del alba; dos era la vida: la vida y su muerte; y dos la muerte: la muerte y su vida.

Y dos era yo: éste que os habla y un oscuro doble encontrado una noche en el bosque. Yo era mi sombra. Mi sombra era mi enemiga. Yo debería cumplir tanto mi destino como el de mi oscuro doble. Poco imaginaba, aun entonces, la espantosa carga que éste mi doble destino echaba sobre mis débiles hombros. Apenas vislumbré su horror en las palabras de mi amante, la cruel señora de este día, cuando terminó de hablar el brujo y dijo que todos los años, en este día escogemos a un joven. Durante un año, le criamos y le cuidamos, y todos los que le ven le tienen gran reverencia y le hacen gran acatamiento. Durante un año entero, anda por esta tierra tañendo su flauta, con sus flores y su caña de humo, libre de noche y de día para andar por toda la tierra, y siempre acompañado de ocho servidores que calman su sed y su hambre. Este joven será casado con una doncella que le colmará de placeres durante el año, pues será la más bella y joven y criada con más regalo de esta tierra. Y dentro de un año, habiendo vivido como un príncipe en la tierra, el joven volverá en este día a este mismo templo, y echado sobre la piedra, y tomado por las manos y los pies, y el cuchillo de piedra entrará por sus pechos con un gran golpe, y por la cortadura le arrancaremos el corazón y lo ofreceremos al sol. Tal es, entre todos, el destino más honroso y más regalado que ofrece nuestra tierra, pues el joven escogido gozará más que nadie, primero de la vida y luego de la muerte. Y el pueblo sabrá que los que tienen riqueza y deleite en la vida, al cabo de ella han de venir en pobreza y dolor.

La señora calló un instante, mirándome con los ojos brillantes y la mueca sonriente de sus labios tatuados. Y al cabo dijo:

—Te hemos escogido, extranjero, como imagen del espejo humeante. Tuyo será el destino que has escuchado.

Cerré los ojos, Señor, en un vano intento de conjurar estas palabras, y en la verde estrella de mi mente brillaba la gratitud por el aplazamiento más que la seguridad de la muerte anunciada. Hoy no moriría. Pero dentro de un año regresaría a morir en este mismo lugar. Entre la razón de la supervivencia y la razón de la fatalidad, que juntas sumaban el destino que me anunciaba la cruel señora mi amante, insinuose la razón única de mi otro destino, anunciado una noche en la selva por la misma mujer.

—Señora, contesté, te recuerdo que otro destino me prometiste una noche: salvar cinco días a mi muerte.

—Los has salvado.

—Me prometiste que volveríamos a encontrarnos al pie del volcán.

—Nos hemos encontrado.

—Me prometiste que al encontrarte de nuevo, multiplicarías mi placer de aquella noche.

—He cumplido mi promesa. Te ofrezco un placer superior a todos: la seguridad de un año feliz y de una muerte exacta. Pues infeliz es la vida de los hombres que entre tantos años de desventura, logran salvar, aquí y allá, sólo breves horas de felicidad; y espantoso es vivir sin saber ni cuándo ni cómo vendrá la muerte, que segura es, mas no anuncia su llegada, y así hunde a los hombres en la zozobra y el temor.

—Me prometiste que durante el último día salvado a mi destino ya no tendría que preguntar, porque sabría.

—Éste es el último día, y ya sabes: te aguardan un año de felicidad y una muerte puntual.

—Señora, es que yo sólo he vivido dos días desde que os vi por última vez...

La mujer, Señor, me miró con espantable intensidad, y por primera vez en este día, se incorporó temblando, arañando con sus largas uñas la piel de tigre que cubría su trono, por primera vez incrédula, por primera vez vencida, Señor, impotente, por primera vez dudando de sí misma y de sus poderes. Y en su rostro se acentuaron, en ese mismo momento, las huellas del tiempo, como si los años se le hubiesen venido encima, desde el aire, como las auras pestilentes de esta tierra que, como mi señora, se alimentaban de las podredumbres del mundo.

Temí que cayese, tal era su inseguridad y la fuerza del temblor de su cuerpo. Incorporada a medias, agarrada a la piedra del trono, con la voz perdida apagada, al fin pudo decir, con palabras espumosas:

—Dos días solamente...

—Sí, respondile, dos días y dos noches he vivido alejado de ti...

—Dos días y dos noches...

—Sí...

—¿Sólo eso recuerdas?

—Sí...

Aulló con fuego en la garganta: —¿Nada más recuerdas, pobrecito infeliz de ti, nada más?

—Nada, señora, nada…

—¿De entre todos los obstáculos que puse en tu camino, de entre todas las pruebas a que te sometí, sólo cuatro, dos de la noche y dos de la mañana, te obligaron a preguntar y a salvar tus días: sólo dos jornadas merecieron tu vida?

—Sí, sí, sí…

Si antes me miró con desdén y compasión, ahora sólo la piedad iluminaba sus ojos atreguados:

—Pobrecito de ti; pobrecito de ti… Más te hubiera valido gastar tus cinco días y llegar hoy, aquí, a mí, y aquí, conmigo, culminar tu destino en nuestra tierra…

—El destino que me has ofrecido es la muerte.

—Sí, después de un año de felicidad. ¿Prefieres la muerte dentro de dos días, y sin felicidad alguna?

Por toda respuesta le dije:

—Sí. Me quedan esta noche y dos días enteros.

—¿Qué harás con ellos, pobrecito desgraciado?

—Escojo terminar este día, y recibir de la noche la respuesta a mi siguiente pregunta.

—¿A dónde irás?, dijo la señora nuevamente impasible.

Miré a mi alrededor. Si descendía las gradas del templo del lado de la gran explanada del valle, sólo me uniría al destino prometido por la mujer; me mezclaría en seguida con este pueblo de la meseta, que me adoraría, me honraría, me daría de beber y de comer y me entregaría a su más hermosa doncella, tal como lo anunció la señora, y pasado un año me mataría en la pirámide. Así, por ese rumbo perdería los desafíos y las respuestas de mi otro destino. En cambio, si descendía las gradas por el costado que miraba al volcán, si al volcán mismo ascendía, si en su cenicienta boca me internaba, los peligros que allí me aguardaban me ofrecerían la seguridad del azar. Y en ese instante, Señor, para mí, azar significaba libertad, salud y vida, pues el otro camino, ya lo sabía, fatal era, y su desenlace conocía, y saber la exacta fecha de mi muerte no era, como dijo la señora, un alivio, sino una insoportable carga que a la esclavitud del alma me condenaba. Si a pesar de todo, al cabo de un año regresaba a este templo, no sería, me dije, sin antes exponerme a todos los albures de los dos días de mi destino que aún me restaban.

—Al volcán, señora…

Primero chirriaron espantados los papas, y roncamente gritaron, agitando sus rodelas, los guerreros; y aleteó el murciélago, y el incienso derramaron los danzantes, y con esa mirada de hielo, a la del volcán semejante, me contestó la señora:

—Necio. Ése es el camino del infierno. En un día allí puedes perder lo que yo te aseguro durante un año entero: tu vida. Si vas al volcán, sólo apresurarás tu destino: tu muerte.

—Lo encontraré por mí mismo, señora.

—Necio. No hay destino solitario. Tu muerte será un destino común, y a nosotros regresarás por vía de la muerte.

La miré con tristeza, sabedor de que jamás la volvería a ver, de que esta vez no me guiaría hacia ella el hilo de la araña: ahora yo viajaría solo, en busca de mi salud propia, y ya no, como antes lo hice, en busca de los redoblados placeres que esta mujer me prometió una noche. Cómo iba a saber, entonces, que el placer anunciado era vivir un año como príncipe para morir un día como esclavo y así, honrar al dios de la sombra. Miré con tristeza a la mujer que al ofrecerme esto, creía ofrecerme una recompensa superior al nuevo encuentro de nuestros cuerpos.

—Adiós, señora.

Con los lujosos ropajes con que aquí me vistieron, pero con mis rasgadas ropas de marinero pegadas a mi piel temblorosa, di la espalda a esta compañía, descendí lentamente las gradas, mirando hacia mi nueva meta, el volcán que en el atardecer se distanciaba y esfumaba y tornaba del color del aire, como si me rechazara ya, como si me advirtiera:

"Mira, me alejo de ti, envuelto en el aire transparente del atardecer. Haz tú lo mismo. Toma otro rumbo. Conviértete en aire, para que yo no te convierta en hielo."

A medio camino, y antes de que el incendio del crepúsculo la ocultase de mi mirada, me detuve y giré sobre mí mismo para ver por última vez hacia la pirámide. Una roja corona solar descendía sobre la sangrienta cima humeante. El templo era una bestia parda, agazapada a la hora del ocaso. Sus fauces de piedra labrada devoraban la sangre y el polvo del llano.

Di la espalda a la pirámide y caminé hacia el volcán.

Noche del volcán

Largo fue mi camino por el llano cubierto de biznagas, y agradecí las cotaras que salvaron a mis pies del constante contacto con los alfileres del desierto. Pregunteme, mirando esta desolación que me rodeaba en la ruta hacia el volcán, si el pueblo de la árida meseta sólo se alimentaba de los frutos de la selva y de la costa, y si la razón por la cual eran sometidos y sacrificados los pobladores de las bajas comarcas era sólo el hambre y la necesidad de los pobladores de las altas comarcas. Algo que no alcanzaba a precisar me decía que no era así, que había algo más, y que debía llegar al sitio donde vivía el gran señor de este mundo, el que repetidamente era llamado señor de la gran voz, para saber la verdad del orden que mi presencia extraña violaba a cada paso, y confundía con la novedad de mi presencia.

Mientras caminaba hacia el volcán y la noche descendía con rapidez sobre mí y el mundo, me fui repitiendo esta certidumbre, una de las pocas que me consolaban en medio de tantas interrogantes:

Soy un intruso aquí. Soy un intruso en un mundo desacostumbrado a la intrusión. Un mundo separado del mundo: ¿desde cuándo viven en soledad, sin contacto con otros pueblos, estos que he conocido en la costa y la meseta? Por qué no: desde el principio del tiempo. Mundo separado por el miedo; pero seguro de sus razones para sobrevivir rodeado de los portentos del desastre. Qué frágil equilibrio: la muerte a cambio de la posesión, la vida a cambio de unas tijeras, las tijeras a cambio del oro, el oro a cambio del pan, el pan a cambio de la vida, la vida a cambio de la desaparición del sol... Precario de verdad, pues basta, para romperlo, la intrusión de un ser imprevisto, un mero individuo como yo.

Pues ahora os digo, Señor, que los hombres del nuevo mundo sólo prevén y aceptan el cambio catastrófico, que en verdad no es cambio, sino fin de cuanto existe, y la catástrofe sólo puede ser obra de dioses o natura, mas no de un simple hombre. Y por esto, me dije aquella noche, a dios o a natura me asimilan para comprenderme.

Busqué, en este crepúsculo, a mi guía: Venus, luz gemela de la tiniebla y tiniebla gemela de la luz. Venus, doble de sí misma. Al nuevo mundo partí, en la barca del viejo Pedro guiado por la estrella matutina. Temí, Señor, que partido al alba, al alba encontrase el puerto final de mi destino en estas tierras, cerrándose así un perfecto, implacable círculo: hijo de la luz, llegado a la hora de la luz, a la luz condenado. Pero mi otro destino, mi otra posibilidad, ya lo había visto, no era menos fatal: llegado de noche, a la tiniebla me identificaba. Si algo había aprendido en esta tierra, era que nada era más temido que la muerte del sol. Nada más temido, pues, que el verdugo del sol: hijo de la tiniebla, llegado a la hora de la tiniebla, a la tiniebla condenado. Sentime prisionero de los perfectos círculos de un doble destino: día y noche, luz y tiniebla. Pero mi alma buscaba la indecisión, el azar, la apertura a la continuidad de la vida, que para mí línea es. Y en este mundo, ¿quién iba a otorgarme la gracia de una noche más de vida, habiendo alcanzado la perfección final de cerrar un círculo: partido a la aurora, llegado de día y así, aparecido como creador del sol; o partido al crepúsculo, llegado de noche y así, aparecido como verdugo del sol? Mundo fatal, mundo nuevo, donde mi incomprensible presencia de hombre sólo era comprendida en razón de fuerzas sobrehumanas: el terror de la noche sería aplastado para siempre entre las dos mitades perfectas de la luz; la bondad del día sería aplastada para siempre entre las dos mitades perfectas de la sombra. No había otra salida final para este mundo nuevo, Señor, y sus pobladores estaban dispuestos a honrar por igual a la luz, si triunfaba, o a la tiniebla, si vencía. ¿Quién iba a otorgarme la gracia de una hora más de vida, la ruptura del milagro, la repetición de la incertidumbre? Así, era yo prisionero de una angustiosa contradicción, la más terrible de todas: debía mi vida a la muerte; debería mi muerte a la vida. El milagro es excepcional. Debe conservarse. Sólo lo conserva la perfección de un instante irrepetible. Esa perfección es la muerte.

Perdido en estas cavilaciones, llegué con las primeras sombras al pie del volcán, y mis pies tocaron fría roca y heladas cenizas; y mis ojos miraron los distanciados fuegos encendidos en las laderas de la montaña, como para compensar la frialdad de lo que un día fue hirviente basca del volcán apagado.

Aquí y allá, distinguí unas mínimas fogatas que se iban encendiendo, y junto a ellas, aquí y allá, unos ancianos, cuyos perfiles de raposa distinguía al leve fulgor, tajaban papeles y los aderezaban y ataban con lentitud, y aquí un anciano tomaba un cuerpo yacente e inmóvil, le encogía las piernas, le vestía con los papeles y le ataba, y allá otro anciano derramaba agua sobre la cabeza de otro cuerpo inmóvil, y cerca y lejos de mí vi que esta ceremonia se repetía, y que esos cuerpos sin vida eran amortajados con mantas y papeles, y reciamente atados, y que alrededor de cada fogata se esparcían flores amarillas de largos tallos verdes, y que cerca de unos hoyos profundos cavados en la ceniza se llegaban jóvenes cargando puertas sobre las espaldas, y colocaban las puertas sobre los hoyos, y grupos de mujeres lloraban encima de las puertas así colocadas, y también las regaban de amarillas flores secas, y entre el llanto de las mujeres se escuchaban voces plañideras, que decían:

Reconoce la puerta de tu casa, y sal por ella a visitarnos, pues mucho lloramos por ti. Sal un rato chiquito, sal un ratito.

A medida que ascendía estas laderas, más fuegos se encendían y más voces gemían y más actividad se notaba. Acepté lo que veía: cada fogata era el lugar de un difunto, su antigua tumba visitada o su fresco sepulcro recién cavado, y los grupos reunidos en torno a cada cadáver, visible o enterrado, se ocupaban de diversos minuciosos ritos: a éste poníanle entre las mortajas un jarrillo lleno de agua, al otro colocábanle entre las manos cerosas un flojo hilo de algodón que en su otro extremo se ataba al pescuezo de un perrillo color bermejo, nervioso y pequeño y con brillantes ojos y afilado hocico; más allá, quemábanse hatos de ropa; más acá, joyas eran arrojadas al fuego y las voces de los viejos canturreaban tristemente, oh hijo, ya has pasado y padecido los trabajos de esta vida; ya ha sido servido nuestro señor de llevarte, porque no tenemos vida permanente en este mundo y brevemente, como quien se calienta al sol, es nuestra vida; y las mujeres les hacían coro, gimiendo, te fuiste al lugar oscurísimo que no tiene luz, ni ventanas; ni habrás más de volver ni salir de allí; no te fatigues mucho por la orfandad y pobreza en que nos dejas; esfuérzate, hijo, no te mate la tristeza; nosotros hemos venido aquí a visitarte y consolarte con estas pocas palabras; y los viejos volvían a canturrear: somos padres viejos, porque ya nuestro señor se llevó a los otros, que eran más viejos y antiguos, los cuales sabían mejor decir palabras consolatorias a los tristes...

Y por encima de estas palabras dichas aquí y allá, cerca y lejos de mí mientras avanzaba hacia el blanco cono del volcán, entre estos duelos a mis trabajos indiferentes, ululaba un lamento alto y ríspido, una llamarada de palabras que parecía proteger, como un manto, toda la ceremonia fúnebre de esta noche:

No es verdad que vivimos, no es verdad que vinimos a durar sobre la tierra…

Agradecí, Señor, la oscuridad y la indiferencia: los vivos sólo tenían, aquí, voz y ojos para los muertos, y mi penoso viaje hacia la cumbre en nada distraía a estos dolientes; ni pensamiento tenían ellos para el paso de mi sombra entre sus penas.

Dejé atrás de mí lamentos y fuegos; unos y otros fuéronse apagando, abandonándome a una noche de misteriosa tibieza, pues cercanas debían estar las eternas nieves del volcán, y sin embargo un cálido sopor se levantaba de la entraña de las cenizas en cuya arenosa negrura me hundía, debiendo levantar con dificultad un pie y luego el otro, y hundido hasta los tobillos en el fuego muerto. Cuán lejanos, Señor, pareciéronme entonces los agitados volcanes de las islas y bahías del Mar Nuestro, que en el agua encuentran espejo de sus tremores y solaz de sus ruinas, mientras que aquí, en la tierra del ombligo de la luna, los volcanes estaban apagados, y su espejo era una desolación refleja a la de la luna misma: negro desierto en la tierra, blanco polvo en el cielo.

Miré a lo alto, en busca de la luna, ansiando su compañía a medida que me adentraba en la oscuridad de esta noche; mas nada brillaba en el cielo; un tapiz de negras nubes ocultaba a mi guía, la estrella del atardecer; temí perder mi rumbo, aunque el ascenso me guiaba. Y entonces, Señor, como si mis palabras poseyesen poderes de convocación, ante mí apareció, detrás de una roca, un hombre con una gran luz sobre la espalda.

Me detuve, dudando de mis sentidos, pues ese hombre luminoso aparecía y desaparecía entre la roca volcánica, sembrando luz y tiniebla a su paso; y cuando al fin avanzó hacia mí, vi que era un viejo, con una gran concha sobre la espalda, y que la luz nacía de esa concha, e iluminaba el blanco rostro del viejo, descarnado y blanco, tan viejo que era una calavera brillando en la noche; y detrás de él escuché gritos y carreras, y pasaron velozmente unos jóvenes guerreros dando caza, en la noche, a un animal que no pude ver, pero contra el cual ellos disparaban luminosas flechas; y estas flechas iban a clavarse en la oscuridad, mas la oscuridad herida por las saetas sangraba y tenía forma, aunque sólo fuese la forma de la tiniebla. Señor: reconocí al terrible animal de la choza de la anciana, el mismo bulto de sombra, herido, aullante, escarbando en la ceniza

volcánica con sus patas chuecas: el animal escarbaba, el viejo con la
concha a cuestas se reía, el animal trataba de enterrar la luz arrojada
por la concha del viejo, pero el viejo corría, se escondía otra vez entre las rocas, y el animal aullaba enloquecido, buscando los rayos de
luz fugitivos, herido por las flechas de fuego de los cazadores nocturnos, y el aire poblose de dardos invisibles que descendían del
cielo, aullando tristemente, maldiciendo, y al mirar hacia esa lluvia
de dardos, vi que poseían rostros, y que a calaveras se semejaban,
no por serlo en verdad, sino porque la triste maldición de sus facciones a cabezas de muerte los asimilaban, y así era posible saber que
estas calaveras eran de mujer: malditas y tristes voces; y el temible
conjunto del viejo con la concha a cuestas, y los guerreros dando
caza de noche al animal de la sombra, y las calaveras de las mujeres
llorando y maldiciendo fue como el anuncio de lo que simultáneamente sucedió en esta negra ladera del volcán.

Tembló la tierra, y abriéronse sus fauces, y yo sólo sentí que
caía por un ceniciento socavón. Quizá, sin saberlo, había llegado a
la más alta cornisa del volcán, a su boca misma, y por ella resbalaba
hacia la apagada entraña: lejos escuché los rumores, la risa del viejo,
los ladridos del animal cazado, los aullidos de las mujeres voladoras;
mi boca llenose de ceniza, mis manos, inútilmente, a la ceniza se
confiaron, y como otra noche vime prisionero del remolino adentro
del mar, ahora sentime capturado por esta vorágine de negra tierra;
y capturado, acompañado, pues en este vertiginoso descenso al centro del volcán, sucedíanse ante mi mirada oscuras formas que parecían convocarme y guiarme hacia la más desconocida de todas las
tierras: vi a un señor cubierto de joyas, y que con ellas jugueteaba
entre sus manos, y cuyos gritos y rumores llenáronme de espanto,
pues era como si aullara el corazón de la montaña; convocome y
hacia él alargué los brazos en esta negra caída mía, mas apenas creí
acercarme a él, se desvaneció, y más lejos apareció otro hombre con
una bandera en la mano, y una vara sobre su espalda en la que estaban clavados dos corazones, y este hombre llevaba la oscuridad en
la cabeza, como si por un precioso instante todo lo demás —yo, él
mismo, el mar de ceniza que nos ahogaba— hubiese quedado bañado en luz, y sólo en esa corona se reuniese toda la oscuridad del
mundo: convocome también, y le seguí sólo para perderle en el acto
y ver en su lugar a un pecoso y fiero tigrillo que a lo lejos devoraba
las estrellas nacidas en esta honda fertilidad del cielo: cielo bocarriba, me dije, espantoso gemelo, en la entraña de la tierra, del cielo

que conocemos y adoramos en el aire; y por ese cielo puesto de cabeza, ahogado en las más profundas cenizas del mundo, volvieron a volar las calaveras aullantes, entristecidas y maldicientes, que ahora traían en las bocas brazos y piernas arrancados a los muertos, soltándolos para gritar:

¿Dónde están las puertas? Agito mi mano frente a la puerta. Todos los de casa quedan dormidos. El profanador puede entrar. ¿Dónde hay una puerta en el infierno? Sólo de entrada. Nunca de salida. Una vez fui humana. Morí en el parto. ¿Dónde está la puerta? El profanador robó mis manos y mis piernas. Lloro sentada sobre las rocas de los caminos. No me temas, viajero. El profanador robó mis miembros. Con ellos dañó a mis hijos, los niños, y esparció la peste y la sarna. No lo creas si te cuentan que éstos son mis brazos y mis piernas.

Y esas piernas y manos azotaron mi rostro y cayeron al enorme vacío que me rodeaba, y las mujeres huyeron por los aires, invisibles, aullando tristemente. Mi cabeza chocó contra la roca, y me desvanecí.

Me despertó una húmeda lengua que lamía mi rostro. Mis ojos encontraron los negros y vivaces de un perrillo bermejo, como esos que vi en las laderas del volcán, y cerca de mí corría un río de heladas aguas, pues grandes pedazos de hielo se amontonaban a sus orillas, y la bóveda que me cubría era de hielo puro, con lágrimas frías que colgaban de lo alto, y blancos espacios perdidos, allende el río.

El perro me guió hasta la orilla y entró a las aguas y yo me coloqué encima de él y el perro nadó cruzando el gélido torrente, guiándome como antes lo hiciera el hilo de la araña. Mas ahora ¿a quién debía el socorro de este animal? La señora de las mariposas me había abandonado y de ella sólo me quedaba el recuerdo de una noche, la tristeza de una promesa incumplida, la advertencia del número y orden de mis días en la tierra ignota, y un largo misterio: ¿cuánto tiempo había transcurrido entre cada uno de los días que yo recordaba?, ¿cuántos días había vivido en el olvido?, ¿qué me había sucedido fuera del recuerdo?, y ¿por qué, entre el recuerdo en el templo de la selva y el encuentro de la pirámide de la meseta, había marcado ese tiempo el rostro de mi amante con las huellas, no de días, sino de años?

Entre estas preguntas, díjeme, debía escoger la que esta noche haría… ¿a quién? A un mudo perro, quizás, o a otras mujeres, muertas en el parto, que volaban cual saetas, puro rostro y llanto puro, en el camino del inframundo.

Y así, nadando sobre el perro colorado, llegué a la otra orilla. La blancura, allí, se acentuó, como si antes lo blanco no fuese blanco, sino simple cualidad del hielo y las congeladas cavernas y el gélido río de este subterráneo del volcán; y esta, ahora, blancura era de la blancura misma: el color puro del alba, extraño a cualquier cosa llamada blanca; la blancura dueña de sí misma, y a todo atributo ajena. Y en la blancura total, Señor, nada era distinguible, y así este albor puro a la más impenetrable oscuridad se asimilaba. Sentíme ahogado en leche, en cal, en aljor.

Un viento insoportable avanzó hacia mí, azotando mis empapadas ropas, doblando las altas plumas de mi penacho, cortando con navajas mi piel teñida y obligándome a avanzar a tientas, cegado por la luz sin contrastes. Viento de dagas: su desgarrante fuerza, al cabo, desnudó ante mi mirada a dos figuras inmóviles, tomadas de las manos, erguidas, pura forma blanca, mas forma de hombre y de mujer, una figura más baja que la otra, una con las piernas de hielo separadas en desplante, la otra con las piernas cubiertas por una nevada falda: pareja de animada albura, y tan idéntica al blanco espacio que la rodeaba, que era imposible saber si de su doble silueta, rasgada por el viento y fijada por el hielo, nacían el aire, el espacio y el color sin color de esta comarca, o si ellos eran el resultado de cuanto les rodeaba. A los pies de la inmóvil pareja distinguí la blancura de un montón de huesos.

Ladró el can, y se erizó su roja pelambre, y dando media vuelta corrió de regreso al río y se arrojó a las blancas aguas, nadando hasta ganar la otra orilla. Quedé indefenso ante la blanca pareja, y oí la cavernosa carcajada del hombre inmóvil como una estatua de hielo, tembloroso como el recio viento de estas profundidades; y dijo:

—Has regresado…

Mordíme la lengua, Señor, para no precipitar una inútil pregunta y recibir una inútil respuesta; no pregunté, ¿por qué me esperan?, no pregunté nada, y no había en mi silenciosa actitud cálculo, sino un agotamiento repentino, como si en mi alma no cupiese ya el asombro, el terror o la duda ante las sucesivas maravillas del nuevo mundo, sino una resignación pasiva y tibia, a la del sueño semejante después de fatigosa jornada. Calmóse el viento que animaba la figura de hielo del hombre que me dirigió la palabra. En cambio, agitóse, hasta hacerla casi visible, en torno a la figura de la mujer que le acompañaba tomada de la mano. Esa frialdad inmóvil luchaba contra aquella agitada ventisca, hasta que la mujer habló con acentos de odio indomable:

Ya viniste una vez. Ya nos robaste los granos rojos, y los diste en regalo a los hombres, y gracias a ellos los hombres pudieron sembrar, cosechar y comer. Aplazaste el triunfo de nuestro reinado. Sin los granos rojos del pan, todos los hombres serían hoy nuestros súbditos; la tierra sería una vasta blancura sin vida y nosotros, mi marido y yo, habríamos salido de esta honda región para reinar sobre el mundo entero. ¿Qué buscas ahora? ¿A qué has regresado? Esta vez no nos puedes engañar. Estamos advertidos de tus tretas. Pero además, ahora nada podrías robarnos: mira esta yerma comarca: ¿podrías robarte el viento de la muerte, los huesos de la muerte, nuestra helada blancura? Hazlo. Sólo regalarás más muerte a los hombres, y así apresurarás nuestro triunfo.

No, murmuré, agradecido de las palabras de esta blanca señora, pues su voz creaba un vaho, cálido a pesar de su humeante blancura de hielo, alrededor de la figura de la mujer, y animaba la mía; no, sólo una pregunta traigo, y una respuesta os pido.

Habla, dijo el blanco señor de estas regiones de la muerte.

Señores, reconozcan en mi atuendo los signos de una identidad que me ha sido impuesta, y que yo, ante ustedes, confieso temer, pues diciendo que a la muerte, la sangre, el sacrificio, la tiniebla y el horror me condenan...

Usas las ropas del espejo humeante, que todo cuanto has dicho representa, dijo el blanco señor.

Y sin embargo, ustedes mismos me han recordado mi otra identidad, la del dador de vida, el educador, el hombre de paz. Lo sé ahora: robé el grano rojo y así los hombres vivieron. ¿Quién soy, señores? Tal es la pregunta a la cual tengo derecho esta noche.

Con las gotas de hielo de sus labios y el espeso vaho de su odio contestó la mujer, antes de que pudiese hacerlo el hombre.

Nada importa quién has sido, sino quién serás. Has llegado hasta aquí sin entender las advertencias que te acompañaron en tu descenso a nuestro reino. Has mirado los rostros de calavera de las mujeres muertas en el parto, profanadoras de tumbas que cursan por los aires, aullando tristemente, maldiciendo, esparciendo terribles enfermedades y dañando a los niños que al nacer causaron sus muertes. Has visto al tigrillo pecoso de las altas rocas, que vigila la salida del sol devorando a las estrellas. Has visto al viejo con la concha sobre la espalda, que es la blancura que brilla de noche, nuestra luz, la luz de la oscuridad. Has escuchado el gemido del corazón de las montañas, que es la voz del sol bajo la tierra, condenado a desaparecer cada noche y a desconocer si aparecerá o no cada mañana, y has visto a su contrincante, el señor que lleva la oscuridad en la cabeza y en su bandera nuestros dos corazones: los corazones que tuvimos mi esposo y yo antes de morir, antes de la creación del mundo, cuando la muerte no era necesaria. Míranos ahora a nosotros, vencidos cada vez que el sol emerge de nuestras cavernas: astro escasamente victorioso, pues apenas llega a su cenit en el cielo, comienza a declinar antes de alcanzar la estatura de la perfección, que sería su permanencia eterna en el mediodía al cual aspira cada vez que nace sólo para perderlo cada vez y, sin remedio, volver a hundirse en nuestros dominios. Ve en cuanto has visto la lucha entre la vida de los hombres, parcial, imperfecta, condenada a nacer sólo para morir, y la vida de los muertos, condenada a morir sólo para renacer. Estábamos a punto de triunfar. Cada vez había más muertos y menos vivos: el hambre, el terremoto, la enfermedad, la tormenta, la inundación eran nuestros aliados. Entonces tú descendiste hasta aquí, robaste las semillas rojas del pan y permitiste a la vida prolongarse. ¿Por cuánto tiempo, ladrón? Pregúntatelo, sí, por cuánto tiempo, si los propios hombres, a fin de mantener la vida, nos ayudan a reconquistar la muerte gracias a la guerra, el exceso de sus apetitos y el terror del sacrificio. Lucha, ama y mata para vivir, ladrón de vida, y siente el helado viento que pulsa detrás de cada uno de tus actos, advirtiéndote que hasta cuando crees afirmar la vida, acrecientas el dominio de la muerte. Mi marido y yo somos pacientes. Todo terminará por enfriarse. Todo vendrá a nosotros. El sol sale para esconderse y volver a salir: la mitad de la vida ya es muerte. Ganaremos la otra mitad, porque la totalidad de nuestra muerte es vida. Somos lentos; somos pacientes; nuestra arma es el desgaste. Y un día, el sol no saldrá más. Saldremos nosotros a reinar sobre una tierra a nosotros idéntica.

Temí, Señor, que la congelada catarata de palabras de esta reina del inframundo terminase por convertirme en hielo, y en monedas de nieve mis palabras; hablé de prisa, saboreando el calor de mi boca, arrojando mis palabras como brasas a los pies de esta pareja inmóvil:

—¿Quién soy? Tengo derecho a una respuesta esta noche…

Hubiese querido distinguir la mirada del señor de la muerte cuando, después de un silencio perverso, como si la pareja esperase que esa pausa bastaría para reunirme a su condición, habló por fin. Y éstas fueron sus palabras:

Eres uno en la memoria. Eres otro en el olvido.

Y la señora añadió:

Serpiente de plumas en lo que recuerdas. Espejo de humo en lo que no recuerdas.

Al escucharles, escondí el rostro entre las manos, y como si ella misma se hubiese aparecido en esta honda región, volví a escuchar claramente las palabras de la señora de las mariposas, dichas en la caliente noche de la selva, sólo tres noches antes de la que hoy vivía en la nación de la muerte:

"Viajarás veinticinco días y veinticinco noches para que volvamos a reunirnos. Veinte son los días de tu destino en esta tierra. Cinco son los días estériles que ahorrarás para salvaros de la muerte. Cuenta bien. No tendrás otra oportunidad en nuestra tierra. Cuenta bien. Sólo durante los cinco días enmascarados podrás hacer una pregunta a la luz y otra a la oscuridad. Durante los veinte días de tu destino de nada te valdrá preguntar, ya que no recordarás nunca lo que suceda en ellos, pues tu destino es el olvido. Y durante el último día que pases en nuestra tierra, no tendrás necesidad de preguntar. Sabrás."

Cerré los ojos y medí velozmente ese tiempo prometido: veinte días había vivido sin guardar memoria de ellos, y sólo tres recordaba, pues sólo tres sentí la necesidad de salvar para salvarme; y así, burlé a la señora de las mariposas, pues llegué a reunirme otra vez con ella en la pirámide con dos días guardados, dos días a mi haber para preguntar, acercarme a la sabiduría final, y recordar lo recordable en medio del olvido que parecía ser mi carga, aquí, Señor, y allá, en las tierras que dejé.

Abrí los ojos y mis sentidos alucinados vieron, superpuesta a la máscara de hielo, sin facciones, de la señora de la muerte, el semblante de mi amada esposa de la selva y cruel tirana del templo; y al mirar esos rostros superpuestos sobre la nada, pero simultáneamente vivos en sus expresiones de amor y odio por la pasión soldadas, juré que me hablaban al mismo tiempo, una la voz del cálido amor en la selva, otra la voz del humeante sacrificio en la pirámide, y ésta me decía que no me engañara más respecto a esa terrible tirana: falsa fue mi antigua promesa, me decía la boca de la mujer del templo, como falsa fue la promesa más reciente: no es cierto, tú no habrías vivido como príncipe un año, bebiendo todos los goces de la tierra, para luego morir sacrificado; no, mis años son como tus minutos, extranjero, y tu año se hubiese cumplido inmediatamente, allí mismo, como culminación de la sangrienta jornada de la pirámide; teme mis palabras: yo te habría hecho creer que la siguiente noche duró un año, y al día siguiente te habría dicho:

He cumplido mi promesa. Has vivido un año entero de felicidad. Ahora debes morir. Éste es tu último día. Como te lo advertí, hoy no necesitas preguntar: sabes.

Mas si esto decía la voz de la diosa del templo, la voz de la mujer de la selva, mi amante, hablaba desde lo hondo de la máscara superpuesta a la cara sin rasgos de la reina de la muerte, y esa voz me decía, tonto, tontito, cuanto te dije en la pirámide era verdad, el año que te ofrecí sería realmente un año completo, nuestro año, y esa mujer que te ofrecí en matrimonio era yo misma, tontuelo, yo misma, otra vez tu amante durante más de trescientos días; tal era mi verdadera promesa, y tú no la supiste aprovechar: un año entero conmigo, y luego la muerte...

Oh, Señor, estos delirantes argumentos cursaron por mi mente como las mujeres muertas volaban por los aires, y al oír estas voces disímiles yo sólo recordé el desconcierto de la cruel señora cuando le dije que me quedaban dos días y dos noches rescatables: su azoro, su cólera, su desconcierto, revelaban que ella misma había sido engañada; que un poder superior a ella me había permitido vivir veinte días completos sin recuerdo, y sólo tres en la memoria. Dos días y dos noches, arrancados a mi destino, me quedaban aquí: éstos los recordaría, éstos los viviría guiado por mi propia voluntad, y el último día, sabría. Mas lo que sabría no lo sabría por intercesión de la mujer de las mariposas, sino gracias a otro poder, a ella superior. Y ya nunca sabría lo que sólo sabría si hubiese escuchado a tiempo la voz de mi amante: un año a su lado, un año entero con ella, un año de amor y luego un día de muerte. Ya estaba en los dominios de la muerte: quizá sólo me quedaban dos días de voluntad propia, pero dos días sin amor alguno, y luego, más rápida esta vez, a la mano esta vez, la misma muerte que mi hermosa señora me hacía la gracia de aplazar durante todo un año.

Saber esto, Señor, era regresar a mi primaria condición de huérfano: antes de conocer la amistad del viejo Pedro, al embarcarme con él un lejano atardecer, luego al perderle en la playa del nuevo mundo, luego al perder al pueblo que me acogió al río, finalmente al perder, apenas hoy, a mi amante y su promesa: huérfano que había perdido toda entrañable compañía, todo sustento en la tibia cercanía de otros, padre, pueblo, amigo, madre y amante: huérfano en los helados surcos de la muerte, blanca y fría, huérfano atenido al socorro de un poder desconocido, el que violó los designios de amor mortal de la princesa de los labios tatuados. Me pregunté si este poder no era más que el de estos soberanos de la muerte, y si en sus helados dominios pasaría los dos últimos días de mi vida, y luego me hundiría para siempre en la blancura sin memoria, calendario o vida. Miré a la pareja, mireme. Y lloré.

Mas he aquí, Señor, que al llorar, mis lágrimas corrieron por mis mejillas y de mi inclinada cabeza cayeron sobre los montones de huesos blancos que yacían a los pies de los monarcas de este infierno helado. Y al caer mis lágrimas sobre los huesos, éstos se incendiaron: levantose al acto una alta llamarada entre los señores del hielo y yo, e incendiáronse los nevados ropajes de esta parea, que gimió y gritó y retrocedió como ante plaga viviente o bestia asesina, mientras el incendio se encrespaba y en rojas ramadas se extendía por este blanco claustro, haciéndole arder como los corposantos de las naves fatídicas que cursan los mares sin equipaje o gobierno.

Obedecí a mi más cierto impulso: recogí esos huesos ardientes y los apreté contra mi pecho; quemáronse las ropas con que los sangrientos brujos me vistieron en la pirámide y a cenizas, en un instante, fueron reducidos penachos y mantos, lienzos y cotaras, talegas y joyeles; mas mirad conmigo, oh Señor, cómo el fuego se detiene al acercarse a mis ropas de marinero, las mías, con las que zarpé de vuestras costas en busca de estas aventuras, embarcado, sí, por la fe del viejo Pedro en la existencia de un mundo allende el océano, pero también por mi triple fe en el riesgo, la supervivencia y la pasión de hombre que ahora, y no como antes, la resignación, unía los azares del peligro y la perduración sobre la tierra: mirad: como de sagrada cobertura aléjanse las llamadas al tocar mi gastado jubón y mis rasgadas calzas.

Corrí lejos del aposento del hielo en llamas, mas toda esta caverna era una conflagración de rojas lenguas y amarillas lanzas, y el propio río de los infiernos corriente de fuego era, y sobre ella corrí, pues a mí el fuego no me tocaba mientras a mi pecho apretaba los huesos robados a los señores de la muerte, y el fuego era sólida tierra, aun donde corría como agua, y los huesos se retorcían en mi abrazo, y revestíanse de sangre, y se reunían en nuevas constelaciones de forma, y al fin los huesos hablaron, y yo los miré incrédulo:

mis brazos cargaban huesos que dejaban de serlo, se cubrían de carne, alcanzaban tamaño y forma humanas: se desprendieron de mi abrazo, se incorporaron, corrieron delante, detrás y al lado mío, me guiaron con sus brazos, me guiaron con sus voces, me dieron gracias, me llamaron dador de vida, gracias, me dijeron, gracias, no mires hacia atrás, busca en el cielo la serpiente de las nubes, mira hacia arriba, mira hacia la boca del volcán, no mires hacia atrás, el fuego ha descubierto la mirada de la muerte, sálvate, sálvanos...

Sentí que poderosos brazos me tomaron y acariciantes manos me tocaron, y que mi velocidad no era mía, sino de la fugitiva turba de huesos transformados en hombres que me portaban en vilo lejos de aquí, hacia la cumbre del cielo que cada vez miré más cerca de mí, buscando la constelación que regía el firmamento: la vía láctea de los marinos perdidos, que aquí llamaban serpiente de las nubes: la amada constelación de la salud, la brújula fiel del peregrino, la carta escrita en la noche... Y el vértigo de mi mirada evadió así los ojos feroces del tigrillo aullante, las huecas cuencas de las mujeres muertas en el parto, las banderas de la oscuridad y las conchas de la falsa luz de estas regiones: cerca de mis oídos pasaron silbando sus lamentos y maldiciones; mi mirada pertenecía al exhausto cielo nocturno, a punto de perecer, a punto de ceder su brillante reino a la solitaria estrella de la mañana: Venus.

La contemplé al sentarme, rendido, sobre la alta nieve del volcán por cuyo cráter escapamos. Allí reposé, con la cabeza escondida entre las rodillas y los brazos abrazados a las piernas, sin atreverme a mirar a los compañeros de mi sueño, pues seguramente yo nunca había entrado a los helados dominios de la muerte, sino que perdido en los senderos de la alta montaña y vencido por la fatiga, hasta esta cúspide había llegado y aquí había pasado la noche, soñando. Miré a Venus y cerré los ojos. Mil brillantes alfileres se reprodujeron detrás de mis ojos vendados. Los abrí.

Señor: me rodeaba un grupo de veinte jóvenes, diez hombres y diez mujeres, desnudos totalmente y ajenos al frío de la cumbre y del destemplado amanecer: dueños de sus cuerpos, y de la tibieza de sus cuerpos. Me miraban mientras se acariciaban y besaban, y adoraban su propia desnudez y cada mujer en cada hombre tocaba su placer y cada hombre en cada mujer miraba su perfección. Jóvenes y crecidos, fuertes y hermosos, estos muchachos y estas muchachas yacían en parejas alrededor de mí y a mí me sonreían: eran como recién nacidos, y respiraban con la seguridad de que nada podría dañarles. Sus sonrisas eran mi recompensa: lo entendí. La presencia de sus bellos cuerpos, color de canela, lisos, plenos, esbeltos, ceñidos, bastaba para expresar la gratitud que les iluminaba.

Cuchichearon, sonrientes, entre sí: se levantaron rumores y risillas de pájaro; un muchacho habló:

—Joven señor: has sido esperado. Con temor por algunos. Con esperanza para muchos más, pero por nadie con tanta como por nosotros. Estaba dicho: tú habrías de venir a rescatar nuestros huesos y a devolvernos la vida. Gracias te damos.

Largo rato les observé en silencio, sin atreverme a hablar, y menos a proponer una pregunta a la cual, lo sabía, ya no tenía derecho hasta la siguiente mañana.

Al cabo les dije:

—No sé si aquí culmina mi viaje, o si debo proseguirlo.

—Ahora viajarás con nosotros, dijo una muchacha.

—Nosotros de guiaremos hasta donde debes llegar, dijo otro joven.

—De ahora en adelante, seremos tus guías, dijo un tercero.

Y con esto todos se pusieron de pie, me ofrecieron sus brazos, yo me incorporé y les seguí cuesta abajo, mareado aún por mis experiencias de esta noche, ebrio de sensaciones encontradas. Y súbitamente, Señor, me detuve, inmovilizado por una maravilla superior a cuantas hasta aquí había conocido, azorado primero y luego divertido al darme cuenta de la lentitud de mi reacción ante ésta, la maravilla suprema. Empecé a reír, a reírme de mí mismo, en verdad, al darme cuenta de lo que acababa de darme cuenta: Señor: con acento más dulce que el nuestro, sin perder sus tonos de pajarillo cantarín, estos muchachos y estas muchachas, nacidos de los huesos arrebatados a la pareja de la muerte, color de la canela como todos los pobladores de esta tierra, me hablaban, desde sus primeras palabras —y yo sólo ahora caía en la cuenta de ello— en nuestra propia lengua, la lengua, Señor, de la tierra castellana.

Día de la laguna

Largo fue nuestro caminar, tan largo como el amanecer de este mi cuarto día, guiado ahora, no por el hilo de la araña de la señora que me abandonó, sino por mis nuevos acompañantes, los veinte jóvenes desnudos, color de canela, y que hablaban nuestra lengua. No me atreví, Señor, a preguntarles la razón de este nuevo misterio: acortábanse las horas de mi calendario en el nuevo mundo, y prefería pensar por mí mismo los acertijos de mi peregrinación, y acaso resolverlos en mi espíritu, o esperar que los hechos me revelasen su sentido, antes de malgastar las escasas preguntas —desde ahora, sólo cuatro más— a las cuales tenía derecho.

Mas mis acompañantes no hablaron, y a las primeras luces el silencioso ascenso sólo fue interrumpido por el rumor de nuestros pies sobre la tierra pedregosa y custodiada, legua tras legua, por formaciones de extrañas plantas, dispuestas como falanges de un ejército vegetal, el único capaz de sobrevivir en esta alta y árida meseta de nuestra ruta: acorazadas plantas, de hojas como anchos espadones, que nacían a flor de tierra y se desplegaban como un doloroso puñado de dagas en busca de la luz del sol: intensamente verdes, pero terminadas en filosas puntas por donde asomaba el rostro de su muerte: las puntas de esos verdes puñales de la meseta se secaban amarillentas, quebradas, fibrosas, como anunciando la fatal extinción de la planta.

Cuando el sol comenzó a cobrar intensidad, mis compañeros arrancaron de la tierra pedruscos tan filosos como las puntas de las lanzas de este desierto, y sangraron la raíz de las plantas: fluyó de ellas un espeso líquido que cada uno fue recibiendo en sus manos, y me pidieron hacer lo mismo: bebimos. Luego arrancaron de las pencas de unos altos y espinosos arbustos unas frutas verdes y cubiertas de finos dardos, y las pelaron, y las comieron y yo les imité. Así calmamos esa mañana nuestra sed y nuestra hambre; y al satisfacernos, fue como si nuestros sentidos atreguados por la intensidad de la noche en el volcán despertasen y nuestras miradas viesen de nuevo: me limpié los labios y el mentón por donde me escurrían los jugos de esa sabrosa fruta que mis compañeros llamaron "tuna" y mire, desde el alto sitio donde nos hallábamos, la maravilla que esta mañana me reservaba.

Era un valle, Señor, hundido en el foso de un vasto círculo de montañas desnudas, túmulos de piedra y mansos volcanes extintos. Y en el centro de ese valle brillaba una laguna de plata. Y en el centro de la laguna brillaba, más que ella, una ciudad encalada, de altas torres y dorados humos, atravesada por grandes canales, ciudad de islotes con edificios de piedra y madera hundidos al pie de las aguas.

Me detuve admirado, preguntándome si aquello que veía era entre sueños; y al disiparse los humos de la mañana, detrás de sus velos aparecieron dos volcanes, que semejaban los guardianes de esta ciudad, y ambos coronados de nieves. Uno parecía un hombre gigantesco, dormido con la blanca cabeza inclinada sobre las negras rodillas de piedra, y el otro tenía la figura de una mujer dormida, recostada, cubierta por una blanca mortaja, y en ella mis alucinados ojos vieron, convertida en piedra de hielo, a mi perdida amante, la princesa de las mariposas.

Iniciamos el descenso al valle y a su ciudad, y yo me dije que cuanto veía era miraje, el consabido espejismo de los desiertos, y los oídos me zumbaban como para advertirme de la irrealidad de esta nueva aventura, tan irreal, seguramente, como mi pasada noche en el infierno blanco de las entrañas del volcán: no necesitaba preguntarlo, lo sabía, era un sueño. ¿Éranlo también mis desnudos acompañantes, los dueños de mi lengua, que en mi pesadilla infernal fueron arrancados a los pies de la pareja de la muerte y devueltos a la vida gracias al contacto con mi ardiente pecho?

Sólo para mí, estas preguntas; que los hechos disipen todas las interrogantes; que las contadas horas me contesten sin necesidad de escuchar mis preguntas.

Tal fue mi silenciosa plegaria de esta aurora, pronto quebrada por la sucesión de portentos que aparecieron ante nuestras miradas, crecientes, veloces, uno detrás del otro, como si anunciasen nuestro descenso del alto desierto a este valle encerrado entre las fortalezas de las montañas altas, rapaces, pétreas, desnudas o nevadas que eran como el coro mudo de la ciudad extendida a nuestros pies: un tapete de brillantes joyas.

Pues primero se levantó a mitad del cielo una como espina de fuego, una como llama de fuego, una segunda aurora, que se mostraba como si estuviera goteando, como si estuviera punzando en el cielo; ancha de asiento, angosta de vértice, una pirámide de pura luz: bien al medio del cielo, bien al centro del cielo llegaba, bien al cielo alcanzaba, con unas centellas que centelleaban en tanta espesura que parecía polvoreaban estrellas: una columna clavada en el cielo, teniendo su principio desde el suelo de la tierra, adelgazándose hasta tocar el cielo en figura piramidal, y su resplandor era tal que vencía la fuerza del sol.

Me detuve espantado, Señor, mas mis jóvenes acompañantes me empujaron suavemente, tomándome de los brazos; y en sus ojos no había asombro alguno, como si esto lo supiesen ya, o ya lo hubieran vivido antes. Y entonces, sin viento alguno, se alteró la laguna que era asiento de esta magnífica y brillante ciudad, y sus aguas hirvieron y espumaron de tal manera que se levantaron y alcanzaron gran altura, y las olas se rompieron en pedazos y se resolvieron; grande fue su impulso y se levantó muy alto; y mis ojos azorados vieron cómo se estrellaron esas olas gigantescas contra los fundamentos de las casas en las orillas del lago, y muchas de ellas se cayeron y hundieron; y el agua las cubrió y del todo se anegaron.

Entonces mis propios acompañantes se detuvieron, esperando el término de esta terrible agitación, y yo hubiese querido saber qué pasaba, qué hacían los moradores de la ciudad que yo desconocía de cerca pero que, de lejos, veía abatida por estos funestos signos: ¿lloraban, gritaban, sentían temor o cólera? ¿Qué nos esperaba, en fin? Pues a ella nos encaminábamos, en medio de portentos que seguramente, por el solo hecho de concurrir con nuestra llegada, a nosotros nos serían atribuidos.

Algo en mi piel se inmovilizó, y mis compañeros lo supieron; volvieron a empujarme suavemente, mientras mis ojos miraban una nueva calamidad: un gran fuego cayó desde el sol, y se desparramó en brasas sobre la ciudad, y corrió con lluvia de chispas; larga se tendió su cauda; lejos llegó su cola; y de este cometa nacieron tres más, todos corriendo con fuerza y violencia hacia el oriente, desechando de sí centellas, hasta que sus grandes colas desaparecieron por el rumbo donde nace el sol.

Y al mirar de los cielos a mis pies, vi que caminábamos sobre una gran calzada de tierra tendida entre el llano y la ciudad, y las aguas se habían calmado, y tornaban a una opaca verdosidad, mas en algunas partes su turbulencia era lodosa y los juncos de la ribera temblaban aún.

De las primeras casas que vi del otro lado, muchas yacían derrumbadas por la gran ola, mas otras ardían, y caían rayos sin la previa advertencia del trueno, incendiaban los techos de paja y al cabo entramos a la ciudad mis compañeros y yo, mas nadie hizo caso de nosotros, pues los habitantes de las riberas corrían alborotados, había un gran azoro; las gentes se daban palmadas en los labios; corrían con cántaros a apagar los incendios, y el agua era como fuego añadido al fuego: sólo se enardecía flameando más. Mas luego comenzó a caer una tibia y fina llovizna que apaciguó los fuegos y levantó una caliente niebla, mezclada con el humo de los incendios y el polvo de los derrumbes, y mi mirada espantada no sabía fijarse en detalles; todo lo quería absorber, todo lo quería entender, pero la turba de sensaciones me cegaba, dejábame guiar por las manos de mis compañeros, y sólo supe que al internarnos en la vasta ciudad de la laguna nos perdíamos en los laberintos de un mercado tan vasto como la ciudad misma, pues por donde mis pies pasaban y por donde mis ojos miraban, en confusión y desorden, sólo asientos de mercaderías nos rodeaban, y gran parlería y desconciertos escuché, entre quienes allí vendían oro y plata y piedras ricas y plumas y mantas y cosas labradas, y al cielo interrogaban quienes en esta inmensa feria mostraban cueros de tigres, de leones y de nutrias, y de adives y de venados, y de otras alimañas, tejones y gatos monteses, y al suelo miraban, sin importarles los portentos, los esclavos y esclavas allí llevados a vender, atados a unas largas varas con collares a los pescuezos, y a palmetazos apagaban los mercaderes las brasas caídas sobre los canutos con olores de liquidámbar, como los que la vieja me ofreció en la blanca choza al pie del arco iris, y sobre la grana que allí se vendía; y bajo los portales eran rápidamente cubiertas las lozas de todo género, desde tinajas grandes y jarrillos chicos, y todos pintados con gran primor y brillantes colores, de figurillas de patos y venados y flores; y las barricas llenas de miel y melcochas y otras golosinas; y las maderas, tablas, cunas y vigas y tajos y bancos y barcas; y los herbolarios y vendedores de la sal arrojaban mantas de cáñamo sobre sus mercaderías, y a sus pechos, abrazaban las suyas los traficantes de granos de oro, metidos en canutillos delgados de los ansarones de la tierra, y así blancos porque se pareciesen al oro por de fuera, que las pepitas se desparramaban al ser apretadas descuidadamente las pieles de ansarón que las guardaban, y tan espantados andaban los dueños de unos granos de color marrón, seguramente tan preciosos como el oro, pues a nadie vi proteger con tal codicia lo suyo: unos saquillos rebosantes de la tal materia, que cuentas de un precioso rosario parecían; y caminando de prisa por esta feria disuelta por la lluvia, el oleaje, el rayo y el fuego imprevistos, distinguimos a lo lejos, y sólo ella inmovilizó nuestro apresurado andar, a una mujer surgida de la niebla, y de niebla vestida, pues los andrajosos ropajes que la cubrían eran de un sucio blancor, y sus pasos perdidos e inciertos eran, y su llanto hondo y lúgubre, y su rostro invisible detrás de la blanca cabellera que lo cubría, y sus palabras un solo y largo lamento:

¡Ay mis hijos! ¡Ay mis hijos! ¡Ya nos perdimos! ¡Ya tenemos que irnos lejos! ¡Oh hijos míos!, ¿a dónde os podré llevar y esconder?

Y como apareció, así desapareció este espectro de las lamentaciones, y nuestros cuerpos parecieron atravesar la pura niebla del suyo, y encontrarnos a la vera de un canal sombrío, de estancadas aguas apenas removidas por el paso de barcas de tiniebla, pues menos sólidas que el agua parecían, y sus remeros eran monstruos de dos cabezas, hombres con un solo cuerpo y dos testas, que gemían al remar sin prisa y sin ruido:

Ha de venir el fin; el mundo se habrá de acabar y consumir; habrán de ser creadas gentes nuevas y venir otros nuevos habitantes del mundo.

Cómo recuerdo ahora esas voces fantásmicas, Señor, remando mansamente por el canal que dividía la desconcertada multitud del mercado de un gran circuito de patios a donde entramos por un puente, no sé si avanzando o huyendo, pues el desconcierto de mis pasos no era menor que el de los habitantes de esta desconcertada ciudad, cuya forma y continente yo no alcanzaba, tal era el vértigo de mi ingreso en ella, a distinguir, y menos ahora, perdido en un laberinto de patios, cercados por bardas de calicanto y empedrados de piedras blancas, de losas blancas y muy lisas y repentinamente, Señor, halleme en medio de una gran plaza, muy encalada y bruñida y limpia.

Busqué la cercanía de mis veinte jóvenes compañeros y sólo entonces dime cuenta de que yo estaba solo en medio de esa plaza, y que los diez muchachos y las diez muchachas que me guiaron desde el volcán hasta el centro de la ciudad de la laguna, habían desaparecido.

Miré, desolado, a mi alrededor, en búsqueda de ellos. Miré los muros de esta patria ajena, y uno estaba fabricado de puras cabezas de muerto, y el otro de serpientes de piedra, labradas y enroscadas y mordiéndose las colas. Había allí una torre cuya puerta era una boca espantable y con grandes colmillos. La guardaban grandes bloques de piedra que figuraban mujeres con rostros de diablo y faldas de serpientes y abiertas manos laceradas.

Y en medio, yo solo.

Y frente a mí, de nuevo, una portentosa escalinata de piedra cuyos peldaños, lo sabía ya, conducían a un alto adoratorio de sangre y sacrificios. Y a mi lado, un palacio de cantera color de rosa, a cuya entrada se acuclillaba la estatua de un dios o príncipe de cara levantada al cielo, las piernas cruzadas, las manos dobladas sobre el pecho, y en el regazo una artesa de flores amarillas, incendiadas, humeantes, que parecían convocarme.

Entré, mísero de mí, traspasando la cortina de humo de gemelos pebeteros, y caminé a lo largo de un estrecho y bajo pasillo hasta desembocar en un extraño patio lleno de rumores.

Sentí que regresaba a la selva, pero a una selva de suave piedra rosa, por donde se paseaban los pavorreales y en brillantes jaulas o en altos pedestales reposaban, mirándome intensamente, toda clase de aves, desde águilas reales hasta pajarillos muy chicos, pintados de diversos colores. Había gran número de papagayos y patos, y dentro de un estanque se mantenían inmóviles aves muy altas de zancas y colorado todo el cuerpo y alas y cola. Y atados a columnas de piedra por cortas cadenas y anchas carlancas, había allí tigres y lobos que no me miraron, pues demasiado ocupados andaban en devorar venados, gallinas y perrillos, y en tinajas y en cántaros grandes había muchas víboras y culebras emponzoñadas, que traen en la cola uno que suena como cascabel, y en los cántaros había muchas plumas, y las víboras allí estaban poniendo sus huevos y criando a sus viboreznos.

Allí me detuve un momento, pensando si había llegado a palacio deshabitado, como no fuera por estas alimañas, bestias y pájaros, cuando escuché, Señor, el rumor de una escoba y olí el humo de cosa quemada que salía por la puerta de uno de los aposentos que sobre este patio daban.

Era el alto mediodía; ¡cuánto habían visto mis ojos desde este amanecer de la cuarta jornada de mis memorias! Miré al sol desde el centro del patio, y me cegó. Reinaba un silencio absoluto, como si los muros de este palacio pudiesen apartar y aun asesinar los rumores de la ciudad espantada que dejé detrás de mí, pero en cuyo ombligo mismo sentí hallarme. Con los ojos llenos de sol, arruinados por una intensa luz que sólo crecía a cada parpadeo, con el aliento entrecortado por el delgadísimo aire de esta ciudad, entré al aposento donde imaginaba una vida humana: el rumor de una escoba, el olor de papel quemado.

Nada vi al entrar, tal era el contraste entre mi mirada deslumbrada y las intensas sombras del aposento. Largo y vacío era este cuarto. Una estrecha y honda nave de piedra y oquedades rumorosas. Caminé a lo largo de ella, implorando el regreso de mi acostumbrada mirada.

No sé, hasta el día de hoy, si más me hubiese valido quedar ciego de humo, ciego de sol, de cenizas ciego, que ver lo que al cabo vi: una figura casi desnuda, cubiertas sus vergüenzas por un taparrabos como los que usaban los pobres de esta tierra, que con movimientos a veces lentísimos, a veces bruscos y premiosos, acercaba unos luengos papiros a un mínimo fuego de resinas encendidas en un rincón del desnudo aposento, los miraba consumirse en llamas y luego, con la escoba, barría las cenizas y volvía a coger otros largos papeles, los llevaba al fuego, los incendiaba y barría sus restos.

Luego noté que esa escoba cumplía doble función, y que este hombre casi desnudo la empleaba también como muleta. Reconocí primero su cuerpo, trémulo un instante, plácido al siguiente: le faltaba un pie.

Me acerqué. Dejó de barrer. Me miró a la cara.

Era él, otra vez.

Era yo, el mismo semblante que el espejo celosamente guardado en mi rasgada ropilla reproducía fielmente. Era yo, pero como me vi en la noche del fantasma: oscuro, negros mis ojos, mi cabellera lacia y larga y negra como crin de caballo. Era mi perseguidor, el llamado Espejo Humeante, el señor de los sacrificios, el vengador que perdió un pie el día mismo de la creación, cuando le fue arrancado por las contorsiones de una tierra madre que se desgajaba en montañas, ríos, valles y selvas, cráteres y despeñaderos.

Y éstas fueron sus palabras:

—Señor nuestro: te has fatigado, te has dado cansancio; ya a la tierra tú has llegado. Has arribado a tu ciudad: México. Aquí has venido a sentarte en tu trono. Oh, por breve tiempo te lo conservamos.

Me miró intensamente con esos negros ojos, salvo en el color a los míos idénticos, y no había esta vez, en ellos, la burla o la cólera de nuestro anterior encuentro, sino una penosa resignación:

—No, no es que yo sueñe, no me levanto del sueño adormilado: no te veo en sueños, no te estoy soñando… ¡Es que te he visto, es que ya he puesto mis ojos en tu rostro! Y tú has venido entre nubes, entre nieblas. Como que esto era lo que nos habían dicho los reyes, nuestros antepasados, los que rigieron tu ciudad en tu ausencia y en tu nombre: que habrías de instalarte en tu asiento, en tu sitial, que habrías de venir acá… Pues ahora, se ha realizado, ya tú llegaste, con gran fatiga, con afán viniste, desde las grandes aguas, venciendo todos los obstáculos. Llega a tu tierra: ven y descansa; toma posesión de tus casas reales; da refrigerio a tu cuerpo.

Levantó la cara, pues cuanto decía lo decía con la mirada baja, como si temiese contemplarme, y me miró inquisitivamente:

—¿No me equivoco, verdad? ¿Tú eres el esperado, Quetzalcóatl, la serpiente de plumas?

Como era ya mi costumbre, contesté, Señor, con la más simple verdad:

—Llegué por el mar. Llegué de levante. Una tormenta me arrojó a estas costas.

El barrendero cojo afirmó varias veces con la cabeza y a trancos caminó hasta un rincón de este aposento:

—Sólo una duda tenía, dijo, al levantar una manta de algodón y descubrir, arrinconada, una enorme ave cenicienta, una grulla muerta, y en la mollera del pájaro había uno como espejo, como rodaja de huso, en espiral y rejuego.

—Esta grulla fue cazada por los nautas de la laguna, y traída hasta mí, hasta aquí, a mi casa negra, añadió el hombre de la escoba, y en el espejo de la cabeza podían verse el cielo, y los mastelejos, y las estrellas, y bajo ese cielo el mar, y en el mar grandes montañas que avanzaban sobre las aguas, y de ellas descendían en las costas gran número de gentes, que venían marchando desparcidas y en escuadrones, de mucha ordenanza, muy aderezados y a guisa de guerra, y estos hombres eran de carnes muy blancas, y con barbas rojas, y mostraban los dientes al hablar, y eran como monstruos, pues la mitad de su cuerpo era de hombres, pero de bestias con cuatro patas y espantables hocicos espumeantes la otra mitad.

Calló, volvió a mirarme y volvió a preguntarme:

—¿Has llegado solo?

Díjele que sí.

—Creí que no. Creí que vendrías acompañado.

Cubrió al ave muerta con la manta.

Calló de nuevo, ahora un largo rato. Y como si este silencio esperasen, por la estrecha puerta del aposento entraron, en gran compañía, doncellas con mantas dobladas sobre los brazos extendidos, y vestidas ellas de blanco algodón todo labrado; y guerreros con banderas, cuya insignia era un águila abatida a un tigre, las manos y uñas puestas como para hacer presa; y albinos que entraron como yo a este lugar, cubriéndose los ojos con las manos para defenderse del sol, y que al verme agradecieron las sombras que me rodeaban, y acercáronse a tocarme y murmuraron cosas entre sí; y enanos juguetones, que hicieron cabriolas y muecas y así me celebraron; y los acompañaban lentos pavorreales y veloces perrillos pelones, con piel de cerdo lustroso.

Entonces las doncellas me cubrieron con las mantas, y a mi cuello colgaron sartales de piedras preciosas, y guirnaldas de flores, y a mis tobillos ataron cascabeles de oro, y en mis brazos colocaron ajorcas de oro encima de los codos, y orejeras de cobre muy pulido en las orejas y otra vez, en mi cabeza, un penacho de plumas verdes.

Y mi doble oscuro, desnudo y apoyado sobre la escoba, a todos les dijo que yo era, en verdad, la Serpiente Emplumada, el gran sacerdote del origen del tiempo, el creador de los hombres, el dios de la paz y del trabajo, el educador que nos enseñó a plantar el maíz, labrar la tierra, trabajar la pluma y tornar la loza; éste es en verdad el llamado Quetzalcóatl, el dios blanco, enemigo de los sacrificios, enemigo de la guerra, enemigo de la sangre, amigo de la vida, que un día huyó al oriente, con tristeza y con cólera, porque sus enseñanzas fueron repudiadas, porque las necesidades del hambre y el poder y la catástrofe y el terror condujeron a los hombres a la guerra y al derramamiento de sangre. Prometió regresar un día, por el mismo rumbo del oriente que se lo llevó, por el lado donde sale el gran sol y se estrellan las grandes aguas, a restaurar el reino perdido de la paz. No hicimos más que aguardarle su solio mientras regresaba. Ahora se lo entregamos. Los signos se han manifestado. Las profecías se han cumplido. El trono es suyo y yo soy su esclavo.

Dijo esto mi doble oscuro, penosamente apoyado sobre la escoba que hacía las veces de muleta, y mi oído afinado por el continuo contraste entre la realidad y la maravilla sospechó en sus tonos un regreso a los que empleó en la noche del fantasma: imperceptiblemente, la resignación cedía a un nuevo desafío, y detrás de la dulzura de las palabras un temblor metálico me hacía dudar de la sinceridad de cuanto proclamaba. Sin embargo, deseché esas dudas;

y lo hice porque, en verdad, Señor, yo no buscaba los honores que este hombre me ofrecía; poco me importaba reinar sobre la gran ciudad de las torres y los canales; y tristemente, en ese instante en que me era ofrecido un trono, yo sólo pensaba en dos cosas, y a ellas reducía mi deseo: Pedro, nos hubiese bastado un pedazo de tierra, libre y nuestra, en la costa de las perlas; joven amante, señora de las mariposas, quisiera volver a encontrarte, ardiente y bella y terrible, en la noche de la selva, y volverte a amar.

Mas todo ello, mis deseos y mis dudas, fueron embargados por el movimiento de doncellas y guerreros, albinos y enanos, perrillos lisos y vanidosos pavorreales; entre todos me abrieron paso, me indicaron el camino fuera de esta cámara, y yo, desde el umbral, miré hacia atrás, miré a mi vencido doble, que reanudaba su premiosa tarea de quemar papeles y barrer cenizas. No volteó a mirarme.

Salí al patio, y rumores, y personas, invisibles unos y otras, se hicieron presentes, cercanos, como si la ciudad entera resucitase de su estupor, derrotados los signos de esa mañana, cumplidas las profecías de un origen tantas veces invocado en esta tierra, temido y anhelado, sí, como si ese pasado fuese un futuro, bienhechor por momentos, pero en otros apenas presagio de un pasado tan cruel como el anterior; fui guiado, por corredores levantados sobre pilares de jaspe, que miraban sobre grandes huertas, cada una con varios estanques, donde había más aves, centenares de aves, y centenares de hombres dándoles cebo y pasto y pescado y moscas y sabandijas; limpiaban los estanques, pescaban, les daban de comer, las espulgaban, guardaban sus huevos, las curaban, las pelaban, y entendí que de estos magníficos criaderos salían las plumas de que estos naturales hacían tan ricas mantas, rodelas, tapices, plumajes y moscadores; y cruzamos unas salas bajas con muchas jaulas de vigas recias y en unas estaban leones, en otras tigres, en otras onzas, en otras lobos; y llegamos a otro patio lleno de jaulas de palos rollizos y alcándaras, con toda suerte y ralea de aves de rapiña: alcotanes, milanos, buitres, azores, todo género de halcones, muchos géneros de águilas; y de allí pasamos a unas salas altas, en que estaban los hombres, mujeres y niños blancos de nacimiento por todo su cuerpo y pelo, y enanos y corcovados, quebrados, contrahechos y monstruos en gran cantidad; cada manera de estos hombrecillos estaba por sí en su sala y cuarto; y pasamos por una como casa de armas, cuyo blasón es un arco y dos aljabas por cada puerta y en ellos había arcos, flechas, hondas, lanzas, lanzones, dardos, porras y espadas, broqueles y rodelas, cascos, grebas y brazaletes, y palos tostados con huevos de pez y pedernales hincados en las puntas; y detrás de esta casa arribamos a un patio cerrado por tres muros de calicanto y la cuarta parte por una enorme escalinata de piedra.

A ella fui conducido por la compañía de doncellas, guerreros, albinos y enanos, y subí, contándolos por sus peldaños: eran treinta y tres, y al llegar a la cima, chata y cuadrada como todas las de esta tierra, pude ver de nuevo, ahora más de cerca que desde las montañas de la aurora, pero con la lejanía suficiente para percatarme de su contorno, la magnífica ciudad que mi doble, el oscuro príncipe, me acababa de ceder.

Miré la extensión de la ciudad de la laguna, cruzada por puentes y canales y abierta en vastas plazas y levantada en anchas torres y aposentada en cien mil casas y cursada por doscientas mil embarcaciones y vi lo que sabía: este esplendor mantenían mis pobres amigos del pueblo de la selva y el río, y para este homenaje habían cumplido sus repetidos ciclos: perlas y oro a cambio del grano rojo, majorcas para su hambre a cambio de hombres, mujeres y niños para el servicio de la gran ciudad y sus señores, asentados sobre la laguna alta del alto valle de aire delgado y transparentes visiones.

Pasé al aposento que coronaba esta construcción.

¿Cuántas maravillas, cristiano Señor que me escuchas, no había yo visto desde que el torbellino del océano me arrojó a la playa de las perlas? Nada quiero dejar fuera de mi relato: así lo visto como lo soñado; y casi siempre, lo admito, fueme imposible separar aquí la maravilla de la verdad, o la verdad de la maravilla. Pero si de algo estoy cierto, es de que la suprema unión de la fábula y la realidad tenía su sede en esa cámara a la cual llegué, pues entrar a ella fue como penetrar al corazón mismo de la opulencia.

Largo y ancho era el aposento, y sus paredes eran de oro puro; y allí acumulábase grandísima cantidad de perlas y piedras preciosas, ágatas, cornerinas, esmeraldas, rubíes, topacios y los pisos mismos estaban chapados de oro y plata de gruesas planchas, y había allí discos de oro, los collares de los ídolos, escudos finos, las lunetas de la nariz, hechas de oro, las grebas de oro, las ajorcas de oro, las diademas de oro.

Al aposento entraron señores y caballeros de guarda, y criados con sus armas, y doncellas con grandes fuentes colmadas de frutas y carnes, y vasijas, y seis señores ancianos, y un grupo de músicos y otro de bailadores y jugadores, y tomamos asiento sobre un banquillo bajo, frente a una almohada de cuero, las doncellas ofreciéronme las viandas de gallina y venado y las olorosas hierbas y sirviéronme de sus vasijas y en copas de oro los perfumados brebajes; y los seis ancianos se adelantaron a probar cada manjar servido, sin mirarme a la cara y con el mayor respeto, y comenzó la música de zampoña, flauta, caracol, huesos y atabales, y los cantos, y los bailes, y echáronse al piso unos jugadores que traían con los pies un palo como un cuartón, rollizo, parejo y liso, que arrojaban en alto y lo recogían y le daban, con los pies, mil vueltas en el aire tan bien y presto que apenas podía yo ver cómo, yo comía y bebía a saciedad, maravillado del lugar y sus gentes; y luego entraron haciendo monerías los enanos truhanes y chocarreros, y un anciano tomó las sobras de mi almuerzo y las arrojó al rumbo de los enanos y éstos se echaron como animalillos famélicos sobre ellas.

Terminada la comida, salieron todos sin mirarme y sin darme la espalda, salvo las doncellas. Y las doncellas me desvistieron, me lavaron cuidadosamente y me volvieron a vestir con una rica manta.

Se disponían a salir con mis viejas ropas, mas yo extendí un brazo, y pediles que me dejaran mis ropas de náufrago, mi jubón y mis calzas rasgadas, y lo que entre ellas guardaba: mis tijeras y mi espejo. Una doncella se desprendió por un instante de su máscara servicial y un rayo de enojo atravesó sus facciones:

—Joven señor: debes mudar cuatro vestidos al día, y ninguno tornar a vestir por segunda vez.

—Éstas son las ropas con las que fui arrojado a estas playas, dije sencillamente, pero la doncella me miró, y las miró, como si hubiese dicho cosa de brujería.

Ella misma colocó mis harapos a mis pies y, junto con las demás, desapareció, dejándome solo en esta recámara de los tesoros.

Pensé por un momento, Señor, en el aposento de piedra del anciano de las memorias, donde celosamente guardaba en cestos sus perlas y majorcas: había aquí con qué comprar, un millón de veces, no sólo cuanto ese viejo guardaba, no, Señor: con el tesoro de este cuarto se podría pagar el rescate de todos los puertos de nuestro mar Mediterráneo, y la vida de todos sus soberanos, grandes y pequeños, y el amor de todas sus mujeres, altas o populares.

Sólo en ese instante de mi soledad me di cabal cuenta de que todo esto era mío, para hacer de estos tesoros lo que quisiera. Y pues mis dos deseos soberanos —regresar con Pedro a la playa feliz del mundo nuevo, regresar con la mujer de las mariposas a la noche feliz de mi pasión— cosa imposible eran, miré de nuevo alrededor de este aposento de las riquezas, sabedor de que me llevaría un mes o más contar el oro y la plata, las perlas y pedrerías, las joyas aquí reunidas, y grité, como si quisiera que me oyesen todos, grité, para que me oyesen todos, tomé puñados de perlas y collares y ajorcas y arracadas y brazaletes y salí de la recámara a la alta terraza desde donde se miraba la extensión total de la espléndida ciudad lacustre, transparente al decaer el mediodía, pululante, a las decenas de miles de barcas, a los mercados abiertos, a los portales, a las torres de piedra, a los humos dorados, a los canales de brillante verdor, a las dos cimas nevadas que la guardaban, les grité, con las manos llenas de joyas:

—¡Vuelvan a sus verdaderos dueños! ¡Regresen estos tesoros a las manos de quienes los arrancaron de la selva, de la mina, de la playa, a quienes los labraron y engarzaron y pulieron! ¡Vuelva todo a la vida de quienes por ello murieron! ¡Resucite en cada perla una muchacha dada como ramera a un guerrero, en cada grano de oro un hombre sacrificado por terror a la muerte del mundo, reviva el mundo entero, yo lo riego de oro, lo siembro de plata, lo baño de perlas, vuelva todo a todos, regrese cuanto aquí poseo a sus verdaderos dueños: mi pueblo de la selva, mis niños olvidados, mis mujeres violadas, mis hombres sacrificados!

Esto le grité a la ciudad de la altura desde la altura de los treinta y tres escalones en cuya cima eran guardados los más vastos tesoros del mundo. Creedme, Señor, cuando os digo que los lejanos rumores de canales y mercados, calzadas y torres, parecieron cesar súbitamente, y sólo el perdido clamor de un concho marino llenó ese inmenso vacío del silencio.

Arrojé las joyas y el oro y las perlas por los cuatro costados de mi alta terraza; viles rodar escalinatas abajo, por donde subí hasta aquí; y hasta la profundidad de un ancho canal, desde el segundo borde de esta plataforma; y hasta los altares bajos y sus ídolos de piedra y sus paredes ensangrentadas y las negras costras de sus suelos, desde el tercero; y desde el cuarto, sobre el osar de cabezas de hombres, hecho en gradas, en que estaban engeridas entre piedra y piedra calaveras con los dientes hacia afuera.

Al agua, a la piedra, y al hueso: allí regresaron los tesoros que mis puños lograron apresar y no, me dije, a los pobladores, para siempre desaparecidos, de la trashumante aldea del río, la selva y la montaña.

Regresé desanimado a mi aposento.

No me sorprendió, al principio, el fulgor de la recámara. Era una alberca de luz, deslumbrante, una laguna de oro y plata, como si el metal, aquí, hubiese reproducido, en miniatura, el brillo de la vasta ciudad encantada.

Avancé hacia el fondo del claustro, en busca de un lugar para mi reposo. Necesitaba pensar un poco. Parecía haber llegado al término de mis fatigas, pero bien sabía que aún me quedaban el resto de este día, su noche, y el día y la noche siguientes para agotar mi destino en la tierra del ombligo de la luna. Cosa extraña: atardecía, y no había sentido la necesidad de hacer mi pregunta de esta jornada. Otros habían hablado; otros habían explicado; mi oración fue contestada: que los hechos respondan a mis interrogantes. Temía, este amanecer, malgastar una pregunta; ahora, al anochecer, temía quedarme sin la oportunidad de formularla.

Brillante recámara: mis ojos buscaron pieles, mantas, una semblanza de lecho donde arrojarme. Brillante aposento: el brillo tenía un centro, y ese centro volaba, era una corona de luces, una constelación de alas luminosas…

¡Oh, Señor, cómo corrí entonces hacia ese centro de la luz, cómo quise penetrar antes de tiempo la sombra que se ceñía en figura humana bajo la corona de libélulas, cómo me detuve, palpitante, fuera de mí, incierto de la fortuna que así me colmaba, ante esa figura de tinieblas vestida, pero coronada por el signo de mi amor: el volátil cetro de las mariposas de luz!

—Señora, ¿eres tú?

La negra sombra guardó silencio; pero al cabo me contestó:

—¿Ésa es tu pregunta de este día?

Era su voz; y conocía nuestro pacto.

Me arrojé sobre su regazo, me abracé a su talle, busqué su rostro: cuerpo y semblante eran ocultados por negros trapos; tomé sus manos: guantes de negro cuero las cubrían, y en cada mano tenía una copa. Me dijo:

—Bebe. Te juré que volveríamos a encontrarnos, y que entonces tu placer sería redoblado. Has vencido todas las tentaciones y todos los obstáculos. Has llegado a la cima del poder. Anda, bebe.

Llevé a mis labios, Señor, la pesada copa de oro que la mujer me ofrecía; bebí un líquido espeso, fermentado, embriagante, que beberlo era como tomar fuego de una hoguera y llevarlo a la boca; brebaje más turbio no existe, ni más cristalino: era beber un perfumado lodo, era beber cristal molido.

Abrevé la copa, arrojela de lado, hundí la cabeza en el regazo de mi amante recuperada, pensé que mis sentidos huían, secuestrados por el licor, y que líquida se volvía mi mirada, mi carne entera, mis manos y mis rodillas, mis huesos todos, señora; señora, mi pregunta de este día, escúchala, contéstala, los príncipes de la muerte me dijeron en el hondo infierno de los hielos que yo era uno en la memoria y otro en el olvido, serpiente de plumas en lo que recuerdo y espejo humeante en lo que no recuerdo; ¿qué significa, señora, este acertijo?

No sé cuántas veces, en mi dolorosa embriaguez, repetí esta pregunta; y las manos de cuero de mi negra amante me consolaban como una madre consuela a su hijo, como me consoló la abuela de la limpia choza cuando me dormí sobre su regazo. Y sólo cuando terminé de repetir mi pregunta, y cesaron mis temblores, ella pudo decir estas terribles palabras, repetidas tantas veces como mi pregunta, tu pregunta ha sido inútil, tú mismo, frente a los señores de la muerte, le diste respuesta, te dije que viajarías veinticinco días y veinticinco noches para que volviéramos a reunirnos, te prometí cinco días para salvarlos de tu muerte y llegar hasta mí. Sólo empleaste dos. Salvaste tres. Te ofrecí, en la pirámide, renunciar a ellos y reunirte de una vez conmigo. Para siempre. En la vida y en la muerte. Preferiste apostar a la fortuna del tiempo que aún te quedaba. Qué lástima. Me has vuelto a encontrar. Pero no soy la misma. Mi tiempo no es el tuyo. Tiene otra medida. Ha pasado tanto tiempo desde que nos amamos en la selva… tanto tiempo desde que nos vimos en la pirámide… tanto tiempo.

Cerré los ojos y me abracé fuertemente a las rodillas de la mujer.

—Sigo sin comprender; no has contestado a mi pregunta; sé lo que fui en la memoria, recuerdo los días que supe salvar a la muerte; ¿qué me sucedió durante los veinte días que he olvidado?

—Hazle esa pregunta a otros esta misma noche. Ahora ven a mí.

Me acarició la cabeza con las manos enguantadas. Me dijo dulcemente al oído:

—Recuerda la pirámide. Recuerda que yo soy quien escucha la confesión final de cada hombre, la única confesión de la vida, una sola vez, al final de la vida…

Levanté la cabeza y miré la máscara de trapos negros y le grité:

—¡Pero yo no quiero morir, yo quiero vivir contigo, te he vuelto a encontrar, sólo dos cosas imposibles pedí hoy, al entrar a esta cámara de los tesoros, y una de ellas se ha vuelto posible: tenerte, amarte, de nuevo, para siempre! Y pues no puedo devolverle la vida al hombre que fue como mi padre, en nombre suyo y de la felicidad que él buscó aquí, quiero amarte a ti mientras viva...

La señora de las mariposas rió detrás de su cascada de trapos:

—¿Estás seguro de lo que dices?

Sí, contestele, sí, mil veces sí, mientras apartaba los trapos del rostro, rasgaba las vestiduras de mi amante, volvía buscar la piel de canela, las uñas negras, el oscuro bosque de mi placer irrepetible...

—Mi placer irrepetible... repetí, en voz alta, estúpidamente, al develar el rostro de la mujer y descubrir que lo cubría otra máscara, de plumas, plumas granates, verdes, azules, un abanico de plumas que irradiaban desde un centro de hormigas muertas, pegadas con esa resina que yo sabía oler ya en las cosas de esta tierra.

—Tu cara, le dije, quiero tu cara, quiero besarte...

—Espera. Antes de arrancarme esta máscara, júrame una cosa.

—Di.

—Que la conservarás contigo siempre. Pase lo que pase, no te desprendas de ella. Es mi obsequio final para ti. Es el mapa de ese nuevo mundo que tanto anheló tu pobre amigo viejo. Guárdalo contigo. Un día, te guiará de regreso hacia mí...

—¿Un mapa? Sólo miro un círculo de arañas, un campo de plumas, ¿cómo puede guiarme este...?

Me interrumpió:

—Cree en mis palabras. Éste es el verdadero mapa de la tierra nueva. No el que dibujen los navegantes o los viajeros que se internen en las montañas. No el que conduce a los lugares visibles, sino el que te conducirá, un día, de regreso a mí... a lo invisible...

En el fondo del aposento de los tesoros, solos los dos, rodeados del infinito silencio que yo mismo impuse a la ciudad cuando arrojé las joyas desde lo alto, retiré, con gran delicadeza, con toda la ternura de la que me sentí capaz, la máscara de plumas y hormigas del rostro de mi amada.

Detrás de ella apareció la última faz de mi amante.

Podría decir que era un rostro devorado por la edad, minúscula red de arrugas, hundida mirada de opaca pasión al fondo de las cuencas amoratadas, al fondo de los salientes y desnudos huesos de su frente y sus pómulos, apenas cubiertos por una piel delgada, amarilla, de papel viejo, y diría verdad; podría decir que era una cara infinitamente anciana, con el eterno tatuaje de los labios borrado y vencido por el tiempo, derrotado por las hondas arrugas que se hundían en su boca, se hincaban en sus comisuras, se perdían en sus encías sin dientes, y diría verdad.

Verdad a medias, Señor. Pues los signos de la devastación en el rostro de mi amante eran los del tiempo, sí, pero eran algo más, peor que el tiempo. Mi amante, mi amante de la selva. Busqué la corona de mariposas encima de la cabeza cana, rala, verrugosa, de mi amante; las vi caer, secas y sin luz, sin vida ya, sobre el suelo de plata de esta alcoba suntuaria. La vi a ella: esta vejez era obra de la enfermedad, del pus que corría por la nariz, de la viruela que marcaba la piel, de la lepra que carcomía su sangre, de la tumefacción que la agolpaba en ciénagas de hincados cráteres, de la podredumbre que escurría por sus pezones, del pantano apestoso que era su boca: señora, diosa devoradora de la inmundicia, la inmundicia la había devorado a ella…

La mujer se arrancó los guantes; sentí sus manos huesudas, apelmazadas, que recorrían mis mejillas, mi cuello, mi pecho…

—¿Para siempre, joven peregrino, dijiste que para siempre?

Sollocé en su regazo; no sé si escuché bien lo que dijo:

Fui la joven tentadora, amante de mi propio hermano, que entre mis brazos se perdió y perdió su reino de paz; fui la diosa del juego y de lo incierto, que tú conociste en la selva; en la madurez fui la sacerdotisa que absorbe los pecados y las inmundicias, los devora y así dejan de existir; ahora soy sólo la bruja, la anciana destructora de los jóvenes, la envidiosa: necesito sentarme sobre el cadáver de un hombre joven; ése es mi trono… tú…

La vieja me apartó, temblando, de sí.

Vete, huye, estás a tiempo; no entendiste; te ofrecí un año entero juntos, un año de tu vida de hombre, que no es igual a mis años de mujer, no lo aceptaste; hubieses muerto después de un año de amarme todas las noches; ahora tendremos que esperar, tanto, tanto; guarda el mapa, regresa, búscame, dentro de cien años, doscientos mil, al tiempo que tardemos en ser otra vez, al mismo tiempo, jóvenes tú y yo, los dos juntos, al mismo tiempo, al mismo instante…

Juzgad, Señor, mi fiebre, mi locura, mi borrachera feroz; no era dueño de mí; terminé de arrancar los ropajes de la anciana putrefacta, cerré los ojos, me dije no importa, estás borracho, qué importa, puedes poseerla, cierra los ojos, imagina a la muchacha de la selva, imagina a la mujer de la pirámide, es tu única mujer, tu amante, tu esposa, tu hermana, tu madre, goza de lo prohibido, hazla tuya, no hay otra mujer en el mundo, no juzgues ya, no compares, ama, ama, ama…

La vieja temblaba como un pajarillo; y como un desnudo gorrión sin plumas era su pequeño, encogido, enfermo cuerpo; me abracé a él, con los ojos cerrados…

Espera, gemía la mujer, espera, no puedes ahora, qué lástima, esta vez no coincidieron nuestros tiempos, ha pasado tanto tiempo para mí desde que te conocí, pero tan poco para ti, espera, un día se cumplirá mi ciclo, volveré a ser la muchacha de la selva, volveremos a encontrarnos, en alguna parte, ahora no puedes…

Yo me había despojado de la manta con que me vistieron y desnudo, ciego, excitado, apreté contra mi cuerpo el de la vieja; mi pene erecto buscó el sexo de la anciana y topó contra piedra, un pedernal, una roca impenetrable…

Me aparté, me hinqué ante las piernas abiertas de la vieja, las aparté, y de su hoyo, Señor, de ese ardiente hoyo que fue mío, emergía un cuchillo de piedra, y su mango de piedra era un rostro labrado, y ese rostro era el de mi maravillosa amante, la muchacha de la selva, la señora de las mariposas.

Gemí, embrutecido, rodando por el tiempo, incierto de la hora, abandonado a los fulgores del oro y la plata y las perlas que como las mariposas radiantes ahora no arrojaban más brillo que el de las cenizas, cenizas sentí en mi boca, fuego a mi espalda, el aposento se llenaba repentinamente de otros fulgores, volteé: hachas de fuego, grandes cebos de fuego mantenidos en alto; era la noche, la noche era alumbrada por estos hombres, miré las antorchas, miré a mi doble oscuro, apoyado en la muleta.

Me miraban.

Noche de los reflejos

Mi doble oscuro, el llamado Espejo Humeante, el rengo, vestía ahora un chalequillo pintado con miembros humanos despedazados: cráneos, orejas, corazones, intestinos, tetas, manos, pies, y al cuello llevaba un aderezo de plumas de papagayo amarillo, y su manta tenía forma de hojas de ortiga, con tintura negra y mechones de pluma fina de águila; y sus orejeras eran de mosaico de turquesa, y de ellas pendía un anillo de espinas, y de oro era la insignia de la nariz, con piedras engastadas; y sobre la cabeza tenía el tocado de plumas verdes, semejante al que yo usé al ocupar el solio de esta ciudad maldita. Y en su mirada había un vidrio de pasiones, el primero de la larga noche de reflejos que ahora habría de vivir: asco y cólera, desprecio y goce, una secreta derrota, una inflamada decepción, una turbia victoria.

Recogí mis rasgadas ropas de náufrago, avergonzado de mi propia desnudez. Me vestí con rubor, con torpeza, con premura; recogí la máscara de plumas que la vieja me ofreció como extraña guía del mundo nuevo, y la guardé en mi jubón, junto con mi espejo y mis tijeras. La anciana permaneció yacente, tapándose los ojos con un brazo picoteado, desparramados por el suelo de plata sus negros ropajes, abiertas sus piernas con la daga de piedra clavada entre los muslos.

Los espesores del incienso invadían la cámara del tesoro.

El príncipe cojitranco habló, levantando un brazo y agitando las plumas de su penacho, y dirigiéndose a la compañía de sacerdotes y guerreros que le acompañaban, más que a la vieja y a mí, aunque sólo a nosotros dirigiese su mirada, véanlo; vean al joven señor del amor y de la paz; vean al creador de los hombres; vean al educador manso y caritativo; vean al enemigo del sacrificio y de la guerra; vean caído al creador; vean su vergüenza desnuda y borracha; véanle embriagado, recostado con su propia hermana, creyendo en el estupor de la bebida que es su propia madre, o con su propia madre, creyendo que es su propia hermana; ¿cuál crimen será peor?, ¿por cuál de todos le expulsaremos nuevamente de la ciudad: usurpador, mentiroso, tan débil como los hombres que un día creó, y de la arcilla humana contagiado? ¿Es éste quien nos defenderá del trueno, del fuego, del terremoto, de la tiniebla? ¿Bastarían sus enseñanzas para aplacar las furias de la naturaleza que desde lo más alto del cielo y lo más profundo de la tierra nos amenazan a cada instante? Miren al creador caído, y díganme si desde los pozos de la borrachera y el incesto puede predicarse amor y paz y trabajo. Vayan, mensajeros y escuchas, corran con la nueva: el sueño ha concluido, el dios ha regresado, ha pecado, volverá a huir lleno de vergüenza, nuestra ley ha triunfado, permanece, sigue; la tierra tiene sed de sangre para rendir sus frutos, el sol tiene hambre de sangre para reaparecer cada aurora, el Señor de la Gran Voz tiene hambre y sed de las perlas, el maíz, el oro, las aves, la vida y la muerte de todos para contestar a los desafíos de la tierra y del sol. Has regresado, joven señor; breve ha sido tu paso por el trono que hoy te cedí; huirás de vuelta; tu regreso será de nuevo lo que nunca debió dejar de ser: una promesa. La honraremos de palabra. La negaremos de acto. No se puede gobernar con tus enseñanzas. Pero sólo se puede gobernar invocándolas.

Antes de que yo pudiese reaccionar ante estas incomprensibles acusaciones, la vieja gimió terriblemente, extendió sus vencidos brazos hacia el que hablaba, ese mi doble, suntuosamente ataviado, y en el cual sólo ahora reconocí, separándole para siempre de mí, al Señor de la Gran Voz, al tantas veces mentado príncipe de estas tierras de la luna muerta.

Y a la mujer le dijo que no desesperase, que todo estaba bien hecho, que ella tendría la recompensa de este día y esta edad, el regalo del momento que vivía, la ofrenda prometida cada vez que la mujer cumplía este ciclo de su siempre renovada existencia.

—Tu hermana, murmuró el príncipe renco. Tu vergüenza. Tu madre.

Oh, Señor, qué me importaban estas interdicciones; no las comprendía, las sabía falsarias, estaba aturdido, extraviada mi razón, destemplados mis miembros; ahíto de pesadillas, me arrojé a los pies de mi amante recuperada, besé sus rodillas, sus muslos, su vientre, quise llegar a sus labios; su mano me lo vedó, sellando los míos; nada me importaban sus crueles misterios, aceptaría lo que ella me pidiese, un año y luego la muerte, un día, una noche, una sola ocasión de amor, y mi vida volvería a tener sentido; ahora sí me confesaría ante ella, mi madre, dispuesto a ser escuchado por ella y así, a morir por ella; arranqué su mano de mis labios, le dije que me escuchara, toda la memoria de mi vida, de nuestras vidas, el recuerdo del mundo anterior a mi viaje al nuevo mundo, y me vi niño, sin palabra ni memoria, un recién nacido, envuelto en sábanas sangrantes, huyendo en brazos de una mujer, madre, nodriza, hermana, no sé, por los portales y los corredores de un patio de piedra donde se acumulaban cadáveres de mujeres, hombres y niños como yo, cadáveres cuyas ropas anunciaban su condición: villanos, judíos, labriegos, mudéjares, rameras, monjes, mujeres del pueblo, niños del pueblo, amontonados en el patio de un alcázar, un túmulo de cadáveres sobre leños, amontonados en el patio del alcázar, unos guardias acorazados prendiendo fuego con sus hachas a la enorme pira funeraria, unos perros ladrando frente a las llamas, las llamas iluminando las carlancas de los perros y la divisa inscrita en el fierro, *Nondum, Nondum*...

No, Señor, no tembléis, no gritéis así, dejadme continuar, escuchadme, ella no me quiso escuchar, ella dijo como vos ahora, basta, basta, ella me apartó de sí como vos os levantáis de vuestra silla, aún no, aún no, esperad Señor, que quise confesarme esta vez ante ella, y recordé la muerte y el crimen y no supe por qué debía confesarme de esto, gritándole a la mujer de las mariposas: me preferiste a mí, te entregaste a mí para que yo te diera un hijo; sin saber lo que decía, Señor, ni por qué lo decía, y el hombre altivo, apoyado en la muleta, nos miraba con ojos de negro tigre, luego yo huí y sólo entonces tú la poseíste, fuiste siempre el segundo, no el primero, y odiaste a mis hijos, asesinaste a mis hijos, dije esto, como si en realidad lo hubiese vivido y ahora lo confesase, pero ella los recupera, mi madre, mi esposa, mi amante, mi hermana, ella bebe la sangre de mis hijos, ella recobra la juventud y la vida, ella vuelve a amarme, y las mariposas cenicientas recuperaron su brillo y su vuelo, uniéronse en centelleante constelación y se posaron sobre la cabeza de la anciana, y en ese instante la señora de las mariposas se desintegró, convertida en polvo, y los guardias del Señor de la Gran Voz cayeron sobre mí; a coces y empellones me derrumbaron, me arrastraron lejos de los restos de mi madre y hermana, mi amante, fuera de la sala de los tesoros, a la gran terraza y a la noche de la ciudad parpadeante, de grandes fogatas encendidas, de luces temblorosas en los canales, de apaciguados espejos en la laguna negra.

Por los treinta y tres peldaños descendimos, por los cuartos de albinos y enanos y monstruos pasamos, junto a las oscuras huertas donde aullaban los lobos, gruñían las onzas, ululaban los búhos, hasta un gran aposento de ídolos, cada uno con su cazuela de incienso a los pies de la piedra, en piedra convertidas todas las visiones de mi largo y breve peregrinar por esta tierra.

Que mirara, que mirara bien, me gritaba el Señor de la Gran Voz, mi doble cojo; que mirara bien, con un puño clavado en mi cabellera, tirando de ella, azotando mi cabeza contra las piedras de los ídolos, que mirara bien a los protectores, a los poderes que aseguran la lluvia y el viento y la fecundidad de la tierra y ahuyentasen el terremoto, la sequía y la inundación devastadoras, que mirara bien, a los eternos opuestos, hombre y mujer, luz y oscuridad, movimiento y quietud, orden y desorden, bien y mal, las fuerzas que empujan al sol bienhechor hacia la entraña de los montes y las fuerzas que lo resucitan de su letargo nocturno, la luz en la noche, la tiniebla en el día, el anuncio, la doble estrella gemela de sí misma, primera del atardecer, primera del amanecer, mundo de dualidades, mundo de oposiciones, sólo hay vida si dos opuestos se enfrentan y luchan, no hay paz sin guerra, no hay vida sin muerte, no hay unidad posible, nada es uno, todo es dos, en constante combate, y yo pretendía que todo volviese a ser uno, todo de uno, todo de todos, yo, me gritó mi doble sombrío, tú, el principio de la unidad, del bien, de la paz permanente, de las dualidades disueltas, yo...

La sangre se agolpaba en mis ojos.

El humo me cegaba.

Yacía sobre la piedra de esta capilla y cuando levanté la cabeza sólo vi que mi doble estaba detenido frente a mí y que estábamos solos.

Y éstas fueron sus palabras:

—Esta mañana me viste quemar y barrer las cenizas de unos papeles. En ellos se contaba tu leyenda. En ellos se prometía tu regreso. Un día huiste por el oriente. Ibas apesadumbrado por que los hombres habían violado tus códigos de paz, unión y hermandad. Dijiste que volverías un día, a restaurar tu reino de bondad.

—No entiendo, dije con la voz ronca, agotada, no entiendo, ¿por qué se perdió ese reino, por qué violaron los hombres las leyes de la paz y la bondad?

Mi doble rió: —Tú eres la luz y yo soy la sombra. Tus hijos, los hombres, nacieron de la luz. Yo, desde las tinieblas, no podía crear. La noche se alimenta de la creciente nada. Tú inventaste a los hombres en la luz y para la luz. Pero aun la luz necesita reposo y mi reino, el de la noche, acoge la fatiga de las criaturas. Tus hijos no serían más que el mismo sol. Deberían, como el sol, dormir, y entonces yo, el demonio de los sueños, los haría míos, cada noche, y cada noche les haría dudar de la bondad de su creador, daría figura en el temblor de la noche al miedo, la duda, la envidia, el desprecio, la codicia: noche tras noche, gota tras gota, hasta envenenar a tus hijos, dividirlos, seducirlos, hacerlos optar entre la tentación de la noche y la costumbre del día. Te equivocaste, pobrecito de ti. Hiciste libres a los hombres. Pudieron escoger. ¿Quién no escogerá las deleitosas prohibiciones de la noche sobres las insípidas leyes del día?

—¿Aun a costa de la esclavitud?

—No sabían entonces que sobre el desorden de sus sentidos se levantaría el sentido de mi orden. Sin necesidad de decir palabra, ellos se convirtieron en esclavos y yo en amo, pero ambos, ellos para mantener la ilusión de su libertad y yo para mantener la legitimidad de mi poder, fingimos seguir respetando tus leyes. Huiste entristecido; dijiste que regresarías. Mientras tanto, yo reinaría como usurpador, como simple lugarteniente de tu solio, sin legitimidad propia, temiendo a cada instante tu prometido retorno y el fin de mi poder. Mírate ahora, borracho, incestuoso, indigno, estúpido. No resististe a la tentación. El creador es culpable. El creador es tan débil como sus criaturas. Mírate ahora. Mírate…

El Señor de la Gran Voz acercaba a mí una vara llena de espejos. Cerré los ojos para no mirarme. Murmuré una razón que repentinamente se alumbró en mi pecho:

—El anciano de la memoria me dijo que éramos tres, tres los creadores, uno de la vida, otro de la muerte, y otro del recuerdo que mantiene vida y muerte… Y si él era la memoria, y la vida yo, tú debes ser la muerte, la muerte en la tierra, y no la que yo conocí debajo de la tierra…

—Ese viejo mentía. Siempre hemos sido dos. Sólo dos. Tú, el enano jorobado y buboso que se atrevió a saltar al brasero de la creación; yo, el erguido y bello príncipe que no tuvo el valor de hacerlo. Tú regresaste entero, espléndido, dorado, recompensado de tu sacrificio, sin más signo de tu monstruosidad anterior que tus seis dedos en cada pie y una roja cruz en la espalda: el sello de tu paso por el fuego, como las manchas del tigre y del venado. Yo… mírame… un baldado… destrozado por las contorsiones vengativas de nuestra madre la tierra…

—Tú y yo, solos…

—Sólo yo, desde ahora. Sólo yo, sin tu sombra perseguidora, mi doble, el acusador siempre presente, mirándome por encima del hombro, diciéndome que yerro, que hago mal, que mi poder es cruel y sanguinario y también incierto y pasajero, que tú regresarás a recuperar el poder del bien… Mírate ahora… Mi legitimidad se levantará sobre tu fracaso. Nunca más volverás a turbar nuestro orden. Hoy quemé los papeles de tu leyenda. Ya no hay nada escrito sobre ti. Por allí empezaré, hasta convertir la memoria de ti en cenizas como las que hoy barrí con mi escoba.

Yo hablaba con los ojos cerrados. Imploré: —Dime una sola cosa. Contesta a una sola pregunta. Tengo derecho a ella esta noche.

Mi oscuro doble, que en mí veía al suyo, esperó en silencio. Escupí sangre. Y sólo dije:

—Dime: ¿qué hice durante los veinte días que he olvidado?

Señor: la carcajada del llamado Espejo Humeante estalló como la ola que esa mañana barrió las casas más pobres de esta ciudad, se desparramó en ecos por las paredes huecas de este oratorio, regresó convertida en palabras y esas palabras eran una orden irresistible:

—Mira, te digo que mires; mira los espejos de esta vara, que es la de nuestro señor Xipe Topec, el dios desollado, el que da su vida por la siguiente cosecha, el que escapa de sí mismo al escapar de su piel; mira en los espejos de su vara, y tendrás respuesta a tu pregunta.

Abrí los ojos. El Señor de la Gran Voz tenía la vara en su puño izquierdo, y se mantenía apoyado contra ella. Éste era ahora su bastón.

Bastón de luces: cada espejo brillaba, y cada brillo era una terrible escena de muerte, degüello, incendio, espantable guerra, y en todas yo era el protagonista, yo era el hombre blanco, rubio, barbado, a caballo, armado de ballesta, de espada armado, con una cruz de oro bordada al pecho, yo era ese hombre que prendía fuego a los templos, destruía los ídolos, disparaba cañones contra los guerreros de esta tierra, armados ellos sólo de lanzas y flechas, yo era el centauro que asolaba los mismos campos, las mismas llanuras, las mismas selvas de mi peregrinar desde la costa, mis cabalgatas atropellaban pueblos enteros, las ciudades eran reducidas a negra ceniza por mis antorchas iracundas, yo ordenaba el degüello de los danzantes en las fiestas de las pirámides, yo violaba a las mujeres, y herraba como ganado a los hombres, y negaba la paternidad de los hijos de puta que iba dejando en mi camino, yo cargaba a los pobres de esta tierra con pesados fardos y a latigazos les ponía en camino, yo fundía en barras de oro, las joyas, los muros y los pisos del mundo nuevo; les contagiaba la viruela y el cólera a los pobladores de estas comarcas, yo, yo, era yo quien pasaba a cuchillo a los habitantes del pueblo de la selva, esta vez no se inmolaban a sí mismos y en honor de mí, el dios que regresó, la promesa del bien: esta vez yo mismo los mataba, yo mandaba cortar las manos y los pies de los insurrectos, yo, yo, yo me hundía cargado de oro y cadáveres y llantos y tinieblas en los pantanos lodosos de una laguna que se resecaba cada vez que un cargador vencido por su peso, una mujer herrada en los labios, un niño parido en el desierto, caían, muertos, a las aguas: la laguna era un cementerio, y yo emergía de ella, bañado en oro y sangre, a reconquistar una ciudad sin habitantes, un mausoleo de soledades...

Aterrado por estas visiones, aparté de mí, con un sollozo berreado, animal, con un manotazo de bestia, la vara de los espejos; el hombre baldado perdió el equilibrio y cayó cerca de mí.

Su cara, a la mía idéntica, estaba frente a la mía, ambos arrojados sobre la piedra del piso del oratorio, ambos mirándonos, acechándonos, jadeando, mostrándonos los dientes, las fauces babeantes, ambos con los pechos sobre el suelo y los codos levantados, apoyando las manos sobre la piedra, arañándola, a punto de saltar el uno sobre el otro.

—Eso hice... lo que tú has hecho siempre...

Lo pregunté, Señor, pero el terror y la fatiga y el jadeo de mi voz vencieron a la interrogante y la ofrecieron como afirmación a mi doble.

Y él contestó, con la boca espumosa:

—Eso harás... Los espejos de esta vara miran al futuro...

Sentí, Señor, que enloquecía: la brújula de mi mente había perdido su norte, mis identidades se desparramaban y multiplicaban más allá de todo contacto con mi mínima razón humana, yo era un prisionero de la magia más tenebrosa, la que en piedra figuraban en este panteón todos los dioses y diosas que no pude vencer en esta tierra, que con sus espantosas muecas se burlaban de mi unidad y me imponían su proliferación monstruosa, destruían las razones de la unidad que yo debía portar como ofrenda a este mundo, sí, pero también la unidad simple en la que aquella unidad total se mantendría: la mía, la de mi persona. Miré los rostros de los ídolos: no entendían de qué hablaba.

¿Qué prueba tendría, sino la que conmigo mismo portaba, desde las costas de España, en la bolsa de mi jubón? Contra los espejismos de esta tierra, contra la vara mortal del dios desollado, contra el límpido reflejo en la cabeza de la grulla, contra el nombre mismo del espejo de humo, contra las incomprensibles imágenes de los veinte días de mi otro destino, el destino olvidado porque aún no se cumplía, o quizá el destino cumplido porque ya lo había olvidado, opuse mi propio espejillo, el que usamos Pedro y yo en la nave que aquí nos trajo cuando hicimos oficio de barbero, el que le mostré al desolado anciano de las memorias en el aposento del templo; mi espejo, y mis tijeras.

Ambas cosas saqué de mi jubón, echado allí, como una fiera, ante la fiera enemiga, mi doble, el Espejo Humeante, el Señor de la Gran Voz, también echado sobre el piso, serpientes ambos, mirándonos, acechándonos, esperando el siguiente gesto del contrincante.

—¿No temes tú mismo lo que yo he visto en la vara de espejos?, le pregunté.

—No temo lo que a mí se asemeja. Te temí a ti en el bosque, cuando preferiste tu deseo a mi corazón. Dejé de temerte hoy, cuando convertiste el poder que te di en deseo. Si crees que mis espejos mienten, mírate en el tuyo.

Señor: lo que aquel viejo memorioso debió sentir cuando yo le mostré su reflejo, ahora lo sentí yo al verme, pues mi propio espejo me devolvía un rostro, y era el del anciano muerto de espanto al saberse viejo: yo miré en mi espejo y me vi cargado de tiempo, en el umbral de la muerte, añoso y acabado, desdentado y reseco, pálido y trémulo, inmerso en el cesto lleno de perlas y algodones; me vi, Señor, y me dije que jamás me había movido del cesto y de la enramada donde una noche me colocaron los hombres del río, en el pueblo de la selva; que la verdad era la que entonces imaginé: esperé metido en ese cesto a que la vejez me devorase y llegase a ser tan anciano como el viejo al que maté con mi espejo; ahora el espejo me está matando a mí. Nunca me moví de ese lugar. Todo lo demás, hasta el momento que vivía, sólo lo soñé. Mi destino fue verme envejecer, inmóvil, en esta veloz imagen. Lunas, soles, días, estrellas, amparadme, reloj de agua, reloj de arena, libro de horas, calendario de piedra, mareas y tormentas, no me abandonéis, asidme al tiempo, pierdo la cuenta de los días de Venus, repitiéndome a solas que los días de mi destino en esta extraña tierra sólo pueden ser del número señalado por el anciano en el templo: los días de mi destino robados a los días del sol; los días enmascarados robados a los días de mi destino; he imaginado esos cinco días estériles hurtados a mi mala fortuna a fin de ganárselos al momento de mi muerte; pero hoy he imaginado también los veinte días del sol robados al tiempo de mi destino, los veinte días de mi malafortuna, los veinte días de mi muerte olvidada y que, fatalmente, ocurrirán en el futuro. ¿Cómo medirlos? ¿Cómo saber si un día de mi tiempo era un siglo de este tiempo?

Vime anciano en mi espejo; sofoqué un grito; quise reunirme con mi amante, con la vieja, la bruja, la atroz, la asesina, y renacer con ella a la juventud; no era posible; nuestros tiempos jamás volverían a coincidir: ella volvería a la juventud; yo corría hacia la vejez, hacia la imagen del espejo; la imagen del anciano del templo; él me otorgó el tiempo de mi memoria y yo le maté con el tiempo de mi espejo; a ciegas me acercaba al tiempo del espacio y al espacio del tiempo; la imagen del doble echado frente a mí, traspasándome con su mirada de vidrio negro; él me otorgó el tiempo de mi premonición y yo le mataría con mis tijeras; las levanté, las clavé en su rostro, rasgué ese rostro que era el mío, rebané su mirada con mis frágiles aceros gemelos, levanté de nuevo las tijeras, las clavé en la espalda del Señor de la Gran Voz, mi doble giró sobre sí mismo con un espantable espasmo, y en su pecho volví a enterrar las tijeras, y en su vientre, y su negra sangre corrió por las anchas baldosas de esta capilla, y regó las flores, los insectos, las escobas, los pies de los dioses de piedra.

Me levanté con las manos ensangrentadas.

Señor: supe entonces que debía huir, que empezaban a contar los veinte días de mi carnicera vida bajo el sol de México, que me quedaba un solo día para huir de ese destino, negarlo con mi ausencia, regresar al mar, regresar a mi verdadera guía, Venus, asirme a su velamen y en el mar salvarme o ahogarme, pero jamás sujetarme al destino que olvidé y que los espejos de la vara me recordaron.

Miré por última vez el cuerpo tasajeado de mi oscuro doble. Miré otra vez mis manos llenas de sangre. La leyenda había terminado. La fábula nunca se repetiría. Mi enemigo y yo habíamos matado al esperado dios de la paz, la unión y la felicidad. Así murió el llamado serpiente de plumas. Pero así murió también —pensé entonces— el llamado espejo de humo. Con ellos moría su secreto: ambos eran uno.

Día de la fuga

Desorientado, huía del oratorio y me perdí en los laberintos de piedra de la ciudad de la laguna. Volvía a ser el del principio, el náufrago de rasgados ropajes y tres ínfimas posesiones: un espejo, unas tijeras y ahora, una máscara de plumas y hormigas.

Perdime. No supe si el palacio era la ciudad, o la ciudad el palacio; dónde terminaba una plaza y comenzaba un mercado; dónde terminaba un mercado y comenzaba una calzada; huí revestido con las corazas del miedo, mas mi única armadura eran mis huesos y contra un inmenso vacío combatían: vacías las huertas de las aves y las culebras y las feroces bestias; vacíos los adoratorios; vacíos los mercados; vacíos los canales, abandonadas las barcas en las márgenes de los islotes; yo huía; la ciudad parecía huir conmigo; quizá había huido antes que yo, y yo sólo la seguía en su fuga hacia el amanecer: mi último amanecer en este nuevo mundo a donde llegué; un año, diez, o un siglo antes, acompañado del viejo Pedro que aquí buscaba la tierra libre, la parcela de felicidad, el mundo nuevo emancipado de las injusticias, las opresiones y los crímenes del viejo mundo.

Oh mi viejo amigo, a tiempo moriste, de la decepción te salvaste: sólo habrías conocido aquí, con otras razones, con otros ropajes, con otras ceremonias, los mismos crueles poderes que creíste abandonar al embarcarte con Venus, y conmigo, aquella tan lejana mañana.

Escuchadme, Señor, escuchadme hasta el fin, no levantéis la mano, no convoquéis a vuestros guardias, debéis escucharme: hablo mientras amo a la muchacha que me socorrió, sólo puedo hablar mientras ella me acaricia, el amor es mi memoria, la única, ahora lo sé, y apenas nos separéis, Señor, a ella y a mí, regresaré al olvido del cual me rescataron los pintados labios de esta mujer: ella es mi voz, ella es mi guía, en ambos mundos, sin ella todo lo olvido porque recordar es doloroso, y sólo su amor puede darme fuerzas para resignarme al dolor de la memoria: en la soledad yo me abandonaré siempre al alivio del olvido; no quiero rememorar el viejo mundo de donde salí, ni el nuevo mundo de donde llego…

Caminaba huyendo por la calzada que une el islote mayor de México con el islote menor de Tlatelolco, cuando vi avanzar hacia mí a un grupo de jóvenes desnudos, y en ellos reconocí a los diez muchachos y a las diez muchachas que me acompañaron fuera del volcán, y que hablaban nuestra lengua; corrieron hacia mí, con alegría en sus voces y miradas; y fue ésta la primera cosa alegre que había visto en mucho tiempo, y que tan violentamente contrastaba con el melancólico silencio de esta ciudad de la laguna. Me abrazaron, me besaron, mas nada explícito dijeron, salvo sus expresiones de regocijo al encontrarme.

No quise preguntarles por qué me abandonaron a estos terribles encuentros solitarios con los habitantes del palacio; debía guardar mi penúltima pregunta para un momento que sabía vecino, y no debía hacérsela a ellos; ellos, me lo decía mi juicio de manera incierta y mi corazón con toda certidumbre, me darían la respuesta final.

Me dejé llevar por ellos a lo largo de la calzada y hacia la isla de Tlatelolco; entramos a una gran plaza, muy limpia y desierta, y cercada por muros de piedra roja. Había allí una baja pirámide y varios adoratorios, y un gran silencio reinaba. La aurora era una perla en el cielo. Y en el centro de la inmensa plaza estaba colocado un cesto de mimbre.

Creí reconocerlo; apresuré mi paso, seguido por los veinte jóvenes; había un hombre dentro del cesto; lo miré; caí de rodillas ante él, así por una extraña impulsión sagrada como por el deseo de verle cara a cara, y escuchar su voz cerca de la mía.

Era el anciano de las memorias, el mismo viejo guardián de las fábulas más antiguas, que un día me habló desde una húmeda cámara en la pirámide de la selva, y luego murió de terror al verse en mi espejo, y fue arrastrado a la cima del templo, y allí, creí entonces, devorado por los buitres.

Y como entonces, ahora me dijo, pero hablando nuestra lengua castellana:

—Sé muy bienvenido, mi hermano. Te hemos esperado.

Lo toqué, con mi mano temblorosa; él sonrió; no era un fantasma. ¿Era este viejo, en verdad, el dueño de los secretos de esta tierra, de todas las tierras? Mas, ¿qué sabía? Me daba la bienvenida el día de mi fuga: el último día de mi vida en el mundo nuevo, al cabo de los cinco días de la memoria que él mismo, ahora estaba seguro de ello, me había otorgado como un don excepcional; cinco días separados de los veinte días que él mismo vedó a mi recuerdo y que yo, esta mañana, ya no sabía si los viví en el olvido de lo que sucedió entre cada uno de los cinco días recordados, o si los habría de vivir, como me lo dijo el espejo de la vara, en un incierto futuro.

Rayaba el sol sobre los muros y las chatas cimas de esta plaza, y ésta era mi pregunta verdadera, desechando las más inmediatas, las más cercanas de todas, las que impulsivamente hubiese querido hacer en ese instante, ¿quién eres, viejo?, ¿no moriste de terror cuando te mostré tu verdadera faz?, ¿no fuiste pasto de buitres, gusanos y víboras en la espesa selva donde abandonamos tu cadáver? No, mi pregunta fue ésta:

—Señor: ¿he vivido ya los veinte días olvidados, o los he de vivir aún? Pues ahora sé que fueron o serán días de muerte, dolor y sangre, y temo por igual haberlos vivido ayer que vivirlos mañana.

El anciano de cráneo manchado y blancos mechones sonrió con su boca desdentada.

Sé muy bienvenido, mi hermano, dijo. Te hemos esperado. Te esperaremos siempre. Ya has estado aquí antes. No lo recuerdas. Qué importa. Has estado en tantas partes, y no lo recuerdas. Qué lejos miran mis ojos. Qué lejos de esta tierra nacida de ardientes mares, que es levantada desde las costas pútridas y abundantes, asciende por perfumados valles de fruta y culmina en un desierto de piedra y fuego. Conozco tantas ciudades fundadas por ti. Junto a los ríos. Junto a los mares. Desde el inmóvil centro de los desiertos. Descubre quién fundó esas ciudades lejanas y cercanas y te descubrirás siempre a ti mismo, olvidado de ti mismo. Serpiente de plumas fuiste llamado en esta parte del mundo. Otros nombres portaste en tierras de dátil y arcilla, de aluvión y marea, de vino y loba. Entre dos ríos naciste. La leche de las bestias te amamantó. Junto al padre de las aguas, blancas y azules, creciste. Bajo un árbol soñaste. En el monte pereciste, y volviste a nacer. Fuiste siempre el educador primero, el que plantó la semilla, el que aró la tierra, el que trabajó los metales, el que predicó el amor entre los hombres. El que habló. El que escribió. Y siempre te acompañó un hermano enemigo, un doble, una sombra, un hombre que quería para sí lo que tú querías para todos: el fruto del trabajo y la voz de los hombres.

El largo y huesudo dedo del anciano emergió de entre los algodones que le calentaban e indicó hacia una de las entradas de la plaza de Tlatelolco.

Fracasarás siempre. Regresarás siempre. Volverás a fracasar. No te dejarás vencer. Conoces el orden original de la vida de los hombres, porque tú lo fundaste, con los hombres, que no nacieron para devorarse entre sí como fieras, sino para vivir de acuerdo con las enseñanzas del alba: las tuyas.

—Lo maté con mis propias tijeras; yo también soy un asesino...

No; sólo has matado, una vez más, a tu hermano enemigo. El que lucha contigo. El que lucha dentro de ti. Ese gemelo oscuro renacerá en ti, y seguirás combatiéndole. Y renacerá aquí. Volveremos a sufrir bajo su yugo. Volveremos a esperar que regreses a matarlo de nuevo.

—Señor: me hablas de una fatalidad sin fin, circular y eterna. ¿Nunca se resolverá con el triunfo definitivo de uno de los dos: mi doble o yo?

Nunca. Porque lo que tú representas sólo vivirá si es negado, agredido, secuestrado en un palacio, una prisión o un templo. Pues si tu reino pudiese establecerse sin contrincantes, pronto se convertiría en reino idéntico al que combates. Tu bien, hijo mío, sólo se mantiene vivo porque tu doble lo niega.

—¿Nunca?

Nunca, hermano, hijo mío, nunca. Tu destino es ser perseguido. Luchar. Ser derrotado. Renacer de tu derrota. Regresar. Hablar. Recordarles lo olvidado a todos. Reinar por un instante. Ser derrotado de nuevo por las fuerzas del mundo. Huir. Regresar. Recordar. Un trabajo sin fin. El más doloroso de todos. Libertad es el nombre de tu tarea. Un nombre con muchos hombres.

—¿Como yo, derrotados siempre, señor?

Mira, hermano, hijo mío. Mira...

La plaza de Tlatelolco se llenaba de vida, actividad, rumores, músicas, mil tareas pequeñas y sonrientes; quiénes daban forma al barro con sus manos o en el torno, quiénes tejían el cáñamo, quiénes bailaban y cantaban; los plateros, que con primor y artificio fundían alegres juguetes argentinos: una mona que jugaba pies y cabeza y tenía en las manos un huso, que parecía que hilaba, o una manzana, que parecía que comía; y los pacientes trabajadores de la pluma, quitándola y asentándola y mirando a una parte y a otra, por ver si dice mejor a pelo o contrapelo o al través, de la haz o del envés, y que de toda perfección hacían de pluma un animal, un árbol, una rosa; niños sentados a los pies de viejos maestros; mujeres amamantando a sus hijos, y otras guisando las comidas de la tierra, la carne de venado, de gamo, de liebre, de tuza, de pescado, envuelta siempre en el blando pan redondo como tortilla, y con sabor de humo; escribanos, poetas que hablaban en alta voz o con sosegados tonos de la amistad, la breve vida, el gusto del amor, el placer de las flores; cerca sentí sus voces, escuché alrededor de mí, esa mañana, mi última mañana, sus palabras:

No cesarán mis flores…

No cesará mi canto…

Lo elevo…

Nosotros también cantos nuevos elevamos aquí…

También las flores nuevas están en nuestras manos…

Deléitese con ellas el grupo de nuestros amigos…

Disípese con ellas la tristeza de nuestro corazón…

Tus cantos reúno: como esmeraldas los ensarto…

Adórnate con ellas…

Es en la tierra tu riqueza única…

¿Se irá tan solo mi corazón como las flores que fueron pereciendo?

¿Nada mi nombre será algún día?

Al menos flores, al menos cantos…

El viejo me miró, mirando y oyendo. Y cuando al cabo volví a mirarle a él, poseído yo por un conflictivo sentimiento de alegría y tristeza, me preguntó:

¿Comprendes?

—Sí.

Entonces el anciano de la memoria tomó con fuerza mi puño y acercó mi rostro al suyo y sus palabras eran como aire labrado, aire escrito:

Hablan; y todo el poder del Señor de la Gran Voz no puede impedirlo. Diste la palabra a todos, hermano. Y por temor a la palabra de todos, tu enemigo se sentirá siempre amenazado. Prisionero él mismo. Encerrado en su palacio. Imaginando que no hay más voz que la suya. ¡Señor de la Gran Voz! Oye las voces de todos en esta plaza. Sábete más derrotado que todas tus víctimas.

Dirigíase el sol a su mediodía. Levantose el sol encima de la gran plaza de vida y muerte, de libertad y esclavitud, de interminable lucha, y como su luz bañó a todos estos hombres y mujeres y niños que con sus manos y sus brazos y sus voces y sus pies y sus miradas mantenían presente y vivo algo precioso, una labor gustosa, una sabiduría amiga, un placer del cuerpo, una secreta esperanza, otra luz, quizá nacida de ellos, me bañó a mí por dentro, iluminó mi sangre y mis huesos, ascendió a mi mirada y la nubló de lágrimas, también, muy luminosas:

—¿Viví o viviré lo que ya sé, señor?

Lo viviste y lo vivirás. ¿Por qué habías de ser ajeno al conflicto de todos, en el pasado o en el futuro?

—Creí que me mentiste. Sólo conocí en tu mundo los signos de una dualidad petrificada.

Somos tres, seremos siempre tres. La vida. La muerte. Y la memoria que las reúne en una sola flor de tres pétalos.

—¿Ayer…?

Ahora…

—¿Mañana…?

El presente que nunca dejó de ser pasado y ya está siendo futuro. Entonces nos reuniremos, como te lo prometí, con nuestra madre la tierra. Seremos uno con ella y soportaremos todas las batallas de la historia, la victoria de tu derrota, y la derrota de los victoriosos.

Los tiempos se reunieron en la mirada del anciano.

Lo supe, pero no acerté a leerlos.

Apretó mi mano:

Ahora ve con tus amigos. Ellos te guiarán de regreso.

La soltó y se hundió en su cesto de algodones, tapándose la cara con las manos.

Por última vez, sofocada, renació la voz de ese anciano que creí muerto para siempre; sofocada por el algodón, la canastilla, el sol, sus propias manos:

Que nadie te engañe, antiguo hermano, hijo reciente. La libertad fue la orilla que el hombre primero pisó. Paraíso fue el nombre de esa libertad. La perdimos palmo a palmo. La ganaremos palmo a palmo. Que nadie te engañe, hijo, hermano. Nunca volverás a esa orilla. Nunca más habrá una libertad absoluta, anterior a la primera muerte. Pero habrá una libertad a pesar de la muerte. Puede ser nombrada. Y cantada. Y amada. Y soñada. Y deseada. Lucha por ella. Serás vencido. Ésa es la victoria que te ofrezco en nombre de ella.

Un espantoso estruendo siguió a estas palabras. Nublose el cielo. Una lluvia lodosa descendió sobre la plaza. Mis jóvenes compañeros me rodearon, como si quisieran protegerme. Me impidieron ver lo que sucedía, me obligaron a voltearme:

—No mires hacia atrás…

—Pronto, corre…

—La barca te espera…

Corrí con ellos hasta la calzada, mientras detrás de nosotros las detonaciones se sucedían bajo la lluvia, y los gritos eran más fuertes que las detonaciones primero, y luego más leves que la lluvia parda y pertinaz.

Triunfó el silencio.

Y del silencio se levantó un nuevo coro de voces, que nos perseguían mientras corríamos de prisa a lo largo de la calzada:

—El llanto se extiende…

—Las lágrimas gotean allí en Tlatelolco…

—¿A dónde vamos?, ¡oh amigos!

—El humo se está levantando…

—La niebla se está extendiendo…

—El agua se ha acedado, se acedó la comida…

—Gusanos pululan por calles y plazas…

—En las paredes están salpicados los sesos…

—Rojas están las aguas…

—Bebemos agua de salitre…

—Es nuestra herencia una red de agujeros…

—Se nos pone precio…

—Precio del joven, del sacerdote, del niño y de la doncella…

—Llorad, amigos míos…

Nos detuvimos junto a una barcaza de anchos leños, amarrados entre sí con cuerpos de serpientes, que estaba atracada a una estela.

Miré por última vez las siluetas de la ciudad. Caía una precipitada noche, convocada a deshora por las nubes negrísimas, la lluvia y los remolinos de polvo que luchaban contra ella, sin que la tormenta pudiese aplacarlos: ciudad bañada por la turbiedad, no la reconocí en su nueva faz de espectro: más altas eran las torres, y relampagueaban en la tormenta sus infinitas ventanas, todas de espejos, como la vara del desollado, y agrietados sus muros: coronábanlas parpadeantes luces, rojas, blancas, azules, verdes, empolvadas, guiños y signos que se apagaban y encendían con regularidad, insensibles a la furia de los elementos, tenaces como los fuegos que vi a mi llegada, que el agua sólo los hacía crecer.

Escuché campanadas hondas, y rugidos impacientes, y ya no el solitario rumor del atabal y el caracol, sino miles y miles de roncos pitos, como si la ciudad hubiese sido invadida por un ejército de ranas, tal era el croar que se sepultaba bajo la pestilente nata gris que a su vez comenzaba a sepultar todo el paisaje, velaba la proximidad de los volcanes, cubría este valle entero de velos lentos, pesados, asfixiantes: un sudario cayó sobre México y Tlatelolco.

Era la noche. Era también una imitación de la noche.

Noche del retorno

A pesar de todo, venciendo esta avalancha de tinieblas, perdida como un alfiler en un lodazal, la miré brillando, renaciendo, lejana pero a la altura de mi mirada: la estrella vespertina iluminaba la última noche de mis incógnitas en esta tierra. Ahora, al fin, yo sabría.

Me aguardaba la barcaza de serpientes. Mis veinte jóvenes se habían detenido conmigo, sobre la calzada entre México y Tlatelolco, a contemplar la noche de la ciudad. Uno de ellos se disponía a desamarrar las cuerdas que atracaban la barca a una baja estela de piedra. Una tensa melancolía se suspendía sobre nuestro grupo. Era el momento de decirnos adiós, mas hasta este momento nada, o casi nada, nos habíamos dicho estos jóvenes y yo. Y sin embargo, me dije sonriendo, ellos son los únicos que aquí hablan la lengua de Castilla, aunque con el dejo propio de los pobladores de esta tierra: dulce, cantarín, despojado de los brutales tonos de la nuestra; trino de pájaros, el suyo; rumor de botas, el nuestro.

No, pensé en seguida, turbado, no son los únicos; también el anciano de las memorias, también él me habló en castellano, en esa lengua contestó a mis preguntas… Mis preguntas. ¿Cuántas le dirigí, cuántas me contestó; por qué, si yo sólo tenía derecho a una cada día y a otra cada noche; por qué se rompió ese compromiso en el centro de la gran plaza de Tlatelolco; por qué? La pregunta se me salió de la boca antes de que pudiera apresarla, sin pensar en que era la última que podría hacer:

—¿Por qué sigue vivo ese anciano con el que hablé en la plaza? Os lo juro: yo lo vi morir, un día, de miedo, y ser entregado a los buitres…

Los jóvenes se miraron entre sí. Miradas nuevas, impresas por el agua. No sé explicarlo, Señor. No había visto miradas iguales aquí, aunque recordase, en mi paso por esta tierra ajena, tantos ojos de opuestas pasiones, terror y ternura, amistad y odio, veneración y venganza, sí, pero nunca unas miradas que eran nuevas, por primera vez de ellos y mías, nuevas: ¿quién troqueló el rostro de la tierra, quién hizo arder su campo sin palabras?

Un muchacho habló. Como le entendí al escucharle, qué tristeza y qué alivio sentí: un joven, un muchacho, que no hablaba en nombre del origen, la leyenda, el poder, la tradición, sino por sí mismo, aquí, en esta calzada junto a las aguas de la laguna de México.

—Yo no vi a nadie en esa plaza.

—El viejo, murmuré amedrentado, el viejo dentro del cesto…

El muchacho negó con la cabeza. —Nadie. No había nadie, salvo nosotros.

Una cifra ardía en mi cuerpo: —¿Con quién hablé, entonces? ¿Quién contestó a mis preguntas?

Ahora fue una muchacha la que habló: —Hablaste contigo mismo. Te hiciste preguntas. Te las contestaste. Nosotros te escuchamos.

Si el tiempo es un cazador, en ese instante me flechó, casi herido, y el juramento de mis días en esta tierra caía hecho pedazos conmigo; alcancé a balbucear:

—Entonces todo lo he soñado… Entonces nada ha sido cierto… Entonces debo despertar…

—No, no despiertes, dijo un joven, debes terminar tu viaje, debes regresar a tu tierra…

—¿Y regresar aquí, una y otra vez, para ser derrotado, siempre derrotado, derrotado por el crimen si lo cometo al regresar, derrotado por los criminales si regreso a castigarles?

La cabeza me giraba, Señor, las palabras salían atropelladamente de mi boca, yo ya no sabía dónde estaba, qué día era éste… Soñaba. Pero si soñaba, ¿dónde soñaba?, ¿a partir de qué momento soñaba? Quizá en ese instante, soñándome de pie sobre la calzada, junto a una barca y rodeado de mis veinte amigos, dormía plácidamente en la barca del viejo Pedro, inmóvil en el centro de los Sargazos; o quizá todo lo soñaba, mareado, en el centro del vértigo que nos atrapó en el gran océano; o quizá, realmente, como entonces lo pensé, salí del mar para pisar las playas de la muerte y allí permanecí para siempre, imaginando a los fantasmas de mi vida; no sabía, en fin, si todo lo soñaba a partir del momento en que fui colocado dentro del cesto del anciano de la memoria, bajo el cielo de la selva, rodeado de enramadas y cueros de venado, abandonado allí sin más compañía que mi espejo, destinado a soñar y amanecer un día y verme tan viejo como el memorioso señor; no sabía, no sabía en qué momento había dejado de vivir despierto y comenzado a vivir dormido; mas aquí estábamos, sobre la calzada que unía los islotes de la laguna de un lugar inexistente llamado México, el lugar del ombligo de la luna, ellos y yo, yo y ellos, los que arranqué del suelo de la muerte, los huesos que vivieron cuando los apreté contra mi pecho, el más irreal, el más fantástico de todos mis sueños...

¿También esto era mentira, también ellos eran fantasmas?

—Aquí estamos, dijo, simplemente, otra muchacha. En verdad, aquí somos.

Y habló uno tras otro:

—Debes partir.

—Nadie más que tú sabe de nosotros.

—Éste es tu secreto.

—No debes regresar.

—Nos esconderemos.

—Nos perderemos.

—No nos encontrarán.

—No nos sacrificarán.

—Saldremos cuando sea necesario.

—A nadie le cuentes de nosotros.

—No necesitas regresar.

—Haremos lo que tú prometiste.

—Actuaremos en tu nombre.

—Pierde cuidado.

—Somos veinte.

—En tu nombre viviremos los días que no recuerdas...

—Los días que perdiste...

—Los días que temes...

—Veinte días...

—Somos veinte...

—Diez hombres...

—Diez mujeres...

—Uno por cada uno de tus días olvidados y temidos...

—Todos juntos...

—No regreses...

—No te lo perdonarán...

—Éste ha sido tu crimen...

—Nos diste la vida...

—Ellos no lo saben...

—No creen que existimos…
—Los sorprenderemos…
—Nos esconderemos…
—En la montaña…
—En el desierto…
—En la selva…
—En la costa…
—Entre las ruinas…
—En las perdidas aldeas…
—Entre los magueyes…
—Junto a las campanas…
—Bajo el fuete…
—Dentro de la mina…
—En el trapiche…
—En los calabozos…
—En la milpa…
—En toda la tierra…

¿Tenía palabras el tiempo, las tenía, tenía horas el espacio, las tenía? ¿Qué hora, qué día era éste? Lo imploré, que me dijeran, tal fue mi última pregunta, Señor:

—¿Qué día es éste? ¿Qué hora es ésta?
—Un día.
—Un hombre.
—Otro día.
—Una mujer.
—Veinte días.
—Diez hombres.
—Diez mujeres.
—Qué importa.
—Un día.
—La primera mañana de marzo.
—Tierra seca.
—Tierra negra.
—Cae la ciudad.
—Y nosotros.
—Otro día.
—La segunda noche de octubre.
—Tierra mojada.
—Tierra roja.
—Cae la ciudad.

—Y nosotros.

—Veinte días.

—Septiembre.

—Mueren las lluvias.

—Julio.

—Ardientes mañanas, tormentosas tardes.

—Febrero.

—Remolinos de polvo.

—Marzo.

—La misma plaza.

—Sol, el sol.

—Octubre.

—La misma plaza.

—Agua, el agua.

—Veinte días.

—Cuchillo y metralla.

—Gruñen los perros.

—Corre la sangre.

—No tenemos armas.

—Se levantan las piedras, las picas, los palos.

—Muchos hombres.

—A caballo.

—Un hombre.

—Asesinado.

—La misma plaza.

—Olor de pólvora.

—Pendones rasgados.

—Un pueblo.

—Esclavizado.

—Una tierra.

—Humillada.

—Y nosotros.

—Muere la ciudad.

—Renace la ciudad.

—Nos matan.

—Renacemos.

—Sigue tu camino.

—No regreses.

—Seremos los veinte días de tu destino oscuro.

—Los viviremos por ti.

—Mi pregunta, imploré, mi pregunta final...

—Mira al cielo: cada estrella tiene su tiempo.

—Todos esos tiempos viven lado a lado, en el mismo cielo.

—Hay otro tiempo.

—¿Aprenderás a medirlo?

—Todos los tiempos vivos en un solo espacio muerto.

—Allí termina la historia.

¿La historia? Ésta, la mía, la de muchos, cuál historia... No pude preguntar; no pude responder... Nuevamente, estos jóvenes nacidos de mi abrazo hablaron como si me adivinaran, como si fuesen yo mismo, multiplicado, cruzado, mezclado con cuanto aquí miré o toqué. Esta humanidad aquí erguida, desnuda, sobre la calzada y junto a la laguna, habló con sus plurales voces.

—La nueva tierra le dio vida a Pedro: tu amigo culminó en ella su existencia entera, sus sueños, sufrimientos y trabajos. Su vida valió la pena. El nuevo mundo se la regaló, completa.

—Pedro dio la vida por ti.

—Tú diste las tijeras.

—Te dieron el oro.

—Tú diste tu trabajo.

—Te dieron la memoria.

—Les diste un espejo.

—Te dieron su propia muerte.

—Respondiste con amor: a ellos, muertos; a una mujer, viva.

—Ella te dio tus días.

—Los cinco días del sol te ofrecieron veinte días de tinieblas.

—Los veinte días del espejo de humo te ofrecieron a tu doble.

—Tu doble te ofreció su reino.

—Cambiaste el poder por la mujer.

—La mujer te dio sabiduría.

—Tú nos diste nuestras vidas.

—Nosotros te damos tu libertad.

—¿Puedes hacernos una ofrenda superior?

—No puedes.

—Ha culminado la historia.

—¿A quién le darán ustedes sus vidas?, pregunté.

—A la nueva tierra que le dio la vida a Pedro.

Me abrazaron.

Me besaron.

Subí a la barca.

Un joven la desprendió de sus amarras.

El viento y la noche me arrastraron lejos de la calzada. No pude ver más a mis veinte jóvenes amigos, ni imaginar su destino durante los veinte días que vivirían por cuenta mía; pero serían jornadas de sangre, crimen, dolor; sólo eso supe, y no pude entender más de cuanto me dijeron. Sentíme empobrecido y solo: todo lo había perdido, la amistad del viejo Pedro, la fraternidad del pueblo de la selva, el amor de la señora de las mariposas; nada había ganado, sino lo que quería olvidar: el sacrificio y la opresión encarnados dentro de la sombra humeante que dentro de mí existía, y que quizá, realmente, no asesiné con mis tijeras. Mareado, me así al único palo de esta nave de serpientes y vi que avanzaba con rapidez por la laguna de México. Pero detrás de mí iba dejando, no una estela de agua, sino un remolino de polvo; la laguna, Señor, se convertía en tierra al contacto con la quilla, tierra quebrada, salitrosa, estéril, y sólo era agua lo que frente a mí veía, y polvo lo que a mi zaga dejaba.

Temblé: me dirigía hacia un centro convulso, donde el agua y el polvo se unían, donde agua era el polvo y polvo el agua; una vorágine, idéntica a la que antes conocí en mi viaje hacia estas tierras, una espiral de estrellas bocabajo, una succión de quebrados dientes e invisibles lenguas y rumores de cascabel: la boca de la serpiente, díjeme abrazado al débil mástil de mi embarcación, la gran serpiente de polvo y agua de la laguna mexicana me traga, sus anillos se contraen, todo regresa al mortal abrazo con la gran piel manchada por el fuego de la creación, cerré los ojos, caí en el pozo, soñé que me rodeaban líquidos muros, cascadas de polvo, y que, como en el mar océano, el cielo se alejaba velozmente de mi mirada; abrí los ojos, Señor, y supe que otra era la verdad, que mi barca y yo, con un movimiento indescriptible, nos movíamos en todas las direcciones, capturados dentro de un vasto río subterráneo, o surcando una inmensa tierra submarina.

Nos movíamos en todas las direcciones, que si éste era un descenso, también era un ascenso, que si hacia mi derecha se estrellaba la nave, mis sentidos en rebeldía indicaban que hacia la izquierda retozaba, que en un mismo espacio y a un mismo tiempo, mi viaje final me conducía, simultáneamente, a todos los lugares y a todos los momentos: en ellos me encontraba alucinado, en el centro de todo cuanto existe, un centro de flores incendiadas, pero ese centro también era un desértico norte, una lluvia de granizo, una soberanía de lechuzas, una medianoche a la vez blanca y negra; y

estando en el norte, estaba al mismo tiempo en el sur, un azul mediodía, una bandada de loros, un agua fértil que ascendía en llovizi-
nas tibias a mojar a la luna en su apogeo; y que estando al norte y
al sur, estaba al oeste, un tembloroso crepúsculo, temeroso de la oscuridad cercana, y estaba al este, en el corazón de la montaña, en la
cresta de la aurora, en el anuncio de mi estrella matutina, y que estando en todos los puntos del compás a la vez, sin nunca abandonar
el centro de todo, estaba también arriba del norte, mirando el fuego
que se extendía desde el centro de la tierra hasta la más alejada estrella del polo, pero abajo del norte también, en medio de una fría
y cortante tempestad de hielo y navajas; y arriba del sur, en el ojo
de su diluvio, más abajo de él también, en una espesa región de olvidos y embriagueces repugnantes; y que estando al poniente de
todo, estaba a un tiempo arriba de él, testigo de la temida extinción
del sol, y abajo, mirando por última vez al animal de torva figura y
torcidas patas que lo devoraba; y que estando al oriente, estaba debajo de él, viendo cómo emergían todas las cosas ocultas de la tierra, cómo empezaban a germinar las plantas, a correr los ríos, a
acoplarse las bestias, a nacer los hombres, y arriba del levante de mi
visión simultánea de todo, Venus brillaba a mi alcance, cerca de mi
mano extendida, y llamela, como al principio de mi historia, estrella matutina, última luz de la noche y perpetuación de la noche en
el alba, guía de marineros: repetí, grité ese nombre, el mismo, el
único, el de mi destinación, fuese a donde fuese, navegase de partida o de regreso, me embarcase victorioso o vencido, Venus, Venus,
Vésperes, Vísperas, Hésperes, Hespero, Hesperia, España, Hespaña,
Vespaña, nombre de la estrella doble, gemela de sí misma, crepúsculo y alba constantes, estela de plata que unía al viejo y al nuevo
mundo, y de uno me llevaba al otro, arrastrado por su cauda de
fuego, estrella de las vísperas, estrella de la aurora, serpiente de plumas, mi nombre en el mundo nuevo era el nombre del viejo mundo,
Quetzalcóatl, Venus, Hesperia, España, dos estrellas que son la
misma, alba y crepúsculo, misteriosa unión, enigma indescifrable,
más cifra de dos cuerpos, de dos tierras, de un terrible encuentro.

Arranqué el espejo de mi jubón, lo mostré a la estrella, para
capturarla, para detener en él todos los instantes y todos los espacios
de mi viaje hacia el origen de mi viaje: a la mano, en la mano, la ardiente estrella, Venus, Hesperia, España, Serpiente de Plumas, Espejo Humeante: un solo nombre, al fuego de la estrella atrapada me
prendí, trepé por el palo para estar más cerca de ella, el fuego tocó

la punta del mástil, se incendió, el fuego de San Telmo, el agitado mar pizarra, de honda respiración tormentosa, el cielo encapotado bajo mil destellos, mi solitaria luna en llamas, un espejo, un faro, una costa, mi barca de serpientes se estrelló contra las rocas, caí del mástil, caí de espaldas, mirando el fuego en la punta de palo, la estrella fugitiva, la noche restaurada, el cielo bocarriba, un solo lugar y ya no todos, un solo tiempo y ya no todos, caí, regresé…

Me despertaron, Señor, los labios tatuados de una mujer vestida de paje.

Yo yacía bocabajo sobre la playa, con los brazos abiertos en cruz.

III. El Otro Mundo

Amor por agua

¿Qué silencio es éste?

Largas horas pasaría la Señora, solitaria, en su alcoba, sin más compañía que la del ser por ella fabricado, inánime, a todos los ritos impermeable, a todas las convocaciones sordo, sin mirarlo, atenta solamente, sentada sobre alcatifas, almohadas y arambeles, jugueteando distraídamente con las arenas del piso de su rica alcoba arábiga, al goteo del atardecer en la meseta y la sierra, cerca de su ventana, adivinando, escuchando, imaginando el origen de los escasos, líquidos rumores de esta tierra llana, polvosa, aplacada, inhóspita: aguzaba el oído: distinguía el origen del agua en el silencio de la tarde castellana.

—Azucena, Lolilla, ¿dónde estáis? Cuántas horas solitarias. ¿Dónde se han ido todos?

Se imaginó por un instante, abandonada, sin más compañías que la del ser fabricado por sus brujerías. Se imaginó única dueña del palacio. Oh, regresarían los pastores, los cantos, los bailes, los baños, los placeres... Caen las horas como monedas de plata. La luz de oro: piedra dorada por el sol del poniente; pezuñas de cabra en la sierra; patas de toro en el llano; el agua invisible: goteras de las mazmorras, gotas negras, escurriendo por los muros; desagües de las canteras, en la sierra quejumbrosa y nevada; estrechos, escasos ríos, agua de piedra; tormenta vecina, acumulándose hacia el oriente, lejanos truenos, el agua...

No miraba hacia la figura yacente en el lecho.

Miraba por la ventana entreabierta, oliendo el anuncio de la lluvia, la tempestad de verano, el agua llegada de oriente, el gran baño de la tierra sucia que prohibía las abluciones, el desgaste por agua de las fuerzas indispensables para la guerra, la santidad, el tormento; el tamborileo creciente de las gotas sobre la tierra seca, los toldos de las fraguas y tabernas de la obra, las baldosas del palacio. Cada gota: un placer; no pidió más, no había solicitado estos amores, estos pactos diabólicos, estas negras artes: había pedido, nada más, un poco de alegría para sus sentidos.

Soñó, con la cabeza reclinada sobre el puño, con el oriente, las Indias, las Cruzadas; ella, una castellana en tiempo de las Cruzadas, descubriendo los placeres desconocidos, gota a gota, un rosario de placeres; todo lo grato es extraño, nos llega de muy lejos. Mijail, Juan: el rosario, el rosario vino de Siria, granos del rosario del placer, arroz, azúcar, sésamo, melón, limón, naranja, durazno, alcachofas; goteo de las especias delectables, clavo, jengibre, perfume; el algodón, el satín, el damasco, los tapetes; goteo de nuevos colores: índigo, carmín, lila.

—Todo lo que cuelga, sabe y huele, nos llegó de muy lejos.

Agua, amor por agua, mares, océanos, ríos, velámenes y gobernalles, brea y lejanas golondrinas, remos y anclas, navegad, navegad, lejos de aquí, a los lugares del placer, lejos de mí, brumas inglesas, sombras españolas, lejos, lejos; aquí el placer es el mal, nacen los fantasmas en la bruma y en la sombra, tierras del sol, donde el placer es el bien, a ellas quiero ir, el oriente; las Indias, ¿quién me embarcará?, Mijail, al sur, a Andalucía, a Cádiz, partamos, amémonos en el mar, nunca debiste venir aquí, debiste quedarte cerca del mar, amor por agua...

Bebió apresuradamente de su cántaro; luego vació el resto sobre las arenas, como si quisiera inventar una playa, una orilla, un lugar desde donde zarpar, desde el encierro de su alcoba de arenas y azulejos y almohadones y en el lugar mismo donde vació el cántaro, en el centro de esa mancha de agua sobre la arena inmediatamente humedecida, algo se removió, como si la arena germinase, una planta naciendo de esta esterilidad, un brote, una semilla de vida, una oruga abriéndose paso entre las empapadas arenas, los granos mojados, un hombrecillo, ínfimo, diminuto, una raíz con vida, emergiendo con esfuerzos, bautizado por el agua que ella bebió, convocado por el agua, un nabo húmedo, la mandrágora, la que me dieron mis camareras después del suplicio en el patio, al finalizar mis treinta y tres días y medio de humillación, la mandrágora, arrancada a las tierras de la muerte, nacida de las lágrimas de un ahorcado, de un hombre quemado en vida, la mandrágora, por fin lo entiendo, arrancada de la tierra quemada al pie de las cenizas de Mijail-ben-Sama, Miguel de la Vida, cenizas mezcladas con la arena, la raíz de la mandrágora, pronto, dos cerezas en los ojos: verá, un rábano en la boca: hablará, trigo, trigo sembrado en su cabecita, no tengo eso, pan, costras de pan, migajas de pan en la cabeza: le crecerá su cabellera, verá, hablará, me dirá los secretos, sabe dónde están los tesoros, nabito, hombrecito, aquí estabas, todo este tiempo, sepultado en mi recámara, ¿de dónde vienen estas arenas?, oh, han de ser arenas de la muerte, cenizas y polvo traídos del pie de todos los potros, todas las estacas donde los hombres han muerto, mandrágora, llorando, mandrágora, para darte su vida final, gotas de lágrima, gotas de esperma, mandrágora, que el ahorcado, el quemado, el empalado, mandrágora, es cosa bien sabida, se mueren con última erección…

Qué silencio. ¿Dónde están todos?

El decreto

Dejó de escucharse la voz del peregrino.

Cesaron las musiquillas de flauta del ciego mendigo aragonés.

Permanecieron cerradas las cortinillas de la cama del Señor, los velos detrás de los cuales el náufrago llegado hasta la meseta castellana, conducido por una mujer vestida de paje, había narrado su viaje al Señor y había adivinado los gestos del Señor, su temblor, su miedo, su cólera, sus deseos de interrumpir la narración, levantarse de la silla curul, dar por terminada esta inusitada audiencia, ordenar a toda la corte que regresara a sus aposentos, sus celdas, sus torres, mas no los deseos del Señor: quedarse solo con su razón mortificada, luego pedirle a Guzmán ungüentos, brebajes, anillos, piedras mágicas, luego pedirle a Inés que regresara, una vez más, una noche más…

Tembloroso y jadeante, el Señor logró incorporarse a medias. Pero si sus piernas flaqueaban, su rostro era una máscara de severa piedra, y su voz un apagado trueno:

—Estaréis advertidos todos de no consentir que por ninguna manera, persona alguna escriba cosas que toquen a las supersticiones y manera de vivir que aquí han escuchado, ni en ninguna lengua las repitan, porque así conviene al servicio de Dios Nuestro Señor y nuestro…

Y derrumbándose de vuelta en la silla curul, unió las manos, se tronó los dedos y añadió, pesando cada palabra:

—Decretamos… la inexistencia… de un… mundo… nuevo…

Miró el silencio que le rodeaba.

Con un gesto desdeñoso de la mano, despidió a la compañía.

Con un gesto imperioso de la suya, Guzmán corrió, rasgándolas, una tras otra, las cortinas que ocultaban a los tres ocupantes del lecho.

—¿Qué haréis, Sire, con los portadores de estas nuevas?

—Guardias… alabarderos… ponedlos a buen recaudo… en la más honda mazmorra… de este lugar…

—La tortura, Señor; seguramente, no han dicho cuanto saben…

—Que nadie los toque. Guardadlos con celo. Más tarde yo hablaré con ellos. Ahora no. Guzmán, que salgan todos de aquí, tú también, mi fatiga es muy grande, ¡fuera, fuera todos!

Los rumores

Alguaciles y capellanes, monjes y botelleros, Julián y Toribio, Guzmán y el Comendador, los alabarderos rodeando a los tres prisioneros, el joven peregrino, el flautista ciego, la muchacha de labios tatuados vestida de paje, las monjas revoloteando detrás de la celosía, el obispo y su acompañante el monje de la orden de los agustinos, las fregonas ocultas detrás de las columnatas, los monteros, parciales de Guzmán, huyendo, murmurando, perdidos en el asombro, la duda, la burla, la sordera, la credulidad, la incomprensión, el miedo, la indiferencia, huyendo, ligeros, de la vecindad de la recámara del Señor, ¿lograste oír algo?, yo no, ¿y tú?, tampoco, ¿qué dijeron?, nada, pura fantasía, ¿qué dijeron?, nada, pura mentira, tierras de oro, tierras de ídolos, playas de perlas, sangre, sacrificios, infieles, enseñarles la verdad, los evangelios, bárbaras naciones, exterminarlos a sangre y fuego, idólatras, puñetas, sueños, mentiras, ni una prueba, no logró traerse ni una pepita áurea, joder, jodieron, dos hombres, maricones, que no, mujer disfrazada, y un viejo flautista, y un joven marinero, todos en una cama, joder, babilón, date a placer, morirás viejo; juegos, pendencias y amores igualan a todos los hombres, locos, mentiras, líbrenos Dios de locos en lugar estrecho, pero en este palacio, ¿eh?, fantasías, tesoro de duende, Dios Nuestro Señor, ¿qué pasó, Madre Milagros?, nada, hijitas, nada, la fe a prueba, otra vez, siempre, desángrase la cristiandad, a batallar contra infieles, el cuerpo de Cristo, el potro de la cruz, la redención de los pecados, alabado, alabado, alabado sea; huyendo como ratillas entre las suntuosas tumbas de los antepasados, pisoteando sin darse cuenta el bulto del mutilado cuerpo de la llamada Dama Loca, evitando la vedada escalera que conduce al llano, evitando mirar el extraño cuadro traído, dícese, de Orvieto, abandonando en la helada capilla a sus solitarios habitantes, el cadáver de la Dama Loca, Don Juan, estatua de sí mismo, descansando sobre una tumba, y en otra sepulto, por propia voluntad, el príncipe bobo, y cerca de él, escondida, lloriqueando, conteniendo la rabia, la enana carcavera y pedorra, otra vez por los túneles y patios, galerías y cocinas, establos y pasillos, alcobas y mazmorras, el rumor.

"Existe un mundo nuevo, más allá del mar."

—¿Qué pruebas hay?; ninguna; enredada fábula hemos escuchado y pura leyenda es, sueño, imaginación, delirio, peligro, pues ese peregrino de todos los diablos anda concertado con otros dos, sus gemelos, y uno de éstos ha sentado sus reales en la alcoba de la Señora, y el tercero metido anda con la chusma levantisca de los talleres: —Calma, don Guzmán, y beba usted; gracias por traerme a esta muda refrescante y sombreada; y gracias, sobre todo, por comunicarme mi nombramiento de Comendador; complázcame celebrarlo con usted aquí, en este lugar de trabajo, y no en lugar de lujo y holganza, pues así conviene a nuestros propósitos, que son los del ascenso en virtud del mérito, y sin olvidar nunca nuestros bajos orígenes y duros afanes, ¿cierto, señor sotamontero?; —Yo soy hijo de algo, yo, Guzmán; —Peor, peor, si habéis descendido, con mayor energía debéis ascender…

Existe un mundo nuevo, del otro lado del mar

nononono, España cabe en España, ni una pulgada más de tierra, todo aquí, todo dentro de mi palacio, alíviame, Señor Mío, Dios y Hombre Verdadero, mírame postrado de vuelta ante tu altar de misterios, óyeme esta vez, contéstame esta vez, asegúrame que cuanto existe en la materia y el alma del mundo ya está contenido en éste mi palacio, la razón de mi vida, la duplicación de cuanto existe, encerrado aquí, conmigo, para siempre, yo el último, yo sin descendencia, aquí en este reducido espacio, aquí a mi mano, todo, todo, todo, no en una extensión sin límite, inalcanzable, multiplicada, el mundo se me escapa de las manos, vida breve, gloria eterna mundo inmóvil, aquí, no me cabe una idea más, un terror más, una alegría más, un desafío más, todo, aquí, todo cercado por los muros de mi mausoleo, aquí el lujo, aquí el duelo, aquí la guerra del alma, el arte, fray Julián, la ciencia, fray Toribio, el poder, Guzmán, el honor, Madre mía, la perversión, el juego y el placer, Señora mía, el amor, Inés, tu propio proyecto de salud eterna y redención humana, Cristo Salvador, aquí, ubicado, fijado, contenido, comprensible, destilado en sus esencias finales, aquí el bien, y el mal, y el juicio final de cuanto es, ¿no promuevo así tus obras, con mi razón?, todo aquí, hasta el final, hasta que al consumarlos nos consumamos y mi proyecto se cumpla: seremos los únicos y los últimos, lo habremos tenido todo, en este escenario tendrá lugar el acto final, para que todo se resuelva, todo sea comprensible, extínganse las ambiciones, las guerras, las lujurias, las dudas, las ofensas, los crímenes, sépase aquí, de una vez por todas, quiénes serán condenados y quiénes salvados, cuál es la cara de los hombres y cuál el divino rostro, una vida, Dios mío, una vida entera dedicada a adelgazar las premuras, fatigas y locuras del hombre, encerrarlas aquí, aquí darles todas sus oportunidades, hasta agotarlas y así, apresurar el acto final del mundo: el juicio de su Soberanía, la aclaración de todos los misterios, la certidumbre de que hemos alcanzado tu reino en el cielo, para siempre, pues la tierra habrá cesado de existir, nunca más se representarán en ella las burlas y tragedias de los hombres, todo será cielo o infierno, sin la maldita etapa intermedia de la vida en la tierra, y esto será porque nadie podrá ofrecernos un don superior a nuestra extinción, a nuestra propia ofrenda de cuanto existe y existe por última vez, para culminar aquí, conmigo, con nosotros, no en el ancho y espantable azar de un mundo nuevo donde todo pueda comenzar de nuevo, nononono...

"Existe un mundo nuevo..."

—¿Por qué no, fray Julián?; si todos los cuerpos del cielo son esferas, no será la tierra excepción, y podrá ser circulada de oriente a occidente y de poniente a levante, llegándose siempre al mismo punto de partida; —Te entiendo, hermano Toribio, mas no es eso lo que me espanta, sino otras cosas; —Di; —Si el mundo nuevo descrito por ese muchacho y el nuevo universo por ti descrito son reales, entonces son inmensos y fatalmente empequeñecen a los hombres y al Dios que los creó; —Dios no necesita recompensas ni excusas ni engrandecimientos, Julián, pues si es, Él lo es todo; —Pero el hombre, Toribio, el hombre; —Ahora nos toca engrandecerle y envanecerle con el arte y la filosofía y la ciencia del hombre: no nos empequeñecerán la materia y el espacio nuevos, hermano, no nos vencerán; —El alma, Toribio; —La soberbia, Julián, no temas a la soberbia humana; —Se nos va el alma, se nos cuela, pronto, haz por tapar ese hoyo...

"Allende el océano"

—Los hilos se me escapan de las manos, el azar disuelve mis proyectos, ¿cómo iba a prever lo que este náufrago había de contarnos?, ¿qué consecuencia tendrá en el ánimo del Señor?, pruebas,

pruebas, necesito pruebas…; —¿Una máscara de plumas?; —Bah; este mozo ha hablado de fabulosas riquezas, cuartos tapizados de oro y plata, ricos adornos, playas cuajadas de perlas; quisiera ver con mis propios ojos la más diminuta pepita de oro, el más turbio y corcovado de los aljófares: nada, nada ha traído consigo, ni la menor prueba, nada sino un espejillo, unas tijeras y una máscara como puede fabricarla cualquier artesano oriental, ¡nada!, ¡no creo…!

"Existe…"

—¿Palacios de oro, templos de jade, orejeras de bronce, dices, Lolilla?: —Sí mi Ama, y playas donde crecen perlas, y todo cuanto puedan desear, en sus sueños, las más bajas fregonas cual nosotras o las más altas Damas cual vuesa merced; —Oh, Lolilla, Azucena, esta tarde lo soñé, de lejos me llega siempre el placer, todo lo que es gusto nos llegó de Oriente, antes no lo teníamos aquí, ¿qué placeres no guardarán estas nuevas tierras donde estuvo, dices, un muchacho rubio, con una cruz en la espalda y seis dedos en cada pie?, oh mis fieles, oh mis parciales, oh mis fregoncillas, y son tres, tres hombres distintos aunque iguales entre sí, ay Don Juan del alma mía, ya sé dónde buscarte, no eres único, te lo dije, nunca podrás escapar, siempre te volveré a encontrar, ay mi amo verdadero, mur, así me recompensas, me revelas la nueva tierra y sus placeres, el mundo nuevo de donde salieron mi amante, mis amantes, clavo ardiente, jugosa naranja, suave damasco, ay mi hombrecito, ay mi mandrágora, así te manifiestas ya, así empiezas a revelarme el lugar de los tesoros, eres fiel a tu leyenda; miradlo, Azucena, Lolilla, mirad lo que había enterrado en mi arena; —¡Ay, la culebra!; —No, sino su antídoto: la mandrágora: —¡Ay, el nabo pegajoso, la babeante raíz!; —No, sino el hombrecillo de los secretos; mirad cómo se anima su faz, conviértense en ojos las cerezas, en cabellera el pan, en boca el rábano; apareciose él; llegome la nueva de la tierra nueva y sus tesoros; todo concurre; mis prisiones se derrumban; ábrense los caminos de Indias, ingreso al Oriente, ay que sueño, ay que deliro, ay que mis plantas toquen esas tierras lejanas, donde todos los hombres son tú, Juan, pues si idénticos son ustedes tres entre sí, idénticos deben ser a todos los hombres del mundo nuevo, y mi placer no tendrá fin…

"Un mundo…"

—Levantaos, Sire, de esa postura inconveniente, que ésta no es hora de penitencias y quejumbres, sino de acciones por la salvación de las almas, que tarea más urgente no nos encomendó el Redentor, que por redimir las nuestras murió, que mucho hagamos por llevar la luz del Evangelio a las afligidas naciones que este joven peregrino, si verdad dice, ha dicho; —¿Quién sois, por Dios?, decídmelo vos, señor obispo, quién es este hombre que os acompaña, nunca le he visto antes, y no quiero ver nada nuevo aquí, ni cosa ni persona y menos a este ser que me habéis traído, un diablo, un demonio, el anticristo, haced por reconocerle, eso me dijo el Dulcísimo Jesús, haced por reconocerle, en ello os va la vida, y creo que éste es; —Calma, Señor, calma, es sólo el inquisidor de Teruel; —Un diablo, os digo, mirad su mirada roja, mirad cómo se le pega la piel al hueso, que el hueso es la piel y la apariencia de calavera; —Sire: debo obediencia a Vos y a mi orden, que es la del Santo Agustín, he sido profesor de teología, defensor de la fe, denunciador de herejes y, por todo ello, he sucedido en su posición al viejo inquisidor de Teruel y he seguido con admiración vuestra conducta admirable al preparar tan astuta trampa contra los heresiarcas de vuestros dominios, entregándoles a manos de vuestro padre que gloria haya después de exponer la vida uniéndoos a ellos; ha celebrado vuestro celo en las campañas contra cátaros pertinaces, valdenses redomados y sus deformes hijastros del norte, los adamitas de Flandes; grandes y buenas acciones todas, pero más completas fuesen si os hubieseis valido de vuestro natural aliado, el brazo eclesiástico: no termina de erradicarse el error en Europa, y ya os veis frente a otra gigantesca empresa: la de evangelizar a las salvajes naciones de ese mundo nuevo, si existe, llevarles la luz de la fe y reconquistarlas para Cristo Rey y habiéndolo hecho, la tarea, no menor, de extirpar la idolatría pagana y proteger a la nueva fe, la nuestra, contra los peligros de la reincidencia en bárbaros y nefandos tratos, como los que hoy aquí se expusieron; —Sí, sí, eso siempre lo dije, eso siempre lo juré, guerra a la idolatría, eso nunca lo puse en duda; —Diríase, Sire, que de algo habéis dudado; —Nononono; —Levantaos, Sire, tomad mis manos, mirad conmigo al Dulcísimo Jesús en el altar de la Eucaristía y conmigo pensad que vuestras obligaciones se multiplican; —Nononono; —Que si el nuevo mundo existe deberéis cobrarlo para Vos, vuestra Hacienda y vuestra Fe; —Nononono; —Y que si este y aquel mundo han de ser gobernables, la misma rigurosa ley deberá regir para todos, los de allá y los de acá; no debe haber, acá o allá, vasallo por más independiente de vuestra potestad que no merezca trato de súbdito inmediato y ser sujeto a vuestros mandatos, censuras, multas y cárceles; mirad, Señor, con qué concierto se manifiestan las razones de Dios: podéis, de un golpe, someter toda disidencia, las leyes contra moros y judíos extiéndense a idólatras, y las leyes contra éstos, aplícanse igualmente a aquéllos; paguen los hijos los delitos de los padres, ¿pues no manchó la sangre del Crucificado, para siempre, la estirpe de sus verdugos?, permanezca en secreto el acusador, ¿pues debe dar razón de sus actos quien obra en nombre de Dios?, ni se enfrenten nunca acusador y acusado, ¿pues enfrentaríais a vulgar reo con el Supremo Hacedor?, ni haya publicación de testigos, ¿pues confundiríanse a quienes venden su alma al diablo con quienes se la venden a Dios?; y así, hágase pesquisa de todos, hasta que todos tengan miedo hasta de oír y hablar entre sí; cautívese el entendimiento a las cosas de la Fe; e impóngase, en fin, acá y allá, silencio a todos, pues por el menor resquicio pretextado de ciencia o poesía, cuélanse las heterodoxias, los errores, las taras judaicas, arábigas e idolátricas. Sire: haced lo que queráis con las riquezas que esos nuevos territorios escondan. Pero hacedlo en nombre de la Fe, pues si no, habréis ganado el mundo, mas perdido vuestra alma, y ¿de qué os valdrá haber ganado el mundo...?

"Nuevo"

—Oh mi señor don Guzmán, excelente es la duda cuando se trata de certificar lo que ya poseemos, mas puede ser nefasta si nos impide ir en pos de lo que carecemos; —¿Serás tan cascafrenos de tragarte esa sarta de embustes?; —No, sino que tendré la prudencia, sin ilusiones, de someter cuanto he escuchado a duras pruebas: las mismas que usted exige; mas ved las cosas a mi modo, don Guzmán; si el nuevo mundo no existe, nada habremos perdido; mas si, por casualidad, existiera, todo lo ganaremos; ah, mi querido amigo; yo no volveré a dormir tranquilo pensando que las riquezas enumeradas por ese joven viajero puedan existir, y esperar durante siglos, desperdiciadas, sin que mi mano las tome y encauce a su verdadero propósito, que no es el adorno de ídolos, sino el comercio, las artes, la prosperidad, el cambio... ¿Se apercibió usted de la sencillez con que se despojan esos naturales de sus alhajas a cambio de un espejo o unas tijeras? Mi señor don Guzmán: estos viejos ojos y estas débiles orejas no han visto ni entendido mejor negocio...

"Más allá"

—Azucena, Lolilla, si les digo que cuanto cuelga, sabe y huele viene de otra parte, hasta el rosario de las devociones, que viene de Siria, oh, yo lo desgranaré, yo lo tendré todo, guiada por mi hombrecico, fuera de aquí, lejos de este maldito claustro de la muerte, yo renazco, yo vivo, yo que sólo he anhelado un jardín de jazmines y mosquetes, yo que sólo he pedido que vengan los pastores con sus flautas y rebaños debajo de mis ventanas, yo que llegué de la brumosa Anglia en busca de la tierra del sol y sus naranjos, y en vez me encontré con un llano de jaramagos, mi carne punzada por las ortigas y los cardos, ahora tendré el más vasto jardín del mundo a mis pies, la tierra libre, la tierra nueva, sin las cargas y crímenes y prohibiciones de esta maldita meseta a donde me mandaron mis tíos ingleses, oh, Don Juan, el placer será de todos o de nadie, en la tierra libre la mujer, para serlo, no deberá vender su alma al diablo, oh, le ganaré al mismo demonio, le venderé mi alma por segunda vez, al cabo él lleva mal las cuentas, tal es su afán de adueñarse de las almas, que las compra una y dos y mil veces, engañaré al mismísimo coletudo, pues si al cabo, fregonas, estoy condenada, ¿qué pierdo?, y si engañándole, gano, gano nada menos que una segunda oportunidad: una segunda vida, en la segunda tierra, oh mis fregoncitas del alma mías, qué felicidad me habéis dado; —Ama, ama, recuerda que el diablo se niega a venir, a pesar de vuestras pociones y encantamientos y palabrejas, ya lo hemos probado todo, no pasa nada, dónde está el diablo, que no ha de ser este retacillo de hombre, esta raíz babeante, que a nadie inspira pavor, sino asco, y que mejor destino no tendría que hacer pareja con la zumbona Barbarica; —Ya lo sé, Azucena, Lolilla, ya lo sé, ahora sí que lo sé, ya sé dónde anda el diablo…

"Del océano"

fuera, fuera, lejos de mi capilla, mi escondrijo de oruga, quédense con todo, el palacio, el servicio, la tierra, todo menos este lugar, mis muertos, mis escaleras, mi cuadro, mi alcoba, mi nido, mi angustia, exterminar la idolatría, sí, lo prometí, se lo dicté a Guzmán, y lo que está escrito, permanece y es, pero cómo iba a saber que había más paganos en el mundo, el mundo estaba ceñido, sus fronteras circunscritas, acorralados, vencidos, conocidos los herejes e idólatras, sí, mueran los idólatras por mi mano y me será perdonado el perdón que otorgué a los herejes, el verdadero perdón, no el de mis actos evanescentes en campos de Flandes, sino el de mis palabras eternas en este claustro final: ¿quién recordará un solo acto que no haya quedado escrito?, ¿será la necesidad de exterminar idólatras en el mundo nuevo el precio para perdonar herejes en el mundo viejo?, pero ese agustino, ese hombre con la cabeza de calavera, acaba de decirme lo contrario, la misma ley para todos, exterminio para todos, judíos, árabes, idólatras, herejes, y si no es así, ¿deberá ser de la manera exactamente opuesta?, ¿perdón para todos, los de allá y los de acá?, oh, nononono, nada salvaré así, si el mundo nuevo existe, debe ser destruido, porque jamás he escuchado razón que tan ferozmente se burle de la mía: un mundo, dijo ese muchacho, un mundo en el que el orden natural debe ser recreado cada día, pues su vida depende del sol y la noche y el sacrificio; un mundo que perece con cada crepúsculo y debe ser reconstruido cada aurora; nononono; el fin de mi mundo, fijado para siempre, para siempre ordenado por el poder el crimen la herencia mi mundo igual a mi palacio el nuevo mundo lo más disimilar: lo otro, lo incomprensible, lo proliferante, flor de un día, muerte cada noche, resurrección cada mañana, lo mismo que vi en el espejo al ascender las escaleras, todo cambia, nada muere totalmente, nada se desperdicia, todo resucita transformado, todo se alimenta de todo, la extinción es imposible, todo se repite, oh mis teoremas, oh mis filosofías, quedaría desnudo, vencido, en verdad vencido, pues cuanto yo ofrezco al mundo para que el mundo diga no puedo pagarte, has ganado, tu extinción es mi derrota, yo seguiré viviendo, tú has logrado extinguirte, me has matado pues al morir tú yo muero para ti, pues al morir tú nada puedo convocar que tu lugar ocupe, nada es si ahora un vil mozo me ofrece un mundo entero, un nuevo mundo, Dios mío, ¿con qué pagaría yo semejante ofrenda, con qué retribuiría don semejante?, ¿con qué llenaría el espacio del mundo nuevo?, ¿cuántos crímenes, amores, afanes, batallas, persecuciones, sueños y pesadillas no debería vivir de vuelta antes de poder llegar, otra vez, a esta concentración de temblorosa aguja que es mi existir entero? Oh Señor mío que me escuchas, dime por fin la verdad: ¿si conquisto al mundo nuevo, no lo conquistaré, seré conquistado?

"Del otro lado"

—Puesto que el hombre ha observado el orden de los cielos, Toribio, cuándo se mueven, hacia dónde se dirigen y con qué medidas, y lo que producen, ¿podrías negar que el hombre posee, por así decirlo, un genio comparable al del autor de los cielos?; —No, Julián, me limitaría a decir que de alguna manera, el hombre podría fabricar los cielos, si sólo pudiese obtener los instrumentos y los materiales divinos; —Yo me contentaría con fabricar un mundo nuevo con materiales humanos; —No lo dudes, fratre, pues todo es posible, nada debe ser desechado, la naturaleza y en particular la naturaleza humana contiene todos y cada uno de los niveles de lo existente, desde lo divino hasta lo diabólico, desde lo bestial hasta lo místico; nada es increíble; las posibilidades que negamos son sólo las posibilidades que desconocemos…

"Del mar"

—¿Negocio para quién, vejete? Yo te lo diré: para el Señor, su caudal, que no para el nuestro, y así este mundo nuevo, una vez más, aplazará nuestro seguro ascenso, y a potestad señorial, con más vigor que antes, seguirá ciñéndonos; —Ay don Guzmán, ¿tanto desconfías de mis argucias?; mira alrededor tuyo; mira a los príncipes, los monjes, el palacio, mira a la religión misma, ¿cuál es su sello común?; la improductividad; pues así como los monjes no producen hijos, el Señor no produce riqueza; no puede, es contrario a la razón más profunda de su existir; si cuanto de él sé por mi cuenta y cuanto de él tú me has contado, cierto es, cierto es también que su rango, su poder, su culto, no dependen de la adquisición sino de la pérdida; la dinastía del Señor confunde honor con pérdida, gloria con pérdida, rango con pérdida, poder con pérdida, como la urraca que, sin provecho para nadie roba, roba y esconde en estéril nido cuanto brilla ante su mirada; mirad de cerca, don Guzmán, reflexionad seriamente sobre cuanto hemos oído y lo que ahora os digo, y encontraréis una espantable semejanza entre las razones que animan al Señor y las disque rigen la vida del mundo nuevo: el poder es un desafío fundado en la ofrenda de algo para lo cual no existe contrapartida posible; desafío, digo, pues mayor es el poder de quien acaba por tener algo que nada es; al cabo, la pérdida; al cabo, la muerte; al cabo, el sacrificio; sacrificio, muerte y pérdida de los demás, mientras ello es posible; y si resulta imposible, entonces sacrificio, muerte y pérdida de uno mismo. Mi solución es muy sencilla; a estas prácticas negativas opongo la muy positiva tarea de cambiar para adquirir; a la pérdida, oponga la adquisición. ¿Quiere el Señor terminar su palacio de la muerte?; habéis visto que debió acudir a mí para un préstamo; ¿quiere enviar una expedición a cerciorarse de la existencia o inexistencia de un mundo nuevo?; deberá acudir a nosotros, los armadores, los comerciantes de víveres, los fabricantes de armas; ¿quiere colonizar tierras nuevas?; deberá acudir a hombres como usted, don Guzmán, y a toda la ralea de este palacio, y a los pícaros de las ciudades, y a los nobles empobrecidos, el mundo nuevo será nuestro, de nuestros brazos y de nuestras cabezas, y seremos pagados por nuestros esfuerzos con el oro y las perlas que pasarán de manos de los naturales a las nuestras, que bien nos cuidaremos de reservarle un quinto real al Señor, y de cobrarle anticipadamente sus deudas, y de contentarle, y de engañarle; sí; —Bah, tú también sueñas, vejestorio; en malahora te abrí las puertas de este palacio; sueñas; exista o no ese mundo nuevo, el Señor ha decretado su inexistencia; tú lo oíste; —Un papel no detendrá a la historia; —Él así lo cree; sólo existe lo que queda escrito; —Con papel le venceremos, pues; encuéntreme usted pluma, tinta y pergaminos, y esta misma noche saldrán mis cartas a asentistas y navegantes de Génova y Oporto, Amberes y Dansigo; el rumor se esparcirá…

"Existe"

—El diablo, sí, Azucena, Lolilla, el diablo existe, lo sé, mas no en un solo cuerpo, el de un sabio y royente y pelraso mur, ni en dos, el del ratón que se le metió en las carnes a Don Juan y así lo animó, no mirad, mis dueñas, mirad ese cuerpo de retazos reales que con mi alcoraque y goma arábiga he formado sobre mi lecho, miradlo, los ojos de uno, la canilla de otra, las orejas de éste, las manos de aquélla, igual es el diablo, ya lo conozco, es un alma, vive aquí, con nosotras, componedlo como yo compuse este cuerpo monstruoso; componed el alma del diablo con parcelas del alma del Señor, su Madre, la enana, Guzmán, Julián, el fraile estrellero, el Cronista, los obreros, Don Juan, el bobo, este peregrino del cual me habláis, la hembra de los labios tatuados, el ciego flautista de Aragón, vos mismas, yo misma: juntad vuestras almas, revolvedlas en olla alumbrada, y sin necesidad de añadir benjuí o acíbar, conoceréis el alma del diablo; —Su pasión, su sueño; —¡Ay mi ama! ¿Quién habló?; —Su terror, su cólera, su mortalidad, su inocencia; —¡Ay que me zurro del miedo!; —Su gula, su rebelión, su anhelo, su miseria, su necedad, su sabiduría; —¡Ay la voz de ultratumba, Lolilla!; —¡Ay que las arenas hablan, Azucena!; —Su insatisfacción, su servidumbre, su grandeza; —Óiganlo, mis fregoncitas, habla, óiganlo, él sabe; —Su afán de dejar huella de su paso por el mundo; pobrecito, todo esto es el diablo; —Habla, fregonas, el rábano convirtiose en boca, habla mi hombrecillo; —Y por ser todo esto nosotros mismos, intenta seducirnos, pactar con nosotros, completarse con nosotros; —¡Ay que me viene la pasacólica!; —Jugar, amar, llorar, reír, combatir, soñar, herir, matar, morir y renacer con nosotros; —¡Ay guayosa de mí, que sabe hablar el nabito!; —Y nada de esto es Dios, sino perfección eterna, cualidad sin contradicción, unidad sin oposición; —¡Ay que habla el dominguillo!; —Y por esto, amándonos, nos odia; —¡Ay que me da la carcoma!; —Y por esto, convocándonos, nos desdeña; —¡Ay puta injuina de mí, ver para creer!; —Dios nos pide ir hacia él, el diablo viene a nosotros: es nosotros, nuestro más ferviente, secreto y compasivo aliado; —¡Ay Azucena!; —¡Ay Lolilla!; —¡Ay Santo Tomás!; —¡Ver para creer!

"Un mundo"

mi marido, mi rey, sal ya, no te escondas, mira que ya se fueron todos, ya no queda nadie más que yo, tu Barbarica, tu reinecita, tu retacito de hembra, no me sigas negando tu dinguilindón sabroso, sal de tu escondite, no me estropees mi noche de bodas, ¿dónde te me fuiste?, ven, regresa a mí, mira que mucho sé para compensar mis defectos, mira qué hondo y caliente es mi cufro, mira qué mucho amor te tengo… y si no vienes a mí, maldito, que se te inflen las rodillas, se te enrojezcan los párpados, se te enverdezca la tez, se te pudra la sangre, se te caiga el tencón, y si te aventuras lejos sin mí, que todos te griten: "¡Maricón!"…

"Nuevo"

dímelo tú, azor, sañudo azor, mi bello halcón, ¿qué debo hacer? tú que eres mi único fiel, mi verdadero confesor y no ese fraile Julián que de tal hace las veces aquí, tú, azor, dímelo; cual topo he roído los cimientos del poder del Señor, con paciencia he preparado la intriga, de lejos me viene el rencor, no estoy con nadie, pero sé que del mucho desorden saldrá un nuevo orden, a mí favorable, sea cual sea el resultado, pues si triunfa el Señor, recordará en mí a un consejero prudente que a tiempo le hizo notar los peligros que le rodeaban, y si triunfan sus plurales enemigos —las ciudades, los mercaderes, los obreros— en mí reconocerán a un parcial que, desde adentro, preparó el camino para la rebelión, y a ella le abrió las puertas; no contaba con esta nueva: una tierra allende el gran océano, una segunda oportunidad para el Señor y su casa. Aún no. Aún no, ahora sí, ahora, si el Señor extiende sus dominios, sobrevivirá, se adueñará de las fabulosas riquezas vistas por ese mozo, de nadie será deudor, y yo, nuevamente, ahora quizá para siempre, volveré a serlo de su ruin dinastía: Don Nadie; pero si ese mundo nuevo existe, azor, si el usurero tiene razón, entonces, ¿podría yo quedar fuera de la empresa de descubrirlo, conquistarlo y colonizarlo?, ¿me quedaría para siempre, ya sin oportunidades, al servicio del Señor, su fámulo, el aburrido escucha de sus necedades místicas, para siempre?, ¿otros ganarán la fama y la fortuna por las cuales tanto me he esforzado?, el nuevo mundo, el mundo nuevo, ¿quién lo ganará, si existe?, ¿este Señor sin arrestos, pusilánime, enfermo, cuyas plantas, lo juro, exista o no la tierra nueva, nunca la pisarán, nunca se expondrá su débil cuerpo a las fatigas y terrores del escorbuto, los sargazos, los leviatanes, las niguas, las fiebres, el combate cuerpo a cuerpo? El mundo nuevo, azor, gallardo azor, ¿sabrían ganarlo mis brazos, junto con todos los tesoros que encierra? ¿Guzmán, Don Nadie, el hombre nuevo, decidido, activo, aligerado de taras mórbidas y morbosas angustias, yo, una empresa a la altura de mi energía individual, yo, yo, yo? El mundo nuevo; si existiese, azor, ¿podría yo quedar fuera de él?; oh, azor, empiezo a creer que no sólo existe, sino que debe existir para mí, para la gente como yo, para demostrar allí, en esas selvas, esos mares, esos ríos, esas llanuras, esas montañas, esos templos, que el universo pertenecerá a la acción, y no a la contemplación, al esfuerzo, y no a la herencia, al azar, y no a la fatalidad, al progreso, y no a la fijeza; a mí, y no al Señor; oh mi falconcete, amigo mío, hermoso azor, ¿sueño yo también?, ¿derrotaré a Felipillo aquí y allá?; sí, obraré en su nombre, de palabra, y en el mío, de hecho; le escribiré largas cartas de relación, creerá que él es el soberano de las tierras que jamás conocerá, creerá en lo que queda escrito, oh azor, empiezo a arder en deseos de cruzar el gran mar, plantar mi espada en la ardiente ribera del nuevo mundo, quemar los templos, derrumbar los ídolos, sojuzgar a los idólatras: grandes hazañas nos esperan, azorcillo, pues tú viajarás conmigo, mi brazo será tu percha, y como tú vuelas, cual saeta, a trabar tu presa, así caeré yo, cual maldición, sobre los tesoros de las tierras nuevas; y entonces, azor, y entonces… ¿qué dijo ese peregrino?, una playa, una playa de perlas, con qué conquistar los favores de la dama más inalcanzable y fría, noble y desdeñosa, bañarla de perlas, de oro, de esmeraldas, hacerla mía, mis hazañas, la Señora, el mundo nuevo, conquistada la tierra, conquistada la mujer, azor…

"Aún No"

Barbarica, Barbarica, deja de lloriquear, ¿no me oyes, enanica?, ¿no me ves?, ¿sólo tienes ojos para esa tumba donde se encerró nuestro heredero?, ven a mí, tontuela, tu Ama te convoca, necesito tu ayuda, carezco de piernas y brazos, ven a mí, ahora que he vuelto a la vida, te necesito más que nunca, ¿por qué no me oyes?, ¿no te das cuenta?, yo ya estaba muerta, chiquitica, yo he acompañado, muerta, el cadáver de mi rey y señor por todos los caminos y monasterios de España, muerta llegué aquí, al mausoleo de mi hijo el rey, idiotas, las turbas, me hicieron caer del nicho, me pisotearon, tropel de mulas, creyeron que matándome me mataban, oh qué error, pequeñina, qué grande error, qué grave error, pues, ¿cómo ha de morir quien ya está muerta?, y estando muerta, ¿cómo no habría de revivir al ser asesinada?; ven, mi infantesca, vámonos las dos juntas, tenemos mucho que hacer, ¿no te lo dije siempre?, quizá al morir perdamos los cinco sentidos de la vida natural, pero ganemos el sexto sentido de la vida sobrenatural; ven a mí, recógeme, vamos a vivir de nuevo, vamos a empezar de nuevo, huelo la novedad, la huelo por todos lados, el mundo se ensancha, los imbéciles miran más allá, con ilusiones vanas, con grandes esperanzas, creen que podrán escaparse de nosotros, de nuestra ley: poder y pérdida, honor y sacrificio, nada, les venceremos, impondremos el reino de la nada donde ellos ponen los ojos de la esperanza, por cada paso que ellos den hacia adelante nosotros daremos dos hacia atrás, capturaremos el vuelo del porvenir en los hielos del pasado, deja ya a ese bobalicón en su tumba, abandónalo, te prometo cosas mejores, Barbarica, me las prometo a mí misma, ay: Nunca más me he de casar con marido que se me muera...

"Nondum"

—La piedra roja, el anillo de huesos, Guzmán, no puedo respirar, qué bueno que regresaste, me estaba asfixiando solo; —Beba, Señor, beba; —Hasta el agua se me hace pus en la garganta; —Se lo suplico; beba, y escúcheme; —Fiel Guzmán, ¿qué haría sin ti?; me has atendido, me has advertido, ¿sabrás ahora consolarme de algo peor que la locura o el desaliento: la pérdida de las razones que animan mi escaso existir y que, así, reúne locura y desaliento?; —Comprendo al Señor, pero no comparto su juicio, con perdón del Señor; —Guzmán, el mundo nuevo, un mundo nuevo para mí, para mi corona, yo que sólo pedí la reducción de cuanto existe al espacio de estas murallas y, dentro de ellas, la pronta extinción de mi persona y de mi casa; construí una necrópolis; me ofrecen un universo; el mundo nuevo no cabe en mis tumbas; —Señor: con grande respeto os digo que habéis triunfado; mirad las cosas de este modo: en ese mundo nuevo podéis duplicar y congelar el vuestro; —¿Qué dices?; —Algo muy sencillo, Sire: una vez me dijo usted que para que el cielo fuese verdaderamente cielo, el cielo no tendría cabida en la tierra; —Sí, te dije, me dije, construyamos el infierno en la tierra, para asegurar la necesidad de un cielo que nos compense del horror de nuestras vidas, merezcamos primero el infierno en la tierra, la tortura, la hoguera, liberemos primero las potencias del mal en la tierra a fin de merecer, algún día, la beatitud del cielo en el cielo; el cielo, Guzmán: olvidar para siempre que un día vivimos;

—Y a Cristo Nuestro Señor dirigiose Vuesa Merced, y díjole...; —Los que intenten cambiar tu rostro, Dios mío, verán sus obras quemadas, derrumbadas, destruidas por la cólera y la piedad reunida de mis ejércitos; nunca más se levantarán nuevas Babilonias para deformar tu dulce efigie, mi Dios; —Señor: construya el infierno en el nuevo mundo; levante su necrópolis sobre los templos paganos; congele a España fuera de España; su triunfo será doble; no habrán visto los tiempos nada igual; nadie podrá superar vuestro don: el universo entero consagrado a la mortificación y a la muerte; nadie, Señor...; levántese vuestra razón de piedra y dolor sobre ambos mundos, el viejo y el nuevo; —El nuevo mundo, Guzmán; oíste a ese muchacho; un mundo que debe rehacerse cada día, al aparecer el sol; —Destruidlo, Sire, convertido en espejo de España: que cuantos en él se miren, miren la inmóvil piedra de la muerte, la estatua inmóvil, para siempre fija, de vuestra eterna gloria; —Amén, Guzmán, amén; —El nuevo mundo cabrá en vuestras tumbas...

"Plus Ultra"

esto temo, por encima de todo, hermano Toribio, que el mundo nuevo en verdad no sea tal, sino una terrible extensión del viejo mundo que aquí vivimos; ¿viste al Señor, viste cómo tembló cada vez que ese peregrino hizo notar las semejanzas entre los crímenes de allá y los de acá, las opresiones de allá y las de acá?; pues yo tiemblo también, fraile, aunque por razones distintas a las que azogan a nuestro soberano; el Señor quiere que su vida, su mundo, su experiencia toda sea única y final, una página definitiva, para siempre escrita, irrepetible; teme cuanto se desdobla y le arrebata ese sentido de culminación inapelable que es el suyo: cuanto él vivió, vivido fue para siempre, no sólo para él, no, sino para la especie misma: tal es el tamaño de su orgullosa voluntad de extinción; yo, en cambio, tiemblo porque temo que para vencer las tiranías del mundo nuevo las del viejo mundo se engrandezcan en fuerza y dimensión, alíense la codicia y la crueldad, y todo ello hágase en nombre de nuestra sacra Fe; crecen los poderes de Marte y de Mercurio; enmascáranse con el rostro de Cristo; guerra, oro, evangelización: perderemos la oportunidad de extender al nuevo mundo el mundo nuevo que tú y yo, hermano, tan sigilosamente, hemos comenzado a fabricar con nuestros catalejos y pinceles, protegidos por las indiferentes penumbras de este palacio; teme, hermano; seremos vigilados, seremos perseguidos, cuanto te he advertido es cierto, seremos acusados, en la más inocua de nuestras preocupaciones será descubierto el error, la herejía, la tara judaica; así como en el mundo nuevo será destruido todo y en todo se verá la diabólica muestra de la idolatría, así como allá serán asesinados todos esos artesanos que dijo el peregrino, destruidas las obras de piedra y pluma y metal, fundido el oro, decapitadas las estatuas, todo signo del mal porque el mal es cuanto desconocemos y nos desconoce, así, aquí, seremos quemados tú y yo, hermano, y nada podremos hacer para defendernos, carecemos de la fuerza para rebelarnos, tu ciencia y mi arte detestan por igual el desorden y la opresión, anhelan un perfecto equilibrio de cuanto es necesario con cuanto es posible, del orden y la libertad; ay fratre, precaria es la armonía que precisamos, y al perderla, seremos a la vez víctimas y verdugos de la opresión, que sigue siendo orden, antes que serlo de la rebelión, que siempre significa desorden…

"Más allá"

Don Juan, Don Juan, ¿eres tú?, han descendido tal oscuridad y tales soledades sobre esta capilla, y sólo brillan las figuras de ese cuadro al fondo del altar, diríase que se mueven, que quisieran hablarnos, engaño es, como engañosa es la piedra con que tú te has revestido, te miré desde el coro, desde las celosías te divisé, recostado sobre la corona de una de las sepulturas, y te deseé de nuevo, mi amante, pero ahora, disfrazado de piedra, ¿cómo he te distinguirte, en la oscuridad, de las otras estatuas de los príncipes, señoras e infantes aquí representados?, iré de tumba en tumba, tocando las manos de todos los difuntos, besando los labios de todas las estatuas, hasta reconocerte, Juan, si te rescato de la piedra, si gracias a mis labios y mis manos te salvo de ser una estatua más en este panteón, eso me lo agradecerás, ¿verdad que sí?, eso merece una recompensa, ¿no?, yo te libraré del encantamiento de la piedra, tú me librarás del encantamiento de mi virgo nuevamente cerrado, Juan e Inés, Inés y Juan, nos desencantaremos el uno al otro, una noche más contigo, Juan, sólo eso pido, luego me recluiré para siempre, aquí, en el servicio monjil de este palacio a donde me trajo mi padre, ¿sabes?, para probar su fe, para que no quepa duda de la sinceridad de nuestra conversión, Juan, tú no sabes, yo sí, desde niña, no supe de otra cosa, cómo nos ordenaron llevar sobre los corazones un parche redondo de color amarillo, cómo nos nombraron cerdos, marranos, fuimos encerrados en las juderías, nos obligaron a ponernos ropas extrañas, nos forzaron a usar andrajos que atraían el desprecio sobre nosotros, y a los hombres les hicieron crecerse la barba y llevar el pelo largo, parecíamos seres dolientes, a todo el mundo se le notaba en la cara que pasaba hambre, nos obligaron a comer cerdo, hubo grandes matanzas, fueron totalmente arrasadas las juderías de Sevilla, Barcelona, Valencia y Toledo, y bajo nombre de devoción robaron con codicia nuestra hacienda, volvimos a ganarla, una y otra vez, esto me lo contó mi padre, prescindimos de nuestras ropas, ni siquiera nos atrevimos a conservar libros de oraciones en hebreo, no fuera a ser que un sirviente los encontrara por casualidad, ¿cómo no íbamos a renegar, a convertirnos todos, para sobrevivir? y convertidos, a recobrar desde la nada nuestra hacienda, en los oficios que los castellanos desprecian, pues de no cumplirlos nosotros nadie los haría, acusáronnos de buscar oficios holgados, de negarnos a cavar ni arar, mas lo que mi padre y los suyos hicieron, Juan, alguien debía hacerlo, aunque hacerlo nos delatase como judíos y gente vil; llegué tarde a mi hogar, viejo mi padre, muerta en el parto mi madre, tarde conocí estas historias, y apenas me hice mujer mi padre destinome, como prueba de sincera confesión y fidelidad de cristiano nuevo, y esperanza de que se llegase a considerarnos, pasado el tiempo, cambiados los nombres, olvidadas las costumbres, como vieja cristiandad, a profesar votos y así, díjome, el día que vuelvan las persecuciones, que fatalmente habrán de volver, quizá yo ya estaré muerto, o perseguido, sufriré, mas tú estarás a salvo, amparada por tu orden, oficio de fuego, oficio de tinieblas, entre las dos cosas debía elegir, oh Don Juan, beso tus labios de piedra, devuelvo la vida a tu estatua, Don Juan, entre los dos oficios, entre la persecución y el enclaustramiento, dame una sola noche más, sólo eso te pido, antes de resignarme a mi suerte, una noche más de amor, te toco, te beso, vuelves a ser carne, vuelves a ser mío, Don Juan, primero me desvirgó el Señor, ahora desvírgame tú, la segunda vez, Don Juan, y para siempre aceptaré mi destino: me casé con Cristo para poder amar a los hombres...

Mudnon

—Mirad las cosas como son, Señor; no os engañéis; y ved en mi atrevimiento prueba de la fidelidad que exigías a un perro, si pudiese hablar; —Tú tienes voz, Guzmán; —Y mi voz verdad os dice: mis monteros se mezclan entre la desasosegada ralea, la trápala murmuradora de los talleres y forjas, el descontento crece, algo se prepara, no sé con exactitud, pero aquello huele a gresca, debéis estar preparado, se suman los motivos del motín, el vergel destruido, el salario insuficiente, el contraste entre vuestro lujo y su miseria, las muertes accidentales, vos enterráis con pompa a vuestros muertos, ellos en la arena que les sofocó los abandonan, las viudas gimen, los crespones engalanan con burla la llanura, habéis previsto donaciones para los pobres de paso, mas nada para ellos, se preguntan quién os sucederá, desconfían de vuestra Dama extranjera, creen que al morir vos, ocupará vuestro solio ese bobo traído aquí por la señora vuestra madre, algo se trama; —¿Qué debo hacer, Guzmán?; —Lo mismo que de joven, Señor: abrirles las puertas, dejarlos entrar, acorralarles aquí, dentro del palacio, exterminarles; —Esta vez estarán precavidos; —La esperanza les ciega: nada se olvida más rápido que el pasado; nada se repite tanto como el pasado; —¿Otra vez?; —Esto es fatal, Señor; —Eso dices; mas tú no crees en la fatalidad; —Doy variados nombres a la acción; los medios justifican los medios; —¿Y el fin?; —Es sólo medio entre dos acciones que a su vez medio para otras son; —Guzmán: a ti te lo digo; de cuanto expuso ese pobre marinero, nada me impresionó tanto como esto: la muerte de los inocentes, en el nuevo mundo, es justificada por el orden mismo del cosmos; yo no tuve esa razón; cuántos sufrimientos me hubiese ahorrado; ¿recuerdas lo que dijo?; los pobladores del mundo nuevo están por igual dispuestos a honrar a la luz, si triunfa, o a la tiniebla, si vence; —Haced vuestra esa razón ahora, asimilad vuestras empresas, ya no sólo a la divinidad, sino a la naturaleza; —Lo has decidido, por ti, por mí, ¿verdad, Guzmán?, irás al nuevo mundo; —Seré simple soldado de las armadas del Señor, que son las del Dios evangelizador; —Guzmán, tú lo sabes, tú me lo dijiste, tú trajiste a ese vejete hasta aquí, me obligaste a contraer esa deuda, me sugeriste nombrarle comendador de la muy noble Orden de Calatrava; ¿con qué pagaremos las expediciones?; —Fin divino, medios humanos; ¿no os ha dado la solución el inquisidor de Teruel?; expulsad a los hebreos, Señor, adueñaos de sus riquezas, invocad la pureza de la sangre y la pureza de la fe, ambas peligran, portaremos al mundo nuevo la bandera inmaculada de Cristo Nuestro Señor, no deben colarse en la evangelización falsos conversos, falsos castellanos que nunca quisieron tomar oficios de labrador, ni andar por los campos criando ganados, ni los enseñaron a sus hijos, sino que todos han buscado oficios holgados, y modos de estar asentados ganando mucho con poco trabajo; y si no bastase lo que así reunáis para vuestro real peculio, pensad en las ciudades, Señor, os lo repito, allí se acumulan las riquezas, allí están los mercaderes y vendedores y arrendadores de alcabalas y ventas de achaques, y los hacedores de señores, y los oficiales, sastres, zapateros, curtidores, zurradores, tejedores, especieros, buhoneros, sederos, plateros, joyeros, físicos, tinterillos, médicos y otros semejantes oficios; imponedles tributos exorbitantes, y negadles el amparo de fueros, justicias, tribunales, asambleas; mientras vuestros antepasados combatían a la morisma y perseguían al hebreo, mientras vos batallábais contra lejanos herejes y luego os encerrábais a construir vuestra necrópolis, los hombres de las ciudades gobernáronse solos, ganaron derechos, fueros, justicias particulares, reuniéronse en asambleas, practican audaces costumbres, hablan de la voluntad de todos, toman decisiones por mayoría de votos, niegan la razón de vuestra ordenación única e inapelable: imponed tributos, excluid justicia, bien os lo dijo el agustino de Teruel, la misma ley para los de acá y para los de allá, basta de veleidades, sometido el moro, expulsado el judío, doble la cerviz el hombre libre de los burgos, basta de contemplaciones, la empresa es demasiado grande, provechosa y santa; las acusaciones sobran, escogedlas: traidores, maricones, blasfemos, infanticidas, asesinos disfrazados de médicos, envenenadores, usureros, herejes, brujas, profanadores del Santo Espíritu; los métodos son los mismos, imponedlos: actuad por celo de la fe y la salvación de las almas, aunque actuéis en contra de muchos y verdaderos cristianos, aprovechando el testimonio de enemigos, rivales, simples envidiosos, sin pruebas de ninguna clase, encerradlos en prisiones eclesiásticas, torturadles, arrancadles confesión, condenadles como herejes y relapsos, privadlos de sus bienes y propiedades y entregadlos al brazo secular para ser ejecutados: fortaleceréis por igual nuestra santa Fe, nuestra unidad política y vuestras disminuidas arcas; —Guzmán, Guzmán, carezco de fuerzas, me pides reconstruir un reino y construir un nuevo mundo a su semejanza, yo sólo quería perderlo todo, yo quería culminar, tú quieres empezar de nuevo; —Dejadme obrar, Señor; firmad estos papeles, y yo actuaré en nombre vuestro, no os importunaré sino cuando sea indispensable, os lo juro, vuestra firma basta, seguid entregado a vuestras devociones, que todos conocen, y a vuestras pasiones, que todos desconocen: Inés, os la traeré de vuelta, Señor; —¿Inés? Calla, lacayo, Inés, nunca más, Inés, vendida por su padre, he pagado por una mujer, la deseo, lo admito, pero nunca más, Guzmán, nunca más, nunca toqué a la mujer que desde joven amé porque tal fue mi ideal caballeresco, nunca más tocaré a la mujer que amo, porque jamás pagaré los placeres de la carne: no toqué a la Señora, tomé a las aldeanas, tomé a Celestina, no tocaré a una mujer que me fe vendida a cambio de un préstamo y un título, no; —Otros las tocan, Sire; —Guzmán; calla...; —Queréis exorcizar al mundo ajeno a las murallas de este palacio; mas ese mundo ya se ha colado hasta aquí; conocéis a dos de los jóvenes hasta aquí llegados: el imbécil heredero con vuestra señora madre, el temible náufrago con la muchacha vestida de paje; —Los gemelos... la profecía... Rómulo y Remo... debiste advertirme... los usurpadores... los que fundan todo de nuevo...; —No, no los gemelos, sino los triates; un tercero...; —Calla, calla, atiéndeme, obedéceme; —Un tercero, Señor, debéis saber la verdad; un tercero, a los otros dos idéntico, y más temible que ellos, pues ha tocado lo tocable y lo intocable, acuéstase con Inés en las recámaras de la servidumbre, donde el Señor jamás ha entrado, acuéstase con la Señora en la alcoba de la Señora, donde el Señor tampoco ha entrado, este tercer mozo ha tocado el honor del Señor, su esposa y su amante, Señor, ambas amantes de este audaz burlador, Don Juan, que en sucesivas noches, además, ha saciado sus brutales apetitos con Sor Angustias, Sor Milagros, la enana Barbarica, las fregonas de palacio y, no lo dudéis, lo haría con vuestra propia madre, tal es su insaciable lujuria; —Oh, Guzmán, Guzmán, nonononono, muy hondamente me has herido, Guzmán, ¿qué haré de ti?; —Os soy fiel; os digo la verdad, por desagradable que sea; —¿Debo recompensarte o castigarte?; —Estoy a los pies del Señor; —Creo que ya no tengo ánimos para ninguna de las dos cosas; construí este espacio para renunciar a la materia y consagrarme al espíritu; aquí exorcicé mi juventud, mi amor, mi crimen, mis batallas, mis dudas, para quedarme con mi sola alma, completa, libre, en vilo esperando su ascenso al paraíso; creo que ahora los hechos se precipitan, se cuelan por mil rendijas; tú abriste una de ellas, me trajiste a Inés, ¿debo castigarte o recompensarte?; los hechos se precipitan; creo que debo reservar mis escasas fuerzas para responder a uno solo de los mil desafíos que el mundo vuelve a proponerme, oré por un mundo inmóvil, agítase el mundo como Argos de mil ojos, todos esos ojos me miran, todos me convocan, todos me desafían; a uno solo responderé; y seguramente ése, el hecho al cual debo contestar con toda la escasa fuerza que me sobra, no eres tú, ni lo que tú hagas, eterno lacayo, pobre Guzmán, pobre, te compadezco, tanto esfuerzo, tanta energía, tanta devoción, ¿para qué?, si nunca conocerás, como no lo conoció Bocanegra, el instante de gloria, si ahora mismo, caprichosamente, como tú lo pides para judíos, herejes y hombres de los burgos, podría ordenar tu ejecución, la picota, el caballejo, el garrote, sin necesidad de explicar nada, quizá sólo diciendo, "Tenía rabia"; pobre Guzmán, has herido mi honor y yo te perdono; ¿no hiere eso el tuyo?; —¿El honor, Sire?; quisiera analizar ese concepto, que tanto invocamos en esta tierra y que tan poco se aviene con las empresas de la astucia y la ambición; —Ves, Guzmán, ves, quisieras descomponerlo, desmontarlo como si fuese reloj o grúa; no, Guzmán, quienes poseemos el honor sabemos que no es discutible o desmontable, el honor se tiene y se conoce sin explicaciones, y quienes quisieran explicarlo, jamás lo conocerán y jamás lo tendrán; y así, cuanto he dicho es cierto: no mereces que me ocupe de ti, Guzmán; —Ocupaos mejor, Sire, de estos papeles; firmadlos; —Lo haré, con gusto, fiel, pragmático Guzmán, porque en ellos veo actos que alejan al mundo de mí, me abandonan en esta recoleta soledad de mi alma; y si quieres que crea en cuanto me has dicho, tráeme más papeles, Guzmán, en papel y con papel demostradme la realidad de cuanto has dicho sobre Inés y la Señora; —Así lo haré, Señor, en cuanto pueda; mientras tanto, ¿es tan poca vuestra curiosidad que...

artlu sulp

—Dices que el mundo es redondo, Toribio; te creo; ¿prueba ello que, redonda como lo es, la tierra contiene las tierras descritas por ese náufrago?; —No, de manera alguna; —¿Crees cuanto nos contó?; —Tampoco; quizá sólo lo soñó; —Y sin embargo, ¿saldrá España entera en busca de lo que quizá es sólo un sueño?; —Mucho oprobio contiene esta tierra, y una sola grandeza: creer en los sueños; —Gran locura, Toribio; —Enorme gloria, Julián...

El gran Felipe, Señor
de España rey sublimado,
que la más parte del mundo
Dios en gobierno le ha dado...

—¿Repetiste mis argumentos, esbirro?; —Con toda fidelidad, Vuecencia; —¿Firmó el Señor los papeles que te dicté?; —Aquí están, señor inquisidor; —¿La expulsión de los judíos?; —Firmado y lacrado; —¿La suspensión de fueros, justicias, cabildos y asambleas?; —Firmado y la...; —¿Los tributos extraordinarios a las ciudades y los oficios burgueses?; —Firm...; —Dense a conocer en el acto; y sobre estos papeles fúndese la verdadera unidad de este reino, unidad del poder y la fe, unidad del poder y la riqueza; pues sólo sobre semejante poder podrá, a la vez, someterse a nuestra voluntad el mundo nuevo, si existe; y si no existiera, sométase España, y basta; —Excelentes razones nos dio, sin sospecharlo, ese inocente viajero, Vuecencia; —Bien, bien, Guzmán; con acierto y prontitud has actuado; tómala para ti, toma esta taleguilla; cree en mi largueza...; —Señor inquisidor: con grande respeto os ruego dispensarme de recibirla...; —¿Qué quieres, entonces?; —Una promesa de vuestra parte: que se me tomará en cuenta, que podré encabezar expedición a las tierras nuevas, y allí probarme en el riesgo, y probar así mi lealtad a la corona y a la iglesia...; —Prometido, Don Nadie...

Y así nuestro rey invicto
quiere estar siempre ocupado
en sembrar por todo el orbe
el Evangelio sagrado...

pues bien, mi caro amigo, heme aquí de viejo gozando de nueva juventud, honores y, si obramos con discreción, fortuna luenga; no os podría escribir cuanto escuché, pues abundó el relato de ese joven navegante en fantasías evidentes y bárbaras teologías idolátricas, y los nombres que dijo resúltanme impronunciables, Mechicoño, Guzalgualt, Chipitetas, que son nombres de tierras e ídolos de allá; mas todo esto es secundario y sólo tres cosas son principales: existe una tierra nueva allende el océano; esta tierra es rica, no, opulenta; y se puede navegar hasta ella y regresar a Europa; escribo ya, como a vos en Génova, a nuestros amigos navegantes y asentistas del Mar del Norte, el Báltico y el Mediterráneo; debemos ser audaces y precavidos; las persecuciones que nuestra raza ha sufrido a manos de hispanos nos obligan a serlo; así veo las cosas: pasarán por alto, en la primera euforia de los descubrimientos, nuestro origen judío, pues los españoles deberán echar mano de lo que sólo nosotros les ofrecemos: el sostén del comercio, las infinitas naves cargadas de mercadería, con cuyos derechos, entradas y salidas se sustentarán las armadas; el trato de la mercancía y los arrendamientos de las reales rentas, y los asientos que se hagan fuera de España; mas una vez que el celo religioso se imponga a las consideraciones prácticas, no lo dudéis, caro Colombo, se volverán contra nosotros, recordarán nuestro origen, dudarán de la fidelidad de nuestra conversión, seremos perseguidos de nuevo, querrán, otra vez, como siempre, apoderarse de nuestra hacienda so pretexto de la pureza cristiana; estemos prevenidos: establezcamos nuestras casas principales en Flandes, en Inglaterra, en la Jutlandia, en los principados germanos, donde el impulso pragmático siempre será superior al celo religioso, para que, llegado el momento, sólo mantengamos en España escasos factores y nos llevemos hacia el Norte la sustancia del Sur; estas empresas, y su mantenimiento a largo plazo, con los gastos de guerra y administración que suponen, costarán caro siempre; hagamos, vos y yo y todos los de nuestra profesión, porque las riquezas del nuevo mundo se empleen para pagar nuestros servicios, y aun falten, debiendo así endeudarse con los príncipes y capitanes, como sucedió durante las benditas Cruzadas, que de tal suerte nos favorecieron, convirtiéndonos en acreedores de esos atolondrados caballeros e incluso, caro Colombo, permitiendo deshacernos de hijos indisciplinados, y pasar por fieles cristianos, mediante el simple recurso de enviar a Palestina a vástago rebelde; cuidad al vuestro, caro amigo, que aunque testarudo y audaz, carece de discreción, y brilla en su mirada un fuego de incierta locura; la mía, hija tardana, profesa votos en este palacio desde donde os escribe, esta noche de julio, vuestro obedientísimo criado, servidor y leal amigo, que besa vuestros pies, *Gonzalo de Ulloa, Comendador de Calatrava…*

Y no más será Tule el fin del Orbe.

—Toma mi breviario, Guzmán; lee para mi reposo, se acaba esta jornada; —"Y para que muriendo seamos testigos fieles y leales de la infalible verdad que nuestro Dios dijo a los primeros padres, que pecando, ellos y todos sus descendientes moriríamos…"; —Que pecando, que pecando…; —Así dice…; —No, Guzmán, no aceptes estas palabras, duda, duda, Guzmán, afirma que todo lo malo es hecho por nosotros, pero no nació con nosotros, pues nosotros nacimos sin más pecado que la capacidad para el bien y para el mal, y este nuestro pecado no es más que la libertad que igualmente nos asemeja y nos distingue de Dios, pues la suya es absoluta y la nuestra, triste, terrible, entrañable y tiernamente relativa; la libertad de Dios es atributo fatal, la libertad de los hombres es frágil promesa; pero fuimos concebidos sin vicio ni virtud, y antes de la actividad de nuestra personal voluntad no hay en nosotros sino lo que Dios almacenó en nosotros, para tentarnos, para probarnos, para condenarnos, para disminuirnos frente a Él: las luces y las sombras del albedrío; escúchame, hermano Ludovico, perdido compañero de mi perdida juventud, escúchame y repite conmigo, dondequiera que estés: Adán fue creado mortal y hubiese muerto con o sin pecado; Dios jamás pudo concebir a un hombre inmortal; su infinito orgullo no hubiese tolerado el desafío; hubo hombres libres de pecado, hombres justos, antes de la venida de Cristo; Dios envió a Cristo para vengarse de la justicia, escasa pero cierta, de los hombres y para imponer el sentimiento de la culpa general: el redentor necesitaba redimir; pero los niños recién nacidos están tan libres de pecado como Adán al ser creado; la raza humana no pereció con la caída y muerte de Adán, ni se levantó con la tortura y resurrección de Cristo pues el hombre, siempre, puede vivir fuera del pecado si así lo desea, si así lo quiere; te amo, hermosa Inés, y no sé por qué amarte sería un pecado, sino porque más de mil años han fustigado mi carne y mi conciencia, doblándome al temor de la culpa que Cristo requiere para seguir prometiéndonos Su redención; te escucho, hermano Ludovico, te quiero como siempre y por fin te entiendo y repito tus palabras, las palabras que nunca nos dijimos porque fueron carne de nuestro encuentro a la orilla del mar, construyendo la barca del viejo Pedro para lanzarnos más allá del fin de la tierra, a buscar el principio de la tierra, la tierra anterior al pecado, la nueva fundación, la tierra nueva, ay de mí, Ludovico, imagen gemela de mi juventud, mi fuerza y mi aventura, ay de nosotros, que no habrá más tierra que ésta donde padecemos y lo perdemos todo; ¿los seguiría hoy a ustedes, al viejo Pedro que murió huyendo de mí, maldiciéndome, a ti, Ludovico, a ti, la embrujada muchacha, Celestina, al buen monje Simón, en esa aventura en busca del nuevo principio de todas las cosas?; humíllome, Ludovico, toco con la frente el frío suelo de esta alcoba y te digo que no lo sé, no lo sé, no lo sé, contigo creí que podría, pero que quería, soy que creí, y cuando estuve con Inés también; pero Dios ni quiere ni es; sólo puede, lo puede todo, ved nada más cómo ha determinado las cosas, unido y separado y vuelto a reunir nuestros destinos, pero de nada le sirve, pues ni quiere ni es: ni quiere ni es como ustedes y yo queremos y somos, ¿verdad hermano mío, verdad hermosa, suave, tibia muchacha, Inés, Celestina, verdad juventud perdida, verdad sueño compartido, perdido, olvidado, verdad imperdonable crimen mío?, debimos embarcarnos aquella tarde, en la playa, sobre la barca de Pedro, todos juntos, ustedes y yo, ¿verdad?, ustedes me perdonarían hoy, ustedes que quisieron y fueron mientras yo sólo les demostré, pequeño Dios de mi sombrío alcázar, que podía, podía, podía. Oh, Ludovico, Pedro, Celestina, Simón… ¿en qué terminaron nuestras vidas, qué han hecho de nosotros la esperanza, el olvido, el tiempo?… a ustedes, no a Dios, debía pedirles perdón, y suplicarles a ustedes y no a la gloriosísima y purísima Virgen y Madre de Dios, abogada de pecadores y mía, que en la hora de mi muerte no me desamparen, sino que con el ángel de mi guarda y con San Miguel y San Gabriel y todos los otros ángeles del cielo, y con los bienaventurados San Juan Bautista, y San Pedro y San Pablo, San Iago y San Andrés y San Juan Evangelista, San Felipe y San Bernardo, y San Francisco, San Diego, Santa Ana y Santa María Magdalena, mis abogados, y con todos los otros santos de la corte del cielo, me socorran y ayuden con su especial favor para que mi ánima por su intercesión y méritos de la pasión de Jesucristo Nuestro Señor, sea colocada en la gloria y bienaventuranza para que desde un principio fue creada. Amén, Guzmán, amén…; —Amén, Señor, y corred la cortina sobre vuestra existencia: el mundo corre, fatalmente, a su destino, y ese destino ya no es vuestro; —¿Qué haré contigo, Guzmán?; —Antes lo dijísteis: no merezco que os ocupéis de mí; —¿He de recompensarte, he de castigarte?; —Recompensa o castigo serían de mi fidelidad; —Me has mentido, Guzmán, crees saberlo todo, mientes, he estado en la alcoba de la Señora, he visto…; —Señor…;

—Mi honor está intacto; veniales son las culpas de mi esposa: ha creado un rincón a imagen y semejanza del placer que desea; tú la acusaste de adúltera; —Os juro, Señor; —Tengo ojos, dijiste, tengo nariz yo sé mirar, yo sé oler; —Trato de servir al Señor; si yerro, es porque soy hombre, y sin mala voluntad; —Ludovico, Celestina, mi juventud, mi amor, antes del crimen, mi proyecto se cumple, Guzmán, mi madre tiene razón, si no puedo culminar en la extinción, culminaré en el origen, regresaré a ese instante privilegiado de mi vida, a esa playa, mis cuatro compañeros, renunciaré a mi heredad, mi poder, mi padre, Isabel, volverán a ser las seis de la tarde de un día de verano, en una playa, junto a una barca, nos embarcaremos, iremos al mundo nuevo, lo soñamos antes que nadie, lo pisaremos antes que nadie; —Deliráis, Sire, invocáis fantasmas, vuestros compañeros han muerto, están perdidos, nada son, se los ha tragado el tiempo, la peste, la locura; —Pobre

Guzmán; mucho sabes de azores y alanos, mas nada de las cosas del corazón; anda, cierra el breviario, levántate, aparta el tapiz, di a los alabarderos que los suelten, déjalos entrar, entren ya, Ludovico, Celestina…

Yo me era mora Moraima,
morilla de un bel catar…

—¿Cantáis, Ama?; —Oh, Lolilla, ved a vuestra Ama alegre, vuelta a la vida; —Ama, tu alegría nos contenta; —Canto, río, fregoncillas; —Mucho temimos por vos, Señora nuestra, al ver a vuestro marido, por primera vez, entrar a vuestra alcoba, sin tocar a la puerta, como buscando encontrar un…; —Mirad lo que encontró, mis dueñas; mirad a ese ser que yace sobre mi lecho; fabricado con los retazos que robé de los sepulcros; miradle como le miró el Señor, ¿es éste mi amante, esta momia, este monstruo?, sí, mi penitencia, Señor, mi prueba de lealtad a vuestros propósitos, Sire, el lujo oriental de una recámara y un cadáver en el lecho, mi compañía, Sire, la única que me habéis dejado, reflejo de vuestra fúnebre voluntad, el lujo habitado por la muerte, las obras de los sentidos sometidas al dominio de un cadáver, mirad cómo os entiendo, mirad cómo os sigo, mirad cómo me ciño a vuestros más íntimos mandatos, y ahora, Azucena, Lolilla, preparémonos para el gran viaje, todo ha concluido, prepara tú el baño con carbones calientes, el jabón más perfumado, Lolilla, limpia bien mi más lujoso traje, Azucena, ráspale bien las manchas de cera, el goteo de los cirios, báñenme, enjabónenme bien, toma el *torchecul*, Lolilla, lávame bien mis partes, que no quede traza del olor de hombre en mis fondillos, ni gota de amor de hombre, mis perfumes, ese vestido, Azucena, el más descotado, que dícese son los ojos ventanas del alma y los descotes ventanas del infierno, y los guantes con joyas, y los zapatos muy apretados, para que el vulgo se pregunte cómo me los quito y pongo, y polvo de oro para mi cabellera, y desmontad los preciosos vidrios de mis ventanas, envolvedlos, que nadie más ha de mirar por esos cristales hacia un jardín inexistente: el jardín está más allá, en el otro mundo, y hacia él vamos; —¿Y esta verde botella sellada, mi Ama: algo contiene?; —Trájola Don Juan del mar; déjenla en la arena del piso; —¿Y el mostro, Señora, se quedará en vuestra cama?; —Oh, Azucena, Lolilla, mi hombrecito, todo lo sabe, todo lo entiende, él ya me dijo qué cosa haremos con mi real momia; tiempo habrá; preparaos; toma esa copa, Lolilla, esa de huevo de avestruz, llénala, dámela; —Beba, Señora; —Cante, Ama…

Cristiano vino a mi puerta,
cuitada, por me engañar…

Celestina y Ludovico

Les reconocí, dijo el Señor, una vez que la mujer de los labios tatuados, vestida de paje, y el ciego flautista aragonés entraron a la alcoba, y Felipe despidió a Guzmán, y Guzmán con la lengua trabada y la mirada colérica, intentó despedirse,

—Más quiero que airado me castiguéis, Señor, porque os doy enojo, que arrepentido me condenéis porque no os di consejo…

Nadie le miró, nadie le contestó, e intentó aposentarse fuera de la capilla, los alabarderos se lo impidieron, y Guzmán cruzó la capilla, se fue por los corredores, los patios, las cocinas, las mudas, y salió a la noche de los tejares, las tabernas y las fraguas de la obra.

Les reconocí, dijo el Señor, con inmensa ternura lo dijo, mirándoles, tú Celestina, tú Ludovico, han regresado, es cierto, ¿verdad?, tardé en reconocerles, tú, Ludovico, ¿recuerdas cuando hablamos a orillas del mar?, un sueño, un mundo sin Dios, la gracia suficiente de cada hombre; tú, Celestina, el mundo del amor, sin prohibiciones para el cuerpo, centro solar del mundo, cada cuerpo, tardé en reconocerles, el tiempo te ha herido, hermano, y te ha favorecido, muchacha; no ves, pobre de ti, Ludovico, no pude creer que tú fueses tan viejo, y tú, tan joven, ¿eres tú, Celestina, verdad que eres tú?, soy y no soy, dijo la muchacha, la que tú recuerdas, no soy yo, la que yo fui tú no la recuerdas, aunque un día, en la selva, me conociste, ¿eres tú, Ludovico?, sí, soy yo, Felipe, aquí estamos, hemos regresado, regresa tú con nosotros a la orilla de ese mar donde destruimos a hachazos la barca de Pedro, vuelve a escuchar nuestras historias, óyenos otra vez, recuerda lo que entonces contaste, lo que entonces imaginaste, compáralo con lo que en verdad sucedió, imagina lo que en verdad sucederá.

Y esto contaron alternadamente, esa noche, la muchacha de los labios tatuados y el invidente flautista.

El primer niño

Felipe gozó aquella noche del amor de Celestina y Ludovico; Ludovico, del amor de Celestina y Felipe; Celestina, del amor de Felipe y Ludovico. Unidos los tres sobre la piel de martas, convirtieron en realidad uno de los sueños del mar.

Así pasaron varios días. No sabían cómo agotar su placer. Inventaron palabras, actos, combinaciones, deseos, recuerdos que les acercaran a la última verdad de los cuerpos, y no hallándola, imaginaron que la juventud y el amor serían eternos. Celestina tenía razón. El mundo será libre cuando los cuerpos sean libres.

Felipe les abandonaba de día. No daba excusas. No las necesitaba. El alcázar era el lugar donde todo lo soñado se convertía en realidad. Los demás —Pedro, Simón, los eremitas, los moriscos, los peregrinos, los hebreos, los heresiarcas, los mendigos, las prostitutas— se estarían librando, como ellos, a las diversas formas de su variado placer. Así le habló Ludovico a Celestina. Felipe regresaba de noche, siempre con cántaros rebosantes y bandejas colmadas.

—No hay por qué salir de aquí, les dijo; aquí lo tenemos todo.

Amaban. Dormían. Y otra noche Felipe entró a la alcoba y al abrir la puerta penetró con él un espantoso hedor.

—Ahora huele a muerte, no a placer, se dijo a sí mismo Ludovico.

Espero que Felipe y Celestina durmiesen, desnudos y entrelazados. El joven estudiante se vistió con sus ropas de mendigo y salió de la recámara. Una espesa humareda le hizo retroceder. Se animó a investigar lo que ocurría. Caminó con cautela por un largo pasillo. Un espeso humo daba alas a la muerte. Sofocado, buscó refugio. Abrió una puerta y entró a una alcoba.

Dos mujeres miraban por el alto y estrecho ventanal de ojiva hacia el patio del alcázar. No le miraron a él cuando entró. Temblaban abrazadas: una joven y hermosa castellana; una fregona de anchos faldones y malos olores. El estudiante se acercó a la ventana.

Las mujeres gritaron, viéndole allí, y se abrazaron aún más estrechamente la una de la otra. Ludovico las apartó con urgencia y miró hacia el patio. Las mujeres salieron gritando de la recámara.

A ellas nunca las había visto antes; a los cadáveres, sí. Unos guardias con cotas de malla y desenvainadas, sangrientas tizonas los arrastraban, en la luz del amanecer, de los pies y las cabelleras para arrojarles a una pira ardiente en el centro del patio. Reconoció a los hombres, mujeres y niños conducidos hasta aquí por Felipe.

Ludovico miró alrededor del rico aposento. Con un gesto de rabia, arrancó un tapiz que colgaba delante de un muro de la alcoba.

Detrás del tapiz, apareció una cuna. Y en la cuna, un niño de escasas semanas de edad dormitaba. Mil pensamientos antagónicos pasaron por la afiebrada cabeza del estudiante. Todos ellos se resolvieron en un acto casi instintivo: tomó al niño, le sacó de la cuna, le envolvió en las mismas sedas que le cobijaban y salió de allí, con el infante en brazos.

Pensó que salvaba de la terrible matanza a un inocente. Caminó de regreso a la alcoba de Felipe. El joven y la muchacha seguían dormidos. Estuvo a punto de despertarlos, levantando en alto al niño, mostrándolo a sus compañeros. Miró el rostro dormido de Celestina y sonrió con tranquilidad: conocía los sueños de la muchacha. Miró el de Felipe y la sonrisa se le congeló: desconocía los suyos. A orillas del mar, todos dijeron lo que deseaban, menos él. Pedro: un mundo sin servidumbre. Simón: un mundo sin enfermedad. Celestina: un mundo sin pecado. Ludovico: un mundo sin Dios.

Miró el rostro dormido de Felipe. La mandíbula prógnata. La dificultad para respirar. Ambos rasgos subrayados por el sueño. Recordó los medallones de la realeza: Felipe era uno de ellos.

Suspiró con gran tristeza y salió de la recámara, tosiendo, protegiendo al niño. En la contigua, que era una muda de halcones, le escondió. Le cubrió, temerosamente, con un capuz como los que guardaban a los propios azores en horas de sueño.

La carreta de la muerte

Felipe les abandonó hacia el mediodía y después Ludovico y Celestina escucharon campanadas, música de flauta y tamborines. El estudiante molió las viandas hasta convertirlas en amasijos aguados, y le dio de comer al niño escondido en la muda, mas nada le contó a Celestina de cuanto sucedía.

Felipe regresó al atardecer. Vestía con magnificencia, lustrosos zapatos a la flamenca, calzas color de rosa, una ropa de brocado forrada de armiños y en la cabeza una gorra como un joyel; y sobre el pecho, una cruz de piedras preciosas; y entre los armiños, desprendidos capullos de azahar. Les dijo que había obtenido un señalado favor de su padre. El estudiante y la muchacha podían permanecer en el alcázar. Ya se irían acostumbrando a la vida del palacio. Ludovico podría aprovechar la gran biblioteca, y Celestina hallar deleite en los bailes y holganzas de la corte. Continuarían para siempre las hermosas noches de amor.

Celestina le dijo, alegremente, que no le reconocía, tan elegante. Ludovico guardó silencio. Felipe dijo:

—Es que hoy me he casado…

Salió sonriendo. Celestina se abrazó a Ludovico, y el estudiante le contó lo que sabía. Esperaron la hondura de la noche y cuando se sintieron seguros de que los guardias dormitaban y los perros habían sido derrotados por la fatiga de la paciencia, salieron de la alcoba, recogieron al niño en la muda y buscaron una salida.

Dormían, sí, los guardias y los perros; mas el portón del barbacán estaba cerrado, y elevado el puente sobre el foso. Entonces Celestina escuchó un rumor en el patio. Vieron que varios hombres se ocupaban allí de amontonar en carretas los restos calcinados de los cadáveres.

Esperaron escondidos en las sombras de los portales hasta la última hora de la noche. Aprovecharon un instante en que los hombres se dirigieron a recoger cadáveres para esconderse dentro de una de las carretas, abriéndose un lugar entre los brazos y las piernas y los troncos quemados, y mirando los ojos de fuego de los degollados. La ceniza y la sangre les mancharon a ellos también; Celestina apretaba contra su pecho al niño, le tapaba la boca con temor, retenía la náusea que le subía hasta los dientes.

Bocabajo entre los cadáveres, manchados como los cadáveres, temblaron en silencio cuando más cuerpos quemados les cayeron encima, y las ruedas de las carretas crujieron. Se abrió el portón del barbacán, descendió el puente levadizo, Celestina contuvo las lágrimas, abrazó al niño, el niño lloró, Ludovico se estremeció, Celestina sofocó con la palma manchada el llanto del niño, las carretas rodaron hacia la aurora de Castilla.

—¿No oíste?, dijo uno de los carretoneros.

—No, ¿qué?

—Un niño llorando.

—¿Qué bebiste, calcotejo?

—Las sobras de la boda del príncipe don Felipe, igual que tú, mula guiñosa…

Ahora, Celestina, ahora, salta, estamos en el bosque, no nos hallarán, murmuró sordamente Ludovico, y los dos carretoneros vieron saltar, y correr hacia la espesura, a dos figuras aparecidas entre el montón de cadáveres.

Se detuvieron, descendieron, miraron la carga de muertos que llevaban a arrojar a un barranco de la sierra, se hincaron, se santiguaron, se dijeron:

—No cuentes esto; por borrachos nos tendrán, y buena paliza recibiremos.

La judería de Toledo

Se refugiaron en la judería de Toledo. Los hebreos, al principio, les recibieron por piedad, viéndoles en tal estado de fatiga, vestidos como mendicantes y con un niño de brazos, mas luego quisieron inquirir sobre esta pareja, y les visitaron. Celestina bañaba al niño y los judíos vieron lo que Ludovico y Celestina habían visto, con asombro, al clarear el día en el bosque, cuando cubiertos de sangre y ceniza escaparon de la carreta: el niño tenía seis dedos en cada pie y una cruz de carne roja en la espalda.

—¿Qué quiere decir esto?, se preguntaron los visitantes, y lo mismo se preguntaban Celestina y Ludovico.

—¿Es vuestro el niño?, les preguntaron, y el estudiante dijo que no, sino que él y su esposa le habían salvado de la muerte, y por tanto le querían como cosa propia.

Pero a los pocos meses todos notaron que la muchacha esperaba otro niño, esta vez de ella, pues sus rasgadas vestiduras no alcanzaban a esconder el crecimiento de su vientre. Y todos dijeron:

—Vaya; el Señor sea con vosotros; ahora sí que tendréis hijo propio, que bendiga vuestra casa.

Vivían en un solo cuarto detrás de unos altos arcos de piedra. Poca era la luz, altas y pequeñas las ventanas, y cubiertas de papel aceitado; poca luz y mucho olor despedía la mecha de algodón que flotaba en una jofaina de aceite de pescado, pero quemaba largamente.

—Nos robamos al niño, le dijo Ludovico a Celestina, pero Felipe nos robó nuestras vidas.

Los doctores de la sinagoga del Tránsito llegaron a verle, y casi todos se encogieron de hombros, y dijeron no comprender estas anomalías de los seis dedos en cada pie y la cruz en la espalda. Pero uno de ellos guardó un grave silencio, y un día buscó a Ludovico y habló con él. Así supo que el estudiante traducía con facilidad el latín, el hebreo y el arábigo, y le llevó consigo a la sinagoga, y allí le encomendó varios trabajos.

—Lee; traduce; hemos salvado muchos pliegos que de Roma viajaron a la gran biblioteca de Alejandría y de allí, salvados de las grandes destrucciones durante la guerra civil bajo Aureliano y más tarde del incendio cristiano, fueron traídos a España por sabios hebreos y arábigos, salvados aquí también de bárbaros godos y celosamente guardados por nosotros, pues las distintas fes se alimentan de una común sabiduría. No sé cuál sea la tuya, ni te interrogo al respecto. Hijos del libro somos todos, judíos, moros y cristianos, y sólo si aceptamos esta verdad viviremos en paz unos con otros. Lee; traduce; vence tus propios prejuicios, que todo hombre los tiene; piensa que muchos hombres vivieron antes que nosotros; no podemos despreciar su inteligencia sin mutilar la nuestra. Lee; traduce; encuentra por ti mismo lo que yo sé y no te diré, pues mayor será tu alegría si llegas a saber quemándote las pestañas, y sólo así, acaso, sabrás algo que mi vejez no supo.

Era este doctor un letrado judío de avanzada edad y luenga barba blanca, tocado siempre con un gorro negro y vestido con una negra túnica cuyas telas se reunían, drapeadas, bajo una estrella de plata que él usaba sobre el pecho; y en el centro de esta estrella estaba inscrito y realzado el número uno.

La cábala

Del cielo descendió la Cábala, traída por los ángeles, para enseñarle al primer hombre, culpable de desobediencia, los medios de reconquistar su nobleza y felicidad primeras. Primero, amarás al Eterno, tu Dios. Es el Anciano entre los ancianos, el Misterio entre los misterios, el Desconocido entre los desconocidos. Antes de crear forma alguna en este mundo, estaba solo, sin forma, sin parecido con nada. ¿Quién podría concebirle como era entonces, antes de la creación, puesto que carecía de forma? Antes de que el Anciano entre los ancianos, el más Escondido entre las cosas escondidas, hubiese preparado las formas de los reyes y las primeras diademas, no había ni límite, ni fin. Así, se dispuso a esculpir esas formas y a trazarlas en imitación de su propia sustancia. Extendió delante de sí un velo y sobre ese velo diseñó a los reyes, les dio sus límites y sus formas; pero no pudieron subsistir. Dios no habitaba entre ellos; Dios no se mostraba aún bajo una forma que le permitiese permanecer presente en medio de la creación, y así, perpetuarla. Los viejos mundos fueron destruidos: mundos informes que llamamos centellas. La creación había fracasado, por ser obra de Dios y permanecer Dios ausente de ella. Así, Dios supo que Él mismo era responsable de la caída y por tanto debería serlo de la redención, pues ambas ocurrían dentro del círculo de los atributos divinos.

Y Dios lloró, diciendo:

—Soy el más Viejo entre los viejos. No existe nadie que me conociese joven.

El segundo niño

A los ocho meses de la preñez de Celestina, Ludovico se atrevió a preguntarle:

—¿De quién es tu hijo? ¿Lo sabes?

Celestina lloró y dijo que no, no lo sabía. Desconocían al padre y a la madre del niño que se robaron del alcázar; sólo sabían quién era la madre del niño que iba a nacer, mas no su padre...

—¿Nunca te tocó Jerónimo, tu marido?

—Nunca, te lo juro.

—Pero yo sí.

—Tú y Felipe, los dos.

—Se mezclaron nuestras leches; pobre de ti; ¿qué nacerá...?

—Y tres viejos en el bosque, uno tras otro...

—Y el primero, entonces, ¿quién fue el primero?

—El primer hombre...

—Sí...

—El Señor, el padre de Felipe; Felipe no se atrevió; su padre me desvirgó, la noche de mis bodas...

—Entonces tú sabías...

—¿Quién era Felipe? Lo supe siempre.

—Ay, mujer, debiste hablar; no hubieran muerto esos inocentes...

—¿Tú hubieras cambiado todo el placer del mundo por toda la justicia del mundo?

—Tienes razón; quizá no.

—Y ahora mismo, ¿cambiarías la sabiduría por la venganza?

—Todavía no. Necesito saber para luego actuar.

—Yo también, Ludovico.

—Mezcladas andan las leches, te digo. Nunca sabremos quién fue el padre de tu hijo.

—Yo forniqué con el demonio, Ludovico.

El niño de Celestina nació una turbia noche de marzo. Vinieron las comadronas. El aire de Toledo era verde, y de negra plata su cielo. La judería, bajo palio de fósforo ardiente, se guarecía de la tormenta con hondas plegarias. Los rayos eran lanzas sin sangre. El niño nació con los pies por delante. Tenía seis dedos en cada uno, y una cruz encarnada en la espalda.

Cuando Ludovico le llevó a presentarlo a la sinagoga, saludó con reverencia a su protector, el letrado anciano. Levantó la mirada y vio que en la estrella del pecho refulgía, allí inscrito, el número dos.

El Zohar

Y así, el Anciano entre los ancianos, a fin de reparar la culpa de su creación, que fue su ausencia del mundo y la causa de la caída común de Dios y de los hombres, concibió una redención a fin de manifestarse entre los hombres y permanecer presente en ellos. Mas como no podía encarnar en figura humana, ni ser representado por icono alguno, ni siquiera con exclamación o punto, sin perder su forma desconocida entre lo desconocido, manifestose en los principios mismos de la nueva vida. Que fueron éstos. Confúndanse la vida y el pensamiento. Cuanto es pensado, es. Cuanto es, es pensado. Y siendo esto así, todas las almas humanas, antes de descender al mundo, habrán existido ante Dios, en el cielo, pues allí, siendo pensadas, fueron ya. Pero antes de venir al mundo, cada alma se compone de una mujer y un hombre reunidos en un solo ser. Al descender a la tierra, las dos mitades se separan y vanse a animar dos cuerpos diferentes. Conforme a las obras que hagan y a los caminos que sigan en la tierra, las almas, si obran con amor y siguen los caminos del amor, volverán a reunirse al morir. Mas si no lo hicieren, las almas pasarán por tantos cuerpos como sea necesario para que encarnen al amor. Así se posesionan las almas malditas de los cuerpos vivientes, y temible es la lucha dentro de cada hombre: un alma anterior, incompleta y condenada a errar por su falta de amor, se posesiona de una parcela de cada alma nueva que ha nacido en busca de amor. Mas habiendo existido ante Dios, en el cielo, todo lo que las almas aprendan en la tierra lo habrán sabido desde antes. Y siendo esto así, cuanto ha existido en el pasado existirá también en el porvenir, y cuanto será ya ha sido. Y siendo esto así, nada nace y nada perece de una manera absoluta. Las cosas, simplemente, cambian de lugar.

La sonámbula

Pronto vio Celestina que el parecido entre los dos niños no se limitaba a los signos extremos de los pies y la cruz, sino que en todo lo demás, proporción y facciones, eran idénticos. Se lo hizo notar a Ludovico; el estudiante sólo pudo decirle que se trataba de un verdadero misterio, puesto que nada podía explicarlo, y siendo ésta su naturaleza, no quedaba más remedio que confiar en que, algún día, el misterio revelase su propia razón. Lo dijo a regañadientes, pues estos hechos, y las lecturas y traducciones con que se ganaba la vida en la sinagoga, iban a contrapelo de las razones más secretas de su inteligencia rebelde: la gracia es directamente accesible al hombre, sin intermediarios; debe encarnar en la materia, dirigirse a finalidades pragmáticas y ser explicable por la lógica.

Le advirtió a Celestina que no se aventurase fuera de la judería, cautiva entre la Puerta del Cambrón, los montes del Tajo, la vieja mezquita y la Santa Eulalia, por ser ésta la guarida invisible de la pareja y peligrar su anonimato en los barrios cristianos. Mas ciertas tardes, animada por un vigilante sueño, Celestina abandonaba a los dos niños, aprovechando sus siestas, o confiaba en que las vecinas acudirían a los chillidos y caminaba como dormida, más allá de los límites del barrio hebreo.

Quizá sólo ahora, veinte años más tarde, se atrevería a explicar los motivos de sus paseos de sonámbula, a media tarde, por las empinadas callejas de piedra, los antiguos zocos árabes, hasta el Castillo de San Servando, hasta el río, hasta el puente de Alcántara, hasta las más lejanas puertas del norte, y hasta la más lejana del sur, la Puerta de Hierro: la temible, densa, desolada, extensa y profunda llanura castellana venía a morir junto a las montañas de Toledo.

Miraba a la gente. Buscaba una cara. Pasaron muchas tardes. No conocía a nadie. Nadie la conocía a ella. Sin embargo, todos estaban vivos. Todos habían nacido antes, después o al mismo tiempo que ella. Ningún muerto rondaba las calles toledanas, nadie capaz de acercarse a ella, tomarla de un brazo, detenerla y decirle:

—Te conocí antes de morir yo o de nacer tú.

Los sefirot

Cuanto existe, todo lo formado por el Anciano (¡santificado sea su nombre!) proviene de un macho y de una hembra. El padre es la sabiduría que ha engendrado toda cosa. La madre es la inteligencia, tal como fue escrito: "A la inteligencia darás el nombre de madre". De esta unión nace un hijo, el vástago mayor de la sabiduría y de la inteligencia. Su nombre es el conocimiento o la ciencia. Estas tres personas reúnen en sí mismas cuanto ha sido, es y será; pero a la vez, se reúnen en la cabeza blanca del Anciano entre los ancianos, pues Él es todo y todo es Él. Y así el Anciano (¡santificado sea su nombre!) es respetado por el número tres, y existe con tres cabezas que no forman más que una sola. Dios da a conocer su creación mediante sus atributos, los sefirot, que se proyectan como rayos y se expanden como las ramas de un árbol. Mas todos los rayos y todas las ramas emanadas de Dios deben volver al número tres, a fin de no extinguirse en la dispersión. Así, veintidós letras tiene el alfabeto hebreo, que es el verbo de Dios, y esas veintidós letras pueden combinarse y mezclarse de diversas maneras, siempre y cuando no se dispersen, sino que todas sus combinaciones posibles regresen siempre a las tres letras madres, que son ש, מ, א.

La primera es fuego. La segunda agua. La tercera aire. De ellas nace cuanto se multiplica. Por ellas se regresa a la unidad. Y de la unidad vuelven a derivarse los tres primeros sefirot, que son la corona, la sabiduría y la inteligencia. La primera representa el conocimiento o la ciencia. La segunda al que conoce. La tercera a lo que es conocido. El hijo. El padre. La madre. De esta trinidad nace todo lo demás, manifestándose progresivamente en el amor, la justicia, la belleza, el triunfo, la gloria, la generación y el poder. Temerario será quien recorriendo esta ruta, intente ir más allá, pues queriendo sobrepasarse, sólo conocerá la desintegración de cuanto le precedió: poder, generación, gloria, triunfo, belleza, justicia, amor, inteligencia, sabiduría, conocimiento y sólo se internará en el desierto de la muerte errabunda, buscando un alma de la cual apropiarse para reencarnar y reiniciar toda la vuelta de la vida, aplazando el regreso al cielo y la reunión con la mitad perdida de su alma. El alma santa, en cambio, se detendrá, reconociendo que la plenitud tiene límites y que son estos límites los que aseguran que la plenitud sea plena, pues la infinita disgregación es el vacío, renunciará a los espejismos ambiciosos y volverá sobre sus pasos hasta regresar al umbral de los tres, que a su vez es el umbral de retorno a la unidad. Pues está escrito que toda cosa regresará a su origen, como de él salió.

Celestina y el diablo

Y así sucedió que una noche, al regresar a la pieza que compartían, Ludovico encontró a Celestina arrojada junto al fuego de un brasero, llorando y quemándose las manos sobre las brasas, y mordiendo una cuerda, insensible a los gritos de los dos niños y rodeada de muñequitas de trapo rellenas de harina.

El estudiante quiso socorrerla, y apartarla del fuego, mas la muchacha estaba poseída de una fuerza irresistible, y le dijo que la dejara, que el recuerdo volvía a ella, lo había olvidado todo, el sueño se había realizado, un amor sin prohibiciones, el cuerpo libre, ella, Ludovico y Felipe, fue como una droga, se había dejado adormecer por una falsa ilusión, ahora volvía a recordar, fue atropellada por el Señor don Felipe, el Hermoso, tomada fría y brutalmente por ese príncipe putañero, incontinente, apresurado, la noche misma de su boda con Jerónimo, en la troje, y ella se dijo, me entrego al demonio, no tengo más amigo que el diablo, sólo Satanás ha de ser más fuerte que este inmundo Señor, Dios no me ha creído digna de su protección, quizá el diablo me defienda, seré su esposa, él me dará los poderes para vengarme del Señor y su casa, del Señor y sus descendientes, y acercó las manos al fuego, las retiró, tomó la cuerda, la mordió para aliviar su tormento, hundió las manos en el fuego, invocándole, ángel del veneno y de la muerte, ven, tómame, y entre las llamas, Ludovico, apareció una sombra, sólo visible en medio del fuego, como si requiriese la más ardiente luz para aparecerse y ser vista, y esa forma de pura tiniebla, sin rostro ni manos ni piernas, pura oscuridad revelada por las llamas, me habló y me dijo:

No llores, mujer. Hay quien se apiade de ti. Ya sabes lo que el mundo te ofrece si obedeces la ley de Dios y en recompensa sufres la crueldad de los hombres. Piensa que en otro tiempo la mujer fue diosa. Lo fue porque era dueña de una sabiduría más profunda. Sabía la antigua sabia que nada es como aparenta ser y que detrás de todas las apariencias hay un secreto que a la vez las niega y las completa. Los hombres no podían dominar al mundo mientras las mujeres supieran estos secretos. Se unieron para despojarlas de dignidad, sacerdocio, privilegio; mutilaron y enmendaron los antiguos textos que reconocían el carácter andrógino de la primera Divinidad, suprimieron la mención de la esposa de Yavé, cambiaron las escrituras para ocultar la verdad: el primer ser creado era a la vez masculino y femenino, hecho a imagen y semejanza de la Divinidad que unía ambos sexos; inventaron en su lugar un Dios de venganza y cólera, un cabrío barbado, expulsaron a la mujer del Paraíso, la hicieron culpable de la caída. Nada de esto es cierto, es sólo la mentira indispensable para fundar el poder de los hombres, un poder sin misterio, cruel, divorciado del amor, separado del tiempo real, que es el tiempo de la mujer, que es tiempo simultáneo: el poder del hombre, capturado de la mera sucesión de hechos que al progresar en línea recta, a todo y a todos conduce a la muerte. Escúchame, mujer: te diré cómo vencer a la muerte; te diré como vencer a este atroz orden masculino; te daré a conocer los secretos, ve qué haces con ellos, pronto, tu tiempo es breve, mucho te exijo, quedarás exhausta, sólo podrás iniciar lo que yo te pido, no podrás terminarlo, es demasiado para una sola persona, date cuenta a tiempo, transmite lo que sabes a otra mujer, a tiempo, antes de que los hombres vuelvan a arrebatarte las fuerzas que hoy te otorgo; recuerda, que otra mujer continué lo que tú inicias, pues tú sólo continúas lo que otras iniciaron en mi nombre. La mujer fue Diosa. Yo fui Ángel.

—¿Qué?, gimió Celestina, ¿qué me enseñas, qué debo saber, no entiendo…?

—Tus manos llagadas son el signo de nuestra comunión: el fuego. La mujer que las bese heredará lo que yo te dé.

—¿Cuándo? ¿Cómo sabré?

—Búscame en las calles de Toledo. Allí me encontrarás, cuando la fortuna allí te lleve.

—¿Qué haré mientras tanto?

—Huye al bosque. Allí habitan los duendes y súcubos, familiares de las brujas. Pídeles consejo. Son los viejos dioses paganos, expulsados de sus altares por la cruel cristiandad. Reconocerán en ti a las antiguas diosas el mundo mediterráneo, condenadas a la hechicería por los poderes cristianos, y ejecutadas en las plazas públicas con tanta crueldad como lo fue Cristo en el Gólgota. Adora a las diosas prohibidas. Disfrázalas de inocente juego. Fabrica unas muñecas de trapo. Rellénalas de harina. Es el color de la luna. Allí habita la diosa oculta de todos los tiempos.

—¿Dónde? ¿En el bosque? ¿En la luna?

Pero la visión invisible en medio del fuego había desaparecido.

El número tres

La mañana, el mediodía y la noche. El principio, el medio y el fin. El padre, la madre y el hijo. Cuanto es enteramente, lo es tres veces. Santo tres veces, realmente santo. Muerto tres días, realmente muerto. Tres regiones tiene el universo: cielo, tierra y agua. Tres cuerpos tienen los cielos: sol, luna y tierra. Tres veces repítese el rito y cúmplenlo tres personas. Tres años deben tener los animales que se sacrifican. Tres ayunos por año ordena la ley, y tres oraciones por día. Tres son los hombres justos. Tres rebaños acuden al pozo. La culpa se extiende hasta la tercera generación. Tres generaciones se necesitan para vengar a los padres. Tres años sin cosecha justifican la impaciencia del labrador, y el abandono de las tierras. Tres días es tolerado el huésped. Tres veces se camina alrededor de la pira funeraria. Tres son las Furias. Tres son los jueces de la muerte. Cada tres años se celebran las fiestas de Baco. Tres fueron los primeros augures. Tres, las primeras vestales. Tres, los libros de las Sibilas. Tres días toma el descenso al infierno. Tres días permanece el alma cerca del cadáver esperando su resurrección. Tres veces se repiten las palabras que protegen al viajero, inducen al sueño o calman la furia del mar. Tres veces bendijo Yavé la creación. Tres testigos nos ofrece el cielo. Tres hijas tuvo Job. Tres hijos Noé, y de ellos descendemos todos. Tres veces bendijo Balaam a Israel. Tres amigos tuvo Job, y tres Daniel. Tres emisarios del cielo visitaron a Abraham. Tres veces fue tentado Jesús. Tres veces oró en Getsemaní. Tres veces le negó Simón. Fue crucificado a la tercera hora. Había tres cruces en el Gólgota. Tres veces se reveló Jesús a sus discípulos después de la resurrección. Tres veces deseó Saulo. Padre, Hijo y Espíritu Santo. Bestia, Serpiente y Falso Profeta. Fe, Esperanza y Caridad. Tres lados tiene el triángulo. Uno es la raíz de todo. Dos es la negación de uno. Tres es la síntesis de uno y dos. Los contiene a ambos. Los equilibra. Anuncia la pluralidad que le sigue. Es el número completo. La corona del principio y el medio. La reunión de los tres tiempos. Presente, pasado y futuro. Todo concluye. Todo se reinicia.

El duelo

Caminó muchas tardes Celestina por las calles de Toledo, pinas y llanas, solitarias y tumultuarias, abiertas en anchas plazas, enjambradas en estrechos callejones, buscando la promesa del diablo. Y no hacía más que buscar una cara conocida.

Pasó un atardecer junto a un jardín amurallado, y escuchó gritos en el jardín y rumores en las tapias. Un caballero embozado saltó la tapia, con una monja en brazos. Abriose el portón y dos caballeros corrieron a la calle con las espadas desenvainadas. Desvanecida yacía la monja; herido de una pierna el hombre embozado. Miró a Celestina. Suplicole:

—Haz por reanimar a la novicia. Llévala contigo y yo iré a buscarla. Dame tus señas.

Celestina no tuvo tiempo de responder. Los caballeros armados se lanzaron sobre el embozado, y éste, arrojando la capa sobre el hombro, incorporose y desenfundó su espada. Chocaron los aceros; el caballero de la capa se batía con alegre fervor contra sus rivales, y aun les mantenía a raya, a pesar de la pierna herida. Celestina hizo por reanimar a la monja, logró levantarla, apoyarla y llevarla a una callejuela escondida, no lejos del lugar del combate, donde la monja volvió a caer por tierra; muy cerca, escuchábanse las voces de injuria, el grito del vencido, los vítores de los vencedores. Celestina les vio pasar corriendo, con las espadas sangrientas, por la calleja mayor, dejando de largo este vícolo techado de hiedras que se extendían entre dos jardines, uniendo sus nudosos dedos sobre las cabezas de Celestina y la monja.

—Id, id a él, suspiró la monja, ved si me lo han matado.

Corrió Celestina al lugar del duelo, donde yacía, sangrante, el raptor. Un capullo escarlata estallaba entre los brocados del pecho. Celestina se hincó junto al moribundo, sin saber muy bien qué hacía; el caballero de oscura belleza la miró con los ojos entrecerrados, sonrió, logró decir:

—Celestina… Celestina… ¿eres tú?, ¿otra vez joven?, oh, mira, madre, que encontrarte otra vez cuando me muero otra vez… yo que te vi morir a ti otra vez… Dios y muerte, ¿no lo dije siempre?, ¡qué largo me lo fiáis…!

Y diciendo así, murió. Espantada, Celestina se alejó del cuerpo y regresó a la monja escondida en la callejuela umbría. Caían las hojas muertas sobre su blanco hábito. Preguntole a Celestina por la suerte del duelo y la vida del caballero, y Celestina díjole:

—Murió.

No lloró la monja, sino que permaneció sentada bajo la tosca enramada, en aquel callejón, con una extraña expresión en el rostro, y al cabo dijo:

—Asesinó a mi padre por amor a mí. Yo amé al matador de mi padre. Fue más fuerte el amor al vivo que el amor al muerto. No me burló a mí, sino a mi propio padre, enterrado aquí, en este mismo convento. Vino a burlarse del sepulcro, a la estatua de mi padre desafió, invitole a cenar esta misma noche en la posada, negó mis ruegos para que me llevara otra vez con él, dijo que no más días empleaba en cada mujer que amaba, que uno para enamorarla, otro para conseguirla, otro para abandonarla, otro para sustituirla y una hora para olvidarla; rogué; negose; entraron mis hermanos, le desafiaron, rió, tomome, conmigo huyó, no por amor a mí, sino para desafiar a mis hermanos. Escaló la tapia del convento, caímos, desvanecime. Murió.

Jugueteó la monja con las hojas secas.

—Yo vi temblar la estatua de mi padre, animarse la piedra. Hubiera asistido a la cita, segura estoy. Mas ved, muchacha de tristes ojos, que nada terminó como yo lo pensé, sino en miserable lance callejero. Por favor, ayúdame, llévame a la puerta del convento. Mi honor está a salvo. Pero no mi amor. ¿Sabes una cosas, muchachilla? Lo peor de todo es que mi imaginación ha quedado insatisfecha. No debió morir así Don Juan… Quizá en otra vida. Anda, ayúdame, por favor, llévame hasta la puerta del convento.

Dos hablan de tres

Dijo Ludovico que algo creía entender de cuanto había leído y traducido, mas ahora le pedía al viejo doctor de los negros ropajes y la estrella al pecho una hora de plática, pues más lejos, por el momento, no podía ir el estudiante, sin la savia del diálogo, que anima al pensamiento y le arranca de la letra muerta.

—Te escucho, dijo el viejo.

—Vuestros textos honran al número tres, mas vuestra estrella inscribe sólo el dos...

—Que antes fue uno.

—¿El dos le niega?

—Sólo relativamente. La dualidad disminuye la unidad. Pero sólo la niega absolutamente si es dualidad definitiva. Dos términos para siempre contrarios no sabrían jamás combinar su acción para un efecto común. La dualidad pura, de existir, sería un corte inapelable en la continuidad de las cosas; sería la negación de la unidad cósmica; abriría un abismo eterno entre las dos partes, y esta oposición merecería los epítetos de estéril, inactiva, estática. El mal habría triunfado.

—¿He leído bien? ¿Sólo el tercer término puede reanimar la dualidad inerte?

—Has leído bien. El binario diferencia. El ternario activa. La unidad confiere una individualidad latente. La dualidad, una diferenciación tajante e inmóvil. El ternario, al activar el encuentro de los opuestos, es la manifestación perfecta de la unidad. Combina lo activo con lo pasivo, une el principio femenino al masculino. Tres es el ser que vive. ¿Qué harían Dios y el demonio sin el tercero, sino enfrentarse inmóviles, en una noche sin fin? Bien y mal: actívalos el hombre, pues al hombre se disputan Dios y el demonio.

—Traducía esta mañana al cabalista, Ibn Gabriol, y dice esto: "La Unidad no es raíz de todo, puesto que la Unidad no es más que una forma y todo es a la vez forma y materia, pero tres es la unidad de todo, es decir que la Unidad representa la forma y el dos la materia."

—Bien habla el sabio, pues el tres es el número creador, y sin él inertes serían la forma y la materia. Nada se desarrolla sin la aparición de un tercer factor; sin el tres, todo permanecería en polaridad estática. Juventud y vejez requieren edad intermedia; pasado y porvenir, presente; sensación y conciencia, memoria; suma y resta, sustitución. Dos cantidades iguales entre sí sólo lo son por comparación a una tercera cantidad. Las inteligencias de forma y materia se reúnen y organizan en el número tres. A partir de ese número, el hombre está armado para enfrentarse al mundo y a la vida. Pero está solo.

—¿Qué le sigue?

—El cuatro es la naturaleza, el ciclo de las constantes repeticiones: cuatro estaciones, cuatro elementos. El cinco es el primer número circular: el número de la criatura, que cinco sentidos tiene y, encerrada en un círculo, traza un pentagrama con las cinco puntas de su cabeza, manos y pies: es nuestra estrella, y la mano del profeta, Mahoma. El seis es dos veces tres, perfección de la forma y materia encarnadas en el hombre: belleza, justicia, equilibrio. El siete es el hombre en camino, la suerte, la progresión de la vida, pues como dice el sabio indostánico del Atharva-Veda, "el tiempo camina sobre siete ruedas." El ocho es la liberación, la salud, el bienhechor resultado de la progresión del siete: son los ocho caminos del Gautama Buda, las ocho reglas para emerger del río de las reencarnaciones y tocar la orilla del Nirvana. Sin embargo, pocos son los que alcanzan tal beatitud, y el número nueve significa la redención y la reintegración de todos en el umbral de la unidad: no es Nirvana el punto final de la evolución humana, pues quien a Nirvana ha llegado debe, mediante un acto de inmensa caridad y solidaridad con la multitud de las criaturas sufrientes, renunciar a su personalidad para ayudar en la obra de la redención universal. Tal perfección la alcanza el número diez: la unidad verdaderamente realizada, el ser colectivo, el bien común. Todo es de todos; nada es de uno; la criatura regresa a la Unidad primera del Anciano entre los ancianos y Desconocido entre los desconocidos: ¡Alabado sea su nombre!

—¿Hay algo más allá de esa reunión?

—El número once, que bien dijo Agustín de Hipona, es el arsenal del pecado. El diez cierra el gran ciclo de la creación, la vida, la redención y la reunión. En el once hay una pequeña unidad, un miserable uno enfrentado a la unidad divina: es Lucifer. Once es la tentación: teniéndolo todo, queremos más. Los múltiplos de once no hacen más que acentuar este mal y esta desgracia: veintidós, treinta y tres, cuarenta y cuatro, cincuenta y cinco, la creciente dispersión, el alejamiento cada vez más vasto de la unidad humana y divina… Oh, mi joven amigo: que nunca aparezca ese número sobre la estrella de mi pecho.

—¿Aparecerá, en cambio, el número tres?

—No depende de mí. ¿Nacerá un tercer niño?

El caballero de la triste figura

Esperó Celestina que la monja le besase las manos laceradas por el fuego, mas no fue así.

Desapareció la resignada religiosa detrás del portón cerrado del convento y Celestina permaneció un momento en la calleja, mirando el cadáver del caballero asesinado, tratando de entender sus últimas palabras, entristecida porque nada comprendía. ¿Qué sabiduría podría transmitir, ella que todo lo ignoraba?

Caminó lejos, sin saber si dormía o andaba despierta, lejos de la escena de la rija, hasta la puerta de Almofada, y al pasar junto a una venta escuchó gran conmoción y un labriego rojizo y rechoncho salió dando voces y al verla la tomó del brazo y díjole, manceba, quienquiera que seas, ayúdame, que mi amo ha enloquecido y creo que sólo tú le devolverás un poco de calma y razón; haz por comportarte como una alta dama, aunque poco importa, que él mira la nobleza donde sólo hay villanía, y alcurnia descubre en los más ruines menesteres.

En el patio de la venta, cuatro mozos y el ventero mismo manteaban sin misericordia a un viejo de flacos huesos, blanca barbilla y ojos de santa cólera; por los aires volaba el infeliz, dando voces, gritando bellacos, faquines, belitres, y el ventero gritaba más fuerte, idos al diablo, caballero de todos los demonios, que todos mis cueros de vino habéis agujereado con vuestra herrumbrosa tizona, y como coladera los habéis dejado, y el caballero gritaba que no, eran gigantes, eran mágicos encantadores, venidos a desafiarle de noche, en las sombras, cual cobardes, mas sin contar con la siempre presta espada que había sometido las furias del mismísimo Brandabarbarán de Boliche, señor de las tres Arabias, y aquí no reza aquello de, haz lo que tu amo te manda y siéntate con él a la mesa, sollozaba el labriego, pues ni amo ni mesa sacaré de esta aventura, mas desnudo nací, desnudo me hallo, ni pierdo ni gano, y con sus huesos fue a dar al polvo el caballero, y allí le apalearon con grandes carcajadas los mozos de la venta, y luego fuéronse a sus quehaceres.

—Más brazos tenían estos follones que los cien del titán Briareo, gimió el vapuleado caballero cuando logró hablar, en medio del rumor de cerdos, jumentos y gallinas; con paños bañados en agua le curaba las heridas su criado el labriego, murmurando, si da el cántaro en la piedra, o la piedra en el cántaro, mal para el cántaro, mas vea vuesa merced que no hay mal que por bien no venga, y ya puede usted sacar la barba del lodo, que no fueron vanos sus esfuerzos, ya que con ellos liberó a esta principalísima dama, que aquí está conmigo, señor mío, y que viene a agradecerle su hazaña de anoche, que la sacó del cautiverio de magos...

El apaleado caballero miró intensamente a Celestina, luego al labriego, y tembló de enojo:

—¿Así te burlas de mí, amigo? ¿Tan sandio me crees que no vea ante mí a esta vieja bruja, alcahueta, que hasta las piedras le gritan a su paso, "¡Puta vieja!", y que fregó sus espaldas en todos los burdeles? Joven fui, aunque no lo creas, y mi virtud perdí a manos de esta misma vieja falsa, barbuda, malhechora, que prometiendo introducirme en la alcoba de mi amada, me adormeció con filtros de amor en la suya y tomome para sí, habiéndole yo pagado anticipadamente. Bien te conozco, vieja avarienta, campana, tarabilla, quemada seas, desvergonzada hechicera, sofística prevaricadora, escofina, urraca, trotaconventos; a otro, por más dinero, entregaste a mi amada Dulcinea; ¿qué haces por estas tierras?, ah, vil alcahueta codiciosa, garnacha eres en el tribunal de la lujuria, y ni un par de pasas tendrás de mí... ¡Fuera con ella, Sancho, que hiervo de cólera, la conocí de joven, creila muerta, créalo Judas, mala Pascua le dé Dios, que hierba mala nunca muere! Y tú, escudero, ¿por qué te empeñas en darme gato por liebre, y en traerme con nombre de princesa a fregonas, putas y troteras? ¿Crees que no sé ver? ¿Crees que no conozco la realidad real de las cosas? Los molinos son gigantes. Mas celestina no es Dulcinea. ¡Vámonos, Sancho, fuera de Toledo, que bien la llamó Livio, urbs parva, ínfima ciudad, y ancha es Castilla!

Un sueño enfermo

¿Empiezas a entender, mujer? Valdreme de Ludovico. Le contarás lo que ha pasado. Te regañará cariñosamente por alejarte de la judería. Ya ves: fuiste reconocida dos veces. Eso temí. Has andado en las calles. Yo, en las bibliotecas. ¿Sabemos ahora lo mismo? Esto escribí, después de leer y después de escucharte. Cuanto es pensado, es. Cuanto es, es pensado. Viajo del espíritu a la materia. Regreso de la materia al espíritu. No hay fronteras. Nada me es vedado. Pienso que soy varias personas mentalmente. Luego soy varias personas físicamente. Me enamoro en un sueño. Luego encuentro al ser amado en la vigilia. ¿No fuiste al entierro de ese caballero muerto en un duelo frente al convento? Yo sí. Despertaste mi curiosidad con tu cuento. Llegué a temprana hora, antes que los dolientes, aunque supuse que no abundarían, dada la mala fama del muerto. Miré su cara, recostado dentro del féretro. La barba le había crecido durante los dos días que siguieron a su muerte. Miré sus manos. También le crecían las uñas. Aparté sus manos cruzadas sobre el pecho. De las palmas habían desaparecido todas las líneas de fortuna y vida, inteligencia y amor: eran un muro blanco, dos paredes enjalbegadas. Sobre su pecho, otras manos, éstas con fortuna y vida, inteligencia y amor, habían colocado un papel escrito con estas palabras:

Adviertan los que de Dios
juzgan los castigos tarde,
que no hay plazo que no llegue
ni deuda que no se pague.

Miré de vuelta su rostro. Era otro. Se había transformado. No era la faz del que tú viste morir en la calleja. No era la faz que yo miré al entrar sigilosamente al templo, antes de separar sus manos y leer ese papel. Era otro. ¿Sabes Celestina? Esto me horrorizó. Miré el nuevo rostro del muerto y me dije: Ésta es la cara que al llegar a edad de hombre tendrá uno de nuestros niños, uno de ellos, el que nos robamos del alcázar. ¿Cómo lo sabré? Podría buscar por las calles, como tú lo has hecho, al hombre con la cara del muerto. O podría esperar, con paciencia, veinte años y saber entonces si este niño, al crecer, tendrá la cara del caballero muerto. Espera. Salí del Templo del Cristo de la Luz, que fue la mezquita de Bib-al-Mardan, dando la espalda al féretro, murmurando lo que hoy escribo y te leo:

—Una vida no basta. Se necesitan múltiples existencias para integrar una personalidad.

Dos hombres dijeron haberte conocido hace mucho. Ambos te creían vieja; uno de ellos, muerta. Imagina lo que he leído y escrito y ahora te comunico. Cada niño que nace cada minuto reencarna a cada una de las personas que mueren cada minuto. No es posible saber a quién reencarnamos porque nunca hay testigos actuales que reconozcan al ser que reencarnamos. Pero si hubiese un solo testigo capaz de reconocerme como otro que fui, ¿entonces, qué? Me detiene en una calle… antes de desmontar de un caballo o entrar a una posada… me toma del brazo… me obliga a participar de una vida pasada que fue la mía. Es un sobreviviente: el único capaz de saber que yo soy una reencarnación.

Este niño y tú. El mundo y tú, Celestina. Has recorrido las calles de Toledo en busca de alguien que te reconozca. Hallaste a dos hombres que conocían tu eterno nombre y tus variables destinos. No importa. Sal otra vez. Hay otros que no nos hablan —pero nos miran; no nos ven— pero nos recuerdan; no nos recuerdan —pero nos imaginan—. Ello basta para decidir nuestra suerte, aunque jamás crucemos palabra. ¿Quiénes son los inmortales? Esto leí, esto escribí, deja que te lo lea:

—Los que vivieron mucho, los que reaparecen de tiempo en tiempo, los que tuvieron más vida que su propia muerte, pero menos tiempo que su propia vida.

¿Cuál es la sabiduría común de Dios y del diablo, Celestina? Dice la Cábala: nada desaparece por completo, todo se transforma, lo que creemos muerto sólo ha cambiado de lugar. Permanecen los lugares: no les veo cambiar de lugar. Mas, ¿qué es el tiempo sino medida, invención, imaginación nuestra? Cuanto es, es pensado. Cuanto es pensado, es. Los tiempos mudan de espacio, se juntan o superponen y luego se separan. Podemos viajar de un tiempo a otro, Celestina, sin mudar de espacio. Pero el que viaja de un tiempo a otro y no regresa a tiempo al presente, pierde la memoria del pasado (si de él llegó) o la memoria del futuro (si allí tuvo su origen). Lo captura el presente. El presente es su vida. Y todos, sin excepción, regresamos tarde a nuestro presente: el tiempo no se detuvo a esperarnos mientras viajamos al pasado o al futuro; siempre llegamos tarde; un minuto o un siglo, igual da. Ya no podemos recordar que también estamos viviendo antes o después del presente. Quizá éste fue tu pacto con el diablo: vivir en nuestro presente sin memoria de tu pasado o de tu porvenir, si de ellos llegaste a nuestro hoy.

Imagino, mujer, sólo imagino; leo, escribo, te oigo, te digo. ¿Qué recordaron al verte ese caballero moribundo y ese caballero vapuleado? ¿Quién fuiste, dónde viviste antes, dónde moriste antes, Celestina? Pienso por ti. Si yo quisiera descargarme de la memoria de algo atrozmente triste, mi pacto con el diablo sería éste:

—Quítame mi memoria y te regalo mi alma.

Dios no puede deshacer lo hecho. El diablo, en cambio, afirma que él sí puede convertir lo que fue en lo que no fue. Así desafía y tienta Dios al hombre. Pero al olvidar un hecho atroz, ¿no corremos el riesgo de olvidar también lo mejor de nuestras vidas, el amor de nuestros padres, la belleza de una mujer, la pasión de un hombre, la alegría de una amistad, todo? Ésta es la cláusula diabólica, mujer: olvidarlo todo o no olvidar nada.

Sabes que esta mañana salió a la puerta de este lugar, gateando como si quisiera despedirme, el mayor de nuestros niños, el que robamos del alcázar. Le sonreí y le arrojé un beso con los dedos. Apenas adelanté unos pasos, una mano me detuvo: una mano fría, pálida, casi de cera. Era un caballero embozado.

—¿Quién es ese niño?, me preguntó con la voz amortiguada por los dobleces de la capa.

—Es mío, le contesté.

—Mira bien mi cara, me dijo, descubriéndola.

La miré bien, sin notar nada singular, salvo una palidez excesiva, a la de sus manos semejante. Se percató de mi indiferencia, se llevó una mano a la mejilla, luego extendió ambas manos y me las mostró:

—Mira. La barba me sigue creciendo. Las uñas me siguen creciendo. ¿No te parece extraordinario esto?

Le dije que no. Entonces volteó las manos para mostrarme las palmas: una superficie lisa, sin líneas. Disimulé mi asombro; sé que el caballero hubiese querido sonreír; un dolor se lo impedía; noté entonces el florón de sangre seca sobre su pecho; quise auxiliarle con mis brazos; me detuvo con un gesto desdeñoso y unas palabras de hueca sonoridad:

—Cada hombre que nace reencarna a cada hombre que muere. ¿Quieres conocer la cara que dentro de veinte años tendrá ese chiquillo que salió a despedirte hace un momento? Ve directamente al templo del Cristo de la Luz. Allí me encontrarás. Y verás la cara que tendrá tu hijo. Yo no pude terminar mi propia vida.

¿Dices que ese caballero murió hace dos días en un duelo? Sal, pues, Celestina, sigue buscando, vence al diablo, busca lo que has olvidado en las palabras de quienes te hablan pero no te miran; en las miradas de quienes te ven pero no te recuerdan; en la memoria de quienes no te recuerdan pero te imaginan. Así vencerás al diablo: serás el diablo, sabrás lo que él sabe pero también lo que no sabe.

La realidad es un sueño enfermo.

Los labios llagados

Miró Celestina en el mercado de la ciudad a una niña de once años, que acompañaba a su padre. Padre e hija ofrecían cirios, tinturas y miel de abeja. Era muy bella esta niña, con ojos grises y naricilla levantada, pobres y remendadas eran sus faldas, y descalzos andaban sus pies.

La distinguió porque era como una gota de agua cristalina en un mar de sangre: aquí ahorcaban pollos, allá tasajeaban carneros, éste decapitaba un puerco, aquél vaciaba un pescado; corría la sangre entre las losas severas de la plaza y por los riachuelos de las callejas; orines y mierdas eran arrojados desde las ventanas, sueltos andaban los perros, y las moscas zumbaban encima de las cabezas cortadas de las bestias; a peste olía el agua de las barricas, de húmedos aposentos salían y entraban compradores y comerciantes; y los ayunadores penitentes gritaban sus visiones desde las ventanas, el diablo, el diablo, se me apareció el diablo; pasó una novia de doce años vestida de blanco, rumbo a San Sebastián, con su escaso séquito de mujeres amarillas, picadas de viruela, acatarradas, y detrás de ella el munificente, obeso, sexagenario novio, distribuyendo monedas entre la alborotada chusma de mendigos, ulceradas las heridas que nunca se cerraban en brazos y pechos, y los niños que pululaban bajo las arcadas se disputaban la comida de los perros, y muchos niños dormían echados en las calles, bajo las escaleras, en el umbral de una puerta, y cruzaron la plaza unos dominicos vestidos con hábitos de lana blanca y capas negras, que semejaban perros blanquinegros, y cantando

De malos sueños defiende nuestros ojos,
De fantasías y nocturnos temores;
Pisotea al fantasma enemigo;
Líbranos de toda polución.

Y la niña de ojos grises y naricilla levantada: descalzos los pies; remendadas las faldas. Celestina la miró en medio de esa turba del viejo zoco de Toledo, pues nada más hermoso que ella había allí. Y también porque dos hombres la reconocieron, y uno le dijo: Has muerto; y ambos la llamaron: Madre, puta vieja. Se vio en esa niña. Quiso verse. Así debió ser ella a esa edad, antes de lo que llegaría a ser, si del porvenir había llegado a este presente; y después de lo que llegó a ser, si del pasado había llegado a esta mañana.

La niña miraba con tristeza la tristeza: la matanza de bestias, la niña novia, las huellas de la enfermedad de los cuerpos, el gesto de los locos, un cordero apresado de las patas, un carnicero con el puñal en alto, a punto de enterrarlo en la blanca lana del animalillo.

Corrió la niña, rogó al carnicero, no, es un cordero, yo los cuido, yo los protejo de los lobos, yo me desvelo con ellos, no matéis al cordero. El carnicero rió y apartó con violencia a la niña; la niña cayó sobre la piedra sangrienta. Su padre corrió a socorrerla. Antes llegó a ella Celestina, le acarició la cabeza, le ofreció las manos. La niña, con los ojos llenos de lágrimas, besó las manos de Celestina. Levantó la cara: los labios infantiles quedaron impresos con las llagas de Celestina, Celestina se miró las manos: eran otra vez, las suyas, las de la novia ruborosa y alegre de la boda en la troje, habían desaparecido las huellas de sus suplicios, un tatuaje de heridas brillaba en los labios de la niña.

—¿Quién eres?

—Soy pastorcilla, señora.

—¿Dónde vives?

—Mi padre y yo vivimos en el bosque cerca del alcázar de un gran señor, que se llama Felipe.

Y el padre apartó a Celestina de la niña, niñita, niña mía, ¿qué te ha pasado?, ¿quién te hirió?, mírate la boca, ¿este carnicero hideputa?, no, esta bruja, hechicera, andrajosa, ea, todos, a la malvada, mirad la boca de mi hija, a ella, corre, Celestina, derrumba toldos, pisotea cerdos, una casa, una escalera, los perros te ladran, las moscas te zumban, los húmedos aposentos, los bacines de mierda, los locos te gritan, que he visto al diablo, la paja de los pisos, cúbrete, escóndete, te van a quemar, bruja, huye, espera, cae la noche, se vacía el zoco, se olvidan del incidente, miras desde la ventanilla de tu escondrijo la ciudad del promontorio, cercada por el Tajo, dispuesta en severas gradas de piedra, ciudad sitiada, accesible sólo por el norte y la desolada llanura, defendida del sur por los hondos barrancos del río, y ahora escapa, como rata, escúrrete por la noche, regresa a la judería, despierta a Ludovico, ¿qué te ha sucedido?, debo huir, debo buscar, regresaré, espérame, cuida a los niños, y si no puedo, dame cita, Ludovico, dónde, Celestina, en la playa, en la misma playa donde soñamos con embarcarnos a un mundo nuevo, el mismo día, el catorce de julio, ¿cuándo, Celestina?, dentro de veinte años.

El tercer niño

Pidió caridad por caminos y villorrios, y a los tres días de andar miró los torreones del alcázar que nunca pensó ver otra vez, y al norte del castillo un vasto bosque.

Lo conocía. Aquí se refugió cuando abandonó a Jerónimo: buena guarida es la selva para hembra embrujada; y aquí fue visitada, en largas noches de luna, rodeada de rumores de búho y lobo y cigarra, por su esposo sin luz ni sombra, ausencia pura, quien le dijo:

—Te recompensaré, Celestina... Pero tu tiempo es breve... No creas que mi recompensa será eterna... Tu felicidad será una ilusión... Transmite a otra mujer lo que sabes cuando lo sepas... Aún no, aún no...

Aquí jugueteó con sus muñequitas rellenas de harina. Respiró hondamente. Reconocía la humedad de la tierra, el susurro de las bóvedas de los olmos en el cielo y de la vieja hojarasca en la tierra: jirones de un otoño olvidado. Aquí fue tomada por los tres viejos mercaderes una noche. Aquí soñó lo que su amante le dijo al oído:

—Un grácil joven. La estigmata de su casa: el prognatismo... Pasará por aquí... Detenlo... Lo reconocerás... No te quiso violar... Lo conoces... Es el hijo del Señor que te impuso la pernada... Llévalo a la playa... El Cabo de los Desastres...

Y ahora se acercó de noche a un claro del bosque y la vio.

Era la niña que había besado sus manos en Toledo. Cuidaba sus ovejas y había preparado, a pesar de la luna llena y el bálsamo del aire, un fuego para proteger a su rebaño. La miró con amor: la niña se limpiaba una y otra vez los labios con la mano, escupía, pero la llaga de los labios no se borraba. Es ella, se dijo Celestina, lo sé, pero no entiendo... Trató de recordar cuanto sabía: todo era signo, y las direcciones tantas... No bastaría una vida para seguir esa red de caminos cruzados.

Se escuchó un bajo lamento animal. La niña recogió un leño ardiente. Bajó la llama; iluminó a una loba larga y gris. La loba le mostró una pata herida y la niña se hincó junto a la bestia y la tomó. La bestia le lamió la mano y se recostó junto a la fogata. Celestina observaba escondida detrás de un islote de álamos blancos que parecían tragarse la luz de la luna. A poco, el animal parió, entre las zarzas y el polvo y los balidos de las ovejas.

Era un niño, nació con los pies por delante. Tenía seis dedos en cada pie, y sobre la espalda el signo de la cruz: no una cruz pintada, sino parte de su carne: carne encarnada.

Espectro del tiempo

Ludovico encontró esa mañana al anciano en la sinagoga del Tránsito, arrodillado sobre un tapete, murmurando oraciones, doblado sobre sí mismo en una profunda reverencia, de manera que su cabeza tocaba sus rodillas. El estudiante esperó hasta el término de la oración.

—¿Quieres hablar?, preguntó el viejo.

—Sí. Mas no importunaros.

—Te esperaba.

—He estado muy inquieto.

—Lo sé. Mucho has leído aquí. No todo concuerda con lo que tú crees.

—Tuve un sueño en voz alta, una tarde, en una playa. Hablé y soñé de un mundo sin Dios, en el cual cada hombre generase su propia gracia y la ofreciese con provecho a los demás hombres, para transformar sus vidas. Ahora no sé. Y no sé porque sé que no basta una vida para cumplir todas las promesas de la gracia individual. Temo, venerable señor, irme al extremo opuesto y creer que todo es espíritu y nada materia; eterno aquél, perecedera ésta.

—Nada muere, nada perece por completo, ni el espíritu ni la materia.

—¿Pero son similares sus desarrollos? Transmítense los pensamientos. ¿Transmítense los cuerpos?

—Las ideas, sabes, nunca se realizan por completo. A veces se retraen, inviernan como algunas bestias, esperan el momento oportuno para reaparecer: el pensamiento mide su tiempo. La idea que parecía muerta en un cierto tiempo renace en otro. El espíritu se traslada, se duplica, a veces suple; desaparece, se le cree muerto, reaparece. En verdad, se está anunciando en cada palabra que pronunciamos. No hay palabra que no esté cargada de olvidos y memorias, teñida de ilusiones y fracasos; y sin embargo, no hay palabra que no sea portadora de una inminente renovación: cada palabra que decimos anuncia, simultáneamente, una palabra que desconocemos porque la olvidamos y una palabra que desconocemos porque la deseamos. Lo mismo sucede con los cuerpos, que materia son; y toda materia contiene el aura de lo que antes fue y el aura de lo que será cuando desaparezca.

—¿Entonces vivo una época que es la mía, o sólo soy el espectro de otra época, pasada o futura?

—Las tres cosas.

El viejo de la sinagoga se incorporó de su posición humillada y miró a Ludovico.

Ludovico miró la estrella en el pecho del anciano. En ella estaba inscrito y realzado el número tres.

La memoria en los labios

Ven niña, ven a mis brazos, ¿me recuerdas?, *señora sí*, besé tus manos, llagaste mis labios, me friego la boca, no se me limpia, cada día se hunden más las cicatrices, como un tatuaje, niña, *señora sí*, una boca de colores, déjame besarte, *señora sí*, ¿me recuerdas?, *señora sí*, linda muchachita, quisiera ser siempre como tú, volver a ser como tú, un día debí ser como tú, ya no recuerdo, ¿qué más recuerdas?, *señora sí*, un alacrán negro y peludo, ¿dónde, niña?, entre las piernas del Señor, *señora sí*, aquí en este bosque, otra noche, el Señor cabalgaba, con la camisa abierta, excitado, cabalgaba de noche, solo, tragando leguas, *señora sí*, fueteando las ramas, como un loco, gritando, borracho, no sé, descabezando las espigas de los trigales, ¿tú lo viste?, *señora sí*, escondida, apagué mi fogata, me escondí como tú ahora, entre los álamos, árboles con luz, luz de la luna, una loba atrapada, el Señor desmontó, riendo, gritando, gruñendo, desnudándose, libró a la loba de la trampa, se bajó las calzas, el alacrán negro, tomó a la loba, la loba se defendió, gruñó, aulló, arañó, él le metió el alacrán por el buz a la loba, ¿eso recuerdas?, *señora sí*, pero mi voz, se me va mi voz, *señora sí*, ¿así se desnudó?, *señora sí*, qué calor, qué primavera, niña, te nacen tus teticas, limoncitos, tus piernitas, ábrelas, niña, *señora sí*, Toledo, el mercado, la oveja degollada, tus sobaquitos, qué húmedos, qué perfumados, *señora sí*, qué limpio tu montecito, se pueden contar los pelitos, qué pocos son, *señora sí*, ábrelas, niña, qué apretado tu coñito, huele a azafrán, niñita linda, niñita rica, *señora sí*, ¿te gusta mi lengüita?, ay sí, ay sí, ¿te beso toda, me dejas?, ay sí, ay sí, el Señor, el alacrán peludo, el culo ardiente de la loba, el buz colorado de la bestia, la tomó, gritaba, reía, un loco, un borracho, *señora sí*, tu lengua en mi boca, mi lengua en la tuya, selva, álamo, zarza, cencerro, loba, oveja, muertas espigas, todo lo tomo, la naturaleza entera, que nada se me escape, mi lengua en tu oreja, oye mis secretos, oye lo que sé, nada muere, todo se transforma, permanecen los lugares, múdanse los tiempos, te traía dentro de mí, fui tú cuando fui niña como tú, me meto dentro de ti, el alacrán negro, la lengua morada, se acabó mi tiempo, *señora sí,* tu voz es mi voz, *señora sí,* me agoté, *señora sí,* te regalo mi vida, continúala, *señora sí,* te paso mi voz, te paso mis labios, te paso mis heridas, mi memoria está en tus labios, los hombres me contagiaron el mal, el diablo la sabiduría, hija de nadie, amante de todos, voyme podrida, el Señor me contagió su mal al tomarme la noche de mis bodas, yo le transmití el mal al hijo del Señor en la alcoba del alcázar, por mi conducto el padre contagió al hijo, nos necesitan, nos persiguen, no habrá salud para los hombres en la tierra mientras exista el hoyo negro de azufre y carne y vello y sangre, no habrá salud para las mujeres en la tierra mientras comande el alacrán negro y peludo, el látigo de carne, la sierpe eréctil, recuérdame, niña, *señora sí,* crece, haz por parecerte a mí, te dejo los labios heridos, en ellos mi memoria, en ellos mis palabras, sabrás y dirás cuanto yo supe y dije, sabré y diré, a tiempo, me dijo, hazlo a tiempo, tú te llamas Celestina, tú recuerdas toda mi vida, tú la vives ahora por mí, tú estarás dentro de veinte años, la tarde de un catorce de julio, en la playa del Cabo de los Desastres, desvía las rutas, engaña las voluntades, tuerce los horarios, debes estar, tenemos una cita, *señora sí, señora sí...*

Simón en Toledo

Me costó reconocerla, le dijo el monje Simón a Ludovico una noche, mientras el estudiante le servía un plato de lentejas y abadejo seco, pues su voz era ronca y apagada, y los trapos que la cubrían no alcanzaban a ocultar las feroces heridas de su rostro y de sus manos que aún sangraban, como si una bestia le hubiese clavado garras y colmillos, y no había luz en sus ojos.

Dice que me encontró preguntando por las ciudades desoladas, allí donde las casas han sido abandonadas por sus habitantes, y las bestias del monte, guiadas por sus instintos, llegan y se aposentan en salas y cámaras. Le pregunté si no temía por la vida del niño. Rió y dijo:

—Quien como éste ha nacido, no ha de morirse de una vil plaga.

Me lo dio, Ludovico, me dijo dónde estabas y me pidió que viniera a entregártelo. Dijo que no faltaría a la cita, dentro de veinte años. En las casas de los muertos todo permanece abierto, puertas y cofres. Los criados que no perecieron, huyeron. Celestina tomó un puñado de oro y otro de joyas de un arcón, cacareó y se fue como huyendo, como embozada, haciéndose pequeña, como avariciosa que teme la luz del sol, porque puede derretirle su oro.

Pero antes, me dio estas monedas para ti. Fue su último gesto generoso. Lloró al dar. Rió al quitar.

Mira bien el perfil troquelado de estas monedas, Ludovico.

La quijada saliente.

El labio grueso y colgante.

La mirada muerta.

Él, el Señor.

El mirador de Alejandría

Ludovico se despidió del doctor de la sinagoga del Tránsito y lejos, muy lejos viajó con los tres niños.

Había leído en los textos de Toledo un escrito de Plinio donde se habla de un pueblo sin mujeres, sin amor y sin dinero; un pueblo eterno donde nadie nace. Vivía este pueblo en una aldea cercana a las riberas del Mar Muerto, huyendo de las grandes ciudades a fin de perfeccionar su vida simple, silenciosa y austera. Allí quería Ludovico que crecieran los tres niños abandonados a su cuidado.

Embarcáronse en Valencia en nave cristiana que una noche les abandonó cerca del puerto de Alejandría. Perdiéronse en las callejuelas perrunas de esa ciudad viuda de dioses y de hombres; mucho llamaron la atención este hombre de ropas mendicantes y los tres niños que a duras penas podía sostener, aunque era fuerte, en brazos. Sin embargo, fue bien recibido. Hablaba el árabe, podía pagar alojamiento y comidas y los tres niños eran singularmente silenciosos y bien portados. Se hospedaron en un alto palomar junto a una azotea y desde allí Ludovico miraba cómo se desangraba el río de cien brazos en las aguas del mar sin cuerpo.

Dormía una noche, a causa del calor, sobre las piedras blanqueadas del aljarafe y soñó que se embarcaba en un velero y bogaba hacia el origen del Nilo. Sólo tres estrellas brillaban en el firmamento; el resto del cielo se había vaciado de luz y un gran silencio cubría la tierra de Egipto. A medida que bogaba, se iba acercando a las tres estrellas mudas, hasta tenerlas al alcance de la mano: se reflejaban en las aguas. Metió la mano en el río y pescó una estrella.

Primero, la estrella tembló. Luego habló. Dijo sol, y el sol apareció. Dijo trigo, y las riberas se llenaron de ondulantes espigas. Dijo ciudad, y un blanco caserío emergió de entre las arenas del desierto. Dijo hijos, y tres personas, dos jóvenes y una muchacha, aparecieron nadando junto a la barca de vela, y la condujeron a la margen del río.

—Éste es mi hermano y ésta es mi hermana, dijo uno de los muchachos.

Durante el primer día, el joven que primero habló sembró la tierra, cosechó sus frutos, encauzó las aguas del río para que regaran el desierto, fabricó ladrillos con el lodo negro de la ribera, construyó una casa y así dio sustento y albergue a sus hermanos.

Esa noche, en acto de gratitud, su hermana le tomó por esposo y ambos durmieron juntos en la casa. El otro hermano se recostó a la intemperie, mas breve fue su descanso. Se levantó y caminó junto al río, insomne, injurioso, conteniendo apenas su cólera y su envidia.

Al amanecer del segundo día, el hermano envidioso entró a la casa donde dormía la pareja y mató, dormido, a su hermano. Arrastró el cadáver al río y lo arrojó a las aguas. La esposa y hermana lloró y caminó por las fangosas riberas buscando el cuerpo de su hermano y marido. El hermano asesino le dijo a Ludovico:

—Estás durmiendo en una azotea. Sella tus labios. Si me delatas, a ti también te mataré en el sueño. Nunca despertarás.

Y se fue caminando por el desierto, desnudo e inerme.

Ludovico caminó en busca de la mujer. Al cabo la encontró hincada junto a unos juncos que habían atrapado el cadáver del hermano muerto. La mujer acercó los labios a los del hombre y le reanimó con su aliento, pasándole la vida de la boca. Luego dijo:

—Los labios son la vida. La boca es la memoria. La palabra lo creó todo.

Y el muerto resucitó. Pero era un muerto vivo, ya no el que antes fue. Y sus palabras al resucitar fueron éstas:

—Yo soy ayer y conozco mañana. Como yo, mis hijos vivirán su muerte y morirán su vida. Nunca volveremos a ser tres, solos, en el mundo, concebidos por nosotros mismos, sin padre que nos engendre ni madre que nos nombre.

La tierra se pobló.

Al tercer día de su sueño, Ludovico se encontró caminando entre las multitudes de la ciudad de Alejandría. La abigarrada muchedumbre de turbantes y rostros velados y fluyentes mantos y pies descalzos y manos ladronas era indiferente a él, y al mismo tiempo le acosaba con su premura, las voces ríspidas, los pregones tristes. En el zoco de una puerta blanca, reconoció al hermano asesino. Estaba sentado con las piernas cruzadas frente aun raquítico taburete y allí escribía, sin cesar, como condenado a escribir, como si del hecho de garabatear los caracteres arábigos sobre tiesas y enrolladas hojas de papiro dependiese su salud; como si, escribiendo, aplazase una condena.

Ludovico se acercó al escribano. No fue reconocido. Las moscas se detenían sobre el rostro del criminal y él las espantaba con una mano, sin pestañear. Ludovico pasó su mano frente a los ojos del escritor. Tampoco esta vez parpadeó. Ludovico leyó por encima del hombro del escriba ciego. "Una noche maté a mi hermano. Atención. Leed y entended. Os contaré por qué sucedió, cómo, cuándo y para qué; lo que entonces preví, lo que hoy recuerdo, lo que mañana temeré. Atención. Deteneos. ¿No os da curiosidad mi historia...?"

Soñó Ludovico que esa noche dormían en la tumba el hermano asesinado y su esposa y hermana. Ella despertó y le dijo:

—Ahora podemos salir. Ahora puedes conocer los destinos de los que viven fuera de la tumba.

—Sí, contestó el asesinado, pero en secreto. Que no nos vean.

Se levantaron de los sudarios como si abandonasen sus propias pieles. La mujer agitó sus ropajes de mil colores, que al moverse los pliegues nacía el día y caía la noche, se encendían las luces y se prolongaban las tinieblas, en fuego estallaban las telas y como agua corrían por su cuerpo, a su contacto morían los vivos y renacían los muertos, mientras la pareja caminaba por las mismas calles de Alejandría, rumbo a las múltiples desembocaduras del gran río.

Los vio al fin.

El hermano asesino muerto en la calleja abandonada, el rostro manchado por la tinta vaciada, la pluma apretada entre las manos, los rollos de papel regados alrededor del cuerpo, blancos, vírgenes, sin un solo carácter escrito en ellos.

La pareja remontaba el río en una barca luminosa, el hombre nombrando las cosas en secreto, agua, arena, trigo, piedra, casa, la mujer preguntando a las aguas:

—¿Por qué sucumbió nuestro hermano a la tentación de escribir su propio crimen?

Fue despertado por unos dedos que rozaron los suyos. Vio recostada junto a él a una mujer de edad incierta, pues los velos cubrían su cuerpo y su rostro, con excepción de una apertura recortada sobre los labios. Esta apertura seguía la forma de los labios. La boca estaba estampada de colores y hablaba:

—Huye de aquí, le dijo a Ludovico, llega cuanto antes a donde te diriges. Allí está tu salud. Aquí peligran tus hijos si se descubre el signo que portan. Serán identificados con una profecía sagrada. Serán separados de ti y, cautivos, esperarán su mayor edad para actuar de nuevo la lucha de los hermanos enemigos…

—¿Qué profecía es ésa?, preguntó Ludovico; mas la mujer se envolvió en los velos multicolores, la ropa semejante a los labios, y desapareció en la oscuridad.

Los ciudadanos del cielo

Con la mitad del oro que le quedaba, Ludovico compró una embarcación, provisiones y una aguja de marear, y de Egipto navegó rumbo a las costas de Levante. Los tres niños reían y gateaban sobre la cubierta; el brillante sol mediterráneo se les metía en los ojos y en la piel con salud y buenaventura.

Atracó en el puerto de Jaifa, vendió la barca y a los pocos días, a lomo de burro, llegó a la aldea del desierto, cerca del Mar Muerto. Sin preguntar nada a nadie, siguió las precisas instrucciones de Plinio para llegar hasta ese lugar. Les recibieron unos hombres tan pobres como Ludovico y sus tres niños, y todos vieron un buen signo en esta llegada, pues la comunidad del desierto se dividía en cuatro clases: niños, discípulos, novicios y fieles, y tres infantes tan tiernos podrían ascender en la escala del conocimiento y el mérito, llegando tan libres de pasado a la vida de la secta. A Ludovico le explicaron que no era la incapacidad de poseer lo que allí les reunía, sino la voluntad de poseerlo todo en comunidad. Ludovico entrego a la caja común las monedas de oro que le quedaban.

Durante diez años, Ludovico y los tres niños vivieron la vida de esta comunidad. Despertaban al alba. Trabajaban los campos regados por los ojos de agua que los fieles conocían. Se bañaban antes de almorzar y tornaban a los rudos trabajos de carpintería, loza y tejería. Cenaban; nunca hablaban durante las comidas. Antes de dormir, podían estudiar, meditar, orar o contemplar. Vestían siempre con pobreza. Prohibían toda ceremonia, pues afirmaban que el bien ha de practicarse humildemente y no celebrarse. Renegaban por igual del fasto de todas las iglesias, las de oriente y las de occidente, la hebrea y la cristiana, de todo rito y de todo sacrificio. Y transmitían las creencias, no en sermones, sino en pláticas corrientes, a la hora del reposo, durante las jornadas de trabajo, con voz quieta y razonable. A nadie, allí, le llamó la atención los signos externos de los tres niños.

—Tu cuerpo es materia perecedera, mas tu alma es inmortal.

—Capturada en el cuerpo como dentro de una prisión, el alma sólo puede aspirar a la libertad si renuncia al mundo, a la riqueza, a los templos de piedra y, en cambio, sirve como piedad a Dios, practicando la justicia hacia los hombres.

—No dañes a nadie, ni voluntariamente ni por órdenes de otro.

—Detesta al hombre injusto y socorre al hombre justo.

Los tres niños aprendieron de memoria estas máximas. Sentados a la mesa del refectorio de acuerdo con su edad en el tiempo de la comunidad, Ludovico y los tres niños terminaron por ocupar un alto rango en ella, pues aquí no se juzgaba la edad por las apariencias exteriores de juventud o vejez, sino por el tiempo pasado en la comunidad, y así, más viejos eran ellos que algunos hombres de cabellos grises llegados tardíamente a la secta. Estos viejos eran considerados niños; Ludovico llegó a ser novicio; los niños, discípulos.

—La igualdad es la fuente de la justicia; ella nos manifiesta la verdadera riqueza.

—Tres rutas hay hacia la perfección: el estudio, la contemplación y el conocimiento de la naturaleza.

—Pero también hay los sueños.

—Los sueños vienen de Dios.

—A veces, son como el atajo hacia la beatitud final que pueden procurarnos los otros tres caminos.

Un día del año en que los tres niños, en meses diferentes, cumplieron once, Ludovico dijo a los fieles que había soñado. Debía regresar con sus tres hijos al mundo para cumplir los dictados de la justicia. Los fieles le regresaron las monedas de oro que entregó al llegar. Ludovico miró las monedas que un día Celestina le envió de Toledo con el monje Simón. El mismo perfil prógnata, realzado; el labio inferior colgante; la mirada muerta. Pero la efigie allí troquelada no era la del antiguo Señor, sino la de su hijo, Felipe.

—¿Ese viejo rey?, le dijo el capitán de la nao donde se embarcaron, una tarde, en Jaifa.

El capitán miró las monedas que Ludovico le había entregado para pagar el pasaje. Mordió una de ellas para cerciorarse de su ley, y añadió: —Murió hace años. Le ha sucedido su hijo don Felipe, que gloria haya.

Diez años de silencio y de trabajo, se dijo Ludovico, diez años de estudio sin libros, pensando, contemplando, en silencio, recordando cuanto antes aprendí, ordenándolo todo de nuevo en mi cabeza. Más tiempo me predijo Felipe para alcanzar la gracia pragmática. Menos tiempo necesitaré para mudarla en acción. Me imaginó solitario, en un cuartucho, doblado sobre carbones y breas, filtros y limos, envejeciendo hasta saber, sabiendo viejo, sabiendo inútil. Pero no estoy solo. Soy yo más mis tres hijos. Mi pequeño y formidable ejército. No basta una vida para integrar un destino.

Miró por última vez hacia las costas de la Palestina. El desierto se hundía en el mar. El desierto empezaba en el mar. Un pueblo en el desierto, sin mujeres, sin amor y sin dinero. Un pueblo eterno, donde nadie nace. Vinieron hombres a la comunidad; otros se fueron. Pero a nadie vio nunca nacer, o morir, allí. Y quizá por esto, se dijo ensimismado, sólo allí pudo pensar clara y totalmente su propio destino y el de los tres muchachos a su destino unidos.

Mas una noche de canícula el capitán se acercó a él y, después de mirar un rato al mar inmóvil y opaco, le dijo:

—He oído a uno de los niños orar en la madrugada. Las cosas que dijo son las que hace siglos repetía una secta de rebeldes tanto a la ley de Israel como a la ley de Roma, que a todas las iglesias tenían por guaridas del Maligno.

—Así es. Hemos vivido diez años entre ellos, respondió Ludovico.

—Eso es imposible. Todos los miembros de la secta fueron condenados por el Sanedrín y entregados a los centuriones, quienes los llevaron al desierto y allí les abandonaron, atados de pies y manos, sin pan y sin agua. No pueden haber sobrevivido. Se llamaban los ciudadanos del cielo.

Por un instante, mareado, Ludovico sintió que nunca había llegado hasta allí, pero que, también, nunca había salido de allí.

Un largo sueño disipó sus turbias ansiedades.

El palacio de Diocleciano

Ésta es la ciudad-palacio; éste es el palacio-ciudad; su nombre lo dice, Spalato, espacio de un palacio, ciudad dentro de un palacio, palacio convertido en ciudad sobre las escarpadas costas del Mar Adriático, última morada del emperador Diocleciano, plazas que fueron patios, catedrales que fueron mausoleos, bautisterios de Cristo que fueron templos de Júpiter, iglesias que fueron capillas, calles que fueron pasillos, jardines que fueron huertas, posadas que fueron recámaras, ventas que fueron salas, expendios que fueron antesalas, comederos que fueron comedores, bodegones que fueron tabernas que fueron mazmorras, palacio imperial parcelado por el tiempo, carcomido por la usura, ennegrecido por las cocinas, resquebrajado por los pregones, cita de dos mundos, oriente y occidente, Dalmacia, altos acantilados y playas chatas, sucias arenas, algas lúbricas y maderos podridos, pólipos temblorosos y selladas botellas, ceniza perseverante y mierda diluida, túneles, pasajes subterráneos, argollas enmohecidas, mármoles dañados, piedra gastada y pulida como una antigua moneda, pintura arañada, marea de conquistadores, bizantinos, croatas, normandos, venecianos, húngaros, colmena de piedra parda devastada por las hordas de los ávaros, que con mayor furia desolaron las ciudades vecinas, llegándose todos los refugiados a vivir en este palacio abandonado, este enjambre de anchas murallas, altas frente al hondo recaladero, bosque de entenas, cielo de velámenes, el palacio de Diocleciano, sus dieciséis torres, sus cuatro puertas, marea de fugitivos, cruce de caminos, hasta aquí llegaron todos, desde aquí se desparramaron sobre la Europa cristiana, desde el recinto donde Diocleciano lanzó edicto contra cristianos para ofender a los dioses de Roma con la señal de la cruz, por aquí salieron, por aquí entraron, por la Porta Aenea los guardianes de los secretos egipciacos de los tres hermanos, Osiris que todo lo fundó por la palabra, Set que fue el primer asesino, Isis la hermana y esposa que devolvió la vida con la boca, por la Porta Férrea los discípulos andrajosos de Simón el Mago, desde siempre buscando a la diosa perdida en los templos y en los burdeles, la detentadora de la sabiduría secreta, la maldita, la expulsada, Eva, Elena, la Hetaira de Babilonia, la condenada por los ángeles priápicos del Dios vengador, demiurgo del mal, la mujer sabia, la saga fémina, perdida, la pieza que faltaba para completar el conocimiento total de las cosas, por la Porta Aurea los portadores de la herejía gnóstica y maniquea, los bogomiles insatisfechos con la obra de la creación, anhelantes de una segunda verdad, más alta, más perfecta, más secreta, más total que la consagrada en los concilios de la Iglesia, los enemigos encarnizados de San Agustín, quien en la sede romana y apostólica miraba la plena realización de la promesa iniciada con el nacimiento de Cristo, mientras ellos, discípulos de Basílides de Alejandría, de Valentín y Néstor y Marción, miraban un mundo que se hundía en la pompa, la corrupción y la entrega a las obras del segundo dios, el que creó el mal mientras el primer dios creaba el bien, y la solución de este conflicto avizoraban en un segundo milenio, una segunda venida de Cristo a la tierra para purgar al mundo y prepararlo para el Juicio Final, y por la Porta Argentea los celosos guardianes de los secretos órficos, los recibidores de la pistis sofía, los divulgadores de las profecías de las pitonisas, las Sibilas que anuncian la aparición del último emperador, rey de paz y abundancia, triunfo de la verdadera cristiandad, que es religión del desprendimiento, la caridad, la pobreza y el amor, el último monarca, aniquilador de Gog y Magog:

—Terminada su tarea purificadora, irá a Jerusalén, depositará su corona y su manto en el Gólgota y abdicará a favor de Dios…

—¿Allí culmina tu historia?, le preguntó Ludovico, una tarde que comían juntos pescadillas fritas sobre platos de plomo, a un pasajero griego, tuerto, con cabellera de serpientes negras y toga negra, que diseminaba los augurios de la Sibila Tiburtina, junto a la agitada Porta Argentea de las murallas de Spalato.

La profecía del tercer tiempo

—No, masculló el mago. Tres son los tiempos del hombre. El primer tiempo del mundo tuvo lugar bajo el reino de la fe, cuando el pueblo elegido, aún débil y esclavizado, no era capaz de liberarse. Su ley fue la de Moisés; ese tiempo se continuó hasta que vino Aquel que dijo: "Si el Hijo os libera, seréis realmente libres." El segundo tiempo fue instaurado por Cristo y dura hasta la hora presente; nos libera con respecto al pasado pero de ninguna manera con respecto al futuro. Pues bien dijo San Pablo: "Conocemos sólo en parte y profetizamos también parcialmente, pero, cuando llegue lo perfecto, desaparecerá lo parcial. Ahora vemos por un espejo y oscuramente, pero entonces veremos cara a cara."

El mago se limpió los dientes con una espina de pescado: —El tercer tiempo se iniciará en estos días que vivimos. Es inminente. Pues, ¿no vemos por doquier que se cumplen las profecías que Mateo puso en boca de Jesús, levántase nación contra nación, hay tormentos y hambres, plagas y grandes tribulaciones, y se levantan falsos profetas, crece la iniquidad y se enfría el amor: el mundo envejece y se deteriora? ¿No nos gobiernan un seudopapa y un rey de impúdica faz? Ya es tiempo de que aparezca el último emperador a unir a las naciones todas en un solo rebaño, pues la Sibila ha dicho: "Rex novus adveniet totum ruiturus in orbem…"

—¿Allí termina la historia?, insistió Ludovico.

El mago le pidió de beber. Tragó groseramente. Se limpió los labios con la manga negra: —El bien no pertenece al tiempo de los hombres. Su triunfo es parcial. Debe venir el mal absoluto para que lo venza el bien absoluto y éste es divino. No pertenece a los hombres. El mal absoluto, en cambio, sí. Apenas instaurada la tercera época de la paz y la abundancia, bienes precarios de la humanidad, aparecerá a destruirlos el Anticristo en toda su furia.

Miró con su ojo de gato a Ludovico y prosiguió: —Él es el mal absoluto. Sólo si él encarna en el futuro de la historia conocerá la historia su propia apoteosis: allí concluye el futuro. El mal absoluto provocará el bien absoluto. Vendrá el Hijo del Hombre sobre las nubes del cielo con poder y majestad grande. Y enviará a sus ángeles con resonantes trompetas y reunirá de los cuatro vientos a sus elegidos, se sentará en su trono de gloria y a los justos les dará posesión del reino preparado para ellos desde la creación del mundo, diciéndoles: Tuve hambre, y me disteis de comer; estaba desnudo, y me vestisteis. Y a los malditos apartará de su vera y los lanzará al fuego eterno, diciendo: Fui peregrino y no me alojasteis, estuve enfermo y en la cárcel y no me visitasteis. Y tanto los elegidos como los condenados se preguntarán, ¿cuándo hicimos o dejamos de hacer todas estas cosas?, y el Hijo del Hombre les dirá: Cuando acogisteis a uno de éstos mis hermanos menores, a mí me lo hicisteis; cuando dejasteis de hacerlo con uno de estos pequeñuelos, conmigo dejasteis de hacerlo. Cada cual ocupará su sitio en la Eternidad. Y no habrá más historia humana.

El mago se había puesto de pie, exaltado por sus propias palabras. Ludovico levantó la cabeza para preguntarle:

—¿Cómo reconocerás al Anticristo?

El mago abrazó a uno de los tres niños que siempre acompañaban a Ludovico y escuchaban todas sus pláticas; y sólo dijo:

—Ave rapaz; negro pene. Donde está el cadáver, allí se juntan los buitres.

—Pero antes, el buen rey que anuncias, ¿cómo…?

El mago besó la mejilla del segundo niño de Ludovico: —Una cruz en la espalda. Seis dedos en cada pie. Vencerá. Será vencido.

—¿Dónde?

—En la casa de los escorpiones.

—¿Qué lugar es ése?

—La única tierra con el nombre de las vísperas: España.

El mago se hincó ante el tercer niño y otros discípulos, de otras persuasiones, que se habían reunido a escucharle, se sintieron ofendidos por las alusiones del griego a los falsos profetas; y el populacho, en ocasiones tan crédulo, tan malicioso en otras, comenzó a burlarse del mago; y entre todos le gritaban, unos riendo, otros sombríos, todos desafiantes:

—Si eres mago y tanto sabes, haz un milagro, o no creeremos en lo que has contado aquí…

Entonces este terrible hombre de cabellera de serpientes y un solo ojo sacó una cimitarra que guardaba bajo su negra toga, y con fuerza y cólera inesperada, como si poseyera cien brazos, a uno le cortó la mano, al otro la lengua, al de acá le arrancó los ojos de las cuencas con dos veloces picadas, al de allá le escupió una flema espesa, negra y pestilente, sobre el rostro, y la cara de este desgraciado se derritió como cera; y a todos les gritó el mago:

—Si fueseis ciegos, veríais; mancos, tocaríais; mudos, hablaríais; enfermos, sanaríais; mas no siéndolo, ved cuán milagrosamente habéis perdido ojos, manos, lengua y salud. Hombres de poca fe: ¿quién os convencerá?

A palos y puñetazos, con dagas y con chachas, llorando y vociferando, cayó esta turba sobre el mago griego, y le descuartizó.

Sus partes fueron arrojadas al mar: la cabeza y las dos mitades del tronco abierto en canal, como bestia cazada en el monte.

Que nunca anduvieran descalzos, que corrieran y jugaran por las playas y los muros sin quitarse nunca los zapatos, que nunca se descubrieran la espalda, siempre bien tapados, oigan, hablen, mézclense con todos, escúchenlo todo, aprendan, sobrevivan, comparen lo que aprendimos en la comunidad del desierto y lo que vivimos aquí, tenemos algo que hacer, apenas crezcan, algo que hacer juntos, no olviden nada, cuando cumplan catorce años abandonaremos esta ciudad, iremos cada cual por nuestro lado, nos reuniremos para el episodio final, ahora quiero que entiendan algo conmigo, ahora que se hacen hombres, reúno cuanto sé, lo poco que sé, vamos a darle nuevo curso a esta confusión de creencias, rebeldías, aspiraciones, vamos a reunirlas con mi sueño de la playa, el milenio prometido tendrá lugar dentro de la historia y será distinto de la Eternidad, el mundo se renovará dentro de la historia, sin opresiones, Pedro, sin prohibiciones, Celestina, sin plagas, Simón, sin dioses, Ludovico: no regresaremos a la edad de oro original, no la encontraremos al terminar la historia, la edad de oro está dentro de la historia, se llama futuro, pero el futuro es hoy, no mañana, el futuro es presente, el futuro es ahora, o no hay tal tiempo; el futuro somos nosotros, ustedes, yo...

La gitana

A los tres días, descendieron Ludovico y los tres muchachos a la playa de Spalato, extendida bajo las altas murallas de la ciudad-palacio, en busca de los restos descuartizados del mago griego. Los tres jóvenes concurrieron en decirle a Ludovico que al abrazar a uno, besar al otro e hincarse ante el tercero, el tuerto les pidió que así lo hicieran.

Las sucias arenas estaban desiertas. Ludovico y los muchachos buscaron entre los despojos de la marea los miembros del mago, y al no encontrarlos, se sentaron a descansar y admirar la puesta del sol sobre las aguas amarillas del Adriático.

Entonces, como si surgiera de la nada (mas las arenas sofocaban sus pasos) caminó hacia ellos una gitana, de la raza así llamada por haber llegado de Egipto, envuelta en ropajes de color rojo y azafrán: una de tantas prostitutas y ladronas, de orejas perforadas y bárbaros aretes, que pululaban por las calles y casas de Spalato, vendiendo sus favores, tirando las cartas y a veces empleándose como criadas, pues no hay mejor guardián de lo robable que el ladrón mismo, y ésta es vieja sabiduría: hijos de la noche, guardianes de su madre.

Mas al acercase la mujer, Ludovico sintió miedo: la gitana tenía los labios tatuados con los mismos colores de su agitado vestido. La luz se volvió incierta; la mujer les preguntó si querían que les echara los naipes, que es palabra que viene de naibi, que es el más viejo nombre oriental de las diablas, las sibilas y las pitonisas. Ludovico le dijo que no, la corrió con un ademán brusco, aunque por dentro temía todo anuncio de nueva suerte que desviase la de sus tres hijos.

—¿Buscan los restos del tuerto?, preguntó entonces la gitana.

Ludovico calló, esperando, pero los muchachos, entusiasmados, dijeron que sí. La gitana habló simplemente:

—Están en los naipes.

—¡Échalos!, dijo impulsivamente uno de los muchachos.

—¡Sí, que los eche!, gritaron a coro los otros dos.

La gitana sonrió enigmáticamente: —Sólo traigo tres cartas.
Los jóvenes hicieron un gesto infantil de desilusión.

—Pero bastan tres cartas para alcanzar todas las combinaciones del tarot; el número tres significa solución armónica del conflicto de la caída, incorporación del espíritu al binario, fórmula de cada uno de los mundos creados y síntesis de la vida: el hombre con su padre y su madre; con su mujer y su hijo; con su padre y su hijo... Así habló el tarot, que contiene todos los enigmas y sus soluciones.

La mujer movió las manos en el aire, como si barajara; los tres muchachos rieron y se burlaron, ¡ni siquiera las tres cartas tenía!, ¡sus naipes eran de puro aire!, ¡burladora, ladrona, puta!, pero ella no rió, miró a uno y le dijo, corre a la orilla del mar, recoge esa botella encallada en la arena, y al segundo, zambúllete en el agua, hay otra botella atrapada en el fondo, y al tercero, nada más lejos, veo el brillo del cristal verde de la otra botella, que viene bogando. Así lo hicieron los muchachos. Regresaron a la playa con las tres botellas, limosas, verdes y selladas con lacra roja. Uno de ellos sólo se mojó los pies; los otros dos, empapados, sin aliento, se sacudieron como perros, en cuatro patas, sobre las sucias arenas.

—¡Levántense!, les gritó Ludovico con creciente temor. ¡Como hombres, sobre dos pies!

La gitana sonrió y dijo: —Éstos son los restos del mago. Su cabeza y su tronco partido en dos por un hacha.

Rieron de nuevo los muchachos, y dijeron que sólo eran tres botellas viejas; las miraron, las agitaron: adentro había algo, ni siquiera vino, ni siquiera agua, un tieso rollo de papeles dentro de cada botella. Rieron. Se miraron. Se disponían a arrojarlas de regreso al mar. La gitana chilló, gritó tres palabras, tiko, tiki, taka, es palabra de Dios, que en todas las lenguas se dice igual, teos, deus, teotl, y sólo los hijos del demonio la disfrazarán, llamando a Dios perro al revés, sí, levántense, no me tienten, sean hombres, no perros, tú, muchacho, tu botella, tiko, que es destino en lengua china, tú, muchacho, tu botella, tiki, que es azar en lengua egipcia, tú, muchacho, tu botella, tika, que es suerte en lengua gitana, guárdenlas bien, nunca las abran o se quedarán sin suerte, azar o destino, han estado embotellados largo tiempo, uno llega del pasado: el destino, otro del presente: el azar, otro del futuro: la suerte, éste es el regalo del mago tuerto al que ustedes le dieron un brazo, un beso, una caricia, mientras los demás se burlaron de él y lo mataron de nuevo...

—Pero dijiste que éstas eran las partes de su cuerpo, murmuró uno de los muchachos.

Y la gitana respondió: —El mago era de papel. Siempre fue de papel: héroe o autor de papel. Primero protagonizó. Cuando regresó de las guerras y las aventuras a su hogar, escribió. Una cosa es lo que vivió como héroe: los siglos lo cantan. Otra lo que escribió como poeta: las letras son mudas. Ha vivido lo que corrió de voz en voz. Ha muerto lo que fue escrito sobre un papel. Cuando descubrió la infidelidad de su mujer, aburrida de esperarle, volvió a vivir todas sus aventuras en sentido contrario. Y al revivirlas, las escribió. No se taponeó los oídos: fue seducido por el canto de las sirenas. No resistió la belleza de los lotos: los comió y desde entonces vive soñando. Se presentó inerme ante Polifemo: el cíclope le arrancó un ojo. Se remontó al origen: Oulixes, hijo de Sísifo, para siempre arrojado entre Scyla y Caribidis, entre el monstruo de la imaginación, la criatura con doce pies y seis cabezas y cuellos de serpientes y dientes de tiburón y perros ladrantes en el sexo, y el monstruo de la naturaleza, la enorme boca que traga y vomita todas las aguas del universo; hijo de Sísifo, se remontó al origen, condenado a escribir sus propias aventuras una y otra vez, creer que ha terminado el libro sólo para empezarlo de vuelta, relatarlo todo desde otro punto de vista, de acuerdo con una posibilidad imprevista, en otros tiempos, en otros espacios, aspirando desde siempre y para siempre a lo imposible: una narración perfectamente simultánea. Era de papel. Su cuerpo era su muerte. Cuando lo mataron y lo arrojaron al mar, volvió a ser papel. Volvió a vivir. Guárdenlo. Es su ofrenda.

Se fue sin hablar más, y uno de los muchachos juró que se internó en el mar hasta desaparecer, pero otro dijo que no, que se fue caminando por la playa, seguida por un tropel de cerdos, y el tercero aseguró que no, se internó en una cueva entre las rocas, una cueva cubierta y descubierta por las olas, por donde se escuchaban espantosos rugidos de leones y aullidos de lobos, pero Ludovico se quedó mirando las huellas de los pies de la gitana en la arena, y sopló viento, y las olas lavaron las huellas más las huellas impresas nunca se borraron de allí.

El teatro de la memoria

Abandonaron Spalato antes del tiempo previsto. Tres veces regresó Ludovico, solo, a la playa; las tres veces encontró allí, imborrables, las huellas de los pies de la gitana. Viajaron a Venecia, ciudad donde ninguna huella de pisadas queda sobre la piedra o el agua. En ese lugar de espejismos, no hay cabida para otro fantasma que el tiempo, y sus huellas son insensibles: la laguna desaparecería sin piedra que reflejar y la piedra sin aguas donde reflejarse. Poco pueden contra este encantamiento los cuerpos pasajeros de los hombres, sólidos o espectrales, igual da. Venecia toda es un fantasma: no expide visas de entrada a favor de otros fantasmas. Nadie les reconocería por tales allí; y así, dejarían de serlo. Ningún fantasma se expone a tanto.

Encontraron alojamiento en las abundantes soledades de la isla de la Giudecca; Ludovico se sentía reconfortado cerca de las tradiciones hebraicas que tan a fondo había leído en Toledo, aun cuando no compartiese todas sus enseñanzas. Las monedas que Celestina le envió en manos del monje Simón se agotaron en el último viaje; Ludovico preguntó en los barrios de la vieja judería, donde muchos refugiados de España y Portugal habían encontrado asilo como él ahora, si alguien necesitaba a un traductor; entre risas, todos le recomendaron cruzar el ancho canal Vigano, desembarcar en San Basilio, internarse por las rías de los astilleros y los almacenes de azúcar, caminar a lo largo de la fondamenta de los trabajadores de la cera, cruzar el Ponte Foscarini, y preguntar por la casa donde habitaba un tal Maestro Valerio Camillo, entre el río de San Bernabé y la iglesia de Santa María del Carmine, pues era cosa notoria que nadie, en Venecia, acumulaba mayor número de viejos manuscritos que el tal Dómine, que hasta las ventanas estaban tapiadas con pergaminos, a veces los papeles caían a la calle, los niños hacían barquillas con ellos y los echaban a los canales, y grande era el estrépito con que el amargo y tartamudo Maestro salía a rescatar los inapreciables documentos preguntando a gritos si el destino de Quintiliano y Plinio el Viejo era remojarse y servir de diversión a atolondrados pilletes.

Ludovico llegó sin dificultad al lugar descrito, mas las puertas y ventanas de la casa impedían el paso de persona o de luz alguna; la residencia del Donno Valerio Camillo era una fortaleza de papel, montañas, muros, pilares de documentos acumulados, a la intemperie, fojas amontonadas sobre fojas, amarillentas, a punto de derrumbarse y mantenidas de pie sólo gracias a los efectos de la presión de una columna de papeles contra y sobre las demás.

Dio una larga vuelta para ubicar el jardín de la casa. En efecto, cerca de un pequeño sottoportico que desembocaba en el vasto campo de Santa Margherita, se abría una estrecha reja labrada con series de tres cabezas constantemente repetidas, loba, león y perro; de los muros pendían olorosas enredaderas y en el umbrío jardincillo un hombre muy flaco, lo descarnado del cuerpo disfrazado por la amplitud de una larga túnica drapeada, pero la angulosidad del rostro subrayada por la negra caperuza, semejante a la de los verdugos, que ocultaba cabeza y orejas, revelando sólo el perfil de águila, se ocupaba en adiestrar a unos mastines de aspecto feroz, encarnándoles con jirones de carne cruda que mantenía en lo alto de una pica, de tal suerte que los perros saltaban, ladrando, para alcanzar la comida; mas cada vez, el hombre interponía su propio brazo entre la carne cruda y los colmillos de las bestias, salvándose milagrosamente de ser herido por ellas. Con velocidad asombrosa, el enteco y encapirotado Donno retiraba a tiempo el brazo lamido y decía, tartamudeando:

—Muy bien, muy bien, Biondino, Preziosa, muy bien, Pocogarbato, más sabrosa es mi carne, ya saben que confío en ustedes, no me decepcionen, que a la hora de mi muerte no estaré en condición de regañarlos.

Luego arrojó el pedazo de carne a los mastines y miró con deleite cómo lo devoraban y luchaban entre sí para apresar las mejores partes. Cuando miró a Ludovico detenido en el umbral del jardín, le preguntó con descortesía si tan poco interesante era su vida que tenía que andar fisgoneando la ajena. Ludovico pidió excusas y explicó el motivo de su visita, que no era la curiosidad gratuita, sino la necesidad de trabajo. Le mostró una carta firmada por el anciano de la sinagoga del Tránsito y después de leerla Donno Valerio Camillo dijo:

—Muy bien, muy bien, monseñor Ludovicus. Aunque tomaría varias vidas clasificar y traducir los papeles que a lo largo de la mía he acumulado aquí, algo podemos hacer y por algún lado se empieza. Considérese contratado, bajo dos condiciones. La primera es que nunca se ría usted de mi tartamudeo. De una vez le explico la razón: mi capacidad para leer es infinitamente superior a mi capacidad para hablar; empleo tanto tiempo leyendo, que a veces olvido por completo cómo se habla; en todo caso, leo tan rápidamente que, en compensación, tropiezo largamente al hablar. Mi pensamiento es más veloz que mi palabra.

—¿Y la segunda condición?

El Maestro arrojó otro jirón de carne a los mastines: —Que si muero durante su etapa de servicios, se sirva usted asegurarse de que no se me entierre en sagrado, ni se arroje mi cuerpo a las aguas de esta pestilente ciudad, sino que se me tienda, desnudo, en mi jardín, y suelten a los perros para que me devoren. Los he entrenado para ello. Ellos serán mi sepultura. No hay otra mejor ni más honrada: materia a la materia. No hago más que seguir un sabio consejo de Cicerón. Si a pesar de todo resucito un día con el cuerpo que hube, no habrá sido sin darle todas las oportunidades digestivas a la divina materia del mundo.

Diariamente, se presentó Ludovico a casa del Maestro Donno Valerio Camillo y diariamente, el enjuto veneciano le entregó viejos folios para su traducción a la lengua de las diversas cortes donde, misteriosamente, insinuaba que enviaría su invención con todos los documentos fehacientes de la autenticidad científica.

A poco, Ludovico se percató de que cuanto traducía del griego y el latín al toscano, el francés o el español, tenía un tema común: la memoria. De Cicerón, tradujo el *De inventione*: "La prudencia es el conocimiento de lo bueno, de lo malo y de lo que no es ni bueno ni malo. Sus partes son: la memoria, la inteligencia y la previsión o providencia. La memoria es la facultad mediante la cual la mente recuerda lo que fue. La inteligencia certifica lo que es. La previsión o providencia permite a la mente ver que algo va a ocurrir antes de que ocurra." De Platón, los pasajes en los que Sócrates habla de la memoria como de un don: es la madre de las Musas, y en toda alma hay una porción de cera, sobre la cual se imprimen los sellos del pensamiento y la percepción. De Filostrato, la *Vida de Apolonio de Tiana*: "Euxemio le preguntó a Apolonio por qué, siendo un hombre de elevado pensamiento y expresándose tan clara y prontamente, nunca había escrito nada. Y Apolonio le contestó: 'Porque hasta ahora no he practicado el silencio'. A partir de ese momento, resolvió enmudecer; nunca volvió a hablar, aunque sus ojos y su mente todo lo absorbieron y lo almacenaron en la memoria. Aun después de cumplir cien años, recordaba mejor que el propio Simónides, y escribió un himno en elogio de la memoria, en el cual decía que todas las cosas se borran con el tiempo, pero que el tiempo mismo se vuelve imborrable y eterno gracias al recuerdo." Y entre las páginas de Santo Tomás de Aquino, encontró subrayada con tinta roja esta cita: "Nihil potest homo intelligere sine phantasmate": Nada puede entender el hombre sin las imágenes. Y las imágenes son fantasmas.

Leyó en Plinio las asombrosas proezas de memoria de la antigüedad: Ciro sabía los hombres de todos los soldados de su ejército; Séneca el Viejo podía repetir dos mil nombres en el mismo orden en que le fueron comunicados; Mitrídates, Rey del Ponto, hablaba las lenguas de las veinte naciones bajo su dominio; Metrodoro de Sepsia podía repetir todas las conversaciones que había escuchado en su vida con las exactas palabras originales y Cármides el Griego sabía de memoria el contenido de todos los libros de su biblioteca, la más vasta de la época. En cambio, Temístocles rehusaba practicar el arte de la memoria, diciendo que prefería la ciencia del olvido a la del recuerdo. Y constantemente, en todos estos manuscritos, aparecían referencias al poeta Simónides y se le llamaba inventor de la memoria.

Un día, muchos meses después de iniciar su trabajo, Ludovico se atrevió a preguntarle al siempre silencioso Maestro Valerio Camillo sobre la identidad de ese mentado poeta Simónides. El Dómine le miró con ojillos vivaces bajo las pobladísimas cejas:

—Siempre supe que eras curioso. Te lo dije el primer día.

—No juzgarás vana mi curiosidad, Maestro Valerio, ahora que está a tu servicio.

—Busca entre mis papeles. Si no sabes encontrar lo que yo mismo hallé, en poco tendré tu habilidad.

Dicho lo cual, el ágil, tartamudo y cenceño Maestro se trasladó saltando a una puerta de fierro que siempre mantenía cerrada, protegida por cadenas y candados; la abrió con trabajos y desapareció detrás de ella.

Casi un año le tomó a Ludovico, alternando traducción con investigación, ubicar un delgado y quebradizo documento en griego donde el narrador contaba la historia de un poeta de mala fama despreciado porque fue el primero en cobrar por escribir y aun leer sus versos. Llamábase Simónides y era oriundo de la isla de Ceos. Este tal Simónides fue invitado una noche a cantar un poema en honor de un noble de Tesalia llamado Escopas. Para ello, el rico Escopas preparó un gran banquete. Pero el juguetón Simónides, además del elogio a su anfitrión, incluyó en el poema un ditirambo a los legendarios hermanos, los Dióscuros, Cástor y Pólux, ambos hijos de Leda, pero aquél de cisne, y éste de dios. Entre burlas y veras, Escopas le dijo al poeta, cuando terminó de recitar, que puesto que sólo la mitad del panegírico había sido en honor suyo, no le pagaría más que la mitad de la suma convenida; y que la otra mitad se la cobrara a los míticos gemelos.

Burlado, Simónides se sentó a comer, dispuesto a cobrar en alimentos lo que el mísero Escopas le negaba en dineros. Pero en ese instante un mensajero llegó y le dijo al poeta que dos muchachos lo buscaban, con suma urgencia, afuera. Con creciente mal humor, Simónides dejó su puesto en el banquete y salió a la calle; pero no encontró a nadie. Se disponía a regresar al comedor de Escopas cuando escuchó un espantoso ruido de mampostería vencida y yeso quebrado: el techo de la casa se había desplomado. Todos murieron; el peso de las columnas aplastó a los comensales; bajo las ruinas, era imposible identificar a nadie. Los parientes de los muertos llegaron y lloraron, incapaces de reconocer al ser querido y perdido entre esos cuerpos aniquilados como insectos, desfigurados, con los rostros hundidos y sesos regados. Entonces Simónides le fue indicando a cada deudo cuál era su muerto: el poeta recordaba el sitio exacto que cada comensal había ocupado durante el banquete.

Todos se maravillaron, pues nunca nadie había realizado una proeza similar; y así fue inventado el arte de la memoria. Simónides viajó a dar gracias al santuario de Cástor y Pólux en Esparta. Por su mente pasaban, una y otra vez, en perfecto orden, los rostros burlones, indiferentes, despectivos, ignorantes, de Escopas y sus invitados.

Ludovico le mostró este texto a Valerio Camillo, y el Dómine meneó repetidas veces la cabeza. Al cabo dijo:

—Te felicito. Ahora sabes cómo se inventó y quién fundó la memoria misma.

Pero seguramente, Maestro, los hombres siempre han recordado...

—Seguramente, monseñor Ludovicus; pero las intenciones de la memoria han sido distintas. Simónides fue el primero en recordar algo más que lo inmediato y lo remoto en cuanto tales, pues antes de él la memoria era inventario de tareas cotidianas, listas de ganado, utensilios, esclavos, ciudades y casas, o borrosa nostalgia de hechos pasados y lugares perdidos: la memoria era un factum, mas no una ars. Simónides propuso algo más: todo lo que los hombres han sido, cuanto han dicho y cuanto han hecho, es memorizable, en orden y ubicación perfectos; de ahora en adelante, nada tiene por qué ser olvidado. ¿Te das cuenta? Antes de él, la memoria era hecho fortuito: cada cual recordaba espontáneamente lo que quería o lo que podía; el poeta abrió las puertas a una memoria científica, independiente de los recuerdos individuales; propuso la memoria como conocimiento total del pasado total. Y puesto que esa memoria se ejercitaba en el presente, también debía abarcarlo totalmente, para que en el futuro la actualidad fuese un pasado memorable. Muchos sistemas se elaboraron, a través de los siglos, con este fin. La memoria pidió auxilio a los lugares, a las imágenes, a la taxonomía. Del recuerdo del presente y del pasado se pasó a la ambición de recordar el futuro antes de que ocurriese, y esta facultad se llamó previsión o providencia. Otros hombres, más audaces que los anteriores, se inspiraron en las enseñanzas de la Cábala, el Zohar y los Sefirot judíos para ir más allá y conocer el tiempo de todos los tiempos y el espacio de todos los espacios: la memoria simultánea de todas las horas y todos los lugares. Yo, monseñor, he ido más lejos aún. No me basta la memoria de la eternidad de los tiempos, que ya poseo, ni la memoria de la simultaneidad de los lugares, que nunca ignoré…

Ludovico se dijo que Dómine Valerio Camillo estaba loco: esperaba encontrar su sepultura en la feroz digestión de unos mastines, y su vida en una memoria que no era la de este o aquel lugar, ni la suma de todos los espacios, ni la memoria del pasado, el presente y el porvenir, ni la suma de todos los tiempos. Aspiraba, quizá, al vacío puro. Los ojillos brillantes del veneciano observaron con sorna al estudiante español. Luego le tomó suavemente del codo y le condujo a la puerta encadenada.

—Nunca me has preguntado qué hay detrás de esa puerta. La curiosidad intelectual ha sido más poderosa en ti que una curiosidad que tú mismo podrías juzgar irrespetuosa, personal, malsana. Has respetado mi secreto. Voy a mostrarte, en recompensa, mi invención.

Valerio Camillo introdujo varias llaves en los candados, retiró las cadenas y abrió la puerta. Ludovico le siguió por un pasaje oscuro, musgoso, de ladrillos húmedos, donde sólo brillaban los ojos de las ratas y la piel de las lagartijas. Llegaron a una segunda puerta de fierro. Valerio Camillo la abrió y luego la cerró detrás de Ludovico. Estaban en un silencioso espacio blanco, de mármol, iluminado por la luz de la piedra, escrupulosamente limpio, maravillosamente aparejado, de tal manera que no podía observarse el menor resquicio entre los bloques de mármol.

—Aquí no entra ninguna rata, rió el Donno. Y luego, con gran seriedad, añadió: —Sólo yo he entrado aquí. Y ahora tú, monseñor Ludovicus, conocerás el Teatro de la Memoria de Valerio Camillo.

El Maestro tocó ligeramente la superficie de uno de los bloques de mármol y toda una sección del muro se separó, como una puerta, del resto, girando sobre invisibles goznes. Los dos hombres pasaron, bajando las cabezas; un cántico hondo y lúgubre comenzó a resonar en las orejas de Ludovico; entraron a un corredor de madera, más estrecho a cada paso, hasta desembocar sobre un mínimo escenario: tan pequeño, en verdad, que sólo Ludovico cabía en él, mientras el Donno Valerio permanecía detrás, apoyando sus manos secas sobre los hombros del traductor, inclinando su rostro de águila cerca de la oreja de Ludovico y hablándole con un aliento tartamudo de atún, ajo y judía:

—Éste es el Teatro de la Memoria. Los papeles se invierten. Tú, el único espectador, ocupas el escenario. La representación tiene lugar en el auditorio.

Encajonado dentro de la estructura de madera, el auditorio tenía siete gradas ascendentes, sostenidas sobre siete pilares y abiertas en forma de abanico; cada gradería era de siete filas, pero en vez de asientos, Ludovico miró una sucesión de rejas labradas, semejantes a la que guardaba el jardín de Valerio Camillo sobre el campo de Santa Margherita; la filigrana de las figuras en las rejas era casi etérea, de modo que cada figura parecía superponerse a las que le seguían o precedían; el conjunto daba la impresión de un fantástico hemiciclo de biombos de seda transparente; Ludovico se sintió incapaz de comprender el sentido de esta vasta escenografía invertida, en la que los decorados eran espectadores y el espectador, actor único del teatro.

El hondo cántico del pasaje se convirtió en el coro de un millón de voces reunidas, sin palabras, en un solo ulular sostenido:
—Sobre siete pilares descansa mi teatro, tartamudeó el veneciano, como la casa de Salomón. Estas columnas representan a los siete sefirot del mundo supraceleste, que son las siete medidas de la trama

de los mundos celestial e inferior y que contiene todas las ideas posibles de los tres mundos. Siete divinidades presiden cada una de las siete graderías: distingue, monseñor Ludovicus, sus figuras en cada una de las primeras rejas. Son Diana, Mercurio, Venus, Apolo, Marte, Júpiter y Saturno: los seis planetas y el sol central. Y siete temas, cada uno bajo el signo de un astro, se representan en las siete filas de cada gradería. Son las siete situaciones fundamentales de la humanidad. La Caverna, que es el reflejo humano de la esencia inmutable del ser y de la idea. Prometeo, que es el hombre que roba el fuego de la inteligencia a los dioses. El Banquete, que es el convivio de los hombres reunidos en sociedad. Las Sandalias de Mercurio, que son símbolos de la actividad y el trabajo humanos. Europa y el Toro, que son el amor. Y en la fila más alta, las Gorgonas que desde arriba lo contemplan todo: tienen tres cuerpos y un solo ojo compartido. Y el único espectador —tú— tiene un solo cuerpo pero posee tres almas, tal y como lo dice el Zohar. Tres cuerpos y un ojo; un cuerpo y tres almas. Y en medio de estos polos, todas las combinaciones posibles de los siete astros y las siete situaciones. Bien ha escrito Hermes Trismegisto que quien sepa unirse a esta diversidad de lo único será también divino y conocerá todo el pasado, el presente y el futuro, y todas las cosas que contienen el cielo y la tierra.

Dómine Valerio, con excitación creciente, manipuló detrás de Ludovico una serie de cuerdas, poleas y botones; sucesivas áreas del auditorio quedaron bañadas en claridad; las figuras parecieron adquirir movimiento, ganar transparencia, combinarse y fundirse unas en otras, integrarse en fugaces conjuntos y transformar constantemente su silueta original sin que ésta, no obstante, dejase de ser reconocible.

—¿Cómo concibes, monseñor Ludovicus, un mundo imperfecto?

—Sin duda, como un mundo en el que faltan cosas, un mundo incompleto...

—Mi invención se funda en la premisa exactamente contraria: el mundo es imperfecto cuando creemos que nada falta en él; el mundo es perfecto cuando sabemos que algo faltará siempre en él. ¿Admitirías, monseñor, que podemos concebir series ideales de hechos que corran paralelas a las series reales de hechos?

—Sí; en Toledo aprendí que toda materia y todo espíritu proyectan el aura de lo que fueron y de lo que serán...

—Y lo que pudo ser, monseñor, ¿no le darás ninguna oportunidad a lo que, no habiendo sido ayer, probablemente nunca será?

—Todos nos hemos preguntado, en un momento de nuestra existencia, esto: si nos fuese otorgada la gracia de revivir nuestra vida, ¿cómo la viviríamos esa segunda vez?, ¿qué errores evitaríamos?, ¿qué omisiones subsanaríamos?, ¿debí decirle, esa noche, a esa mujer, que la amaba?, ¿por qué me abstuve de visitar a mi padre el día anterior a su muerte?, ¿volvería a darle esa moneda a ese mendigo que me extendió su mano a la entrada de una iglesia?, ¿cómo escogeríamos, de vuelta, entre las personas, ocupaciones, partidos e ideas que constantemente debemos elegir?, pues la vida es sólo una interminable selección entre esto y aquello y lo de más allá, una perpetua elección, nunca decidida libremente, aun cuando así lo creamos, sino determinada por las condiciones que otros nos imponen: los dioses, los jueces, los monarcas, los esclavos, los padres, las mujeres, los hijos.

—Mira, mira entonces en los combinados lienzos de mi teatro el paso de la más absoluta de las memorias: la memoria de cuanto pudo ser y no fue; mírala en lo mínimo y en lo máximo, en los gestos no cumplidos, en las palabras no dichas, en las elecciones sacrificadas, en las decisiones postergadas, mira el paciente silencio de Cicerón mientras escucha las necedades de Catilina; mira cómo convence Calpurnia a César de que no asista al Senado en los idus de marzo; mira la derrota de la armada griega en Salamina, mira el nacimiento de esa niña en un establo de Belén, en Palestina, bajo el reinado de Augusto, mira el perdón que otorga Pilatos a esa profetisa y la muerte de Barrabás en la cruz, mira cómo rehúsa Sócrates, en su prisión, las tentaciones del suicidio, mira cómo muere Odiseo, devorado por las llamas, dentro del caballo de madera al que los astutos troyanos han prendido fuego al encontrarlo fuera de los muros de la ciudad, mira la vejez de Alejandro de Macedonia, la silenciosa visión de Homero: ve, mas no habla, el regreso de Elena a su casa, la fuga de Job de la suya, el olvido de Abel por su hermano, el recuerdo de Medea por su esposo, la sumisión de Antígona a la ley del tirano en aras de la paz del reino, el éxito de la rebelión de Espartaco, el hundimiento del arca de Noé, el regreso de Lucifer a su sitio a la vera de Dios, perdonado por decisión divina, pero también, mira, la otra posibilidad: la obediente permanencia de Luzbel, que renuncia a la rebelión, en el cielo original, mira, mira cómo sale ese genovés, Colombo, a buscar la ruta de Cipango, la corte del Gran

Khan, por tierra, de poniente hacia levante, a lomo de camello; mira cómo giran y se funden y confunden mis lienzos: mira a ese joven pastor, Edipo, satisfecho para siempre de vivir al lado de su padre adoptivo, Polibio de Corinto y mira la soledad de Yocasta, la intangible angustia de una vida que siente incompleta, vacía: sólo un pecaminoso sueño la redime: no habrá ojos arrancados, no habrá destino, no habrá tragedia y el orden griego perecerá fatalmente porque faltó transgresión trágica que al violarlo lo restaurara y vivificara eternamente: la fuerza de Roma no sojuzgó el alma de Grecia; Grecia sólo pudo ser sometida por la ausencia de la tragedia: mira, París ocupada por los mahometanos, la victoria y consagración de Pelayo en su disputa con Agustín, la cueva de Platón inundada por el río de Heráclito, mira, las bodas de Dante y Beatriz, un libro que nunca fue escrito, un viejo libertino y comerciante de Asís y los muros vacíos que jamás pintó el Giotto, Demóstenes se tragó una piedra y murió atragantado, frente al mar, mira lo máximo y mira lo mínimo, el mendigo nacido en la cuna del príncipe y el príncipe en la del mendigo, el niño que creció, muerto al nacer, y el niño que murió, crecido, la fea, hermosa, el baldado, entero, el ignorante, letrado, el santo, perverso, el rico, pobre, el guerrero, músico, el político, filósofo, bastó un mínimo giro de este gran círculo sobre el cual se asienta mi teatro, la gran trama de tres triángulos equiláteros dentro de una circunferencia regida por las múltiples combinaciones de los siete astros, las tres almas, las siete mutaciones y el ojo único: no se separan las aguas del Mar Rojo, una muchacha toledana no sabe cuál prefiere entre siete columnas idénticas de una iglesia o entre dos idénticos garbanzos de su cena, Judas es insobornable, no le creyeron al niño que gritó ¡al lobo!...

Jadeante, Donno Valerio cesó por un momento de hablar y manipular sus cuerdas y botones. Luego, más tranquilo, le preguntó a Ludovico:

—¿Qué me darán, a cambio de esta invención que les permitiría recordar cuanto pudo haber sido y no fue, los reyes de este mundo?

—Nada, Maestro Valerio. Pues sólo les interesa saber lo que realmente es y será.

Los ojos de Valerio Camillo brillaron como nunca: eran la única luz del teatro repentinamente ensombrecido: —¿No les importa saber, también, lo que nunca será?

—Quizá, puesto que es otra manera de saber lo que será.

—No me entiendes, monseñor. Las imágenes de mi teatro integran todas las posibilidades del pasado, pero también representan todas las oportunidades del futuro, pues sabiendo lo que no fue, sabremos lo que clama por ser: cuanto no ha sido, lo has visto, es un hecho latente, que espera su momento para ser, su segunda oportunidad, la ocasión de vivir otra vida. La historia sólo se repite porque desconocemos la otra posibilidad de cada hecho histórico: lo que ese hecho pudo haber sido y no fue. Conociéndola, podemos asegurar que la historia no se repita; que sea la otra posibilidad la que por primera vez ocurra. El universo alcanzaría su verdadero equilibrio. Ésta será la culminación de mis investigaciones: combinar los elementos de mi teatro de tal manera que dos épocas diferentes coincidan plenamente; por ejemplo: que lo sucedido o dejado de suceder en tu patria española en 1492, 1521 o 1598, coincida con toda exactitud con lo que allí mismo ocurra en 1938, 1975 o 1999. Entonces, estoy convencido de ello, el espacio de esa coincidencia germinará, dará cabida al pasado incumplido que una vez vivió y murió allí: el doble tiempo reclamará ese espacio preciso para completarse.

—Y entonces, de acuerdo con tu teoría, será imperfecto.

—La perfección, monseñor, es la muerte.

—¿Conoces al menos ese espacio donde todo lo que no ocurrió espera la coincidencia de dos tiempos para cumplirse?

—Te lo acabo de decir. Mira de nuevo, monseñor; hago regresar las luces, pongo en movimiento a las figuras, se integra un espacio, el de tu tierra, España, y el de un mundo desconocido donde España destruye todo lo anterior a ella y se reproduce a sí misma: una gestación doblemente inmóvil, doblemente estéril, pues sobre lo que pudo ser —mira arder esos templos, mira cómo caen las águilas, mira cómo son sojuzgados los hombres originales de las tierras ignotas— tu patria, España, impone otra imposibilidad: la de sí misma, mira cómo cierra sus puertas, expulsa al judío, persigue al moro, se esconde en un mausoleo y desde allí gobierna con los nombres de la muerte: pureza de la fe, limpieza de la sangre, horror del cuerpo, prohibición del pensamiento, exterminio de lo incomprensible. Mira: pasan siglos y siglos de muerte en vida, miedo, silencio, culto de las apariencias puras, vacuidad de las sustancias, gestos de honor imbécil, míralas, miserables realidades, míralas, hambre, pobreza, injusticia, ignorancia: un imperio desnudo que se imagina vestido con ropajes de oro. Mira: no habrá en la historia, monseñor, naciones más necesitadas de una segunda oportunidad para ser lo que no fueron, que éstas que hablan y hablarán tu lengua; ni pueblos que durante tanto tiempo almacenen las posibilidades de lo que pudieron ser si no hubiesen sacrificado la razón misma de su ser: la impureza, la mezcla de todas las sangres, todas las creencias, todos los impulsos espirituales de una multitud de culturas. Sólo en España se dieron cita y florecieron los tres pueblos del Libro: cristianos, moros y judíos. Al mutilar su unión, España se mutilará y mutilará cuanto encuentre en su camino. ¿Tendrán estas tierras la segunda oportunidad que les negará la primera historia?

Ante los ojos de Ludovico, entre los biombos y rejas y luces y sombras de las graderías de este Teatro de la Memoria de todo lo que no fue pero podría, alguna vez, ser, pasaron, revertidas, con la seguridad de que serían éstas que él miraba, animadas imágenes, incomprensibles, barbados guerreros con corazas de fierro, rasgados pendones, autos de fe, empelucados señores, hombres oscuros con inmensas cargas a cuestas, se oyeron discursos, proclamas, oradores grandilocuentes, se vieron lugares y paisajes nunca vistos: extraños templos devorados por la selva, conventos concebidos como fortalezas, ríos anchos como mares, desiertos pobres como una mano abierta, volcanes más altos que las estrellas, praderas devoradas por el horizonte, ciudades de balcones enrejados, rojos tejados, muros heridos, inmensas catedrales, torres de vidrio resquebrajado, militares con los pechos cuajados de medallas y entorchados, pies cubiertos de polvo y espina, niños de flacos huesos y grandes barrigas, la abundancia al lado del hambre, un dios de oro asentado sobre un mendigo harapiento; el lodo y la plata...

Se apagaron de nuevo las luces. Ludovico no se atrevió a preguntarle a Valerio Camillo cómo manipulaba la iluminación del teatro, cómo proyectaba o montaba o levantaba desde la nada estas imágenes en movimiento sobre biombos y entre rejas, qué significaban las cuerdas que movía, los botones que apretaba. Pudo imaginar, eso sí, que el Dómine era capaz de repetir las palabras nunca dichas por Medea, Cicerón o Dante mediante el simple recurso de leer los labios: comprensible arte de un tartamudo. Valerio Camillo sólo dijo:

—Revelaré mis secretos al príncipe que mejor me pague mi invención.

Pero Ludovico volvió a dudar que príncipe alguno desease mirar cara a cara lo que no fue y quisiera ser. La política era el arte de lo posible: ni la estatua de Gomorra, ni el vuelo de Ícaro.

Todas las noches regresaba el traductor a su pobre aposento en la larga espina de la Giudecca, semejante, en verdad, al esqueleto de un lenguado, y encontraba a sus hijos dedicados a sus personales ocupaciones. Uno ejercitaba una espada de madera contra su propia sombra en los viejos muros vespertinos de la iglesia de Santa Eufemia; otro aserraba, pulía y barnizaba estantes para los libros y papeles de Ludovico, mezclándose la viruta con la cabellera dorada; el tercero se sentaba acuclillado y desde la puerta contemplaba las baldosas desnudas del campo de San Cosma. Luego los cuatro cenaban frituras de marisco, judías y queso de hebras. Y una noche, les despertó un desesperado batir de manos contra la puerta. Uno de los muchachos abrió. Cayó en el umbral, sofocado, embarrado de ceniza el rostro, incendiadas las vestiduras, el Dómine Valerio Camillo. Alargó la mano hacia Ludovico y tomó su puño con el estertor furioso del moribundo:

—Alguien me delató como hechicero, dijo el Donno, sin traza de tartamudez; alguien colocó una carta en la boca de piedra. Quisieron apresarme. Opuse resistencia. Temí por mis secretos. Pusieron fuego a mi casa. Me hirieron con leves estocadas, para someterme. Quisieron entrar al teatro. Trataron de romper los candados. Huí. Monseñor Ludovicus: protege mi invención. ¡Necio de mí! Debí contarte mis verdaderos secretos. Las luces del teatro. Un depósito de carbones magnéticos en la azotea de la casa. Atraen y conservan la energía del relámpago y los cielos sobrecargados de la laguna. La filtro por conductos impermeables, filamentos de cobre y bulbos del más fino cristal veneciano. Los botones. Ponen en movimiento unas cajas negras. Unas cintas de seda azogada con imágenes de todos los tiempos, miniaturas pintadas por mí, que se agigantan al ser proyectadas sobre las graderías con una luz detrás de las cintas. Una hipótesis, monseñor, sólo una hipótesis… termina tú de comprobarla… salva mi invención… y recuerda tu promesa.

Allí murió Donno Valerio, sobre el piso de ladrillo. Ludovico cubrió el cadáver con una manta. Les pidió a los muchachos que lo guardasen en una barca y al día siguiente lo llevasen a la casa del Dómine. Ludovico llegó hasta el Campo Santa Margherita esa misma tarde. Encontró un negro cascarón. Incendiada la casa, quemados los documentos. Entró y llegó hasta la puerta encadenada. Allí, reunidos, ladraban los mastines, Biondino, Preziosa, Pocogarbato. Los llamó por sus nombres. Le conocían. Abrió los candados con las llaves del Maestro. Penetró por el pasillo de las ratas y las lagartijas. Llegó al aposento de mármol. Tocó la puerta invisible y ésta se abrió. Entró al estrecho espacio del escenario. Reinaba la oscuridad. Tiró de la cuerda. Una brillante luz iluminó la figura de las tres Gorgonas con su ojo único bajo el signo de Apolo. Apretó tres botones. Entre los biombos y las rejas se proyectaron tres figuras. Eran sus tres hijos. En la gradería de Venus y en el escaño del amor, el primero era una estatua de piedra. En la gradería de Saturno y en el escaño de la cueva, el segundo yacía recostado, muerto, con los brazos cruzados sobre el pecho. En la gradería de Marte y en el escaño de Prometeo, el tercero se retorcía, atado a una roca, picoteado por un halcón que no le devoraba el hígado, sino el brazo, hasta mutilarlo.

Al girar para salir de allí, Ludovico se encontró cara a cara con los tres muchachos. Volvió el rostro, violentamente, al auditorio del teatro; las sombras de sus hijos habían desaparecido. Miró sus cuerpos verdaderos. ¿Habían visto lo que él vio?

—Tuvimos que huir con el cadáver del Maestro, dijo el primero.

—Los Magistrados de la Blasfemia se presentaron en busca del fugitivo, dijo el segundo.

—Nos amenazaron; conocen tus relaciones con Valerio, padre, dijo el tercero.

Salieron de allí; recobraron los pasos perdidos. Ludovico volvió a cerrar con candado la puerta y la encadenó; arrojó, desde una ventana incendiada, las llaves al Río de San Barnabá. Entre los cuatro, sacaron el cadáver de Valerio Camillo de la barca y lo llevaron hasta el jardín de la casa. Ludovico reunió a los mastines. Desvistió al cadáver. Lo tendió en el jardín. Más que nunca, el Dómine, en la muerte, parecía un joven cardenal entelerido, con filoso perfil y carne de cera. Soltó a los perros. Sonaron las horas del alto campanile de Santa María dei Carmine.

Valerio Camillo había encontrado su sepultura.

Los soñadores y el ciego

—Lo buscarán por toda la ciudad. Nos buscarán en nuestra casa. Mejor pasaremos la noche aquí mismo, les dijo Ludovico a los muchachos; nadie pensará en buscarnos en el lugar más obvio.

Como siempre, los tres jóvenes escucharon con atención a Ludovico y se recostaron a dormir junto a la puerta encadenada. El antiguo estudiante que un día desafió al teólogo agustino en la universidad y otro día escapó del castigo de la Inquisición aragonesa por los tejados de Teruel, volvió a maravillarse: iban a cumplir quince años y eran siempre idénticos entre sí. Es más: el tiempo, en vez de acentuar los rasgos individuales, subrayaba los parecidos. Ya no sabía cuál era cuál, uno hijo de padre y madre desconocidos, raptado una noche del alcázar del Señor llamado el Hermoso; otro, sí, hijo de Celestina e incierto padre: ¿el propio Señor que la tomó para sí la noche de la boda en la troje, mientras Felipe miraba la escena?, ¿los tres comerciantes premiosos que la violaron sucesivamente en el bosque?, ¿el príncipe Felipe, el propio Ludovico, que se alternaron el cuerpo de Celestina en la alcoba del alcázar sangriento y a veces la gozaron al mismo tiempo?; y el tercero, sí, éste seguro, por ser el más fantástico, hijo del Señor muerto y una loba: eso lo mandó decir Celestina en labios de Simón; pero la muchacha estaba medio loca y su palabra no era de fiar.

Los miró dormir juntos, esa noche. Mejor que no supieran. Él sí sabía (recordaba; imaginaba): a los veinte años, uno de los niños, el que fue raptado del castillo señorial, tendría la cara del caballero muerto en rija callejera y velado en el templo del Cristo de la Luz. Se llamaba Don Juan. Mas siendo los tres idénticos hoy, ¿seguirían siéndolo mañana? De serlo, entonces los tres tendrían el rostro que Don Juan adquirió al morir.

Mejor que no supieran; y basta. Todos mis hijos; y basta. Todos hermanos; y basta.

Una corriente tumultuosa de amor hacia los tres seres que el azar abandonó a su cuidado le impulsó a despertarles y saberles vivos, alegres, amantes.

Buscó un pretexto para su inmenso amor. Una noticia que justificara despertarles de un sueño hondísimo —habló, les llamó, tocó la cabeza de uno, sacudió el hombro de otro—, esta noticia: el tiempo se acercaba, cinco años faltaban para la cita —encendió una vela, la acercó a los rostros dormidos—, regresarían a España, allí era la cita, allí se prepararían...

Sólo el tercero despertó. Los otros dos continuaron soñando. Y el que despertó le dijo a Ludovico:

—No, padre; déjalos; me están soñando...

—Les tengo una noticia...

—Sí, ya sabemos. Vamos a viajar. Otra vez.

—Sí, a España...

—Aún no.

—Es preciso.

—Lo sé. Iremos juntos, pero estaremos separados.

—No te entiendo, hijo. ¿Qué secreto es éste? Ustedes nunca han hecho nada a mis espaldas.

—Te hemos acompañado siempre. Ahora tú tendrás que acompañarnos.

—Iremos a España.

—Llegaremos a España, padre. Será un viaje largo. Vamos a dar muchas vueltas.

—Explícate ya. ¿Qué secreto es éste? Ustedes...

—No, padre, no nos hemos puesto de acuerdo. Te lo juro.

—¿Entonces...?

—Ellos me están soñando. Haré lo que ellos sueñan que yo haga.

—¿Te lo dijeron?

—Lo sé. Si despiertan, si dejan de soñarme, padre, yo me muero...

—¿Cuál eres tú, por Dios, cuál de los tres...?

—No te entiendo. Somos tres.

—¿Qué saben? ¿Han leído los papeles que vienen dentro de esas botellas?

El muchacho afirmó con la cabeza baja.

—¿No resistieron la tentación?

—Nosotros no. Tú sí que deberás resistirla. Las hemos vuelto a sellar. No son para ti...

—Esa maldita gitana, esa tentadora... Si no les hubiera vedado abrir las botellas, ustedes...

El muchacho volvió a afirmar con la cabeza; Ludovico sintió que no habían huido a tiempo de Venecia, que la ciudad los había apresado en su propio sueño espectral, que el destino común de Ludovico y los tres muchachos se separaba en cuatro caminos distintos. Por primera vez, alzó la voz:

—Óyeme: yo soy tu padre... Sin mí, los tres hubieran muerto, de hambre, o asesinados, o devorados por las bestias...

—No eres nuestro padre.

—Son hermanos.

—Eso es cierto. Y como padre te veneramos. Nos diste tu destino por un tiempo. Ahora nosotros te daremos el tuyo. Acompáñanos.

—¿Qué encantamiento es éste? ¿Cuánto tiempo durará?

—Cada uno será soñado treinta y tres días y medio por los otros dos.

—¿Qué cifra es ésa?

—La cifra de la dispersión, padre. El número sagrado de los años de Cristo en la tierra. El límite.

—Treinta y tres, veintidós, once... Lejos de la unidad, los números de Satanás, me lo dijo el doctor de la sinagoga del Tránsito...

—Entonces los días de Satanás son los días de Cristo, pues Jesús vino a dispersar: el poder de la tierra era de uno; él se lo entregó a todos, rebeldes, humillados, esclavos, miserables, pecadores y enfermos. Todos son César, luego César es nadie, padre...

Asombrose Ludovico de oír en boca de uno de sus hijos estas razones que negaban toda aspiración a recuperar la unidad perfecta. Con tristeza, se supo ante una rebelión incontenible; por primera vez, se sintió viejo.

—Treinta y tres días y medio... Es poco tiempo. Podemos esperar.

—No, padre, no me entiendes. Cada uno será soñado ese tiempo por los otros dos y así, será soñado durante sesenta y siete días. Pero el soñado vivirá por su parte un tiempo equivalente; y éstos son ya cien días y medio. Y como al dejar de ser soñado uno de los otros dos, el soñado, a fin de no morir, deberá unirse a uno de los soñadores para soñar al otro, éstos son ya doscientos dos días. Y como al dejar de ser soñado éste deberá unirse al que ya fue soñado para soñar al que sólo ha soñado pero no ha sido aún soñado, entonces habrán pasado trescientos cuatro días.

—Tampoco es mucho; nos quedarían más de cuatro años, volvió a encoger los hombros Ludovico.

—Espera, padre. Te queremos. Te contaremos lo que hemos soñado, una vez que lo soñemos.

—Así lo espero.

—Mas contarte lo que hemos soñado nos tomará tanto tiempo como haberlo soñado.

—¿Novecientos doce días? Es ya la mitad del tiempo que yo quería. Cinco años tienen mil ochocientos veinticinco días.

—Más, mucho más, padre, pues cada uno contará lo que soñó de los otros dos, más lo que los otros dos soñaron de él, más lo que en realidad vivió soñando; y luego cada uno deberá contarle a los otros lo que soñó que soñaba al ser soñado; y cada uno lo que soñó al soñar lo que el otro soñado al ser soñado por él; y luego lo que cada uno soñó soñando que soñaba al ser soñado; y luego lo que los otros dos soñaron soñando que el tercero soñó soñando que soñaba al ser soñado; y luego...

—Basta, hijo.

—Perdón. No me burlo de ti, ni éste es un juego.

—Entonces, dime, ¿cuánto tiempo durarán todas estas combinaciones?

—Cada uno de nosotros tendrá derecho a treinta y tres meses y medio para agotarlas.

—Que son mil días y medio para cada uno...

—Sí: dos años, nueve meses y quince días para cada uno...

—Que serían ocho años y cuatro meses para los tres...

—Serán, padre, serán. Pues sólo si cumplimos exactamente los días de nuestros sueños podremos, luego, cumplir los de nuestros destinos.

Ludovico sonrió amargamente: —Menos mal que conocen los tiempos exactos. Por un momento pensé que las combinaciones serían infinitas.

El muchacho le devolvió la sonrisa, pero la suya era beatífica:

—Todas las combinaciones de nuestros sueños deberemos, por turno, contártelas a ti, pues ningún secreto te guardamos.

—Así lo espero, repitió Ludovico, pero ahora con un dejo entristecido.

—Y será eso, la narración, no el sueño, lo infinito.

Ordenó Ludovico que le construyeran los carpinteros del squero de San Trovaso dos féretros ligeros y bien ventilados, que no era su finalidad yacer bajo tierra, sino viajar con él y reposar largos días mientras cada uno de sus hijos vivía el sueño que en su nombre soñaban los otros dos.

Vio alejarse las doradas cúpulas y los rojos techados y los muros ocres de Venecia, desde la barca que los conducía a tierra firme. Los desafíos estaban lanzados. Uno era el destino infinito que los tres jóvenes habían escogido, violando la caución de la gitana de Spalato, olvidando el ejemplo aleccionador de Sísifo y su hijo Ulises, después de leer los manuscritos contenidos en las tres botellas; otro, el que él les había trazado, bien finito, pues tenía hora: la de la tarde, día: un catorce de julio, año: dentro de cinco, lugar: el Cabo de los Desastres, propósito: ver cara a cara a Felipe, saldar las cuentas de la juventud, cumplir los destinos en la historia y no en el sueño. No coincidían los tiempos previstos para los sueños de los muchachos y para que él, Ludovico, acudiera a su cita en la costa española. Debería, por fuerza, acortar los sueños de los muchachos, robarles tres años y cuatro meses, interrumpirles a tiempo... engañarles, impedirle a éste que contara al otro lo que soñó que soñaba al ser soñado, desviar a aquél de la relación de lo que el otro soñaba al ser soñado por él, mutilar el sueño que el tercero soñó que soñaba al ser soñado... mutilar los sueños... Al decirse todo esto, Ludovico combatía contra el hondo y extraño amor que sentía hacia los tres jóvenes puestos bajo su amparo. Calló su decisión: tendría la entereza, la inteligencia y el amor suficientes para reunir ambos, el destino de Ludovico y el de los tres muchachos, con sacrificios parejos para los cuatro. Pero pensar esto, ¿no era admitir desde ahora que ninguno de los cuatro tendría el destino íntegro que un sueño soñó o una voluntad quiso? Calmó su agitación diciéndose:

—Tal es el precio de un destino en la historia: ser incompleto. Sólo el infinito destino imaginado por los tres muchachos puede ser completo: por eso no puede ocurrir en la historia. Una vida no basta. Se necesitan múltiples existencias para integrar una personalidad. Haré cuanto me sea posible para asegurar que esa fecha finita de la historia —la tarde, un catorce de julio, dentro de cinco años— no prive a mis hijos de su infinito destino en el sueño...

Se propuso, así, un desafío a sí mismo, impuesto por él mismo, acto de voluntaria laceración que diese fe ante su conciencia de la buena voluntad que le animaba. Nada mejor que ver por última vez la esplendorosa totalidad de Venecia, las brillantes escamas de los canales, la sellada luz de las ventanas, las blancas fauces de mármol, los solitarios campos de piedra, el silencioso bronce de las puertas, el inmóvil incendio de las campanas, las playas de brea de los astilleros, las verdes alas del león, el libro vacío del apóstol, los ojos ciegos del santo: era un hombre de cuarenta años; calvo, de tez aceitunada, ojos verdes y bulbosos, triste sonrisa marcada por las líneas de la pobreza, el amor y el estudio... Una inmensa amargura le embargó. Felipe había tenido razón. La gracia no era inmediata ni gratuita: había que pagar, siempre, el precio de la historia: la delación de una bruja que negaría la eficiencia pragmática de la gracia, dijo entonces Felipe; la mutilación de los sueños que se prolongaban más allá de los calendarios, dijo hoy Ludovico.

No se arrancó los ojos. No los cerró siquiera. Simplemente, decidió no ver, nada, nunca más, ciego por voluntad, ciego él y dormidos sus hijos, hasta que los destinos de todos confluyesen y todos se reuniesen, por disímiles rutas, con diferentes propósitos, ante la presencia de Felipe: se cobrarían entonces sus empeños tanto la historia teñida por el sueño, como el sueño penetrado por la historia.

No miraría más. Se alejaban. Lejos. San Marco, San Giorgio, la Carbonaria, la Giudecca; lejos, Torcello, Murano, Burano, San Lazzaro degli Armeni. Se quedaría con la imagen de la más bella de todas las ciudades que sus ojos peregrinos miraron. No huyeron a tiempo. Nadie huye a tiempo de Venecia. Venecia nos apresó en su propio sueño espectral. No vería más. No leería más. El soñador tiene otra vida: la vigilia. El ciego tiene otros ojos: la memoria.

El beguinaje de Brujas

Cuéntase que una noche de invierno, hará cosa de cinco años, entró a la ciudad de Brujas una lenta carreta, tirada por caballos famélicos. La conducía un muchacho muy joven, de hermosa estampa; a su lado iba sentado un mendigo ciego. Remendadas lonas cubrían la carga de esa carreta.

Algunos rostros se asomaron por las estrechas ventanas de las casas, pues tal era el silencio de la noche y tan duro y helado el suelo, que las ruedas crujían como si acarreasen el peso de una armada a cuestas.

Muchos se santiguaron al ver esa aparición fantasmal avanzando bajo la ligera y pertinaz nevada, entre las blancas calles, sobre los negros puentes; otros juraron que las siluetas de la carreta, el mendigo y el destrón y los escuálidos rocines, no se reflejaban en las aguas inmóviles de los canales.

Se detuvieron frente al gran portón de una comunidad de beguinas. El mendigo ciego descendió, ayudado por el muchacho, y tocó suavemente a la puerta, repitiendo una y otra vez:

—Pauperes virgines religiosae viventes...

La nieve cubrió las cabezas y los hombros de los miserables peregrinos, hasta que un arrastrado rumor de pies se acercó al otro lado del portón y una voz de mujer inquirió quién turbaba la paz del lugar en esa hora profana y dijo que nada podía ofrecérsele allí a los peregrinos, pues el beguinaje estaba afectado de interdicción papal y tan grave censura impedía celebrar oficios divinos, administrar sacramentos o enterrar en sagrado... Vengo de la Dalmacia, dijo el mendicante ciego, nos envía la gitana de los labios tatuados, añadió el muchacho, se escuchó el rumor de más pies, el graznido de los gansos despertados, la puerta se abrió y más de veinte mujeres encapuchadas, con túnicas de lana gris y velos sobre los rostros, observaron en silencio el ingreso de la crujiente carreta al prado del beguinaje.

Adentro del molino

Dícese que hace apenas tres años, la misma carreta se arrastraba lentamente por los campos de La Mancha cuando se desató una temible tempestad, que parecía derrumbábanse las lejanas cimas de las sierras, convirtiéndose en trueno seco y luego en aguacero duro y calador.

El mendigo y el muchacho que viajaban en la carreta descubierta buscaron refugio en uno de los molinos de viento que son los centinelas de ese llano árido y allí hacen las veces de árboles.

Apartaron las lonas que cubrían la carreta y revelaron dos féretros que con esfuerzo transportaron a la entrada del molino. Adentro, los depositaron entre la paja seca y, sacudiéndose como perros, subieron por la crujiente escalerilla de caracol a la planta alta del molino: el viento agitaba las astas y el ruido dentro del molino semejaba el de un ilusorio enjambre de avispas de madera.

Sombría era la entrada donde dejaron las dos cajas de muerto. Mas al atardecer, ensordecidos por el rumor de las aspas, una extraña luz les iluminó.

Un hombre viejo yacía sobre un camastro de paja en la planta superior. Al acercarse al él el mendigo y el muchacho, la luz del accidental aposento comenzó a apagarse; las sombras se pertrecharon; ciertas formas invisibles se insinuaron apenas en la penumbra; luego desaparecieron, como tragadas por la oscuridad, como desvanecidas en los descascarados muros circulares del molino.

Pedro en la playa

—Yo sabía que aquí te habríamos de encontrar. ¿Tú eres Pedro, verdad?

El viejo de gris pelambre dijo que sí, que las palabras sobraban y que si querían ayudarle tomasen clavos, martillos y sierras.

—¿Ya no me recuerdas?

—No, dijo el viejo, nunca te he visto.

Ludovico sonrió: —Y yo, ahora, tampoco te puedo ver a ti.

Pedro se encogió de hombros y continuó colocando tablones en el armazón de la nave. Al muchacho rubio, esbelto, que acompañaba al ciego, le preguntó:

—¿Qué edad tienes?

—Diecinueve años, señor.

—Ojalá, suspiró Pedro, ojalá fuesen los pies de un hombre joven los primeros en pisar las playas del nuevo mundo.

La Hermana Catarina

No, dijo el Aya de las begardas, la sospecha de interdicción nos afecta, mas no hemos sido causa de ella, sino los príncipes de estos Países Bajos, que cada día se apartan más del poder de Roma y pretenden obrar con autonomía para cobrar indulgencias, nombrar obispos y aliarse con mercaderes, navegantes y otros poderes seculares y así, confúndense los propósitos de Satanás y de Mercurio, y no sabemos qué cosa nacerá de este pacto...

Ludovico asintió al escuchar estas razones y le dijo a la Aya que conocía bien el propósito de las beguinas, que era renunciar a sus riquezas y unirse en comunidad de pobreza y virginidad, dando ejemplo de virtud cristiana en medio de la corrupción del siglo, aunque sin segregarse de él; mas, ¿acaso no era también cierto que a estos conventos seglares llegaron a refugiarse los últimos cátaros, vencidos en las guerras provenzales, y que las santas mujeres no les rehusaron protección, sino que aquí les permitieron reconstruirse, cumplir sus ritos y...?

El Aya tapó la boca de Ludovico; éste era un lugar santo, de intensa devoción a las reglas de la imitación de Cristo, pobreza, humildad, deseo de iluminación e integración a la persona de la divinidad: aquí habitaba la legendaria y nunca bien alabada Hermana Catarina, pura entre las puras, virgen entre las vírgenes, quien en su estado de unión mística había llegado a la perfecta inmovilidad: tal era su identificación con Dios, que todo movimiento le era superfluo y sólo de tarde en tarde abría la boca para exclamar:

"¡Regocijaos conmigo, que me he convertido en Dios! ¡Alabado sea Dios!"

Y luego volvía a caer en trance inmóvil.

Ludovico pidió acercarse a la santa hermana. El Aya sonrió compasivamente:

—No la podrás ver, pobre de ti, hermano.

—¿Hace falta? La sentiré.

Fue conducido a una apartada choza donde habitaba, al fondo del prado de gansos y sicomoros, Catarina la santa. La nieve empezaba a derretirse bajo la fina y constante lluvia del norte. El Aya, con familiaridad, abrió la puerta de la choza.

La Hermana Catarina, desnuda, era montada por el joven acompañante del ciego; gritaba que cabalgaba sobre la Santísima Trinidad como sobre montura divina, enlazaba sus piernas abiertas sobre la cintura del muchacho, estoy iluminada, madre, soy Dios, arañaba la espalda del muchacho, y Dios nada puede saber, desear, o hacer, sin mí, y la espalda desnuda del joven se llenaba de cruces sangrantes, sin mí nada existe...

Cayó de rodillas el Aya sobre la nieve derretida y accedió a convocar a los cátaros refugiados en esta región y darles cita en el remoto Bosque del Duque, donde solían reunirse en secreto ciertas precisas noches del año.

Ludovico descubrió la carreta y el Aya vio los dos féretros allí colocados.

—No, no podemos enterrar a nadie. Eso es parte de la interdicción.

—No están muertos. Sólo sueñan.

Gigantes y Princesas

El viejo recostado sobre el camastro dentro del molino rió largamente; tenía una capacidad de risa infinita, que mal se avenía con la tristeza de sus facciones; las lágrimas de la risa le corrían por las enjutas mejillas, encontrando cauce hondo en las arrugas del hombre de barbilla cana y desarreglados bigotes. Rió más de una hora y al cabo, con palabras entrecortadas por el regocijo, logró decir:

—Un mendigo y un mancebo... Un ciego y su destrón... ¿Quién me lo había de decir...? ¿Dos de la condición de ustedes...? ¿Que ustedes dos me habrían de desencantar... librarme de esta prisión... donde he languidecido tantos años...?

—¿Prisión este molino?, preguntó Ludovico.

—La más temible: las entrañas mismas del gigante Caraculiambro, señor de la ínsula Malindrania. ¿De qué artes os habéis valido para entrar hasta aquí? Celoso es el gigante...

Pidió sus armas, que como él yacían sobre la paja, y el ciego y el muchacho le armaron con lanza quebrada y escudo abollado. En vano buscaron el yelmo que el viejo les pedía, hasta que él mismo les indicó, ése, que parece bacín de barbero.

Le incorporaron entre los dos; a cadenas viejas sonaron los huesos del caballero, que apoyado entre el ciego y el joven se fue arrastrando hasta la escalera. Mas apenas tocaron sus pies el primer peldaño, la redonda estancia del molino volvió a iluminarse, se escucharon voces plañideras, otras guturales y temibles, y éstas eran de impotente amenaza, y aquéllas de entrañable súplica, no nos abandones, prometiste socorrernos, liberarnos, vuelve, caballero, no te vayas, sólo te nos escapas porque has introducido dos cadáveres en nuestros dominios, maldito seas, te vas acompañado de la muerte, haz por liberarte de ella cuando te hayas liberado de nosotros...

El viejo se detuvo, se volvió y dijo con los ojos llenos de lágrimas:

—No maulléis por mí, sin par Miaulina, ni vos, sin par Casildea de Vandalia, no os abandono, lo juro, me libero para poder regresar al ataque, vencer a vuestros cautores, no gruñáis, temible Alifanfarón de la Trapobana, ni me mostréis las fauces, Serpentino de la Fuente Sangrienta, no he puesto punto final a nuestro combate, ni todos los encantadores azules y endiablados lo lograrán jamás: no se me han de helar las migas entre la mano y la boca...

Arrejuntados cerca de la pared circular, vio el muchacho a las damas cautivas, pálidas y temblorosas, apresadas por los enormes puños sangrientos y velludos de los gigantes, y así se lo dijo a Ludovico, es cierto, cuanto dice este hombre es cierto, pero Ludovico agradeció la ceguera y sonrió, tranquilamente incrédulo.

Última Tule

Zarparon una tarde, guiados por la estrella vespertina. Navegaron siempre hacia el oeste. Cazaron escualos. Presenciaron el combate mortal de un leviatán y un peje vihuela. Se estancaron en el Mar de los Sargazos, límite del mundo conocido, mas de allí les arrancó un hondo torbellino que les hundió en las profundidades del ponto, tumba marina, túnel de los océanos por donde se derrumba, sin fin, la gran catarata del mundo.

De pie en la playa, entre dos féretros, Ludovico se quedó solo, dando la espalda al mar, murmurando:

—Regresen. A mis espaldas no hay nada.

Hertogenbosch

La Hermana Catarina volvió a quedarse sola y prometió, desde ese instante, entregarse a la suprema mortificación de su fe iluminada y perseguida.

—Vete, le dijo al muchacho que le robó la virginidad, me entrego a la endura, que es la voluntad de muerte, inmóvil, aquí, con los ojos abiertos y la boca cerrada, apagándome poco a poco. Nada más me queda para reunirme otra vez y para siempre con Dios.

El muchacho besó los ojos abiertos de la alumbrada y le dijo al oído.

—Te equivocas, Catarina. El sueño es la forma inteligente del suicidio.

Vamos más allá, les dijo Ludovico esa noche en el bosque a los adeptos; si el mundo es obra de dos dioses, uno bueno y el otro malo, no llegaremos al cielo, como ustedes han creído hasta ahora, mediante la pureza y la castidad totales, todo lo contrario, si nuestro cuerpo es la sede del mal, debemos agotarlo en la tierra para llegar limpios de mácula al cielo, sin recuerdo del cuerpo que hubimos, semejantes a nuestro padre Adán en la inocencia primaria; desnudémonos, no tengamos vergüenza del cuerpo, como no la tuvo Adán; pues si aceptáis la culpa de Adán, aceptaréis la necesidad de sacramentos, de sacerdotes, de una iglesia mediadora entre Dios y la criatura caída; mas si aceptáis la libertad del cuerpo y os entregáis al placer, seréis dos veces dignos en la tierra, dos veces libres, lucharéis por la inocencia del cuerpo agotando las impurezas del cuerpo y así, desde ahora, seréis llamados los adamitas, los adeptos de Adán, desnudaos…

El muchacho mostró a los congregados su hermoso cuerpo desnudo y pronto todos le acompañaron, desvestidos, en una ronda alrededor del fuego; nadie sintió frío esa noche, sino que bailaron entre los árboles, copularon en los estanques y copularon con las flores, desnudos montaron los caballos y los cerdos salvajes, la noche se llenó de rumores de cornamusa, despertaron a los pájaros, se soñaron flotando dentro de puros globos de cristal, devorados por los peces, devorando las fresas; y sólo fueron vistos por los búhos y por los ojos de un adepto de mediana edad, que nunca se quitó el rústico bonete, como si algo escondiese entre cráneo y capelo.

Con sus ojos entrecerrados y sus delgados labios sin color todo se lo contaba, cuando regresaba al clarear del día a la aldea de Hertogenbosch, a un mudo retablo que acabó por ver lo mismo que los ojos del humilde artesano.

Dulcinea

Créanme, fui joven, no nací como ahora me ven, viejo y apaleado, fui joven y amé, les fue contando el caballero al ciego y al muchacho, y propio de juventud es no detenerse a soñar lo que se quiere, sino correr a tomarlo cuanto antes, que los bienes, si no son comunicados, no son bienes, y ganemos todos, partamos todos, folguemos todos, que así se fabrican las maravillas del presente, que la muerte anda lejos y el placer cercano, dijo bajo el súbito sol de La Mancha, el cielo lavado por la tormenta y surcado por nubes de sombras largas, yo amaba a Dulcinea, ella mostrábase virtuosa, valíme de vieja alcahueta, hube a la doncella para mí, empezó a cambiar mi tiempo, maldije a los gallos porque anunciaban el día y al reloj porque daba tan de prisa, dijo el viejo sentado entre los dos féretros que viajaban en la carreta, sorprendionos el padre de la muchacha, desafiome, violenteme, violentose, atravesó con la espada a su propia hija y yo con la mía a él: dícese que no hubo día más sangriento en el Toboso; a padre e hija enterraron juntos bajo lápida estatuaria que representaba a la hija dormida y al padre de pie, velándola con su espada, esto contó el viejo mientras la carreta avanzaba lentamente entre el suelo de rocas como huesos a medio enterrar, envuelto en las llamaradas naranja del polvo de Castilla, huí de allí, púsose precio a mi cabeza, cambié de nombre, instaleme en lugar de cuyo nombre no quiero acordarme, solitario, en mi propia carne sabiendo la verdad de lo que me dijo esa vieja prevaricadora que me consiguió el favor de Dulcinea, la vejez no es sino mesón de enfermedades, posada de pensamientos, congoja continua, llaga incurable, mancilla de lo pasado, pena de lo presente, triste cuidado del porvenir, vecina de la muerte, dijo incorporándose como pudo dentro de la carreta y levantando la lanza como si quisiera herir a las nubes, sólo los libros fueron mi consuelo, los leí todos, imaginé que podía ser uno de esos caballeros sin tacha, rescatar a esas principales damas, vencer a esos pérfidos gigantes y magos, regresar al Toboso, desencantar a mi doncella de piedra dormida, devolverla a la vida, tan joven como el día que murió, Dulcinea, ¿recuerdas a Don Juan, tu joven amante?, míralo ahora, a ti regreso, con bacín por yelmo, quebrada espada y flaco rocín, a tu tumba regreso, dijo el viejo abriendo los brazos como para abarcar la reverberante extensión del llano granítico, regresé convencido, la salvaría del encantamiento de la muerte y la piedra, yo era otra vez el joven Don Juan, no el viejo Don Alonso en quien me convertí para huir de la justicia, imploré ante su tumba, mas no fue la efigie de la doncella la que se movió, sino la estatua del padre, tizona en mano, quien me habló, y me dijo, me hubiera gustado matarte joven, mas te miro viejo y sin largo crédito de la vida, quise desafiarle de vuelta, invitarle a cenar, ahora gustoso me arrojaría al pozo del infierno, ¡fantasmas a mí!, mas la estatua sólo rió, me dijo que a algo peor me condenaba, a que mis imaginaciones y mis lecturas se convirtiesen en realidad, a que mis flacos huesos en verdad se enfrentasen a monstruos y gigantes, a que una y otra vez me lanzase a deshacer entuertos sólo para terminar vapuleado, burlado, enjaulado, tomado por loco, deshonrado, el burlador burlado, rió, te matará el ridículo, pues nadie sino tú verá a esos gigantes, magos y princesas, tú verás la verdad, pero sólo tú, los demás verán carneros y molinos, retablos de titiriteros, cueros de vino, sudorosas labriegas y puercas sirvientas donde tú veas la realidad: ejércitos de crueles déspotas, gigantes, la espantosa morisma y las adorables princesas: tal fue la maldición de la estatua, dijo el viejo caballero, desplomándose sobre uno de los féretros.

Primer hombre

Amaneció en una playa de perlas y tortugas, arrojado allí por la tempestad. Creía haber perdido a Pedro en la tormenta. Le encontró al cabo de la costa. Construyeron una casa. Limitaron un espacio. Encendieron un fuego. Llegaron en troncos flotantes unos hombres desnudos y armados con lanzas. Apagaron el fuego. Hirieron a Pedro. Se llevaron al muchacho río arriba, a una aldea habitada por un anciano rey metido dentro de un cesto lleno de perlas. Vinieron las grandes aguas. Subieron al monte. El anciano recibió al muchacho en un templo. Llamole hermano. Contole la historia de la creación del mundo nuevo. Primer hombre. El muchacho le agradeció ofreciéndole un espejo. Joven jefe. El anciano murió de terror al mirarse en el espejo. Los hombres de la selva colocaron al muchacho dentro del cesto de las perlas, en el lugar del anciano. Allí, esperaría para siempre, hasta morir, tan viejo como su antecesor.

El espíritu libre

De provincia en provincia avanzaron, con una rapidez que los demás atribuían a la asistencia diabólica; devastaron las tierras, destruyeron las iglesias, incendiaron los monasterios, al frente de ellos iba un heresiarca joven y rubio, con la cabellera reunida en tres bandas doradas que lo coronaban, la espalda desnuda para mostrar el signo de su elección, los pies descalzos para maravillar con sus doce dedos, el rostro pintado de blanco para brillar de noche, el profeta del milenio humano para unos, el anticristo para otros, el predicador para todos, la tierra sin hambre, sin opresión, sin prohibiciones, sin falsos dioses ni falsos papas ni falsos reyes, familias enteras se unieron a él, monjes renegados, mujeres disfrazadas de hombres, asaltantes, prostitutas, damas de gran alcurnia que renunciaron a sus bienes para encontrar la salvación en la pobreza, que en verdad buscaban noches de placer con él, el joven heresiarca, aquí llamado Tanchelmo, más allá Eudes de la Estrella, nombres que le dieron los demás, Balduino, Federico, Carlos, él sin nombre, acompañado siempre por dos féretros y un mendigo ciego que en ocasiones hablaba por él, agitando a las multitudes de los pobres que les seguían, sólo los pobres alcanzarán el reino de los cielos y el reino de los cielos está aquí, en la tierra, tomadlo todo, cada uno es Cristo, el paraíso está aquí, disolved los monasterios, tomad a las monjas como mujeres, poned a los monjes a trabajar, en verdad os digo: que monjes y monjas hagan crecer la viña y el trigo que nos alimenten, derrumbad a hachazos la puerta del rico, vamos a cenar con él, perseguid al clero, que cada sacerdote nos tenga tal miedo que esconda su tonsura aunque deba cubrirla con mierda de vaca, marchad día y noche, por toda la tierra, de Lovaina a Haarlem, de Brujas a San Quintín, de Gante a París, aunque nos degüellen y arrojen al Sena; París es nuestra meta, allí donde el pensamiento es placer y el placer pensamiento, la capital del tercer tiempo, el escenario de la lucha final, la última ciudad, allí donde el persuasivo demonio inculcó una perversa inteligencia a algunos hombres sabios, París, fuente de toda la sabiduría, marchemos con estandartes y cirios encendidos en pleno día, flagelémonos en plena calle, amemos a campo abierto, dolor y encanto de la carne, de prisa, sólo tenemos treinta y tres días y medio para culminar nuestra cruzada, es la sacra cifra de nuestra procesión, los días de Cristo en la tierra, el emplazamiento para barrer la podrida iglesia del anticristo en Roma, no hay más autoridad que la nuestra, nuestra vida, nuestra experiencia, no reconocemos nada por encima de eso, síganme, sólo soy uno más de ustedes, no soy el jefe, hagan lo mismo que yo, seduzcan a las mujeres, todas son de todos, tejedores, ahujeros, pifres, mendigos, turlupines, los más pobres, igual que yo, nada es mío, todo es común, no hay pecado, no hubo caída, tomad posesión conmigo del imperio visible que prepara el fin del mundo, predicaba el joven heresiarca mientras el mendigo ciego le acompañaba con la musiquilla de una flauta, sois libres, el hombre consciente es en sí mismo cielo y purgatorio e infierno, el hombre libre de espíritu no conoce el pecado, toma para ti cuanto es y nada es pecado sino lo que imaginas como pecado, regresad conmigo y mi padre ciego al estado de inocencia, desnudaos, tomaos de las manos, hincaos, jurad obediencia sólo al espíritu libre, disolved todo voto anterior, matrimonio, castidad, sacerdocio, Dios es libre, luego todo lo creó en común, libremente, para todos, lo que el ojo ve y desea, tómelo la mano, entrad a las posadas, negaos a pagar, dad de palos al que os pida cuentas, sed caritativos, mas si os niegan la caridad, tomadla a la fuerza, mujeres, comida, dinero, las horas de Flandes, Brabante, Holanda, Picardía, al frente los reyes tahúres, un muchacho con una cruz en la espalda y un flautista ciego: el fin del mundo...

Los galeotes

Señor, pues ¿qué hemos de hacer nosotros?, preguntábame siempre mi escudero, que me abandonó por quedarse a gobernar ínsula insalubre insípida e insensata y yo siempre le respondí:

—¿Qué? Favorecer y ayudar a los menesterosos y desvalidos.

Guardó silencio un largo rato el viejo de la triste figura, tirado entre los dos cajones de muerto y tomándose entre ambas manos la cabeza que le dolía, y más, con el crujiente vaivén de la carreta. Luego suspiró y dijo:

—Muchos son los caminos para cumplir tan sagrada empresa y el mío sólo uno de ellos. Mas ved mi signo, señores, que cuanto yo vi fue la verdad y todos tuviéronla por mentira; el encantamiento fue de los demás; y mayor el encantamiento de mi encantamiento al ver que sólo yo, maldito por la estatua del padre de Dulcinea, miraba a los gigantes y los demás, como si estuviesen encantados, sólo miraban molinos de viento.

Se acercó, dando los tumbos, al ciego y al muchacho; miroles con ojos airados:

—¿Mas sabéis cuál será mi venganza?

Rió de nuevo y se pegó con el puño sobre el pecho:

—Me declararé razonable. Guardaré mi secreto. Aceptaré que cuanto he visto es mentira. No trataré de convencer a nadie.

Carcajeándose, colocó una huesuda mano sobre el hombro del muchacho.

—Viví la juventud de Don Juan. Quizá Don Juan se atreva a vivir mi vejez. Tú, muchacho... Recuerdo mal... Creo que me parecía a ti en mis años mozos. Tú, muchacho, ¿aceptarías seguir viviendo mi vida por mí?

El joven no tuvo tiempo de responder, ni el ciego de comentar. El viejo alzó los ojos y vio que por el camino que llevaban venían hasta doce hombres a pie, ensartados como cuentas en una gran cadena de hierro, por los cuellos, y todos con esposas a las manos. Venían asimismo con ellos dos hombres de a caballo, con escopetas de rueda, y los de a pie, con dardos y espadas... El viejo, reanimado, saltó de la carreta, espada en mano, dio con sus huesos por tierra, pues el carro no se había detenido, y polvoso, y maltrecho gritole al muchacho:

—¡Ea!, aquí encaja la ejecución de mi oficio: deshacer fuerzas y socorrer y acudir a los miserables, ¿no me acompañas mozo?, ¿no sigues la aventura conmigo?, mirad la injusticia, mirad estos galeotes llevados contra su voluntad, abusados, atormentados, ¿sufrirías que quede impune tamaña ruindad?, ¿no batallarás conmigo, mozo?

El muchacho saltó de la carreta, ayudó al viejo a levantarse y los dos esperaron, serenos, el paso de la cuerda de galeotes.

La señora de las mariposas

Mas no sucedió así, sino que una noche unas manos color canela y unas largas uñas negras apartaron los cueros de venado de la enramada y a ella penetró una mujer extrañamente hermosa, con los labios pintados de mil colores y una corona de mariposas de luz, quien le dijo:

—Tu vida peligra. Desde hace días se han reunido alrededor de las fogatas para deliberar. Han decidido ofrecerte en sacrificio. Toma este cuchillo. Ven conmigo. Ahora duermen.

Y entre los dos degollaron esa noche a todos los habitantes del pueblo de la selva. Después se amaron. Al amanecer, ella le dijo:

—Tu destino en esta tierra tiene veinticinco días. Veinte los recordarás, porque durante ellos habrás actuado. Cinco los olvidarás, porque son los días enmascarados que apartarás de tu destino para salvarlos de tu muerte.

—Y al cabo de esas jornadas, ¿qué me pasará?

—Te esperaré en la cima de la pirámide, junto al volcán.

—¿Volveré a verte? ¿Volveré a dormir contigo?

—Te lo prometo. Lo tendrás todo durante un año. Me tendrás a mí todas las noches.

—Sólo un año… ¿Y luego?

La señora de las mariposas no le contestó.

La derrota

Felipe, el Señor, Defensor Fides, en nombre de la Fe que defiende y de la sacra potestad de Roma, ha puesto sitio a la ciudad flamenca donde encontraron refugio final las hordas del heresiarca y del duque brabantino que las protegió.

—Todo está perdido, dijo el Duque.

Se acarició un lunar en la mejilla y volvió a dirigirse a Ludovico y su joven acompañante.

—Es decir: perdido para ustedes. Haré las paces con don Felipe y Roma. Algo habré ganado: el derecho de cobrar los diezmos y privilegios de navegación y cartas de comercio para mis industriosos súbditos, si depongo las armas. Y, sin necesidad de acuerdos, pero gracias a la cruzada herética, habré desacreditado por igual a la iglesia, que tan fácilmente fue desafiada y humillada por las chusmas, y a los místicos, que a tales excesos se entregaron. El verdadero triunfo de esta guerra es para la causa secular y laica. Recuerden los hombres del porvenir que se pueden quemar efigies, disolver conventos y expulsar mojes, convirtiendo las riquezas improductivas del clero en savia del comercio y la industria. Recuerden también que el populacho guiado por el misticismo arrasa tierras, destruye cosechas, veja a los burgueses y viola a sus mujeres. Así pues, habré triunfado, si depongo las armas. Cosa que haré. En cambio, piden la cabeza de este muchacho. Tú, ciego, puedes irte libre. Triste es reconocerlo: nadie ve en ti un peligro. Anda.

Ludovico se escondió entre las sombras de la catedral. Hasta allí le llevó un terrible olor de vómito y de mierda. Escuchó las voces tudescas de los mercenarios de Felipe. Olió la presencia de Felipe: conocía ese cuerpo, lo había amado, lo había poseído. Le habló desde las sombras. No abrió los ojos. Aún no. Los fantasmas no nos espantan porque no podemos mirarlos: los fantasmas son fantasmas porque no nos miran a nosotros.

Luego huyó. Era de noche. Pegó el oído a la tierra. Siguió los rumores de la retirada del Duque y los suyos. Alistó la carreta. Un ciego con dos cajones de muerto. Muertos de hambre, de guerra, de peste, daba igual. Lo dejaron pasar las murallas. Siguió los rumores de la fuga del Duque y los suyos.

Le guiaron los tambores pardos de la ejecución.

Desnudo y con las manos atadas, el joven y bello heresiarca con la cruz encarnada en la espalda se hincaba ante el muñón de un árbol y allí apoyaba la cabeza.

El verdugo levantó con ambas manos el hacha.

Cantar con ansias

—Yo sólo les prometí llevarles hasta el siguiente poblado, negó el ciego, a donde voy a enterrar a dos de mis hijos que se me murieron de cólico miserere. Nunca les he visto antes.

Le dejaron seguir su camino. Al viejo cascafrenos le soltaron en su pueblo sin nombre, entre burlas y congojas del cura, el barbero, el bachiller y la sobrina, pues todos conocían las locuras del señor Quijano, pero al muchacho le pusieron cadena al cuello y esposas a las manos y lo ensartaron a la cuerda. El capitán de la guardia le dijo a un subalterno:

—¿Miraste bien? Ese mozo tiene una cruz en la espalda y seis dedos en cada pie…

—Pues que no entiendo nada…

—¿No recuerdas hace ya veinte años casi, cuando servíamos en la guardia del alcázar?

—Nada, lo que se dice pues nada…

—El Señor dio órdenes: pónganse trampas para lobos en toda la comarca, y los sábados salgamos a cazar a las bestias, y a la loba que encuentren denle pronta muerte, o a cualquier niño con estos mismos signos de la cruz y los pies, no averigüen nada, pronta muerte, ¿no recuerdas?

—Como crondiós que no, hace tanto de eso…

Que cantara por ansias, le dijeron en las mazmorras de Tordesillas, le taparon el rostro con un paño que le cubrió las narices, impidiéndole respirar, y así le echaron el agua a chorros a través del paño, que se hundía hasta lo más profundo de la garganta, habla, ¿quién eres?, más te vale hablar, infeliz, que de todas maneras tu muerte está ordenada desde hace veinte años, y nadie ha de preguntar por ti, habla, ¿quién eres?, y yo que me ahogo, me ahogo, me ahogo…

El sueño circular

Los negros papas embarrados de sangre le tomaron por los brazos y las manos y le extendieron sobre la piedra de la cima de la pirámide, entre los humeantes pebeteros y frente al trono de la mujer de los labios pintados...

Sonrió con tristeza. Para llegar hasta ella huyó de pueblo en pueblo, por las selvas y valles del mundo nuevo, hasta llegar al templo junto al volcán; valiose de todas las tretas del pícaro, engañó, asumió el papel de un dios blanco y rubio que debía, según las leyendas de los naturales, regresar por el oriente, aceptó los dones, pidió que todo se lo convirtieran en oro, se cargó de pesadas taleguillas, enamoró a las mujeres, desplegó todas las facetas de la astucia, exigió sacrificios en su nombre, presidió los fastos de la muerte, más, más, siempre más, el dios es insaciable, explotó la debilidad, el temor, ordenó la muerte de los viejos, por inservibles, de los jóvenes, por alimenticios, de los niños, por inocentes, enfrentó a pueblo contra pueblo, exigió la guerra como prueba de devoción, conoció el incendio de las aldeas, miró los cadáveres en los llanos, y en su ascenso de la costa a la meseta prometió a cada nación liberarla del tributo del más fuerte, sólo para someterla al tributo de la siguiente nación de su recorrido: así creó una cadena de exacciones, peor que cualquier servidumbre antes conocida en estas tierras: se justificó diciendo que todo lo hizo para sobrevivir; un hombre solo contra un imperio... ¿había conocido la historia empresa comparable a la suya? Ejércitos de Alejandro, legiones de César: él solo, Oulixes, hijo de Sísifo, rompiendo para siempre la fatalidad del padre: esta vez, la roca, empujada hasta la cima, la coronaría para siempre. Mas, ¿quién sabría esta odisea, quién la contaría a las generaciones por venir?, ¿vale la pena cumplir actos memorables sin testigos que luego los canten?

Él solo.

La mujer de los labios pintados acercó la boca a su oreja:

—¿Nada más recuerdas?

—No.

—¿Has olvidado los cinco días?

—Sólo he vivido veinte.

—¿El hermoso año que pasamos juntos, tú regalado, tú atendido, tú y yo amándonos?

—No recuerdo nada.

Sobrevivió. El papa negro levantó el cuchillo de pedernal y lo dirigió, con un solo veloz movimiento, al corazón del muchacho...

En el instante en que el cuchillo de piedra tocó su pecho, despertó.

Suspiró con alivio. Estaba dormido junto a un árbol, sobre un montón de hojas secas. Tembló de frío e intentó desperezarse. Tenía las manos atadas. Quiso ponerse de pie. Cayó de vuelta entre las hojas húmedas. Una soga juntaba sus pies. Dos soldados avanzaron hacia él, cortaron la soga de los pies y le llevaron a un claro del bosque.

A caballo, el Duque le miró con tristeza, dio la orden y se fue galopando. La orden fue corta y decisiva:

—Llévenle la cabeza al Señor victorioso, don Felipe, en prueba de mi buena fe.

Le obligaron a hincarse frente a un muñón de árbol y a inclinar la cabeza, hasta descansar el mentón en el tronco.

El verdugo levantó con ambos brazos el hacha y la dirigió, con un solo movimiento veloz y certero, a la nuca del muchacho...

En el instante en que el hacha tocó su cuello, despertó.

Le habían dado un puntapié en las costillas. Abrió los ojos y miró a un monje alto, que vestía el hábito de la orden de San Agustín; el rostro parecía una calavera, tan delgada era su piel y tan pegada al hueso.

—¿Estás dispuesto a hablar?

—¿Qué quiere que diga?

—¿Dónde naciste?

—No sé.

—¿Quiénes fueron tus padres?

—No sé.

—¿Qué significa esa cruz en tu espalda?

—No sé.

—Nada sabes, menguado, pero algo sabía nuestro antiguo Señor, que gloria haya, que hace veinte años ordenó tu muerte, apenas nacido, cuando desapareciste una noche de la alcoba de nuestra actual Señora, la infanta Isabel; ¿nada te dicen mis palabras?

—Nada.

—Empecinado de ti: de todas maneras vas a morir; pero si hablas, te ahorrarás la tortura. ¿Nada sabes?

—Nada recuerdo.

—Que cante con ansias.

Apenas pudo mirar por última vez el suelo de ladrillo de la celda, las gruesas paredes de piedra, las rejas cubiertas de gotas de agua como rocío: le taparon el rostro con un paño que le cubrió las narices, impidiéndole respirar, y así le echaron el agua a chorros a través del paño, que se hundía hasta lo más profundo de la garganta, me ahogo, me ahogo, me muero...

El Cabo de los Desastres

Pronto, Pedro, por primera vez los tres sueñan al mismo tiempo, deben soñarse entre sí, por primera vez no es uno el que actúa y los otros dos quienes le sueñan, te digo que se sueñan entre sí, un sueño circular e infinito, sin principio ni fin, quizá sea mi culpa, que Dios, si existe, me perdone, ellos me dijeron que el ciclo total de sus sueños sería de treinta y tres meses y medio multiplicado por tres, demasiado tiempo para mí, interrumpí tres veces sus sueños, les robé su tiempo, me justifiqué diciéndome que esas tres veces me espantó la agitación de los sueños, los gritos de los muchachos, sus voces de terror, de soledad, de muerte, no sé si les hice un favor o un daño interrumpiendo en ese instante sus sueños, robándoles su tiempo para ganar el mío, el día previsto, mañana, la fecha prevista, catorce de julio, el año previsto, veinte después de que los muchachos nacieron, el lugar previsto, el Cabo de los Desastres, la misma playa donde hace veinte años nos reunimos, ¿recuerdas?, Felipe y Celestina, el monje Simón, tú y yo, Celestina estará aquí mañana, lo sé, lo prometió, Simón ha llegado hasta el palacio en construcción, ha advertido al fraile Julián, mañana sale de cacería Felipe, el Señor, los destinos se entretejen, arranco a mis hijos el sueño para sumergirles en la historia, pronto, sí, Ludovico, más rápido no puedo, tú no ves, pero la tormenta es terrible, no la aplacarás con esa musiquilla de flauta, no se oye, la borrasca la borra, Ludovico, y yo sólo tengo dos brazos para arriar el velamen, el cielo está negro, hasta los rayos son negros esta noche, ay, mi pobre barca cruje, ya ves, nunca hubiera llegado a la otra orilla del gran océano, ni una miserable tormenta ha resistido esta vil cascarilla de nuez, tantos años gastados en construir, desbaratar, reconstruir, perfeccionar una nave que me llevara lejos, al mundo nuevo, al mundo mejor, ay, que se incendia el palo mayor, el fuego de San Telmo, ¿le fajaste bien a cada uno la botella, Pedro?, sí, Ludovico, entre vientre y calza, como me lo pediste, júrame, Pedro, que nunca contarás mi secreto, que nadie

sepa que interrumpí los sueños, que todos crean que estos muchachos cumplieron ese ciclo sagrado, treinta y tres meses y medio, si
un día nos encontramos ante el Señor, no me delates, Pedro, no me
desmientas, ahora, Ludovico, aprovechemos esa ardiente luz del palo
mayor, ahora, Pedro, arrójalos al agua, uno tras otro, los tres muchachos, los tres soñadores, se ahogarán, Ludovico, la muerte por
agua amor por agua, dirás, Pedro, si su destino es salvarse, se salva-
rán, si mueren, seguirán soñando y soñándose, eternamente, no sé
si se me perdonará que haya tomado sus destinos entre mis manos,
quizá estaban destinados a culminar sus vidas soñándose, un círculo
fatal, y yo les voy a despertar para uncirles a mi propio destino, el
encuentro con Felipe, el regreso, veinte años después de la ilusión y
el crimen, pero debo saber, Pedro, ¿me entiendes?, ellos son obra
mía y yo soy obra de ellos, ni ellos ni yo seremos nunca sino lo que
hemos sido juntos, lo que ellos saben lo aprendieron conmigo, los
hermanos fundadores, comunes a todas las razas, a todos los pueblos, los mismos, con distintos nombres, los que nombraron, los que
cayeron, los que volvieron a fundarlo todo sobre la ruina de la primera creación, haciéndose parte de ella, la gracia, Pedro, la gracia
eficaz, liberada en la historia, encarnada en el presente, en nuestro
presente, aquí y ahora, arroja por la borda al primero, ahora al segundo, ahora al tercero, tres, siempre tres, un sueño en Alejandría,
una reclusión en Palestina, una profecía en Spalato, una memoria
en Venecia, una cruzada en Flandes, una peregrinación al nuevo
mundo, un encuentro en La Mancha, caminos de la libertad, encuentros y desencuentros, pronto, Pedro, hecho está, Ludovico, y
que Dios te perdone, no sé quiénes son estos muchachos, pero creo
que la muerte les has dado, como se le da a perros rabiosos que se
echan en saco al río, no, Pedro, la creación es eterna, se repite una
y otra vez como los sueños de estos muchachos, son los fundadores,
los hermanos que no han podido repetir, esta vez, el crimen de hermano contra hermano, como estaba escrito, porque yo les cuidé, yo
intervine, yo les preservé para este momento, yo les alejé de la hermana tentadora, la hechicera, la mujer de los labios tatuados, la gitana, y ahora les devuelvo la libertad que el sueño les arrebató, los
devuelvo a la historia, mi historia, a ver qué hacen en ella, con ella,
para ella, qué destino les espera, qué rostros, qué nombres, los hermanos, siempre dos, siempre dos, el doctor de la sinagoga me lo dijo,
dos son oposición estática que se resuelve en la muerte, ahora no,
fueron tres, cambiará la historia, tres es el número que pone en mo-

vimiento las cosas, las vivifica, vuelve fluido lo que parecía inmóvil, transforma la caverna en río, los salvé de la profecía, un hermano no mató al otro, porque no fueron sólo dos, un hermano salvará a los otros, porque fueron tres, y la nave cruje, la borrasca quiebra el mástil, el fuego mismo cae al mar, los tablones se desclavan, las maderas se desgajan, salta, Ludovico, la nave es pura astilla, amárrame al gobernalle, Pedro, pronto, mi pobre barca se anega, se hunde, nos estrellamos contra las rocas, nos ahogamos, nos ahogamos, nos ahogamos...

La Madre Celestina

Les visitó el Señor, padre de Felipe, y le preguntó al padre de Celestina:

—¿Cuándo se casará la muchacha? Cásala pronto, pues rondan muchos caballeros que han perdido sus tierras, mas no sus gustos por las doncellas. En todo caso, recuerda que debes preservar su virginidad para mí...

Se fue a trote ligero, riendo, y Celestina le recordó con pavor, la noche en que este mismo Señor cabalgó embriagado, gritando, buscando lobas atrapadas y, en su furor erótico, fornicando con una de ellas. Esto nunca se lo contó la muchacha a su padre; el inocente, creyendo defenderla así de los caballeros vagabundos y hambrientos de hembra, decidió vestirla de hombre desde ese día; ella, dejándose disfrazar, esperaba defenderse del Señor, aunque sabía que lo mismo violaría a hombre que a mujer o bestia.

Creció en el bosque, con su padre. Éste envejeció; a veces rozaba con los dedos los labios para siempre llagados de su hija y murmuraba tristemente:

—Boca con duelo no dice bueno. En malahora salimos de nuestra selva protectora para ir a Toledo.

Y así, evitaba hablar con su hija vestida de zagal. Otro día supieron de la muerte del Señor. Y luego se aparecieron los hombres armados del heredero, don Felipe, con la misión de recoger a todos los muchachos del bosque para servicio de armas y de alcobas.

—¿Quién labrará las tierras, quién cuidará los rebaños?, fueron las últimas palabras que escuchó decir a su padre.

El príncipe don Felipe, al verla vestida de hombre, no adivinó su verdadera condición, aunque algo turbador parecieron despertar sus facciones en la memoria del heredero. Fue asignada al servicio del alcázar de la madre del joven Señor, donde la presencia de las mujeres estaba prohibida. Como pastorcilla, había aprendido a tocar la flauta y así lo hizo saber al mayordomo a fin de distraerse y

distraer en ese empeño, viviendo aislada de los criados y de los soldados ante los cuales jamás se desnudó. La Dama Loca respetó las aptitudes musicales de su nuevo paje: le ordenó que aprendiera a tocar
el tambor, pues otro sonido que no fuese fúnebre no quería escuchar,
ya que vivía en permanente duelo. Y así, cuando la vieja Señora inició
su larga peregrinación arrastrando el cadáver de su esposo, al paje se
le asignó el último lugar de la procesión, tocando el tambor y vestida
toda de negro como un heraldo anunciador de llantos.

Del alcázar de Tordecillas avanzó la procesión hasta Burgos,
y de allí a la cartuja de Miraflores; por ciudades grandes, Medina
del Campo y Ávila, ínfimas, Hornillos, Tórtolos, Arcos, medianas,
Torquemada y Madrid. Y reposando un día en esta ciudad de escaso
mérito, recluida en un monasterio la Dama Loca con el despojo de
su marido, y adorándole, y dispersa la procesión por las serviles riberas del Manzanares, paseose el paje enlutado y con la llaga de colores en los labios cabe unas tenerías, a la cuesta del río, y ese humo
de tenerías le estaba recordando su propia infancia en la selva, y año-
rábala, cuando una mano la tomó con fuerza del brazo y una figura
agazapada se acercó a su oído:

—Alalé, moza, ¿a quién engañas? Virgo de hembra sé oler a
la legua, pues pocas vírgenes, a Dios gracias, has tú visto en esta villa, de quien yo no haya sido corredora de su primer hilado. En naciendo la muchacha, la hago escribir en mi registro, y esto para que
yo sepa cuántas se me salen de la red. Engañarás al mundo entero,
mas no a la madre Celestina, que si no he renovado mil virgos, no
he renovado ninguno; y el tuyo me trae tufillo de bendición, que
nadie te lo ha tocado y eso está mal, muchacha, no seas avarienta
de lo que poco te costó. ¿Cómo te escapaste de mi registro? ¿Eres
forastera? Óyeme, chicuela, he perdido las muelas, mas no el sabor
del amor, que se me quedó en las encías. Y si virgen eres, confíate a
mí, que cuando nace ella, nace él, y cuando nace él, ella, y a nadie
le falta pareja en este mundo, sabiéndola hallar, y un ánima sola ni
canta ni llora, una perdiz sola, por maravilla vuela, y no hay cosa
más perdida, hija, que el mur que no sabe sino un horado: si aquél
le tapan, no habrá dónde se esconda del gato. ¿Quién quiere honra
sin provecho? Anda ya, cámbiate ese hábito machorro y muestra al
mundo lo que Dios te dio, que adivino excelsas formas bajo tu fúnebre gabán. En buenas manos has caído…

—Celestina, le dijo la muchacha, moviendo los labios llagados…

—Celestina, sí, contestó la vieja envuelta en negros trapos que todo le ocultaban salvo el rostro y las manos, veo que mi fama cunde, y si a tus ojos es mala, pregúntate como yo, ¿habíame de mantener el viento?, ¿heredé otra herencia?, ¿tengo otra casa o viña? Mas mira que si para ti es mala, buena es mi fama entre hombres, vente caminando conmigo, hija, y mira cómo me saludan caballeros, viejos, mozos, abades de todas dignidades, desde obispos hasta sacristanes: vía derrochar bonetes en mi honor, como si yo fuera una duquesa… Oh malditas faldas, oh prolijas y largas, cómo me estorbáis de llegar…

—¿No me recuerdas?

—Hija, quien en muchas partes derrama su memoria, en ninguna la puede tener…

—¿Mis labios?

—¿Qué te pasó, hijita? ¿Te besó el demonio? Ven conmigo; te prestaré un velo mientras te los remiendo, que no hay cosa que no se cure con unto de sangre de cabrón y unas poquitas de sus barbas. Te digo que en buenas manos caíste al caer dentro de este pastelón podrido de Madrid, con vieja lapidaria que perfuma tocas, hace solimán, conoce mucho en yerbas, cura niños…

—Pero yo sí te recuerdo…

—¿Cómo va a ser, hija? Vieja me he parado. No hay quién me recuerde como fui, ni yo misma. Pero a ti te digo lo que tú me quisieras decir, y que otros te dirán un día: Figúraseme que eres hermosa; otra pareces; muy mudada estás. Hija: vendrá el día que en el espejo no te reconocerás…

—Recuerdo todo. He vivido recordándote, madre. Me dejaste tu memoria con tus besos y tus caricias. Crecí con un solo cuerpo y dos memorias. Y más profunda ha sido la memoria que tú me dejaste que la mía propia, pues con aquélla he debido vivir en silencio, veinte años, madre, sin poder hablar con nadie de lo que recordaba. Los niños. Los tres niños. Ludovico. Felipe. El crimen del alcázar. Las noches de amor. El sueño de la playa. Los días en el bosque. El pacto con el diablo. La pernada. El Señor. La boda en la troje. Jerónimo.

La mujer embozada y chimuela se detuvo un instante, miró intensamente a la muchacha vestida de paje y dijo con gran tristeza:

—El que de razón y seso carece, casi otra cosa no ama sino lo que perdió. Loco es el caminante que, enojado del trabajo del día, quisiera volver de comienzo la jornada para tornar otra vez a aquel lugar. Mis necesidades, de mi puerta adentro me las paso, sin que las sienta la tierra. Y a tuerto o derecho, nuestra casa hasta el techo. Basta ya. Que no se diga de mí que doy paso sin provecho. ¿A dónde te diriges, hija, y qué hay en ello para mí?

—Vamos todos en procesión al palacio que se construye en la meseta, donde el más grande Señor de esta tierra, el príncipe don Felipe, ha levantado las tumbas de sus antepasados, y allí espera sus despojos.

—¿Despojos, dices, palacio? ¡Esfuerza, esfuerza, Celestina, no desmayes, que nunca faltaron rogadores para mitigar tus penas! ¿Cuántos cadáveres son?

—Treinta, dicen…

—Ay, yo que tanto me he fatigado andándome a medianoche de cementerio en cementerio, buscando aparejos para mi oficio, ni dejando cristianos, ni moros, ni judíos, cuyos enterramientos no visite; de día les acecho; de noche les desentierro; esta madrugada apenas le quité siete dientes a un ahorcado con unas tenacicas de pelar cejas; ¿daste cuenta de lo que me cuentas? Ve, sigue tu camino, que yo prepararé mis útiles, excusareme de mis deudos, dejaré todos mis asuntos en manos de mis parciales Elisia y Areusa, que no por jóvenes son menos putas redomadas, sobadas y adobadas, y ellas cuidarán de mis negocios como de cosa propia, y seguiré tu olorcillo de virgen, que ojalá lo pierdas pronto, y buscarte he en ese lugar que dices; chitón, muchacha, que aunque lo sepamos para nuestro provecho, no lo publiquemos para nuestro daño, ¡gocemos y holguemos, que la vejez pocos la ven, y de los que la ven ninguno murió de hambre!

La semana del Señor

Muchos años después, caminando por las galerías desiertas del palacio, tapándose los ojos con una mano para evitar el daño de la luz que alcanzaba a filtrarse por los emplomados blancos, el Señor recordaría sus últimos encuentros con los compañeros de su juventud, Ludovico el estudiante, ciego por voluntad, calvo y de cargadas espaldas, vestido como un mendigo, el rostro avejentado por los afanes de la memoria y la interrogación, Celestina, sí, Celestina, no, joven, no tan joven, tan parecida a la otra, la muchacha embrujada que los dos amaron veinte años antes, pero no, no tan parecida, una ilusión, un conjunto de rasgos, talla, ademanes que no resistían una mirada cercana: una semejanza nacida de la posesión o del recuerdo…

Ludovico y Celestina, veinte años después. Un goce sombrío iluminaba el pálido rostro de Felipe; todo lo sabía; todo volvía a ser una sucesión de interrogantes; preguntó cuanto ya sabía, durante siete jornadas; permanecieron en la alcoba, allí comieron, allí durmieron, a horas fijas se acercaron alguaciles y botelleros, camareros y guardias; a muy temprana hora ofició la misa fray Julián, mas el Señor pidió gran soledad en las noches de la capilla; siete jornadas: el Señor recordó la narración alternada de Ludovico y Celestina: el número siete, la fortuna, la progresión de la vida, el tiempo camina sobre siete ruedas…

Primera jornada

—La enfermedad…

—Las mujeres del pueblo, húmedas de sobacos y anchetas de caderas, contagiaron a tu padre.

—El mal…

—Tu padre me contagió cuando me tomó la noche de mi boda en la troje.

—La corrupción…

—Celestina te pasó el mal de tu padre cuando la tomaste para ti, conmigo, en el alcázar del crimen.

—Entonces también te contagió a ti…

—Yo no volví a tocar a mujer alguna.

—Yo no toqué a mi esposa…

—¿Amaste carnalmente a otra?

—A una novicia que luego amó a uno de estos que llamas tus hijos…

—Mis hijos son incorruptibles…

—Mas son hijos de la corrupción: hermanos…

—Por su destino, no por su sangre.

—No, Ludovico, por lo menos dos de ellos son hijos de mi padre…

—¿Cómo saber?

—El hijo de Celestina es hijo de mi padre.

—Copulé con tres viejos en el bosque, Felipe; contigo, con Ludovico; con el demonio…

—No sería tan oscuro el enigma si los tres hubiesen nacido al mismo tiempo y del mismo vientre, como todos los hermanos antiguos.

—Y el hijo de la loba es hijo de mi padre…

—Pero éstos… mi voluntad los ha hecho hermanos: mis hijos.

—Y si dos de ellos son hijos de mi padre, por fuerza el tercero debe serlo también…

—¿Quién es la madre del niño que Ludovico y yo secuestramos del alcázar?

—No sé, Celestina. Todos son hijos de mi padre. No hay otra ligazón posible...

—Había dos mujeres en la recámara donde le encontré.

—Y si son hijos de mi padre, los tres son mis hermanos...

—Una fregona.

—Los bastardos...

—Una joven castellana...

—¡Calla, Ludovico, por amor del cielo, calla!

Luego, para corresponder a la narración de Ludovico y Celestina, el Señor les contó la muerte de su padre y el voluntario sacrificio de su madre, la mutilación de la mujer y su decisión de vivir siempre acompañando al cadáver embalsamado de su marido.

Al caer la noche, salió a la capilla que imaginaba desierta para serenar su ánimo orando ante el altar y el cuadro de Orvieto, cuando escuchó a sus espaldas unas terribles maldiciones, miró hacia la doble fila de las tumbas y, hurgando entre ellas, distinguió una encorvada figura de mujer que sin respeto parecía amonestar a los restos:

—¡Malhaya! ¡De mal cancro sean comidos! ¡Suden agua mala, y mala liendre les mate! ¿Quién se me adelantó a robar estas ricas tumbas?

El Señor la tomó del brazo y le preguntó quién era; la mujer embozada cayó de rodillas, miró al Señor y pidió disculpas; llamábanla la madre Celestina, mujer más honrada no había en toda España, que preguntara su majestad en las tenerías a lo largo del Manzanares, que su palabra era prenda de oro en cuantos bodegones había; honrada y devota, que en peregrinación había venido hasta este santo lugar, de larga y bien ganada fama, a adorar las santas reliquias de los antepasados del Señor; y aunque la primera en hacerlo, no sería la última, pues tan insigne mausoleo atraería a las multitudes, deseosas de compartir la pena del Señor y hacer homenajes a sus duelos.

Arrancó el Señor el capuz que ocultaba el rostro de la mujer; supo que era ella, la muchacha de la boda en la troje, la embrujada Celestina que su padre violó porque él, Felipe, no tuvo arrestos para hacerlo y su virginidad guardaba para la prima inglesa, la infanzona de bucles de tirabuzón y almidonadas enaguas: Celestina sin memoria de nada, trasladado cuanto vivió y supo a la otra, la mujer vestida de paje que le aguardaba con Ludovico a unos pasos de aquí, en la recámara; Felipe ataba cabos, Felipe se reanimaba, su proyecto contra el mundo recuperaba fuerzas, Celestina, una imprevista aliada, ella no le recordaba, él recomponía el rostro juvenil detrás de esa máscara avejentada por la codicia, la promiscuidad, la gula, el vino, la mirada alerta y maliciosa que nada recordaba, en verdad, porque vivía para el día, la carne hinchada, fofa y arrugada, la boca sin dientes, la nariz de quebradas venas: Celestina...

—Pero dices que alguien se te adelantó... ¿Quién?

—Mire vuesa mercé, que aquí falta una pierna, y aquí una cabeza, y aquí las uñas, y aquí el alacrán...

—¿Quién?

Escucharon llanto y suspiro; Celestina tomó de la mano al Señor, llevose un dedo a los labios y ambos caminaron entre los sepulcros reales, hasta detenerse al lado del que pertenecía al padre de Felipe: allí lloriqueaba y gemía Barbarica sobre la tumba abierta y en ella reposaba, sobre los restos del antiguo Señor putañero, el nuevo príncipe bobo traído hasta aquí por la Dama Loca. Espantose la enanita al ver al Señor y a la madre Celestina; santiguose, unió las manos en plegaria al cielo y a la tierra, no me castiguéis, Señor, miradle cómo se me ha dormido mi esposo, que nada le devuelve en sí, sino que allí está, como amenguado, y vuestra Señora Madre nos prometió vuestro trono, pero mal lo hemos de ocupar el lejano día de vuestra desaparición, Señor mío, que Dios guarde por muchos años, si mi soberano esposo se queda alelado para siempre aquí, sobre los restos embalsamados de vuestro Señor Padre, miradle allí...

Felipe acarició cariñosamente la cabeza de Barbarica:

—¿Quieres en verdad reinar, monstruito, o prefieres unirte para siempre a tu amante?

—Oh, Señor, las dos cosas ambas, si a vuesa merced pluguiese.

—No puedes. Escoge una sola.

—Oh bondadoso príncipe, entonces quedarme para siempre con él...

—¿Conoces el monasterio de Verdín?, le preguntó el Señor a la madre Celestina.

—No hay monasterio, Señor, donde no tenga frailes deudos míos.

—¿Eres discreta?

—Pierda cuidado, munificente príncipe, que no soy yo como aquellas que empicotan por hechiceras, que venden las mozas a los abades...

—¿Sabes qué pasa en Verdín?

—Que es lugar de encamados, Señor, donde todos los que se cansan de la vida o la vida se cansa de ellos, viejos fatigados, jóvenes sin ilusiones, familias deshonradas, se meten en la cama y hacen promesa de no levantarse jamás, hasta que se los lleve la Parca con los borceguíes por delante. En suma, que quien hasta allí llega, hace voto de meterse entre sábanas y no levantarse más, y es maravilla ver a padre, madre, hijos y a veces hasta fámulos, encamados unos al lado de los otros, suspirando unos, llorando otros, éste fingiendo que duerme, aquélla rezando la Magnífica en voz alta, unos evitando mirar a los demás, otros mirándose ensimismados o con sonrisas enigmáticas, los viejos implorando pronto tránsito, los jóvenes pronto acostumbrándose a llevar esta vida, hasta creer que no hay otra: el mundo de afuera es una pura ilusión. Nadie dura mucho. La muerte se apiada de quienes la imitan.

—Allí llevarás a este muchacho, dormido ya, y a la enana, con escolta y cédulas que te daré…

—¡Pero que sea en la misma cama!, chilló Barbarica, quien atendía con creciente deleite las razones que pasaban entre el Señor y Celestina.

—Siendo honrada, pobre soy, murmuró la madre Celestina, y cuando se cierran las bocas, ruego que se abran las bolsas…

El Señor arrojó una pesada taleguilla a los pies de la madre Celestina, diose media vuelta y se fue de regreso a la alcoba. La remendadora y la enana se arrojaron sobre la bolsa, disputándosela, mas Celestina, de un coz, tendió en el suelo a Barbarica y del puño de la enanita salió rodando una lustrosa perla negra.

—¿Conque tesoros guardas, remedo de hembra?

—¡Es la perla Peregrina, que mi ama me obsequió!

—Huele a caca.

—¡Es mía!

—¡Daca esa perla, asna coja!

—¡Que es mía, trotera vieja!

—De otro coz te duermo, hedionda, y de una vez me los llevo dormidos a encamar a los dos, tú y tu atreguado marido… ¡Cargados de hierro y cagados de miedo!

Segunda jornada

Mis hermanos, murmuró el Señor; tus herederos, le contestó Ludovico y Felipe asintió: mi madre así ha proclamado a uno de ellos, pero Ludovico negó, no puede ser uno solo, los tres, y el Señor dijo con voz muy baja, opacada por la angustia, ¿la dispersión otra vez, la guerra de hermanos contra hermanos, la parcelación del reino, la pérdida de la unidad representada por mi persona y mi palacio: yo, este lugar, la cima?

Miró hacia la alta lucarna de la alcoba, como si por ella entrase la disgregada luz de la historia; recordó cuántos dolores causaron a España las pretensiones de los bastardos reales, y cuánta sangre vertieron para hacerlas valer; mas Ludovico no cejó en su argumento: los tres en uno, igual que en el sueño: el primero recuerda lo que el segundo entiende y el tercero quiere; el segundo entiende lo que el primero recuerda y el tercero quiere; el tercero quiere lo que el primero recuerda y el segundo entiende...

—¿Quiénes son, Ludovico?

—Yo mismo no lo sé, Felipe. Has oído las mismas historias que yo.

Celestina le aseguró al Señor que todo se lo habían contado, incluso lo que ella nunca le dijo al muchacho que le tocó encontrar en la playa y traer hasta el palacio.

—¿Los usurpadores, Celestina?

—¿Los herederos, Felipe?

Desde la capilla llegaron los cantos de la misa por los difuntos reales; el Señor se hincó ante el crucifijo negro de la recámara y entonó las plegarias iniciales del oficio de tinieblas, Confiteor Deo omnipotenti, beatae Mariae semper Virgini, beato Michaeli Archangelo, beato Joanni Baptistae, sanctis Apostolis Petro et Paulo, omnibus sanctis, et vobis, fratres: quia peccavi nimis cogitatione, verbo et opere, y golpeóse tres veces el pecho, repitiendo, como un eco espectral, las palabras de los monjes en la capilla, mea culpa, mea culpa, mea maxima culpa.

Le dominó un acceso de tos. Luego, con la voz ronca, como si sus palabras prolongasen las de la misa de difuntos, invocó con crédula certeza las escritas en su testamento, sin fisura alguna entre el tono de su voz al orar por los muertos y el tono de su voz al atraer la visitación de los nonatos: esto les heredó: un futuro de resurrecciones que sólo podrá entreverse en las olvidadas pausas, en los orificios del tiempo, en los oscuros minutos vacíos durante los cuales el propio pasado trató de imaginar al futuro.

—¿Los fundadores, Ludovico, Felipe?, dijo Celestina con un tono plateado de la voz, como si sus estrofas integrasen la antifonía del cántico en la capilla y la oración del Señor, cántico y oración de negros terciopelos.

—Esto les heredo: un retorno ciego, pertinaz y doloroso a la imaginación del futuro en el pasado como único futuro posible de mi raza y de mi tierra...

Bajo todos los soles, dijo Ludovico, en todos los tiempos, dos hermanos lo fundan todo, luchan entre sí, un hermano mata al otro, todo vuelve a fundarse sobre la memoria de un crimen y la nostalgia de una muerte.

—Dies irae, dies illa...

Le pidió a Felipe que se remontara al origen de todo, dos hermanos, Abel y Caín, Osiris y Set, la Serpiente Emplumada y el Espejo Humeante, los hermanos rivales, la disputa por el amor de la mujer vedada, la madre o la hermana, Eva, Isis o la señora de las mariposas, ¿por qué han soñado, pensado o vivido lo mismo todos los hombres en el albor de su historia, venciendo todas las distancias, como si todos, Felipe, todos, nos hubiésemos conocido antes de nacer en un lugar de encuentros comunes y luego, en la tierra, sólo nos hubiesen separado los azares de espacios alejados, tiempos diferentes, ignoradas ignorancias? Un día todos fuimos uno. Hoy todos somos otros.

—Quantus tremor est futurus...

¿Recordaba cómo fue salvado del derrumbe en la casa del rico Escopas el poeta Simónides por Cástor, Pólux, los Dióscuros? Desde la capilla llegaron las estrofas que el Señor repetía hincado ante el crucifijo, lacrimosa dies illa, qua resurget ex favilla, judicandus homo reus. Cástor era mortal y murió en la lucha contra los primos a los que los gemelos les robaron sus mujeres. Y entonces Pólux, el inmortal, hijo de Zeus, rehusó la inmortalidad sin su hermano Cástor. Prefirió morir con su hermano.

—Así es el amor que se profesan mis tres hijos…

—¿Mis tres hermanos? ¿Los usurpadores?, preguntó el Señor sin variar la voz solemne del cántico fúnebre.

—Te digo que sé tanto o ignoro tanto como tú mismo.

Celestina, con los ojos cerrados, habló con voz de sueño: los gemelos… socorro de marineros náufragos… mantenedores del fuego de San Telmo…

El Señor se incorporó, Dona eis requiem, Amén, miró hacia el mapa que cubría un muro de su alcoba y dijo que pensaba más bien en otros signos, otros hermanos, otros rivales, otros fundadores, Rómulo y Remo, arrojados al Tíber, amamantados por loba, fundadores de Roma. Rómulo levantó la muralla de la ciudad. Remo se atrevió a saltarla. Rómulo mató a su hermano y fundó también el poder con estas palabras: "Así muere quien salta sobre mis murallas." Luego desapareció en medio de una tormenta: el fundador exiliado, el prófugo de sí mismo:

—Mira, te digo, a los hermanos en esa historia…

—Pero ahora son tres. El hermano no matará al hermano, porque si muere uno, los otros dos no recordarán, ni entenderán, ni querrán. Mira, entiende, Felipe: por primera vez tres hermanos fundan una historia; tres, el número que resuelve las oposiciones, la cifra fraternal del encuentro y el mestizaje, la disolución de la estéril polaridad del número dos: entiende, y dales cabida en tu historia…

—Han desafiado con sus historias mi voluntad de culminar aquí, conmigo, ahora, esta dinastía. Han hecho cuanto han contado para destruir mi proyecto de muerte. Han…

—Et lux perpetua luceat eis.

Para corresponder a los relatos de Celestina y Ludovico, el Señor empleó el resto del día en narrar, con tristeza, sus bodas nunca consumadas con Isabel, en explicar sus ideales de amor caballeresco y en recordar la desgracia de la Señora al caer sobre las losas del alcázar y permanecer allí en espera de unos brazos dignos de recogerla: los brazos que nunca la habían tomado como mujer.

Y sin embargo, al caer la noche, salió Felipe a la capilla con paso aligerado; en años no se había sentido tan joven; latía su pecho, pulsaban sus brazos, aclarábase su mente; mas la capilla llenábase de sombras, como si se invirtiese la ecuación entre el recobrado vigor de Felipe y la eternidad de la piedra levantada para soportar el peso de los siglos: luminosa mirada del Señor, anuncios de muerte en las sombras crecientes del sagrado recinto. Se detuvo. Miró hacia el altar. Un joven envuelto en una capa de suntuosos brocados escudriñaba el cuadro de Orvieto; a su lado, un zafio peón de la obra le importunaba, con una carta en la mano. El Señor, protegido por la sombra, se acercó, ocultose detrás de una pilastra y escuchó.

—Aunque soy Catilinón, soy, mi señor Don Juan, hombre de bien y fidelísimo servidor vuestro...

—¿Quién te ha dado tal manda?, dijo el joven que miraba intensamente el cuadro.

—Nadie, sino que os la pido, que calva pintan la ocasión y aunque he sudado el hopo, tan buen pan hacen aquí como en Francia y ¡tomo mi purga!, sino que hasta las forjas y tejares de esta obra ha llegado vuestra justa fama, llevada por la Azucena y la Lolilla, y al saberlo me dije, Catilinón, ese noble Don Juan necesita criado que le sirva, advierta, averigüe, a él se adelante para abrir brecha, a él se retrase para cubrir la fuga, catalogue sus amores y hazañas, le suplante si necesario y, con fortuna, de sus sobras goce, que cuando me dan la vaquilla, corro con la soguilla y en los nidos de antaño no hay pájaros hogaño.

—Huelesme a ruin, y a aventurero. Pues las aventuras del noble señor son hazañas, pero las del villano pecados.

—Ay, mi señor Don Juan, que ambos a la muerte vamos.

—¿Tan largo me lo fiáis?

Don Juan volvió a mirarse con fascinación en el rostro del Cristo apartado en una esquina del lienzo: se miró a sí mismo; miró su rostro; el Señor miró la mirada viva de Don Juan, la mirada muerta del Cristo: reconoció el rostro del peregrino del nuevo mundo: Don Juan se volvió hacia el pícaro:

—Sé sincero; ¿por qué a mí te acercas?

—Rumores de motín escucho en la obra, y no quiero estar entre los pordioseros, que batalla de pobres es promesa de cárcel, y buscando galardón, encuentra baldón el miserable.

—¿Qué se prepara, pues?

—La gran babilón de las Españas.

—¿Quiénes son los actores?

—Gente de adentro y gente de afuera.

—¿Afuera?

—El descontento de los obreros; el rencor de los humillados; la venganza de los desposeídos; mucha judería embozada; mucho hereje que llegó disfrazado de monje entre las procesiones fúnebres; mucho enaltecido mercader y doctor de los burgos que conspira y se arma contra los tributos, la desaparición de justicias y el nuevo poder de la Santa Inquisición…

—¿Y adentro?

—Guzmán que va y viene, nos azuza, nos espanta, nos promete gobierno de hombres libres y nos amenaza con reinado de locos y enanas; y ese viejo usurero, el Comendador de Calatrava, que escribe cartas a sus cofrades de otras tierras: mirad, dije que tenía prima en Génova, casada con marinero que guía su varinel entre las dos costas, las de acá y las de allá, Guzmán puso en mis manos esta carta, para que la hiciera llegar a las Italias, a asentista de nombre Colombo. Pagome treinta maravedíes, ¡el precio de una libra de carnero capón!, para hacerlo; la abrí, la leí, os la entrego: prueba es de culpable intriga contra el Señor, que bien podría darnos por ella el capón entero.

—¿Y qué te hace pensar, belitre, que yo soy parcial del Señor?

—Nada, señor caballero Don Juan, nada; pienso sólo en vos al entregárosla; ¡válgame la Cananea, y qué salado está el mar!; todo en mal estado está, y si es corta la mayor vida y hay tras la muerte infierno, prefiero vivir la vida con vos, Don Juan, que siendo peor que ellos me defenderás por igual de perro rabioso, turco, hereje o fantasma, y cuando nos vayamos al diablo al diablo mismo habéis de vencer: ved así cómo, a pesar de todo, he de seros fiel, pues mi temor hará lugar al celo, pondrá riendas a mis sentimientos y me obligará a aplaudir lo que mi alma podría odiar. Buen carnaval viviré con vos, y buen agosto para rellenar la arquilla, pues veo que entre los pobres sólo cosecharé duelos, y con el Señor don Felipe, burlas, que ya corren las letrillas chocarreras que así lo cantan:

Cierto príncipe fantástico,
con pretensión de filípico,
de parte de madre, cómico
y de sus embustes, químico.
Díganlo, díganlo,
díganlo y cántenlo,
chulos y pícaros.

Tercera jornada

—Escucha y entenderás, Felipe. Dos durmieron: nada quiso y nada recordó el que todo lo entendió: el peregrino del nuevo mundo.

—Los arrancaste del sueño, Ludovico, ese sueño circular y eterno; ¿qué les habrás dado, en cambio?

—La historia. Los devolví a la historia.

—¿Qué es eso?

—De ti depende.

—Aguarda… el peregrino… el viajero del nuevo mundo… lo soñó… no estuvo allí… la barca de Pedro nunca zarpó…

—Pedro murió ahogado en la tormenta del Cabo de los Desastres. Eso lo vi en la realidad. Pero en el sueño, murió atravesado por una lanzada en la playa de las perlas.

—Aguarda… luego el nuevo mundo no existe… fue soñado por un muchacho soñado… que todo lo entendió, dices… mas nada recordó y nada quiso…

—Sino el amor de una mujer de labios tatuados, y ella le devolvió el recuerdo.

—No, no pudo recordar veinte días, habiendo vivido cinco, ni cinco días habiendo vivido veinte…

—Mis labios le devolvieron el recuerdo, Felipe; una vez, cuando me desvirgó en la montaña; otra vez, aquí, en tu alcoba. Sólo amándome recuerda.

—No hay pruebas…

—No sé, Felipe…

—Yo tenía razón…

—El peregrino fue soñado por los otros dos…

—¡Aquí culmina mi mundo!

—Pero regresó con una prueba: el mapa de plumas y hormigas.

—Ah, Ludovico, Celestina, qué armas me han dado…

—El mapa, Felipe, óyeme, entiende, yo no se lo di, lo traje de su sueño…

—Lo decreté, el nuevo mundo no existe, ellos no lo creen, prefieren ir en pos de la ilusión, todos se irán, a cazar fantasmas de oro, se derrumbarán en la gran catarata del mar, me quedaré solo, aquí…

—Acompañé al joven heresiarca de Flandes…

—Lo escrito es cierto; mi decreto de inexistencia…

—Acompañé al andariego de La Mancha…

—Lo dicho no es cierto: cuanto relató ese muchacho mientras te amaba, Celestina…

—No acompañé al peregrino del mundo nuevo…

—Me río, Ludovico, ¡pobre ambición de Guzmán, pobre celo del agustino, pobre cálculo del usurero: vanse en expedición contra la nada!

—Me quedé esperando en la playa con Pedro y los dos féretros…

—¡He triunfado! Ah, no crean que los desanimaré; al contrario, les daré cédulas reales, flotas, protección, cuanto me pidan, a fin de que se embarquen y no regresen nunca…

—El peregrino fue el único que fue soñado solo, sin la compañía de los otros dos…

—¡Mi palacio! Todo concurre: no hay nuevo mundo, no hay herederos, aquí culmina mi línea…

—Fue el único que regresó solo por el mar, arrojado por la marea a nuestros pies…

—¡Yo solo!

—No despertó. Fue la primera vez que los tres soñaron juntos, Felipe…

—¡Todo aquí, inmóvil, hasta la hora de mi muerte!

—Y así nació mi idea de arrojarles dormidos al mar, el día de la cita, para que despertasen juntos, sin que el tercero pudiese haberle contado su sueño a los otros dos, como antes ocurrió…

El Señor relató entonces los pormenores de su última cruzada de armas contra la herejía adamita en Flandes: la sagrada gloria de su triunfo fue mancillada por las blasfemias y violaciones de los mercenarios teutones en la catedral; juró entonces levantar un templo, palacio y panteón de los príncipes, impreñable fortaleza de la Santísima Trinidad. Y para renunciar a las batallas, arrojó desde el torreón de la ciudadela la Bandera de la Sangre al foso: de allí en adelante, sólo soledad, mortificación y muerte.

Cuando salió por tercera vez, esa noche, a la capilla, fue sorprendido por las voces de contienda al pie de la escalera de los treinta y tres escalones. Más honda era la sombra; más fácil esconderse. Brillaban dos aceros desenvainados. Sollozaba una voz detrás de la celosía de las monjas. Murmuraba procacidades un trémulo criado escondido detrás de una pilastra. Tembló también el Señor: el lugar construido para proteger la Eucaristía era profanado una vez más, monjas aullantes, perro muerto, aceros cruzados. Tembló como el criado. Se escondió como el criado.

—Doblemente habéis mancillado mi honor, Don Juan, decía el viejo Comendador, dotado por la cólera de arrestos mal avenidos con la fragilidad de sus miembros.

—Hablas de lo que careces, vejete, le contestaba el gallardo joven, con una mano en la cintura y la otra jugueteando desdeñosamente la punta del acero contra el filo de la espada del padre de Inés.

—¿Añadirás el insulto al daño, mendaz?

—¡Vive Dios! Vendiste tu hija al Señor. ¿Ése es tu honor?

—A ti te falta, caballero, al mencionar siquiera tal prueba, pues honor es silencio sobre cuanto daña el honor ajeno.

—Honor es apariencia, vejete, y hasta la apariencia te arruina.

—Honor es respetar el sello de una carta; y tu abriste la mía valiéndote de un pícaro que a ti y a mí nos cobró su infidencia.

—Dícese que honor es severo cumplimiento de deberes, y tú has faltado a todos: el que le debes al Señor, por haberte engrandecido, el que te debes a ti mismo, por gratitud, y el que le debes a tu hija, si honor también es honestidad y recato de las mujeres.

—Diose al Señor y a Dios, supremas honras de la tierra y del cielo; tú la sedujiste, sin título ni honra: eso te reclamo.

—Agradece que, mancillada, le otorgara mis favores.

—¡Monstruo, vil bellaco!

—Honor es gloria que sigue a la virtud, señor Comendador de Calatrava, la cual trasciende a las familias, personas y acciones mismas del que se la granjea: mayor es el mío al seducir que el tuyo al entregar, y mayor hazaña…

Pensativo, el usurero sevillano bajó la guardia y apoyó la barbilla sobre la empuñadura de la espada: —Consideremos.

Rió Don Juan, lanzando alegremente la espada al aire y tomándola de nuevo, al vuelo: —Consideremos.

El viejo y el joven se sentaron en el primer escalón de los treinta y tres que conducían del llano a la capilla.

—Dices que la honra es apariencia, murmuró el Comendador.

—Para los demás; no para mí, que la fama pública en nada sabría dañar el alto concepto íntimo que de mi propio honor tengo.

—¿Luego nadie es ofendido sino de sí mismo?

—Tal dicen los maestros de la ética: no os puede todo el mundo hacer injuria, cuando no os tocan en el ánimo, pues éste sólo lo puede dañar uno mismo.

—Pues para mí tengo que cada uno es hijo de sus obras y no de su linaje. Dice Platón que ningún rey hay que no sea venido y haya tenido su principio de muy bajos, y ningún bajo tampoco que no haya descendido de hombres muy altos. Pero la variedad del tiempo lo ha todo mezclado, y la fortuna lo ha bajado o levantado. ¿Quién, pues, es el noble? Y contesta Séneca: Aquél a quien naturaleza ha hecho para la virtud. Tal es mi caso, señor Don Juan, que mi honra descansa en mi virtud, mi virtud en mis obras, y mis obras en mi hacienda.

—Así, quitarte tu hacienda es quitarte tu obra, tu virtud y tu honra.

—Perderla, caballero, sería perder mi propio ánimo. Y todo lo perderé si no me devuelves esa carta.

—Aguarda: ¿antes perderías la vida o el honor?

—Dígote: si cada uno es hijo de sus obras, cada uno puede ser cabeza de linaje; mas no hay linaje sin hacienda, ni honra y gloria para toda la vida y aun después de la muerte, pues las obras nos procuran la fama que nos sobrevive. Don Juan: devuélveme mi carta.

—¡Vive Dios, que necias interpretaciones das a la moral! Pues en estos reinos se tiene por sabiduría que al rey la hacienda y la vida se ha de dar; pero el honor es patrimonio del alma, y el alma sólo es de Dios.

—Y tú, Don Juan, ¿prefieres el honor o la muerte?

—El honor no se me da un higo; y en cuanto a la muerte, de aquí allá hay gran jornada.

—Don Juan: creo que podemos entendernos. Devuélveme mi carta y salva así mi hacienda, mis obras, mi virtud y mi honor, pues nada te importa el tuyo.

—Pero sí me importa mi vida, vejete.

—No la expongas, entonces.

—No entiendes, miserable. Ésta es mi vida: lance que inicio, de amor o duelo, es lance que termino airoso: vivo para el placer, no para Dios, el rey, la hacienda, la virtud, las obras, el linaje o el honor.

—Témeme; me vengaré de ti, aun después de muerto.

—Pues si a la muerte aguardas la venganza, es bueno que ahora pierdas la esperanza.

Azogado, se incorporó el usurero; sereno, Don Juan.

—¡Devuélveme esa carta, Don Juan, o por mi honor, te juro...!

—¿Qué vejete? ¿Me atravesarás con tu débil brazo?

—Moriré con honor...

—Con honor se nace; pero tú...

—Con honor se muere, también...

—¿Tan largo me lo fiáis?

—¡Toma pues, cabresto!

El viejo se lanzó contra Don Juan con la espada por delante; Don Juan lo ensartó al vuelo, como mariposa, y así detuvo la frágil silueta del Comendador, como una sombra atravesada, al aire...

Escuchose un grito desde la celosía monjil; Don Juan, con un latigazo de la muñeca, zafó de su acero el cuerpo del viejo, que cayó sin ruido sobre el granito de la capilla, y sin ruido escabullose detrás del altar, seguido por el amedrentado Catilinón, exaltado el sirviente por el miedo y también por la novedad de estos códigos, razones y ceremonias incomprensibles de la gente de alcurnia, rumbo a las galerías, los patios, las mazmorras, los escondites de la servidumbre, Azucena, Lolilla; hincose y persignose velozmente el pícaro al pasar frente al altar y allí repitió, haciéndolas suyas, las palabras de su amo:

—No se me da un higo...

Cuando la monja Inés entró corriendo a la capilla y se hincó, llorando, junto al cuerpo inerte de su padre, el Señor emergió de las sombras y se acercó a la lamentable pareja.

Inés levantó la mirada llorosa, besó la mano del Señor que se alzaba, largo y pálido, junto a ella, e imploró:

—Oh, Señor, Señor, mirad a este pobre viejo, muerto, desperdiciada toda su vida de afanes y cuidados, muerto apenas alcanzó la honra por la que tanto se esforzó, Señor, si en algo os he complacido, complacedme ahora a mí; prometedme que en Sevilla levantaréis una estatua sobre la tumba de mi padre, un mausoleo de piedra que perpetúe, en la muerte, el honor que tan pasajero le resultó en vida...

—Nada me cuesta esa prenda, Inés. La hacienda de tu padre pasará ahora a mi peculio.

La monja colgó la cabeza, sin soltar la mano del Señor:

—Os dije una noche que regresaría a vuestro lecho por mi voluntad. Mi corazón necesitaba vaciarse. Llenadlo de vuelta. Es ahora mi voluntad.

—Mas no la mía.

—¿Cómo podré agradeceros, entonces, la honra que a mi padre diste?

—Tomad este anillo. Id con él a vuestra superiora, la madre Milagros. Decidle que es mi orden que en horas veinticuatro se tapice de espejos una de las celdas monjiles.

—¿De espejos, Señor?

—Sí. No faltan aquí. Todos los materiales del mundo han sido traídos a esta obra. Mas yo preferí la piedra al espejo, como la mortificación a la vanidad. Ha llegado la hora de los espejos. Que de ellos cubran toda una celda: paredes, suelos, puertas, techos, ventanas. Que no quede una pulgada sin reflejo. Luego, Inés, seducirás a ese muchacho llamado Juan y allí le conducirás.

—Oh, Señor, Don Juan nada quiere de mí, ni de mujer alguna por segunda vez.

—Entonces le seducirás por tercerona. Conozco a una. Deja que regrese. Ahora anda en comisión mía.

—Oh, Señor, hay algo peor… Un embrujamiento me ha cerrado los labios de mi pureza, volviéndome a la condición de virgen…

El Señor comenzó a reír, como no había reído nunca, como si estas acciones le devolviesen no sólo la juventud, sino que le transformasen el carácter; rió, primero suavemente, luego a carcajadas; rió, riendo, que nunca había reído. Y entre carcajadas le dijo a Inés:

—Pues mira que para tu mal también tengo cura. Muchos virgos ha remendado la madre Celestina; ahora, por primera vez, demostrará su arte en operación contraria: te lo descoserá, bella Inés…

Cuarta jornada

—Déjame sacar bien las cuentas, Ludovico; quiero razonar; ¿dices que treinta y tres meses y medio duró cada uno de los sueños de cada uno de los tres muchachos?

—Treinta y tres meses y medio.

—Que son dos años, nueve meses y quince días...

—Que son mil días y medio...

—Razón te pido, Ludovico...

—La vida fue más corta.

—Pudieron durar mil días y medio los sueños de Flandes y el mundo nuevo.

—Pero el sueño fue más largo.

—...mas no el sueño de La Mancha...

—Dos durmieron: nada entendió y nada quiso el que todo lo recordó: el andariego de La Mancha.

—Te digo que nada recordó ese muchacho; encontró a un viejo loco en un molino, se toparon con una cuerda de galeotes, lo capturaron, lo supliciaron por agua, no hubo tiempo de más...

—Mil días y medio duró el sueño de La Mancha...

—No es cierto, Ludovico; las acciones no coinciden con el tiempo que dices; no entiendo tu aritmética...

—Aritmética, Felipe. Entre la aventura del molino y la aventura de los galeotes, sobre la carreta, por los caminos, mil aventuras y media vivimos con el caballero de la triste figura. Cada día narró una historia diferente. Cómo fue armado caballero. La estupenda batalla con el vizcaíno. El encuentro con los cabreros. La historia que un cabrero contó sobre la pastora Marcela. Los desalmados yangüeses. La llegada a una venta que tomamos por castillo. La noche con Maritornes. La aventura del cuerpo muerto. La rica ganancia del yelmo de Mambrino. La aventura de la Sierra Morena. La penitencia de Beltenebros. La historia de la hermosa Dorotea. La novela de curioso impertinente. La brava y descomunal batalla contra unos cueros de vino tinto. La aparición de la infanta Micomicona. El discurso de las armas y las letras, que se llevó un día entero, con su noche. La historia del Cautivo. La historia del mozo de mulas. La aventura de los cuadrilleros. El encantamiento de nuestro pobre amigo. La pendencia con el cabrero. La aventura de los disciplinantes. El encantamiento de Dulcinea. La aventura con el carro de las Cortes de la Muerte. El encuentro con el Caballero de los Espejos. La aventura de los leones. Lo sucedido en la casa del Caballero del Verde Gabán. La aventura del pastor enamorado. Las bodas de Camacho el rico. La cueva de Montesinos. La aventura del rebuzno. Y la del retablo de Maese Pedro. La famosa aventura del barco encantado. La bella cazadora. El desencantamiento de Dulcinea. La llegada al castillo de los Duques. La aventura de la Dueña Dolorida. La venida de Calvilerio. La ínsula Barataria, y lo que allí sucedió al escudero de nuestro amigo. Los amores de la enamorada Altisidora. La dueña Rodríguez. La aventura de la segunda Dueña Dolorida. La batalla contra el lacayo Tosillos. El encuentro con el bandido Roque Guinart. El viaje a Barcelona y la visita a un maravilloso lugar donde por encantamiento se reproducen los libros. El Caballero de la Blanca Luna. Cuando el caballero se hizo pastor. La aventura de los cerdos. La resurrección de Altisidora. El regreso de nuestro amigo a la aldea de cuyo nombre no quería acordarse, pues estrecha prisión era para sus magníficos sueños de gloria, justicia, riesgo y belleza.

—Cincuenta cuentos has mencionado, y me hablaste de mil días y medio…

—Cincuenta cuentos son cuentos sin cuenta, Felipe. Pues de cada cuento salieron veinte, que así salen las cosas a deshora o intempestivamente, a las veinte, y cada cuento contenía otros tantos: el cuento narrado por el caballero, el cuento que el caballero leyó sobre sí mismo en la imprenta de Barcelona, la versión oral y anónima del cuento contada antes de que existiese el caballero, como pura inminencia verbal, la versión escrita en los papeles de un cronista arábigo, y la versión, basada en aquélla, de un tal Cide Hamete; la versión que, con la furia del caballero, ha escrito apócrifamente un sinvergüenza de nombre Avellaneda; la versión que el escudero Panza cuenta sin cesar a su esposa, hartándola así de intangibles espejismos como de rudos refranes; la versión que el cura le cuenta al barbero para matar las horas largas de la aldea; y la versión que para resucitar las mismas horas muertas, le cuenta el barbero al cura; el cuento como lo cuenta ese escritor frustrado, el bachiller Sansón

Carrasco; la historia que, desde su particular punto de vista, anda contando sobre todos estos sucesos Merlín el mago; la historia que se cuentan entre sí los gigantes desafiados por el caballero, y la fantasía que han fabricado las princesas desencantadas por él; el cuento contado por Ginés de Parapilla como parte de sus memorias eternamente inacabadas; lo que don Diego de Miranda, mirándolo todo desde el ángulo de la amistad, asienta en su diario; el cuento soñado por Dulcinea, imaginándose labradora, y el cuento soñado por la labriega Aldonza, imaginándose princesa; y, finalmente el cuento escenificado una y otra vez, para regocijo de su corte, por los Duques en su teatro de resurrecciones…

—¿Y qué logró ese enloquecido caballero repitiendo veinte veces cada una de sus cincuenta aventuras y las versiones de sus aventuras a ustedes?

—Sencillamente, aplazar el día del juicio, que fue recobrar la razón, perder su maravilloso mundo, y morir de científica tristeza…

—Entonces la fatalidad, de todos modos, le venció…

—No, Felipe; en Barcelona vimos sus aventuras reproducidas en papel, por centenares y a veces miles de ejemplares, gracias a un extraño invento llegado de Alemania, que es como coneja de libros, pues metes un papel por una boca y por la otra salen diez, o cien, o mil o un millón, con los mismos caracteres…

—¿Los libros se reproducen?

—Sí, ya no son el ejemplar único, escrito sólo para ti y por tu encargo, iluminado por un monje, y que tú puedes guardar en tu biblioteca y reservar para tu sola mirada.

—Mil días y medio, dijiste, pero sólo has dado cuenta de cincuenta cuentos en veinte versiones: falta un medio día…

—Que jamás se cumplirá, Felipe. Es la infinita suma de los lectores de este libro, que al terminar de leerlo uno, un minuto después otro empieza a leerlo, y al terminar éste su lectura, un minuto más tarde otro inicia, y así sucesivamente, como en la vieja demostración de la liebre y la tortuga: nadie gana la carrera, el libro nunca termina de leerse, el libro es de todos…

—Entonces, mísero de mí, la realidad es de todos, pues sólo lo escrito es real.

Contó más tarde el Señor su extraña experiencia en la escalera de los treinta y tres escalones, y cómo cada peldaño devoraba un largo tranco de tiempo, de tal manera que quien los ascendía perdía su vida pero ganaba su muerte, su metamorfosis en materia y su resurrección diabólica en cuerpo de bestia: más valía, así, perpetuar el pasado y recrearlo en mil combinaciones que extinguirse en la pura linealidad de un futuro sin fin.

Salió apesadumbrado esa noche el Señor a la capilla. No perdía de vista los motivos de su exaltación reciente, que tan bien se concertaban con su personal proyecto. El mundo nuevo era un sueño. Dos de los bastardos, los herederos, sus hermanos, estaban fuera de causa: encerrado en mazmorra uno, encamado en monasterio el otro; y el tercero no tardaría en caer en la trampa urdida por el Señor. Mas, ¿de qué servían estos triunfos (se preguntó) si la singularidad misma de las cosas y su permanencia, eterna en la página escrita, volvíanse propiedad de todos?

—El poder se funda en el texto. La legitimidad única es reflejo de la posesión de textos únicos. Mas ahora...

Hincose ante el altar y miró el cuadro de Orvieto. Las sombras se servían un banquete de formas y colores. El Señor no pudo reconocer los rostros allí pintados.

—Oh Dios misericordioso, ¿debo emplazar nueva batalla, esta vez contra la letra que se reproduce por millares, y así otorga poderes y legitimidades a cuantos la poseyeran: nobles y villanos, obispos y herejes, mercaderes y alcahuetas, niños, rebeldes y enamorados?

Se levantó de allí y buscó refugio para sus dudas recorriendo los treinta sepulcros, quince y quince, alineados a ambos costados de la capilla: uno por uno los visitó, tocó con los dedos las frías laudas, acarició los veteados mármoles, miró las estatuas yacentes que reproducían en piedra y bronce y plata las figuras que en vida hubieron sus antepasados. Leyó las singulares inscripciones de cada sepulcro: estos textos fúnebres, al menos, serían irreproducibles, únicos, inseparables de cada figura rememorada en este vasto pudridero.

Al llegar a la última tumba, la más cercana a la escalera de los treinta y tres peldaños, tembló adivinando, al fin, que esos tres escaños de más, que él nunca ordenó construir, los reservaba la Providencia para sus tres hermanos. Pues las conversaciones con Ludovico y Celestina sólo una convicción habían impreso en su ánimo: los tres eran hijos de su padre, el hermoso y putañero príncipe de insaciables apetitos: su padre fue capaz de preñar al mismo mar, al aire, a la roca.

La cabeza le giró vertiginosamente: el pene le colgaba entre las piernas como un pétalo negro y marchito; buscó apoyo contra una lauda; se reconfortó, mientras un frío sudor le manchaba la ropa, con un solo pensamiento:

—Mandé construir treinta escalones, uno para cada uno de mis antepasados muertos; los artesanos, guiados por la mano de la Providencia, construyeron treinta y tres: cada escalón convoca, así, la muerte de uno de esos usurpadores aquí llegados; no hay escalón para mí.

Inquirió jadeando pesadamente entre sus espumosos y gruesos labios separados, ¿nunca moriré, entonces? y en seguida dijo en voz alta:

—Tampoco hay escalón para mi madre. ¿Viviremos ella y yo eternamente?

—Sí, hijo, sí, se levantó un apagado murmullo desde un rincón de la capilla y cripta, desde un bulto negro allí arrojado, indistinguible a simple vista. Felipe retrocedió, ahíto de misterio, hambriento de razón; y por el mismo motivo avanzó hasta ese bulto, se hincó junto a él y descubrió el mutilado cuerpo de su madre, la llamada Dama Loca, como él mismo era llamado, por chulos y pícaros, príncipe fantástico, cómico y químico, pretencioso y embustero.

El azoro enmudeció al Señor; la severa máscara de cera de la vieja, iluminada apenas por una agria sonrisa, dijo:

—¿Créesme muerta? ¿Créesme viva? En ambos argumentos, aciertas, hijo, pues no puede morir lo que nació muerto, ni vivir lo que murió en vida, y de estas opuestas razones se alimenta lo que puedes llamar, si te place, mi actual existencia. No me entierres, Felipe, hijo: no estoy tan muerta como ésos, nuestros ancestros; pero tampoco me devuelvas a la vida común, a la ambición, al esfuerzo, a la apariencia, a la comida, a la defecación, al vestido y al sueño: dame el lugar que merece mi particular existencia, natural resultado de mi vida y mi muerte enteras, como un día se lo expliqué a un pobre caballero que encontré en el camino hacia aquí, en las dunas de una playa, hace tanto tiempo, me parece, ¿sabes?, los sentidos nos engañan, no nos dan fe de la vida ni su ausencia es prueba de la muerte: somos dinastía, hijo, algo más que tú y yo solos a la sucesión entera de los príncipes, perecen los individuos, se prolongan las herencias, agótase el esfuerzo de un hombre, acreciéntase el poder de un linaje, porque ellos arrebatan para tener algo para sí, y así acaban por perderlo todo, mas nosotros vivimos de la pérdida, el exceso, el fasto, el don suntuario, el desgaste, y así acabamos por ganarlo todo; chitón, hijito, no me interrumpas, no me respondas, respeta a tus mayores, óyeme nada más, todo error se paga, todo exceso se compensa, todo crimen se expía: la historia es la cuenta secular de un rescate; mas si los hombres comunes pagan el error enmendándose, compensan el exceso con el voto de la frugalidad venidera y expían el crimen con la pena del arrepentimiento, nosotros, al revés, pagamos el error con más errores, compensamos el exceso con nuevos excesos, expiamos el crimen con crímenes peores: cuanto nos es ofrecido lo devolvemos en natura, centuplicado, hasta culminar en el don para el cual no hay respuesta posible: nadie puede pagarnos, compensarnos o expiarnos, por temor a que les devolvamos, multiplicados y engrandecidos, los males mismos que ellos nos dan para vencernos; ni me entierres, Felipito, ni me devuelvas a mi alcoba; dame el lugar que me corresponde; hazlo en recompensa de mi doloroso amor hacia ti: nunca te herí, hijito, nunca te dije toda la verdad; colócame en ese nicho de donde caí; luego mándame emparedar hasta los ojos; oculta detrás de vil ladrillo mi cuerpo mutilado; que sólo asomen mis ojos; no hablaré; nada pediré; seré un fantasma amurallado; mis ojos brillarán en las sombras crecientes de tu capilla; no me pongas lápida ni inscripción; no habré muerto; no sabremos qué fecha ponerle a mi muerte; no sabremos qué nombre ponerle a mi tumba en vida; concentraré en mi mirada todas las historias de las reynas, seré el espectro de las que me precedieron y el fantasma de las que me seguirán; desde mi pedestal emparedado las soñaré a todas, viviré por todas, moriré para todas, acompañaré a todas sin que se percaten que yo las habito, suspendida entre la vida y la muerte, seré lo que fui, Blanca, Leonor y Urraca, seré lo que soy, Juana, seré lo que seré, Isabel, Mariana y Carlota, eternamente próxima a las tumbas de los reyes, eternamente viuda y desconsolada, eternamente cerca de ti, hijo mío: pasa de vez en cuando por mi nicho amurallado, busca mis ojos, cuéntame las tristes historias de los hombres y las naciones: me sobran días, me sobran muertes...

Quinta jornada

—Treinta y tres meses y medio duró el sueño de Flandes…

—Que son mil días y medio…

—La llegada a Brujas. La Hermana Catarina. Las noches en el bosque del Duque. La cruzada de los pobres. El espíritu libre. La batalla final contra ti. La derrota…

—La Catedral profanada: por eso construí esta fortaleza del Santísimo Sacramento.

—Esa noche, Felipe, me acerqué a ti; te pedí que te unieras a nosotros: el sueño de la playa, tú y nosotros…

—Dijiste ser invencible, porque nada te podían quitar… Dijiste que si te vencía, me vencía a mí mismo… Ludovico…

—Dos durmieron: nada entendió y nada recordó el que todo lo quiso, el heresiarca de Flandes…

—Pedí su cabeza al Duque de Brabante; me la entregó…

—¿La tienes?

—Guardada en ese cofre, debajo de mi cama.

—Muéstrala.

—Tú, muchacha, que eres más ágil, arrastra hasta aquí ese arcón…

—Ábrelo, Celestina.

—Aquí; se ha arrugado; se ha vuelto negra; se ha encogido; aquí…

—Felipe: mírala: ésta no es la cabeza de ese muchacho.

—Es cierto.

—Ahora los conoces, sabes que el Duque nunca te entregó la cabeza del joven heresiarca, que era soñado, sino la de otro hombre…

—¿Quién es?

—No puedo ver. No quiero ver.

—¿Hasta cuándo, Ludovico?

—Déjame medir mi tiempo. Descríbeme tú esa cabeza cortada.

—Era de un hombre de edad mediana, calvo, pero como la cabeza se ha achicado, ahora tiene una larga melena entrecana…

—¿Y qué más?

—Los ojos entrecerrados; los labios delgados; una nariz larga; es difícil describirle: una cara de rústico, sin grande distinción, un rostro vulgar…

—Pobrecito, pobrecito…

—¿Le conociste?

—El Duque te engañó, Felipe; nos engañó a todos; te entregó la cabeza del más humilde de los adeptos; pobrecito artesano, secreto pintor.

El Señor, para agradecer esta plática, les contó a su vez cómo cuestionó a ese cuadro traído de Orvieto, pidiéndole a Cristo que se manifestara ya y claramente le hiciese saber al más fiel de sus devotos, Felipe, la verdad sobre sus visiones místicas: ¿eran proféticos prospectos de un destino en el cielo eterno, o engañoso anuncio de su condenación al repetible infierno? Nada le contestó el cuadro. Lo fustigó con un látigo penitenciario. Las figuras masculinas giraron con las vergas erectas. Una herida de sangre se abrió en la tela. Cristo lo llamó cabrón.

No pudieron hablar el resto del día. Sólo a un sobrestante de su mayor confianza hizo llamar el Señor a la capilla y allí le dio instrucciones para que emparedara el tronco mutilado de la Dama Loca en el nicho, y el sobrestante dijo que necesitaría un par de obreros para ayudarle con los ladrillos y la argamasa, mas el Señor se lo vedó. Todo el día se escucharon los lentos trabajos.

Al anochecer, el Señor salió de la capilla y miró la obra acabada. Le agradeció su esfuerzo al sobrestante y le entregó una taleguilla llena de piezas de oro. Al sentir el peso de la recompensa, el sobrestante se hincó ante el Señor, le besó la mano y le dijo que el pago era excesivo para trabajo tan regalado.

—Te hará falta, dijo el Señor, te juro que te hará mucha falta.

El sobrestante se retiró murmurando mil gratitudes y el Señor caminó entre las sombras de la capilla hacia el altar y su cuadro.

Ahora fue él quien cayó de rodillas, estupefacto.

El cuadro de Orvieto, ante el cual había orado e imprecado tantas veces, el testigo de sus dudas, blasfemias, soledades y culpables demoras a lo largo de los días y las noches de la erección de este palacio, monasterio, necrópolis inviolable, el escenario del ascenso por los escalones a un lejano y espantable futuro, el actor de las palabras de su testamento, el espectador del espanto de las monjas, la muerte de Bocanegra, el entierro de los treinta cadáveres de los antepasados y la llegada de los misteriosos forasteros, el paje de los labios tatuados y el peregrino del nuevo mundo, ese cuadro venido, decíase, desde la patria de unos cuantos pintores tristes, austeros y enérgicos, el cuadro que en la imaginación del Señor todo lo que aquí ocurrió lo había visto, escuchado y dicho, el cuadro desaparecía ante su mirada: su barniz se resquebrajaba, jirones enteros de la tela se pelaban como piel de uva, como ropaje de melocotón, y las formas allí pintadas, el Cristo arrinconado y sin luz, los hombres desnudos en el centro de la plaza italiana, los detalles contemporáneos a ese lugar, que ocupaban el primer plano, y los múltiples y mínimos detalles del fondo, todas las escenas del Nuevo Testamento, dejaban de ser forma discernible y concreta, se volvían otra cosa, pura luz, o puro líquido, y como un arco de luz, o un río de colores, mezclados y fluyentes, corrían por encima de la cabeza del Señor, se iban, se iban…

Buscó el Señor, con la mirada enloquecida, el origen de la fuerza que despoblaba su cuadro y lo convertía en arroyo de aire cromático; con un solo movimiento nervioso dio la espalda al altar y distinguió, entre las sombras siempre crecientes de la capilla, el punto hacia donde huían las formas: un monje, al pie de la escalera que conducía al llano, un fraile, con un objeto entre las manos, algo que brillaba como la cabeza de un alfiler o la punta de una espada; no tuvo el Señor fuerzas para levantarse, a gatas se alejó del altar, se dirigió hacia la escalera, siguiendo la ruta de esa vía luminosa, que como una constelación artificial, corría por el cielo de la capilla.

Se detuvo cuando pudo distinguir nítidamente.

El fraile Julián, con un espejo entre las manos, estaba de pie, inmóvil, junto al primer peldaño de la escalera acabada por inacabada, terminada pero interminable, abierta pero prohibida, transitable pero mortal, y hacia ese espejo, un triángulo, fluían las formas revueltas, líquidas, disueltas, del cuadro de Orvieto: el espejo triangular las recogía y aprisionaba velozmente en su propia imagen neutra.

—Julián… Julián, logró murmurar el Señor, otra vez cautivo de las maravillas, como el inmenso cuadro lo era del pequeño espejo.

No le miró el fraile, que parecía de piedra, absorto en su tarea, pero dijo:

—Castigadme, Señor, si crees que me robo lo tuyo; perdonadme si sólo recojo lo mío para entregarlo a los demás; ni mío, ni tuyo: el cuadro será de todos…

Fray Julián dio la espalda al Señor y dirigió la luz del espejo a lo alto de la escalera, al llano de Castilla, y por allí huyeron las formas momentáneamente capturadas en el espejo triangular.

Vaciose el espejo; el Señor se incorporó, reteniendo un gruñido salvaje, una voz de animal cazado, de lobo herido en sus propios dominios por sus propios descendientes, los príncipes de mañana que en la pobre bestia no reconocerían a un antepasado incapaz de ganarse la eternidad del cielo o del infierno, arrancó el espejo de manos de Julián, lo arrojó al piso de granito, lo pisoteó, pero el cristal no se rompía, ni se doblaba la forma del metal que por los tres costados le ceñía. Julián dijo tranquilamente:

—Es inútil, Señor. El triángulo es indestructible porque es perfecto. No hay otra figura, Sire, que siempre se resuelva con tal exactitud, teniendo tres partes, en una sola unidad. Dadle tres números, los que gustéis, a cada uno de los tres ángulos. Sumadlos de dos en dos e inscribid el número resultante en el lado que une los dos ángulos correspondientes. Cada número angular, unido al número que resulta de la suma de los otros dos ángulos, arroja siempre, siempre, la misma cifra. ¿Qué podemos, vos o yo, contra semejante verdad? Ved en este maravilloso objeto la reunión de la ciencia y el arte, pues lo hemos fabricado juntos el fraile estrellero y yo; Toribio y Julián.

—Julián, dijo el Señor con voz entrecortada, siempre supe que de alguna misteriosa manera, tú eras el autor de ese cuadro culpable…

—Pudisteis acusarme a vuestro antojo, Sire.

—Un día te expliqué por qué no…

—¿Evitar contiendas dispensables, no darle más armas de las necesarias a la Inquisición? Todas se las habéis dado, si ciertos son los decretos que se han publicado en estos días, firmados por vos…

—Pero tú, Julián, tú y Toribio, de mi orden más amada y más protegida, los Dominicos…

—Los perros del Señor, Señor: tan fieles como fiel os fue Bocanegra.

—Tú colocaste allí ese cuadro, ese negro talismán, ese espejo que me ha torturado incesantemente…

—Sin él, Sire, ¿serías hoy quien eres y sabrías lo que sabes?

—Siempre supe lo que ese cuadro me enseñó a saber aún más: el ángel de mi corazón luchará eternamente con la bestia de mi sangre. Sea; ¿qué has hecho de ese cuadro, tuyo y mío?

—Fue visto por quienes debió ser visto en este tiempo y lugar; ahora será visto por quienes deberán verlo en otro lugar y otro tiempo.

—¿Quiénes?

—Señor: he leído vuestro testamento, en los papeles que Guzmán me entregó y que yo entregué a mi cofrade el estrellero. Habláis allí de las rendijas del tiempo, los oscuros minutos vacíos durante los cuales el pasado trató de imaginar al futuro...

—Sí, eso les lego, eso está escrito, un futuro de resurrecciones, un retorno ciego, pertinaz y doloroso a la imaginación del futuro en el pasado como único futuro posible de mi raza y de mi tierra...

—No hago sino cumplir vuestros proyectos; y todos coinciden con los de mi Orden, que es la de los Predicadores; pues, ¿qué hemos de predicar sino lo que recordamos?, ¿y qué hemos de recordar sino lo que hemos escrito o pintado? No quedará más testimonio de las entidades que lo que yo haya pintado en cuadros, estampas y medallones: así, las identidades de ayer serán las de hoy, cuando mañana, Sire, sea hoy.

—No caben estas magias en las reglas de la memoria, que Santo Tomás incluye como parte de la virtud de la prudencia. Y sin prudencia, no hay salvación. ¿Condenarías tu alma, fray Julián, para salvar tu arte?

—Ahora os lo puedo afirmar, Señor. Sí. Condéneme yo, si se salva mi arte, que puede salvar a muchos.

—Qué miserable es tu soberbia. Tu arte, pobre de ti, es un espacio vacío al fondo del altar. Mira.

Mi arte no está firmado, Sire, y así, no representa una afirmación de mi necia individualidad, sino un acto de creación: reconcílianse en él la materia y el espíritu y ambos no sólo viven juntos, sino que, en realidad, viven. Y antes de este acto, no. Veis magia en lo nuevo, Señor. Yo sólo miro lo que da vida al inasible espíritu y la yerta materia: la imaginación. Y es ésta la que cambia, ni el espíritu o la materia en sí, sino la manera de imaginar su unión. Mi cuadro ya ha estado aquí, en esta capilla. Ha sido visto. Y ha visto. Correspóndele ahora ver y ser visto en otros lugares.

—¿Dónde, fraile?

—En el nuevo mundo, en la tierra virgen donde el conocimiento puede renacer, despojarse de la fijeza del icono y desplegarse infinitamente, en todas las direcciones, sobre todos los espacios, hacia todos los tiempos.

—Candoroso amigo mío: el nuevo mundo no existe.

—Ya es demasiado tarde para decir eso, Señor. Existe, porque lo deseamos. Existe porque lo imaginamos. Existe, porque lo necesitamos. Decir es desear.

—Id, pues, navegad en el barco de los locos hacia el gran precipicio de las aguas, desplegad, fraile, los velámenes de la navis stultorum… Desplómate, necio, con tu arte, en la catarata del ponto, ¿qué dejarás detrás de ti? Mira otra vez: un espejo vacío.

—Llenadlo, Sire.

—¿Yo? ¿No pintarías, mejor, tú mismo otro cuadro en mi altar?

—No. Mi cuadro ya habló. Que ahora hable otro. Es su turno.

—¿Quién, fraile, qué? Debes saberlo, tú que sabes acelerar los desastres…

—Señor: mostrad la cabeza cortada de ese pobre pintor flamenco, que guardáis en un arcón de vuestra alcoba, al espacio vacío que ocupó mi pintura…

Sexta jornada

—¿Nunca saldrás de aquí, Felipe?

—Nunca, Ludovico. De todo podrá dudarse, menos de eso. Éste es mi espacio, ceñido, determinado. Aquí viviré hasta saber qué me toca en el reparto de la Providencia: el eterno cielo, el eterno infierno o las temidas resurrecciones que un día me anunció mi espejo al ascender esas escaleras que conducen al llano.

—Otros se irán…

—Mas nadie más vendrá.

—Si ganaras un mundo, un mundo nuevo, ¿jamás lo visitarías?

—Jamás, Ludovico, aunque existiese. Que otros corran en pos de ese espejismo. Mi palacio contiene cuanto yo he menester para conocer mi suerte.

—Subiste por esa escalera…

—Sí…

—Sólo te viste a ti mismo.

—Sí…

—Podrías ver al mundo…

—Te digo que el mundo está contenido aquí, en mi palacio; para eso lo construí: una réplica de piedra que para siempre me aísle y proteja de las acechanzas de lo que se multiplica, corroe y vence: el cancro de ambiciones, guerras, cruzadas, crímenes necesarios y sueños imposibles, los nuestros, Ludovico, los de nuestra juventud. Ve qué mal hemos venido a parar. Pedro no conoció el mundo sin opresión que soñó; Simón no conoció sino el hambre y la plaga, y Celestina sólo las servidumbres del cuerpo. Y tú, Ludovico, nunca conocerás el mundo sin Dios y de plena gracia humana.

—Nosotros sólo iniciamos esos sueños…

—Bien se ha burlado de ustedes el tiempo.

—Quizá, ahora, otros los prosigan.

—¿Quiénes, mujer?

—Estos tres muchachos.

—Pobrecita de ti, Celestina; si ésa es la ilusión que te anima, prepárate ya a pasar tu memoria, tu sabiduría y tus labios heridos a otra mujer, y mírate en el espejo de la vieja trotera que te los pasó a ti… Y tú, Ludovico, ¿en qué fincarás ya tu sueño de la gracia humana, directa, sin dioses, sin mediadores?

—En cuanto he aprendido durante estos veinte años. Repasa cuanto aquí he dicho y sabrás lo que yo sé, ni más ni menos.

—Me has hablado de la unidad divina y de la dispersión diabólica, si bien te entendí.

—Así es. Y de la lucha humana que tiene lugar en todos los grados intermedios de esa escala. Es tu lucha. Pero tú sólo viste a Felipe en la escalera, no al mundo. Viste las transformaciones de tu materia individual, mas no las puertas que se abrían al lado de cada peldaño de tu ascenso, convocándote a abrirlas y reconocer otras posibilidades.

—¿Cuáles, Ludovico? Dímelo tú.

—Una vida no basta. Se necesitan múltiples existencias para integrar una personalidad. Toda identidad se nutre de otras. Nos llamamos solidaridad en el presente. Nos llamamos esperanza en el futuro. Y detrás de nosotros, en el ilusorio pasado, vive, latente, cuanto no tuvo oportunidad de ser porque esperaba que tú nacieras para dársela. Nada perece por completo, todo se transforma, lo que creemos muerto sólo ha cambiado de lugar. Cuanto es, es pensado. Cuanto es pensado, es. Todo contiene el aura de lo que antes fue y el aura de lo que será cuando desaparezca. Perteneces simultáneamente al presente, al pasado y al futuro: a la epopeya de hoy, el mito de ayer y la libertad de mañana. Podemos viajar de un tiempo a otro. Somos inmortales: tenemos más vida que nuestra propia muerte, pero menos tiempo que nuestra propia vida. No abriste las puertas, Felipe. Crees tener al mundo entero reproducido dentro de tu palacio, y sólo te tienes a ti mismo, pero nada eres, ni unidad ni dispersión, ni cielo, ni infierno, ni resurrección: nada, porque has negado las unidades que, sumadas, integrarían la tuya; porque al hacerlo, te quedas sin cielo, que es unidad final y primera; porque si no hay cielo, no hay infierno; y no habiéndolo, no hay dispersión; y faltando el escenario de la gracia humana, que entre estos polos se despliega, tampoco conocerás la verdadera resurrección, que es seguir viviendo en otros y ya no es nuestra piel. Tú solo, Felipe, serás sólo lo que has temido: un lobo cazado en tus propios dominios por descendientes que no te reconocen. Y te matan.

—¿Hay tiempo de hacer otra cosa?

—Tu capilla…

—El teatro de la memoria…

—Transfórmala…

—Trabajaremos juntos, tú y yo, Celestina…

—Los tres muchachos…

—Busca a tu Cronista…

—Trae a Julián y Toribio…

—Sumemos nuestro saber para transformar este lugar en un espacio que verdaderamente los contenga todos y en un tiempo que realmente los viva todos: un teatro donde nosotros ocupemos el escenario, donde hoy está tu altar, y el mundo se despliegue, se represente a sí mismo, en todos sus símbolos, relaciones, tramas y mutaciones, ante nuestra mirada: los espectadores en el escenario, la representación en el auditorio: un teatro donde giren tres círculos concéntricos, uno con todas las formas de la materia, otro con todas las formas del espíritu y otro con todos los signos del universo estelar; al girar cada rueda, y las tres juntas, se irán integrando todas las combinaciones de la naturaleza, el intelecto y las estrellas; y de cada combinación nacerá una forma particular, que permaneciendo simbólicamente en nuestras ruedas, se desprenderá activamente de ellas, para ascender por tu escalera y salir al mundo exterior y el mundo exterior nos devolverá nuevas formas que descenderán por tu escalera y se sumarán a la triple rueda de nuestro teatro, transformándolo sin fin…

—¿Qué ganaremos, Ludovico?

—Sabremos la verdad del orden de las cosas y nuestro lugar en ellas y con ellas: seremos a la vez actores y espectadores en el centro mismo de la lucha entre el caos y la inteligencia, entre el sueño y la razón, entre la unidad y la dispersión, entre el ascenso y el descenso: veremos cómo se mueve, integra, relaciona, vive y muere cuanto es. Lo sabremos todo, porque todo lo recordaremos y todo lo preveremos en el mismo instante. Y así, Felipe, reconquistaremos nuestra auténtica naturaleza humana, que es divina, y Dios no será más necesario, ni el cielo, ni el infierno, ni la resurrección, porque en un mismo instante que es todos los tiempos y en un mismo espacio que los contiene a todos, habremos visto y sabido, para siempre y desde siempre, la manera como todo se relaciona: la totalidad de las maneras y formas como hemos sido, somos y seremos, reunidas en una sola fuente de sabiduría que todo lo unifica sin sacrificar la unidad de nada. Asistiremos, Felipe, al teatro de la eternidad, llevaremos a su conclusión el secreto y febril sueño del veneciano Valerio Camillo: todo convirtiéndose en todos, todos convirtiéndose en todo, la pluralidad eterna alimentando la unidad eterna, y ésta alimentando a aquélla, simultáneamente y para siempre. Y entonces sí podremos clamar, con júbilo, las palabras bautismales de la era naciente que será el renacimiento de todo: ¡oh, qué gran milagro es el hombre, un ser digno de reverencia y honor! pues penetra la naturaleza del dios, como si él mismo fuese un dios; pero reconoce a la raza de los demonios, pues sabe que de ellos desciende.

—¿Estamos a tiempo? ¿Basta que dé una orden para iniciar esta construcción dentro de la construcción? ¿Hoy mismo?

—Falta un solo acto.

—¿Cuál?

—De ti depende, te he dicho. Eres libre.

—¿Cuándo?

—Mañana.

—¿El séptimo día?

Felipe consideró largo tiempo, en silencio, estas razones. Más tarde les contó a Celestina y Ludovico cómo salió de cacería una mañana del mes de julio, esperando recorrer los vergeles estivales de su infancia; y en vez, se desató una tormenta que le obligó a guarecerse en una tienda, con un breviario y un perro, lejos de la caza preparada por Guzmán. Bocanegra huyó, inexplicablemente, como si quisiera defender a su amo de graves peligros. Regresó herido, con la arena de la costa en las patas. El can maestro no pudo decirle la verdad que ahora conocía el amo: Guzmán hirió al perro; el perro quiso defender a Felipe de una amenaza peor que la de cerdo salvaje: el regreso de los tres usurpadores... No, no fue esto lo que entonces le preocupó, sino dos hechos singulares. El ánimo rebelde de la armada de miserables enviados al punto más alto de la sierra para avisar con humo y fuego la presencia del venado, privados del placer de matarle. Y el carácter inevitable de los actos finales de la montería: formalmente, el Señor debía dar la orden para que sonaran las bocinas, se descuartizara al venado y se otorgaran los premios y galardones de la jornada; en la realidad, todo sucedió independientemente de sus órdenes, como si verdaderamente las hubiese dado.

Como siempre, salió esa noche a la capilla. Dos alabarderos le aguardaban, con antorchas en una mano y espadas sangrientas en la otra. Desconfortada, la madre Celestina meneaba la cabeza entre los dos guardias.

—¿Cumplieron mis órdenes?

—Señor: el sobrestante que nos dijisteis va de regreso a su pueblo natal, con una taleguilla de oro amarrada a la cintura, pero sin manos con qué tomarla ni lengua con qué contar nada.

—Bien.

—Y esta mujer, Señor, ha regresado con un anillo vuestro, que dice le permite llegar hasta vos. La encontramos rondando las celdas, y como es de esas que dañan la fama, y tres veces que entra en una casa, engendra sospecha, pues la hemos traído hasta aquí…

El Señor despidió a los alabarderos. Miro de reojo al espacio vacío al fondo del altar. Preguntó a la madre Celestina:

—¿Están en su lugar el bobo y la enana?

—Encamados, no majestá, bajo la misma sábana y hasta que se nos mueran.

—¿Hablaste con la monja?

—Me aguardaba impaciente la Inesilla, y sorprendiome a mi regreso. ¡Ángel disimulado! ¿Cómo puede despreciarla ese hermoso caballero, si parecen hechos tal para cual? "Madre mía —me dijo— que me comen este corazón serpientes dentro de mi cuerpo." Oh género femíneo, encogido y frágil; adobele el virgo, adivinando vuestras intenciones para con ese burlador de honras, de cuyas hazañas me entretuvieron las otras monjas y las azafatas, Azucena y Lolilla; y al propio caballero Don Juan me acerqué, como me dejasteis dicho con la Inesilla, y le dije, alalé, putillo, gallillo, barbiponiente, a todo un convento has desvirgado, dices como yo pienso que placer no comunicado no es placer, alalé, ¿y yo, aunque vieja, no sabré darlo y recibirlo, no tendré corazón, ni sentimientos?, ¿no tomarás conmigo las sábanas por faldetas?, ¿me dejarás morirme con virgo intacto?, y mucho rió el caballero, y dijo que más fuerte estaba Troya, y que allí mismo se desbraguetaba y ale, mas yo le contesté que no se ganó Zamora en una hora, y que mayor es el placer de noche, que es capa de pecadores, y que le esperaba, Señor su mercé, en la celda donde ahora os conduciré, y donde él debe estar ya, y donde desde hace horas está la Inesilla, disfrazada con hábitos semejantes a los míos, y bien embozada…

Llegáronse el Señor y la trotaconventos al patio conventual del palacio, y luego se encaminaron por uno de los largos pasillos flanqueados de celdas. Ante una de ellas se detuvo la madre Celestina, tapose la boca con un dedo, abrió sigilosamente la ventanilla de Judas de la puerta y pidió al Señor que se asomara.

Autor de esta obra, incitador de este acto, el Señor dio un paso atrás, llevose ambas manos a la boca, presa de un deleitoso pavor, al mirar lo que miraba a través de la estrecha apertura: el acoplamiento bárbaro de Don Juan y Doña Inés, embozados ambos, él con el lujoso manto de brocados, ella con los pobres trapos de la vieja Celestina, pero levantados manto y traperío hasta las cinturas, hundido el miembro del joven caballero hasta lo más hondo de las suaves y redondas carnes de la novicia, fornicando los dos sobre piso de espejos, revolcándose los dos, ella de placer, él de furia, abiertos los ojos de la mujer, cerrados los del hombre, gozando ella, y evitando él, mirarse en piso de espejos, muros de espejos, ventanas de espejos, puerta y techo de espejos, bocabajo él, negando mirarse en el piso, bocarriba él, mirándose en el techo, cerrando otra vez los ojos del rostro oculto bajo la manta, condenado para siempre a mirarse o evitar mirarse amando a la misma hembra: reproducido mil veces, infinitas veces, en los reflejos de los reflejos, cielo, tierra, aire, fuego, norte y sur, oriente y poniente de espejos, murmurando ella su placer interminable, fuego escondido, agradable llaga, sabroso veneno, dulce amargura, deleitable dolencia, alegre tormento, dulce y fiera herida, blanda muerte: dulce amor; y él repitiendo las palabras que ella decía, sin quererlo ni saberlo.

—Con las uñas de un ala de drago la desvirgué de nuevo, dijo la madre Celestina, y armé la boca de su placer con doble fila de dientes de pescado, y en el fondo de su coso metí cristal molido, y luego bañé su montecillo con gotas de sangre de murciélago, y la cosí con hilado delgado como el pelo de la cabeza, igual, recio como cuerdas de vihuela, que así el caballero sentiría que la tomaba por primera vez, creyendo que era yo, vieja virgen, y vendrá el día, Señor su mercé, en que en los espejos no se reconocerán...

Séptima jornada

—Hoy es el séptimo día, dijo el Señor. ¿Volverás a ver, Ludovico? ¿Abrirás los ojos?

—Ya te lo dije, depende de ti…

—Entonces, ¿qué esperas de mí?

Ludovico alargó el brazo para tocar a Celestina. La muchacha vestida de paje tomó la mano del ciego y Ludovico habló pausadamente.

—Hace veinte años, el azar reunió en la playa del Cabo de los Desastres a cuatro hombres y una mujer. Conociste entonces nuestros sueños. Nos explicaste por qué serían imposibles. No nos contaste el tuyo. No pudimos decirte por qué sería, también, imposible.

—¿Eso quieres que haga ahora?

—Aguarda, Felipe. A Pedro le dijiste que su comunidad de hombres libres sería derrotada: para sobrevivir, los comuneros se verían obligados a actuar igual que sus opresores. La libertad sería su meta, pero para alcanzarla, deberían emplear los métodos de la tiranía. Luego nunca serían libres.

—¿No hubiese sido así? ¿Y no habría sido peor esa opresión que la mía, puesto que yo no tengo que justificar mis actos en nombre de la libertad y ellos, en cambio, sí? Yo puedo ser excepcionalmente benévolo; ellos no. Yo puedo condonar una falta porque nadie puede pedirme cuentas; ellos no; serían condenados por los demás. Si reprobable es la tiranía de un solo hombre, ¿cómo no habrá de serlo la de una multitud, que sólo multiplica, sin diluirla, la opresión del tirano solitario? Yo puedo juzgar a los hombres considerando que dentro de cada pecho, como dentro del mío, luchan un ángel y una bestia: ellos no, pues la herejía de la libertad es hija de la herejía maniquea, que todo lo concibe en irreconciliables términos de bien y mal. Preferible es, Ludovico, mi ilustrada discreción despótica al deformado celo libertario de la chusma, pues peor opresión es ésta que aquélla.

—¿No darías una sola oportunidad al sueño de Pedro?

—¿Me dio una sola oportunidad el sueño de Pedro a mí? Además, ese viejo ha muerto, ahogado aquí, alanceado allá, lo mismo da...

—Afuera de tu palacio se reúnen los aliados de Pedro. Creíste deshacerte de sus hijos entregándolos a la voracidad de tus mastines. Pero ahora Pedro tiene más hijos que nunca. Tus obreros descontentos. Los hombres de las ciudades, ofendidos por tus caprichosos decretos. Las razas perseguidas, moros y judíos, que son tan parte de esta España como tú o yo, como castellano o aragonés, como godo, romano o celta. Aquí han nacido, crecido y muerto, aquí han dejado trabajo y belleza, templos y libros. No hay otra tierra de este viejo mundo que posea ese don: ser la casa común de tres culturas y tres fes distintas. En vez de perseguirles y expulsarles, busca la manera de que convivan con cristianos y los tres eslabones harán tu verdadera fortaleza.

—Ésta es mi fortaleza, este palacio, construido como custodia de dos sacramentos que son uno solo: mi poder y mi fe. No quiero el caos, el cancro, el Babel que me propones...

—Más allá de las murallas de tu necrópolis y de su severa fachada de unidad, Felipe, otra España se ha gestado, una España antigua, original y variada, obra de muchas culturas, plurales aspiraciones y distintas lecturas de un solo libro...

—El libro de Dios sólo puede leerse de una manera; cualquier otra lectura es locura.

—Sin que tú te percataras, muchos hombres han ido ganando palmo a palmo sus derechos humanos contra tu derecho divino. No te percataste, encerrado aquí, como no te enteraste de la quiebra de tus arcas y debiste acudir a un usurero hispalense...

—Las palabras y las cosas deben no sólo coincidir: toda lectura debe ser lectura del verbo divino...

—Entérate: tal ciudad defendió el santuario dado a un perseguido...

—...pues en escala ascendente todo acaba por confluir en el ser y la palabra idénticos de Dios...

—Entérate: tal otra arrancó fuero contra el capricho real a uno de tus antepasados...

—Dios, Dios, causa primera, eficiente, final y reparadora de cuanto existe.

—Entérate: la de más allá comenzó a reunirse en asambleas del pueblo para debatir y votar...

—Y así, la visión del mundo es única...

—Entérate: la de más acá acordó libertad a los siervos emancipados de la gleba...

—Todas las palabras y todas las cosas poseen un lugar para siempre establecido y una función precisa y una correspondencia exacta con la eternidad divina.

—Entérate: ésta conoció un juez que dictó justicia de acuerdo con las leyes y no el capricho, y los hombres abrieron los ojos...

—El mundo del hombre y el mundo de Dios se expresan a través de una heráldica verbal enriquecible, combinable, interpretable, sí, pero al cabo inmutable, Ludovico...

—Entérate: aquélla dijo secretamente de tus mandatos: obedézcanse, mas no se cumplan.

—Pero todo enriquecimiento, combinación o interpretación de las palabras nos llevan siempre a la misma perspectiva jerárquica y unitaria, a una lectura única de la realidad. Y fuera de este canon, toda lectura es ilícita.

—Entérate: el pueblo de España, poco a poco, en secreto, ha gestado las instituciones de la libertad.

—Oh Dios, Ohdios, ohdiosoh, odioso...

—Reúne en haz estos hechos dispersos. Verás cómo germina la planta de la libertad. No la destruyas. Dale esa oportunidad al sueño de Pedro.

—¿Qué habré ganado?

—Nuevo mundo será España, mundo de tolerancia y prueba de las virtudes de un humano trueque. Y sobre este mundo nuevo de aquí, podremos todos fundar un verdadero nuevo mundo allende la mar; y hagamos allá lo mismo que aquí: convivir con la cultura de aquellos naturales.

—Sueñas, Ludovico; y no miro convivencia posible con idólatras y antropófagos.

—No han sido mejores nuestros crímenes en nombre de la religión, el poder dinástico y la ambición bélica. Si te muestras tolerante aquí, seguramente serás persuasivo allá. Como la moral de Quetzalcóatl fue pervertida por el poder de allá, la de Jesús ha sido pervertida por el poder de aquí. ¿No podemos volver juntos, ayunos de terror y esclavitud, a esa bondad original, aquí y allá?

—¿Dices que de mí depende todo esto?

—Si abres tus brazos a cuantos con ánimo de rebelión se han reunido en tejares, forjas y tabernas de esta obra, en los burgos cercanos y entre los capítulos de las procesiones que hasta aquí trajeron a tus antepasados.

—Obreros y burgueses, moros y judíos dices que me rodean y amenazan. Esto ya lo sé. ¿También hay religiosos rebeldes?

—Las treinta procesiones llegaron de muy lejos, de todos los extremos, de Portugal y de Valencia, de Galicia, Cataluña y Mallorca. A ellas se sumaron, disfrazados de frailes y de monjas, de mendigos y de peregrinos, los secretos adeptos de las viejas herejías valdenses, cátaras y adamitas. Estás rodeado, Felipe. ¿Les recibirás en paz?

—¿Qué cosa habría de ofrecerles?

—El gobierno común de este reino, contigo. Su libertad, pero también la tuya. Pues si nunca nos contaste tu sueño, aquella tarde a la orilla del mar, bien nos dejaste ver tus temores.

—No los tuve. Sabía lo que hacía. Le demostré a mi padre que era digno de sucederle, acrecentar el poder y culminar la unidad. ¿Quieres que ahora lo sacrifique todo a la dispersión que me amenaza?

—No estás solo. Yo tengo tres hijos. Tú tienes tres hermanos.

—¿Los usurpadores, Ludovico?

—Los herederos que no tuviste, Felipe.

—Y que no quise.

—Felipe, mi vida no sería mi vida sin ti: ese amor te tengo. Reconoce a mis hijos, a tus hermanos, como la liga entre tu unidad solitaria y la comunidad plural. Son tres, recuerda: la unidad que crece sin perderse.

—Por caridad, Ludovico. Ténganme paciencia. Déjenme desaparecer en paz. Luego tómenlo todo, sin necesidad de rebeliones. Déjenme conocer mi propio destino hasta su conclusión…

—La nada no es un destino.

—Quizá lo sea el poder de la nada: mi privilegio.

—¿Ni eso compartirás?

—Diles a esos obreros descontentos, burgueses amotinados, moros y judíos y herejes excomulgados que, por amor, se dispersen y me dejen en paz, encerrado aquí, sin amor. No pido otra cosa.

—La rebelión es una manera de amar. Y tu destino ya no es tuyo: a pesar tuyo, lo compartes. Hagas lo que hagas, esos tres muchachos ya lo han desviado al llegar hasta aquí, nada será igual a como tú pensaste antes, nada será igual a como tú lo quisiste antes.

—Mundo inmóvil…

—La noticia del nuevo mundo lo ha puesto en movimiento. El mundo nuevo ya existe en la imaginación o el deseo de cuantos escucharon o supieron lo que dijo el tercer muchacho…

—Vida breve…

—Alargola el segundo muchacho, cumpliendo su destino de loco sagrado, encontrando la continuidad dinástica en la más humilde, despreciada y deforme de las mujeres, Barbarica, el ser más digno de amor que habita tu palacio, Felipe, y encendiendo, al unirse en matrimonio, la chispa de la rebelión, ensanchando la vida a la dinastía de todos los hombres: extrañas vías del destino que ya no es sólo tuyo, Felipe…

—Gloria eterna…

—Arraigola el primer muchacho en el placer inmediato, el deseo convertido en acto, la pasión radicada en el presente… Felipe: el monje Simón soñó con un mundo sin enfermedad ni muerte. Tú le contestaste con el sueño de tus temores: una soledad inmortal.

—Dije entonces que si la carne no puede morir, el espíritu moriría en su nombre. Yo negaría la libertad de los hombres y los hombres no podrían cambiar la esclavitud por la muerte. Así derrotaría el sueño de Simón.

—Y añadiste que vivirías para siempre encerrado en tu castillo, protegido por tus guardias, sin atreverte a salir, temiendo conocer algo peor que tu propia, imposible muerte: la centella de la rebelión en los ojos de tus esclavos.

—Dices que hoy me rodea y que no es centella, sino fogata. Ya ves: no la temo.

—No, dijiste algo distinto. Trata de recordar conmigo. Una conversación en la playa, hace veinte años. No, no temerías a la marejada simple e irracional de lo numeroso, sino a la rebelión que dejase de reconocerte. A nadie matarías. Sólo decretarías la inexistencia de todos. ¿Por qué no habrían de pagarte ellos con la misma moneda? Ésta sería la venganza del mundo: te asesinaría olvidándose de que existes.

—¿Pido otra cosa? Pero los rebeldes de hoy, Ludovico, me reconocen, puesto que me desafían…

—Es quizá tu última oportunidad. Si tú no les reconoces, se cumplirá tu atroz sueño. Serás un fantasma en tu castillo.

—¿Pido otra cosa? Te olvidas de que la otra vez los mandé matar.

—Te quiero tanto como te odio, y no sé explicarme esto. Condenaste mi sueño a un orgullo solitario y estéril. Tenías razón. La gracia del conocimiento adquirido por un solo hombre puede matar a Dios, pero puede matar también a quien la obtiene. Hoy, casi diría que mi odio hacia el egoísmo de la ciencia es capaz de arrojarme otra vez en brazos de la abominable creencia en el Dios cristiano. Te he contado mi historia. No seguí el camino que tú dijiste aquella tarde. La fortuna me unió misteriosamente al destino de tres niños y a la sabiduría de muchos hombres en muchas partes. Esto aprendí: la gracia es un conocimiento compartido. Nadie puede guardarla para sí solo. El conocimiento compartido es la verdadera creación, frágil siempre, mantenida por muchos anhelos, errores, júbilos, miedos, pérdidas inesperadas y súbitos hallazgos. No puedo separarme a mí mismo de las tres vidas que protegí, de las conversaciones con el doctor en la sinagoga del Tránsito, del sueño que tuve en la azotea de Alejandría, de los diez años que acaso viví con los ciudadanos del cielo en el desierto de Palestina, de las palabras del mago tuerto de Spalato, de la visión del teatro de Valerio Camillo en Venecia, de la cruzada del espíritu libre en Flandes, de nuestro encuentro con el viejo del molino de viento y de las historias que nos contó, del sueño de mi tercer hijo en el mundo nuevo y de la compañía de ambas Celestinas, la de entonces y la de ahora. Cuanto sé soy yo más estas vidas, estas historias y estas palabras. Te las ofrezco para ofrecerte, a través de todos estos hechos, ideas y destinos sumados hoy, aquí, lo que pocos hombres han tenido, Felipe: una segunda oportunidad…

—Pobre Celestina. Soñó tanto con el amor pleno. ¿Alguna vez lo conocimos? ¿Lo tuvimos los tres, al amarnos aquellas noches en el alcázar? ¡Qué excitación, Ludovico! Asesinar de día y amar de noche. Allí culminó mi juventud; quizá, mi vida…

—Felipe, óyeme, una segunda oportunidad. Deja entrar a todos, esta vez no los asesines, no repitas la historia, gana tu libertad y la de todos probando que la historia no es fatal, purga para siempre tu primer crimen evitando el segundo.

—No lo supe entonces. Qué extraño. Qué lejano recuerdo, Ludovico. Temí no ser reconocido porque temí no ser amado. Quería ser amado. Quise a Isabel. Quise a Inés. Sí, amé el placer que me dio la joven Celestina, nuestra compañera. Ludovico: he conocido a la vieja, la madre Celestina. No me recuerda. Le pasó con los labios la memoria a esta mujer que te acompaña. La madre Celestina, Ludovico: mira el destino del amor, míralo no más…

—Una segunda oportunidad, Felipe, no repitas el crimen de tu juventud…

—Pero hoy, ¿ves, Ludovico?, no temo nada porque no amo a nadie, ¿ves, Ludovico?, ¿abrirás los ojos, al fin?

—Los abriré el día del milenio.

—¿Qué día será ése?

—Recuerda la profecía del mago de Spalato. La Sibila anunció la venida del último emperador, rey de paz y abundancia, triunfo de la verdadera cristiandad, que vencerá al Anticristo, irá a Jerusalén, depositará su corona y su manto en el Gólgota y abdicará a favor de Dios, iniciando el tercer tiempo de la historia, en espera del juicio eterno que ponga fin a la historia. Está escrito que este rey gobernará sobre todos los pueblos del mundo reuniéndolos en un solo rebaño, rex novum adveniet totum ruitorus in orbem. Sé tú ese monarca providencial, Felipe, en nombre tuyo y mío te lo pido, en nombre de nuestra juventud perdida y nuestra vida recobrada…

—Carezco de fuerza, Ludovico.

—Ellos te ayudarán. Para eso los traje hasta aquí. La Sibila habló: una cruz en la espalda, seis dedos en cada pie. Ellos pondrán en movimiento el tercer tiempo.

—El Anticristo. ¿Cómo lo reconoceré?

—Ésta es la oportunidad para recrear la historia, Felipe, Señor: véncete a ti mismo.

No tuvo fuerzas el Señor para conversar más; y esa noche, mientras dormían Ludovico y Celestina junto al hogar cenizo de la alcoba, volvió a sacar del arcón la cabeza cortada y salió con ella a la capilla.

Se detuvo frente al espacio dejado vacío por la fuga del cuadro de Orvieto. Detuvo de los largos mechones grises la cabeza y la levantó en alto, mostrándola al altar. Los ojos entrecerrados de la cabeza parpadearon. El Señor estuvo a punto de gritar, arrojarla al suelo de granito y regresar al refugio de su alcoba. Mas al temblar la mano del Señor y parpadear los ojos de la cabeza, el espacio vacío comenzó a llenarse de formas y colores y el Señor se sintió paralizado por la maravilla; como hacia el triángulo de luz de Julián huyeron las líneas, volúmenes, figuras y perspectivas del cuadro de Orvieto, de los ojos de la cabeza cortada fluían ahora nuevas figuras, siluetas y colores hacia el espacio detrás del altar y allí combatían por organizarse, encontrar su sitio, desplegarse en concierto, integrar al fin un tríptico de tres volantes.

En el primero de ellos, a la izquierda, el Señor miró la promesa perdida del paraíso terrestre, una armoniosa claridad, una luz que reúne todas las especies de la creación, animales, vegetales, minerales; de un estanque emergen penosamente las primeras bestias, los peces alados, nutrias, tordos y un valle de suaves colinas conduce a un bosque de naranjos y a un lago azul, en cuyo centro se levanta, color de la rosácea aurora, la fuente de Juvencio; en sus aguas abrevan los unicornios y nadan los cisnes, los gansos y los patos, en el llano inmediato se detienen las jirafas y los elefantes y más allá se alzan las montañas azulencas, circundadas por bandadas de pajarillos, y en el primer plano se dibujan tres figuras: un muchacho desnudo, sentado, es el peregrino del nuevo mundo, y en su cara se miran inocencia, asombro y olvido; hincada cerca de él está una mujer desnuda, de larga cabellera cobriza, tiene el rostro de la joven Celestina y entre ambos él, el Señor, con el pelo más largo, los mismos labios gruesos, la misma mandíbula prógnata escondida por la misma barba, los mismos ojos de serena locura, la misma calvicie incipiente, que toma a la mujer con una mano y se la ofrece al hombre. Deleitose el Señor con esta visión, preguntose cómo habría de unir él a ese hombre y a esa mujer, miró el bienhechor árbol de la vida cabe el cual se sentaba el muchacho, hojas de palma, acariciantes hiedras, frutos en drupa; se acercó, siempre con la cabeza cortada en alto, al volante del paraíso y miró, con horror, los detalles desapercibidos a la distancia: un gato montés huye con una rata muerta entre las fauces, un alacrán mata a un sapo, una bestia parda, melenuda, casi humana, devora un cuerpo yacente, imposible saber si es hombre o animal, los cuervos anidan en las cuevas de la montaña y en la base de la fuente de la juventud, encerrado dentro de un círculo, vigila el búho, ave sin tiempo…

Caminó hacia atrás, mirando ahora el espacio central del tríptico y vio un vasto jardín de delicias, un universo de pequeñas formas humanas entretejidas, en sucesivos planos hasta formar un suntuoso tapiz de carne encarnada, pues flores semejan estos cuerpos, plenos de gracia, nacarados, entrelazados en juego casto, río de carne que fluye de un primer plano inferior a un segundo plano intermedio y culmina en un tercer plano perdido en el horizonte, bañado el conjunto por azules claros, rosas tiernos, verdes olivos: brillantes y dulces reflejos de una humanidad feliz; los ojos del Señor se perdieron en un vértigo de sensualidad ideal, inobtenible, pero los ojos entreabiertos de la cabeza cortada parpadeaban con velocidad y entre las figuras aparecen animales monstruosos, peces gigantes, aves rapaces, gigantescas fresas, frambuesas, cerezas y ciruelas; unos cristales con formas de seno cubren a una pareja y otros cuerpos desaparecen dentro del doble caparazón de una almeja: un hombre solitario devora una inmensa fresa con tanta codicia como la bestia parda a su víctima, un hombre ensarta un ramillete de flores en el ano de otro hombre y luego le azota las nalgas con otro ramo, un cuervo se posa sobre las plantas levantadas de los pies de un hombre que para liberarse del ave de mal agüero le ofrece una enorme ciruela, en el río flota una fruta escarlata con una apertura por donde emerge un cilindro de cristal, un hombre dentro de la fruta mira a un ratón detenido en la orilla del vidrio, ambos se miran, encima de ellos flota un globo azuloso, una membrana transparente, la habita una pareja amorosa, capturada para siempre en esfera de espejos, una mujer clavada de cabeza en el río muestra las piernas abiertas al aire y se oculta el sexo con las manos, sobre ese sexo anida una frambuesa rota: los cuerpos son prisioneros de algo, todos, de sí mismos, del cristal, del espejo, de la almeja, del coral, de las aves, de las conchas, de la mirada solitaria de los búhos.

—Felicidad y vidrio pronto se rompen, dijo en lengua flamenca la boca de la cabeza cortada; el Señor estuvo a punto de soltarla, cerró los ojos por un instante, perseveró, dirigió la mirada al segundo plano del espacio central del tríptico, otra vez la fuente de la juventud, alrededor de ella una cabalgata de hombres y mujeres desnudos, montados en caballos, unicornios, cerdos salvajes, tapires, grifones, cabras, tigres, osos, un círculo eterno de delicias y llantos, temblores de orgasmo y placeres exhaustos, mujeres blancas y mujeres negras báñanse en el manantial, coronadas de aves: pavorreales, cigüeñas y cuervos. El Señor desvió rápidamente la mirada hacia el último, el más lejano nivel de este cuadro: una laguna helada, mineral, en su centro una esfera azul de acero, coronada por cuernos de mármol rosa, la fuente adúltera, las parejas prohibidas, el negro y la blanca, el hermano y la hermana, la madre y el hijo, el padre y la hija, la mujer y la mujer, el hombre y el hombre, rodeados de un mundo frío, plantas de mármol, flores de perlas, árboles de oro, arroyos de azogue, todo vigilado y cercado por cuatro castillos de roca: el Señor se acercó, eran tan diminutas las figuras, tan difíciles de distinguir los rostros y aquí de cerca, tan horribles al distinguirse: el Señor se tapó el rostro con una mano y entre las rendijas de los dedos vio, sí, multiplicado cada rostro, aquí y allá, él, él mismo, desnudo, metido dentro de un tonel, alimentado por el pico de un ave monstruosa, Isabel, la Señora, su mujer, embarcada en amor con un negro, su madre, la llamada Dama Loca, escondida en la torre de un castillo, metiéndole un dedo en el culo a una figura escondida dentro de otro tonel, ¿Felipe, Felipito, mi hijito, te meto mi dedo en tu culito?, Julián y Toribio, el confesor y el estrellero, asomándose desde una choza vegetal, entregando un enorme pez a Isabel, las religiosas, Milagros, Angustias, Clemencia, Dolores, desnudas, acariciándose, coronadas de cerezas, él, el Señor, de rodillas, con flores ensartadas en el ano, azotado por Ludovico, Celestina dentro de un cilindro de cristal, con una manzana en la mano, vigilada por las sombras de la Dama Loca y Barbarica la enana, Isabel, Isabel transformada, sin cabellera, sin afeites, con toda la tristeza del mundo en los ojos, mirando al mur diabólico que avanza por el túnel de cristal a comerse el rostro de la reina, encima de ella el globo de cristal, la cárcel, Don Juan, Inés, acoplados en cárcel de espejos transparentes, Guzmán, Guzmán es un búho con cuatro brazos y cuatro piernas, y otra vez Don Juan, el bobo y el peregrino del nuevo mundo, desnudos, con Celestina, arrancando frutos de un bosque; y otra vez, todos, montados en los corceles de la pasión, todos sujetos a la misma espuela, todos regidos por freno igual: cielo, tierra, mar, fuego, viento, calor, frío y los crecimientos y menguas de la menstrua luna que corona todo el cuadro: círculo, horror, pasión, inquebrantable ley, advertencia, advertencia, fragilidad, fuga, flor de un día: tal vieron los ojos del Señor, hasta que la boca de la cabeza cortada volvió a hablar:

—Eso ves tú, corrupto... Yo pinté otra cosa... El acto sexual tan puro que a los ojos de Dios es una oración... El acto de la carne sin remordimiento ni temor de Dios... El hombre exterior no puede manchar al hombre interior... ¿Quién ama más a Dios? Un pueblo despreciado y subyugado, un pueblo de pecadores, de publicanos y de samaritanos que aman a su prójimo... Mira lo que yo pinté... A la izquierda, el paraíso original, cuando el maléfico Dios separó al hombre de la mujer, que antes eran uno solo, imagen del buen Dios de la suprema divinidad andrógina... Al centro el paraíso restaurado por el espíritu libre del hombre, sin necesidad de Dios: no hay culpa original, toda carne es inocente... Y ahora, triste de ti, mira a la derecha, mira el verdadero infierno de tu creación...

Y así miró el Señor inmóvil como las víctimas de la Medusa el último y tercer volante, el infierno, la conflagración, todo en llamas, todo bañado por el color del fuego, todos otra vez reunidos, Inés es una cerda y seduce a un Don Juan emaciado, los otros dos muchachos crucificados, el bobo a un arpa, el peregrino a una rebeca, los dos devorados por las serpientes, la Dama Loca desnuda, devorada por una salamandra, Isabel con un dado sobre la cabeza, Ludovico tapándose la cara, con un demonio encapuchado sobre la espalda, Toribio desnudo, conducido de la mano por un pajarraco vestido y cimbrón, Guzmán, sí, Guzmán, clavado a la derrumbada mesa de los juegos de azar, Barbarica bailoteando con el gran falo rosado de una cornamusa entre las manos, las monjas son esos monstruos de inmensas bocas y ojos sin párpados y rostros sin nariz que cantan las notas que leen escritas sobre el pentagrama de unas nalgas, los monjes se asoman entre los resquicios de un salterio, Toribio recostado desnudo, torturándose con manivelas de fierro, él, él mismo, el Señor, es un monstruo indescriptible, una liebre humana, coronado por una caldera de cobre, sentado en un retrete de madera, devorando a los hombres, uno tras otro, luego expeliéndolos por el asiento del trono de mierda, cagándolos hacia el pozo excrementicio, y en el centro de todo, la cabeza, la misma que detenía del pelo, la cabeza cortada, pálida, montada sobre una cáscara quebrada de huevo, su torso y sus largas piernas de puro hueso blanco hundidas en inmensos zuecos azules, rostro, torso y piernas, cara, huevo y hueso de un atroz abedul petrificado en su espectral blancura; y atrás, atrás, el incendio del mundo, el edificio en llamas, su palacio, la construcción de la vida, la sede de su poder, la fortaleza de su fe, un holocausto, una ruina, una cloaca...

El Señor, sofocando un gruñido, cerró con una mano la boca de la cabeza cortada; esos labios delgados y esas quijadas mal rasuradas eran duras como piedras y se cerraban con esfuerzo; luego cubrió los ojos de la cabeza con la mano, cerró los párpados, la carne de los ojos era flácida y rugosa, como la de un reptil; arrojó la cabeza contra el cuadro; se estrelló contra la esfera de acero en el centro del retablo, la helada fuente de la eterna juventud; cayó, dejando una estela de sangre sobre la pintura; y esa línea de sangre, al correr sobre el cuadro, escribió sobre la pintura, con menudos caracteres góticos, un nombre que el Señor apenas alcanzó a leer:

Jheronimus bosch

y corrió a cerrar los volantes del tríptico, a exorcizar para siempre esa monstruosa visión de la vida, la pasión, la caída, la felicidad y la muerte de cuanto ha sido concebido o creado; y esperando así cerrar las puertas del cuadro flamenco, se encontró con las manos posadas sobre una nueva pintura, y esta imagen final era la del mundo entero, una esfera perfecta, transparente y deshabitada, rodeada de las aguas, el primer paisaje de la tierra, iluminado sólo por la luz de la luna, y Dios era allí sólo una ínfima figura, relegada a un extremo del mundo, como si el mundo hubiese existido antes, mucho antes que Dios, y la divinidad fuese un recién llegado, un impuntual extranjero a punto de ingresar al mundo, rencorosa, débil, tardía, apresurada, virtualmente; y hasta arriba del cuadro estaba escrito, con letras doradas, Vides hic terram novam: ac caelum novum: novas insulas.

—Oh Dios mío, oh dios, ohdios, ohdiosoh, gritó el Señor, ¿es éste el fin del mundo?, ¿es éste el principio del mundo?, ¿es el principio del mundo el fin de mi mundo?

La rebelión

Muy magníficos señores: Los negocios del reino se van cada día más enconando, y nuestros enemigos se van apercibiendo. En este caso será nuestro parecer que con toda brevedad se pusiesen todos en armas. Lo uno para castigar a los tiranos; lo otro, para que estemos seguros, ¿dónde encontraste esta carta, Catilinón, quién te la dio, qué novedad es ésta, que no viene escrita a mano, sino con caracteres parejos, y frescamente entintados, que mis dedos los borran y se manchan?, interceptela, mi señor don Guzmán, llegó dirigida al señor Comendador de Calatrava, que ya no es más, habiéndole atravesado el acero de mi señor Don Juan, e híceme pasar por criado del Comendador, que con gran sigilo me la encomendaron unos mensajeros apresurados que llegaron a caballo desde Ávila, y así díjeme aquí hay gato encerrado, y pues no puedo llegar hasta el rey, a vos la entrego, Y sobre todo es necesario que nos juntemos todos para dar orden en lo mal ordenado de estos reinos, porque tantos y tan sustanciosos negocios, justo es que se determinen por muchos y muy maduros consejos, apenas se juntan a cabildear, entonces cuanto antes debo yo actuar, Catilinón, cunda la voz entre los obreros, los cautivos moros y judíos liberados por el Bobo, corre por forjas, tejares, talleres y tabernas, la hora ha sonado, el Señor está petrificado ante su altar con una cabeza de Gorgona en la mano, las puertas están abiertas, la gente de guardia desapercibida, adentro creen que la borrasca ha pasado, afuera, Cato, afuera, pícaro, haz lo tuyo, Bien sabemos, señores, que muchos nos lastimarán con sus lenguas, y después nos infamarán muchos con las péñolas en sus historias, acusándonos de levantamiento sedicioso. Pero entre ellos y nosotros a Dios nuestro señor ponemos por testigo, y por juez la intención que tuvimos en este caso. Porque nuestro fin no es alzar la obediencia al rey nuestro señor, sino suprimir a sus consortes la tiranía, pues nos tienen ellos por sus esclavos, que no el rey por sus súbditos, soy de los vuestros, sotamontero yo, Guzmán, sobrestantes, arquitectos y aparejadores vosotros, ¿y quién quedará a salvo de la locura y el capricho del Señor?, pues ved lo sucedido hace apenas unos días a uno de los vuestros, que salió de aquí con la lengua y las manos cortadas por orden del Señor, para no poder hablar ni escribir uno de los turbios misterios de cuanto ocurre allá adentro; ayer fue éste, hoy será otro, mañana ustedes o yo; ved el valor de nuestros compañeros de estamento, los burgueses de Ávila, Toledo y Burgos, dispuestos a tomar las armas para que estos reinos se gobiernen por leyes y no por caprichos; las puertas están abiertas, de ello doy fe, es el momento de actuar, Jerónimo, Martín, Nuño, se acumulan las injusticias, se acumulan los rencores, sí, el Señor, hace veinte años, tomó a la fuerza a mi joven novia, el día de nuestras bodas, la mancilló, la enloqueció, nunca fue mía, derecho llámase eso, derecho de la pernada, aquí llegué, hasta esta obra, aquí medí mi tiempo, mi tiempo ha llegado, Martín, Nuño, derecho, justicia, para escarmiento fue mandado matar mi hermano de hambre, sed y frío, abandonado desnudo en invierno y en un collado de Navarra, rodeado de tropas, a los siete días allí murió mi hermano, por órdenes de un señor inferior a éste que nos gobierna, que si tanto hizo el chico, ¿qué no hará el grande?, Nuño, que para ser libres a medias y mudarnos de lugar, hubimos de entregar nuestras heredades al noble señor del lugar donde nacimos, y aquí me tienen, menos herido que ustedes, Jerónimo, Martín, Guzmán, pero no menos decidido, *No penséis, señores, que nosotros somos solos en este escándalo, que hablando de verdad, muchos caballeros generosos y representantes de los tres estados se han unido a nosotros,* ¿cuánto costó el entierro de los treinta antepasados del Señor, traídos aquí entre guardias, alabarderos, cánticos, palios y capítulos de todas las órdenes?, ¿cuánto hubiera costado el entierro del obrero sofocado bajo un derrumbe de tierra, y allí velado por su viuda, y allí dejado a pudrirse?, más seguro tienen el sustento los bueyes que nosotros, pues las bestias tienen provisión hasta para dos años de heno, paja, harina y centeno, pero ninguna provisión para nosotros cuando termine la obra, y nos comimos el salario, cinco ducados en libranzas de a cada tres meses, *y así en Segovia como en León, en Valladolid como en Toledo, en Soria como en Salamanca, en Ávila como en Guadalajara, en Cuenca como en Burgos, en Medina como en Tordesillas, hablan con nuestra misma voz caballeros de mediano estado, regidores, jurados, alcaldes y síndicos, canónigos, abades, arcedianos, deanos y chantres, catedráticos, capitanes y maestros de campo, doctores, licenciados y bachilleres, médicos y físicos, mercaderes y cambistas, notarios y boticarios,* seréis expulsados, judíos, perseguidos, moros, no habrá lugar para vosotros en el reino de la pureza de la sangre, cristianos viejos, limpios de sangre, ¿quiénes son?, ¿cuántos son?, hubo tiempo en que los cristianos mozárabes vivieron en tierra musulmana y los musulmanes mudéjares en tierra cristiana, y tolerábanse entre sí, y convivían con judíos, y decíanse los tres pueblos del libro y San Fernando rey de Castilla proclamábase rey de las tres religiones y moros y judíos aportaban a la barbarie goda, arquitectura y música, industria y filosofía, medicina y poesía, y la Inquisición era mantenida a raya para no sobrepasar el poder de los monarcas, y así prosperaron las ciudades, se gestaron las instituciones de la libertad local, mas ahora, ¿quién quedará a salvo de los nuevos poderes de la Inquisición?, ¿en qué acto inocente no se verá la sospecha, se leerá la culpa, se dictará el exterminio?, ¿qué podréis hacer para defenderos de la tortura, la cárcel, la muerte y la pérdida de vuestras vidas, familias y haciendas?, ¿a quién apelaréis?, ¿para qué apelaréis?, leed todos este decreto del Señor: todos son culpables mientras no prueben su inocencia; ¿probarás la tuya en el caballejo, moro, a la hora del garrote, hebreo, en el suplicio de la picota, peón?, *y también la variedad de oficios de todas y cada una de nuestras ciudades, tenderos, mesoneros, armeros, plateros, joyeros, azabacheros, cuchilleros, herreros, fundidores, horneros, aceiteros, carniceros, especieros, salineros, cereros, pellejeros, sombrereros, tundidores, lenceros, cordoneros, calceteros, boneteros, guarnicioneros, zapateros, sastres, barberos, silleros, carpinteros, entalladores, servilleros,* no es hora de buscar consejo, es hora de actuar, sí, Guzmán, de actuar, aquí estamos, en el recinto mismo del Señor, las puertas abiertas, los habitantes del palacio dormidos, entregados a extrañas devociones, ajenos a cuanto ocurre, podemos atacar impunemente el corazón mismo de la opresión, atravesarlo, cortar la cabeza de un tajo, picas, palos, cadenas, los aceros forjados en tu fragua, Jerónimo, las armas de los pobres, pronto, las puertas están abiertas, *de tal modo, señores, que podemos hablar de una voluntad general de este reino para deshacer los entuertos que a todos nos afectan, y así para lo que se entiende hacer, debería bastar para justificación nuestra que no os pedimos, señores, dineros para iniciar la guerra sino que os enviamos pedir buen consejo para buscar la paz,* ¿dónde está la jara donde antes amparábamos nuestros ganados, eh?, aquí mismo había una fuente que jamás se secaba, y junto a ella crecía un bosque que era el único refugio de los animales en invierno y en verano; sólo rosas de negro crespón crecen hoy en este vergel devastado; y

después, ¿qué?, ¿dudas, Jerónimo?, es que recuerdo, Martín, recuerdo, las puertas abiertas, así fue la anterior matanza, las puertas
abiertas, precaveos, esperad, ya no es posible, Jerónimo, mira la
turba, vamos todos, por las escaleras que conducen del llano a la
capilla del Señor, ésa es la puerta abierta, que nunca se cerró, que
todos respetamos, imbéciles, siempre estuvo abierta, ¿te das cuenta
del agravio?, ¿tan poco nos han temido?, treinta escalones, del llano
a la capilla, no hay más que bajar por ellos, a los sepulcros, todos,
armados, lanzas, garrochas, picas, cadenas, aceros, azadores, hachas
de fierro y hachas de fuego, obreros, árabes, judíos, herejes, mendigos, sobrestantes, putas, eremitas, Simón, Martín, Nuño y Jerónimo
arrastrado por la turba y los relinchos de los caballos y los mugidos
de los toros que rompen las cercas, corren espantados, nerviosos,
sudorosos, por el llano de Castilla, los relinchos, los mugidos, el
polvo, el vuelo de los cuervos, todos por la escalera, *Muchos jóvenes
de estas ciudades, alzados contra los últimos edictos del Señor, piden
violencia inmediata y nos cuesta persuadirlos que tendemos a establecer
una democracia, omnia eo consulta tendebant ut democratia, y ellos
contestan que la conquista de la libertad no puede hacerse por caminos
de la ley, de libertate nunc agitur quam qui procurant nullas adiunt
leges, omni virtuti pietatique renunciant,* ¿ley para quienes todo man-
cillan, piedad para quienes ninguna piedad ofrecen?, Simón, reúnanse todos, no cambien de ropa, vestidos de frailes y de monjas,
reúnanse, mendigos, peregrinos, eremitas, prostitutas, adeptos de
Pedro Valdo, contra los excesos de Roma, la sierpe coronada, el falso
papa, el poder de la Inquisición, ahora, en marcha, perfectísimos
cátaros, aquí habita el dios del mal, incendiemos su morada, ésta es
la casa del diablo, adamitas, creyentes en la inocencia del cuerpo de
nuestro primer padre y de todos sus hijos, al palacio, todos, las puertas están abiertas, seguidme a mí, Simón, que he visto la enfermedad y el dolor y la pobreza de los hombres, seguidme, desenfundad
los viejos cuchillos, levantad las estacas, encended las teas, *Será difícil contenerles si no obramos prontamente y por esto os pedimos, señores, por merced que vista la presente letra, luego sin más dilación enviéis
vuestros procuradores a la Junta de Ávila, y sed ciertos, que según la
cosa está enconada, tanta cuanta más dilación pusiéreis en la ida, tanto
más acrecentaréis el daño de España,* y antes, Guzmán, de prisa, ale-
jaos, Señor, de esta capilla, de vuestra alcoba, buscad refugio en la
más honda mazmorra, mientras pasa la tormenta, ya descienden por
las escaleras, ¿qué dices, Guzmán?, por esos escaños sólo se asciende,

nadie ha bajado por ellos nunca, yo subí para conocer mi propia muerte y resurrección, ¿descienden ellos para conocer su propia vida y resurrección?, ni vida ni resurrección, Señor, que todo está listo para este momento, como lo estuvo hace veinte años, escondidos los guardias, todo con la apariencia de que nada se sospecha, pero todos listos para obrar como vos obrasteis hace veinte años, Guzmán, yo no te di órdenes, yo no he terminado de debatir este problema dentro de mi propio corazón y consultar con mi propia alma, ya es tarde, Señor, huid, escondeos, descienden por la escalera, armados, las hordas, sólo he seguido el ejemplo que vos mismo disteis hace cuatro lustros, soy fiel a vuestras lecciones, lejos, Señor, a las mismas mazmorras donde están el peregrino del nuevo mundo y vuestros acompañantes de los pasados siete días, el ciego flautista de Aragón y la muchacha vestida de paje, pronto, Señor, tomad esta carta, os lo dije siempre, otras, peores rebeliones os acechan, aplastad la de hoy para prevenir la de mañana, de prisa, lejos, Señor, dejadme obrar en vuestro nombre, que muerto aquel perro, Bocanegra, nadie os es más fiel que este hombre, Guzmán, *y cuanto en la Junta tratemos será tratado en el servicio de Dios. Lo primero, la fidelidad al rey nuestro Señor. Lo segundo, la paz del reino. Lo tercero, el remedio del patrimonio real. Lo cuarto, los agravios hechos a los naturales. Lo quinto, el olvido de convocar a los concejos a reunirse en cortes. Lo sexto, las tiranías que han inventado algunos de los nuestros. Lo séptimo, las imposiciones y cargas intolerables que han padecido estos reinos,* miren los sepulcros, ¿quién nos dará entierro igual?, miren los lujos de la falsa iglesia, el falso papa y el monarca de impúdica faz, levanten las laudas, a hachazos contra las figuras de mármol, arrojen fuera de las tumbas esos huesos viejos, tomen copones, beban el vino, desayunen con hostias, más pan hay en este tabernáculo que el que comieron todos nuestros padres en vida, con el azadón contra las pilastras, revuelvan los cajones, albas, dalmáticas, sobrepellices, cíngulos, vístanse con eso, derrumben en un día lo que se construyó en cinco años inútiles, cinco años de trabajo para levantar un cementerio real, coño, corran por todos los pasillos, patios, corredores, cocinas, establos, mazmorras, liberen a los presos, hártense de viandas, arranquen los tapices, incendien las caballerizas, a sus celdas, a rezar, hermanas mías en el Señor, atrancadas, con candados, a orar, Dios te salve, reina y madre, reina de misericordia, se cumplió la profecía, llegaron las hordas del Anticristo, Angustias, Clemencia, Dolores, ¿dónde se ha metido la Inesilla?, ¿dónde que ya no la vemos?, quién sabe, Madre Milagros, es tan bullanguera, tan curiosa, atranque la puerta, eche candado, Ave María Purísima, sin pecado concebida, a las alcobas, allí andarán, búsquenlos, el Señor, la Señora, el bobo, la enana, la vieja loca, escondidos, den con ellos, y luego, *De manera que para destruir estos siete pecados de España, se inventasen siete remedios en aquella Santa Junta, parécenos, señores, y creemos que lo mismo os parecerá, pues sois cuerdos. Que todas estas cosas tratando, y en todas ellas muy cumplido remedio poniendo, no podrán decir nuestros enemigos que nos amotinamos con la Junta, sino que somos otros Brutos de Roma redentores de su patria,* corrió Martín con una antorcha en alto por los corredores de emplomados blancos, abriendo puertas, no viendo nada, el Señor, había que tomar al Señor, ésa era la orden, cortar de cuajo la cabeza de la tiranía, la Señora, tomar a la Señora, abrió la puerta, la alcoba de blancas arenas y azulejos arábigos y tapices del califato, la Señora hincada ante la cama, un fiambre en la cama misma, un muerto, una momia de retazos, inmóvil, y esa mujer que él vio y deseó tantas veces, él cargando la angarilla llena de piedras, ella caminando bajo el sol con el azor en el puño, esa visión de blanca dulzura, de inalcanzable belleza, aquí, a la mano, ahora, por fin, arrojó el hacha ardiente al suelo de arena, incendio del desierto, deseo, tomar lo que se quiere, no esperar, el cuerpo hambriento, la visión encarnada, tomó a la mujer de los puños, la levantó de su posición arrodillada, ella no gritó, ella no habló, unos ojos zarcos, brillantes, desafiantes, unos labios húmedos, entreabiertos, torcidos, un escote hondo, infernal, lechoso, la abrazó del talle, la besó con furia, ella lo rechazó, ella lo rechazaba, al fin, lo reconocía, la fiera, olía el sudor, el ajo, la mierda del cuerpo de hombre de verdad, le arañaba el velludo pecho, los curtidos brazos, la rebelión, ¿qué era?, ¿dónde estaba?, ¿para qué era?, aquí, ahora, tomar lo que tanto se ha deseado, eso era todo, arrancó Martín los ropajes de la Señora, le descubrió los pechos, chupó los pezones, la arrojó sobre la arena, metió una mano bajo las nalgas de la mujer, la dureza del pene le rompía el taparrabos, lo arrancó de entre sus piernas, se disparó como una flecha la verga erecta, pulsante, babeante ya, con la otra mano le tapó los labios a la mujer, apartó las piernas de la Señora, miró el tesoro, la selva, el fondo del mar, iba a entrar, iba a sumergirse en el océano de merluzas de plata, iba a entrar, la puerta, los pasos veloces sobre la arena, iba a entrar, la vasca de Guzmán, la daga entró entre las cuchillas de la espalda de Martín, el obrero cayó pesadamente sobre el guardainfante de la

Señora, la mujer se mordió un dedo, su mirada de fiebre, Guzmán de pie, con el puñal en la mano, Martín bocabajo, muerto con el pene tieso, el peso del cuerpo de Martín, Guzmán lo levantó de los sobacos mojados, lo arrojó bocarriba sobre la arena, la arena se manchó de sangre, el silencio, por fin, ¿qué te debo, Guzmán, qué te debo?, el silencio, los ojos cerrados de Guzmán, la sangrienta vasca enfundada, nada, Señora, nada, tengo otras cosas que hacer, la carcajada de la Señora mientras Guzmán salía de la alcoba, la insultante, impía soberbia de la Señora, lacayo, belitre, Don Nadie, ¿por qué te atreviste a interrumpir mi sabroso coito con este macho?, *Cansados estamos de obedecer sin ser consultados, y reunidos en Junta nacida de la voluntad general de los tres estados, restableceremos las leyes del reino, desvirtuadas por los decretos últimos del Señor nuestro rey, no pagaremos tributos extraordinarios que no sean aprobados por las asambleas de todo el pueblo,* y en las cocinas hay ansarones, palominos duendos, pastelillos de angulas, vinos de Luque, de Toro y de Madrigal, toma tú, y tú, y tú, hártate, bebe, olvídate del platillo diario de garbanzos, tú, mendigo, tú, ramera, tú, ermitaño, deja que los orates oren, el monje Simón y sus carnestolendas de místicos, todos apeñuscados en la capilla, custodiando un tríptico que dicen fue pintado por uno de los suyos, impidiendo que se profane o destruya ese retablo, adueñados del templo, la nueva religión, la cristiandad restaurada, el inicio del tercer tiempo, la pureza, la destrucción de las falsas imágenes, no, la impureza, el cuerpo exhausto en la tierra para que el alma llegue pura al cielo, las disputas, las flagelaciones, los gritos, los adeptos desnudos, hombres y mujeres, trenzas de cuerpos fornicando ante el altar, igual que en el cuadro flamenco, Simón con los brazos en alto, pidiendo orden, orden, orden, los adamitas, los adeptos del libre espíritu, los alumbrados, los cátaros recostados sobre las tumbas de los príncipes, la endura, esperar la muerte, pasar pronto por la vida sin manchar el cuerpo, la perfección, los insabattatos valdenses, la pobreza, destruid el lujo, que no quede piedra sobre piedra, la disputa, los golpes e insultos entre valdenses y adamitas, destruir el cuadro, protegerlo, los árabes que se escurren hasta la alta torre del estrellero Toribio, no temas, hermano, nada romperemos, nada tocaremos, déjanos rezar desde aquí en lo alto, hace tanto que nos arrastramos como gusanos, déjanos cantar al cielo desde el cielo, y los judíos se sentaron en un patio, a esperar, *y no serán más perseguidos los conversos que con su trabajo acrecientan la riqueza de España, ni los mudéjares integrados a las comunidades cristianas, ni se seguirá proceso alguno por origen de la sangre,* y Jerónimo buscó solo, apartado de las turbas que invadían el palacio del Señor, descendiendo por las estrechas y húmedas escaleras de caracol a las mazmorras más hondas, donde goteaba el agua negra de los subterráneos, el agua que nunca llegó hasta el llano calcinado por donde corrían con rumores de tambor los caballos y los toros, y allí, en una celda, encontró, inmóvil, al Señor, sentado sobre un banquillo, ensimismado, ajeno a cuanto ocurría, y el viejo de barba rojiza como los fuegos de su forja le dijo, ¿no me recuerdas?, y el Señor le miró desde su ausencia y negó con la cabeza, Jerónimo, hace veinte años, la boda en la troje, he esperado largo tiempo, Señor Felipe, demasiado tiempo, pero ya estoy aquí, con mis cadenas entre las manos, forjadas por mí, para ti, para matarte como quiero, con el producto de mi trabajo, a cadenazos, y el Señor levantó la mirada, y sonrió y dijo, no me acuerdo de ti, no sé quién eres, pero te agradezco lo que me ofreces, espero la muerte, quiero la muerte, no me la he dado a mí mismo porque soy cristiano fidelísimo, dame tú lo que más he querido, tú un desconocido, tú un hombre sin realidad alguna para mí, y te lo agradeceré en la eternidad, y Jerónimo titubeó, miró la figura del Señor y dijo sí, tienes razón, tu tortura es tu vida, no te daré lo que quieres, dejó caer las cadenas a los pies del Señor, salió de la mazmorra sin luz, extrañamente aligerado, extrañamente seguro de su acto, y los guardias le apresaron afuera de la mazmorra, y Guzmán dijo, atadle con sus propias cadenas, debiste matarme a mí, Jerónimo, y Jerónimo rugió, luchó, fue sometido y luego, de pie, miró a los ojos de Guzmán, escupió el rostro de Guzmán, Judas, Judas, *ni el rey tendrá derecho a otorgar puestos en perpetuidad, ni quedarán libres a su capricho los allegados y cortesanos de la corona, sino que serán fiscalizados, como lo será el mismo rey, de tal manera que quedará establecido el derecho de resistencia dentro de un nuevo orden constitutivo del reino, del cual el rey es sólo un elemento,* capilla, pasillos, patios, caballerizas, cocinas, alcobas, celdas, torres, las alabardas del Señor, las flechas del Señor, los arcabuces del Señor, las lanzas del Señor, las espadas del Señor, las dagas del Señor, las hachas del Señor, apostadas en cada salida, bajo cada ventana, junto a cada resquicio del palacio en construcción interminable, tapados todos los agujeros por donde pudiesen escapar los ratones, fumigada la madriguera, el estallido de pólvora en la capilla, los flechazos en pechos y espaldas de quienes corrían por patios y cocinas, los hachazos en los cráneos de quienes yantaban en las cocinas, los puñales en los corazones de quienes dormitaban su amor y su gula en las alcobas, las espadas en los vientres de quienes oraban en la torre, las alabardas en las nucas de quienes esperaban en el patio, ni uno vivo, gritaba Guzmán, corriendo de un lugar a otro, incluso a los que parezcan muertos, denles segunda cuchillada, atraviesen con las tizonas todo lo que se mueve y también todo lo inmóvil, dos muertes para cada uno, tres muertes, mil, cunda el ejemplo, sepan los comuneros de la Junta de Ávila lo que les espera, córtese de cuajo la rebelión, arranquen los ojos a los muertos con los ojos abiertos, la lengua a los muertos con la boca abierta, las manos a los muertos con la mano abierta, la cabeza a todos, a hachazos, herejes, moros, mendigos, peregrinos, judíos, putas arrejuntadas a la blasfemia y la sedición, pronto, el palacio es una copa rebosante de sangre, levantadla ante el altar de la Eucaristía: ésta es mi sangre, éste es mi cuerpo, *y ninguna decisión se tomará si no es conforme a la voluntad de todos y con el consentimiento de todos,* y por la estrecha rendija abierta a la altura de sus ojos amarillos, la Dama Loca miraba la matanza en la capilla desde su nicho amurallado, tan cómoda, tan bien adosado su cuerpo sin brazos ni piernas a ese pedestal invisible, bien acogidos su puro tronco y su alucinada cabeza a ese eterno vientre de piedra, había vuelto a su seno, miraba la muerte de lo enemigo, lo numeroso, lo que intentaba negar las razones de vida y muerte de la vieja Reyna, muerta y viva, agradeciendo, Felipe, hijo mío, has demostrado otra vez ser digno de mi sucesión, regresa mi sangre a tu sangre, España es una, grande, fuerte, *No dudamos señores, sino que os maravilléis vosotros, y se escandalizarán muchos en España de ver juntar Junta, que es novedad nueva. Pero pues sois, señores, sabios, sabed distinguir los tiempos, considerando que el mucho fruto que de esta Santa Junta se espera, os ha de hacer tener en poco que los malos nos tengan por traidores, que de allí sacaremos renombre de inmortales por los siglos venideros,* Nuño sólo entendió una cosa, libertad a los prisioneros, se perdió en el enjambre de subterráneos del palacio, se acercó a una celda donde chisporroteaba una vela, con la pica que traía entre manos rompió la cadena y el candado, abrió la puerta, ea, sois libres, el ciego flautista aragonés, la muchacha vestida de paje y el joven llegado con ella hasta la forja de Jerónimo una noche no tan lejana, los abrazó, sois libres, hemos tomado el palacio, las puertas estaban abiertas, el Señor no ofreció resistencia, vengan conmigo, salgan de aquí, llévenme a la capilla, pidió Ludovico, allí volveré a ver, Felipe entendió, puedo abrir otra vez los ojos, salieron los tres, guiados por Nuño el hijo de áscaris de la frontera de moros, Ludovico tomado de las manos de Celestina y el peregrino del nuevo mundo, preguntando, y los otros dos, mis hijos, ¿sabes de ellos?, ¿quiénes?, el que disfrazaron de príncipe y llamaron Bobo, el que disfrazaron de burlador y llamaron Don Juan, no, no he visto a ésos, ¿cómo son?, iguales a éste, Nuño, exactos los tres, no, no les he visto, entonces éste es el heredero, mi hijo, el hombre libre llegado del mundo nuevo, el único que entró a la historia de España y no fue devorado por ella, el sobreviviente, mi hijo, salieron por la escalera de caracol a espaldas de la capilla, se detuvieron un instante detrás del altar, el silencio de la capilla era más profundo que el de las mazmorras, voy a ver, hijo, Celestina, Nuño, voy a abrir los ojos otra vez, perdí el espejo que podía reflejar al mundo entero, al principio creí que sin ojos no habría memoria y por consiguiente no habría imaginación; luego supe que todo lo había visto antes de cerrar los ojos y podía guardarlo para siempre; no habría visto más que otro hombre muerto a mi edad y ésa sería la medida de mi memoria y de mi imaginación; pude haberme rebanado los ojos; no lo hice, porque a pesar de todo mantuve la esperanza de volver a ver, un día, algo que mereciera ser visto, el milenio, el triunfo de la gracia humana, la muerte de Dios, el milenio del hombre, ese día ha llegado, voy a abrir los ojos, díganme cuándo llegamos a la capilla de Felipe, allí abriré los ojos, otra vez, *Porque regla general es, que toda buena obra siempre de los malos se recibe de una guisa. Presupuesto esto, que en lo que está por venir todos los negocios nos sucediesen al revés de nuestros pensamientos, conviene a saber, que peligrasen nuestras personas, derrocasen nuestras casas, nos tomasen nuestras haciendas, y al fin perdiésemos todos las vidas,* y ¡ay Lolilla, que hay más mal en la aldehuela que se suena!, y dime tú si no querías que en estas fiestas te tocara caramillo de hereje, moro o judío, no te quejes, Catilinón, que tú también querías cufro de puta inglesa o monja blasfema, y con mi coño debiste contentarte, como yo con tu mandragulón, pero no te quejes, que ya hicimos nuestro agosto, y bien forradas traigo yo las enaguas de joyas y yo el jubón de ducados, Lolilla, y ya tenemos con qué largarnos de este antro de dominguillos y establecer comercio en Valladolid, Ávila o Segovia, anda, tragasantos, ale, picacantones, vente, blasfemadora, a enlodar, balandrón, en esta celda, mira, y entraron a la cámara de espejos donde Don Juan follaba con Doña Inés, pícaro, le gritó el amo al criado, ¿dónde estabas cuando más te necesité?, ¿no prometiste protegerme, adelantarte a mis aventuras, proteger mis fugas, suplantarme en caso necesario? Oh, mi señor Don Juan, qué gustoso os suplantaría en este instante y os daría a la Lolilla a cambio de la Inesilla, se carcajeó Catilinón, y ayudó a Don Juan a separarse de la monja, ¿para qué quiero a esa injuina, faraute?, gimió Don Juan y Lolilla gritó al verle, ¡ay que vos sangra la punta de la picarazada, mi señor Don Juan, ay que la santa puta os despellejó!, y Don Juan cubriose las partes heridas con el tapiz de brocados, Doña Inés se levantó llorando, Catilinón y Lolilla se maravillaron al verse reflejados en muros de espejo, techos de espejo, piso de espejo, ¿qué bultos traen allí, renegados, que parturienta pareces, matrera, y tetudo tú, don perico?; incendiáronse los rostros de los criados, ordenoles Don Juan que se desvistieran, que se acostaran en el piso de espejos, cubrió Inés a Lolilla con los trapos de la madre Celestina y Don Juan a Catilinón con el manto de brocado, y vistiéronse ellos con las ropas de los criados, métele el padre al pellejón de la Lola, Cato, gocen de cárcel de espejos, pendejos, huye conmigo, Inés, entre tus piernas recobré el sueño de mi hermano, nos espera un bergantín, echa candado y cadena a esta prisión, gran gresca huelo en palacio, huyamos, te cuidaré, amado mío, tu presencia me enajena, sanará tu sabroso micer, tus palabras me alucinan, viviremos lejos de aquí, juntos, tu aliento me envenena, ven, Don Juan, ven, Inés, llamemos juntos al cielo, y si el cielo no nos oye y sus puertas nos cierra, de nuestro paso en la tierra responda el cielo, y no yo, *en tal caso diremos, que el disfavor es favor, el peligro es seguridad, el robo es riqueza, el destierro es gloria, el perder es ganar, la persecución es corona, el morir es vivir. Porque no hay muerte tan gloriosa como morir el hombre en defensa de su república,* retumban los tambores funerarios por el llano, más sordos que las pezuñas de bueyes y caballos acorralados de vuelta, apáganse los humos de las tabernas y las chozas, miran en silencio las mujeres enlutadas, embozadas, envejecidas, chillan, corren, permanecen agarrados a las faldas y a las manos de las mujeres los niños descalzos, legañosos, tostados por el sol, mechones rubios, teñidos por el sol, de las oscuras cabelleras, ojos negros y redondos, uñas rotas, merodean los perros tiñosos, vuelan en busca de sus nidos las cigüeñas, tres filas de soldados del Señor, lanzas en alto, negros pendones, arcabuces prestos, alabardas en reposo, cierran tres costados del espacio de polvo y al fondo, a los pies del alto lienzo del mediodía del palacio interminado e interminable, el Señor se sienta en trono de rosetones labrados en madera, bajo negro palio, él mismo vestido de negro, tan envejecido como las mujeres que han parido trece hijos desde que cumplieron trece años, el obispo de pie junto a él, tiara, dalmática y tunicela de carmesí y cenefas de brocado y báculo pastoral, y al lado el inquisidor de Teruel, el monje con la piel delgada untada al hueso y el hábito de San Agustín, y a cada lado de ellos los diáconos y subdiáconos con la cruz y los acólitos con sus candeleros altos muy ricos, y vestidos todos con dalmáticas y cordones de tela de plata, damasco y tela de maraña de seda, y detrás, inclinado cerca de la oreja del Señor, Guzmán, atuendo de ceremonia, corta capa de pieles, gorro de terciopelo, calzas negras, la mano posada sobre la empuñadura de la vasca, los tambores, el primer prisionero, Nuño, atado a una de las dos estacas clavadas sobre el polvo del llano, desnudo, sólo un taparrabos, los guardias le azotan con varas, cien veces, todo el cuerpo, herido, abierto, sangrante, luego le untan miel, le acercan un cabrón que comienza a lamer la miel con su áspera lengua, se lleva jirones de la carne, Nuño cierra los ojos, aprieta los dientes, carne y pellejo, sangre y nervio, la lengua áspera del cabrón, redoblan los tambores, el segundo prisionero, el cabecilla, el viejo de barba incendiada como los fuegos de su fragua, el caballejo, llega hasta la estaca, le atan alto, de modo que sus pies no toquen tierra, le amarran al dedo mayor de cada pie pesas de ciento cuarenta libras y esperan media hora, viéndole sufrir lentamente, mientras el agustino de Teruel exclama con la voz ronca, baluarte de la Iglesia, pilar de la verdad, guardián de la fe, tesoro de la religión, defensa contra herejes, luz contra los engaños del enemigo, piedra de toque de la pura doctrina: ¡maldita canalla!, ¡mueran los rebeldes!, con gusto les miro morir, ¡perros rebeldes, ministros somos de la Inquisición Santa!, y luego embarran el cuerpo desnudo de sebo, y ponen fuego a la estaca, y el inquisidor de Teruel grita, ¡atizad la llama!, Jerónimo gruñe como un león, han prendido el fuego sólo a los lados, para que sólo los costados se le asen, apagan el fuego, le ponen una camisa mojada con agua fuerte, y la encienden; chisporrotea la barba de Jerónimo, cierra los ojos, se le van las pestañas y las cejas, vuelven a apagar el fuego, le quitan la camisa, toman sus manos crispadas, las abren a la fuerza, le hincan profundamente agujas y clavos entre las uñas de los dedos, mojan y lavan el cuerpo con orina ajena, hedionda, le apresan la mano derecha entre planchas ardientes, y aprietan, y queman, con tenazas de hierro le aprietan la muñeca, esperen, Guzmán ha pedido ser el verdugo, saca el puñal de la funda, camina hasta

Jerónimo en la estaca, le corta la verga, se la mete al desgraciado en la boca, le estira hacia atrás los testículos hasta enfundarlos en el ano, le abre el vientre en forma de cruz, le arranca las entrañas y el corazón, corta el corazón en cuatro partes, arroja cada una a uno de los puntos cardinales, ríe, al Pater Noster, al Ave María, al Credo y al Salve Regina, da la orden final, córtenle la cabeza, pónganla en lanza a la entrada del palacio, hagan cuatro partes del cuerpo y cuelguen las partes en cuatro palos en las esquinas del palacio, tal es la voluntad del rey nuestro Señor, y tú, Nuño, hijo de áscaris de la frontera moruna, reconóceme al morir, soy hijo de aquel señor empobrecido de los reinos taifas que no tuvo dineros para retenerles cuando tú y los tuyos abandonaron nuestras tierras a la maleza y la sequía, nos condenaron a la miseria dejándonos sin brazos de labriego y creyeron ganar una pobre libertad convirtiéndose en villanos del rey y dejando de ser collazos de mi padre: mírate ahora, Nuño, me cobro tu esclavitud a la hora de tu muerte, y púdrase aquí tu cuerpo para ejemplo y escarmiento de rebeldes, *Hemos querido, señores, escribiros esta carta para que veáis cuál es nuestro fin al hacer esta Junta y los que tuvieren temor de aventurar sus personas, y los que tuviesen sospecha de perder sus haciendas, ni curen de seguir esta empresa, ni menos de venir a la junta, porque siendo como son estos actos heroicos, no se pueden emprender sino por corazones muy altos*, entrambos, la Señora y su mandrágora, el hombrecillo de lavadas facciones, cerezas por ojos, rábano por boca, migajas por pelo, nabo por cuerpo, oculta lo más posible su monstruosa apariencia por altos botines, gruesas calzas, ropilla enjoyada, flojo bonete de baja visera y largas orejeras, guantes cuajados de pedrería, holanes en los puños y alta golilla bajo la barba, levantaron del lecho de la alcoba arábiga a la momia de retazos reales, y el enanico dijo, Señora, ahora reina un gran silencio, ahora ha caído la noche, ahora es tiempo de hacer lo que te he recomendado, carga conmigo a tu Prometeo, tómalo tú de los sobacos y yo de los pies, bien unido está, bien pegadas sus partes por el alcoraque y la resina, en silencio, Señora, salgamos juntos, por galerías, claustrillos y patinejos se fueron, cargando a la momia, con los pies por delante, que cargaba el hombrecillo, y él guiaba, por los severos claustros de pilastrones fuertes y cuadrados, entre los bosques de arcos, bajo los artesonados techos de la lonja, a lo largo de una serie de once puertas, hasta entrar a una vasta galería que la Señora nunca había visto, larga de doscientos pies y alta de treinta, toda pintada por los lados, por los testeros y por la bóveda, y con columnas empotradas en las paredes, adornadas con fajas, jambas, dinteles y rejas boladas, a manera de salcones, y el techo y la bóveda labrada y ordenada con grutescos en estuque, donde había mil diferencias de figuras y ficciones, encasamientos y templetes, nichos, pedestales, hombres, mujeres, niños, monstruos, aves, caballos, frutas y flores, paños y colgantes, con otras cien bizarrías, y al fondo un trono godo, de piedra toscamente labrada y detrás del trono un muro semicircular, la pintura fingida de dos paños colgados de sus escarpias, con cenefas y franjas, mira Señora, tan al natural, que engañarán a muchos hasta llegar a levantarlos y asir de ellos; hasta el trono llevaron la Señora y su enanín el cuerpo inerte de la momia de retazos reales, fabricada con la nariz carcomida del rey arriano, una oreja de la reina que cosía banderas con los colores de su sangre y de sus lágrimas, la misma bandera que el Señor arrojó un día al putrefacto foso de la vencida ciudad flamenca, la otra del rey astrólogo quejoso de que Dios no le hubiese consultado sobre la creación del mundo, un ojo negro del rey fratricida y un ojo blanco de la infanta revoltosa, la lengua amoratada del rey cruel que a los cortesanos hacía beber el agua de baño de su barragana, los brazos momificados del rey rebelde levantado en armas contra su padrastro, asesino de su madre, el torso negro del rey violador de su propia hija, que murió incendiado entre sus sábanas, la calavera del Doliente y el sexo apasado del Impotente, una canilla de la reina virgen asesinada por un alabardero del rey mientras rezaba, otra canilla de la Dama Loca, reliquia del sacrificio de la madre del actual Señor, los labios torcidos del Emplazado, asesino de sus hermanos y hallado muerto en su lecho al pasar los treinta y tres días y medio del juicio de Dios, la sedosa cabellera de los infantes raptados y degollados por hebreos a la luz de la luna, los dientes podridos del rey que empleó todos los días de su reinado en asistir a sus propios funerales, y los pies de la castísima reina que jamás mudó de calzado y al morir hubieron de arrancárselo con espátula, en el trono le sentaron, corrió el hombrecillo detrás del trono, recogió una corona de oro incrustado en zafiro, perla, ágata y cristal de roca, un manto de púrpura opaca, un cetro y una esfera, díjole a la Señora, has invocado todas las artes diabólicas, a todo has apelado, mi ama, todo lo has intentado, menos lo más sencillo y aparente: hazlo tú misma, sentada está tu momia en el trono más viejo de España, corónala tú misma, así, envuélvela en el manto real, eso es, abre sus adoloridos dedos y luego ciérralos otra vez sobre este orbe y este cetro, así lo hizo la Señora y en el acto, la momia real pestañeó, llenáronse de turbia luz sus ojos, crujió su brazo al levantarse con el cetro en la mano, rechinaron sus corvas, apartáronse los torcidos labios, moviose la amoratada lengua, chilló de alegría el enanito, la momia coronada hablaba atropelladamente, decía palabras contradictorias, cierra, Santiago, y a ellos, vivo sin vivir en mí, plus ultra, plus ultra, en mi hambre mando yo, domina, Castilla, domina, dominadora, desprecia cuanto ignoras, y pues de España venimos, parezcamos lo que fuimos, cayó de rodillas la Señora y murmuró gracias, gracias, besó la mano del rey de reyes, ahora sí que tiene España un eterno rey, Sacra, Cesárea, Católica Majestad. *No dudamos, señores, que en las voluntades acá y allá seamos todos unos; pero las distancias de las tierras nos hacen no tener comunicación las personas: de lo cual se sigue no poco daño para la empresa que hemos tomado de remediar el reino, porque negocios muy arduos tarde se concluyen tratándose de largos caminos, y no se diga de nosotros como dijo don Pedro de Toledo, que esperaba que la muerte le llegase de España, para venirle muy retrasada. No más sino que a los mensajeros que llevan esta letra, en fe de ella se les dé entera creencia,* magnánimo ha sido el Señor, demasiado benévolo, dijo Guzmán, pues no me he cansado de advertirle que el inocente, perdonado, no tarda en convertirse en enemigo y prestamente asume la culpa de su acusación, y para mí que todos ustedes culpables son, y aliados fieles de los sediciosos que ayer cayeron en nuestra trampa, pero más fiel soy yo a los deseos de mi Señor, queden libres, tú, ciego, y tú, muchacha, y tú, monje de las ciudades apestadas, fiebres de motín cunden por el reino y seguro estoy de que no tardaremos en encontrarnos de vuelta, ustedes con las manos en la masa, del lado de los comuneros insurrectos de las ciudades de Castilla, yo del lado de mi rey, Guzmán es paciente, entonces saldaremos cuentas, ¿y mi hijo?, suplicó Ludovico, nada ha hecho, es inocente, de nada se le puede acusar, ¿no quedará libre?, sí, rió Guzmán, pero no ahora, no con ustedes, yo le liberaré, a mi manera, el Señor me ha hecho esa bondad, besó Celestina la frente del peregrino del nuevo mundo, unió sus manos a las del muchacho, díjole en voz muy baja al oído, esperaremos, un día triunfaremos, esperemos el nuevo milenio, te doy cita, lejos de aquí, en otra ciudad, Ludovico me lo ha dicho, París, fuente de toda sabiduría, un catorce de julio, al morir este milenio, el catorce de julio de 1999, te buscaré, te encontraré, todas las aguas se comunican, sobre las aguas nos encontraremos, por las aguas llegaremos, hay un pasaje de agua del Cantábrico al Sena, del Tíber al Mar Muerto, del Nilo a los golfos del nuevo mundo, te buscaré, te encontraré, sobre un puente, pasaré mi memoria y mi vida a otra mujer, besándola en los labios, mis labios son mi memoria, haz por recordarme, te buscaré, Guzmán ordenó a los alabarderos sacar del forno a Celestina, Ludovico y Simón, llevarles al llano y abandonarles con vituallas para una semana, no entendía por qué les perdonaba el Señor, Guzmán les hubiese pasado por el caballejo, igual que al cabecilla Jerónimo, miró con risa y desprecio Guzmán al muchacho cuando los dos se quedaron solos en la celda, *Hacemos saber a vuestras mercedes que ayer martes, que se contaron once, vino Guzmán a esta villa con doscientos escopeteros y ochocientas lanzas, todos a punto de guerra. Y cierto no madrugaba más don Rodrigo contra los moros de Granada, que madrugó don Guzmán contra los cristianos de Medina. Ya que estaba a las puertas de la villa díjonos que él era el capitán general y que venía por la artillería. Y, como a nosotros no nos constase que él fuese capitán general, pusímonos en defensa de ella. De manera que, no pudiendo concertarnos por palabras, hubimos de averiguar la cosa por armas. Guzmán y los suyos, desque vieron que los sobrepujábamos en fuerza de armas, acordaron de poner fuego a nuestras casas y haciendas, porque pensaron que, lo que ganábamos por esforzados, perderíamos por codiciosos. Por cierto, señores, el hierro de nuestros enemigos en un mismo punto hería en nuestras carnes, y por otra parte el fuego quemaba nuestras haciendas. Y sobre todo veíamos delante nuestros ojos que los soldados despojaban a nuestras mujeres y hijos. Pero demos gracias a Dios, y al buen esfuerzo de este pueblo de Medina, que a Guzmán enviamos vencido,* hace veinticuatro años que fui traída, siendo una niña, a tu casa, Felipe, le dijo esa noche Isabel; una infanzona de tiesas enaguas y bucles de tirabuzón, ¿recuerdas?; llegué las vísperas de una terrible matanza; celebráronse el mismo día nuestras bodas y tu crimen; hoy, te pido que nuestra separación coincida también con esta nueva matanza que cierra perfectamente el círculo de tu vida, pobre Felipe mío, creo que ya sé cuanto es posible saber sobre ti, Felipe, y yo sobre ti, Isabel, ¿todo, pobrecito mío?, todo, Isabel, todos tus secretos y el peor de ellos también, el secreto que es un crimen más grande que todos los míos, pues ya ves, los míos son repetibles y el tuyo, no: tendrían que resucitar los muertos para que volvieras a cometer ese crimen único, compartí el cuerpo de Celestina con mi padre, con Ludovico y quizá con el mismísimo Belcebú, y el de Inés con Don Juan; tu cuerpo, en cambio, Isabel, no podría compartirlo con tu primer amante, por eso jamás te toqué, por eso mi amor hacia ti será siempre ese ideal perfectísimo, intocable, incorruptible, por nadie dañado pues sólo mi mente lo sostiene y alimenta y sólo conmigo morirá: sólo mi vida y mi muerte lo compartirán; y sabiendo esto, crees, Isabel, que podrían importarme tus amores con el llamado Mijail-ben-Sama, que con gusto mandé a la hoguera, mas no invocando su verdadero crimen, sino el secundario; o tus amores con el llamado Don Juan, que en cárcel de espejos y con una sola hembra vive para siempre el infierno que tanto temió y la muerte que tanto aplazó; ¿siempre supiste la verdad, Felipe?; siempre, Isabel; ¿y me amaste así, Felipe, a pesar de mi primer amor?; te amaré siempre, Isabel: sólo yo, entre todos los seres vivientes, habrá sabido y amado lo que tú pudiste ser: mi amor, Isabel amada, ha sido el templo votivo de aquella preciosa niña que se entretenía en jugar con muñecas, despertar a las dueñas tardonas y sepultar huesos de durazno en los huertos: tú, mi niña Isabel, tú, mi amante eterna, tú, la que pudiste ser: lo que yo mismo pude ser, lo que pudimos ser juntos: el haz marchito de nuestras posibilidades, la hez viviente de nuestras realidades; Felipe, pobrecito Felipe mío, mucho te he dañado, mucho te dañaré aún, dejaré en tu tierra hondas semillas de rencor, viviré odiando a España hasta purgarme totalmente de España, conocerás mi mal aunque me vaya muy lejos; y a pesar de todo, Felipe, dado lo que hemos sido, siendo lo que somos, conociendo nuestras miserias y debilidades comunes, dime, Felipe, ¿aprendimos por fin a querernos?, yo siempre te he amado, Isabel, contéstate a ti misma, ¿al fin has aprendido a quererme?; sí, Felipe, mil veces sí, mi niño, mi santito covachuelero, mi cachorrillo encadenado, mi pajarillo herido, mi pobre hombre lacrado, vencido parejamente por la humildad y la soberbia, mi tierno, imposible amante, secuestrado por la piedra de la sacra prisión que has edificado, mi inocente víctima del poder que heredaste, ¿cómo no he de amarte con el tamaño mismo de mi odio?, quien tan intensamente odia, entrega, a veces sin darse cuenta, toda la intensidad de su amor a lo que cree detestar, sí, por eso te amo, por lo mismo que tú me amas: amo al que pudo ser; gracias, Isabel, gracias por venir esta noche, por primera vez, hasta mi alcoba, sin necesidad de que yo te lo pidiera, por tu propia voluntad, gracias, míralo, qué desnudo, pobre, fúnebre aposento, gracias por venir hasta mí por primera y última vez, lo sabemos, ¿verdad que sí?, no hables ya, Felipe, tómame de la mano, llévame a tu lecho, pasemos juntos esta última y primera noche, juntos, vestidos, sin tocarnos, Felipe, sobre tus sábanas negras, como un hermano y una hermana muertos, como dos esculturas más, yacentes en la cripta donde has reunido a tus antepasados, duerme, duerme, duerme... *No os maravilléis, señores, de lo que decimos; pero maravillaos de lo que dejamos de decir. Ya tenemos los cuerpos fatigados de las armas, las casas todas quemadas, las haciendas todas robadas, los hijos y las mujeres sin tener do abrigarlos, los templos de Dios hechos polvos; y sobre todo tenemos nuestros corazones tan turbados que pensamos tornarnos locos. No podemos pensar nosotros que Guzmán y la gente que trajo buscasen solamente la artillería; que, si esto fuera, no era posible que ochocientas lanzas y quinientos soldados no dejaran, como dejaron de pelear en las plazas, y se metieran a robar nuestras casas. El daño que en la triste Medina ha hecho el fuego, conviene a saber, el oro, la plata, los brocados, las sedas, las joyas, las perlas, las tapicerías y riquezas que han quemado, no hay lengua que lo pueda decir, ni pluma que lo pueda escribir, ni hay corazón que lo pueda pensar, ni hay seso que lo pueda tasar, ni hay ojos que sin lágrimas lo puedan mirar; porque no menos daños hicieron estos tiranos en quemar a la desdichada Medina, que hicieron los griegos en quemar la poderosa Troya. Pues tenemos, señores, en la demanda tanta justicia, no debemos de desistir de la empresa. Y si fuese necesaria, nosotros enviaremos más gente al campo, y socorreremos con mas dinero y artillería, porque no pequeña afrenta sería a Medina, que no se llevase a cabo esta tan justa guerra. Buscamos primero el compromiso; Guzmán ha provocado el encuentro de armas. Lo que hizo en Medina, lo repetirá, si se lo permitimos, en Cuenca, Burgos, Ávila y Toledo. Al portador deste, désele la entera fe en lo que os hablare de nuestra parte y creencia,* tapizados de hiedra los húmedos muros de Galicia; de hojas muertas, su suelo frío; hízose a la mar el bergantín desde el puerto de La Coruña y la Señora miró por última vez las costas españolas; careció de voluntad el Señor para oponerse al anulamiento, aceptó que nunca había tocado a Isabel, no le importaba ya que se supiera esta verdad en los corrillos de San Pedro, algún cardenal chiflado habló de canonizarle, creía que la castidad era requisito de la santidad; a Julián, el fraile, diole el Señor la comisión de ir a Roma e iniciar el proceso ante la Sacra Rota; nadie quiso acompañar a la Señora en su exilio inglés, que para ella era sólo un regreso a la tierra de sus padres; la camarera Azucena lloró y discutió y se exculpó, ¿a la Inglaterra os volvéis, mi ama?, ¿y qué se habla allí?, ¿como tonta de la cabeza andaré, sin entender ni ser entendida?, ¿hablar inglés yo, la Azucena?, ¡Josú, ni lo mande Dios!, y mirad lo que sé, Ama, que estos hombrecillos como el vuestro nacen a los pies de los cadalsos, las horcas, las picotas, el caballejo, y son engendrados por las lágrimas de los supliciados, ¡ay el Jerónimo, tasajeado como venado prendido!, ¡ay el Nuño, dejado a desangrar y pudrirse, lamida su carne por la lengua de un cabrón!, que a sus pies de ambos, mi Señora, debe haber otros dos hombrecillos como el vuestro, dos mandrágoras, Ama, esperando que yo vaya a la luz de la luna, me corte las trenzas, las amarre a la cola de un perro negro, y el otro cabo a la raíz de la mandrágora, y ale, a taparme las orejas, que entre gritos tan horribles que no se oyen, saldrán arrancados de sus húmedas cunas de lodo y llanto nuestros hombrecillos, y les pondré cerezas en los ojos: verán, rábanos en las bocas: hablarán, trigo en las cabecitas: les crecerá la cabellera, y una gran zanahoria entre las piernas, mi Ama, hi hi hi, y tendré gran dinguilindón con que entretenerme mientras me hago vieja, que puta argüendera soy, y Dios así me guarde, aunque sin la Lolilla, mi Ama, ¿con quién he de argüendear y dedicarme al chichirimbache?, que se nos perdió la piltrofera de la Lola, no sé dónde se metió y me espanto pensando que en la matanza la confundieron con puta inglesa, excusando lo presente, mi Ama su mercé, y a la rufiana me la partieron de un hachazo, y así mire usté que si nos ha de llevar el diablo, igual dará aquí o allá, y mejor es diablo conocido que diablo por conocer, y la fregona lloró y se despidió, y el enanín dijo que no, él tampoco se iba, ¿quién iba a cuidar del verdadero monarca, la momia sentada en el trono godo de la galería de pinturas, columnatas y enyesados, quién iba a escuchar lo que decía, aplaudir sus extraños movimientos de brazos, duros y temblorosos gestos, celebrar sus decires, tan torpes y difíciles con esa vieja lengua amoratada, cuidar de su pulcritud, atender su vestimenta, cambiarla de acuerdo con el tiempo, la moda, las cambiantes costumbres, pues ese rey, el de verdad, en verdad se quedaría sentado en el trono por los siglos de los siglos, y el enanito sería su único paje, bufón, confidente, consejero y ejecutor?, y sólo Julián accedió a acompañarla, pero sólo hasta puerto inglés, y de allí seguiría a Roma a cumplir el encargo del Señor, ¿y luego, fraile, y luego?, se apoyó fray Julián en la banda de babor, miró alejarse las rías gallegas y díjole, Señora, apenas sea puesto en paz el reino y sofocada la rebelión de las comunidades, todas las riquezas arrebatadas a los insurrectos, a los judíos expulsados y a los moros vencidos, serán empleadas en empresas de navegación y descubrimientos; el nuevo mundo debe existir, porque así lo desean tanto los vencidos, para huir a él, como los vencedores, para encauzar a tierras vírgenes todas las energías y el descontento que han aflorado desde la mitad del verano, y hacerlo en nombre de la unidad de España, la prueba del poder único y la misión evangelizadora; mil ambiciones se agitan debajo de estas razones, quienes nada podrán ser aquí, hijosdalgo podrán ser allá; veréis que en saliendo de su tierra todos los españoles se harán príncipes y soles, y en el nuevo mundo el porquerizo y el herrero y el labrador podrán alcanzar el linaje que, españoles en España, nunca alcanzarían; los tesoros del nuevo mundo llaman a vencedores y vencidos en el fratricidio español; y aquéllos, sometida España, tendrán energía de sobra para someter idólatras; iré con ellos; tengo algo que hacer allá; miraron juntos la verde y dorada costa del otoño gallego, recordó la Señora el humo y las llamas en las piras que consumían los cadáveres de las matanzas, en el palacio de hoy, en el alcázar de ayer, al llegar a España, al irse de España; luego dio la espalda a la tierra y miró la agitada pizarra gris del mar que se abría en pétreas olas ante el avance del bergantín, Inglaterra, su patria, salió tan tarde de allí, le dijo a Julián el fraile, regresaba tan tarde, no, no era tan tarde, no sería tan tarde, tendría tiempo aún, reina virgen, humillada, cargada de congojas y venganzas, así regresaría, así se presentaría, la esperaba el hogar de sus tíos, los Bolena, desde esos olvidados campos de Wiltshire urdiría la venganza, nadie como ella conocía la tierra española y sus hombres, nadie como ella sabría aconsejar a su propia raza, revelar los secretos y debilidades de la atroz España, Isabel, la reina virgen, rumbo a su patria, poblando ese mar que separaba a La Coruña de Portsmouth con poderosas escuadras de la venganza, armadas inglesas, pendones ingleses, cañones ingleses, y luego hacia el oeste, hacia el nuevo mundo, hijos de Albión, que no sea sólo de España el nuevo mundo, ella, otra vez Elizabeth, como fue bautizada, se encargaría de instigar, apremiar, intrigar, acosar, iluminar a Inglaterra para que sus hombres también pisaran las tierras nuevas y allí se enfrentaran, para siempre, a los hijos de España, desafiándoles, tan crueles como ellos, y más, tan codiciosos como ellos, y más, tan criminales como ellos, y más, pero sin justificación sagrada, sin sueños de hidalguía, sin tentaciones de la carne, sin considerar el mundo nuevo como un premio, sino como un desafío, exterminadores de naturales, como los españoles, pero sin mezclar su cuerpo con ellos ni vivir los tormentos de la sangre dividida, buscadores de tesoros que nunca hallarían, sino que deberían arrancar los frutos a la tierra hostil con el sudor y los callos, holganza para el español, industria para el inglés, enervamiento de los sentidos para el español, disciplina del esfuerzo para el inglés, espejismo de lujo para aquél, frugal realidad para éste, ah sí, que se invirtiesen los órdenes, que el español, abandonando penitencia, escasez, tristeza y puertas cerradas al ascenso en su tierra, encontrase demasiada holganza, demasiada opulencia y demasiada facilidad para su grandeza personal en el nuevo mundo, hundiéndose en un pantano de áurea molicie y confundiendo la realidad con su persona, y que el inglés, abandonando lo mismo en la suya, opresión, guerra y hambre, encontrase en el nuevo mundo ninguna holganza, ninguna opulencia, ninguna facilidad, sino el desafío de una nueva tierra virgen que nada le daría en compensación de su fuga, sino lo que conquistase el trabajo de las manos desnudas desde la nada trabajando: conquiste España las ciudades de oro, conquiste Inglaterra los bosques increados, la tierra intacta, los ríos solitarios, abra surcos donde España cave minas, construya cabañas de madera donde España levante palacios de cantera, pinte de blanco lo que España cubra de plata, decida ser donde España se contente con aparecer, exija resultados donde España proclame deseos, comprométase a acciones donde España sueñe ilusiones, sacrifique al trabajo lo que España sacrifica al honor, viva al consenso de la hora donde España vive la expectativa del destino, viva desabusada siempre mientras España pasa de la ilusión al desengaño y del desengaño a la nueva ilusión, prospere Inglaterra en el duro cálculo de la eficacia mientras España se agota en mantener la dignidad, la apariencia heroica y la gratificación del aplauso ajeno, sí, pedía cuanto la negaba, no sería para ella el sueño del placer y el lujo, los sacrificaba gustosa para que España reventara, envenenada, indigesta, primero del exceso que a su austeridad hambrienta le ofrecía el nuevo mundo, y luego del desencanto que sus sentidos ahítos le procurarán; España: al pie del muelle de La Coruña, Julián, le ofrecí un ducado de oro a un mendigo; era mi regalo de partida; ¿sabes qué cosa me contestó?: "Búsquese otro pobre, Señora"; darele el mismo ducado a un pordiosero de Londres, y direle cómo multiplicarlo, invertirlo, reinvertirlo, prestarlo a interés y con condiciones, atraerse socios, cambistas, asentistas, la inteligencia judía expulsada de España, armadas de corsarios, provocaciones a la dignidad hispana, todos los medios, todos, Julián: el oro del nuevo mundo pasará como agua por las manos de España y terminará en las arcas de Inglaterra: te lo juro; ¿y para ti, Isabel, qué quieres para ti, Señora?, ¿esta mañana de otoño, embarcada de regreso a mi patria inglesa, Julián?, Elizabeth sólo pide la imagen de una niña, una infanzona con bucles de tirabuzón y tiesas enaguas de calicó, y a esa niña le pregunta, ¿llegaron bien tus muñecas?, ¿no se rompió ninguna en el viaje?, ¿dónde enterraste tus huesos de durazno?, ¡oh, el pobre azor, cómo vuela, cómo despliega sus alas de azabache!, ¿no has oído hablar de una recámara de blancas arenas, azulejos árabes, mullidos arambeles?, ¿vendrás conmigo a la corte del amor, donde una compañía de caballeros vestidos de blanco combatirá por tu mano contra una compañía de caballeros vestidos de negro?, ¿no escuchas cómo caen las pelotillas de bronce sobre una jofaina, marcando las horas?, vamos a jugar, ring a ring of roses, a pocket full of posies, a-tishoo, a-tishoo, we all fall down, *Ayer jueves supimos lo que no quisiéramos saber y oímos lo que no quisiéramos oír; conviene a saber, que Guzmán ha quemado toda esa muy leal villa de Medina. Dios nuestro Señor nos sea testigo que si quemaron desa villa las casas, a nosotros abrasaron las entrañas. Pero tened, señores, por cierto que, pues Medina se perdió por Segovia, o de Segovia no quedará memoria, o Segovia vengará la su injuria a Medina. Hemos sido informados que peleastes contra Guzmán, no como mercaderes, sino como capitanes; no como desapercibidos, sino como desafiados; no como hombres flacos, sino como leones fuertes. Y, pues sois hombres cuerdos, dad gracias a Dios de la quema, pues fue ocasión de alcanzar tanta gloria. Porque sin comparación habéis de tener en más la fama que ganastes, que la hacienda que perdistes. Los desastres de la guerra nos mueven a mover la Junta General de Ávila a Valladolid, y desde allí proseguir la lucha por el remedio universal del reino, a causa de la mala gobernación e consejo que el rey nuestro Señor tuvo,* vencido en Medina, vencido en Segovia, vencedor en Tordesillas y en Torrelobatón, mis derrotas y victorias todas victorias son, pues provoqué y empujé a los comuneros a la guerra con el llanto en los ojos y la dignidad afrentada, malos consejeros del frío cálculo militar, mas, ¿qué me importan tales victorias y descalabros si aún no te venzo a ti?, le había dicho Guzmán al joven peregrino del nuevo mundo, llevado de regreso por Guzmán a los lugares de la primera caza, en las estribaciones de la cordillera cántabra, a vistas de la costa, mira que soy leal, muchacho, de aquí saliste, aquí mismo te traigo, en día claro desde esta altura se miran la playa y el Cabo de los Desastres, y el Señor me dijo, déjalo libre, uno de sus hermanos duerme para siempre, encamado, en

Verdín, y el otro purga placer y herejía en cárcel de espejos, la profecía ha sido derrotada, ya no son tres, ni dos, sólo uno, déjalo ir en libertad, en nada puede dañarnos, y todas nuestras fuerzas deben dirigirse contra los comuneros rebeldes, que de verdad nos amenazan, y no contra un pobrecito infeliz que soñó un mundo nuevo, dice que eran tres, eso nos hicieron creer el flautista ciego y la muchacha de los labios tatuados, pero a Guzmán no se le engaña fácilmente, yo sé la verdad, fueron sólo uno, yo nunca vi a los tres reunidos, y ojos que no ven, cabeza que no entiende, vi siempre al mismo, en distintos lugares, con distintos atuendos y con distintas personas, mas todos son tú, tú eres los tres, pedile al Señor, Sire, dejadme liberarle a mi manera, con tanta justicia y oportunidad como la que en cacería se da a venado, y él asintió, y por eso ahora tú, el último muchacho, rubio y acosado, tú, temblando de frío, con la ropilla rasgada, tú, que conociste los peligros del piélago, la playa de las perlas, el pueblo del río, la selva virgen, los pozos sagrados, las pirámides humeantes, el volcán nevado, las entrañas del infierno blanco, la ciudad de la laguna, los palacios de oro del nuevo mundo, corres, caminas, te caes, te levantas, desde ayer, Guzmán dijo que te daría una tregua de un día, luego saldría a cazarte, ha nevado todo el día, al principio el hecho te espantó, todos los pasos de tu paso por la sierra, hacia el mar, dejarían su huella, él te lo advirtió, nos llevarás un día de ventaja, pero está nevando, la nieve mata los rastros viejos, se halla bien el rastro fresco, el viento tira la nieve de las ramas, buen tiempo para correr caza nueva, los canes estarán bien encarnados, pero al atardecer el viento empezó a soplar con fuerza desde los cuchillares del monte y al mirar hacia atrás viste que se llevaba una capa de blanca nieve y con ella el rastro de tus pies; has ganado o perdido un día de ventaja: puedes ver la señal puesta en una lanza en el más alto lugar del monte por las armadas de atalaya, para que la vean todos, incluso tú: es el llamado a levantar venado; te detienes un momento, en medio de la tormenta que al sofocar el ruido de cuernos y bocinas parece imponer un ilusorio silencio al talar nevado por donde te escapaste de la montaña; pero en seguida se acalló la borrasca, Guzmán soltó una armada de perros, y luego otra, y luego otra más: cuentas cada oleada de ladridos que se sucede detrás de ti, Guzmán te lo dijo, libertad, libertad, tú viniste a hablar de libertad, libertad para el nuevo mundo de allá, libertad para el nuevo mundo de acá, verás cuánto dura tu libertad, aquí y allá, oirás el grito de España cada vez que le ofrecen libertad:

¡vivan las cadenas!, escuchas las bocinas cada vez más cercanas, Guzmán instruyó a los ballesteros, éstos son canes que no siguen si no huelen sangre, maten a ese jabalí para entusiasmarlos, eres un venado, peregrino, te lo dijo Guzmán, la manera fácil de herir al animal es a la larga, por la mayor longitud del cuerpo, pero lo más osado y mortal es herirle por lo delantero, meter la lanza hasta el fondo, revolverla, y luego dejar que el venado sea sojuzgado por los canes, corre, muchacho, corre, peregrino, corre, fundador, corre, primer hombre, corre, serpiente de plumas, no conoces las tretas de los jabalíes, que al salir del monte a pastar en los trigos, echan por delante a dos o tres chiquillos, y entrados en los trigos, dan dos o tres navajazos en ellos con los colmillos, haciendo ruido, y regresan a lo alto de donde divisan el campo; lo mismo hacen tres veces, hasta cerciorarse de que no hay cazador a la redonda, y la cuarta vez bajan sin cuidarse, y entonces son cazados: tú, ni instinto, ni treta, corres hacia el mar, las armadas de canes detrás de ti, Guzmán a caballo, con su azor preferido sobre el antebrazo, envuelto en pardillo y caperuza baja y sobrecalzados con abarcas de cuero, te lo dije, azor, bello azor, sañudo azor, llegaría tu hora, ahora es tu hora, yo te preparé para la gran caza, recuerda a Guzmán, animoso azor, tú eres mi arma, mi devoción, mi hijo y mi lujo, el espejo de mis deseos y la cara de mi odio, y el mar apareció ante tu mirada entre telarañas de niebla, el Cabo de los Desastres, la playa de los viejos sueños de Celestina y Pedro, Simón y Ludovico, la playa de los engaños de Felipe, la playa que los recibió a ti y a tus dos hermanos para apresurar la historia, los destinos, el milenio, en la tierra de las eternas vísperas, España, Vésperes, Hesperia, tierra de Venus, doble de sí misma, en angustiosa e interminable búsqueda de su otra faz, España, ahora corres de regreso a ese mar bienhechor, tu corazón te dice que ese mar te salvará, a pesar de todo, qué cercanas las terribles bocinas, los ladridos, las pezuñas, el jadeo, corres como el venado, la franja de desierto entre la sierra y el mar se angosta, una trinchera de galgos te cierra el camino a la derecha, otra de lebreles a la izquierda, los lebreles deben contener a los galgos para que no te hagan presa antes de tiempo, tú capturado entre las dos filas de perros amenazantes, Guzmán conoce bien su oficio, se estrecha el pasaje que te lleva hasta los arenales, te derrumbas entre las costras heladas de las dunas, caes de boca sobre la playa, con los brazos abiertos en cruz, te levantas, ladridos, bocinas, Guzmán en lo alto de los arenales, riendo, frente a ti el mar brumoso, detrás de ti Guzmán y la armada de montería, Guzmán suelta al azor, ve, azor, lindo azor, te lo prometí, no te defraudé, te lo juré, te ofrezco la carne más viviente, ésa es tu presa, elévate al cielo con la rapidez de una plegaria y desciende con la velocidad de una maldición, vuela el azor, corren los canes, no llegas al mar, el galgo te clava los colmillos en el brazo, los hunde, te rasga la carne, el lebrel aparta al galgo, estás libre, por un momento, caes, te levantas, tus pies se hunden en el fango de la orilla, las tormentosas olas se estrellan y mueren alrededor de tus rodillas, vuela el azor, rápido como una saeta, cae el halcón, veloz como un juramento, se traba a tu brazo, clava en tu carne sus aceradas uñas, se fija a tu brazo con sus largos tarsos, clava el pico en las heridas abiertas por los colmillos del perro, entras corriendo al mar, el ave no te suelta, luchas, te revuelcas, la azotas, el halcón te devora el brazo, tratas de nadar, no puedes con un solo brazo, intentas ahogar al feroz falconcete, Guzmán ríe desde las dunas, a caballo, hundes el brazo apresado por el azor, te hundes, buscas en el cielo vedado la luz de tu estrella, Venus, guía de marineros, y en la hondura del mar el fuego de San Telmo, llama de los inseparables hermanos, *Marqués pariente: Hagoos saber que el martes pasado, día de San Jorge, cerca del lugar de Villalar fue dada la batalla por el nuestro ejército, en que venían todos nuestros visoreyes y gobernadores de los nuestros reinos, contra el ejército de los rebeldes y traidores, en la cual plugo a Nuestro Señor y a su bendita madre de nos dar la victoria sin ningún daño de las gentes del dicho nuestro ejército, y les fue tomada nuestra artillería que nos tenían tomada y usurpada y fueron presos y muertos todos los cabecillas de la Junta General. Destacose en esta acción el capitán don Guzmán, cabalgando, bermejo el rostro, sudosa la frente, atezado por la agitación del alma, enronquecido de gritar a los nuestros: —Matad a esos malvados; destrozad a esos impíos y disolutos; no perdonéis a nadie; eterno descanso gozaréis entre los justos si raéis de la tierra a esta gente maldita; no reparéis en herir de frente o por la espalda a los perturbadores del sosiego. Dos leguas y media duró el alcance de los comuneros fugitivos hasta cerrar la noche; cien hombres quedaron muertos en el campo, cuatrocientos heridos, mil prisioneros. Ni un solo soldado de los nuestros perdió la vida. De los comuneros saláváronse los más ágiles, y algunos que tuvieron la precaución de cambiar por nuestras cruces blancas las cruces rojas que prendidas al pecho y a la espalda les distinguían de nosotros. Reina en Villalar, tumba de la rebelión comunera, más silencio que en una aldea donde no viviesen más de tres villanos. Más cierto servidor y criado*

que sus manos besa, marqués pariente, y su más fervoroso, seguro y hu-
milde adepto, etc., etc., etc., pidió Guzmán un solo favor al rey don
Felipe en recompensa de sus actos, y fue el de encabezar expedición
que cruzara el gran océano en busca del mundo nuevo y cerciorarse
así de su existencia o inexistencia; gustoso accedió el Señor, dando
pruebas de gracia y munificencia e instando a Guzmán a embarcar
con él a mucha trápala de estos reinos, a hombres de excesiva energía capaces de perturbar el sosiego, de modo que las oraciones y la
paz de su necrópolis no se viesen más perturbadas por herejes, rebeldes, locos y enamorados: "Pues tu mano es dura, Guzmán, sabrás disciplinar a estas raleas, y aprovecharlas en empresas de gran
riesgo que sólo acometen quienes nada tienen que perder"; super-
visó Guzmán en Cádiz la construcción de una armada de carabelas
de tres palos con velas triangulares, envergadas de entenas dispuestas en el plan longitudinal de los navíos; gran novedad fue ésta de
la carabela, pues con autoridad se utilizaban en expediciones al varinel, buque de remos y de vela, y la barca, cuya forma y velamen
redondo hacían lenta su maniobra y su marcha; recordó Guzmán,
sonriendo para sus adentros, los trabajos del viejo Pedro en la playa
del Cabo de los Desastres y dictó la construcción de estas nuevas
naves, largas como el varinel y de bordo alto como las barcas, que
reunían las ventajas de ambos cascos y suprimían sus inconvenien-
tes, pues el velamen triangular de estilo latino le permitiría acercarse
más al viento y aprovecharlo mejor, y por su forma ligera resultaban
más ágiles de marcha y de maniobra. Dispuso el Señor un caudal
de dos millones de maravedíes, expropiado a tres familias de ricos
judíos expulsados, los Santángel, los Santa Fe y los Bélez, para los
gastos de la expedición, y por cédula mandó a las autoridades de las
villas y lugares del litoral andaluz que suministrasen a Guzmán
cuantos efectos pidiese para su flotilla, y los dejasen sacar libres de
alcabalas. Por otra cédula, prometió el Señor que a todos los que se
enrolasen en las carabelas les daría seguro y promesa de que nadie
podría dañarles en sus personas ni en sus bienes por razón de ningún delito que hubiesen cometido. Enroláronse así trescientos hombres y al verles montar a las carabelas con sus raquíticos equipajes,
Guzmán sonrió adivinando aquí al comunero vencido y allá al criminal del orden común, en éste al noble empobrecido y en aquél al
converso disimulado, en uno al collazo de la tierra y en otro al herrero rencoroso. Si sólo hubiesen esperado un poco; Jerónimo, Nuño,
Martín, Catilinón… No había vuelto a ver a ese servicial pícaro

dado a hablar en refranes. ¿Murió por equivocación en la matanza del palacio? Distraído, Guzmán no notó a la extraña pareja que, abrazada, subió a una de las carabelas. Un hombre encapuchado, de lento andar, doblado sobre sí mismo, con dolor, con una mano protegiendo su sexo y la otra apoyada sobre el hombro de un mozalbete de corta estatura y andar feminoide, vestido de trapos, con la cabeza rapada y el rostro disfrazado por la mugre. Estaba a punto de zarpar. Por las estrechas ventanas de Cádiz, detrás de los verdes batientes de sus casas, se asomaban pálidos rostros sospechosos. Sabía Guzmán lo que pensaban: éstos van al desastre, están locos, y no les volveremos a ver. Izó los pendones de las carabelas. Llegó un mensaje del Señor: que esperase aún dos días. El fraile Julián, el iconógrafo de palacio, se uniría a la expedición. La boca de Guzmán le supo a hiel.

Confesiones de un confesor

Hasta aquí, le dijo Julián al Cronista, lo que yo sé. Y nadie sabe lo que yo sé, ni sabe más que yo. He sido el confesor de todos; no creas sino en mi versión de los hechos; elimina a todos los demás narradores posibles. Celestina ha creído saberlo todo y contarlo todo, porque sus labios heredaron la memoria y creen transmitirla. Pero ella no escuchó la confesión cotidiana del Señor antes de comulgar, el detalle de las vencidas ilusiones de la juventud, el sentido de sus penitencias en la capilla, el ascenso por las escaleras que conducen al llano, el desafío de su enumeración herética, su relación con nuestra Señora, ni su tardía pasión por Inés. Y yo escuché, además, las confesiones de la Dama Loca, las de las monjas y las de las fregonas; las del bobo y la enana antes de unirse en matrimonio, con mi bendición casados; y las de los obreros. Escuché la confesión de Guzmán; y si cree que huyendo en busca del nuevo mundo deja atrás la memoria de sus culpas, gran frustración le espera. Y escuché, Cronista amigo, los relatos de Ludovico y Celestina en la alcoba del Señor: sólo yo conozco el pasaje que conduce al muro donde cuelga el mapa ocre del rey, y en los ojos del Neptuno que lo adorna horadé hoyos para mis orejas y para mi mirada. Cuantos aquí han hablado, cuantos aquí han pasado, cuantos aquí han actuado, cuantos aquí han sentido o han sido sentidos, diéronme su voz secreta, como yo les presté mi oreja penitente, pues más sufre, a menudo, el confesor que el confesante, que éste se alivia de una carga, y aquél, la asume.

No prestes atención o crédito, así, a lo que otros te cuenten, prosiguió Julián, ni creas en las simples y mentirosas cronologías que sobre esta época se escriban en beneficio de la lógica de una historia lineal y perecedera; la verdadera historia es circular y eterna. Ya ves: no le dijo toda la verdad la joven Celestina al peregrino del nuevo mundo, cuando lo encontró en la playa, para no distraerle del propósito central, que era narrar ante el Señor la soñada existencia de una tierra ignota allende la mar; y menos, mucho menos, pudo decirle toda la verdad la Señora al náufrago llamado Juan, cuando le trajo a su recámara y allí, le amó con tan intensa furia. ¿Cómo iba a contarle a nadie, salvo a mí, pues sellan mis labios los fuegos del secreto, Guzmán sus tormentosos actos, los debates de su alma y los propósitos de su vida?, ¿quién, si no yo, iba a saber, y a callar, la ignominia con que adormeció al Señor, echole encima a los perros, fraguó en su mente el regicidio y optó por matar a nuestro Señor, no con daga, no con filtros de locura, sino potenciando su impotencia, llevándole paso a paso, espejo recompuesto, cántaros colmados al beberlos, velas que crecían al consumirse, los aullidos del perro fantasma, el escándalo de las monjas en la capilla, la muerte de Bocanegra, la imposible pasión de Inés, a enfrentamientos cada vez mayores con cuanto no puede ser?

Todo lo callé, mi candoroso amigo, y si ahora te lo he narrado todo, es porque mi necesidad de confesarme ante ti y de hacer penitencia por los daños que te he causado, supera todos los votos de mi sacerdocio. Incluso los secretos de la confesión. Voy a irme muy lejos. Es necesario que alguien conozca estas historias y las escriba. Tal es tu vocación. La mía me lleva a otros lugares. Pero no quiero que quede trunca esta hadit-novella, como dices que debe decirse para darle a un relato la dignidad que a la comunicación de nuevas dieron los pobladores árabes de nuestra península. A ti te entrego cuantas nuevas sé, que son todas, tal y como te las he contado desde el día en que regresaste, fatigado, vestido de limosnero, mutilado de un brazo, de la feroz batalla naval contra el turco. Imaginaste bien, amigo; no te fue dada la libertad a cambio de tu esforzado mérito en el combate; pero, manco, de poco servías en galeras. Fuiste abandonado en la costa argelina, y tomado cautivo por los árabes. Te dieron buen trato, pero, cristiano, te enamoraste de una hermosa muchacha mora, Zoraida, y ella de ti: conociste primavera en otoño. El padre de Zoraida quiso apartarla de ti; fuiste abandonado en costa valenciana por piratas de Argel y devuelto a prisión en Alicante. Hasta allí fui a buscarte, una vez que obtuve la nómina de muertos, heridos y repatriados después de la famosa batalla. Nada me costó, con mi puño ágil, fingir la firma del Señor para tu orden de liberación y menos aprovechar el sueño de don Felipe para sellarla con su anillo. Hasta aquí te traje, disfrazado de mendicante, desde las audaces terracerías del moscatel, la almendra y el higo, a lo largo de la huerta de Valencia, por los hondos garriques y arrozales, hasta la árida meseta castellana, a esta torre del estrellero Toribio, donde las tareas de la ciencia y del arte pueden guarecerse, así sea momentáneamente, de las acechanzas de la locura, el crimen, la sinrazón, y el tormento que se agitan bajo nuestras miradas. Aquí lo has escuchado todo: cuanto sucedió antes de tu llegada y después de ella, desde el primer crimen de Felipe hasta el último. Te digo, iluso de mí, que te cuento la historia para que la escribas y así quizá, la historia no se repita. Mas la historia se repite: he allí la comedia y el crimen de la historia. Nada aprenden los hombres. Cambian los tiempos, cambian los escenarios, cambian los nombres: las pasiones son las mismas. Sin embargo, el enigma de la historia que te he contado es que, repitiéndose, no concluye: mira cuántas facetas de este hadit, de esta novela, a pesar de su apariencia de conclusión, han quedado como en suspenso, latentes, esperando, acaso, otro tiempo para reaparecer, otro espacio para germinar, otra oportunidad para manifestarse, otros nombres para nombrarse...

Celestina dio cita en París al peregrino en una fecha muy distante, el último día del presente milenio. ¿Cómo pondremos punto final a esta narración si desconocemos lo que entonces sucederá? Por eso te he revelado los secretos de la confesión a ti y sólo a ti, porque escribes para el futuro, porque no te importa lo que hoy se diga de lo que escribes, o las risas que tus escritos provoquen: vendrá un día en que nadie se reirá de ti y todos se reirán de los reyes, príncipes y prelados que hoy acaparan respeto y homenajes. Dijo Ludovico que una vida no basta: se necesitan múltiples existencias para integrar una personalidad. Dijo otras cosas que me impresionaron. Llamó inmortales a los que reaparecen de tiempo en tiempo porque tuvieron más vida que su propia muerte, pero menos tiempo que su propia vida. Dijo que puesto que un hombre o una mujer pueden ser varias personas mentalmente, pueden volverse varias personas físicamente: somos espectros del tiempo, y nuestro presente contiene el aura de lo que antes fuimos y el aura de lo que seremos cuando desaparezcamos. ¿No ves, Cronista amigo, cómo se combinan estas razones con la repetida maldición del Señor en su testamento, su herencia de un futuro de resurrecciones, que sólo podrá entreverse en las olvidadas pausas, en los orificios del tiempo, en los oscuros minutos vacíos durante los cuales el propio pasado trató de imaginar al futuro, un retorno ciego, pertinaz y doloroso a la imaginación del futuro en el pasado como único futuro posible de esta raza y de esta tierra, las de España y todos los pueblos que de España desciendan?

Yo, Julián, fraile y pintor, te digo que así como las palabras enemigas del Señor y de Ludovico se confunden para ofrecernos una nueva razón nacida del encuentro de dos contrarios, asimismo se alían sombras y luces, siluetas y volumen, color plano y honda perspectiva en un lienzo, y así deberían aliarse, en tu libro, lo real y lo virtual, lo que fue con lo que pudo ser, y lo que es con lo que puede ser. ¿Por qué habías de contarnos sólo lo que ya sabemos, sino revelarnos lo que aún ignoramos?, ¿por qué habías de describirnos sólo este tiempo y este espacio, sino todos los tiempos y espacios invisibles que los nuestros contienen?, ¿por qué, en suma, habías de contentarte con el penoso goteo de lo sucesivo, cuando tu pluma te ofrece la plenitud de lo simultáneo? Empleo bien mi verbo, Cronista, y digo: contentarte. Descontento, aspirarás a la simultaneidad de tiempos, espacios, hechos, porque los hombres se resignan a ese paciente goteo que agota sus vidas, y no bien han olvidado su nacimiento, que ya se enfrentan a la muerte; tú, en cambio, has decidido sufrir, volando en pos de lo imposible, con las alas de tu única libertad, que es la de tu pluma, aunque atado al suelo por las cadenas de la maldita realidad que todo lo aprisiona, reduce, enflaca y aplana. No nos quejemos, amigo; es posible que sin la fea gravedad de lo real nuestros sueños carecerían de peso, serían gratuitos, y así, de escaso precio y menuda convicción. Agradezcamos esta lucha entre la imaginación y la realidad para darle peso a la fantasía y alas a los hechos, que no vuela el ave si no encuentra resistencia en el aire. Pero en algo menos que aire se convertiría la tierra si no fuese, constantemente, pensada, soñada, cantada, escrita, esculpida y pintada. Escucha lo que dice mi hermano Toribio: matemáticamente, la edad de todos es cero. El mundo se disuelve cuando alguien deja de soñar, de recordar, de escribir. El tiempo es una invención de la personalidad. No lo tienen la araña, el azor o la loba.

Dejar de recordar. Temo a la memoria sucesiva porque significa duplicar el dolor tiempo. Vivirlo todo, amigo. Recordarlo todo. Mas una cosa es vivir recordando todo, y otra recordar viviéndolo todo. ¿Cuál camino escogerás para completar esta novella que hoy te entrego? Te miro aquí, junto a mí, adivino del tiempo, del pasado, del presente y del futuro, y miro cómo me miras, reprochándome los cabos sueltos de esta narración mientras yo te pido que me agradezcas el olvido en que he dejado tantos gestos no cumplidos, tantas palabras no dichas… Pero veo que mi sabia advertencia no sacia tu sed de adivinanza: te preguntas, ¿cuál será el futuro del pasado?

He violado para ti los secretos de la confesión. Me dirás que el secreto es igual a la muerte: el secreto es una palabra y un hecho que ya dejaron de existir. Entonces, ¿todo pasado es secreto y muerto? No, ¿verdad?, porque el pasado recordado es secreto y vive. ¿Y cómo llega a salvarse por la memoria y deja de ser pasado? Convirtiéndose en presente. Luego ya no es pasado. Luego todo verdadero pasado es secreto y muerte impenetrables. ¿Quieres que habiéndote contado cuanto del pasado quiero rescatar para convertirlo en presente, te cuente además lo que debe ser secreto y muerte para seguir siendo pasado? Y todo ello para entregarlo a lo que tú mismo desconoces: una historia que terminará en el futuro. Oh, mi indiscreto escriba, por eso fuiste a dar con tus huesos a galeras, confundes sin cesar la realidad con el papel, igual que ese mago tuerto arrojado, hecho cuartos, a las aguas el Adriático. Agradece, te digo, los cabos sueltos; acepta la verdad dicha por la Dama Loca: todo ser tiene el derecho de llevarse un secreto a la tumba; todo narrador se reserva la facultad de no aclarar los misterios, para que no dejen de serlo; y al que no le guste, que reclame su dinero...

¿Quién decía esto? ¿Quién? Espera. Un momento. El que quiera saber más, que abra la bolsa... Hay tantas cosas que yo mismo no entiendo, mi amigo. Por ejemplo, dependo, tanto como tú, de Ludovico y Celestina para comprender la historia de los tres muchachos... Para mí fueron siempre tres usurpadores, tres aliados para frustrar los propósitos del Señor y prolongar la historia más allá de los límites de muerte e inmovilidad indicados por el rey; tres herederos, tres bastardos, sí, incluso tres fundadores, como dijo Ludovico, pero, te lo juro, jamás entendí bien esta relación, estos signos. Le repetí a la Señora lo que Ludovico me pidió que repitiera: una cruz encarnada en la espalda, seis dedos en cada pie, el reino de Roma aún no termina, Agrippa, suya es la continuidad de los reinos originarios, frases, frases que repetí sin entender, cabos sueltos, acéptalos, agradécelos, te digo...

¿Las tres botellas? ¿Qué contenían las tres botellas? Tampoco lo sé, te digo, y el que quiera saber más, que... ¿Igualdad? ¿Igualdad me pides entonces, aceptas desconocer lo que yo desconozco, pero sólo me pides saber todo lo que yo conozco, ningún secreto me permites, nada me puedo llevar a la tumba sino lo que, como tú, ignoro, nada menos que este trato te permitirá, oh mi amigo, perdonarme que haya sido causa de tu daño, tus galeras, tu certeza de muerte la víspera de la batalla, tu mutilación en ella, tu entrega a los árabes, tu prisión alicantina, nada más?

Me voy muy lejos, mi pobre amigo. Nada sabré de lo que aquí sucede. Queda en tus manos, tus ojos y tus oídos continuar la historia del Señor don Felipe. A donde yo voy, pocas noticias me llegarán. Y seguramente, menos noticias, o ninguna, tendrás de mí. No sé si el mundo nuevo es. Sólo sé que lo imagino. Sólo sé que lo deseo. Para mí, en consecuencia, es. Soy un cristiano exasperado. Quiero conocer, y si existe, protegerla, y si no existe, prohijarla, una comunidad mínima de pueblos que vivan con arreglo a la naturaleza, que no tengan propiedad alguna, sino que todas las cosas les sean comunes: mundo nuevo, no porque se halló de nuevo, sino porque es o será como fue aquel de la edad primera de oro. Recuerda, mi cándido y culpable amigo, cuanto te he narrado y pregúntate conmigo, ¿qué ceguera es ésta?, llamamosnos cristianos y vivimos peor que brutos animales; y si nos parece que esta doctrina cristiana es alguna burlería, ¿por qué no la dejamos del todo? Abandono este palacio; abandono a mis amigos, tú, mi hermano Toribio; abandono al Señor. Me voy con quien más me necesita: Guzmán. Es cierto; no me mires con semejante asombro. Sé que yo voy en busca de la edad de oro feliz; sé que Guzmán va en busca de los lugares del oro, con gran malicia y codicia, y que su edad en el nuevo mundo será de hierro y peor; sé que yo busco, a tientas, la restauración del verdadero cristianismo, mientras Guzmán busca, con certeza, la instauración del guzmanismo afortunado. Más falta hago allá que acá; hará falta quien recoja las voces de los derrotados, perpetúe sus sueños fundadores, defienda sus vidas, proteja sus trabajos, afirme que son hombres con almas y no simples bestias de carga, vele por la continuidad de la belleza y el gusto de mil pequeños oficios y encauce sus ánimos para la gloria de Dios a la construcción de nuevos templos, templos del nuevo mundo, nunca vistos, una nueva floración de un nuevo arte, que derrote para siempre la fijeza del icono que refleja la verdad revelada una sola vez y para siempre, y en cambio revele un nuevo conocimiento que se despliegue en todos los sentidos y para goce de todos los sentidos, un encuentro circular de lo que ellos saben y de lo que yo sé, un arte, mestizo, templos levantados a imagen y semejanza del paraíso que todos encerramos en nuestros sueños: libérense el color y la forma, expándanse y fructifiquen en celestiales bóvedas de racimos blancos, parras policromas, frutos de plata, ángeles morenos, fachadas de azulejos, altares de hojarasca dorada, imágenes, sí, del paraíso común a ellos y a mí, catedrales para el futuro, anónima semilla de rebelión, imaginación renovadora, aspiración constante e incumplida: vasto círculo en movimiento perpetuo, amigo dulce, mis manos blancas y las manos trigueñas unidas para hacer más, mucho más de lo que yo jamás pudiera hacer en el viejo mundo, pintando secretamente cuadros culpables para turbar la conciencia de un rey; templos mestizos del nuevo mundo, solución de todas nuestras mudas herencias en un abrazo de piedra: pirámides, iglesias, mezquita y sinagoga reunidas en un solo lugar: mira ese muro de serpientes, mira esa ojiva trasplantada, mira esos azulejos moriscos, mira esos pisos de arena…

¿No hay tal lugar? No, mi amigo, no lo hay, si lo buscas en el espacio. Búscalo, mejor, en el tiempo: en el mismo futuro que indagarás en tus novelas ejemplares por escandalosas. Mis manos blancas y esas manos morenas yuxtapondrán los espacios simultáneos del viejo y el nuevo mundo para crear la promesa de otro tiempo. Asumiré, dulce, amargo, amable, desesperado amigo mío, los sueños soñados y perdidos por Ludovico y Celestina, Pedro y Simón, aquella lejana tarde en la playa del Cabo de los Desastres. Asumiré, sin que ellos lo sepan, los sueños del Señor y de Guzmán, del Comendador y del Inquisidor, pues no saben ellos y nosotros lo que hacemos, pero Dios sí, cuyos instrumentos somos. Guzmán buscará nuevos países por el deseo de oro y riquezas; el Señor aceptará los hechos para trasladar allá los pecados, la rigidez y la voluntad de extinción de acá, pero Dios, y vuestro servidor Julián, trabajaremos para más altos fines. Amigo: ¿será el nuevo mundo, en verdad, el mundo nuevo desde donde se puede recomenzarlo todo, la historia entera del hombre, sin las cargas de nuestros viejos errores? ¿Estaremos los europeos a la altura de nuestra propia utopía?

Así, acepto tu proposición para predicar con el ejemplo: llegue yo limpio de culpables secretos y odiosas cargas al nuevo mundo. Ignoremos lo mismo, tú y yo; sepamos lo mismo; y el que quiera saber más, que abra la bolsa, y al que no le guste lo que cuento, que reclame su dinero. Esto decía aquel Juglar de ancha sonrisa pintarrajeada que divertía con sus bufonadas en el alcázar del padre del Señor, con la mueca del día moribundo en los orbes gemelos de sus ojos cerca de la caperuza hundida hasta las cejas, y cómo no iba a mirar las miradas de codicia carnal que el padre del Señor dirigía a la hermosa niña Isabel, llegada de Inglaterra tras la muerte de sus padres, a encontrar refugio y consolación al lado de sus tíos españoles: tiesas enaguas de calicó, largos rizos de tirabuzón, Elizabeth, si desde niña la deseó ese Señor incontinente y putañero que violó a todas las labriegas de la comarca, poseyó por derecho señorial a todas las honradas mozas de sus dominios, persiguió a las muchachas de Flandes mientras su esposa paría en una letrina del palacio de Brabante a su hijo, nuestro actual Señor, con loba llegó a saciar sus apetitos y apenas vio brotar las teticas y poblarse los sobaquillos de su sobrina inglesa la desvirgó a oscuras, después de jugar con ella, y ofrecerle muñecas y regalos, quebrar sobre el piso las mismas muñecas que le regaló.

¿En quién iba a confiar la niña, si no en el único hombre que en ese alcázar, como ella, jugaba: el Juglar? Mas si a mí nada me dijo, yo, que desde entonces la entretenía con mis pinceles y estampas y miniaturas, la encontré llorando un día, y noté la creciente plenitud de su vientre y sus pechos y ella, llorando, me dijo que lloraba porque desde hacía dos meses había dejado de sangrar.

Arredrome la noticia: ¿qué hacer con la niña inglesa, que con ojos de amor era vista por el joven heredero, Felipe, y que había cometido la indiscreción —peor que el acto— de contarle la verdad al más falaz y turbio de los cortesanos, ese Juglar de agrias facciones, bufón porque ningún motivo de alegría encontraba en su existencia? Inútil era hacerle saber al Juglar que yo compartía el secreto, e instarle a guardarlo. Hubiese puesto un precio a su silencio, como al cabo se lo puso intrigante pero estúpido, cuando le dijo al padre del Señor que sabía la verdad.

Primero ordenó nuestro insaciable Amo que la infanzona Isabel fuese trasladada durante siete meses al viejo castillo Tordesillas, para recibir allí disciplinada educación en las artes de la corte, acompañada sólo de un maestre de campo, tres dueñas, una docena de alabarderos y el famoso médico judío, el contrahecho doctor José Luis Cuevas, sacado de prisión, donde purgaba el delito inconfeso de hervir en aceite a seis niños cristianos a la luz de la luna, tal como lo había hecho su antepasado con los tres infantes reales, por lo cual el Rey de entonces mandó quemar vivos a treinta mil falsos conversos en la plaza de Logroño. Fue llevado Cuevas a Tordesillas con promesa de quedar exonerado si cumplía bien su oficio en el sombrío castillo, viejo albergue de mucha realeza loca. Asistió Cuevas al parto; maravillose de los monstruosos signos del niño y riendo dijo que más parecía hijo suyo que de tan hermosa muchacha; rió por última vez: los alabarderos le cortaron la cabeza en la cámara misma del parto, y a punto estuvieron de hacer lo mismo con el recién nacido, de no haberle defendido, como una loba a su lobezno, la joven Isabel, quien apretándolo contra su pecho, dijo:

—Si lo tocan lo ahorcaré primero y luego me mataré yo misma, y a ver cómo explicáis mi muerte a vuestro Señor. Que la vuestra os avizora: sé que apenas regresemos al alcázar, el Señor os mandará matar como a este pobre doctor hebreo, para que nadie hable de lo aquí ocurrido. Yo he prometido, en cambio, guardar eterno silencio, ante Dios y ante los hombres, si el niño sale vivo de aquí conmigo. ¿Qué valdrá más, mi palabra o la vuestra?

Y con esto, los alabarderos huyeron, pues bien conocían la violenta disposición del padre del Señor, y no dudaron de las palabras de Isabel, quien regresó al alcázar con dos de las dueñas, mientras otra, con el maestre de campo, conducía al niño por ruta diferente. Advertido por mi joven Ama de las fechas aproximadas de los sucesos, rondé el palacio de Tordesillas desde varios días antes, y embozado, con chambergo y ropa de bandolero, asalté a la dueña y al maestre de campo, cabalgué de regreso al alcázar señorial con el bastardo en brazos y lo entregué en secreto a la niña madre, Isabel.

La discreción era mi arma y mi deseo: el heredero, Felipe, amaba a esta muchacha; se casaría con ella; la futura reina me debería los favores más señalados; yo gozaría de paz y protección para proseguir mi vocación de fraile y pintor y, también extenderlas a hombres como tú, Cronista, y mi hermano el estrellero Toribio. Mas si la verdad se supiese, ¡qué confusión, entonces, qué desorden, qué rencores, qué incertidumbre de mis fortunas! Felipe repudiaría a Isabel; la madre de Felipe, que tantos engaños le había perdonado a su esposo, no le absolvería de esta particular transgresión; incierta sería mi fortuna: ¡derrotado, como Edipo, por el incesto! Busqué por las cárcavas de Valladolid a una vieja picaza, renombrada trotaconventos, experta en renovar virgos, y condújela en secreto a la alcoba de Isabel en el alcázar, donde la vieja escofina, con grande arte, remendó el mal de la muchacha y fuese como vino, abejón entre las sombras.

Lloró Isabel a causa de sus muchas desgracias; preguntele por el niño; la atolondrada gimió que, no sabiendo cómo cuidarle, ni alimentarle, ni nada, lo había entregado a manos de su amigo el Juglar, que en parte secreta del castillo le guardaba. Maldije la imprudencia de la joven, pues armas y más armas daba al intrigante bufón, quien, ni tardo ni perezoso, hizo saber cuanto sabía al desaforado Príncipe putañero, nuestro Señor, y pidiole dinero a cambio de guardar el secreto. El Señor llamado el Hermoso, ¿ves?, estaba convencido de que la dueña y el maestre de campo habían abandonado, según las indicaciones del rey, al recién nacido en una canasta en aguas del Ebro. Poco duró, por otra parte, el codicioso proyecto del Juglar, pues esa misma tarde, reunida toda la corte en la sala del alcázar, ofreciole el Señor nuestro amo una copa de vino para animarle en sus bufonadas, y el incauto mimo, en medio de una cabriola, murió sofocado por el veneno.

Dime a buscar al niño perdido y encontrele en el lugar más obvio: un camastro de paja en la celda ocupada por el Juglar. Y a la dueña de Isabel, Azucena, le entregué al niño. La dueña lo llevó a Isabel y le explicó que, al morir, el Juglar había dejado en su camastro a un niño recién nacido. Ella había decidido ocuparse del niño, pero sus senos estaban secos. ¿Podría amamantarse de las tetas de la perra que acababa de parir en la alcoba de Isabel? Isabel, quien aún sangraba de su propio parto, dijo que sí, y a su tío el Señor luego le dijo:

—Nuestro hijo pasa por serlo del Juglar y de Azucena. No mates a nadie más. Tu secreto está a salvo. Nada diré yo, si no tocas a mi hijo. Si lo matas, todo lo contaré. Y luego me mataré a mí misma.

Pero este feroz y bello Señor no quería matar a nadie, quería amar de nuevo a Isabel, quería querer sin límite, quería poseer a toda mujer viviente, a toda hembra sangrante, y nada podía saciarle; esa misma mañana, en la capilla, vio a Isabel escupir una serpiente en el momento de recibir la hostia, vio los ojos de amor con los que su propio hijo, Felipe, miraba a Isabel, y no pudiendo amarla más, y por ello deseándola con más ardor que nunca, se emborrachó, salió cabalgando en su caballo amarillo, decapitando los trigales a latigazos, encontró a una loba capturada, desmontó, violentó a la bestia, aulló como ella y con ella, se sació de todas sus turbias necesidades, insatisfacciones y ardientes fuegos: animal con animal, el acto no le horrorizó, contra natura hubiese sido amar otra vez a Isabel, bestia con bestia no, era natural: esto me dijo al confesarse conmigo otra noche, cuando Isabel y Felipe acababan de casarse y los cadáveres quemados en la pira del patio eran sacados en carretas; esto me confesó, más todos sus crímenes anteriores, seguro de mi silencio, necesitado de vaciar su atormentada alma ante alguien:

—¿Habré empreñado a una loba?, me preguntó a través de la rejilla, buscando salida a su imaginación monstruosa.

—Calma, Señor, por favor, calma; tal cosa es imposible.

—Casta maldita, murmuró, locura, incesto, crimen, sólo nos faltaba amar como bestia a una bestia, ¿qué le heredo a mi hijo?

Cada generación añade taras a la que sigue; se acumulan las taras hasta conducir a la esterilidad y la extinción; y los degenerados se buscan; una fuerza imperiosa los lanza a encontrarse y unirse...

—La semilla, Señor, se fatiga de crecer sobre el mismo suelo.

—¿Qué nacería de mi ayuntamiento con bestia? ¿Impulsome una oscura necesidad de renovar la sangre con cosa viviente pero inhumana?

—Pese a la sabiduría clásica, Señor, la naturaleza a veces da extraños saltos, dije ingenuamente, pensando así absolverme de todo conocimiento respecto a la paternidad del niño y promover la creencia corriente de su origen: ved ese niño, añadí, no hijo de hombre y loba, sino de juglar y fregona, que tan monstruosos signos de degeneración porta...

—¿Qué?, gritó el Señor, quien nunca había visto al niño.

—Una cruz en la espalda; seis dedos en cada pie...

Ahora aulló el Señor llamado el Hermoso, aulló y su grito animal retumbó por las bóvedas de la iglesia, y se alejó gritando, ¿no conoces la profecía del César Tiberio?, ¿el signo de los usurpadores, los esclavos rebeldes, he engendrado a los esclavos y a los rebeldes que habrán de usurpar mi reino, mis hijos parricidas, el trono levantado sobre la sangre del padre?

Supe que ordenó matar al niño, pero éste había desaparecido, como desaparecieron esa misma noche, para gran tristeza de Felipe, sus compañeros Ludovico y Celestina; supe que ordenó que todos los sábados se diese caza a los lobos errantes hasta exterminarlos. Sólo yo entendía la razón detrás de estas órdenes. Di gracias cuando el Señor murió, después de jugar muy recientemente a la pelota; el príncipe Felipe ocupó su lugar y mi señora Isabel ascendió al que le correspondía.

Gran severidad y discreción guardó Isabel como esposa del nuevo Señor, Don Felipe, y yo jamás imaginé que el virgo recosido por la urraca de las carcavas de Valladolid se mantenía intacto. Constante fue mi respetuosa amistad con la Señora; procuraba entretenerla, como siempre, con mis esmaltes y miniaturas, y dándole a leer los volúmenes de amor cortesano del *De arte honeste amadi* de Andreas Capellanus, pues miraba detrás de su dignidad una melancolía creciente, como si algo le faltase; a veces suspiraba por sus muñecas y sus huesos de durazno, y yo me decía que demasiado veloz había sido el tránsito de mi Señora de su condición de niña extranjera a esta de reina solitaria y secreta madre de un niño perdido. La plebe murmuraba, ¿cuándo nos dará esta extranjera un heredero español? Se anunciaron felices preñeces, seguidas siempre de malhadados abortos.

Nada más desgraciado, sin embargo, que el accidente que por entonces sobrevino a mi Ama, estando su esposo de guerra en Flandes contra los herejes adamitas y los duques que les protegían. La humillación de los treinta y tres días y medio que pasó arrojada sobre las baldosas del patio del alcázar transformó la voluntad de mi Señora: desató fuerzas, pasiones, odios, anhelos, memorias, sueños que, sin duda, latían desde hace mucho en su alma y sólo esperaban un hecho asombroso, a la vez terrible y absurdo, como éste, para manifestarse plenamente. Un ratón, pues, y no el miembro viril de nuestro Señor, royó la virginidad restaurada de mi Señora. Llamome a su alcoba, cuando al fin regresó a ella; me pidió que terminara la labor iniciada por el mur; la poseí, acabando de romper la red de hebras adelgazadas que allí cosió la trotera de Valladolid. La abandoné en medio de un sueño delirante, maldiciéndome a mí mismo por haber roto mi promesa de castidad: voto renovable, sí, y menos sagrado que mi resolución de entregar todos los jugos de mi cuerpo a mi arte. A perfeccionarle dediqué estos años.

Salía a menudo por parajes de la tierra, en busca de rostros, paisajes, edificios y actitudes que dibujaba al carbón y guardaba celosamente incorporando estos detalles de la realidad cotidiana a las figuras y espacios del gran cuadro que en secreto pintaba en un hondo forno del nuevo palacio que el Señor construía en conmemoración de su victoria sobre los duques y herejes de la viciosa provincia flamenca. Topeme, así, una mañana que recorría los campos de Montiel, con una carreta conducida por un rubio muchacho, a cuyo lado se sentaba un ciego de ojos verdes, tostado por el sol, y que entonaba una flauta. Pedile permiso al ciego para apuntar sus rasgos en mis papeles. Él accedió con una sonrisa irónica. El muchacho agradeció el descanso; se acercó a un pozo vecino, sacó una cubeta llena de agua y se desnudó, bañándose a baldazos de agua. Dejé de ver al ciego que no podía mirarme, para mirar la espléndida belleza de ese joven, semejante a las perfectas figuras de Fidias y Praxíteles. Entonces, con asombro cercano al horror, me fijé en el signo de la espalda: una cruz encarnada entre las cuchillas; y al mirar sus pies desnudos, supe que contaría seis dedos en cada pie.

Dominé el temblor de mi puño. Me mordí la lengua para no decirle al ciego lo que sabía: ese muchacho era hijo de mi Señora, el hermano de nuestro actual Señor, el bastardo desaparecido la noche en que se aliaron la boda y el crimen. Dije, en cambio, ser fraile y pintor de la corte, al servicio del muy alto príncipe don Felipe, y entonces fue el ciego el que se turbó y sus facciones luchaban entre el deseo de huir y el afán de saber. Preguntéle qué cosa acarreaba en su carreta, bajo pesadas lonas. Alargó una mano, como para proteger su carga, y me dijo:

—No toques nada, fraile, o el muchacho te quebrará los huesos aquí mismo.

—Pierde cuidado. ¿A dónde te diriges?

—A la costa.

—Larga es, y da la cara a muchos mares.

—Eres bien fisgón, fraile. ¿Te paga bien tu Amo para andar de correveidile por su reino?

—Aprovecho su protección para atender secretamente mi vocación, que no es la de delator, sino la de artista.

—¿Y qué clase de arte será el tuyo?

Deliberé conmigo mismo unos instantes. Quería ganarme la confianza del ciego que acompañaba al hijo de mi Señora. No quería, sin embargo, contarle lo que sabía. Traté de atar cabos: este hombre, de alguna manera, estaba relacionado con la desaparición del niño; quizá lo había recibido de otras manos; pero acaso él mismo lo había robado del ensangrentado alcázar, aquella noche; ¿y quiénes habían desaparecido al mismo tiempo que el niño? Los compañeros de Felipe: Celestina, Ludovico. Conocí al estudiante rebelde; no podía reconocerle en el ciego. Asumí el riesgo, sin saber si me ganaría la buena fe del ciego o una paliza de su joven acompañante; di una honda estocada en la oscuridad.

—Un arte, le contesté, similar a tus ideas, pues lo concibo como un acercamiento directo de Dios al hombre, una revelación de la gracia innata en cada ser humano, que nació sin pecado y, así, puede obtenerla inmediatamente, sin que medien las agencias de la opresión. Tus ideas encarnan en mi pintura, Ludovico.

El ciego estuvo a punto de abrir los ojos; te juro, amigo Cronista, que una luz de extraña esperanza cruzó sus párpados obstinadamente cerrados; apreté su puño cobrizo con mi pálida mano; el muchacho devolvió la cubeta al pozo y se acercó, desnudo, secándose con sus propias ropas, a nosotros.

—Me llamo Julián. Puedes contar conmigo.

Cuando regresé al palacio, encontré a mi Señora agitada por un sueño que acababa de tener. Pedí que me lo contara, y lo hizo.

Contestele, fingiendo estupor, que yo había soñado lo mismo: un joven náufrago arrojado sobre una playa. ¿Dónde? Mi sueño, le dije, tenía sitio: la costa del Cabo de los Desastres. ¿Por qué? El lugar de mi sueño, le dije, tenía historia: las crónicas abundan en noticias de varineles hundidos allí con los tesoros de las Molucas, Cipango y Catay, de naos desaparecidas con toda su tripulación gaditana y con todos los cautivos de la guerra contra el infiel. Pero también, para compensar, se habla de veleros abatidos contra las rocas porque en ellos huían parejas de enamorados.

Preguntome: —¿Cómo se llama este muchacho con el que ambos hemos soñado?

Contestele: —Depende de la tierra que pise.

La Señora me extendió sus manos: —Fraile, llévame a esa playa, llévame hacia ese muchacho…

—Paciencia, Señora. Deberemos esperar dos años, nueve meses y quince días, que son mil días y medio: el tiempo que vuestro marido tarde en terminar la necrópolis de los príncipes.

—¿Por qué, fraile?

—Porque este joven es la respuesta de la vida a la voluntad de muerte del rey nuestro Señor.

—¿Por qué sabéis estas cosas, fraile?

—Porque las hemos soñado, Señora.

—Mientes. Sabes más de lo que dices.

—Pero si todo lo dijese, la Señora dejaría de tener confianza en mí. No traiciono los secretos de la Señora. No me exijáis que traicione los míos.

—Es cierto, fraile. Dejarías de interesarme. Cumple con lo que me has prometido. Tráeme a ese muchacho dentro de mil días y medio. Y si lo haces, fray Julián, tendrás goce.

Miento, mi amigo. No le contesté diciendo "No pide otra cosa mi alma compungida y devota"; no, no quería ser el amante de mi Señora; no quería gastar en su lecho el vigor y la vigilia que debía dedicar a mi cuadro; y temía a esta mujer, empezaba a temerla; ¿cómo pudo haber soñado lo que sólo pasó entre Ludovico y yo, cuando el viejo me dijo que se dirigía al Cabo de los Desastres, a la playa donde más de diecisiete años antes se reunieron él y Celestina, Felipe, Pedro y el monje Simón, y que esta vez la nave de Pedro partiría en busca del nuevo mundo allende el gran océano, y que el muchacho de la cruz en la espalda se embarcaría con él y regresaría un día preciso, mil días y medio después, a esta misma playa, la mañana de un catorce de julio, y que entonces podría ir conmigo, viajar al palacio del Señor don Felipe, y allí cumplir su segundo destino, el de su origen, como en el nuevo mundo habría cumplido su primer destino, el del futuro? Mal comprendí estas razones; el lugar y la fecha, en cambio, se grabaron en mi mente: yo vería el modo de que, entonces, mi Ama recuperara a su hijo perdido. Mas Ludovico añadió una condición más a nuestro pacto: que viese la manera de avisarle a Celestina que ese mismo día pasara por la misma playa. ¿Celestina? El ciego sabía lo que Simón le había contado cuando el ciego regresó, me dijo, a España: disfrazada de paje, tocaba un fúnebre tambor en las procesiones de la madre de Felipe, la Dama Loca, que por toda España arrastraba el cadáver embalsamado de su impenitente marido, rehusándose a sepultarlo. No me fue difícil hacer llegar un mensaje al paje de la reina atreguada.

Pero mi Señora, te digo, me espantaba: ¿cómo soñó ese sueño?, ¿las pociones de belladona que le suministré para apaciguar su delirio?, ¿el recuerdo de algún apunte mío de naufragios vistos o imaginados?, ¿la presencia en su recámara de un furtivo mur que a veces miré moviéndose entre las sábanas del lecho, agazapado, mirándonos?, ¿una blanca y nudosa raíz con figurilla humana, casi hombrecito, que en ocasiones vi moverse con sigilo entre los cortinajes de la alcoba?, ¿un pacto satánico, algo que yo desconocía y que me hacía temblar al entrar a la alcoba de mi Ama, un horrible secreto que hería y amedrentaba tanto las razones de mi arte como las creencias de mi religión?, ¿y no era mi propósito, cándido amigo que me escuchas, conciliar de vuelta razón y fe por medio del arte, devolver la unidad amenazada por el divorcio a la inteligencia humana y a la convicción divina, pues para mí tenía, y tengo, que la religión enemistada con la razón es fácil presa del Diablo?

Busqué, para alejar de mí este creciente temor de lo demoníaco y alejarme también del creciente apetito sexual de la Señora, mancebos gráciles para conducirlos en secreto a su alcoba; convertime, lo confieso, en vil tercerón, tan alcahueta como esa urraca remendona de Valladolid; y en algo peor, pues estos muchachos llevados hasta la alcoba nunca salieron vivos de allí, o si lo hicieron, desaparecieron para siempre y nadie volvió a saber de ellos; algunos fueron encontrados, blancos y desangrados, en pasillos del palacio y en perdidas mazmorras; de otros, muy pocos, llegué a saber algo: éste murió en la horca, aquél en la picota, el otro en el garrote. Temía cada vez más por la salud de la mente de mi protectora; debía darle a su pasión un cauce para mis propios afanes benéficos, y para los de ella, fuesen cuales fuesen, convincente. Busqué en aljamas y juderías, en Toledo y Sevilla, en Cuenca y Medina. Buscaba algo muy particular. Lo encontré. Lo llevé al palacio en construcción.

Llámase Miguel en solares de vieja cristiandad castellana. Llámase Michah en las juderías. Y en las aljamas se le conoce por Mijail-ben-Sama, que en árabe significa Miguel de la Vida. Vuestro marido, el Señor, ha agotado su vida en mortales persecuciones contra herejes, moros y judíos, y este muchacho es dueño de las tres sangres y de las tres religiones: es hijo de Roma, de Israel y de Arabia. Renovad la sangre, Señora. Basta de intentar el engaño de vuestros súbditos; el consabido anuncio público de la preñez a fin de atenuar las expectativas de un heredero sólo os obliga a fingir, rellenando de almohadones vuestro guardainfante, un estado que no es el vuestro, seguido del igualmente consabido anuncio de un aborto. Las esperanzas frustradas tienden a convertirse en irritación, si no en rebeldía abierta. Debéis ser precavida. Detened el descontento con un golpe de teatro: colmad, verdaderamente, la esperanza, teniendo un hijo. Contad conmigo: la única prueba de la paternidad serán los rasgos del Señor vuestro marido que yo introduzca en los sellos, miniaturas, medallas y estampas que representen a vuestro hijo para el vulgo y para la posteridad. El populacho y la historia sólo conocerán la cara de vuestro hijo por las monedas que, con la efigie por mí inventada, se troquelen y circulen en estos reinos. Nadie podrá comparar la imagen grabada con la real. Combinad, Señora, el placer y el deber: dadle un heredero a España.

Sordo de conveniencia, no oí, Cronista, te lo juro, no oí lo que la Señora dijo contestando a mis razones:

—Pero Julián, si yo ya tengo un hijo…

Lo dijo serenamente, pero no hay peor locura que la locura tranquila; te digo que no la oí; proseguí; le dije: Recobrad la unidad verdadera de España: mirad a este hermoso joven, Mijail-ben-Sama, Miguel de la Vida, Miguel castellano, moro y hebreo, te lo juro, Cronista, no me mires así, esto lo dije entonces a la Señora, no se lo dije después, al llevarle a su propio hijo, el muchacho recogido en el Cabo de los Desastres, cuando te conté esto te mentí, acepto mi mentira, sí, porque no sabía entonces cómo iba a terminar esta historia, creí que nunca le revelaría a nadie mi secreto máximo, pensé hoy, al comenzar a hablarte, que el peor secreto sería otro cualquiera, por ejemplo, cuando el Señor me contó lo que vio en su espejo al ascender por los treinta escalones, yo me dije, éste es el secreto, el padre del Señor fornicó con una loba, pero esa loba no era otra que una vieja reina, muerta hace siglos, la que cosía banderas con los colores de la sangre y de las lágrimas, un alma desapacible metida en cuerpo de loba, resurrecta, con razón pudo nacer otro niño de su vientre, la sangre llama a la sangre, los degenerados se encuentran y copulan y procrean, tres hijos del Señor llamado el Hermoso, tres bastardos, tres usurpadores, tres hermanos de Felipe, ¿no te basta conocer este secreto?, ¿no sacia tu curiosidad?, he querido ser honesto contigo, hacerme perdonar, no me acuses ahora de algo tan espantoso, le pedí a la Señora que tuviera un hijo con Mijail-ben-Sama, tú, tú eres el verdadero culpable, Cronista amargo y desesperado porque tus papeles no son idénticos a la vida, como lo quisieras, tú interrumpiste mi proyecto con tu necio poema, tú sacaste a Mijail de la vida y lo metiste en la literatura, tú tejiste con papel la soga que había de atarte a la galera, indiscreto, candoroso, tú mandaste a Mijail a la hoguera, ¿no lo recuerdas?, compartiste con él la celda la noche anterior a tu exilio y su muerte, ¿cómo iba a ser yo el tercerón inicuo que entregase el hijo al amor carnal de la madre?, ¿cómo iba a saber que esto es lo que deseaba la Señora?, lo reconoció, sí, lo reconoció, la cruz, los dedos, yo creí que reunía compasivamente a la madre y al hijo, ella sabía quién era, sabía que fornicaba con su propio hijo, lo sabía ella, y lo gozaba a gritos, lo sabía yo, y lo lamentaba con oraciones y golpes de pecho: la sangre llama a la sangre, el hijo nacido del incesto ha cerrado el círculo perfecto de su origen: la trasgresión de la ley moral, Caín mató a Abel, Set a Osiris, el Espejo Humeante a la Serpiente Emplumada, Rómulo a Remo, y Pólux, hijo de Zeus, rehusó la inmortalidad al morir su hermano, Cástor, hijo del cisne: hijos de la bruja, hijos de la loba, hijos de la reina, éstos fueron tres, no se mataron entre sí, los salvó su número, pero no hay orden que no se funde sobre el crimen, si no de la sangre, entonces de la carne: pobre Iohannes Agrippa, llamado Don Juan, a ti correspondió transgredir para fundar de vuelta, en nombre de los tres hermanos: ni Set, ni Caín, ni Rómulo, ni Pólux, tu destino, Don Juan, es el de Edipo: sombra que camina hacia su fin caminando hacia su origen: el futuro sólo responderá el enigma del pasado porque ese porvenir es idéntico al origen: la tragedia es la restauración del alba del ser: monarca y prisionero, culpable e inocente, criminal y víctima, la sombra de Don Juan, conoció la Señora la carne de su marido, don Felipe: sólo así,

Cronista, sólo por esta vía, cándido amigo de las maravillas, alma de cera, escúchame, creí que le devolvía a su hijo perdido, ella recuperó a su verdadero amante, tú tienes la culpa, tonto, no yo, no yo, no eran éstos mis propósitos, te lo juro, perdóname, yo te perdono a ti, los hechos adquieren vida propia, se nos escaparon de las manos, yo no me propuse tan horrible infracción de las leyes divinas y humanas, tú frustraste mi proyecto con tu literatura, ahora sabes la verdad, ahora varía todas las palabras y la intención toda de esta larga narración, ahora revisa cuanto te he contado, Cronista, y trata de encontrar en cada frase la mentira, el engaño, la ficción, sí, la ficción, duda ahora de cuanto te he dicho, ¿cómo harás para cotejar mis subjetivas palabras con la objetiva verdad?, ¿cómo?, mandaste a la hoguera a Miguel de la Vida, y a mí me condenaste a ser cómplice de la trasgresión incestuosa: mira los fuegos de la hoguera en cada página que llenes, Cronista don Miguel, mira la sangre del incesto en cada palabra que escribas: quisiste la verdad, ahora sálvala por la mentira…

—Señor: este gran cuadro os ha sido enviado desde Orvieto, patria de unos cuantos pintores tristes, austeros y enérgicos. Sois el Defensor de la Fe. En homenaje a Vos y a la Fe os lo ofrecen. Mirad sus grandes dimensiones. Las he medido. Encajan perfectamente con las del espacio vacío detrás del altar de vuestra capilla.

Alma de cera

Embarcose el fraile Julián en una de las carabelas de Guzmán que ayer zarparon del puerto de Cádiz; quedeme yo solo con mis plumas, papeles y tintas en la torre del estrellero. Digo solo, porque Toribio trabajaba febrilmente, como si le quedase poco tiempo y de sus tareas dependiese la salud del mundo; poco caso hizo de mi presencia. Agradecí la situación. Podría terminar la narración iniciada por Julián. Sería el fantasma del rey don Felipe: la cera donde se imprimiesen las huellas de su alma, hasta la conclusión de todo. Quería ser fiel testigo. Mas desde el momento en que me senté a escribir la parte final de este hadit, mi imaginación intrusa se presentó a desviar los fidedignos propósitos de mi crónica. Primero escribí estas palabras: "Todo es posible." En seguida, al lado, éstas: "Todo está en duda." Supe así que, por el solo hecho de escribirlas, escribía en el umbral de una nueva era. Añoré las certidumbres que me fueran inculcadas durante mi fugaz paso por las aulas de Salamanca. Las palabras y las cosas coinciden: toda lectura es, al cabo, lectura del verbo divino, pues, en escala ascendente, todo acaba por confluir en el ser y en la palabra idénticos de Dios, causa primera, eficiente, final, y reparadora de cuanto existe. De esta manera, la visión del mundo es única: todas las palabras y todas las cosas poseen un lugar establecido, una función precisa y una correspondencia exacta en el universo cristiano. Todas las palabras significan lo que contienen y contienen lo que significan. Pensé entonces en aquel caballero que Ludovico y sus hijos encontraron dentro de un molino de viento y empecé a escribir la historia de un hidalgo manchego que sigue adhiriéndose a los códigos de la certidumbre. Para él, nada estaría en duda pero todo sería posible: un caballero de la fe. Esa fe, me dije, provendría de una lectura. Y esa lectura sería una locura. El caballero se empeñaría en la lectura única de los textos e intentaría trasladarla a una realidad que se ha vuelto múltiple, equívoca, ambigua. Fracasaría una y otra vez; y cada vez volvería a refugiarse en la lectura: nacido de la lectura, seguiría viendo ejércitos donde sólo hay ovejas sin perder la razón de la lectura; sería fiel a ella porque para él no habría otra lectura lícita: los encantadores que conocía por su lectura, y no la realidad, seguirían cruzándose entre sus empresas y la realidad.

Me detuve en este punto y decidí, audazmente, introducir una gran novedad en mi libro: este héroe de burlas, nacido de la lectura, sería el primer héroe en saberse, además, leído. Al tiempo que viviría sus aventuras, éstas serían escritas, publicadas y leídas por otros. Doble víctima de la lectura, el caballero perdería dos veces el juicio: primero, al leer; después, al ser leído. El héroe se sabe leído: nunca supo Aquiles tal cosa. Y ello le obliga a crearse a sí mismo en su propia imaginación. Fracasa, pues, en cuanto lector de epopeyas que obsesivamente quiere trasladar a la realidad. Pero en cuanto objeto de lectura, empieza a vencer a la realidad, a contagiarla con su loca lectura de sí mismo. Y esta nueva lectura transforma al mundo, que empieza a parecerse cada vez más al mundo del libro donde se narran las aventuras del caballero. El mundo se disfraza: el hechizado termina por hechizarlo. Pero el precio que debe pagar es la pérdida de su propio hechizamiento. Recobra la razón. Y esto, para él, es la suprema locura: es el suicidio; la realidad le remite a la muerte. El caballero sólo seguirá viviendo en el libro que cuenta su historia; no le quedará más recurso que comprobar su propia existencia, no en la lectura única que le dio vida, sino en las lecturas múltiples que se la quitaron en la realidad pero se la otorgaron para siempre en el libro y sólo en el libro. Dejaré abierto un libro donde el lector se sabrá leído y el autor se sabrá escrito.

Fundado en estos principios, lector, escribí, paralelamente, esta crónica fiel de los últimos años del reinado y la vida del Señor don Felipe. Cumplí así el temeroso encargo de quien hasta aquí narró esta historia, el fraile Julián embarcado en carabela con la esperanza de hallar, más allá del océano ignoto, un nuevo mundo que fuese, en verdad, una Nueva España. Me desvelaré penosamente. Mi única mano se cansará, pero mi alma está alumbrada.

Corpus

¿Dónde se han ido todos?

Dedicó sus días a recorrer, sin descanso, todas las partes de este palacio, intentando, en vano, escuchar de nuevo el persistente rumor, insensible por acostumbrado, de las picas y los fuelles, los martillos y los cinceles, las ruedas de las carretas. Pero después del suplicio de Nuño y Jerónimo de cara al lienzo del mediodía, un grande silencio cayó sobre la obra, como si la mano de Dios hubiese volteado una ancha copa de cristal, cubriendo con ella todo el espacio de la construcción e imponiendo una tregua divina.

Entró aquel día, después del tormento y muerte de los obreros, por una de las tres puertas del paño del norte, que por estar al cierzo carecía de ventanas, y miró por última vez los muros externos del palacio, la masa de granito, las altas torres en cada esquina. Templo de la Victoria. Ciudad de los Muertos. Octava Maravilla del Mundo. Evitó la puerta que sirve a las cocinas y también la que sirve a la casa de la Señora: ambas le traían malos recuerdos. Escogió la que conduce al patio del palacio, admiró un instante las jambas, dinteles, sobredinteles y estípes, y lo bien labrado de todo el paramento, tan bien aparejada la piedra que sus coyunturas eran invisibles, y las columnas que se rematan, atan y hacen obra con el zócalo bajo, faja y cornisa alta. Entró, y juró que nunca más saldría.

—¿Dónde se han ido todos?

Quedaron las monjas; quedaron los monjes; quedó un flaco servicio de cocina y cámara. Éste, sin necesidad de recibir órdenes para ello, dedicose con sigilo a preparar las comidas del Señor y atender a la limpieza y decoro de sus habitaciones; mas siendo los platillos más ricos devueltos casi siempre, intocados, a las cocinas, y negándose el Señor a que le cambiasen las sábanas negras de su lecho, ni pasase escobillón por su aposento, ni mudándose él mismo nunca el negro atuendo con que presidió las ceremonias finales de la muerte, poco encontraron los cocineros, pinches y ayudas de cámara qué hacer, salvo lo que se verá que hicieron; y a los monjes ordenoles cumplir un perpetuo servicio de muertos, y les dijo:

—Vuestra misión es sólo una; orar por los muertos y orar por mí.

Primero mandó que continuamente hubiesen dos frailes delante del Santísimo Sacramento del altar rogando a Dios por su ánima y por la de sus difuntos, de noche y de día, en perpetua oración. Luego, el día de Corpus Christi, ordenó que se dijeran de un golpe treinta mil misas por el reposo de su alma. Asombráronse los frailes y uno de ellos se atrevió a decirle:

—Aún vivís, Sire...

—¿Darías fe de ello?, le contestó el Señor con una sonrisa agria, y añadió que al terminar las treinta mil misas se iniciara nueva serie de igual número, y así infinitamente, viviese o muriese él.

—Hacéis violencia al cielo, dijo ese fraile respondón.

—La templaré con la piedad, contestó el Señor con un temblor, y añadió: —Otro sí, que dos mil misas sean dichas para las almas del purgatorio. Y que al final de cada misa, se diga un responso por mi alma y que con esta intención se distribuyan las limosnas convenientes.

Y a la Madre Milagros díjole:

—Que tus monjas me vigilen. Que espanten a los espantos.

—La Inesilla se ha perdido, Señor. Eso es lo que nos espanta.

—Una monja no hace un convento. ¿No la has suplido?

—Sí, han llegado otras novicias. Sor Prudencia, Sor Esperanza, Sor Caridad, Sor Ausencia...

—No quiero intrusos. Que aúllen como perras cuando alguien se me acerque, como aullaron al oír los ladridos, cadenas y bocinas de mi fiel alano Bocanegra.

Durante esos años, aullaron las monjas cada vez que vino a visitarle la madre Celestina, cada vez más vieja, para asegurarle que ese temido usurpador, el príncipe bobo, continuaba encamado con Barbarica la enana en el monasterio de Verdín. Se maravillaba la vieja barbuda de la soledad y pobreza del Señor, meneaba la cabeza y decía esas cosas que el Señor decidió permitirle sólo a ella:

—El que de razón y seso carece, casi otra cosa no ama sino lo que perdió. Y tú, don Felipe, grande pena tienes por la edad que perdiste. ¿Querrías volver a la primera?

Él se diría a sí mismo que no, y la Celestina le contaba que, corrida la voz de las limosnas que aquí se entregaban después de cada misa, los mendigos del reino, en creciente número, se acercaban a las puertas del palacio, lo rodeaban, aposentábanse en las antiguas chozas de los obreros, en las tabernas y fraguas abandonadas, esperando la caridad de cada jornada.

Luego se iba la vieja y el Señor se sentaba largas horas en la silla curul, junto a los fuegos apagados, a recordar a la joven novia burlada el día de su boda con el herrero Jerónimo; la muchacha que él acompañó hasta la playa y allí dijo su sueño de un mundo libre para el amor y el cuerpo; la amante que con él y Ludovico compartió las noches del alcázar sangriento. ¿Querrían volver a la edad primera?

Cerciorábase de tarde en tarde de que la pareja atada por el sexo en prisión de espejos continuaba allí, gimiendo, incapaz de zafarse, como perro y perra callejeros, agotados los jugos del placer, secados los lúbricos orificios, ayuntados verga enjuta y coño marchito, y heridos ambos, sin poder jamás cicatrizar, por los cristales molidos que en lo hondo del sexo de Inés introdujo la madre Celestina, y por los filosos dientes de pez que en los labios de la virginidad remendada hincó. Comían doña Inés y Don Juan, la monja con la cara siempre cubierta por la cofia de su hábito, el caballero embozado siempre con su capa de brocados. El Señor no deseaba verles. Le bastaba saber que estaban allí, condenados a mirarse un día en lo único que podrían mirar al cansarse de vivir con los ojos cerrados: sus propias imágenes en un mundo de puro espejo.

Los criados, sin abrir la puerta de la celda, pasaban cada día un plato de secas cecinas por debajo de ella. En esto se ocupaban, y en entregar las sobras de las comidas del Señor a los limosneros arrejuntados bajo los tejares, y que a la hora del Ángelus se llegaban hasta la puerta de la cocina en el lienzo del cierzo a pedir caridad. El Señor nunca miró a Inés y a Juan comer. Un criado se atrevió a decirle una noche, al servirle la cena en la alcoba donde el polvo crecía en los rincones:

—Como bestias se disputan las cecinas, Amo, y sin desembozarse nunca; peor que los más hambrientos mendigos que atendemos…

Pidiole el Señor que callara, y mandole azotar por su atrevimiento. Sucedió que esa misma noche aullaron quedamente las monjas, y un fraile llegose hasta el aposento del Señor acompañado por un anciano varón de docto aspecto, que dijo ser el doctor Pedro del Agua, y miró al Señor con cara de embalsamador, y aun se preguntó en voz alta:

—¿Será mi suerte embalsamar al padre y al hijo?

¿Hay médico en España que no sea judío? ¿Y hay doctor judío que no sea envenenador? Con ira ordenó el Señor al incauto fraile delatar al doctor del Agua ante el Santo Oficio, y seguirle proceso, y torturarle y arrancarle confesión, siendo su nombre marrano del Agua, por agua se le supliciaría, hasta que reventara. Ordenó que a partir de entonces nada se le comunicara de viva voz, sino por escrito, sólo por escrito, siempre.

—Únicamente lo escrito es real. Las palabras se las lleva, como las trajo, el viento. Sólo lo escrito permanece. Sólo creeré en mi vida si la leo. Sólo creeré en mi muerte si la leo.

Y así, a los pocos días, otro fraile le entregó un pliego y el Señor lo leyó. Se relataban allí los sufrimientos de los judíos expulsados del reino, y firmaba esta crónica un Andrés Bernáldez, cura de Los Palacios, no pudieron vender posesiones a cambio de oro y plata, por estar prohibida la exportación de estos metales, así que han vendido casas, propiedades y todo lo que tenían por la miseria que los cristianos viejos quisieran pagarles, andaban rogando con ellas y no hallaban quién se las comprase; y daban una casa por un asno, y una viña por poco paño, y luego huyeron de España en buques atestados y mal gobernados, y muchos se ahogaron en las tormentas, y otros llegaron al norte de África sólo para ser víctimas del pillaje y los asesinatos, los turcos mataron a muchos para robarles el oro que se habían tragado para ocultarlo de este modo; otros perecieron por el hambre y las epidemias y hubo quienes fueron abandonados desnudos por los capitanes en las islas; algunos fueron vendidos en Génova y sus aldeas como sirvientes y sirvientas y no faltaron los que fueron arrojados al mar; los más afortunados han llegado, tambaleantes, a las ciudades del norte de Europa, Ámsterdam y Lubeck y Londres, y allí han sido acogidos, y aceptados en sus oficios de cambistas, asentistas, joyeros y filósofos…

Primero leyó esta crónica el Señor con gran sabrosura, dando gracias de que su tierra se despoblara de quienes, negando la divinidad de Cristo, atentaban contra la salud y la soledad personales del Señor, pero luego le vino una diarrea como de liebre o de cabra, que le tuvo encamado una semana. Persistió, sin embargo, en su decisión de sólo atender lo que le comunicasen por escrito, y de hablar únicamente con la vieja Celestina, cuando pasase a visitarle, y con su propia madre, la llamada Dama Loca, cuando él mismo se acercaba al nicho amurallado en la capilla.

—¿Qué haces, madre?

Por la rendija abierta a la altura de los ojos amarillos de la reina mutilada, salió sofocada su vieja voz:

—Estaba recordando, hijo mío, cuando eras pequeñín y te sentabas a mis pies, o sobre mis rodillas, durante las largas noches de invierno, junto al fuego de la chimenea, en nuestro viejo alcázar, y yo te educaba para ser un verdadero príncipe, repitiéndote las reglas que a los legítimos herederos inculca todo buen preceptor. Decíate entonces, hijo, que a nadie le conviene tener más, ni mejores noticias, que a un príncipe, pero han de ser útiles, para heroicos y loables fines. La abeja no se sienta en todas las flores, ni de las que pica, toma más, que lo que ha de menester, para fabricar sus panales. El príncipe erudito, ni ha de saber todo, ni ha de ignorar lo que conduce a los designios de su nacimiento. Que así se diga de ti, mi hijito: nada ignoró, de lo que debía saber; nada estudió, de lo que debía ignorar. Qué joven era yo entonces, y bella, y entera, y pequeño tú, rubio y atento, muy serio, con tu alto cuello de armiño y tus delicadas manos, pálidas, apoyado contra mis rodillas, oyéndome: no te baste, hijo mío, confesar y comulgar de mes a mes, sino que conociendo que, en el uso de los santos Sacramentos, consiste tu mayor defensa, acostúmbrate a confesar de quince a quince días primero, luego de semana a semana, y luego diariamente; y no te contentes de confesar los pecados que cometiste desde la última vez que comulgaste, sino que, diariamente, confiesa primero los diez últimos años de tu vida, luego los veinte, luego los treinta, hasta acostumbrarte a confesar, diariamente, tu vida entera. Y para hacer esto con más pureza, no sólo has de prohibirte a ti mismo firmísimamente todo lo ilícito, pero, te moderarás aun en lo honesto, ya guardando los ayunos, aunque el médico te aconseje otra cosa, ya sufriendo, con paciencia, tus trabajos, y mandando sobre tus pasiones, que el que no fuese mortificado, no puede ser príncipe cristiano. Resplandezca tu virtud, oh príncipe hijo mío, en los deleites de la pureza del cuerpo, y dígase de ti que fuiste como la perla, que jamás sale de su concha, sino para recibir el rocío del cielo: no faltes nunca a los límites de esta virtud, ni siquiera en la estrecha ley del casto matrimonio. ¡Raro prodigio será éste en un siglo depravado! ¡En un cuerpo perfecto! ¡En un joven soberano! Y en un palacio lleno de halagos, y delicias del mundo. Pues digan allá las fábulas lo que quisieren de sus castas deidades; mientan los poetas, que Hércules destrozó serpientes en la cuna, que acá diremos con toda verdad, y sencillez, que un rey joven ahogó dentro del palacio todas las sierpes de sus apetitos. ¡Oh qué gran victoria! Que anide el fénix en los altos montes de Arabia entre generosos aromas, está bien; pero que el Armiño no se manche entre los negros humos de Babilonia causa admiración. La admiración ajena, hijo mío: el poder es apariencia, el honor es apariencia, el caballero y el príncipe españoles son los que aparentan ser, pues la apariencia es la realidad, y la realidad, fugaz espejismo.

Que un rey ceñido a la estrechez de un aposento, penitente, austero, contemplativo, se mantenga limpio y puro, fácilmente lo entiendo; pero que un rey acariciado por todas las delicias, festejado con músicas, lisonjeado con saraos, y festines, y con mil incentivos del gusto, se mantenga siempre tan templado: verdaderamente, que tiene todas las señas del prodigio. Puso Dios a Adán en el Paraíso; y repara aquí San Agustín: ¿quién a quién había de guardar, el Paraíso a Adán, o Adán al Paraíso? Contesta hoy a esta pregunta, hijito mío, y si me preguntas, ¿qué haces, madre, dónde estás?, te diré que estoy contigo, yo joven, tú niño, cuarenta y más años ha, inculcándote la educación de un príncipe, pidiéndote ser lo que no era tu padre, mi hermoso marido, salvándote siempre, hijo, incitándote a la castidad, pidiéndote entonces que no sucumbieras, no tocaras a mujer alguna, ni a la tuya, ni supieras lo que te convenía ignorar, y a la mortificación te entregaras, que ya me encargaría yo de procurarte heredero que no nos condujese a la extinción en el fin, sino que nos remontase al origen, perpetuando así nuestra estirpe. Yo cumplí con mi parte, Felipillo, tienes heredero sin haber mancillado tu propio cuerpo, tú no serías como tu padre, que tanto me hizo sufrir, tú serías para mí lo que tu padre nunca fue, casto, mortificado y prudente; y cuanto tú no fueses, lo sería otro en tu nombre, ese heredero que yo rescaté de los chapinazos, pellizcos y palos de una turba de mendigos, para que él hiciera lo que tú no deberías hacer. ¿Has merecido, hijo mío, el nombre de príncipe? Ésa soy: una joven y bella reyna, salvada por el honor y el aprecio de su hijo: tú. Mi nombre es Juana.

Pensó mucho, en la soledad de su empolvada alcoba de negras sábanas, negros tapices, negro crucifijo y alta lucarna, en estas palabras de su madre. Y amó, sentado allí, un día de verano, el último día de verano que vivió. Supo que no volvería a ver otro día así. Todo sería invierno eterno en esta soledad. Miraba a veces hacia el coro de las monjas. Encarnación, Dolores, Esperanza, Caridad, Angustias, Clemencia, Milagros, Ausencia, Soledad: él, Felipe, un recluso entre mujeres sentadas en eterna penumbra.

Recorrió a caballo los vergeles de su infancia, aquel día último del estío de su vida. Salió de caza. Guzmán todo lo había preparado. Acompañábale el fiel Bocanegra. Llovió. Se guareció en su tienda y leyó un breviario. Bocanegra huyó. Cesó de llover. Todos se reunieron alrededor del venado cazado. Él debía dar la orden para la ceremonia final: que sonaran las bocinas, se descuartizara al venado, se encarnaran los sabuesos, se repartieran los galardones y castigos de esa jornada. Levantó la mano para dar la orden. Y antes de que pudiese hacerlo, todo sucedió como si la hubiese dado ya. El acto culminante de la montería se desarrolló como si hubiese mediado esa orden del Señor. Como si su más perfecta presencia fuese la ausencia misma.

—¿Dónde se han ido todos?

¿Quién daba las órdenes en su nombre? ¿Quién gobernaba en su lugar? ¿O todo ocurría, como aquella noche en el monte, por inercia, sin que el Señor hubiese de firmar papeles, ordenar, prohibir, premiar, castigar?

Caminó por los patios, cruzó puertas, fatigó vestíbulos, recorrió los pequeños claustros del convento, la cuadra grande que sirve de parlatorio, las pilastras de piedra berroqueña, pasó bajo las lunetas de aciagas ventanas, a lo largo de asientos de nogal con sus espaldares, por la planta alta del convento, con sus largos paños y claustros, que se cruzan y atraviesan por multitud de arcos, bajo los artesonados techos de la lonja, hasta entrar a una vasta galería que nunca había visto, larga de doscientos pies y alta de treinta, toda pintada por sus lados, por los testeros y por la bóveda, y con columnas empotradas en las paredes, y el techo y la bóveda labrada y ordenada con grutescos de estuque, donde había mil diferencias de figuras y ficciones, encasamientos y templetes, nichos, pedestales, hombres, mujeres, niños, monstruos, aves, caballos, frutas y flores, paños y colgantes, con otras cien bizarrías, y al fondo de la gran sala un trono godo, de piedra labrada, y sentado en él un hombre, intentó reconocerle, la alta y tiesa gola, la ropilla damasquinada, los borceguíes apretados, una pierna más corta que la otra, el busto envarado, el rostro con una pálida tonalidad gredosa, los ojos adormilados y estúpidos, mirada de saurio inofensivo, la boca entreabierta, el labio inferior grueso y colgante, la pesada mandíbula prógnata, las cejas despobladas, la larga peluca de negros y grasosos rizos, y coronándole la cabeza un blanco pichón sangrante: la sangre le escurría por el rostro a este rey, sí, a este monarca secreto que levantaba, tiesamente, un brazo, y luego el otro, y gobernaba en su nombre, ahora lo sabía, ahora lo entendía, la momia real fabricada por la Señora, el espectro de todos sus antepasados, sentado en el trono, coronado por una paloma, gracias, gracias, Isabel, esto te debo, este fantasma gobierna por mí, yo puedo dedicarme a la mayor de las empresas: la salud de mi alma…

Otra corona, ésta de oro incrustado en zafiro, perla, ágata y cristal de roca, yacía por tierra, a los pies de la momia, de este muerto animado que no le miraba a él por más intensamente que él, temblando, le mirase.

Recogió impulsivamente la corona goda y huyó de esa galería, sin escuchar las risillas del hombrecito escondido detrás del trono, y caminó de prisa por pasajes enlutados, jardines inconclusos, escaleras hurtadas, losas de mármol pardo, evitando la capilla y las ceremonias de ese santo día del Cuerpo de Cristo, hasta la que fue recámara de su esposa, Isabel, allí había visto a esa momia, tendida en la cama, entró: nada había ahora, salvo las blancas arenas del piso, un aire de junio tibio que entraba por la ventana de donde la Señora mandó retirar, y empacar, los costosos cristales; arrancados los barnizados azulejos del baño arábigo; desplomada la cama. En su ausencia, la alcoba de Isabel comenzaba a parecerse a la del Señor; mustio abandono, gloria pasajera.

Algo brillaba, enterrado en las arenas del piso.

El Señor se acercó, se inclinó, arrancó una verde botella de la tumba de arena.

Rompió el yeso rojo que la sellaba.

La botella contenía un manuscrito.

El Señor lo extrajo con dificultad. Era un pergamino viejísimo; las hojas manchadas se pegaban unas a otras, y estaban escritas en latín.

Se sentó sobre la arena, y esto leyó.

Manuscrito de un estoico

(*i*)

Escribo en el último año del reinado de Tiberio. El imperio heredado de Augusto conserva su máxima y magnífica extensión. Desde el ombligo solar de la fundación por los hijos de la loba, las posesiones se extienden, en grandes arcos universales, hasta el norte, la Frisia y la Batavia, a través de toda la Galia conquistada por César; y al sur y al occidente, de los Pirineos al Tajo, por las tierras donde Escipión se valió de tres lusitanos para asesinar al rebelde Viriato y donde, fundado todo una vez sobre la revuelta, la sangre y la traición, fue necesario fundarlo todo una segunda vez, en Numancia, sobre el honor del fracaso heroico: Numancia, donde antes de rendirse, los iberos prendieron fuego a sus casas, mataron a sus mujeres, quemaron a sus hijos, se envenenaron, se clavaron puñales en los pechos, cortaron los jarretes de los caballos y, los que quedaron después de esta inmolación, se lanzaron de las torres contra los romanos, con las lanzas por delante, confiando en que al morir estrellados se llevarían ensartado, a un invasor.

Son romanas todas las tierras comprendidas al oriente del Ródano y al sur del Danubio, de Viena a la Tracia; de Roma son Bizancio, el Bósforo, Anatolia, Capadocia, Cilicia y la gran cuchilla comba que va de Antioquía a Cartago; suyo, el Mar Nuestro: Rodas, Chipre, Grecia, Sicilia, Cerdeña, Córcega y las Baleares. El mundo es uno solo y Roma es la cabeza del mundo. Roma es el mundo, aun cuando sus más ambiciosos ciudadanos templen esta verdad con miradas dirigidas a lo que todavía falta por conquistar: Mauritania, Arabia, el golfo pérsico, Mesopotamia, Armenia, Dacia, las islas británicas… Sin embargo, podemos decir, orgullosamente, con nuestro gran poeta fundador: Romanos, amos del mundo, nación vestida con la toga.

Como los halcones, desciende, lector, de este alto firmamento que nos permite admirar la unidad y la extensión del imperio, al lugar donde habita Tiberio, el amo de Roma.

Hasta hace poco, nosotros, los narradores, podíamos empezar nuestras crónicas con una advertencia: Escucha, lector; tendrás deleite. No sé si éste sea mi caso, y pido excusas de antemano al conducirte a Capri, escarpada isla de cabras anclada en el golfo de Nápoles, accesible sólo por una pequeña playa, rodeada por hondísimas aguas y defendida por altos acantilados. En la cima: la villa imperial, el más inaccesible lugar de este impregnable islote.

Y sin embargo, esta tarde, un pobre pescador que ha tenido la oportunidad de capturar un enorme céfalo asciende penosamente, aunque con seguridad, pues desde niño ha competido con otros mozos de la isla, a ver quién sube más rápido, por las verticales formaciones rocosas; suda, abre la boca, se hiere las piernas y con una sola mano, en momentos de peligro, se detiene de las afiladas rocas amarillas; con el otro brazo, aprieta contra su pecho el pescado de vientre plateado y ojos (en la vida y en la muerte) medio cubiertos por membranas transparentes. Cae la noche, pero el pescador no ceja en su afanoso esfuerzo por llegar a la cúspide de la isla, allí donde habita Tiberio César; cae la noche y los enormes ojos de Tiberio César no se arredran, pues todos sabemos que él puede ver en la oscuridad.

De noche, mira inclinando hacia adelante su cuello grueso y tieso; de día, rehúye el sol, usando, aun dentro de la villa imperial, un sombrero de alas anchas para protegerse de la resolana. Ahora ha desechado el sombrero y al oscurecerse el cielo, pide a su consejero Teodoro que le ponga en la cabeza una corona de laureles; es sólo la noche, la noche que naturalmente desciende sobre nosotros, le dice Teodoro al César; nunca se sabe, contesta Tiberio, el cielo se oscurece, puede ser la noche, pero puede ser una tormenta que se avecina, coróname de laureles para que nunca me toque un rayo y asegúrate, Teodoro, de que al morir se me entierre a más de cinco pies de profundidad, donde no puedan penetrar los rayos y encomienda mis manes al dios ignipotente, Vulcano, a quien más temo.

El César guarda silencio en la oscuridad y escucha el goteo de la clepsidra que marca su tiempo; un tiempo de agua; y luego, bruscamente, toma la muñeca del paciente consejero que en tierras orientales adquirió, sin jamás renunciar a ellos, los hábitos de su apariencia: túnica de lino, sandalias de fibra de palmera y la cabeza completamente rapada. Teodoro: esta tarde, cuando dormía la siesta, volví a soñar, regresó el fantasma; ¿quién, César?; Agrippa, Teodoro, Agrippa; era él, le reconocí; ese pobre muchacho murió, César, tú lo sabes mejor que nadie; ¿pero no por culpa mía, verdad; Teodoro, no fue culpa mía?, sé franco conmigo, sólo en ti tolero la franqueza, tú eres el hijo de mi maestro de retórica Teselio de Gándara, tú puedes decirme impunemente lo que otros, de decirlo, pagarían con sus vidas…

—César: tu padrastro, el emperador Augusto, te dijo una vez que no importa que los demás hablen mal de nosotros; bástenos impedir que hagan mal; yo, César, al hablar mal te hago bien; ¿de qué otra manera podrías conocer las quejas, las murmuraciones, las cóleras y las tristezas de tu imperio?

—No me importa conocerlas, sino obrar en contra de los quejosos, murmuradores, coléricos y entristecidos; distingue; ¿y no temes, Teodoro, que un día mi furia se vuelva contra ti, te atribuya a ti los crímenes que me denuncias, las opiniones que me transmites?

El consejero se inclina suavemente y Tiberio ve brillar, en la oscuridad, el cráneo rapado, de plata: —César, ese riesgo corro… ¿Ordeno que iluminen las antorchas?

—Yo puedo ver de noche. Además, prefiero oírte sin verte. Cerraré los ojos. Es como si me hablara a mí mismo. He olvidado cómo hacerlo. Por eso te necesito. Pero a ese fantasma que me visita todas las tardes no puedo hablarle, ni tocarle, ni oírle. Se aparece al pie del triclinio donde he almorzado y después dormido, y me sonríe, sólo me sonríe…

El consejero mira alrededor del aposento. No sabe si sonríen las máscaras de cera que lo adornan: son los antepasados de Tiberio.

—Puesto que deseas escuchar la verdadera historia a fin de calmar tu ánimo, te diré, César, que el primer acto de tu reinado fue el asesinato de ese pobre muchacho que ahora se te aparece en sueños, Agrippa Póstumo, el nieto legítimo de Augusto, el heredero de su sangre…

Siempre que habla, Tiberio mueve nerviosamente los dedos:

—Mientras que yo sólo soy el entenado de Augusto, ¿eso quieres decir, verdad? Pero Augusto me escogió a mí, me convocó al lecho de su agonía y me dijo: tú serás emperador, tú, no ese muchachito idiota, grosero, físicamente fuerte pero mentalmente débil, bello pero imbécil, serás tú, no será él… Tú serás César, Tiberio.

—El pueblo piensa otra cosa.

—¿Qué? Dime, no tengas miedo.

—Que te cuidaste de no revelar la muerte de Augusto hasta asesinar a su auténtico heredero, Agrippa Póstumo; que el cadáver de Augusto permaneció encerrado, escondido, pudriéndose, mientras tú mandabas asesinar a Agrippa…

—César Augusto dejó una carta…

—El pueblo dice que Livia, tu madre, la escribió en nombre de Augusto su esposo, para abrirte el camino al ti, el hijastro, condenando al exilio al joven Agrippa, el nieto…

—El muchacho fue asesinado por el tribuno de los soldados.

—El tribuno dijo que tú le diste la orden.

—Pero yo lo negué y mandé matar al tribuno por calumniarme… por calumniar al nuevo César, aceptado por el senado y por las legiones… ¿No bastan todas estas legitimidades?

—En todo caso, Agrippa Póstumo murió asesinado en el destierro de la isla de Planasia, y quien se te aparece todas las tardes en sueños es sólo un espectro. Aunque yo creo, señor, que nadie, ni un fantasma, podría llegar hasta aquí; has escogido bien tu retiro; la isla es una fortaleza natural.

Entonces el César grita, levanta el brazo, alarga un dedo tembloroso y Teodoro, el hijo del maestro de retórica, intenta, con los ojos angostados, penetrar esa oscuridad que tan familiar le resulta a su amo; ¡el fantasma, ha regresado, esta vez de noche, allí, ha entrado por ese balcón, detrás de la cortina, prende la antorcha, Teodoro!, grita, temblando, el basto Tiberio de los ojos inmensos y la nuca tiesa; y mientras el consejero prende el hacha de estopas, se escucha el murmullo de una voz humilde y azorada:

—César… el hombre más modesto de esta isla te ruega que aceptes nuestra hospitalidad…

La luz de la antorcha revela a un hombre maduro, con la cabeza inclinada, la barba rala, el pelo revuelto y las uñas negras, cubierto sólo con un taparrabos; las piernas heridas, el pecho y los brazos brillantes de sudor y un pescado abrazado al pecho; alarga los brazos y ofrece el céfalo al emperador.

—¿Quién eres? ¿Cómo has llegado hasta aquí?

—Soy pescador; te ofrezco lo mejor de mi humilde hospitalidad; el fruto del mar; este hermoso céfalo, señor, mira qué grande es, qué gris es su costado, y de plata su vientre, y qué bellas sus aletas…

—Entonces cualquiera puede llegar hasta aquí…

—Desde niño, César, yo…

—…y tú puedes guiar a cualquiera…

—No entiendo; mis padres me enseñaron que lo debido es que los humildes ofrezcan hospitalidad a los poderosos y que éstos, sin mengua de su grandeza, la acepten…

—Inocente; le has mostrado el camino a los fantasmas.

A la gritería del César, irrumpe en el aposento la tropa numerosa de los criados; llevan antorchas, lámparas, cirios, candelas, luminarias nocturnas; y sólo detrás de la servidumbre entra la guardia y toma, temblando los hombres de la guardia y temblando el pescador, a éste; y el César, temblando también, murmura que cualquiera puede llegar hasta aquí, incluso un pobre pescador, incluso un fantasma, el fantasma que le persigue todas las tardes y ahora envía mensajeros de noche, con pescados envenenados; no, César, te lo juro, lo pesqué esta misma tarde, es el céfalo más grande que se ha pescado jamás en estas aguas, me pareció que pecaría por orgullo si lo conservaba para mí y mi pobre familia, es mi homenaje, César, es costumbre de hospitalidad, los demás pescadores dicen que Agrippa no ha muerto, que ha sido visto en las otras islas, en Planasia y en Closa, que pronto desembarcará aquí, con su ejército de esclavos, a reclamar la herencia de su abuelo, César Augusto, dicen que es joven y rubio y sólo se muestra de noche y nunca dos veces en el mismo lugar: Agrippa Póstumo; yo disputé con mis compañeros, César, les dije que tú eras el emperador y que yo te ofrecería, con mi pescado, la hospitalidad de Capri para que tus sueños sean tranquilos y los míos también, queremos paz, César, mi padre murió en la guerra civil luchando contra Casio y Bruto, yo sólo quiero pescar en paz y honrar a César...

—Imbécil, dice Tiberio, sólo has duplicado mis pesadillas. Guardias, embárrenle el céfalo en la cara a este bruto, frieguen el hocico y los dientecillos del pescado contra los del pescador; y ahora qué dices, imbécil, ¿volverás a tener la osadía de subir esos acantilados detrás de mi palacio y hacerme creer que cualquiera, hasta el fantasma de Agrippa, puede hacerlo si tú lo has hecho, qué dices?

—Digo, César, que todo está bien y que doy gracias de haber pescado un céfalo de suaves carnes y no haberte traído un cangrejo...

Y Tiberio ríe, manda a un hombre de la guardia traer un cangrejo de la cocina y a un criado traer a la guardia de relevó que a esta hora descansa en la barraca y hace que al desventurado pescador le frieguen la cara con el cangrejo hasta que el hombre llora, sangrante, y temiendo perder la vista, es arrojado fuera del palacio.

—Cree tú también, desde ahora, en un fantasma usurpador, le dice Tiberio al aire, al pescador, a Teodoro, a sí mismo; y luego ordena a la guardia de relevo que tome a los hombres de la guardia nocturna que no fueron capaces de impedir el paso a un miserable pescador y llegaron al aposento imperial después que los propios criados; seguramente le engañaban, no eran verdaderos soldados los componentes de esa guardia, sino esclavos liberados en los testamentos de sus amos, orcivi, liberados por la gracia de Orcus, dios de la muerte; poco duraría la tal gracia; que se recompense a estos cobardes de la guardia nocturna dándole mucho de beber a cada hombre y que luego a cada uno le aten las partes genitales para que no puedan orinar y así pasen la noche con el agua estrangulada y los riñones hinchados y sólo en la mañana, cuando él, Tiberio César, pueda asistir al espectáculo, sean todos y cada uno arrojados al mar desde lo alto del acantilado; y que una banda de marinos espere en el mar para romperles los huesos con garfios y remos a los que no mueran ahogados, y aun a éstos; y mírense en mi justicia, los de la guardia de relevo.

Piensa el consejero Teodoro que peor es la suerte de los parricidas, quienes son azotados con varas, cosidos dentro de un saco de cuero junto con un perro, un gallo, un mono y una serpiente, y arrojados al mar.

—Teodoro: tenía entre mis animales una serpiente. Un día, la descubrí devorada por las hormigas. El augur me previno contra el poder de las multitudes.

—Haces bien en prevenirte, César; ya ves, te resististe a asistir al gladiatorio de Fidanae; el anfiteatro se derrumbó y murieron veinte mil espectadores; pudiste ser uno de ellos. Aléjate de la muchedumbre, César. Recuerda a tu antepasada, la segunda Claudia, cuya mascarilla de cera cuelga allí, junto al balcón.

—Lo haré. Y tú trata de recordar por qué no me has informado sobre esa leyenda que corre...

—Señor: me pides tantas cosas.

Tiberio aplaude ruidosamente; vengan mis criados, desvístanme; condúzcanme al baño, convoquen a mis pescaditos, tengan lista la cena y la fiesta, las muchachas, los efebos, olvidemos a los pescadores y a los fantasmas, regresen los pescadores al mar y los fantasmas a sus cenizas; adiós pescador, ven pescadito...

—César, corre el rumor: esta aparición no es, desde luego, el fantasma de Agrippa, sino la persona muy verdadera de su esclavo, Clemente, el cual ha aprovechado un extraño parecido físico, siendo de la misma edad y altura, con su amo, para difundir la nueva de que el heredero no murió. Esta noticia se murmura secretamente, a la manera de las historias prohibidas, en la soledad de la noche o gracias a la pareja protección de las multitudes en los espectáculos, pues ni la noche ni la muchedumbre poseen rostro discernible; la escucha todo necio que tiene las orejas paradas, todo descontento subversivo; Clemente sólo se muestra de noche y nunca dos veces en el mismo lugar; quien le ve o le escucha una vez no vuelve a verle o escucharle, pues el hombre es tan veloz e intangible como el rumor que disemina. La publicidad, unida a la inmovilidad, revela las verdades con demasiada nitidez, César; la impostura requiere del misterio y el veloz movimiento de un lugar a otro.

Toda Italia cree que Agrippa vive...

—Agrippa es sólo cenizas; que Italia las conozca...

—El esclavo Clemente se las robó, César.

—¿Por qué has tardado tanto tiempo en contarme esto? ¿Cómo quieres que me entere, si no es por ti? ¿Debo esperar a que un pescador idiota suba a contármelo?

—César: no he querido añadir temor a tus temores; ¿qué nos importa una impostura condenada a desaparecer, sea por la fuerza del ridículo, sea por la de las armas que pueden aplastar sin misericordia a una chusma de esclavos? Que el rumor se agote a sí mismo; ningún milagro dura más de nueve meses; cansa; búscanse nuevas maravillas... Además, Agrippa no es el primer heredero asesinado. También lo fue Cesarión, el hijo del Julio César y Cleopatra.

Basta; agua tibia, agua lustral; cómo me descansa, cómo me renueva; pronto, mis pescaditos, niños tiernos, dóciles, al agua, yo sentado y ustedes nadando, veloces, tiernos, entre mis piernas, pescaditos, ustedes bronceados y yo pálido, ustedes esbeltos y yo fofo, entre mis piernas, pescaditos, hasta encontrar su anzuelo de oro, mi débil llama, mi viejo pene cansado, mis testículos apasados, anden, pescaditos; qué inútil, pero qué delicioso, pescaditos, no cejen, no se impacienten, no importa, laman, chupen, acaricien; basta. Teodoro, voy a salir del agua, séquenme, vístanme, la toga, el laurel, los coturnos, que todo esté preparado en el sigma lunar, los mújoles y los cangrejos y el agua tibia para mezclar con el vino y las ánforas bien selladas con yeso; cárguenme hasta allí; recuéstenme; entren mis jóvenes ninfas, mis pervertidos jóvenes; coman, beban, lean el libro de la poetisa Elefantis donde se describen más de trescientas posturas, una para cada noche del año; tú, Cintia, y tú, Gayo, y tú, Lesbia, introduce tu lengüecita en el hermoso sexo depilado de Cintia y tú Cintia introduce en tus labios el sabroso pene babeante de nuestro Gayo y tú Persio monta a Gayo, aparta los tiesos pliegues de su ano, reblandece con tus dedos ensalivados el culo de nuestro efebo e introduce por él tu duro y largo pene africano y tú Gayo chupa los irisados pezones de nuestra Cintia, y los niños, los pescaditos, que se acerquen, que acaricien con sus manos bronceadas lo que queda libre, las nalgas de Lesbia y los testículos de Persio y las axilas de Gayo y el ombligo de Cintia; y tú Fabiano mastúrbate, que tu mano se deslice poderosa desde la raíz de la verga hasta la cabeza escarlata, así, así, que tus pesados duraznos sientan la dulce energía de tu mano, que tus lúbricos pellejos se estiren y brillen reventones de sangre y de semen, siempre me he preguntado por qué no eyaculamos sangre, sería vistoso, roja sangre y blanca toga, que tus nervios se hinchen como tripas de cerdo, así, así, oh, riégalos ahora, báñalos de leche plateada, a todos, a los niños, a los hombres, a las mujeres, ahora despréndanse todos, rómpase la cadena, beban el semen de nuestro Fabiano, embarrénselo entre los pechos, entre las piernas, recójanlo con los dedos y métanse ese espeso vino por el culo, que sus cuerpos se cubran de la costra de ardiente nieve de nuestro cabrío, de nuestro garañón fuerte y hermoso y velludo, casi blanco de tan rubio y lleno de rojas cicatrices en el hoyo de las nalgas y la punta del pene y los labios pintados, hermoso Fabiano de las puntas coloradas, ahora cambien todos de posición, no se vengan todavía, ahora téjase una nueva guirnalda, ahora cada uno busque una boca, un pubis, una vagina, un pene, unos testículos, un ano, unos senos, unas axilas, unos pies, un ombligo nuevo, baquen, desnudos, en Venus, luchen cara a cara, ataquen sin temor y hiéranse de muerte, luchen sin cuartel, no teman, no habrá descendencia, no habrá fruto, las mujeres están extirpadas, muerta la semilla de los hombres, sus cuerpos son puros, lavados, depilados, lustrales, plenos, envidiable Príamo, Teodoro, que sobrevivió a todos sus parientes y no dejó descendencia alguna: él fue la culminación de su estirpe, también Tiberio quiere serlo, puede serlo, debe serlo...

—Mucho más adelantado en tu propósito, César: envenenaste a Germánico tu hijo adoptivo; y permitiste que tu nuera envenenara a tu otro hijo, pero luego la condenaste a viajar sin término, cargada de cadenas y en una litera cerrada, con sus hijos prisioneros: no existirán para el mundo; mandaste asesinar a tus nietos; a Nero en la isla de Poncia; a Druso en el sótano del palacio; ambos murieron de hambre; Druso trató de comerse el relleno de su colchón; mandaste desperdigar los restos del muchachito. César: no tienes descendencia, puedes ser tan feliz como Príamo. Sólo te amenaza un fantasma, y ese fantasma, ya lo sabes, es un esclavo, tiene nombre y cuerpo, se le puede hallar y crucificar; puedes castigarle, como has castigado a tantos. Justos castigos, César, dignos de tu magnificencia y ecuanimidad, al patricio vendido como esclavo porque cortó los pulgares de sus hijos a fin de hacerles inservibles para la guerra; a las cohortes decimadas por su cobardía en combate; a todos los hombres torturados y encarcelados y privados por ello de la ciudadanía…

—…sí, repítelo, ahora que me deleito con el placer de los cuerpos, hazme ese bien, Teodoro, déjame pensar en aquello mientras miro esto, pensar en el dolor mientras veo el placer, y mi placer se duplicará y te viviré agradecido, mira, mira, Teodoro, mi sexo crece de sólo pensarlo, milagro, milagro, no cejen, Persio, Fabiano, pescaditos, Lesbia, cuéntame lo que le hice a Agripina, la esposa de mi hijo Germánico, cuando se atrevió a sospechar de mí, Cintia, Gayo, sigan…

—La exiliaste a la isla de Pandateria, César, y como persistió en decir que tú asesinaste al valiente Germánico, hiciste que un centurión la golpease hasta hacerle saltar un ojo, y como entonces, tuerta, la mujer dejó de comer para morir de hambre, ordenaste a tus soldados abrirle la boca con ganchos y rellenársela de comida…

—…sigan, habla, consejero, háblame de los castigos injustos, excítame…

—Condenaste a muerte y quemaste los libros de un poeta que llamó a Bruto y a Casio los últimos romanos…

—…yo soy el último romano, Teodoro, sólo yo; Roma es la unidad de toda la historia, lo que el mundo ha deseado siempre, a partir de las más desoladas tribus y primitivas aldeas, la unidad, Roma la ha conquistado, Roma ha conquistado algo más que tierras, mares, ciudades, pueblos, botines, ha conquistado la unidad: una sola ley, un solo emperador, no puede, no debe haber nada sino la dispersión después de Roma que es Tiberio y de Tiberio que es Roma; que regrese Agrippa resurrecto al trono y que entre sus manos, como arenas de la luna, se pierdan el poder y la inmensidad reunidos de Roma; lo deseo, créeme, tanto como deseo besarle el culo a Cintia, que suceda eso después de mí…

—Está pasando en tu tiempo, César; oye las quejas: no has nombrado los puestos vacantes de las decurias de caballeros ni has cambiado a los tributos de los soldados, ni a los prefectos y gobernadores de las provincias: una inmensa inquietud responde a tu desidia…

—…pronto, todos, cada uno dele al más cercano el beso negro, el beso de mierda, pronto…

—Has abandonado durante años a España y a Siria sin gobernadores consulares, has permitido que Armenia sea avasallada por los partos, Moesia por los dacios y las provincias galas por los alemanes. El pueblo dice que en todo ello hay peligro y deshonor para el imperio, y te culpan.

—…no me hables de obligaciones, Teodoro, háblame de placeres…

—Has mandado matar al hombre que azotó a un esclavo cerca de tu estatua, y al hombre que se cambió de ropa cerca de otra estatua tuya…

—…¿han bebido todos bastante?, pues orinen, orinen unos en boca de los otros, pronto…

—…has mandado matar a un hombre que entró en un mingitorio con un anillo que tenía tu efigie y a otro que entró con anillo similar a un burdel…

—…ahora los hombres de pie, Fabiano y Persio y Gayo, cójanse por el trasero y las mujeres de rodillas besándoles los testículos y todos pensando que van a morir, que les espera la tumba, que a la hora de la muerte van a pensar en sus cuerpos como en odres ridículos, y en sus actos como bufonadas indecentes que les condenaron a muerte; cuenta, consejero; alía mis placeres…

—Mataste a un patricio que permitió que se le rindieran honores en su aldea natal sólo porque en otra ocasión, pero en esa misma fecha y lugar, se te habían rendido a ti; el tiempo de cada aldea, César, se inicia el día en que tú la visitas…

—Cuánta minucia, nada visito hoy, estoy encerrado en mi villa de Capri, contento, imaginando, imaginando lo sublime: ¿cómo puedo hacer que coincida mi muerte con la de mi imperio? No puedo tolerar el pensamiento de que alguien me suceda, sería como si nuestra bella Cintia, en vez de ofrecerme sus blancas nalgas de animado marfil, empezara a asentir en estos momentos los dolores del parto y se acostara aquí, en mi sigma, a dar a luz, imagina el horror; igual horror me da imaginar que alguien pueda sucederme, recostarse en mis lugares, tocarle una teta a Lesbia, arrancarle un pelo de pubis a Fabiano, no, no, mueran todos antes y muera yo solo con mi imperio, Teodoro, hay que estar alertas, al menor pretexto, ejecuciones, que no quede nadie, quiero morir solo pero morir el último, ejecuten, Teodoro, ejecuten, eyaculen, ejecuten y que los cadáveres sean arrojados de las escaleras luctuosas del foro y arrastrados al Tíber por garfios…

—Ya se ha hecho, César…

—…que puesto que es costumbre impía estrangular a las vírgenes, primero las violen los verdugos y luego las ahorquen…

—…que nadie se suicide sin mi consentimiento…

—Cármulo acaba de suicidarse, César, el descontento Cármulo.

—…¡entonces se me ha escapado!, ves, consejero, cuánta liviandad, qué falta de atención y escrúpulo…

—También Agripina venció en su destierro, también ella acabó por morir de hambre, como lo deseaba…

—…¡que nadie se me vuelva a escapar, atentos todos!…

—¿Nadie, César?, ¿ni los que quieren morir?

—Ni ésos…

—¿Cómo les condenarás, entonces?

—Obligándoles a vivir…

—¿A quién más acudiremos, César? Italia está llena de espías, de delatores, de hombres resentidos y agraviados. El juego es inmenso, aun los ofendidos por ti piensan que su caso no tiene por qué ser único y delatan a un amigo o a un enemigo y los parientes de éstos a otros amigos y enemigos y así Italia se funda sobre la venganza de las venganzas y no sabemos a dónde vamos a parar; y se dan casos de que quienes no tienen a nadie asesinado por ti en sus familias, se sienten menospreciados y velozmente urden una intriga que les haga merecer tal honor; a todos los delatores se les escucha, sus deseos son tus muertes; ¿a quién más podemos acudir…?

—Escúchese a los enanos, Teodoro, ellos huelen a los traidores, tienen un gran olfato para la deslealtad, esa gracia les han hecho los dioses a cambio de sus contrahechas figuras. Si un enano pregunta por qué se le permite vivir a éste o a aquél, siendo tan traidores a mi persona, que de inmediato se ejecute a los delatados, así sean Fabiano o Cintia mis amores; dime de quién desciendo, recuérdame mi dura estirpe, Teodoro…

—De los Lucios, César, pero te cambiaste el prenombre cuando los de la familia así llamada fueron condenados por robo en despoblado y asesinato. De las Claudias, César. De la primera Claudia que para demostrar que su castidad no podía ser puesta en duda, se echó unas cuerdas sobre los hombros y arrastró desde los bancos lodosos del Tíber un barco atascado, cargado de objetos sacros…

—…¡qué mujeres, Teodoro, qué hembras…!

—De la segunda Claudia, condenada como traidora por el senado porque un día la muchedumbre de las calles le impidió el paso en su litera y ella, descendiendo, pidió públicamente que su hermano Pulquer resucitara y perdiese otra vez, como lo había hecho en vida, otra flota ante el enemigo y así hubiese menos muchedumbre en Roma y los patricios pudiesen pasearse sin contratiempos.

—…eso, eso, qué mujeres, siempre han despreciado al vulgo…

—Y la segunda Claudia ni siquiera al ser juzgada se vistió de luto para pedir clemencia. Clemencia para los esclavos y los castrados, dijo, no para una mujer que desea encontrarse a todos sus amigos y admiradores en el Averno, del otro lado de las perezosas y negras aguas del río estigio…

—…eso, eso, Teodoro, esa línea culmina conmigo; mira, busca en tus archivos y en tus recuerdos, busca el testimonio más oscuro, más desconocido, más olvidado, de una rebelión contra mí; una rebelión individual, surgida de la muchedumbre, pero que signifique la revuelta contra nosotros, que siendo singulares representamos una ética colectiva, encarnada en templos y leyes marmóreos, que sólo yo y nadie más que yo puede convertir en polvo y escarnio, no el vulgo, no la muchedumbre, no las hormigas que devoraron mi serpiente: nuestra ley romana, Teodoro, idéntica para todos y en un vasto y unificado imperio sustentada: Roma única, de nadie puedes ser sino del único Tiberio: muere conmigo, Roma; y tú, hijo de retórico, busca, vete con tus sandalias de palma y encuentra lo que te pido y déjame gozar de mis niños y efebos y ninfas, ¿qué les pasa?, ¿ya se cansaron?, pronto, consulten a Elefantis, otra postura, pronto, mi placer no admite intermedios, y ustedes están aquí para mi placer, no para el suyo, pronto, Elefantis al auxilio…

(*ii*)

Yo, Teodoro, el narrador de estos hechos, he pasado la noche reflexionando sobre ellos, escribiéndolos en los papeles que tienes o algún día tendrás entre tus manos, lector, y considerándome a mí mismo como otra persona: tercera persona de la narración objetiva; segunda persona de la narración subjetiva: sí, el segundo de Tiberio, su observador y criado; y sólo ahora, en la reclusión del cubículo lleno de papeles amontonados que he ido recogiendo a lo largo de mis viajes, sentado en un camastro de tablones, cerca de una ventana sin vista al mar, sin más paisaje que las rocas desnudas y ocres de Capri, puedo considerarme, en mi soledad, que es mi escasa autonomía, primera persona: yo, el narrador.

He asistido a estos hechos; a los más monstruosos, pues comprendería la lubricidad del emperador si, en efecto, los niños que él llama sus pescaditos fuesen niños normales, o hermosas hembras las llamadas Lesbia y Cintia, o bellos jóvenes Fabiano, Persio y Gayo; pero tener que asistir a estar orgías, aceptando la belleza que Tiberio imagina e impone a sus secuaces sexuales mientras mis ojos miran lo que miran, es algo capaz de turbar la serenidad del hombre más discreto y ecuánime: ciegos son los pobres niños, enanos Cintia y Gayo, jorobado Persio, albino Fabiano y Lesbia un monstruo que perdió la parte inferior del rostro, desde la nariz hasta la barbilla, de manera que la cara de la pobre mujer es sólo un inmenso hoyo cicatrizado en partes, y abierto en otras para que degluta la comida molida, un rostro presidido por dos ojos enloquecidos que intentan decirme: Tú que me miras con compasión, explícame cómo he llegado hasta aquí, qué hago aquí, por qué repito estos actos que no comprendo, por qué me someten a esta befa y a esta tortura...

Quisiera explicarle que el César está atento al nacimiento de seres deformes, indaga en los circos, en los puertos asolados por enfermedades repentinas, en las apartadas montañas donde el incesto es soberano, en los barrios subterráneos de las ciudades criminales, y de allí manda traer hasta su villa imperial a estos pobres seres obligados a enterarse del libro de la poetisa Elefantis y a representar una belleza cuyos patrones ha inventado el César, no sé si para que su propia normalidad y proporción se impongan comparativamente, o para que, comparados con su senectud e impotencia, los monstruos se sientan, a pesar de todo, bellos porque aún pueden hacer, con sus cuerpos deformes, lo que nuestro emperador ya no puede hacer con el suyo.

No sé; ni mi función es averiguarlo, optando por soluciones, comprometiéndome emotivamente en todo esto. Cumplo una simple función de testigo. Sin decirlo, Tiberio requiere un testigo de su carácter; y esa necesidad es la que nos salva, y nos salvará siempre, a quienes, de otra manera, seríamos los primeros en morir arrojados a los leones. Una vez asistí a una venación con el emperador; un hombre luchó en la arena contra las bestias y al final fue devorado por ellas. Me sorprendió no encontrar una sola centella de miedo en los ojos de ese gladiador, era un hombre tranquilo; nada esperaba, nada perdía.

Quizá yo también soy un perdido; mi muerte es aplazada por la necesidad cesárea de tener un testigo. Él debe saber que yo escribo, que dejo constancia de estos hechos y que los romanos del futuro sabrán de ellos. En consecuencia, sabe que no consigno hechos halagüeños. Y sin embargo, lo permite; es más, lo quiere. Porque acaso yo no soy sólo testigo de los hechos, que son meras acciones, sino ante todo del carácter, que es agente. Las acciones cambian, y diversos hombres pueden actuarlas; el carácter no cambia, y sólo un hombre puede ser su agente. El carácter final de Tiberio siempre ha sido su carácter, aunque en la primavera de su vida nadie, acaso ni él mismo, lo advirtiese; el hombre bueno no se vuelve malo, ni el malo bueno. El poder no altera el carácter de un hombre: sólo lo revela. Sepamos esto y entenderemos siempre el carácter de los poderosos. Por lo menos, el poder posee esta virtud: quien lo detenta, ya no puede mentir; la luz de la historia es demasiado poderosa y de nada le servirá al poderoso ser hipócrita, pues el ejercicio del poder revelará el tamaño de su hipocresía. Así equilibra la sabia naturaleza el hecho de darle mucho a pocos y poco a muchos: los pocos no pueden ocultar la verdad, y ésta es la penitencia de su fuerza; los muchos no pueden dejar de verla, y éste es el premio de su debilidad.

Un hombre como yo, que comprende estas cosas, debe, sin embargo, optar entre dos actitudes al escribir la historia. O bien la historia es sólo el testimonio de lo que hemos visto y podemos, así, corroborar; o bien es la indagación de los principios inconmovibles que determinan estos hechos. Para los antiguos cronistas griegos, que vivían un mundo inestable, avasallado por invasiones, guerras civiles y catástrofes naturales, la reacción era clara: la historia sólo se ocupa de lo permanente; sólo lo que no cambia puede ser conocido; lo cambiante no es inteligible. Roma ha heredado esta concepción, pero le ha dado un propósito práctico: la historia debe estar al servicio de la legitimidad y de la continuidad; el accidente del devenir debe apoyar el acto de la fundación. El derecho de Roma es un acto que define los accidentes varios, individuales, de la paternidad, la posesión, el matrimonio, la herencia, el contrato. Ninguno de estos hechos sería legítimo sin referencia al principio, al acto, a la norma general, superior a los individuos, que los legitima. ¿Y cuál es la base de la esta legitimidad? La nación misma, la nación romana, su origen, su fundación. ¿Y cuál es la proyección de esta legitimidad? El mundo entero, puesto que la nación romana encarna principios universales capaces de convertir a la pura naturaleza, al cosmos, en mundo social e histórico, en ecúmena. Éste es el privilegio de Roma; por eso ha sido capaz de conquistar al mundo, de imponer la unidad, de ser *caput mundis*; pero cabeza de un mundo concebido como extensión del acto intangible de nuestra ley, nuestra moral, nuestra administración civil y militar, no de un mundo natural en el que el accidente priva sobre el acto y que, en consecuencia, es un mundo destinado a la dispersión. Nuestro éxito es la mejor prueba de esta verdad: somos el ánfora que da forma al vino de la pura creación.

Ante estas verdades y disyuntivas, yo escojo ser el testigo del accidente fatal que es mi amo Tiberio, preguntándome en virtud de qué azares pudo vestir la púrpura imperial un hombre que niega todas las virtudes fundadoras de una sociedad tan preocupada por legitimarse y legitimar sus conquistas. He conocido el oriente: ¿por qué mienten nuestros preceptores al comparar la supuesta corrupción levantina con la igualmente supuesta creencia en la simplicidad, fuerza y bondad de Roma? ¿Y por qué, creyéndolo, se fomenta secretamente el vicio en Roma, los cultos de Venus y Baco, mientras que a los poetas se les presiona para que exalten las virtudes representadas por un gobierno que mantiene el orden, tan desastrosamente alterado después del asesinato de Julio César aquel aciago día de marzo? ¿Y por qué extraña contradicción eximen todas estas necesidades de verdadera responsabilidad a nuestro amo Tiberio?

Sé que mis preguntas implican una tentación: la de actuar, la de intervenir en el mundo del accidente y poner mi grano de arena en la azarosa playa de los hechos. Si sucumbo a ella, puedo perder la vida sin ganar la gloria; mi reino no es el de la necesidad, es el de la frágil libertad, que a pesar de la necesidad, pueda ganarme. A la tentación de actuar opongo una convicción: puesto que ni quiero ni puedo influir sobre los hechos del mundo, mi misión es conservar la integridad y el equilibrio internos de mi mente; y ésa será mi manera de reconquistar la pureza del acto original; seré mi propia ciudadela y a ella me retiraré para salvarme de un mundo hostil y corrupto. Seré mi propia ciudadela y, en ella, mi propio y único ciudadano.

Confieso aquí que la sola tentación a la que realmente sucumbo es a la de presentarme a mí mismo, cuando de mí mismo escribo en la tercera persona, bajo una luz más digna, más simpática. La verdad no es tan bella.

Pero esa tentación de actuar... esa tentación demasiado humana...

(*iii*)

César: Nada más oscuro he podido encontrar entre mis papeles, o en los nichos más hondos de mi memoria, le dijo Teodoro a Tiberio ese mediodía, mientras el emperador desnudo, antes de comer, se acercaba al gran fuego y los criados le rociaban con agua fría y luego le frotaban el cuerpo con aceite: nada más oscuro, nada más olvidado.

Eres Mercurio, heraldo de los dioses, rió Tiberio. No, César, una simple rata de archivos y humilde viajero de oriente; considera mi método: primero pensé en algo que nadie jamás había pensado; es decir, pensé lo imposible, lo que ignoraba, a partir de tu propia premisa: encontrar el testimonio más desconocido de una rebelión individual surgida de la muchedumbre. Repasé la historia de Roma; está demasiado documentada. Luego revisé la de las provincias, una por una, hasta llegar a una de las más pobres, apartadas e insignificantes, la Judea. Examinando su historia, encontré un hecho reciente (y por ello desconocido, pues sólo lo antiguo tiene tiempo de ser memorable) que me llamó la atención.

Uno de tus procuradores, Poncio Pilatos por nombre, subordinado al gobernador romano de Siria y protegido de tu favorito Seiano, fue depuesto y obligado a suicidarse el año pasado, a causa de una queja de sevicia de los llamados samaritanos, que hace siglos poblaron y dominaron la parte norte del reino de Israel. Me pregunté, César, ¿qué cosa puede forzar la abdicación y muerte de un procurador de Tiberio, por oscuro que fuese; qué fuerza puede poseer una secta o tribu de la desértica Judea para lograrlo; por qué; qué antecedentes existen?

Recordé súbitamente una imagen que había olvidado: pasaba yo, hace cinco o seis años, por Jerusalén rumbo a Laodicea, en el caluroso mes del Nisán. Cruzaba la ciudad, a la altura de la plaza llamada de Antonio o Gabbath, donde se hallaba reunida una chusma hebrea. Pude ver, de lejos, a dos figuras de pie en el atrio del pretorio; un hombre vestía la toga y se lavaba las manos ante la multitud; junto a él estaba, con la cabeza colgante y coronada de espinas, una figura de burla, un mendigo barbado, lacerado, sangrante, inmóvil. ¿Qué sucede?, pregunté a mi guía; y él me contestó:

—El procurador de César dicta justicia aquí.

Pasamos; tenía sed; estaba cansado; quería llegar a Laodicea. No volví a recordar, hasta hoy, el incidente. Pero a partir de él, pude imaginar las respuestas a mis sucesivas preguntas. El procurador está encargado así de impartir la justicia como de conservar la paz; la única amenaza contra la paz de Judea es el mesianismo hebreo, que sostiene la venida de un redentor del pueblo judío, descendiente del rey David, que restaurará la soberanía política de Israel. Estos redentores o mesías han sobrado en Judea, señor; agítese una palmera del desierto y de ella caerán veinte dátiles y diez redentores. Mi pesquisa se angostaba: ¿tuvo algo que ver el procurador Pilatos con uno de estos casos?, ¿fui yo mismo, aquella tarde de canícula, testigo inconsciente del encuentro del procurador y uno de esos profetas judíos?

Desenterré los papeles menos consultados de nuestros archivos; pude hallar al fin un mínimo informe burocrático en que se cuenta la ejecución, hace apenas cinco años, de un mago, profeta o pícaro hebreo, de costumbres dudosas, pues fraternizaba con prostitutas y vivía con doce obreros, llamado El Nazir, o sea, el santo de Dios. Este El Nazir decía descender de David y ser el Mesías profetizado, el rey de los judíos. Vagó algunos meses por los lugares apartados de la Judea, predicando esta singular rebelión que coincide con lo que me solicitaste, César: una revuelta puramente individual aunque surgida de la muchedumbre, pues El Nazir era hijo de carpintero y nació en un establo. Decía, sin embargo, ser hijo de Dios, nacido sin obra de varón, y aseguraba que de nada valen el poder y la riqueza terrenos, pues lo único importante es salvar el alma y ganar el reino de los cielos, o sea el reino de ese único Dios, supuesto padre de El Nazir.

Con estas ideas, a todos irritó o descorazonó. Desalentó, César, a quienes esperaban un llamamiento a las armas; El Nazir, en cambio, predicaba el amor al prójimo, la dulzura y otras virtudes nada marciales, como ofrecerle la otra mejilla al que nos abofetea. E irritó a los sacerdotes de Jerusalén y a la aristocracia seducea, nuestros aliados, porque exponía ante el vulgo críticas y reproches contra el orden hebreo y su sabia alianza con Roma. Se metió, literalmente, en la boca del lobo: fue a Jerusalén y provocó desórdenes, injuriando a los mercaderes de palomas, fustigando a los cambistas establecidos en el atrio del templo y violando el sabat con curaciones que los judíos atribuyeron a Belcebú, aunque sólo se debían a Esculapio. Ofendió groseramente a los doctores de la ley, a los escribanos y a los fariseos, llamándoles sepulcros blanqueados y otras lindezas. Esto permitió a la aristocracia hebrea denunciarlo como un peligroso agitador ante Pilatos, y tu procurador, César, primero se mostró dudoso, a pesar de la presión de su esposa, quien le enviaba mensajes diciendo que no tuviese nada que ver con "el justo" porque la hizo sufrir en sueños; pero al fin capituló ante este argumento: El Nazir se dice rey de los judíos; pero nosotros, los jerarcas hebreos, no admitimos más rey que Tiberio; si liberas al agitador, Pilatos, demostrarás que no eres amigo de Tiberio César.

Pilatos convirtió la necesidad en política; vio una oportunidad, en todo esto, para congraciarse con el sacerdocio y la aristocracia y también para espantar a los demás inspirados judíos; éstos, como El Nazir, amenazaban por igual el dominio de Roma y la estabilidad de los poderes hebreos aliados con Roma. Y, como te dije antes, abundaban: uno decía llamarse El Ungido y tener el poder de resucitar a los muertos; otro llamábase Yehohannan y ahogaba a los malhechores en el Jordán mientras él caminaba sobre las aguas. Etcétera.

Con el acuerdo de todos, El Nazir fue llevado a la cruz y allí murió el día catorce del mes de Nisán; pero sus empecinados discípulos dicen que resucitó y subió a los cielos, y que su reino de esclavos será eterno en tanto que tu reino de patricios es pasajero; y en recuerdo del sacrificio de su maestro, estos seguidores acostumbran hacer con la mano la señal de la cruz sobre sus caras y pechos, de la misma manera como nosotros los romanos, en signo de adoración, nos llevamos la mano derecha a los labios.

Pero volvamos a tu procurador, César. La crucifixión de El Nazir fue la última instancia de equilibrio entre el poder romano y los colaboradores hebreos. Ensoberbecido por su éxito político al librarse de El Nazir, Pilatos creyó que podría aprovecharlo para extender el poder local de Roma, confundiéndolo con su propio poder. Había liquidado al profeta; pensó que también podría someter a quienes le ayudaron a crucificarle. No se percató, ingenuamente, de que los sacerdotes y la aristocracia judías conocían bien la popularidad de El Nazir y que, al forzar la mano de Pilatos, en realidad desprestigiaban a la justicia romana, debilitaban nuestro poder y aumentaban el suyo. La verdad es que el pobre Pilatos sucumbió a esta humana tentación: no contentarse con el equilibrio que pensaba haber logrado, no preservarlo, sino romperlo. ¿Por qué? Para aumentar su propio poder, sí, o la representación propia de un poder ajeno, sí; pero sobre todo para tener vida, César, para tener una vida que sólo nace, siempre, de la ruptura de un equilibrio anterior.

Ofendió a los poderes hebreos, que abominan de las imágenes, haciendo desfilar por Jerusalén a nuestros soldados con los estandartes imperiales y tu imagen en ellos y colocó a la vista de todos, en el antiguo palacio de Herodes, escudos votivos con tu nombre sobre ellos; no lo dudes, César; Pilatos imaginaba allí su propio nombre, no el tuyo. La Judea está lejos; ¿por qué no representar el papel del emperador, sentirse un pequeño César?, ¿no se había proclamado El Nazir rey de los judíos y no había actuado Pilatos sin consultar a César, en nombre de César y para afirmar que no había más rey que César? Imagina la confusión de Pilatos, señor, pues al hacerse estas preguntas por fuerza se hizo otras: ¿Era El Nazir hijo de Dios o sólo fantasma de Dios, un espectro convocado por los espejismos reverberantes del desierto? ¿Mató el representante de Tiberio al representante de Dios; o mató Tiberio a Dios? Pilatos, para superar este conflicto, sólo tenía un camino: insistió en someter, innecesariamente, a quienes ya estaban sometidos, provocando su resistencia pasiva, cargando sobre el tesoro del templo los gastos de un acueducto para Jerusalén y, finalmente, procediendo con crueldad innecesaria contra los samaritanos. Quería, oscuro empleado de un oscuro confín del imperio, repetir su hora de gloria: el instante en que dictó la muerte de Dios. Pues pensó que si sólo había mandado crucificar a un inofensivo agitador, poco memorable era su hazaña. Mas si había entregado a la muerte al hijo de Dios, la memorable gloria era suya, sólo suya. Empleado tuyo, César pudo ejecutar a un insignificante curandero y charlatán en nombre tuyo; pero si en nombre de Pilatos crucificó a un Dios, entonces Pilatos era más que Tiberio.

Especulo, César. La verdad es que la confusa soberbia de Pilatos ponía en peligro nuestro delicado acuerdo con los hebreos. A fin de salvar esta realidad política, hubo de intervenir Vitelio, llegado de Siria, para deponer a Pilatos. El antiguo procurador vino hasta Roma a pedirte audiencia y tú, sabiamente, se la negaste: salvada la realidad política, ¿a quién le interesaba salvar la realidad, anímica o administrativa, de Poncio Pilatos? Creo que Pilatos enloqueció, se le vio en las riberas del Tíber, lavándose repetidamente las manos; por fin se suicidó, ahogándose en las propias aguas tiberinas, pero su cuerpo asfixiado fue rechazado por ellas. La voz del pueblo relata que el cadáver de Poncio Pilatos es llevado de río en río, arrojado a las aguas y devuelto con repugnancia por los fluyentes cursos en los que ningún hombre puede bañarse dos veces, pues ningún agua que corre, dice el filósofo, es dos veces la misma. No ha encontrado reposo.

Aquí termina esta narración. Espero, César, que no te disguste del todo esta sombría relación patibularia; y una vez que te la he contado, regrese esta pequeña crónica policial al olvido y a la oscuridad de donde nunca debió haber salido.

(*iv*)

Mientras escuchaba la narración de su consejero, el César hizo que sus criados le chamuscaran las piernas con cáscara de nuez ardiente, a fin de que el vello le creciera suave. Después, distraídamente, Tiberio se dejó vestir; con torpeza hizo ese signo de la cruz sobre su frente y, contento, riendo, se dirigió a su triclinio y allí se recostó a almorzar:

—Me gusta, Teodoro, me gusta; el signo de la cruz; un instrumento de tortura y muerte; un signo asociado con el dolor de los cuerpos; me agrada… ¿Por qué no convertirlo en el signo de esa muerte, de esa dispersión, de esa multiplicación, de esa muchedumbre que anhelo para después de mi muerte? Óyeme, consejero, si Roma es única, si Roma es la cima de la historia, su unidad no debe repetirse o Roma dejaría de ser excepcional. Que todos los reinos del futuro, parciales y disgregados, se sueñen en la irrepetible unidad de Roma; que luchen entre sí, bajo el signo de la cruz, que combatan y se desangren por el privilegio de ocupar Roma y de ser la segunda Roma; y que de esta creciente fragmentación nazcan nuevas guerras, multiplicadas y absurdas fronteras dividiendo a minúsculos reinos regidos por Césares cada vez más pequeños, como ese tal Pilatos, luchando por ser la tercera Roma, y así, así, sin fin, sin fin; oh, gracias, consejero; me has dado las armas y los signos de mi deseo, la cruz de los esclavos, la rebelión de un vagabundo judío; triunfen El Nazir y su cruz, dispérsense como ceniza, viento, polvo, el poder y la unidad de Roma… No nos vencerá algo importante, ni los alemanes ni los partos ni los dacios que hoy hostigan nuestras marcas, ni las disidencias internas, ni la licencia, la lujuria y la decadencia del carácter y la disciplina, ni la pérdida del espíritu cívico, ni la incapacidad del poder imperial para dominar al ejército, ni el estancamiento del comercio, la baja productividad, la escasez de oro y plata, ni el desgaste de la tierra, la desforestación y la sequía, ni las plagas y enfermedades, ni nuestro creciente desprecio por el trabajo y dependencia de la conquista, el tributo y la esclavitud, nada de esto, sino una triste filosofía judaica de la pasividad y la esperanza en el reino de los cielos... ¿Imaginas un triunfo mayor de mi imaginación, imaginas algo más ridículo, Teodoro, que el triunfo del más oscuro de los redentores hebreos y de la señal derivada del potro de su tormento?

Rió; bebió la última copa y Teodoro preguntó: —Todo esto que has dicho, ¿supone una orden, César?

—Juguémoslo a la mora.

Los dos escondieron las manos y luego las mostraron súbitamente; "uno", dijo el consejero; "tres", dijo el César. Tiberio fue quien vio perfectamente el número de dedos mostrado por Teodoro; Teodoro se equivocó lamentablemente: Tiberio también mostraba tres dedos. El César no había visto, no había adivinado; se había limitado a repetir el número que él mismo había escogido. Siempre lo hacía así; siempre ganaba. No había tiempo de adivinar o de ver; sólo había tiempo de escoger y repetir lo escogido.

—Sí, dijo Tiberio, es una orden.

—¿Cómo debo ejecutarla?

—Mi augur dice que todo hombre vivo tiene treinta fantasmas a sus espaldas: tres veces diez; tal es el número fidedigno de nuestros antepasados muertos. Yo he incrementado, con varios asesinatos, ese número.

—Haces bien, César; quizá la función del poder es aumentar el número de los fantasmas... ¿A ellos les heredarás tu imperio?

—Me quedé sin descendencia, Teodoro; ay de mí; si la tuviese dividiría el imperio entre tres hijos y a ellos les haría prometer que dividiesen sus tres reinos entre nueve hijos, y así sucesivamente; y en memoria de nuestra fundación, también les haría prometer que copularían con lobas, para que de ellas naciesen los herederos, y que cada uno portase, como una secreta burla, la cruz de El Nazir encarnada en la espalda; ellos serían mis herederos, pero en otro tiempo, el tiempo de la derrota y la dispersión... ¿Desvarío, consejero?

—No, César; quieres heredar un imperio fantasma, y fantasmas nos sobran. Tus deseos, si son ciertos, pueden cumplirse.

—Basta. Me he quedado sin descendencia. Y siento modorra. Déjame dormir, Teodoro.

Tiberio respiró hondamente; yo corrí las cortinas y esperé. Me dejé envolver por la suave tarde de Capri; vi cómo moría el fuego en el hogar; escuché el goteo de la clepsidra que marcaba el tiempo de Tiberio César, gordo, tieso, dormido incómodamente, respirando con dificultad; yo respiré el salvaje perfume de las rosas de laurel que rodean la villa imperial y me dije: cuídate, Teodoro, esas rosas huelen bien pero son venenosas; me incorporé, cubrí con una tela de seda la cara de mi amo, pues las moscas se acercaban buscando los restos del almuerzo, e hilos de vino y miel escurrían entre los gruesos labios del emperador; agradecí la vigencia de la santa ley del silencio.

Y entonces yo mismo la rompí; miré la clepsidra; era la hora. Cuéntase que hay aposentos a los que no se puede entrar sino por necesidad y previa purificación; sin ellas, se siente miedo… y quien en estos cuartos se acuesta, es arrojado con gran fuerza de la cama por fuerzas impalpables, y luego hallado medio muerto. Caminé hacia el balcón que mira sobre el ancho mar vinoso, mar de nereidas y delfines, brillante corte de Neptuno, líquida cueva de Circe. Volví a mirar la placidez de la estancia imperial; las llamas muertas del fuego se avivaron súbitamente; temblé, ya no dudé, corrí la cortina y encontré allí, de pie, al fantasma de Agrippa; el sol le daba de espaldas y aureolaba su cabeza, pero en su sombría faz sólo se reflejaba la oscuridad del aposento. Vestía una túnica negra y permanecía inmóvil. Detrás de él se desprendía del balcón y se escurría hacia las afiladas rocas, el pescador que le había mostrado el camino; el pescador conocía esta ruta desde niño, sabía montar las rocas y pescar los más grandes céfalos de estos mares; su rostro estaba herido por las agudas pinzas y el rudo caparazón de un cangrejo: no lo vi más; huyó. Sólo las cabras preñadas se detenían en la altura rocosa.

Y el fantasma de Agrippa entró al aposento mientras yo retrocedía sin darle la espalda, intentando descubrir esa mirada tan honda y cubierta, como si poseyese el don de convocar sus propias sombras; pero el fantasma no me miraba a mí, me traspasaba con su mirada ausente, como ausente parecía mi cuerpo ante el avance suyo. Pude imaginar su meta: era el triclinio de Tiberio, donde mi amo dormitaba, donde yacía su pesada, indigesta, impotente, senil figura: mi amo, el amo del mundo, el asesino, el pervertido; y yo su criado, su inseparable testigo y cronista, su sicofante; y el negro y dorado fantasma de Agrippa Póstumo que se acercaba, se inclinaba sobre el rostro dormido del César, respiraba cerca de la pálida y apergaminada mejilla de Tiberio y luego, de un golpe, violentamente, retiraba primero la tela de seda que cubría el rostro y en seguida la almohada sobre la cual reposaba la cabeza del emperador; y los ojos de mi amo, que sabían ver en la oscuridad, se abrían como dos lagunas de terror; y mi lúcida cabeza, al mirar ese terror, sólo se preguntaba: ¿por qué, si todas las tardes, a la hora de la siesta, mi amo es visitado por este fantasma, muestra ahora semejante miedo?; debería estar acostumbrado. Mi cortesanía pudo más que mi asombro; los presenté:

—César... el fantasma de Agrippa.

Y César gritó, pudo gritar, no, no, éste no es el fantasma, al fantasma le conozco perfectamente, el esclavo, Clemente, éste es el esclavo Clemente, los ojos son distintos; yo puedo ver en la oscuridad, yo puedo distinguir las dos miradas diversas, son dos distintos, el fantasma y el esclavo, Agrippa y Clemente; dime, esclavo, ¿cómo pudiste convertirte en Agrippa?, y el ser de negro y oro inclinado sobre el César habló por fin, con la almohada en la mano, contestando:

—De la misma manera como tú te convertiste en César...

Levantó los dos brazos esbeltos, fuertes, pálidos, tomó con las dos manos la almohada y con un poder increíble cubrió con ella la cara de Tiberio; el avivado fuego del hogar lanzaba altas llamaradas y duplicaba el temblor de las figuras en lucha; sucumbí a la tentación; acudí al lado del esclavo, del fantasma, de quienquiera que fuese este verdugo, recordando la mirada implorante de la desfigurada Lesbia, su humillación, su horror, y le ayudé a sofocar la vida de mi amo.

Viejo y basto, Tiberio luchó, se estremeció, al fin libró sus manes con un estertor espantable. El temible visitante retiró la almohada manchada de saliva y sangre; los ojos enormes de Tiberio le contemplaban y el fantasma, o el esclavo, disfrutaba, tenía derecho a disfrutar de esta visión. Yo, en cambio, corrí hasta el patio, convoqué con sigilo a la guardia, regresamos corriendo al aposento y capturamos a este hombre infernal que permanecía hincado junto a mi amo muerto, como si le hubiese paralizado la mirada final de Tiberio: el abismo incalculable de esas cuencas negras y vidriosas.

(v)

Yo, Teodoro, el narrador, escribo todo esto al día siguiente de los sucesos; lo escribo por triplicado, de acuerdo con la lógica particular de ese vago testamento de mi amo; e introduzco los tres escritos en otras tantas botellas, largas y verdes, que sello cuidadosamente con cera roja y la imprenta del anillo de Tiberio.

El esclavo Clemente, esta misma mañana, ha sido arrojado de lo alto del acantilado al mar, donde una banda de marineros esperaba la caída del cuerpo para acabar de matarle a golpes de remo y de garfio. No asistí al espectáculo; estoy enfermo de sangre; basta, basta, siento náuseas...

Pero esta tarde bajé a la aldea de Capri y escuché lo que se murmura en las tabernas y entre las redes y las lanchas de la marina vieja: el esclavo Clemente fue arrojado al mar, pero en vano lo buscaron los marinos para asegurar su muerte a remazos, rompiéndole los huesos; en vano, pues al ser precipitado a las aguas, Clemente, en el aire, se transfiguró realmente en Agrippa Póstumo, nieto de Augusto y heredero del imperio; su cuerpo desnudo fue envuelto por una nube, y la nube se transformó en blanca toga, y la toga en alas que depositaron al condenado sobre el lomo de un delfín que le ha conducido a puerto seguro, desde donde el heredero luchará contra la usurpación, al frente de las legiones, sin nombre ni número, de los esclavos.

Sé que todo esto es fantasía; pero, ¿quién puede impedir que la leyenda sea creída por los ignorantes, y qué amenazas encierra esa fe? Esto no lo sé. Yo me he limitado a seguir de cerca las órdenes finales de mi amo Tiberio; yo mismo, con un cuchillo, tracé anoche una sangrante cruz sobre la espalda del esclavo asesino e invoqué, ante su contenido dolor, las palabras de mi amo:

—Resucite un día Agrippa Póstumo, multiplicado por tres, de vientre de lobas, para contemplar la dispersión del imperio de Roma; y de los tres hijos de Agrippa, nazcan más tarde otros nueve; y de los nueve, veintisiete, de los veintisiete, setenta y uno, hasta que la unidad se disgregue en millones de individualidades, y siendo todos César, nadie lo sea, y este poder que ahora es nuestro, no pueda volver a ser. Y sucedan estas cosas en todos los confines deshebrados del imperio, lo mismo bajo las secretas arenas egipciacas donde se sepultan los misterios trinitarios de Isis, Set y Osiris, que bajo el árido sol de la Hispania rebelde y descontenta, patria del insurrecto Viriato y de los suicidas numantinos, que a las orillas de Lutecia en la insumisa Galia rendida por Julio César, ciudad de mentes inquisitivas y sospechosas, que en los desiertos de Israel que conocieron las prédicas de El Nazir y la vulgar ambición de Pilatos. Y puesto que la cruz de la infamia presidirá estas vidas futuras, como presidió la muerte del profeta judío El Nazir, llámense los hijos de Agrippa, que portarán la cruz en la espalda, con el nombre hebreo de Yehohannan, que quiere decir "La gracia es de Yavé".

Esto último, me apresuro a añadir para quienes lean estos papeles, fue sólo una pequeña fantasía erudita de mi parte.

Lo grave no es esto; lo grave es que pude ver al fin, al marcar con el puñal la cruz en la espalda del rebelde Clemente, sus malditos ojos, y en ellos vi repetidas dos veces esa misma cruz de sangre; ésa era su mirada. Y éstas sus últimas palabras:

—Mi muerte no importa. Las muchedumbres se levantarán.

No sé si reí al maldecirle:

—Que te crezca un dedo más en cada pie para levantarte y correr más de prisa…

No sé si reí; no era dueño de mis palabras; mi verdadera voz sólo quería agradecerle que no me hubiese delatado.

(*vi*)

La noticia de la muerte de Tiberio vuela a Roma en las alas de caballos no menos veloces que Pegaso. Las flautas fúnebres se escucharán en toda Italia y no nos dejarán dormir; se levantarán las voces y el llanto de la conclamación luctuosa. Esto imagino piadosamente; mi sentido de la verdad proclama, en cambio, que las multitudes recorrerán jubilosamente las calles de Roma, celebrando la muerte del tirano, gritando "Tiberio al Tíber", pidiendo que el cadáver de mi amo sea arrastrado por garfios y levantando preces a la Madre Tierra para que el César no encuentre descanso más que en el infierno. Pobre, estúpido vulgo. Sólo quiere ocasiones de festejo, carnavales, circos, saturnalias. ¿Por qué, en vez de ocuparse de los muertos, no se ocupa de los vivos? ¿Por qué no se preguntan quién sucederá a Tiberio y qué nuevas desgracias acechan a Roma?

Pero ése no es mi problema. Mi espíritu estoico dicta a mi mano hedonista las últimas palabras de estos folios y digo que en toda buena acción, lo meritorio es el esfuerzo; el éxito es sólo cuestión de azar, y recíprocamente, cuando se trata de actos culpables, la intención, aun sin efecto, merece el castigo de la ley; el alma está manchada de sangre, aunque la mano permanezca pura.

¿Ayudé realmente al esclavo; o luché sin éxito contra sus esfuerzos por sofocar a mi amo? No poseo más refugio moral que el de haber escrito lo que he escrito, si alguna de estas botellas es pescada por alguno de mis contemporáneos, seré castigado; si mis papeles son leídos en un lejano futuro, acaso sea alabado. Escribo hoy: corro ambos riesgos. ¿A quién hemos matado aquí: al fantasma de la carne, o a la carne del fantasma? ¿Fue todo una ilusión, un engaño, una comedia de larvas errantes y de lémures chorreros? La historia verdadera quizá no es historia de hechos o indagación de principios, sino farsa de espectros, ilusión que procrea ilusiones, espejismo que cree en su propia sustancia. Yo, como Pilatos, me lavaré las manos y esperaré a que el tiempo decida; que decidan las reencarnaciones aquí consignadas, aquí deseadas, aquí maldichas por la última voluntad de Tiberio César.

Escrito lo cual, sello, como he dicho, las tres botellas y las arrojo, una tras otra, del alto mirador de Capri a las hondas e interminables aguas del Mar Nuestro, tan negro, esta noche, como la mortaja de terciopelo que envolvió los restos de mi amo el César, de quien, siendo yo niño, me dijo mi padre, el maestro de retórica Teselio de Gándara:

"Es lodo mezclado con sangre."

Boguen, sí, las botellas con mi manuscrito a todos los confines del Mediterráneo, a la costa hispánica y a la costa Palestina, guárdeme yo el más secreto de mis secretos: la sabiduría de que esta maldición de Tiberio empezó a cumplirse desde antes de que él la pronunciara; pues en la realidad mis ojos vieron, aquella no tan lejana tarde del mes de Nisán en Jerusalén, cuando viajaba rumbo a Laodicea, a Poncio Pilatos juzgando a tres hombres idénticos en el pretorio, tres magos o profetas igualmente andrajosos, barbados, quizá tres hermanos, los tres coronados de espinas, los tres heridos por los fuetes y por los fuetes marcados, en las espaldas, con la señal de sangre de una cruz. ¿A cuál de los tres condenó Pilatos como al falso Mesías, entregó al Sanedrín y a la muerte en la cruz? ¿Qué fue de los otros dos? Dicen las crónicas que en el Gólgota había tres condenados: El Nazir y dos ladrones. ¿Eran, en verdad, estos ladrones los dos hermanos de El Nazir; optó Pilatos, salomónicamente, por la muerte de un solo Mesías, despojando de esa dignidad a los otros dos profetas, condenándoles como viles ladrones? ¿Pensó que de esta manera equilibraba las relaciones entre el poder de Roma y los poderes judíos, dándoles a éstos algo mas no todo lo que pedían, dándose a sí mismo el privilegio de matar a un solo Dios, de negarles a los judíos más de un solo Dios, de burlarse astutamente de la fe judía en un Dios único? Tres no: el panteón, la reunión de todos los dioses, es privilegio de Roma; ustedes, judíos, tengan un solo Dios y dos ladrones. Roma: un César y muchos dioses. Israel: un Dios y muchos césares. Pilatos y El Nazir: un César y un Dios. Pobre iluso: su singularidad fue su mortalidad; sospecho, en cambio, que esos tres magos idénticos que yo distinguí de lejos, entre los vahos de la canícula levantina, serán eternos por intercambiables...

Y entonces oigo las risillas desde el aposento, oigo los gemidos y gritos y suspiros de Lesbia y Cintia, de Gayo, Persio y Fabiano; oigo la voz de mi amo Tiberio que me llama a la estancia, ven, Teodoro, entra, no temas, háblame de los cuerpos, Teodoro, alía mis placeres, el dolor y la lujuria, Teodoro, no temas, ven...

Cenizas

Tenía una vaga idea de su propio rostro. Sólo lo miraba, de pasada, en espejos teñidos que los fugitivos habitantes de palacio dejaron olvidados, aquí y allá, en esta recámara, en aquella torre. No las arrugas, no las canas, no los achaques: cada vez más, le rodeaban las sombras. Ésa era su vejez. Recordaba ciertos patios, ciertas galerías de empleados blancos, por donde anteriormente se filtraba la luz del día. Ahora no. Las sombras, palmo a palmo, secuestraban su palacio.

—¿Dónde se han ido todos?

Mandó y ordenó que se vistiera a cien pobres con trajes olvidados en los arcones de los que huyeron, y que se dieran diez mil ducados para casar mujeres pobres, y las que fueran huérfanas y de buena fama habrían de preferirse. Aullaron quedamente las monjas cuando la madre Celestina hizo su periódica visita, el domingo anterior al Miércoles de Ceniza. El Señor deleitábase comprobando la usura dañina que el tiempo iba cobrando en el cuerpo de la vieja trotera, que el labio superior se le poblaba de un oscuro bozo, y crecíale la barba blanca en el mentón. Sin darse cuenta, el Señor le repetía viejas palabras dichas antes por la alcahueta, vieja te has parado; bien dicen que los días no van en balde; figúraseme que eras hermosa; otra pareces; muy mudada estás. Y ella, por los dos, le contestaba, riendo, vendrá el día que en el espejo no te reconocerás, y él agradecía que las crecientes sombras de su palacio fuesen el signo único del paso del tiempo, pero la vieja raposa no soltaba la prenda, y entre quejumbre y risa decía:

—Bien parece que no me conociste hace veinte años. ¡Ay! Quien me vio y quien me ve ahora, no sé cómo no quiebra su corazón de dolor. Pero bien sé que subí para descender, florecí para secarme, gocé para entristecerme, nací para vivir, viví para crecer, crecí para envejecer, envejecí para morirme… ¿Lo sabe también Su Mercé?

Luego le reiteraba lo que el Señor quería saber, más que nunca después de leer el manuscrito del consejero Teodoro el hombre del

César, que el príncipe Bobo dormía su larga siesta con la enana en Verdín, que el peregrino del nuevo mundo había sido trabado de un brazo por el pico asesino de un azor y que ambos, muchacho y ave, se ahogaron en la costa del Cabo de los Desastres; la tercera seguridad la tenía el Señor en su propia casa: estaban para siempre unidos, en perversa ley de amor, el burlador y la novicia, en cárcel de espejos. ¿Y qué más? Pues que crece la turba de mendigos alrededor de este palacio, Monseñor, y parece que las cocinas sólo trabajan para ellos, pues su majestá no prueba bocado, dícese, y crece la fama de su caridad en todo el reino.

Muchas dolencias le afligían; entre las del cuerpo, la más prolija e inoportuna era la gota, causándole dolores agudísimos por aquella división que va haciendo el humor corrompido en los artejos y coyunturas de las manos y pies, partes sensibles por extremo, por ser de poca carne, todo nervio y huesos que, como se descansan, atormentan despiadadamente, como lo mostraban los gritos del Señor; y viose forzado de traer siempre, por la ternura de los pies, una cayadilla en qué afirmar. Inflamábanse, también, de continuo sus encías, y se le pudrían las muelas, y por todos estos motivos mandó y ordenó que le trajeran cuanta reliquia sagrada hubiese en el reino, y aun más allá, sin perdonar ningún género de costa ni de intereses, y un día de diciembre le llegaron veinte cajas grandes de reliquias, cerradas y selladas con muchos sellos y testimonios y envueltas en lienzo para que el agua ni la nieve no pudiesen ofenderlas.

"Por ser estas reliquias de santos tan antiguos y de aquel tiempo que la sinceridad y pobreza de los cristianos resplandecían tanto en la Iglesia, están guarnecidas muchas de ellas pobre y toscamente, unas en cajas de palo, y otras en cobre, de simplicísimas labores y guarniciones con pedrezuelas de vidrio, alguna poca y pobre aljófar, que todo es un fidelísimo testimonio de la pureza, reverencia y verdad de aquellos buenos siglos en que había tanta Fe y tan poca plata."

Así decía el pliego con que le fueron entregadas las cajas, y aunque lo firmaba un Rolando Vueierstras, Notorio Apostólico designado para dar fe y testimonio, de los lugares donde se sacaron y congregaron las reliquias, el Señor creyó reconocer una letra que ya había visto antes.

Hincado ante el altar de la capilla y el tríptico flamenco celosamente oculto detrás de sus puertecillas pintadas, el Señor pasó días enteros besando un brazo de Santa Bárbara y otro de San Sixto,

Papa, la costilla de San Albano, la mitad del hueso del anca de San Lorenzo, el hueso del muslo del Apóstol San Pablo, y la rodilla toda entera aserrada, con sus pellejos, del mártir San Sebastián; con delectación lamieron sus gruesos labios la canilla de la santa virgen y mártir Leocadia, que padeció en las mazmorras de Toledo, toda entera con su piel y su pellejo, muy linda, que convidaba a darle mil besos.

A su cama de negras sábanas, de noche, se llevaba una quijada entera de aquella niña de trece años, más fuerte que todos los jayanes del mundo, de aquella enamorada cordera, Inés la Mártir, que al morir dijo que la sangre de su Esposo Jesucristo hermoseó sus mejillas, y ahora el Señor repetía esas palabras, acariciando de noche la quijada de la mártir:

—Sanguis eius ornavit gennas meas.

Otras noches llevaba al lecho un brazo de San Ambrosio, pero lo que más le agradaba era acariciar, hasta dormirse abrazado a ella, la cabeza del valeroso rey y mártir San Hermenegildo, martirizado por su padre, y a la testa le decía:

—No pidió menor tirano ni verdugo tan ilustre mártir.

Cabezas abundaban entre el largo arancel de las reliquias traídas, y a menudo el Señor dormía con dos de ellas, la del mismo que el Evangelio llama San Simón Leproso, que dicen fue uno de los setenta y dos discípulos, y la del Santísimo Doctor San Jerónimo, sana, madura y grave cabeza; y una madrugada espantáronse los criados que le llevaban el desayuno de pasas secas, al ver junto a la cabeza del Señor, recostada en su misma almohada, saliendo como cosa viva de entre las sábanas negras, la cabeza de Santa Dorotea, virgen y mártir.

—Pues mis brazos no tienen fuerzas, decíase, démelas el brazo fuerte, jamás torcido, de San Vicente, mártir español, natural de Huesca, y el de la santa virgen y mártir Águeda, de noble sangre, aunque según su doctrina, más noble por ser sierva de Jesucristo.

Y se colgaba con alfileres estos santos brazos de las mangas, y con la fuerza que le daban recorría interminablemente las filas de sepulcros en la capilla.

Ordenó se dispusiera una mesa para cenar en el aula del seminario, y que las monjas sirviesen la copiosa merienda, como en los mejores tiempos, e hizo sentar en altas sillas los cuerpos enteros que se contaban en el padrón de las reliquias, y con miradas inciertas y temblorosas manos colmaron las hermanas Angustias y Ausencia y Caridad, y de ocas y francolines, ansarones y palominos, los platos de plomo frente a los inmóviles cuerpos sentados del santo mártir Teodorico, presbítero del tiempo de Clodoveo, y del glorioso mártir San Mercurio, y el de aquel valeroso Capitán de la santa Legión de los Tebeos, llamado Mauricio, y el de San Constancio, mártir, martirizado en la persecución de Diocleciano. Presidía la mesa el Señor, pero él sólo comía sus pasas. Y en la cabecera opuesta a la suya, fue sentado el cuerpecito entero de un santo niño inocente, natural de Belén, de la misma tribu y descendencia de Judá, y era tan chiquito, que parecía de un mes.

—Verdad es, le dijo el Señor al niño para iniciar la conversación, que la carne y aun el hueso, cuando son tan tiernos, vienen con el largo tiempo a encogerse mucho…

Y no contestándole el niño, se dirigió a San Mercurio, cuyo cuerpo, con el tiempo y con el poco cuidado en las custodias llenas de polvo, mirábase gastado y negro:

—Deléitanos, le dijo; cuéntanos tus padecimientos en la persecución de Decio, y cómo, después de algunos años, fuiste escogido por Nuestro Señor para librar a su Iglesia de la malicia de Juliano, apóstata, y vengar las blasfemias que contra Dios decía, dándole una lanzada de que murió por mano tuya…

Y no contestándole San Mercurio, y enfriándose los guisos enfrente de los convidados, el Señor masticó unas cuantas pasas y señaló hacia la bóveda pintada del aula, donde se mostraba la Santísima Trinidad en un trono; explicoles a sus huéspedes que aquellas criaturas altas eran los ángeles; más bajo se miraban el sol, la luna y estrellas, y en lo ínfimo la tierra con sus animales y plantas:

—Por una parte se ve la creación del hombre; por otra cómo pecó comiendo del árbol vedado, engañado por la envidia de la antigua serpiente, y le echan del Paraíso, y así se cifra todo lo que se lee en la primera parte de Santo Tomás, cuyas son estas cátedras y cuya doctrina aquí se profesa. Y se ven aquellas dos emanaciones que hay en Dios, que nuestros teólogos llaman *Ad intra et ad extra*. La de las divinas personas consustanciales *ab aeterno*, y las de las criaturas todas en el principio del tiempo.

En estas y otras sabrosas pláticas cristianas pasó la cena que el Señor ofreció a los mártires. Luego, todos fueron devueltos a sus cajas de cristal y a sus cofres guarnecidos con muchas flores y torzales de oro, el Señor fue a acostarse con la grave cabeza de San Jerónimo y los criados repartieron las viandas frías entre los mendigos del lugar.

Y de la milagrosa Santa Apolonia, curandera del dolor de muelas, llegaron en dos cajas hasta el palacio doscientos y dos dientes de sus divinas mandíbulas, que mucho apreció el Señor como alivio de su mal, colocándolos en vasos de oro en forma de cimborios.

El Miércoles Santo de la Semana Mayor, día de la ceniza, le fue entregado al Señor un largo pliego enviado por Guzmán. Lo leyó Felipe, con ávida repugnancia, mientras en la capilla el obispo gordo y ya casi centenario, acompañado de diáconos, acólitos y cantores, se hincaba y, quitada la mitra, cantaba el himno Veni, creator Spiritus. Narraba Guzmán la nueva: el sueño del joven peregrino era cierto, llegaron las carabelas a las mismas costas descritas por el muchacho, desembarcaron en playa de perlas, las recogieron a manos llenas, algunos llegaron a tragárselas. Siguieron la ruta de la selva hacia el volcán. Los naturales desconocían el caballo, la rueda y la pólvora; era fácil espantarles, pues tomaban a los jinetes por seres sobrenaturales, y a los arcabuces y cañones por cosa de magia. Vivían, además, en la disensión, los pueblos más débiles sometidos a los más fuertes, y todos a un emperador llamado el Tlatoani, cuya sede era la ciudad de la laguna. Que perdiese cuidado el Señor: el poder de las armas servía al poder de la fe. A su paso, la esforzada hueste española derrumbó ídolos, incendió templos y destruyó papiros de la abominable religión del Diablo. Tenía queja contra el fraile Julián, que entrometíase intentar salvar ídolos y papeles, y pretendía que estos salvajes eran tan hijos de Dios como nosotros, y dueños también de un alma. Aprovechó Guzmán los rencores de los pueblos para azuzarlos contra el gran Tlatoani; cayó la ciudad de la laguna, por la acción combinada de la hueste hispana y las tribus rebeldes. Hundiose en el fango la vasta ciudad; cayeron los ídolos, arrancose el oro y la plata de templos y aposentos reales; fue arrasada la ciudad antigua y sobre ella comenzó a construirse una ciudad española, de severo trazo, semejante, Cristiano Señor, a la parrilla donde sufrió martirio el Santo Lorenzo; creo respetar así vuestras intenciones que son las de trasladar a estos demonios las supremas virtudes de España.

Contaba enseguida que, caída la ciudad imperial, vieron los naturales que otra sumisión les aguardaba, y Guzmán no los desengañó. Agotose el asombro de los naturales; rebeláronse; Guzmán supo cómo responder. A los dóciles los arrastró en mesnada contra los demás pueblos; asoló los campos; quemó las cosechas; a los prisioneros los cargó de cadenas, los herró como ganado y los repartió como esclavos entre su tropa. Cada soldado de esta expedición, así, ha llegado a tener mil esclavos o más en su posesión, y el que salió en cueros de España, pronta hidalguía ha ganado en estas tierras. En grandes corrales, para escarmiento de todos, reunió a hombres, mujeres y niños; los hombres, con unas prisiones al pescuezo; las mujeres, atadas de diez en diez con sogas; y atados de cinco en cinco los niños; los arrastró de pueblo en pueblo, por todas las regiones, mostrándolos y advirtiendo que quien quisiera escapar a esa suerte, más le valdría someterse ya. En cada aldea herró a algunos, mató a otros, prometió la vida a muchos más si aceptaban vivir como bestias de carga, dio licencia a sus soldados para tomar las mujeres que apetecieran, y espantó a todos. Aun entre los pueblos que no opusieron resistencia siguió su táctica para establecer buen ejemplo: proponía la servidumbre o la muerte; pero entre los que aceptaban ser siervos, mataba, de todos modos, a muchos; y entre los que se llevaba encadenados y atados, a muchos dejaba morir de hambre, y prefería la muerte de los niños muy pequeños, privados de la leche materna, que se quedaban a lo largo de los caminos y así eran vistos por todos. Esta saña contra los niños culminó en un pueblo de los llamados purépechas o tarascos, donde los habitantes, para manifestar su ánimo pacífico, le entregaron varios puercos a Guzmán, y él para agradecer el regalo, les devolvió un costal lleno de niños muertos. Al llegar al siguiente pueblo, repetía estas hazañas. No ha quedado, entre Tzintzuntzan y Aztatlán, entre Mechuacán y Shalisco, entre el lago de Cuitzeo y el río de Sinaloa, aldea que no llore a un niño, desprecie a una mujer o recuerde a un hombre.

Vastos son los tesoros de templos, palacios y minas, superando cuanto nos dijo aquel pobre soñador y peregrino. Y si mucho han visto mis ojos, más han escuchado mis orejas. Cuéntase de una ruta que por desierto del norte conduce a siete ciudades de oro. Háblase de un pueblo de guerreras amazonas que se han mutilado todas el seno derecho para flechar con pericia de varón. Háblase, Señor, de una fuente de la eterna juventud, perdida en las selvas, en donde basta bañarse una vez para recuperar la edad moza. Tan fantásticas historias no son, lo sé, sino espejismos; alimentan, sin embargo, el afán de gloria y la codicia de mis hombres, animándoles a correr riesgos jamás vistos. Nada trajo de su sueño el joven peregrino; en cambio, Sire, yo os envío, con este correo, la prueba más cumplida de las riquezas del mundo nuevo. Es apenas el quinto real que os debemos. El botín ha sido repartido entre los esforzados miembros de esta expedición, que a las de Alejandro,

Aníbal y César superan en audacia y merecimientos. Nadie ha rehusado su parte, ni siquiera el fraile Julián a quien sólo tolero por mandato vuestro. Cumple, sin embargo, los encargos de la fe, levantando capillas e iglesias en los lugares que conquistamos. No se diga, pues, que sólo el afán del oro nos trajo aquí, sino el de servir a Dios.

Firmaba este largo pliego el Muy Magnífico Señor don Hernando de Guzmán.

El Señor levantó la mirada. El sacristán mayor, con un cedazo dorado, iba cerniendo ceniza por la capilla, haciendo con ella dos líneas que se cruzaban en medio del templo de esquina a esquina. Cantaban los cantores el Benedictus Domine Deus Israel mientras el obispo, con el báculo pastoral, iba escribiendo en la ceniza el alfabeto latino, y luego en la otra que cruzaba el alfabeto griego, diciendo con voz más quemada que las cenizas:

—Mira, Israel, que no hemos de escribir aquí tu alfabeto hebreo, a fin de demostrar la ingratitud de tu pueblo que, con ser el primero y a quien se hicieron las promesas de tan soberanos tesoros, no supiste conocerlos, prefiriendo quedarte fuera, pueblo ciego, oscurecido y duro.

Caminó penosamente el Señor hacia el altar, arrastrando los adoloridos pies entre la ceniza; y allí, al pie de la santa mesa de la Eucaristía, estaba el enorme cofre rebosante de oro, oro fundido, oro de orejeras, brazaletes, ídolos, suelos, techumbres, collares fundidos para despojarlos de signo pagano y darle su valor real de tesoro, dinero, caudal para armar ejércitos, combatir herejes, levantar palacios, aplacar nobles, favorecer conventos, regalar clérigos. Miró el Señor la mirada de codicia que, en medio de las oraciones de la ceniza, dirigían hacia el cofre el obispo, los diáconos, el sacristán y los cantores.

En voz alta dijo el Señor:

—Que nunca se mueva de aquí este tesoro. Que quede siempre aquí, abierto, como ofrenda a Dios Nuestro Señor. Que nadie lo emplee, le dé curso o saque de él provecho alguno, sino Dios mismo, a cuyos pies lo coloco.

Inclinose para recoger ceniza del suelo; trazó, con el dedo, una negra cruz sobre su frente.

Regresó a su alcoba, desde donde podía mirar, sin ser visto, las ceremonias de este y todos los días, de este y todos los años.

Muchos pasaron sin que volviese a escuchar los ladridos de las monjas anunciando un visitante. ¿Por qué no regresaba a verle la Madre Celestina? ¿Qué habría sido de Ludovico, la joven Celestina y el monje Simón, abandonados, aunque libres, en el llano? Olvidó a su madre; seguramente, habría muerto viva o viviría muerta; respetaba la voluntad de abandonarla en tumba amurallada, sin inscripción ni ceremonia. Escribió con la mano artrítica: "Sólo se gobierna el mundo, por la mano de Dios guiado. Respétese mi soledad. Respétese mi devoción. ¿De qué le valdrá a un hombre ganar el mundo entero si pierde su alma? Tengo hambre de Dios. Tengo hambre de muerte. Ambas se confunden en mis deseos. Comuníquenseme por escrito las nuevas mayores. No han de ser buenas. Sabré soportarlas con ánimo resignado."

Tuvo razón. De tarde en tarde, le llegaron misivas, rumores consignados al papel, advertencias, proposiciones, sugerencias, decretos que requerían su firma. Muchas cosas las firmó sin mirarlas siquiera; otras, las olvidó, hasta que le fue recordada la necesidad de su letra. Dudó; aplazó la firma; volvió a dudar. Semejante lentitud en la resolución le valió el calificativo de *el Prudente*. Recibió, con horror, libros impresos por herejes que se divorciaban para siempre de la tutela de Roma y fundaban nuevas iglesias. Guardó como secretos las noticias que le fueron comunicadas: si eran cosas sabidas por todos, él se comportaría como si las desconociese.

Las sombras, se dijo, y no los años, van cercándome. Mi edad se mide por la creciente extensión de las sombras; palmo a palmo, se adueñan de mi cuerpo y de mi palacio.

Así vivió, hasta que una noche escuchó un temible grito en la capilla. Era la víspera de otro Miércoles de Ceniza. Tomó la cayada. El grito retumbaba por las bóvedas de la capilla. Intentó ubicarlo. Recorrió lentamente la doble fila de sepulcros reales. Al llegar al rincón vecino al pie de la escalera, escuchó al fin el origen del rumor: el nicho donde su madre, la llamada Dama Loca, vivía amurallada, moría emparedada.

—¡Hijo, hijo mío!", ¿dónde estás?, gritaba, ¡ay mi hijo!, ¿ya me olvidaste?

—¿Dónde estás madre? ¿Quién eres ahora, madre?

—¡Suenen las campanas!, aulló la Dama Loca; ¡corónenme las tres espinas de la soberanía de Cristo, clávenme una mano con el clavo de la verdadera Cruz, y en la otra déjenme empuñar el sagrado bastón de Santo Domingo de Silos: ciñan mi enorme vientre con el cinturón del convento de San Juan de Ortega!; estoy pariendo, hijo, a mi último hijo, seis he dado a luz y todos han muerto, y en cambio viven y prosperan los bastardos de mi marido el rey; doy a luz a mi pobre hijo, el sexto heredero de la casa de Austria en España, nacido el sexto día del mes del Escorpión; con él venceré a los bastardos, éste vivirá, venceré el veneno acumulado de las seis generaciones, ha nacido, tráiganlo a mi lecho, a mis brazos, caseme con el rey a los quince años, él tenía cuarenta y cuatro, podrido por la herencia y su propio exceso, miserable fasto, nos casamos en una polvosa aldea, Navalcarnero, miserable fasto de España, te digo, una aldea escogida para nuestras bodas porque lugar donde se casan monarcas no paga tributo nunca más, y por eso me casé en el villorrio de pulgas y cabras y tarados y ciegos, y parí hijos muertos, y ahora tú, éste, que me lo traigan, éste vivirá, éste reinará sobre el andrajoso reino derrotado, derrotada la Gran Armada, evaporado el oro de las Indias, derrotados los tercios en Rocroy, perdida España, impotente España, tu grandeza es la del hoyo que más crece mientras más se cava, no podemos pagar los salarios de la servidumbre de palacio, los reyes de España comemos perro, capón y migajas menos grandes que las moscas que las cubren: tráiganme a mi hijo, sano y lucido, lindo y en buena disposición, mi hijito, mi hermoso hijito con el cual responderé a la muerte y la miseria de España: mi hijo, débil, las mejillas cubiertas de empeine, la cabeza cubierta de escamas, como un pescado o una lagartija, mi hijo, el hechizado, cúbranle la cabeza con un gorro, el pus le escurre por las orejas, cúbranle el sexo, que nadie mire esa trunca y amoratada cola de escorpión, no importa que crean que es mujer, nadie debe mirar ese nabo purulento, el hechizado, coronadlo pronto, que su cabeza se acostumbre al peso de la corona, tiene cinco años, no puede aún caminar, debe cargarlo siempre su menina, no aprende a hablar, sólo se comunica con perros, enanos y bufones, crece envarado, tieso, tartamudo, impotente, babeante, tu placer es coronarte de palomas heridas y sentir los hilos de sangre que corren a lo largo de tu rostro amarillo, helado tu lecho, inflamado tu corazón de odio hacia mí, tu madre, que quiero por tu bien gobernar en tu nombre, prisionero idiota de astutos ambiciosos que me mandan cortar la cabellera, vestir hábito de monja, cubrirme de velo el rostro, me encarcelan en el alcázar de Tordesillas, te quedas solo, rodeado de intrigantes, solo, mi hijo, hechizado, con tu lengua hinchada y el estupor de tus ojos, imitando los ruidos de los animales, llorando sin razón en los rincones, apretando los dientes para no comer, tu sangre poblada de hormigas, tu cerebro de ranas, tu vientre de serpientes, tus manos de pescados, Dios te bendiga: pasas días sin sentido, prisionero de un lúgubre sueño; el Diablo te perdone: pasas días arañándote, arrancándote la rala cabellera, eres el perseguidor y verdugo de ti mismo: ves a una mujer y vomitas; una fresa de dolor crece en mi seno, la modestia me impide consultar a un médico y además mi fervor cristiano: ¿hay médico que no sea judío, árabe o converso?; muero, alegremente, antes que tú, y desde los púlpitos de España mis fieles Jesuitas cantan mis loas: Feliz el Cáncer, a quien Juno transformó en constelación; feliz en verdad, pero no tanto como el que ha matado a nuestra augusta Reina, pues ese cáncer encontró en el Seno Real que atormentó, no sólo la luminosa esfera de su muerte, sino el alimento de su vida. ¿Qué será de ti sin tu madre, mi pobre rey hechizado? Mi nombre es Mariana.

Apagose la voz de la amurallada, pero otras persiguieron en esa ocasión a don Felipe mientras se dirigía, con lentitud y con pena, apoyado en la muleta, al salón presidido por la momia de real retacería fabricada por su intocada esposa, Isabel. Por el panal de galerías y patios escuchó, retumbando por las bóvedas de piedra y aire, las letrillas, las burlas, los motes, el rey sin reino es el rey, el rey está saltando, la reina llorando, la monarquía declinando, las monjas hablando y las chulas aullando. Dios perdone a vuestro padre, que adoleció de este mal, y para hacerse mortal, prosiguió con mal de madre, chilindrón, que el hijo de puta, con potestad absoluta, prende, sin ton ni son, chilindrón, que a su gobierno, para hundirnos el infierno, le ha echado la bendición, chilindrón, chilindrón, chilindrón, díganlo, díganlo, díganlo y cántenlo, chulos y pícaros, el duende, el duende, el duende: sentado en el trono gótico se encontraba un obeso y rubicundo rey, empelucado con blanca peluca, tocado con tricornio, en la cabeza, y con bicornio, en la frente: la magnificencia de su casaca de negro terciopelo y brocados de oro, medallones y entorchados, espadín de plata y medias de raso blanco, no vencía la miseria de su mirada estúpida, sus labios entreabiertos, su nariz aguileña, roja, reticulada por venecillas rotas, sus labios entreabiertos. Y esta vez, acompañábanle una fea mujer de carnes pálidas y rostro deslavado, que con vano intento se pintaba el rostro, se peinaba la cabellera de ratón con altos copetes rizados y bucles embarrados con saliva sobre las orejas y vestía un impúdico traje de gasa cuyo alto talle ceñía el busto arrugado, haciéndolo saltar, apretado, fuera de la tela transparente. Y un niño, fiel réplica de padre y madre, mezcla de buitre y de ratón, jugueteaba al pie de sus progenitores y, al ver a Felipe en el umbral, rió chillando e hizo rodar hacia el Señor, como pelota, un orbe de oro y diamantes.

—¿Qué quiere ese fantasmón?, chilló el niño, interrogando las miradas imbéciles y negras y redondas de sus progenitores.

Huyó Felipe, aterrado, preguntándose si los espectros que él miraba, mirábanle a él como otro espectro. Huyó de regreso a su reclusión, a sus hábitos, al paso de unos años que midió con la vara de las sombras crecientes.

A veces, sentado en la silla curul, ayudándose de un corto cabo de vela que le quemaba los dedos y manchaba de cera los viejos, casi ilegibles papeles, releía el manuscrito del consejero Teodoro y pensaba, mortificado, en la posible relación entre aquellos destinos de la antigüedad y el suyo, o más bien, el de los suyos, pues en la memoria solitaria había reclamado la posesión, para su alma desvelada, de todos los seres que coincidieron con su vida: suyos, los que amó; pero suyos, también, los que odió, los que combatió, los que mandó matar…

Acre era entonces su sonrisa, y sentíase mediocre y miserable. Qué insignificante le parecía su despotismo comparado al del César, Tiberio. No tendría tiempo de ser un tirano peor que aquél; mayores dominios eran los de España hoy que los de Roma ayer, y sin embargo, él no podía decir, como el César, soy la cabeza del mundo; otros poderes disputaban el suyo; la herejía mostraba la faz en los mismos lugares donde él la derrotó, Flandes, los Países Bajos, Alemania; la infidelidad musulmana se había instalado en la sede misma de la Segunda Roma, la Sublime Puerta, Constantinopla, y desde allí continuaba amenazando a la cristiandad y burlándose, Mare Nostrum, del pronombre posesivo; los judíos expulsados de España aportaban luces y mañas a los reinos del norte, y ambas combatían la hegemonía española; los descendientes de Israel ocupaban el trono de Inglaterra, y todos sus actos parecían encaminados a desafiarle a él, a vengarse de él, humillarle a él; en todo caso, el poder se diluía en tan vasta extensión; no quería saber, una vez que los escuchó por primera y última vez, nada de esos nombres lejanos, Cholula, Tlaxcala, Machu Picchu, Petén, Atacama, ni aun cuando se disfrazaban con sagrados nombres hispánicos, Santa María del Buen Aire, Santiago del Nuevo Extremo, Santo Domingo, Buenaventura: juró que jamás pisaría las tierras nuevas; los grandes crímenes eran cometidos por una nube de moscardones, los pequeños césares del nuevo mundo, Guzmán, los guzmanes. La imprenta le arrebataba la singu-

laridad de lo escrito para sus ojos únicamente. La ciencia le decía que
la tierra era redonda. El arte le decía que la obra de la creación no fue
completada en un solo acto, inmutable, de revelación, sino que se
desarrollaba, sin tregua, en lugares y tiempos nuevos.

Corrió una rencorosa cortina sobre la actualidad que se en-
sañaba en contra de él, colándose por entre los bien aparejados bloques de granito de su palacio, su monasterio, su necrópolis imperial.
La historia era su gigantesco rompecabezas; entre las manos transparentes del Señor, sólo había dejado unas cuantas piezas quebradas.
Cerraba los ojos e intentaba encajar las herejías trinitarias que rompieron la unidad primera del cristianismo, los secretos contados aquí,
en esta misma alcoba, por Ludovico, con la pieza maestra de la maldición de Tiberio: la Cábala, el Zohar, los sefirot, la magia numé-
rica del tres, e imaginaba que, independiente de la voluntad de
Tiberio, una figura invisible, una trama tejida de arena y agua se
dibujaba en todo el contorno del Mediterráneo: un destino común,
encarnado siempre en tres personas, tres movimientos, tres etapas,
podía leerse en las escarpadas rocas del islote de Capri, en el desba-
ratado encuentro del Nilo con las callejas hambrientas de Alejandría, en la espectral comunidad de los ciudadanos del cielo en el
desierto palestino, en las cuevas y el palacio de la costa adriática, en
el ilusorio teatro de la memoria veneciano, en esta nueva cicatriz del
mundo hebreo, latino y árabe que era su propio palacio, monasterio
y sepulcro; ¿qué secreto pensamiento unía las palabras y los actos
de Tiberio el César, el fantasma de Agrippa Póstumo y el esclavo
rebelde, Clemente; de los invisibles elegidos del desierto, el mago
tuerto de la Porta Argentea y las mareas de herejes combatidos por
Felipe en las nubladas tierras de Flandes?; ¿qué idea rectora inspi-
raba la construcción de estos edificios, sólidos y espectrales a la vez,
el palacio de Diocleciano, el Teatro de la Memoria de Valerio Camillo, la necrópolis española del rey Felipe?, ¿qué profecías gemelas
murmuraban las voces del déspota romano, el fratricida egipcio y
el mago griego?, ¿qué atroz e imborrable marca del origen de la humanidad señalaban esas historias paralelas, separadas por los siglos
y los mares, de los tres hermanos, el bienhechor, el asesino y la incestuosa, en las arenas del río egipciaco y en las selvas del mundo
nuevo?, ¿eso escenificaron en este palacio los tres muchachos marcados por una cruz en la espalda y desfigurados por el sexdigitismo:
un acto más de la representación del origen, una dolorosa aproxi-
mación a la memoria del alba, a los terribles actos de la fundación

de la ciudad en la tierra? Ariadna dio un hilo a Perseo en el laberinto: el Señor soñó con una mujer de labios tatuados, presente en Alejandría y Spalato, ausente en Capri, Palestina y Venecia, otra vez presente aquí, en España, y en los dominios españoles de ultramar, antes de ser conquistados. Despertó y se preguntó a sí mismo, con esa repentina y fugaz lucidez que puede acompañar el regreso a la vigilia: ¿había leído Ludovico el manuscrito de Teodoro, conocía la maldición de Tiberio, o todo sucedió con independencia de la voluntad y la lógica, todo fue una serie gratuita de hechos, ajenos a cualquier relación de causa y efecto?

Supo entonces que nunca sabría.

Y sin embargo, una centella insistente brillaba en lo más hondo de sus preguntas, sueños y vigilias. Tan importante para la educación de un príncipe es lo que se sabe como lo que se ignora; la abeja no se posa en todas las flores...

—Debes conocer estas cosas, hijo mío. A ti te corresponderá heredar un día mi posición y mis privilegios, pero también la sabiduría acumulada de nuestro dominio, sin la cual aquéllos son vana pretensión.

—Sabe usted que leo las viejas escrituras en la biblioteca, padre, y que soy aplicado estudiante del latín.

—La sabiduría a la que me refiero va mucho más allá del conocimiento del latín.

—Nunca volveré a decepcionarle.

Recordó entonces a su padre como a un desconocido, siempre alejado de él, hasta que él mismo salió por primera vez al mundo, se unió a los soñadores, a los rebeldes, a los niños, a los pecadores, a los enamorados, y los entregó a la matanza en el alcázar. Su padre, en recompensa, le dio la mano de Isabel. Al poco tiempo, murió; él heredó el trono y su madre se tendió a esperar la muerte en el patio, luego aceptó la mutilación, luego viajó por toda España arrastrando el cadáver embalsamado de aquel príncipe su padre, el violador de aldeanas, el putañero Señor que perseguía a las muchachas del Palacio de Brabante mientras su hijo era parido en una letrina: la centella se convirtió en una fogata, su madre, sólo su madre sabía quién era su padre, ella lo quería sólo para ella, si no en la vida, entonces en la muerte, sólo para ella, que nadie se acerque, ni mujer, ni hombre, ni hijo...

—Debe conocer la maldición que pesa sobre los herederos de Roma...

—Todo te lo perdono, tus mujeres, tus apetitos, tus burlas, todo; eso no te lo perdonaría…

—Yo he vivido y reinado con esa maldición a cuestas, pesándome, restándole noche a mis noches y días a mis días…

—No se la pasarás a mi hijo…

—Nuestro hijo, Juana…

—Mío sólo, que como Raquel lo parí con dolor, abandonada, en una letrina flamenca… mientras tú… Cayó la Primera Roma, vencida por las hordas de los esclavos. Cayó Constantinopla, la Segunda Roma, vencida por las chusmas de Mahoma. España será la Tercera Roma; no caerá, no habrá otra; y Felipe reinará sobre ella.

—Estás loca, Juana; Aragón y Castilla apenas reinarán sobre Castilla y Aragón…

—Bastantes males hereda mi hijo de nuestra estirpe; yo le evitaré esa angustia que a ti te ha carcomido, pobre señor mío, llamado el Hermoso, espantoso eres debajo de tu piel, yo le ahorraré a mi hijo el temor de la extinción, yo me encargaré de que nuestra línea no tenga fin…

—Estás loca, Juana; hablas como si pudieras resucitar a los muertos…

—Aunque nos gobiernen nuestros fantasmas, no se extinguirá. No le heredarás tu miedo de ser el último rey, avasallado y ahogado por la muchedumbre anónima, a mi hijo; él no será devorado por las hormigas como la serpiente de tu pesadilla. Sabrá lo que yo quiera que sepa; ignorará lo que yo quiera que ignore…

El Señor hubiese querido correr a la tumba de su padre; debió apoyarse en el bastón; a dolorosos trancos salió de la alcoba a la capilla renegrida por las ceremonias del Miércoles de Ceniza y le asaltó un hedor espantoso, Dios mío, oh mi Dios, oh Dios oh, la misma pestilencia del día de la victoria, el mismo execrable olor de la catedral profanada por las legiones mercenarias que ganaron el día para la Fe.

Se acercó, rengueando, al altar. Miró el cofre lleno del oro del nuevo mundo. Brillaba como el oro. Pero el oro no tenía olor. Y este cofre lleno de mierda sí: rebosante de excrementos, transmutado, oro en mierda, ofrenda del nuevo mundo, oh Dios, oh Dios oh, alquimia de tu creación: si tu creación es la ruina, la caca es tu ofrenda. Oh Dios oh, ¿de qué templos selváticos, de qué palacios de idólatras fue arrancado este oro que ahora es mierda? ¿sólo podía ser oro allá y excremento aquí?

—El oro, Felipe, es el excremento de los dioses, dijo una hueca voz desde el tríptico flamenco detrás del altar.

Apoyado penosamente en la cayada, llegó sin aliento al sepulcro de su padre, se apoyó, afiebrado, sobre la lauda, el doctor Pedro del Agua había embalsamado ese cuerpo, podría verle tal como fue en vida, murió joven y hermoso aún, un apuesto y putañero príncipe cuya piel disfrazaba las lacras de las entrañas, muerto antes de cumplir la cuarentena, ahora él le rasgaría la ropilla, las calzas, vería el miembro embalsamado que desvirgó a Isabel, el sexo de clavo y acíbar del hombre que poseyó y preñó a su mujer, Isabel, la verga conservada que hizo lo que el hijo nunca pudo hacer, poseer y preñar a Isabel, Isabel, sólo hay una cicatriz allí, una escarcha de vello antiguo, una telaraña entre las piernas, el doctor del Agua extrajo y cortó todo lo corrupto y todo lo corruptible, el doctor del Agua castró a mi padre muerto, el sexo de mi padre es una herida, como el sexo de una mujer...

Pero en ese mismo sepulcro donde yacía el padre del Señor fue enterrado un día, encima de él, el príncipe bobo, la noche de sus bodas con la enana Barbarica, y allí amó Barbarica al doble de su atreguado esposo, el burlador, el putañero, el incontinente muchacho, el verdadero heredero de su padre, el hijo de su padre y de Isabel, Don Juan, y allí, junto al cadáver embalsamado, descansaba otra botella verde, la segunda, sellada con yeso lacrado.

El Señor la tomó, regresó lentamente a su alcoba y volvió a sentarse en la silla curul.

Extrajo el manuscrito de la botella.

Y esto leyó, a la débil luz de la alta luneta, aquella aurora.

La restauración

Sentada allí, en el centro de la choza humeante, sentada sobre sus propias manos y con el rostro guarecido por una tela blanca que recoge y simula la luz imaginaria de esta noche en el trópico alto, la mujer es una célula fotográfica que detecta sus propios movimientos, ajenos a la inmovilidad interna del miedo. Ella sabe que el movimiento inconsciente interrumpe ese flujo imaginario de la luz (el punto de la luz que en este jacal sombrío es su blanca máscara) y lo convierte en un zumbido enviado al tambor batiente de su cerebro. No hay proporción. Un rostro blanco y enmascarado (el suyo) es la choza entera, con los muros de adobe arruinado y el techo de paja, que recibe el volumen, el ataque, la duración y la decadencia del sonido real o imaginario.

Escuchas el ritmo del tambor en el instante en que ella lo cuenta:

Sólo una vez, nunca repetible: la Vieja Señora dice escuchar constantemente el rumor sordo de un tambor, entre marcial y funerario; pero admite que no alcanza a distinguir ciertas cualidades; te pregunta si las puntas de los palos son de madera, cuero o esponja; ese rumor batiente y constante del nacario es una presencia, pero una presencia lejana. A veces, como ahora, te asegura que ese ruido la obliga a recoger toda la carne en una tensión que obtura los orificios. Inyección y grito retenido. Taladro de la muela. Incisión del bisturí. Despegue de un avión. El cuerpo se convierte, dice, en un orden cerrado, exclusivo, sin referencias a una amenaza que podía ser una delicia. La miras allí, cerrada, temblando, sentada sobre la tierra, junto al fuego de esta choza. Ella escucha atentamente: las puntas de cuero de los palos del tambor definen (o sólo recogen) el cántico solemne: Deus fidelium animarum adesto supplicationibus nostris et de animae famulae tuae Joannae Reginae.

Repite las palabras con un tono suave y desencantado, sin el clamor original que debió justificarlas. Sus manos palpan el polvo suelto cada vez que repite el verbo de su deseo, regresa. Guarda un largo silencio y tú escuchas el seco crepitar de las ramas que alimentan este fuego que debe defendernos contra la noche fría de la Sierra Madre. Afuera, nuestros hombres aceitan las bicicletas, cortan la madera para los pontones y pasan en largas filas cargando los puentes enrollados que mañana retirarán de las barrancas. La enramada de arrayanes nos protege; y, más que ella, la bruma que desde la tarde se desprende de la cima del Cofre de Perote. La vieja Señora se sienta con las piernas cruzadas. La describes como un aeda de anchas faldas rotas que cuenta su propia historia con las hesitaciones de quien habla de un acontecer ajeno. No te cuenta una leyenda; ella te ha dicho que las leyendas se aprenden de memoria; basta cambiar una palabra para que dejen de serlo. Su largo silencio ni es sereno ni es neutral; no es una memoria, es una invención que busca su continuidad, su apoyo, en la hora de la selva que nos rodea.

Dices que la ves allí, cerrada, temblando, murmurando con los labios el sonido de un tambor de duelo, y te dices que el terror es el estado verdadero de toda criatura, autosuficiente, ajeno a cualquier relación dinámica: el terror, estado de unión sustantiva con la tierra, y anhelo de despegarse para siempre de la tierra. La historia —ésta, otra, la de muchos, la de uno solo— no puede penetrar los cuerpos aterrados, a un tiempo paralizados sobre la tierra y arrojados fuera de ella. Seguramente, la Vieja no puede saber si ese ruido, en verdad, se acerca o si su proximidad es idéntica a la voluntad del miedo. Sólo cuando siente la naturaleza impermeable a su cuerpo, la Vieja te dice que escucha ese gemido cada vez más próximo, que siente el tacto de otras manos sobre su cuerpo pero que no podría asegurar si ambas sensaciones son una amplificación de los ritmos esenciales del cerebro, como si el terror fuese un poderoso electrodo aplicado al cráneo y atento al vigor variable de las ondas.

Sólo una vez, nunca repetible: dice escuchar de nuevo ese tambor; pero en ese mismo instante, como de muy lejos, sale al encuentro del acorde la disonancia de algo que podría describirse como el rumor de un vidrio, roto con anterioridad, que se recompone en sus piezas, utilidad y reflejo: un montón de vidrio roto que se levanta del piso, como si el momento de la ruptura hubiese sido grabado en una cinta magnética que ahora, en reversa, lo reconstruye; el vidrio: un espejo humeante.

El primer escuadrón pasa por el cielo bajo y la Vieja Señora mueve los labios a sabiendas del ultraje. Al mismo tiempo, alguien toca la única campana de la iglesia de esta aldea. Ella, que en medio de las acechanzas de la acción insiste en mantener la distancia de la narración, asumiendo la necesidad de analizar, más que los sucesos, la manera como los sucesos se exteriorizan y relacionan, dice que los aviones y la campana, al ponerse de acuerdo, proclaman su mutua ausencia en el instante de encontrarse: el ruido fugitivo de los cazas parece negar la convención melódica del bronce, pero en realidad una nueva sonoridad —de allí, te asegura la mujer, tu silencio embelesado— se convoca a sí misma a partir del accidente.

Rozas la mano de la Vieja. Ella parece redoblar la atención. Tú tocas fugazmente lo que ella está tocando siempre. Ambos reconocen ese tacto de pelusa y caparazón, alas de pluma y patas de insecto.

—Va muy adelantado, le dices tranquilamente. ¿Qué es?

—Un regalo. Me describieron la forma. Trato de acercarme al modelo. Es muy difícil.

Y pega un manotazo sobre tus dedos curiosos.

—¡Quieto! Espera a que termine.

Arropa el chal sobre sus hombros, fingiendo un frío repentino; un estremecimiento asciende a sus orejas: pabellones de porcelana translúcida. Luego ríe como si se imitara a sí misma; repite la carcajada de una ocasión perdida, pero ahora la risa no es cristalina y audaz, como lo fue sin duda aquella vez, la vez que ella intenta recuperar. Es una parodia de otra risa que ahora te llega encadenada y rota: la diferencia entre la plenitud de una ola y la fragilidad del vidrio. Entonces, sólo por un instante, imaginas que la voz de la Vieja es para ti como el rumor del tambor para ella.

Pero en seguida tus sentidos se distraen. Las soldaderas preparan el desayuno y a la choza llegan los olores enervantes del chile deshebrado, desmenuzado, abierto en rajas, mezclado con los tomates frescos, la cebolla picada y el aguacate molido. Una mano extiende dos escudillas desde la entrada; las tomas y las colocas junto a la mujer. Ella deja de escuchar, de hablar, de recordar (te das cuenta, o imaginas, que hace todo esto al mismo tiempo) y devora, en cuclillas, la comida como si en este momento se hubiese inventado y ofrecido (y amenazado con retirar para siempre de las manos) el alimento. Te mira con algo de burla en los ojillos que apenas distingues detrás de la tela blanca, levantada y arrugada encima del labio superior a fin de comer. Te lo dice, con la boca llena, que come por el gusto de comer: un gusto suficiente. Dice que no es el momento de pensar o justificar nada. La comida la asienta, la radica aún más en el suelo; es el plomo de un cuerpo (dice) demasiado ligero.

A lo lejos, los bombardeos se reinician. Es la indicación de que el día se aproxima. Pero la Vieja Señora, impermeable en la serenidad como lo es en el terror, discurre ajena a la amenaza renovada que la nueva aurora nos promete. Su pausa prolongada es como una disolvencia cinematográfica, como si esperara la autorización de los primeros rayos del sol para reanudar el relato y como si esta luz naciente, hoy, en la sierra veracruzana, fuese en realidad la luz congelada de un día previsto, prometido, sin sorpresas.

El fuego se está apagando.

Abres los brazos en un gesto normal de desperezamiento que puede confundirse con una alabanza a ese sol apenas aparecido ya que transforma el frío de la noche en el fresco calor del amanecer tropical (anuncio, a su vez, de una larga jornada húmeda, abrasante, implacable). Pero en el perfil angosto de la mujer, apenas visible detrás de la blanca tela que le cubre la cara (iluminada toda la noche, desde la tierra, por la débil fogata, como ahora, desde el oriente, por el sol errabundo) hay una cifra. Tú mismo te preguntas si esa luz naciente se aclara a sí misma o nos aclara a nosotros. Pero no puedes dejar de pensar que sólo repites la pregunta que la prisionera se formula en silencio.

Como todas las mañanas, los Phantom pasan volando bajo y veloz, ametrallando al azar; todos nos protegemos; ocultamos la cabeza entre las piernas y bajo las manos unidas sobre la nuca. A lo lejos, los aviones dejan caer la carga completa de bombas de fragmentación, giran sobre el cielo, ganan altura y desaparecen. La Vieja empieza a reír sin motivo, luego se arrastra sobre el piso, meneando la cabeza, hasta encontrar lo que busca. El brusco movimiento; el terror de morir cada mañana; pero apenas pasa esa amenaza acostumbrada e instantánea, la normalidad se restaura con una velocidad milagrosa. La Vieja, igual que todos, se había doblado sobre sí misma como un feto; había arrojado lejos lo que traía entre manos. Y ahora, como si no hubiese sucedido nada, lo recobra con naturalidad, lo acaricia una y otra vez, luego encuentra esa vieja vasija llena de cola y empieza a trabajar. Casi no hay luz (la fogata se apaga; no vale la pena encender otra; el día se está iniciando). Permanecen en silencio después del miedo. Se miran de vez en cuando. Esperan. Ella mueve las manos con agilidad. Le preguntas:

—¿Qué es?

—Acércate.

—¿Puedo verlo?

—Hay poca luz. Ven. Toca. No tengas miedo.

—¿Entonces ya terminaste?

Sabes que sonríe y que su sonrisa son dos respuestas: hace tiempo que lo terminé; no lo terminaré nunca.

—Puedes acercarte. ¿Qué te figuras que es?

—Tiene la forma de un pájaro.

—Sí, pero es gratuita. Casi un accidente.

—Es como tocar un pájaro. Son plumas, estoy seguro.

—¿Y en el centro? ¿En el centro mismo?

—Un momento… no, no son plumas… diría… diría que son… hormigas…

—Te equivocas otra vez. Son arañas. Animales sin tiempo.

—Pero esas guías… esa nervadura… que parece dividir la tela…

—Puedes llamarla tela, si quieres…

—…que parece dividirla en zonas… de plumas… y luego separar las plumas de ese… campo de arañas, dices… un campo de arañas en el centro mismo, sí…

—Toca, toca, deja correr tus dedos. Sigue las nervaduras. Hasta el extremo.

—Déjame sentir… son ramas… muy delgadas… casi filamentos… pero terminan… terminan… como dardos…

—Flechas. Las flechas van dividiendo el campo. El campo conocido. Lo parcelan. Hace falta luz. Ojalá pudieras ver los colores.

—Está amaneciendo.

—Son parcelas de plumas verdes, azules, granate, gualda.

—Pronto lo podremos ver, juntos.

—Cada campo y su color indican el tipo de ave que allí se puede cazar. Es más: éstas son las plumas verdaderas de las aves que habitan cada sector de la selva. El quetzal, el colibrí, la guacamaya, el faisán dorado, el pato silvestre, la garza. Cada zona es irregular, ¿sientes?, menos la del centro. Ésa es regular; es una circunferencia perfecta. Es la parte vedada del bosque. Allí no hay plumaje; de allí no puede derivarse el sustento; allí nada se puede cazar, y matar, para satisfacer el hambre del cuerpo; allí habitan los dueños de las palabras, los signos, los encantamientos. Su reino es un campo de arañas muertas que yo pego con cola a eso que tú llamas tela. Y los límites de la tela son los del mundo conocido. No se puede ir más lejos. Pero se quisiera ir más lejos. Las puntas de las flechas indican todas hacia afuera. Hacia el mundo desconocido. Son límite; también son invitación. La frontera entre el hogar y el prodigio. Esto me dijo, en su lengua, la india que me entregó esta ofrenda la primera vez que pisé esta tierra.

Recuerdas la escasa información que pudiste obtener, dada la dificultad de las comunicaciones. Entró al país con visa de turista, pero era antropóloga profesional. Al menos eso decían los papeles. Padre inglés y madre española, o viceversa, esto no se aclaró. No pudiste averiguar su nombre, ni su fecha de nacimiento. Fue capturada rondando el campamento, con esa máscara de tela blanca sobre el rostro, dijo que era para protegerse de los mosquitos. No cabía ya, en la situación actual, más que una actitud: la sospecha, la presunción de culpa. Nada había dicho que comprobase la inocencia de su ocupación y de su aparición en el lugar mismo desde donde tú diriges la guerra de resistencia. Por su voz, sus manos, su encorvada figura, dedujiste que era vieja. Así la llamas: la Vieja. Continúa pegando arañas con cola, ahora en silencio. Tú la miras. La vida renace alrededor de nosotros. Tú la escuchas. Los pozos artesanos son bombeados a mano; las llantas de las bicicletas son infladas y dejan escapar un silbido agudo; las balas son introducidas en las recámaras de los fusiles; alguien barre un huerto vecino; los niños refugiados chupan las tetas de las mujeres acuclilladas contra los muros y frente al sol. Pero el pálpito del tambor lo vence y envuelve todo. Un mensajero entra desnudo, sangrante, al campamento, y cae de bruces, jadeando. Se escuchan unos lejanos pífanos indios.

—La música del Nayar, murmuró la Vieja Señora. Conocí un pueblo de coras donde la iglesia ha sido abandonada. Estuve allí una vez y recuerdo esa música de pífanos y tambores. La iglesia fue construida hace poco más de dos siglos, después de la tardía conquista española de esa región rebelde e inaccesible. Los indios, los antiguos príncipes caídos, fueron los albañiles de la obra. Los misioneros les mostraron los grabados de los santos y los indios reprodujeron las imágenes a su manera. La iglesia era un paraíso indígena, un vaso opaco que contenía los colores y las formas del reino perdido. Los altares eran aves de oro encadenadas a la tierra. La cúpula era un inmenso espejo humeante. Los rostros blancos de las esculturas de yeso reían bestialmente; los rostros morenos lloraban. Podría pensarse que los coras, apenas derrotados, reafirmaron la continuidad de su vida apropiándose los símbolos del conquistador, revistiéndolos de una forma que seguía representando los cielos y los infiernos del aborigen. Los misioneros toleraron esa transformación. Al cabo, la presidía la cruz. Y un solo signo podía representar la misma promesa, antes fracturada en las mil divinidades del viento y del sol, el agua y el venado, el perico y el matorral ardiente. Cuando terminaron la obra, el misionero señaló hacia el Cristo del altar y dijo que la iglesia era el lugar del amor porque en ella reinaba el dios del amor. Los indios así lo creyeron. Entraron de noche a la iglesia y fornicaron al pie del altar, con risas de pájaro y suspiros de cachorro herido, bajo la mirada de ese Cristo torturado, sufriente como ellos. El misionero los descubrió y los amonestó con una furia infernal. Y los indios no comprendían por qué el dios del amor no podía ser el testigo del amor. Habían recibido la promesa, idéntica al permiso. Y súbitamente, el cumplimiento del anuncio era igual a la prohibición. Los indios se sublevaron, corrieron al misionero y, llenos de una muda decepción, cerraron las puertas de la iglesia del falso dios del amor. Decidieron visitar esa iglesia, que para ellos se había convertido en el claustro del infierno, sólo una vez al año y disfrazados de diablos. Los muros se han cuarteado y el atrio está invadido de hierbas. Un desierto devorador, una tierra arruinada cuyos únicos templos son los magueyes. Pero el firmamento es inmenso y abrasador. Los indios se pintan los cuerpos de negro, blanco y azul, lentamente, acariciándose los unos a los otros, como si volviesen a vestir sus antiguos ropajes ceremoniales: la tierra es la tela; el origen de la pintura es vegetal. Después simulan una fornicación colectiva bajo la bóveda del cielo. Pero los actos de esa larga pasión sensual, celebrada cada Semana Santa, se identifican con los actos de la pasión cristiana. Los suspiros de abandono en el huerto de los olivos, la bebida del vinagre, el viacrucis, la crucifixión, la compañía de los dos ladrones, la lanzada en el costado, la túnica jugada a los dados, la muerte, el desprendimiento de la cruz y el entierro del santo cuerpo son interpretados, sexualmente, como una dolorosa sodomía: Dios amó, físicamente, a los hombres. Es muy extraño. La iglesia era un símbolo y en ella quisieron efectuar un acto real. El sol es real y bajo su luz sólo repiten un acto simbólico. Toda la ceremonia es vigilada por un hombre enmascarado, a caballo, con sombrero de charro. El charro se cubre el cuerpo con una capa de seda roja y el rostro con una máscara de plumas. Sólo muestra su cara el Sábado de Gloria: ha resucitado Cristo, pero no nuestro Cristo histórico, que padeció bajo el reino de Tiberio y fue entregado por Pilatos, sino el dios fundador, el que entregó a los hombres las semillas del maíz, les enseñó a labrar y a cosechar: un dios sin el tiempo de Cristo, pero con todo el tiempo de un origen constantemente renovado. Es muy extraño. ¿Conoces ese lugar y esa ceremonia?

Sí, los conoces, pero nada le dices a la mujer. Sospechas la intención real de su pregunta. Ella la repite, se calla, y luego, ¿qué día es?, pregunta. Te parece inútil contestarle. Se incorpora con lentitud. Temes que se desplome. Te levantas para tomarla de los brazos, pero tu instinto te mantiene alejado y sin embargo pendiente de ella: imitando, cerca de ella, pero sin tocarla, de manera natural, paso inseguro, previendo el derrumbe inminente de ese cuerpo fatigado que, al cabo, se apoya bruscamente contra la estaca que en el centro mismo de la choza sostiene el techo de palapa. Avanzas hacia ella; ella se abraza a la estaca y extiende las manos hacia ti, implorando con palabras que no alcanzas a escuchar.

—¿Qué? ¿Qué dices? No te oigo bien.

Te acercas a ella como a una niña o a un animal. Tratas de adivinar su deseo. No puedes dejar de olerla. Antigua sal. Cáscaras minerales. Peces herbívoros. Naranjas corruptas. Un espesor negro y volátil. Una segunda piel viscosa que pasa de sus manos a tu propia piel indefensa, ahora que por fin la tomas como a una niña o a un animal, tratando de adivinar su deseo, la conduces al mínimo huerto que crece a espaldas de la choza: esta parcela marcada por tres barrotes de caña y un paredón de adobe, con una pretensión de propiedad privada que el lejano bombardeo hace ridícula.

No puedes dejar de olerla. De tocarla. Los trapos húmedos que la envuelven. Sientes el vértigo de una memoria inapresable.

En el huerto olvidado las hierbas crecen salvajes, y si alguna vez alguien las cuidó, hoy sólo existen otras pruebas del trabajo humano: ruedas oxidadas de bicicleta, serruchos, una caja de clavos, algunos barriles de gasolina vacíos. Parece un jardín mineral; una sala de esculturas de cascajo. Nadie ha prestado atención al huerto salvo para ir depositando allí los objetos inútiles que el día menos pensado volverán a sernos útiles. Los alambres de las ruedas pueden atar. Los barriles vacíos pueden flotar. El paredón, nuevamente, puede servir.

—¿No ves?

—Sí. El huerto. Las cosas.

—No. Algo más.

—No sucede nada aquí.

—Dame de beber.

Le pasas el guaje y miras alrededor. La espesura es indiferente a tu mirada; sólo te describe su propia naturaleza compacta, verde, atajada por los tres costados de la verja de cañas liadas con gruesos mecates y la muralla de adobes arruinados. La maleza asciende desde un suelo húmedo y termina doblándose en puntas secas, quemadas.

Conocemos palmo a palmo este territorio, del río Chachalacas al Cofre de Perote y de la Huasteca tamaulipeca a las bocas del Coatzacoalcos: la asediada media luna de nuestra última defensa contra el invasor. El resto de la república está ocupada por el ejército norteamericano. Y frente a las costas del Golfo, la flora del Caribe vigila, bombardea e incursiona. Aquí, en Veracruz, fuimos fundados por una conquista y aquí, casi cinco siglos más tarde, otra conquista intenta destruirnos para siempre. Conocemos palmo a palmo, sierra a sierra, de barranca en barranca, de árbol en árbol, esta ciudadela final de nuestra identidad.

El brazo de la Vieja Señora se extiende; su mano manchada aparece entre los trapos y un dedo indica hacia el fondo de la selva. Más allá de los árboles cimarrones, de las violetas adormecidas y las flores de tigre, jaspeadas y hambrientas. Señala y luego se agacha como si trazara un círculo en el polvo. Su índice es un cetro nudoso. Los velos que caen de su cabeza se agitan y ella salta como un puma. Clava las uñas en tu pecho y estás a punto de caer con la mujer encima de ti; sientes sus manos como un torniquete en tu cuello y el aliento de un viaje cansado junto a tu boca:

—¿Por qué permanecemos aquí, ¿Por qué no me conduces a otro lugar?

Dice (y lo sabes) que la pregunta sólo pasa por sus labios que son el conducto de la selva que les contempla y de las joyas que la selva esconde. Estás abrazado a ella en un combate pasivo; en su mano, la Vieja trae esa tela (no sabes de qué otra manera llamarla: ¿mapa, guía para la caza, plano de operaciones, talismán?): las plumas, arañas y filamentos. El único tambor resuena, cada vez más veloz y sofocado.

Arrojas a la Vieja a un lado con un sentimiento de asco físico (el aliento; las manos bestiales; la ropa sucia; sobre todo el aliento de hongos y niebla). Le dices con seguridad y rabia:

—Conozco ese lugar. Es una pirámide abandonada. Nos hemos escondido allí varias veces. Nos ha servido de depósito de armas. Te lo cuento porque tú ya no podrás revelárselo a nadie.

Pero al mirarla allí, en el suelo del huerto, mirando hacia el paredón, tienes que luchar contra la piedad que la mujer te provoca. La rodea un gran silencio, tangible como una ausencia real; un silencio, un reposo merecido, semejante a la muerte; semejante, al menos, a la muerte crónica del sueño.

El tambor resuena y ella está al pie del paredón. No entiendes qué espera, a qué te invita, qué espera de ti, si quiere permanecer allí o dirigirse a la suntuosa tumba totonaca que la selva ha devorado.

La Vieja se revuelca en el suelo del huerto y lanza un grito que no puede distinguirse de otros: las guacamayas que abandonan la selva en bandadas de temor ahora que los Phantom regresan con un vuelo bajo.

El silbido, el impacto, la explosión, repetidos, intocables en su descenso al rasgaire, amortiguados por el follaje de los blancos inútiles: devastan la selva, la nada.

Levantas el puño para maldecirlos una vez más: ésa es tu oración cotidiana, tu signo de la cruz: gringos hijos de su chingada. Vuelan tan bajo que puedes leer esas insignias negras en las alas: USAF.

El estruendo raya los tímpanos con la irritación doméstica de un cuchillo frotado contra un sartén. Tomas de las axilas al derviche enloquecido que grita agudamente y trata de aferrarse al polvo, al pie de la muralla acribillada; tratas de arrastrarla a la fuerza dentro de la choza donde deberían mantenerse bocabajo el tiempo que dure el bombardeo, esta vez más cercano y más severo, y además imprevisto: generalmente, pasan una sola vez, de madrugada, arrojan la carga de napalm y lazy dogs y regresan a sus bases. Hoy, han repetido su diaria incursión. ¿Qué sucederá, te preguntas; será éste un portento de su victoria o de nuestra resistencia? Ese trecho entre el huerto y la choza te parece fantásticamente largo: la Vieja es al mismo tiempo bulto inerme y un nervio mineral, un saco de trapos rotos y una raíz hundida varios metros bajo tierra; es un conducto eléctrico de voces, temores y deseos que se sirven, quizá, de esta debilidad para instalar su fuerza. Otras tradiciones cuentan que los seres de esta naturaleza son reconocidos inmediatamente y pueden penetrar sin obstáculos todos los lugares, los sagrados y los profanos: su voz y su movimiento son los de una inminencia que lo mismo puede anunciarse en el templo que en el burdel.

¿Por qué no te atreves a arrancarle la tela blanca que le cubre el rostro? El templo y el burdel. La Vieja habló de la iglesia de Santa Teresa, en la Sierra del Nayar. Ella ha estado, entonces, allí, en ese lugar que tú tanto temes. La escuchaste descubrirlo y no supiste si esta mujer atentaba contra tu patria o contra tu vida; si espiaba a las fuerzas rebeldes, o si te espiaba a ti, cuando llegó hasta este oculto campamento en la selva veracruzana. La escuchaste describir el templo construido por los coras bajo la vigilancia de los misioneros españoles y recordaste el tiempo que pasaste allí, en otra época, cuando creíste que tu vocación era otra: el pincel, no el fusil. Fuiste enviado —tendrías veinte años, no más— con un grupo de restauradores de Churubusco a devolverle su esplendor a un viejo y olvidado cuadro de grandes dimensiones, dañado por los siglos, la humedad, el hongo, el descuido, arrumbado detrás del altar de ese templo de Dios que los indios convirtieron en burdel del diablo. La superficie vencida y descarada describía, en un primer plano, a un grupo de hombres desnudos en el centro de una vasta plaza italiana. Daban la espalda al espectador y sus actitudes eran de angustia, de desolada espera, de terror ante un fin inminente. A la derecha del espacio frontal, un Cristo con las ropas tradicionales de su prédica, manto azul y túnica blanca, miraba intensamente a estos hombres. Al fondo de la tela, en una honda perspectiva semicircular, diminutas, se desplegaban las escenas de Nuevo Testamento. Profesionalmente, se dispusieron a relinear el óleo vencido, a remediar sus heridas, a fijar sus colores. Alguien, mucho tiempo antes, debió azotar el cuadro con un látigo; se diría que había corrido la sangre sobre la tela, y que la piel de la pintura aún no terminaba de cicatrizar.

Esta ocurrencia tuya provocó la risa de tus compañeros; pero pronto todos vieron que tu fantasía les revelaba una verdad: este cuadro estaba pintado sobre uno anterior; era difícil notarlo a simple vista, porque ambas pinturas, la original y la superpuesta, eran muy antiguas, y la materia de ambas muy similar. Discutieron si podría tratarse de un pentimento; imaginaron a un viejo pintor arrepentido que, escaso de materiales, empleó la misma tela para cubrir una obra fallida y hacer otra, más perfecta. Alguien dijo que quizá sólo era un cuadro en el cual el estrato superficial tendía a separarse del estrato preparatorio. Otro, que sin duda era sólo un abbozzo: el autor había dejado pasar demasiado tiempo entre la fase preparatoria y la final.

Radiografiaron la tela, pero los resultados fueron muy confusos. Abundaban en la pintura los colores menos permeables a los rayos X: el blanco de plomo, el bermellón y el amarillo de plomo. La lastra radiográfica apenas permitía distinguir las imágenes ocultas: como una sucesión de fantasmas superpuestos unos a otros, las figuras reflejaban varias veces sus propios espectros, la pintura era espesa, antigua, quizá lo que ustedes miraban era sólo una calca fiel del original, una restauración pasada, un nervioso enjambre de arrepentimientos artísticos, una simple transposición de los colores. Pediste permiso para hacer una prueba final: recurrir a un pequeñísimo corte transversal con tu bisturí; el óleo, de todas maneras, estaba tan maltratado, que bastaría levantar un pequeño fragmento de por sí quebrado, tratarlo con resina y bálsamo sobre un vidrio y examinar al microscopio si entre un estrato y otro del color aparecía una sutil película de suciedad o de barniz amarillento. Tu prueba tuvo éxito: el color revelado no era el color original de la pintura; un intangible filo de tiempo separaba a ambos.

Limpiaron, con creciente excitación, el cuadro; pero también con gran cautela. Aplicaron a su superficie los solventes, la dividieron en pequeñas zonas rectangulares, arrancaron con los bisturís los estucos, los hongos, las tenaces durezas y poco a poco cayó, desollada, la falsa piel del óleo, y poco a poco, no más de treinta centímetros diarios, aplicando con sumo cuidado los aceites, las gotas de amoníaco, el alcohol, la esencia de trementina, fue apareciendo ante los ojos asombrados del pequeño grupo de artistas la forma original del cuadro.

Era un extraño y vasto retrato de corte. Y esa corte sólo podía ser la de España; y no una sola corte, sino todas, siglos reunidos en una sola galería de piedra gris, bajo una bóveda de tormentosas sombras. En primer término, un rey arrodillado, con aire de intensa melancolía, un breviario entre las manos, un fino sabueso echado a su lado, un rey vestido de luto, un rostro de sensualidad reprimida, delgado perfil ascético, gruesos labios entreabiertos, señalado prognatismo, ojos ausentes pero indagantes, cabello y barba sedosos y ralos; y en círculo, frente a él, una reina de suntuoso atuendo, complicados miriñaques, abombados guardainfantes, altas golas y un azor prendido al puño; jamás había visto, en ojos tan zarcos, en piel tan blanca, una expresión tal de vulnerable fuerza y de cruel compasión; un hombre vestido de sotamontero, con una mano posada sobre la empuñadura de la vasca, un halcón encapuchado al hombro y una jauría de alanos detenidos con fuerza por la otra mano. A la izquierda y al fondo, entraba al cuadro una procesión fúnebre; la encabezaba una anciana envuelta en trapos negros, mutilada, sin piernas ni brazos, un bulto de ojos amarillos conducido en una carretilla por una enana chimuela y cachetona, drapeada en telas demasiado holgadas para su corto tamaño; y detrás de ellas un atambor y paje, todo vestido de negro, con sumisos ojos grises y labios tatuados; y detrás del atambor, un suntuoso féretro sobre ruedas y una vasta compañía de alcaldes, alguaciles, botelleros, secretarios, damas de compañía, labriegos, mendigos, alabarderos, cautivos hebreos y musulmanes, acompañando la interminable fila de carrozas fúnebres que se perdían al fondo de la perspectiva del cuadro, rodeadas de obispos, diáconos, capellanes y capítulos de todas las órdenes. Y en el espacio de la derecha, como mirando el espectáculo, un flautista acuclillado, un mendigo de tez aceitunada y verdes ojos saltones, y detrás de él, un enorme monstruo con la boca abierta, una cruza de tiburón y hiena, flotando en un mar de fuego y devorando cuerpos. Y en el centro del mismo cuadro, detrás del círculo presidido por la figura negra del rey arrodillado, en el lugar antes ocupado por los hombres desnudos, un trío de muchachos, desnudos también, entrelazados, de espaldas al espectador; y en las tres espaldas, impresa, la señal de la cruz, una cruz de carne, encarnada. Y detrás de este plano, cada vez más perdidas en la honda perspectiva de piedra gris y sombra negra, un grupo de monjas semidesnudas, azotándose a sí mismas con cilicios penitenciarios; y una de ellas, la más hermosa, tenía vidrios quebrados en la boca, y los labios le sangraban; procesiones de encapuchados con largos cirios encendidos; una torre y un monje pelirrojo observando el impenetrable cielo; una alta torre paralela y un escribano manco doblado sobre viejos pergaminos; la estatua de un comendador a caballo; un llano de suplicios, estacas humeantes, potros de tortura, hombres retorcidos por el dolor, empicotados; escenas de batalla y degüello; detalles minúsculos: espejos rotos, mandrágoras emergiendo de la tierra quemada al pie de las piras, velas a medio consumir, ciudades apestadas, un monje enmascarado con pico de ave, una lejana playa, una barca a medio construir, un viejo martillo en la mano, un vuelo de cuervos, una doble fila, perdida en los confines de la tela, de sepulcros reales, túmulos de jaspe, estatuas yacentes, meros esbozos, infinita sucesión de la muerte, vertiginosa atracción hacia el infinito: oscuridad creciente al fondo; deslumbrante sinfonía cromática al frente; azul, blanco, amarillo dorado, rojo vivo y rojo naranja.

De los tres muchachos abrazados y retorcidos en su abrazo como Laocoonte en su lucha con las serpientes, sólo uno mostraba la cara.

Y esa cara era la tuya.

El cuadro no tenía fecha, aunque sí firma: *Julianus, Pictor et Frate, fecit.*

Todos, como tú, se asombraron primero de verte retratado en un cuadro pintado cuatro, cinco, seis siglos antes… Hablaron de coincidencias, luego todos echaron el asunto a broma, salieron de la iglesia, comieron con los indios vestidos de blanco, bajo el sol inmenso, sobre la tierra enferma del pueblo cora.

"El silencio jamás será absoluto; esto te dices al escucharlo. El abandono, posiblemente, sí; la desnudez sospechada, también; la oscuridad, cierta…"

Esto lo dice ella, mientras la arrastras; lo dice ella: lo dice con tu voz. Caen las escamas negras de los párpados. Las yemas blancas se cubren de venas verdes. Los ojos giran en las órbitas de la anciana como dos lunas cautivas: ha caído el velo blanco.

"Pero el aislamiento del lugar o de las figuras abrazadas para siempre (te dice: señor caballero) parece convocar esta junta sonora (el atambor; las ruedas rechinantes del carruaje; los caballos; el cántico solemne, luminis claritatem; el jadeo de la mujer; el lejano estallido de la costa donde hoy amaneciste, otra vez, en otra tierra tan desconocida como tu nombre) que en el aparente silencio (como si aprovechase la fatiga de sus propias armas) incrusta su insinuación más pertinaz, más afilada, más rumorosa…"

Las hormigas recorren el rostro lívido de la Vieja arrojada bocarriba en el polvo de este huerto.

"No se engañe, señor caballero, es mi voz y son mis palabras las que salen de su garganta y de su boca."

No puedes decir nada; sus labios de hebras silencian tu boca y mientras te besa repites lo que ella dice sin desearlo, en nombre de lo que ella convoca, arrojada encima de ti. Como ella, eres la inercia que se transforma en conducto de la energía; fuiste encontrado en el camino; tu destino es otro; ella separa sus labios de los tuyos y recorre tus facciones con las manos, como si dibujase un segundo rostro sobre el que te pertenece. Sus dedos son pesados y rugosos. Poseen colores y piedras que se ordenan sobre el que fue tu rostro, tu antigua faz perdida en cada trazo de las manos de la mujer. Las uñas acarician tus dientes y los afilan. Las palmas secas peinan tu cabello tiñéndolo de rubio y rojo y al pasar sobre tus mejillas, sus manos hacen brotar una barba ligera como un plumaje. Su tacto construye sobre tu antigua piel.

"El silencio que nos rodea (señor caballero, te dice, con la cabeza recostada sobre tus rodillas) es la máscara del silencio: su portavoz."

Tantea lamentablemente. Le ofreces el guaje lleno de pulque que ella bebe sin contención, con grosería vital. Roza de nuevo tus labios con sus dedos. El pulque se escurre por la barbilla temblorosa de la mujer. Bebiste lo que su boca te ofrecía. Escuchaste sus arrullos y vuelves a sentirte niño, en el regazo de tu madre, lejos de la guerra, lejos de la muerte; ella dice que eres hermoso, joven, niño, duerme, duerme, descansa, descansa; ojos tan claros, mejillas tan suaves, labios tan húmedos. Te acaricia las axilas. Levantas los brazos y reposas tu cabeza entre las manos unidas; ella se divierte con el vello húmedo de tu pecho, pezoncitos irritados, de niño travieso.

"He logrado engañarte. Todas las noches, cuando no me miras, le escribo una carta: Amado mío, pienso constantemente en ti desde esta tierra llena de los recuerdos de nuestros mejores años… Todo, aquí, me habla de ti; tu Lago de Como, que tanto amaste, se extiende ante mis ojos en toda su azul serenidad y todo parece igual, como antes; sólo que tú estás allá, tan lejos, tan lejos… Yo sé leer de noche, señor caballero."

Cuenta tus costillas, riendo. El dedo de la mujer se hunde en tu ombligo, se humedece con el sudor y la tierra acumulados allí, leves testimonios, hace días que no bajas al río, no hay tiempo, todo se ha vuelto indispensable, comer, dormir, despertar, en el río nos bañamos juntos pero nadie mira a los demás, guerrilleros y soldaderas, nuestros cuerpos también son nuestro uniforme, tenemos que ganar nuestra última batalla o ya no tendremos razones para seguir viviendo, la hierba de la ribera nos oculta, nuestros cuerpos son del color de las hierbas profundas que son el lecho del río tropical. El vientre es una piedra lisa en el fondo del río plácido. Ella te acaricia y murmura. El vello es el musgo de las piedras que descansan en el fondo del río turbulento.

"Aire y luz. Los necesitan los que aún cultivan el engaño de sus sentidos. Las ideas florecen y se marchitan velozmente, los recuerdos se pierden, los sentimientos son inconstantes. El olfato, el tacto, el oído, la vista y el gusto son las únicas pruebas seguras de nuestra existencia y de la refleja realidad del mundo. Tú lo crees así. No lo niegues."

Escorpión, alacrancito morado, racimo de lodo húmedo. Te acaricia, te empuña, te toma el peso.

"Hemos salido de nuestro hogar y debemos pagar el precio del prodigio. El exilio es un homenaje maravilloso a nuestros orígenes."

Su boca desdentada cae sobre tu vientre.

"Tú crees que el tiempo avanza siempre hacia adelante. Que todo es porvenir. Tú quieres un futuro; no te imaginas sin él. Tú no quieres darnos una oportunidad a los que necesitamos que el tiempo se desvanezca y luego regrese sobre sus pasos hasta encontrar el momento privilegiado del amor y allí, sólo allí, se detenga para siempre."

Asciende con la lengua por la lisura ardiente de tu pene; lo apresa con sus encías sin dientes; todo es mucosa, humedad abierta; encuentra el haz vivo de tus nervios.

"Es lástima que tú no vivirás tanto como yo; lástima grande que no puedas penetrar mis sueños y verme como yo me veo, eternamente postrada al pie de las tumbas, eternamente cerca de la muerte de los reyes, deambulando enloquecida por las galerías de palacios que aún no se construyen, loca, sí, ebria de dolor ante la pérdida que sólo el matrimonio del rango y la locura saben soportar. Me veo, me sueño, me toco, errante, de siglo en siglo, de castillo en castillo, de cripta en cripta, de madre de todos los reyes, mujer de todos, a todos sobreviviendo, finalmente encerrada en un castillo rodeado de lluvia y pastos brumosos, llorando otra muerte acaecida en tierras del sol, la muerte de otro príncipe de nuestra sangre degenerada; me veo seca y encogida, pequeña y temblorosa como un gorrión, susurrando, desdentada, a las orejas indiferentes: 'No olvidéis al último príncipe, y que Dios nos conceda un recuerdo triste pero no odioso...'"

Abre tus piernas para su boca.

"Yo se lo había dicho: no te deshonres, sé siempre el emperador, haz que se inclinen ante ti; un monarca es un buen pastor, un presidente es un mercenario; una república es una madrastra, una monarquía es una madre. Tú y yo seremos los padres de este pueblo, le dije mientras subíamos del mar, de Veracruz, a la meseta, a México, y mirábamos las fronteras de nopal, los niños desnudos y barrigones, las mujeres morenas, impasibles, envueltas en rebozos; los hombres rígidos, mudos. Los quisimos tanto, ¿verdad, Maxl? Recuerdas, Maxl, cuando nos escondíamos detrás de las cortinas de Miramar para ver cómo fustigaban y fusilaban los soldados de tu hermano a los rebeldes italianos; cuando permitimos que una mujer embarazada fuese azotada, en Trieste, hasta convertir el castigo en una ablución de sangre. Me contaron que matamos a noventa mil mexicanos. Éramos sus padres. Ellos no tenían nombre. Sólo tú y yo teníamos un nombre en esta tierra anónima. Pero ahora que te imagino, querido Maxl, solitario, sitiado, lejano, muerto, quisiera gritar, en nombre de los que asesinamos sin mover un dedo, en nombre de los que morían fusilados por nosotros mientras nosotros bailábamos en Miramar y Chapultepec, ¡por la piedad que no tuvimos, ténganla ustedes! Castiguen nuestros crímenes con su piedad. Que nuestro suplicio sea vuestra misericordia. Castiguen y atraviesen nuestros cuerpos con la intolerable humillación del perdón. No nos concedan el martirio. No lo merecemos. No lo merecemos. ¿Víctimas de México, tú y yo, Maxl, y todos nuestros ancestros, los reyes de sangre flamenca y austriaca y española que primero conquistaron la tierra indiana y finalmente, aquí mismo, agotaron su linaje real? No, al fin hijos de México, porque sólo el odio da la medida del amor hacia México, y sólo la venganza de México la medida de su amor. Las campanas tocan en el cerro. ¿No las escuchas, Maxl? ¿No ves que están intentando vencer el rugido del sol mexicano, el llanto de los fusiles, los suspiros de las oraciones y el temblor de la tierra seca? ¡Devuélvanme el cuerpo de mi amado!"

El silencio presonaba. El silencio personaba. Leche agria, cortada, de estertores. Permanece en la boca de la Vieja, la saliva y el semen se confunden, ambos aprisionados en la boca de la mujer que ahora deja fluir los líquidos mezclados desde los labios hacia su origen, la piel de tus testículos exhaustos, que respiran con el ritmo de un animal enjaulado: los muestras al cielo.

"No hay trueque posible, hijo mío. Un verdadero don no admite una recompensa equivalente; una ofrenda auténtica supera toda comparación y todo precio. Nos regalaron un imperio: ¡cómo íbamos a pagar con la simple muerte, con la simple locura? Regresé, pobre de mí, a buscar lo que había perdido. Me interné de nuevo en estas selvas malditas. Me dejé guiar por el mapa del nuevo mundo, el mapa de las flechas y los insectos que nos permite abandonar el mundo conocido, aventurarnos por donde nadie nos reclama, llegar al corazón del bosque virgen, a la pirámide misma."

Jadeas bajo el sol, junto al paredón.

"Fue inútil. Mi lugar ya estaba ocupado. En la escalinata de la pirámide estaba otra mujer. Una india. Lucía collares de jade y turquesa y empuñaba una daga de pedernal. La reconocí; ella misma, cuando yo desembarqué del *Novara*, me ofreció este regalo: esta máscara de plumas. Posaba los pies desnudos sobre la piedra porosa de la escalinata, pero en sus tobillos eran visibles las heridas del fierro y la cadena. Supe que estaba esperando a alguien, quizá a otro hombre, para guiarlo de nuevo. Para repetir el eterno viaje de las derrotas y de las victorias, de la selva y el mar a la meseta y el volcán. Tuve piedad de ella. Le devolví el mapa. Ahora yo tengo que reconstruirlo, si quiero escapar de aquí, olvidar, regresar a la penumbra que me espera… al castillo de las brumas."

Un mensajero entra, jadeante, y cae de bruces, sangrando.

"Ahora descansa. Olvidarás todo lo dicho. Todas mis palabras fueron dichas ayer."

La Vieja imita la respiración del hombre herido que llega al campamento de la sierra veracruzana y tú te levantas lentamente, te abrochas la bragueta, te pasas la mano por la cabeza y apagas con los pies el fuego de la noche; una pirámide de cenizas.

"Todos tenemos el derecho de llevarnos un secreto a la tumba."

Después de entregar la prisionera a la tropa, apagas la grabadora de baterías que durante toda la noche ha repetido, hipnóticamente, una sola cinta con el rumor permanente de un tambor funerario. Esa grabadora es lo único que la Vieja Señora traía consigo cuando fue capturada. Esperabas escuchar un mensaje, descifrar una clave, algo que la comprometiese. Sólo una cinta con el rumor de un tambor de duelo. Buscas en vano la tela —no sabes llamarla, como ella, un mapa de la selva— que la mujer inducida al trance fabricó ante tu mirada, en esta misma choza.

Sales al huerto y pierdes un tiempo precioso hurgando entre los escombros, al pie del paredón, cerca de la maleza. Todo inútil. Si sólo pudieses recordar el trazo exacto de esa tela, seguramente un mapa de caza primitivo, la precisa composición de las zonas de plumaje en relación con la circunferencia de las arañas, el color de las plumas, las direcciones señaladas por las flechas. Has perdido el tiempo. Dejas caer los brazos. Sales y preguntas por el mensajero que esta mañana llegó, jadeando, herido, a nuestro campamento.

El mensajero está recostado sobre un petate, a la sombra. Bebe con dificultad del guaje que le ofreces. Dice que anoche pasó por El Tajín y aprovechó para hacer un recuento de las armas escondidas dentro de la pirámide, como le encargaste que lo hiciera. Una tormenta eléctrica lo sorprendió allí y decidió pasar la noche protegido por los aleros del templo totonaca. De por sí es difícil hacer la distinción entre la vegetación lujosa y el lujo labrado de la fachada. Las

sombras de la selva y las sombras de la piedra integran allí una arquitectura inseparable. Los engaños son comunes. Pero él te jura que al
reclinarse contra uno de los huecos de la fachada, buscando un alero
bajo el cual guarecerse, tanteó con las manos y tocó un rostro.

Retiró la mano, pero venció el miedo y recorrió el muro con
la linterna que siempre trae sujeta al cinturón. Primero sólo iluminó
las grecas suntuarias del templo. Pero finalmente descubrió, inserto
en esas cavidades del frontón que seguramente fueron las aéreas sepulturas de la estirpe, lo que buscaba. Y ahora te dice que había allí
un cuerpo extraño, un perfil lavado por el tiempo y la corrupción;
un cuerpo viejo, centenario, metido dentro de un cesto relleno de
algodones y bañado con perlas; un rostro devorado, sin facciones,
y dos negros ojos abiertos, de vidrio.

Quiso investigar más de cerca; levantó una capa empapada
por la tempestad y devorada por la polilla; pero lo distrajeron dos
hechos simultáneos: detrás de él, iluminada por los relámpagos,
apareció una joven india, descalza, triste, lujosamente ataviada, con
los labios tatuados, la mirada serena y los tobillos heridos por los
grilletes, sentada, como en espera de algo, al pie de la pirámide: tenía entre las manos una tela de plumas y flechas, y a sus pies, un
círculo de mariposas muertas; al mismo tiempo, escuchó un ruido
sorprendente: un tambor parecía avanzar por la selva, anunciando
una ejecución pasada o futura; creyó que soñaba; entre la maleza se
abría paso una procesión fúnebre, compuesta por gente de otra
época, blancas cofias monjiles, pardos monjes encapuchados, cirios
encendidos, mendigos, damas vestidas con brocados, caballeros de
negras ropillas y altas golas blancas, cautivos con la estrella de David al pecho, cautivos de aspecto arábigo, alabarderos, pajes, labriegos con varas al hombro, antorchas y cirios. Nuestro mensajero se
sintió confundido, apagó la lámpara y empezó a correr. Por encima
del tamborileo, varios fusiles tronaron al unísono. El mensajero sintió los aguijonazos en el hombro y en el brazo. No sabe cómo pudo
llegar hasta el campamento.

Más tarde das algunas órdenes, comes el rancho del mediodía y revisas los puentes colgantes que esa noche nos permitirán
cruzar las barrancas, atacar el flanco de una posición enemiga y
luego desaparecer en la selva. Sólo atacamos de noche. De día nos
preparamos para el combate y nos confundimos con la selva y con
la población. Todos nos vestimos como los campesinos de la comarca: somos camaleones. Comemos, dormimos, amamos, nos ba-

ñamos en el río. Si quieren exterminarnos, deberán exterminar los bosques, las aguas, las barrancas, las ruinas mismas, el aire y la tierra enteros.

Después del asesinato del Presidente Constitucional y su familia, tu hermano asumió el puesto de Primer Ministro en el régimen militar y te rogó que te unieras a él. Libertad, soberanía, autodeterminación: palabras vanas que le costaron la vida al Presidente por defenderlas como si fuesen algo más que palabras. Deberías mirar la realidad de frente. El gobierno emanado del golpe había solicitado la intervención del ejército norteamericano para mantener el orden y asegurar el tránsito a la paz y la prosperidad. La división del mundo en esferas de influencia impermeables era un hecho que a todos nos salvaba del conflicto nuclear. Te dijo todo esto en su despacho del Palacio Nacional, mientras apretaba una serie de botones y las pantallas de televisión se encendían. Había una docena de aparatos colocados sobre un estrado; por sus espejos humeantes pasaron escenas que tu hermano, innecesariamente, describió. La cruda realidad era ésta: el país no podía alimentar a más de cien millones de personas; el exterminio en masa era la única política realista; era preciso un lavado de cerebro colectivo para que los sacrificios humanos volviesen a aceptarse como una necesidad religiosa; la tradición azteca del consumo suntuario de corazones debería unirse a la tradición cristiana del dios sacrificado: sangre en la cruz, sangre en la pirámide; mira, te dijo indicando hacia las pantallas iluminadas, Teotihuacan, Tlatelolco, Xochicalco, Uxmal, Chichén-Itzá, Monte Albán, Copilco: nuevamente están en uso. Con una sonrisa, te hizo notar que el comentario era distinto en cada programa; los asesores de relaciones públicas, sutilmente, distribuyeron entre los doce canales a los comentaristas adecuados para darle a las ceremonias un tono deportivo, religioso, festivo, económico, político, estético, histórico; este locutor, con voz premiosa y excitada, llevaba cuentas de la competencia entre Teotihuacan y Uxmal: tantos corazones a favor de este equipo, tantos a favor del contrario; aquél, con voz untuosa, comparaba los lugares de sacrificio con los supermercados de antaño: el sacrificio de vidas ayudaría directamente a alimentar a los mexicanos exentos de la muerte: pasaba entonces por la pantalla una sonriente y típica familia de clase media, beneficiaria supuesta del exterminio; otro locutor exaltaba la noción de la fiesta, la recuperación de perdidos lazos colectivos, el sentido de comunión que tenían estas ceremonias; otro más, hablaba seriamente de la situación mundial: la crueldad y el derramamiento de sangre no eran, de manera alguna, fatalidades inherentes al pueblo mexicano, todas las naciones las practicaban para resolver los problemas de sobrepoblación, escasez de alimentos y agotamiento de energéticos: México, simplemente, aplicaba una solución acorde con su sensibilidad, su tradición cultural y su idiosincrasia nacional: el cuchillo de pedernal era orgullosamente mexicano; y un eminente médico hablaba con aire solemne de la aceptación universal de la eutanasia y de la opción, desaprovechada por la ignorancia de las masas y un anacrónico culto del machismo, de emplear anestesia, local o general, etc.

Miraste con horror la ceremonia de la muerte en los espejos electrónicos del gabinete de tu hermano. ¿Para esto habían nacido y soñado y luchado y muerto millones de hombres desde el albor del tiempo mexicano? Otras imágenes humeantes se superpusieron en tu imaginación, hasta vencerlas, a las que pasaban por las pantallas de la oficina de nogal y brocado en este palacio de tezontle y cantera levantado sobre el sitio mismo del templo de Huitzilopochtli, el sangriento mago colibrí, en la plaza misma que sirvió de asiento al poderío azteca: una vasta catedral católica erigida sobre las ruinas de los muros de las serpientes, las casas de los conquistadores españoles en el sitio donde se levantaba el muro de las calaveras, un palacio municipal cimentado sobre el vencido palacio de Moctezuma, sus patios de aves y bestias y sus cámaras de albinos, jorobados y enanos y sus aposentos tapizados de oro y plata: las imágenes de una lucha tenaz, a pesar de todas las derrotas, en contra de todas las fatalidades. Pobre pueblo tuyo: no necesitaste moverte del lugar donde estabas para escenificar, en esas parpadeantes pantallas, detrás de las gruesas cortinas del despacho, afuera, en la inmensa plaza de piedra quebrada, asentada sobre el fango de la laguna muerta, todos los combates contra la victoria de los fuertes, contra los destinos impuestos a México en nombre de todas las fatalidades históricas y geográficas y anímicas; pantalla y plaza: los pueblos sometidos al poder de Tenochtitlan, arrancados a sus ardientes tierras costeras, sus feroces valles tropicales, sus pobres llanos de pastoreo, sus altos y fríos bosques, para alimentar el insaciable hocico de la teocracia azteca, sus temibles fiestas del sol moribundo y la guerra florida; pantalla y plaza: un sueño invencible, vivo en los ojos de los esclavos, el buen dios fundador, la serpiente emplumada, regresará por el oriente, restaurará la dorada edad de la paz, el trabajo y la hermandad; pantalla y plaza: de las casas que caminan sobre el agua descendieron el día previsto para el regreso de Quetzalcóatl, los dioses enmascarados, a caballo, con fuego entre las uñas y ceniza entre los dientes, a imponer la nueva tiranía en nombre de Cristo, dios bañado en sangre, pueblo herrado como las bestias, esclavo de la encomienda, prisionero encadenado a las entrañas de la mina de oro que alimentó la fugaz grandeza de España, mendicantes al cabo el vencedor y el vencido: el conquistador encumbrado y el príncipe derrotado; pantalla y plaza: un sueño pertinaz, verdugo y víctima, español e indio, blanco y cobrizo, pueblo nuevo, raza morena, mantendremos lo que nuestros propios padres quisieron devastar, pueblo huérfano, padre ignorante, madre mancillada, hijos de la chingada, salvaremos lo mejor de dos mundos, mundo nuevo en verdad, Nueva España, el salvador cristiano redimido por los pecados de la historia, la serpiente emplumada liberada por la distancia de la leyenda, pueblo mestizo, fundador de una nueva comunidad libre: el padre perdonado, la madre purificada; pantalla y plaza: bandera verde, blanca y roja, el pueblo victorioso vencido por sus libertadores, república de criollos rapaces, caudillos codiciosos, clérigos cebados, tricornios emplumados, caballería de parada, espadas relucientes e inútiles leyes, proclamas, discursos: un basurero de palabras huecas y medallas de cartón sepulta al mismo pueblo andrajoso, esclavizado, eternamente atado al peonaje, sometido a la exacción, entregado al sacrificio; pantalla y plaza: las banderas extrañas, las barras y las estrellas, el tricolor napoleónico, la bicéfala águila mexicana coronada, la tierra invadida, humillada, mutilada; pantalla y plaza: sueño invencible, dar la vida para vencer a la muerte, no hay parque para combatir a los yanquis en Churubusco y Chapultepec, los franceses queman todas las aldeas y ahorcan a todos sus habitantes, un indio oscuro, tenaz, temible porque es el dueño de todos los sueños y pesadillas de un pueblo, contra un príncipe rubio, dubitante, temeroso porque es el dueño de todas las lacras y espejismos de una dinastía; pantalla y plaza: el pueblo victorioso otra vez vencido, caídas todas las banderas, regresa el soldado descalzo al latifundio, el guerrillero herido al trapiche, el indio fugitivo al despojo y al exterminio: los opresores de adentro ocupan el lugar de los opresores de afuera; plaza y pantalla: penacho, entorchado y vals, el eterno dictador sentado en trono de pólvora frente a un telón de teatro: el déspota ilustrado y su corte de ancianos científicos y ricos hacendados y empomados generales; plaza y pantalla: más dura el sueño que el poder, rasgan el telón las bayonetas, cae ametrallada la fachada, aparecen detrás de ella los hombres de ancho sombrero y carrillera al pecho, incendiados ojos de Morelos, roncas voces de Sonora, callosas manos de Durango, polvosos pies de Chihuahua, rotas uñas de Yucatán, un grito rompe una máscara, una canción la siguiente, una carcajada la que nos ocultaba debajo de la anterior, en el paredón de adobe acribillado aparece el rostro auténtico, descarnado, anterior a las historias porque ha esperado durante siglos, soñando, el tiempo de su historia: carne y hueso, indistinguibles; inseparables, muecas y sonrisa; tierna fortaleza, cruel compasión, amistad mortal, vida instantánea, todos mis tiempos son uno, mi pasado ahorita, mi futuro ahorita, mi presente ahorita, ni desidia, ni nostalgia, ni ilusión, ni fatalidad: pueblo de todas las historias, sólo reclamo, con fuerza, con ternura, con crueldad, con compasión, con fraternidad, con vida y con muerte que todo suceda, instantáneamente, hoy: mi historia, ni ayer ni mañana, quiero que hoy sea mi eterno tiempo, hoy, hoy, hoy quiero el amor y la fiesta, la soledad y la comunión, el paraíso y el infierno, la vida y la muerte, hoy, ni una máscara más, acéptenme como soy, inseparable mi herida de mi cicatriz, mi llanto de mi risa, mi flor de mi cuchillo; pantalla y plaza: nadie ha esperado tanto, nadie ha soñado tanto, nadie ha combatido tanto contra la fatalidad, la pasividad, la ignorancia que otros han invocado para condenarle, como este pueblo sobrenatural, pues hace tiempo debió haber muerto de las causas naturales de la injusticia, la mentira y el desprecio que sus opresores han acumulado sobre el cuerpo llagado de México; pantalla y plaza: ¿todo para esto, te preguntas, tantos milenios de lucha y sufrimiento y rechazo de la opresión, tantos siglos de invencible derrota, pueblo surgido una y otra y otra vez de sus propias cenizas, para terminar en esto: el exterminio ritual del origen, el sometimiento colonial del principio, la alegre mentira del fin, otra vez?

Tu hermano miró tu mirada y te advirtió: la resistencia sería inútil; un gesto heroico, pero vacío; unos cuantos guerrilleros no derrotarán al ejército más poderoso de la tierra; necesitamos orden y estabilidad, aceptar la realidad del mundo actual, conformarnos con ser un protectorado de la democracia anglosajona, somos interdependientes, nadie acudirá en nuestra ayuda, las esferas de influencia están perfectamente definidas, USA, URSS, China, la Arabia Mayor, despójate de ideas anacrónicas, sólo hay cuatro poderes en el mundo, vamos a realizar el sueño del gobierno universal, arrumba tu apolillado nacionalismo...

Tomaste el cortapapel que descansaba sobre la mesa del Primer Ministro y lo hundiste en su vientre; tu hermano no tuvo tiempo de gritar; la sangre le brotó por la boca, ahogándole; clavaste el puñal de bronce en su pecho, en su espalda, en su cara; tu hermano cayó sobre los botones multicolores y las pantallas se apagaron lentamente, los espejos volvieron a cubrirse de humo.

Saliste tranquilamente del despacho, te despediste amablemente de las secretarias; tu hermano pedía que no se le interrumpiese por ningún motivo. Caminaste con lentitud por los corredores y patios del Palacio Nacional. Te detuviste un instante frente a los murales de Diego Rivera en la escalinata y el patio centrales. La Junta Militar había ordenado tapiarlos con planchas de madera. Se dio como excusa la necesidad de una pronta restauración.

Abres los ojos. Miras el mundo real que te rodea y sabes que tú eres ese mundo que por él combates. No es la primera vez que luchamos. Dejas de sonreír. Quizá sea la última.

—¿Qué hacemos con la vieja, comandante?

—No sé. No quiero juzgar.

—Perdone: pero si usted no, ¿quién?

—Se le puede recluir en alguna parte, Güero. En alguna casa solitaria y bien guardada. En un manicomio o un convento, güerito.

—¿No hay oficial superior que decida estas cosas?

—No, mi comandante. Ya no hay tiempo.

—Tienes razón. Tampoco hay hombres de sobra para custodiar prisioneros…

—Que además limitan nuestra movilidad.

—Y el escarmiento, güerito, el escarmiento. Seguro que era una espía, uno del enemigo. Ésta no es su tierra.

—Está bien. Fusílenla hoy mismo. Allá atrás, en el muro de mi choza.

—¿Qué está haciendo la vieja?

—Escribe nombres en el polvo, con el dedo.

—¿Qué nombres?

—Nombre de viejas. Juana, Isabel, Carlota…

Caminas bajo el sol, de regreso al jacal. Te preguntas si al revelarse cada mañana, el sol sacrifica su luz en honor de nuestra necesidad: si esa luz, de alguna manera autosuficiente, gasta su transparencia revelando nuestra opacidad. Pero la luz da contorno y realidad a nuestros cuerpos. Debes despertar de esta pesadilla. Gracias a la luz, sabemos quiénes somos. Pero sin ella, acabaríamos por inventarnos antenas de la identidad, detectores de los cuerpos que deseamos tocar y reconocer. Te preguntas si es posible fusilar a un fantasma. Ya no te mientes: sabes dónde viste, antes, los ojos de una anciana envuelta en trapos negros, mutilada, sin piernas ni brazos, los ojos de una reina de vulnerable fuerza y cruel compasión. La pesadilla te convoca de nuevo: tú también eras parte de ese cuadro...

Te detienes. Junto a la entrada del jacal, una joven indígena de tez delgada y firme (estás seguro), labios tatuados y tobillos heridos, teje y desteje, con destreza y ánimo sereno, una extraña tela de plumas. A su lado, un soldado ha tomado la guitarra y canta. Te acercas a la muchacha. En ese instante, se reinician los bombardeos.

El lazy dog, o perro perezoso, consiste en una bomba madre fabricada de metal ligero, que estalla a escasa altura del suelo o en el suelo mismo. Dentro de la bomba madre hay trescientas bolas de metal, cada una del tamaño de una pelota de tenis, que al liberarse del seno materno ruedan por su cuenta y en diversas direcciones, estallando de inmediato o esperando, en la maleza o el polvo, a que el pie de un niño o la mano de una mujer las toque para estallar y volar la mano, el pie, la cabeza de quien primero la toque, mujer o niño. Los hombres están todos en la sierra.

Réquiem

Comenzó ahora a acometerle una espantable escuadra de miserias.

Cinco llagas le brotaron, que así fueron llamadas por las monjas del palacio, para sugerir que los sufrimientos del rey eran semejantes a los de Cristo mismo; y Felipe aceptó esta blasfemia en nombre de su hambre de Dios. Una llaga en el pulgar de la mano derecha; tres en el dedo índice de la misma mano, y otra en un dedo del pie derecho. Los cinco puntos de supuración le atormentaban noche y día; no podía soportar el contacto de las sábanas. Al cabo, las llagas se cicatrizaron, pero le fue imposible moverse por sí mismo. Era trasladado de un lugar a otro en silla de manos que cargaban, por turnos, cuatro monjas. A la Madre Milagros le advirtió el Señor:

—Cosa que entra en un convento, no vuelve a salir de él; ni persona, ni dinero, ni secreto. Pude haber escogido para cargarme de un lugar a otro a cuatro servidores sordomudos: así seréis vos y vuestras sórores, Milagros, sordas y mudas a cuanto vean y escuchen.

Pidió que le llevasen una vez más al oscuro rincón de la capilla donde reposaba, amurallada, su madre la llamada Dama Loca, y le preguntó:

—Madre, ¿qué haces?

La Madre Milagros y las hermanas Angustias, Caridad y Ausencia se hincaron espantadas y empezaron a orar en voz baja cuando distinguieron, por la ranura dejada abierta entre los ladrillos, los ojos ambarinos de la anciana reina, sobre cuyo destino mucho se decía en corrillos y mentideros, que regresó a su reclusión absoluta en el alcázar de Tordesillas, que se enterró en vida junto al cadáver de su muy amado esposo, que fue muerta por equivocación durante la feroz matanza presidida por Guzmán en la capilla, que había huido a las tierras nuevas con su enana pedorra y su bobo atreguado. Ahora oyeron su voz:

—Oh, hijo mío, cuán sabio fuiste en nunca abandonar la protección de tus paredes, y jamás cruzar los mares para conocer las tierras de tu vasto imperio indiano. Nadie, ningún soberano de nuestra raza, pisó jamás las playas del nuevo mundo: fueron más discretos que yo. Mas considera, hijito, mi dilema: mi hermoso marido, rubio como el sol, era sólo el segundo en la sucesión; vivíamos a la sombra del emperador, el hermano de Maxl, en la corte de Viena, en la frivolidad de los bailes y la etiqueta, vivíamos de los mendrugos de la mesa imperial, siempre los segundos, nunca los primeros, meros delegados, representantes del verdadero poder en la Italia sometida a Austria, revoltosa, irredenta: Milán, Trieste. ¿Cómo no íbamos a escuchar el canto de las sirenas? Un imperio, nuestro, en México, tierra nuestra, descubierta, conquistada y colonizada por nuestra estirpe real, mas donde nunca una planta real se había hundido en la arena de Veracruz. Maxl, Maxl, el veneno de las generaciones incestuosas se concentraban aún más en ti, mi amor, los rasgos hereditarios, la mandíbula prógnata, los huesos quebradizos, los labios gruesos y separados: tus ojos azules y tu rubia barba, empero, te daban el aspecto de un Dios; pero no podías tener hijos. Te lo dije, esa noche en Miramar, si no podemos tener hijos, tengamos un imperio. Los buenos mexicanos nos ofrecían un trono; seríamos los buenos padres de ese pueblo; el emperador, tu hermano, nos niega toda ayuda: te envidia; acepta la ayuda de Bonaparte; sus tropas nos protegerán del puñado de rebeldes que se oponen a nosotros. Descendimos del *Novara* al trópico ardiente, el cielo de zopilotes, la selva de papagayos, el aroma de vainilla, la orquídea y el naranjo, ascendimos a la seca meseta, tan parecida a esta Castilla, hijo, a la sede de nuestros antepasados, la ciudad vencida, México, el país rebelde, México: una vieja leyenda, Maxl, un dios blanco, rubio y barbado, la serpiente emplumada, el dios del bien y de la paz; no nos quisieron, hijo, nos engañaron, hijo, lucharon hasta la muerte contra nosotros, se confundieron con la selva, la montaña, el llano, eran campesinos de día y guerrilleros de noche, atacaban, huían, emboscados, un ejército invisible de indios descalzos; reaccionamos con la cólera de nuestra sangre: rehenes, pueblos incendiados, rebeldes fusilados, mujeres ahorcadas: nada los sometió, el ejército francés nos abandonó, primero quisiste huir con ellos, te dije que nuestra dinastía no emprendía la fuga cobardemente, yo iría a París, a Roma, obligaría a Napoleón a cumplir sus compromisos, obligaría al Papa a protegernos; me desdeñaron, me humillaron, enloquecía, querían envenenarme, me dejaron pasar una noche en el Vaticano, la primera mujer que jamás durmió en San Pedro, luego me fui a nuestra villa de Como, recibí tus cartas, Maxl, tú solo, abandonado, tus cartas: Si Dios permite que recuperes la salud y puedas leer estas líneas, sabrás en qué medida he sido golpeado por la fatalidad, un golpe tras otro, desde que te fuiste. La desgracia sigue todos mis pasos y destruye todas mis esperanzas. La muerte me parece una feliz solución. Estamos rodeados. Los mensajeros imperiales han sido colgados de los árboles, a nuestra vista, del otro lado del río, por los republicanos. Los húsares austriacos no han podido acudir en nuestro auxilio. Las municiones y los abastecimientos se están agotando. Las buenas hermanas nos traen un poco de pan hecho con la harina de las hostias. Comemos carne de mula y de caballo. Vivimos en nuestro último refugio, el Convento de la Cruz. Desde las torres se contempla el panorama de la ciudad de Querétaro. No sé cuánto tiempo podremos resistir. Me comportaré hasta el fin como un soberano derrotado mas no deshonrado. Adiós, amada mía. Yo le contestaba, Amado mío, pienso constantemente en ti desde esta tierra llena de los recuerdos de nuestros mejores años. Todo, aquí, me habla de ti; tu lago de Como, que tanto amaste, se extiende ante mis ojos en toda su azul serenidad y todo parece igual, como antes; sólo tú estás allá, tan lejos, tan lejos… Mi carta, hijito, llegó demasiado tarde; el cuerpo acribillado, convulso al pie del paredón, se resistía a morir. Un soldado se acercó y dio el tiro de gracia en el pecho. La túnica negra se incendió. Un mayordomo corrió a apagar las llamas con su propia librea. El cuerpo fue conducido a un convento para embalsamarlo y regresarlo a la familia. El carpintero del ejército de Juárez jamás lo había visto en vida. No podía medirlo correctamente. Lo bajaron del Cerro de las Campanas en el armón del ejército republicano, dentro de la caja demasiado pequeña, con las piernas colgando fuera del féretro. El cuerpo fue extendido, desnudo, sobre una tabla. Pero hubo que esperar mucho tiempo antes de tomar el bisturí y abrir el cadáver en canal. No había naftalina desinfectante en el convento. Se encontró un frasco de cloruro de zinc. El líquido fue inyectado en las arterias y las venas. La operación duró tres días. Cuatro balas habían penetrado su torso, tres por el pecho izquierdo y una por la tetilla derecha. La quinta bala le quemó la ceja y la sien. Su ojo estalló bajo el sol como si hubiese pasado la vida mirándolo sin pestañear. En las iglesias, buscaron ojos del color de los suyos: azules. Santo por santo; virgen por virgen; sólo había ojos negros. El azul ha huido de las miradas de ese país. Lo vistieron con una túnica de campaña de tela azul. Una fila de botones dorados de la cintura al cuello. Pantalón largo, corbata, guantes de cabritilla. Quedaba tan poco de él. Un manantial de viento, apenas. Le atornillaron los ojos de vidrio negro en las órbitas vacías: nadie lo pudo reconocer. Los gases escaparon exhaustos del vientre abierto, burbujearon en las orejas y los labios se llenaron de espuma verde. El cuerpo cayó convulso. Un soldado disparó el tiro de gracia contra el pecho y luego se apoyó a fumar contra el paredón de adobe. A las dos semanas, el cuerpo se ennegreció. Las inyecciones de zinc mataron las raíces del pelo. No era posible reconocer, bajo el cristal del féretro, en esa cabeza calva, ese mentón sin barbas, esos ojos postizos, esa carne primero hinchada y hundida después, el imperial perfil de las medallas de oro. Las facciones se borraron. Mi amado tenía el rostro de las playas del nuevo mundo. Su cuerpo cruzó de nuevo el gran océano en la misma nave que nos trajo, el *Novara*. Nadie lo pudo reconocer. Yo no lo volví a ver. Mírame, hijito: yo soy esa muñeca anciana, enloquecida, vestida con ropón de encajes y cubierta por cofia de seda, encerrada en un castillo belga, escapándome a veces para buscar bajo los árboles de los brumosos prados una nuez, un poco de agua fresca, me quieren envenenar. Mi nombre es Carlota.

Con grande tristeza abandonó el Señor ese día el nicho de su madre la Dama Loca; no necesitó conminar a las monjas al silencio: le bastó ver sus cuatro rostros sin sangre, transparentes de pavor. Lo regresaron en la silla de manos a la alcoba y lo trasladaron al lecho. Vínole por esos días un principio de hidropesía, hinchándosele el vientre, los muslos y las piernas; y llegó acompañada esta hética de una implacable sed, afligida pasión, pues con ninguna cosa cobra más fuerzas la hidropesía que con lo que más se apetece, que es el agua. Llegole, en ese estado, un pliego firmado por grandes del reino, en el que se explicaba el lamentable estado de las arcas reales debido a sequías, escasez de brazos, ataque de bucaneros contra galeones que traían tesoros del nuevo mundo, y argucias financieras de las familias de judíos establecidas en el norte de Europa.

Escribió el Señor, con dolorosas letras de su puño llagado, órdenes para que los monjes del reino fuesen de puerta en puerta, mendigando limosna para su rey. Y para probar su humildad cristiana, pidió que el Jueves Santo le condujeran a la capilla a fin de cumplir la ceremonia del Mandato, y que para ello trajesen a siete pobres de la multitud de mendigos que perpetuamente rondaba el palacio, esperando la caridad de la comida sobrante. Insistió en cumplir él mismo, a pesar del dolor de los movimientos, el rito del lavatorio de los pies de los pobres. Se acercó a ellos, la mañana del Jueves Santo, de rodillas, sostenidos los brazos por Sor Clemencia y Sor Dolores, y con un trapo húmedo en la mano llagada y una jofaina de agua que le acercaba Sor Esperanza, procedió a lavar los pies de costras, verdugones y espinas enterradas. Al terminar de lavar cada par de pies, los besó, hincado, inclinándose, hasta que la mano de uno de estos pobres le tocó el hombro y el Señor reprimió su cólera, levantó la mirada y encontró la de Ludovico; los ojos verdes, bulbosos, resignados del antiguo estudiante de teología.

Primero lloró Felipe sobre las rodillas de Ludovico, se abrazó a ellas mientras el mendigo mantenía la mano sobre el hombro del Señor y las monjas miraban espantadas y el obispo proseguía el oficio divino en el altar enlutado, cubierto de paños morados, así como todas las efigies y sepulcros de la capilla. Hizo el Señor un gesto que quería decir: está bien, no os alarméis, dejadnos hablar. Ludovico inclinó la cabeza para juntarla a la de Felipe.

—Mi amigo, mi viejo amigo, murmuró el Señor. ¿De dónde llegas?

Ludovico miró al Señor con afectuosa tristeza: —De la Nueva España, Felipe.

—Entonces, triunfaste tú. El sueño fue realidad.

—No, Felipe, triunfaste tú: el sueño fue pesadilla… El mismo orden que tú quisiste para España fue trasladado a la Nueva España; las mismas jerarquías rígidas, verticales; el mismo estilo de gobierno: para los poderosos, todos los derechos y ninguna obligación; para los débiles, ningún derecho y todas las obligaciones; el nuevo mundo se ha poblado de españoles enervados por el inesperado lujo, el clima, el mestizaje, las tentaciones de una injusticia impune…

—Entonces no triunfamos ni tú ni yo, hermano; triunfó Guzmán.

Ludovico sonrió enigmáticamente, tomó entre sus manos el rostro de Felipe, miró directamente a los ojos hundidos, ojerosos, del Señor.

—Pero yo envié a Julián, Ludovico, dijo el Señor; lo envié para que templara, en lo posible, los actos de Guzmán, de todos los guzmanes…

—No sé, meneó la cabeza Ludovico, no sé.

—¿Construyó sus iglesias, pintó sus pinturas, recogió la voz de los vencidos?, dijo con acento cada vez más angustiado, Felipe.

—Sí, sí, afirmó ahora Ludovico, hizo cuanto dices; lo hizo bajo el signo de una creación singular, capaz, según él de trasladar al arte y a la vida la visión total del universo que es la de la ciencia nueva...

—¿Cómo se llama esa creación y qué es?

—Llámase barroco, y es una floración inmediata: tan plena, que su juventud es su madurez, y su magnificencia, su cáncer. Un arte, Felipe, que como la naturaleza misma, aborrece el vacío: llena cuanto la realidad le ofrece. Su prolongación es su negación. Nacimiento y muerte son para este arte un acto único: su apariencia es su fijeza, y puesto que abarca totalmente la realidad que escoge, llenándola totalmente, es incapaz de extensión o desarrollo. Aún no sabemos si de esta muerte y nacimiento conjuntos, puedan nacer más cosas muertas o más cosas vivas.

—Ludovico, entiéndeme, no creo en lo que me dicen, sino en lo que leo...

—Lee, pues, estos versos.

Ludovico extrajo de sus raídos ropajes una página y se la ofreció al Señor, quien la desdobló y murmuró en voz baja,

Piramidal, funesta, de la tierra
Nacida sombra, al Cielo encaminaba
De vanos obeliscos punta altiva,
Escalar pretendiendo las Estrellas...

y luego,

y el Rey, que vigilancias afectaba,
Aun con abiertos ojos no velaba.
El de sus mismos perros acosado,
Monarca en otro tiempo esclarecido,
Tímido ya venado,
Con vigilante oído,
Del sosegado ambiente
Al menor perceptible movimiento
Que los átomos muda,
La oreja alterna aguda
Y el leve rumor siente
Que aun le altera dormido...

—¿Quién escribió esto? ¿Quién se atrevió a escribir de mí estas…?

—La monja Inés, Felipe.

El Señor quiso apartarse, temblando, de Ludovico; sólo hundió más la cabeza en el pecho del mendigo; las monjas miraban estupefactas, y redoblaban los golpes de los puños cerrados sobre sus pechos.

—Inés está encarcelada en este palacio, Ludovico, atada por cadenas de amor a tu hijo, el usurpador llamado Juan, en prisión de espejos…

—Óyeme, Felipe, acerca tu oreja a mis labios… La muchedumbre que invadió el palacio rompió, con sus picas, todas las cadenas y candados de las prisiones, sin detenerse a mirar quiénes las habitaban, corriendo, gritando sólo, "¡Sois libres!"…

—Yo no ordené la matanza, Ludovico, te lo juro, Guzmán actuó en mi nombre…

—No importa. Escúchame: esos amantes encarcelados son una fregona y un pícaro, Azucena y Catilinón, que tomaron los lugares de Inés y Juan en la batahola de ese día…

—No te creo; ¿por qué soportan tan ruines sujetos esa cárcel, sin revelar jamás quiénes eran?

—Prefirieron el placer encarcelado a la libertad sin alegría, quizá. No sé. Sí sé: con tal de sentirse hidalgos y recibir trato de alcurnia, aceptaron ser sus disfraces, a costa de su muerte.

—¿Inés? ¿Juan? ¿La pareja?

—Huyeron conmigo. Nos embarcamos disfrazados en las carabelas de Guzmán. Templaríamos, sí, junto con el fraile pintor, los excesos de tu valido; contra su espada, nuestro arte, nuestra filosofía, nuestro erotismo, nuestra poesía. No fue posible. Pierde cuidado. La monja Inés ha sido silenciada por las autoridades: no escribirá una línea más. Ha sacrificado su biblioteca y sus preciosos instrumentos matemáticos y musicales para dedicarse, como le ordenaron su confesor y su obispo, a perfeccionar los empleos de su alma.

—Qué bien, qué bien. ¿Y Don Juan?

—Pierde cuidado. Encontró su destino. Abandonó a Inés. Preñó a indias. Preñó a criollas. Ha dejado descendencia en la Nueva España. Pero él mismo, un Día de Muertos, que los naturales mexicanos celebran junto a las tumbas y con profusión de flores amarillas, tomó la resolución de regresar a España. Supo de la desaparición de sus hermanos, de tu estéril encierro en este lugar, del trono acéfalo que dejarías. Regresó a reclamar su legitimidad de bastardo. En el camino, se detuvo en Sevilla. ¿Recuerdas que prometiste a Inés levantar allí una estatua de piedra en el sepulcro de su padre?

—Sí, y cumplí mi voto. Nada me costó; el peculio de la monja, al morir su padre, engrosó el mío.

—¿Qué has hecho de él?

—No sé, no gobierno, no sé, guerras contra herejes, expediciones, persecuciones, escaramuzas territoriales, mi palacio inacabado, no sé, Ludovico.

—Don Juan visitó el sepulcro del Comendador. Miró con sorna a la estatua y ésta se animó, prometiéndole pronta muerte. ¿Tan largo me lo fiáis?, dijo Juan; e invitó a cenar a la estatua. Pidió al Comendador que la cena se celebrase en su sepulcro mismo; accedió Don Juan. Sirviole el anfitrión un vino de hiel y vinagre; gritó el burlador que un fuego le partía el pecho, tiró golpes al aire con su daga, sintió que se incendiaba en vida; abrazole la estatua del padre de Inés y Juan se hundió con él, para siempre, en el sepulcro, tomados el muerto en vida y el vivo en muerte de las manos.

—¿Cómo sabes todo esto? ¿Lo viste suceder?

—Me lo contó su criado, un pícaro italiano de nombre Leporello.

—¿De tal palabra te fiáis?

—No, sino como tú, de lo escrito. Toma: lee este catálogo de los amores, la vida y muerte de Don Juan, que me entregó su criado a la salida de un teatro.

—Entonces, ¿terminó así la vida de ese muchacho que criaste, Ludovico?

—Quizá estaba destinado a ese fin, desde que la cara de aquel caballero velado en Toledo se transfiguró en la de mi hijo. No estoy triste. Encontró su destino. Y su destino es un mito.

—¿Qué es eso?

—Un eterno presente, Felipe.

—¿Has visto todo esto que me cuentas, lo has leído? ¿Entonces has vuelto a ver? ¿Ya no eres ciego?

—Ya no, Felipe. Abrí los ojos para leer lo único que se salvó de nuestro tiempo terrible.

—El milenio… dijiste que esperabas el milenio para abrir los ojos…

—Fui más modesto, mi amigo. Los abrí para leer tres libros: el de la trotaconventos, el del caballero de la triste figura y el del burlador Don Juan. Créeme, Felipe: sólo así, en los tres libros, encontré de verdad el destino de nuestra historia. ¿Encontrarás tú el tuyo, Felipe?

—Si aún lo tengo, está aquí. Jamás saldré de mi palacio.

—Adiós, Felipe. No nos volveremos a ver.

—Espera; háblame de ti; ¿qué hiciste en el nuevo mundo, cómo regresaste, cuándo…?

—Debes imaginarlo todo. He servido al eterno presente del mito. Adiós.

Se separó Ludovico del abrazo del Señor; el rey continuó lavando y besando los pies de los pobres. Cuando terminó, miró hacia el lugar que ocupó su amigo de la juventud. Ya no estaba allí. Buscó el Señor, con los ojos, por la capilla: a lo lejos, Ludovico subía por la escalera que conducía al llano. Mordió el Señor el pie de un pobre; el pobre gritó; los eclesiásticos se miraron entre sí, alarmados. Ludovico subía por los treinta y tres escalones que eran el camino de la muerte, la reducción a materia y la resurrección contingente; Felipe alargó los brazos en actitud de súplica. Luego pidió a los monjes que le llevasen frente al altar y le mantuviesen los brazos abiertos: que no tocasen sus manos, nunca, ese cofre allí colocado, con los tesoros del mundo nuevo transmutado en excremento; que no tocasen sus pies, nunca, los peldaños de la escalera maldita; el mundo pasajero, enemigo de la salvación de su alma, se colaba por allí a estas soledades; tentación, tentación de tocar el oro mierda, tentación de huir por las escaleras.

—Un fantasma destila su veneno en mi sangre y su locura en mi mente. Yo sólo quiero ser amigo de Dios.

A pesar de la fatiga, el afiebrado Señor pidió a las monjas que lo llevasen en la silla de manos hasta la celda de espejos.

Llegaron. Entraron.

Pidió el Señor a la Madre Milagros que descubriera a las dos figuras embozadas que yacían, copulando, sobre el piso de espejos.

Se santiguó la bendita mujer y apartó los viejos trapos. Aparecieron dos esqueletos en la postura del coito.

Después de haberle fatigado siete días continuos las fiebres, el Señor arrojó en el muslo, encima un poco de la rodilla derecha, una apotegma de calidad maligna, que fue creciendo y madurando poco a poco con dolores muy grandes. Y en el pecho le aparecieron cuatro abscesos. Como no se pudo resolver esta postema y vino a madurar, decidieron los médicos que era forzoso abrirla con hierro que, por ser en lugar tan peligroso y sensible, era de temer y todos temieron se quedase muerto en el tormento.

Escuchó serenamente don Felipe estas razones y pidió que antes de la intervención le llevasen en litera las monjas al lugar que él les indicaría. Guiolas hasta la sala del trono godo para ver, acaso por vez postrera (pues graves y silentes eran sus premoniciones) al monstruoso monarca paralelo, fabricado con retazos de los cadáveres reales por la Señora, que, convencido estaba, gobernaba en su nombre mientras él se iba desvaneciendo en la soledad, la enfermedad y la sombra de dos cuerpos gemelos: el suyo y el de su palacio.

Cargaban la litera la Madre Milagros y las sórores Angustias, Asunción y Piedad; entraron a la vasta galería de techos y bóvedas labradas, el trono godo y, detrás de éste, el muro semicircular con la pintura fingida de dos paños colgados de sus escarpias, con cenefas y franjas.

—Mirad, qué ricos paños, dijo Sor Piedad, que sólo para esto tuvo ojos, ¿puedo llegarme a levantarlos y ver qué hay detrás?

—Nada hay, inocente, dijo la Madre Milagros, ¿no ves que es cosa pintada para engañar al ojo?

Y el Señor sólo miraba, con horror, a la figura sentada en el trono: un hombre pequeñito, aunque un poquitín más crecido que la última vez que le miró, sentado allí, tocado por boina negra, con uniforme de tosca franela azul, una banda gualda y roja amarrada a la gran barriga fofa, un espadín de juguete, botas negras, ojos de borrego triste, bigotillo recortado, con el brazo derecho levantado en alto, que chillaba con voz tiplluda:

—¡Muerte a la inteligencia! ¡Muerte a la inteligencia!

¿Dónde estaba la momia?

—Pronto, sacadme de aquí, gritó el Señor a las monjas.

—Tú, supuesto rey, no corras, chilló el hombrecillo, ¡tú te robaste mi corona, mi preciosa corona de oro, zafiro, perla y ágata y cristal de roca!, ¡devuélvemela!, ¡caco!

Huyeron de allí el Señor en su litera y las cuatro religiosas, y el Señor clamaba para sus adentros, Dios mío, ¿qué le has hecho a España?, ¿no han bastado todas las plegarias, las batallas por la fe, la iluminación de las almas, la penitencia y el desvelo?, ¿ha terminado el homúnculo, la mandrágora, el hijo de los cadalsos y las piras, sentado en el trono de España?

Exhausto, accedió a que el Día de la Transfiguración del Señor le abrieran la postema. Acudieron a atenderle el Licenciado Antonio Saura, cirujano de Cuenca, ayudado por un médico de Madrid y fraile jerónimo llamado Santiago de Baena, pues no quería el Señor que sólo manos seglares lo curasen, por no saberse nunca si en realidad eran de marrano converso, sino que ojos divinos atestiguasen cuanto las manos hacían.

Abierta la postema, sacaron los médicos gran cantidad de materia, porque el muslo estaba hecho una bola de podre que llegaba poco menos hasta el hueso. Por ser tanta, no contenta la naturaleza con la puerta que habían hecho el arte y el hierro, abrió ella otras dos bocas por donde expelía el Señor tal cantidad de pus, que pareció milagro no morir resuelto en ella un sujeto tan consumido, aunque el fraile Baena trató de apaciguar los ánimos diciendo:

—Es pus laudable.

Una blanca transparencia era la piel toda de don Felipe, y una seda nevada su delgado cabello y sus finos barbilla y bigote, y más contrastaba esta blancura pavorosa con el negro atuendo que jamás, desde que resolvió encerrarse en su palacio, volvió a mudar.

Después de abierta la postema y dada la lancetada, mandó a todos los que allí se hallaran, médicos, cirujanos, frailes, monjas y criados, hiciesen gracias a Dios. Puestos todos de rodillas, las hicieron por la merced otorgada. Con esto quedó el Señor muy consolado y con gran sosiego, sintiendo que imitaba a los santos mártires, que aliviaban sus dolores transportándose a la Pasión del que murió por redimirlos. Dijo tener hambre y le trajeron presto un caldo de gallina. Cuando terminó de beberlo, sintió mucho frío y, tendido en la cama, buscó una mano, a su lado, al fiel can Bocanegra. Imaginó que el alano le acompañaba siempre, y sonriendo, tiritando, le dijo:

—¿Ya ves, Bocanegra? El fino español y su perro, después de comer, sienten frío.

No pasó, sin embargo, de esa vez su tormento, pues cada vez que le curaban, le jeringaban y exprimían la llaga para sacarle la podredumbre. Entre mañana y tarde, llenaba el Señor dos escudillas de pus, ocasión de gravísimos dolores.

Delgado y corrompido, unas veces padecía demasiado sueño, y otras de un no poder dormir con unos pervigilios penosísimos. Venía tiempo que era menester mucha diligencia para despertarle durante el día, según se le cargaban los malos vapores de la pierna podrida en el cerebro, y entonces la Madre Milagros, que estaba mucho tiempo a su cabecera sirviendo en cuanto pedía la licencia, decía un poco recio:

—¡No toquéis a las reliquias!

Y luego el Señor, sobresaltado por esta voz, abría los ojos y miraba las que estaban puestas junto a la cama, el hueso de San Ambrosio, la pierna del Apóstol San Pablo y la cabeza de San Jerónimo; tres espinas de la corona de Cristo, uno de los clavos de su Cruz, un fragmento de la propia Cruz y un jirón de la túnica de la Santísima Virgen María; y apoyado contra la cama, el bastón milagroso de Santo Domingo de Silos. En las reliquias buscó la salud que los médicos no sabían procurarle; y al despertar gracias a las voces de la vieja Madre Milagros y mirarlas, solía comentar:

—Por sólo estas reliquias llamara yo mil veces dichosa esta casa. No he tenido ni deseado más divino tesoro.

Mas como estas palabras le recordasen, con melancólico morbo, los tesoros llegados del Nuevo Mundo, pronto volvía a hundirse en un triste sopor.

Alcanzaba a oír algunas conversaciones entre los médicos.

—No me atrevo a abrir los abscesos del pecho, le decía Saura a Baena, pues están demasiado cerca del corazón.

Y el jerónimo asentía. Una tarde, el mismo fray Santiago llegó con una carta dirigida al Señor: un pliego sucio que le fuera entregado, dijo, a las puertas del palacio, por un mendigo, indistinguible de los que en creciente número poblaban los alrededores. Mas este mendigo —sonrió el de Baena— dijo haber sido el más parcial de los validos del Señor, y deberle éste más a él que él al propio rey. Tamaña caradura llamó la atención del fraile pequeñín, de intensos ojos color fierro y altísima frente alopécica.

—He aquí, pues, la carta, Sire.

Sacra, Cesárea, Católica Majestad: Pensé que haber trabajado en la juventud me aprovechase para en la vejez tener descanso, y así ha cuarenta años que me he ocupado en no dormir, mal comer, traer las armas a cuestas, poner la persona en peligro, gastar mi hacienda y mi edad, todo en servicio de Dios, trayendo ovejas a su corral, todo en tierras muy remotas de nuestro hemisferio, e ignotas y no escritas en nuestras escrituras, y acrecentando y dilatando el nombre de mi rey, ganándole y trayéndole a su yugo y real cetro muchos y muy grandes señoríos de muchas bárbaras naciones y gentes, ganadas por mi propia persona y expensas, sin ser ayudado en cosa alguna, antes muy estorbado por muy envidiosos que como sanguijuelas han reventado de hartos de mi sangre. Lanceme solo a esta empresa de conquista y gracia a ella pudieron asentarse en el nuevo mundo los clérigos, inquisidores, oidores y demás tinterillos de la Audiencia y Tribunales, que me acusan de adueñarme de tesoros y consumirlos en papo y en saco y otro más so el sobaco, de manera que el real quinto debido a Vuestra Sacra, Cesárea y Católica Majestad jamás llegó con el monto justo a su destino; de crueldades excesivas con los naturales, como si hubiese otro remedio contra la tenaz idolatría de estos salvajes; de vivir amancebado con indias idólatras, como si un hombre pudiese escoger entre lo que hay y lo que no hay; de deslealtad, desgobierno, intriga y tiranía: ¿pues qué, Señor, expuse la vida en provecho propio, de mi rey y de mi Dios y nada habría de ganar para mí, sino entregarlo todo a la Iglesia y la Corona? Sólo defendí los derechos que por cédulas Vos me otorgasteis. Hoy nada tengo, y todo, en cambio, lo tienen Iglesia y Corona. Véome viejo y pobre, empeñado, tengo setenta y tres años, no es ésa edad para andar por mesones, sino para coger el fruto de mis trabajos. Sacra, Cesárea y Católica Majestad: sólo justicia os pido. No pido más que una partecica del mundo que conquisté. Vuestra Majestad, gracias a mí, es dueño de un mundo nuevo sin que haya costado peligro ni trabajo a su Real persona. Torno a suplicar a Vuestra Majestad sea servido ordenar etc., etc., etc…

El Señor se saltó las súplicas y leyó la firma ridícula: El Muy Magnífico Señor Don Hernando de Guzmán. Rió. Rió hasta las lágrimas. El sotamontero, el intrigante, el secretario que se adelantaba a la voluntad del Señor. Rió el Señor por última vez. Miró severamente al fraile de Baena:

—Decidle a ese Don Nadie que no le conozco.

Fue ésta su última alegría. Como estaba tan lastimado de la herida y abertura, y con las bocas abiertas por donde se descargaba la naturaleza, quedó tan dolorido y sensible que no le era posible menearse ni revolverse en la cama. Le era forzoso estar de espaldas de noche y de día, sin mudarse de un lado ni de otro.

Así se convirtió aquella cama real en muladar podrido, de donde salían continuos olores malísimos: estaba el Señor tendido sobre su propio estiércol.

En treinta y tres días que duró esta enfermedad, no se le pudo mudar de ropa, ni él lo hubiese tolerado; ni moverle o levantarle un poco para limpiarle los excrementos de la necesidad natural y mucha parte del pus que le salía por las postemas y llagas.

—Estoy sepultado en vida. Y la vida huele mal.

Siendo una vez forzoso levantarle un poco la pierna en alto para que corriese la materia y limpiarle la que le corría por la corva abajo, sintió tan excesivo dolor que dijo que no podía sufrirlo de manera alguna, y replicándole los médicos que era muy necesario y no se podía excusar la cura, dijo el Señor con vivo sentimiento:

—Protesto, que moriré en el tormento.

Hizo tanta fe de su dolor con estas palabras, que cesaron por aquella vez la cura. Otras muchas veces, cuando le curaban, mandaba, vencido de los dolores agudos, que parasen y detuviesen. Otras, rompía en alabanzas divinas, ofreciendo a Dios su trabajo. De estar echado de esta manera, sin poderse rodear, se le vinieron a hacer llagas en la espalda y en las nalgas, porque ni aun estas partes careciesen de su pena.

Dolores de cabeza, sed perpetua, malos olores; le era imposible retener la comida. Un día, de sólo haberle dado un caldo de ave y azúcar, vomitó cuarenta veces. Y cuando no vomitaba, sobreveníale una diarrea como de cabra, que inundaba de heces verdes el lecho de negras sábanas. Fueron traídos, de mala gana, unos criados que, cubriéndose las narices y las bocas con paños mojados, se metieron debajo del lecho y con cuchillos practicaron un hoyo entre los maderos y el delgado colchón de paja de la cama, por donde pudiera escurrirse la mezcla de mierda, orina, sudor y pus. Salicron corriendo estos lacayos, bañadas sus caras y cuerpos de inmundicia, y fue la propia Madre Milagros, en un acto de sabrosa contrición, quien se hincó para colocar un bacín debajo del hoyo de la cama.

—Sólo me quedan la piel y los huesos, dijo Felipe. Nadie los portará con más honor que yo, puesto que se trata de morir.

Colmábase el bacín once veces diarias, y cuando a toda la podredumbre se unió el color de la sangre, el Señor pidió la extremaunción y confesarse y comulgar por última vez, mas los frailes temieron que vomitase la hostia, le dijeron al Señor que éste sería un horrible sacrilegio y el Señor les preguntó:

—¿No acabaría, de estar sano, defecando también la hostia? ¿Peor cosa es que la arroje por la boca?

Pero a sí mismo se preguntó si ni siquiera podía su cuerpo de pecador recibir el cuerpo del salvador:

—¿Entonces me habita ya el demonio?

Hundiose otra vez en los humores gruesos, pútridos, melancólicos, que subían de todo el cuerpo al cerebro, unas veces más hú-

medos e indigestos, otras más deseados y vivos. De allí caían
algunas veces a la región del corazón, y dábanle unos sobresaltos
tristes que le desasosegaban mucho. Pero al cabo decía:

—Sólo tengo sanos los ojos, la lengua y el alma.

La última noche, sin embargo, le despertó un cosquilleo desconocido. Dormían en la alcoba, sobre el piso, la Madre Milagros
y tres monjas. Los cabos de vela brillaban bajos, chisporroteando y
consumiéndose. Se alargaban, temblando, las sombras del pútrido
aposento. Las religiosas dormían con los rostros ocultos detrás de
paños olorosos a bergamota. El Señor sintió la cosquilla en la nariz.
Buscó, débilmente, un pañuelo para limpiarse los mocos que se le
iban, junto con todos los jugos de su cuerpo. Pero luego sintió, con
horror, que el moco no le escurría, sino que avanzaba por su propio
poder, como un cuerpo: se contraía, se detenía, volvía a avanzar hacia la salida de la aleta nasal de Felipe.

Se llevó la mano cerosa a la nariz y extrajo de ella un blanco
gusano; sofocó el grito; se sonó en el pañuelo: una colonia de huevecillos blancos explotó sobre la tela de fina holanda: los hijos del
gusano blanco que se retorcía en la palma de la mano del Señor.

Gritó. Se levantaron las religiosas, acudieron los alabarderos
que aguardaban la entrada a la alcoba, los médicos que dormitaban
en la capilla, los frailes que oraban ante el altar. La Madre Milagros
se acercó con una candela en la mano y el Señor, con la voz entrecortada, díjole:

—Dadla acá, que ya es hora.

Ordenó que entre todos le llevasen a la capilla, no importaban
ya los dolores, ni la hediondez, ni nada, que le metiesen ya en su ataúd,
que puesto que no era digno de recibir el cuerpo de Jesucristo, por lo
menos fuese digno de asistir a su propia muerte, tan anhelada, desde
hace tanto tiempo, de asistir a sus propios funerales, él que había dado
reposo en este pudridero a toda la realeza española, él que había construido este palacio de la muerte, creyó que se estaba confesando, hablaba a gritos mientras era trasladado, con inmensa pena, de la alcoba
a la capilla, Señor, no soy digno, me confieso, Pedro, me acuso, Ludovico, mea culpa, Celestina, no soy digno, Simón, perdón, Isabel,
perdón, perdón, perdón, y fue recostado en el ataúd de plomo que
desde días anteriores le esperaba frente al altar y una vez allí se calmó,
se sintió forrado por las mismas sedas blancas que forraban el féretro,
protegido por la tela de oro negra que lo cubría por fuera, y por la cruz
de raso carmesí y la clavazón dorada.

Hundido en su ataúd, pidió que le abrieran los volantes del tríptico flamenco, que un fraile le leyera el Apocalipsis de San Juan, que las monjas cantaran el Réquiem y que otro fraile tomase dictado de sus disposiciones finales.

Domine, ex audio orationem meam, Et Clamor meus ad te veniat,

Llevome un espíritu al desierto, y vi una mujer sentada sobre una bestia bermeja, llena de nombres de blasfemia, la cual tenía siete cabezas y diez cuerpos,

Mando y Ordeno,

Chorus Angelorum te suscipiat, et cum Lazaro quondam paupere aeternam habes requiem,

La mujer estaba vestida de púrpura y grana, y adornada de oro y piedras preciosas y perlas,

Que se me corone con la corona goda de oro, ágatas, zafiro y cristal de roca, la primera corona de España, y con ella se me entierre,

Ego sum resurrectio et vita,

Y tenía en su mano una copa de oro, llena de abominaciones y de las impurezas de su fornicación con los reyes de la tierra,

¿Dónde está Celestina? ¿Qué fue de ella? ¿Por qué se me olvidó preguntarle a Ludovico?

Qui credit in me, etiam si mortuus fuerit, vivet,

Babilonia la grande, la madre de las rameras,

¿Simón? ¿Qué fue de Simón? ¿Por qué no me habló Ludovico del destino de Simón?,

Et omnis, qui vivit et credit in me, non morietur in aeternum,

Las aguas que ves, sobre las cuales está sentada la ramera, son los pueblos, las muchedumbres, las naciones y las lenguas,

Mando y ordeno: Encontrad la tercera botella, eran tres, sólo encontré dos, sólo leí dos, buscad la tercera botella, debo leer el último manuscrito, debo conocer los últimos secretos,

In tuo adventu suscipiant te Martyres,

Vi a la mujer embriagada con la sangre de los mártires,

Que se me rasure y depile, y que los dientes me sean extraídos, molidos y quemados, para que no se sirvan de ellos las brujas para sus maleficios,

De profundis clamavi ad te, Domine,

La mujer que has visto es aquella ciudad grande que tiene la soberanía sobre todos los reyes de la tierra,

Que no se enajenen o empeñen las reliquias, sino que se conserven y anden juntas en la sucesión,

Libera me, Domine, de morte aeterna, in die illa tremenda,

Sobre su frente llevaba escrito un nombre: Misterio,

Que todos los papeles abiertos, o cerrados, que se hallaren y que traten de negocios y cosas pasadas, se quemarán,

Dies illa, dies irae, calamitatis et miseriae,

Vi un ángel puesto de pie en el sol, que gritó con una gran voz, diciendo a todas las aves: Venid, congregaos al gran festín de Dios, para comer las carnes de los reyes,

Requiem aeternam, dona eis, Domine,

Oídme todos: pasarán los siglos, pasarán las guerras, pasarán las hambres, pasarán los muertos, pero esta necrópolis seguirá dedicada al culto eterno de mi alma y el último día del último año del último tiempo habrá alguien orando junto a mi sepulcro,

Et lux perpetua luceat eis,

Háganse dos aniversarios perpetuos, en el día de mi nacimiento uno y el otro en el de mi muerte, vísperas, nocturnos, misa y responsos, cantado todo, quiero y mando que por mi devoción, y en reverencia del Santísimo Sacramento, estén continuamente dos frailes delante de él, de noche y de día, rogando a Dios por mi alma y las de mis difuntos, hasta la consumación de los siglos,

Dies illa, dies irae, calamitatis et miseriae,

Y sobrevino una úlcera maligna sobre los hombres que tenían la marca de la bestia,

Mando y ordeno: a mi muerte, díganse treinta mil misas de un golpe: hágase violencia al cielo,

Requiem aeternam, dona eis, Domine,

Confundiéronse así los cantos lúgubres y el triste fulgor de las velas bajas, la lectura de San Juan y el humo del incienso, los mandatos del Señor y la luz concentrada en ese impenetrable tríptico flamenco del altar, jardín de las delicias, reino milenario, infierno eterno, donde el Señor miraba todos los rostros de su vida, su padre y su madre, sus hermanos bastardos, su esposa, los compañeros de su juventud, aquella lejana tarde en la playa, el mar abierto ante sus miradas, la verdadera fuente de la juventud, el mar, le dio la espalda, regresó a la meseta parda y árida, en ella construyó un palacio, monasterio y cementerio reales sobre el cuadrángulo de una parrilla semejante a la que conoció el suplicio de San Lorenzo, un concierto de líneas austeras, una simplicidad mortificada, un rechazo de todo ornamento sensual, infiel, pagano, una convergencia del tumulto del universo en un centro único, dedicado a la gloria de Dios y al honor del Poder: miraba desde su ataúd, actor y testigo de sus propias exequias fúnebres, el cuadro flamenco, como al principio miró el cuadro, decíase, traído, se dijo, de Orvieto, interrogándole, preguntándole, si en estos actos de la agonía había el mérito suficiente para abrirle a quien así los sufría las puertas del Paraíso.

Pero antes, necesitaba saber, una vez más, moribundo ya, si la suma de hechos, sueños, pasiones, omisiones, visiones y revisiones de su vida fueron dirigidas por la mano de Dios o por la mano del Diablo: en verdad, ni la Divinidad ni el Demonio se manifestaron nunca, plenamente; ¿era indigno de compasión el hombre que, como él, ahora, se preguntase las eternas preguntas: por qué prefiere Dios la ciega fe de los mortales a la tangible certeza de Su Existencia, si sólo la manifestase visiblemente?, ¿jamás entraría al Paraíso quien, como él, ahora, volviese a preguntarle la eterna pregunta a Dios: por qué, si eres el Bien, toleras el Mal, permites que sufran los virtuosos y se enaltezcan los perversos? De allí, se dijo el rey don Felipe, abriendo la boca para aprisionar el aire fugitivo de la humeante capilla de cirios, inciensos, cánticos y profecías, que tantas veces hubiese dejado a la fatalidad, la indiferencia, la simple etiqueta, actuar libremente, en nombre del Señor, pero sin su intervención; si tal hacía Dios, ¿qué podía exigírsele a la pobre criatura?; de allí que hubiese accedido, tantas veces, a las proposiciones de otros: Guzmán, el Inquisidor de Teruel, el Comendador de Calatrava, su propio padre llamado el Hermoso; de allí, también, que tantas veces él hubiese actuado con conciencia tan profunda de la indisoluble unidad del bien y del mal, del ángel y de la bestia: el Cronista, fray Julián, la libertad de Ludovico y Celestina, la de Toribio en su torre. Actué o dejé de actuar, murmuró mientras se alejaban o borraban de su vista las imágenes sensuales del cuadro flamenco, porque Dios y el Diablo se negaron a manifestarse claramente; si la obra fue de Dios, alabada sea; si fue del Demonio, yo no tuve culpa alguna: no hice, dejé de hacer; no condené, perdoné; o cuando condené, fue por lo secundario y no por lo principal. Si pequé, ¿por qué no interviniste, Dios mío, para impedirlo?

Pidió a gritos una hostia consagrada, mas nadie le escuchó, nadie acudió a dar alimento a su alma: todos cantaban, oraban, se hincaban alrededor del ataúd, como si él ya hubiese muerto.

Sólo podía confesarse a sí mismo.

Se interrogó, así, sobre las ocasiones en que sí actuó, en que sí fue responsable; engañó a las hordas mesiánicas de su juventud, las libró a la matanza en el alcázar, le negó su sexo a Isabel, se lo entregó a Inés, derrotó a los herejes de Flandes, ordenó construir, a toda furia, esta necrópolis: ¿había virtud en estos actos, puesto que de ellos sí fue consciente, sí fue responsable?, ¿y qué era la virtud de un rey? Miró desde el ataúd donde yacía, las bóvedas grises de esta Ciudadela de la Fe: era también la Basílica del Poder, y la virtud de un rey era su honor, y su honor su pasión, y su pasión su virtud y su virtud, así, su honor; honor llamábase el sol de una monarquía, y mientras más se alejaban de él los sujetos de un reino, mayor frío, y mayor dispersión, conocerían: el Señor todo lo quiso concentrar en un lugar: este palacio, monasterio y tumba; en esta persona: la suya; lugar y la personalidad finales, heráldicas, definitivas en su voluntad de culminar como lo fue el acto mismo de la revelación en su voluntad de crear: el icono inmutable del Honor del Poder y de la Virtud de la Fe, sin descendientes, sin bastardos, sin usurpadores, sin soñadores, sin enamorados...

Escuchó en lo más hondo de sus orejas putrefactas, por donde asomaban ya los gusanos, la carcajada horrible de Guzmán, del usurero sevillano elevado a la calidad de Comendador, de los comuneros que le combatieron en Medina y Ávila, Torrelobatón y Segovia, y encontraron sepulcro en Villalar: la tiranía de un rey invoca el honor; el gobierno de los hombres comunes lo combate y luego lo ignora; la virtud es la excelencia del individuo, y la determinan sus intereses: lo que el individuo quiere, eso es bueno. Y a esos hombres pequeños, ambiciosos, que desafiaban el concepto central del honor y le oponían estas nuevas palabras, liberal, progreso, democracia, el Señor les dijo con acento agónico: vivan, pues disgregados, lejos del sol del honor; aprecien más la riqueza que la vida, aferrándose a la existencia para gozar de la fortuna; ríjanse por leyes generales, como lo exigieron los comuneros rebeldes, obedeciendo lo que debe hacerse y evitando lo prohibido; y el día de vuestra desilusión, señores, volved vuestras miradas a mi sepulcro y entended las reglas de un honor que fue el mío: désele toda importancia a la fortuna, mas ninguna a la vida; evítese cuanto la ley no prohíbe, cúmplase cuanto la ley no exige: tal es, señores, la virtud del honor. Y los nidos de blancos huevecillos cegaron su mirada: oh Dios mío, oh mi Demonio, ¿cómo se entenderán la libertad y las pasiones, no es mejor freno de éstas el honor de un monarca que la ambición de un mercader?

No supo contestar. No pudo contestar. La pregunta se quedó para siempre suspendida entre los humores de incienso, sebo de candela, pus, mierda y sudor de llaga. Los médicos se acercaron a él. Le pusieron cantáridas en los pies y palomas frescamente matadas en la cabeza. Dijo el Doctor Saura:

—Es para prevenir el vértigo.

Luego llegaron unos pinches de la cocina con calderones hirvientes y el fraile de Baena sacó de ellos entrañas humeantes de toro, gallina, perro, gato, caballo y halcón y las colocó sobre el vientre del Señor.

—Es para recalentarlo y que sude.

El Señor hubiese querido contestarles:

—Es inútil. Sólo tuve una edad. Nací en una letrina; morí en otra. Y nací viejo.

Pero ya no podía hablar. Se sintió distinto. Se sintió que era otro. Murmuró para sí:

—Un fantasma, gota a gota, me agota.

Entonces los dos cirujanos volvieron a acercarse al ataúd, con finos y afilados cuchillos en las manos. Con ellos le rasgaron primero las hediondas ropas negras y descubrieron su cuerpo lampiño, pálido, gredoso. El Señor gritó: no pudo escuchar su propia voz y supo que nadie más la escucharía, nunca más. Los médicos, las religiosas, los frailes: ellos estaban sordos; no él, no él.

Le abrieron los cuatro abscesos del pecho. Tres, dijeron, estaban llenos de pus. El cuarto era una cueva de piojos.

Con el cuchillo, Saura le abrió el cuerpo en canal. Los dos médicos lo exploraron, extrajeron las vísceras, y dijeron, a medida que las arrojaban a los mismos calderones donde llegaron las entrañas de las bestias:

—El corazón del tamaño de una nuez.

—Tres grandes cálculos en el riñón.

—El hígado lleno de agua.

—Los intestinos putrefactos.

—Un solo testículo negro.

Los treinta y tres escalones

Luego hubo una larga ausencia.

—¿Dónde se han ido todos?

Luego hubo un gran silencio.

—Cierre la boca, Su Merced, que las moscas españolas son muy insolentes.

Sintió una gran fatiga y, a la vez, un gran alivio. Alivio era la muerte. Fatiga, los largos siglos que aún debía vivir muerto: no sólo su tiempo, sino todo el tiempo que faltaba para que el suyo bebiera, hasta las heces, su destino incumplido. Los siglos que les faltaban a las reinas anunciadas por su madre, a los reyes que ocuparían el trono godo.

—El tiempo y yo valemos dos.

Al clarear el día, distinguió desde las profundidades del ataúd a dos figuras que se asomaban a mirar su cadáver. A una la reconoció en el acto: era el estrellero, fray Toribio, con el ojo andariego y la aureola de pelo incendiado. Miraba el cadáver del rey y decía:

—Pobre imbécil. Murió creyendo que la tierra era plana.

Pero el otro... el otro...

Trató de reconocerlo, y reconociéndolo, de recordarlo. Condenado a galeras, herido en la gran batalla naval contra el turco, prisionero en Argel, seguramente muerto y olvidado en las mazmorras a donde le condujo su indiscreta pluma; ¿qué mentira le contó una vez el fraile Julián? "¿El Cronista, Sire? Olvidadlo. Ha sido llevado a la prisión y torre de Simancas, donde tantos cabecillas comuneros murieron, y como ellos, decapitado"... Y ahora estaba vivo, aquí, asomándose a mirarle a él, muerto. Le faltaba una mano. En la otra empuñaba una verde y larga botella, con el sello roto.

—Pobre Señor. Murió sin saber lo que decía el tercer manuscrito dentro de la botella abandonada por el peregrino en la celda de donde Guzmán le condujo a una cruel cacería. Pobre Señor. Como la puta de Babilonia, en su frente leo la palabra: Misterio.

—Eres demasiado compasivo, Miguel, le dijo el astrólogo al escritor. Con tal de que todo el mundo te lea, eres capaz de exponer absurdamente la cabeza. Conténtate con los dos libros que pudiste escribir, amparado por mí y por la abulia del Señor, en la soledad de mi torre: la crónica del caballero de la triste figura, que todos leerán, y la crónica de los últimos años de nuestro soberano, que a nadie le interesa.

—¿Y el manuscrito que contiene esta botella, fraile, quién lo leerá? Yo no lo escribí. Lo trajo del mar uno de esos muchachos.

—Publicadlo, si así os parece. Que lo lean todos menos el Señor aquí yacente. Mirad su cuerpo embalsamado y amortajado con vendas, como una momia…

Abrió los brazos el fraile uranólogo:

—Y mirad ahora ese maravilloso tríptico del reino milenario, pintado por un humilde artesano flamenco y adepto del libre espíritu para decir en secreto todas las verdades de mundo humano, en rebelión contra la Iglesia, que pretende ser el reino de Dios en las almas, y contra la Monarquía, que pretende ser el reino de Dios en el mundo. ¿Crees que el Señor entendió jamás el sentido de este desafío, a pesar de los pesares, instalado aquí mismo, en su capilla, visto por él todos los días? El Señor ha muerto.

—¿Nada debemos agradecerle?

—Sí. Su falta de curiosidad para llegar hasta mi torre y sorprendernos en nuestros quehaceres. Ha muerto, te digo. Le sobreviven mi ciencia, tu literatura y este arte. No todo está perdido. Que otros le lloren, no tú, ni yo, ni el alma del pintor de Hertogenbosch.

Desaparecieron.

Desde su ataúd, Felipe empleó el día en escudriñar ese cuadro flamenco, sin poder penetrar los misterios que le atribuía fray Toribio. ¿A qué edad pertenecía esa pintura? Pues todo creyó entender del manuscrito de Teodoro el consejero de Tiberio César, que era el pasado, y nada del manuscrito de una extraña guerra en selvas y montañas del nuevo mundo, que era el futuro. Pero este tríptico… No podía ubicarlo ni en el pasado ni en el futuro. Quizá pertenecía a un eterno presente.

Al caer la noche, se durmió.

Despertó en la oscuridad, con un sobresalto. ¿Le habían colocado ya dentro del sepulcro? ¿Cubríale ya la losa de mármol? Y esos diminutos ruidos, ¿eran paletadas de tierra? No, su voluntad fue que le sepultasen aquí mismo, en el pudridero, junto con sus antepasados. ¿Habrían triunfado los herejes, los locos, los paganos, los infieles, le habrían arrojado entre todos, para vengarse de él, en la fosa común, junto al cadáver del perro Bocanegra? No, olía la cera muerta de la capilla, el incienso viejo, el viento metálico de escorias que descendía hasta aquí por los treinta y tres escalones...

Unos pasos. Pesados. Pesadilla.

Una sombra cayó sobre su rostro muerto.

Una figura.

Un fantasma: lo supo porque él lo miraba, pero la figura no lo miraba a él. Un fantasma: no nos mira. Para él, no estamos allí. Eso es lo que nos espanta.

Sintió una atracción espantosa hacia ese ser tan cercano, detenido junto al ataúd, que no le miraba, como si el Señor no existiese ya ni en la vida ni en la muerte. Felipe apoyó las manos llagadas y vendadas contra la blanca seda del féretro, se incorporó, se sentó dentro del ataúd, podía moverse, ya no sentía el dolor de los años pasados, colgó una pierna fuera del ataúd, luego la otra, salió de la caja de plomo, se incorporó, gallardo, liviano, alegre; miró hacia el tríptico del altar: era un inmenso espejo de tres volantes, y en él Felipe se vio triplicado, uno el muchacho del día de la boda y el crimen en el alcázar, otro el hombre de mediana edad que venció a los herejes de Flandes y mandó construir esta necrópolis, el tercero el anciano blanco y enfermo que en vida se pudrió en este pudridero.

—Escoge, le dijo la voz del fantasma.

Volteó a mirarlo, pero el espectro le daba la espalda. Volvió a mirar hacia el tríptico. Decidió ser el joven, revivir su vida, tomar la segunda oportunidad que le devolvía la muerte; se oscurecieron los otros dos espejos, sólo brilló el primero, se desenrollaron por sí solos, y cayeron al piso de granito, los vendajes que le amortajaban. Felipe se miró a sí mismo, vestido como el día de sus nupcias con Isabel, magnífico, magnífico, lustrosos zapatos a la flamenca, calzas color de rosa, una ropa de brocado forrada de armiños y en la cabeza una gorra como un joyel y sobre el pecho una cruz de piedras preciosas y, entre los armiños, desprendidos capullos de azahar. Miró en el espejo del cuadro sus facciones de los diecisiete años, agraciadas, casi femeninas, pero marcadas por la estigmata de su casa: la quijada prógnata, los labios gruesos, siempre entreabiertos, los párpados pesados. Pero sobre todo sintió su cuerpo joven, el cuerpo del imaginario viaje en la barca de Pedro, en busca del mundo nuevo, acompañado de Simón, Ludovico y Celestina: la piel tostada, la cabeza teñida por el oro del océano, el músculo fuerte, la carne delgada.

Escuchó los pasos del fantasma que se alejaban del altar y del ataúd, a lo largo de la nave flanqueada de sepulcros. Le siguió, ansioso de ser visto por él, por alguien, ahora que volvía a ser joven, ahora que la muerte le ofrecía la segunda oportunidad.

Mas al pasar al lado del ataúd, se detuvo, inmovilizado por una imagen que le puso la piel de gallina: el anciano rey amortajado yacía allí, muerto, envuelto en vendas blancas y coronado por la corona goda de oro incrustada de perla, zafiro, ágata y cristal de roca. No supo lo que hizo, ni por qué lo hizo; no supo ni sintió amor, odio o indiferencia hacia ese despojo; sintió, sólo, una pasión, una necesaria pasión, no un homenaje, no una profanación: un transporte que determinó su acto. Se quitó la gorra. Le quitó la corona. Le puso la gorra. Se puso la corona.

El fantasma, que no le miraba, que le daba la espalda, se detuvo al pie de la escalera.

Entonces giró y por fin miró al joven Felipe. El príncipe angostó la mirada, tratando de adivinar, recordar o, quizá prever las facciones del fantasma, un joven como él, una extraña mezcla de herencias raciales, rubia y rizada la cabellera, negros los ojos, trigueña la piel, larga y bella la nariz, sensuales los labios. Un muchacho desnudo. Alargó la mano, invitando a Felipe a seguirle:

—¿No me recuerdas? Miguel me llamo en tierras cristianas, Michah en las juderías, Mijail-ben-Sama en las aljamas arábigas: Miguel de la Vida. Me mandaste quemar vivo un día, bajo las cocinas de tu palacio. No me condenaste por lo principal, sino por lo secundario.

Le invitaba a seguirle: a subir, peldaño tras peldaño, esa escalera inconclusa. Felipe cayó de rodillas; se postró; abrió los brazos en cruz frente a su víctima; no, esa escalera conduce a la muerte, ya la ascendí un día, con mi espejo en la mano, y en ella vi lo que no quiero volver a ver, mi vejez otra vez, mi agonía, mi muerte, mi descomposición, mi retorno a la materia bruta, mis metamorfosis, la transmigración de mi alma, mi resurrección en forma de lobo, cazado en mis propios dominios por mis propios descendientes, Michah, Mijail, Miguel de la Vida, perdona mi crimen, honra tu nombre, Miguel de la Vida, no vuelvas a quitarme la mía…

Sonrió el llamado Miguel: —Aquella vez, como Narciso, sólo te miraste a ti mismo en el espejo. Esta vez, Felipe, verás el espejo del mundo. Ven.

El joven príncipe miró hacia atrás: los sepulcros, su propio ataúd de plomo, el coro de las monjas, el altar, el tríptico, la puerta de ingreso a su desnuda alcoba de placeres secretos y duras penitencias, desde donde podía asistir, sin moverse de la cama, a los oficios divinos. Recordó a su padre. Pensó que, si daba la espalda a la escalera y volaba de regreso a ese mundo subterráneo, confundiría, como los halcones sabrosos de presa, la oscuridad enclaustrada de la capilla con el espacio infinito de la noche, se estrellaría contra pilastras, bóvedas de piedra, celosías de fierro, y quedaría manco, y moriría otra vez.

Tomó la ardiente mano del fantasma.

Levantó un pie y lo posó sobre el primer peldaño de la escalera.

—Esta vez no te mires a ti; mira a tu mundo; y escoge de vuelta.

Ascendió lentamente Felipe. Tomado de la mano febril de Mijail-ben-Sama.

Cerró los ojos para no verse esta vez, como la otra, así mismo, sino al mundo; y el mundo, en cada peldaño, ofreció la tentación de escoger de nuevo, desde los albores del tiempo, pero siempre en un mismo lugar transfigurado: éste, tierra de las vísperas, Hispania, Terra Nostra.

Y escuchó al pisar cada escalón la doble voz de Mijail-ben-Sama, una voz que era dos voces, cada una nítida, clara, vaga, urgente, dos pero una, una pero dos.

Creador andrógino de un ser inventado a su imagen y semejanza

El primer ser se fecunda a sí mismo multiplicándose como la tierra sin mácula

La armonía del mundo de los hijos prolonga la armonía original del mundo de los padres

La diversidad de los pueblos, las lenguas y las creencias es el resultado de un mestizaje que fortalece la unidad del género humano

Todo es de todos

Lo nuestro

He de morir: regresaré transformado

He de vivir: quiero la muerte

Soy un río

Todo cambia

Todo permanece

Entiendo lo que se mueve

Amo lo que desconozco

Me reconozco en la diferencia

Mézclese mi sangre con la de todos

Renazca mi cuerpo enriquecido por la sangre mezclada

Amo el trabajo de mis manos renovadas: recreo el paraíso

Construyo jardines

Surtidor y alhelí

Mi cuerpo se une

Amor o soledad

Inteligencia de mis sentidos terrenos

Libertad de mi cuerpo y de mi mente abiertos a toda fecundación

Comunidad

Tolerancia

Muchos

Cristianos, moros y judíos

Españoles

Nuevo Mundo

Alhambra

Duda

Diversidad

Vida

Padre creador de un hombre incompleto: ¿dónde está la mujer?

El hombre viola a la mujer y ambos dañan a la naturaleza del jardín enfermo

El hermano mata al hermano para poseer a la mujer sojuzgada y a la tierra inhóspita

El demonio de la mujer y la tierra vencidas encona a los pueblos contra los pueblos: la insuficiencia es exaltada como superioridad, la necesidad como razón

Lo tuyo y lo mío

He de morir: nunca regresaré a la tierra

He de morir: quiero la gloria

Soy una sombra

Nada debe cambiar

Todo debe continuar

Entiendo sólo lo inmóvil

Odio lo que no comprendo

Extermino lo diferente

Purifíquese mi sangre con sanguijuela y cauterio

Muera mi cuerpo empobrecido por la pureza de la sangre

Indigno de mis manos ascéticas es el trabajo de esclavos

Levanto panteones

Piedra y mortaja

Mi cuerpo se separa

Honor o deshonor

Ignorancia de cuanto me aparte de la salvación eterna

Opresión de mi cuerpo y de mi mente sometidos a la penitencia

Poder

Represión

Uno

Hidalgo de sangre limpia

Yo, el Rey

Mundo Viejo

Escorial

Fe

Unidad

Muerte

—¿Escogiste, Felipe? ¿Pudiste escoger otra vez?

La voz doble del ardiente fantasma despertó al Señor de su veloz sueño. Esa voz se alejaba. Abrió los ojos. Había ascendido por los treinta y tres peldaños de su capilla. El sol dañó su mirada. Un valle bravo y recio se abría ante ella. Dura corteza de piedra. Vasta floración de la roca. Miró hacia la cabecera de una garganta montañosa, donde se erguía un cono apretado de roca viva. Y en la cima de la roca, como si de ella naciese, una gigantesca cruz de piedra arrojó su sombra sobre la faz del Señor; y esta cruz reposaba sobre un doble basamento, al primero de los cuales se adosaban las figuras de los cuatro evangelistas; y otro más pequeño, en cuyos ángulos estaban colocadas las imágenes de las cuatro virtudes cardinales; y a los basamentos de la cruz debía ascenderse por una inmensa escalinata asentada sobre roca viva, como en la entraña de la roca había sido cavada una cripta custodiada por una reja de tres cuerpos coronada por una crestería de ángeles, insignias y remates que acompañaban la figura del Apóstol Santiago.

Desorientado por el espacio, llagado por el sol que no había vuelto a ver desde que en este mismo sitio asistió al suplicio de Nuño y Jerónimo, vencido por el tiempo, Felipe giró sobre sus propias plantas, se sintió acorralado, buscó una salida: fiera atrapada por el miedo, no se percató de la presencia de un hombrecillo de corta estatura, un viejo con barba de tres días, uniforme gris de tela burda y gastada gorra con una chapa de cobre.

—¿Puedo ofrecer mis servicios al señor?, preguntó este hombrecillo obsequioso.

—¿Dónde estoy… por favor… dónde?, logró murmurar Felipe.

—Hombre, en el Valle de los Caídos.

—¿Qué? ¿Cuáles caídos?

—Caramba, los caídos por España, el monumento de Santa Cruz…

—¿Qué día es éste?

—Cómo saber el día, pues eso sí quién sabe. Ahora que el año sí que lo sé, que es el de mil nueve noventa y nueve. ¿El señor nunca ha visitado el Valle de los Caídos? Permítame, mi tarjeta. Soy guía autorizado y puedo…

Felipe miró hacia la inmensa cruz de piedra: —No, nunca lo he visitado. Es que hace más de cuatrocientos años que me fui.

El hombrecillo, hasta ese momento acomedido aunque indiferente, miró por primera vez el rostro, el atuendo, la figura toda de Felipe. Tartamudeó:

—Es que… es que pasan tantos turistas por aquí… todos iguales… y repito siempre lo mismo… me sé de memoria los…

Arrojó la gorra a la tierra y, con los ojos desorbitados, corrió gritando, lejos de Felipe, agitando los brazos, con la voz rasposa que retumbaba entre las masas de la roca tallada:

—¡Venid, venid todos! ¡Oídme, oídme! ¡Que ha regresado uno que se fue hace cuatrocientos años! ¡Venid, venid, oídme todos!

Esa noche, buscando guarida para su terror y su hambre entre los vestigios de encina y enebro, zarzamora y mejorana de los riscos de la sierra, escuchando cada vez más cerca las bocinas de la caza nocturna y el chisporroteo de hachas, el ocasional disparo de un fusil y el constante ladrido de los mastines, Felipe llegó hasta una pequeña fogata encendida entre la roca y protegida con cuidado del cierzo de diciembre.

Un sentimiento instintivo de alivio y gratitud le llevó a arrojarse a los pies del montañés que allí hervía una vieja cafetera y re banaba una hogaza de pan.

El montañés le acarició el testuz y Felipe levantó los grandes ojos líquidos y dolorosos para mirar los de este hombre que le ofrecía un pedazo de pan y una rebanada de jamón serrano. Eran negros; pero rubia y rizada la cabellera, trigueña la piel, larga y bella la nariz, sensuales los labios.

Felipe devoró con el hocico y los colmillos el jamón y el pan. Continuaban acercándose los temibles rumores de la cacería, pero al lado de este joven montañés, su amigo, ya no sintió miedo. Incluso entendió sus palabras cuando el hombre dijo, lentamente, mientras apagaba con las botas el fuego, con un tono de incertidumbre en sus palabras, pero con una clara intención de ser comprendido por el lobo:

—Sí. La verdad es ésta. Cuando hablo de un lugar es porque ya no existe. Cuando hablo de un tiempo es porque ya pasó. Cuando hablo de una persona es porque la deseo.

La última ciudad

Habrá nevado durante varias horas. El río ha crecido. El torrente ahoga al zuavo de piedra del Pont de l'Alma. Las aguas turbias se arremolinan en la proa de la Ile Saint-Louis. Blanco sudario del Luxemburgo. El jardín de Montsouris se reconoce en un desolado albor. Una terrible belleza blanca ciega al Parc Monceau. La escarcha dibuja los árboles de tinta china del cementerio de Montparnasse. La nieve cubre el de Père Lachaise como un tardío sacrificio. Las tumbas nevadas de Francisco de Miranda y Charles Baudelaire, Honoré de Balzac y Porfirio Díaz. Arañas plateadas en los jardines y panteones.

Arañas doradas en el cielo raso del apartamento del Hotel du Pont Royal. La suite roja. Terciopelo ardiente. Afuera, la nieve como un estandarte derretido y el río como el rampante león de la bandera. Adentro, los estucos blancos. Viñas. Cornucopias. Querubes. Yeso esculpido. Terciopelo rojo y yeso blanco. Los espejos. Manchados. Patinados. Multiplican el espacio del estrecho apartamento.

El ascensor de jaula ha dejado de funcionar hace mucho. Bronces renegridos. Cristales biselados. Afuera. Del otro lado de la puerta doble. No la has abierto. En tanto tiempo. Evitas los espejos. Los hay inmensos, de cuerpo entero y marco de oros opacos y azogues dañados. Otros pequeños de mano. Uno de mármol negro, veteado de sangre. Otro mínimo, cuarteado, cubierto de huellas digitales. Otro redondo con un marco coronado por un águila bicéfala. Otro triangular. Muchos más. Los evades. El argentino Oliveira te lo advirtió: ninguno refleja el espacio del lugar donde estás. El rosario de estrechas piezas: salón, recámara, vestidor, baño, abriéndose una sobre las otras. Ninguno refleja el rostro. Los tocas; no los miras, no te miras. Lo tocas todo con tu mano única. Buendía, el colombiano, te lo advirtió al llegar a Francia: París parece mucho más grande de lo que realmente es a causa de la infinita cantidad de espejos que duplican su espacio verdadero: París es París, más sus espejos.

Tardíamente, el vejo Pierre Ménard propuso que se dotara a bestias, hombres y naciones de un surtido de espejos capaz de reproducir infinitamente sus figuras y las ajenas, sus territorios y los ajenos, a fin de apaciguar para siempre las imperativas ilusiones de una destructiva ambición de poseer, aunque el dominio nos asegurase la pérdida tanto de lo conquistado como de lo que ya era nuestro. Sólo a un ciego pudo ocurrírsele semejante fantasía. Es cierto que, además, era filólogo.

Oliveira, Buendía, Cuba Venegas, Humberto el mudito, los primos Esteban y Sofía y el limeño Santiago Zavalita, que se la vivía preguntándose en qué momento se jodió el Perú y llegó también a París, refugiado como todos los demás y preguntándose como todos los demás, con excepción de la rumbera cubana, ¿a qué horas se jodió la América Española? No los has vuelto a ver. Si existen aún, hoy andarán declarando, contigo, el Perú jodido, Chile jodido, la Argentina jodida, México jodido, el mundo jodido. Hoy: el último día de un siglo agónico. Hoy: la primera noche de los próximos cien años. Aunque saber si 2000 es el último año de la centuria pasada o el primero de la venidera se presta a infinitas discusiones: vivimos dentro de un espectro roto. Sólo esa vieja, fofa, pintarrajeada rumbera con nalgas como un corazonzote, Cuba Venegas, mantuvo hasta el fin su extraño optimismo antillano, cantando melancólicos boleros, con su voz cascada, en los peores antros de Pigalle. Decía, ignorando la paráfrasis:

—Todos los buenos latinoamericanos vienen a morir a París.

Quizá tenía razón. Quizá París era el punto exacto del equilibrio moral, sexual e intelectual entre los dos mundos que nos desgarraron: el germánico y el mediterráneo, el norte y el sur, el anglosajón y el latino.

En los aniversarios de sus respectivas muertes, Cuba Venegas llevaba flores a las tumbas de Eva Perón, en Père Lachaise, y de Che Guevara, en Montparnasse.

Qué lejanas aquellas veladas en el piso más alto de la vieja casa de la rue de Savoie, cuando se reunían todos a beber el amargo mate preparado por Oliveira y la rubia Valkiria lituana ponía tangos en el tocadiscos y servía pisco y tequila y ron, mientras todos jugaban a la Superjoda, una partida de naipes competitiva en la que ganaba el que reuniera mayor cantidad de oprobios y derrotas y horrores. Crímenes, Tiranos, Imperialismos e Injusticias: tales eran los cuatro palos de esta baraja, en vez de tréboles, corazones, espadas y diamantes.

—¿Qué vale má?, inquiría Cuba Venegas, ¿ecalera de multinacionale o flor de embajadore?

—Depende, contestaba Santiago el limeño; yo tengo corrida: United Fruit, Standard Oil, Pasco Corporation, Anaconda Copper e ITT.

—¿De dónde son lo cantante?, gritaba la rumbera. Jenry Len Uilson, Choel Ponset, Esprul Braden, Chon Puerifuchi y Nataniel Débis. ¡Flor, coño!

—Corazón apasionado, disimula tu tristeza, murmurabas tú, dirigiéndote al mudito Humberto. Te cambio un Ubico y dos Trujillos por tres Marmolejos.

—¿Sabés (comentaba Oliveira mientras repartía cartas) cómo llegó Marmolejo al poder en Bolivia? Se puso en fila para saludar al presidente en la fiesta de la independencia nacional y cuando llegó a él le disparó una pistola en la barriga. Luego le quitó la bandera presidencial, se la puso y se dirigió al balcón de palacio a recibir las aclamaciones. ¿Qué tenés, mudito?

Humberto extendía sus cinco cartas bélicas: la escuadra de Winfield Scott, el ejército de Achille Bazaine, los mercenarios de Castillo Armas, los gusanos de Bahía de Cochinos y la guardia nacional de Somoza.

—¡Full!, exclamaba Buendía: los tigres de Masferrer, los tonton macoutes de Duvalier y la Dops brasileña más un Odria y un Pinochet.

—Chorros, vos, tu papa y tu mama, decía triunfalmente Oliveira, extendiendo un póker de prisiones sobre la mesa: las tinajas de San Juan de Ulúa, la isla de Dawson, el páramo de Trelew y el Sexto en Lima. A ver, topen esa…

—Que aumente la polla y se repartan de nuevo las cartas, proponía la Valkiria mientras llenaba los vasos.

—Santa Anna perdió la batalla de San Jacinto contra los quintacolumnistas texanos cuando la estaba ganando porque se detuvo a comerse un taco y dormir la siesta.

—¿Tú, Zavalita, qué tenés?

—Tercia de exterminios en plazas públicas, pues. Maximiliano Martínez en Izalco, Pedro de Alvarado en la fiesta del Tóxcatl y Díaz Ordaz en Tlatelolco.

—Las dos últimas son la misma. Vale por par, pendejo.

—Como una nube gris que cubre tu camino, me voy para olvidar que cambie tu destino, entonó Zavalita, arrojando las cartas bocabajo.

—¿Qué decías de Santa Anna?

—Le volaron una pierna y la enterró bajo palio en la catedral de México. Lo capturaron los yanquis y vendió la mitad del territorio nacional. Más tarde vendió otro pedacito para comprarles uniformes europeos a sus guardias y construirse estatuas ecuestres con mármol de Carrara.

—Pucha Diego, decían en silencio los labios de Humberto.

—¿Y los primos?, preguntaba Buendía.

—¿Esteban y Sofía? Shhh, decía la Valkiria, están en la recámara.

—¡Pachuca!, exclamabas desanimado. Un Juan Vicente Gómez, un indio herrado por Nuño de Guzmán en Jalisco, un esclavo en la mina de Potosí, un barco negrero en Puerto Príncipe, y la campaña de exterminio del General Bulnes contra los mapuches.

—Che, Buendía, contanos la doble muerte de J. V. Gómez.

—Juan Vicente Gómez hizo que se anunciara su muerte para que sus opositores salieran a celebrarla por las calles de Caracas. Se escondió detrás de la cortina de una ventana del palacio y observó con sus ojillos de mapache a los celebrantes, mientras daba órdenes a la policía: encarcelen a éste, torturen a éste, fusilen a aquél… Cuando de verdad se murió, tuvieron que exhibirlo sentado en la silla presidencial, con la banda y uniforme de gala, mientras el pueblo pasaba, lo tocaba y se cercioraba: "De veras, esta vez sí se murió". Qué vaina.

—Te cambio tu Góme por dó Pére Jiméne y el guáter de oro de Batita en Kukine, canturreaba la rumbera, hay en tus ojos el verde esmeralda que brota del mar…

—Y en tu boquita la sangre marchita que tiene el coral…

—En la cadencia de tu voz divina la rima de amar…

—Y en tus ojeras se ven las palmeras borrachas de sol…

—Batista mandaba en Navidad grandes cajas de regalos con listones y envueltas en papel de china a las madres de los muchachos que luchaban en la Sierra Maestra y en la clandestinidad urbana. Al abrirlas encontraban adentro los cuerpos mutilados de sus hijos.

—¡Póker de CIA!, gritaba Oliveira, barriendo las fichas amontonadas en el centro del tapete hacia su pecho.

—Adiós, Utopía…

—Adiós, Ciudad del Sol…

—Adiós, Vasco de Quiroga…

—Adiós, Camilo Enríquez…

—Juárez no debió de morir, ay, de morir…

—Ni Martí, chico…

—Ni Zapata, mano…

—Ni el Che, che…

—Adiós, Lázaro Cárdenas…

—Adiós, Camilo Torres…

—Adiós, Salvador Allende…

—Otra vez volveré a ser, el errante trovador…

—Que va en busca de un amor…

—Sola, fané y descangallada…

—Ledá de oro, chico, ledá de oro, comenzaba a sollozar Cuba Venegas.

Recorres lentamente la sucesión de piezas, comunicadas todas por puertas dobles. Lo tocas todo. No, no tocas el terciopelo rojo de muebles, cortinas y paredes. Tocas todos los objetos que has reunido aquí, dispuestos cuidadosamente sobre armarios, repisas, cómodas, gabinetes, antiguos escritorios de cortina, raquíticos secrétaires dieciochescos, mesas de noche, repisas de cristal, mesas de mármol. La perla negra. La carlanca de perro, armada de púas, con la divisa inscrita en hierro, Nondum, Aún No. Las botellas verdes, largas, vacías, para siempre cubiertas de musgo, algunas toscamente taponeadas con corcho, otras cerradas con yeso rojo después de haber sido abiertas, ¿cuándo?, ¿por quién?, con evidente premura, otras lacradas con el sello de un anillo imperial. Abres, a menudo, el largo estuche de piel cordobesa donde duermen en lechos de seda blanca las viejas monedas que acarician, desgastando aún más las borradas efigies de reyes y reinas olvidados. Con tu única mano extiendes los papeles guardados en el gabinete de Boulle, las crónicas adelgazadas, transparentes, desleídas. Comparas las caligrafías, la calidad de las tintas, su resistencia al transcurso del tiempo. Documentos escritos en latín, hebreo, arábigo, español; códices con ideogramas aztecas. Letras de araña, letras de mosca, letras de río, letras de piedra, glifos de nube.

Te cansas pronto de leer. Nunca sabes si entristecerte o alegrarte de que estos papeles, estas mudas voces de hombres de otros tiempos, sobrevivan a las muertes de los hombres de tu tiempo. ¿Para qué conservas los escritos? Nadie los leerá porque ya no habrá nadie para leer, escribir, amar, soñar, herir, desear. Todo lo escrito ha de sobrevivir intocado porque no habrá manos para destruirlo. ¿Es preferible esta segura desolación al incierto riesgo de escribir para ver lo escrito prohibido, destruido, quemado en grandes piras mientras las masas uniformadas gritan muerte a Homero, muerte a Dante, muerte a Shakespeare, muerte a Cervantes, muerte a Kafka, muerte a Neruda. Tu vista está cansada. No hay manera de conseguir unos anteojos. Tu cuerpo está fatigado. Si sólo pudieras mirarte en un espejo y saber que te verás a ti mismo, no a otros hombres, otras mujeres, otros niños, inmóviles o agitados, repitiendo siempre las mismas escenas en el teatro de los espejos. Has perdido las cuentas. Desconoces tu edad. Te sientes muy viejo. Pero lo que ves de ti mismo cuando te desnudas —tu pecho, tu vientre, tu sexo, tus piernas, tu mano y tu brazo únicos— son jóvenes. No recuerdas ya cómo eran el brazo y la mano mutilados que perdiste en la batalla.

Luego reinicias el recorrido del apartamento. Lo tocas todo. El guante seboso, con las secas puntas de los dedos recortados. Los anillos de piedra roja y el hueso. El cimborio lleno de muelas. Las viejas cajas guarnecidas con torzales de oro y llenas de cabezas cortadas, canillas, manos momificadas. Un día, riendo oscuramente, uniste tu muñón a dos de esas reliquias: un brazo y una mano ajenas. Después sentiste náuseas. Lo conoces todo tan bien. Puedes tocar y descubrir todos los objetos a ciegas. Hay días en que te entretienes haciéndolo, poniendo a prueba tu memoria, temeroso como estás de perderla por completo. Si se derrumbase el techo del hotel, serías capaz de enumerar, describir y situar todos los objetos que hay en el apartamento del Pont-Royal. Un espejo ustorio. Dos piedras de desigual tamaño. Unas tijeras de sastre, barnizadas de negro. Un cesto lleno de perlas, algodón y resecos granos de maíz. Te diviertes pensando que un día, quizá, debas alimentarte de pan del nuevo mundo y luego recostarte a esperar la muerte, encamado y abúlico, como los españoles de Verdín y los cátaros entregados a la endura. Pero hasta ahora no han dejado de traerte la única comida del día. Unas manos invisibles tocan con los nudillos a tu puerta. Esperas varios minutos, para asegurarte de que el sigiloso sirviente se ha marchado. Abres la puerta. Recoges la bandeja. Comes pausadamente. Tus movimientos se han vuelto viejos, artríticos, mínimos, repetitivos, inútiles.

Vuelves, después de la comida, a tu ocupación: repasar los objetos. Claro, hay un cobre rebosante de tesoros de la América antigua, penachos de plumas de quetzal, orejeras de bronce, diademas de oro, collares de jade. Y una paloma muerta de un solo navajazo: miras la herida en el pecho blanco, las manchas de sangre sobre el plumaje. Un martillo, un cincel, un hisopo, un viejo fuelle, unas herrumbrosas cadenas, una custodia de jaspe, un antiguo compás marino.

Pero el deleite máximo te lo aseguran los mapas. Una carta de navegación deslavada, un auténtico portulano medieval: los contornos del Mediterráneo, los límites, los pilares de Hércules, el cabo Finisterre, la Última Tule, los nombres antiguos de los lugares, retenidos amorosamente en esta carta: Jebel Tarik, Gades, Corduba, Carthago Nova, Tolentum, Magerit, en España; Lutetia, Massilia, Burdigala, Lugdunum en Francia; Genua, Mediolanum, Neapolis en Italia; la tierra plana, el océano ignoto, la catarata universal. Comparas este mapa Mare Nostrum con el mapa de la selva virgen, la máscara de plumas verdes, granates, azules, amarillas, con un negro campo de arañas muertas en el centro, las nervaduras que dividen las zonas del plumaje, los dardos que cuelgan de la tela.

Pero el más misterioso de tus mapas es el de las aguas, la antiquísima carta fenicia que apenas te atreves a tocar, tan quebradiza, como si quisiera convertirse cuanto antes en polvo y desaparecer junto con los secretos que describe: la comunicación secreta de todas las aguas, los túneles subacuáticos, los pasajes bajo tierra por donde fluyen todos los caudales líquidos del mundo para alimentarse unos a otros y encontrar un mismo nivel, despéñense desde altas cordilleras, afloren desde hundidos surtidores, sea su origen el pantano o el volcán, broten del desierto o el valle, nazcan del hielo o del fuego: el líquido corredor del Sena al Cantábrico, del Nilo al Orinoco, del Cabo de los Desastres al Usumacinta, del Liffey al Lago Ontario, de un cenote de Yucatán al Mar Muerto de Palestina: atl, raíz del agua, Atlas, Atlántida, Atlántico, Quetzalcóatl, la serpiente emplumada que regresa por las rutas de las grandes aguas, los caminos esotéricos del Tíber al Jordán, del Éufrates al Escalda, del Amazonas al Níger. Esotérico: eisotheo: *yo hago entrar*. Mapas de la iniciación; cartas de los iniciados. Hay una banal leyenda escrita en la margen izquierda de este mapa, en español: "Lo natural de las aguas es que acaban por comunicarse y alcanzar el mismo nivel. Y éste es su misterio." Un ánfora llena de arena.

Desde el verano, no abres las ventanas. Corriste las pesadas cortinas. Vives con las luces encendidas, de día y de noche. No toleraste más el humo, el hedor de carne quemada, uñas y pelo quemados. El sofocado perfume de los castaños y platanares. El humo desde las torres de Saint-Sulpice. Antes podías mirarlas desde tu ventana en el séptimo piso del hotel. No toleraste más el desfile de flagelantes y penitentes que marchaban de día por la rue Montalembert hacia el boulevard Saint-Germain, ni el clamor de la vida proliferante, recién llegada, que crecía por la rue de Bac, hacia el Quai Voltaire y el Sena: el río hervía, el Louvre transparente se exhibía sin pudor, los espacios se ensanchaban, la Gioconda no estaba sola, la piel de onagro se achicaba en la mano febril de Raphael de Valentin, Violetta Gautier moría en lecho de camelias, cantando con voz muy baja,

> Sola, abbandonata,
> In questo popoloso deserto
> Che appellano Parigi...

Una fila de hombres descalzos, escondidos por el humo, entraban al espantoso hedor y a la muerte rigurosamente programada de la iglesia de Saint-Sulpice. Javert perseguía a Valjean por los laberintos de las aguas negras.

Te encerraste aquí. Tenías con qué pagar. El cofre lleno de antiguas joyas aztecas, mayas, totonacas, zapotecas. Te dijeron que podías usarlas en el exilio para organizar la resistencia y ayudar a los desterrados. Una custodia, sí, pero también tu subsistencia. Tú mismo eres un desterrado. Leíste el último periódico y lo arrojaste al retrete, despedazado. Viste desaparecer los escandalosos encabezados y los sesudos comentarios en un torbellino de agua inútilmente clorinada. Los hechos eran ciertos. Pero eran demasiado ciertos, demasiado inmediatos o demasiado remotos con relación a la verdad verdadera. Supones que tal ha sido siempre la despreciable fascinación de la noticia: su inmediatez de este día nos intima cuán remota será mañana. Cierto: el mundo microbiano se armó de inmunidad con rapidez mayor a la de la ciencia para neutralizar cada nuevo brote de independencia bacterial; inútiles, la clorina, los antibióticos, todas las vacunas. Pero, ¿por qué, en vez de tomar medidas mínimas de seguridad, se sintió el mundo humano de tal manera atraído, diríase mesmerizado, por la victoria del mundo microbiano? La vulgar justificación, el lugar común, fue que, abandonando todo programa sanitario, se dejaba a la naturaleza misma resolver el problema del excedente de población: los cinco mil millones de habitantes de un planeta exhausto que, sin embargo, no sabía desprenderse de sus hábitos adquiridos: mayor opulencia para unos cuantos, hambre mayor para la gran mayoría. Montañas de papel, vidrio, caucho, plástico, carne podrida, flores marchitas, materia inflamable neutralizada por materia húmeda, colillas de cigarros, esqueletos de automóviles, lo mínimo y lo máximo, condones y servilletas sanitarias, prensas, latas y bañaderas: Los Ángeles, Tokio, Londres, Hamburgo, Teherán, Nueva York, Zurich: museos de la basura. Las epidemias surtieron el efecto deseado. La peste medieval no distinguió entre hombre y mujer, joven y viejo, rico y pobre. La plaga moderna fue programada: se salvaron, en nuevas ciudades esterilizadas bajo campanas de plástico, algunos millonarios, muchos burócratas, un puñado de técnicos y científicos y las escasas mujeres necesarias para satisfacer a los elegidos. Otras ciudades potenciaron a la muerte ofreciéndole soluciones acordes con lo que antes se llamó, sin la menor ironía, "el genio nacional": México recurrió al sacrificio humano, consagrado religiosamente, justificado políticamente y ofrecido deportivamente en espectáculos de televisión; el espectador pudo escoger: ciertos programas fueron dedicados a escenificaciones de la guerra florida. En Río de Janeiro, un edicto militar impuso un carnaval perpetuo sin límite de calendario, hasta que la población muriese de pura alegría: baile, alcohol, comparsas, sexo. En Buenos Aires se fomentó un machismo arrabalero, una urdimbre de celos, desplantes, dramas personales, instigado por tangos y poemas gauchescos: brillaron los cuchillos de la venganza, millones se suicidaron. Moscú fue, a la vez, más sutil y más directa: distribuyó millones de ejemplares de las obras de Trotsky y luego mandó fusilar a toda persona sorprendida leyéndolas. Nadie sabe lo que sucede en China, Benarés y Addis-Abeba, La Paz y Jakarta, Kinshasa y Kabul, simplemente, han muerto de hambre.

París, al principio, aceptó las recomendaciones del consejo mundial de despoblación. La necesaria muerte sería, en lo posible, natural: hambre, epidemia, aunque se dejaba a la idiosincrasia de cada nación encontrar soluciones particulares. Pero París, fuente de toda sabiduría, donde el persuasivo demonio inculcó a ciertos hombres sabios una perversa inteligencia, optó por un camino distinto. Esta primavera apenas, viste en tu apartamento los debates por televisión. Todas las teorías posibles fueron expuestas y criticadas, con agudeza cartesiana. Cuando todos terminaron de hablar, un viejísimo autor teatral de origen rumano, miembro de la Academia, con aspecto de gnomo o, para ser más exactos y emplear la lingua franca del siglo, de *leprechaun* de los verdes bosques de Irlanda: este elfo de blancos mechoncillos alrededor de la cabeza calva y extraordinaria mirada de candor y de astucia, propuso que se le dieran, simplemente, iguales oportunidades a la vida y a la muerte:

—Increméntese, por un lado, la natalidad y, por el otro, el exterminio. Ninguna regla general prospera sin su excepción. ¿Cómo pueden morir todos si no nace nadie?

—Gracias, señor Ionesco, dijo el locutor.

Tu única comida es siempre la misma. El desleído menú la anuncia como *grillade mixte* y se compone de criadillas, salchichas negras y riñones. Al terminar, vuelves a abrir la puerta. Depositas la bandeja vacía sobre el tapete del vestíbulo. Las pisadas sigilosas se acercan varias horas después. Escuchas los rumores y las pisadas se alejan. El ascensor no funciona. No llegan cartas, ni telegramas. Nunca suena el teléfono. Por la pantalla de televisión pasa siempre el mismo programa, el mismo mensaje, el del último encabezado que leíste en el último diario que compraste, antes de encerrarte aquí. Vuelves a abrir la caja de monedas. Miras los perfiles borrados por el tacto. Juana la Loca, Felipe el Hermoso, Felipe II llamado el Prudente, Isabel Tudor, Carlos II llamado el Hechizado, Mariana de Austria, Carlos IV, Maximiliano y Carlota de México, Francisco Franco: fantasmas de ayer.

No sabes si duermes de día y recorres de noche el apartamento, tocas los objetos, evitas los objetos. No hay tiempo. Nada sirve. Las luces eléctricas se van volviendo cada día más pardas. 31 de diciembre de 1999. Esta noche, terminan por apagarse. Esperas su regreso, a sabiendas de que es inútil. Has vencido a los espejos. Sólo reflejarán oscuridad. No correrás las cortinas. Conoces de memoria la ubicación de cada objeto. No necesitas gastar los cabos de vela escondidos en un cajón junto a la cama. Y sólo te queda una caja de fósforos. Dejas que las pantuflas se te deslicen de los pies. Te arropas en el caftán tunecino, negro, con ribetes de hilo dorado. Tomas los manuscritos encontrados en las botellas. Repites los textos en voz baja. Los conoces de memoria. Pero cumples los actos de la lectura normal, doblas cada página después de murmurar sus palabras. Nada ves. Afuera está nevando. Pasa una procesión bajo tus ventanas. Las imaginas: pendones rasgados, cilicios y guadañas. Deben ser los últimos. Sonríes. Quizá tú eres el último. ¿Qué harás contigo? Y repentinamente, al hacerte esta pregunta, unes los cabos sueltos de tu situación y de tus lecturas en la oscuridad, te das cuenta de lo evidente, unes las imágenes que viste por última vez desde tu ventana, antes de correr las cortinas, con la letra muerta de las pá-

ginas que sostienes entre tus manos, esas viejísimas historias de
Roma y Alejandría, la costa dálmata y la costa del Cantábrico, Palestina y España, Venecia, el Teatro de la Memoria de Donno Valerio Camillo, los tres muchachos marcados con la cruz en la espalda,
la maldición de Tiberio César, la soledad del rey don Felipe en su
necrópolis castellana, darle una oportunidad a lo que nunca la tuvo
para manifestarse en su tiempo, hacer coincidir plenamente nuestro
tiempo con otro, incumplido, se necesitan varias vidas para integrar
una personalidad: ¿no lo repitieron hasta la saciedad en la prensa y
la televisión? Cada minuto muere un hombre en Saint-Sulpice, cada
minuto nace un niño en los muelles del Sena, sólo mueren hombres,
sólo nacen niños, ni mueren ni nacen mujeres, las mujeres sólo son
conducto del parto, luego fueron preñadas por los mismos hombres
que en seguida fueron conducidos al exterminio, cada niño nació
con una cruz en la espalda y seis dedos en cada pie: nadie se explicó
esta extraña mutación genética, tú entendiste, tú creíste entender,
el triunfo no ha sido ni de la vida ni de la muerte, no fueron éstas
las fuerzas opuestas, poco a poco, en la época de las epidemias, o
más tarde, en la época del exterminio indiscriminado, murieron todos los pobladores actuales de París, los nacidos, con excepción de
los centenarios, en este mismo siglo: los demás, los que preñan, las
preñadas, los que nacen, los que siguen muriendo, son seres de otro
tiempo, la lucha ha sido entre el pasado y el presente, no entre la
vida y la muerte: París está poblado por puros fantasmas, pero
¿cómo, cómo, cómo?

Afiebrado, corres a la ventana y separas las gruesas cortinas.
Los pies llagados se arrastran sobre la nieve. Escuchas una flauta. Unos
ojos miran desde la calle hacia tu ventana. Unos ojos verdes, bulbosos, te miran desde la calle, te convocan. Sabes distinguir el origen y
el destino de los pasos en la calle. Cada día fueron menos. Antes las
procesiones iban hacia Saint-Germain. Ésta camina hacia Saint-Sulpice. Son los últimos. Entonces, te has equivocado. Triunfó la muerte:
han nacido muchos, pero han muerto más. Por fin, han muerto más
que cuantos han nacido. Quizá sólo queden estas víctimas finales que
ahora caminan entre la nieve, rumbo a Saint-Sulpice. ¿Qué harán los
verdugos al terminar su tarea? ¿Se matarán a sí mismos? ¿Quiénes
son los verdugos de sí mismos? ¿Ese flautista que mira hacia tu ventana: ese monje de miradas oscuras, sin expresión, incrustada en el
rostro sin color? ¿Esa muchacha que…? Los tres miran hacia tu ventana. Los últimos. Esa muchacha con ojos grises, naricilla levantada

y labios tatuados. Esa muchacha que al moverse agita suavemente las telas multicolores de sus faldas y hace nacer de ellas la sombra y la luz. Los miras. Te miran. Sabes que son los últimos.

Entre la vulgaridad del evento y la impenetrabilidad del misterio, convocas a la razón para que te salve de ambos extremos. Estás en París. Desde México, leíste mal a Descartes; en realidad, dijo que la razón que, sintiéndose suficiente, sólo nos da cuenta de sí misma, es una mala y pobre razón. Y ahora a Descartes lo templas con Pascal: tan necesariamente loco está el hombre, que sería una locura no estar loco: tal es la vuelta de la tuerca de la razón. Y al pensar en Pascal piensas en tu viejo Erasmo y su elogio de una locura que relativiza los pretendidos absolutos del mundo anterior y del mundo inmediato: al Medievo, le arrebata Erasmo la certeza de las verdades inmutables y de los dogmas impuestos; a la modernidad, le reduce a proporción irónica el absoluto de la razón y el imperio del yo. La locura erasmiana es una puesta en jaque del hombre por el hombre mismo, de la razón por la razón misma, y no por el pecado o el demonio. Pero también es la conciencia crítica de una razón y un ego que no quieren ser engañados por nadie, ni siquiera por sí mismos.

Piensas con tristeza que el erasmismo pudo ser la piedra de toque de tu propia cultura hispanoamericana. Pero el erasmismo pasado por la criba española se derrotó a sí mismo. Suprimió la distancia irónica entre el hombre y el mundo, para entregarse a la voluptuosidad de un individualismo feroz, divorciado de la sociedad pero dependiente del gesto externo, la actitud admirable, la apariencia suficiente para justificar, ante uno mismo y ante los demás, la ilusión de la singularidad emancipada. Una rebelión espiritual que termina por alimentar lo mismo que decía combatir: el honor, la jerarquía, el desplante del hidalgo, el solipsismo del místico y la esperanza de un déspota ilustrado.

Inquieres, mirando por primera vez en muchos meses a la calle y a los tres personajes que intentan mirarte desde ella, si la ciencia moderna puede ofrecerte otras hipótesis que no sean las de la noticia inmediata, el misterio hermético o la locura humanista. Te preguntas: si el mundo ha sido despoblado por la epidemia, el hambre y el exterminio programados, ¿con qué ha llenado la naturaleza, que lo aborrece, ese vacío? La antimateria es una inversión o correspondencia de toda energía. Existe en estado latente. Sólo se actualiza cuando aquella energía desaparece. Entonces ocupa su lugar, liberada por la extinción de la materia anterior.

El cielo encapotado de esta noche de San Silvestre en París te impide mirar fulgor alguno. Los quasars, fuentes de energía errante en el universo, nacen del choque de galaxias y antigalaxias para convertirse en materia potencial, antimateria que espera la extinción de algo para suplir su ausencia. Si esto es cierto, todo un mundo, idéntico al nuestro en cuanto es capaz de suplirlo íntegramente, en lo máximo y en lo mínimo, espera nuestra muerte para ocupar nuestro lugar. La antimateria es el doble o espectro de toda materia: es decir, el doble o espectro de cuanto *es*.

Sonríes. La ciencia ficción siempre urdió sus tramas en torno de una premisa: existen otros mundos habitados, superiores en fuerza o en sabiduría al nuestro. Nos vigilan. Nos amenazan en silencio. Algún día, seremos invadidos por los marcianos. Doble Welles: Herbert George y George Orson. Pero tú crees asistir a otro fenómeno: los invasores no han llegado de otro lugar, sino de otro tiempo. La antimateria que ha llenado los vacíos de tu presente se gestó y aguardó su momento en el pasado. No nos han invadido marcianos y venusinos, sino herejes y monjes del siglo XV, conquistadores y pintores del siglo XVI, poetas y asentistas del siglo XVII, filósofos y revolucionarios del siglo XVIII, cortesanas y ambiciosos del siglo XIX: hemos sido ocupados por el pasado.

¿Vives entonces una época que es la tuya, o eres espectro de otra? Seguramente ese flautista, ese monje y esa muchacha que te miran desde la calle nevada se preguntan lo mismo: ¿hemos sido trasladados a otro tiempo, o ha invadido otro tiempo el nuestro?

¿Te atreverías a pensar lo impensable, mientras mantienes separada la cortina con tu única mano? Estás mirando un traslado del pasado histórico a un futuro que carecerá de historia.

Y obsesivamente, por ser quien eres y de donde eres, te dices que si esto es así, ese traslado de pasado tiene que ser el de la menos realizada, la más abortada, la más latente y anhelante de todas las historias: la de España y la América Española. Te castigas con una mueca de desprecio íntimo. ¿No podría decir lo mismo un indonesio, un birmano, un mauritano, un palestino, un irlandés, un persa? Idiota: has estado pensando como un enciclopedista de peluca empolvada. ¿Cómo es posible ser persa? ¿Cómo, en efecto, es posible ser mexicano, chileno, argentino, peruano?

¿Y tú? ¿Qué harás contigo? Es el primer día —te das cuenta súbitamente— en que no te han traído tu única comida. Te dejarán morir de hambre. Quizá no saben que estás allí, en la suite del Hotel du Pont-Royal. Da igual. La lógica del exterminio se impone, independiente de tu existencia. Sin duda, han matado a tu sirviente. ¿Te serviría de algo apresurar las cosas, bajar a la calle, unirte a los tres seres que miran hacia tu ventana? Da igual. Sean quienes sean los verdugos verdaderos, éstos, otros, te matarán a ti, desconociéndote, porque nadie te servirá de comer. Debes dormir y reconocer tu muerte en el sueño. Te preguntas si eres el único que así perece: como los antiguos cátaros, sonríes. Y en ese instante dejas de creer que tú eres tú: esto le está sucediendo a otro. No a otro cualquiera. A Otro. El Otro.

El vértigo te asalta. Gritarías en ese instante, como San Pablo a los corintios:

—¡Hablo como loco, pues lo estoy más que ninguno!

Regresas a ti mismo. Regresas a tu miserable cuerpo, tu sangre, tus entrañas, tus sentidos, tu brazo de puro aire, mutilado: con el brazo sano te aferras a ti mismo como a tu única tabla de salvación. Tú eres tú. Estás en París, la noche del 31 de diciembre de 1999. Pasaste un día frente al monumento a Jacques Monod, cercano a la estatua de Balzac por Rodin, en el Boulevard Raspail. El azar, capturado por la invariabilidad, se convierte en necesidad. Pero el azar solo, y sólo el azar, es la fuente de toda novedad, de toda creación. El azar puro, libertad absoluta pero ciega, es la raíz misma del prodigioso edificio de la evolución. Sin la intervención de este azar creador, todo y todos estaríamos petrificados, conservados como duraznos en lata.

Dejas caer, con tu única mano separada de ella, la cortina. No verás nunca más a esos tres sobrevivientes. El silencio de la ciudad bajo la nieve te lo dice todo. Murieron todos. El orden de los factores no altera el producto. Murieron los hombres llegados del pasado, las mujeres del presente por ellos preñadas y los niños destinados al futuro, los recién nacidos en los muelles del Sena: todos César, todos Cristo, luego ninguno César, ninguno Cristo. ¿Razón? ¿Locura? ¿Ironía? ¿Azar? ¿Antimateria? Se cumplieron las reglas del juego: mueran diariamente tantos como nazcan. El flautista, el monje y la muchacha, siendo los sobrevivientes, necesariamente eran los verdugos. Ahora subirán a matarte a ti y luego se matarían a sí mismos.

Te diriges a tu alcoba. Acostarte, soñar, morir. Entonces escuchas el ruido de los nudillos que tocan a tu puerta.

Vinieron por ti.

No tuviste que bajar a buscarlos.

No tuviste que morir soñando.

Abres la puerta.

La muchacha de tez de porcelana, larga cabellera castaña, anchas faldas multicolores y collares gitanos te mira con sus profundos ojos grises: "He cantado a las mujeres en tres ciudades, pero todas son una." ¿Las mujeres? ¿Las ciudades? "Casi todas tenían ojos grises; cantaré al sol." Te mira largamente. Luego mueve los labios tatuados con tantos colores como los de collares y faldas:

—Salve. Te estaba buscando.

Corazón deslumbrado.

—¿Sí?

—Disimula tu extrañeza.

—Nos dimos cita, ¿recuerdas?, el pasado catorce de julio, sobre el puente.

—No. No recuerdo.

—Polo Febo.

—"Cantaré al sol", dices sin saber lo que dices.

—Las palabras escritas sobre la coraza de tu pecho brillaban, se desvanecían, otras aparecían en su lugar…

—"Nada me desengaña; el mundo me ha hechizado", dices como si otro hablara por ti.

—Caíste desde el Pont des Arts a las aguas hirvientes del Sena.

—"El tiempo es la relación entre lo existente y lo inexistente."

—Tu mano única permaneció por un instante visible, fuera del agua.

—"¿Y si, repentinamente, todos nos convirtiésemos en otros?"

—Arrojé al río la verde y sellada botella, rogando que te salvaras con ella.

—"Totalmente transformada, nace una terrible belleza."

—¿Puedo entrar, entonces?

Sacudes la cabeza. Sales del trance. —Perdón… Excusa mi… mi falta de cortesía… En la soledad se olvidan… se olvidan… las reglas del trato. Perdón; pasa, por favor. Estás en tu casa.

La muchacha entra a la oscuridad del apartamento.

Te toma de la mano. La suya está helada. Te conduce suavemente por el salón. En la oscuridad, no puedes ver lo que hace. Sólo escuchas cómo se frotan entre sí las telas de su falda; el choque de las cuentas del collar sobre sus pechos.

—La carlanca de Bocanegra… El espejo ustorio de fray Toribio… Todos los espejos… El triangular de fray Julián, que Felipe no pudo destruir cuando el pintor se llevó al cuadro de Orvieto... El redondo con que Felipe subió por los treinta y tres escalones de su capilla... El de mármol negro, veteado de sangre, donde se miraron una noche la Señora y Don Juan... El espejillo de mano que robaste en Galicia antes de embarcarte con Pedro a descubrir las tierras nuevas... el mismo espejo donde se miró el anciano del cesto de las perlas... el mismo espejo donde me miraste a mí, coronada de mariposas...

Reprimes la angustia de tu voz: —Estamos a oscuras. ¿Cómo sabes?

—Sólo en la oscuridad puedo mirarme en estos espejos, te contesta con voz tan serena como alterada la tuya. Tú mismo, ¿no me viste al abrir la puerta, en la misma oscuridad? ¿No viste mis ojos y mis labios?

Acerca su cuerpo al tuyo. La mujer huele a clavo, pimienta y acíbar. Te habla al oído:

—¿No estás cansado? Peregrino, has viajado tanto desde que caíste del puente aquella tarde y te perdiste en las aguas que te arrojaron en la playa del Cabo...

La tomas de los hombros, la apartas de ti: —No es cierto, yo he estado encerrado aquí, no me he movido, desde el verano no abro las ventanas, me estás contando lo que ya he leído en las crónicas y manuscritos y pliegos que tengo allí, en ese gabinete, tú has leído lo mismo que yo, la misma novela, yo no me he movido de aquí...

—¿Por qué no piensas lo contrario?, te dice después de besar tu mejilla, ¿por qué no piensas que los dos hemos vivido lo mismo, y que esos papeles escritos por fray Julián y el Cronista dan fe de nuestras vidas?

—¿Cuándo? ¿Cuándo?

Mete la mano bajo la tela de tu caftán, te acaricia el pecho: —Durante los seis meses y medio que pasaron entre tu caída al río y nuestro encuentro aquí, esta noche...

Te rindes, exánime, tu cabeza unida a la de ella. —No hubo tiempo... Todo eso pasó hace siglos... Son crónicas muy antiguas... Es imposible...

Entonces ella te besa, plenamente, en los labios; húmeda, profunda, largamente: el beso mismo es otra medida del tiempo, un minuto que es un siglo, un instante que es una época, interminable beso, fugaz beso, los labios tatuados, la lengua larga y angosta, el paladar rebosante de un dulce placer, recuerdas, recuerdas, cada momento de la prolongación de ese beso en un nuevo recuerdo, Ludovico, Ludovico, todos hemos soñado con una segunda oportunidad para revivir nuestras vidas, una segunda oportunidad, escoger de nuevo, evitar los errores, reparar las omisiones, ofrecer la mano que la primera vez no tendimos, sacrificar al placer el día que antes dedicamos a la ambición, darle una nueva oportunidad a cuanto no pudo ser, a todo lo que esperó, latente, que la semilla muriese para que la planta germinase, la coincidencia de dos tiempos apartados en un espacio agotado, hacen falta varias vidas para integrar una personalidad y cumplir un destino, los inmortales tuvieron más vida que su propia muerte, pero menos tiempo que tu propia vida...

Deliras; te sientes transportado al Teatro de la Memoria en la casa entre el Canal de San Bernabé y el Campo Santa Margherita; te apartas del beso de la muchacha de labios tatuados; estás lleno de memoria, Celestina te ha pasado la memoria que a ella le pasó el diablo disfrazado de Dios, Dios disfrazado del diablo, te apartas de ella con aversión, recuerdas, no lo leíste, lo viviste, todo lo viviste, en los últimos ciento noventa y cinco días del último año del último siglo, durante las pasadas cinco mil horas: no habrá más vida, la historia tuvo su segunda oportunidad, el pasado de España revivió para escoger de nuevo, cambiaron algunos lugares, algunos nombres, se fundieron tres personas en dos y dos en una, pero eso fue todo: diferencias de matiz, dispensables distinciones, la historia se repitió, la historia fue la misma, su eje la necrópolis, su raíz la locura, su resultado el crimen, su salvación, como escribió el fraile Julián, unas cuantas hermosas construcciones e inasibles palabras. La historia fue la misma: tragedia entonces y farsa ahora, farsa primero y tragedia después, ya no sabes, ya no te importa, todo ha terminado, todo fue una mentira, se repitieron los mismos crímenes, los mismos errores, las mismas locuras, las mismas omisiones que en otra cualquiera de las fechas verídicas de esa cronología linear, implacable, agotable: 1492, 1521, 1598...

La violencia de un guerrero. La actividad de un santo. La náusea de un enfermo. Todo esto siente tu cuerpo. Celestina te acaricia, te calma, te abraza, te conduce a la recámara, te dice, sí, lo que recuerdas es cierto, lo que no recuerdas también, la maldición de César y la salvación de Cristo se confundieron totalmente, los elegidos no fueron uno solo, como lo quisieron el rey el dios, ni dos, como lo temieron todos los hermanos enemigos, ni tres, como lo soñaron Ludovico y aquel anciano en la hermosa sinagoga del Tránsito en

Toledo, todos fueron los elegidos, todos los niños nacidos aquí, todos portadores de los mismos signos, la cruz y los seis dedos, todos usurpadores, todos bastardos, todos ungidos, todos salvadores, todos conducidos, apenas nacieron, a las cámaras del exterminio en Saint-Sulpice, todos hijos del pasado total del hombre, todos gestados por un traslado de semen antiguo, desde el desierto de Palestina, las calles de Alejandría, el devastado hogar del astuto hijo de Sísifo, las playas de Spalato, los campos de piedra de Venecia, el palacio fúnebre de la meseta castellana, las selvas y pirámides y volcanes del mundo nuevo; primero murieron los niños, luego las mujeres, sólo al final los hombres, sin oportunidad de volver a gestar, al final los verdugos, sin oportunidad de volver a matar a nadie, salvo a sí mismos...

—Noche y tiniebla. La solución final. ¿Qué burla trágica es ésta, Celestina? ¿Tenían que morir todos para que al final muriesen los verdugos? Yo...

—Toma. Toma la máscara de la selva.

—Pero el dogma, Celestina, lo escuché todos los días, durante las procesiones, anatema, anatema contra los que creen en una resurrección distinta a la del cuerpo que en vida hubimos...

—Tu cuerpo, mi amor...

—No entiendo...

—El dogma fue proclamado para que la herejía floreciera con raíz más honda: todas las cosas se transforman, todos los cuerpos son su metamorfosis, todas las almas son sus transmigraciones... Toma la máscara, pronto...

—De las mujeres no reciben nada, eso le dijo el patrón del Café le Bouquet a su esposa; de las mujeres no reciben nada los penitentes; la mujer está manchada, sangra, es el vaso del Demonio...

—Sólo perseguida y oculta puedo actuar; perdonada, soy inútil; consagrada, soy tan cruel como mis perseguidores; condenada, mantengo la llama de la sabiduría olvidada. Tenía que sobrevivir. La máscara, pronto, no tenemos mucho tiempo...

Tocas en la oscuridad el rostro de Celestina... Lo cubre otra máscara de plumas, arañas muertas, dardos...

—La traes puesta tú...

—Yo la mía, tú la tuya, pronto...

—La tuya... La mía está aquí, debajo de mi almohada... Pero la tuya, ¿dónde...?

—Recuerda una vitrina, una casa de antigüedades, en la rue Jacob. La rompí. La robé. ¿Cómo llegó hasta allí? No lo sé. Ponte tu máscara y yo la mía. Idénticas. Pronto. No hay tiempo. Ya hay tiempo. ¿Qué hora es?

Miras de reojo el reloj despertador colocado sobre la mesa de noche: sus manecillas y números fosforescentes indican tres minutos antes de las doce de la noche.

Quieres disipar las brumas de la vertiginosa necromancia que te asalta y te arrebata todo sentido de equilibrio interno o externo; la mujer huele a clavo, pimienta y acíbar:

—Casi la medianoche. Nos harían falta doce uvas. Siento mucho no poder ofrecerte champaña. No hay más servicio de cuarto, ¿Qué cantamos? ¿Las Golondrinas? ¿Auld Lang Syne?

Reíste; noche de año nuevo en París, sin champaña: ¡qué risa, qué realidad, qué salvación!

—¿No te da risa? ¿Dónde está tu sentido del humor?

—Pronto. No hay tiempo.

—¿Qué ha pasado, pues?

Celestina guarda silencio un instante. Luego dice: —Ludovico y Simón murieron a las doce menos cinco. Eran los últimos. El estudiante mató al monje. Luego se mató a sí mismo. Quiero que entiendas esto: nosotros no fuimos los verdugos. Nos salvamos de ellos porque nunca los miramos. Creyeron que éramos fantasmas: ellos nos miraban, nosotros a ellos no. Sobrevivimos para llegar hasta ti. Tienes razón: los verdugos nunca supieron de ti. Yo te protegí. Yo te traje de comer todos los días. Hace meses que nadie habita este hotel. Ludovico y Simón murieron al cumplir su misión: dejarme aquí contigo. No habrá más cadáveres en las naves de Saint-Sulpice. Pronto, pongámonos las máscaras.

La obedeces.

La recámara empieza a iluminarse con un fulgor tibio, color de pasto nuevo, una luz de esmeraldas pulverizadas: la máscara tiene dos rendijas a la altura de los ojos; miras a Celestina, enmascarada. La muchacha se acerca a ti, te quita el caftán, apareces desnudo, el caftán cae al piso. Desnudo, con el terrible muñón de tu brazo mutilado. Celestina se despoja de collares, faldas, ropón, zapatillas. La ropa y las baratijas caen al piso: los dos desnudos, una frente al otro, hace tanto tiempo que no amas a una mujer, la miras, te mira, se acercan, la abrazas con ternura; ella, con pasión.

Caen las máscaras. Permanece la luz nacida de las miradas enmascaradas. Llevas a Celestina al lecho. Ella y tú se recorren lentamente, con besos, con caricias, todo lo besa ella, tú lo besas todo, te dices que se están recreando con el tacto, ella con dos manos, tú con una sola, se besan los labios, los ojos, las orejas, ella hunde su aliento en el vello de tu pubis, tú el tuyo en el perfume joven de sus axilas, con la mano le acaricias un pezón, con los labios le humedeces el otro, ella gime, te araña la espalda, te acaricia las nalgas, te hunde un dedo en el ano, escarba con las uñas el haz de placeres entre tu culo y tus güevos, toma el peso de tu talega de leche, tú encima de ella, en cuatro patas, con las piernas separadas, limpiándole con la lengua el ombligo, descendiendo hasta hundir tu cara en los mechones bronceados del mono, apartarlos con la nariz, abrirte paso con la lengua hasta los dobleces ocultos, fugitivos, azogados del clítoris húmedo y palpitante, mientras ella te devora el pene con los labios, la lengua, el paladar, los dientecillos domados, te lame los testículos, te mete la lengua en el culo, tú apartas tus piernas, aún más, buscas la ácida sabrosura del ano de la muchacha, lo dejas brillante y mojado como una moneda de cobre abandonada a la lluvia callejera, te separas de ella, levantas sus piernas con tu única mano, las colocas sobre tus hombros, entras muy lentamente, primero la cabeza morada y pulsante, poco a poco el resto de la verga, hasta la raíz, hasta la frontera del placer, hasta la barrera más negra y rendida de la cueva estremecida, piensas en otra cosa, no te quieres venir aún, la quieres esperar, los dos juntos, otra cosa, viviste una vez en la rue de Bièvre, el antiguo canal de los castores que desembocaba en el Sena, ahora una callejuela estrecha de sordos pregones, olores de couscous, altos lamentos de la música árabe, viejos clochards, niños traviesos, rayuelas dibujadas en el pavimento, allí vivió un día Dante, allí escribió, empezó a escribir, París, fuente de toda sabiduría y manantial de las escrituras divinas, donde el persuasivo demonio inculcó una perversa inteligencia en algunos hombres sabios, el Infierno, te repites en silencio los versos, para no venirte todavía, nondum, aún no, la mitad del camino de nuestras vidas, una selva oscura, perdimos el camino, selva salvaje, áspera y dura, el recuerdo del terror, no, no es eso lo que quisieras recordar; más adelante, aún no, un canto, nondum, el canto, el canto veinticinco, eso es, ed eran due in uno, ed uno es, ed eran due in uno, ed uno in due, grita la muchacha, dices el verso en voz alta, due in uno, uno in due, grita, cierra los ojos, miras su rostro crispado por el orgasmo, sus muslos temblorosos, su sexo cargado de tempestades, ahora sí, ya te vienes con ella, riegas de plata y veneno y humo y ámbar su negra, rosada, perlada, indente vagina, ed eran due in uno, ed uno in due, se prolonga el placer, los jugos, la leche, el océano, ella sigue estremecida, tú aúllas como un animal, no te puedes separar, no te quieres separar, te hundes en la carne de la mujer, la mujer se pierde en la carne del hombre, dos en uno, uno en dos, tu brazo, tu brazo retoña, tu mano, tu mano crece, tus uñas, tu palma abierta, tomar, recibir, otra vez, reaparece la mitad perdida de tu fortuna, tu amor, tu inteligencia, tu vida y tu muerte: levantas el brazo que no tenías, no es el tuyo, el que apenas recuerdas, el que perdiste en una cacería de hombres contra hombres, Lepanto, Veracruz, el Cabo de los Desastres, Dios mío, tu brazo es el de la muchacha, tu cuerpo es el de la muchacha, el cuerpo de ella es el tuyo: buscas, enloquecido, instantáneamente, otro cuerpo en la cama, esto no lo has soñado, has amado a una mujer en tu lecho del cuarto del Hotel du Pont-Royal, la muchacha ya no está, sí está, hay un solo cuerpo, lo miras, te miras, tocas con tus dos manos tus senos reventones, tus pezones levantados, tus extrañas caderas, juveniles, estrechas, tu cintura quebradiza, tus nalgas altaneras, tus manos buscan, buscan con el terror de haber perdido el emblema de tu hombría, rozas la mata de vello, llegas, no, tocas tu verga dura todavía, mojada, babeante, tus testículos exhaustos, temblorosos aún, sigues buscando, detrás de tus bolas, entre tus piernas, lo encuentras, tu hoyo, tu vagina, metes el dedo, es la misma que acabas de poseer, es la misma que volverás a poseer, hablas, te amo, me amo, tu voz y la de la muchacha se escuchan al mismo tiempo, son una sola voz, déjame amarte otra vez, quiero otra vez, introduces tu propia verga larga, nueva, contráctil, sinuosa como una serpiente, dentro de tu propia vagina abierta, gozosa, palpitante, húmeda: te amas, me amo, te fecundas, me fecundo a mí mismo, misma, tendremos un hijo, después una hija, se amarán, se fecundarán, tendrán hijos, y esos hijos los suyos, y los nietos bisnietos, hueso de mis huesos, carne de mi carne, y vendrán a ser los dos una sola carne, parirás con dolor a los hijos, por ti será bendita la tierra, te dará espigas y frutos, con la sonrisa en el rostro comerás el pan, hasta que vuelvas a la tierra, pues de ella has sido tomado, ya que polvo eres, y al polvo volverás, sin pecado, con placer.

No sonaron doce campanadas en las iglesias de París; pero dejó de nevar, y al día siguiente brilló un frío sol.

Índice

II. El Mundo Nuevo

III. El Otro Mundo

Alfaguara es un sello editorial del Grupo Santillana

www.alfaguara.com.mx

Argentina
www.alfaguara.com/ar
Av. Leandro N. Alem, 720
C 1001 AAP Buenos Aires
Tel. (54 11) 41 19 50 00
Fax (54 11) 41 19 50 21

Bolivia
www.alfaguara.com/bo
Calacoto, calle 13 n° 8078
La Paz
Tel. (591 2) 279 22 78
Fax (591 2) 277 10 56

Chile
www.alfaguara.com/cl
Dr. Aníbal Ariztía, 1444
Providencia
Santiago de Chile
Tel. (56 2) 384 30 00
Fax (56 2) 384 30 60

Colombia
www.alfaguara.com/co
Calle 80, n° 9 - 69
Bogotá
Tel. y fax (57 1) 639 60 00

Costa Rica
www.alfaguara.com/cas
La Uruca
Del Edificio de Aviación Civil 200 metros
   Oeste
San José de Costa Rica
Tel. (506) 22 20 42 42 y 25 20 05 05
Fax (506) 22 20 13 20

Ecuador
www.alfaguara.com/ec
Avda. Eloy Alfaro, N 33–347 y Avda. 6 de
   Diciembre
Quito
Tel. (593 2) 244 66 56
Fax (593 2) 244 87 91

El Salvador
www.alfaguara.com/can
Siemens, 51
Zona Industrial Santa Elena
Antiguo Cuscatlán - La Libertad
Tel. (503) 2 505 89 y 2 289 89 20
Fax (503) 2 278 60 66

España
www.alfaguara.com/es
Torrelaguna, 60
28043 Madrid
Tel. (34 91) 744 90 60
Fax (34 91) 744 92 24

Estados Unidos
www.alfaguara.com/us
2023 N.W. 84th Avenue
Miami, FL 33122
Tel. (1 305) 591 95 22 y 591 22 32
Fax (1 305) 591 91 45

Guatemala
www.alfaguara.com/can
7ª Avda. 11-11
Zona n° 9
Guatemala CA
Tel. (502) 24 29 43 00
Fax (502) 24 29 43 03

Honduras
www.alfaguara.com/can
Colonia Tepeyac Contigua a Banco
   Cuscatlán
Frente Iglesia Adventista del Séptimo Día,
   Casa 1626
Boulevard Juan Pablo Segundo
Tegucigalpa, M. D. C.
Tel. (504) 239 98 84

México
www.alfaguara.com/mx
Av. Río Mixcoac 274
Colonia Acacias
03240 México D.F.
Tel. (52 5) 554 20 75 30
Fax (52 5) 556 01 10 67

Panamá
www.alfaguara.com/cas
Vía Transísmica, Urb. Industrial Orillac,
Calle segunda, local 9
Ciudad de Panamá
Tel. (507) 261 29 95

Paraguay
www.alfaguara.com/py
Avda. Venezuela, 276,
entre Mariscal López y España
Asunción
Tel./fax (595 21) 213 294 y 214 983

Perú
www.alfaguara.com/pe
Avda. Primavera 2160
Santiago de Surco
Lima 33
Tel. (51 1) 313 40 00
Fax (51 1) 313 40 01

Puerto Rico
www.alfaguara.com/mx
Avda. Roosevelt, 1506
Guaynabo 00968
Tel. (1 787) 781 98 00
Fax (1 787) 783 12 62

República Dominicana
www.alfaguara.com/do
Juan Sánchez Ramírez, 9
Gazcue
Santo Domingo R.D.
Tel. (1809) 682 13 82
Fax (1809) 689 10 22

Uruguay
www.alfaguara.com/uy
Juan Manuel Blanes 1132
11200 Montevideo
Tel. (598 2) 410 73 42
Fax (598 2) 410 86 83

Venezuela
www.alfaguara.com/ve
Avda. Rómulo Gallegos
Edificio Zulia, 1°
Boleita Norte
Caracas
Tel. (58 212) 235 30 33
Fax (58 212) 239 10 51

Este libro se terminó de imprimir en el mes de Septiembre
de 2012, en Corporativo Prográfico S.A. de C.V.
Calle Dos No. 257, Bodega 4,
Col. Granjas San Antonio, C.P. 09070,
Del. Iztapalapa, México, D.F.